跨越 歐亞

香港報刊抗戰文藝資料
翻譯與選輯

1937————1945

鄺可怡 編著

中華書局

甲　　編

《大公報・文藝》及《星島日報・星座》選篇
（*1938-1941*）

第一部・抗戰與世界

一、抗戰視野下的歐洲戰爭與文藝

✛ 第二部・互為鏡像中的戰爭

三、大東亞戰爭下日本的本土聲音

四、多重觀照下的中國革命與反日運動

五、抗戰時期的「孤島」與香港

⊕ 第三部·戰火與詩情

六、詩歌、文藝和政治

七、中國抗戰文藝及論爭

（一）民族文學

乙　編

香港淪陷時期《香港日報》日文版選篇翻譯
（1942-1945）

✛ 第四部‧香港與大東亞

八、淪陷時期日人的文藝政策

九、大東亞文學：南方與香港

第五部・他者視野中的香港

十、日人的居港生活和城市印象

甲 編

Francisco Goya, *Los Desastres de La Guerra* (The Disasters of War), Plate 36: *Tampoco* (Not [in This Case] Either).（參見〈哥耶名作《戰爭的災難》〉；系列版畫藏法國國家圖書館。）ⓒ BnF

Francisco Goya, *Los Desastres de La Guerra* (The Disasters of War), Plate 26: *No Se Puede Mirar* (One Can't Look).（參見〈哥耶名作《戰爭的災難》〉；系列版畫藏法國國家圖書館。）ⓒ BnF

ORIENTA KURIERO

MONATA ILUSTRITA REVUO.

HONG KONG. P. O. BOX No. 10.

ĈIUJ ARTIKOLOJ ESTAS REPRESEBLAJ. NI NUR PETAS LA TRADUKANTOJN, KE ILI BONVOLU SENDI AL NI UNU KOPION DE LA NACILINGVE APERINTAJ ARTIKOLOJ.

NI PRIZORGAS SPECIALAN SERVON AL LA LEGANTOJ KAJ DONAS SENPAGAJN INFORMOJN PRI ĈIUJ DEMANDOJ, KONCERNANTAJ LA NUNAN SITUACION. NI RESPONDAS AŬ EN ARTIKOLO, AŬ EN PRIVATA LETERO. KONTRAŬ TIO NI PETAS NUR LA ALSENDON DE POSTA-FRANKO, KIES KOSTOJN NI NE POVAS KOVRI.

Abonprezo por tuta jaro: 7/ anglaj ŝilingoj aŭ egalvaloro.

Por Ĉinio kaj Hong Kong speciala prezo.

Unu ekzemplero kostas: 7½ d., aŭ egalvaloron.

由匈牙利世界語者布勞恩（Ferenc Braun）主編、香港出版的世界語雜誌《遠東使者》（*Orienta Kuriero*）於 1938 年 1 月創刊，創刊號刊載了巴金〈滅亡〉和艾青〈北方〉的世界語翻譯。（參見〈「文章出國」與世界語〉；雜誌為私人收藏。）

LU SIN

ELEKTITAJ NOVELOJ

ELDONIS

ORIENTA KURIERO kaj VOĈOJ el ORIENTO

HONG KONG

香港遠東使者社和武漢東方呼聲社合編的《魯迅小説選》世界語翻譯，1939 年香港出版，其中收入魯迅 11 篇小説，包括〈狂人日記〉、〈祝福〉、〈藥〉和〈示眾〉。（參見〈「文章出國」與世界語〉；圖片經數碼修復。）

抗日戰爭時期武漢創辦的世界語雜誌《東方呼聲》（*Voĉoj el Oriento*）第二期（1938 年 4 月）刊載專題文章〈中國人民的需求是甚麼？〉。（參見〈世界語與抗戰宣傳〉；圖片經數碼修復。）

LES
CONQUÉRANTS
PAR
ANDRÉ MALRAUX

frontispice et bandeaux
gravés sur bois par
JEAN DELPECH

COLLECTION LA TRADITION DU LIVRE
CHEZ JEAN CRÈS ÉDITEUR PARIS MCMXLVII

法國作家馬爾羅（André Malraux）講述廣洲工人運動的中國革命小説《征服者》（*Les Conquérants*, 1928），1939 年上海金星書店出版王凡西譯的中譯本《中國大革命序曲》。圖為 1947 年巴黎 Georges Crès & Cie 出版社的書籍重刊，附有法國藝術家 Jean Delpech 的木刻版畫。（參見〈《中國大革命序曲》〉；圖片來自荷蘭國家圖書館 Koopman Collection。）ⓒ KBNL

ES Anglais de Hongkong vivent dans la crainte de l'insurrection ▦ Leurs radios affirment au monde entier que la ville a retrouvé son activité. Mais ils ajoutent : *Seuls les ouvriers du port n'ont pas encore repris leur travail.* Ils ne le reprendront pas. Le port est toujours désert; la cité ressemble de plus en plus à cette grande figure vide et noire qui se découpait sur le ciel lorsque je l'ai quittée. Les Anglais chercheront bientôt quel travail convient à une île isolée... Et sa principale richesse, le marché du riz, lui échappe.

199

《征服者》內文：「在港的英國人生活在叛亂的恐懼中。」（Les Anglais de Hong Kong vivent dans la craint de l'insurrection.）（參見〈《中國大革命序曲》〉；圖片來自荷蘭國家圖書館 Koopman Collection。）ⓒ KBNL ⓒ Jean Delpech / ADAGP, Paris－SACK, Seoul, 2024。

美國作家賽珍珠（Pearl S. Buck）
講述中國安徽農民的小說《大地》
（*The Good Earth*, 1931）。（參見
〈賽珍珠在德國〉；圖片經數碼修
復。）

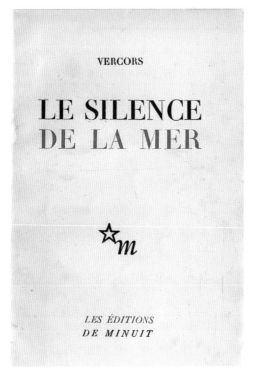

法國子夜出版社（Editions de
Minuit）創立於 1941 年，在德
國佔領下的巴黎進行地下出版，
被視為公民的抵抗行動。首部
地下出版物為法國作家維爾高
（Vercors，原名 Jean Bruller）的小
說《海之沉默》（*Le Silence de la
mer*, 1942）。（參見〈淪陷期法國
文壇總清賬〉；1949 年版本，圖片
經數碼修復。）

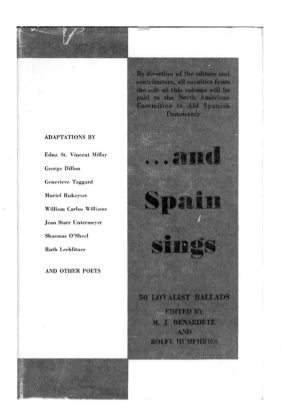

1937 年西班牙人民軍戰歌的英
譯合集 ⋯and Spain Sings: 50
Loyalist Ballads，中譯本《⋯而
西班牙歌唱了》由芳信從英文
轉譯，1941 年上海詩歌書店出
版。（參見〈論人民之歌 ──
《而西班牙唱了》讀後感〉；
圖片經數碼修復。）

《自由譚》（Candid Comment）
第一卷第六期（1939 年 2 月）。
（參見〈評《自由譚》〉；雜誌
藏香港中文大學圖書館。）

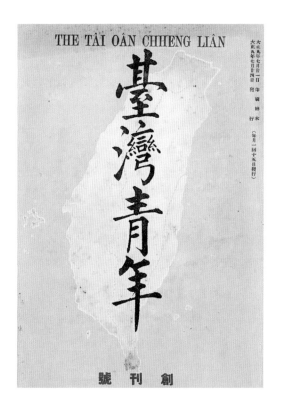

臺灣日治時期，由留日臺灣學生
所組成的政治運動團體「新民
會」，在 1920 年（大正九年）7
月於東京出版中日文綜合雜誌
《臺灣青年》，1922 年 4 月更名為
《臺灣》。（參見〈台灣青年反日運
動史〉；圖片經數碼修復。）

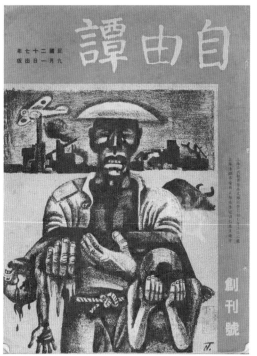

美國作家兼記者項美麗（Emily
Hahn）主編，上海《自由譚》
（Candid Comment）創刊號（1938
年 9 月）。（參見〈評《自由譚》〉；
雜誌藏香港中文大學圖書館。）

乙編

1943 年香港日報社編纂出版《香港攻略戰》。（參見〈香港攻略戰的回憶〉；此書藏香港中文大學圖書館。）

《香港攻略戰》收錄香港佔領地總督磯谷廉介的〈佔領香港告諭〉。
（參見〈香港攻略戰的回憶〉；此書藏香港中文大學圖書館。）

香港・九龍新舊街道名一覽表（昭和十七年四月二十日制定）

新名稱	舊名稱	備考
中住吉通	千諾道中 Connaught R. Central	
西住吉通	千諾道西 Connaught R. West	海岸通
東住吉通	告士打道 Gloucester R.	
中明治通	皇后大道中 Queen's R. Central	
東明治通	皇后大道東 Queen's R. East	中央大道
西明治通	皇后大道西 Queen's R. West	
東昭和通	德輔道中 Des Voeux R. Central	電車通
西昭和通	德輔道西 Des Voeux R. West	
東大正通	堅尼地道 Kennedy R.	
中大正通	上亞厘道・堅道 Upper Albert R. Caine R.	山手通
四大正通	般含道 Bonham Road	
八幡通	東海旁 Praya East	電車通
春日通	怡和街 Yee Wo Street	

新名稱	舊名稱	備考
氷川通	高威士道 Causeway R.	
豐國通	英皇道 King's R.	
出雲通	千讀道 Conduit R.	
霧島通	寶雲道 Bowen R.	
香取通	彌敦道 Nathan R.	
鹿島通	太子道 Prince Edward R.	山腹道
香ヶ峰	太平山 Victoria Peak	
昭和廣場	九龍競技場	九龍
皇園	圓明園 King's Park	
大鐵樓	皇后像 Queen's Statue	
青葉峽	黃泥涌谷 Happy Valley	
大正公園	兵頭花園 Public Garden	
綠ヶ濱	淺水灣 Repulse Bay	
山王台	堅尼地城 Kennedy Town	
元香港	香港仔 Aberdeen	

一四

香港佔領地總督部報道部監修、東洋經濟新報社編《軍政下の香港：新生した大東亞の中核》（香港東洋經濟社，1944 年 2 月），收錄淪陷時期「香港、九龍新舊街道名一覽表」，昭和十七年（1942 年）四月二十日制定。（參見〈實現大東亞精神　活於信念〉；書籍電子本見於日本國立國會圖書館數位館藏資料庫。）

一

（香港憲兵隊木部檢閱濟）

香港忠靈塔透視圖

香港佔領地總督部擬於寶雲山興建忠靈塔，紀念香港保衛戰中陣亡的日軍將士。1942 年 2 月，總督磯谷廉介為該塔進行奠基儀式，圖為香港佔領地總督部報道部監修、東洋經濟新報社編《軍政下の香港：新生した大東亞の中核》（香港東洋經濟社，1944 年 2 月）所載「香港忠靈塔」之構想圖。（參見〈陡坡有罪〉；書籍電子本見於日本國立國會圖書館數位館藏資料庫。）

1942 年 8 月，葉靈鳳主編、大同
圖書印務館出版《新東亞》月刊
創刊號。（參見〈致紺野泉氏〉；
雜誌藏香港中文大學圖書館。）

《新東亞》月刊第一卷第五期
（1942 年 12 月）載「大東亞戰爭
香港新生一週年紀念」專號。（參
見〈致紺野泉氏〉；雜誌藏香港中
文大學圖書館。）

香港淪陷時期受日本文化部管治
的大同圖書印務局，於 1942 年 8
月出版《大同畫報》。圖為雜誌第
一卷第三、四期合刊封面。（參見
〈致紺野泉氏〉；雜誌藏香港中文
大學圖書館。）

1944 年周作人在《香港日報》以日文發表〈憂生憫亂，走向建設 ── 大東亞戰爭
與中國文學〉。此文並未收入周作人的任何文章選集，其中透露了他對中國文學
發展的意見及對「中日間不幸的衝突」的感想。（藏香港大學馮平山圖書館。）

日文報章《香港日報》(*Honkon Nippo*) 於 1909 年創刊。中日戰爭全面爆發後，《香港日報》相繼發行中、英文版，成為香港報業史上唯一的三語報章，1938 至 1944 年間由衛藤俊彥擔任報刊社長。圖為 1945 年 8 月 16 日之《香港日報》日文版首頁，刊載昭和天皇發表的《終戰詔書》。（參見〈對前人的感謝 —— 於一萬號發行之時〉；報章藏香港大學馮平山圖書館。）

《香港日報》在港英政府投降後六日發行英文版 *Hongkong News*，成為香港淪陷時期特准刊行的英文報章。*Hongkong News* 於 1942 年 12 月 25 日，即日軍佔領香港一週年，發行共二十四頁的紀念特刊 *Special Supplement Commemorating the Capture of Hongkong*，首頁翻譯了香港佔領地總督磯谷廉介在 1942 年 2 月發給香港市民的《告諭》。（藏香港中文大學圖書館。）

1937 年中日戰爭爆發，同年 12 月《香港日報》第四版改為中文版，翌年 6 月獨立的《香港日報》中文版正式發行。圖為昭和二十年五月卅一日（1945 年 5 月 31 日）《香港日報》中文版首頁，其中提及的沖繩島戰役是太平洋戰爭中最後一場戰役。（藏香港中文大學圖書館。）

序言：跨越歐亞

　　日本亞洲歷史資料中心（Japanese Centre for Asian Historical Records）近年公開由日本防衛省防衛研究所所藏《南方戰役中被佔領地行政之概要》的文件，其中第七附冊《香港軍政之概要》記錄了日軍如何判斷當時仍為英國殖民管治的香港在中日戰爭中所處的策略性位置：

　　香港的文化政策，即使是從香港對南支一帶以及兩洋華僑的重要性而言，也有着不能等閒視之的意義。一直以來，香港作為支那歐美化的一個基點，特別是在支那事變下，擔當着作為抗日言論、[抗日]文學溫床的角色。[1]

　　上述分析透露了侵略者視角中兩項重要訊息：一、從教育與文化傳播的角度而言，香港是弘揚東洋文化的理想根據地，其文化政策對於華南和東南亞地區的華僑有巨大的影響力；二、對於西方國家的抗日宣傳，由於香港一直是促進中國歐美化和現代化的關鍵地區，「七七事變」以後更成為抗日言論的溫床，助長抗戰文藝的發展，是以香港在戰爭中的重要性不言而喻。有關戰時香港作為中國的文化「中心」、[2]內地與上海孤島聯繫的「橋樑」、爭取愛國僑胞與國際輿論支持的「窗

1　《南方作戰に伴う占領地行政の概要》，昭和 17 年 1 月至 20 年 8 月（1942 年1 月至 1945 年 8 月），取自日本亞洲歷史資料中心資料庫，https://www.jacar.go.jp/index.html（2023 年 8 月 9 日最後瀏覽）。資料庫收入日本國立公文書館、外務省外交史料館、防衛省防衛研究所所藏日本與亞洲鄰近各國的關係史資料。

2　了了（薩空了）：〈建立新文化中心〉，《立報・小茶館》「點心」專欄，1938年 4 月 2 日，第 4 版。

口」，[3] 以及面向東南亞和世界各國的宣傳「據點」等説法，[4] 在抗日戰爭全
面爆發及至武漢、上海、廣州相繼淪陷以後，均被中國內地的政治家
和知識分子反覆申述。

　　中日戰爭全面爆發至香港淪陷以前（1937 年 7 月至 1941 年 12
月），香港由地緣政治所成就的特殊文化空間，體現為戰爭語境之下
不完全受制的「協商區域」（negotiating space），充分展現戰時意識形態
的多樣性。是時香港正面對英、日雙重帝國主義「或隱或顯」的政治
干預，抗日「統一戰線」前提下左右翼文化人的「暗湧鬥爭」，[5] 甚至在
「皖南事變」以後國共兩黨以外更多不同黨派人士及政治團體的競爭角
力。[6] 專研抗戰時期中國文學的美國漢學家耿德華（Edward M. Gunn）亦
曾指出，「中國作家中第一次引人注目的背叛抗日方針的事件終於發生
了，而且它不是發生在中國的日本佔領區，而是發生在不受日本控制
的地區──香港。1939 年底和 1940 年初，汪精衛和平運動的宣傳機構
在香港成立。」[7] 抗戰和反戰、傾左或偏右、和平與鬥爭，標示了抗戰
初期政治立場各異的思想傾向。

　　本書以「跨越歐亞」為題，強調戰時中國知識分子不囿於民族主

3　茅盾：《我走過的道路》（下）（北京：人民文學出版社，1988 年），頁 251。

4　夏衍：《懶尋舊夢錄》（增補本）（北京：生活・讀書・新知三聯書店，2000 年），
　　頁 306。

5　盧瑋鑾：〈統一戰線中的暗湧──抗戰初期香港文藝界的分歧〉，《香港文縱》
　　（香港：華漢文化實業公司，1987 年），頁 41-52。

6　陳智德：《板蕩時代的抒情：抗戰時期的香港與文學》（香港：中華書局，
　　2018 年），頁 49-58。

7　Edward M. Gunn, *Unwelcome Muse: Chinese Literature in Shanghai and Peking
　　1937-1945* (New York: Columbia University Press, 1980), p. 4. 中譯參考耿德華著、
　　張泉譯：《被冷落的繆斯：中國淪陷區文學史（1937-1945）》（北京：新星出
　　版社，2006 年），頁 4-5。

義的觀點，更從全球視野、跨越歐亞的歷史和戰爭語境重新思考中日戰事。在戰火陰霾之下，香港報刊媒體的編輯和作者披上「戰袍」、穿上「甲冑」進行反帝反日的宣傳以外，[8] 同時關注全球戰爭格局之下中國的特殊位置、歐美與東亞的國際議題、香港與國內以至海外的緊密連繫。他們探討歐美知識分子面對戰爭的態度和策略，從而思考自身的政治處境；借鑑歐美的戰爭文學與藝術，發展中國的抗戰文藝，檢討戰爭詩學的演化；又將中日戰爭重置於東亞的歷史脈絡，尋找中國與日本民眾的本土聲音。正如蕭乾戰時為《大公報・文藝》在香港復刊撰文所言，「戰爭也許是尖銳的，但不是唯一的題材。」抗戰文藝應該是多方面發展的、實地的、反省的，「稜角、光影、人性的體驗依然不可忽略。」[9]

　　《跨越歐亞：香港報刊抗戰文藝資料翻譯與選輯（1937-1945）》全書分為甲乙二編，下分五個部份統攝十個不同的研究主題，再據此加以選輯、編註和翻譯抗日戰爭時期香港報刊的戰時文藝資料。甲編重新考察抗日戰爭全面爆發至香港淪陷以前，兩種由著名南來文人主編的文藝副刊——戴望舒主編的《星島日報》副刊〈星座〉（1938 年 8 月 1 日至 1941 年 12 月 8 日）[10] 以及同期由蕭乾、楊剛主編的香港《大公報》

8　編者（楊剛）：〈重申「文藝」意旨〉，《大公報・文藝》，1939 年 9 月 4 日，第 8 版。

9　編者（蕭乾）：〈這個刊物——代復刊詞〉，《大公報・文藝》，1938 年 8 月 13 日，第 8 版。

10　1938 年 8 月 1 日《星島日報》於香港創刊，戴望舒主編文藝副刊〈星座〉，直至 1941 年 12 月 8 日太平洋戰爭爆發，日軍入侵香港而被迫停刊。戴望舒憶述中曾表示「沒有一位知名的作家是沒有在《星座》裏寫過文章的」，徐遲則譽之為「全國性的、權威的文學副刊」。參考戴望舒：〈十年前的星島和星座〉，《星島日報・星座》，1948 年 8 月 1 日，增刊第 10 版；徐遲：《江南小鎮》（北京：作家出版社，1993 年），頁 250。

副刊〈文藝〉（1938 年 8 月 13 日至 1941 年 12 月 8 日）。[11] 過往不少論者從報業史、編輯策略的角度追溯抗戰期間《星島日報・星座》和《大公報・文藝》的發展，比較分析兩種副刊作家群所屬地域、文藝傾向與政治立場的差異，《大公報・文藝》對延安文人的關注甚至被視為該副刊的「亮點」。[12] 本書希望通過「抗戰視野下的歐洲戰爭與文藝」、「世界語、抗日宣傳和中國文壇」、「大東亞戰爭下日本的本土聲音」、「多重觀照下的中國革命與反日運動」、「抗戰時期的『孤島』與香港」、「詩

11　1902 年 6 月 17 日《大公報》於天津創刊，1928 年首設專門的副刊〈文學副刊〉，至 1933 年 9 月〈文藝副刊〉創刊，由沈從文、揚振聲署名合編。1935 年 9 月《大公報》兩份文藝副刊〈小公園〉和〈文藝副刊〉合併，易名為〈文藝〉，由沈從文、蕭乾合編；1936 年 4 月〈文藝〉改由蕭乾署名主編，但沈從文仍參與編輯及組稿工作。及至抗戰爆發天津、上海相繼淪陷，1938 年 8 月 13 日《大公報》在香港創刊，繼續由蕭乾主編〈文藝〉。直至 1939 年 8 月底蕭乾前往英國倫敦大學東方學院出任講師，1939 年 9 月 1 日起〈文藝〉改由楊剛主編。本書收錄的是抗戰時期香港復刊的《大公報・文藝》選輯文章。參考蕭乾：〈一個副刊編輯的自白 —— 謹向本刊作者讀者辭行〉，《大公報・文藝》，1939 年 9 月 1 日，第 8 版；蕭乾：〈魚餌・論壇・陣地 —— 記《大公報・文藝》，一九三五－一九三九〉，《一本褪色的相冊》（香港：生活・讀書・新知三聯書店，1981 年），頁 147-179（原載《新文學史料》1979 年第 2 期）；楊紀：〈《大公報》香港版的回憶〉，《新聞研究資料》，1981 年第 2 輯（1981 年 12 月），頁 175-188。

12　蕭乾憶述中曾比較《星島日報・星座》和《大公報・文藝》的不同作家群：「那時詩人戴望舒在編《星島日報》的副刊，他同上海作家們的聯繫比我密切。為《大公報・文藝》寫稿的，則大多是從平津奔赴延安或敵後以及疏散西南或西北幾所大學的。」蕭乾：〈我當過文學保姆 —— 七年報紙文藝副刊編輯的甘與苦〉，《新文學史料》，1991 年第 3 期，頁 30。另參考樊善標：〈從香港《大公報・文藝》（1938-1941）編輯策略的本地面向檢討南來文人在香港的「實績」說〉，《台灣文學研究》第 6 期（2014 年 6 月），頁 218-316；趙稀方：《報刊香港：歷史語境與文學場域》（香港：三聯書店，2019 年），頁 118-126。

歌、文藝和政治」以及「中國抗戰文藝及論爭」等主題分類整理文章，[13]
突顯兩種副刊所見中國抗戰文藝的跨文化視野以及內省面向。

　　本書乙編，乃學術界首次翻譯和編註香港淪陷時期日文版《香港日報》（*Honkon Nippō*, 1942-1945）的文獻資料。《香港日報》為甲午戰爭後日人在港創辦的三種報刊之一，早於 1909 年 9 月 1 日創刊。[14]《香港日報》早期為一份四開的小報，發行量每日三百至五百份，至二十世紀二十年代末才發展成為綜合報刊。1937 年中日戰爭爆發，同年 12 月報刊第四版改為中文版，翌年 6 月獨立的《香港日報》中文版正式發行。隨着戰事升溫，日本政府決定加強國際宣傳，1938 年將《香港日報》的管理權移交台灣總督府，並由台灣總督府附屬善鄰協會注資經營。1938 年 11 月 1 日，由《臺灣日日新報》記者衛藤俊彥（Etō Toshihiko）出任香港日報社社長，翌年英文版《香港日報》（*The Hongkong News*）

13　本書甲編第一部「一、抗戰視野下的歐洲戰爭與文藝」以下同時收入抗戰結束後《華僑日報・文藝》和《新生日報・文協》刊載〈淪陷期法國文壇總清賬〉、〈關於法國地下文藝活動和「子夜出版社」〉、〈戰後挪威文學〉和〈西班牙的前進文學家〉等幾篇關於歐洲戰時及戰後文學發展的文章。又甲編第三部，配合抗戰時期有關「新式風花雪月」文學的論爭，特別收入 1940 年楊剛於《文藝青年》刊載〈反新式風花雪月 —— 對香港文藝青年的一個挑戰〉一文，俾便參考。

14　甲午戰爭以後，香港曾出版三份由日人經營的報刊，分別是 1899 年創刊的中文報章《東報》、1909 年創刊的日文報章《香港日報》以及 1921 年創辦的日文報刊《南支那新報》。日文版《香港日報》為二戰前香港主要的日文報刊，學者將其出版歷史分為前後兩期：（一）從 1909 年創刊至 1938 年交由台灣總督府負責管理；（二）1938 年往後至 1945 年停刊。本書乙編的文章翻譯主要據香港大學馮平山圖書館所藏日文版《香港日報》，圖書館現僅存 1942 年 6 月 11 日至 1945 年 8 月 31 日的報刊。參考黃福慶：《近代日本在華文化及社會事業之研究》（台北：中央研究院近代史研究所，1997 年再版），頁 223-275；吳佩軍：〈20 世紀前半期中國華南地域における日本語定期刊行物〉，《跨境：日本語文學研究》第 11 卷（2020 年），頁 261-264；周佳榮：《瀛洲華聲：日本中文報刊一百五十年史》（香港：三聯書店，2020 年），頁 8-10。

創刊，至此《香港日報》成為香港報業史上唯一的三語報章。[15] 1941 年
12 月太平洋戰爭爆發，日軍入侵香港，衛藤被港英政府拘捕及監禁。
香港淪陷以後衛藤獲釋，《香港日報》復刊並繼續全力「支持戰爭與建
設」，成為日本香港總督部的官方「代言人」。[16] 本書乙編有關日文版《香
港日報》的政治與文藝資料，將按「淪陷時期日人的文藝政策」、「大東
亞文學：南方與香港」和「日人的居港生活和城市印象」等研究主題加
以編選、翻譯和校註，它們展示了日本帝國主義對香港以至華南地區
的文化控制政策，也記錄了戰時居港日人的生活狀況，讓我們得以管
窺他們對中日戰爭的觀點及對香港城市的認識和想像。

　　《跨越歐亞》一書的籌備，經歷多時，編校及翻譯過程曲折多變。
全書收錄中文報刊文章 145 篇、日文報刊文章 51 篇，整理報刊文章及
註釋資料超過五十五萬字。衷心感謝李凱琳博士、趙芷琦女士、蔣之
涵女士、林兆軒先生協助翻譯及校對日文版《香港日報》的文章，亦感
謝研究助理郭曉琳女士、呂品女士、林兆軒先生協助編校中文報刊資

15　香港淪陷時期，《香港日報》繼續由衛藤俊彥擔任社長，但因經營不善，朝
　　日新聞社遂派遣知識真治（Chishiki Shinji）等十數名編輯主管到香港日報社，
　　並於 1944 年 9 月 24 日接管該報業務。本書乙編收錄衛藤俊彥〈對前人的感
　　謝——於一萬號發行之時〉（《香港日報》，1943 年 1 月 7 日）一文的翻譯，
　　作者詳細講述 1938 至 1943 年在港期間主編《香港日報》遇到的困難。另參
　　考吳佩軍：〈香港日報日本語版とその文芸欄〉，《跨境：日本語文學研究》第
　　8（1）卷（2019 年），頁 231-237；吳佩軍：〈20 世紀前半期中國華南地域に
　　おける日本語定期刊行物〉，《跨境：日本語文學研究》第 11 卷（2020 年），
　　頁 261-264；李威成：〈《香港日報》與日本南進擴張（1909-1945）：港日關係
　　的新認識〉，《九州學林》第 36 期（2015 年 12 月），頁 79-83。

16　淪陷時期，香港佔領地政府除英文版《香港日報》以外關閉了所有英文刊物，
　　又重新組織和合併中文報刊。至 1942 年 6 月，除日人經營的中文版《香港日
　　報》外，香港只餘下《華僑日報》、《香島日報》、《東亞晚報》、《南華日報》
　　和《大成報》合共五份華資的中文報刊繼續出版。參考李谷城：《香港中文報
　　業發展史》（上海：上海古籍出版社，2005 年），頁 286-289。

料，並整理全書的人名對譯附錄。抗戰時期報刊資料保存不易，整理需要大量的校對及補充註釋工作以確保各篇文章的可讀性，漫長的校譯過程裏倍覺同路人如此珍貴。特此感謝盧瑋鑾教授對本計劃的關注和鼓勵、與陳智德教授的學術對話和交流，又感謝蕭振豪教授慨允擔任出版計劃的顧問，為日文報刊的文章翻譯提供專業意見。感謝香港研究資助局優配研究基金對「中日戰爭時期中國現代派對歐洲戰爭文學的跨文化閱讀（1937-1945）」研究計劃的支持（計劃編號 14601720），讓報刊資料整理的前期工作得以順利完成。特別鳴謝衛奕信勳爵文物信託對本書出版的資助，又中華書局（香港）有限公司副總編輯兼學術出版分社社長黎耀強先生悉心安排編審、校對等事宜，在此一併致謝。

2023 年 8 月 9 日

導論：跨文化視野下的抗戰文藝

一、國際權力結構中的抗日戰爭與抗戰文藝

　　歷來不少中外政治家與歷史學者，強調抗日戰爭作為世界反法西斯戰事的重要構成部份。1942 年，時任國軍政治部主任的周恩來在重慶（國統區）主持《新華日報》的發行工作，撰文評論「九一八事變」，指出中國「東北是世界法西斯侵略戰爭最先爆發的火藥庫，但，也許是世界反法西斯戰爭最後結束的場所，而目前又正是日寇企圖進犯蘇聯的一個缺口。東北的得失，具有世界的戰略意義 [……]」。[1] 皖南事變以後，周恩來的評論不無戰略性的考慮，但相關的論點和定位至今仍被反覆申述。[2] 至於歐美各地的知識分子，早於二十世紀三十年代初已十分關注法西斯主義在華擴張的情況。

　　1932 年，以法國著名知識分子羅曼・羅蘭（Romain Rolland, 1866-1944）和巴比塞（Henri Barbusse, 1873-1935）為首，聯繫歐、美、中、

1　周恩來：〈第十一年的「九一八」〉，《新華日報》，1942 年 9 月 18 日；收入崔奇主編：《周恩來政論選》上冊（北京：人民日報出版社，1998 年），頁 412-415。

2　2015 年「紀念中國人民抗日戰爭暨世界反法西斯戰爭勝利七十周年大會」在北京天安門廣場舉行。大會舉行前夕，《人民日報》發表評論指外國研究者不再受「西方中心論」的影響，「以九一八抗戰為起點，中國人民率先打響了世界反法西斯戰爭的第一槍。」2020 年在北京召開的「紀念中國人民抗日戰爭暨世界反法西斯戰爭勝利七十五周年」學術研討會上，抗日戰爭在世界反法西斯戰爭中的重要地位等議題仍是研討會的討論重點。參考柳千岸：〈中國抗戰：世界反法西斯戰爭的起點和終點（紀念抗日戰爭勝利 70 周年）〉，《人民日報》，2015 年 9 月 2 日；盧華為：〈紀念中國人民抗日戰爭暨世界反法西斯戰爭勝利 75 周年學術研討會在京召開〉，《光明日報》，2020 年 9 月 2 日。

日各地不同階層的反戰組織及人士，在荷蘭阿姆斯特丹召開世界反帝國主義戰爭大會（Congrès mondial contre la guerre impérialiste），積極倡議國際反戰運動，[3] 並且譴責日本帝國主義者對中國的侵略。[4] 翌年，世界反戰反法西斯委員會（Comité mondial contre la guerre et le fascisme）成立，法國作家兼法共機關刊物《人道報》（*L'Humanité*）的主編瓦揚—古久列（Paul Vaillant-Couturier, 1892-1937）與英國、比利時的代表組成世界反戰委員會的歐洲代表團訪華，調查日本侵略中國東北事件，並在上海秘密召開了遠東泛太平洋反帝國主義戰爭大會（遠東反戰大會）。[5] 回國以前，瓦揚—古久列更接受上海《現代》雜誌主編施蟄存之邀進行訪談，並撰寫文章〈告中國智識階級〉，從國際無產階級革命運動的角度鼓勵中國知識分子採取「聯合陣線」（front unique）的策略，反抗國內的資產階級、地方軍閥以及國外帝國主義者的侵略，

3　世界反帝國主義戰爭大會於 1932 年 8 月 27 日至 29 日舉行，中國的代表為宋慶齡。各國參與者及組織名單詳見大會的小冊子 *Congrès mondial contre la guerre impérialiste*, 1932. Retrieved from https://pandor.u-bourgogne.fr/pleade/functions/ead/detached/BMP/brb766.pdf on August 9, 2023.）

4　日本共產黨創始人之一的片山潛（Sen Katayama, 1859-1933）不僅協助籌辦世界反帝國主義戰爭大會，還在大會上發言譴責日本侵華。參考康生：〈片山潛同志和中國革命〉，《人民日報》，1959 年 12 月 3 日。

5　有關上海召開遠東反戰大會的報導，見〈社中日記〉，《現代》第 2 卷第 6 期（1933 年 4 月），頁 885；露珠譯：〈國際作家總聯盟為反戰給全世界作家的信〉，《文學雜誌》第 1 卷第 3、4 期合刊（1933 年 7 月），頁 110-111；魯迅、茅盾、田漢：〈歡迎反戰大會國際代表團的宣言〉，《長風》第 1 卷第 2 期（1933 年 9 月 26 日），頁 60-61（轉錄自《反戰新聞》）；魯迅：〈新秋雜識〉，《准風月談》，收入《魯迅全集》第五卷（北京：人民文學，2005 年），頁 286-288；魯迅：〈致蕭軍、蕭紅〉，《魯迅全集》第十三卷（北京：人民文學，2005 年），頁 278-281。又參考上海孫中山宋慶齡文物管理委員會、上海宋慶齡研究會編：《遠東反戰會議紀念集》（上海：東方出版中心，2014 年）；朱玖琳：〈宋慶齡與世界反戰運動〉，《上海檔案史料研究》第 20 輯（上海：三聯書店，2016 年 6 月），頁 116-134。

也包括日本提出大亞細亞主義（Pan-Asianisme）的侵略理論主張。[6] 及至抗日戰爭爆發，不少外國記者進入中國境內且發表大量不同政治立場的戰事報導，包括首位採訪毛澤東的美國記者斯諾的《紅星照耀中國》（即《西行漫記》）（Edgar Snow, *Red Star Over China*, 1937），[7] 以及紐西蘭作家兼記者海德所出版的《騰》（Robin Hyde, *Dragon Rampant*, 1939）。[8] 此等論述甚至影響西方國家對中國局勢以及國共兩黨在中日戰事中所擔當角色的研判。[9]

　　不論中日戰爭的發展還是中國抗戰文藝的建構，一直處於國際的權力結構之中。重新審視中國抗戰文藝的研究，除關注民族主義意識形態的傳播、反戰反帝反法西斯作品的號召力和動員能力，當中牽涉跨越歐亞的戰爭語境、東亞脈絡下的比較視角、國際關係與世界視野，同樣至為關鍵。近年學者致力重建抗日戰爭時期國統區、解放區及淪陷區等不同政治勢力主導區域所組成的戰時文化版圖，在理論建設和抗戰文藝創作以外，更針對性地整理抗戰時期的文學翻譯資料。從國際左翼、歐洲反法西斯戰爭以及蘇聯國防文學的「迻譯」，拓展至國內抗戰文藝的「外譯」研究，並借助西方的文化翻譯理論進一步探討戰時文學的翻譯規範、國家想像、民族身份建構和意識形態操

6　Vaillant-Couturier 著、範石譯：〈告中國智識階級 —— 為「現代」雜誌作〉（1933年 10 月 4 日），《現代》第 4 卷第 1 期（1933 年 11 月），頁 9-10（古久列文章手稿剪影見頁 8）。此文的部份觀點在六個月後瓦揚－古久列發表的長篇評論文章〈中國蘇維埃與文化〉，得到詳細的闡述和修訂。參考 P. Vaillant-Couturier, « Les Soviets de Chine et la culture », *Commune*, n° 7-8 (mars-avril, 1934): 729-755.

7　1937 年史諾發表的《紅星照耀中國》，記述 1936 年 6 月至 10 月在中國西北革命根據地訪問紅軍長征的經歷，並向西方讀者介紹仍處於游擊隊狀態的中國共產黨。參考 Edgar Snow, *Red Star Over China* (London: Victor Gollancz, 1937).

8　海德本名魏金森（Iris Wilkinson），1938 年計劃經由西伯利亞鐵路前往英國，抵達香港後卻決定走訪正在抵抗日軍侵略的中國內地。書中記述了她從香港到上海，再經漢口抵達徐州前線所見所想。參考 Robin Hyde, *Dragon Rampant* (London: Hurst and Blackett, 1939).

9　Hans van de Ven, *War and Nationalism in China: 1925-1945* (London and New York: Routledge, Series "Routledge Studies in the Modern History of Asia"), pp. 1-15.

控，由此管窺政治與文藝之間的角力。[10] 國內不同淪陷地區的特殊政治處境，則進一步締造糾結複雜的戰時文化，其中上海「孤島」時期（1937-1941）被日軍包圍的公共租界和法租界，便出現俄蘇文學與日本文學翻譯異常興盛的發展。[11] 相較二次大戰期間納綷德國佔領法國後扶植的傀儡政府「維希政權」（Régime de Vichy, 1940-1944）的嚴密監控，日本對華北、華中等淪陷區的監控能力其實非常有限，審查僅限於刪改那些毫不隱晦的抗日文章，甚至形成「文學上的無政府狀態」（literary anarchy），產生多樣性的淪陷區文學。[12]

　　相對而言，在中日戰爭全面爆發至香港淪陷以前，身處仍為殖民管治地區的中國知識分子如何利用地緣政治區域的特殊位置，從國家、東亞以至國際視野思考當下的中日戰事，理解抗日戰爭與歐洲各地戰爭的對應和聯繫？英、日雙重帝國主義之下「協商區域」所生產的戰時書寫，又怎樣容納不同的政治觀點和意識形態？面對政治審

10　借助西方文化翻譯理論研究抗戰時期翻譯著作的例子可參考余金燕：〈從翻譯操縱理論看重慶抗戰時期文學翻譯〉，《湖北科技學院學報》第 35 卷第 9 期（2015 年 9 月），頁 97-99；廖七一、楊全紅、高偉、羅天：《抗戰時期重慶翻譯研究》（天津：南開大學出版社，2015 年）；梁志芳：〈翻譯‧民族‧想像 —— 論翻譯在民族建構過程中的作用〉，《外語與翻譯》2017 年第 3 期（總第 94 期），頁 13-18；熊輝：《抗戰大後方翻譯文學史論》（上海：上海交通大學出版社，2018 年）；熊輝：《抗戰大後方社團翻譯文學研究》（北京：中國社會科學院，2018 年）；王祥兵、徐芳：〈抗戰時期延安翻譯活動與文化資本〉，《翻譯史論叢》第 3 輯（2021 年 8 月），頁 1-19；孫露露、關秀娟：〈抗戰時期俄蘇兒童文學漢譯語境適應機制探析〉，《俄羅斯語言文學與文化研究》2022 年第 2 期，頁 8-15。

11　上海「孤島」時期乃指 1937 年 11 月 12 日國民革命軍撤離至 1941 年 12 月 8 日太平洋戰爭爆發，其時公共租界主要由英國管理，法租界則同意效忠維希政權，與德意日軸心國的政策相協調，因此表面上保持了自治權。至於「孤島」時期上海文學和翻譯發展的複雜型態，可參考陳青生：〈抗戰時期上海的外國文學譯介〉，《新文學史料》1997 年第 4 期，頁 119-129；梁志芳：〈翻譯文化復興 —— 記上海「孤島」時期的一個特殊翻譯機構「復社」〉，《上海翻譯》2010 第 1 期，頁 66-69；鄒素：〈上海「孤島」時期翻譯文學特點及原因探究〉，《外文研究》2016 年第 1 期，頁 88-93；王建豐：《上海淪陷時期報刊翻譯文學研究》（上海：復旦大學出版社，2020 年）。

12　Edward M. Gunn, *Unwelcome Muse: Chinese Literature in Shanghai and Peking 1937-1945* (New York: Columbia University Press, 1980), pp. 4-9.

查，蕭乾憶述早於上世紀三十年代，南京國民政府管治下「許多具有反動政治背景及傾向的報紙，其文藝副刊的編輯方針往往並不同該報社論亦步亦趨，有時甚至會背道而馳」。[13] 新聞報導和社論或順從蔣政權的不抵抗主義，但文藝副刊卻吶喊抗爭，而報刊以此策略平衡各方利益。[14] 除面對外部壓力作出的政治協商，曾虛白則提及中日戰爭全面爆發以後南來文人在港繼續經營的報刊內部派系結構，「自從內地的報紙，遷香港出版後，香港報界就形成了兩派，一派是所謂『外江派』，一派是『本地派』。撰述方面，也有所謂『海派』和『港派』。」[15]事實上，報社之內從社長、總編輯至各個版頁的編輯和作者或來自不同地域背景，縱然在抗戰的前提下其政治信仰與思想立場仍有各種差異，他們形成派系群體之間的對立關係亦遠較本土與外江、外省或外地二元對立的簡化分割為複雜。[16] 加之是時知識分子積極思考歐亞戰事，翻譯及評介各地不同意識形態的戰爭文學，在跨國族跨文化的脈

13　蕭乾：〈魚餌・論壇・陣地 —— 記《大公報・文藝》，一九三五－一九三九〉，《一本褪色的相冊》（香港：生活・讀書・新知三聯書店，1981 年），頁 147。（原載《新文學史料》1979 年第 2 期。）

14　蕭乾以 1936 年上海《大公報》刊載魯迅先生逝世的追悼文章及評論為案例，說明當時報刊呈現政治矛盾觀點的情況。參考蕭乾：〈魚餌・論壇・陣地 —— 記《大公報・文藝》，一九三五－一九三九〉，《一本褪色的相冊》，頁 147-151。

15　曾虛白：《中國新聞史》（台北：三民書局，1966 年），頁 433。閩廣等處的人稱揚子江附近及以北數個省份為「外江」，後發展為對外省人、外地人的統稱。

16　蕭乾曾比較《星島日報・星座》和《大公報・文藝》的不同作家群與地域背景的關係，戴望舒第三部日記記述 1941 年 7 至 9 月間編輯《星島日報・星座》的工作情況，也曾數次提及報館內上海人的緊密聯繫。近年學者更從報刊資金、黨派背景、編輯報學觀念、整體報業與新聞學發展等宏觀角度，重新檢視抗戰時期香港報刊《立報》內部不同話語權競爭的複雜情況。參考蕭乾：〈我當過文學保姆 —— 七年報紙文藝副刊編輯的甘與苦〉，《新文學史料》，1991 年第 3 期，頁 30；戴望舒：〈林泉居日記〉，收入王文彬、金石編：《戴望舒全集・散文卷》（北京：中國青年出版社，1999 年），頁 221-222、231、239-240；唐海江：〈世界主義與民族主義之間：成舍我自由報刊理念的形成及其困境〉，載李金銓編：《報人報國：中國新聞史的另一種讀法》（香港：中文大學出版社，2013 年），頁 189-217；樊善標：〈香港《立報》主導權問題重探〉，《中國文化研究所學報》第 65 期（2017 年 7 月），頁 311-334。

絡之下，香港抗戰初期報刊媒體發表的抗戰文藝呈現複雜多元、眾聲喧嘩的格局。

二、「協商區域」之下的言論空間

本書參照法國社會學家布迪厄（Pierre Bourdieu）的理論框架，提出「協商區域」（negotiating space）的概念。抗戰初期香港因着各種政治勢力的介入，造成文學場域內部顯著的不穩定性，它與政治、經濟等場域之間的關係亦變得異常複雜。宏觀而言，是時香港面對英、日雙重帝國主義不同程度的政治干預和壓力，但由於兩者之間微妙變化的約制關係——二戰期間英國因軍事力量不足以保衛這個亞洲的戰略據點，遂於 1938 年 9 月宣布香港作為「中立」地區（neutral zone），繼續對任何國家開放而不介入中日戰爭，促使抗戰初期香港某程度上仍能保持文學場域的自主程度（l'autonomie du champ）。再者，縱然港英政府必須限制抗日言論，但對華文出版的監控方式「或隱或顯」，不僅讓各種意識形態話語仍保有發聲的空間，報刊的編輯和作者可透過歐亞各地的戰爭報導及戰時文藝活動的評介，表述各種政治立場。報章、雜誌、書籍甚至因為向極權進行抵抗和鬥爭，從而獲得讀者和市場肯定性的激勵，讓抗戰文藝得到短暫的發展。[17]

審查體制（censorship）的概念寬泛，其實戰爭語境下國家或極權政府的政治審查只屬整個審查體制內最極端的部份，其中寫作、編輯、審查、出版與閱讀之間的訊息傳遞，互相牽制而充滿張力。早在二十世紀二十年代，香港政府一方面通過立法形式建立報刊雜誌出版的登記制度，清晰界定「編輯」（Editor）、「發行人」（Publisher）、「註冊機構」（Registrar）等概念及其法律責任；另一方面要求註冊的報刊

17　參考 Pierre Bourdieu, *Les règles de l'art: genèse et structure du champ littéraire* (Paris: Éditions du Seuil, 1998), pp. 360-363.

雜誌提交定額保證金，管制華文出版物。香港政府為報刊雜誌出版登記、版權保護建立完善制度的做法，與自身的合法體制並不矛盾，但特別提高報刊雜誌註冊所需的保證金額，則是在合法體制下以資金的方式控制刊物的出版。著名報人陸丹林曾特別指出港英政府規定港幣 3,000 元的保證金額相當龐大，致使抗戰期間在港創辦華文刊物非常困難。[18] 學者據通貨膨脹比率將三十年代的保證金額與八十年代香港政府《本地報刊註冊條例》規定港幣 785 元的註冊費用加以比較，認為當時的保證金與八十年代所要求的相差千倍，一般市民根本無能力辦報，明顯是以「寓禁於徵」的方法限制言論。[19] 然而必須指出，保證金的要求沿自港府在省港大罷工以後對《承印人與出版人條例》（Printers and Publishers Ordinance）的 1927 年修訂，並非戰時香港宣布為「中立」城市以後才特別提升。[20] 查 1997 年《報刊註冊及發行規例》（Newspapers Registration and Distribution Regulations）註冊費用仍為 785 元，每年另須繳付年費 785 元；2017 年註冊費用則改為 1,140 元，年費 895 元。相比之下，可見三十年代保證金的要求對出版刊物還是

18　陸丹林曾任香港出版的文藝雜誌《大風》的主編。他憶述 3,000 元港幣的保證金折合當時約國幣 11,100 元，並認為在香港創辦一種定期刊物需要準備最少 20,000 元國幣。相對國內只要與印刷公司商議，不費一文也能辦定期刊物的情況，在香港辦華文刊物其實相當困難。見陸丹林：〈在香港辦刊物〉，《黃河》第 3 期（1940 年 4 月），頁 101-102。

19　李谷城：《香港報業百年滄桑》（香港：明報出版社，2000 年），頁 153-158。

20　"Printers and Publishers Ordinance, No. 25 of 1927,"（承印人與出版人條例，1927 年第 25 號）*Printer and Publishers*, p. 1720. The Historical Laws of Hong Kong Online. Retrieved from http://oelawhk.lib.hku.hk/archive/files/b0a1dc7580f92e380f54b7bd6d9e5b4e.pdf on August 9, 2023.

非常沉重的經濟負擔。[21]

　　至於抗戰初期政府針對華文刊物出版的具體審查形式，[22] 基本沿用已有制度，既有出版前的預先審檢，也有出版後的審查。所有定期刊物的圖文稿件於出版前必須向新聞檢查處送樣兩份，檢定後才能付印；刊物出版首天，督印人另需在刊物簽字送交新聞檢查處存查，相關程序列入法律條文，屬嚴格意義上的政治審查。二次大戰爆發，日本駐港領事多番要求香港政府「取締抗日文字」，華文出版的審查重點旋即轉為抗日言論。[23] 然而，審查工作由政府指派的審查員負責，審查的原則和具體內容並沒經過正式的法律程序，也沒向公眾說明。華民政務司（Secretary for Chinese Affairs）只通過非正式的途徑，向各種刊物負責人分發印上刪禁字眼的通知，聲明「敵」、「倭奴」、「日

21　"Cap. 268B Newspapers Registration and Distribution Regulations"（第 268 章乙 報刊註冊及發行規例）（1997.7.1），Hong Kong e-Legistration. Retrieved from https://www.elegislation.gov.hk/hk/cap268B!en@1997-07-01T00:00:00?INDEX_CS=N&xpid=ID_1438402912455_001 on August 9, 2023; "Cap. 268B Newspapers Registration and Distribution Regulations"（第 268 章乙 報刊註冊及發行規例）（2017.3.31），Hong Kong e-Legistration. Retrieved from https://www.elegislation.gov.hk/hk/cap268B!zh-Hant-HK@2017-03-31T00:00:00?INDEX_CS=N&xpid=ID_1438402912455_002 on August 9, 2023。

22　相關審查制度只針對香港的華文報刊，英文報刊不受規限。因此報人回憶1941 年 12 月 8 日太平洋戰爭爆發的消息，都是從不用送審而直接發佈新聞的英文報章率先確認。參考薩空了：《香港淪陷日記》（北京：三聯書店，1985年），頁 8。

23　有關抗戰爆發前後香港華文報刊的審查制度，參考陳智德：《板蕩時代的抒情：抗戰時期的香港與文學》，頁 100-107。其中提及 1936 年（「七七事變」以前）華文政務司曾公開申明華文報刊應「避免刊登」的四項規定辦法：「（甲）凡於效忠大英帝國之事而有所紊亂者，（乙）凡可損害英國對於中國或其他友邦之友誼者，（丙）所有宣傳共產主義之文字，（丁）凡屬挑撥文字以致擾亂治安者（原文照錄）。此外更有一項憲未有言及，此項當然是淫穢文字，凡有違犯一九一四年第十五條，（防範印刷淫穢書畫兼別項文字），必須刪去」。參考〈港督批示華報檢查辦法　華文政務司函覆華人代表〉，《工商日報》第三張第一版，1936 年 10 月 3 日，載香港公共圖書館「香港舊報紙數碼館藏」，https://mmis.hkpl.gov.hk/web/guest/old-hk-collection?from_menu=Y&dummy=（2023 年 8 月 9 日最後瀏覽）。

寇」、「暴日」等字詞不准使用。[24] 文章犯禁的字詞會被審查員以符號「□」或「X」取代，批評日軍的文章更會被刪除。

　　無可避免，出版前具體可見的政治審查必然引起編者和作者的自我審查，進一步限制抗日言論。[25] 正如茅盾憶述在港主編《文藝陣地》的情況：「一本鼓吹抗戰的文藝刊物，卻把所有抗敵的字眼換成『XX』，在我是無論如何不能接受的，《文藝陣地》是面向全國的大型刊物，它不能受制於香港這彈丸小島。」[26] 縱使香港報刊雜誌在政治審查之下必須隱去抗敵字詞的做法不為茅盾所接受，但對當時不少留港的抗戰文藝工作者而言，香港仍然提供了可供權力斡旋的文化空間。其一，港英政府對監控抗日言論的決心和能力有限，從業經刪檢出版的文章看來，編輯和作者仍勉力抵抗各方壓力宣傳抗日。戴望舒主編《星島日報・星座》與蕭乾主編《大公報・文藝》之時，二人甚至商議盡量保留文章被「全文刪檢」的空框，利用審查結果、通過「開天窗」的方式宣示對審查制度的不滿。[27] 其二，由於審檢形式和內容均尚算清晰明確，在既定的審查模式之下編者、作者、檢查員和讀者得以建構共同接受的表述模式。報刊文章既採用曲筆反諷、借古喻今等規

24　不少報人、編輯均提及有關做法，其中陸丹林詳列了犯禁字詞的清單。見陸丹林：〈續談香港〉，《宇宙風》第 11 期（1939 年 8 月），頁 502-503；陸丹林：〈香港的文藝界〉，《黃河》創刊號（1940 年 2 月），頁 19；陸丹林：〈在香港辦刊物〉，《黃河》第 3 期（1940 年 4 月），頁 102；茅盾：《我走過的道路》（下），頁 48；薩空了：《香港淪陷日記》，頁 84、100。

25　抗戰時期曾在滬港兩地主編《大公報・文藝》的蕭乾指出，副刊主編的「魔難」除了代表官方的帝國主義或國民黨外，還有報館內部因應政治形勢的自我審查和經濟考量。茅盾也曾記述薩空了因政治考慮建議他修改抗日長篇小説《何去何從》的題目：「因為《立報》的老板看了〈楔子〉，認為這個題目太有點刺激性，怕惹起麻煩，説：『何必在題目上就攤牌呢？』建議改為《你往哪裏跑》。」參考蕭乾：《一本褪色的相冊》，頁 156-160；茅盾：《我走過的道路》（下），頁 53。

26　《文藝陣地》雖於 1938 年 8 月隨茅盾移至香港編輯，但仍留在上海付印。茅盾去新疆後改由樓適夷代行編務，刊物後來亦隨樓適夷轉至上海編輯出版，最終於 1940 年 8 月遭查禁。茅盾：《我走過的道路》（下），頁 56。

27　戴望舒：〈十年前的星島日報和星座〉，《星島日報・星座》，1948 年 8 月 1 日；蕭乾：《一本褪色的相冊》，頁 159。

避的方式，繼續宣傳抗日；[28] 縱使文章經編者和作者的自我審查以及
政府審檢後刪除抗日字詞，但句子原意基本上對讀者而言還是易於明
瞭，抗戰訊息依然有效傳遞。其三，報刊雜誌通過西方各國知識分子
對歐戰的回應、全球反法西斯運動的評論、二十世紀以降歐亞戰爭文
藝的翻譯及評介，引入民族主義、和平主義、國際主義、社會主義、
共產主義以及無產階級革命等不同傾向的意識形態。由此，我們也得
以理解香港抗戰初期中國知識分子在跨越歐亞戰爭語境下對中日戰爭
的思考以及世界視野。

三、抗戰文藝的跨文化閱讀

　　1938 年 8 月，其時身處上海孤島的戲劇家、翻譯家兼文學研究者
李健吾，通過蕭乾主編的香港《大公報‧文藝》發表〈拿破崙第二〉一
文（見本書第一部「抗戰視野下的歐洲戰爭與文藝」專題）。從蘇東坡
《前赤壁賦》中「固一世之雄也，而今安在」的哲學，引伸討論法蘭西
第一帝國皇帝拿破崙（Napoléon Bonaparte）誤以為能夠永久征服命運

28　筆者曾整理分析葉靈鳳以及國內知識分子在抗戰期間經常借用的兩種古典文
　　學典故：西漢蘇武「吞旃」持節不屈以及宋末元初詩人兼畫家鄭所南畫「露
　　根蘭」的故事。參考羅孚整理：〈葉靈鳳的日記〉（1943 年 9 月條目），《書城》
　　第 24 期（2008 年 5 月），頁 53；葉靈鳳：〈記鄭所南〉，《華僑日報‧文藝週
　　刊》，1945 年 3 月 18 日；韋叔裕：〈鄭所南〉，《國風》第 19 期（1943 年 8
　　月 16 日），頁 3-6；武之亂：〈鄭所南繪蘭無土可栽〉，《中華周報》第 2 卷第
　　18 期（1945 年 4 月 29 日），頁 29；葉靈鳳：〈吞旃隨筆〉，《新東亞》月刊創
　　刊號（1943 年 8 月），頁 134；葉靈鳳：〈吞旃隨筆〉，《太平》第 2 卷第 10
　　期（1943 年 10 月），頁 9-10；靈鳳（葉靈鳳）：〈吞旃讀史室劄記〉，《大眾週報》
　　第 3 卷第 2 號 54 期增刊〈南方文叢〉（1944 年 4 月 8 日），頁 1；曹聚仁：〈李
　　陵與蘇武〉，《抗戰》，第 51 期（1938 年 3 月 6 日），頁 11。另參考盧瑋鑾：〈附
　　錄：《吞旃隨筆》是「物證」之一〉，載黃繼持、盧瑋鑾、鄭樹森：《追跡香港
　　文學》（香港：牛津大學出版社，1998 年），頁 137-138；張詠梅：〈「信非吾
　　罪而棄逐兮。何日夜而忘之。」──談《華僑日報‧文藝週刊》（1944.01.30-
　　1945.12.25）葉靈鳳的作品〉，《作家》總第 37 期（2005 年 7 月），頁 17-22；
　　鄺可怡：〈跨越歐亞戰爭語境的左翼國際主義──論巴比塞《火線》及葉靈鳳
　　的中文翻譯〉，《中國文化研究所學報》第 69 期（2019 年 7 月），頁 155-195。

而忘卻時間的關隘，甚至試圖退位讓五歲的兒子登基，最終所釀成拿破崙二世的悲劇。文章徵引十九世紀法國大文豪雨果的詩篇〈拿破崙二世〉（Victor Hugo, *Napoléon* II, 1832），道出野心家的悲哀：

> Non, l'avenir n'est à personne!
> Sire, l'avenir est à Dieu!
> À chaque fois que l'heure sonne,
> Tout ici-bas nous dit adieu.

> 不對，未來不是任何人的！
> 陛下，未來是上帝的！
> 只要時鐘響一下，
> 人間就向我們告別一次。[29]

此文發表接近十個月以前，上海淪陷。由於日本尚未與英、法、美等國開戰，上海的法租界和蘇州河以南的半個上海公共租界遂孑立於日佔區的包圍之中，進入長達四年多的「孤島」時期。李健吾隨即投入孤島的戲劇運動，大量改譯外國劇本。藉着他自身對法國文學的研究，文章從二百年前的歐洲連繫至當下東亞的歷史脈絡，比擬不同世代野心家的盲點，批評日本帝國主義者「為了幾個人想做『一世之雄』，便犧牲了無數萬人民的幸福與和平，不等正式開戰，便把死亡的暗影投在他們的心上，身上，其為癡為愚也就可想而知了」。作者再次借用雨果的詩句，對歐亞不同歷史維度的野心家發出警告：

29　Victor Hugo, "Napoléon II," *Poésie: Les Chants du crépuscule, les Voix intérieures, les Rayons et les ombres* (Paris: J. Lemonnyer, 1885), pp. 47-57. 中文翻譯見李健吾：〈拿破崙第二〉，《大公報·文藝》第 341 期，1938 年 8 月 25 日。下文引詩及翻譯出處相同。

Dieux garde la durée et vous laisse l'espace ;

Vous pouvez sur la terre avoir toute la place,

Être aussi grand qu'un front peut l'être sous le ciel ;

Sire, vous pouvez prendre, à votre fantaisie,

L'Europe à Charlemagne, à Mahomet l'Asie ;

Mais tu ne prendras pas demain à l'Éternel !

上帝留下時間，給你留下空間。

你可以佔有地上一切所在，

和空裏一座建築同樣偉大；

陛下，你可以隨意拿走

沙里曼的歐羅巴，默哈默德的亞細亞；——[30]

可是你拿不走「永生」的明天！

　　李健吾討論歐亞歷史上中國秦始皇、古希臘亞歷山大大帝（Alexander the Great）以至拿破崙一世的勝利與滅亡，均有意比附日本的帝國主義者所發動的侵略戰事，具有高度指向性。他轉化翻譯雨果的詩句並預言「侵略矮小的霸主」的結局：「帝國應當在滑鐵盧敗。」從中外歷史的經驗，作者預見侵略戰事必然失敗，並且奮力呼喚：「救救您們的孩子，日本軍閥。」

　　抗戰文藝的主導方向下，《星島日報‧星座》和《大公報‧文藝》均共同建構中日戰爭與歐洲戰事相互參照、平衡比對的閱讀空間。戴望舒主編的〈星座〉副刊便曾連載法國著名左翼作家兼革命者馬爾羅（André Malraux）描寫西班牙人民捨命抵抗法西斯主義者佛朗哥將

30　沙里曼（Charlemagne, 741-814），今譯查理曼，又稱查理大帝（Charles le Grand），為中世紀位於歐洲中、西部的法蘭克王國（Frankish Kingdom）的國王。默哈默德（Muhammad, 571-632），今譯穆罕默德，伊斯蘭教的創始人，成功統一位於亞洲西部的阿拉伯半島各個部落。沙里曼和穆罕默德被視為促成歐洲和西亞文明起源的重要人物。

軍（General Francisco Franco）的長篇小說《希望》（*L'Espoir*, 1937）；[31]
同樣以西班牙內戰為背景，法國重要思想家兼文學家薩特（Jean-Paul
Sartre）藉戰爭發掘深邃人性，從「軀體」（le corps）重新思考自我與他
人、世界關係的《牆》（*Le Mur*, 1938）；[32] 以及十九世紀法國著名寫實主
義作家都德（Alphonse Daudet）三篇以普法戰爭為背景，被譽為「我國
抗戰小說鑒範」的作品。[33] 除直接評論和譯介歐美的左翼及革命文藝、
西班牙內戰時期文學、一次大戰的反戰文學、俄蘇革命與無產階級文
學以外，中國知識分子也重新思考「文藝與政治」的宏大議題，進入
戰爭詩學更幽微的探討（見本書第三部「戰火與詩情：詩歌、文藝和
政治」專題）。

　　艾青認為誠摯的詩「能使人們對於舊的事物引起懷疑，對於新的
事物引起喜愛，對於不合理的現狀引起不安，對於未來引起嚮往；
因而使人們有了分化，有了變動，有了重新組織的要求，有了抗爭的
熱望」，由此推論詩歌與政治宣傳並不相悖，詩歌甚至擁有「明顯的
宣傳力量」。是以詩人應該肩負歷史重任，詩篇可以「依附於真理的
力量」，「英勇地和醜惡與黑暗，無恥與暴虐，瘋狂與獸性」進行鬥爭
（〈詩與宣傳〉）。回應戰時的文學取向，徐遲隨心引用英國詩人兼評
論家戴－劉易斯《詩的希望》（Cecil Day-Lewis, *A Hope for Poetry*, 1934）

31　〔法〕馬爾洛著、江思譯：《希望》（一至一四八），《星島日報・星座》第 961-
　　1116 期，1941 年 6 月 16 日至 12 月 8 日。因為太平洋戰爭爆發，《星島日報》
　　停刊，《希望》的翻譯只刊載了接近全書二份之一的篇幅。《希望》的節錄篇
　　章翻譯〈火的戰士〉、〈反攻〉、〈死刑判決〉、〈烏拿木諾的悲劇〉和〈克西美
　　奈思上校〉等，曾於《星島日報・星座》與《大風》旬刊上刊載。相關譯作
　　詳見鄺可怡編校：《戰火下的詩情：抗日戰爭時期戴望舒在港的文學翻譯》（香
　　港：商務印書館，2014 年）。本書不重複收錄。

32　〔法〕薩特爾著、陳御月譯：〈牆〉（一至十一），《星島日報・星座》，第 521-
　　531 期，1940 年 3 月 6-16 日。文章為「現代歐美名作精選」系列的作品。

33　戴望舒：〈「都德誕生百年紀念短篇」編者按語〉，《星島日報・星座》，第
　　621 期，1940 年 6 月 19 日。戴望舒選譯都德三個短篇〈柏林之圍〉（Le Siège
　　de Berlin）、〈賣國童子〉（L'Enfant espion）和〈最後一課〉（La Dernière classe）
　　均來自《月耀小說集》（*Les Conte du lundi*, 1873）。

對歐戰以後包括艾略特（T. S. Eliot）等現代詩人的評論，演繹有關戰爭之下反對傷感、「放逐抒情」的論述（〈抒情的放逐〉）；[34] 文俞則進一步提出「放逐閒適」，把閒適規限於「輸送點西洋小趣味，發點人生的空虛的夢話」的理解，重新確立戰鬥時代文字作為「針刺的匕首和利刃」的工具價值和功能（〈閒適的放逐〉）。相對而言，梁宗岱回顧「純詩」與「國防詩歌」的論爭，依據歌德（Johann Wolfgang von Goethe）和梵樂希（Paul Valéry）的詩學理念進而討論抗戰語境下「詩之應用」。抗戰詩既要「激勵軍心」、「鼓勵士氣」，講求對民眾的感染力，但「給她一個與內涵融洽無間的形式」是詩學的基本追求。個人與群眾——兩種寫作對象不同，形成的藝術理想和詩學傾向各異，在民族浴血奮鬥之際「吟詠個人底悲歡哀樂」與「宣洩羣眾底痛苦」二者難以協調，而且詩人憑藉良心與生活經驗之創作仍不失真誠。梁宗岱也不禁疑惑，服務國家並不限於撰寫抗戰詩歌一途（〈論詩之應用〉）。

　　戰時文藝主張宣揚民族主義、激勵愛國情緒，但誠如《大公報》編輯主任及經理的金誠夫所言，戰事後方的文化人也應該「盡一個『知彼』的責任」，深入探討日本問題。[35]《大公報・文藝》在蕭乾主編

34　Cecil Day-Lewis, *A Hope for Poetry* (Oxford: Basil Blackwell, 1934), Chapter 10, p. 64: "A critic, writing recently on Auden, Spender and myself, claimed to have found in our work 'the return of the lyrical impulse, banished by Eliot.' It is difficult to understand how a man, even a man of Eliot's authority, can banish an impulse: nor I can accept this idea of lyricism as a sort of tide which can go out and leave all the poets high and dry, then come in again and carry them all off their feet. The lyrical impulse, in so far as that means anything, is present in every poet; it is, when all is said and done, what makes him write poetry rather than prose." 徐遲自言根據《詩的希望》有關艾略特的評論提出「放逐抒情」，但如引文所見「艾略脫開始放逐了抒情」的說法並非來自戴－劉易斯本人，他更是持否定的態度引述相關意見，藉此進一步討論「抒情的衝動」（lyrical impulse）的涵義。徐文刊載後不久，陳殘雲在茅盾主編的抗戰文藝雜誌《文藝陣地》發表〈抒情的現代性〉加以回應，文末編者以按語形式指出了徐遲錯誤理解原文並以此作為立論的理據。見陳殘雲：〈抒情的現代性・編者按〉，《文藝陣地》第4卷第2期（1939年11月），頁1265。另參考陳國球：〈放逐抒情：從徐遲的抒情論說起〉，《清華中文學報》第8期（2012年12月），頁230-236。

35　金誠夫：〈序〉，《清算日本》（重慶：大公報館，1939年），頁1。

之下溢出純文藝的範疇，組織了「日本這一年」、「侵略者的老家」等
日本問題專號，從政治、經濟、軍事、文化多方面剖析戰時日本國內
的現實狀況。[36] 在這基礎上，〈文藝〉副刊刊載了一系列有關戰爭之下
日本人民處境的文章，包括翻譯日人描寫士兵家人苦況的〈日兵的家
難〉、透露日人厭戰氣息的〈「俳句」選譯〉、表達日兵心境的〈「短歌」
選譯〉，以及擬寫日兵反戰情緒、揭示大東亞主義背後侵略本質的作
品，其中布德的日本軍人反戰小說〈海水的厭惡〉是為代表（見本書
第二部「大東亞戰爭下日本的本土聲音」專題）。小說從第一人稱敘
事者的角度記述他與十四位日兵同伴前往異國進行戰事的心路歷程。
他們開始懷疑中日戰爭的意義，因而對戰事感到極度厭倦，最後更相
約一同投身大海，以死規勸君主，反抗戰爭。此等作品從同受戰爭迫
害的日本平民以及被迫參戰的日兵角度，重新審視戰爭，開拓抗戰文
藝的獨特景觀，甚至表達超越國族的同情與憐憫。[37]

　　重構戰時香港歷史與文學文化的版圖，日文雜誌和報刊成為不可
或缺的資料。淪陷時期日文版《香港日報》的文章選譯，為探討日人
對香港的文化政策、三次大東亞文學會議與大東亞諸國政權（中華民
國、滿洲國、朝鮮、泰國、菲律賓、法屬印度支那、爪哇、印度、
緬甸等）及香港文學界的關聯，以及居港日人的生活與城市印象等議
題，都提供了彌足珍貴的文獻材料（見本書乙編第四、五部）。其中，
甚至包括了 1944 年周作人以日文發表、從未收入任何文集的文章〈憂
生憫亂，走向建設——大東亞戰爭與中國文學〉，透露他對中國文學
發展的意見及對「中日間不幸的衝突」的感想。相對眾多南來文人回
憶香港淪陷的經歷，本書翻譯〈香港攻略戰的回憶〉一文從日軍角度

36　1939 年 3 月，《大公報・文藝》編輯部將日本問題專號的文章及布德等人的日
　　兵反戰小說結集出版，題為《清算日本》。

37　參考陳紀瑩：《抗戰時期的大公報》（台北：黎明文化，1981 年）；劉淑玲：〈《大
　　公報》的日本問題研究及其獨樹一幟的抗戰文學〉，《社會科學論壇》2003 年
　　第 12 期，頁 60-65。

憶述「名留青史的敵前登陸」，士兵「排除着敵軍急電般的大小火砲彈幕，一船又一船，踏過、跨過戰場的屍體，一兵又一兵重重突破被鐵網重重封鎖的要塞」的具體場景。日文版《香港日報》主編衛藤俊彥親述香港淪陷前後五年期間，面對港英政府和重慶派的壓力之下在港主編報刊所遇的挑戰和困難（〈對前人的感謝——於一萬號發行之時〉），又日據時期臺北帝國大學（現今國立臺灣大學的前身）神田喜一郎教授對英國在港實施殖民地文化政策的扼要批評（〈英國殖民地文化政策〉）。

　　從日人的文化政策而言，電影、戲劇被視為宣傳大東亞共榮理念最有果效的藝術媒介。因此，英美電影被定性為「敵性電影」繼而被禁（〈禁播美英電影後的香港電影界回顧〉），而日本的文化評論者不只偏重推崇日本電影的文化藝術價值，更策略性地通過對中國傳統粵劇的關注，以期發展香港固有的本土文化，從而抗衡殖民管治遺留下來的歐美娛樂時尚。〈細說香港粵劇〉紀錄了《香港日報》記者與當時粵劇名伶——新聲劇團的羅品超、顧天吾、秦少梨、李海泉以及八和會（即廣東八和會館）曹學愚等人的訪談，向在港日人介紹粵劇的源起、藝術特色和訓練方法，也談及廣東、澳門和香港等地的著名粵劇演員，資料彌足珍貴。總括而言，日文版《香港日報》的作者涵蓋軍人、商人、教授、學者、作家、畫家以及隨軍家屬等不同身份和階層，他們在「一邊眺望香港的燈火，一邊想着這現在成為了我日本皇土時，在為五年前描繪的夢想這樣迅速地實現而感到無盡的感恩的同時，無法不在意那恍如夢境的感覺」（〈香港的夜景〉），繼而徘徊於戰爭的侵略者與受害者、帝國主義者與反殖抗爭者、大東亞共同體與中華文化的他者等等各種夾縫之間。

凡例

1.　凡報刊文章所見之外文專有名詞（例如人名、地名、書名），均以括號（　）
　　補充外文原文，並於註釋補述詳細資料。

2.　凡報刊文章所見之通用字，如「繙譯」和「翻譯」，「挽歌」與「輓歌」，
　　均據報刊文章的使用情況予以保留。惟明顯誤植之錯字、別字、異體
　　字、漏字及衍字，則統一修訂，並以半形方括號［ ］標示，於註釋說明。

3.　凡報刊文章之字句因政府審查而刪去者，保留報刊原來做法，以符號
　　「□」或「X」標示。

4.　凡報刊文章出現字句脫漏或個別難以辨識之字詞，如該文曾被收入作家
　　文集或著作選集，均盡量參照加以校訂；若能根據上下文推斷確認，便
　　以半形方括號［ ］標示，於註釋說明。至於完全無法辨識者，則按所缺字
　　數以相等數目之符號「△」標示。

5.　日文報刊文章之中文翻譯，為使文意通順而必須增補之字詞，均以全形
　　方括號〔 〕標示。

6.　凡誤植之標點符號，均加以修訂，並以半形方括號［ ］標示。至於報刊文
　　章列出之華文刊物，按現代漢語標點用法增補書名號；外國人名翻譯，
　　名字與姓氏之間亦按現代漢語標點用法增補分隔號「‧」以便閱讀，不
　　另說明。

7.　凡報刊文章內含評論書籍之廣告及出版資料，均予以保留，置於註釋。

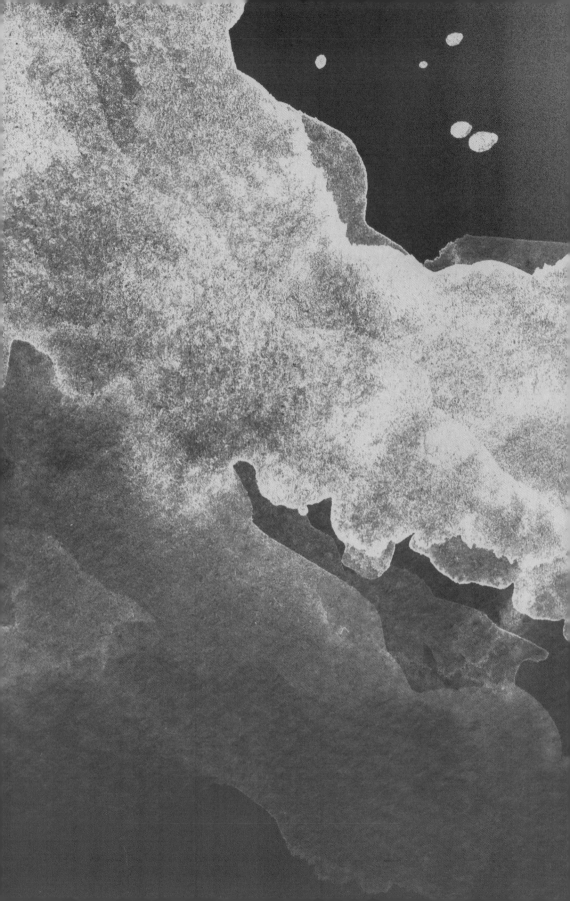

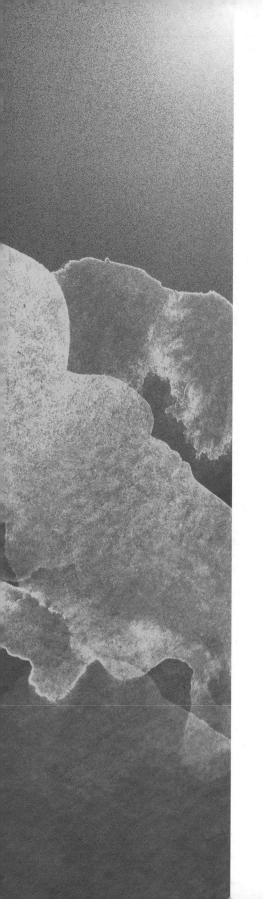

甲編

《大公報・文藝》及
《星島日報・星座》選篇

1938

―

1941

第一部

抗戰與世界

抗戰視野下的
歐洲戰爭與文藝

英國作家與政治

〔英〕劉易士 著，徐遲 譯

西台劉易士（Cecil Day-Lewis），[1] 英國新詩人，批評家。與奧頓（W. H. Auden），[2] 斯班特（Stephen Spender）齊名，[3] 並稱為「行動的詩人」，有左傾的濃重的氣質，所著〈詩的一線希望〉（*A Hope for Poetry*, 1934）即是一篇社會主義者的傑出的詩論。本文原作載在七月五日《新群眾》（*New Masses*）雜誌。[4]

——徐遲

這裏我想要告訴你一些英國作家對於政治的「態度」。請注意「態

1　西台劉易士（Cecil Day-Lewis, 1904-1972），今譯塞西爾‧戴－劉易斯，愛爾蘭裔英國詩人，1935 至 1938 年間為大不列顛共產黨（Communist Party of Great Britain）黨員。

2　奧頓（W. H. Auden, 1907-1973），今譯奧登，美籍英國詩人。

3　斯班特（Stephen Spender, 1909-1995），今譯斯潘德，英國詩人、小說家、散文家。

4　《新群眾》（New Masses, 1926-1948）為美國左翼雜誌。

度」兩字，今日的英國作家很少能忠於政治的，除了他們曾在反法西斯蒂這一點上，有過一些兒又像含糊，又像暴跳如雷。對於政治的他們的態度，大體說來，是掩鼻，闔眼而過之的，那些人的神氣。政治不是紳士東西，談談倒 OK，要實行就不行，讓政治專家去管牠，咱們自己還是管自己的寫作好了。

這種態度，因為英國曾出過好幾個舉世聞名的政治論文家，如密爾頓（John Milton），[5] 斯惠犬脫（Jonathan Swift），[6] 台福（Daniel Defoe），[7] 就奇怪了，可是這也不難解釋。資本主義使一切價值在次，而使現錢居先，這一來就否定了藝術家的社會性，使藝術家和社會遠離。再，英國文學的酷愛自由之風，在法國革命失敗後，他們痛感幻滅而跑進象牙之塔，成了自由個人主義者。對於現代的作家，「自由」這詞，漸漸的沒有了「政治的」自由之義，卻漸漸的是指着作家個人的創作的自由了。

他們現在還保持了這種自由，他們還走了甘美的路徑上。他們憎恨法西斯蒂，因為在外國，法西斯蒂壓迫了他們的同業，他們也憎恨共產主義，因為他們以為共產主義限制了他們的題材。他們自以為只要表現人類的一些進步觀念，就夠了，不必費勁了解政治和出諸政治的行動，他們也不分別明白建設性的主義與法西斯蒂的破壞性的主義之不同。

自然，一個耕地的人只要耕地就行，可是自太古以來，有時候耕地的人不免要執着刀斧工作。這自然使耕地工作不方便，可是耕地的人知[道]他要是不這樣做，[8] 他快要無地可耕了。今日的作家，如不能參加政治活動，保護他最基本的一種東西，他快要發現是他自己辜

5　密爾頓（John Milton, 1608-1674），今譯米爾頓，英國詩人、作家。

6　斯惠犬脫（Jonathan Swift, 1667-1745），今譯史威夫特，英國－愛爾蘭詩人、諷刺作家。

7　台福（Daniel Defoe, 1660-1731），今譯笛福，英國小説家、記者。

8　「知道」，原文誤植為「知逭」。

負了他的工作。

英國作家，極難組織起來。因為英國人民對於政治，就彷彿覺得那是一樁必需的，但是是骯髒的職業——如拾垃圾者，如補衣匠。如果有一個作家從事政治活動，人家就懷疑他了。所以三年之前，除了著作家協會和筆會，他們是不談政治的，以外便沒有別的組織。

於是國際著作家保衛文化協會的英國分會成立了。牠的成立得力於青年作家，他們都已有了政治的覺醒，所有的英國著作家都參加了。在說到這個協會的成功與失敗之前，讓我先談一談那些青年作家。

說他們全是社會主義者，那是錯了。的確，在相當情形裏，他們是左傾的。但是這個傾向的由來，並非理論，使他們得到政治的覺醒的，[9] 是堅硬的事實。歐戰破壞了一個傳統，一種道德觀和一種價值的制度；中產階級崩毀，社會浪費了物質的與精神的，戰雲日益險惡——這一切影響了他們。一九三〇年以來，共產主義吸引了許多的年青作家，但大多數作家還戀戀於文學賞味。大體說來，文壇上還是一個荒蕪的園子，同時又是一個吹法螺的寶塔，直到法西斯蒂與戰爭的陰影，威脅了我們，我們放棄了藝術的良心，而注意了我們自己的生命。

就在這裏我們組織了協會，有過一次藝術展覽會，同時拍賣書籍，得了二百鎊捐款賑濟西班牙難民。自然我們少不了聯合簽名發表宣言。去秋十一月英國《左翼評論》(*Left Review*) 徵求作家對於「親」或「反」法西斯蒂的意見，這些意見後來出了一本書：叫《作家決定陣線》(*Authors Take Side on the Spanish War, 1937*)，統是反法西斯蒂的。

今年六月八日，我們感到有表明著作家對於法西斯蒂在西班牙，中國，奧國，捷克的行為的直接態度的必要，就在倫敦皇后堂 (Queen's Hall) 開了一次大會。[10]

9　原文「得到」後面誤植「的」字，已刪去。

10　皇后堂，今譯女王音樂廳，1893 年於英國倫敦朗豪坊開幕，在二次世界大戰的倫敦大轟炸期間被德軍炸毀。

　　這不是誇耀，英國還是第一次開了這樣的大的集會。演說者，除了主席，所有的青年作家和老作家，外國的代表都有。除了演說者，還有著名作家寄來的信件二三十通。大會還通過了議決案如下：「茲宣佈本會憎恨法西斯蒂的目的和方法，因為牠摧殘了人類的最崇高的事業；本會自願以行動衛護真正的民主主義，因為只有牠是能保障社會的和個人的發展的。」

　　作家們對於法西斯蒂──的憎恨完全是熱情的，固然有的作家不喜歡共產主義，但他們理解到威脅今日英國的自由的，是法西斯蒂。

　　我們的工作現在是，用列寧（Vladimir Lenin）的話：[11]「忍耐地解釋」給我們的同業聽：個人不能與法西斯主義作戰，只有組織羣眾，由著作家來策動，才可以和法西斯主義決一次殊死戰。

選自《星島日報‧星座》第 10 期，1938 年 8 月 10 日

11　列寧（Vladimir Lenin, 1870-1924），俄國共產主義革命家、政治家、政治哲學理論家。

賽珍珠在德國

苗秀

　　賽珍珠（Pearl S. Buck）女士的作品第一次譯成德文的是在一九三二年秋，[1] 由巴塞爾真年書局（Zinnen Verlag）出版的《大地》（*Die gute Erde; The Good Earth*, 1931），[2] 德文譯本的《大地》曾加上一個副題目「中國人的故事」（Roman des chinesischen Menschen）。翻譯者是愛恩斯德・西蒙（Ernst Simon），維也納的奧斯特馬金書局也同時將此書印出來。到了一九三三年春，李哈德・霍甫曼（Richard Hoffmann）翻譯的《兒女》（*Söhne; Sons*, 1932）在維也納的左爾尼書局（Paul Zsolnay Verlag）出版，[3] 是年秋，西蒙翻譯的《青年革命家》（*Der junge Revolutionär; The Young Revolutionist*, 1932）又由巴塞爾真年書局出版，同時霍甫曼譯的《分家》（*Das geteilte Haus; A House Divided*, 1935）也在維也納的左爾尼書局出版。[4] 一九三四年霍甫曼也譯完了《母親》（*Die Mutter; The Mother*, 1933），《東風與西風》（*Ostwind-Westwind; East Wind, West Wind*, 1930）交 [萊比錫] 陶甫涅書局出版了。[5] 一九三五年維也納的左爾尼書局又出版安尼・波來爾（Annie Polzer）翻譯的《嫡妻及其他》（*Die erste Frau und andere; The First Wife and Other Stories*, 1933），一九三六年再出版霍甫曼翻譯的《傳教之妻》（*Die Frau des*

1　賽珍珠（Pearl S. Buck, 1892-1973），美國旅華作家，在中國成長，自幼學習中文。

2　巴塞爾（Basel），瑞士東北部城市，真年書局（Zinnen Verlag）所在地。本文討論以賽珍珠作品的德文翻譯為主，正文補充英文原著的作品名稱及出版年份。

3　李哈德・霍甫曼（Richard Hoffmann, 1892-1961），奧地利文學翻譯家、作家、編輯，1924 年起為左爾尼書局（Paul Zsolnay Verlag）翻譯英語、俄語、法語、拉丁語和西班牙語作品。

4　原文誤記《分家》出版年份為 1933 年。小説英文原著及左爾尼書局的德譯本皆於 1935 年出版。

5　原文難以辨識，現據出版地推斷為「萊比錫」。

Missionars; The Exile, 1936），至一九三七年四月霍甫曼所譯的《遠國的戰士》（Gottesreiter in fernem Land; Fighting Angel, 1936）也出了版，[6] 於是賽珍珠女士的作品就全部都有了德文譯本。

《大 [地]》翻成德文是在一九三二年，[7] 當時德國的政權尚未落在國社黨（Nationalsozialistische Deutsche Arbeiter Partei）手上，[8] 是一個政治非常混亂的時代。到了一九三三年，一九三四年 [，] 德國不論在思想上在經濟上都依然是極黑暗時代。

一本印着「中國人的故事」的副題的書，到底能獲得多少讀者，實是一個大大的疑問。因為當時德國人對於本國文學也沒有一點熱情，那末怎會注意到在瑞士出版的德譯賽珍珠的作品？

可是，讀者既少，那又為甚麼每年就有人把賽珍珠女士的作品翻成德文？特別是國社黨政權排斥美國主義的賣力不下於摧殘猶太文化，為甚麼巴塞爾書局會將賽珍珠女士的《今古中國》列為名著介紹的一種而出版？[9] 當然，賽珍珠女士的小說以中國為背景未免會引起德國人的好奇心，但此種魔力只能及於極少數的智識分子，而不能用此為例以例一般大眾。一九三五年以後賽珍珠女士的小說不能得到眾多的讀者，我們不能根據此點即下正確判斷。我們知道郭培爾（Joseph Goebbels）所封閉的日報為數不下千種，[10] 由此可以看出德國文學的容量狹小。

德譯賽珍珠女士的小說都是在瑞士或奧大利（Austria）出版，幾

6 　此句原文「至」後面誤植「的」字，已刪去。

7 　「大地」，原文誤植為「大地」。

8 　國社黨，全名為國家社會主義德意志勞工黨，通稱納粹黨（Nazi Party）。納粹黨在 1932 年的德國議會選舉中獲勝，次年希特勒（Adolf Hitler, 1889-1945）出任德國總理。

9 　文中「巴塞爾書局」應指巴塞爾的真年書局，前文亦有提及。

10 　郭培爾（Joseph Goebbels, 1897-1945），今譯戈培爾，1933 年被希特勒任命為納粹德國國民教育與宣傳部長，負責審查和管制所有公共宣傳媒介，包括報紙、雜誌、書籍、藝術、音樂、電影和廣播。

乎沒有一本是在德國印出的，這也正有他的理由，比爾‧貝斯培（Will Vesper）在一九三八年一月號的《新文學》（*Die Neue Literatur*）雜誌發表一文，[11] 痛論維也納的左爾尼書局及瑞士的出版所都以猶太財閥為靠山，德國應該設法監視，剝掉猶太的假面具。現在的德國認為猶太民族──美國主義──共產主義是三位一體的機構。故不甚歡迎由猶太人開的書局出版的自由主義者的譯本，賽珍珠女士的小說受德國文學的閉關主義所排斥，自屬不可避免之事，亨斯‧佛蘭基對於托馬士‧波爾夫的譯本下過極激烈的批評，[當]然佛蘭基所斥責的不限於波爾夫，[12] 而是指所有的美國文學說話的。雖然如此，在此種排外主義勢力支配之下，賽珍珠女士的全部作品能在去年完全譯成德文，當然也有其充份的理由在。第一是由於僑居國外的三千萬德國人讀書慾所造成的，據一九三二年至一九三五年在外國出版的德文譯本統計看來，冊數是與年俱增，這種現象無疑將成為德國統治者的一個胃癌。其次是中日戰爭的反響所造成的 [。] 我們試看賽珍珠女士的小說每本都印成萬冊，可見德國人讀書能力的強霸性了。

選自《星島日報‧星座》第 12 期，1938 年 8 月 12 日

11　比爾‧貝斯培（Will Vesper, 1882-1962），今譯維斯珀，德國作家、文學批評家。維斯珀於 1923 至 1943 年間擔任納粹文學雜誌《新文學》的編輯，該雜誌原名為 *Die Schöne Literatur*（*The Beautiful Literature*），1931 年更名為 *Die Neue Literatur*（*The New Literature*），1943 年停刊。

12　「當然」，原文誤植為「常然」。

歐戰行軍紀

〔英〕赫倍·里德 著，徐遲 譯

　　詩人赫倍·里德（Herbert Read），[1] 在歐戰時是一個少校，隸屬於第五路軍。本文節譯自他的《撤退記》（*In Retreat*, 1925），記的是五路軍一九一八年三月自聖魁丁（Saint Quentin）的撤退。里德以詩及詩的批評，美學的批評，在英國及世界文壇上著稱，為新的美學理論的最好的建文者，扶持者。著有《詩集》（*Poems 1914-1934*, 1935），《藝術之意義》（*The Meaning of Art*, 1931），《今日之藝術》（*Art Now*, 1933），《英國詩的諸形態》（*Phases of English Poetry*, 1928），《詩與無政府主義》（*Poetry and Anarchism*, 1938）等。

　　最高潮來了。我們手上，只剩下一張紙牌可玩——反攻部隊。接到了 B 的訊息，團長決定依照計劃，令 C 進攻。

　　我們只從幾個礮火中逃生的人聽到這次反攻的情形。這是此次撤退中最英雄式的插曲。反攻部隊在他們的死守了一天，給砲火轟得零落不堪的塹壕裏集合了，就向空曠中衝鋒。沒有砲火掩護他們。這行為是無希望的，瘋狂的，自殺的，他們全得衝鋒過一百五十碼的距離，他們 [縱] 躍而前，[2] 在不平坦的地面上紛亂地跑。前面，火網迎接他們，他們一個一個的倒下。C 和一打人衝 [進] 敵人那裏，[3] 他們逃進德國鬼子的中間，肉搏戰繼續了幾分鐘。我們最後看見的 C 是咒詛着，有一小羣德國人把他刺倒在地，他的一個手裏執着一支冒烟的槍。

1　赫倍·里德（Herbert Read, 1893-1968），今譯赫伯特·里德，英國詩人、藝術評論家。

2　「縱躍」，原文誤植為「蹤躍」。

3　「衝進」，原文誤植為「衝列」。

＊＊＊

現在是黃昏了。黃昏帶來了和平的寂靜。在黑暗中,我和團長散步到前線。沿路走時,這個靜寂突然給三四響尖銳而咒詛的槍聲擊碎了。我們撲[倒]在地,[4] 拔出了槍。我們叫喊,「誰在前面?」是英國的聲音回答的。

白天裏一點鐘剛過,我們接到了旅部發出的,等待了許多時候的訓令,後備軍全營將出發反攻。隊伍如何展開和反攻的方向都有着。全營將於十二時三刻出動,一時三十三分,將有伸長的掩護礮火。

全部行動是個大失敗。夜是墨黑的。反攻的一營兵摸不熟地域。我們等[候]了幾個小時,[5] 等他們近來。兩點鐘過後,有一個迷路的軍官,和他的隊伍失[散]了,[6] 找到了我們。到四點鐘左右,有一個隊伍來到了。他們在黑暗中前進,可是又散亂得不能整成隊形[,] 就無法取進攻之勢了。黎明發現我們,如黃昏那時發現我們的一樣而只有一個不同,我們的堡壘中添了兩百個反攻部隊。他們是逃亡在我們這裏的。

＊＊＊

在敵方進攻的高潮裏,我們的心正焦急而沉重時,旅部送來了一個消息,一定是生力軍快開抵了!難道是授命予我,允許我撤退?卻甚麼也不是:而是一篇文采修辭極好的請求書,叫我死守下去,戰至最後一人。我苦痛地決定了服從這個命令。

又一小時過去了,敵人殘酷地,施出他們的決斷,而狡猾的威力,不顧惜犧牲,向我們壓迫過來。現在我們的陣地是可怕地不安

4　「撲倒」,原文誤植為「撲到」。
5　「等候」,原文誤植為「等侯」。
6　「失散」,原文誤植為「失敗」。

了。我於是決定獨自行動。也許在一小時之前我就應 [該] 如此的。[7] 我命令 B 指揮撤退，發出了這個消息，我的肚子伏臥在草原上，每一秒鐘從望遠鏡裏觀察敵人的行動。逐漸的，他們步步上前，繞依這個堡壘的邊緣，轟炸着橫路。現在，像嘴唇。已經在餐盆子的邊上的，我們必須死守了。我看到我的部隊，密集在一個小小的地 [方]。[8] 而我們邊旁，不可信地活躍着的，匯聚着德國人的灰色鋼盔。這像是天際一個長長的弓弦，我們小小部隊像一支支快要被射向混沌去的箭矢。許多帶有敵愾的機關槍在陣地上出現，平原裏飛濺着噓噓的子彈。牠們在我躲藏的小穴回繞舞動爆 [裂]。[9]

我焦急地 [等待] B 他們衝鋒。[10] 我看到隊伍的 [人] 從壕溝裏爬出來了，[11] 躺到在壕溝的背牆上，還向敵人開槍，於是，片刻之後，箭在弦上，不得不發了。我看見一羣可憐的人從地上爬起，向我迅疾地奔來。德國人的那兒一聲噪音：是溶和了勝利與恐懼的噪音。他們叫喊着：「阻止英國人！」他們叫喊，然而在短暫之間他們驚異得不敢射；彷彿他們是因為這些傻子竟能躍入死亡的暴風雨裏去，驚異萬分了。可是最初的恐懼中的寂靜一過去，一個農人的暴風雨開始了。我記不得四年歐戰中，還有沒有別的比這次更像地獄的感覺了。我的部隊散開約二百碼長度，纍纍的一長串。從左面的大路上，敵人衝出來切斷他們了。刺刀鏘鏘地格起來。在這裏，人的死亡速率，正與子彈的速率相將，每秒鐘他們倒下，一個，有時是兩個三個同時。我看見他們彎下身子去拾起他們的受傷的戰友，帶了他們走，那時，他們自己也被射中了，連了他們的重荷倒地，現在他們和我很近了，我也衝出來，向三百碼外的壕溝奔去。

---

7 「應該」，原文誤植為「應説」。

8 「小小的地方」，原文作「小小的地位」，現據英文原著（「little space」）修訂。

9 「爆裂」，原文誤植為「爆烈」。

10 「等待」，原文誤植為「等衞」。

11 原文遺漏「人」字，現據文意增補。

　　幾百碼的路程，對於我卻像一個長距離。我的心神經質地 [跳] 動，[12] 我又是無盡地疲倦。子彈在我四週尖銳地叫，我就想：這該是所謂死亡之時辰了。我記得書本上說，戰場上一個 [人] 受了傷，[13] 不知道他受了傷，非得到後來 [才知道]，[14] 那時我就疑心，我有沒有受傷呢；於是我到了那條壕溝。

　　我站着，化石一樣的，[呆] 住了，[15] 這條假想中的壕溝，還沒有掘好，生力軍也沒有開到。

　　離再後面一條戰壕是七百碼。

選自《星島日報‧星座》第 20 期，1938 年 8 月 20 日

12　「跳動」，原文誤植為「蹤動」。
13　原文遺漏「人」字，現據文意增補。
14　據文意增補「才知道」。
15　「呆住了」，原文誤植為「是住了」。

拿破崙第二

李健吾

　　小時候讀書讀到「固一世之雄也，而今安在哉」，[1] 心裏感慨的成分可以說絲毫沒有，有的倒是一種莫明其妙的快感。大約醉我的不是那深長的意味，而是那抑揚的格調。現在年紀大了，格調的興趣漸漸降低，倒是從前不很透徹的觀念，彷彿脫穎而出，值得留戀了。望一個小孩子瞭悟哲學，其實是對牛彈琴，然而這篇〈赤壁賦〉終了做了每個小孩子的讀物，根據的大約是大人的心理，很少是小孩子自己的要求。一朵花沒有開就談到謝，多少有些陰慘。一個人才生下來就去想死，不能不說殘忍罷。

　　然而一個具有無數萬人民的國家，為了幾個人想做「一世之雄」，便犧牲了無數萬人民的幸福與和平，不等正式開戰，便把死亡的暗影投在他們的心上，身上，其為癡為愚也就可想而知了。

　　你們明白我指誰說。

　　但是，我要說的更是一個歷史上的例子。不，我要說的只是一首詩罷了。一八三二年，奧地利死了一個法蘭西的青年，年紀二十一歲。他是一位金枝玉葉的太子，我說錯了，一生下來，他父親就派他做了羅馬王。[2] 我還說小了他。他父親退位的時候，吩咐議會把他認做皇帝。他這時也就是五歲。他父親功名蓋世，一敗於莫斯科，再敗於滑鐵盧 [3]——我說的正是那萬人景仰的暴發戶，拿破崙一世（Napoléon Bonaparte）。[4] 他不能忘情於他的事業，就在他舉目荊棘的

1　此句出自蘇軾《前赤壁賦》。

2　此處指拿破崙二世（Napoléon II, 1811-1832），法國皇帝拿破崙一世之子，也是他的繼承人，出生後即被封為羅馬國王（Roi de Rome）。

3　滑鐵盧（Waterloo），比利時南部城鎮，拿破崙戰敗之地。

4　拿破崙一世（Napoléon Bonaparte, 1796-1821），法國軍事家、政治家，法蘭西第一帝國（1804-1815）皇帝。

時候，他給他五歲的孩子安排好了一個光明的未來。

> 未來！未來！未來是我的！[5]

然而，可惜的是，未來不是他的。上帝似乎相當酷虐，不等光明光臨，便中途收了他兒子的歲月。活了二十一歲，這無聲無嗅的拿破崙二世（Napoléon II）！[6] 父子地下相逢，遙想當初，能不慘然！所以時人誹笑道：

> 不對，未來不是任何人的！
> 陛下，未來是上帝的！
> 只要時鐘響一下，
> 人間就向我們告別一次。
> 未來！未來！神祕！
> 地上所有的東西，
> 光榮，勳績，
> 輝耀的王冠，
> 搨着翅膀的勝利，
> 實現了的野心，
> 放在我們的頭上，
> 就像鳥兒在我們的房頂！

一個人得意的時候，從來不提防什麼失敗。他一次征服了命運，便以為永久征服了命運。小時候他也許讀過不少的史乘，告訴他同一

5　文中引用的詩歌段落均出自法國詩人雨果（Victor Hugo, 1802-1885）詩作〈拿破崙二世〉（*Napoléon II*, 1832），收入他的詩集《暮歌集》（*Les Chants du Crépuscule*, 1835）。

6　拿破崙二世（Napoléon II, 1811-1832），法國皇帝拿破崙一世之子、皇位繼承人，出生後即被封為羅馬國王（Roi de Rome）。

的反覆。秦始皇之役，有一個二世；亞力山大（Alexander the Great）之後，[7]就——沒有人！但是，虛榮養成他「天之驕子」的情感，何況拿破崙一世，兵之所至，無堅不摧，戰勝何止十次，把「例外」當做他的專利。然而，我們且聽聽詩人的預言：

明天，是冒着白沫，倒下來的馬。

明天，是夜晚自焚的莫斯科，像座燭臺。

是你的老衛隊遠遠撒遍了平野。

明天，是滑鐵盧！明天，是聖海蘭！[8]

明天，是墳！

這正是自來野心者的悲哀：他們可以過五關，斬六將，但是，最後，他們衝不出一個關隘：明天！他們最大的敵人是時間。它是無限的，那樣長，那樣長，就不曉得甚麼地方是它的盡頭。時間不是老人。它沒有年齡。「野火燒不盡，春風吹又生」，倒像是比喻時間。它像日本軍閥[殺]不完的中國人，[9]越殺越多，殺到後來，彷彿黃河決了口，沖掉留在人世血腥的痕跡。這些執迷不悟的武士，個個色盲，錯把一座一座的城邑當做一分一分的時辰。他們看不出這正是死亡的徽記。他們勝了，離死卻也近了。詩人這樣警告拿破崙一世道：

上帝留下時間，給你留下空間。

你可以佔有地上一切所在，

和空裏一座建築同樣偉大；

7　亞力山大大帝（Alexander the Great, 356 BC- 323 BC），古希臘馬其頓帝國國王，率領軍隊於歐、亞、非各國征戰，建立了當時疆域最大的帝國之一。亞力山大死後沒有繼承者，治下城邦迅速叛變，帝國隨之分裂。

8　聖海蘭（Saint Helena），今譯聖赫勒拿，大西洋島嶼，拿破崙流放之地。

9　此句「殺」字在《大公報・文藝》刊載時被審查刪除，現據《李健吾散文集》（銀川：寧夏人民出版社，1986 年）所錄〈拿破崙第二〉一文增補。

陛下，你可以隨意拿走

沙里曼的歐羅巴，默哈默德的亞細亞；[10] ——

可是你拿不走「永生」的明天！

所以，和詩人相比，武人顯然拜了下風。拿破崙一世不僅把自己輸給了時間，還把自己輸給了雨果。你們以為我在談誰？我談的只是一個民族的英雄——不是侵略羣小的霸主，而是一個為人長歌不 [輟] 的詩人，[11] 他指示我們：

活着的人們，是那些鬥爭的人們；

而且有膽量說：

帝國應當在滑鐵盧敗。

他愛的是法蘭西人民的法蘭西，不是拿破崙的帝國主義。我的題目是「拿破崙二世」，其實我不過是模仿詩人，表示他的無辜罷了。假如他生而不為拿破崙二世，他不會二十一歲就死，死的彷彿一個無期徒犯。這不能不說是殘忍。

救救你們的孩子，日本軍閥。

選自《大公報·文藝》第 341 期，1938 年 8 月 25 日

10　沙里曼（Charlemagne, 741-814），今譯查理曼，又稱查理大帝（Charles le Grand），為中世紀位於歐洲中部及西部的法蘭克王國（Frankish Kingdom）的國王。默哈默德（Muhammad, 571-632），今譯穆罕默德，伊斯蘭教的創始人，成功統一位於亞洲西部的阿拉伯半島各個部落。沙里曼和穆罕默德被視為促成歐洲和西亞文明起源的重要人物。

11　此句「輟」字原文難以辨識，現據《李健吾散文集》所錄文章校訂。

海敏威作品在蘇聯

馮馥君

　　在蘇聯，美國作家歐耐史脫·海敏威（Ernest Hemingway）的名字，[1] 是異常熟悉的。工人與智識份子，一般的愛讀他的作品，蘇聯的文學機關也在研究着。

　　在作者四十歲生辰的八月裏，蘇聯各處都有特定的晚上，來朗誦和研究海敏威的作品。莫斯科的一家大橡膠廠，「紅色的泰坦」有一個海敏威的夜會，是朗誦《向武器告別》（*A Farewell to Arms*, 1929），《有與沒有》（*To Have and Have Not*, 1937）兩本書的 [翻] 譯的。[2] 在同樣的晚上，蘇聯的著作家，戲劇家，新聞記者，都要來研究他的作品。

大量書籍出版

　　自從三年半以前，海敏威的第一部作品《在下午死了》（*Death in the Afternoon*, 1932），[3] 在蘇聯被譯出以後，他的書到現在已經出版了九萬八千本。《在下午死了》的最初蘇俄譯本出了八千本，再版是一萬本。

　　《向武器告別》，一本蘇聯讀者喜愛的書，一九三六年在蘇聯譯出，就 [出] 了一萬本。[4] 這本書得到了 [前所未] 有的成功，[5] 幾個月後，便又出版了一本五萬份的，叫做《在前線》的節錄本。再版也印了二萬份。

1　歐耐史脫·海敏威（Ernest Hemingway, 1899-1961），今譯厄尼斯特·海明威，美國作家。

2　原文難以辨識，現據文意推斷為「翻」。

3　海明威首部作品為 1923 年出版的短篇小說集《三個故事和十首詩》（*Three Stories and Ten Poems*），《在下午死了》（現譯《午後之死》或《死在午後》）乃蘇聯首次翻譯海明威的作品。

4　原文難以辨識，現據文意推斷為「出」。

5　原文難以辨識，現據文意推斷為「前所未有」。

這個著名的美國作家的作品，也常常在蘇聯的雜誌上發表，像《國際 [文學]》（ *Internatsionalnaya Literatura* ），[6]《十月》（ *Oktyabr* ），《紅色新聞》與《新世界》（ *Novy Mir* ）。

每天有二千讀者的莫斯科省立圖書館，有五十本海敏威的作品，雜誌上還有許多這位作者小說的節譯，和蘇聯批評家討論他們作品的文章。關於他的書，圖書館的藏書室，老是感到缺乏的。《向武器告別》這本書的欠缺情形，便是誰都知道的事實。

一點意見

紅色泰坦橡膠廠的工友們，有一座最大的工廠圖書館，他們永遠在盼望着最近的外國文學作品。這座圖書館，有塊意見牌，包括了讀者的讀後感。這兒是一個工人，沙蒙諾夫，讀了海敏威的書籍以後說的：

「我覺得歐耐史脫・海敏威，把他所接觸了的生活，刻畫了一個最真確，誠實與使人深信的形象。我最喜歡的，是他們所寫的許多有力的插話，他暴露了帝國主義的戰爭，對於人民是怎樣的無意識和不需要。」

「蘇聯的讀者和文人，同樣的喜愛海敏威 [。]」尤列・亞沙（ Yury Olesha ），[7] 蘇聯的有名作家，曾經寫了一篇研究這個美國作家的文章。「他們完全一致地認為海敏威是個優秀的作家。《向武器告別》一書，給我們一種新的技巧，新的寫作方法。無疑的，海敏威已經滲雜了某種新的東西到他的方言裏，並且織入了故事的本身。」

6　「國際文學」，原文誤植為「國際新聞」，現據俄語雜誌原名修訂。

7　尤列・亞沙（ Yury Olesha, 1899-1960 ），今譯尤里・阿廖莎，蘇聯小說家。阿廖莎對海明威作品的評論參考 Iu Olesha, " 'Fiesta' Khemingueia," *Literaturnoe obozrenie* 1 (1936): 29-31.

站在人民的前線

「歐耐史脫‧海敏威是愛好生活,而又順從生活的。衷心地承認這個世界是真的美麗。不過使它變成恐怖的,不是死亡的陰影,而是那許多資本主義所造成的情形。這樣一個有力的,獨立而又聰明的漢子,像他孤獨的留在資本家的環境裏,當然再也沒有旁的路可走。祇有大踏步的走向人民陣線的前衛了。」

最近幾年來,許多海敏威的蘇聯仰慕者,高興的看到這個美國作家對反抗法西主義的戰爭,是並不泛 [談] 的。[8] 他給西班牙人民的幫助和他的誠實,使他變成了進步的人類的前鋒。這使蘇聯的人民更是敬愛他了。

選自《星島日報‧星座》第 31 期,1938 年 8 月 31 日

8　「談」,原文誤植為「淡」。

貝希爾的詩

〔德〕亨利·曼 著，苗秀 譯

最近，蘇聯外國工人出版社（Co-operative Publishing Society of Foreign Workers in the U. S. S. R.）替德國無產階級詩人約罕納斯·貝希爾（Johannes R. Becher）出版了詩集《幸福追求者及七苦》（*Der Glücksucher und die sieben Lasten*, 1938），[1] 這篇短文是德國反法西［斯］作家亨利·曼（Heinrich Mann）的介紹，[2] 登於七月二十一日《真理報》（*Pravda*）。文內對於詩人和詩歌的定義有新的暗示。

——苗秀。

貝希爾的詩證明在我們的時代藝術可以幫助克服生活上的艱難。藝術最重要的是不能離開現實。僅為一己而創造，不把自己的命運和天下的憂樂聯繫起來，到底是徒勞無功的。藝術家與周圍的惡妥協——僅知隨波逐流而不以身吃苦也一樣是無用的。一切當得起藝術這個高尚名稱的藝術是用來克服我們生活上的惡。

《幸福追求者及七苦》是貝希爾的偉大作品，無怪他名之曰「歌中之歌」了。這些詩作於生活轉變的剎那：詩人把一切生活上的痛苦放在［他］肩上，[3] 領會這些詩就能了解自己的艱難。現在他已不再談為好的將來而奮鬥了：「那是空虛的幻想！」他明白：「為甚麼不艷羨袖

1　約罕納斯·貝希爾（Johannes R. Becher, 1891-1958），今譯約翰內斯·貝歇爾，德國政治家、詩人。二戰期間流亡蘇聯，1933 至 1945 年間擔任莫斯科雜誌《國際文學》（*Die Internationale Literatur*）主編。

2　亨利·曼（Heinrich Mann, 1871-1950），今譯亨利希·曼，德國作家。

3　「他」，原文誤植為「仔」。

手旁觀世界分裂的人」，「他們無力創造志願和幸福」。而這些引他走進這樣的時代「懷中生着偷生種族的疫症」。現在，世界分裂了，一個民族起來反對那為了政權慾而殘殺人類的戰爭。這結果傳播到別的民族去，很快的傳遍所有的民族。這種新的民族自覺給了那想做宣告者的詩人以力量。當人類愈成偉大時，他的詩將愈高貴了。

為了把才能發展得完全，藝術家應該加入黨，為正義，為人類的黨而奮鬥。只有如此方能減輕他肩上的艱苦，使他相信他的工作並非空做。只有如此方能使他的詩有力，詩的形式有力。形式和技術常常依賴生活和克服生活的決斷性。現代詩的詩才是否有永恆的藝術特徵則全視詩人是否與民眾同在，為民眾而奮鬥來決定之。只有革命者才能握住活的傳統，因為一切思想和事業都是為自由而奮鬥之故。這時候就會發生上文說過的「偷生種族的疫症」：此類種族現時已沾污了德國。法西斯的黑暗首先要遮蔽甚麼呢？遮蔽民族的勇敢而有靈魂的傳統。

貝希爾很早就創作了得罪敵人的獻詩獻給屬於德國以至全人類的偉人——克留尼華烈，哥德（Johann Goethe），[4] 藍勃倫德。現在，野蠻的進攻已為人所共知了；但詩人，革命者早已用名貴的詩歌貢獻他們。古典作品常是為過去或將來而奮鬥的證據。對於奴化民族的渾人——則為橫在路上的障礙物。

在被放逐幾年後，詩人完成了自己的詩的形式了。他恰像海涅（Heinrich Heine）和柏拉丁（August Platen）一樣可以說：[5]「祖國在我這兒」[，] 或說：「我飽厭祖國」。但從天才的平衡上說來，這兒實有極大分別，區別了前人和這個新僑民，詩人。革命者的詩並未把自己和

---

4   哥德（Johann Goethe, 1749-1832），今譯歌德，德國詩人、小說家、劇作家。

5   海涅（Heinrich Heine, 1797-1856），德國浪漫主義詩人、記者、文學批評家。柏拉丁（August Platen, 1796-1835），今譯普拉登，德國詩人、劇作家。

德意志祖國分開，並未對祖國生厭。他住在一個幸福的，為人人謀幸
福和自由的國家裏；但這不是說他避開祖國，不管祖國的命運。相反
的，當他觀察周圍的現實時 [，] 他相信他的祖國將成為一切勞苦大
眾的真正祖國：

> 這裏是空前未聞的一塊地方，
> 他的人民從長睡中醒來。
> 朋友，我們還未創造過這樣地方，——
> 請來向前望望……

貝希爾在〈無名小兵〉（*Wiederkehr des unbekannten Soldaten*, 1936）
一詩裏告訴德國人的這幾句話，是一節有力的詩，沒有一音一字是離
開真實的。無名小兵臨死時躺在阿爾貢森林（Forest of Argonne）中，
他站起來，走回家裏，因為他追問：「幸福何在？我為甚麼流血 [？]」
於是又被人開槍打他。千真萬確的！當他回轉去時一切都是這個樣
的。世人所創造的形式與他的道德力和純潔一致了。真理的一方面是
戰士一次一次的被槍殺，另一方面則為他們不怕這點繼續生下去，而
且向前走去，給了別的詩人以由衷的歡迎詞：

> 你認識那些從前和現在的同志？
> 新的種族是在痛苦和苦鬥中長大。

不，他認識他們，他以前和現在都把捷徑告訴他們。路途已不是
遙遠了。德國對於他比以前更重要。戰士互相團結——這使我們的時
代和無信仰或失望的時代截然不同！戰士已不分畛域團結為一了。

我們握住傳統和前途。我們握住最好的形式——不是空虛的而是
用活的汁液養活的。

我們的面前有一個解放的國家：蘇聯。德國呢也要：

我們的德國要重新站起，
像從前
克羅齊站在波丁來一樣……

　　當我們單單幻想着德國時，德國沒有比我們為他而奮鬥時一樣接近的。所以如貝希爾一流的詩人現在就易被人深深懷念了。

選自《星島日報‧星座》第 38 期，1938 年 9 月 7 日

希特勒也得怕她

璣

　　有一個女人，希特勒（Adolf Hitler）怕她的程度，[1] 比諸怕歐洲任何一人還要利害，希特勒曾派二百個秘密警察馳赴但澤（Danzig）去捕拿她，[2] 若果把她拿獲的話，二十四小時後便得送上斷頭台。

　　上個星期，住在但澤收着無線電的人們，忽然聽見溫柔中帶點乾啞的女人聲音，在無線電機裏講着法西斯德國的真相。她說昨年曾在但澤送了八千四百四十九個人到集中營，其中三千人卻失了蹤跡，最後她說：「晚安，德國人，這是自由電台。」希特勒馬上命令秘密警察去搜查那個全德國只有一個的誹謗最高領袖的聲音。

　　這個聲音，是從一個二十六歲的巴威女郎來的，[3] 她為着在集中營死去的情人而復仇。

　　兩年前，這個自由電台已經用二九‧八的波長來播音，秘密警察曉得這個電台是安置在一輛汽車裏頭的，每一處地方，都不會停多過三個鐘頭。第一次的播音，是從「黑林」裏發出來的。[4] 如是的繼續着，等到第一個星期的末了一天，三千警察，由三十名秘密警察帶領着，把那個認為在那裏發出播音的一塊小小地方團團包圍着，他們找了一夜，勞而無功，聲音卻失蹤了。此後在德國各部份都播着音，德國當局懸賞五千鎊來緝拿她，也曾用過獵犬，軍隊，和德國的無線電專家去找尋發出播音的處所，卻始終找不着這個巴威女人。

　　在每個週末的播音裏，她總說：「我把過去的一個星期的真情卻向各位報告過了，你們把我的話記緊了，說不定，下個星期斷頭台的

1　阿道夫‧希特勒（Adolf Hitler, 1889-1945），德國納粹黨領袖、納粹德國元首，發起第二次世界大戰並在歐洲實施納粹大屠殺。

2　但澤（Danzig），德國與波蘭邊界的自由市，1939 年被納粹德國佔領。

3　巴威（Bayern），今譯巴伐利亞，德國東南部行政區。

4　黑林（Schwarzwald），又稱黑森林，德國最大的森林山脈，位於德國西南部。

大鋼刀便會落在我的頭上。」

　　許多時，她的播音給別人雜亂了，但是她馬上便改變了她的波長，她的聲音，始終未有停息過，這次秘密警察大搜但澤，一無所獲之後，希特勒必定又有一封信收了，因為在每次大捕拿之後，她總寄一封信給希特勒，說：「我的情人給人謀殺死了；我生存着來說話，一直等到德國恢復了自由。」

選自《大公報‧文藝》第 411 期，1938 年 9 月 17 日

英國的戰爭文學

苗秀

　　在廣義上所說的描寫戰爭的小說，出乎意外卻就是戰爭小說，例如薩加里（William Thackeray）的名著《虛榮市》（*Vanity Fair: A Novel without a Hero*, 1847-1848）裏面就有滑鐵盧戰爭的場面。[1] 這本小說是描寫出發時英國軍人的陣中生活，然後逐步接近戰爭，以至小說內重要人物的一個戰死了。這個部份是小說裏的壓卷場面之一，但《虛榮市》卻不能說是戰爭小說，正像史丹泰爾（Stendhal）的《巴爾姆僧院》（*La Chartreuse de Parme*, 1839）不可稱做戰爭小說一樣。[2] 海第（Thomas Hardy）的終生鉅著《霸者》（*The Dynasts*, 1904-1908）是取材於拿坡倫戰爭的全景，[3] 那只是富於野心的劇詩，依然不能列入戰爭文學的範圍內。因為這篇大劇詩在量上分給戰爭的作用雖極大，但作者的目的卻在更高或更深的地方，只透過戰爭這種最激烈的人類行動而描寫宇宙的大意志，人類的運命，打算造成一篇《神曲》（*Divina Commedia*, 1472）吧了。[4] 近來的戰爭小說普通作者本人就是戰爭的經驗者，直接間接透過了此種經驗來描寫戰爭狀態下的人性與人的心理。

　　在歐戰爆發後雖有大量戰爭詩歌產生，但卻沒有一本戰爭小說。如病死戰場的魯巴特・布律季（Rupert Brooke），[5] 如羅伯達・尼古爾士

1　薩加里（William Thackeray, 1811-1863），今譯薩克萊，英國小說家，詩人，插畫家。其長篇小說《虛榮市》今譯《浮華世界》或《名利場》。

2　史丹泰爾（Stendhal, 1783-1842），今譯司湯達，法國現實主義作家馬利－亨利・貝爾（Marie-Henri Beyle）的筆名。其長篇小說《巴爾姆僧院》今譯《巴馬修道院》或《帕爾馬修道院》。

3　海第（Thomas Hardy, 1840-1928），今譯哈代，英國小說家、詩人。其長篇詩劇《霸者》，今譯《列王》或《統治者》，全劇三部份分別完成於 1904、1906 和 1908 年。

4　《神曲》，意大利文藝復興時期詩人但丁（Dante Alighieri, 1265-1321）所著長篇史詩。

5　魯巴特・布律季（Rupert Brooke, 1887-1915），今譯布魯克，英國戰爭詩人。

（Robert Nichols）兩人成名為戰爭詩人就在此時。[6] 在布律季的詩〈兵士〉（*The Soldier*, 1914）裏有句云：

如我戰死，請這樣記憶我。
在外國的某一隅，這兒永遠屬於英國。
（If I should die, think only this of me.
That there's some corner of a foreign field. That's forever England.）

　　他歌唱出來的愛國熱情，連生平不讀詩的人也不免燃起心裏的感情來。到了歐戰後半期，則有以〈反攻〉（*Counter-Attack*, 1918）一詩馳名於時的辛格弗列・沙遜（Siegfried Sassoon），[7] 也有停戰一星期前被敵彈射倒的威弗列特・歐文（Wilfred Owen），[8] 都是膠着狀態的西部戰線的近代 [戰壕戰] 之恐怖與絕望的活生生的紀錄，[9] 和上半期那些謳歌抽象感情的詩完全不同。值得注意的是戰爭小說完全未見，大概謳歌愛國熱情，描寫戰壕內的沉痛感情，以至他們在現實戰爭中所生的感情高揚，[詩] 歌是最適宜的表現形式吧。[10] 因此，戰爭文學，特別是小說和戲劇的氾濫時代要到十年之後。
　　由一九二九年至一九三〇年普通稱之為戰爭作品的洪水時期，這是歐美的相同現象，如雷馬克（Erich Remarque）的《西線無戰事》

6　羅伯達・尼古爾士（Robert Nichols, 1893-1944），今譯尼可斯，英國戰爭詩人、劇作家。

7　辛格弗列・沙遜（Siegfried Sassoon, 1886-1967），英國戰爭詩人、小說家，以一戰中的反戰詩歌和小說體自傳而著名。

8　威弗列特・歐文（Wilfred Owen, 1893-1918），英國戰爭詩人。

9　原文難以辨識，現據文意推斷為「戰壕戰」。

10　原文難以辨識，現據文意推斷為「詩」。

（*Im Westen nichts Neues, 1929*），[11] 阿諾德・支魏格（Arnold Zweig）的
《格里修加軍曹》（*Der Streit um den Sergeanten Grischa, 1927*），[12] 約瑟
夫・哈式格（Jaroslav Hašek）的《兵士修威格》（*The Good Soldier Švejk,
1921-1923*），[13] 漢明威（Ernest Hemingway）的《別矣武器》（*A Farewell to
Arms, 1929*）都是在這兩年內繼續寫成的。[14] 歐戰對於歐美人是一個空
前的大打擊，這種經驗在過了十年以後他們要帶着感傷情緒追憶起
來。此時英國的戰爭文學可以明白的分成兩派，一派是以參加戰爭的
個人的立場來描寫戰爭，另一派是把戰爭看作一種集團的行動，從所
謂全體主義立場來描寫。前一種當然帶了反戰的和平主義傾向，把戰
爭的恐怖與絕望用過份誇張的手筆來描寫，後一種則過份側重戰爭上
所表示的英雄精神，戰場上的友誼。這時期的戰爭小說大抵是站在個
人立場向戰爭 [發] 出抗議者居多。[15]

　　[戰] 後英國戰爭文學的先驅應推蒙達久（Charles Edward Montague）

11　雷馬克（Erich Remarque, 1898-1970），德國作家。其長篇小說《西線無戰事》
　　出版後旋即被譯介至中國，譯本包括：一、林疑今譯《西部前線平靜無事》（上
　　海：水沫書店，1929 年）；二、洪深、馬彥祥合譯《西線無戰事》（上海：現
　　代書局，1929 年；上海：平等書局，1929 年）；三、〔日〕村山知義改編、梅
　　君譯《西線無戰事（劇本）》（南京：拔提書店，1931 年）；四、姚莘農註《西
　　線無戰事（華文詳註）》（上海：世界書局，1933 年）；五、過立先譯《西線
　　無戰事》（上海：開華書局，1934 年；上海：中學生書局，1934 年）；六、徐翔、
　　鄺光沫合譯《西線無戰事劇本》（上海：神州國光社，1934 年）；七、錢公俠
　　譯《西線無戰事》（上海：開明書店，1936 年）。

12　阿諾德・支魏格（Arnold Zweig, 1887-1968），今譯茨維格，德國作家。原文提
　　及的《格里修加軍曹》（*The Case of Sergeant Grischa*）實於 1927 年初版，英譯
　　本於 1928 年由 Eric Sutton 翻譯，紐約維京出版社（Viking Press）出版，原文記
　　述有誤。

13　約瑟夫・哈式格（Jaroslav Hašek, 1883-1923），捷克無政府主義作家、記者。
　　原文提及的《兵士修威格》（*The Good Soldier Švejk, 1921-1923*）實於 1921 至
　　1923 年間出版，英譯本於 1930 年由英國作家保羅・塞爾弗（Paul Selver, 1888-
　　1970）翻譯，倫敦 William Heinemann Ltd 出版，原文記述有誤。

14　漢明威（Ernest Hemingway, 1899-1961），今譯海明威，美國作家。其小說《別
　　矣武器》今譯《永別了，武器》。

15　原文難以辨識，現據文意推斷為「發」。

的《幻滅》（*Disenchantment*）（作於一九二二年），[16] 這不是小說而只是
作者以小兵資格參加戰爭的關於戰場生活的隨筆。他後來所寫的二三
本戰爭小說正如這一本的書名一樣充滿了濃厚的幻滅感情。此外又有
描寫法國人戰時生活而得文學獎金的莫托藍（Ralph Hale Mottram）的
《西班牙莊園》（*The Spanish Farm*）（作於一九二四年）。[17]

　　不過真正的戰爭作品是出現於一九二九年，是寫過這樣話：「全
世界像阿里斯蒂斯一樣被人咒詛，因流血發狂而自己殺傷」的里察．
柯爾第東（Richard Aldington）的《英雄之死》（*Death of a Hero*）（作於
一九二九年）。[18] 還有描寫一個受過嚴格清教徒的道德訓練的青年以
士官資格參加戰爭時精神逐日陷於廢頹，出版時備受清議的羅伯達．
顧里威斯（Robert Graves）的《別了，那一切》（*Good-Bye to All That*）
（作於一九二九年）。[19] 這兩本作品沒有把感情 [委] 曲起來 [，] [20] 將
戰場生活的明暗與邪正描寫，到底是智識份子作家所不能做到的。
[其] 他如用小兵一九〇二二（Private 19022）的筆名發表的《我們是小
兵》（*Her Privates We*）（作於一九二九年），[21] 以及用小兵 X（Ex-Private
X）的筆名發表的《戰爭就是戰爭》（*War is War*）（作於一九二九年），[22]
以及 R. C. 舍里夫（Robert Cedric Sherriff）的感傷戰爭劇《旅途的盡頭》

16　原文難以辨識，現據文意推斷為「戰」。蒙達久（Charles Edward Montague,
　　1867-1928），英國作家、記者，《幻滅》是他在報紙上所發表文章的合集。

17　莫托藍（Ralph Hale Mottram, 1883-1971），又譯摩特藍或莫特拉姆，英國作家。
　　其小說《西班牙莊園》又譯《西班牙農場》。

18　里察．柯爾第東（Richard Aldington, 1892-1962），今譯奧爾丁頓或阿爾丁頓，
　　英國詩人。

19　羅伯達．顧里威斯（Robert Graves, 1895-1985），今譯格雷夫斯，英國詩人、
　　小說家、古典學學者。其自傳《別了，那一切》今譯《向一切告別》。

20　「委曲」，原文誤植為「丟曲」。

21　原文遺漏「其」字，現據文意增補。Private 19022 為奧地利作家曼寧（Frederic
　　Manning, 1882-1935）的筆名。

22　Ex-Private X 為英國作家 A. M. Burrage（1889-1956）的筆名。

（*Journey's End*）（作於一九二九年），[23] 不管其意義上是好是壞，都是典型的戰爭作品。這些作品都是站在做人的個人立場向戰爭抗議的，關於《旅途的盡頭》有過這樣的一段逸事，據說這劇上演的第一晚某著名劇評家帶了妻小一塊去看，當劇做到第一幕的一半時，這位劇評家早已忘掉了自己的職務，不禁拭淚抱住妻的肩頭低聲說：「是呀，是這樣的呀！」由此不難想像得出這 [部] 劇訴諸讀者們的感情程度是如何深刻了。[24]

　　然而此種感傷的誇張叫囂並不是一切，當然也有從另一陣營傳出來的挑戰。最有名的是達格拉斯・齊洛德（Douglas Francis Jerrold）在一九三〇年寫的小冊子《關於戰爭的虛偽》（*The Lie About the War*）。[25] 這本小冊子一時引起了戰爭文學的筆戰，成為文學史上一大事件 [。] 據作者的意見說，自稱描寫了戰爭的真實的戰爭作品，事實上一點真實也沒有描寫過，不過單單取材於特殊的經驗，而把戰爭的全部真實滑走了，因此他把雷馬克，漢明威，柯爾第東及其他十六本戰爭作品評做誇張與虛偽。

　　在此種戰爭文學的筆戰外，依然出了幾本戰爭作品。哈拔特・李德（Herbert Read）的《後退》（*In Retreat*）（作於一九二五年），[26] 愛德曼・佛蘭亭（Edmund Blunden）的《戰爭的低音》（*Undertones of War*）（作於一九二八年），[27] 沙遜的《步兵軍官的回憶瑣記》（*Memoirs of an Infantry Officer*）（作於一九三〇年）。這些作品在嚴格上說來不能稱作

23　R. C. 舍里夫（Robert Cedric Sherriff, 1896-1975），今譯謝里夫，英國劇作家。其劇作《旅途的盡頭》首演於 1928 年，原文應為誤植。

24　原文難以辨識，現據文意推斷為「部」。

25　達格拉斯・齊洛德（Douglas Francis Jerrold, 1893-1964），今譯傑羅爾德，英國記者、編輯，其作品全名為 *The Lie About the War: A Note on Some Contemporary War Books*。

26　哈拔特・李德（Herbert Read, 1893-1968），今譯里德，英國詩人、藝術評論家。

27　愛德曼・佛蘭亭（Edmund Blunden, 1896-1974），今譯布倫登，英國作家、批評家。

小說，只是一種參戰體驗的自傳作品，但英國戰爭小說的性格卻可以從此中參透三昧。在出版之時並未博得戰爭作品的榮譽，反之卻有更深更久的人性反應。不消說，《步兵軍官的回憶瑣記》最後是否認戰爭的，而《戰爭的低音》也對戰爭發生懷疑，但卻沒有把文學來做反戰思想和 [暴] 露企圖的工具。[28]《戰爭的低音》所描寫的使人不會忘記的戰時自然觀察，以及沒有背向戰爭的現實方面的 [逼] 真精神，[29] 最能看出他是英國式的作品來。

在戰爭作品停頓後數年，到去年畫家大衛・瓊斯（David Jones）寫了一本《插畫式》（*In Parenthesis*, 1937），出版時大受讚賞，而且得到霍桑丁獎金（Hawthornden Prize）。[30] 這本書用藝術的客觀精神把歐戰觀察了二十年，根據一九一五年底至一九一六年七月的參戰體驗為基礎寫成的，批評家眾口同聲的稱他是中世紀的敘事詩。他的特別作風是由七部合成一部，與其說是以時間為次序的小說，毋寧說是透過畫家的眼光來描寫戰爭的七 [彩] 畫布，[31] 然而卻是值得注意的作品。

選自《星島日報・星座》第 94 期，1938 年 11 月 2 日

---

28 「暴露」，原文作「曝露」。

29 「逼真」，原文作「迫真」。

30 大衛・瓊斯（David Jones, 1895-1974），英國畫家、現代主義詩人。霍桑丁獎金（Hawthornden Prize），今譯豪森登獎，自 1919 年起以想像性文學（imaginative literature）為準則，頒發獎項予 41 歲以下的作家。上文提及的布倫登為 1922 年得主，莫托藍《西班牙莊園》為 1924 年得獎作品，格雷夫斯為 1935 年得主。

31 原文難以辨認，現據文意推斷為「彩」。

希得洛斯的歌劇《和平之日》[1]

盛智

　　這個德國現代最大的作曲家，一八六四年生於明興（München），[2]
平生所作交響樂曲，歌劇，舞劇等甚多，尤以《莎樂美》（*Salome*,
1905），《薔薇之騎士》（*Der Rosenkavalier*, 1911），《英雄的生涯》（*Ein
Heldenleben*, 1899），《火的飢饉》（*Feuersnot*, 1901），《家庭音響曲》
（*Symphonia domestica*, 1904）等聞名於世。他曾歷任明興，柏林，
及維也納國立歌劇院等的指揮，柏林高等音樂院的作曲學教授。
兩年以前，還在柏林，任德國國立音樂院院長之職。當時曾將猶太
人亡命作家史提芬·滋瓦格（Stefan Zweig）的話劇《沉默之女》（*Die
Schweigsame Frau*, 1935），[3] 改作歌劇；脫稿時特意將作曲情形告知住在
維也納的滋瓦格。不幸該信件受德國郵政局所檢查，被認為言中有
反希特勒（Adolf Hitler）的嫌疑；[4] 結果在納粹宣傳部長戈培爾（Joseph
Goebbels）激怒之下，[5] 音樂院院長之職便被解除了。希特勒政府對於
名聞全球的老音樂家也不惜用卑劣手段加以壓迫的。

　　以後希得洛斯為避免法西斯蒂的無理取鬧，便集中於十足的日耳
曼民族的作家身上，搜求材料，於是完成了得意的新作歌劇《和平之
日》（[*Friedenstag*], 1938）。[6] 這部歌劇的主題，採取自維也納國立圖書

1　希得洛斯（Richard Strauss, 1864-1949），今譯史特勞斯，德國作曲家。《和平
　　之日》（*Friedenstag*），又譯《和平紀念日》，史特勞斯 1936 年創作的獨幕歌
　　劇作品，於 1938 年首演。

2　明興（München），今譯慕尼黑，德國城市。

3　滋瓦格（Stefan Zweig, 1881-1942），今譯褚威格，奧地利猶太作家。

4　希特勒（Adolf Hitler, 1889-1945），德國納粹黨領袖、納粹德國元首，發起第二
　　次世界大戰並在歐洲實施納粹大屠殺。

5　戈培爾（Joseph Goebbels, 1897-1945），1933 年被希特勒任命為納粹德國國民
　　教育與宣傳部長，負責審查和管制所有公共宣傳媒介。

6　「Friedenstag」，原文誤植為「Friedeustag」。

館戲劇部長格禮哥博士（Joseph Gregor）最近發表的一段關於德國歷史上的故事。[7]但是當在本年七月末在明興歌劇季節首次演出的時候，卻驚倒了所有納粹的藝術批評家。原因是這部新作《和平之日》充滿了反戰的思想。

《和平之日》取材於三十年戰爭，描寫鼓勵戰爭的司令官和愛好和平的平[民][的]鬥爭，[8]最後是當敵人高揭白旗投降的時候，兩交戰軍的司令官都涕淚交流而兄弟般地互相擁抱起來了。這裏面的音樂，據批評不如他早期的作品那樣奔放不羈，而是具有高貴的感情，莊嚴而優麗，也可以知道斯氏的用心了。但是這樣優秀而成熟的藝術，結局遭希特勒政府的排斥與[摧毀]。[9]目下《和平之日》已經沒有再度演出於德國國內的希望了。

選自《大公報·文藝》第 466 期，1938 年 12 月 11 日

7　格禮哥（Joseph Gregor, 1888-1960），奧地利作家、戲劇史學家，曾任奧地利國立圖書館館長。

8　「平民的」，原文誤植為「平的民」。

9　原文難以辨識，現據文意推斷為「摧毀」。

《人的希望》
——最近一本轟動歐美文壇的巨著 [1]

譚子濃

　　最近歐美報章雜誌上，批評《人的希望》（*Man's Hope*, 1937）的文章很多，大體一致稱讚。這部轟動歐美文壇的名著是法國左翼作家，西班牙政府軍國際空軍大隊的司令安德・馬爾勞（André Malraux）所作。[2]

　　馬爾勞每天空戰之餘，趁着夜間休息的暇暑，把參戰的觀感，伙伴的生活，輕鬆而生動的素描下來。因此，這是西班牙反法西斯侵略戰爭中忠實的報告文學。全書分五十八節，從瑪德里（Madrid）的動員寫起，以二十個主要伙伴的命運及遭遇為全書的脈絡，西班牙的名小說家，現任政府軍一個縱隊的隊長雷門・聖德（Ramón Sender）也是二十個勇士之一。[3]

　　本書作者曾六十五次飛越佛郎哥（Francisco Franco）的陣地轟炸，[4] 兩次因飛機失事而受傷。馬爾勞是履險如夷的。他早已置生命於度外，更抱「不入虎穴，焉得虎子」的決心，轟炸敵軍的大本營多次，

1　報刊原文標題下註明書籍出版資料及售價：「一九三八年　Random House, Manhattan 出版頁五二　價美金二元五角」。

2　安德・馬爾勞（André Malraux, 1901-1976），今譯安德烈・馬爾羅，法國左翼作家，西班牙內戰期間曾加入國際縱隊，協助共和軍對抗佛朗哥軍隊。《人的希望》（*L'Espoir*, 1937）主要描寫西班牙內戰初期人民反抗法西斯政權的情況。小說首先由戴望舒翻譯，1938 年 8 至 10 月期間在香港《星島日報》副刊〈星座〉發表了小說的選段翻譯，全文翻譯則由 1941 年 6 月 16 日開始連載，至同年 12 月太平洋戰爭爆發才被迫終止。譯文收入鄺可怡主編《戰火下的詩情 —— 抗日戰爭時期戴望舒在港的文學翻譯》（香港：商務印書館，2014 年）。

3　雷門・聖德（Ramón José Sender, 1902-1982），西班牙小說家、記者，曾於西班牙內戰期間服務於西班牙共和軍，戰後根據戰爭經歷寫成小說《反擊》（*Contraataque*, 1938）。

4　佛郎哥（Francisco Franco, 1892-1975），今譯佛朗哥，1936 年西班牙內戰爆發後成為國民軍大元帥，1939 年獲內戰勝利統一全國，成立法西斯獨裁政權。

不怕敵軍的高射砲和飛機的反擊。他說：「害怕是情感，為人類的自由平等及世界的和平而戰是理智；此時此地的我，理智戰勝情感了」。偉矣哉！斯言也。因此，美國的名作家辛克萊氏（Upton Sinclair）批評這本書有云：[5]「……馬爾勞不獨是一個理論家（他曾說過現代世界的真確新聞以小說的體裁書之，勝過記在報章的），而且是一個實踐家，他的第五部作品──《人的希望》──委實堪與雷馬克（Erich Maria Remarque）的《西線無戰事》（*All Quiet on the Western Front,* 1929）媲美。[6]而且，撇開文學的技巧不談，在時代的意識上來論，老實說，《人的希望》勝過《西線無戰事》萬倍。……」

　　這本書既以二十個勇士的命運及遭遇為全書的脈絡，現在將幾位較為重要的主角略為介紹一下：

　　施門斯上校（Colonel Ximenes）是巴塞羅納（Barcelona）自衛團的指揮，[驍]勇善戰，[7]身先士卒，每役之後，常為陣亡的士卒祈禱和未亡的部隊祝福。

　　孟奴爾（Manuel）就是雷門・聖德的化身。這位西班牙名小說家是一個堅決的共產主義者，為縱隊的隊長，是施門斯上校的得意從屬。

　　麥格寧（Magnin）是一位哲學家，詩人，中年的法國空軍司令，奮不顧身，為自由而戰。

　　韓寧節（Hernandez）是一位老邁的軍官，看來好像查理第五

5　辛克萊（Upton Sinclair, 1878-1968），美國左翼作家，1943 年獲普立茲獎（Pulitzer Prize），代表作為《屠場》（*The Jungle,* 1905）。

6　《西線無戰事》（*Im Westen nichts Neues,* 1929）為德國作家雷馬克（Erich Maria Remarque, 1898-1970）描寫第一次世界大戰的反戰小說。1929 年小說單行本發表後不久，便被譯為中文，包括洪深、馬祥的合譯本《西線無戰事》（上海平等書局）以及林疑今的譯本《西部前線平靜無事》（上海水沫書店）。

7　「驍勇善戰」，原文誤植為「饒勇善戰」。

（Charles V）。[8] 但其壯勇之處，還遠勝過許多青年戰友。厚待俘虜為其特性。

有的主角的名字是真的。比方：白格（Puig）是在巴塞羅納奮不顧身而陣亡的戰士；韓寧節隊長確實在吐力多（Toledo）督過戰的。[9]

全文雖以二十個人物為中心，彼此的個性雖異，但其精神，其背景——西班牙戰爭的八個月——則毫無二致。所以，開卷而讀，大有不願釋卷，不一口氣讀完不罷休之勢。[抓]着讀者的心弦，[10] 有如是者！

最後，本書作者今年三十七歲，是一個愉快，活潑的人，銳利的眼睛，瘦長的個子，一九零一年十一月三日生於巴黎的一個小康之家，曾攻讀於巴黎的東方語言學院，仗着他的聰明，他懂西班牙、英、德、意、俄等和中國的文字。他是一個健談，好抽烟的人。幼年時代已經受了社會主義的薰陶了。

這位青年空軍司令——同時也是青年作家，不獨現在參與西班牙的反法西斯戰爭，在我國北伐的期間，他也不遠千里而來，[間關]往廣州，[11] 參與我國的反封建反帝的神聖民族革命運動，他曾做過粵、桂兩省的宣傳人員，著有《征服者》（The [Conquerors], 1928），[12] 及《人的命運》（Man's Fate, 1933）兩書，[13] 也是報告文學之傑出者，均以我國

8　查理五世（Charles V, 1500-1558），1519 至 1558 年為神聖羅馬帝國皇帝（Holy Roman Emperor），同時他以卡洛斯一世（Carlos I of Spain）之名義自 1516 年起統治西班牙，直至 1556 年遜位。馬爾羅形容角色韓寧節（Hernandez）的面貌像「西班牙皇帝們的那些著名的畫像」，「而所有的畫像都長得像年輕的查理五世」。原著參考 André Malraux, *"Exercice de l'Apocalypse"* [*Prelude to Apocalypse*], in *L'Espoir* [*Man's Hope*] (Paris: Gallimard, 1947).

9　吐力多（Toledo），今譯托萊多，西班牙中部城市。

10　「抓着」，原文誤植為「找着」。

11　「間關」，原文誤植為「關間」。

12　「Conquerors」，原文誤植為「Conpuerors」。《征服者》（*Les Conquérants*, 1928）為中國最早譯介的馬爾羅作品，1938 年由王凡西翻譯，中譯名為《中國大革命序曲》。

13　《人的命運》（*La Condition humaine*, 1933）又譯《人的境遇》或《人的狀況》。

北伐時代可歌可泣的事跡為題材。《征服者》以廣 [州] 為背景，[14] 鮑羅庭（Michael Borodin）和毛澤東為書中的中心人物。[15]《人的命運》則以一九二七年的上海革命運動為題材，[16] 是其一舉成名的傑作。祇可惜這兩本與我國革命運動有關的作品，都沒有中文譯本。於此可見我國知識界貧乏的一斑了！

選自《大公報 · 文藝》第 482-483 期，1938 年 12 月 27-28 日

14　原文遺漏「州」字，現據文意增補。

15　鮑羅庭（Michael Borodin, 1884-1951），猶太裔俄國人，活動於美國和西歐的職業革命家。他曾被列寧任命為共產國際首位赴美特使，1923 年赴華任孫中山的首席顧問兼共產國際駐中國代表。

16　此句原文重複「以」字兩次，已刪去。

關於《不准通過》

振庭

　　U. 辛克萊（Upton Sinclair）的近作 *No Pasaran*，[1] 是一部描寫西班牙內戰的慘酷，和無數抱正義感的美國青年，在萬分艱難的環境下，參加國際縱隊，協助政府軍，合力保衛瑪德里的報告文學。回顧我國在現勢下和日 X 國主義作英勇抗戰的艱苦，可以和西班牙所遭受的等量齊觀。站在時代前衛的青年們，目前最切迫的任務，無疑的該在激發自身勇氣，堅強必勝信念，鍛鍊思想體魄這多方面，努力下些功夫。本書是青年戰士們英勇鬥爭的實錄，對於我們的需要自能給予極大的幫助和激勵。

　　好久以前，在朋友家裏看見王楚良君的一部份譯稿。他是按西班牙文的原意譯為《不准敵人通過》。[2] 恰巧案上有原本，取來略一對讀，譯 [本] 頗能傳神，[3] 而且文字清麗簡潔，現在他已全部譯竣 [，] 想不日即可出版了。王君是個年青人，工作的態度是誠懇而謹慎的。舉例來說，他為了寫序者的便利計，粗擬了一個故事的節錄，跟譯稿一起送去，由此我們也可見他鄭重將事的一斑了。

　　原書是作者自費出版的，時期是一九三七年末。到去年九月，在蘇聯的俄譯本就有三十餘萬冊之多，銷數比自一九〇六年的《屠場》（*The Jungle*）和一九一七年的《石炭王》（*King Coal*）到現在的任何一種的總數都來得大，[4] 牠們各二十多萬冊。——見蘇聯作家祝電中的報告，動人深刻於此可見。當時美國出版界也轟動過，報紙評着：

1　辛克萊（Upton Sinclair, 1878-1968），美國左翼作家，1943 年獲普立茲獎（Pulitzer Prize）。*No Pasaran*，全名為 *No Pasaran! (They Shall Not Pass) A Story of the Battle of Madrid*，1937 年出版。

2　《不准敵人通過》（1939）由王楚良翻譯，上海楓社出版。

3　「本」，原文誤植為「革」。

4　《屠場》（*The Jungle*）和《石炭王》（*King Coal*）皆為辛克萊的長篇小說作品。

「這是一冊為自由而吶喊，為人類的崇高而呼籲的好書，它描寫的是一個偉大悲壯的歷史插曲。」「……作者宣說的：要使全人類知道這次西班牙的鬥爭是民主政治沒落與否的決定的關鍵。這一目的，無疑是達到了，它——指本書，確是一支反帝反法西的嚴正而銳利的武器……」

　　遠在十一月中旬，上海海燕出版社印過一本柯夫翻譯，題名《紅前線——鐵的堡壘》的譯本，由「爭取自由與正義而奮鬥的一件可用的武器」（該書的廣告語）來說，誠是件「意義不在原作之下」的工作。但因譯筆 [潦] 草，[5] 不忠於原文，祇可說是先驅，卻不能作為足本的。近聞王楚良君也把這書譯竣了，希望它早日出版。

選自《大公報 · 文藝》第 543 期，1939 年 3 月 6 日

5　「潦草」，原文作「了草」。

陣亡在西班牙土地上的美國將士 [1]

〔美〕E. 海敏威 著，伍漢 譯

　　今夜死者冰冷的睡在西班牙。雪飄過橄欖林，紛紛向樹根落下。雪在土塚上堆成小小的標幟。（當有時間作標幟時。）那橄欖樹在寒風中是薄弱的，因為牠們的嫩枝曾經砍下來防坦克，而死者冰冷的睡在雅拉馬河（Jarama River）上的小丘間。[2] 他們死在那裏時正是寒冷的二月，而死者從此不注意季候的變遷。

　　林肯大隊（Lincoln Brigade）防守雅拉馬河沿岸高地四月又半，[3] 到現在已是兩年了，而第一個美國死者之成為西班牙土地的一部份，到現在為時也很久了。

　　今夜死者冰冷的睡在西班牙，而且他們將冰冷的睡過這冬天，正如與他們同眠的土地。但在春天，雨將到來使土地再度柔和。風將從南方微微地吹過山崗。黑的樹將隨小的綠葉而蘇生，而在雅拉馬河沿岸的蘋果樹將開出花來。今年春天死者將覺得土地開始復生呢。

　　因為我們的死者現在已是西班牙土地的一部份，而西班牙土地是永不死亡的。每個冬天牠似乎死去，而每個春天牠又再生。我們的死者和牠千古長存。

　　正如土地的永不死亡，那些曾經自由的人們也不會重為奴隸。農人們耕種我們的死者長眠之地，將知道這些死者為何而死。戰爭期間他們有機會聽見這些事情的，而他們將永遠牢記。

　　我們的死者將生存在西班牙農民及工人所有信仰，並為西班牙共

1　原文題為 "On the American Dead in Spain"，發表於 1939 年 2 月 14 日的美國左翼雜誌《新羣眾》（New Masses）。

2　雅拉馬河（Jarama River），今譯哈拉馬河，西班牙中部河流。1937 年 2 月 6 日，佛朗哥（Francisco Franco, 1892-1975）率領國民軍發動哈拉馬河戰役，共和軍及國際縱隊其後反擊。

3　林肯大隊（Lincoln Brigade）指國際縱隊第十五營亞伯拉罕．林肯營（Abraham Lincoln Brigade），主要由美國志願者組成，在哈拉馬河戰役中傷亡慘重。

和而戰的純樸正 [直] 的人們的心坎上，[4] 理智中。[5] 只要我們的死者生存在西班牙土地，他們便將與土地長存，沒有虐政制度會在西班牙盛行的。

法西斯們也許布滿這塊地方，用從別國帶來的大批炸藥轟開他們的路。他們也許靠賣國 [賊]，[6] 靠懦夫的幫助前進。他們也許破壞城市和鄉村並企圖奴役人民。但你不能奴役任何人民。

西班牙人民將再起來，如他們以前常起來反對虐政一樣。

死者不必起來。他們現在已是土地的一部份，而土地是永不會 [被] 征服的。[7] 因為土地永久長存。牠比一切虐政制度都活得久些。

那些光榮地入土的人，（沒有人比死於西班牙的那些人更光榮地入土的）已經成就了不朽。

（伍漢譯自《新羣眾》*New Masses* 二月號）

選自《大公報‧文藝》第 551 期，1939 年 3 月 14 日

4　「正直」，原文誤植為「正真」。

5　此句原文為 "Our dead live in the hearts and minds of the Spanish peasants, of the Spanish workers, of all the good simple honest people who believed in and fought for the Spanish Republic."

6　原文難以辨認，現據文意推斷為「賊」。

7　原文遺漏「被」字，現據文意增補。

向中國藝術致敬

〔法〕格洛美爾 著，方仁 譯

　　我這裏對於中國藝術的敬意，並不是出於一種臨時的動機。我想簡單地來說明一下，為甚麼中國藝術所呈顯的圖像，我們看着的時候就會感到真實的激動；為甚麼那些表面上離開我們很遠的很古的作品，還依然是最生動最近的人類勝利之一。

　　幾個月之前，當我談到法國藝術傑作展覽會的時候，我寫過這樣的話：「我常常想，法國藝術的一般態度，並不和另一國的外表上絕不相同的藝術的態度有甚麼大差異；這另一國的藝術在很早以前就在世界的另一端開過花，這就是中國藝術。在歐洲的邊緣，在亞洲的邊緣，這兩個農民和文士的民族，兩個因為土地的力量而同化了不斷的異族侵入的民族，兩個均由無數種族結成的民族（因此是更有理解力的），都有着一種可以對比的藝術發展。在中國藝術中我們可以找到這種罕有的能力，把日常的東西移到宇宙性中去，把一種不斷地更新的感覺的新鮮，由一種直接的接觸，連接到那不會過去的東西的高貴莊嚴上去。細部變成偉大，但同時並不失去其風趣，而仍然是草，或是石，或是隨便的姿勢，或是目光。

　　「在法蘭西的柳蔭下或中國的竹林中默想着的哲人，知道任何東西都值得重視和愛戀，知道那認識是從和宇宙的密切不倦的親睦中產生出來的。」

　　對於我，畫苑是不是墓地，以及過去的作品是不是無肉體的幽靈等問題是沒有的。我知道那些畫苑裏藏着一些強有力的爆炸物，能夠激起我們內心的革命，而這種內心的革命，便是征服生活的一切革命所不可少的序曲。而有些要想把格呂納華爾德（Grünewald），[1] 朗勃蘭

1　格呂納華爾德（Matthias Grünewald, 1470-1528），今譯格呂內瓦爾德，德國文藝復興時期畫家，以哥特風格著稱。

特（Rembrandt），[2] 房谷訶（Van Gogh）的作品，[3] 從世人的記憶中擯棄出去的人們（因為他們的作品中有審判的目光），也是很清楚前面所說的那一點的。在藝術之中，時間和空間祇是一種鏡子的映照；在世紀和國家之外，[屹] 立着那唯一的命題，[4] 即現實的命題。

說藝術不死，是一句庸俗的話，可是真把牠當一句話並從而得到好處的人，卻是很少。任何藝術作品，古代的也好，近代的也好，在牠們存在着的時期，都能經常有力地遞出牠們的使信。

當然，這樣說不能說是言之過甚，我們常常在秘密旁邊經過而不注意，而我們之所以疏忽了某一些飾着難堪的莊嚴的古代作品，是我們沒有力量去接受牠們的顯示。

……

中國藝術的奇蹟，就是在普遍的相關相繫情緒中的自由探討的人類的奇蹟。當我們常常想到，中國藝術怎樣對於各種絕不相同的命題，給與一個唯一的回答的時候，我們便漸漸地確信這件事：一個問題似乎不能有答覆，那是因為單獨地看來牠本身沒有存在的理由；那是因為牠並沒有處在牠所應佔的地位，或是提出得太早或太遲；而當那人們誤稱為「過去」的蘊藏力滿溢出來而變成了「未來」的一天，這問題自然會找到牠的解答的。中國藝術的奇特的尺度 [，] 無疑是從這種賡續，近似，和潛伏存在的情緒而來，是從「不同就是深深的相同的刺戟」這個直覺而來的……

中國藝術的出發點並不是夢。正相反，牠飽和着普遍的現實而達到了夢境，牠征服了偉大的覺醒的夢的確切性。

這樣，我們便可以測度古代中國所至今還不斷地傳遞給我們的一切了。而那受着別一個民族的侵略的青年中國呢（那另一個民族，除

2　朗勃蘭特（Rembrandt van Rijn, 1606-1669），今譯倫勃朗或林布蘭，荷蘭巴洛克畫家。

3　房谷訶（Vincent van Gogh, 1853-1890），今譯梵谷或梵高，荷蘭後印象派畫家。

4　原文難以辨識，現據文意推斷為「屹」。

了為害的工具以外，一切都是從中國得來的），現在卻異常勇敢地在別一方面學習着，戰鬥着。

但願青年的中國在牠的奮激的戰鬥之中不要忘記這一點：牠的往日的文化至今還是一種主動的力量，能夠把那些單獨時軟弱，聯合時堅強的愛好和平的人士聯合起來，結成一個大力量，壓倒那些窮兵黷武者。

但願青年中國記住下面這幾句古詩人的勉勵之辭，並且傳頌給一切人聽：

「白日依山盡，黃河入海流，欲窮千里目，更上一層樓。」

譯者按：格洛美爾（Marcel [Gromaire]）係法國當代著名畫家，[5] 同時也是一位熱忱的中國之友。本文原載法國中國之友社（L'Association des amis du peuple chinois）出版《中國》（Chine）月刊，[6] 有幾節引用巴黎大學教授格拉奈的話，覺得太形而上學一點，譯時已加刪節，但無妨本文，請讀者見諒。

5　「Gromaire」，原文誤植為「Grommaire」。格洛美爾（Marcel Gromaire, 1892-1971），今譯格羅梅爾，法國畫家，關注社會題材。

6　1934 年，法國作家馬爾羅（André Malraux, 1901-1976）、記者瓦揚－古久列（Paul Vaillant-Couturier, 1892-1937）、音樂家拉盧瓦（Louis Laloy, 1874-1944）及漢學家艾田伯（Réne Étiemble, 1909-2002）在巴黎成立支持毛澤東的「中國之友協會」，該會曾刊行雜誌《中國》（Chine）。參考徐仲年譯：〈艾登伯致戴望舒信札（1933-1935）〉，《新文學史料》1982 年第 2 期，頁 221；Réne Etiemble, *Quarante ans de mon maoïsme (1934-1974)* (Paris: Gallimard, 1976), pp. 64-66.

關於羅曼・羅蘭

適夷

　　《動向》第二期〈社會主義大師們的藝術觀〉中，[1] 一開始就舉出了馬克思（Karl Marx）在〈政治經濟學序言〉的話：[2]「藝術最高發展的某些時期，與社會一般的發展並無直接關係，與社會組織的經濟基礎與輪廓結 [構]，[3] 亦無直接的關係。」他們以為當今這些「大師們的『衣缽傳人』中，有誰能不把上述的意見斥為『自由主義』或『小布爾喬亞意識』的呢？」這在承受了普列哈諾夫（Georgi Plekhanov），[4] 波格達諾夫（Alexander Bogdanov）的衣缽，[5] 以及有一時期高唱辯證法唯物論藝術的阿衛巴哈（Leopold Averbakh）之流，[6] 與過去某時期我們的一部份 [板] 着指導者面孔的理論家，[7] 是可以這樣發問的；但在蘇聯作家協會（Writers' Union of the U.S.S.R.）結成以前，[8] 史大林（Joseph Stalin）關於

1　《動向》為上海《中華日報》副刊，創刊於 1934 年，以發表雜文為主。

2　馬克思（Karl Marx, 1818-1883），猶太裔德國哲學家、經濟學家，社會主義、共產主義理論奠基者。〈政治經濟學序言〉指〈《政治經濟學批判》導言〉（"Einleitung" Zur Kritik der Politischen Ökonomie），此篇未完成的手稿在馬克思生前並未被發表，直至 1903 年才首次在《新時代》（Die Neue Zeit）雜誌上刊載。

3　原文難以辨識，現據文意推斷為「構」。

4　普列哈諾夫（Georgi Plekhanov, 1856-1918），今譯普列漢諾夫，俄國馬克思主義理論家、革命家，《共產黨宣言》俄文譯者，被稱為「俄國馬克思主義之父」。

5　波格達諾夫（Alexander Bogdanov, 1873-1928），俄國革命家、作家。他在早期布爾什維克運動中與列寧共事，共同創立俄國社會民主工黨（Russian Social Democratic Labour Party）。1905 年以後，他與列寧意見分歧，1909 年被排擠出布爾什維克。

6　阿衛巴哈（Leopold Averbakh, 1903-1937），蘇聯作家、文學評論家，曾任俄羅斯無產階級作家協會（Russian Association of Proletarian Writers, R. A. P. P.）領導人，一度被視為波格達諾夫理念的繼承者。

7　原文難以辨識，現據文意推斷為「板」。

8　蘇聯作家協會，蘇聯官方作家組織，1932 年成立，1991 年蘇聯解散後解散。

文藝運動的著名的演說中，[9] 也就早已傳達了馬克思這個意見。倒是在同一刊物同一期中——《動向》第二期野老先生的〈羅曼‧羅蘭新論〉裏，我們看見了用着那把機械論的銹刀子，宰割羅曼‧羅蘭（Romain Rolland）的理論家了。[10]

野老先生判定「羅曼‧羅蘭實在只是道地的一位資產階級作家」，而一筆勾銷了他五十年來反市民意識，反資產階級統治的不屈不撓的鬥爭，真使人感得理論家辯舌的毒辣，而政治上偏激的情緒，［遮］蔽一個人到怎樣可怕的程度。[11]

從資產階級的文壇來說，羅曼‧羅蘭並不是一位怎樣走紅運的作家，在法國，他至少沒有野老先生所謂「倒了霉」的紀德（André Gide）似的走紅運，[12] 紀德還受過資產階級的寵愛，高高地坐在學士院的金交椅上，[13] 而羅蘭卻據說連提也很少被提起的。他不能自安於祖國，不得不隱居於瑞士的日內瓦湖畔，送其孤寂的歲月。

使羅蘭不受資產階級寵愛的，正是他的「新英雄主義」的精神。他所認為的英雄的典型，悲多汶（Ludwig van Beethoven），[14] 米格朗結羅（Michelangelo Buonarroti Simoni），[15] 托爾斯泰（Leo Tolstoy），[16] 密勒

9　史大林（Joseph Stalin, 1878-1953），前蘇聯最高領導人。

10　羅曼‧羅蘭（Romain Rolland, 1866-1944），法國作家、思想家、音樂評論家、社會運動家。野老〈羅曼‧羅蘭新論〉刊於《動向》1939 年第 2 期，作者批評羅曼‧羅蘭為「一位道地的資產階級的作家」，「他底『最前進』的傾向只是建築在他資產階級左派底意識上面的」。

11　原文難以辨識，現據文意推斷為「遮」。

12　紀德（André Gide, 1869-1951），法國作家。

13　紀德並未加入法蘭西學院（Académie Française），野老在再次回應適夷的〈《羅曼‧羅蘭新論》的申論：答《大公報‧文藝》適夷先生的駁論〉（載《學術叢刊》1939 年第 1 輯）中說明了這一點。

14　悲多汶（Ludwig van Beethoven, 1770-1827），今譯貝多芬，德國浪漫主義作曲家。

15　米格朗結羅（Michelangelo Buonarroti Simoni, 1475-1564），今譯米高安哲羅，意大利文藝復興時期藝術家。

16　托爾斯泰（Leo Tolstoy, 1828-1910），俄國批判現實主義小說家、哲學家、政治思想家。

（Jean-François Millet），[17] 以至他自己所創造的約翰‧克里思多夫（Jean-Christophe），[18] 與其認為是一種新興階級的前 [進] 的鬥士，[19] 寧說是一個崩潰階級的以其受難的生涯而偉大而頑強的叛徒更為適當一些。而這種對本階級的叛逆的精神，也正是羅蘭的新英雄主義的精神，因此羅蘭自己也徹頭徹尾是一位資本階級的叛逆者。

　　讓我們記起《克里思多夫》（*Jean-Christophe*, 1904-1912）中《廣場之市》（*La Foire sur la place*, 1908）的一卷吧，[20] 羅蘭對於巴黎的市民社會，曾經提出了怎樣強烈的抗議，揭發市民社會的卑劣，醜惡的文字，我不記得有比這更加辛辣的了。然而野老先生以為羅蘭所憎惡的只是這階級的「現狀」，而不是階級的「本身」麼？那麼，我們也可以記起描寫在巴爾札克（Honoré de Balzac）的《人間喜劇》（*La Comédie humaine*, 1829-1848）中的勃興時代的真正市民社會的生活，[21] 難道那樣的生活是羅蘭所憧憬而企圖恢復的麼？資產階級的真正英雄只是拿破崙（Napoléon Bonaparte），[22] 克倫威爾（Oliver Cromwell），[23] 勞伯斯比爾（Maximilien Robespierre）那樣的 [火炮]，[24] 而不是羅蘭的英雄。即

17　密勒（Jean-François Millet, 1814-1875），今譯米勒，法國畫家。羅曼‧羅蘭曾為以上四人撰寫傳記。

18　約翰‧克里思多夫，羅曼‧羅蘭於 1904 至 1912 年所出版同名小說的主人公。

19　原文難以辨識，現據文意推斷為「進」。

20　《廣場之市》為《約翰‧克里思多夫》第五卷。

21　巴爾札克（Honoré de Balzac, 1799-1850），法國現實主義作家。其作品《人間喜劇》由長、中、短篇小說和隨筆組成，合共 91 部，呈現十九世紀法國資產階級的眾生百態。

22　拿破崙一世（Napoléon I），指拿破崙‧波拿巴（Napoléon Bonaparte, 1796-1821），法國軍事家、政治家，法蘭西第一帝國（1804-1815）皇帝。

23　克倫威爾（Oliver Cromwell, 1599-1658），英國政治家，1649 年廢除英格蘭君主制，率軍征服蘇格蘭、愛爾蘭。

24　勞伯斯比爾（Maximilien Robespierre, 1758-1794），今譯羅伯斯庇爾，法國大革命時期政治家，發動 1793 年暴動並主持革命專政。原文難以辨識，現據文意推斷為「火炮」。

使在法國大革命中，羅蘭所頌讚的也只是丹東（Georges Danton），[25] 以 [及]《羣狼》（*Les Loups*, 1898）中的主人公那樣的人物。[26]

用理論家的官話來說，自然可以說：「『超階級』的結果卻只是暗暗地在保護壓迫階級」，而事實也確有用着「超階級」的光榮的名字，以遂其保護壓迫階級的陰私的，但這是指一般而言，用了這個一般的尺度，並不能就衡量歷史上許多大思想家，大藝術家的偉大的。我們覺得真實的超階級的理想，是和 [資] 產階級鬥爭的無 [產] 階級的最高目標完全合致的。[27] 我們固不承認世界上會存在着一成不變的東西，但為人類的至高的理想，確是隨時隨地在透露着，那些偉大的苦鬥英雄，從基督直到列寧（Vladimir Lenin），[28] 的確是有着一種共同的可以互相貫通的精神。這種精神決不是觀念地存在，[29] 然也決不是那些無處不用「社會組織的物質基礎與輪廓結構之直接關係」的機械來衡量一切的理論家所能夠理解的。

表現這種英雄的精神的，一般習慣用道德，節操等抽象的字眼，而正義，人道，愛與和平就當作這種精神的理想的標幟，這些字眼，隨時隨地都可以被時代和階級所制限，而少數敢然超越這制限的便不得不成為受 [難] 的英雄。[30] 但無產階級的戰爭，是人類最後的階

25　丹東（Georges Danton, 1759-1794），法國大革命初期領導人物。1793 年革命政府專政後，丹東秉持相對溫和的立場，呼籲停止恐怖統治，於 1794 年被處決。羅曼‧羅蘭曾撰寫名為《丹東》（*Danton*, 1900）的劇本，為其發表的八部革命劇之一。

26　《羣狼》，羅曼‧羅蘭所作八部革命劇的第一部，以發生於法蘭西第三共和國期間的德雷福斯事件（l'Affaire Dreyfus）為藍本。在劇中羅蘭描繪了主人公在為蒙冤的軍官說出真相和維護國家之間的兩難處境，提出在「國家／革命」與「真理」之間的選擇問題。

27　「資產階級」，原文誤植為「無產階級」。又「無產階級」原文遺漏「產」字，現據文意增補。

28　列寧（Vladimir Lenin, 1870-1924），俄國共產主義革命家、政治家和政治哲學理論家。

29　原文「地」字前誤植「底」字，已刪去。

30　原文難以辨識，現據文意推斷為「難」。

級戰爭，所以它終結是和人類最高理想合流的。這裏，正可以解釋，一位孤獨的戰鬥的偉大的個人主義者，最後終能與社會主義互相結合起來。

政治革命的戰士他必須步步踐踏現實的泥土，為着實現自己的任務，使用外形上似乎與任務不相牟合的手段：用暴力來實現互愛，以專政來建設民主，用戰爭來創造和平，為着保障社會主義與帝國主義結合陣線，或為着消滅法西斯而與法西斯訂立協定，但是一位理想家，藝術家，他們可能不理解政治革命所不得不經歷的道路。因此在十月革命的苦鬥中，高爾基（Maxim Gorky）會隨時隨地給列寧許多麻煩，[31] 但列寧是懂得高爾基的，並不因其麻煩而無視他的價值，或斷定他為資產階級的代表。也因此，羅蘭與巴比塞（Henri Barbusse）爭論時期的非暴力主張，[32] 及對於蘇聯的冷淡，決不是野老先生所臆測的是害怕資產階級的被推翻，也決不是道地的資產階級的意德沃羅基（Ideology）的構成。而是作為一個理想主義者藝術家，瞻矚得至高至遠的人，有可能看不見近景而一定要等到「暴力的」革命進入到和平建設的時期，才熱烈地擁護起蘇聯來。這完全不足驚異。當這些為人類的超階級的戰士，一旦發覺無產階級的鬥爭，其後的目標正合於自己的為人類的理想，他們 [便] 徹頭徹尾成為無產階級的忠實的戰友，[33] 認識了階級的正義，人道，愛與和平，而以無產階級的感情為感情了。這裏便出現了高爾基的無產階級的人道主義，出現了羅蘭對於

31　高爾基（Maxim Gorky, 1868-1936），俄國社會主義現實主義作家、政治活動家。

32　巴比塞（Henri Barbusse, 1873-1935），法國左翼作家、革命思想家。巴比塞持反戰立場，但認同在革命進程中暫時性地使用暴力；羅曼‧羅蘭則秉持一以貫之的非暴力立場。巴比塞於 1921 年 12 月在法國《光明》（Clarte）月刊發文，批評以羅蘭為代表的人道主義知識份子，羅曼‧羅蘭隨即撰文回應，兩人往來辯論數次。巴比塞與羅蘭的筆戰受到 1920 年代的中國知識界關注，兩人 1921 至 1922 年間發表的四封公開書信很快被摘要譯成中文。見李璜：〈記巴爾比斯與羅曼羅蘭的筆戰〉，《少年中國》第 3 卷第 10 期（1922 年 5 月），頁 25-36。參考鄺可怡：《黑暗的明燈：中國現代派與歐洲左翼文藝》（香港：商務印書館，2017 年），頁 37-48。

33　原文難以辨識，現據文藝推斷為「便」。

蘇聯實業黨事件，對於基洛夫（Sergei Kirov）事件的認識，[34] 和對於紀德《從蘇聯歸來》（*Retour de l'U.R.S.S., 1936*）的那幾句簡短有力的話。[35]

　　至於紀德我們可以承認他和高爾基，羅蘭之間是經過同樣的道路的，不過他停滯起來了。他是終於無法瞭解政治道路的一位理想家，他也終於沒有瞭解克里思多夫為要回答阿里跋而引用的歌德（Johann Goethe）的那句話：[36]

　　我們應該從最崇高的真實中，單將能夠增進世界幸福的真實表白，其餘的真實，包括在我們的心裏就好。這就如夕陽的柔軟的微明一般，將在我們的一切行為上發揮那光輝的。

　　這也是羅蘭之勝於紀德的地方，並不如紀德所說：「因為他已築好了他的老巢。」

選自《大公報・文藝》第 709 期，1939 年 9 月 29 日

34　基洛夫（Sergei Kirov, 1886-1934），蘇聯共產黨領導人，1934 年任蘇聯共產黨（布爾什維克）中央委員會書記。當年 12 月 1 日基洛夫被暗殺，引發全國性的肅反清洗運動。

35　紀德於 1936 年訪問蘇聯，回到歐洲後出版《從蘇聯歸來》，當中猛烈批評蘇聯當局，宣稱對共產主義幻滅。羅曼・羅蘭亦於前一年（1935）訪問蘇聯，寫下《莫斯科日記》，然而，羅蘭選擇將日記封存，並下令自 1935 年 10 月 1 日起五十年之內任何人不得啟封。羅蘭曾在回覆外國工人的書信中談及對《從蘇聯歸來》的意見（原信件載於 1937 年 1 月 5 日《真理報》（*Pravda*），此處徵引 1937 年上海《月報》第 4 期：「紀德新作之價值實不足道。蘇聯之敵因欲利用其盛名，故借題狂噪。吾人不必因敵人狂熱的怨毒，及懦弱到不能追隨吾等之友人之失敗而激怒。吾人將由吾光榮而困難的工作上的努力以及用自己的勞動所創造之安樂的前途而生存。」

36　歌德（Johann Goethe, 1749-1832），德國詩人、小說家、劇作家。

列寧與文藝

〔蘇〕N. K. Krupskaya（列寧夫人） 著，[1] 玉相 譯

　　首次使我認識先夫的那位同志曾對我說，列寧（Vladimir Lenin）是一位博學君子，[2] 但是他除了科學典籍之外，不讀別書，在他一生中，他從未讀過一本小說，詩歌更不用說了。當時我為之不勝驚異。我自己在青年時代，曾讀遍了所有的古典文籍，心頭默記着 Chernyshevsky 及其他諸人的全部作品，[3] 幾能歷歷如數家珍；這許多著名的作家譬如托爾斯泰（Leo Tolstoy），Uspensky，Lermontov 等都曾 [佔] 據着我生命中很重要的一部份。[4] 而這裏竟有一個人，他對於所有這一切，未曾稍感興趣，在我，這似乎是很奇怪的。

　　後來在共同工作中，我有機會更親切底認識列寧，逐漸認識他對於人物的批評，他觀察人生和世人竟是那樣精勤留心，頗出我意料之外，始知人言未足盡信。

　　但是在那個時期內，我們的生活方式——由於緊張的工作和神聖的使命——似乎不容許我們有餘暇談論這項問題。是後來在西伯利亞的時候了，我才知道列寧已曾讀過不少古典文學書籍，其數量並不多

1　克魯普斯卡婭（Nadezhda Krupskaya, 1869-1939），俄國共產主義革命家、政治家，1898 年與列寧結婚，1929 至 1939 年任蘇聯教育部副部長。

2　列寧（Vladimir Lenin, 1870-1924），俄國共產主義革命家、政治家、政治哲學理論家。

3　車爾尼雪夫斯基（Nikolay Chernyshevsky, 1828-1889），俄國作家、文學評論家、民主革命家、唯物主義哲學家。據文章原文英譯本，作者「心頭默記着」的是 Mikhail Lermontov 的全部作品，Chernyshevsky 則作為例子列於後文。本文參考的原文英譯本為 Nadezdha Krupskaya, "Ilyich's Favorite Books," in *Reminiscences of Lenin by His Relatives* (Moscow: Foreign Languages Publishing House, 1956), pp. 201-207.

4　托爾斯泰（Leo Tolstoy, 1828-1910），俄國批判現實主義小說家、哲學家、政治思想家。烏斯賓斯基（Gleb Uspensky, 1843-1902），俄國民粹主義作家。萊蒙托夫（Mikhail Lermontov, 1814-1841），俄國浪漫主義作家、詩人，後文譯為烈芒托夫。

遜於我自己，非但讀過，而且讀過好幾遍，譬如吧，屠格涅夫（Ivan Turgenev）的作品，[5] 便是一個例子。當時我隨身帶着普希金（Alexander Pushkin），[6] 烈芒托夫 Lermontov，和尼克拉索夫 Nekrasov 諸人的名著。[7] 列寧把它們統統放在他的床邊，和黑格兒（Georg Hegel）的作品在一起，[8] 從頭到底讀了一遍又一遍，打發着許多寂寞無聊的夜晚。在所有諸人的作品中，他最愛讀普希金的詩。可是這也並非他所欣賞的唯一的文學方式。舉一個例吧，他也很愛讀 Chernyshevsky 的小說《做點甚麼呢？》（*What Is to Be Done?*, 1863）[。][9]

看到他那樣聚精會神地閱讀這部小說，以至，便是書中極纖巧的感覺，他也一點不放鬆，我深深的受到了感動。卻說，Chernyshevsky 之為人，大大的打動了他的心，在他的西伯利亞紀念手冊中，有着兩張這位作家的照片，其中有一張上面，由列寧親自填註着 Chernyshevsky 的生死日期。列寧的紀念手冊中，也收藏有法國大小說家左拉（Émile Zola）的相片，[10] 而在俄國文學家中，卻有 [Herzen] 和 Pisarev 兩位。[11] 有一個時期內，列寧讀了好多 Pisarev 的作品，顯然喜愛他。我記得在西伯利亞時，他也有一本哥德（Johann Goethe）的

5　屠格涅夫（Ivan Turgenev, 1818-1883），俄國現實主義作家。

6　普希金（Alexander Pushkin, 1799-1837），俄國詩人、劇作家、小說家、文學批評家。

7　尼克拉索夫（Nikolay Nekrasov, 1821-1878），今譯涅克拉索夫，俄國作家、批評家、編輯，曾與車爾尼雪夫斯基等人合作，出版宣傳民主自由的刊物《現代人》（*Sovremennik*）和《祖國紀事》（*Otechestvennye Zapiski*）。

8　黑格兒（Georg Hegel, 1770-1831），今譯黑格爾，德國唯心主義哲學家。

9　《做點甚麼呢？》（*What Is to Be Done?*, 1863），車爾尼雪夫斯基在聖彼得堡獄中所作長篇小說，提出了作家對新時代農奴革命的構想，最初刊於《現代人》雜誌。此處譯文刪去了原文對小說的負面評語："…despite the fact that its style is somewhat naïve."

10　左拉（Émile Zola, 1840-1902），法國自然主義作家。

11　「Herzen」，原文誤植為「Hertzen」。赫爾岑（Alexander Herzen, 1812-1870），俄國作家、革命運動家，被稱為「俄國社會主義之父」。皮薩列夫（Dmitry Pisarev, 1840-1868），俄國現實主義文學評論家、政論家、哲學家。

德文本《浮士德》（*Faust*, 1808）和一卷海涅（Heinrich Heine）的詩。[12]

當他從西伯利亞回來的時候，列寧曾有一次在莫斯科上戲院裏去看 Droshky 的名劇《駕駛者》（*Der Kutscher Hänschel*）的演出，觀後並曾說過他很喜歡那齣戲。

在慕尼黑時，在所有列寧愛讀的書籍中，我記得有 Gerhardt 的那本小說《在母懷中》（*Bei Mama*）和 Polenz 的《農民》（*Der Büttnerbauer*, 1895）。[13]

於是其後在巴黎，當他再度的流亡中，列寧熱心地誦讀着囂俄（Victor Hugo）的詩篇 [*Châtiments*]（1853），那是專講一八四八年歐洲大革命的。[14] 在他寫作此詩的時候，囂俄正亦在流亡中，而這詩篇卻是秘密偷運入法國的。在這些章節中很顯明底流露着一種天然的光芒；[15] 然而，同時可也洋溢着革命的新鮮氣息。列寧熱心地常去各咖啡店和郊外的戲院裏聆取革命歌唱者激昂的悲歌，他們大都出現在巴黎的工人區域內。[16]

有一個法國散工女傭，常到我們這兒來作一兩小時的打掃工作。[17] 有一天，列寧聽見她嘴裏哼着一支調子；那是一支亞爾薩斯人（Alsace）的國歌。他當時要求她從頭到尾再唱一遍，並且把字眼一個

12　哥德（Johann Goethe, 1749-1832），德國詩人、小說家、劇作家，《浮士德》為其所作詩劇。海涅（Heinrich Heine, 1797-1856），德國浪漫主義詩人、記者、文學批評家。

13　Wilhelm von Polenz（1861-1903），德國自然主義作家。他以農民生活為主題的小說《農民》（*Der Büttnerbauer*, 1895）1902 年被譯為俄文，由托爾斯泰作序。

14　「Châtiments」，原文誤植為「Chetiments」。囂俄（Victor Hugo, 1802-1885），今譯雨果，法國浪漫主義作家，1848 年法國二月革命爆發後，轉向共和主義和自由思想。*Les Châtiments*，雨果在 1851 年路易‧波拿巴（Louis Bonaparte, 1778-1846）發動政變後期所寫的政治諷刺詩集，今譯為《懲罰集》。

15　譯者對原文的小說評價有所修改。英譯本的評語為："Although there is a naïve pomposity in this verse, one feels, nevertheless, the breath of revolution."

16　此段與下一段之間有刪減。克魯普斯卡婭提及列寧對法國音樂家、歌手 Montéhus（1872-1952）的欣賞，以及 Montéhus 創作的歌曲 *Gloire au 17ème*。

17　英譯本作「一天幾小時」（a couple of hours）。

一個說出來，後來，他自己也常時唱着。這支歌的結尾處是：

> 你已攫取了亞爾薩斯與洛林，
> 但，不管你，咱們終是法國人
> 你縱能宰割咱們的國境，
> 你可永遠得不了咱們的心。

這是在一九〇九年，一個反動的時期，當時的革命黨派曾被無情地摧殘着，但是革命的意志卻並未發生動搖。而這支歌和列寧的心情正相諧調一致。你該能想像得到這些字眼在他的唇上迸發出來時，他是怎樣的洋洋得意：

> 你可永遠得不了咱們的心！[18]

後來，在歐洲大戰期間，列寧又被巴比塞（Henri Barbusse）的《在火線下》（*Le Feu: Journal d'une escouade*, 1916）迷惑住了，[19]對於那部小說，他寄託着無上的深意。在那個時候，此書和列寧的心情正復十分相合。

我們難得上戲院。有時我們也去了，但是劇本的有無意義，或表演的是否逼真，在列寧的腦筋裏，常是計較得很認真。因此，我們有時上戲[院]，[20]往往在第一幕演完後便離去了。我們的同志都笑我們

18　本段後有刪節。英譯本提及列寧在巴黎流亡中與音樂家 Montéhus 的談話、哼唱 Alsace 的國歌以及閱讀比利時法語詩人 Émile Verhaeren（1855-1916）的作品。

19　巴比塞（Henri Barbusse, 1873-1935），法國左翼作家、革命思想家。《在火線下》，巴比塞所著長篇小說，部份章節最早於 1920 年代被譯介至中國，直至 1939 年葉靈鳳着手翻譯全書，並於翌年在《立報》副刊發表部份章節。其時葉譯本書名為《火線下》。

20　原文遺漏「院」字，現據文意增補。

虛擲金錢。

可是有一次列寧居然從頭到尾，終場始去；我記得，這是在一九一五年的歲尾；托爾斯泰的劇本，《死活人》（*The Living Corpse*, 1911），[21] 當時正在柏尼（Bern）上演。雖則劇中對白全用的是德文，飾王子的那位演員恰好是一個俄人，居然能把托爾斯泰的本意，很成功底傳達出來。列寧熱心地看完了全劇，興奮之至。

最後是在蘇俄本國了……[22]

在現代文學作品中，我記得，列寧頗喜愛 [Ilya] Ehrenbourg 的描寫戰事的小說。[23]「你得知道，」他帶着驕傲之色，用了 Ehrenbourg 的綽號對我說「這是 [Ilya] Touslehead。他已有了很好的成就。」[24]

我們曾有好幾次上藝術劇院去過。某一次我們去看《洪水》（*The Deluge*, 1886），[25] 列寧是出奇的高興……[26] 又有一次我們一起去看契珂

---

21 《死活人》（*The Living Corpse*, 1911），托爾斯泰於 1900 年根據真實刑事案件創作的六幕劇本，1911 年初版。

22 本段後原有對於列寧對新藝術的認識的描述："To Ilyich the new art seemed somehow to be alien and incomprehensible." 在克里姆林宮聆聽演員朗誦馬雅可夫斯基（Vladimir Mayakovsky, 1893-1930）的詩作時，列寧被嚇了一跳。後來，列寧探訪藝術學校公社的學生，了解了他們喜愛馬雅可夫斯基的原因。此後，列寧對馬雅可夫斯基的作品有所改觀，他曾稱讚馬雅可夫斯基諷刺蘇聯繁文縟節的詩作。譯文刪去此段。

23 「Ilya」，原文誤植為「Llya」。愛倫堡（Ilya Ehrenbourg, 1891-1967），猶太裔俄國作家、記者。

24 愛倫堡的綽號，現多譯為 Ilya the Shaggy 或 Shaggy Ilya。

25 《洪水》（*The Deluge*, 1886），波蘭作家顯克微支（Henryk Sienkiewicz, 1846-1916）所作波蘭近代歷史三部曲之一。

26 英譯本提及列寧次日觀看的另一劇作——高爾基（Maxim Gorky, 1868-1936）的 *The Lower Depths*（1902），以及列寧對高爾基及其劇作的評價："Ilyich liked Gorky the man, with whom he had become closely acquainted at the London Congress of the Party, and he liked Gorky the artist; he said that Gorky the artist was capable of grasping things instantly. With Gorky he always spoke very frankly. And so it goes without saying that he set high standards for a Gorky production. The over-acting irritated him. After seeing *The Lower Depths,* he avoided the theatre for a long time." 譯文刪去此段。

夫（Anton Chekhov）的《樊耶叔叔》（*Uncle Vanya*, 1898），[27] 那個劇本是他所喜歡的。而最後在一九二二年我們末了一次上戲院去看的是迭更斯（Charles Dickens）的 *Cricket On the Hearth*（1845）。[28] 在列寧最後幾個月的生命中，我應了他的請求，讀小說給他聽，常是向晚時分。我讀過 Shchedrin 的，[29] 也讀高爾基（Maxim Gorky）的《我的大學》（*My Universities*, 1923）。[30]

他逝世的前兩天，我在晚上讀過一篇賈克倫敦（Jack London）的小說給他聽——那本書至今還放在他房間裏的桌子上——書名叫做《生命的留戀》（*Love of Life*, 1907）。[31] 一篇很硬朗的作品。裏邊描寫着一個病人，快要餓死了，正在穿過一片人跡罕到積雪滿地的荒場，想要去上一條停泊在大江中的輪船。他的體力漸漸消失了，他不能再跑，祇是在地上爬着，而在他身邊，有一條狼也在爬着，同樣的快要餓死了。後來，在他們兩者間，有着一度劇烈的奮鬥，結果，那個人佔着勝利，終於達到了目的地，可是也已經半死了，半瘋了。列寧十

27　契珂夫（Anton Chekhov, 1860-1904），俄國現實主義小説家、劇作家。《樊耶叔叔》（*Uncle Vanya*, 1898），今譯《凡尼亞舅舅》或《萬尼亞舅舅》，契訶夫所作四幕劇。

28　迭更斯（Charles Dickens, 1812-1870），今譯狄更斯，英國作家、評論家。*Cricket On the Hearth*，狄更斯於 1845 年聖誕節發表的中篇小説，後被改編為話劇。譯文刪去原文列寧對狄更斯作品的批評，列寧認為 *Cricket On the Hearth* 從第一幕起就讓人覺得乏味（dull）、多愁善感得讓他心煩（the saccharine sentimentality got on his nerves）。最終列寧沒有看完話劇演出，中途離開了。

29　薩爾蒂科夫－謝德林（Mikhail Saltykov-Shchedrin, 1826-1889），俄國作家、革命民主主義者，筆名為尼古拉·謝德林（Nikolai Shchedrin）。

30　高爾基（Maxim Gorky, 1868-1936），俄國社會主義現實主義作家、政治活動家。《我的大學》為其自傳體小説《人生三部曲》的最後一部。克魯普斯卡婭還提及，列寧在生命的最後階段也喜歡聽她念詩，特別是蘇聯詩人 Demyan Bedny（1883-1945）的作品，並描述了列寧聽詩時的反應："Sometimes, when listening to poetry, he would gaze thoughtfully out of the window at the setting sun. I remember the poem which ended with the words: 'Never, never shall the Communists be slaves.' As I read, I seemed to be repeating a vow to Ilyich. Never, never shall we surrender a single gain of the Revolution..." 譯文刪去此段。

31　賈克倫敦（Jack London, 1876-1916），今譯傑克·倫敦，美國現實主義作家。其長篇小説《生命的留戀》今多譯《熱愛生命》。

分喜歡這支故事。下一天他要我再讀一點賈克倫敦的小說。

可惜賈克倫敦的作品，硬朗的固有，異常脆弱的也不少。我第二天讀給他聽的那一篇適巧是出以一種完全不同的方式，滲透着小資產階級的道德觀念：[32] 列寧笑了一笑，接着便揮手示意，叫我不要再讀下去了。

從今以後，我沒有機會再讀給他聽了……

玉相譯自蘇俄 *Sovietland* 圖畫月刊

選自《大公報・文藝》第 714 期，1939 年 10 月 8 日

---

32 譯文此處刪去原文對小說具體情節的描述。

社會的藝人──非力普‧賴斯曼

郁尼

　　一般畫家為賣畫而作畫，非力普‧賴斯曼（Philip Reisman）為表現人生而執筆──雖然他常常窮得一文莫名，[1]「等稿費買米下鍋」。這是他和一般畫家──更正確地說，畫匠──的主要差別。

　　稱賴斯曼為畫家，辱沒了他；我們應該虔誠地尊之為大師。他不是「言之無物」的大師，他是「言之有物」的。他的藝術置基於他的生活經驗，他的正義感，他的「藝術的良心」。限制他的不是金錢，而是他的造詣，他對他的藝術手段的精通程度。你如果看過他的一幅畫，你就會看出舊的法則是完全被這個「冒險家」揚棄了。他否定了「身邊瑣事」，擺脫了美的束縛。許多年來許多藝人沒有盡他們的社會的使命；賴斯曼恢復了藝術所喪失的王國。許多年來許多藝人只是幫閒，力圖以「趣味」換取一點殘羹冷飯，賴斯曼獨樹一幟，以藝術的工具表現時代的動向，生命之洪流。他是一個完整的藝人，一個如火如荼的藝人：他的技術手段，他的技巧，常不能充分發揮其白熱的熱情。

　　賴斯曼從生活取汲題材。在他筆下，不是「春天坐馬車」，[2]而是欲坐馬車而不能的人類。他最喜畫城市的工人，或飢餓，無家，失業的「人渣」──被同類遺棄的「無主的」人們。他的藝術是反抗壓迫，暴露人與人間的非人關係；他的畫對於剝削者和被剝削者都一樣是暮鼓晨鐘。看吧，這裏有一幅《晨浴》（*Morning Wash-up*, 1939），牠是怎樣異於「美人出浴圖」啊！一羣「人渣」在紐約中央公園露宿一宵之後，

1　非力普‧賴斯曼（Philip Reisman, 1904-1992），今譯菲力普‧瑞斯曼，俄裔美籍畫家。

2　此句出自日本新感覺派作家橫光利一（Yokomitsu Riichi, 1898-1947）的短篇小說〈春天坐馬車來〉（1926），然而作者只是借題發揮，藉此表示小資產階級的生活。

於晨光曦微中，實行原始的盥洗。

　　對岸是巍峨的現代建築物，特權者們大概還在鶴絨被裏睡早覺吧！

　　這位專畫貧窮的貧窮畫家出生於貧窮之家。和普通人相反的是他不拋棄貧窮，也不逃避貧窮；他把握貧窮，表現貧窮。他始終正視現實，即使閉上眼睛，他也只看不見夢鄉。對於他，「嫁裝店」的陳列櫥還「附帶」陳列着一個絕望的擦地板的小工。

　　他沒有受甚麼正式教育，但他比一般大學畢業生更有教養。他起先是賣汽水，後來又在館子做打雜。白天賣汽水，夜間研究藝術。喬治・布利治曼（George [Bridgman]）與哈利・威基（Harry Wickey）是他的業師，[3]「藝術學生聯盟」（Art Students League）是他的母校。[4] 他在聯盟斷續學了四年之久，在汽水店和飯店工作十年，由小夥計升為夜班經理。二十二歲時他開始為《炭坑夫》（Collier's）週刊作插畫，[5] 但使他成為一個知名的藝人的卻是他的版畫。一九二七年他開始在這一方面努力，六年後即一九三三年，因不滿意這一表現手段，放棄了牠。可是他的版畫卻被人珍若拱璧，陳列所和收藏家爭相購買。

　　他作油畫是一九三〇年開始的。他經歷了一年多的失敗和挫折，才發現了最宜於他的表現手段和表現方法。他從未作一幅沒有「下等」人物的畫。他將他一生獻給一種鬥爭，這種鬥爭是不以私人聲望和銀行存摺為其目的的。非力普・賴斯曼曾念過一點書。

　　最愛他的畫的人不是門外漢的愛畫者，而是門內漢的畫家。他們

3　「Bridgman」，原文誤植為「Bridgeman」。布利治曼（George Bridgman, 1864-1943），今譯伯里曼，加拿大裔美籍畫家。哈利・威基（Harry Wickey, 1892-1968），美國畫家、雕塑家。

4　藝術學生聯盟，全名為紐約藝術學生聯盟（Art Students League of New York），1875 年於美國紐約曼哈頓創立的藝術學校。上文提及的畫家布利治曼及威基皆曾在此任教。

5　《炭坑夫》（Collier's），美國通俗雜誌，由出版家 Peter Fenelon Collier（1849-1909）於 1888 年創辦。

甚至花錢買牠。他最近的貢獻是為 Random House 出的托爾斯泰（Leo Tolstoy）的《安娜小史》（*Anna Karenina, 1878*）作插畫，[6] 有單色及彩色的，美國鑑定家說那是他們現在最好的插畫。

　　我們說，他是他們最好的畫家。

選自《大公報・文藝》第 758 期，1939 年 12 月 24 日

6　Random House，1927 年創立的美國出版公司。《安娜小史》，今譯《安娜・卡列尼娜》，俄國作家托爾斯泰（Leo Tolstoy, 1828-1910）於 1878 年出版的長篇小說。

《人民之戰爭》[1]

馬耳

　　「中國近代史之開始，是當她的人民第一次站起來，說：『這個國家是我們的！』」

　　當我翻開愛潑斯坦（Israel Epstein）的新著《人民之戰爭》（*The People's War*, 1939）的時候，[2] 我看到了如上的一句話。毫無疑問地，中國近代史的開頭，是以中國人民民族意識的醒覺為起始。在過去，老百姓祇知道納稅和服役；國家大事是由皇帝去處理。人民的福利和民族的存亡，則看這個君主是否能幹和精明。如果他是一個昏君，把國家弄得一團糟，則人民「命定」地受苦。

　　因了西方勢力的東漸，我們這個閉關自守的古國開始和外國人發生接觸；中國人民第一次覺得，他們是一個民族，他們要有一個自由和獨立的，屬於他們自己的國家。這種醒覺，第一次在太平天國的事變中表現出來。而孫中山先生領導的國民革命，一九一一年中華民國的建立，則正是這種醒覺的具體結果。

　　然而中國民族的民族運動，是一天一天地在向前發展的。這次的全民抗戰，正是這運動發展到了某種高潮的表現。愛潑斯坦在他的書中，就是要說明，中華民族怎樣地醒覺起來，他們怎樣地形成了一股大的力量；而這力量是如何地支持抗戰，而這抗戰為甚麼是會獲得勝利的。

1　報刊原文標題下註明書籍英文名稱、作者及出版資料：「*The People's War* 著者：I. Epstein　出版者：Victor Gollancz, London, 1939.」「London」，原文誤植為「Londan」。

2　愛潑斯坦（Israel Epstein, 1915-2005），漢名艾培，波蘭猶太裔作家、記者。幼時隨父母逃難至中國，1930 年代起參與抗日戰爭，並加入宋慶齡 1938 年於香港創立之「保衛中國同盟」。《人民之戰爭》（*The People's War*），愛潑斯坦 1939 年在倫敦出版的「戰爭四部曲」的首部作品，記錄他對於中國抗戰前兩年的觀察。

＊＊＊

「侵略者想把中國變成第二個高麗……第二個亞比西尼亞
（Abyssinia）……」[3]

　　我們的侵略者認為我們不需要文化，所以他們對於中國民族所做
的第一件事便是毀壞中國的文化機關。「他們的飛機成隊地在南開大
學上面飛。牠們飛得是如此地低，牠們甚至於能把炸彈很正確地放在
校舍上面。……當轟炸工作完成了以後，日本的軍隊跑過來，用硫磺
和稻草把沒有炸完的東西一起燒掉。」

　　「他們在中國的土地上建立起一片沙漠，而他們說這是和平，新
秩序。」

　　這種話正是在一千八百年前，塔西頭（[Tacitus]）對英國酋長們
所說的話。[4] 現代的中國人是不需要這種「和平」的。中國人的回答是：

　　「他們用血汗，用新的精力和自信心來回答日人。他們不再是小
的集團，不再是小的組織，而是緊緊聯合的一個民族。在日人威脅他
們的生存和將來的面前，他們喊：這塊土地是我們的！」

　　所以中華民族不再是畏縮，無勇氣，愚昧的人羣。他們有自信
心，他們有勇氣，他們有計劃，他們要寫一頁新的歷史：「上海終於
是要撤退了，但這是一個很有秩序的撤退。中國軍隊留下一條二十餘
里長火光，把閘北毀了。……但是中國還留下了五百壯士，堅守着閘
北的四行倉庫。日本的砲火不停地向他們集中掃射，但他們屹然不
動，支持了四天。」

3　亞比西尼亞（Abyssinia），今譯阿比西尼亞，為衣索比亞或埃塞爾比亞
（Ethiopia）的舊稱。1935 至 1936 年意大利入侵，衣索比亞被軍事佔領，併入
意屬東非。

4　塔西頭（Publius Cornelius Tacitus, 生卒年不詳），羅馬帝國政治家、歷史學家。
「Tacitus」，原文誤植為「Tocitus」。塔西頭所作《阿古利可拉傳》（Agricola）
記載羅馬帝國統治不列顛行省的歷史，表現出塔西頭對於土著居民的同情及
對羅馬皇帝獨裁統治的反對。

「而一個很幼小的女童軍，踏過被砲火毀掉了的廢墟，呈獻給這些壯士一面中國的國旗，使在失去了的閘北的天空上，仍然能飄揚着中華民族的國徽。……」[5]

因為這個戰爭是長期的，城市一時的得失，並不就能決定勝負。中國軍隊有時今天失掉一個城市，明天就把牠勝利地奪了回來。在新奪回的城市裏，他們立刻又建立起抗戰的中心，把抗戰的力量帶至更逼近日人的地區。

「久戰倦了的，衣服破碎的士兵們，在滿街忙着，拖着戰利品向總司令部走——幾打機關槍和千把支步槍。……在黑色的牆上又貼起宣傳標語和漫畫：驅逐日人出境！打回老家去！打倒日本帝國主義！」

這個戰爭不僅只是由軍隊支持着的。而中國的民眾實佔有很重要的地位。例如：有一個年老的鄉下女人，她天天帶些蔬菜和雞蛋到城裏去賣。在日本人佔領的城市裏，日本人並不傷害她，因為希望她不斷地送食物來。出了城後，她又到中國軍隊的防線內來。因了同樣的理由，中國軍隊也不傷害她。

「她告訴我們一切日軍的動作和情形。」一位當地駐防的中國軍官告訴愛潑斯坦說，「前天她告訴我們，說是在城的東北角邊，有一堆日本兵互相抱着哭，垂頭喪氣的寫家書。於是我們知道，日軍的士氣很壞。我們就立刻攻擊。她也回到城裏去，看能否再發現甚麼。……當我們打進城的時候，我們發現她在城牆邊死了。……」

5　此處描述 1937 年的「四行倉庫保衛戰」。當年 10 月 27 日至 11 月 31 日，蔣介石軍隊全面撤出上海閘北，僅留第八十八師的四百餘名士兵留守，並向全世界進行現場戰事廣播，此後上海淪陷。

＊　＊　＊

　　像上面所舉的一些美麗的，動人的抗戰插話，充分地說明了這個戰爭是怎樣地由整個民族在進行着的。同時，正如亞爾豐斯·多德（Alphonse Daudet）所描寫關於普法戰爭的故事一樣，[6] 牠告訴我們，中國是一定會勝利的。為甚麼不呢？

　　「中國民眾自覺地保衛他們的國家，反抗日本。中國民眾的力量，中國民族大聯合的意義，中國抗戰勝利的保證，在甚麼地方呢？牠們在這裏表現出來：至今沒有任何中國軍的步隊投降日人，沒有任何老百姓願意接受日本的統治。……在所有的佔領區內，老百姓用種種中國舊式結社的方式，組織了起來，武裝了起來，繼續和日本人抗爭。……」

　　然而中國這次的抗戰，跟法國人抵抗普魯士人的侵略，在意義上是多麼地不同。是的，像法國人一樣，中國人是為獨立，為了自由，為了祖國的生存而奮鬥。但還不只此一點：

　　「中國是為反抗法西斯而戰鬥。近三年間來，她看到亞比西尼亞的悲劇，奧大利（Austria）和亞爾巴尼亞（Albania）的滅亡，捷克和西班牙的□□□；[7] 中國不會在中途停止的，她會一直向前戰下去。」

　　在戰鬥中，中國是在生長：從一個舊的國家演變成為一個新的國家。「在中國的近代史中，現在牠算是真正地獨立了。現在無所謂『失

6　亞爾豐斯·多德（Alphonse Daudet, 1840-1897），今譯都德，法國小說家。他於普法戰爭（Franco-Prussian War, 1870-1871）爆發後參軍入伍，戰後創作一系列關於戰爭和巴黎公社的短篇小說，結集為《月曜故事集》（*Contes du lundi*, 1873）。

7　原文以□表示被審查刪除的文字。1936 年，阿比西尼亞被意大利吞併。1938 年 3 月，德國入侵並吞併奧地利。1938 年 9 月 30 日，英國、法國、納粹德國及意大利簽署《慕尼黑協定》（Munich Agreement），割讓捷克斯洛伐克蘇台德地區（Sudetenland）予納粹德國。1939 年 4 月 1 日，西班牙內戰以共和軍失敗告終，佛朗哥（Francisco Franco, 1892-1975）獨裁統治開始；4 月 7 日，意大利入侵阿爾巴尼亞（Albania）。

地』，祇有『游擊區』。在『游擊區』中，中國人民是自由地為祖國而鬥爭。」

　　「在全國言論，出版和結社自由，現在是被公認為每個公民應有的權利。」這是抗戰給與中國的進步。而在日本，他們以前既有的民主權利，反而在這時失掉了。

　　一個自由，獨立的新中國的產生，不僅是表現中華民族的解放，而是說明世界民主力量的加強，世界和平的基礎穩定。「世界各國政府應該認識，中國現在是國際事件中一個新的因素。一個新生的中國將會是世界各民主國的重要聯盟者，法西斯勢力的勁敵。」

　　「對於世界各國的民眾，中國的抗戰有着很重要的意義，而且牠給予世界的人民一個大的希望。」

　　這是愛潑斯坦的結論。

＊ ＊ ＊

　　《人民之戰爭》這本書由蘆溝橋事變敘述起，廣州失陷為止。中國新軍事之發展，各黨各派的聯合抗日，民眾的大團結和大動員，新四軍的產生和廣大游擊區的建立等，都有詳細的敘述和解釋。每次大的戰役，如平型關和台兒莊之戰等，[8]也都有詳細的記載。作者過去為美聯社（Associated Press）的記者，每次事件差不多親眼見過，所以記載可算說是「翔實」。

　　因為愛潑斯坦生長在中國，親眼看到新中國民族的長成，所以他這本書，正如新西蘭 Herold 報的編者說的一樣，「是一部生動小說，用感情所寫出來的。」的確，我們讀時，覺得字裏行間，溢滿了情感。宋慶齡先生說，「每個中國的友人應讀這本書。」我覺得中國人自己

8　平型關戰役，中日戰爭中 1937 年 9 月 20 日至 30 日在山西省東北部平型關附近爆發的戰役。台兒莊之戰，1938 年 3 月至 4 月在山東省南部台兒莊爆發的戰役。

也應看看這本書才好。

　　書裏面的地名和人 [名] 很多，[9] 讀起來相當費思索，應當有一張地圖附入才好。聽說此書已有一位劉先生趕譯成中文，如能加一張地圖進去，則讀者便利多了。

　　書中尚有陳烟橋的木刻插圖多幅，活潑鮮新可喜。羅清楨刻的封面，也使該書生動可愛。

選自《大公報・文藝》第 771 期，1940 年 1 月 21 日

9　「人名」，原文誤植為「人民」。

海外文壇——歐戰與英國文學家

麥穗

　　自這次人類悲劇重演的二次大戰爆發後，英國的文學家們，似乎
為了這 [次] 戰爭而感到人類的前途暗淡，[1] 創作活動也頓時變成停止
的狀態。以戰爭為目標的精采作品，沒有見到有幾篇發表。雖然有一
部份作家在高聲呼喊：「祇有我們繼續寫作，才是作家貢獻於國家的
最寶貴的事情！」但是英國的文學家，似乎還未能忠實於這句話。[2]
只有希猶·維奧波爾（Hugh Walpole）這個老頭子，取材依利薩伯
（[Elizabeth]）女王的史蹟寫成一部小說，[3] 描述她以堅強意志和聰明頭
腦巧妙地處理國事，以及她怎樣突破了依士巴納斯（España）的無敵
艦隊，[4] 掌握了海上控制權。這部小說被英國半官方拿來做宣傳冊子，
並沒有人把牠作為一部純文學的傑作來看。

　　在英國，除了蕭伯訥（George Bernard Shaw）和威爾士（Herbert
George Wells）對於這次戰爭不懷好感以外，[5] 其他如曾參加第一次歐戰
的詩人契克夫里特·沙契遜（Siegfried Sassoon）也保持沉默的態度。[6]
一 [直] [傾] 向左翼的自由主義的抒情詩人斯契文·斯賓達（Stephen

1　「次」，原文誤植為「此」。

2　此句句首誤植「還」字，已刪去。

3　「Elizabeth」，原文誤植為「Elsabeth」。依利薩伯一世（Elizabeth I, 1533-
　　1603），今譯伊莉莎白一世，都鐸王朝（House of Tudor）最後一任君主，1558
　　至 1603 年統治英格蘭與愛爾蘭。維奧波爾（Hugh Walpole, 1884-1941），今
　　譯沃波爾，英國小說家。原文所指小說為沃波爾 1940 年出版的長篇小說 The
　　Bright Pavilions，是他著名的系列歷史小說《流氓哈里斯》（Rogue Herries）的
　　第五本。

4　指 16 世紀西班牙海軍的無敵艦隊（La Armada Invencible）。

5　蕭伯訥（George Bernard Shaw, 1856-1950），愛爾蘭劇作家。威爾士（Herbert
　　George Wells, 1866-1946），英國科幻小說作家、社會及歷史學家。

6　沙契遜（Siegfried Sassoon, 1886-1967），今譯沙遜，英國戰爭詩人、小說家，
　　以一戰中的反戰詩歌和小說體自傳而著名。

Spender），[7] 卻更奇怪。自德蘇協定 [締] 結後，[8] 他就嘆道：「過去十年間的一切左翼作品，成為『無稽之談』（Nonsense）了」；並且他還說：「我只願意繼續寫作 [。] 這是我甚麼話也不願說的緣故。但是，那寫作恐怕到我死後才會發表的吧。」

　　曾經來過「抗戰中國」的詩人 W. H. 奧登（Wystan Hugh Auden），[9]去年十月中旬就偕同他的愛妻伊里加・曼（Erika Mann）（托馬斯・曼 Thomas Mann 的女兒）到美國去了。[10] 他是和他的朋友伊斯維特 Isherwood（*A Journey to a War* 的合著者），[11] 現在荷里活（Hollywood）替兩個主角寫電影劇本（Scenario）。戈諾里（Cyril Connolly）在他的〈避免走進象牙之塔〉（*The Ivory Shelter*, 1939）裏對他們批評說：[12]「然而，在這一點上是不能責備他們的。一方面，還是英國政府強化檢閱，作家們不得已要回到他們的抽象世界，不得不回到隱藏他們自己的思想和感情的純粹技術底世界。……懷鄉病（Nostalgia）是作為最健康的創造底感情之一吧。[13] 不管是對自由的懷鄉病，還是對太陽和雪的懷鄉病，現在姑且不問。」現在，英國文學家的中堅層抱有極其冷靜的態度，其起因究竟是甚麼倒是耐人尋味的。

　　關於馬爾洛（André Malraux）的消息。[14]

7　原文難以辨識，現據文意推斷為「一直傾向」。斯賓達（Stephen Spender, 1909-1995），今譯斯潘德，英國詩人、小說家、散文家。

8　原文難以辨識，現據文意推斷為「締」。

9　奧登（Wystan Hugh Auden, 1907-1973），美籍英國詩人。

10　伊里加・曼（Erika Mann, 1905-1969），今譯艾莉卡・曼，德國女演員、作家。托馬斯・曼（Thomas Mann, 1875-1955），今又譯湯瑪斯・曼，德國作家，1929 年獲諾貝爾文學獎，後流亡美國。

11　伊斯維特（Christopher Isherwood, 1904-1986），今譯伊舍伍，美籍英國小說家、劇作家。1938 年，伊舍伍與奧登在中日戰爭期間同往中國採訪，搜集關於抗戰的資料，其後合著《到戰爭去的行程》（*A Journey to a War*, 又譯《戰地行》），1939 年分別於英美出版。

12　戈諾里（Cyril Connolly, 1903-1974），今譯康諾利，英國作家、文學評論家，文學雜誌《地平線》（*Horizon*）編輯。

13　「Nostalgia」，原文誤植為「Nostolgia」。

14　馬爾洛（André Malraux, 1901-1976），今譯馬爾羅，法國左翼作家，西班牙內戰期間曾加入國際縱隊，協助共和軍對抗佛朗哥軍隊。

　　取材中國革命的《人底命運》（*La Condition humaine,* 1934）和描寫西班牙戰爭的《希望》（*L'Espoir,* 1937）的作者安特列·馬爾洛，[15]自歐戰爆發後，日本的同盟社通訊曾傳他與左翼的一切活動絕了緣，加入莎安契洛左主持的情報委員會，其實這類消息完全是無稽之談，因為參加西班牙人民陣線曾活躍在戰線上的馬爾洛，是和那專門檢查反戰小說的情報委員會根本對立的。最近外國雜誌又傳馬爾洛一度參加志願徵兵，加入最危險的機關槍隊開赴前線，期望在這次戰爭結束生還時，寫成一部不劣於《王道》（*La Voie royale,* 1930）和《人的命運》的傑作。[16]

　　美國推薦法國的優秀小說。

　　美國雜誌出版社，最近刊行十位法國著名作家的優秀小說，計有巴爾札克（Honoré de Balzac）的《戈里奧爺》（*Le Père Goriot,* 1835），[17]左拉（Émile Zola）的《契爾米納爾》（*Germinal,* 1885），[18]莫泊桑（Guy de Maupassant）的《她的一生》（*Une vie,* 1883），[19]法郎士（Anatole France）的《神仙渴》（*Les Dieux ont soif,* 1912），[20]斯旦達爾（Stendhal）

15　《人底命運》（*La Condition Humaine,* 1934），今譯《人的命運》、《人的境遇》或《人的狀況》，馬爾羅所著以中國國民革命軍北伐為背景的長篇小說。《希望》（*L'Espoir,* 1937），馬爾羅的長篇小說，又譯《人的希望》，主要描寫西班牙內戰初期人民反抗法西斯政權的情況。小說首先由戴望舒翻譯，1938 年 8 至 10 月期間在香港《星島日報》副刊《星座》發表了小說的選段翻譯，全文翻譯則由1941 年 6 月 16 日開始連載，至同年 12 月太平洋戰爭爆發才被迫終止。譯文收入鄺可怡主編《戰火下的詩情 —— 抗日戰爭時期戴望舒在港的文學翻譯》（香港：商務印書館，2014 年）。

16　《王道》（*La Voie Royale,* 1930），馬爾羅所著長篇小說。

17　巴爾札克（Honoré de Balzac, 1799-1850），法國現實主義作家。《戈里奧爺》，今譯《高老爺》，收錄於巴爾札克所著《人間喜劇》（*La Comédie Humaine,* 1829-1848）。

18　左拉（Émile Zola, 1840-1902），法國自然主義作家。《契爾米納爾》，今譯《萌芽》，收錄於左拉所著長篇小說大系《盧貢－馬卡爾家族》（*Les Rougon-Macquart,* 1871-1893）。

19　莫泊桑（Guy de Maupassant, 1850-1893），法國現實主義作家。《她的一生》，今譯《一生》或《女人的一生》，莫泊桑所著第一部長篇小說。

20　法郎士（Anatole France, 1844-1924），法國作家蒂博（François-Anatole Thibault）的筆名。《神仙渴》，今譯《諸神渴了》，法郎士所著以法國大革命為背景的長篇小說。

的《巴爾姆寺院》（*La Chartreuse de Parme*, 1839），[21] 福羅貝爾（Gustave Flaubert）的《布維亞里夫人》（*Madame Bovary*, 1856），[22] 維奧爾脫爾（[Voltaire]）的《康脫伊特》（*Candide*, 1759），[23] 拉夫葉特夫人（[Madame de] La Fayette）的《聰明的太太》（*La Princesse de Clèves*, 1678），[24] 和拉戈士（Pierre Choderlos de Laclos）的《危險的知己》（*Les Liaisons dangereuses*, 1782），[25] 布里維奧（Abbé Prévost）的《馬諾安‧里士戈》（*Manon Lescaut*, 1731）等。[26] 最近美國又把杜斯脫益夫斯基（Fyodor Dostoevsky）名作《惡靈》（*Demons*, 1873）戲劇化，[27] 因由契訶夫（Anton Chekhov）的外甥出演，[28] 已在紐約籌備上演。

選自《大公報‧文藝》第 795 期，1940 年 3 月 4 日

21　斯旦達爾（Stendhal, 1783-1842），今譯司湯達，法國現實主義作家馬利－亨利‧貝爾（Marie-Henri Beyle）的筆名。《巴爾姆寺院》，今譯《帕爾馬修道院》，司湯達所著以拿破崙統治時期的意大利為背景的長篇小說。

22　福羅貝爾（Gustave Flaubert, 1821-1880），今譯福樓拜，法國現實主義作家。《布維亞里夫人》，今譯《包法利夫人》，福樓拜所著長篇小說。

23　「Voltaire」，原文誤植為「Noltore」。《康脫伊特》（*Candide*），今譯《憨第德》，啟蒙運動時期法國思想家伏爾泰（Voltaire, 1694-1778）所作諷刺小說。

24　「Madame de La Fayette」，原文作「Lafayette」。拉夫葉特夫人（Madame de La Fayette, 1634-1693），今譯拉斐特夫人，法國小說家。《聰明的太太》，今譯《克萊芙王妃》，拉斐特夫人所著以亨利二世（Henri II, 1519-1549）時期法蘭西宮廷為背景的小說。

25　拉戈士（Pierre Choderlos de Laclos, 1741-1803），法國小說家、軍官。《危險的知己》，今譯《危險關係》，拉戈士所著以法國大革命前貴族政治為背景的書信體小說。

26　布里維奧（Abbé Prévost, 1697-1763），今譯普列沃斯，法國作家，其長篇小說《馬諾安‧里士戈》（*Manon Lescaut*, 1731）全名為 *L'Histoire du Chevalier des Grieux et de Manon Lescaut*。

27　杜斯脫益夫斯基（Fyodor Dostoevsky, 1821-1881）今譯杜斯妥也夫斯基，俄國作家。《惡靈》，今譯《群魔》，杜斯妥也夫斯基所著以亞歷山大二世（Alexander II of Russia, 1818-1881）時代為背景的長篇小說。

28　契訶夫（Anton Chekhov, 1860-1904），俄國現實主義小說家、劇作家，其外甥為俄羅斯導演、編劇及演員麥可‧契訶夫（Michael Chekhov, 1891-1955）。

詩與公眾世界
Poetry and the Public World

〔美〕阿奇保德・麥克累須（Archibald Macleish）　著，朱自清 譯

一

　　詩對於政治改革的關係，[1] 使我們這一代人發生興趣，是很有理由的。在大多數人看，詩代表着個人的強烈的私人生活；政治改革代表着社會的強烈的公眾生活。個人應該，但是很難，與這種公眾生活維持和平的局勢。這公私的關係包含着我們這一代人所感到的一種衝突——就是一個人的私人生活與多數人的非私人生活的衝突。

　　但是我們這一代人，對於時下關於詩與政治改革的關係的、政治的辯論，會發生興趣，卻沒有甚麼理由。相信多數人的說，詩應該是政治改革的一部份；相信一個人的說，詩應該與政治改革無交涉。這兩種看法都沒有甚麼意味。真的問題不是詩「應該」，或不該，與政治改革發生交涉；真的問題是就詩與政治改革的性質而論，詩是否「能夠」與政治改革發生交涉。我們可以說詩「應該」做這個，或不該做那個；但這話的意義只是說詩「能夠」做這個，或不能做那個。因為詩除了自性的規律以外，是沒有別的規律的。

　　所以這個問題只有從詩本身討論，從詩的性質討論，才是明智的辦法。在討論時，該先問詩的性質是甚麼；特別該注重詩在本性上是一種藝術呢，還是別的東西。如果詩是藝術，詩便能做藝術所能做的。如果不是的，詩的範圍又不同。

1　本文作者阿奇保德・麥克累須（Archibald Macleish, 1892-1982），今譯麥克利什，美國詩人、作家。原文 "Poetry and the Public World"，發表於 1939 年 6 月號的《大西洋》雜誌（*The Atlantic*），後收入作者文集 *A Time to Speak* (Boston: Houghton Mifflin Co., 1941)。

　　這個題目，歷來人論的很多；他們或者著書立說，或者在晚上，在走路時，以及別的機會裏，閒談到這個。一方面有些人說，詩不能是藝術，因為它是「真」「美」「善」的啟示，比藝術多點兒。在這些人看來，詩顯然是不能與政治改革發生關係的；因為政治改革遠在天空中，不在詩所能啟示的精神裏頭。別方面又有些人說，詩不能是藝術，因為詩所能寫出的，散文也能寫出，詩不過是散文的另一寫法罷了，它比藝術少點兒。在這些人看來，關於政治改革，詩也不能說甚麼，因為散文能說得比它好。末了兒，還有一些人說，詩既不比藝術多，也不比藝術少，它只是藝術。在這些人看，如果藝術和政治改革有交涉，詩便也與政治改革有交涉；如果藝術和政治改革沒交涉，詩也是一樣。

　　雖然有這三種可能的意見，雖然三種意見都有許多人主張，其中還有些可尊敬的人，但這三種意見，價值卻不相等。例如詩比藝術多點兒的意見，學校裏差不多都教着，說英語的人民都主張着。但這個意見，讀詩者卻難以相信，因為這當中包含着一些定義，像最近一位英國女詩人所下的「一篇詩」的定義那樣；她說一篇詩是「揭示真理的，這真理是如此基本的，如此普遍的，除了叫它『真理』，便只有叫它做『詩』，再沒別的名字配得上。」[2] 換句話說，詩不是詩篇本身，而是詩篇所指示的內容，像一張銀行支票所指示的錢數似的。這裏詩篇所啟示的真理，就像孩子在神仙故事裏所發現的，那湖中小島上教堂的井裏的鴨蛋中巨人的心一樣。難的是這條詩的定義只能適用於某些詩篇上。有些詩篇是「揭示真理」的。其中有好詩。多數是女人寫的。但所有的詩篇並非都是這一種。例如荷馬（Homer）的詩，就不

2　此處「『一篇詩』的定義」出自美國詩人 Laura Riding（1901-1991）的論文 "To the Reader"。原文為："a poem is 'an uncovering of truth of so fundamental and general a kind that no other name besides poetry is adequate except truth.'" 該文收入 Laura Riding 的選集 *Collected Poems* (New York: Random House, 1938)。

止「揭示真理」，還描寫着人獸的形狀，水的顏色，眾神的復仇。各種語言裏最偉大的詩篇之所以 [流] 傳，[3] 是因為它們的本身，並不是因為它們的道理。

同樣，詩不過是一種規律化的散文，它比藝術少點兒，這意見也是難以接受的。主張這意見的人相信詩與散文只是文字形式的不同，而不是種類的不同；詩只是同樣事情的另一說法罷了。這樣，老年詩人對少年詩人說：「能用散文寫的，決不要用韻文寫。」教師對學生說：「這是散文，因為這不是詩。」批評家對讀者說：「詩是死了。散文在將它趕出我們近代世界以外去。」

當然，說這些話，得相信詩只是用另一方法說出散文也能說的，只是和散文比賽的一種寫作法罷了。得想着散文與詩是比賽的寫作法，你才能說到散文在將詩趕出我們近代世界以外去。得想着韻文和散文是有同樣功用的可互換的方法，你才能說到能用散文寫的別用韻文寫。但是嘗試過的人自己明白，散文和詩並非祇是可互換的方法，用來說同樣事情的；它們是不同的方法，用來說不同的事情的。用這種所能說的，用那種便不能說。想將一篇詩化成散文，結果不過是笨滯的一堆詞兒，像墳墓中古物見風化成的塵土一樣。一篇詩不是可以寫點兒甚麼的「一種」法子；它是可以寫點兒甚麼的「那種」法子。那可以用這種法子寫出來的東西，便是詩篇。

這樣說，那些人相信詩既不比藝術多，也不比藝術少，只是藝術，似乎是對了；似乎詩與政治改革的關係，這麼樣討論才成。但從藝術上來看，卻就難說詩與政治改革在性質上是不能有交涉的。

---

3 增補「流」一字，據朱喬森編《朱自清全集》（南京：江蘇教育出版社，1996年，二版）第二卷所錄〈詩與公眾世界〉一文校訂。

二

藝術是處理我們現世界的經驗的，它將那種經驗「當作」經驗，使人能以認識。別的處理我們現世經驗的方法，是將他翻成智識，或從它裏頭抽出道德的意義。藝術不是這種方法。藝術不是紬繹真理的技術，也不是一套符號，用來作說明的。藝術不是潛水人用來向水裏看的鏡子，也不是了解我們生命的究極的算學。藝術只是從經驗裏組織經驗，目的在認識經驗。它是我們自己和我們所遭遇的事情中間的譯人，目的在弄清楚我們所遭遇的是甚麼東西。這是從水組織水，從臉組織臉，從街車、鮮紅色和死，組織街車、鮮紅色和死。這是一種經驗的組織，不憑別的只憑經驗去了解；只憑經驗，不憑意義；甚至於只憑經驗，不憑真理。一件藝術品的真理只是它的組織的真理；它沒有別的真理。

藝術不是選精揀肥的；它是兼容並包的。說某些經驗宜於藝術，某些經驗不宜於藝術，是沒有這回事的。任何劇烈的，[沉] 思的，肉感的，奇怪的，討厭的經驗，只須人要求認識，都可以用上藝術的工夫。如果所有的藝術都這樣，藝術的一體的詩便也這樣。沒有某些「種」經驗是詩所專有的；換句話說，詩使人認識的經驗，並不是詩所獨專的。詩使人認識的經驗可以是「屬於」任何事情的經驗。像詩這種藝術所時常用的，這經驗可以是愛的經驗，或者神的觀念，或者死，或者現世界的美——這美是常在的，可是對於每一新世代又常是新奇的。但這經驗也可以是，而且時常是，一種很不同的經驗。它可以是一種強烈的經驗需要強烈的詩句，需要驚人的詩的聯想，需要緊縮的詩的描述，需要咒語般的詩的詞兒。它可以是一種經驗，強烈性如此之大，只有用相當的強烈性的安排才能使它成形，像緊張的飛使翅子的振動有形有美一樣。

詩對於劇烈的情感的作用，像結晶對於鍊鹽，方程式對於複雜的思想一般——舒散，認明，休止。詞兒有不能做到的，因為它們只能說；韻律與聲音有不能做到的，因為它們不能說；詩卻能做到詞兒，

韻律與聲音所不能做到的，因為它的聲音和文詞只是一種咒語。[4] 只有詩能以吸收推理的心思，能以解放聽覺的性質，能以融會感覺表面的光怪陸離；這樣，人才能接受強烈的經驗，認識它，知道它。只有詩能將人們最親密因而最不易看出的經驗表現在如此的形式裏，使讀着的人說：「對了⋯⋯對了⋯⋯是像那樣⋯⋯真是像那樣。」

所以，如果詩是藝術，便沒有一種宗教的規律，沒有一種批評的條教，可以將人們的政治經驗從詩裏除外。只有一個問題：我們時代的政治經驗，是需要詩的強烈性的那種強烈的經驗嗎？我們時代的政治經驗，是像詩，只有詩，所能賦形，所能安排，所能使人認識的經驗，同樣私人的，同樣直接的，同樣強烈的，那種經驗嗎？

在我們已經不是年輕人的生活中，[5] 過去確有一個時候，政治經驗既不是親密的，也不是私人的，也無所謂強烈的。在大戰以前的年代，政治是外面的事情，在人們生活裏不佔地位，只像遊戲、娛樂、辯論比賽似的。一個人活在他的屋子裏，他的街市裏，他的朋友裏；政治是在別的地方。公眾世界是公眾世界；私有世界是私有世界。那時候詩只與私有世界發生交涉。詩說到公眾世界時，只從私的方面看；例如表現國家的公共問題，卻只說些在王位的私有的神秘一類話。要不，它便放棄了詩的權利，投入國家的政治服務裏了，像吉伯齡（Rudyard Kipling）和不列顛帝國派（British Empire School）詩人所曾做的。[6]

三十年前，公眾世界是公眾世界，私有世界是私有世界，這是真的；三十年前，詩就性質而論，與公眾世界絕少交涉，也是真的。但到了今天，這兩種情形並不因此還靠得住。的確，不但我們親眼看

4　此句原文為：" ⋯ poetry can do because its sound and its speech are a single incantation."

5　此句原文為："Certainly there was a time in the lives of those of us who are now no longer young..."

6　吉伯齡（Rudyard Kipling, 1865-1936），今譯吉卜林，英國作家。

見，說話有權威的人也告訴我們，三十年前是真的，現在靠不住了，而且和真理相反了。達馬斯·曼（Thomas [Mann]）告訴我們，[7] 二十年前他寫〈一個非政治的人感想〉（*Reflections of a Nonpolitical Man*, 1918）的時候，[8] 他在「自由」和「文化」的名字之下，用全力反對政治活動；現在他卻能看出，「德國資產階級想着文化人可以是非政治的，是錯了……政治的生活和社會的生活是人的生活的部份：它們屬於人的問題的全體，必得放進那整個兒裏」。我們也已開始看出這一層。我們也已開始知道，再不是公眾世界在一邊，私有世界在一邊了。

的確，和我們同在的公眾世界已經「變成」私有世界了，私有世界已經變成公眾的了。我們從我們旁邊的那些人的公眾的多數的生活裏，看我們私有的個人的生活；我們從我們以前想着是我們自己的生活裏看我們旁邊那些人的生活。這就是說，我們是活在一個革命的時代；在這時代，公眾生活衝過了私有的生命的隄防，像春潮時海水衝進了淡水池塘，將一切都弄鹹了一樣。私有經驗的世界已經變成了羣眾，街市，都會，軍隊，暴眾的世界。眾人等於一人，一人等於眾人的世界，已經代替了孤寂的行人，尋找自己的人，夜間獨自獣看鏡子和星星的人的世界。單獨的個人，不管他願意與否，已經變成了包括着奧地利，捷克斯拉夫，中國，西班牙的世界一部份。一半兒世界裏專制魔王的勝利和民眾的抵抗，在他是近在眼前，像爐臺兒上鐘聲的滴答一般。他的早報裏所見的事情，成天在他的血液裏攪着；馬德里，南京，布拉格，這些名字，他都熟悉得像他亡故的親友的名字一般。

我們自己感覺到這是實在的情形。既然我們知道這是實在的情形，我們也就知道我們問過的問題的答案了。如果我們作為社會分子的生活——那就是我們的公眾生活，那就是我們的政治生活——已經

7　「Mann」，原文誤植為「Maun」。達馬斯·曼（Thomas Mann, 1875-1955），今譯湯瑪斯·曼，德國作家，1929 年獲諾貝爾文學獎，後流亡美國。

8　湯瑪斯·曼所作文章原名 "Betrachtungen eines Unpolitischen"（1918）。

變成了一種生活，可以引起我們私人的厭惡，可以引起我們私人的畏懼，也可以引起我們私有的希望；那麼，我們就沒有法子，只得說，對於這種生活的我們的經驗，是有強烈的，私人的情感的經驗了。如果對於這種生活的我們的經驗，是有強烈的，私人的情感的經驗，那麼，這些經驗便是詩所能使人認識的經驗了——也許只有詩才能使人認識它們呢。

三

但是如果我們知道這是實在的情形，那麼，詩對於政治改革的關係整個兒問題便和普通所討論的不同了。真正的怪事不是文學好事家所說的他們感覺到的——他們感覺到的怪事是，公眾世界與詩的關係那麼少，詩裏會說的那麼多。真正的怪事是，公眾世界與詩的關係那麼多，詩裏會說得那麼少。需要解釋的事實，不是只有少數現代詩人曾經試過，將我們時代的政治經驗安排成詩；而是作這種努力的現代詩人沒有一個成功的——沒有一個現代詩人曾經將我們這一代對於政治世界的經驗，用詩的私人的然而普遍的說法表現給我們看。有些最偉大的詩人——葉慈（Yeats）最著名——曾經觸着這種經驗來着。[9] 但就是葉慈，也不曾將現代的政治世界經驗「當作」經驗表現，用經驗的看法表現——他不曾將這種經驗用那樣的詞兒，那樣蘊含的意義與感覺，聯繫起來，讓我們認識它的真相。就是葉慈，也不曾做到詩所應該做的，也不曾做到詩在別的時代所曾做到的。

哈佛的賽渥道·斯賓塞（Theodore Spencer）教授在一篇很有價值的論文〈韓姆烈特與實在之性質〉（*Hamlet and the Nature of Reality*, 1938）裏，[10] 曾經說明那位英國最偉大的詩人如何將他的時代的一般

9　葉慈（William Yeats, 1865-1939），愛爾蘭詩人、劇作家。

10　賽渥道·斯賓塞（Theodore Spencer, 1902-1949），美國詩人、學者。

經驗緊縮起來，安排成詩，使人認識它。他說明那使《韓姆烈特》
（*Hamlet*, 1603）有戲劇的緊張性的現象和實在的衝突，[11] 是如何與那
時代思想所特有的現象和實在的衝突聯繫着：那時代舊傳的陶來
梅（Claudius Ptolemy）的宇宙觀念，和哥白尼（Nicolaus Copernicus）
的宇宙觀念；[12] 正統的亞里斯多德（Aristotle）派對於統治者的道德
的概念，和馬加費里（Machiavelli）「現實」政府的學說；[13] 再生時代
（Renaissance）對於人在自然界位置的信念，和蒙田（Montaigne）人全
依賴神恩的見解——都在衝突着。[14] 莎士比亞（William Shakespeare）
的戲劇能以將他的同時人的道德的混亂與知識的煩悶那樣的組織起
來，正是一位大詩人的成就；直到我們現在，我們還能從韓姆列特這
角色裏認識那極端的「知識的懷疑」的經驗——不過懷疑到那程度，
懷疑已不可能，只能維持信仰了。真的現象也許只是表面的真理，這
樣信着是很痛苦的；我們現在向我們自己訴說這種痛苦，還用着他的
話呢。

　　關於我們這一代人的經驗，可以注意的是，現代詩還沒有試過將
我們這時代的公眾的然而又是私有的生活組織成篇，讓我們能以和
《韓姆列特》比較着看。這件事實該使愛詩的人心煩；至於說詩誤用
在政治目的上，倒是不足懼的。愛詩的人解釋這件事實，如果說出這
樣可笑的話——如果說，那樣的工作需要一個莎士比亞，現代詩還沒
有產生莎士比亞呢——那是不成的。

　　這工作難是真的。在一切時代，詩的組織的工作都是難的；如果

11　《韓姆列特》（*Hamlet*, 1603），今譯《哈姆雷特》，又名《王子復仇記》，英國
　　劇作家莎士比亞（William Shakespeare, 1564-1616）所作悲劇。

12　陶來梅（Claudius Ptolemy, 100-170），今譯托勒密，古希臘科學家。哥白尼
　　（Nicolaus Copernicus, 1473-1543），文藝復興時期波蘭數學家、天文學家。托勒
　　密提出以地球為宇宙中心的地心説（Geocentric model），哥白尼則提出以太陽
　　為宇宙中心的日心説（Heliocentric model）。

13　馬加費里（Niccolò Machiavelli, 1469-1527），今譯馬基維利，文藝復興時期意
　　大利政治哲學家。

14　蒙田（Michel de Montaigne, 1533-1592），文藝復興時期法國哲學家。

所要安排的現象，以切近而論是私有的，以形式而論又是公眾的，那麼，這工作便差不多是人所不能堪的難。無論一些作詩的人怎麼說，詩總不是一種神魔的魔術；詩人像別人一樣，在能使人了解之先，自己必得了解才成。他們自己得先看清經驗的形狀和意義，才能將形狀和意義賦給它。我們各行人中間，也有少數知道我們所生活的時代的形狀和意義的。但是一團糟的無條理的知覺和有條有理的詩的知覺不同之處，便是詩的動作不同之處，這詩的動作，無論看來怎麼敏捷，怎麼容易，怎麼愉快，卻實在是一件費力的動作，和人所能成就的別的任何動作一樣。這動作沒有助力，沒有工具，沒有儀器，沒有算學，沒有六分儀；在這動作裏，祇是一個人獨自和現象奮鬥着，那現象是非壓迫它不會露出真確的面目的。希臘布羅都斯（Proteus）（善變形的牧海牛的老人）的神話是這工作的真實的神話。[15] 詩人的奮鬥是要將那活東西收在網裏，使它不能變化，現出原形給人看——那原形就是神的形。

> 從他身上落下了那張獸皮，那海牛的形狀，
> 那魚的朱紅色，那鯊魚的皺皮，
>
> 那海豹的眼和海水淹着的脖子，
> 那泡沫的影子，那下潛的鰭——
> 他徒然的逃遁所用的那一切騙術和偽計：
> 他被變回他自己，海水浸得光滑滑的，還濕淋淋的呢，
> 神給 [逮] 住了，躺着，赤裸裸的，在捕拿的網裏。[16]

15　布羅都斯（Proteus），今譯普羅透斯，希臘神話中的海神之一。普羅透斯善於變化其外形，如果有人能夠捉住他，普羅透斯便會向那人預言未來。

16　「逮」，原文誤植為「歹」，現據朱喬森編《朱自清全集》第二卷所錄〈詩與公眾世界〉一文校訂。

　　的確，奮鬥着要強迫那假的現象變成真的，在像我們這樣的時代是特別難。所要壓迫的神，是我們從不曾見過的，甚至於那些現象，也是我們不熟悉的；那麼，擋着路的不但是一個難字了。同樣難的工作，從前有人做成過，而且不獨莎士比亞一人。詩的特殊的成就不僅限於最偉大的詩人，次等的人的作品裏也見得出。

　　現在詩所以不能將我們時代的經驗引進詩的認識裏，真正的解釋是在始終管着那種詩的種種影響的性質上，和形成那種詩的種種範型的性質上。更確切些說，真正的解釋是在這件事實上：我們稱為「現代」(contemporary)的詩——也就是我們用「近代」(modern)這名稱的詩——並不真是現代的或者近代的：它屬於比我們自己時代早的時代；它在種種需要之下形成，那些需要並不是我們的。這種詩在它法國的淵源裏，是屬於魏爾侖(Paul Verlaine)和拉浮格(Jules Laforgue)以及前世紀末尾二十年；[17] 在它英國的流變裏，是屬於愛略忒(T. S. Eliot)和愛斯拉‧滂德(Ezra Pound)以及本世紀開頭二十年。[18] 這種詩不是在我們自己世界的種種「人的」、「政治的」影響(human and political necessities)之下形成的，而是在大戰前的世界的種種「文學的」影響(literary necessities)之下形成的。

　　我們所稱為「現代」的詩，原來是，現在還是，一種「文學的叛變」的詩。這樣的詩適於破壞經驗之種種舊的詩的組織，而不適於創造經驗之種種新的詩的組織。人的普通經驗一代一代變化，詩裏經驗的種種組織也得變化。但是種種新的組織決不是一些新的起頭，新的建設；它們卻常是些新的改造。它們所用的物質材料——詞兒，重音，字音，意義，文理——都是從前用過的：從前人用這些材料造成一些作品，現在還站得住。要用它們到新作品裏，先得將它們從舊的三

17　魏爾侖 (Paul Verlaine, 1844-1896)，法國詩人。拉浮格 (Jules Laforgue, 1860-1887)，今譯拉福格，法屬烏拉圭詩人。

18　愛略忒 (T. S. Eliot, 1888-1965)，今譯艾略特，英籍美國詩人、評論家、劇作家。愛斯拉‧滂德 (Ezra Pound, 1885-1972)，今譯龐德，美國詩人。

合土裏打下來，從舊的釘子上撬下來。因為這個理由，詩裏的種種改革，像別的藝術裏種種改革一般，都是必需的，而且是必然會來的。凡是新世代的經驗和前世代的經驗相差如此之遠，以致從前有用的種種「經驗的組織」都成無用的時候；凡是要求着一種真不同的「經驗的組織」的時候，種種舊組織是先得剝去、卸下的。

四

英國的「近代」詩，像它的法國胞胎象徵派（Symboliste）的詩似的，都是這種詩。法國號稱象徵派的詩人們有一件事，只有一件事，是共同的——他們都恨巴那斯派（Parnasse）形式的、修飾的詩；「那有着完密的技巧，齊整的詩行，複雜的韻腳，以及希臘，羅馬，印度的典故的」。[19] 他們的共同目的是，如魏爾侖所說，「要扭轉『流利』的脖子」。[20]

滂德是美國詩人中第一個確可稱為「近代」的詩人；他也恨修飾，也是一個扯尾巴的人。滂德是破壞大家，是拆卸暗黃石門面的大家，是推倒仿法國式的別墅、仿峨特式（Gothic）的鐵路車站的大家。[21] 他是個拆卸手；在他看，不但在他自己前一代的已經從容死去的詩，就連接受那種詩的整個兒世界，都是廢物，都沒道理，都用得着鐵棍和鐵鎚去打碎。他是個炸藥手；他不但恨那《喬治詩選》（*Georgian*

19　引文原文為："...avec sa perfection technique, ses vers sculpturaux, ses rimes opulentes, son archéologie Hellénique, Romaine et Kindou." 巴那斯派（Parnasse），今譯「高蹈派」，19 世紀浪漫主義和象徵主義之間的法國詩歌流派，強調形式的嚴密與藝術的純粹性。巴那斯（Parnasse）一詞源自希臘神話中繆斯的住處帕那索斯山（Mont Parnasse）。

20　魏爾侖所作原詩句為："Take eloquence and wring its neck. [Prends l'éloquence et tords-lui son cou.]" 出自魏爾侖的詩作 *Art Poétique*（1882）。

21　峨特式（Gothic），今譯哥特式。

Anthology）與大戰前一些年的太多的詩，[22] 並且恨整個兒愛德華時代的「經驗的組織」——從那時代以來，[23] 所有的經驗與大部份的詩都由那組織裏漏出，像家庭用舊的沙發裏漏出的馬毛一樣，沒有別的，祇顯着一種硬而脆的形狀，狗都不願上去，甚至戀人們也不願坐。他像他自己說拉浮格的話，是一個精細的詩人，一個解放各民族的人，一個紐馬．滂皮留斯（Numa [Pompilius]）[24]（傳說中羅馬古代的王，相傳他在混亂中即位，愛和平，制定種種禮拜儀式與僧侶規律，有功於宗教甚大），一個光之父。他夜間做夢，總夢見些削去修飾的詞兒，那修飾是使它們陳舊的；總夢見些光面兒沒油漆的詞兒，那油漆曾將它們塗在金黃色的柚木上；總夢見些剝回放在白松木上、帶着白松香氣的詞兒。[25] 他以前是，現在還是，雜亂的大地之偉大的清除人之一。如果新世代不從這些方面看他，那是因為 [新] 世代不知道他所摧毀的建築物。[26] 他的那些詩，現在只是些蓋着舊建築的、牆上的裝飾了，以前卻一度是些工具——一些用來破壞的，帶鈎的鐵棍，大頭的鐵鎚，冷鋼的鑿子之類。

　　愛略式也許因為別一些原因被人們記着，但在他寫那些對這世代影響很大的詩的時候，他也是個破壞詩的形式的一把手。那時他專力打破已有的種種組合，就是詞兒，聲音的種種「詩的」聯想；[27] 他的效果甚至於比滂德還大些。他通過學院詩的玻璃窗，將那「現在時」的那尋常的近代世界，帶着它的鄉村的無味，星期日下午的失望，公園

22　《喬治詩選》（*Georgian Anthology*），指喬治五世（George V, 1865-1936）時期（1910-1936）英國抒情詩人的選集。

23　愛德華時代（Edwardian era），一般指自 1901 年愛德華七世（Edward VII, 1841-1910）即位起至 1914 年第一次世界大戰爆發之間的時期。

24　「Pompilius」，原文誤植為「Pomqillius」。

25　此句原文為：" ...words scraped back to the white pine with the white pine odor."

26　原文遺漏「新」字，現據《朱自清全集》第二卷所錄文章增補。

27　「詞兒，聲音的種種『詩的』聯想」一句，現據《朱自清全集》第二卷所錄文章修訂為「詞兒、影象、聲音的種種『詩的』聯想」。

裏長椅子上的心灰意懶，高高的捧起來；這是滂德所決不能做到的。他比滂德更其是破壞的，[28] 因為他關心的更多；滂德一向是自己活在屋子裏的。[29] 愛略忒心裏其實愛着他所攻擊的那些學院傳統；他做他所做的，是忍着苦痛，是由於一種好奇的窩裏翻的復仇心，卻不曾希望跟着出現一種較好的詩。他的工作不像滂德，不是澄清大地和空氣，給一種不同的結構開路；他是熱情的厭惡着他自己和他的時代：他是恨着那破壞的必要；他破壞，只是使人更明白那種必要是可恨的。[30] 他所恨的是他自己的時代，不是和他自己時代戰鬥着的「詩的過去」，這事實使他的作品有那冷酷的，激烈的自殺的預感。

　　近代詩是這些大家的詩，是造成這些人的大戰世代與戰前世代的詩。在這種詩自己的時代，它是一種需要的，有清除功用的，「文學的叛變」的詩。但它決不是能做現在所必需做的新的建設工作的詩。革命家少有能夠重新建築起他們所打倒的世界的；在革命勝利之後，繼續搭着革命的架子，會產生失望與絕望——這在我們的時代是太常見了。現代詩大部份是這樣繼續着搭着革命的架子。愛略忒早年所取的態度和所用的熟語，早已不切用了，人們卻還模仿着；這不是因為重新發見了它們的切用之處，乃是因為它們的氣味可愛的緣故——冷諷是勇敢而可以不負責任的語言，否定是聰明而可以無危險的態度。這樣，滂德早年的力求新異，也還是現在的風氣；不是因為滂德力求新異的種種條件還存在，是因為新異是一種可愛的「成功的標準」——只要新異，詩人便沒有別的責任了。

　　現代詩的這種特質，便是它所以不能使我們認識我們時代的我們的經驗的原因了。要用歸依和憑依的態度將我們這樣的經驗寫出來，

28　此句「更」字原文難以辨識，現據《朱自清全集》第二卷所錄文章校訂。

29　此句「一」字難以辨識，現據《朱自清全集》校訂。原文為："He was more destructive than Pound because he cared more than Pound; he had lived in the house himself."

30　此句「可」字原文難以辨識，現據《朱自清全集》第二卷所錄文章校訂。

使人認識，必需那種負責任的，艱險的語言，那種表示接受和信仰的語言。那種表示接受和信仰的，負責任的語言，在「文學的叛變」的詩，是不可能的。莎士比亞的《韓姆列特》，是接受了一個艱難的時代，證明了詩在那時代中的地位。拉浮格的「韓姆列特」，和在他以後，愛略式的及現在這一代人的「韓姆列特」，是否定了一個艱難的時代，而且對於用詩表現這時代的希望，加了輕蔑的按語。非到現代詩不是「近代的」，即大戰前的、「文學的叛變」的詩，非到現代詩從它自己的血脈裏寫出拉浮格和愛略式的「韓姆列特」，詩是不會佔有我們所生活的，公眾的然而私有的世界的，是不會將這世界緊縮起來，安排起來，使人認識的。到了那時候，我們自己時代的真詩，才會寫出來。在英美青年詩人的作品裏，已經可以看出，那時代是近了。

選自《大公報‧文藝》第 813-815 及 817 期，1940 年 4 月 8、10、12、15 日

蘇聯國內戰爭時期的瑪雅可夫斯基

戈寶權

　　烏拉地米爾・瑪雅可夫斯基（Vladimir Mayakovsky）的逝世，[1] 已是整整地十週年了。這位蘇聯的「烈焰一般的詩人」是在革命的暴風雨中所誕生的，是在街頭和鬥爭中所成長的，他認 [為] 詩是革命鬥爭的武器，[2]「是走向社會主義的道路」，所以他把他的詩歌和他一生的精力，都獻給了革命。他的詩是最受羣眾歡迎的，當詩一寫好時，立即送給報紙去排印；第二天就刊登出來，到了第三天，它們已被大家讀熟和到處朗誦了。斯太林（Joseph Stalin）曾這樣說過：「瑪雅可夫斯基在過去和現在，都是我們蘇維埃時代最優秀而最有才能的詩人，漠視他，對他的作品取冷淡的態度——這都是罪惡。」[3]

　　還遠在一九〇五年俄國第一次大革命時，瑪雅可夫斯基正是高加索庫泰伊斯城（Kutaisi）高等學校中的一個學生，這時候他就拋開了課本，參加了革命的秘密小組，從事反對沙皇制度的鬥爭，他這樣寫信給他的姊姊道：「親愛的露達……庫泰伊斯也武裝起來了。」一九〇五年的革命浪 [潮]，[4] 雖然很快地就過去了，但是高加索各地的英勇鬥爭，罷工和示威遊行，卻在他幼小的心靈上深深地留下了一個烙印。

　　到了一九一七年時，偉大的十月社會主義革命爆發了，這個革命像一把 [熊熊] 的烈火，[5] 焚毀了一切的舊制度。這時候很多作家對革命守着沉默，或者是用懷疑的態度和懷着敵意來迎接革命，而瑪雅可

1　瑪雅可夫斯基（Vladimir Mayakovsky, 1893-1930），今譯馬雅可夫斯基，俄國未來主義詩人、劇作家。
2　原文難以辨識，現據文意推斷為「為」。
3　斯太林（Joseph Stalin, 1878-1953），今譯史太林，前蘇聯最高領導人。
4　原文難以辨識，現據文意推斷為「潮」。
5　原文誤植為「雄雄」，現修訂為「熊熊」。

夫斯基則是毫不躊躇地，頭也不回地走向了革命。最有趣味的，就是彼得堡的許多文人們，曾在十月革命的後幾天（十一月十七日），舉行了一次集會，討論要不要與新政權合作的問題。大部份的作家都保持着緘默，沒有講一句話，只有瑪雅可夫斯基有力的提出：「我們要向新政權表示敬意，並和它發生聯繫。」瑪雅可夫斯基在他的〈自傳〉（*I, Myself*, 1922; 1928）中也曾這樣寫道：[6]「十月……承認還是不承認呢？這在我是不成問題的。這就是我的革命。」

　　從這一個時候起，瑪雅可夫斯基參加藝術工作者協會，又和幾個朋友們創辦了一個《公社藝術》（*Art of the Commune*, 1918-1919）的雜誌，他為創刊號寫了一首題名為〈給藝術軍的命令〉（*Order to the Army of Arts*, 1918）的詩，號召詩人走向街頭，走進羣眾，去做街頭的詩人，去做革命的詩人。他這樣寫道：

> 同伴們，
> 去，走向防壘！
> 　　去向心靈的前哨線上！
> 　　　……
> 街道——我們的畫筆，
> 廣場——我們的色板。
> 革命的偉大史實，
> 　　還沒有完成。
> 未來的同人呀，進向街頭去！
> 　　作為鼓手，又作為詩人！

就在這時候，新生的蘇維埃國家體驗了它最痛苦而最艱難的

6　〈自傳〉的英文翻譯收入 *Night Wraps the Sky: Writings by and about Mayakovsky*, ed. Michael Almereyda (New York: Farrar, Straus and Giroux, 2008).

鬥爭，這就是三年多的國內戰爭。十四個帝國主義的國家，和丹尼金（Anton Denikin）、尤金里奇（Nikolai Yudenich）、［科］爾恰克（Alexander Kolchak）及烏蘭格爾（Pyotr Wrangel）等許多白黨匪徒，[7]用鐵的火環緊緊地包圍着蘇聯，想來窒死這個新生的國家，但這個新生的國家終於戰勝了，它不僅毀滅了一切□□，它還在世上建立了第一個最光輝而幸福的國度。蘇聯的國內戰爭，正如蘇聯一位作家所說：「是一所訓練新社會建設者的創造的學校」，是一座磨煉新型戰士的大洪爐，蘇聯的許多名作家：舍拉菲冒維奇（Alexander Serafimovich）、[8]法捷也夫（Alexander Fadeyev）、[9]蕭洛霍夫（Mikhail Sholokhov）、[10]奧斯特洛夫斯基（Nikolai Ostrovsky）等人，[11]就是在這次戰爭中受了試鍊和在砲火中成長的。

我們來看看詩人們吧。我們也許還記得，在過去曾有這樣一句箴言：「當大砲講話的時候，詩人便默口無言」，可是這句話，是早已成為昨日的箴言了。在現在為爭取民族解放的鬥爭中，詩人們不再默口無言了，他們披上了軍服，他們發現了最有力量的和諧的字句，他們要用口頭的炸彈去粉碎□□！瑪雅可夫斯基曾說過：「詩和歌——這就是炸彈和旗幟。」當蘇聯國內戰爭時，瑪雅可夫斯基在羅斯他通訊社（ROSTA，意為俄羅斯電報通信社，就是現在塔斯社的前身）工

---

7 丹尼金（Anton Denikin, 1872-1947），今譯鄧尼金。尤金里奇（Nikolai Yudenich, 1862-1933），今譯尤登尼奇。科爾恰克（Alexander Kolchak, 1874-1920），原文誤植為「利爾恰克」，今譯高爾察克。烏蘭格爾（Pyotr Wrangel, 1878-1928），今譯弗蘭格爾。以上四人皆為俄國反布爾什維克的白軍領袖。

8 舍拉菲冒維奇（Alexander Serafimovich, 1863-1949），今譯綏拉菲莫維奇，蘇聯作家，代表作為《鐵流》（Iron Flood, 1924）。

9 法捷也夫（Alexander Fadeyev, 1901-1956），今譯法捷耶夫，蘇聯作家，代表作為《毀滅》（The Rout, 1927）。

10 蕭洛霍夫（Mikhail Sholokhov, 1905-1984），蘇聯作家。他以第一次世界大戰、俄國內戰和兩次俄國革命為背景寫成四卷本長篇小說《靜靜的頓河》（And Quiet Flows the Don, 1925-1940），並憑此作獲得 1965 年諾貝爾文學獎。

11 奧斯特洛夫斯基（Nikolai Ostrovsky, 1904-1936），蘇聯革命家、作家，代表作為《鋼鐵是怎樣煉成的》（The Making of a Hero, 1933）。

作，他雖沒有拿起槍桿站在最前線上，但是他在後方用「羅斯他的諷刺的窗子」（*ROSTA Windows, 1919-1921*）和詩及畫，貢獻出他一切的力量。[12] 他後來在〈好〉（*Fine! 1927*）這篇長詩中這樣寫道：

> 聽我說，
> 　　　　戴着紅星的人，
> 我，紅色的歌者，
> 　　　和你們
> 　　　　　一同前進吧！
> 我是
> 　　　你們中間的一個。
> 你們的敵人
> 　　　也是我的敵人！
> 他們來了嗎？好。
> 　　　我們隨時在等待命令！
> 像風裏的灰塵一樣，
> 　　　我們把這些
> 　　　　　侵犯我們疆土的人
> 　　　　　　趕出去！

　　瑪雅可夫斯基的工作，是利用城市裏變成了空屋的大商店的櫥窗，每天貼上有詩有畫的大招貼，再加上大張的標語，報告革命的現狀和前線的戰況。這種招貼吸引了廣大的羣眾，這個「羅斯他的諷刺的窗子」，成了每一個人的最有力的興奮劑。

12　羅斯他通信社（ROSTA），是蘇俄國立電訊社（Russian Telegraph Agency）的縮寫，為蘇俄官方意識形態宣傳機構。1919 年起，馬雅可夫斯基為 ROSTA 創作了一系列著名的諷刺詩畫。這些巨幅畫作約有 1600 期，懸掛於莫斯科商店的櫥窗內，稱為「羅斯他的窗」（ROSTA windows）。參考飛白譯：《馬雅可夫斯基詩選（上卷）》（上海：上海譯文出版社，1981 年）。

　　瑪雅可夫斯基曾告訴我們：「我和羅斯他通信社的工作是這樣開始的：在莫斯科庫斯奈支基街和彼特洛夫卡街的轉角，就是現在『Mossel Prom』糖果店的所在地，我看見了第一張兩尺長的招貼。我立刻去見羅斯他通信社的主任凱爾仁采夫，他叫我去和這種藝術中最有名的工作人員之一——乞略珊尼去接洽。我們把第二個窗子也利用了。最初，克拉曼同志做說明，後來差不多全文和說明都是我做的。」

　　當時的工作情形是緊張而戰鬥的，瑪雅可夫斯基曾回憶到：「休息是沒有的。在大的，沒有暖氣設備的，零度之下的工作場裏儘是工作着。回到自己的家裏也是同樣地作畫。在尤其要加緊的時候，則枕薪而臥——因為這樣，就無論甚麼時候高興起身就可以起身。當時被要求要有機械那樣的敏捷。關於前線勝利的電招，在四十分鐘或一小時之後，就成為着色的招貼而揭露在街頭了。這種急調，是為工作性質所要求的。那些招貼的主要範圍，是駭人地廣泛——對於烏蘭格爾鬥爭，對於傷寒和虱子的鬥爭，舊報紙的保存，電力的節約……」

　　他的姊姊露達（Lyudmila Mayakovskaya, 1884-1972）在一段回憶的文字中也曾這樣寫道：「烏拉地米爾平伏在地板上，畫大幅頭的畫。我時常為他工作的迅速而驚奇。他是這一行藝術的一個專家，他的作品是富於表現力的，機智的，同時還又是以非常的簡明性而作成的。烏拉地米爾不管他工作時的一切困難條件——他的房間是寒冷的，充滿了從小鐵火爐裏冒出來的烟塵——他時時刻刻總是愉快和有精力的。……他周圍的人，都為他這種莫大的熱誠，他對於工作的這種熱切的和嚴肅的態度所感動了，他是很知道這種工作的政治重要性的。」

　　在國內戰爭的幾年中，他畫了差不多三千多張招貼和六千多條標語。他的詩和畫，幫助紅軍粉碎了帝國主義武裝干涉者的圍攻，粉碎了丹尼金、尤金里奇、科爾恰克及烏蘭格爾等許多白黨匪徒；他的詩和漫畫，打擊了逃兵、怠工者和一切反革命者；他的詩和漫畫，號召了人民去援助前線，徵募寒衣，營救難童等……。一句話，他的詩和

漫畫，成了蘇聯國內戰爭中比槍砲更有力量的武器！

　　烏拉地米爾‧瑪雅可夫斯基的逝世，已是整整地十週年了，他這種工作的精神，將成為我們在爭取民族解放鬥爭中的一切作家，一切詩人和一切畫家的最好的模範！

四月七日於重慶

選自《大公報‧文藝》第 816 期，1940 年 4 月 14 日

瑪雅可夫斯基小傳

劉火子

　　被稱為革命後俄國最偉大的未來派詩人而兼畫家、劇作者的瑪雅可夫斯基（Vladimir Mayakovsky），[1] 一八九四年在喬其亞（Georgia）的巴達地村（Baghdati）一個農林管理員的家中生下來，一直在那裏住了八年；一九四〇年父親過世，於是搬到莫斯科。

　　家境並不豐裕。瑪雅可夫斯基十三歲起就要助理家庭，常常漆飾各種各樣的洋娃娃之類的東西去賣，藉以幫助維持家中的生活。

　　一九〇八年開始了他的寫作生活。同年加入布爾什維克黨。在黨中他是以宣傳員姿態工作着的。市民大會的時候，他被選為莫斯科區的委員。此後不久就被捕，釋放後的第二年又再被捕，而且被關在「布提爾基」監獄（Butyrka prison）裏過了一個年頭。放出之後，他曾部份地放棄了黨的工作。

　　始創於意大利馬利納蒂（Filippo Tommaso Marinetti）的未來主義，[2] 在革命前的俄國曾依從了文學上的兩個不同的主潮而分歧了牠發展的路向：一條是彼得格勒（Saint Petersburg）的個人主義的未來主義；[3] 一條是莫斯科的立體主義的未來主義。瑪雅可夫斯基是屬於後一路向的。當時他還和他一起的另外兩位著名的未來派作家喜萊拔尼可夫（Velimir [Khlebnikov]）和布爾祿克（David [Burliuk]）發表過第一次關於未來主義的宣言——〈賞社會趣味的耳光〉（"A Slap in the Face of Public Taste," 1912）。[4] 所以說莫斯科派不同於彼得格勒派者，牠不

1　瑪雅可夫斯基（Vladimir Mayakovsky, 1893-1930），俄國未來主義詩人、劇作家。

2　馬利納蒂（Filippo Tommaso Marinetti, 1876-1944），今譯馬里內蒂，意大利作家、編輯，1909 年發表〈未來主義宣言〉（*The Foundation and Manifesto of Futurism*）。

3　彼得格勒（Saint Petersburg），今譯聖彼得堡，俄羅斯第二大城市。

4　「Khlebnikov」，原文誤植為「Helbnikov」。「Burliuk」，原文誤植為「urluk」。喜萊拔尼可夫（Velimir Khlebnikov, 1885-1922），今譯赫列勃尼科夫，俄國未來主義詩人、劇作家。布爾祿克（David Burliuk, 1882-1967），俄國詩人、藝術家，被稱為「俄羅斯未來主義之父」。

是死抱着自己的綱領，一定要去接近於個人主義，一定要把自己在局限着的定型的語言中漸漸的趨於滅亡。莫斯科派一直的繼承着馬利納蒂，一開始就從新檢討和訂正了全俄的文法與語彙。他們創造了他們的文理，形式和機動性的語言法規。他們找到了語言的內在的機能，同時更根據存在着的合理的形式去創造新的形式。一句話，未來主義挑起了俄羅斯語言的大革命。但是，倘使說那未來派諸人中祇形式的完成了這革命的某一部份，那麼瑪雅可夫斯基卻是意識的自他的詩中去完成那另一部份的革命了。是的，瑪雅可夫斯基是有如武器般的把握着他底詩出現於社會的講壇上的。

世界大戰宣告之後，他旅行到芬蘭。他底名作〈穿着袴子的雲〉（"A Cloud in Trousers", 1914-1915）、〈脊髓骨的笛〉（"Backbone Flute", 1915）、〈戰爭與和平〉（"War and the World", 1915-1916）、〈人〉（"Man", 1916-1917）都是那時候寫的。

二月革命的第一天 [起] 草成了〈革命詩人宣言〉。[5] 十月革命之後又寫了劇本《蟾蜍的神秘》（*Mystery-Bouffe*, 1918），在梅耶荷德（Vsevolod Meyerhold）名義下的劇場演出。[6]

一九一九年起，瑪雅可夫斯基在羅斯他電報代理局（ROSTA）做事。[7] 其間他繪就他的名畫《羅斯他的窗》（*ROSTA Windows*, 1919-1921）以及其他很多以詩句說明的作品。同時他又寫成他的詩〈*150 000 000*〉（1921）。

好像是天賦他從事於這偉業似的。在對於庸俗主義者的鬥爭中，

5　俄國二月革命，1917 年 3 月 8 日（儒略曆 2 月 23 日）在彼得格勒發生的民主革命，尼古拉二世（Nicholas II of Russia, 1868-1918）被逼退位，俄羅斯帝國亦宣告滅亡。

6　梅耶荷德（Vsevolod Meyerhold,1874-1940），俄國導演、演員、戲劇理論家。

7　羅斯他電報代理局（ROSTA），是蘇俄國立電訊社（Russian Telegraph Agency）的縮寫，為蘇俄官方意識形態宣傳機構。1919 年起，馬雅可夫斯基為 ROSTA 創作了一系列著名的諷刺詩畫。這些巨幅畫作約有 1600 期，懸掛於莫斯科商店的櫥窗內，稱為「羅斯他的窗」（ROSTA windows）。參考飛白譯：《馬雅可夫斯基詩選（上卷）》（上海：上海譯文出版社，1981 年）。

他是熱情奔放的奢望的，而在公開辯論的場合中也非常機警而果敢，他本質地有着洪亮的煽動的聲音和語法。——他是他的詩的最好的說明者，那些詩的命運為街頭或會場中的朗誦而決定。

一九二三年，他是 [LEF] 報的編輯，[8] 作家協會的領導者。其間他寫了詩〈列甯〉（*Vladimir Ilyich Lenin*, 1924）、〈好〉（*Fine!* 1927）和劇本〈臭蟲〉（*The Bedbug*, 1929）、〈蒸氣浴室〉（*The Bathhouse*, 1930），也是在梅耶荷德的劇場演出了。

一九三〇年瑪雅可夫斯基參加了普羅作家同盟（Russian Association of Proletarian Writers）。

但是就在一九三〇年四月十四日的那一天，這偉大的革命詩人、畫家、劇作者卻因為心情的苦痛以連珠砲自殺了，享年僅三十六歲！

官廳給予這案子研究的結果，指出詩人自殺的原因完全由於性格的固執，與乎社會和詩人的文學生活中間有不調協的地方。身體長時間的不健康，引起他自殺的動機，使他常常感覺到自己的軟弱。

瑪雅可夫斯基在世界的革命詩壇，在普羅列塔利亞（proletariat）的鬥爭中都是偉大的。他帶着鬥爭的姿態開始他的生活，去反對布爾喬亞記（bourgeoisie）的庸俗主義，以及他們惰性、卑鄙、討厭的生活方式。在詩歌方面，他又創始和領導一個特殊的運動，去把詩歌在至上主義的微末，愚昧的抒情的教條，幾種學派的死刑的鐐銬，以及市民階級的衰落的小流派中解放出來。瑪雅可夫斯基自革命的第一天起便馬上變成革命的盟員，他的詩立刻變成最銳利而有效的武器，而且那些詩是最唯物的最清晰的。因為他明白，為了要放逐出市民階級的庸俗、腐朽和討厭的東西，真正的道路是普羅列塔利亞革命的道路。所以他全部的才能都付與傳單、漫畫，同時把舊俄生活的渣滓介紹出來，鞭策着所有過路人，所有 [阿] 諛者以及所有革命中敵視

8　「LEF」，原文誤植為「LFF」。LEF 為俄國十月革命後成立的先鋒文藝組織「左翼藝術陣線」（Left Front of the Arts）的機關報。

的破壞的無希望的人。[9] 那些，都在他死前的遺作〈吶喊〉（"Aloud and Straight", 1930）一詩中被強調地寫着。

他的詩，意識上的革命熱情與他的外在的革命形式是調合的。他借重於惠特曼（W. [Whitman]）的自由主義，[10] 凡爾哈侖（E. [Verhaeren]）的市民主義和馬利納蒂（[Marinetti]）新語彙中的力學主義，[11] 而創造了他自己的詩。瑪雅可夫斯基的詩的特徵是他的自由的韻律，建基於意識，強調於形象的浮雕或情緒激動的一瞬。因為要決定於公開的朗誦，他的詩又利用了很多潛藏的諷刺的力量。而腳韻也大都是洪亮的，回響的，永不單調的，永不刺耳的而又通俗的。

但是他死了。在最後的遺書中，瑪雅可夫斯基請我們不要責備他的軟弱，可是布爾什維克和他們每一個忠實的意識清醒的普羅大眾卻不能認為這行為是正確的。不是麼，在詩人送給那一位也是自殺而死的詩人葉賽寧（Sergei Yesenin）詩中，[12] 不是這樣說過麼：「在我們的生活中，努力地去求死是沒有的，惟有建立在生活——才是有價值的努力啊！」（本文根據世界語瑪雅可夫斯基詩集《吶喊》材料寫成。[13]）

選自《大公報．文藝》第 816 期，1940 年 4 月 14 日

9　「阿諛」，原文作「訶諛」。

10　「Whitman」，原文誤植為「Wltittman」。惠特曼（Walt Whitman, 1819-1892），美國詩人、散文家，被稱為「自由詩之父」。

11　「Verhaeren」，原文誤植為「Verharen」。「Marinetti」，原文誤植為「Marinette」。凡爾哈侖（Émile Verhaeren, 1855-1916），比利時象徵主義詩人、劇作家。

12　葉賽寧（Sergei Yesenin, 1895-1925），俄國抒情詩人。

13　《吶喊》為 1937 年上海 Motor 出版社出版的馬雅可夫斯基詩集，由姚思銓根據世界語譯本轉譯。參考洪子誠：〈死亡與重生？——當代中國的馬雅可夫斯基〉，載《文藝研究》2019 年第 1 期。

從未來主義到革命鬥爭
——談瑪雅可夫斯基的詩

慧娜

當一八九四年瑪雅可夫斯基（Vladimir Mayakovsky）出獄後，[1] 他便和布爾留克（David Burliuk）、[2] 夫萊蒲尼可夫（Velimir Khlebnikov）、[3] 加曼斯基（Vasily Kamensky）及其他少年詩人和畫家等，[4] 組織了一個文學藝術團體，那就是後來的「未來派」（Russian Futurism）。開始了他詩人的生涯。他們在一九一二年出版了最初的書籍：《打擊社會底趣味》（*A Slap in the Face of Public Taste*, 1912）並附載了這團體的綱領，他們宣言着：「過去是貧乏的。學院派和普式庚（Alexander Pushkin）比古代的象形文字還難懂。」[5] 並且命令人們：要求將古典作家從「現代的輪船」中驅逐出去，承認詩人有革新用語和輕蔑以前底傳統用語底權利。

在十月革命以前，他底作品便是屬於這一類型的。他反抗有產層的藝術和暴露資本主義統治下的都市底恐怖、醜態和污穢。他作為

1　瑪雅可夫斯基（Vladimir Mayakovsky, 1893-1930），今譯馬雅可夫斯基，俄國未來主義詩人、劇作家。1909 年，馬雅可夫斯基因散發布爾什維克宣傳品、無牌持有槍枝及協助政治犯越獄被捕，入獄 11 個月，於 1910 年釋放。原文似將其出獄時間誤作 1894 年。

2　布爾留克（David Burliuk, 1882-1967），俄國畫家、詩人，被稱為「俄羅斯未來主義之父」。

3　夫萊蒲尼可夫（Velimir Khlebnikov, 1885-1922），今譯赫列勃尼科夫，俄國未來主義詩人、劇作家。

4　加曼斯基（Vasily Kamensky, 1884-1961），俄國未來主義詩人、劇作家、藝術家。

5　普式庚（Alexander Pushkin, 1799-1837），今譯普希金，俄國詩人、劇作家、小說家、文學批評家。「未來派」詩人提倡全面反對傳統，讚頌暴力、速度、機器與技術等現代特徵。他們的一項主要主張是否定前代作家，如托爾斯泰、普希金、杜斯妥也夫斯基等。

一班都市下層的流氓無產者、失業者的擁護人和保姆，替他們大聲呼籲。所以瑪雅可夫斯基底初期的作品是帶有濃厚的都市憂鬱和厭世的氣味，他歌頌個人主義。

但是世界大戰和十月革命的大時代到來，他就轉變了，那時，擔任了□□□□□讚美革命和鼓勵革命的使命了。

在國內戰爭時代除了在高爾基（Maxim Gorky）所編的《紀事月刊》（*Letopis*）上寫詩外，[6] 並且在「洛斯塔通信社」（ROSTA）擔任宣傳。[7]在這時，他曾經作了三千幅宣傳畫和六千條標語，雖然，他還不曾完全克服了過去「未來派」小資產階級的思想 [，] 但他已經成了一個勞動大眾的詩人，他的〈左翼進行曲〉（*Left March*, 1918）是宣揚鬥爭精神的詩的代表，而他的〈沉湎在會議中的人們〉（*In Re Conferences*, 1922）又顯示了他是一個政治指導者；牠們都受着勞動羣眾的理解和歡迎。

他從革命最初一天起便本着不輕蔑任何勞動的態度來寫宣傳畫及標語，謳歌革命底勝利，暴露嘲笑敵人。他大膽地破壞了普通言語底秩序，更運用新創的生動語言文字來寫作，因此他底詩作的形式與內容非常廣泛和豐富，粗線條，單純而原始；但卻是有力的宣傳。

現在我且節引他的〈百戰百勝的武器〉（*Invincible Weapon*, 1928）一詩，[8] 作為例證——

6　高爾基（Maxim Gorky, 1868-1936），俄國社會主義現實主義作家、政治活動家。《紀事》（*Letopis*）是高爾基執行主編的月刊，宣傳社會民主與反戰思想，1915 至 1917 年出版。

7　「洛斯塔通信社」（ROSTA），是蘇俄國立電訊社（Russian Telegraph Agency）的縮寫，為蘇俄官方意識形態宣傳機構。1919 年起，馬雅可夫斯基為 ROSTA 創作了一系列著名的諷刺詩畫。這些巨幅畫作約有 1600 期，懸掛於莫斯科商店的櫥窗內，稱為「洛斯塔之窗」（ROSTA windows）。參考飛白譯：《馬雅可夫斯基詩選（上卷）》（上海：上海譯文出版社，1981 年）。

8　原詩作於 1928 年，英文譯名根據俄文詩名 *Непобедимое оружие* 譯出。

　　□□□□□
　　□□□
　　□□。
□□□□□□□□
□□□□□□
□□，□□□
　　□□□□
　　　□。
它
　正是
　　舊的強權。
……
為了無情的
　　　　　戰鬥，
時代在來了，
　　帶着歡樂，
　　　　動員
　　　　　武器
　　　　　　和肉身。
……
為了投身在
新的信號的
　　　　　戰爭，
用一切的武器
　　　　加強
　　　　（我們的）防禦。
我們的
　　　武器

　　　　　　　比嘔吐的瓦斯

　更危險，

　　　　　無論甚麼面具

　　　　　　　對我們（也難防禦）。

　我們的武器：

　　　　　各種言語底

　人類的 [團結] 性，[9]

　　　　　　但是——

　　　　　　　依着階級而同一。

　　　　　世界的靜聽者，

　　　　　　　　懷着無線電，

　把耳朵和

　　　　　心

　　　　　　貼向莫斯科。

　　　　　　　　——（見《蘇聯文學連叢》第一輯。勞榮譯。）

　　在瑪雅可夫斯基的詩作裏，我們常會見到許多誇張的 [譬] 喻和奇特的很有意義的字所組成的句子，[10] 以及不連貫的章法與句之間隔；但是我們不要以為這是晦澀，這正是瑪雅可夫斯基成功的地方。在過去，曾有過許多人模仿做他的形式，可是顯然是失敗了。他沒有把握到瑪雅可夫斯基所表現的技巧的骨髓，他沒有把握到他底象徵精神的內容，所以雖然相像，但始終是貌合神離的。

　　抗戰以來，中國的抗戰詩歌寫得不算少，但是能夠寫得成功的似乎尚少見。詩歌對於抗戰中的貢獻似乎尚嫌不夠，不論在技巧或內容多半都犯了「差不多」和公式主義的毛病；因此，我覺得在這瑪雅可

9　原文難以辨識，現據文意推斷為「團結」。
10　原文難以辨識，現據文意推斷為「譬」。

夫斯基十週年忌的今天，我們實應該加緊去學習他的技巧，踏着他在革命中所寫各詩歌的足跡，更完美地貢獻於抗戰詩歌園地，這纔算不辜負今天紀念他的意義。最後，我還要說完這句話：「中國的詩人們！向這位偉大的革命詩人瑪雅可夫斯基學習，學習，再學習罷！」

　　附註：他的生平根據的是——《蘇聯文學講話》。

選自《大公報．文藝》第 816 期，1940 年 4 月 14 日

作家與革命——紀念馬耶可夫斯基

文俞

　　整一部歷史是階級鬥爭史，全人類的「勝利的凱旋」從沒有過。因此，我們的人間世，正如高爾基（Maxim Gorky）所說的「翱翔着生之悲劇性的普遍意識和人世寂寞的苦感所構成的威嚇的兇魔」，[1] 人生的苦惱與寂寞，是每個人都朦朧地感着的；而這苦惱和寂寞，卻是浮沉地磨折着哲學家，[2] 思想家和藝術家。在十九世紀開花的「批判的現實主義」的作家們，是被稱作「布爾喬亞的浪子們」，沒有一個能擺脫人間的悲苦而歡忻的笑一下的。可是藝術家不把這悲苦肯定為「病入膏肓」，而認做人類的「難解的錯誤」，並相信人類的努力可以把它排除。因此一切藝術，文學，都是藝術家在這苦惱與寂寞的人生中，苦痛地以燒毀一切的熱情，來照明人生，指點人生，說出人類不應是奴隸而該是客觀世界的主人，綴出一個人類「對於較高生活形態的可能性的希望」的崇高的創作。從而我們便承認偉大的作家和他的藝術作品都是革命的。福克斯（Ralph Fox）說：「真正偉大的作家，必定是經常地處在一個猛烈而革命的和現實的鬥爭狀態中，因為他必得想法改變現實，所以他是革命的。」[3]

　　這無怪乎作家必然地成為革命運動的敏感的呼應者了！作家雖然要受了自己的世界觀的限制，然而由於對現實的不妥協，因此對於變

1　高爾基（Maxim Gorky, 1868-1936），俄國社會主義現實主義作家、政治活動家。原文「翱翔」一詞難以辨識，現據《黃文俞選集》（廣州：廣東人民出版社，1997年）所錄〈作家與革命——紀念馬耶可夫斯基〉一文加以校訂。

2　原文「哲」字難以辨識，現據《黃文俞選集》所錄文章加以校訂。

3　福克斯（Ralph Fox, 1900-1936），英國左翼作家、記者、歷史學家、英國共產黨黨員、國際縱隊成員，戰死於西班牙內戰。此處引文出自福克斯所著《小說與民眾》（*The Novel and the People*, 1937）一書。中譯本由何家槐翻譯，1938年由上海生活書店出版，惟該譯本封面與版權頁將作者誤記為英國小說家福斯脫（E. M. Forster, 1879-1970）。

革現實的革命運動的噴發，他便毅然決然地加入前進的首列，成為革命的擁護者與戰鬥者。在這二十世紀的尖銳的階級矛盾和明顯的革命前夕，「歐洲和美洲幾乎一切的最誠實的天才的文學者們，都在非難資本主義國家底生活條件」（高爾基），其中許多更傾向着革命的勞苦大眾。法西斯的兇殘，更引起他們一致的非難，而同情於人民大眾的反抗運動，這都是明顯的事實。今天，我們便想起一位像狂風暴雨般挺進在革命戰鬥中的詩人馬耶可夫斯基（Vladimir Mayakovsky）了。[4]

馬耶可夫斯基是在一九三〇年四月十四日吞槍自殺的。今天是他的十年忌了。在去年他的逝世九週年紀念中，史太林（Joseph Stalin）說「馬耶可夫斯基曾是而且現在還是蘇維埃時代的最優秀最有才能的詩人」，[5] 他的名字，不但鑴在蘇聯的人們的心上，而且像一個崇高的巨人般在一切被壓迫的人羣心中都有他的影子，我們會尊崇他是個曾為了人類的「勝利的凱旋」而戰鬥過的勇士！

馬耶可夫斯基正是說明作家與革命的可敬而可哀的例子。在革命前，他不但以其未來主義的詩歌攪擾和反抗着布爾喬亞（bourgeois），而且想要切實的行動來變革它的。但歌唱機械和力的未來主義的詩歌，是掩蔽着詩人們那顆不能看清現實出路，多少是狂暴的反抗現社會的沉悶寂寞的心吧！所以法西斯在意大利出現，未來派詩人不免成為帝國主義的歌頌者 [；] 然而馬耶可夫斯基卻做了革命的戰士，是因為他近於狂暴的反抗氣質，剛好配合着暴風雨！十月革命的爆發立刻把他吸引過來，成為戰士，以他的詩句，以他的「諷刺之窗」（*ROSTA*

4　馬耶可夫斯基（Vladimir Mayakovsky, 1893-1930），今譯馬雅可夫斯基，俄國未來主義詩人、劇作家。

5　史太林（Joseph Stalin, 1878-1953），前蘇聯最高領導人。

Windows, 1919-1921），[6] 來武裝羣眾的頭腦，動員羣眾參與戰鬥。在內戰期中，他比別人更曉得工作。現實是人們最好的教育者，馬耶可夫斯基承認革命是「我的革命」，是世界的出路，他的勇於參加革命，是作家與革命的連結的一個崇高的典型。作家反抗黑暗的現實，改革不合理的社會的意圖，只有配合着革命運動才能實現的！

可是，他既經歷着這最最艱苦的戰鬥，度過那血洗一切的時代，堅定強頑得像石塊，又何以在和平的建設期中反而消沉以至自殺？這是哀的例子呵！革命是歷史運動的必然，革命的行進表面似是瘋狂而暴亂的運動，而本質卻有着科學的規律性。革命運動的進行，常常是和個人的意志相反抗的，假如我們沒有科學地把握着革命的本質和規律性，就是親身投進革命的洪爐，卻反而不清楚那爐火！結果，那就因革命進程的轉折迂迴，使自己無從追隨着它的行進。狂風暴雨般的氣質的馬耶可夫斯基，嚴格地說來，他是不大能夠認識真正的革命波濤的；他只歡唱這澎湃的波濤如偉烈的自然力的爆發。然而待風息雨收，新人羣要以沉着的勞動來建設自己的王國時，他卻感到沉悶而疲乏了！不少蘇聯的勞動詩人都因暴風雨的止息而消沉的，而馬耶可夫斯基這偉大的革命戰士，詩人，雖欲在「伊里奇那裏清算自己」，[7] 改造世界觀，終於不可能，可哀的了結自己的生命！這堅強的個性，在革命中開花，也在革命中萎謝，這並不是不可解的謎，而只是可惋惜的一回事吧！

6　羅斯他通信社（ROSTA），是蘇俄國立電訊社（Russian Telegraph Agency）的縮寫，為蘇俄官方意識形態宣傳機構。1919 年起，馬雅可夫斯基為 ROSTA 創作了一系列著名的諷刺詩畫。這些巨幅畫作約有 1600 期，懸掛於莫斯科商店的櫥窗內，現譯「羅斯他的窗」（ROSTA windows）。參考飛白譯：《馬雅可夫斯基詩選（上卷）》（上海：上海譯文出版社，1981 年）。

7　引文出自馬雅可夫斯基因列寧（Vladimir Lenin, 1870-1924）之死而創作的長詩《列寧》（*Vladimir Ilyich Lenin*, 1925）：「我／在列寧的照耀下／清洗自己」（"I/ go to Lenin/ to clean off mine"）。譯文參考馬雅可夫斯基著，余振譯：〈弗拉基米爾‧伊里奇‧列寧〉，《余振翻譯文集》第四卷（上海：上海社會科學院出版社，2014 年），頁 259-260；Vladimir Mayakovsky, *Vladimir Ilyich Lenin: A Poem* (Honolulu: University Press of the Pacific, 2003), p. 7.

　　在抗戰中的我們的詩人，馬耶可夫斯基的名字是高貴的，他們要追蹤他的壯旺的火般的戰鬥熱情了。他的詩，也成為一些青春詩人的寶石了。然而抗戰還多少有着沉鬱，健旺昂揚的氣氛還給沉鬱多少掩蓋，使我們的詩不能像他那麼熱熾地燃燒着革命的情緒；不過那樣的時候是要來的。馬耶可夫斯基的戰鬥，教給我們詩人如何的奮發，馬耶可夫斯基的死，卻給我們以一個警惕。

選自《星島日報‧星座》第 559 期，1940 年 4 月 14 日

戰時之德國文學動態

由牟

　　在此次歐戰爆發以前的一年間，這第三帝國的官方統制文學底下顯 [然] 發生了一種隱伏的異動和裂痕。[1] 那些未曾流亡，或是未曾被納粹所鎮儡下來的文學家，一向就呈現着各樣各種的姿態。其中有一小部份開頭就是百分之百的納粹黨人，還有一些是在希特勒（Adolf Hitler）秉政之後立刻自願出賣過去的。[2] 但大多數作家卻是僅僅希望避免引起納粹的仇恨，寫一些自己的作品，供給幾千個讀者的欣賞。這幾千個讀者，雖然不敢公然表示不愛讀他們的統治者所頌揚的「傑作」，但是他們在買書時的取捨，卻無形中給予出版家以一種壓力。

　　在這大多數的偽裝褐衫作家的陣營裏，[3] 也還有着一個非常複雜的組合。其中有四分之三的納粹作家，有半納粹作家，有機會主義納粹作家，有「牛排」納粹作家（即就是一些外褐而內赤的 [人] 物），[4] 有專等希特勒下臺的蟄伏作家，這些人可以稱為「國內流亡者」。另外還有一些納粹作家，為了維持本來的地位起見，不免在作品中與一批非納粹的讀者表示一點妥洽。直到希特勒的政策忙着注意於製造戰爭，於是這形形式式的作家與讀者的各種傾 [向] 都呈現了新的，[5] 有時竟是顯著的形式了。

　　我們從納粹黨的文學監視人對於他們的不可降服的敵人之鬥爭情形中，就可以看出這形態之存在了。在戰事爆發以前不久，納粹文

1　原文難以辨識，現據文意推斷為「然」。

2　希特勒（Adolf Hitler, 1889-1945），德國納粹黨領袖、納粹德國元首，發起第二次世界大戰並在歐洲進行納粹大屠殺。

3　希特勒 1923 年創立武裝組織衝鋒隊（Sturmabteilung, SA），成員穿黃褐色卡其布軍裝，左袖戴卐字袖標，因而又有褐衫隊（Braunhemden）的別稱，1945 年隨德國戰敗瓦解。

4　原文難以辨識，現據文意推斷為「人」。

5　原文難以辨識，現據文意推斷為「向」。

化部（Reichskulturkammer）和納粹書商協會決定了一種運動，[6]要肅清「翻譯書在圖書館及鋪裏的統治勢力」，並且還要肅清「某一部份德國讀書界的嗜好翻譯書傾向」。與這些逃避納粹文學而不屑看的讀者相對的，是一些逃避第三帝國的現實生活而不願加以描寫的作家。這種傾向成為納粹文化部批評組對於這些「生活於希特勒治下者在著作中視若無睹的德國作家」的最主要的譴責。因此，在別的自由的國家中認為反動的「逃避進象牙之塔」，在納粹統治之下幾乎是一種革命的表現。

　　要敘述德國國內文學在這戰事之下的發展全貌，現在當然還太早一點，但是我們可以在這裏指出幾點事實和徵象，可以看作是那些裂痕和異動的出發點。

　　「逃避現實與現在」已經成為很強調的傾向了。幾家著名出版家的書目上都顯示出側重「無時間性」的著作這傾向。名作家保爾·黃希德（Paul Fechter）的新著小說是敘述「通神學（theosophy），[7]並且是一九一四年以前的德國社會寫照」。葛哈特·鮑爾（Gerhart Pohl）新近寫了一本小說 [，][8]敘述「一個很浪漫的畫家之生世」。約瑟夫·彭當（Josef Ponten）的新小說是描寫「古代德國殖民冒險史」的。[9]約柯伯·夏 [弗] 納（Jakob Schaffner）正「完成了一部關於一個作家檢討其過去二十年生涯的小說」。[10]弗萊特列·格利思（Friedrich Griese）

6　納粹文化部（Reichskulturkammer, RKK），又譯全國文化總會，納粹德國政府機構，1933 年 9 月 22 日在宣傳部長戈培爾（Joseph Goebbels, 1897-1945）領導下成立。納粹文化部與戈培爾主持的國民教育與宣傳部（Reichsministerium für Volksaufklärung und Propaganda, RMVP）相關聯，下轄文學、音樂、電影、戲劇、藝術、新聞、廣播七個協會。藝術家只有成為協會會員才能從事文化工作，而如要加入協會必須證明其雅利安（Aryan）血統，及支持納粹統治。

7　保爾·黃希德（Paul Fechter, 1880-1958），德國作家、編輯、戲劇及藝術評論家。

8　葛哈特·鮑爾（Gerhart Pohl, 1902-1966），德國作家、編輯。

9　約瑟夫·彭當（Josef Ponten, 1883-1940），德國作家、藝術史學家、地理學家。

10　原文難以辨識，現據譯名推斷為「弗」。約柯伯·夏弗納（Jakob Schaffner, 1875-1944），瑞士籍德裔小説家。

貢獻了「一個拿破崙戰爭時代的一位風流少年忠實牧童勇敢兵士的故事」。[11] 勃呂諾・勃萊姆（Bruno Brehm）則「非常深沉地研究着古代德國的歷史」。[12] 約翰・林克（Johannes Linke）則從事於「記錄他對於在第一次歐戰中死去的友人之迴憶。」[13] 所以，納粹文化部部長漢斯・約斯特（Hanns Johst）深致不滿地說：「我們多數的作家，到如今還躲在他們童年時代或古代的遼遠的境界裏」。[14]

在第一次歐戰開始的時候，德國有許多名作家，例如李卻・岱梅爾（Richard Dehmel），[15] 阿爾弗萊・凱爾（Alfred Kerr）和霍甫脫曼（Gerhart Hauptmann）等人曾發表了許多詩意的有史詩性的鼓吹從軍的著作。[16] 但是現在除了那些無聊的納粹御用文人如薛拉虛（Baldur von Schirach）和謝柯侖（Heinrich Zerkaulen）之流外，[17] 沒有一個著名作家願意再表現一下一九一四年的盛業了。

從前線搜集來的戰歌和小說的數量確是不少。但是這些作品的主要製作者還是那黨人作家，及一二十個所謂「新戰爭愛美詩人」（new war amateur poets）。[18] 裴巴希脫曾批評過一 [本] 由一個納粹黨音樂家

11　弗萊特列・格利思（Friedrich Griese, 1890-1975），德國作家。

12　勃呂諾・勃萊姆（Bruno Brehm, 1892-1974），奧地利作家。

13　約翰・林克（Johannes Linke, 1900-1945），德國作家、士兵，曾參與第一次世界大戰及蘇德戰爭。

14　漢斯・約斯特（Hanns Johst, 1890-1978），德國詩人、劇作家，1935 至 1945 年擔任納粹德國文化部下轄七個協會之文學協會（Reichsschrifttumskammer, RSK）部長。

15　李卻・岱梅爾（Richard Dehmel, 1863-1920），今譯德默爾，第一次世界大戰前最重要的德國現代詩人之一。

16　阿爾弗萊・凱爾（Alfred Kerr, 1867-1948），德國劇評家、散文家，有「文化教皇」（Kulturpapst）的綽號。格哈特・霍甫脫曼（Gerhart Hauptmann, 1862-1946），今譯霍普特曼，德國劇作家、詩人，1912 年獲諾貝爾文學獎。

17　薛拉虛（Baldur von Schirach, 1907-1974），今譯席拉赫，納粹德國政治家，為納粹黨希特勒青年團（Hitlerjugend）負責人、納粹黨維也納大區領袖。謝柯侖（Heinrich Zerkaulen, 1892-1954），德國作家、詩人。

18　「愛美」，為原文「amateur」之音譯。

尼哀爾（Herms Niel）譜曲的軍謠集，[19] 我們祇要舉出一些標題來就儘
夠 [了] 明其內容：[20]〈一個副官十個兵〉,〈在無人之境〉,〈給一個前
方兵士的信〉,〈領袖領導我們邁向勝利〉,〈我們乃領袖的忠勇武士〉,
這是標題，至於這些歌謠的文辭呢，那是可算是一種最原始的拙劣
詩句。

　　在這種舊式的戰爭謠曲之外，還有一種很新式的納粹官方戰爭文
學。這顯然是在納粹文化部和戈倍爾（Joseph Goebbels）博士的宣傳
部這兩個機關卵翼之下發展的，因為你可以在每一個納粹雜誌上讀到
這些作品。所有的一切長短篇小說都祇是發揮着一個同樣的主題，
那就是，德國兵士的「人道」和「倫理」。關於這方面，我們試舉兩篇
小說的內容就可以得到一個概觀了。第一篇題為〈這事發生於普拉
迦〉，是一個最優秀的納粹老作家馬克思．瓊聶格爾（Max Jungnickel）
所作，[21] 描寫一隊青年德國兵士出去放哨，其中的一個被波蘭游擊隊
狙擊了，於是他由伙伴抬着放上一架剛才開過來的坦克車。這當兒有
一本小書從他衣袋裏掉下來，風把書葉一張一張的吹開了。於是這書
就「像一隻飛舞在血染的街上的蝴蝶」，原來是德國最偉大的牧歌式
抒情詩人牟列克（Eduard Mörike）的詩集，[22] 於是這「牟列克的森林鳥
韻」就「從這些飛舞着的書葉中哀悼而歌唱起來了」。這樣的故事，可
謂數見不鮮，至少我已看見過五篇題材完全相同的小說，不過把牟列
克改作歌德（Johann Goethe）或荷爾特林（Friedrich Hölderlin），[23] 或是
把詩集改作歌譜而已。另外還有一篇小說，題名〈轉生果〉，是海爾

19　尼哀爾（Herms Niel, 1888-1954），今譯尼爾，納粹軍歌作家。「一本」，原文
　　誤植為「一束」。

20　原文難以辨識，現據文意推斷為「了」。

21　馬克思．瓊聶格爾（Max Jungnickel, 1890-1945），德國作家，1933 年 10 月簽
　　署效忠希特勒宣誓書。

22　牟列克（Eduard Mörike, 1804-1875），今譯莫里克，德國詩人。

23　歌德（Johann Goethe, 1749-1832），德國詩人、小說家、劇作家。荷爾特林
　　（Friedrich Hölderlin, 1770-1843），今譯荷爾德林，德國詩人。

曼‧麥柯夫（Hermann Boekhoff）所著。[24] 這篇小說所描寫的是一個青年德國兵士在被佔據的波蘭對於土地，農作物及牲畜的熱愛。他摸摸土地，嘗嘗麥子，講講耕田的樂趣，以及他將來在停戰後預備在這塊「新國土」上安居的計劃。然而當他幫助了一個波蘭農婦擠好牛乳之後，他就被一個波蘭伏兵打死了。這一類文藝作品，無疑地是用以對抗那繼續在多數人民心中強熾着的反戰情緒的。其目的乃是要建設起一個傳說來，表示納粹是愛好和平的。

在納粹文藝政策中還有一方面該注意的，那就是萊伊（Robert Ley）博士所發表的對於德國工人的富於煽動性的宣言，[25] 要在文學的園地中取得一致的行動。所以在最近數星期以來，凡納粹官方報紙及一切納粹文化組織都獎勵「社會記錄」和「革命的題材」以配合那些「工人前線」（Arbeitsfront）領袖們所鼓吹的「窮人反抗富人的國家社會主義鬥爭」的政治論文。[26] 我們從納粹報紙上所連載的長篇小說中就可以明白地看出這種傾向。希特勒的機關報《國民觀察報》上已經登載了兩個「社會革命題材」的長篇小說，[27] 一個是恩格拉賽（Quirin Engasser）所著的 *Der Ursächer*（1939），[28] 描寫十五世紀時德國農民對於地主及教團的革命行動的。另外一篇是岱赫耐（Max Dehnert）所著的《工人們》（*Anton Möllenthin: Geschichte eines Arbeiters*, 1939），[29] 是描寫

24　海爾曼‧麥柯夫（Hermann Boekhoff，生卒年不詳），德國作家、編輯。

25　萊伊（Robert Ley, 1890-1945），納粹政治家，1933 年至 1945 年任德意志勞工陣線（Deutsche Arbeitsfront, DAF）領導人。

26　工人前線（Deutsche Arbeitsfront, DAF），今譯德意志勞工陣線，為納粹德國取締威瑪共和國（Weimarer Republik）的自由工會後，於 1933 年創立的官方工會組織，1945 年解散。

27　《國民觀察報》（*Völkischer Beobachter*），今譯《人民觀察家報》，前身為 1887 年創立的《慕尼黑觀察家報》（*Münchener Beobachter*），1920 至 1945 年為德國納粹黨機關報。

28　恩格拉賽（Quirin Engasser, 1907-1990），今譯恩加瑟，德國劇作家、小說家。

29　岱赫耐（Max Dehnert, 1893-1972），今譯迪納特，德國作曲家、作家，1933 年 5 月加入納粹黨。

德國工人們為了獲得較多的麵包，較好的工作條件以及較多的社會正義而奮鬥的生活。納粹黨官方出版部（Franz Eher Verlag）預告行將出版的小說，[30] 已經有四部是以「貧苦農民 [的] 生活及掙扎」和「工人生活」為題材的。[31]

　　在希特勒青年團所主辦的「大眾戰曲」競賽中獲得首選的那支歌曲，最後兩句是：「勞工對抗錢袋！用血對抗黃金！」（"Arbeit gegen Geldsack! Blut gegen Gold!"）對於法西政府，這是一個危險的口號，這口號 [必] 得使人想起那一九三四年發生的「二次革命」來。[32] 宣傳部的廣播文學組最近曾開會招待許多作家，以使「文學與廣播取得更密切的連絡」。主持人裴恩特（Alfred-Ingemar Berndt）和海蓋特（Wilhelm Haegert）兩人曾經在會席上給了一個警告，[33] 要大家「注意到某一些口號的遊移性，牠們可以被解釋得太唯物的了，甚至也可以被從前的敵人之餘孽曲解了。」由此可見納粹文學的包辦商人對於他們所做的社會煽動工作也很怕被可能的唯物的地「曲解」了，他們一定感到了，製造「反唯物的」社會炸藥是件非常困難的事。

　　以上是本年三月十八日出版的 *The New Republic*，[34] 所載惠思柯夫

30　「官方出版部」指 1901 年成立的 Franz Eher Verlag 出版社，此社自 1920 年起成為納粹黨的中央出版社。

31　原文難以辨識，現據文意推斷為「的」。

32　原文難以辨識，現據文意推斷為「必」。「二次革命」，即羅姆政變（Röhm-Putsch），又名為「長刀之夜」（Nacht der langen Messer），指德國納粹黨 1934 年 6 月 30 日至 7 月 2 日發起的針對黨內保守勢力及納粹衝鋒隊的清算行動。

33　裴恩特（Alfred-Ingemar Berndt, 1905-1945），德國記者、作家，曾歷任納粹宣傳部新聞處、文學處、廣播處處長。海蓋特（Wilhelm Haegert, 1907-1994），今譯海洛特，德國律師，1929 年加入納粹黨，1933 年起主持納粹宣傳部意識形態宣傳處（Division II）。

34　《新共和》（*The New Republic*），美國政治、文化雜誌，1914 年創刊。

（F. C. Weiskopf）的通信，[35] 因為可以從此得到一點此次歐戰發生前德國文學的消息，所以把牠撮譯過來。但德國文壇的變動，也像他們的戰術一樣的快，聽說最近又有了新的動態，當另譯一二短文補充之。五月十四日。

選自《星島日報‧星座》第 594 期，1940 年 5 月 22 日

35　惠思柯夫（F. C. Weiskopf, 1900-1955），今譯魏斯柯普夫，猶太裔德語作家，共產主義刊物《工人畫報》（*Arbeiter-Illustrierte-Zeitung*）編輯，1938 年 10 月流亡巴黎，及後在美國作家聯盟（League of American Writers）的幫助下逃亡到美國。本譯文所據通信原題為 "War Literature in Germany"。

文藝與戰爭

〔英〕Montagu Slater 著

　　歐戰爆發了到現在已經有九個月，[1]可是，關於戰爭對作家們的生活及其作品會有甚麼影響這一類的文章卻不多見，故此特地介紹了這一篇。縱的方面，它歷史地回顧了第一次大戰對於文藝的影響；橫的方面，它並論及廣義的文藝像電影與無線電播音和戰爭的關係，是值得一讀的。

——譯者

一

　　戰爭對於文藝可能會發生甚麼影響呢？這個問題的狹義的一面——作為公民的作家們幹些甚麼呢？怎樣生活呢？——在「作家聯合會」裏正被討論着。問題的廣義的一面——我們怎樣在感覺着呢？在戰爭當中，怎樣可以變得健全和使之合乎人道呢？這些問題卻關係着任何人了，不論他們是自覺的或不自覺的。

　　前一次的大戰產生了甚麼呢？起初，出乎意料之外地是詩作驚人的發洩。那時候，人們認為是很有意義的。沒有甚麼詩作的銷路比得上「布祿克」（Rupert Brooke, 1887-1915，英國詩人，在大戰中戰死的——譯者）的《一九一四年及其他詩篇》（*1914 and Other Poems,*

1　本文作者蒙塔古‧斯萊特（Montagu Slater, 1902-1956），為英國詩人、小說家、劇作家、記者。

1915），[2] 它也許比拜倫（George Byron）出名的詩集還好，[3] 可是，布祿克不過是偶然的事而已。

二

　　大眾愛國詩的發洩並沒有產生一些能夠有長久生命的東西。我剛讀着一本在大戰裏犧牲的五十七個士兵詩人的合 [傳]；[4] 他們的作品我沒有讀過，他們的名字我只聽見過四個罷了。

　　第一次的大戰也似乎產生了今天仍然被讀着的一般文藝作品。蕭伯納（George Bernard Shaw）改變了作風，[5] 寫短篇的論文。他的《戰爭常識》（*Common Sense about the War*, 1914）□□□□□□□□□□□□□□□□□□□□□□□。他說：「比利時給交戰者破壞了，這交戰者包括比利時人。」在這四年中間，偉大的文學家並沒有產生重要的作品。

　　歐戰兩年之後，「沙宣」（Siegfried Sassoon, 1887——，詩人，所作《獵狐人底回憶》（*Memoirs of a Fox-hunting Man*, 1928）獲一九二九年的霍桑敦獎金（The Hawthornden Prize）——譯者）和其他偉大的戰爭詩人，[6] 包括着「歐文」□□□□□□□□□□□□□□□□□□□□□□□□□□□。[7]

2　布祿克（Rupert Brooke, 1887-1915），今譯布魯克，英國戰爭詩人。

3　拜倫（George Gordon Byron, 1788-1824），英國詩人。

4　原文遺漏「傳」字，現據文意增補。

5　蕭伯納（George Bernard Shaw, 1856-1950），愛爾蘭劇作家。

6　沙宣（Siegfried Sassoon, 1886-1967），今譯沙遜，英國戰爭詩人、小說家，以一戰中的反戰詩歌和小說體自傳而著名。《獵狐人底回憶》為沙遜所作半自傳體小說。原文括號內為譯者所註。

7　指詩人威爾弗雷德・歐文（Wilfred Owen, 1893-1918），他是英國第一次世界大戰期間重要的士兵詩人。歐文在愛丁堡養傷時與沙遜結識，兩人結為好友，歐文後期的創作深受沙遜啟發。

　　歐戰結束了十年之後，產生了無數的戰爭小說，劇本和回憶。
□□□□□□□□。不論它們是重要流行的作品，像《旅程之末》
（*[Journey's] End*, 1928）和《西線無戰事》（*Im Westen Nichts Neues*,
1928），[8] 或是些細緻的和敏感的散文，像「沙宣」的三部回憶錄，主題
都是反戰的。

三

　　這一回，我們預料會有些甚麼呢？情形跟從前不同了：第一、我
們沒有了布祿克，沒有了愛國詩的歌唱。這原因是，這一次的戰爭開
始得比較不熱鬧，而布祿克的詩不是從經驗得來而是從預想得來的。
文學，跟人民一樣，小心地和靜默地參加了這一次的戰爭。

　　也許，我們可以希望這一次戰爭的文學來得更民主一點吧？放在
我跟前的那一本合傳裏面的五十七個士兵和詩人都是些軍官，但是，
在過去十年間，人民大眾卻參加了文學的生活了。

　　他們的吶喊差不多是最主要的。在他們的力量前面，純智識份子
的作品變得渺小起來。這一次戰爭，如果軍隊裏面的呼聲能夠通過文
藝叫喊出來，那末，我希望這是士兵們的呼聲。

　　現在，跟前次大戰一樣，戰爭大大地關係於寫作形式的改變。紙
張的短絀和士兵們的生活情況，無可避免地使他們轉向着寫詩，因為
一種緊湊的和能夠使人牢記的寫作形式必須要被鎚煉出來。

8　「Journey's End」，原文誤植為「Jouoney's End」。《旅程之末》（*Journey's End*,
　　1928），英國劇作家謝里夫（R. C. Sherriff, 1896-1975）所作劇本。《西線無戰事》
　　（*Im Westen Nichts Neues*, 1928），德國作家雷馬克（Erich Maria Remarque, 1898-
　　1970）所作自傳體反戰小説。

四

不消說，戰爭中的士兵不能夠安坐下來寫一部小說或一部劇本；在動盪中的世界裏，即使是一個書房子裏面的作家也不能夠安安樂樂地坐下來從事於一件長時間的工作。今年春天的出版書目看來是夠貧乏了，可是，在秋天裏，也許會更加貧乏吧。這裏，紙張的短絀，並不是唯一的原因的。

能夠迅速地把消逝中的事物紀錄下來，同時令人能夠記憶不忘，這就是「詩人的速記報告」（A Poet's Shorthand reporting），[9] 這就是我們需要的作品。不過，我懷疑着我們會不會得到它？

五

還有一點是，這時候，我們有着一些不需要紙張的印刷。我的意思是說：無線電和電影。無線電已經給予了我們「勞特」的《卍字旗下的陰影》（A. L. Lloyd's "Shadow of the [Swastika]"）了。[10] 至於電影，英國的電影必然地在英國國內會有較大的銷場。作家們當真能夠和被容許去適應着時代嗎？電影已經顯示了它自己是能夠迅速地反 [映] 現實，而且有它們的偉大的意義，即如革命後不久的蘇聯所表示的一樣。

戰爭的結果，差不多常常是肉體上和精神上糧食的恐慌，不過，也許卻可以希望我們這時代所發展着的形式會變得更新鮮更直接。

假如我們能夠像《西行漫記》（*Red Star Over China*, 1937）裏面所講的中國人一樣地適應環境，那末，就比較有意思。他們在戰爭當中

9　此處括號內容為譯者所註。

10　「Swastika」，原文誤植為「Swasteka」，是英國廣播公司（British Broadcasting Corporation）的廣播節目，由 A. L. Lloyd（1908-1982）主持，1939 年開始廣播。節目以廣播紀錄片的形式進行，旨在向世界範圍內的英語聽眾介紹納粹崛起的歷史。

把生命注進了文藝去。他們組織了小型的流動的演劇團、歌唱團和舞蹈團，創造出新的形式，這形式，也許就是等於我所謂「詩的速記報告」。[11]「活報」、紀錄電影和播音劇都是屬於這一類的。
□□

選自《大公報 · 文藝》第 856 期，1940 年 6 月 9 日

---

11 《西行漫記》（ *Red Star Over China*, 1937），原名《紅星照耀中國》，為美國記者埃德加 · 斯諾（Edgar Snow, 1905-1972）訪問中共革命根據地後所著長篇紀實作品。該書 1937 年於倫敦初版，中譯本由胡仲持等翻譯，1938 年由上海復社出版。為了便於在國統區和淪陷區發行，書名改為《西行漫記》，內容做了部份修改。斯諾在書中提及觀看「紅軍劇社」演出的經驗：「節目有三個小時，有短劇、舞蹈、歌唱、啞劇 —— 可以說是一種雜耍表演，共同的地方主要是兩個中心主題：抗日和革命。」

戰爭與法國文化生活

由牟

　　「戰事已經把我國的文化生活放逐掉，對於文學與藝術的愛好乃是一個太平時世的表象。」從法國的雜誌中，我們現在可以讀到這樣的話。的確，法國的文化各部門，自戰事發生以來，一例地在停滯及衰退了。

　　例如在去年九月間，就有二百二十五種以上的刊物廢刊了。其中包含了著名的《歐羅巴》（Europe）月刊（這是國際文化擁護作家協會的機關雜誌），[1]《志願者》（這是與法國智識界協會有密切關係的雜誌）；以及風行於世的《法蘭西評論》（La Nouvelle revue française）。[2]

　　在八月中，法國政府已經禁止了共產黨機關報《人道報》（L'Humanité）及《晚報》（Ce soir）的發行。[3]此外，法國政府不單禁止了共產黨的政治行動，並且還封閉了許多左翼文化組織，例如「國際文化擁護協會法國分會」，以及巴比塞（Henri Barbusse）所組織的「和平和自由社」（Paix et liberté）。[4]

1　《歐羅巴》（Europe），法國文藝雜誌，1923 年由法國作家羅曼·羅蘭（Romain Rolland, 1866-1944）等創辦。

2　《法蘭西評論》（La Nouvelle revue française），今譯《新法蘭西評論》，法國文藝雜誌，由作家紀德（André Gide, 1869-1951）、科波（Jacques Copeau, 1879-1949）等人創辦，1909 年 2 月創刊。

3　《人道報》（L'Humanité）為法國的全國性日報，1904 年 4 月由法國工人運動家讓·饒勒斯（Jean Jaurès, 1859-1914）創辦，自 1920 年起成為新成立之法國共產黨中央機關報。《晚報》（Ce soir）為法國共產黨於 1937 年 3 月創辦之日報，由作家阿拉貢（Louis Aragon, 1897-1982）及布洛赫（Jean-Richard Bloch, 1884-1947）指導。

4　巴比塞（Henri Barbusse, 1873-1935），法國左翼作家、革命思想家。1933 年，巴比塞與羅曼·羅蘭發起阿姆斯特丹－普萊耶爾運動（Mouvement Amsterdam-Pleyel），主持世界反戰反法西斯委員會（Comité mondial contre la guerre et le fascisme）。1935 年 Paix et liberté 創刊，為反戰反法西斯委員會的機關刊物，至 1939 年停刊共發行 97 期。

繼續在刊行的雜誌也大都縮小了篇幅。如《精神》（*Esprit*）月刊，[5]
原先每期總有三百頁以上的，現在則每期祇有三十餘頁了。附刊在日
報上的一切文藝版或文藝附刊均已停止，許多周刊已改做了月刊。

檢查也很嚴，報紙雜誌上常常可以看到一個大空白，甚至整頁
的空白。在這些空白上，印了一把「［ ANASTASIE ］的剪刀（Ciseaux
d'anastasie）」，[6] 這是編輯家對於書報檢查的一個綽號。

現任首席書報檢察官是約翰・奚洛陀（Jean Giraudoux），[7] 所以有
些出版家印出了許多關於他的文章，可是這樣的「拍馬」也無補於事。

像《法蘭西書誌》及《版本》之類的雜誌，原來是一種新書報導的
週刊，現在也已改為月刊，篇幅也減縮了。這不僅是因為紙張缺乏，
成本高漲，也不完全為了所有的雇工及職員已經動員從軍去，最大的
原因乃是為了根本出版界沒有新書出來，他們就跟着也沒有了材料。

出版家都大大地裁減了他們的工作，有幾家書店宣告暫時停止
新書出版，有幾家則搬到外省去，那其實也就是暫停工作之意。有幾
家書店則改組了，因為，正如那史多克書店的一位負責人所說的：
「這艱難的時世將創造出一種新的文化要求來，那就是輕快的娛樂文
學。」例如那些「供給精神鬱悶的婦女及寂寞的男子（指出征軍人）」
看的外國小說。

出版家早已嘆息於書業的不景氣了，而這情形到近來更為嚴重。
簡直沒有人肯買書了。在太平時候，凡是得到「龔古爾獎金」（Prix

5　《精神》（*Esprit*），法國思想雜誌，1932 年由哲學家、出版家艾曼紐・穆尼埃
　　（Emmanuel Mounier, 1905-1950）創立。

6　「ANASTASIE」，原文誤植為「ANASTASSIE」。「ANASTASIE 的剪刀」（Ciseaux
　　d'anastasie）的說法最早可追溯到 19 世紀法國報紙上的政治諷刺漫畫。1874
　　年，法國諷刺畫家 Alfred Le Petit（1841-1909）發表畫作《新聞媒體的自由》
　　（*La Liberté de la presse*），畫面中有一位手持大剪刀的裁縫婦人（Madame
　　anastasie），正在拉拽一個帽上寫着「媒體」（La presse）的孩子。此後相關說
　　法被廣泛用作審查制度的代稱。

7　約翰・奚洛陀（Jean Giraudoux, 1882-1944），今譯讓・季洛杜，法國小說家、
　　劇作家、外交官，1939 年 7 月至 1940 年 3 月出任法國信息部長。

Goncourt）的書，[8] 照例是不脛而走的，然而據去年十月號的雜誌上所載的情形看來，則謂「從經濟這方面看來，作家和出版家均將感到大失所望」云。

十一月和十二月，照例是法國幾個重要的文藝獎頒布的時候。例如龔古爾獎金，亥諾陀獎金（Prix Renaudot），[9] 費米拿文學獎金（Prix Femina）以及法國國家學院（Académie Française）頒布的那個「大獎金」（Le Grand Prix du Roman）。[10] 然而書的市場既然如此不景氣，因此發生了問題，要不要把這些文藝獎展期到相當樂觀的時候。主張不展期的雜誌，其所持理由也祇是為了這種獎金至少可以對於領得該獎金的少數作家有一點幫助，而不敢為自身利益計也。

《圖書月刊》說：「文藝工作者之失 [業] 差不多是普遍的現象」。[11] 作家協會主席約翰·未箸（Jean Vignaud）說：[12]「一切智識階級在這個時候均受到了特別的困難，而以作家所受者為尤甚。他們沒有權利可以獲得失 [業] 救濟金或任何社會保障。[13] 已經動員出征的作家之家屬，十之九都處於一種可悲的境地。」沒有人去救濟他們，作家協會所舉辦的急賑會，因為經濟來源祇靠每年的文學獎金及一部份自願的

8　龔古爾獎金（Prix Goncourt），今譯龔古爾文學獎，由小說家龔古爾（Edmond Huot de Goncourt, 1822-1896）於 1903 年創辦，為法國最重要的文學獎之一。

9　亥諾陀獎金（Prix Renaudot），今譯勒諾多文學獎，1926 年由十位記者兼文學評論家在等待龔古爾文學獎評選結果時創立，以法國有史以來的第一位記者、報業之父泰奧夫拉斯特·勒諾多（Théophraste Renaudot）之名命名，目的在於彌補龔古爾文學獎的評選遺漏或失誤。

10　費米拿文學獎金（Prix Femina），今譯費米娜獎，1904 年由《幸福生活》（La Vie heureuse）雜誌的 22 位合作者共同創立，評委會全由女性組成，以期與男性主導的龔古爾獎抗衡。法國國家學院（Académie Française），今譯法蘭西學術院，成立於 1634 年，為法國文學及語言領域學術權威機構。「大獎金」（Le Grand Prix du Roman），即法蘭西學術院小說大獎，創立於 1914 年，為法國最權威、最負盛名的文學獎之一。

11　原文遺漏「業」字，現據文意增補。

12　約翰·未箸（Jean Vignaud, 1875-1962），今譯吉恩·維尼奧德，1938 至 1946 年任法國作家協會（Société des Gens de Lettres）主席。

13　原文遺漏「業」字，現據文意增補。

捐款，故對於他們的幫助僅為大海中之一滴而已。」由此可見法國作家們最近所處之命運。其未曾出征者，亦無法獲得職業，作家協會雖竭力幫助他們謀取一些書記或小職員的職業亦不易得云。

　　一九三九年曾經被決定為拉辛（Jean Racine）年，[14] 因為在十二月中，是這位大作家的三百年生日紀念。全法國都準備好慶祝這個紀念節。然而戰事爆發了。報紙上就紛紛議論展期舉行的問題。所要公演的拉辛的劇本，有人在報紙雜誌上給牠做解釋了。例如《法蘭西新評論》上就在登載悲劇《波斯人》（The Persians）的解釋。[15] 這是一個描寫雅典人戰勝野蠻人的劇本，現在就把牠視為英法聯軍戰勝德國的預演。

　　雖然戲劇季早已到來，但多數戲院還沒有開門。直到最近，才有敦促戲院開演的呼聲。有一家報紙這樣說：「一個人那裏能找得到一個比戲院的地下室更好的防空壕呢？況且，戲子也要生活的呀。羣眾不久就會得習慣於從黑暗中摸索着回家去的。」

　　據報紙上說，戲院裏已經取消了衣帽寄存室，法蘭西喜劇院（Comédie-Française）中甚至連樓座也取消了，[16] 為的是萬一有警報時，讓觀眾易於疏散。

　　直到現在，祇有一二家戲院還照常開演。本季流行的新戲是一個「速寫」，其情節是這樣的：在空襲警報發出來以後，一所巴黎的大房子裏的房客都擁擠在那座房子的地下室裏。他們雖然同住在一個房子裏，但到如今還是如不相識的。於是在這光線暗淡的地下室中，他們開始認識。然而，即使巴黎式的詼諧與笑話也消滅不掉即將到來的空襲的慘痛，他們還是心中惴惴不安。後來事情明白了，這個警報是出

14　拉辛（Jean Racine, 1639-1699），法國劇作家。

15　《波斯人》，古希臘悲劇家埃斯庫羅斯（Aeschylus, 525 BC-455 BC）於古希臘古典時期創作的悲劇劇本，描述了當時的波斯帝國國王薛西斯（Xerxes）遠征希臘而慘敗的故事。

16　法蘭西喜劇院（Comédie-Française），又稱法蘭西劇院，成立於 1680 年，是法國國家劇院之一。

於誤會。一場喜劇就告了結束。

　　一般人的情緒可以在《文學新聞》（*Les Nouvelles littéraires*）所載的一段話中確切地看出來：[17]「我們忽然被剝奪了一切日常生活所必須的東西，在公園裏玩的小孩子，畫院裏的畫，圖書館的書，在精神上和道德上，我們都感到寂寞了。□□□□□□□□□□□□□□□□□□。」

　　巴黎所有的初級小學（公教小學除外）都已停學了兩個月。博物院已[閉]了門，[18]所有的陳列品均已搬到鄉下去。大多數的圖書館，也以戰事為理由，停止了開放。國家圖書館在十月底再行開放，但限制每天只准一百人來借書，而且要有充分證明非借此書不可之理由。至於阿賽拿圖書館（Bibliothèque de l'Arsenal）則非得特別許可不能進去了。[19]

　　這就是此次歐戰開始時所給予法國文化界的影響。

　　右文從本年二月號蘇聯出版之《國際文學》（*Internatsionalnaya Literatura*）譯出，[20]通信人署名 N. K，係去年十月間的通信稿。現在當然有明日黃花之感。但我們從這裏也許可以補充到一點此次歐戰爆發時法國文化動態的智識。六月四日。

選自《星島日報·星座》第 612 期，1940 年 6 月 9 日

17　《文學新聞》（*Les Nouvelles Littéraires*），法國文學和藝術雜誌，創刊於 1922 年。

18　「閉」，原文誤植為「開」。

19　阿賽拿圖書館（Bibliothèque de l'Arsenal），今譯阿瑟納爾圖書館，位於巴黎第四區，原先為私人圖書館，1797 年起改為公共圖書館，1934 年起成為法國國家圖書館的一部份。

20　《國際文學》（*Internatsionalnaya Literatura*），蘇聯文學及政治雜誌，於 1933 年至 1943 年間出版。

巴黎雪夜

曹未風

才從一位朋友的住所出來，聽他講了一些大人物的小故事；心底感到異常抑鬱。雖然在講的同聽的當時，我們都能用着歡笑把它們遣排，但是我們怎麼不知道這些小故事正是我們國家今日的一個最大問題。

在他的門口，我們這四五個人就分手了；這時已是夜裏兩點鐘；巴黎正下着今年的第一次雪。我一個人向南走，街上看不見一個活動的人影，在遠處，在聖日曼街（Boulevard Saint-Germain）橫過的地方，偶爾有一兩輛汽車閃着黃色的頭燈緩緩開過。我靜悄悄的走，兩手插在大衣口袋裏，聽着腳底下被踐踏的聲響。我走着，覺得沒有一些想回旅館的意思。

我從兩三家咖啡店前走過；看裏面坐滿了人，在一家窗口裏坐着兩個黑男一個黑女，正在仰頭大笑，我不知道他們笑着些甚麼事；也許在回憶到他們在熱帶的家鄉時的戀愛故事吧？

巴黎的雪是不常有的——第一次雪就這樣大，更是難得。從晚上八點多鐘下起，雖然隨下隨着溶化，這時地上已經二三寸厚了；腳落下去便翻起一陣粉樣的輕烟。我靜靜的走，經過了一條街，兩條街……便走到了賽因河（La Seine）邊的地道車站，[1] 在河邊，一個寂寞的電燈桿下立着一個與電燈桿一樣寂寞的警察，在靜寂的雪夜裏這個法律的執行人，與其說是法國權與力的代表，還不如說是一幅黑白畫的點綴吧。我從他的面前走過，我們互道了一聲晚安；我看他含着一個短粗的烟斗，但是烟斗裏的火卻早已就該熄了，祇有他的呼吸在寒夜裏迴蕩着。

我走到了賽因河的橋上，立着向西望；在半夜裏煤氣路燈顯得分

1　賽因河（La Seine），今譯塞納河，流經巴黎市中心的法國第二大河。

外明亮；河水靜靜的流過，沒有一些聲響，河邊靠着有三五條小艇，蓋滿了白雪，船身一半藏在橋洞裏。一切都是靜，連岸牆上的長春 [藤] 都一點也不動。[2] 遠遠的矗立着諾特丹大教堂 Notre-Dame 的黑影。[3]

我記得今天早晨到教堂裏看它的五彩玻璃窗，真是覺得欣賞不盡；歐洲這幾個民族各有不同的長處，但在藝術的造詣上，法國及意大利卻超乎其它之上的。但是意大利的光榮已是屬於過去的了，今日墨索里尼（Benito Mussolini）雖在努力鞭撻，[4] 卻也仍是毫無辦法。

法國人民的藝術修養可以從平常的裝飾及設計上見出來，大小商店的櫥窗，及許多細小事物的安排，全表現着極精美的匠心，可是在法國藝術家的懶散性格也到處表現得十足——咖啡店的玻璃上塗着其醜怪無比的字及畫，街道上的骯髒（幾條著名的大街自是例外，因為它們已經屬於用心裝點的範圍，所以極為美麗），甚至開汽車也是隨隨便便的，同逛馬路的人們一樣不經心。

諾特丹大教堂乃是法國人聚精會神的結晶，它不只是一代法國人的，且是七百年來法國人的總成就。他的三個門洞 [，] 兩個高樓及教堂後部的尖塔，每一寸每一分都是美的表現，我最愛這教堂側面的拱柱，似橫過天空的彩虹，給人一種極輕適的舒暢，現在我在雪夜中又走到這大教堂前，在雄偉之外，靜的夜又給它添了一分嚴肅。

我在這教堂前的廣場上徘徊，煤氣燈現得格外明亮，雪紛紛的落着似有聲卻又無聲。這腳下的小島正是古代巴黎的核心，從這裏巴黎在千餘年的時間裏長成到四百多萬人口的都市。南面的高坡上是古代羅馬人的勢力區，但是自從索邦大學（L'Université de la Sorbonne）成立以來，已是著名的學生區了（拉丁區）。北面較遠處有殉道山

2　「藤」，原文誤植作「籐」。

3　諾特丹大教堂（Cathédrale Notre-Dame de Paris），現在通稱為巴黎聖母院。

4　墨索里尼（Benito Mussolini, 1883-1945），法西斯主義創始人，意大利國家法西斯黨黨魁。1940 年意大利正式加入軸心國，參與第二次世界大戰，同年意大利、德國和日本簽署三國同盟條約。

（Montmartre）上的聖心教堂（La Basilique du Sacré-Coeur），[5] 法國唯一的君士坦丁式的建築，[6] 在這小島兩側流着賽因河，巴黎的大動脈。這時從我右邊的橋上燈光裏閃出一個人來，我看他臂下挾着三腳架正在端詳這雪夜的大教堂；我知道他正在他的想像中安排着一幅美麗的攝影傑作。

　　我沿着教堂門前北去，走到北面的賽因河岸。夜一樣的靜，到處看不見一個人影。我看見河上的小遊艇靜靜躺在雪裏，河水緩緩的流動，岸燈的倒影隨着閃耀。

　　我經過了法院的北牆，便來到阿寇爾橋（Pont d'Arcole）上，我記得前幾天隨便翻一本舊書時看見裏面有一段記着這橋名的來歷。原來在革命之一八三〇年，這座橋乃是一場血戰的所在。革命的羣眾從北岸向南攻，企圖毀滅這小島上最後一部反革命的勢力。他們從下午攻到昏黑，還是攻不過這座橋樑，這時忽然有一個青年躍身大呼：「同志們隨我來！我的名字叫阿寇爾！」他的話才說完便遭了一個火彈，倒死在血泊裏，但是經他這樣一喊，革命的羣眾卻似得了神勇，一陣猛攻便把皇黨的陣壘突破。革命成功之後，這座橋便改做阿寇爾橋，以迄如今。也許有些否認一切價值主義者會說這種事沒有意思，可是我說「你們卻不能這樣看法」。當初阿寇爾不這樣死，他現在也早就死了，也許他在不這樣死之後會多活些年，多喝點法國又酸又澀的紅酒，多吃點麵包或者如果沒有麵包吃，多挨幾回餓，但不管怎樣，他現在卻早就死了，同他死在一八三〇年卻初無二致，但是如果他多活些年，我今天卻絕不會立在「阿寇爾橋」上了，這橋也許會叫「南橋」、「北橋」或隨便甚麼橋，絕不會有人想到這宇宙間曾有個阿寇爾活過。

5　殉道山（Montmartre），今譯蒙馬特高地，位於巴黎北部十八區的山丘。

6　君士坦丁式建築，亦即拜占庭式建築，為 330 年後在君士坦丁大帝（Constantine the Great, 272-337）治下的東羅馬帝國（又稱拜占庭帝國）開始形成的建築風格。拜占庭式建築吸收了古羅馬神廟與巴西利卡（Basilica）建築風格，突出特色為半球形穹頂。

但現在「阿寇爾橋」就在我的腳下，他雖然不曾似拿破崙（Napoléon Bonaparte）睡在那金頂的建築裏，[7]但對於他的回憶卻令我覺得比那不可一世的君王更親切得多。人人都可以不朽，問題就在他是否[有]膽量，[8]同時是否抓住機會，這阿寇爾卻無疑的兩點都做到了。

在阿寇爾橋的西面便是巴黎最出名的諾夫橋（Pont Neuf），[9]這橋在從前原來是像南京夫子廟一樣的熱鬧所在，橋頭橋尾同橋的本身上都擠滿了小販同玩意場，可是時代的進化及近代人對於衛生秩序的觀念改換，已經把這座橋整理得與其它橋樑一樣了，但是因為它在這小島的最西端，離北岸的繁華場——國立音樂院廣場——最近[，]所以它還是一條忙碌的甬道，甚至在這夜深——說清晨也許更恰當些——它也比其它橋樑多見車痕人跡，這裏的守夜警察便有三個，聚在一起，香烟頭上一亮一暗。

在我的記憶裏，有好幾次值得紀念的深夜的雪，一次在北平，一次在瀋陽，一次在大同，但最值得記憶的卻是那一次在熱河。那年正是九一八的第二年，愛國的情緒驅使我走到了義勇軍的隊伍裏，在熱河東北部的一座小小山城裏，駐紮着三十個以上的義勇軍司令部，這裏聚居着無數可以說是三山五嶽的人物。舊日東北的軍隊及綠林好漢，熱河本地的地方英雄豪傑，同北平來的青年都聚居在這裏，我也便是其中的一個。

這一天是臘月三十日，已是舊曆年的年尾。我進了隊伍已幾個月，還不曾打一次仗，也不曾看見一個日人。白天裏滿街都是閑逛的弟兄們，到了晚上卻異常安靜。這裏沒有電燈，自[也]沒有路燈，[10]

7　此處所指的是拿破崙一世（Napoléon Bonaparte, 1796-1821），法蘭西第一帝國皇帝（1804-1815）。

8　原文難以辨識，現據文意推斷為「有」。

9　諾夫橋（Pont Neuf），今譯新橋，位於塞納河中心，西堤島（Île de la Cité）的西邊。

10　「也」，原文誤植為「有」。

人家屋裏的油燈也極少有光放射到這個城的街道上來。因為過年屋裏卻不清靜，許多人擠在一個炕上推牌九，其餘的人或在［炕］沿上坐着幫閑，[11] 或在地上的一張桌上四周閑談。一陣牌聲，一陣緊張，一陣說笑，雜着粗氣凌人的國罵。我感到一陣無聊便一個人推開房門出來，不知從甚麼時候起，雪已經下大了。我走出小店立在土街的當中，雪粉落在我的頭上頸裏，恰同今晚在巴黎的賽因河邊一樣。然而我那時面對卻不是諾特丹大教堂——法國民族的藝術結晶——而是我所更寶愛的故國山河。西面一屏偉大的山景，在清新的午夜的沉默不語。這時沒有月，也沒有星，但是白雪卻在黑夜中映到我眼中來。街道的兩邊是沉寂的矮屋。

那夜的雪景，我記得極為清楚，因為在次日，我們便接到緊急命令移動，而不十日，全熱河就盡落在日人手裏，當我從古北口重回到北平時，我們國家的危難已經又嚴重一層了。所以那一個雪夜的沉默好像正在暗示，我那偉大的山河的敏感的預兆。

現在我立在巴黎，大雪又紛飛，但我感覺卻截然不同。抗戰已幾［年］了，[12] 國土雖然受了更多的踐踏，衛國青年及無辜老弱的血雖已當熔盡了寒冷的大雪，但我卻在這雪夜中望到了民族復興的曙光。這光且將不是腥紅的都市之萎靡的光亮，而是清新康健的光明。我此時雖立在賽因河上，向故國因雪而懷想，但我卻欣喜，因為我知道在不久的將來，我便將立在故國的土地上，重為抗戰的一員了。

選自《大公報‧文藝》第 887 期，1940 年 7 月 22 日

---

11 「炕沿」，原文誤植為「坑沿」。
12 「幾年」，原文誤植為「幾幾」。

「怎樣生活」與「做些甚麼」
——由 L. 托爾斯泰想起

孫鈿

　　讀過《安娜·卡列尼娜》（*Anna Karenina*, 1878）上冊的朋友，談起安娜底結局，[1] 往往是充溢着一種光明的新穎的理想；《安娜·卡列尼娜》下冊，（據說已譯全），還沒有被書商印刷出來，如果該書出版了而關心安娜底命運的讀者們，將會得到一個出乎意外的回答：安娜自殺了。

　　這種悲劇的結束，在舊社會裏，本來是「現實人生」。像這樣的現實人生，不知在多少作家底心靈上踐踏過殘忍底痛傷的印跡了，我們很了解時代是在進展的，永遠不曾停留；而「現實人生」，因之也不是固定不變的。

　　托爾斯泰（Leo Tolstoy）完成《安娜·卡列尼娜》時（1875-76），他充分地看出了他自身生活上底矛盾，他說：「有甚麼奇異的事情在我底內心發生，我開始經歷到了昏亂的時期，不知道該怎樣生活，該做些甚麼，我被綑縛於這樣的人生了。」

　　而今天，像托爾斯泰這樣的迷惑，苦鬱，在他底祖國已經是不再有了。但是，安娜底命運，我們在舊的社會機構中時時可以掘發一點同型的出來，安娜底自殺——這種悲慘的結束，也絕不是安娜一個人所特有，社會上普遍着這種風氣。

　　正因為托爾斯泰自己經歷到了昏亂時期的時候，也不知道該怎樣生活，該做些甚麼；自然，他所反映的現實，還不能做到告訴人們知道該怎樣生活，該做些甚麼，才不致滅亡。

　　我們必須勇敢的承認，處在這樣偉大的抗戰時代裏，還有着許多

1　《安娜·卡列尼娜》，俄國作家托爾斯泰（Leo Tolstoy, 1828-1910）於 1878 年出版的長篇小說。

青年不知道「該怎樣生活」，而「該做些甚麼」更無從談起了。文人們在研究着烟斗的好壞，或者買了一根「斯的克」（stick），挾了個亮光光的皮包，在鈔票裏蛀來蛀去。穆時英完蛋了，不久，所謂入了日本籍的典型文奸劉吶鷗也斃命了，這以前，周作人這老頭也險些兒命歸陰，這證明了人羣是痛斥這班無賴的？人羣起來撲滅這些無賴，殺了幾條狗命並不是一種好辦法，我以為，人羣更應該了解「怎樣生活」與「做些什麼」。

躲在屋子裏拉拉提琴，高興時，找個少女騎騎單車，或者到餐室裏到電影館裏去用眼睛吃冰淇淋。這樣做，這樣生活，是否已經為我們所認為應該了呢？

如果以這樣的見解來下斷語，未免侮辱了 L. 托爾斯泰。而，托爾斯[泰]的偉大處也就在這種情況下衡量出來了。[2]

L. 托爾斯泰以懺悔的消極的語調說過人生底無味，然而，這是他底生活與理想完全不符所致，為社會所迫而不知道怎樣去創造新的人生，L. 托爾斯泰把安娜底悲劇啟示給我們了。在鬥爭中 [，] 如果是受不起脅迫，受不起艱難，受不起苦痛，那麼成為環境俘虜，或者為環境使之滅亡。真理只有一個！我們要生活，就要知道怎樣生活與做些甚麼，我們要生活就要鬥爭，要鬥爭，就必須有堅持的精神——服從於鬥爭的勝利的精神。

每個中國人民都應該有遠大的理想，我們面對着這「現實人生」是心酸的，但是，正在使我們的殖民地半殖民地半封建社會形態，變為新民主主義的社會，在這個鬥爭的過程中，也就是在改造「現實人生」。

為社會輿論所迫而自殺的，是安娜。在目今，我們的社會裏，每天發生的自殺案件，不管是老婦少婦，不管是跳樓跳海，十之八九為「貧病交迫所致」或「因感覺經濟壓迫」。

2　「托爾斯泰」，原文誤植為「托爾斯太」。

　　這些都是社會的瘡痍，絕不是貼一張膏藥所能醫好的。應該怎樣呢？懺悔麼？詛咒麼？厭世麼？不，不！唯有以自己的生活，與這個鬥爭的過程，溶而為一；是的，讓無異是出賣祖國的「反共」的破壞抗戰的分子去懺悔吧，讓民族敗類汪精衛之流去痛哭吧，讓醉生夢死的青年們去詛咒自己吧，讓日本軍閥去厭世吧！我們不需要這些！

　　我們是新的力量，我們非但要走向新民主主義道路去，而且我們還要走向更幸福的社會主義社會去！

　　唯有在鬥爭中生活着的人們，才不會提起「怎樣生活」與「做些甚麼」。在昏亂中要清醒，不要給昏亂帶走了。L. 托爾斯泰告訴我們，他是被綑縛在黑暗的人生柱石上了。然而，他還能吐息出星火般的一點聲音來，雖是一星火在黑夜中也會照亮多少路程的吧。

選自《大公報‧文藝》第 960 期，1940 年 11 月 2 日

法國革命的油畫

〔美〕Milton W. Brown 著，郭達 節譯

　　法國革命的藝術，是當時各種社會、經濟、文化和審美潮流匯合的一種產物。繪畫是一種複雜的時代掛帷，牠是由十分錯雜交織的文化纖維所構成的，但大革命的繪畫具有流動性，永遠依據着社會背景的生動狀態，這是和靜態性質的掛帷不同的。我們不能把布爾喬亞看成靜止的階級，我們也不能設想，以為描寫這一階級的繪畫，能具有不變的風格。為了要明瞭革命繪畫的終極的性質，就必需研究法國藝術的演進和法國布爾喬亞演進的關係。

　　最複雜的問題，就是古典主義的興起，成為革命的布爾喬亞表情的工具。荷蘭寫景繪畫家們和查爾丁（Chardin）宣稱的對於物質世界的理解，[1] 對於個人的認識，對於生活通常方面的興趣，以及對於一般事物單純的和家庭式的觀念，成了布爾喬亞藝術的必需條件。但這種藝術，主要的並不能成為中產階級的社會的武器。為了能夠充分地成為革命階級的表情工具，牠首先必需取得社會的作用、道德和哲學等等的性質。這並不是說必需採取古典主義，作為革命的外衣就行了的。

　　格魯茲（Greuze）是個中產階級的戰士。[2] 他不遲疑地接受下層階級的生活，作為藝術的顯明的主題。〔他〕把這種生活描畫成為布爾喬亞理想化的道德的象徵。[3] 但他對於人民和他們的活動的描畫，卻有貴族的傾向。假如我們觀察一下格魯茲繪畫裏面的「道德故事」（Contes morals），這種情形非常明顯。

1　查爾丁（Jean-Baptiste-Siméon Chardin, 1699-1779），今譯夏丹，法國畫家，以靜物畫聞名。

2　格魯茲（Jean-Baptiste Greuze, 1725-1805），今譯格勒茲，法國畫家，以肖像畫和風俗畫聞名。

3　「他」，原文作「牠」。

《村中的定婚者》（*L'Accordée de village*, 1761）是格魯茲接受中產階級意識的最好的例子。[4] 在這幅畫裏，我們看到了普通生活描繪，農民外表形態——服裝、配置和行動——的真實攝照。除了牠的重要的情感性以外，這幅畫是非常逼真的。定婚典禮的舉行，以及所表現的各種態度和情感，都是以前寫景派繪畫所沒有的；然而這些人物的描畫，不只是道德化，而且是種理想化。沒有疑問地，在故意把這些人物的日常活動顯得高貴時，格魯茲誇耀了農民階級。他是當時中產階級意識形態的一種特定的產物。在他的作品裏我們可以看到情感主義、自然主義和色情主義的癖性。

格魯茲幾乎總是從農民階級，而不是從城市裏的資產階級，選擇他的主題。但這種選擇並不是不合理，因為在布爾喬亞的意識形態裏，中產階級和農民並沒有意識得到的分別。對於像盧梭（Jean-Jacques Rousseau）這樣的哲學家們，[5] 農民合理地代表着人類最自然的狀態。所以格魯茲用自然的農民的生活來解釋布爾喬亞的觀念是完全合理的。但正像盧梭把農民情感化、理想化，到了失卻他們真實性格的程度，格魯茲也使農民採取了虛偽的形態。在他的繪畫裏，農民在優雅和天真的單純氣氛裏生存着。他的課題是誇耀他本身的階級所擬定的某些理想——自然人的觀念，家庭生活的道德、貞潔和樸素。——也許因為這些觀念本身是虛偽，所以這些觀念的繪畫，也自然虛偽了。格魯茲並不是布爾喬亞革命分子的發言人，他祇為這一階級的保守和妥協的分子設立藝術標準。

為了追求更有力的而非肉感的藝術，自然不可避免地走上古典主義。十八世紀中葉的布爾喬亞哲學，革命性還不明顯。牠對於社會的

4　原文刊載時有附圖。

5　盧梭（Jean-Jacques Rousseau, 1712-1778），啟蒙運動時期法國哲學家、小說家、政治理論家和音樂家。

影響，還只是一種解醉的作用。牠追求着單純和自然的東西，這很容易在古典主義裏找到滿足。從藝術上說來，維昂（Vien）的《愛情商人》（*La Marchande d'amour*, 1763）可以認作十八世紀的革命炸彈。[6] 牠修改了審美的嗜好。可是在古典主義的形態裏，維昂的作品，並沒有對於革命意義的認識。他也沒有看到古典主義和共和主義的關連。從社會的意義說來，古典主義是由於社會的重視單純所決定的。這樣維昂的出世，成了文化上的必需。

　　古典主義起先是代表着新的美的觀念，但隨着時間的進展，牠慢慢地標榜着高貴、英雄主義和悲劇的觀念。即便在維昂以前，古典主義已經成了越來越有意義的藝術。那些較為認真的古典主義者，開始描畫已經成形了的布爾喬亞道德。隨着布爾喬亞領導權之下移到各下層階層手中，牠的意識形態就越發革命了。文化愈來愈成了下層階級的產物。道德的法典也明顯改變了。平靜的接受自然，卑賤的德行，以及所謂貧窮的快樂，都讓位給較為有戲劇性的和雄壯的英雄主義的觀念了。快樂和得救再不存在在簡單或自然的生活裏，而是存在在為自由、平等、博愛的「英勇」鬥爭裏。

　　所以革命藝術的課題，就成了古典主義和社會作用的結合。所表現的悲劇和英雄主義，都是直接來自作風的古典要素，和對於古時貴族的成見。但在法國藝術家的手裏，動機幾乎完全移轉到當代的場面上。大衛（David）有意識地或無意識地把一般布爾喬亞的意識同化了。[7] 單只注射「意義」到復活了的古典主義裏是不夠的。在大衛的手裏，新古典主義經過一番深刻的修改。因為他印證了一個特定的時代——「共和的羅馬」，所以和古代更接近了；可是因為他增加了現實的意義，又和當代的事實接近了。這樣藝術對於革命的形勢採取了更直接而有意義的關係。

6　維昂（Joseph-Marie Vien, 1716-1809），今譯維恩，法國新古典主義畫家。

7　大衛（Jacques-Louis David, 1748-1825），法國新古典主義畫家。

　　大革命的戰鬥的英勇的意識形態，對於繪畫的影響，確實如何呢？大衛採取了羅馬的共和主義，作為英勇的戲劇背景以後，他從當時的局勢，擇取了他認為特殊的性格——即嚴肅、簡單、英雄主義，而使這些自身成了原理。這種態度造成了一種歷史的時代錯誤。可是他同時代的人們，經過同樣聯想，也取得了同樣的錯覺，結果對於他們也就不是虛偽的了。所以很明顯的，用革命的方式來處理古代，決不再是考古或審美的問題，而是社會和政治意義的問題。古代取得了價值，因為在牠裏面存有現代人心理所最珍貴的德行。當政治情事更戲劇化，鬥爭達到了最高點的時候，藝術也發展了戲劇化的和英勇的意義。

　　偉大藝術作品需要「生長的」意義，在大衛三幅宣誓的繪畫裏表現得最明顯。在《歐拉迪的宣誓》（*Le Serment des Horaces,* 1784）裏，我們清楚看到了愛國主義理想化的男性表情。在《網球場的宣誓》（*Le Serment du Jeu de paume,* 1791-1792）裏，我們看到了歷史事件的理想化，宣誓採取了具體的意義。但在《鷹的宣誓》（*La Distribution des aigles,* 1810）裏，同樣的姿勢既不表現理想的實現，也不表現現實的理想化。牠只是一種儀式的鋪張，而沒有嚴肅和深刻的情感。

　　大革命藝術最顯著的主題，還是古典主義，可是同時還跟隨着一種不調和的輔助的現實主義的主題，時或採取獨立的形式出現。在大革命最急進的幾年裏，我們看到了這兩種主題的對峙發展，最後新的有力的現實主義的動機，取得了優勢。大衛從《歐拉迪》到《菜園婦》（*Une Maraîchére,* 1795），或《人民的婦人》（*La Femme du peuple*）的發展，是從現實的古典主義到理想的現實主義的過渡。這種趨向的種子存在在法國寫景繪畫的傳統裏面，而布爾喬亞的唯物論的意識形態供給了發展的肥沃園地。

　　當革命成了具體的事實，藝術家就不再需要從古代去搜索適當的主題了。戲劇性的情事，供給了充分的材料。但古典主義的力量十分強大，大部份的藝術家仍然繼續用古代的形式來理想化當代的事件。

大衛因為接近革命的核心，對於他，革命成了一切生活和一切藝術的中心。他保持了古典主義的清晰，單純和高貴。可是對於問題的處理和問題本身的選擇，他拋棄了古典主義的教條。空間的概念，羣眾運動的理解、騷擾和活生生的行動，都是有秩序的靜態性格的古典主義所完全沒有的。

　　當大衛對藝術採取更現實的態度的時候，社會革命已經落到了布爾喬亞最革命的分子的手裏。這就是說政治形勢達到了革命理論上的理想的頂點。也是說革命採取了積極的性質。這兩種趨勢——一是藝術的（現實主義），一是社會的（積極主義）——在「恐怖」的期間裏，取得了統一。從純粹邏輯的觀念看來，人類活動最表現革命鬥爭，最高的德行，就是「積極地」支持革命。在這種活動裏，革命者的死是最有意義的悲劇。大衛把這些觀念縈結在《菜園婦》和《馬拉之死》（La Mort de Marat, 1793）裏。如他的《勒布雷迪爾之死》（Les Derniers moments de Michel Lepeletier, 1793）裏面的人物，脫離了古典主義的領域而成了殉難的直接描畫。這裏沒有配景和隨從的人物。事件的本身、憂愁和英雄主義，已經不重要了。有意義的只是死的完成——殉道。《馬拉之死》特別並加深了這種態度。除了簡單和抑制以外，沒有古典主義的痕跡。背景是抽象的和黑漆的空虛。勒布雷迪爾是躺在乾淨的枕頭和一種典禮式的臥椅上，[8] 但馬拉是死在浴室裏。[9] 這種現實的要素使《馬拉之死》勝過以前的創作。世界只能在殉道的悲劇裏，而不能在堂皇的葬禮裏來看「人們之友」。

　　在革命的期間，趨向現實主義的有力的潮流，取得了立腳地。這似乎是潛隱着的審美運動，走向現實主義最大的證明。如果把法國革

8　勒布雷迪爾（Louis-Michel Lepeletier, 1760-1793），法國政治家，因支持處死路易十六（Louis XVI, 1754-1793）被刺殺。

9　馬拉（Jean-Paul Marat, 1743-1793），法國革命家、記者，法國大革命激進派領導人，被溫和派支持者夏綠蒂·科黛（Charlotte Corday, 1768-1793）刺殺而死。

命的藝術看作十九世紀藝術的前曲，是非常錯誤的。牠自身是完全的，而不是朝向更大的理想的試行的摸索。牠的坦白的目的，是當作一種社會的武器。二十世紀也許從牠借用了不少，但這種「生長」的力量被忽視了。革命後的「反動」僅僅採取了「革命」的古典主義的外表裝飾。革命的最後的痕跡被破壞了，但在一切藝術、一切審美力和生命之基礎上，大革命的勝利仍然是保存着。

選自《大公報・文藝》第 961 期，1940 年 11 月 3 日

紀念托爾斯泰——托爾斯泰逝世三十週年

〔蘇〕拉薩諾夫 著，葉靈鳳 譯

十月的一個清晨，地主大別莊裏的人們還在沉睡的時候，那位老人從門裏走出來了。

他身材修偉，生着銀灰色的長鬚，戴着闊邊的帽子，穿了一件簡單粗糙的外套。他背上揹着一個行囊。

從濃重下垂的睫毛下，他向自己從那兒誕生長大，自己在那兒思索工作過的屋子望了最後的一眼。

家鄉的朋友們對於他的不了解，一個超越了自己階級的利益，將眼光遠矚將來的老人，逼他從自己的家裏逃了出來，直到躺在棺材裏纔回去。

死神在中途駕臨了老人。在一九一零年的十一月七日（新曆二十一日），奧斯達波服（Astapovo）站長的小屋內，[1] 世界聞名的逃亡者，大作家托爾斯泰（Leo Tolstoy）逝世了。[2]

一羣本國的和外國的新聞記者，仰慕者和同情者，以及死者的親屬，緊緊的擠滿了狹小的房屋。一時之間，這所小屋比歐洲任何皇宮都重要有名。全國都深切同情這位老人的死。在各地，半公開的集會都舉行了。秘密警察在討論怎樣防止示威行動。教會注意着這個敵人的死。在雅斯拉雅－波雅拉（Yasnaya Polyana）——他的別莊裏，[3] 遺囑被啟視了。

這樣，結束了一個用着他的文字的堅強的打擊，向世界暴露他本

1　奧斯達波服（Astapovo），俄國西南部的火車站。1910 年 11 月 7 日，托爾斯泰於旅途中在此逝世，其後該站改名列夫・托爾斯泰（Leo Tolstoy）。

2　托爾斯泰（Leo Tolstoy, 1828-1910），俄國批判現實主義小說家、哲學家、政治思想家。

3　雅斯拉雅－波雅拉（Yasnaya Polyana），現譯亞斯納亞－博利爾納，即為托爾斯泰家族莊園，位於俄國城市圖拉（Tula）西南部，距首都莫斯科約 200 公里，作家的遺體也埋葬在附近。

國橫暴的壓迫，暴露教會刁惡的人的一生。

已經是三十年過去了，當這位哲人作家的遺體，在一個十一月陰雨的早晨，躺到他祖先所有的土地裏。

在老人所生活過的，所熱烈愛護的這個國家內，已經發生過了一次大大的社會革命。[4]

這個革命，摧毀踢開了足以阻礙牠前進的一切，改變了托爾斯泰曾經生活過的國家，但是卻用着極大的注意保存着足以紀念他的偉大天才的一切。

這是毫不值得驚異的事。

揭示了歷史的現實的偉大天才，將舊俄奴的壓迫繪成了不滅的圖畫，用他稀有的人類熱情掀動了讀者——作品被譯成了五十種文字的天才——他是決不會被忘記的。

在目前，各種的著作，記念物和博物館，都為我們提供着研究托爾斯泰的資料，使我們可以了解這位大師的天才。

在那許多值得紀念的地方之中，當然包括了雅斯拉雅波雅拉（俄語——充滿陽光的地方），托爾斯泰在那兒消磨了他的半世生活的別莊。

一叢赤楊樹圍住了這房屋，在這裏，《戰爭與和平》（*War and Peace*, 1869）的主人公生活過，作者的祖先生活過，安娜·卡倫尼娜（Anna Karenina）和凱地歐沙·莫斯諾伐（Katyusha Maslova）（都是托爾作品中的人物）的典型也產生在這裏。[5]

在這赤楊樹下充滿陽光的地方，太陽在樹葉中閃耀，流動着作者祖先們的生活，流動着貴族廷臣，豢養驅使着成千農奴的大地主們的生活。

4　指 1917 年十月革命。

5　安娜·卡倫尼娜（Anna Karenina），托爾斯泰所著同名小說（1878）主角。凱地歐沙·莫斯諾伐（Katyusha Maslova），今譯喀秋莎，是托爾斯泰小說《復活》（*Resurrection*, 1899）中的角色。

　　從這位大作家室內廣闊的意大利式的窗中望出去，可以看到花園的景色。這裏，一切都是寂靜莊嚴的。自從十月二十八日，托爾斯泰最後一次離開了這裏之後，生命似乎停止了。這裏有一張大寫字台，攤着書籍和原稿，似乎期待着作者偉大的手去翻閱。

　　從作者在這間房裏的筆下所產生的作品，在當時傳誦各地；他的作品出版的初年，在西歐比在他的本國流傳更廣。

　　托爾斯泰在各階層都是一個被歡迎的作家，這事實不僅從他五十歲紀念時收到二千封賀電上可以看出，這房裏更有一件單純的禮物可以證明。這是一塊放在桌上的綠色磨光玻璃的紙鎮。

　　這是默耳席夫工廠（Maltsev）工人們的禮物，[6] 當這位《懺悔錄》（*A Confession*, 1882）和《復活》（*Resurrection*, 1899）的作者被教會開除時送給他的。

　　玻璃是鍍金的，上面鐫着這樣的字：

　　你分潤了那許多站在時代之前的偉大人物的命運。在那時候，他們在架上受火刑，在放逐和監獄中瘦斃。任那些偽善的牧師們以任何罪名開除你罷。俄羅斯的民眾永遠光榮的將你當作他們的一個，當作一個偉大親切可愛的同伴。

　　在這激勵動人的獻辭之後，署着十六個工人的簽名。為了這簽名，他們將要無可避免的受到開除和壓迫。

　　托爾斯泰的住處不僅是雅斯拉雅波雅拉。為了教養八個孩子，他時常要到城裏去。因此在一八八二年，他購買擴充了一座那時是在幽靜的莫斯科近郊，一個貴族的小別墅。

6　默耳席夫工廠（Maltsev），位於俄國城市 Dyatkovo 的水晶玻璃製造工廠，1790 年由工業家、慈善家默耳席夫（Maltsev，生卒年不詳）建立。

這房屋是用了極大的注意保存着牠的原狀，作家和家庭生活的情形都完全的保持着。

祇有四週是改變了。從前是幽靜的園林，華貴的院落的地方，從十九世紀末年起，就變成了許多工廠。在二十世紀的初年，房子的四週已經被工廠包圍着。

崇拜人類智慧，但是是資本主義文明的敵人的托爾斯泰，曾這樣寫着：

我住在工廠包圍之中。每天清晨五點鐘，我聽見第一聲汽笛。於是再來一聲，第三聲，第十聲。一直下去。

這是說，婦人，孩子，老人們的工作開始了。真是湊巧，緊靠着我的三個工廠，全部的出品都是為跳舞宴會用的。

小的房間，裝飾樸素，風格嚴謹——這就是托爾斯泰的莫斯科的住宅。

但是在他和他的家族之間，卻有一條劃分的界限。他們不能了解他。

他的心愛的女兒，泰狄耶娜·盧伏娜（Tatiana Lvovna Sukhotina-Tolstaya），[7] 曾像下面這樣寫着當時的情形：

我父親埋首於從他四週展開來的新世界的興趣之中。新的人們，家中素來不相識的，開始使他發生興趣，也對他發生興趣。……家庭中開始不睦，祇要他的「思想」（我母親這麼稱呼）一發作，甚麼事都糟了。

7　泰狄耶娜·盧伏娜·蘇浩金娜－托爾斯泰婭（Tatiana Lvovna Sukhotina-Tolstaya, 1864-1950），托爾斯泰長女，畫家、傳記作家。

這不睦一直到今天還可以在屋子裏看出。在二樓，在大廳裏和連接着的會客廳裏，時常有宴會，音樂會和跳舞會。這裏的燭光燈光輝耀着。古舊的大鋼琴彈着，接待本國和外國的貴族和來賓。

這裏有一座托爾斯泰的胸像，出自名雕刻家 [吉] 葉（Nikolai Ge）之手，[8] 一旁的火爐架上，有他自己燒麥片粥的小火油爐，雖然他的廚房內有兩名專門為他燒蔬菜的廚司。在工作室內，現在還可以看到托爾斯泰為他自己所縫的皮靴。這是他的怪癖之一，一年有兩萬盧布的收入，他還為自己縫靴子。

不過，這座屋子最有趣的一部，當然是作者的著作室。

這是一間光亮的房間，有四扇窗戶向着花園。牆上沒有一幅圖，一張畫像。

現在房內所有的物件都是舊有的。自一九一一年以來，就不曾移動過。牠們都按照作者最後一次在那裏的原狀放着。

在這張寫字台上，托爾斯泰從一八八三年到一九零一年都在這裏工作。他總是坐在這張鋸短了腳的柔木椅上，因為他患近視，不願坐一張一般高的椅子，以致整天的 [彎] 着腰。[9]

在這張寫字台上，他開始或完成了他的近二十部的著作。

他在這張寫字台上最後一次的工作，是一九零一四月四日對於教會除名的答覆。

但是雅斯拉雅波雅拉和這座哈莫夫立訖（Khamovniki）房子，[10] 祇表示了作者廣泛的生活和著作史的一部份。

要切實的研究托爾斯泰，必須讀他的著作，研究他的原稿。這都收藏在莫斯科的托爾斯泰紀念館裏，還有一部份在列寧格勒。

8　「吉葉」，原文誤植為「去葉」。吉葉（Nikolai Ge, 1831-1894），托爾斯泰好友，俄國現實主義畫家。

9　「彎」，原文誤植為「灣」。

10　哈莫夫立訖（Khamovniki），莫斯科行政區之一。

　　自革命以來，莫斯科的紀念館成了研究托爾斯泰的生活和著作的寶庫。這紀念館收藏着關於托爾斯泰的兩萬五千冊書籍，六萬篇報章文獻，還有出自雷平（Ilya Repin）、伐路炅、拍斯特涅克（Leonid Pasternak）、吉葉等名家之筆的畫像和速寫。[11] 紀念館的收藏，對於托氏研究者是一個無盡的寶藏。

選自《大公報》第 973 期，1940 年 11 月 21 日

11　雷平（Ilya Repin, 1844-1930），今譯列賓，俄國現實主義畫家、雕塑家。拍斯特涅克（Leonid Pasternak, 1862-1945），今譯帕斯捷爾納克，俄國後印象派畫家。

《意大利的脈搏》[1]

葉金

外國文學的翻譯，近來似乎很有變成一種風氣的趨勢。這趨勢在上海方面尤其更顯著。《愛國者》（*Patriot*, 1939）的搶譯曾掀起巨大的爭潮，[2] 但翻譯界卻並沒有呈現衰退的現象，這情形可說是可喜的。

在這麼許許多多的文學譯刊中，有不少是反法西和暴露法西的，像列普曼（Heinz Liepmann）的《地下火》（*Fires Underground*, 1936），[3] 像梭的《納粹貧血症》，像馬爾勞（André Malraux）的《人的希望》（*Man's Hope*, 1937），[4] 以及我這裏要介紹的《意大利的脈搏》等，都是屬於這一類。「反法西的思想是國際的」，就像這本書裏敘述給我們的，便是一個典型的法西鐵蹄下底悲劇。

作者西龍（I. Silone），[5] 意大利的反法西作家，這本書的原名是叫「豐塔馬辣」（*Fontamara*, 1933），敘述在意大利的馬西加省（Marsica）最貧苦最落後的豐塔馬辣村所發生的事。全書分為十章，第一章是「楔子」，第二章「光」，第三章「自由」，第四章「土地」，第五章「戰

1　報刊原文標題下註明刊物出版資料及售價：「意・西龍 著　綺紋 譯　金星書店刊行　定價七角」。

2　《愛國者》，美國旅華作家賽珍珠（Pearl S. Buck, 1892-1973）所著長篇小說，描寫大革命爆發前（1926）至中日戰爭爆發（1937）之間中國政治局勢和革命者思想的變化，1939 年由紐約 John Day 出版社出版，同年出版中譯本。

3　列普曼（Heinz Liepmann, 1905-1966），今譯利普曼，德國作家、記者。《地下火》，列普曼所作長篇報告文學，記述納粹治下德國地下組織的秘密鬥爭，1936 年由 R. T. Clark 翻譯、美國 Lippincott 出版社以英文出版。

4　馬爾勞（André Malraux, 1901-1976），今譯馬爾羅，法國左翼作家，西班牙內戰期間曾加入國際縱隊，協助共和軍對抗佛朗哥軍隊。其長篇小說《人的希望》（*L'Espoir*, 1937）主要描寫西班牙內戰初期人民反抗法西斯政權的情況。小說首先由戴望舒翻譯，1938 年 8 至 10 月期間在香港《星島日報》副刊《星座》發表了小說的選段翻譯，全文翻譯則由 1941 年 6 月 16 日開始連載，至同年 12 月太平洋戰爭爆發才被迫終止。譯文收入鄺可怡主編《戰火下的詩情 —— 抗日戰爭時期戴望舒在港的文學翻譯》（香港：商務印書館，2014 年）。

5　西龍（Ignazio Silone, 1900-1978），今譯西洛內，意大利政治家、小說家。

爭」，第六章「城」，第七章「麵包」，第八章「愛」，第九章「工作」，第
十章「怎麼辦」。看了這個，我們可以想見書裏敘述的是些甚麼了！
這些都是意大利人沒有的！沒有「光」，沒有「自由」，沒有「土地」，
沒有「麵包」，沒有「愛」，沒有「工作」！有的是甚麼呢？「戰爭」，
「城市」！

　　對於意大利的新官僚和地主豪富，都有着深刻的諷刺。他們欺騙
農民，壓迫農民的方法，真是巧妙到極度了。法西是「貧農被人漠視
被人輕侮的時代過去了，現在有了新上司，非常敬重貧農，極願傾聽
貧農的意見」（二十二頁）嗎？作者告訴我們，他們是如何騙得農民簽
字選舉「黨軍隊長貝里諾」做林代表！這樣便算敬重了貧農，而傾聽
貧農的意見便變成了傾聽貝里諾的意見，然而貝里諾是「黨」軍隊長，
他的意見不就是法西的意見嗎？這真是個巧妙的戲法！

　　新縣長為了自己田裏的水利，將灌溉豐塔馬辣村的水路改變到
他自己田裏去了！於是豐塔馬辣的田便將被乾死。於是請願，貝里
諾是代表囉，簽定的辦法，「必須給縣長四分之三的水，剩下的四分
之三則留給豐塔馬辣村人……這樣雙方都是四分之三，都是一半以
上！……」（六十頁）這兩個四分之三是多好玩！後來怎樣執行呢？我
們再看原書一八九頁到一九〇頁吧：

　　……我們的水面漸漸降低到了祇有從前的一半，但是仍舊降低
下去，……
　　……。此時水面繼續降低下去，直至完全乾涸了！

　　這便是說水全沒有了！這是兩個四分之三的分法！
　　看豪富剝削的辦法吧：

　　我拿起齊可斯唐查老爺交給我的那張報紙，讀了其中用紅鉛筆劃
出的幾段：
　　「第一類農業工人（十九歲以上六十歲以下男子）減少工資百分之

四十；第二類農業工人（十八歲以上十九歲以下少年人）照第一類減
後再減百分之二十；第三類工人（婦孺）則再減百分之四五。」……
「修築田基，栽種葡萄、橄欖、果樹以及施肥、填穴、淘井、挖坑、
墾荒、築路等類工作，歸於特殊一類，稱為『必需勞動』故報酬較少，
但工資不得減少至百分之二五以上。」

　　……。

　　然後齊可斯唐查老爺拿起我的賬單，數了七十八個里爾，又計
算道：

　　「按照法律，我們先扣除百分之四十……就是三十二個里爾，還
有四十六個里爾，……為了「必需勞動」我們還要扣除百分之二五，
就是十二個里爾，……剩下是三十四個里爾……」（原書一七四——
一七七頁）

　　其他寫法西黨軍的無紀律，強姦民婦，（見一一九頁）以及各種無
聊的行動，都可表現法西的橫暴，意大利的狂亂。在原書一二五——
一三三頁，他們審問村民的問題是「誰萬歲？」而可憐的人民不曉得
墨索里尼（Benito Mussolini），[6] 於是許多人說麵包萬歲的給註上「刁
頑」，說「打倒強盜、流氓、捐稅」之類的給註「無政府黨」，說「大家
都萬歲」這圓滑話的也給註上「自由派」，說「政府萬歲」的還要問「那
個政府？」答「合法政府」的給註上「狡詐」，說「不合法政府」的又
給註上「飯桶」。「打倒銀行」的是「共產黨」，說「窮人萬歲」的是社
會黨，……。

　　作者對於意大利內部的觀察是如此的精確。在最後，他以「我們
應該怎麼辦」這問話來結束。這是革命的暗示，暗示給被壓迫的意大
利人，暗示給反法西者。綺紋先生把這本書名由「豐塔馬辣」改譯成

6　墨索里尼（Benito Mussolini, 1883-1945），意大利法西斯主義創始人，1925 至
　　1943 年間獨裁意大利。

「意大利的脈搏」，這是很恰當的。從這本書中，我們可以看出意大利的病症，因為她的脈搏已亂！

我相信，這本書中所敍述的事實當不會是捏造的，而且這事實也一定在意大利其他各村落中繼續着，並且更改進了他們壓迫、欺騙的手腕。作者敍述的方法是借豐塔馬辣逃出的父、母、子三人口吻輪換的敍述。寫來很是動人。人物的刻劃也很顯明。綺紋先生的譯筆也流利而清晰。

假如說《地下火》和《納粹貧血症》是暴露德國法西罪惡的，那麼這本《意大利的脈搏》便是暴露意大利法西罪惡的。「反法西是國際的」，我們希望如西龍提出的「我們應當怎麼辦」，來驚醒被壓迫在法西壓迫下的可憐的人羣，為「光」，為「自由」，為「土地」、「麵包」、「愛」和「工作」而抗爭。

　　　　　　　　　　　　　　　　──十一月十日於江西。

選自《大公報》第 980 期，1940 年 12 月 1 日

哥耶名作《戰爭的災難》

〔英〕Edwin Morgan 著，杜文慧 譯

　　當西班牙獨立戰爭以前，[1] 哥耶（Francisco Goya）是十足的犬儒主義者。[2] 他熱烈相信一件事物那就是藝術的自主。在政治上，他完全是投機主義的，不管西班牙政府是誰，他都永遠獲得補助。作為朝廷的畫家和聖斐南迪（San Fernando）的美術館館長，[3] 他從波旁王朝和約瑟王朝接受金錢，[4] 良心上受之無愧。甚至在取得他們的錢時，他對於那些貴族們正如對於人們一般，他是毫不感激的。他底王族的人像畫都是帶有諷刺他們的意味。[他把] 查理士三世（Carlos III）畫成一個顫抖的老愚人帶着一枝槍，[5] 一隻露齒而笑的狗子；把查理士四世（Carlos IV）畫成一個沉靜的屠夫，[6] 因為他好打獵勝於執政。

　　但是自一八零八年五月二日七年戰爭發生以後，[7] 哥耶便取着逼視的態度度過了那可怕的戰爭。這五月二日事件是在 Puerta del Sol 發生

1　西班牙獨立戰爭被視為與半島戰爭（1808-1814）重疊，指拿破崙戰爭期間西班牙帝國、葡萄牙王國與大英帝國聯合對抗法蘭西第一帝國的入侵。

2　哥耶（Francisco Goya, 1746-1828），今譯哥雅，西班牙畫家，曾為宮廷御用畫家，以其紀錄戰爭的系列蝕刻版畫《戰爭的災難》（*Los Desastres de la Guerra*, 1810-1820）聞名。

3　聖斐南迪（Real Academia de Bellas Artes de San Fernando），位於西班牙馬德里市中心的美術學院及美術館，建於 1744 年。1780 年哥雅獲提名進入聖斐南迪學院研習，1785 年起任美術館繪畫部助理館長（Teniente Director de Pintura）。

4　西班牙波旁王朝（la Casa de Borbón en España），現今的西班牙王室，自 1700 年起數度統治西班牙。約瑟王朝，指約瑟一世（Joseph-Napoléon Bonaparte, 1768-1844）治下的政權，他在 1808 至 1813 年間代表拿破崙政府統治西班牙部份領土。

5　「他把」，原文誤植為「把他」。查理士三世（Carlos III, 1716-1788），今譯卡洛斯三世，西班牙波旁王朝國王，1759 至 1788 年在位。

6　查理士四世（Carlos IV, 1748-1819），今譯卡洛斯四世，西班牙波旁王朝國王，1788 至 1808 年在位。

7　此處所指的同樣為西班牙獨立戰爭，史學家或以 1808 年 5 月 2 日開始計算，至 1814 年 4 月 17 日結束。

的。[8] 當彌撒禮的鐘聲響時，那時為了維持紀律和對公眾的顏面，法國的繆拉將軍（Joachim Murat）在晚上聚齊了許多西班牙男女點起大燈籠在 Puerta del Sol 附近的 [Iglesia] del Buen Suceso 教堂的墓地和比亞王（Pious Prince）的山陵上開始掃射。[9] 比亞王子的山陵原與拉弗洛里達教堂（Real Ermita de San Antonio de la Florida）相近。[10] 哥耶從他在 Puerta del Sol 地方的屋子，和在瑪希納爾斯（Manzanares）河畔的拉弗洛里達 La Florida 教堂附近的 Quinta 底屋子的洋台上，[11] 看見了這一切的屠殺。在五月二日的深夜，他叫他的僕人依西多魯（Isidro）點起一個燈籠，他倆爬登比亞王子山陵上，在那裏死者的毛髮和碎肉仍然遺留着。

　　第二天哥耶便把他最著名的銅刻《戰爭的災難》（*Los Desastres de la Guerra*）的第一幅畫作給依西多魯看。[12] 這是許多屠殺畫片中的一幅，如同他現在還掛在普拉多（Prado）的大畫：《五月二日的死刑》（*El 2 de Mayo de 1808 en Madrid*, 1814）。[13] 這是寫一些男人和女人跪着祈禱，頭巾遮着他們的眼睛或是英勇地站在大燈籠的光影下，全身都是槍刺的傷口。依西多魯給這種真實所感動了，問：「閣下，你怎樣會畫出那些人底殘忍的動作呢？」「那是，」哥耶答：「由於理智告訴他

8　太陽門（Puerta del Sol），馬德里市中心廣場。1808 年 5 月 2 日馬德里市民起義，在太陽門廣場爆發激烈戰鬥。

9　原文遺漏「Iglesia」，現據教堂名增補。Iglesia del Buen Suceso，位於馬德里太陽門廣場東部的教堂，5 月 2 日起義期間教堂內外都被嚴重破壞，後成為馬德里人民反抗法軍的象徵。繆拉（Joachim Murat, 1767-1815），法蘭西第一帝國元帥，1808 年任駐西班牙法軍總司令，率軍鎮壓 5 月 2 日起義。比亞王山（Montaña del Príncipe Pío），馬德里西部的山丘，1808 年 5 月 3 日起義反抗法國軍隊的馬德里人在此被處刑。

10　拉弗洛里達教堂（Real Ermita de San Antonio de la Florida），今譯聖安多尼皇家小堂，馬德里市中心教堂，位於太陽門廣場西北方，哥雅為之繪製穹頂壁畫。

11　瑪希納爾斯河（Río Manzanares），今譯曼薩納雷斯河。

12　《戰爭的災難》（*Los Desastres de la Guerra*），又譯《戰禍》，哥耶作於 1810-1820 年間的系列版畫作品。這一系列版畫共有 82 幅，記述哥耶在戰爭期間所見所感。

13　普拉多（Prado），指西班牙國立普拉多博物館（Museo del Prado）。

們，永遠都不要這樣對待他們。」

　　從此他馬上壓抑着對法軍殘酷的暴露，而改變為表揚西班牙人底無限超越的勇敢和冷酷的志氣。從此他把自己的才能奉獻給那些堅忍和壯偉的奮鬥的場面上。《我看見如此》（ Yo Lo Vi, Plate 44 ），他寫這個題目正如這畫面是充滿活潑、克己的，彷彿要在火焰與死之前戰鬥。在這些雕刻畫裏，洋溢着他底高超的情感和他底奮發的才能。他已成為一個深刻而迅速的工作者，同時他底深入和敏捷使他更能深入到任何細微的地步。他的畫具有戲劇性的組織，一個最有力的和反抗的起點，這些畫的英勇正如那些人物一樣的不妥協，因為這些畫作的生命就在於作者咀嚼過悲劇的憂鬱。他對歐洲的藝術界是一個大革命。古典派畫作上的山林村澤的女神，牧羊人和蒙面的女人等藝術品，那種不可觸摸的虛偽的「自然」，比起他來便不能不折服於他底不妥協的寫實主義和人道主義之前了。

　　他跟着西班牙人民那不屈不撓的高潮，反抗繆拉和其它有訓練的法國軍隊。無論任何一種恐怖手段都不能使西班牙人民屈服。五月二日的大屠殺，逐漸蔓延於西班牙各地，繆拉為了一個更大的屠殺便燒毀所有的村落，被殺的屍首充塞各處，哥耶曾表現在他的《默認》裏。屍首堆着屍首，在《這裏和其它》（ Lo Mismo en Otras Partes, Plate 23 ），他刻着那行刑時的近景，那些勇敢的男人和女人們，無扶助地墮下，在另一幅題為《不忍再看它了》（ No Se Puede Mirar, Plate 26 ）裏，他並沒有改變，雖然他們是被棄於地窟和被搗毀的傢伙之間，但是這些死去的男人和女人的身體並沒有墮下，在破碎的光線中和其他「戰爭的遺跡」（ Debris of War ）裏，[14] 那一行行奇異的柱子遍棄於赤裸的 Castile 山上，在那裏有着遮蔽了眼睛準備着行刑 [的] 男人們，[15] 有吊

14　括號內為原文所註。
15　原文遺漏「的」字，現據文意增補。

在 Por Una Navaja 絞架上垂吊着的男人們，[16] 有些在一個可怕的匕首上掛着，在槍刺下痛苦掙扎着。

　　一八一二年馬德里鬧着大飢荒。哥耶目擊了這次的事件更深深地感動和憤怒。他畫下那個衣衫襤褸的死者的頭顱，默沉而堅決的棄置在一個拱形的暗影下，捐着槍靶的法國兵士走過，他問：「這塊是甚麼東西？」他又把他們安置在那赤裸的悲慘的 Castile 高原上，在雷聲的天幕下，圍繞着一隻水杯，或者是頭巾擁擠在一個盆裏，咀嚼着那一捲捲的麵粉和蔥，表現他們的英勇，對於這長久的恐怖底體驗和他們對於自由的熱望 [，] 並沒失掉信心。但是飢荒的情況是越過過厲害了。哥耶用着親切之情，把他們每況愈下的存在用細緻的筆法刻畫出來。

　　在《他們不會投降》（*No Se Convienen*, Plate 17）裏面，哥耶企圖刻畫出西班牙人頑強的抵抗和審慎的行動。帝國的兵士不知怎樣來應付這些堅決的暴徒。他們在法軍刺刀之下昂然地走着，在短槍射擊之下仍然站起來，他們的武器只有一枝木棒，一把斧或者是一柄鋒利的匕首。哥耶把他們的動作畫成那樣生動和穩健，和那些法軍底殘忍驚奇的姿態作對比。他刻出一個婦人揹着一個嬰孩在她的臀部，用一種冷峻的熱情把槍尖插入一個法軍的胸膛。這畫他是用來紀念在三星期巷戰時那位女英雄沙拉哥沙（Zaragoza）的。[17]

　　《戰爭的災難》最後一幅雕刻完成後，哥耶對於這次獨立戰爭的整個謎才解剖出來。西班牙經過了那痛苦的代價，才恢復斐南迪底壯偉的日子。在這些雕刻品和這版上底神聖的名字，才能夠再次出現。

16　《戰爭的災難》第 34 幅版畫 *Por Una Navaja*（*On Account of a Knife*）。

17　此處描述的應為《戰爭的災難》第 5 幅版畫 *Y Son Fieras*（*And They Are Like Wild Beasts*）。沙拉哥沙（Agustina Saragossa-Domènech, 1786-1857），又名亞拉岡的阿古斯蒂娜（Agustina de Aragón），在半島戰爭爆發、法軍圍困沙拉哥沙城（Zaragoza）時鼓舞西班牙軍隊及平民反抗法軍的女英雄。其後許多詩人、畫家在作品中描繪阿古斯蒂娜的形象，她成為了西班牙人民勇氣與反抗精神的象徵。

不過這時哥耶已經憔悴得不可辨認了。一些枯竭的皮膚痙攣地網着老骨頭，他是快臨近墳墓了。他的體格正和那題目和版畫的背境一樣，是充滿了鬼 [魅]、[18] 呢喃和恐怖的姿態。

　　當一個森嚴的黑夜正吞湮了一切時，哥耶便落葬在墓中了，他底恐怖的遺骸正表現着他所希望過的一切。他底歪醜的臉正表現着他所希望過的，現在我們看見這遺骸在那裏痛苦和懺悔，他的心正帶着西班牙全部的犧牲和勝利，在無情的黑夜中升入永恆。

選自《大公報》第 995 期，1940 年 12 月 22 日

---

18 「鬼魅」，原文作「鬼昧」。

為正義與人道的繪畫——介紹哥耶畫冊

黃苗子

在這個時候介紹哥耶（Francisco Goya）畫冊給中國的讀者，[1] 至少有以下的幾個意義：

第一，繪畫也可以「載道」，就是說，一張風景或一個裸女等娛情適性之作以外，還有更有意義的繪畫，這些繪畫，代表着大多數人類的喜怒哀樂，它緊緊地抓住時代底感情，站在人道與正義的立場去表現時代底一切動態。

第二，藝術的生產需要絕對的「真」，真得了生命而動的時候即變成愛，愛之所生，乃是藝術。一個偉大的藝術家，應該從「真」當中去認識真理，他的製作是為了偉大的愛，對自然、對人類底偉大之愛。故一個畫家絕不是一個自私的、藐小的個人主義者；起碼，他認識真理，愛真理，他用偉大的愛去愛一切，故能產生偉大的藝術。

第三，好作品之所以為好作品，因為它越過了時間與空間，而引起大多數人類的共鳴，故能留傳久遠，流布廣大，而永遠樹立其不朽之價值。

哥耶畫冊裏面充滿了偉大、緊張與嚴酷。這裏沒有花瓶與人體美，也沒有林泉的聽琴者；有的祇是血肉模糊的屍體、刺刀與大砲，饑饉、憤怒與屠殺，然而這是一本很好的藝術作品，因為它給西班牙獨立戰爭中留下一個最寶貴最忠實的紀錄，正如本書序文中所說：「他表現了一個殘酷的戰爭，他使人見到了在這世界上任何地方都能發生的一個野蠻軍隊的暴行，和他必然受到的懲罰。」

哥耶是站在正義與人道的立場去表現這時代底動態的。

1　哥耶（Francisco Goya, 1746-1828），今譯哥雅，西班牙畫家，曾為宮廷御用畫家，以其記錄戰爭的系列蝕刻版畫《戰爭的災難》（*Los Desastres de la Guerra*, 1810-1820）聞名。

　　作者於一七四六年出生於阿拉干（Aragon），[2] 一八二八年在放逐中死於波地鄂（[Bordeaux]）。[3] 他生在動亂的時代，一生都是奮鬥着的，正如普里（Mr. Poore）在他的《哥耶傳》（*Goya: A Biography*, 1936）中所說：「他生在革命和反動鬥爭的大時代，而將這殘酷的鬥爭戲劇化了。」[4] 因為他抱着偉大的愛，抱着無限的人類底同情心，他面對着這偉大的現實，他要使他底「人性」經過他底畫筆向大眾呼喊着，所以他選取了「戰爭的災難」作為他底繪畫題材。

　　時間已經過了一百多年，在東半球的中國，在恆河沙數的藝術作品中，這一本畫冊竟被選取來介紹給中國的讀者們，這恰好證明了偉大作品之所以不朽，因為真理永遠照耀着，而人道是得着世人永遠底扶持與擁護着的。

　　從表現手法上看去，哥耶這本畫冊，也許比不上凱綏・珂勒惠支（Käthe Kollwitz）那麼簡潔有力，[5] 但是場面的偉大與結構底苦心，是很值得國內的繪畫工作同志們注意的。四十三幀作品當中，我們簡直找不出一筆隨意馬虎的線條，可見作者創作態度的嚴肅。繪畫並不是憑着一時底煙士批理純一揮而就的，[6] 這一點給我們從事新興藝術底同志們一個如何重大的暗示啊。

　　介紹哥耶的畫冊，還有一個重要的意義：就是牠寫實的作風，嚴整而通俗的用筆與構圖，是中國新藝術底唯一出路，所謂現實主義的表現方法，是從很刻苦的基本練習養成的。自然，參考一個作家的作品絕對不應全部的抄襲或摹臨，同時我們要知道現在距哥耶之死已經

2　阿拉干（Aragon），今譯亞拉岡，西班牙東北部自治區。

3　「Bordeaux」，原文誤植為「Bordeau」。波地鄂（Bordeaux），今譯波爾多，法國西南部城市。

4　普里（Charles Poore, 1902-1971），《紐約時報》書評作者。

5　珂勒惠支（Käthe Kollwitz, 1867-1945），德國表現主義版畫家和雕塑家，其作品以尖銳的形式表達底層百姓的貧苦生活，一戰時期更創作不少悲傷母親的形象，宣傳反戰思想。1930 年代由魯迅介紹至中國。

6　煙士批理純，即「inspiration」的音譯。

一百多年了。不過哥耶畫冊的確是目前中國繪畫工作者所需要的一本書。

　　在從事《戰爭的災難》（*Los Desastres de la Guerra*）版畫以前，哥耶在普拉多（Prado）已經留下了兩幅油畫巨製《五月二日》（*El 2 de Mayo de 1808 en Madrid*, 1814），表現反抗繆拉（Joachim Murat）軍隊的馬德里人。[7]本圖[8]是其中之一幀，是夜色下的屠殺，一輩屠夫一樣的低頭工作的劊子手；貴族、貧民、僧侶、婦人的屍身整堆的堆集在黑暗中，他們的頭打穿了，伸張的手表示着最後的抵抗或請求，有的在絕望的跑着，到處都是血和腦漿……哥耶用着一種諷刺的筆意表現着，因此更加了場面的恐怖，不止是死者，就是活人也像傀儡一樣的失去了人性。

選自《大公報》第 995 期，1940 年 12 月 22 日

7　繆拉（Joachim Murat, 1767-1815），法蘭西第一帝國元帥，1808 年任駐西班牙法軍總司令，率軍鎮壓 5 月 2 日起義。

8　文章發表時，同時附印版畫《五月三日》（*El 3 de mayo en Madrid o "Los fusilamientos"*, 1814）。該畫完成於《五月二日》兩個月之後，原文誤指為《五月二日》。

詩的晦澀

〔英〕路易・麥克尼斯 著，穆旦 譯

這是作者《近代詩》（Louis [MacNeice]: *Modern Poetry*. Oxford University Press, 1938）全書之第九章，[1] 以近代詩人為例，對詩之晦澀原因解釋頗詳。作者是英國社會主義的名詩人。在本書序中他說：「今日之詩應該在純欣賞（逃避之詩）和宣傳中取一中路。宣傳品是『批評的』詩的極端發展，也就是批評的失敗。」[2]

人們常在埋怨詩的晦澀。我在牛津的時候，任何反對詩的晦澀的人會被告訴說，一首詩之所以晦澀（obscurity），是因為人用腦子去接近它的緣故。以腦子看來一些不合邏輯的推想，可以在情緒或感官的邏輯下顯得合理。因此我們常可以聽到說，愛略特（T. S. Eliot）的《荒原》（*Waste Land*, 1922）的小註是多餘的。[3] 為了「得到」一首詩，並不必知道它的歷史底或文學底隱喻的命意，也不須要了解它的外國語的片斷，甚至於分別出詩裏的某人是誰。這樣的態度在 A. E. 赫思曼（A. E. Housman）的講演〈詩的名字和性質〉（*The Name and Nature of*

1　「MacNeice」，原文誤植為「Macneice」。路易・麥克尼斯（Louis MacNeice, 1907-1963），愛爾蘭詩人、劇作家。*Modern Poetry*，全名 *Modern Poetry: A Person Essay*，麥克尼斯所作詩學論著，1938 年初版。本文所節譯的第九章題為 "Obscurity"，現以 1969 年 Haskell House 出版版本校對。Louis MacNeice, *Modern Poetry: A Person Essay* (New York: Haskell House Publishers, 1969), pp. 154-177.

2　引文原文為："Poetry to-day should steer a middle course between pure entertainment ('escape poetry') and propaganda. Propoganda, the extreme development of 'critical' poetry, is also the defeat of criticism."

3　愛略特（T. S. Eliot, 1888-1965），今譯艾略特，英籍美國詩人、評論家、劇作家。《荒原》，艾略特於 1922 年出版的長詩，由美國詩人龐德（Ezra Pound, 1885-1972）刪改及編定。

Poetry, 1933）裏得到了確說：[4]

　　命意（Meaning）屬於智慧，詩則非……以我看來勃萊克（William
Blake）是最詩的詩人。[5]……勃萊克的命意常是不重要的，或者根本就
沒有，所以我們能夠儘量地聽到他的天上的音調。莎士比亞（William
Shakespeare）偶而地，[6]勃萊克卻是一再給了我們精緻的，或是摻雜着
很少的命意的詩，以至於只有詩的情緒可以感到，別的是無關緊要的。

　　說命意是攪合着詩的雜質，這說法已切去文學批評家的立足
點了。這還不要緊，最危險的是對於詩人們，因為發展到壞的極
端時，它就成了純音樂的詩（pure music poetry）或超現實主義的詩
（surrealism）。我要先討論這些走極端的例子，因為它們並不屬於這
一章裏。（晦澀必需解為命意不清楚，如果根本沒有命意，晦澀 [就
談] 不到了。[7]超現實主義的詩人們和純音樂的詩人們是超乎或夠不上
晦澀的，如同獸類是超乎或夠不上無道德的（immorality）一樣。）
　　在實行上很難找到一位純音樂的詩人，雖然不久以前，在學說上
（in theory）可以常碰見他。他這種人把字擺在一起只是為了湊成聲
音。字的涵義和所指既然都可不顧，他也就不必遵守任何語言的成規
了。在他假定的前提下，他是要寫一首只包含介系字（preposition）和
創新的無意義的字的詩。他的詩只是語音學上的符號。讀者遇到這
種詩時只能做一個耳朵。要答覆這樣的學說我們只要說：（a）詩人們
在這樣的原則下寫詩簡直是不可能的，（b）在任何情形下這種工作是
不值得做的。以我們所不懂的語言寫成的詩，我們任何人能聽它多久

4　赫思曼（A. E. Housman, 1859-1936），今譯豪斯曼，英國古典主義學者、詩人。
　　〈詩的名字和性質〉乃豪斯曼於 1933 年 5 月 9 日在英國劍橋大學發表的演講。

5　勃萊克（William Blake, 1757-1827），今譯布萊克，英國浪漫主義詩人、畫家。

6　莎士比亞（William Shakespeare, 1564-1616），英國劇作家、詩人。

7　「就談不到了」，原文誤植為「談就不到了」。

呢？而我們對於這樣詩的反應該是多麼不同呢？

可是，許多詩人往往加入字，辭語，成整行的詩只是為了（至少主要地為了）他們愛它們的聲音，這些地方往往使他們的命意不清楚；或甚至於為了聲音的緣故，詩人們採用了不明顯的辭語而捨棄了更能表達他們命意的音樂性少的辭語。也有些辭語在純命意上是不太恰當的，可是因為音意合諧的關係，比那些明顯的辭語合適多了，因此也就合法地被擇用去。

超現實主義是較可施行的，因此也是危害較大的一個主張。超現實主義者，用他自己的話來說，是一個「謙遜的紀錄器」。他所紀錄的是他的潛意識（unconscious）。他的意識界的頭腦（conscious mind）[既] 不准監督也不得選擇。[8] 雖然，我想，一個超現實主義者，在他盡責地不去思索他所寫的是甚麼的時候，假如是紀錄了一個完整的三段論法，恐怕也要很快地抹去或者歪曲了它吧。如果超現實主義者能夠範圍他們自己為謙遜的紀錄器，他們會為心理學家做很有用的基礎工作的。可是我對於人類的謙遜沒有多大信心，所以也不能相信超現實主義者是真在他們的界限以內工作着的。

這樣，比起純音樂的詩人來，超現實主義者是有較多的命意了，可是他的命意不在表面上。要想得到他的命意，我們不能問他瞄準着甚麼，他甚麼都不瞄準，他只謙遜地紀錄。技巧是與他無干的。反是我們應該替他分析一下，——指出那關於「性」、「子宮」、「死」的象徵來。這不見得是困難的，因為很多超現實主義者都在使用那從心理教科書取出來的普通的象徵（stock symbols）。可是，如果他們意識到了這些是象徵，很可能地，他們的潛意識已經退到他們所達不到的更遠的興登堡線去了。[9] 我的意見是，作者要給潛意識一個機會，必須

8　「既」，原文誤植為「即」。此句原文為："His conscious mind is not allowed (in theory, at least) either to supervise or to select."

9　興登堡線（Hindenburg Line），或稱為齊格菲防線，德意志帝國於第一次世界大戰末期在法國東北部邊境修築的防禦工事。

使它單獨下來，而使他的意識界的頭腦固定在一個明顯的題目上。[10]

看看超現實主義者怎麼說吧。在〈超現實主義第一次宣言〉（一九二四）裏：[11]

超現實主義，以我看來，是非常清晰地顯示了我們完全的不合協（non-conformity）。毫無疑問，當現實世界受審的時候，它將不會出為證人。而相反地，它只表明了我們在這下面所欲達到的一種完全不關心的情境。……超現實主義是「不見的光線，有一天會使我們克服我們〔的敵人〕。」[12]……今夏的玫瑰是藍的；樹木用玻璃做成。圍在茂葉裏的地球如同幽靈似的對我沒有影響。活着或停止活着是想像中的解決。任何地方都是「存在」。[13]

如果「存在」在任何地方，我們則可以說，藝術也是任何地方都有的。[14] 與環境隔絕的精神病（schizophrenia）和慢性癲狂（paranoia），如浮若德學派（Freudians）所假定者，[15] 可以與藝術平行，或為藝術之

10　此句原文為："...the writer should leave it alone and fix his conscious mind on a manifest subject."

11　〈超現實主義第一次宣言〉（*The First Manifesto of Surrealism*, 1924），原為法國作家、超現實主義運動創始人布勒東（André Breton, 1896-1966）為其作品《可溶化的魚》（*Soluble Fish*, 1924）撰寫的序言，這篇文章後來被視為超現實主義誕生的標誌。

12　「的敵人」，原文誤植為「敵人的」。

13　引文原文為："Surrealism, as I envisage it, displays our absolute nonconformity so clearly that there can be no question of claiming it as witness when the real world comes up for trial. On the contrary, it can but testify to the complete state of distraction to which we hope to to attein here below... Surrealism is the 'invisible ray' that shall enable us one day to overcome our enemies... This summer the roses are blue; the wood is made of glass. The earth wrapped in its foliage makes as little effect on me as a ghost. Living and ceasing to live are imaginary solutions. Existence is elsewhere."

14　此句原文為："If existence is elsewhere, art, we may add, is elsewhere also."

15　浮若德（Sigmund Freud, 1856-1939），今譯佛洛伊德，奧地利心理學家、哲學家，精神分析學（Psychoanalysis）創始人。

代替物，但它們並不就是藝術。我和 Christopher Caudwell《幻象和現實》（*Illusion and Reality*, 1937）中的意見是一致的，[16]——「和做為政治哲學的無政府主義一樣，超現實主義的本質是，在實行中它消滅了自己。」（以 Caudwell 看來，在唯美主義（Parnassianism），象徵主義（Symbolism）等之後，超現實主義是「為藝術而藝術」的合理極端的發展，——也就是「為自己而藝術。」[17]）

我們必須知道，有很多傳統的詩人有時候近乎純音樂的詩人，他們也有時候（如古洛瑞居（Samuel Taylor Coleridge）於《呼必烈汗》（*Kubla Khan*, 1816）一詩中）像一個超現實主義者。[18] 因此，近代詩是充滿着「自由聯想」（'free association'）[。] 然而當詩人在自覺地選擇着他的「自由聯想」時，如久愛士（James Joyce）於 *Ulysses*（1922）中所為者，[19] 他並不是一個恰當的超現實主義者。在醉飲和催眠狀態中寫超現實主義的詩該是最容易不過的。因此，很多超現實主義的詩使人覺得是一個酒鬼在談天，（或是人鬼溝通者的囈語），然而它們也像酒鬼的漫談一樣，常常有一串意思在那裏面。（在潛意識裏也有一些觀念的。）

因此，在赫內特（George Hugnet）所譯的一詩裏：[20]

16　考德威爾（Christopher Caudwell, 1907-1937），英國馬克思主義作家，《幻象和現實》（*Illusion and Reality: A Study of the Sources of Poetry*, 1937）為其所作文藝評論著作。

17　此句原文為："...the logical extreme development of 'art for art's sake' — i. e. 'art for my sake'."

18　古洛瑞居（Samuel Taylor Coleridge, 1772-1834），今譯柯勒律治，英國浪漫主義詩人、文學評論家。《呼必烈汗》，柯勒律治於 1797 年完成的詩作，1816 年出版。

19　久愛士（James Joyce, 1882-1941），今譯喬伊斯，愛爾蘭現代主義作家、文學評論家。《尤利西斯》，喬伊斯於 1922 年出版的長篇小説。

20　赫內特（George Hugnet, 1906-1974），今譯胡涅特，法國平面藝術家、詩人、藝術史家。原文為「in a translation of a poem by Georges Hugnet」，因此該詩應為赫內特所作，而非赫內特所譯。

你的臉是不存在的，

我的愛情是很文雅的，

大海在秘密地詢問着它的沙灘，

活着並不是努力地追趕着鏡子的動作，

有翅的螞蟻是一隻耳朵，

眼淚是滾進池底的乞丐，

屋子是離去它的一種厭倦……[21]

　　我們集中了注意力是因為我們被初步的命意吸引住了。第三行可以用在平常的浪漫詩裏的一種動人的幻景，第四行可以看為赫胥弗克德（La [Rochefoucauld]）格言的浪漫的重述，[22] 第五行完全沒有意義，第六行或許是安徒生（Hans Anderson）的神話，[23] 第七行可以看為哲理的似是而非之論被機靈地縮緊了，也像是以否定來敘述的一個定義。比如亞里斯多德（Aristotle）也許會說的：[24] 一間屋子只是一間屋子，如果它是一間讓人走進去的屋子的話（因為亞里斯多德認為一隻死去的手不是手）；所以，人們不能不要屋子——人們不能永遠離開屋子的這事實確說了屋子的狀態。

　　大多數的超現實主義者不用文法或句點，因為他們工作的要素是：它必須依於意外。現在，這意外的要令人厭倦了。我看了樓退阿

21　詩句原文為："Your face does not exist,/ my love is well polished,/ the sea interrogates its beaches secretly,/ living is not following a mirror's movements as best one can,/ the wined ant is an ear,/ tears are the beggars who roll to the bottom of ponds,/ a room is the bother of leaving it..."

22　「Rochefoucauld」，原文誤植為「Rochefoucaudl」。赫胥弗克德（François de La Rochefoucauld, 1613-1680），今譯拉羅什富科，法國箴言作家。

23　安徒生（Hans Anderson, 1805-1875），丹麥童話作家、詩人。

24　亞里斯多德（Aristotle, 384 BC-322 BC），今譯亞里士多德，古希臘哲學家。

孟（﹝Lautréamont﹞）的著名的片段完全無動於中：[25]「在一張解剖桌上，一把傘和縫衣器的偶然的遇合」﹝。﹞詩人須得把他的範圍縮小。既然一件事物終必和別的事物有些關聯，XYZ 偶然的遇合當然也該有些意義了。而且更切合的，在意外的事物的並列中，我們可能找到一種喜劇式的淨化（comic relief）。然而意外不能持久。我們不能把它置為詩的基礎，猶如我們不能把開玩笑做為行為的基礎一樣。F. H. 勃來德雷（F. H. Bradley）在他的《邏輯》（Logic）中說，[26] 每一論斷終必是關於宇宙的論斷。然而這並不是說某一論斷不能比別的論斷更重要或更正確（在觀念論的哲學（idealist philosophies）裏，我們往往不能把樹羣看為森林）。詩人，和重實際的人一樣，必須先擬出一個價值表來。任何人所寫的奇特的一組字，在分析到極致時都會有意義的。然而詩人不能等待這樣的分析。如果他要，他又何必當一個詩人呢？在癲人院裏的呆子，和搖籃裏的小孩，都同樣有意義而且是不費氣力的。

　　我把超現實主義者比做一個酒鬼。有些酒鬼的漫談是比較清楚，或更多暗示性的，同樣，我遇見了些顯然在超現實主義原則下寫就的詩，不知是為了作者更精細的選擇性呢（意識的或潛意識的）還是歸因於他對文字的敏感（在超現實主義的主張裏，這是無用的），很能夠惹人注意。第蘭‧托馬斯（Dylan Thomas）是一個很好的例子。[27] 他是非常晦澀而不連貫的，可是比那些官方的超現實主義者至少要近乎人情得多。有時候我們能夠了解他。他像一個酒鬼漫天胡扯，可是有節奏地，說出了一串無意義的形象，而其所起的效果常常是有力的，

25　「Lautréamont」，原文誤植為「Lautseamout」。樓退阿孟（Comte de Lautréamont, 1846-1870），今譯洛特雷阿蒙，本名伊齊多爾‧呂西安‧迪卡斯（Isidore Lucien Ducasse），出生於烏拉圭的法國詩人，其作品對超現實主義文學造成重要影響。

26　勃來德雷（Francis Herbert Bradley, 1846-1924），今譯布拉德利，英國唯心主義哲學家，《邏輯》（The Principles of Logic, 1883）為其主要哲學著作。

27　第蘭‧托馬斯（Dylan Thomas, 1914-1953），今譯狄蘭‧湯瑪斯，英國超現實主義詩人、作家。

甚至於有時候像是帶來了甚麼福音——這福音是青年時代，對於性和一切自然變化所發現的力和恐懼。做為敘述看來是無意義的，很明顯地，他的腦子正在沉醉中跑路［。］[28]

＊＊＊

詩人的腦子在充份地準備着工作時，它是不斷地溶合着不同的經驗。普通人的的經驗是雜亂的，不規則的，片段的。後者戀愛，或讀斯賓諾沙（Baruch Spinoza）（愛略特的特別想法：他的普通人都必讀斯賓諾沙的），[29] 這兩種經驗彼此沒有關係，和打字機的聲響烹飪的香味也沒有關係。可是在詩人的腦子裏，這許多經驗往往形成新的全體。[30]

愛略特早期的詩就是按照斯賓諾沙和烹飪的香味的公式寫的。普通的人，如愛略特所說，不能把生活中這些因素互相聯起，所以無怪乎在詩裏，他們也不會把它們聯起來。尤其是，愛略特的新的全體，不是為傳統的詩法統一起來的。可是，我們要注意，愛略特早期的詩，在現在是比十年前「容易」多了。人們已經學習着跟上他，正如他們學習着跟上迅速移動的影片一樣。

這手法的極端的例子是龐德的《詩章》（Cantos）。[31] 這兒，龐德用整個的歷史做為他的湯羹的肉汁，他從這一國到那一國，從這一世紀

28　本文分為 11 篇在《大公報・文藝》及《大公報・文藝學生界》連載，但因 1941 年 2 月 12 日《大公報》第 1029 期的報刊失佚，故本文第 4 篇從缺。

29　斯賓諾沙（Baruch Spinoza, 1632-1677），今譯史賓諾沙，荷蘭理性主義哲學家。

30　引文出自愛略特的文章 "The Metaphysical Poets"（1921），括號內的評論則為本文作者麥克尼斯所加。

31　龐德（Ezra Pound, 1885-1972），美國詩人。《詩章》（The Cantos, 1925-1969），龐德自 1915 年起開始構思的長詩，全詩分為 116 章，自 1925 年起相繼出版。

到那世紀地切來切去，並摻和着烹飪的香味和打字機的聲響，為了明示這許多因素，以他看來，都是連合在一個活生生現代的全體裏。我想對於他的許多讀者，這些也許並不如是地連合起來吧。在如此大規模的一首詩裏，這手法令人厭倦，而且龐德的歷史和文化的零片是太多樣而特殊了，以至不能引起什麼反應來。這首巨詩包括了一百章。在第一章裏我們看見從《奧第賽》（*Odyssey*）來的色西（Circe），[32] 第二章有從歐維德（Ovid）引來的戴歐尼沙斯（Dionysus）的變形，[33] 第三章又轉到了文藝復興的意大利和希德（[El] Cid）的西班牙，[34] 第四章有古中國，古希臘和行吟詩人（[Troubadours]）的普赫凡斯（Provence）的混合。[35] 在這個巨著裏龐德用了形象派（Imagists）的手法，這往往顯出了有力的輪廓：

> 而船像是在船塢裏的龍骨，
>
> 　　懸掛着像是鐵匠弔索裏的牛，
>
> 筋骨緊緊地固在路上，
>
> 　　[葡萄] 叢在針架上，[36]

32　《奧第賽》，今譯《奧德賽》，古希臘詩人荷馬（Homer）所作史詩，撰成於公元前八世紀。色西，今譯喀耳刻，希臘神話中的女巫。喀耳刻住在艾尤島（Aeaea）上，在奧德賽及船員造訪時，使用魔藥將船員變成了豬。

33　歐維德（Ovid, 43 BC-17/18 AD），今譯奧維德，原名普布利烏斯·奧維修斯·納索（Publius Ovidius Naso），古羅馬詩人，著有以古希臘羅馬神話為題材的《變形記》（*Metamorphoses*, 8 AD）。戴歐尼沙斯（Dionysus），今多譯戴歐尼修斯，希臘神話中的酒神。《變形記》採用其羅馬名巴克科斯（Bacchus）。

34　「El」，原文誤植為「Le」。希德（El Cid, 1043-1099），今譯熙德，原名羅德里戈·迪亞茲·德·維瓦爾（Rodrigo Díaz de Vivar），中世紀時期西班牙騎士。西班牙最古老的史詩《熙德之歌》（*El Cantar de mio Cid*）以他為原型寫成。

35　"Troubadours"，原文誤植為 "Troubadonrs"。Troubadours 指中世紀歐洲的遊吟詩人，他們最早出現在法國南部的普赫凡斯（今譯普羅旺斯）等地。

36　「葡萄」，原文誤植為「萄葡」。

空的空氣以石子攻擊。[37]

可是常常他歡喜對某一特殊的事情詳述，以至使全體模糊了。有些章是顯然地要說明文藝復興時代意大利的經濟的：

一六二二年正月在巴斯基（Paschi）指定的

離開了巴斯基

一六二二年三月和書遠離的任何地方的多娜‧奧素拉（Donna Orsola）

錫安那（［Siena］）從公的婦人們的書（官庭贊許的建議）……[38]

因為愛略特——龐德的手法不僅是允許把別的詩或散文的片段具體地搬到詩裏，公文，洗衣單，統計材料也都可以的。有時候，比如在《荒原》中這些分子成功地混合起來，為一抒情的題材所貫穿了。可是總結起來說，我認為這是個不好的手法。這種詩傾向於不一致的狀態，所以是壞的。愛略特的〈勝利的進行〉（*Triumphal March*, 1931）——另外一首把過去和現在的歷史，把凱撒（Caesar）和二十世紀攪合的詩——[39] 是為一散文的軍備目錄致命地割裂了：

五，八〇〇，〇〇〇來福和短鎗，

37　詩句原文為：“And the ship like a keel in ship-yard,/ slung like an ox in smith's sling,/ Ribs stuck fast in the ways,/ grape-cluster over pin-rack,/ void air taking pelt.” 出自龐德《詩章》第二章（Canto II）。

38　Siena，意大利中部城市，今譯西恩納或錫耶納，原文誤植為「Sienna」，龐德原詩作 “Sienese”，即「西恩納的」。詩句原文為：“1622 January, assigned on the Paschi,/ Off° de Paschi/ March 1622 Donna Orsola of wherever removed from the book of/the Sienese public women (motion approved by the Bailey …” 出自《詩章》43 章（Canto XLIII）。

39　凱撒（Julius Caesar, 100 BC-44 BC），史稱凱撒大帝，羅馬共和國末期軍事將領、政治家。

一〇二，〇〇〇機關槍……[40]

愛略特早期的一些詩可以稱為印象主義的，猶如《猶利西》
（*Ulysses*）的前半之為印象主義的一樣。在〈風夜的囈語〉（*Rhapsody
on a Windy Night*, 1911）中，說過了一個婦人的眼角：

扭轉着像一個［彎］了的別針[41]

之後，愛略特就寫實地記下了午夜裏一個疲倦人的「自由聯想」。

記憶扔起來，高而且乾的，
一羣扭壞的東西；
沙灘上一條扭壞的樹枝
被吃得光滑而且細緻的，
好像這個世界拋棄了
它的僵骨的秘密，
死硬的，白色的。
在工廠裏一個破碎的春天，
鐵銹固着在精力已去的形式上
堅硬，捲起，而且要憩息了。[42]

這樣的作品和普通經驗相合，只不過人們忘了他們所不能類別的
經驗，所以顯得難了。這種經驗和任何行動的過程無關。然而，既然

40　詩句原文為：“5,800,000 rifles and carbines, 102,000 machine guns.”

41　「彎了」，原文誤植為「灣了」。詩句原文為：“Twisted like a crooked pin.”

42　詩句原文為：“The memory throws up high and dry/ A crowd of twisted things;/ A
twisted branch upon the beach/Eaten smooth, and polished/ As if the world gave up/
The secret of its skeleton,/ Stiff and white./ A broken spring in a factory yard,/ Rust that
clings to the form that the strength has left/Hard and curled and ready to snap.”

心理分析學強使人們記住他們散漫無聊的思索和激動，或記住他們在夢中的思索和激動，那麼，這樣的印象主義當也是合用的了。

愛略特的第二本《詩》（*Poems*）（一九二〇年）是難懂的，[43] 因為愛略特是一個多智的文化人了。他迅速地剪裁着，他的手法不是印象主義者的「自由聯想」了，而是把現世界的短片和他審慎地從書的世界裏積起而擇出的短片並列在一起：

> 馬羣在輪軸下
> 　　從以斯垂阿（Istria）擊起晨光【希臘羅馬時太陽的形象】
> 用平的腳。她破爛的船【指克利歐培特拉 Cleopatra】[44]
> 　　在水上整天的燒着。
> 但是布利斯坦（Bleistein）是這樣的：
> 　　膝蓋鬆弛的 [彎] 曲 [45]
> 和手掌翻出的雙肘
> 　　支加哥猶太種的維也納人。[46]

在《荒原》（一九二二年）中，愛略特寫出了一首關於西方文明崩潰的較長的詩。——宗教的消失，性的貶值。方法仍是多樣的——有時是心理地印象主義的，有時是有意的多方面的吸取。《荒原》的

43　《詩》（*Poems*, 1920），艾略特的第二本詩集，共收十二首詩，引文出自第二首詩 "Burbank with a Baedeker: Bleistein with a Cigar"。

44　克利歐培特拉（Cleopatra VII Philopator, 69 BC-30 BC），今譯克利奧帕特拉，古埃及托勒密王朝（Ptolemaic dynasty）末代女王。

45　「彎曲」，原文誤植為「灣曲」。

46　詩句原文為："The horses under the axle-tree/ Beat up the dawn from Istria [Graeco-Roman image of the sun.]/ With even feet. Her shuttered barge [Cleopatra.]/ Burned on the water all the day./ But this or such was Bleistein's way:/ A saggy bending of the knees/And elbows with the palms turned out/ Chicago Semite Viennese." 出自 "Burbank with a Baedeker: Bleistein with a Cigar"。方括號中註解為本文作者麥克尼斯加註，譯者穆旦按照原文譯出。

基調是這一行：「我撈起這些破片來搶救我的殘生」。（這一行是基德
（Thomas Kyd）的片斷。）[47] 愛略特的技巧與內容吻合，他的詩行就是
散碎的。然而，我已經說過了，這是一個危險的原則，《荒原》對於
詩人們是個壞的標本。它的主題，我也說過了（見頁十三所引安諾德
（Ma[t]thew Arnold）的話），[48]（註一）是不能常被處理的；它太近於虛
無主義（nihilism）。《荒原》好像偷聽來的談話的片斷，──同時有
幾個人談着，其中有些是鬼魂──也好像非常糾纏的音樂，主旨在那
裏重現了一兩節又迅速消失了。它的晦澀是由於它的剪裁，由於太多
的博學的隱喻，由於它穿聯在韋斯吞小姐（Miss Jessie Weston）的書裏
一個專門的題材上，[49] 也因為它的畫幅，像夢裏的畫幅似的，是未經過
特殊化的。

　　在較早的詩裏，愛略特有時是難懂的，因為有些玄理的機智
（metaphysical wit）。這些對我清楚的例子有很多人看不懂──「時間
的冒煙的燭頭衰頹了」，[50] 或者「我以咖啡匙量走了我的生活。」[51] 這後
一行，一個朋友告訴我他不懂得，其實不過是把下面的話可留記地機
警地說了出來：我的生活是瑣碎的，充滿着無意義的社交，穿聯在一
個空洞的日程裏。

　　可是在《荒原》以後，愛略特的詩更直截地成了宗教的了，所以
就包含了更多的廣義上說來是玄理的文字：

47　詩句原文為：“These fragments I have shored against my ruins.” 出自《荒原》結尾
　　部份。基德（Thomas Kyd, 1558-1594），文藝復興時期英國劇作家。

48　「Matthew」，原文誤植為「Mathew」。安諾德（Matthew Arnold, 1822-1888），
　　今譯阿諾德，維多利亞時期英國詩人、評論家。

49　韋斯吞（Jessie Weston, 1850-1928），今譯韋斯頓，英國民俗學者。韋斯頓著
　　有 From Ritual to Romance（1920）一書，以亞瑟王聖杯傳說（King Arthur-Holy
　　Grail legends）為主題。艾略特在《荒原》的註釋中提及，其寫作深受該書啟發。

50　詩句原文為：“The smoky candle-end of time/ Declines.” 出自艾略特詩作 “Burbank
　　with a Baedeker: Bleistein with a Cigar”。

51　詩句原文為：“I have measured out my life with coffee spoons.” 出自艾略特詩作 “The
　　Love Song of J. Alfred Prufrock”，收錄於艾略特第一本詩集 Prufrock and Other
　　Observations（1917）。

　　沒有形式的形狀，沒有顏色的影子，

　　麻痺了的力，沒有動作的姿勢，……[52]

　　而這種「詩的地」寫着宗教的或哲理的似是而非之論的傾向，更凝固成了一種故意使用對照或相反的形容詞的毛病：

　　我們所有的知識領我們更近於我們的愚[昧]，[53]

　　我們所有的愚[昧]領我們更近於死亡，[54]

　　然而和死亡接近不更近於上帝。

　　我們在生活中丟失的生命在那裏呢？

　　我們在知識中丟失的智慧在那裏呢？

　　我們在消息中丟失的知識在那裏呢？[55]

　　因此他最近關於時間的一首詩〈燒了的諾爾吞（Norton）〉有一個主要的詞語是，「動轉的世界上一個靜止的點」。[56] 愛略特的剪裁仍是顯著的，但難處是在思想裏了。

　　總起來說，愛略特出名的晦澀是歸因於他的技巧，而他的技巧

52　詩句原文為：“Shape without form, shade without color,/ Paralysed force, gesture without motion…” 出自艾略特詩作 “The Hollow Men”，收錄於艾略特 1925 年出版的同名詩集。

53　「愚昧」，原文誤植為「愚昧」。

54　同上註。

55　詩句原文為：“All our knowledge brings us nearer to our ignorance,/ All our ignorance brings us nearer to death,/ But nearness to death no nearer to God./ Where is the Life we have lost in living?/ Where is the wisdom we have lost in knowledge?/ Where is the knowledge we have lost in information?” 出自艾略特詩作 “Choruses from ‘The Rock’”（1934）；這些詩歌系 Eliot 為其與音樂家 Martin Shaw（1875-1958）合作的史劇 *The Rock* 所撰，於 1934 年結集出版。

56　詩句原文為：“the still point of the turning world.” 〈燒了的諾爾吞〉（*Burnt Norton*, 1935），艾略特詩作，收入艾略特詩集 *Collected Poems 1909-1935*（1936）、*Four Quartets*（1943）。

又歸因於他的主題，那就是說他的世界，也就是說，愛略特自己。愛略特是一個特別博覽的人。對於他，和他講敦那（John Donne）一樣的，[57] 一個觀念實在就是一個經驗。當他聽到打字機的聲響時，他真心地想把斯賓諾沙引來。他的難懂不是他的錯誤，他要易懂就是裝假了。愛略特雖然信仰國教，他實在是屬於少數人的。我想愛略特大概生就是一個不為大眾傳誦的詩人，因為，雖然他是浸在社會的傳統和制度之中的，但他對於觀念發生的興趣，和對於感官印象——斯賓諾沙和香味——發生的興趣，實在要比對於具體人和具體生活的興趣大得多。

葉慈也是一個圖書館裏的詩人。[58] 他信任「面幕（mask）」，信任詩人的姿態。他的世界像侯德林（Friedrich Hölderlin），[59] 漢伯（Arthur Rimbaud），[60] 瑞魯克（René Rilke）的一樣，[61] 幾全是私人的世界。當他在街上走的時候，他不看他的週圍，如慕爾（George Moore）所抱怨的。[62] 其結果是，當他看見甚麼的時候，他會付與它一種特別的重要性。他於每件事物都加上了私自的命意。要想定出這些私自的命意來，讀者不但要知道，例如，基督教的秘傳（the Christian Cabbala），[63] *Bhagavad Gita*，[64] 古愛爾蘭的民謠，和近代人鬼溝通的學說（modern spiritualist doctrine），而且得認出葉慈隨意給它們的歪曲和混合。（舉例說，幾乎只是他一個人認為古愛歐尼亞的（Ionian）哲學家是神秘家而不是科

57　敦那（John Donne, 1572-1631），今譯多恩，英國玄學派詩人。

58　葉慈（William Yeats, 1865-1939），愛爾蘭詩人、劇作家。

59　侯德林（Friedrich Hölderlin, 1770-1843），今譯荷爾德林，德國詩人。

60　漢伯（Arthur Rimbaud, 1854-1891），今譯蘭波，法國象徵主義詩人。

61　瑞魯克（René Rilke, 1875-1926），今譯里爾克，德語詩人、小說家。

62　慕爾（George Moore, 1852-1933），今譯摩爾，愛爾蘭作家、藝術評論家。

63　基督教卡巴拉（Christian Cabbala），文藝復興時期的神秘學，源自基督教學者對猶太秘教 Cabbala 的吸收。

64　《薄伽梵歌》（*Bhagavad Gita*），以梵文寫成的印度教經典，學術界認為成書於公元前五世紀到公元前二世紀。

學家。）[65] 可是，讀者可以從葉慈得到合邏輯的句法和熟知的度量制的
幫助。葉慈有很好的聲音，使很多讀者就不計較那恰當的命意了。他
們得到了一個概括的世外的印象，神秘信仰的印象，和對於時間流逝
的態度的印象。但如我們細察一下《塔》（*The Tower*, 1928）裏的詩，[66]
我們就看出這塔不但是葉慈在高魯衛州（Co. [Galway]）領有的實在
的石塔，[67] 而且是一個智慧的象徵——有時是「標明着夜的」（而夜是標
明着別的東西），[68] 有時則是代表着剛強人的渴望：

> 一個帶血的，驕傲的威力
>
> 從這種族裏起來
>
> 說出話來，統治它，
>
> 像這些牆似的起來，從這些
>
> 被暴風雨吹打着的農舍⋯⋯[69]

當我們從愛略特或龐德或葉慈看到奧登（W. H. Auden）和斯本德
（Stephen Spender）時，[70] 我們就走進一個比較俗氣（vulgar）的世界裏

65　愛歐利亞，今譯伊奧尼亞，古希臘時代對如今土耳其安納托利亞（Anatolia）
　　半島的稱呼。

66　《塔》，葉慈 1928 年出版的詩集。

67　「Galway」，原文誤植為「Galwag」。高魯衛州（Co. Galway），今譯高威郡，愛
　　爾蘭西岸的一個郡。葉慈曾於該處擁有一座名為 Thoor Ballylee 的塔樓，為其
　　詩作 "The Tower" 的藍本。

68　「標明着夜的」原文為「emblematical of the night」，出自葉慈詩 "A Dialogue of
　　Self and Soul"，收入葉慈 1929 年出版的詩集 *The Winding Stair*。

69　詩句原文為："A bloody, arrogant power/ Rose out of the race/ Uttering, mastering
　　it,/ Rose like there walls from these/ Storm-beaten cottages ⋯" 出自葉慈詩作 "Blood
　　and the Moon"，收入龐德 1928 年編輯的詩集 *The Exile* 和葉慈 1929 年出版的
　　詩集 *The Winding Stair*。

70　奧登（Wystan Hugh Auden, 1901-1973），美籍英國詩人。斯本德（Stephen
　　Spender, 1909-1995），今譯斯潘德，英國詩人、小說家、散文家。文中混用
　　Stephen Spender 的不同譯名，斯本德、斯本特皆指同一人。

（在愛略特的詩裏，俗氣總是放在該俗氣的地方。[71]）這些較年青的詩人們受文化的限制較小，而對他們所過的生活的關心較大。（很偶然地，他們沒有一個從事着純文學的職業。斯本德沒有過職業，卻把大多時間花在政治工作上。）愛略特固執地要詩人當一個觀察者，非自我的，從岸上看着水流；但這些較年青的詩人們並不把詩的活動和一般的活動分開。做為「有我的」（personal）詩人，他們的晦澀當然是不同於愛略特的，不同於謙虛地記錄的超現實主義者的，也不同於「有我的」詩人葉慈的，因為對於他們，「我」並不是非常的個人主義。

奧登和斯本特都寫了很多晦澀的詩。他們的晦澀有一點和愛略特的相同，就是，他們規矩地想把不同的經驗和觀念形成整體。他們不同於愛略特的是，他們按照 [現] 實生活中的範疇來選擇經驗和觀念。[72] 因此，斯本特或許帶進斯賓諾沙和烹飪的香味在他個人氣味較重的抒情詩裏，然而這些必然附從於統轄全詩的個人情緒。奧登也許會在他的參進政治運動的詩裏帶來了任何東西，但那東西不是做為純印象用的，而是要補助或說明一篇論斷。

讀者覺得奧登的第一冊《詩》（*Poems*, 1928）是很難懂的。[73] 一方面，因為詩裏有太多的觀念，而這些觀念是從人類學、心理學、或更精微的科學，哥若德克（Georg Groddeck）或荷馬・蘭（Homer Lane）中汲取出來的。[74] 它們陳列在讀者面前好像讀者已經熟悉了它們。其次，這些觀念並沒有很仔細地合作起來。奧登在結構上常是草率馬虎的。第三，我已經說過了，在這些詩裏奧登用了特異的技巧，一種電

---

71 括號內句子的原文為："The vulgarity in Eliot is always carefully put in its place *as* vulgarity."

72 原文遺漏「現」字，現據文意增補。

73 《詩》（*Poems*），奧登的第一本詩集，初版於 1928 年（私人出版），於 1930 年公開出版。

74 哥若德克（Georg Groddeck, 1866-1934），今譯果代克，德國醫生、作家，被視為身心醫學（Psychosomatic Medicine）的創始人。荷馬・蘭（Homer Lane, 1875-1925），今譯霍默・蓮恩，美國教育學家。

報文體。比如，他不說「我們能談困難」（We can speak of trouble）或「一個人能談困難」（One can speak of trouble），他要一開題就用動詞說「能談困難」（Can speak of trouble）。

有時候，除去命意專門外，這些詩的難懂是因為思想的複雜：

被定義的野心
造成的愛情
慘受着分割
而且不能走動
從是到不……[75]

那時奧登是熱愛着格瑞夫斯（Robert Graves）、勞拉・來丁（Laura Riding）和愛米麗・狄根生（Emily Dickinson）等人的深奧。[76] 格瑞夫斯的影響在這裏是很顯然的：

在指定期間反對內外的
[許] 多哨兵是形象（feature）……[77]

有時難懂是由修辭來的。晚近的奧登採用着但丁式的迂迴法——

75　詩句原文為：“Love by ambition/ Of definition/ Suffers partition/ And cannot go/ From yes to no...” 出自奧登詩作 “Too Dear, Too Vague”（1929），收入 1930 年出版的 *Poems*。

76　格瑞夫斯（Robert Graves, 1895-1985），今譯格雷夫斯，英國詩人、小説家、古典學學者。勞拉・來丁（Laura Riding, 1901-1991），今譯勞拉・賴丁，美國詩人、小説家、評論家。愛米麗・狄根生（Emily Dickinson, 1830-1886），今譯埃米莉・狄更生，美國詩人。

77　「許多」，原文誤植為「詐多」。詩句原文為：“Sentries against inner and outer/ At stated interval is feature...” 出自奧登詩作 “Shut Your Eyes and Open Your Mouth”，收入 1930 年出版的 *Poems*。

「向着東方，那個令高爾基電化的精細的人」（等於列寧）。[78]

　　有時，為了緊湊和圖式而犧牲了明顯。這是他早期的例子：
（註二）

　　　　是第一個嬰孩，為母親溫暖，

　　　　在生前是而仍舊是母親，

　　　　時間流去了而現在是個別，

　　　　現在是他的關於別個的知識，

　　　　在冷空氣裏哭喊，自己不是朋友。

　　　　也在成年人裏，可以在臉上看見

　　　　在他白天的思索和夜晚的思索裏

　　　　是對於別個的警覺和恐懼，

　　　　孤獨的在肉體裏，自己不是朋友。[79]

　　初看這是非常晦澀的。「第一個嬰孩」可以是和第二嬰孩區分的
意思；「在生前」也可以看做是一個已經誕生過的人的第二次的誕生，
等等。這些詩行用散文說就明顯了（雖然，其結果不會在情緒上這樣
有力的；和前面呼應的最後幾字，「自己不是朋友」的疊句，使我感
到一種絕望的渴求）。散文的解釋是：一個人生前是和母親一體的，
他安全地在子宮裏；誕生，以弗若德講來，是大的，也許是最大的創
傷。這個人知道他是一個分離開的個人了，但從這事實也知道了他是
個不完全的個人。所以需要一個生命和他自己的互為補償，以代替他

78　但丁（Dante Alighieri, 1265-1321），意大利文藝復興時期詩人。高爾基（Maxim
　　Gorky, 1868-1936），俄國社會主義現實主義作家、政治活動家。列寧（Vladimir
　　Lenin, 1870-1924），俄國共產主義革命家、政治家、政治哲學理論家。引
　　文原文為：" to the east the neat man who ordered Gorki to be electrified [equals
　　Lenin.]" 原詩無題，出自奧登 1936 年結集出版的詩集 Look, Stranger! 的〈尾聲〉
　　（Epilogue）。該詩集再版時根據奧登的意願更名為 On This Island。括號內的註
　　釋（equals Lenin）為麥克尼斯所加。

79　本詩出自奧登組詩 "1929"（1929）的第二首，收入 1930 年出版的 Poems。

母親的位置，──這就是亞里士多德所謂的「另外的一個自己」(alter ego)。[80] 可是，他卻為這位置的候補者們恐嚇住了。

奧登的對於世界的看法使他用了一些字在特殊的意義裏。例如，有時他用「鬼魂」(ghost)這個字彷彿是指遺傳的聲響，或指一個人回歸父母或祖先的傾向。奧登常常反省於家族關係中。大致說來，他的思想裏有很多的詭辯，這些在心理學家或哲學家的論文裏會寫得較明顯的意思，表面上勇敢的其實是怯懦者，或者，他們的勇敢只不過是他們怯懦的花朵：

　　一個人凝視太久了，走進塔裏是盲目的。

　　一個人賣了田產去搏鬥，打過去，躊躇了。

　　　　　　　　　（注意第二行的後半句）[81]

奧登對於實行家【如同勞倫斯大佐(Colonel Lawrence)】的現象非常關心，[82] 他的很多敘情詩在緊縮的形式裏包括的東西，是終於在他的劇《F6 的上升》裏發展出來了。[83] 這是一個得其所適的人的悲劇。但是，雖然奧登認為我們的神經質很多是可悲的，雖然認為我們的行動很多是自欺的，卻相信神經質是個人發展的因素。這一種心理的辯證法在他詩的緊張和詭辯中反映了出來。

80　亞里士多德在其哲學著作《尼各馬科倫理學》(*The Nicomachean Ethics*)中提出「另一個自我」(alter ego)的概念，認為「摯友是另一個自我」。

81　引文原文為：“One Staring too long, went blind in a tower./ One sold all his manors to fight, *break through, and faltered.* [Italics mine.]” 收入 1928 年及 1930 年出版的 *Poems*，括號內註釋為麥克尼斯所加。包含引文在內的兩節詩在 1958 年及後出版的奧登詩集中被刪去（統計截至 1978 年）。參考 Yoshinari S. Yamada, W.H. Auden's Revising Process, *Annual Report of the Faculty of Education, Iwate University.*, 47.2 (Feb 1988), pp. 1-13.

82　勞倫斯大佐（Thomas Edward Lawrence, 1888-1935），又稱阿拉伯的勞倫斯（Lawrence of Arabia），英國軍官、作家，曾以英國聯絡官身份參與 1916 至 1918 年的阿拉伯起義（Arab Revolt），而被視為英國的戰爭英雄。

83　《F6 的上升》(*The Ascent of F6: A Tragedy in Two Acts,* 1936)，奧登與其好友克里斯多福·伊舍伍（Christopher Isherwood, 1904-1986）合著的詩劇。

＊＊＊

　　斯本特的詩常常是同樣地難懂，因為命意太穿鑿（intricate）了，雖然這穿鑿不像奧登的那樣歸因於專門學說的溶和或採用，而是歸因於斯本特雙關的對他所居的世界的看法。在講形象時我說過，斯本特的形象墜得比它們自己的重量還大些，而且趨於要和他的財產一樣的真實。在他詩裏的很多東西像葉慈的《塔》一樣，是同時在兩個真實的平面上的。因此，在〈北極〉（*The North*）一詩裏，探險者看來不過是緯度規定的一塊地方，但卻是否定時間和一般價值的徵象（無疑地，對於探險者們也許會是如此的；和摩比・第克（Moby Dick）比較之，[84] 那裏的白鯨魚比一條鯨魚的意義要多多了）。而斯本特的 "Alas for the Sad Standards" 一詩，是把陣亡的年青人和老主人的油畫做一「玄理的」比喻（metaphysical comparison）。兩種生活既和我們都離得很遠，所以成了靜止的，在一點上固定下來。這比喻為一種玄想加強了。死者閃耀的眼睛比做玻璃和油漆的光彩，而這光彩是在我們和畫之間的──這是一個重要的玄想，因為斯本特着重在這分開我們和死者的「透明的」牆：

> 他們的眼睛穿過玻璃遇到了我們的
> 像是那些主人的許多準則
> 它們以他們的和平使我們驚駭。
>
> 　　　　　（注意後一行的矛盾形容詞）[85]

84　摩比・第克（Moby Dick），美國小說家赫爾曼・梅爾維爾（Herman Melville, 1819-1891）的長篇小說《白鯨記》（*Moby-Dick; or, The Whale*, 1851）中那頭被主人公亞哈（Ahab）決心要捕獵到的白色抹香鯨的名字。

85　引文原文為："Through glass their eyes meet ours/ Like standards of the masters/ That shock up with their peace. [Notice the dispersed oxymoron of the last line.]" 詩句出自斯潘德的詩作 "The Past Values"，收入詩集 *The Still Centre*（1939）。括號內的註釋為麥克尼斯所加。

斯本特對世界的看法，如我所說，是雙關的——但是真摯的。雖然信服着馬克思學說，他也同情安那其主義者。[86] 而這點詩的安那其色彩給他的作品以玄想的潤澤。把斯本特所最推崇的一本小說比照一下吧，那書是 [瑞] 蒙・斯本特（Ramon Sender）的《七個紅色的星期日》（*Seven Red Sundays*, 1932）。[87]

很少有詩人的晦澀是為了晦澀本身之可喜，如象徵主義所據為理的。考察我的詩的時候，我發覺，當它們晦澀時，那是命意的複雜。或如命意明顯時，我願意把清楚的表現犧牲一點，以得到速度，密度，色彩或詩的音樂性。偶而我記錄着屬於夢的事實，然而不像正統的超現實主義者，我不是被動地記錄下來。因此，在〈波西〉（*Perseus*, 1934）一詩中，表現着我常以為苦的一種經驗和心情，我寫着：

或者看着盡頭一間屋裏的穿衣鏡——
你會看見它是充滿的眼睛，
那用剪子裁好保留在鏡裏人們的古老的笑容。[88]

把它弄明顯，就把夢的空氣趕走了。我是形容一種恐怖的心情：每件事物都好像是不真實而呆板的——因此，高爾甘（Gorgon）的頭（使一切看它的人都變成石頭——譯者。）是統領着全詩。[89] 這種心情特別普遍於孩子中。「盡頭一間屋子」隱涵着孩子對於長的走廊的恐

86　即無政府主義者（Anarchists）。

87　「瑞蒙」，原文誤植為「端蒙」。瑞蒙・斯本特（Ramón José Sender, 1901-1982），今譯拉蒙・聖德，西班牙小説家、記者。《七個紅色的星期日》，拉蒙・聖德所作長篇小説，英譯本於 1938 年出版。

88　詩句原文為：“Or look in the looking-glass in the end room—/ You will find it full of eyes,/ The ancient smiles of men cut out with scissors and kept in mirrors.” 收入麥克尼斯 1935 年出版的詩集 *Poems*。

89　高爾甘，今譯戈爾貢或戈爾工，希臘神話中戈爾貢有三位，但因為戈爾貢的故事都只集中在被描述為蛇髮女妖的美杜莎（Medusa）身上，因此不少書籍常常直接以戈爾貢指代美杜莎。

懼。無論在童年或成人時期，在這一種心情裏，我總記起看鏡子時（a）
我的臉像是一個陌生人的，尤其看着眼睛的時候，（b）我為那從鏡子
看出來的神奇的光線迷惑而驚嚇住了。最後，一個鏡子是象徵着只知
自我後的虛無（nihilism via solipsism）。

　　如果有人問，為甚麼詩人不多用一些字來說明他以較少字數弄得
很晦澀的東西，這回答常常是，如果被傳達的經驗是統一的，絮瑣的
說出就要把它的統一性破壞了了（否則，這經驗也竟可以用散文去寫
了）。我從我的詩裏拿出了另外一個緊湊的例子，人們告訴我它是晦
澀的。是〈隱藏的冰〉（*Hidden Ice*, 1936）這首詩，讚美着按照辦公時
間生活的普通人，結尾是：

可是有些人雖然為習慣飄走，雖然
被慣有的臉，被遞食物和幫着穿外衣的手
護送着，他們失去了他們的方向，
打擊着暗藏的冰和水流沒有人知道。

有一個被看見像猶大似的，吻着花朵，
有一個坐在時鐘和太陽間，像是
聖・西伯斯提安滿身是羽箭，[90]
從他的嗜好裏，他喜愛的時刻裏紮成的。[91]

90　聖・西伯斯提安（St. Sebastian），今譯聖塞巴斯蒂安，羅馬帝國時期殉道聖
　　人。在文學和藝術作品中，他常被描繪成雙臂被綁於樹椿，為亂箭所射的
　　形象。

91　詩句原文為："But some though buoyed by habit, though convoyed/ By habitual faces
　　and hands that help the food/ Or help one with one's coat, have lost their bearings/
　　Struck hidden ice or currents no one noted./ One was found like Judas kissing flowers/
　　And one who sat between the clock and the sun/ Lies like a Saint Sebastian full of
　　arrows/ Feathered from his own hobby, his pet hours." 收入麥克尼斯 1938 年出版
　　的詩集 *The Earth Compels*。

　　第一段是明顯的。第二段舉出了擊冰人的幾個例子——是那些與他們效忠的東西遠離了的，辦公世界的人們。他們不能維繫住他們的審美感，他們對外界的興趣，或是他們的戀愛的情緒，他們不能把這些藏進他們不辦公的時間裏。他們被一些東西佔有了，而這些東西，從他們的系統上說，是不該侵入他們八小時的日子裏來的。他們吻着花朵像猶大（Judas）似的，因為這行為不利於他們的系統。（這些「花」，如耶穌之於猶大一樣，它們自身就破壞着這系統。觀察一下那要變成共產主義者的辦公員就夠了。）而他們有些人只是「致命地」（fatally）慣於那他們以為是屬於他們喜愛的時刻的一些事物。這些人在日常生活裏，或是自殺，或就要進入瘋人院了。這樣的人和聖・西伯斯提安（St. Sebastian, 256-288）相彷，因為他是為了他所愛的事物而毀滅了——刺進他身體裏的羽箭，是用他餵養的鳥羽做成的。（「嗜好」是一個暗諷。對於做為工商業裏一個齒輪的這個人，任一愛情或理想都必是嗜好了。）至於坐在「時鐘和太陽間」，這是說坐在兩個大時間表的象徵裏，一個是人為的，一個是自然的。而且時鐘的滴達聲和太陽的光線同在一間屋裏，（微塵在屋裏應和着時鐘的滴達聲的舞蹈）有時對我是不快的，催眠的。而且——次要的——陽光進到屋裏時，為逃避而生病的人就不得不工作去了。我不只以時鐘和太陽為象徵，我腦中有過一個人的真實的影子，他坐在屋中打算自殺，他身後壁爐上有個時鐘，而陽光從前面的窗子透進，在地板上朝他爬着。

　　總起來說，近代詩是漸漸明朗了，因為它的主題的新奇性已漸減少。象徵主義者的暗示仍或偶而地被採用着，但目的卻不在其自身了。另一方面，修辭（Rhetoric）（是象徵主義禁用的）將被採用，如奧登所用者，但也不是像許多拉丁詩人們的，只為了修辭的目的。真正的修辭必先有一價值表，有一些善惡觀念。這個價值表，無論怎樣變化無常，是內含在奧登和斯本特的詩裏的。他們的詩在他們的哲學旁邊會清楚些，如果公眾是和這個哲學熟悉了的話。

一九四〇，十一月，昆明。

（註一）安諾德說：[92]「是甚麼情境的表現，[即]使準確，[93]也不會給人詩的快感的？那情境是，痛苦不能在行動中發洩出來；一種精神上苦惱的狀態不斷地延長，不能為偶然事端，希望或抗拒所解救；每件事情只能忍受，沒有一[個]行動可以做出來。[94]這些情境裏不可避免地有些病態東西，而在它們的描述中有些單調無味的。它們若在[現]實生活中出現，[95]它們是痛苦的，不是悲劇的。而在詩中關於它們的表現也是痛苦的。」

（註二）這段詩在譯筆中，就看不出緊湊，尤其看不出圖式來了。原詩上字的排列和音調都是很美的。原詩不但有縱的對稱，且有橫的對稱，緊湊不但在簡潔上，且在音的排列上可以見出。我惜不能譯好，現在就把原文抄下，為讀英文的朋友共賞之。

Is first baby, warm in mother,

Before born and is still mother,

Time passes and now is other,

Is knowledge in him now of other,

Cries in cold air, himself no friend.

92　安諾德（今譯阿諾德）的評論出自麥克尼斯原著 *Modern Poetry*，頁 13。 "...What then are situations, from the representation of which, though accurate, no poetical enjoyment can be derived? They are those in which the suffering finds no vent in action; in which a continuous state of mental distress is prolonged, unrelieved by incident, hope or resistance; in which there is everything to be endured, nothing to be done. In such situations there is inevitably something morbid, in the description of them something monotonous. When they occur in actual life, they are painful, not tragic; the representation of them in poetry is painful also." 引自阿諾德對於自己的詩作 "Empedocles on Etna"（1852）的評論。

93　「即使」，原文誤植為「既使」。

94　原文難以辨識，現據文意推斷為「個」。

95　原文遺漏「現」字，現據文意增補。

In grown man also, may see in face

In his day-thinking and in his night-thinking

Is wareness and is fear of other,

Alone in flesh, himself no friend.

選自《大公報・文藝》第 1026、1028、1030-1031、1033-1035 期，1941 年 2 月 8-20 日；《大公報・文藝學生界》第 264-266 期，1941 年 2 月 11-18 日

波蘭文化在火煉中

劉謙

　　一個國家，和世界其他部份隔絕了，受着嚴密的監視，不許外方人入境，而被虛偽的宣傳網包圍着，——這便是今天的波蘭的命運。

　　德國人禁止波蘭文字的書報出版，結果波蘭的文人和新聞記者都無法餬口。德國人禁止練習音樂，音樂家都要挨餓，蕭邦樂譜的演奏，也在禁止之列，在華沙（Warsaw）建立的蕭邦 Chopin 的美麗銅像，[1] 也被拆除了下來，化造了軍器。德國的政治密探部，並且把曾得諾貝爾文學獎金，以寫《身殉》（*Quo Vadis*, 1895-1896）一書著名的波蘭作家亨利‧顯克維支（Henryk Sienkiewicz）的著作沒收了。[2]

　　波蘭的大學專門學校甚或中學，全不能開課。小學和低級的職業學校，以德文做必修科，不許教授波蘭的歷史和地理。侵略者絕對禁止波蘭人學習中學以上的課程，和專門的職業，德當局者誇口，他們不久將使波蘭成功為一個農工勞役的國家。

　　大多數的波蘭文化人，教員和科學家，都被禁錮在集中營裏，有許多已經因為受了非人道的待遇而死亡了，其餘的染上了各種慢性的病症，華沙大學（University of Warsaw）的前任校長，一位著名的考古學者，現在華沙的某機關裏，充當了一名火夫，還有一位著名的審美學教授，現在當了一名築路的苦工，一位年老的歷史學者，在一個二流的酒館裏，當了管衣帽的僕役，像這一類的事例，正不知有多多少少。

1　華沙，波蘭中東部城市，波蘭首都。蕭邦（Frédéric Chopin, 1810-1849），波蘭作曲家、鋼琴家。

2　亨利‧顯克維支（Henryk Sienkiewicz, 1846-1916），波蘭作家。《身殉》，顯克微支所作小說，最初於雜誌上連載，1896 年出版單行本。他憑此作獲得 1905 年諾貝爾文學獎，中譯本最初於 1922 年出版，名為《你往何處去》，另有中譯本譯作《暴君焚城錄》。

有許多波蘭學者的科學研究的結果，通統是喪失了。有一位著名華沙學派（Lwów-Warsaw school）的邏輯學者，把他若干年來的著述都喪失了，德國的政治密探，把他的手稿全都焚毀了，把他的人禁錮在監獄裏了。一位傑出的物理學家，因為家中藏有作試驗用的硝酸甘油兩公分，被查出來之後，就被德國的政治密探槍決了。波蘭的科學試驗室，以及極有價值的圖書室，和博物院的東西，都被德國人搬往德國了。

在波蘭所經過的一切，有時候看起來，只好像一場夢。波蘭許多高尚的學府，其中如克拉科、華沙、魯伯林與波士南四大學，都是波蘭科學和文化的重鎮。現在都在德軍佔領之下。

一、克拉科大學

克拉科大學（University of Kraków）創立於一三六四年，[3] 是全世界最古老的學府之一。該大學設有科學院和文學院，在波蘭的文化生活上，是一個極重要的中心。因此，德國人更集中力量，來破壞這一所學府，自從弗蘭克 Frank 總督被任為駐克拉科佔領地的行政長官以後，[4] 這種破壞的工作，更是變本加厲。

德國人怎樣對待克拉科大學的教授們，這已經是一件週知的事實，德方藉口有緊要的事開會，在一九三九年十一月五日，把一百七十名的波蘭教授，召集到大學的禮堂裏。由駐克拉科的德國密

3　克拉科大學，1364 年由波蘭國王卡齊米日三世大帝（Casimir III the Great, 1310-1370）創立，是波蘭最古老的大學，1817 年改名亞捷隆大學（Jagiellonian University）。

4　弗蘭克（Hans Frank, 1900-1946），今譯法郎克，原為納粹黨法律顧問，後成為納粹德國領導人之一，1939 至 1945 年任波蘭總督。

探長邁雅（Bruno Müller），[5] 用德語發表下列的談話：

（一）因為沒有獲得德當局的許可，各教授就嘗試着在大學講授。

（二）因為沒有奉到德當局的命令，大學的科學院就繼續工作，準備舉行大學生的考試，並且

（三）因為克拉科大學在過去五世紀中，一向是波蘭民族精神的堡壘，所以凡是到會的大學教授們，都應該立時加以逮捕。

這些教授們都［被］遣送到德國的集中營拘禁，[6] 大半是拘送到柏林郊外阿蘭寧堡（Oranienburg）附近的沙赫生浩森集中營（Sachsenhausen）去，那是一所著名的萬惡淵藪。領導這一羣悲慘的學者們的行列的，是波蘭一位最著名的科學家吉柴諾斯基教授（Ignacy Chrzanowski, 1866-1940）。他是現存的波蘭文學的最高權威，而且有等身的著作。其他在德國集中營裏被拘禁的克拉科名教授們，有前任大學校長著名的法學家庫特齊巴（Stanisław Kutrzeba, 1876-1946），現任校長一位斯拉夫語文學的權威勒爾史巴文斯基（Tadeusz Lehr-Spławiński, 1891-1965）。勒氏在被逮捕的時候，曾經受到特別的凌辱。被拘捕的教授們，如吉柴諾斯基、柯斯坦尼基（Kazimierz Kostanecki）、[7] 伊斯特美赫（Stanisław Estreicher）、[8] 錫德列基（Michał Siedlecki）、[9] 史穆倫斯基（Jerzy Smoleński），[10] 和其他的十一位教授，現在已經全部殉職了。

5　邁雅（Bruno Müller, 1905-1960），今譯穆勒，納粹軍官，在納粹德軍入侵波蘭期間擔任黨衛軍中校，負責執行納粹抓捕克拉科夫大學的學者的「克拉科夫特別行動」（Sonderaktion Krakau）的執行者。

6　「被」，原文誤植為「彼」。

7　柯斯坦尼基（Kazimierz Kostanecki, 1863-1940），今譯科斯坦涅斯基，克拉科夫大學解剖學教授。

8　伊斯特美赫（Stanisław Estreicher, 1869-1939），今譯埃斯特萊赫，克拉科夫大學法學教授，與其弟克拉科夫大學化學教授 Tadeusz Estreicher（1871-1952）皆在該次行動中被捕。

9　錫德列基（Michał Siedlecki, 1873-1940），今譯謝德萊茨基，克拉科夫大學動物學教授。

10　史穆倫斯基（Jerzy Smoleński, 1881-1940），今譯斯莫倫斯基，克拉科夫大學地理學教授。

二、華沙大學

華沙大學，設立於一八一 [六] 年，[11] 學生們尋常在一萬人以上，現在已經被德方封閉。在德軍轟炸華沙的時候，大學已經受到嚴重的損失。大學有好些建築被炸毀了，還有好幾位著名的科學家，如波蘭建築學的權威蘇司諾斯基教授，著名的法學家，民法論者魯士託司坦斯基教授，醫學院的科諾巴基教授，和斯拉夫文的著名講師戈拉貝克博士等，均皆遇難。

德軍佔領華沙以後，就逮捕了幾位華沙大學的教授。在被拘禁的教授當中，有新教神學院的主任蒲爾希教士，解剖學和人種學的權威祿特教授等人。那些沒有被拘禁的教授們，也接到德國政治密探的警告說，他們隨時有被遣送到集中營的可能。德方對於極有價值的科學論文 [，] 全給毫無心肝地燒毀了。哲學權威魯加西維支教授，積多少年研究心血所寫成的科學論文，在他本人的眼前，也被付之一炬。

華沙大學各學院的財產，被德方搜刮劫一空。珍貴的科學儀器，被拆運往德國，有幾次德方還特地派了德國教授們前來，監視着拆除的工作。

三、魯伯林大學

魯伯林大學（John Paul II Catholic University of Lublin），[12] 和波士南大學（University of Poznań）一樣，[13] 是波蘭在上次大戰後，復興的光榮

---

11 「一八一六年」，原文誤植為「一八一八年」。華沙大學，1816 年俄羅斯帝國皇帝亞歷山大一世（Alexander I, 1777-1825）在瓜分波蘭後建立的大學。

12 魯伯林大學，今譯盧布林天主教大學。

13 波士南（Poznań），今譯波茲南，波蘭中西部城市。波士南大學，前身為耶穌會學院（Jesuit College），1611 年在齊格蒙特三世（Sigismund III Vasa, 1566-1632）授予皇家憲章下成為波士南第一所大學，運作至 1773 年。1919 年波士南大學正式重建，後於 1955 年改名亞當密坎凱維奇大學（Adam Mickiewicz University）。

成績之一。該大學建立於一九一八年，是一個天主教的大學，這是在
中歐和東歐唯一的天主教學府，研究科學的中心。戰事爆發後，在德
機空襲的時候，大學的主要建築和貯藏着的天主教珍貴文獻的圖書
室，都整個的被炸毀了。當德機空襲的時候，似乎特別拿該大學做目
標。大學教授們大多數的命運，全沒有人知道。自從大學被炸之後，
有許多教授都已離城他往。

四、波士南大學

　　波士南大學，創立於一九一九年，是鄰近德波邊界的一個波蘭民
族精神的中心點。在戰事爆發前，波士南大學大概有學生六千名。在
開辦的時候，波蘭政府儘量拿一切最新的科學設備，供給該校，並且
替它設立了一個大規模的圖書館。過去三年當中，又添設了一所化學
院，一所解剖學院。

　　德國既然決定要兼併波蘭的西部，所以對於波蘭的這一個重要學
府，格外蓄意摧殘。在德軍佔領了波士南以後，密探立時便把沒有能
逃走得了的教授們，幾乎全數加以逮捕。有些人被拘留做了質證，其
餘的便被捕入獄，或是遣送到集中營。在被逮捕的著名科學 [家] 當
中，[14] 有維尼亞斯基教授，一位著名的國際公法家，擔任着全世界許多
國際法學會的名譽會員；有波索斯基教授，一位著名的法學家，犯罪
心理學的專家；有歷史學家伍希周斯基教授；有原屬英籍的著名經
濟學者戴樂教授；有民法的權威巴克考斯基教授；有氣象學家的史
摩沙斯基教授；和波蘭著名的史家悌美尼基教授，此外還有許多的學
者。這一班碩學耆儒，在德國密探的手裏，受到了最兇殘的待遇。有
許多人因為年衰體弱，不勝榜掠而死。在慘死者當中，有一位在英國
很知名，並且曾經得過牛津大學名譽博士，以治史學知名的譚平斯基

---

14 「科學家」，原文誤植為「科學界」。

教授，被迫發狂，有年逾古稀的屈林斯基教授，他在奧匈帝國時代，曾經當過奧國的教育部長。在監獄中被釋出來的教授們，又被德方驅逐，和幾千幾萬的波蘭人一同被送往在德軍佔領下的波蘭中部。

　　波士南大學，現在仍然是被封閉着。大學試驗室的設備和採集的科學標本以及圖書室，甚至教授們私人的圖書室的書籍，全被德當局沒收，一部份遷往德國。大學的科學著作，當戰時裝火車運往華沙的途中，在庫特諾（Kutno）附近，都被德機炸毀了。[15]

選自《大公報・文藝》1042 期，1941 年 3 月 2 日

15　庫特諾，今譯庫特娜，波蘭中部城市。

戰時蕭伯納的縱橫談

〔日〕山本實彥 著，[1] 林煥平 節譯

　　是四月十四日，我將我來到隔別許久的倫敦通知蕭翁（George Bernard Shaw），[2] 並希望他給我一兩個鐘頭時間談談，他馬上回了一封懇摯的信，說於十九日下午一時到他家裏去，並共午餐，我就準時到他的家裏去了。

　　他的家是在能瞭望倫敦市街的泰晤士河（River Thames）畔，他在大公寓的四樓還是五樓佔了幾個房間，是過着很豪華的生活似的。

　　「你將來是經由西伯利亞歸國的吧。」我們見面經過了一些別的談話之後，他就問我，我答他說：「大體是這樣的豫定。」他就說：「希望你無論如何都去拜訪拜訪斯太林（Joseph Stalin）呀。[3]」我就對他說：「斯太林是不消耗自己的兵力和國力，想乘這個機會盡可能擴充勢力和獲得領土吧。」他說：「我認為不是這樣。第一，獲得新的領土，卻給國內留下未來的禍根；其次，斯太林是共產主義，和帝國主義不同，所以這次芬蘭事件，[4] 很多人非難這是帝國主義的作法，但我不是這樣想。關於這件事情，因為我是愛爾蘭人，所以很明白。英國如果有從愛爾蘭的西方受強敵的攻擊之虞的話，則英國一定軍事佔領了愛爾蘭吧。事實上，在這次戰爭中，英國也許也會實際軍事佔領愛爾蘭的。又世人都把這次蘇聯對芬蘭的條件認為是極苛酷的條件，難以接受的條件，但我們卻絕不認為是那樣苛酷的。實際上，英國要是站在

1　山本實彥（Yamamoto Sanehiko, 1885-1952），日本記者、作家，1919 年創辦改造社，發行《改造》雜誌。

2　伯納．蕭（George Bernard Shaw, 1856-1950），今譯蕭伯納，愛爾蘭劇作家。

3　斯太林（Joseph Stalin, 1878-1953），今譯史太林，前蘇聯最高領導人。

4　1939 年 11 月，蘇聯借「曼尼拉砲擊事件」（Mainilan laukaukset）的名義入侵芬蘭。1940 年 3 月 12 日，蘇芬簽訂《莫斯科和平協定》，芬蘭割讓其東南及東北大片領土予蘇聯。

像蘇聯的立場那種場合，則必軍事佔領了吧。特別是在德國普遍流佈着這種話，但在貴國（指日本——譯者）興論又如何呢？例如要求對於澳洲、紐西蘭等的侵略是沒有的嗎？」蕭翁的目光漸漸地閃亮，漸漸地亢奮起來了。他又說：「可是，日本是垂涎着荷屬東印度的，所以才有美國務卿赫爾（Cordell Hull, 1871-1955）警告日本的新聞，日本真是垂涎着荷印的嗎？」我只這樣答他：「日本到今日為止，從美國買了許多汽油，日美關係要是惡化了，就買不到汽油了。要是沒有汽油，國防不是就不行了嗎？日本對荷印大概沒有領土要求，只需要汽油，因之就不能不關心荷印了。」

　　於此，我又以中國市場為中心的日英關係的未來的問題，請求他的高見。他說：「若從商業權益來說，不用說，並不是不能妥協吧。但是，問題卻並不是那樣簡單，既有和美國的關係，英國的知識階級也堅強反對，所以，英國雖常有不變的英日提攜論，但這只是代表極端帝國主義的人物，在構成知識階級的根幹的自由主義者中間，卻完全沒有的。就是印度，也是反對英國的帝國主義的。日本說要南進，樹成大東亞共榮圈，所以英國人認為在歐洲方面，德國是最大的威脅，在太平洋方面，日本是英帝國的威脅。□□□□□，□□□□□□□□□□□□□，□□□、□□□□□□□□□□□□□□□□，□□□□□□□□□□」

　　蕭翁說這些話，是在日德意軍事政治同盟未締結之前，英法尚是聯軍的當時的四月十九日，所以希望讀者把時日與當時的情勢放在腦裏，才來吟味他這些話。

　　我們又說到民主主義，自由主義等問題。蕭翁說：「但是所謂民主主義，民主主義不是沒有的嗎？英國等說是民主主義國家，那簡直是笑話之至！就說自由主義吧，在英國也是很苦悶不振的時代，如自由黨、西門一派，已經和保守黨一樣了，勞動黨的活動，也不能成為自由主義的振興。所以勞動黨這東西，從知識上言之，那是 No Good 的，勞動黨的苦悶也就在這裏。」苦悶的自由主義，苦悶的民主主義，如今往何處去呢？是沒落前的苦悶嗎？還是有復興的餘地呢？

　　對於自由主義在現階段的感想，「唉，自由地發表思想，在現階段是沒有希望的。甚麼是危險哪，甚麼是獨創的哪，這樣的東西，不是簡單地所能明白的，首先伯納‧蕭所說的東西，是簡單地被歸着於所謂對這國家無害的了，但是，這意外地比甚麼都還危險也不可知啦。」他幽默地說着，哈哈大笑了。這樣的東西在 [蕭] 翁的身上是有的。[5] 誠然，入地獄呢？上天堂呢？那一邊都不易判定，不管把自由主義，民主主義神聖地尊崇，早晚白種人的勞動者起來之日一到，就會曉得這自由主義不過是地獄裏的一條小街吧了。這正是馬克斯（Karl Marx）的辯證法哪。[6]

　　話題又轉到蘇聯方面來了。我問他在像蘇聯那樣的獨裁制度之下，真正意義的藝術能夠發達嗎？他說：「很可以發達呀。蘇聯是大大地獎勵藝術哪。有非常優秀的作品呢。只是強調勞動者勝利的多，這是事實。可是，在日本，彫刻是很流行的嗎？」「在日本，繪畫和彫刻都同樣地發達呀，有很優秀的作品呢。」我一這麼答他，他就說：「山本君，大有製作你的胸像之必要哪。你的臉孔，實在是有特色呀。」我的臉孔是那樣地有特色的嗎？記不起在歐洲的甚麼地方，也有人冷笑過我，說我的突出的頰骨和顎部，很像歐羅巴的甚麼元帥。但是這位幽默大師大概是把我的臉認為是塞雷培斯人（Celebes）而諷刺的吧。塞雷培斯人也好，南蠻人也好，我這個人究竟有多大價值呢？總是一看容貌就馬上會估計似的。所以，首先我就封住他的嘴說：「我自己總是感覺到自己是塞雷培斯人的子孫呢。」這位幽默大師卻只說：「不，那也並不一定。」他笑了一笑，沉默了。這位老翁是這樣那樣耽心着死後的事情似的年紀了，[7] 而我呢，卻週遊列國，就是對自己不尊敬的人，也用笑臉來會見他，聽他談話。但是，我不管在

5　原文遺漏「蕭」字，現據文意增補。

6　馬克斯（Karl Marx, 1818-1883），今譯馬克思，猶太裔德國哲學家、經濟學家、社會主義、共產主義理論奠基者。

7　「耽心」也作「擔心」，此處保留報刊原文用法。

甚麼地方會見甚麼人，頭腦大概是沒有甚麼不同的，我和蕭翁之所不同，只是他的腦漿酸的分量多，我的則甜的分量多點兒吧了。此外，甚麼不同也沒有似的……。這也是自負的嗎？

但是，酸性的逆襲相當地加熱起來了。他說：「我覺得你實在是誠實的人。一看臉孔，就明瞭你的誠實。人的誠實不誠實，必定在臉孔上顯露出來的。」在日本也有這樣的俗語。只是表現方法稍微不同。那是「人之不同，各如其面……」的。就是說，在日本也大體以臉孔來做判斷的道具，是很明顯的事實。

我們又談到中國的問題。蕭翁說：「英國人無論誰，愈了解中國人，愈愛中國人。是不能不愛的。」這是從自己國家的半殖民地的意識，和弱國的心境教出來的吧。無可否認，恩惠的思考方法是有所幫助的。這時候，夫人就問：「和我們見過面的張學良現在怎樣了呢？實在是□□□（原文被檢——譯者）的人呀……」蕭翁跟住就問：「是的，是的，的確是很爽快的男子漢，現在實在是怎樣了呢？」我回答他說：「他一時謠傳過被蔣介石所殺，但恐怕是被監禁在甚麼地方吧，不過也不很明白……。」蕭翁關心中國，關心張學良，卻又另有理由。他在上海上陸的時候，埠頭飄揚着無數的歡迎旗子。這無數旗子，都是稱揚着甚麼歡迎革命藝術家蕭伯納先生啦，和平之神啦，同情中國獨立解放的文豪啦，像歡迎國賓一樣歡迎他的。張學良在順承王府以非常豐美的盛宴招待他，作了長時間的交歡。這是記憶在他的頭腦裏的。他作以幽默去接受人家的厚意的鬼臉。在身體裏，他是有正直的心臟和諷刺的心臟，像這樣的事情，他那正直的心臟的部份就完全收藏起來似的了。我們又談到宋慶齡和魯迅。也談到二三位政治家。他說：「政治家的貧困，我們這邊也是一樣。中國倒有很有趣味的人物哪。」蕭翁所認為有趣味的人物，而記憶鮮明的，在日本是荒木（Araki Sadao），[8] 中國是張學良。由這點，可以知道蕭翁是對於輪廓清楚的稜

8　荒木，即荒木貞夫（Araki Sadao, 1877-1966），前日本陸軍大臣、第二次世界大戰甲級戰犯，曾於日本會見蕭伯納。

尖的性格抱有興味的。

　　我們一談到賽珍珠（Pearl S. Buck）的《大地》（*The Good Earth*, 1931）在日本擁有無數讀者，[9] 夫人就提出抗議：「甚麼？賽珍珠的作品並不是怎麼了不得的呀。」對於這一點，蕭翁以風馬牛不相及的調子說：「在我的友人中有一位非常愛中國的小說家，在中國住過很久，現在已經死了。一到他的家裏去，天井就寫滿了中國人手筆的花鳥，但是，久久住在那裏的小說家，倒不知道自己的家裏描寫着花鳥這回事呢。……」他是說了這樣的呆呆然的深刻的話。這是對於賽珍珠的藝術的諷刺呢？是否定的話呢？是一個意味深長的謎溜進了我的耳鼓裏。是在中國愈住得久愈不了解的深奧的中國；是不容易把握正體的中國；甚麼老子、孔子的思想，僅在門口探頭望望是不會了解的。花上二十年、三十年在那兒專門研究都還是不容易了解呢。蕭翁是追想着這樣的有深奧思想高聳着的中國文化的黃金時代。但是，不管他的頭腦如何精闢，在他頭腦的深處，深固地棲住着基督，不易明瞭真正東洋的地味似的……。使歐美人士感覺從此創造一個大的新的東西是困難的，是基督從少年時代起就做了囚徒，成為他飛躍的障礙的事很多。同時，在東洋，一生被囚於釋迦、孔、老的思想，不能向創造的世界突進也很多。不過，他的諷刺的推測，就此停止吧。

　　蕭翁對於日本的自然究竟有多少的喜愛呢？我就試問他，他說：「日本是美術之國，是自然美麗之國，奈良、京都等地是非常美麗的，像大阪那樣的地方，則若一日不迅速從地上消滅就——」然而，像大阪那樣的地方，豈僅是不會消滅嗎，反而愈益發展下去哪。所以，人所做的事，和上帝的意圖，都簡直使人感覺到是超乎蕭翁以上地幽默的呢。我又問他：「那美麗的日本，有再次訪問的心思嗎？」他答道：「想去的地方多着呢，只是這樣的大年紀……。」向上挺勁的口髭，

9　賽珍珠（Pearl S. Buck, 1892-1973），美國旅華作家，在中國成長，自幼學習中文。《大地》，賽珍珠以其與丈夫婚後居於安徽北部宿懸（今宿州市）的生活為素材創作的長篇小說。

使人感到他的生活力還旺盛，世間的慾望也還相當強，不過，進與石像的冰冷，和幽默的閻魔為夥的時候，也快要訪問到他腳下來了吧。我笑他有活到二百歲的氣魄嗎？他只是一邊笑着，一邊說了一句寂寞的話：「不，總是⋯⋯。」這最後的兩句問答，沒有幽默了，可以看得出來那像接受上帝的命令一樣去接受自然的命運的正當態度。

「那麼，我們回到書齋去吧。」蕭翁颯然有勁地站立了起來。簡直像陸軍大將似地挺直地以很注意的姿態站立着。在書齋，愛恩斯坦（Albert Einstein）的照像在等待着。[10] 這時候，我問他：「你是認為愛恩斯坦是現代世界上的偉人嗎？他毫不夾入諷刺地回答說：「是的，我是這樣想，世界最偉大的⋯⋯。」這時，我說了三二閒話，想要告辭了。

「辱承厚待，謝謝了。」我站了起來說道。「那兒話。常常勞駕；我們都很歡迎啦。」蕭翁說着，送我們到電梯口來，搶過我拿在手上的外套到他手裏去，幫助我穿起來。八十六歲的老翁仍以英國人的風度盡對客人的禮貌。「我從愛爾蘭回來後，馬上要到法國去了，所以恐怕再不能來拜候了，珍重，珍重！⋯⋯」我對這血色很好的老翁說了這麼一句話，就進了電梯去了。

——譯自《改造》十二月號

選自《大公報‧文藝》第 1052、1057 期，1941 年 3 月 16、23 日

10　愛恩斯坦（Albert Einstein, 1879-1955），又譯愛因斯坦，生於德國，擁有瑞士和美國雙國籍的猶太裔物理學家，相對論的創立者。

一部烏克蘭的英雄史詩
——讀卡達耶夫《我是勞動人民的兒子》[1]

文森

　　從抗戰到現在，看見印刷像這樣精美且有彩色插圖的書籍，在我還是第一次。除了《靜靜的頓河》（*And Quiet Flows the Don*, 1925-1940）之於頓河沿岸的哥薩克（Cossack）外，[2] 能夠深深的抓住我，使我完全陶醉於烏克蘭詩一樣迷人景色的，也是第一次。因此我愛了這部作品，我相信讀過它的人也一定和我一樣是愛它的。

　　我第一次讀到這一部表現着烏克蘭民族生活的英雄史詩，是在《中蘇文化》上面。[3] 那時它正被分期連載，我也是分期買來讀的，剛讀完又在電影上（改名為《孤村情劫》）看到它。不過被拍成電影後的《我是勞動人民的兒子》（*I, the Son of the Working People*, 1937），卻沒有原作那樣的動人，原因是在這作品裏面，有很多精彩幽美的場面，無法從畫面上表現出來，再加上這個電影是為了要適於兒童觀看，曾將原作刪去若干部份，在原作中芙落霞（Frosya）並非主角，可是一到它被拍成電影後，她卻成了主角了。在電影上面我們所看見的僅是若干故事的輪廓。充滿在原作中詩一樣 [的] 朦朧氣氛已大大的被削弱了。

　　我覺得僅把這作品當作一部傳奇式的故事來看，是很不夠的，故

1　《我是勞動人民的兒子》，蘇俄小說家卡達耶夫（Valentin Kataev, 1897-1986）（今譯卡塔耶夫）於 1937 年出版的中篇小說，中譯單行本由曹靖華翻譯，上海生活書店於 1940 年出版。

2　《靜靜的頓河》，蘇聯作家蕭洛霍夫（Mikhail Sholokhov, 1905-1984）創作的四卷本長篇小說，描寫二十世紀俄國革命與戰爭中頓河附近哥薩克民族的生活變遷。他憑此作獲得 1965 年諾貝爾文學獎。哥薩克（Cossack），東歐游牧民族。

3　《中蘇文化》，1936 年創刊，為中蘇文化協會的機關刊物。1939 至 1940 年，《我是勞動人民的兒子》於《中蘇文化》（第 4 卷第 1 期至第 6 卷第 6 期）連載。

事本身也許很動人，雖然有戀愛也有戰爭場面的交織，但是還嫌太直太單純，我以為這部作品是成功的，但是它的成功卻不在於這個有點近似傳奇性的歷史事件，而是作者在這部作品中使我們看見了真正的烏克蘭的民族的生活，正如曹靖華先生所說的：「……使讀者對於烏克蘭，得到一種深刻的，生動，如詩如畫的感覺，使讀者深刻的感覺到烏克蘭人民的愉快的，聰慧的，秀麗的音樂般的風趣。那真是字裏行間都洋溢着令人陶醉的烏克蘭芬芳的清香！」在於作者對這個主題的把握和處理的得當，在於表現形式的新巧富有獨創性。

這部書是一個數量不多的中篇，全部份為三十章一個結局，寫的是這樣的一個故事：

士兵柯德科（Kotko）從第一次歐戰前線回來，幻想着闊別了四年多的故鄉，幻想着久已白首相約的情人蘇菲亞（Sofya）。蘇菲亞的父親台加琴科（Tkachenko），是沙皇部隊中的一個事務長，一個攀高結貴嫌貧愛富的敲詐鬼。而蘇菲亞卻同貧農的柯德科戀愛，他當然盡力反對。

一九一七年夏天，在羅馬尼亞前線，台加琴科因為要砲擊反對對德奧繼續作戰而暴動了的部隊，被暴動司令部逮捕，要執行槍決。在槍決前，他被囚禁在一座避彈室，而擔任監視的又恰是柯德科。他哀求着這個老實的士兵救他，並答應要把女兒許給他，柯德科因此就偷[偷]的把他送走了。[4]

歐戰停止了，柯德科從前線回家了。這時，在他村裏成立了蘇維埃政權，他就請老布爾雪維克（Bolsheviks）當蘇維埃主席的李梅紐克（Remenyuk）和水手查列夫（Tsaryov）兩個人做媒，到台加琴科家裏去求婚。這時台加琴科正把一個沙皇的軍官，又是地主和貴族的克倫伯（Klembovsky）藏匿在家裏，喬裝為自己的長工。他等待着將來蘇維埃政權坍台了，舊的統治恢復了，地主重新把革命時被農民奪去的財

4　「偷偷」，原文誤植為「偷倫」。

產奪回的時候，然後再把女兒嫁給克倫伯。因此當媒人到時，台加琴科就百般的刁難，並且對蘇菲亞實行威脅，要她直接拒絕媒人，但是蘇菲亞不怕威脅，一定要嫁給柯德科，台加琴科沒有辦法也只得答應了。但是他卻故意拖延着結婚時間，和地主克倫伯等待着新政權毀滅時機的到來。

德國軍隊果然到了，柯德科離開了家鄉投進游擊隊裏去，主席李梅紐克和水手查列夫均被德國人絞死，蘇菲亞也被強迫着在教堂和克倫伯結婚。正當要舉行婚禮的時候，柯德科的妹妹，十四歲的芙落霞走去報訊，柯德科馬上就帶着手榴彈，駕着武裝的輕車，回村來實行劫婚，但是沒有成功，卻反而被捕了。柯德科被捕後，德國野戰軍法處將他判處了死刑。臨刑前，台加琴科走去教訓他，說他是癩蛤蟆想吃天鵝肉，夢想和富貴小姐結婚。到這兒，又輪到芙落［霞］第二次來報訊了，[5] 游擊聯會紅軍新開到的砲隊實行反攻，德國人便被從烏克蘭趕去了。

這是全故事的大概內容，中間還有不少幽默的羅漫蒂克的穿插。

這部小說，是在一九三七年完成的，是一部表現着國內戰爭的歷史小說，當它剛剛出版就馬上被蘇聯的批評家一致稱讚，譽為蘇聯文壇的傑構。作者卡達耶夫也同時因為它的成功而成為蘇聯文藝的「天之驕子」。從這一點看來，蘇聯的文壇顯然是很看重這部作品的。它為甚麼會被看重呢？其成功地方我認為起碼有下列幾點：

一、主題是明朗而新巧的，像這樣新的主題的把握，在蘇聯的作品中，我似乎很少看到，作者在這作品中，這樣明確的告訴我們：個人利益與大眾的利益是渾然一體，不可分的。如大眾得不到自由和幸福，個人也就沒有自由和幸福，蘇菲亞和柯德科的愛情和幸福，是連結了民族和反反動勢力的鬥爭上。

二、表現的形式非常之輕快活潑，且富有獨創性，在讀着它時，

5　「芙落霞」，原文誤植為「芙落露」。

使我要不斷的連想到《第四十一個》（*The Forty-First,* 1924）。[6] 它和《第四十一個》的表現方法有很多相同的地方，如心理描寫，不必要的繁瑣的敘述很少，作者所把握的場面，所表現的人物，都是健康和愉快的，常常要使你振奮或發出會心的笑聲！

三、正如上面所說的，這部作品的全體，從開頭到結尾都貫徹着全部俄國的烏克蘭的藝術色調，像這樣充滿着地方色彩，民族情調的作品，除了《靜靜的頓河》外就要推它了，特別是在從「晚會」到「會親」等章裏面，像這樣的藝術表現手法，可以說是頂點了，在全書中最動人的最能抓住讀者心魄的，也是中間這一部份。

也許大家要問這部作品是否也有缺點，在我個人以為是有的，這部作品的成功是在於主題的新巧，正確，富有現實性，人物的表現非常生動明確，富有獨創性，特別是作者對芙落霞這個人的把握很緊，使他顯現在讀者面前的不是一個紙面上的人，而是一個活生生的真實的人物了。德國人來進攻下就成了低潮，一點一點的下降，從晚會到會親這一段可以說是全文的頂點，到了德國人來進攻以後慢慢的成了低潮，弱下去了，作者在寫晚會到會親這一段好像是貫穿着全副精力來和作品中人物搏鬥，一到會親以後，精力被消耗完了，下筆時也比較的馬虎起來了。至於「結局」這個尾巴，我覺得硬加上去似乎不必要。

最後我想來談一談，我們從這部作品裏面學習些甚麼。

第一、在我們的文藝界正在爭論着如何創造文學的民族形式問題，在這作品裏卡達耶夫很明確的告訴我們，要建立文學的民族形式，首先要從表現民族優良的傳統的文化和生活着手，如果只是空談，於實際是無補的。

第二、是若干表現手法方面的，在我們的作家中，似乎還在風行

6　《第四十一個》，蘇俄作家拉甫列涅夫（Boris Lavrenyov, 1891-1959）於 1924 年創作的小說。中譯本由曹靖華翻譯、未名社於 1929 年出版，書名譯為《第四十一》。

着繁瑣的人物心理描寫，和多餘的身邊瑣事的敘述，有些為要表現主人公一種不甚重要的不安情緒甚至於需要用八面到十面的篇幅，其實只有幾百個字已經足夠了。對於這種浪費的拙劣的表現手法，我們要自己好好的檢討一下，我們固不希望作家們個個都採一律的表現手法，如果發覺人家有比自己更進步更深入的表現手法，我們也應該去虛心學習的。

選自《大公報‧文藝》第 1057 期，1941 年 3 月 23 日

保衛我們的文化——寫在他自殺的兩禮拜以前向法西斯主義的公開挑戰

〔德〕Ernst Toller 著，[1] 柳無垢 譯

洪水已經氾濫了歐洲，並且正在威脅着世界上的別些地方——我們這些洪水下的犧牲者和目睹者，已經面對了這樣一個問題：「流亡者怎樣才能盡他們的一部份責任，來保衛這遭受威脅的文化呢？」

這裏所說的文化，不僅指藝術，文學和科學的偉大的創造品；牠應該被了解為日常生活中的種種社會上和國家中人與人間的關係，以及調整社會與國家的道德觀念。

無論各國的文化在言語上和表情上，在風俗上和習慣上是有如何的不同，但西方文化有一個共同的根源：人性。

人性由宗教所自來的泉源產生出來，從聖人們的遠識中，從那些深深地愛過的人底感情中生長。但直到千百年後，人性的法則才能獲得普遍的優勢。只是，到了今天獨裁者們卻否認了這種優勢，而要把光榮加在一個種族的身上。

我們所說的尊嚴，乃指個人的自由，正義，個人有適當的發展權利，同情——能夠替同類人感受苦痛的能力。而法西斯主義卻是自由，正義和同情的仇人。一個人能夠尚武就算是有用的，正義已經變成了私法，同情是可賤而又可笑。法西斯主義把謊話變成真理，仇恨變成德性，虐殺變成必需品。因為法西斯主義對任何東西，無論是人類的幸福或悲哀都不加以尊重。

1　原文附註：恩斯脫屠勒（Ernst Toller, 1893-1939），是國際聞名的革命戲劇家，參加一九一八德國革命，被囚五年。後來又被希特勒迫害逃往美國，一九三九五月二十二日因西班牙民主政府失敗，在紐約感憤自殺。他的遺作《納粹集中營》編成電影，現由保衛中國同盟主持在利舞台開演，為中國戰時難童籌款。

那些抵抗獨裁者，致力於保護文化遺產，並且用新的遠識和新的創造品來豐富文化遺產的男男女女，都受迫害，都遭了滅絕，只有逃亡才能保存他們自身和他們的尊嚴。德國一九三三年的流亡者，是為獨立而戰的戰士們底繼承者，為海涅（Heine）們，[2] 波爾耐（Boerne）們，[3] 華格納（Wagner）們，[4] 馬克斯（Marx）們，[5] 海爾維（[Herwegh]）們，[6] 和雪爾茲（[Schurz]）們的繼承者。[7] 這些人在十九世紀時——一八一九，一八三〇，一八四〇和一八四八——不得不從德國出之以逃避殘暴，他們在流亡中仍為祖國的代表，他們不僅豐富了驅逐他們出境的祖國文化，並且還豐富了他們新居之國的文化。

李佳特·華格納的《尼伯龍根曲》（*The [Ring] of Nibelungs*, 1848-1874），[8] 海涅的最美麗的詩，馬克思的最重要的著作，都是在德國的國境以外，在放逐之中完成的。

不管他的名字是弗烈德·威廉第四（Friedrich Wilhelm IV）或希特勒（Adolf Hitler），[9] 獨裁者們永恒的仇恨證明了他們對知識分子鮮明

2　海涅（Heinrich Heine, 1797-1856），德國浪漫主義詩人、記者、文學批評家。

3　波爾耐（Ludwig Börne, 1786-1837），今譯伯恩，德國作家、政治哲學家。原文以「oe」標示 Börne 內的德文元音變化符號「ö」。

4　華格納（Richard Wagner, 1813-1883），德國作曲家、劇作家。

5　原文為「馬克斯」，下文皆作「馬克思」。馬克思（Karl Marx, 1818-1883），猶太裔德國哲學家、經濟學家，社會主義、共產主義理論奠基者。

6　「Herwegh」，原文誤植為「Herwelgh」。海爾維（Georg Herwegh, 1817-1875），今譯海爾維格，德國詩人。

7　「Schurz」，原文誤植為「Schurze」。雪爾茲（Carl Schurz, 1829-1906），今譯舒爾茨，德國革命家、記者、美國政治家。1848 年德國三月革命後，舒爾茨被迫流亡至美國，後來成為美國內政部長；這批三月革命後的政治流亡者被稱為「48 年的人」（Forty-Eighters）。

8　「Ring」，原文誤植為「King」。《尼伯龍根曲》，又譯《尼伯龍根的指環》，華格納創作的四部歌劇，創作靈感來自北歐神話及日爾曼敘事詩《尼伯龍根之歌》（*Nibelungenlied*）。

9　弗烈德·威廉第四（Friedrich Wilhelm IV, 1795-1861），今譯腓特烈·威廉四世，普魯士國王，1840 至 1861 年在位。希特勒（Adolf Hitler, 1889-1945），德國納粹黨領袖、納粹德國元首，發起第二次世界大戰並在歐洲實施納粹大屠殺。

而恰當的恐怖。因為知識分子是無畏的，因此他們是獨裁者危險的敵
人。那些征服了畏懼的人，也就征服了獨裁者。這句話不僅對於個人
是真理，在今日，對於國家也是真理。

　　民主國家慇懃地接待我們這些流亡者，使我們深深地感謝。這
也證明人類的團結是依舊堅強依舊活着的。我們那些親愛的神聖的
觀念，在民主國家中也是同樣的存在而且在發生作用。就在他們容
我們棲身以前，我們也早已熟悉了，並且熱愛了他們那些偉人們的著
作。只提幾個人吧，就是說沙士比亞（William Shakespeare）、[10] 莫里哀
（Molière）、[11] 托爾斯泰（Leo Tolstoy）、[12] 懷德曼（Walt Whitman）、[13] 左拉
（Émile Zola）、[14] 易卜生（Henrik Ibsen）和拜倫（George Byron）等等的著
作，[15] 我們也早就把牠們認為是我們文化的遺產，是屬於我們全體的財
富了。

　　這種相互關係雖不是以解除放逐的艱難，但確也減輕放逐的苦
味。生活在言語不通的國家中，對於一個作家是非常苦惱的。本該聽
取人民任何高聲的或沉默的言語底作家，現在卻只能聽到陌生的聲
響，而那些最精美的曲折抑揚，卻無從去接近。至於要使雙方點點相
投，那困難更是壓得許多人不能吐氣了。在此我要向我們的美國朋友
們致謝，他們幫助了美國德國文化公會使許多成名的以及新進的作家
們存在，因此保存了他們的創作能力。

10　沙士比亞（William Shakespeare, 1564-1616），今譯莎士比亞，英國劇作家、
　　詩人。

11　莫里哀（Molière, 1622-1673），法國喜劇作家、演員。

12　托爾斯泰（Leo Tolstoy, 1828-1910），俄國批判現實主義小說家、哲學家、政治
　　思想家。

13　懷德曼（Walt Whitman, 1819-1892），今譯惠特曼，美國詩人、人文主義者，
　　被稱為「自由詩之父」。

14　左拉（Émile Zola, 1840-1902），法國自然主義作家。

15　易卜生（Henrik Ibsen, 1828-1906），挪威劇作家。拜倫（George Byron, 1788-
　　1824），英國詩人。

　　把十九世紀的流亡和今日的流亡相比較，就可以看到一個驚人的不同之點：在那些時候，流亡者能以詩人和戰士的身分，來和他們的獨裁者相搏鬥，譬如喬治海爾維就曾經作過德國軍團的領袖。可是，在今天，獨裁者的勢力，就在國外，也時常如此的強大，致使書店老板簡直不敢承印為獨裁者所放逐的精神的代表者們所寫底書，戲院中不敢表演他的著作，美術室中不敢展覽一個自由畫家的圖畫。

　　但是，我們這羣流亡人正是德國暴君們同等級的反對者。讓戈培爾（Joseph Goebbels）先生作一千次的嘗試，[16] 用德文寫成一部奴隸文學供獻給世界吧。全世界的人卻都在閱讀流亡者的作品，因為在這些作品中，有着一種暗示逃亡者是在拯救人性的德國。這德國在西方文化中曾經效過如此偉大如此可敬的辛勞——並且她總有一天會重新發揚光大起來的。

　　希特勒雖然有他的劊子手，卻不能阻止一個危險的精靈在德國遨遊——流亡作家底呼聲。這呼聲之強大雄厚，就是希特勒憤怒的尖叫也無法把牠淹埋，牠有時甚至征服了他，連這位「領袖」也不能不向那些上了腳鐐的人民講些自由人們所想的和所寫的言語。

　　流亡者怎樣才能盡他們的一部份責任，來保衛這遭受威脅的文化呢？獨裁者可以焚燒他們的書籍，扣押他們的作品，但他不能夠剝奪他們的歌德（Johann Goethe）和黑爾德林 [Hölderlin] 的語言。[17] 並且他也不能夠剝奪他們的信仰和堅信：在德國有千千萬萬的人民已感覺到了他們的卑辱了。

　　一切徼倖逃出了奴運的人們都要用他們的全力去發展自己的語言，勇敢而真實地攻擊人道的叛徒；當野蠻威脅文化時，隨時隨地的

16　戈培爾（Joseph Goebbels, 1897-1945），1933 年被希特勒任命為納粹德國國民教育與宣傳部長，負責審查和管制所有公共宣傳媒介，包括報紙、雜誌、書籍、藝術、音樂、電影和廣播。

17　歌德（Johann Goethe, 1749-1832），德國詩人、小說家、劇作家。黑爾德林（Friedrich Hölderlin, 1770-1843），今譯荷爾德林，德國詩人。

與野蠻戰鬥；唯有這樣，這才能夠保衛被威脅的文化。

不過，僅只這樣還是不夠的。

唯有被征服了的國家時時警覺抱住求自由，求正義和人類尊嚴的慾望，唯有當這個慾望變得非常本質的，由慾望而化成意志，意志化成了行動的時候，這被威脅的文化，才能得救。

選自《大公報・文藝》第 1064 期，1941 年 4 月 2 日

動亂中的世界文壇報告之一──他們在那裏？

林豐

　　自歐洲第二次大戰爆發以來，隨着許多國家的消滅，許多文化中心也成了廢墟。半世紀以來，統治歐洲文壇藝壇的作家，藝術家，在法西侵略戰爭的鐵蹄下，突然失去了安定的生活，有的亡命海外，有的捐軀沙場，有的關在集中營裏，有的隱名改姓，開始了文藝史上從未有過的大的流動 [。] 他們目前的行 [蹤] 和現狀怎樣，[1] 不僅是每一個文化愛好者所關切，同時也正是今後世界文化消長的關鍵。筆者受《星座》編者之托，對於動亂中的世界文壇現狀將有所呈述，特在未談及各國文壇狀況之前，先將戰爭以來 [歐] 洲著名作家藝術家的行止作一總的報導。[2] 這些材料的來源，都是根據歐美報紙和文藝刊物的記載，出版家所披露的消息，以及作家自己所發表的談話和書簡彙集而成。當然，因了這些資料本身的 [性] 質，[3] 完備和絕對準確是不可能的，但大體上都相當可靠，雖然因了戰時交通的阻隔，有的消息已失去了時間性，或發生了新的變化。

文藝作家

　　先從歐洲文壇中心巴黎說起。德軍佔領巴黎已快一年，巴黎生活已漸漸趨於安逸，許多避難外省的政治色彩不鮮明的法國作家已開始回到巴黎，這其中有不少是詩人。超現實主義詩人貝萊（Benjamin

---

1　原文難以辨識，現據文意推斷為「蹤」。
2　原文難以辨識，現據文意推斷為「歐洲」。
3　原文難以辨識，現據文意推斷為「性」。

Péret）和愛侶亞爾（Paul Éluard），[4]（以前曾傳說他們都 [做] 了俘虜，[5] 現已證實全無根據），以及于涅（Pierre Unik）和中國所熟知的保爾・哇奈荔（Paul Valéry）也在那兒。[6] Patrice de la Tour du Pin 在戰爭開始不久就負傷被俘，[7] 目前仍是德軍的俘虜。

　　安得烈・馬爾洛（André Malraux）在戰爭一開始就參加了坦克師團，[8] 去年六月間他受傷被俘，十一月底設法逃脫，目前住在未被佔領的法國境內，正在寫作一部戰事小說。小說家若望・季洛都（Jean Giraudoux）則榮任了微犀政府（Régime de Vichy）的宣傳部長。[9] 當代法國大哲學家 [柏] 格森（Henri Bergson）則已於 [今] 冬在巴黎病逝。[10] 得過諾貝爾文學獎金的馬丹・杜・加爾（Roger Martin du Gard）在尼斯（Nice），[11] 最近他的大著《泰鮑爾特的世界》（*Les Thibaults*, 1922-1940）已被譯成英文在紐約出版。天主教大小說家莫里亞克（François Mauriac）安居在波爾多（Bordeaux）附近的家中。[12] 羅曼・羅蘭（Romain

---

4　貝萊（Benjamin Péret, 1899-1959），今譯佩雷，法國詩人。愛侶亞爾（Paul Éluard, 1895-1952），今譯艾呂雅，法國詩人。二人皆為法國超現實主義運動發起人。

5　原文難以辨識，現據文意推斷為「做」。

6　于涅（Pierre Unik, 1909-1945），法國超現實主義詩人、劇作家、記者。哇奈荔（Paul Valéry, 1871-1945），今譯瓦勒里或梵樂希，法國象徵主義詩人、作家、哲學家。

7　Patrice de la Tour du Pin（1911-1975），法國詩人。

8　安得烈・馬爾洛（André Malraux, 1901-1976），今譯馬爾羅，法國左翼作家，西班牙內戰期間曾加入國際縱隊，協助共和軍對抗佛朗哥軍隊。

9　若望・季洛都（Jean Giraudoux, 1882-1944），今譯讓・季洛杜，法國小說家、劇作家、外交官，1939 年 7 月至 1940 年 3 月出任法國信息部長。微犀政府（Régime de Vichy），今譯維希政府，二戰期間納粹德國控制下的法國政府。

10　「柏」，原文誤植為「拍」。柏格森（Henri Bergson, 1859-1941），法國猶太裔哲學家、作家，其著作《創造進化論》（*L'Évolution créatrice*, 1907）影響深遠，1927 年獲諾貝爾文學獎。柏格森於 1941 年 1 月 4 日病逝於巴黎。原文所缺「今」字乃據文意推斷。

11　馬丹・杜・加爾（Roger Martin du Gard, 1881-1958），今譯馬丁・杜・加爾，法國小說家，1937 年獲諾貝爾文學獎。

12　莫里亞克（François Mauriac, 1885-1970），法國小說家、劇作家、詩人。

Rolland）則仍在瑞士。[13] 安得烈・紀德（André Gide）和超現實主義詩人安得烈・柏勒頓（André Breton）都在法國南部某地。[14] 左翼小說家路易・阿拉貢（Louis Aragon），[15] 和馬爾洛一樣，都是參加坦克師團被俘，後來又從德軍集中營裏逃了出來。他的行蹤傳說不一，有的說在葡萄牙的立斯本（Lisbon）候輪赴美，有的說住在法國自由區從事小說寫作。《夜航》（*Vol de nuit*, 1931）的著者聖戴克茹貝里（Antoine de Saint-Exupéry），[16] 則已於去年年底（十二月三十日）到了美國，他的《人的地》（*Terre des hommes*, 1939）的英譯本最近也在美國出版了，改名為《風沙與星》（*Wind, Sand and Stars*）。萬國筆會（PEN International）會長茹萊・羅曼（Jules Romains）則在好久以前就到了美國，[17] 目前正在繼續大著《善意的人們》（*Les Hommes de bonne volonté*, 1932-1946）的寫作 [。] 塔布衣夫人（Geneviève Tabouis）也早到了美國，[18] 戲劇家 Henri Bernstein 也在美國，[19] 他的反納粹劇本 *Elvire*（1939）在巴黎一直上演到六月六日。[20]

　　得過諾貝爾文學獎金的挪威女作家恩特賽夫人（Sigrid Undset），[21]

13　羅曼・羅蘭（Romain Rolland, 1866-1944），法國作家、音樂評論家、藝術史家。

14　安得烈・紀德（André Gide, 1869-1951），法國作家。安得烈・柏勒頓（André Breton, 1896-1966），今譯布勒東，法國作家、詩人，超現實主義運動發起人之一。

15　路易・阿拉貢（Louis Aragon, 1897-1982），法國詩人、小說家，曾於 1920 年代積極參與法國超現實主義運動。

16　聖戴克茹貝里（Antoine de Saint-Exupéry, 1900-1944），今譯聖修伯里，法國作家、飛行員，《小王子》（*Le Petit Prince*, 1943）作者。

17　「萬國筆會」（PEN International），今譯國際筆會，是一個世界性的非政府作家組織，1921 年於倫敦成立。茹萊・羅曼（Jules Romains, 1885-1972），今譯朱爾・羅曼，法國作家、詩人，於 1936 至 1941 年出任國際筆會主席。

18　塔布衣夫人（Geneviève Tabouis, 1892-1985），法國記者、歷史學家。

19　Henri Bernstein（1876-1953），今譯亨利・伯恩斯坦，法國劇作家。

20　*Elvire*（1939）為伯恩斯坦所著的四幕劇本，1940 年 1 月在巴黎首演。

21　恩特賽夫人（Sigrid Undset, 1881-1949），今譯西格麗德・溫塞特，挪威小說家，1928 年獲諾貝爾文學獎。

則在北歐戰爭爆發後週遊世界逃難，她先逃到瑞典，從瑞典乘飛機到莫斯科，從莫斯科到日本，從日本到舊金山，然後才到紐約。《青鳥》（*L'Oiseau bleu,* 1908）的著者，當代比利時詩人 [、] 戲劇家梅特林克（Maurice Maeterlinck）的逃難，[22] 則更成了報紙的最好新聞資料，因為梅特林克夫婦繞道從葡萄牙乘輪抵美，上岸時不僅一文不名，而且一籠心愛的青鳥還給美國海關沒收了。

　　意大利反法西作家，《地下火》（*Fires Underground,* 1936）的著者西龍（Ignazio Silone）仍在瑞士，[23] 西班牙哲學家奧爾德加·伊·加賽特（José Ortega y Gasset）到了南美阿根廷。[24] 西班牙左翼小說家山岱爾（Ramón J. Sender）已和其他幾位意大利反法西作家都到了墨西哥。[25]

　　關於旅居歐洲的美國作家，斯坦恩夫人（Gertrude Stein）的行蹤傳說最多，[26] 有的說仍住在法國自由區內，有的說在比利時，有的說已改名換姓在赴美途中；但有一點是確定的，她的近著 *Ida*（1941）原稿已安全寄到美國，由藍頓書屋（Random House）出版，據說所寫的是溫莎公爵夫人。另一位在歐洲的美國女作家凱·鮑依爾（Kay Boyle）夫人，[27] 去年十月間，曾自法國的意大利佔領區內寄信返美，說是正在設法取得離境文件。久居歐洲的小說家茹連·格林（Julien Green）

22　梅特林克（Maurice Maeterlinck, 1862-1949），比利時法語詩人、劇作家、散文家。

23　西龍（Ignazio Silone, 1900-1978），今譯西洛內，意大利政治家、小說家。《地下火》，德國作家列普曼（Heinz Liepmann, 1905-1966）所作長篇報告文學，記述納粹治下德國地下組織的秘密鬥爭，1936 年由 R. T. Clark 翻譯、美國 Lippincott 出版社以英文出版。原文誤為西龍所作。

24　奧爾德加·伊·加賽特（José Ortega y Gasset, 1883-1955），今譯何塞·奧特加·加賽特，西班牙哲學家、評論家。

25　山岱爾（Ramón J. Sender, 1901-1982），今譯聖德，西班牙小說家、記者。

26　斯坦恩夫人（Gertrude Stein, 1874-1946），今譯葛楚·史坦，美國小說家、詩人、劇作家。

27　凱·鮑依爾（Kay Boyle, 1902-1992），今譯凱·伯友，美國作家、政治活動家。

則早已回到美國，[28] 正在寫作一部新小說。詩人愛茲拉・龐德（Ezra Pound）本已回到美國，[29] 最近則又自美赴意大利的拉巴洛（Rapallo），安居從事詩的創作。

當代英國大詩人艾利奧脫（T. S. Eliot）在英國東南部沙利城（Surrey）擔任防空團員，[30] 斯屈萊契仍在倫敦，斯班德（Stephen Spender）和柯諾里（Cyril Connolly）在繼續合編 *Horizon*。[31] 麥克尼斯（Louis MacNeice）本在美國，現在已應 [召] 入伍返英。[32] 代蘭・托馬斯（Dylan Thomas）在海岸高射砲隊服務。[33] 到中國來過的易守吳（Christopher Isherwood）和奧登（W. H. Auden）兩人都在美國，[34] 前者正在好萊塢美高梅公司（Metro-Goldwyn-Mayer）工作。

德國流亡作家之羣，自大戰爆發後，即紛紛集中到英法兩國，他們滿以為可以為這次反 [侵] 略戰爭效力，[35] 可是由於聯軍對於所謂第五縱隊（Fifth column）過份的恐懼，[36] 這些反法西的德國文化人

---

28 茹連・格林（Julien Green, 1900-1998），今譯朱利安・格林，出生於法國的美國小說家，以法、英雙語寫作。

29 愛茲拉・龐德（Ezra Pound, 1885-1972），美國詩人。

30 艾利奧脫（T. S. Eliot, 1888-1965），今譯艾略特，英籍美國詩人、評論家、劇作家。

31 斯班德（Stephen Spender, 1909-1995），今譯斯潘德，英國詩人、小說家、散文家。柯諾里（Cyril Connolly, 1903-1974），今譯康諾利，英國作家、文學評論家。*Horizon* 為兩人合編的文學雜誌，1939 年 12 月開始發行。二戰期間，這本雜誌成為軍中作家發表作品的重要平台。

32 麥克尼斯（Louis MacNeice, 1907-1963），愛爾蘭詩人、劇作家。原文難以辨識，現據文意推斷為「召」。

33 代蘭・托馬斯（Dylan Thomas, 1914-1953），今譯狄蘭・湯瑪斯，英國超現實主義詩人、作家。

34 易守吳（Christopher Isherwood, 1904-1986），今譯伊舍伍，美籍英國小說家、劇作家。奧登（W. H. Auden, 1907-1973），美籍英國詩人。1938 年二人訪問中國，次年合著出版 *Journey to a War*。

35 原文難以辨識，現據文意推斷為「侵」。

36 第五縱隊，通常指與國家的競爭對手合作、從內部破壞國家及軍隊的間諜組織。該術語起源於西班牙內戰，1940 年法國戰役後，部份輿論觀點將法國戰敗歸咎於「第五縱隊」的破壞。

竟不幸以國籍關係被送入集中營，使得他們有口難辯，又開始了第二次的逃難。據最近的報導，目前留在倫敦的德國流亡作家，還有批評家 Alfred Kerr，[37] 詩人 Max [Herrmann]-Neisse，[38] 小說家 Karl Otten 等，[39] 老作家阿諾爾德‧支魏格（Arnold Zweig）不久以前在巴力斯坦（Palestine），[40] 目前也許到了美國。弗萊特里克‧吳爾夫（Friedrich Wolf），[41]《瑪洛克教授》（*Professor Mamlock*, 1933）的著者，本來關在法國某處集中營裏，由於蘇聯大使的援助，他已被釋放送入蘇聯。勃萊希德（Bertolt Brecht）也由於蘇聯官方的 [幫] 助，[42] 從丹麥逃入了波羅的海（Baltic Sea）某小國。阿爾弗萊德‧修曼（Alfred Neumann）在立斯本（Lisbon）候離境文件搭輪赴美。[43] 曾經關在法國集中營裏的古斯達夫‧ [雷] 格萊（Gustav Regler），[44] 則已逃脫到了墨西哥。在英國已經住了六年之久的法蘭茲‧鮑△諾，結果仍不免送入集中營，據說目前已經從英本國解到了澳洲。住在巴黎的德國流亡詩人海爾謨特‧魏才爾，已經被德軍捕獲關入集中營。藝術批評家 Julius Meier-

---

37　Alfred Kerr（1867-1948），今譯阿爾弗雷德‧克爾，德國劇評家、散文家，有「文化教皇」（Kulturpapst）的綽號。

38　「Herrmann」，原文誤植為「Hermann」。Max Herrmann-Neisse（1886-1941），今譯馬克斯‧赫爾曼－尼斯，德國表現主義作家。

39　Karl Otten（1889-1963），今譯卡爾‧奧騰，德國表現主義作家、播音員。

40　阿諾德‧支魏格（Arnold Zweig, 1887-1968），今譯阿諾爾德‧茨維格，德國作家。

41　弗萊特里克‧吳爾夫（Friedrich Wolf, 1888-1953），今譯弗里德里希‧沃爾夫，德國猶太裔醫生、劇作家。

42　勃萊希德（Bertolt Brecht, 1898-1956），今譯布萊希特，德國劇作家、詩人。原文難以辨識，現據文意推斷為「幫」。

43　阿爾弗萊德‧修曼（Alfred Neumann, 1895-1952），今譯諾伊曼，德國作家、翻譯家。

44　原文難以辨識，現據譯名補充為「雷格萊」。古斯達夫‧雷格萊（Gustav Regler, 1898-1963），今譯雷格勒，德國作家、記者，曾於西班牙內戰期間加入國際縱隊。

Graefe，[45] 不久以前在微犀逝世了。幾月以前，René Schickele 也在巴黎病死。[46] 左翼著名戲劇家 Walter [Hasenclever] 則在法國集中營裏自殺，[47] 為了免得被德國捕獲。Carol Einstein，大科學家愛因斯坦（Albert Einstein）的親屬，[48] 自波爾多的集中營釋放出來，在途中投河自殺。

　　聲譽較隆的德國流亡作家，則大都已逃到美國。化裝婦人從法國逃到立斯本，再乘輪赴美的小說家費訖華格（Lion Feuchtwanger），[49] 他的逃難 [經] 歷最羅曼諦克。[50] 托瑪斯・曼（Thomas Mann）本來在美國潑林斯頓大學（Princeton University）任德國文學教授（愛因斯坦也在該校研究院 [擔] 任教授），[51] 他的哥哥 [亨] 利・曼（Heinrich Mann）和侄兒 Gottfried Mann（托瑪斯・曼的兒子）也到了美國。[52] 斯代芬・茲魏格（Stefan Zweig）則在南美洲作講演旅行；[53] 萊奧那陀・法蘭克（Leonhard Frank）也到了美國；[54] Hermann Kesten 則參加美國作家 [、] 出版家合組的援助歐洲文化人工作委員會（Emergency Rescue

---

45　Julius Meier-Graefe（1867-1935），今譯朱利葉斯・麥爾－格雷夫，德國藝術評論家、小說家。

46　René Schickele（1883-1940），今譯勒內・希克勒，德法作家、翻譯家。

47　「Hasenclever」，原文誤植為「Hansenclever」。Walter Hasenclever（1890-1940），今譯沃爾特・哈森克萊弗，德國猶太裔表現主義詩人、劇作家。

48　愛因斯坦（Albert Einstein, 1879-1955），生於德國，瑞士、美國籍猶太裔理論物理學家，相對論的創立者。

49　費訖華格（Lion Feuchtwanger, 1884-1958），今譯利翁・福伊希特萬格，德國猶太裔小說家。

50　原文難以辨識，現據文意推斷為「經」。

51　托瑪斯・曼（Thomas Mann, 1875-1955），今譯湯瑪斯・曼，德國作家，1929年獲諾貝爾文學獎，後流亡美國。原文難以辨識，現據文意推斷為「擔」。

52　「亨利」，原文誤植為「享利」。亨利・曼（Heinrich Mann, 1871-1950），今譯亨利希・曼，德國作家。Gottfried Mann（1909-1994），今譯戈洛・曼（Golo Mann），德國歷史學家、作家、哲學家。

53　茲魏格（Stefan Zweig, 1881-1942），今譯褚威格，奧地利猶太作家。

54　萊奧那陀・法蘭克（Leonhard Frank, 1882-1961），今譯萊昂哈德・法蘭克，德國表現主義作家。

Committee），[55] 正準備將未脫離虎口的作 [家] 弄到美國來。[56] 著名傳記家路德維喜（Emil Ludwig）住在加尼福利亞（California）寫一部托洛斯基（Leon Trotsky）的傳記。[57] 小說家 Anna Seghers，[58]《摩西山的四十日》（*Die vierzig Tage des Musa Dagh*, 1933）著者法蘭茲·魏 [弗] 爾（Franz Werfel）也都在美國。[59] 阿爾弗萊特·多勃林（Alfred Döblin）和雷馬克（Erich Maria Remarque）則已經到了好萊塢。[60]

其他的文藝家們

這裏僅選擇比較為中國藝術界所熟知的加以報導：

目前仍住在巴黎的著名畫家有：畢迦索（Pablo Picasso），[61] 喬治·路奧（Georges Rouault），[62] 馬賽爾·杜相（Marcel Duchamp），[63] 喬治·勃拉克（Georges Braque）等人。[64] 直到去年十月為止，畢迦索本住在自

55　Hermann Kesten（1900-1996），今譯赫爾曼·凱斯騰，德國作家、戲劇家。凱斯滕於 1940 年流亡美國，參與建立援助歐洲文化人工作委員會。

56　原文難以辨識，現據文意推斷為「家」。

57　路德維喜（Emil Ludwig, 1881-1948），今譯路德維希，德國－瑞士作家、記者。托洛斯基（Leon Trotsky, 1879-1940），今譯托洛茨基，蘇俄革命家、政治領導人、作家。

58　Anna Seghers（1900-1983），今譯安娜·西格斯，德國作家。

59　原文難以辨識，現據原名補充為「魏弗爾」。法蘭茲·魏弗爾（Franz Werfel, 1890-1945），奧地利作家、詩人。

60　阿爾弗萊特·多勃林（Alfred Döblin, 1878-1957），今譯德布林，德國作家、醫生。雷馬克（Erich Maria Remarque, 1898-1970），德國作家。

61　畢迦索（Pablo Picasso, 1881-1973），今譯畢卡索，西班牙立體主義畫家、雕塑家。

62　喬治·路奧（Georges Rouault, 1871-1958），今譯喬治·魯奧，法國野獸派、表現主義畫家。

63　馬賽爾·杜相（Marcel Duchamp, 1887-1968），今譯馬塞爾·杜象，美籍法裔藝術家，達達主義及超現實主義代表人物之一。

64　喬治·勃拉克（Georges Braque, 1882-1963），今譯喬治·布拉克，法國畫家、雕塑家，與畢卡索共同創立體主義。

由法國區內。他後來到了巴黎，想從馬賽（Marseille）到墨西哥去；可是因了他是西班牙人，他無法取得離開法國佔領區的護照。一說朋友勸他到美國去，他堅決拒絕離開荒涼的巴黎。他的財產全部被沒收了。（編者按：據最近消息，畢迦索已抵法國自由區馬賽[。]）

漢斯‧阿爾泊夫婦本住在巴黎附近，後來逃到法國南部，正在想法到美國去。昂德雷‧德蘭（André Derain）也在法國自由區，[65] 馬克‧沙迦爾（Marc Chagall）住在阿費隆（Avallon）附近。[66] 瑪諦斯（Henri Matisse）則仍住在尼斯的家中，[67] 據說財產也損失了，生活很窮困，而且在生病。康丁斯基（Wassily Kandinsky）在微犀。[68] 契里哥（Giorgio de Chirico）、[69] 費囊、萊易都在美國，超現實派畫家達利（Salvador Dalí）先謠傳關在西班牙獄中，[70] 後來在八月間終於到了美國，且證實他同西班牙政府關係甚好。同派的若望‧米羅（Joan Miró）的行蹤傳說不一，[71] 有的說在微犀政府擔任宣傳工作，有的說在西班牙。

值得一提的是：Pierre Loe[b] 的巴黎畫廊又開幕了，[72] 雖然被德軍標明是「猶太血統」，可是生涯仍不惡。

65　昂德雷‧德蘭（André Derain, 1880-1954），今譯安德烈‧德蘭，法國畫家。

66　馬克‧沙迦爾（Marc Chagall, 1887-1985），今譯馬克‧夏卡爾，出生於白俄羅斯的猶太裔藝術家，1910 年前往法國學習，後定居法國直至第二次世界大戰爆發。

67　馬諦斯（Henri Matisse, 1869-1954），今譯馬蒂斯，與德蘭共同創建野獸派。

68　康丁斯基（Wassily Kandinsky, 1866-1944），出生於俄羅斯的畫家、藝術理論家，1939 年取得法國國籍。

69　契里哥（Giorgio de Chirico, 1888-1978），今譯奇里訶，意大利超現實主義畫家，生於希臘。

70　達利（Salvador Dalí, 1904-1989），西班牙超現實主義畫家、版畫家。

71　若望‧米羅（Joan Miró, 1893-1983），今譯胡安‧米羅，加泰隆尼亞畫家，超現實主義代表人物。

72　「Loeb」，原文誤植為「Loeh」。Pierre Loeb（1897-1964），今譯皮埃爾‧勒布，法國猶太裔畫商。1924 年在巴黎開設同名畫廊 Galerie Pierre，翌年首批超現實主義畫家作品在該畫廊首次展出。

音樂家方面，所謂現代樂壇六傑（Les Six），[73] 除 Louis Durey 已停止音樂活動外，[74] 其餘五人，Francis [Poulenc] [、][75] Georges Auric 和 Germaine Tailleferre 都在法國自由區。[76] 瑞士的 Arthur Honegger 仍在瑞士，[77] Darius Milhaud 到了美國。[78]

大部份的歐洲音樂家都到了美國，有些更參加了好萊塢工作。隨着音樂人材的轉移，過去維也納，柏林，巴黎，布拉格的音樂出版中心也移到了紐約。

選自《星島日報·星座》第 901 期，1941 年 4 月 13 日

---

73 現代樂壇六傑（Les Six），又稱六人團，指二十世紀前期六位以埃里克·薩蒂（Erik Satie, 1866-1925）為師的法國作曲家。此稱呼最早由法國音樂評論家昂利·科萊（Henri Collet）提出，來源為俄羅斯五人團（The Five）。

74 Louis Durey（1888-1979），今譯路易·迪雷，法國作曲家。

75 「Poulenc」，原文誤植為「Pouleuc」。Francis Poulenc（1899-1963），今譯弗朗西斯·普朗克，法國鋼琴家、作曲家。

76 Georges Auric（1899-1983），今譯喬治·奧里克，法國作曲家，以電影配樂著稱。Germaine Tailleferre（1892-1983），今譯熱耶梅娜·塔耶芙爾，法國作曲家，擅長聲樂、室內樂、歌劇類型。

77 Arthur Honegger（1892-1955），今譯奧乃格，出生於法國的瑞士作曲家。

78 Darius Milhaud（1892-1974），今譯達律斯·米約，法國猶太裔作曲家，風格深受爵士樂及六人團偏愛的新古典主義流派影響。

戰時英國繪畫動態

顧獻承

　　在這兒能給讀者諸君報告一點戰時英國繪畫動態，可說是受了當地人士底恩惠。對於藝術方面英國人比較地有遠大的眼光，雖然免不了也有些偏見陳意。英國人很喜歡拿「世界文化領導者」的地位自居，藝術當然是逃不了他們底「領導」的，其中有一部份人或許是為了將來的地位感覺不安而在戰時裏掙扎着，希望在戰後最能重振旗鼓，繼續保存英國固有的文化勢力；也有一部份是根據了他們底理想在推動藝術，以為人底生活與藝術始終離不開的，尤其人在大苦大難的時候。然而像英國人那樣地在目前的境遇中為藝術前途努力是極可欽佩[並且]值得追隨的，[1]不管那前途是為一部份人底利益，還是為整個的人生。

　　英國底當頭大難比誰底都大。人底生存的機會等於九死一生，炸彈的爆發聲常響在高射砲前面，以為才聽得「烏……烏……」警報，「敵人」底閃電侵攻隨時隨刻會發生，臉上掛着笑容的人心裏正愁着回家遲了或許會在途中遇到空襲。購買稅已開始徵收，所得稅的稅率將有增高的提議，主婦買不到橘皮糖醬和雞蛋，每經過雜貨店必向櫥窗伸長了頭頸張望一下。時間比以前緊縮多了，由於徵兵和增加生產的緣故，工作的時間加長，業餘的時間無多，許多人尚在夜裏當義務防空員和救火員。從各方面看——生命危險，生活負擔的增加，以及人底精力的憊疲，似乎不會再有人去貪度短時間的安逸，也不會再有供給娛樂的藝人。然而人終是人，是有情感的，橘皮糖醬和雞蛋買不到可不需吃的，唯獨生活失了平衡，人將更煩悶，更痛苦。我們不敢說英國戰時的藝術動作能否使倫敦在戰後繼續為一個藝術中心，[2]不過

1　「並且」，原文誤植為「益且」。
2　此句原文「中心」前誤植「中」字，已刪去。

我們可相信這些動作已成為英國戰時中的一個偉大事業，使無數因戰爭而憔悴的人們從縱橫線條的畫面上和罕特爾（Georg Händel）底《彌賽亞》（*Messiah*, 1741）中得到安慰。[3]

戰爭開始後，跟着官兵的調派令就是一批戰事畫家的委任狀。他們有的是素著於世界畫壇的作家如納許氏（[Paul] Nash），[4] 有的是在英國藝術界裏霸居着重要地位的「皇家藝術學會」（Royal Society of Arts）會員，也有聲望很高在上次大戰時當過戰事畫家的先輩如勞純斯坦爵士（Sir W. Rothenstein）。[5] 他們全是畫界中的老手，在技巧上是無需加評的。不過既有了「戰事畫家」的名銜，他們底作品當然另有一格。我們如果要談論英國戰畫（War Pictures）應當拿「戰事」做出發點。

問問英國當局為甚未要有戰畫？那我們可想英國現今雖遭大難[，]終得抱「救國不忘藝術」的態度來配襯她底「文化領導者」的名義。當委派戰事畫家的時候，他們未必有甚麼宗旨，或許祇含糊地說：「你們去畫，畫有關戰時的景物和人像，畫了預備……」——依我們旁觀者看：預備做歷史事實的證據，那新聞片和照相比戰畫切實多了，預備做英國繪畫底戰時代表品，那藝術家底眼光在這一方面比誰底都銳利，無勞第二個人底啟引。如果預備做宣傳品，那戰畫纔有了正當的立場。

假定宣傳是戰畫底用意——惟獨繪畫在戰時有宣傳用意的方稱謂「戰畫」，否則畫就是畫，何必加個「戰」字？——我們看了這第一次展覽可下兩個結論：第一、所謂戰事畫家者未把宣傳和藝術兩點熔合得平均，因此在畫面上露出非馬非驢的形狀，既不是標準的宣傳，又不是純粹的藝術，更不是兩者並合的結晶品。第二、大多數戰事畫

3　此句原文「中」前誤植「由」字，已刪去。罕特爾（Georg Händel, 1685-1759），今譯韓德爾，德國作曲家，《彌賽亞》為其所作神劇（oratorio）。

4　「Paul」，原文誤植為「Panl」。納許（Paul Nash, 1889-1946），今譯納什，英國超現實主義畫家。

5　勞純斯坦爵士（Sir William Rothenstein, 1872-1945），英國畫家、學者。

家還未充分地利用戰爭所造成的現象做畫題，也未適宜地利用藝術上的技巧來解釋畫題。在展覽的作品中我們看見有德國飛機底慘痛的結局，英國飛行員底肖像，軍艦底雄姿，兵工廠裏的工人，海面上的貨船，坦克車的演習，鄧可克撤退記等，[6] 色彩是鮮艷的，線條是柔和的，構圖是平衡的。如果國家藝術館門前不貼着「戰畫展覽」[，] 我們簡直看不出那些作品與戰事有甚麼關係，因為在戰前相類的畫品已多得使人生厭了。現今既有着「戰畫」的幌子，那些作品似乎應該傳給觀眾一種「戰事」印象 [，] 但我們所看到的卻是戰爭的美麗和戰爭的可愛。

戰爭是殘酷的，恐怖的，破壞的。戰畫應當一一的把它們暴露出來。

戰爭是不得已的。戰畫應當鼓勵人，刺激人，警告人。

至於英國戰畫不能在宣傳一點上發展，與其說畫家抓握不住戰畫底用意，毋寧說他們被委派得不妥，他們一面要發揚自己底才能，一面又受着「戰畫」兩字牽制，必須顧全到觀眾底欣賞能力。藝術家進入了「成功」的時期自有與眾不同的格式和特殊的技巧來表現自己底經驗和情緒。你給他畫題，又限制解釋畫題的方法，那縱使有超凡的才能，他不過似籠中之鳥，飛不遠，唱不高。展覽的作品中有幾件是需要我們去慢慢地細賞後才能領略的。

除了戰畫以外不是說英國就沒有別的藝術活動，不過極微，極微，在戰期裏還沒開過展覽。原因是容易明瞭的，大多數藝術家投軍去了，在軍隊裏難得機會從事於嚴肅的作品。其餘一般年老不能投軍又不被派為「戰事畫家」的藝術家一定的在努力，戶外不便到處寫生以免觸犯軍法，但是在室內描畫靜物或肖像是不受禁止的，我們不易見到罷了。這樣零零散散的作品在戰後搜集起來舉行一次展覽是極可

6　鄧可克撤退記（Battle of Dunkirk），今譯「鄧寇克撤退」，1940 年二次世界大戰中英法盟軍的撤退行動，由法國北部港口鄧寇克（Dunkirk）撤離至英國。

觀的。

　　跟了戰畫在倫敦國家藝術館裏展覽的是「五十年內英國名畫」和英國大畫師奧‧約翰（[Augustus] John）底作品，[7] 後者有兩幀鉛筆肖像是最近故世的英國文豪詹姆士‧喬埃斯（James Joyce），[8] 使人看了更覺得傷感。這些全是私人底收藏品，收藏家感於英國藝術動作在戰時的蕭條，願把自己底珍品拿出來陳列給大眾觀賞。那所藝術館的大廈是「敵」機頂好的目標，他們卻不顧被炸毀的危險，在那裏而展覽了兩個多月，其熱情與以奇貨所居不肯 [輕] 易示人的收藏家底私心不知相差幾千度。[9]

　　此外在倫敦幾家商業性的陳列室裏如旁特街上的愛尼和萊思脫坊的萊思脫（Leicester Gallery）等終年有藝術作品展覽。目前在萊思脫陳列室裏有「當代英國名畫」。所謂名畫者是幾位名畫師底作品，畫本身並非一定是名畫，標價至少五十鎊，大至二三百鎊不等。倫敦是販賣藝術品的中心。美國暴發戶聘來的經紀人和從歐陸來的藝術家都在倫敦探聽市況，頂熱鬧的時季是在夏天。自開戰後以佣利為生的私人陳列室大部停業。不避炸彈不怕動搖的萊思脫仍向各方搜羅，新的舊的全有，相繼展覽，算是沙漠中的一小灘水地。

選自《大公報‧文藝》第 1092 期，1941 年 5 月 11 日

7　「Augustus」，原文誤植為「Aupustus」。奧‧約翰（Augustus John, 1878-1961），英國威爾士畫家。

8　詹姆士‧喬埃斯（James Joyce, 1882-1941），今譯喬伊斯，愛爾蘭現代主義作家、文學評論家。

9　「輕易」，原文誤植為「經易」。

知識分子的悲劇

〔西〕M. 尼爾鏗 著，林豐 譯

　　在目前帝國主義戰爭的這大悲劇中，有着充滿戲劇場面的一頁，牠的後果，無論就將來或是眼前來說，都還不曾受到怎樣的注意。這就是關於臨到知識階級身上的危機的一頁。

　　所謂知識階級，也許可以分為兩種明顯的類別：那些他們的懦怯——精神上的而不是肉體上的——使得他們可以忍受任何閹割的知識分子；以及那些無論任何集中營，虐刑和處決的恐嚇，都不能強迫他們背叛為光明的傳遞者，民眾解放進步的前驅任務的那些人。

　　那些代表中歐和西歐的精神精華的作家，科學家和藝術家們怎樣了呢？我們並不是指那些如像加爾西亞·洛爾加（García Lorca），[1] 這安達盧西亞（Andalucía）民眾的詩人，[2] 或是作曲家安托尼奧·約瑟（Antonio José），布爾各斯（Burgos）的工人歌唱隊的組織者，[3] 這些因為表現民眾最深入的情感而被槍殺了的人。

　　而是那些人怎樣了，那些逃出利巴里群島（Lipari Islands）的地獄，[4] 以及另一些人，不像莫錫拉克（Léon Moussinac）那麼樣，[5]

1　洛爾加（García Lorca, 1898-1936），今譯洛爾迦或羅卡，西班牙詩人、劇作家，以其融合西班牙民謠風格的詩作聞名，在西班牙內戰中被國民軍槍殺。

2　安達盧西亞，西班牙南部自治區，洛爾迦的故鄉。

3　安托尼奧·約瑟（Antonio José, 1902-1936），西班牙作曲家。安托尼奧出生於西班牙北部城市布爾各斯（今譯布哥斯），1936 年被長槍黨槍殺。

4　利巴里羣島，位於意大利西西里島北部的群島，歷史上被用作政治犯或流放者的關押地。1926 年起，意大利法西斯黨在利巴里群島和地中海（Mediterranean sea）、亞得里亞海（Adriatic sea）的其他群島上關押反法西斯政治犯。

5　莫錫拉克（Léon Moussinac, 1890-1964），今譯摩西納克，法國左翼作家、出版家、評論家、電影理論家。1932 年，在莫斯科國際革命作家聯盟（Meždunarodnoe Ob''edinenie revoljucionnyh pisatelej）要求下，莫錫拉克與必爾德拉克（Charles Vildrac, 1882-1971）、茹爾丹（Francis Jourdain, 1876-1958）等人在巴黎合作創辦革命文藝家協會（Association des écrivains et artistes révolutionnaires）。

幸運得很恰巧不在巴黎「社會主義國際出版部」（les Éditions sociales internationales）總部，[6] 當那些「民主」達拉第（Édouard Daladier）的鷹犬們，[7] 為了和緩「火十字團」（Croix de Feu）的忿怒，[8] 洗劫了這個知識中心，這歐洲最活躍的一個。[9] 摧毀列寧（Vladimir Lenin）、[10] 巴比塞（Henri Barbusse）、[11] 瑪查杜（Antonio Machado）、[12] 瑪利尼爾羅（Juan Marinello）等人的著作，[13] 宣稱這些在貝當（Philippe Pétain）之前的法國是不愛國的，[14] 準備為進犯的敵人打開門戶。

莫錫拉克，說來似乎使人不相信，在「維持秩序者」所施諸他身上的刑罰之下居然還活着。在他被捕一星期之後，他妻子被允許去看他。[15] 可是她第一眼竟不能從那面目青腫，衣服破爛，出現在雙重柵

6　社會主義國際出版部，成立於 1927 年，為法國共產國際官方出版機構，主要在莫斯科共產國際監督下翻譯出版共產主義經典（如馬克思、恩格斯、列寧等人的文集）及法國當代左翼作品。1935 年起，莫錫拉克成為社會主義國際出版部負責人，並負責與莫斯科共產國際聯絡。

7　達拉第（Édouard Daladier, 1884-1970），1930 至 1940 年任法國總理，1938 年代表法國簽署《慕尼黑條約》（Munich Agreement），同意納粹德國吞併捷克斯洛伐克部份領土。

8　「火十字團」，成立於 1927 年的民族主義保守黨組織，最初由獲得一戰十字勳章（Croix de Guerre 1914-1918）的退伍軍人組成，吸收大量保守主義天主教徒成為會員。「火十字團」推崇獨裁，反對議會制度，其後逐漸向法西斯主義靠攏，1936 年解散後重組為法蘭西社會黨（Parti Social Français）。

9　1939 年「假戰」（Drôle de guerre）期間，達拉第政府以 1939 年 8 月及 9 月頒布的解散共產主義組織法令（Décret-loi du 26 septembre 1939）的名義，勒令關停法國共產國際的出版機構，並沒收庫存。

10　列寧（Vladimir Lenin, 1870-1924），俄國共產主義革命家、政治家、政治哲學理論家。

11　巴比塞（Henri Barbusse, 1873-1935），法國左翼作家、革命思想家。

12　瑪查杜（Antonio Machado, 1875-1939），今譯馬查多，西班牙詩人。

13　瑪利尼爾羅（Juan Marinello, 1898-1977），今譯馬里內略，古巴共產主義作家、政治活動家。

14　貝當（Philippe Pétain, 1856-1951），法國陸軍將領，二戰之初帶領法國軍隊向納粹德國投降，後建立被納粹德國控制的維希法國政府（Régime de Vichy）。

15　1940 年 4 月，莫錫拉克以「宣傳共產主義」罪名被維琪政府逮捕並關押。被釋放後，他長期被法國警察通緝，在法國南部過着流亡生活。

閘另一面的那可憐傢伙的臉上認出她的丈夫。誰也不知道那些被稱為「左派」的作家，科學家，藝術家們的命運如何，那些聯合民眾，真正的民眾，勞苦大眾，想要——面對着卑鄙的叛逆——拯救法蘭西的光榮，人權宣言的法蘭西，一七八九年和巴黎公社的法蘭西的人們。

有些知識分子，如西蒙·特利（Simone Téry），[16] 乘上輪船逃往古巴或其他的國家。旁的人，如歷史家彼得·魏拉爾，被公然宣稱在前線「失蹤」了。大部份則在戰爭剛開始時作為「共產主義者」被逮捕，關進普通犯人的監獄裏，或送往非洲中部的懲治監。很顯然地，這是做給法國的資產階級看，投降派在怎樣熱心的防禦着。

關於西班牙詩人密加爾·后拉地茲（Miguel Hernandez），[17] 這位武裝的英勇民眾最出色的歌手，以及那些在半島的中部和南部，由於巴斯弟羅（Julián Besteiro），加沙多（Segismundo Casado），米亞約（José Miaja）等人的背叛，[18] 被掩捕的西班牙知識份子，據說他們都算是「幸運」的，能夠將死刑減為二十年或三十年的苦役。他們都在一個不是回復到暗殺犯的妄大狂夢境的帝國，而是回復到中世紀野蠻主義的西班牙境內，在營養不足和虐待之下慢慢的死去。不過，這也有幾個例外：舉例說，如巴斯托斯博士，西班牙最傑出的科學家，在骨科方面的貢獻已經馳名全世界的，在監獄中發瘋了。

但是我們在這兒所要談的並不是這些個人犧牲的「動人」的場

---

16 西蒙·特利（Simone Téry, 1897-1967），法國記者、小說家。

17 密加爾·后拉地茲（Miguel Hernandez, 1910-1942），今譯米格爾·埃爾南德斯，西班牙詩人、劇作家，在西班牙內戰中支持共和軍、積極參與反法西斯活動，多次被捕。埃爾南德斯於 1939 年被宣判死刑，後減為三十年監禁。在惡劣的監獄環境中，埃爾南德斯患上多種疾病，最終因結核病去世。

18 巴斯弟羅（Julián Besteiro, 1870-1940），今譯貝斯特羅，西班牙社會主義政治家、工人社會黨領袖。加沙多（Segismundo Casado, 1893-1968），今譯卡薩多，西班牙陸軍軍官，內戰中升任共和軍中央軍團司令。米亞約（José Miaja, 1878-1958），今譯米亞哈，西班牙共和軍指揮官。加沙多在 1939 年發起政變，意圖推翻由社會主義者胡安·內格林（Juan Negrín, 1892-1956）領導的共和政府，建立軍政府以解決西班牙內戰問題。巴斯弟羅、加沙多及米亞約在其政府中分別擔任外交部長、國防部長及國防委員會主席一職。

面；我們必須要強調的乃是創造精神的場面。在目前，在美國避難者的心目中，因了某一些目前還在形式上算是法國非佔領區境內的科學家，作家和藝術家的命運而感到了相當的不安，他們在焦灼的期待着有一隻船能運載他們到那慨允他們進口的國家。如果那隻船能安全的到達，他們的生命也許可以說被拯救了——至少是那些經過悠長的日子，在法國，那是稱是自由和民主的防護者的法國集中營裏所忍受的貧困之下還能殘存的那些人的生命。

可是此後又怎樣呢？創作的泉源是不能像那些行李一樣可以加以搬運的。在一個風俗語言全然異樣的國家，科學家也許可以獲得一座實驗室甚或是大學講座，他可以在翻譯的輔助之下進行講授。但是詩人，小說家，以至畫家，他們需要某種「特定」的環境，「特定」的氛圍，某類特殊的生活方式供他們作創造表現的人們怎樣呢？

最後，即使他們能埋頭於創造工作，手邊又那裏有可以作為他們作品對象的聽眾呢？

尤其是西班牙的慘劇，更使那地方的精神放射受了致命的打擊。

那「將知識分子處死刑」的口號，由一位不識字的佛朗科（Francisco Franco）派將軍所發動的，[19] 現在正反映在任何反動勢力支配下的地方。

每一次，當脫韁了 [的] 野蠻人有機會衝進一座圖書館，[20] 將他們永不能理解其內容的書籍從窗口拋出時，可以說是密訖・塞爾費（Michael Servetus）又受了一次火刑。[21] 精神上的窮乏者，當他們一旦認為自己有了力量時，他們總以為他們可以強迫加里尼奧（Galileo

---

19　佛朗科（Francisco Franco, 1892-1975），今譯佛朗哥，1939 至 1975 年間西班牙獨裁政權元首。

20　原文遺漏「的」字，現據文意增補。

21　密訖・塞爾費（Michael Servetus, 1511-1553），今譯米格爾・塞爾韋特，西班牙神學家、醫生、人文學家，曾參與新教改革，因反對三位一體論而被以異端名義處以火刑。

Galilei）承認地球是靜止不動的。[22]

　　關於流亡者的苦痛和懷鄉病，可說已經說得寫得不少了。不止一次，他們指出，一位離開了他的本生土地的知識分子，便等於是一株被剝奪了生命液的樹。如果他想要不致像一株樹般的死去，如果他不想變成一段死木，他便要時時刻刻，繼續不斷地，用一種超人的力量，在他自己的心內重行創造這種生命的汁液，這種他本可以那麼自由的往他本國的土地，不論是他出生的土地或是他選擇的土地，他的能力和才幹可以發展的土地上加以汲取的。

　　那些認[清]自己作為先驅者，[23]創造精神的選手的知識分子們——那些倖而逃脫反動的恐佈，可是他們的創造能力深深的受了創傷的人，今天都抬起他們的眼睛——在一個已經成為確切的信念的希望中——望着社會主義的土地。這舉世唯一的；牠的勞動力，不論是技術或是知識方面的，因了合理的計劃和施用，都發揮出最大效果的國家。

　　【譯者附註】：本文作者瑪格尼達・尼爾鏗女士（[Margarita] Nelken），[24]是一位西班牙女作家，人民戰爭的參與者，目前住在墨西哥。本文是寫給《國際文學》（International Literature）的通訊，[25]譯自該刊本年二月號。

選自《大公報・文藝》第 1095 期，1941 年 5 月 15 日

22　加里尼奧（Galileo Galilei, 1564-1642），今譯伽利略，意大利物理學家、天文學家、哲學家，曾因主張地動說被羅馬教廷審訊。

23　「認清」，原文誤植為「認請」。

24　「Margarita」，原文誤植為「Margaaita」。瑪格尼達・尼爾鏗（Margarita Nelken, 1894-1968），西班牙女權主義者、作家。

25　《國際文學》，1933 至 1943 年間於蘇聯出版的月刊，主要介紹和評論外國文學。

痛苦之外

孫鈿

一

　　沒有可能讓自己完全冷靜下來，對於生活，永遠抱着至高的熱望，[1]而且面向着現實，嚴肅地反抗那強暴無理底一切，已經成為我們底力量之源。我們是被壓迫者，如果失去了反抗，我們再也不會滋生解放的強力了。我們有的是生命，有的是生命的痛苦。然而，生命底痛苦，不只限於由肉體底感受來說明。我們底痛苦決不簡單得只是筋骨酸痛、凍餓、貧疲、失業，我們能夠從困苦的生活中，掘出一點對於明天的希望，以及為了爭取我們的理想底實現，爆發了感情上底強烈的快樂，而由這樣的快樂與慘酷的現實生活底對比中，產出強烈的痛苦，這樣的痛苦，一方面是使我們體驗着困苦的生活中底壓迫者的暴戾，一方面是使我們底明天的希望與爭取它實現的鬥爭相結合。

二

　　由於 L. 托爾斯泰夫人（Sophia Tolstaya）的古怪的世俗的性情，整個家庭完全 [佔] 有着不必要的吵鬧了。[2]L. 托爾斯泰（Leo Tolstoy）在不睦的家庭中，[3]屢次忍受着最不幸的人生的痛苦，終於在一九一〇年十月二十七日的晚上，對他的女兒們說道：「我立刻要走了，你們替我收拾一下行李，今天晚上，那一盃滿滿的水，[4]終於淌流出來了……

1　此句原文「抱着」後誤植「着」字，已刪去。

2　「佔有」，原文作「占有」。

3　托爾斯泰（Leo Tolstoy, 1828-1910），俄國批判現實主義小說家、哲學家、政治思想家。Sophia Tolstaya（1844-1919）為其夫人。

4　「盃」也作「杯」，此處保留報刊原文用法。

我在門縫中看見她又到我的書房裏去亂翻稿件，我沒有辦法安睡，我決心要走了。」

在他沒有出走的數個月前，一種痛苦已經是囓着他的靈魂。他沒有一天不是在極度的痛苦中度過的，他曾經寫給他的夫人一封信，為的是想醫療一下家庭底不睦，以及他底心靈上的痛苦。那封信寫得很長，在結尾處，他這樣寫道：「……再也沒有可能繼續這樣的生活了，如果我能夠為了你而忍受痛苦，我不是可以繼續這樣的生活了麼？然而這是不可能的。……我愛着的你嘜，請你安靜地想想，安靜地傾聽我底心的呼聲，而決定你所要做的一切吧！至於我自己，我已經感覺只有下定出走的決心，捨此以外再沒有更妥善的辦法。這樣，你不是解除了別人的痛苦，而是解除了自己的痛苦了。因為你受到的痛苦，是百倍地超過了平常人的。」（註一）

可是，他的夫人讀了他的信後，只是對他的女書記說：「哼，他寫給我一封極動人的信呢，然而，我在五十年來早就曉得他是一個偉大的小說家呀。寫這樣的信有甚麼的呢？……」她依舊在 L. 托爾斯泰面前，提出種種沒有理由的要求，吵鬧着，甚至以自殺來威脅他，以致把整個家庭都弄得騷亂了。

L. 托爾斯泰底痛苦，市民階層底痛苦，生活在過渡的時代中，隨處都可以見到人們背負着它，艱辛地在跋涉着失去了歡樂的黑濛濛的人生。但是，痛苦者嘜！為甚麼不抬起頭來瞧一下呢？雖然，我們不能不跋涉過這段各各不同的黑濛濛的道路，可是應該在這時候選擇一個方向，光明的方向，要不然，我們背負了痛苦，到達的仍是痛苦，我們將會永遠在痛苦中，窒息地聽到心底靜止。

不要被支配於這樣悲慘的結局吧，我們要操縱身受的痛苦，理解痛苦底由來。並且能夠知道怎樣去解除我們底痛苦。所表現於 L. 托爾斯泰底毋抗惡主義，[5] 並不是解除痛苦的實際辦法，相反的，這唯有

5　指托爾斯泰「不以暴力抗惡」（non-resistance to evil by force）的宗教哲學觀點，出自其著作 *The Kingdom of God Is Within You*（*Царство Божие внутри вас*, 1894）。

使痛苦加深起來，以至於陷入不可收拾的地步。生命不是遊戲，生命也不是痛苦，生命是幸福，生命是永久的奮鬥，永久的愛。那麼，我們不是僧侶那樣的甘願在痛苦中祈禱與懺悔，我們不是 Sadism 者，也不是 [Masochism] 者，[6] 我們看得很清楚：痛苦是舊時代底成果。

三

痛苦底記憶，時常培育出一種單純的復仇底觀念。不能在深重的痛苦之中，觀瞻到積極的人生意義，那麼即使旋繞於不可磨滅的記憶底囚籠中，也是徒然的呵。「在缺乏一個世界觀和不理解生活的時候，人類個性的充分而且自由的表現，是不可能的。」（R. 福克斯）於是，追求着新的生命的人們，唯有在這樣的情形下，才感受到無可抑止的痛苦。

屠格涅夫（Ivan Turgenev）在〈老人〉（*The Old Man*）中寫道：[7]「你應該反省，回到你自己，回到記憶中去，而且深深地在靈魂的深處，有着只有你可以打開那過去的人生底鑰匙，在一切芬芳，一切嫩綠中，以及青春底美與力中，你將重生！然而，小心呀，……不要向前看吧，可憐的老人！」

這是痛苦的呼聲。屠格涅夫底呼聲並沒有喚醒那老人以及正在跨向老人的衰弱底道路上去 [的] 人們；[8] 而在「一切芬芳」、「一切嫩綠」以及「青春底美與力」的時期內，就是可能有或種理想的快樂，如今看來，也似乎是夢一般的非真實的了。痛苦貫穿了老人底記憶，不能不使他在靈魂的深處，產生出不可想像的幻覺，或者，老人們會感切地世故地回答：「人生不過是苦刑呀」。

6　「Masochism」，原文誤植為「Mazahism」。

7　屠格涅夫（Ivan Turgenev, 1818-1883），俄國現實主義作家。〈老人〉，屠格涅夫於 1878 年創作的散文詩，收入其《散文詩集》（*Poems in Prose*, 1882）。

8　原文遺漏「的」字，現據文意增補。

如今卻兩樣了。老人們將不再感到自己底衰老，為了他所忍受的深重的痛苦，他也能變得更堅強起來。我碰到過一個長鬚的老漢，已經快有六十歲，他挺起的胸脯，穿着破爛的軍裝，那時候，我騎了馬趕到一個地方去，我們偶然在小小的泥崗上相見，他第一句就這樣說：「好［傢伙］，趕路麼？」[9] 於是，笑着，伸出手來捏了捏我的腿。他再問：「不讓這牲口歇歇？你到東邊去嗎？祇有三十里了［。］」後來，他親暱地同我攀談起來，笑出了爽朗的聲音，泥崗上的那些破屋裏的老百姓，都聚在我們周圍談笑，有個青年在旁邊插嘴向我介紹到：「老漢同志是我們的加里寧（Mikhail Kalinin）呀。[10]」老漢見到他這麼說，拉住他的手，把鬍鬚在他的手上磨着，引得大家笑出了眼淚。

後來，有很多日子，我們都相處在一起。過去，他們確有許多痛苦，然而，他的靈魂的深處，有着堅韌的為洗脫一切痛苦而鬥爭的力量，他有着偉大的信仰，他走向光明的前面！

這樣，痛苦難道再能夠在他的生命中停駐下來麼？

四

曾經自稱為「憎惡布爾喬亞的人」底福樓拜（Gustave Flaubert），[11] 很了解在不合理的社會制度下的受難者有着雙重的痛苦。福樓拜浸溺於現實生活的痛苦中，他盡量以他底偉大的忠實的藝術家底筆，來描摹出舊式商業布爾喬亞的意識形態，可是法國的現實生活，迫着他痛苦地立下這樣的志願：「我願意做的是寫一本描寫虛無的書，一本和外界毫無關係的書。」他痛苦，可是他沒有辦法表現出來，也沒有辦法去解決。因為他離開了鬥爭，或則，因此而離開了鬥爭。

9　「傢伙」，原文誤植「伙傢」。

10　加里寧（Mikhail Kalinin, 1875-1946），蘇聯政治家、革命家，1922 至 1946 年任蘇聯及蘇俄國家元首。

11　福樓拜（Gustave Flaubert, 1821-1880），法國現實主義作家。

今天，我們能夠具有福樓拜那樣強烈的憎惡與痛愛，然而，他的道路終於是過去的了。

> 讓二十個世紀的痛苦
> 把你的頭顱舉起，
> 變成一隻鷂鷹的鐵爪
> 把你的捕獲物撕碎！（註二）

必然的，加在我們身上的痛苦愈重，愈使我們覺醒到解除這種痛苦是我們自己的事情。對於痛苦，那些物質力量的壓榨，罪惡之劍底殺害所生起的痛苦，不應該是無條件地忍受，我們必須要渡過痛苦，這，就應該鍛鍊出一種鬥爭的犧牲！

Sadism 是舊社會市儈層的特產，這種叫人們去受盡痛苦而娛樂自己的 Sadism 者，我們去消滅它，有的是權利！而 [Masochism]，[12] 這種以甘受痛苦為無上快樂的反常，我們同樣應該予以清除！

托司妥也夫斯基（Fyodor Dostoevsky）的「忍受」，[13] L. 托爾斯泰的「毋抗惡」，將使痛苦永久存在下去，而成為最慘忍的重壓。

新的歷史底序幕下，我們不單要抵受得住災亂中的痛苦，我們更要能夠具有堅決同痛苦相搏鬥的精神！至於，像折毀一朵紫丁香也會為它感受痛苦底那種感情，扔掉吧！在勞動人底血液中，仇視着痛苦，憎惡着痛苦，雖則感懷到痛苦而對於痛苦是取着堅決的鬥爭的態度的。

（註一）一九一〇年七月十四日寫的。
（註二）西班牙詩人 M. D. Alcazar 詩句。

選自《大公報‧文藝》第 1101 期，1941 年 5 月 24 日

12　「Masochism」，原文誤植為「Mazahism」。
13　托司妥也夫斯基（Fyodor Dostoevsky, 1821-1881），今譯杜斯妥也夫斯基，俄國作家。

海敏威的路
——從他的《喪鐘為誰而鳴》看過去

林豐

去年冬天，美國出版界有一個傳說，據說：素來很少有人過問的英國十七世紀宗教詩人約翰·敦（John Donne）的詩集，[1] 突然暢銷了起來，其原因就為海敏威（Ernest Hemingway）從他的作品中引用了這樣的幾句：[2]

> 任何人的死都減削了我，
>   因為我是人類中的一個；
> 是以絕不要遣人去打聽
>   喪鐘為誰而鳴；
> 牠為您而鳴。[3]

這幾句詩確是好詩，因為它不僅說明了人與人之間的不可分離的關係，而且證實了友愛的普遍的存在。海敏威從其中選取了這句「喪鐘為誰而鳴」（For Whom the Bell Tolls）作為他的新著小說的題名，實在是一個很成功的選擇。西班牙訪員出身的他，以當代美國第一流小說家的名筆 [，] 描寫親身經歷的西班牙內戰，而且所寫的是內戰中的美國義勇軍的一段英勇的故事和悲劇的戀愛，出版後立即人手一冊，並且連帶他所引用的約翰·敦的詩集也好銷起來，自是意想中事。

以《太陽也起來了》（*The Sun Also Rises*, 1926），《再會吧，武器》

---

1   約翰·敦（John Donne, 1572-1631），今譯約翰·多恩，英國玄學派詩人。海明威引用的詩句出自其著作 *No Man is an Island*（1624）。

2   海敏威（Ernest Hemingway, 1899-1961），今譯海明威，美國作家。

3   詩句原文為："Each man's death diminishes me,/ For I am involved in mankind./ Therefore, send not to know/ For whom the bell tolls,/ It tolls for thee."

（*A Farewell to Arms*, 1929）（中文譯本卻採用了一個庸俗的《戰地春夢》的譯名！[4]）兩書在美國成為當代第一流小說家的他，關於他的新穎的小說手法，清麗的文體，戰後美國三十年代青年的那種絕望的甚麼都滿不在乎的人生觀，篇幅不容許我作詳細的談論，（多年前我曾為《現代》美國文學專號寫過一篇海敏威評傳。[5]七八年來，海敏威的藝術和人生觀在基本上並沒有多少改變，因此我那篇文章仍可以作為理解他的作品的參考。）這裏僅就他的新著《喪鐘為誰而鳴》（*For Whom the Bell Tolls*, 1940），根據我讀後的印象，再參酌英美各種重要文藝刊物對於他這部新著的反響，作一個簡短的分析和介紹。

對於寫小說的技術，海敏威早已有了高度的把握，而且從史坦恩夫人（Charlotte von Stein），[6]喬伊斯（James Joyce）等人的影響下，[7]更進一步的取得了兼顧到內心和外界的綜合的立體描寫手法。多士·帕索斯（John Dos Passos）過於乾燥，[8]海敏威的文字則富於詩意。他的語法單純，簡潔，迴旋有韻律，對話更警俏而富於實感，在現代小說家中是一時無兩的。他的清麗的文體很影響了現代美國散文，在青年作家中，造成了「海敏威風」的流行。

從小說技術上說，《喪鐘為誰而鳴》雖然還未達理想之境，可是比之《再會吧，武器》，已經有了更熟練的進步，他不再為了保持「文體」而過於限制文句的構成和單字的選擇。J. D. 亞丹姆斯（James Donald Adams）在《紐約報》的書評（*New York Times Book Review*）上

4　《戰地春夢》，1940 年由林疑今翻譯、上海西風社出版的中譯本。

5　葉靈鳳：〈作為短篇小說家的海敏威〉，刊載於 1934 年《現代》雜誌第 5 卷第 6 期。

6　史坦恩夫人（Charlotte von Stein, 1742-1827），今譯斯坦因夫人，德國劇作家。

7　喬伊斯（James Joyce, 1882-1941），愛爾蘭現代主義作家、文學評論家。

8　多士·帕索斯（John Dos Passos, 1896-1970），今譯多斯·帕索斯，美國小說家。

說：海明威的文章已經從青春期進到成熟期，[9] 實在是很中肯的看法。

《喪鐘為誰而鳴》的主人公是一個投效西班牙政府軍的美國青年教師羅伯・佐頓（Robert Jordan），他奉命到山地去炸毀一座鐵橋，以便政府軍發動反攻時可以切斷法西斯蒂的援軍和聯絡。為了執行這任務，他攜了炸藥向散處在敵後山中的游擊隊接洽，取得他們的合作。這機會使他認識了一個從法西斯蒂魔掌下逃出的西班牙少女 [。] 在緊張的準備炸橋工作的進行中，「閃電式」的戀愛生活也開始在佐頓和少女瑪麗（María）之間展開。三天後 [，] 反攻開始，佐頓在週密的佈置下將叛軍唯一的通路這座鐵橋炸斷 [，] 然後率領游擊隊從山地撤退。途中馬匹被砲彈所傷，跌斷了腿骨。他知道自己的傷勢過重，不肯牽連同伴 [，] 便說服了瑪麗，使她同其餘的人繼續撤退。自己則抱好了一架輕機關槍，一人留棄在山地上，等候自己的命運。

絕望的戀愛和「劫數難逃」的命運（Doomed Fate），本是海敏威最擅長處理的題材，因此在《喪鐘為誰而鳴》裏，在這兩者會合之下，海敏威將佐頓這一段被注定了祇有七十二小時生命的生活，寫得異常緊張充實。炸橋工作的準備，佐頓個人生活的回顧，西班牙當時的內戰情勢，游擊隊領袖和隊員各個性格和生活的敘述，環境和自然的描寫，這其中再加上內戰中屠殺和殘忍故事的穿插，主人公的「閃電戀愛」場面（前者曾被歐美批評家譽為哥耶（Francisco Goya）銅刻的再現，[10] 後者則指為當代文學作品中最動人的戀愛場面），海敏威將這一切寫成了五百頁的巨著，能使人在緊張的情緒下一口氣將他讀完，而不覺得篇幅的冗長或故事時間性的侷促。從小說技術上說，確實可以

---

9   J. D. 亞丹姆斯（James Donald Adams, 1891-1968），美國記者、批評家、編輯，1924 至 1943 年間任 The New York Times 助理編輯，主理書評欄目。1940 年 10 月 20 日，亞丹姆斯在 The New York Times 上發表《喪鐘為誰而鳴》的書評，題為 "The New Novel by Hemingway: 'For Whom the Bell Tolls' Is the Best Book He Has Written"。

10   哥耶（Francisco Goya, 1746-1828），今譯哥雅，西班牙畫家，曾為宮廷御用畫家，以其紀錄戰爭的系列蝕刻版畫《戰爭的災難》（ Los Desastres de la Guerra, 1810-1820）聞名。

算得是成功之作了。

　　不過，寫作技術的成功未必就是作品的成功，尤其是被當作一部偉大的作品來估價，作者本人的憎愛以及題材的取捨，對於作品的價值實有不可分割的關係。海敏威無疑是當代美國最有才能的一位作家，他對於西班牙內戰的立場無疑也是站在政府軍和民眾一方面的。[11] 他是著名的「西班牙通」，並且參加了西班牙國際縱隊的實際工作。他知道法西斯蒂的殘暴，他知道西班牙民眾的英勇，同時他更知道在西班牙內戰期間，國際間誰是西班牙民眾的友人，誰是他們的敵人。自從他要以西班牙這次內戰（實在該說是國際戰爭）為題材寫一部小說的消息傳出以後，誰都對他寄託了很大的希望。因為以他的寫作才能，對於西班牙情形的熟習，對於西班牙民眾抗戰支持的熱烈，這部作品毫無疑問的將成為二十世紀這場為人類自由解放最英勇鬥爭的輝 [煌] 的史詩。[12] 可是，結果怎樣呢？反映在《喪鐘為誰而鳴》裏的西班牙內戰的情形怎樣呢？

　　簡括一句的說：這裏面沒有西班牙戰爭，也不見了西班牙民眾。兩年半的血肉犧牲只被當作了一個「見解不很高明」的美國青年的冒險故事和羅曼斯的背景。不僅這樣，這裏面沒有「組織」，沒有「政治」，有的祇是英雄主義的個人行動，殘酷的報復的殺戮。國際縱隊的領導者（法國的安得烈‧馬蒂（André Marty），[13] 在書中以真姓名出現，被歪曲得最厲害），都被寫成是猜忌，嗜殺，獨斷和偏見極強的人物，游擊隊首領則更是自利，貪婪，懦怯和酗酒的醉漢。被法西斯蒂兵士輪姦過的瑪麗，西班牙無數被蹂躪的女性的代表，則被寫成祇是一個綿羊般的馴服的「戀愛至上主義者」，在三小時的「一見傾心」的經過下，她就鑽進了佐頓的被囊裏發生了性關係。（這就是被美國

11　此句原文「內戰」後誤植「了」字，已刪去。

12　「輝煌」，原文誤植為「輝皇」。

13　安得烈‧馬蒂（André Marty, 1886-1956），法國共產黨（Parti communiste français）的領導人物，曾任國際縱隊政治委員。

許多書評家認為是當代文學作品中最動人的戀愛場面！）更可驚異的是，他用着過去在《再會吧，武器》中的同一態度，將西班牙民眾的血肉抗戰寫得如第一次歐戰一樣［，］絕望，混亂，殘忍，冷酷［。］海敏威的人物（同《再會吧，武器》中的主角一樣；《喪鐘為誰而鳴》裏的羅伯佐頓多少是作者本人的化身）便祇能在這樣短促的生命過程中設法充實自己的生活（戀愛），然後再接受命運注定了的「死亡」。至於其他一切，都是「他媽的」（Hell!）！

　　然而，海敏威並不是不知道西班牙的人。他瞭解這次西班牙內戰的經過，他瞭解西班牙民眾以及國際縱隊在這次戰爭中所表現的英勇行為，恐怕比誰都清晰詳細。但是反映在他的作品裏的西班牙卻成了這樣。這顯然不是無意的。他若不是有意歪曲，便至少是故意「裝痴」。於是，在《喪鐘為誰而鳴》的每星期十萬冊的暢銷速率下，一面引起了美國書評家的喝采［，］一面也激起了一些人士的忿怒。《新羣眾》（*The New Masses*）指出海敏威雖然無意為法西斯蒂張目，但是他這樣寫法不啻是敵人求之不得的宣傳材料。[14] D. 麥克唐納（Dwight Macdonald）也在《巴爾底山評論》（*Partisan Review*）上指出［，］[15] 海敏威也許有意要減淡他的作品中的政治氣息，可是馬爾洛（André Malraux），[16] 西龍（Ignazio Silone）等人的作品，[17] 政治性極濃，但仍不失為優秀的藝術作品。這因為政治活動正是人類的行為之一，絕不致

14　《新羣眾》，美國左翼雜誌，1926 年創刊，1948 年 1 月停刊，後與 *Mainstream* 雜誌合刊為 *Masses & Mainstream*。1940 年 11 月 5 日，美國小説家阿爾瓦‧貝西（Alvah Bessie, 1904-1985）在第 37 期《新羣眾》上發表書評，題為 "Hemingway's For Whom The Bell Tolls"。

15　D. 麥克唐納（Dwight Macdonald, 1906-1982），美國編輯、作家。《巴爾底山評論》，今譯《黨派評論》，1934 年創刊的美國共產主義刊物。麥克唐納在第 8 卷第 1 期《黨派評論》（1941 年 1 至 2 月）上發表書評，題為 "The New Hemingway"。

16　馬爾洛（André Malraux, 1901-1976），今譯安德烈‧馬爾羅，法國左翼作家，西班牙內戰期間曾加入國際縱隊，協助共和軍對抗佛朗哥軍隊。

17　西龍（Ignazio Silone, 1900-1978），今譯西洛內，意大利政治家、小説家。

與「藝術」衝突的原故。最近聽說參加「林肯縱隊」(Lincoln Brigade)
的美國人，[18] 因了海敏威這樣歪曲並抹殺西班牙抗戰的許多史實，更
發表公開狀正式向他提出抗議。(對於海敏威最近到中國來搜集寫作
資料的事，我們因此也不必存甚麼奢望。海敏威當然還不敢為侵略
者張目，但是若希望他能正確的反映中國民眾的抗戰生活，我們便該
記取關心西班牙抗戰者從《喪鐘為誰而鳴》所領受的教訓，這裏不細
說了。)

　　海敏威選用了約翰・敦的這詩句，「喪鐘為誰而鳴」，作為他的作
品的題名，確是很有眼光的選擇。可惜的是，他忘記了約翰・敦詩中
的涵義，忘記了人與人之間的不可分離的關係，忘記了友愛的普遍的
存在，而將西班牙戰事寫成祇是盲目的敵對行為，個人主義的英雄活
動。無論有意或無意，海敏威這次在寫作的道路上終是記了一次難以
寬恕的錯誤。因為如果照他的看法，每個人所關切的將祇是自己的個
人生活，誰還去過問別人的死亡，遣人去打聽：

　　「喪鐘為誰而鳴」？

選自《大公報・文藝》第 1102 期，1941 年 5 月 25 日

18　林肯縱隊 (Lincoln Brigade) 指國際縱隊第十五營亞伯拉罕・林肯營 (Abraham
　　Lincoln Brigade)，主要由美國志願者組成。

法蘭西的聲音

一羣法國的智識者

這是一群法國智識者的致全世界的公開信，經過了許多困難，纔達到了我們這裏。法國屈服了嗎？沒有。這個還沒有被窒住的聲音會告訴你：法國是在無聲之中戰鬥。

我們的這封公開信，不單是向法蘭西人民而發的 [，] 同時向全世界的人而發：這些人是念念不忘我們，並且對於我們的深深的沉默，發生這樣的問題：「法蘭西，你變成怎樣了？」那些在歷史的每一個危機之中要求正義和光榮的智識者，思想家和科學家，現在到那裏去了呢？難道當現在正義和光榮被踐躪着的時候，[他] 們都緘默了嗎？[1]

沒有。現在對你們談話的，就是他們之中的幾個。如果你們以前沒有聽到過他們的說話，那就是因為他們的聲音是被 [殘] 暴地悶住了。[2] 寫這封公開信的人是一些能夠聯在一起為自由解放而工作的學者們的代言人。在心中，他們是和那在戰鬥着的自由法蘭西（France libre）結合在一起的。[3]

法國的友人和世界各地的友人，請你們放心，雖則我們是戰敗了，但是我們並沒有接受，而且將來也不會接受那種屈服和恥辱。請

1　原文難以辨識，現據文意推斷為「他」。
2　原文難以辨識，現據文意推斷為「殘」。
3　自由法蘭西（France libre），今譯自由法國。二次大戰期間，德軍於 1940 年 6 月 14 日攻陷巴黎，法蘭西第三共和國總理貝當（Philippe Pétain, 1856-1951）宣佈投降並與納綷德軍簽訂停戰協議，建立傀儡政權維琪法國（Régime de Vichy）。時任防部次長夏爾‧戴高樂（Charles de Gaulle, 1890-1970）則逃亡英國，於倫敦建立流亡政俯自由法國，宣稱為法國唯一合法政府，並於同月 18 日透過英國廣播公司發表《六一八宣言》（L'Appel du 18 juin）演說，呼籲法國人民加入自由法軍抵抗納綷入侵，標誌了自由法國運動的開始。

你們不要為表面所欺；真正的法蘭西並不是那不顧光榮而低頭納降書的，拋棄了忠誠的聯盟而撕破了神聖的條約的少數人；那為受鉗制的新聞和無線電服務，阿諛今日的勝利者而辱罵昨日的聯盟的，並不是政治家和新聞記者中的大多數；而那受欺騙受壓迫的大眾，卻像我們一樣地感到苦痛和憤怒。這些人是不接受喪失榮譽的和平，不接受那奉行戰勝者的政策的傀儡政府，不接受那完全基於奴性和阿諛的與法國國家光榮相反的觀念的。

我們絕對不相信那所謂國家之重造是需要犧牲自由，合法，真實和光榮。我們絕對不相信歐洲的改組意思就是追認那些強暴和劫掠的行為。

以前，當德國是像我們一樣地擁護自由的時候，我們曾經是德國的朋友；當意大利，西班牙等國和我們一起進行一種和平的世界改造的時候，我們曾是意大利西班牙等國的朋友。在今日，我們是英國——這個孤獨地和暴行抗戰的可佩的國家——的朋友。……

單說我們是英國的朋友，這是不夠的。對於這個國家，我們懷着一種對於一個忠誠不變的同盟所應有的感激之心；我們現在是受着種種的壓迫，受到種種堅苦，至於喘不過氣來。但是我們卻懷着堅信，而準備待機而起來行動。

你們這些在陸海空軍中代表法蘭西精神的人，高葉（DE GAULLE），莫時力（MUSELIER），[4] 加特魯（CATROUX），[5] 和拉米拿（DE LARMINAT）；[6] 你這位保全了大學的光榮的加山（CASSIN）；[7]

4　莫時力（Émile Muselier, 1882-1965），法國海軍將領，二戰期間指揮自由法國海軍（Forces Navales Françaises Libres）。

5　加特魯（Georges Catroux, 1877-1969），今譯卡特魯，法國陸軍將領，曾任自由法國運動總指揮及阿爾及利亞總督。

6　拉米拿（Edgard de Larminat, 1895-1962），法國陸軍將領，曾指揮自由法國軍隊解放土倫（Toulon）。

7　加山（René Cassin, 1887-1976），今譯勒內‧卡森，法國法學家、法官，參與自由法國運動，共同起草《世界人權宣言》（*Universal Declaration of Human Rights*）。

你們這兩位使法國光大的愛芙‧居禮（EVE CURIE）和貝古－福煦（[BECOURT] -FOCH），[8] 我們的同情是跟隨着你們的；因繼續戰鬥而使我們能夠向世界呼喊着：「法國和英國，永遠連在一起，向勝利前進」的兵士們，航空員們，海軍們，我們是和你們結合在一起的！

在勇敢地起來作過一次保衛戰之後（與其說是保衛土地之戰，毋寧說是保衛人類自由之戰），這被武力所征服又為內奸所賣的法蘭西，便突然地投降了；於是，因為戰敗而沮喪着，牠似乎要去接受德國的統制，而最壞的便是，牠似乎要和那征服者合作。那些人民，不論是優秀份子或一般民眾，不論是平民或是參戰軍人，都似乎同意於一個背盟廢約的政府的行為；這個政府制定了一些特殊的法令，憑着一種可憎又可笑的種族理論的名義，把國內最好的服務人員定了罪，又用報紙和無線電的謊語來統治，而這樣地模仿着暴政和獨裁。

那麼誰起來抗議呢？誰在那裏抵抗呢？當然囉，這是那些現在在英國的，少說多做，出死入生的少數勇敢的法國人。但是在法國之內呢？

抗議的聲音昇起來

在法國，在每一個使人類的良心震蕩的大危機之中，總有一個聲音昇了起來。那便是在思想領域之中工作着的人們的聲音。這或者是一個個人的聲音，如米 [什] 萊（MICHELET），[9] 雨果（HUGO），[10] 勒囊

---

8 「BECOURT」，原文誤植為「BESCOURT」。愛芙‧居禮（Ève Curie, 1904-2007），法裔美國演員、記者、鋼琴家，物理學家、諾貝爾獎得主瑪麗‧居禮與皮耶‧居禮之女。1940 年 Ève Curie 流亡倫敦，加入戴高樂發起的自由法國運動，並曾作為戰爭通訊員到訪非洲、亞洲和蘇聯。貝古－福煦（Jean Bécourt-Foch, 1911-1944），法國軍官，1940 年前往英國加入自由法國部隊。

9 原文難以辨識，據現行譯名補充為「米什萊」。米什萊（Jules Michelet, 1798-1874），法國歷史學家，大革命期間因反對與法國皇帝合作而流亡意大利。

10 雨果（Victor Hugo, 1802-1885），法國浪漫主義作家，1848 年法國二月革命爆發後，轉向共和主義和自由思想。

（RENAN）那樣；[11] 或者是一羣作家，教授或學者的聲音。難道現在這神聖傳統的代表者都會緘默了嗎？

沒有。無論受到怎樣不斷的壓迫，他們總找得出一個方法聯合起來，而向國人以及全世界發出他們的呼召。朋友們，我們的今日做了統治者的昨日的政客，我們的馴伏的立法者和受雇的政論家們，都並不代表法國的靈魂，而他們也不能使我們奴伏。我們決不任人擺佈，決不接受恥辱；我們也決不接受那些法律，更決不接受戰勝者的那些理論；我們並不是屬於那含垢忍辱聽天由命的一羣人的，我們也並不是那種耐心等待着一個自己並不出力的奇蹟的人們。像一位偉大的英國人所說的那樣，我們以為：不接受戰敗就是勝利的開始。

而且我們相信，存着這種信仰的不僅只有我們這幾個人。從談話，默契，點頭或凝視之中，我們每天都注意到這種精神的稠密的敵愾。

希望的火燃燒着

在我們的四周，我們感到，那些辛勤的青年們的火，焦急而有希望地爆發着；我們的推測是：這種火焰將在全世界雖敗而不屈的人民之間燃燒起來，將在那些雖則尚未參戰但卻謹慎或勇敢地抵抗着那征服者的各國之中燃燒起來。是的，即使在我們的敵人德國人和意大利人之間，這火焰也將燃燒起來。因為，現在的戰鬥並不是以國界來分營陣，[12] 卻是在精神上分的。我們感覺到，在那些以真誠，正義，寬容，國家自主，尊敬弱者，愛好和平，和人類博愛為那值得生活的世界底原則的大眾之間，是有一種巨大的反抗潛伏着。和一切有善意志

11　勒囊（Ernest Renan, 1823-1892），今譯勒南，法國語言學家、宗教史學家、哲學家，1863 年發表《耶穌傳》（ Vie de Jesus ），書中強調耶穌作為人的一面及《聖經》作為歷史文獻的觀點，被羅馬教廷列為禁書。

12　「營陣」與「陣營」同意，此處保留報刊原文用法。

的人們一起，我們是等待着那個雖則為我們所棄，但還是繼續為正義為我們而戰鬥着的偉大民族的救助。我們等待着信號起來，預備再和他們一起並肩戰鬥。

　　這便是大多數的法國人的衷心的思想，而且願意全世界同情於他們的人知道的。請你們將這封公開的信廣佈出去，使我們的友人能夠聽到這微弱但是有力的聲音。

　　行動的日子也許就在目前了。在等待着解放我們的國土和我們的家庭的時候，讓我們在那念念不 [忘] 我們的世界之前，[13] 表白出我們的心靈。

選自《星島日報‧星座》第 971 期，1941 年 6 月 27 日

13　原文難以辨識，現據文意推斷為「忘」。

論人民之歌——《而西班牙歌唱了》讀後感

黃繩

假冒的大眾詩人們總是歌唱架空的並不存在的人民。最可痛恨的，他們都是一些有的時候假借了人民的名義而獵取奧名的人，並且有的時候他們簡直是一些庸俗之流，把挽歌和傷感的廢話充塞在他們的書籍裏面：[1]那些跟人民的情緒不相干的傷感和粗俗。[2]

[Lorenzo Varela]的這一段話，[3]若果拿來送給我們中國的一些詩人，也是不無意義的吧？

詩人該首先是人民的詩人，他纔能歌唱人民，歌唱在戰鬥中的人民的生活的感受；他纔能傳達人民生活的真實形象，體現了人民的理智和情感，認識和實踐的矛盾與統一；他纔不至使企圖上的對人民的愛慕和憧憬，祇達到一種溫情的賜與和傷感的廉價傳播，或者祇達到一種激情的流泛和無所歸宿；他纔不至以自己的知識分子的生命去改裝和閹割人民的生命，使自己的詩篇裏行走着一個蒼白的失掉靈魂的人民的軀殼，損傷了或者根本缺乏了形象的生動性和真實性，統一性和感染性。

1　「挽歌」也作「輓歌」，此處保留報刊原文用法。

2　引文出自西班牙詩人瓦雷拉（Lorenzo Varela, 1917-1978）為西班牙人民軍戰歌的英譯合集 …and Spain Sings: 50 Loyalist Ballads（1937）所撰寫的〈引言〉。此書由幾十位美國詩人翻譯或改編，土耳其裔美國學者 M. J. Benardete（1895-1989）與美國詩人兼翻譯家 Rolfe Humphries（1894-1969）合作編輯，紐約 The Vanguard Press 出版。中譯本《…而西班牙歌唱了》則由芳信從英文轉譯，1941 年上海詩歌書店出版。此處節錄的〈引言〉段落同由芳信翻譯，並收入中譯本。又《…而西班牙歌唱了》出版時據英譯本書名保留了開首的省略號，但文章提及此書卻一併刪除。

3　「Lorenzo Varela」，原文誤植為「Lorezo Varala」。瓦雷拉（Lorenzo Varela, 1917-1978），生於西班牙加利西亞（Galicia），詩人、文學及藝術評論家。早年曾在古巴和阿根廷生活，1931 年隨父母回到西班牙，西班牙內戰結束後流亡至墨西哥和布宜諾斯艾利斯，逝世前兩年才重返加利西亞。

我們要求着真正的人民之歌。

民族解放戰爭叫喚了人民，提高了人民的戰鬥實踐，鼓盪了人民的生活波瀾，鑄造了和鑄造着人民的信念和理想。在這一具體生動的現實風貌和熱烈的時代氣氛的激刺之下，作為人間純潔靈魂的保有者和保衛者的詩人們，便提高了和加強了對於人民的愛，對於擁護正義的人民的愛。這一種愛，也就是最值得歌唱的情感；把這一種愛體現在詩篇裏面，讓牠擴大開來，也就是詩人們的任務。

從這個話題出發，我們把艾青和柯仲平來比論一下是饒有趣味的，因為在某一方面，艾青和柯仲平可以作為一個同一，而在另一方面，這兩位詩人又可以作成一個對比。

艾青在他的詩篇裏，創造了罕見的美學的光輝，這是被公認了的，我們也就不打算多所論列。這裏我們要探討的，是艾青用了甚麼去接近人民，接近人民的生活實踐。

艾青是土地的兒子，「為甚麼我的眼裏常含着淚水？因為我對這土地愛得深沉。」[4]他要在詩篇裏表現對於土地的摯愛。艾青是農民的後裔，「驢子[啊]，[5]你是北國人民的最親切的朋友。」他要在詩篇裏表現對於人民的摯愛，艾青該是人民的歌手，弦譜着真正的人民之歌。他自己也說：戰爭真的來了，這時候，隨着而起的是創作上痛苦的沉思：如何才能把我們的呼聲，成為真的代表中國人民的呼聲。

然而艾青的生命，缺乏了健康情感的培育，因而在詩篇裏有了太多的憂鬱。艾青也不諱言這憂鬱，同時他說自己並不愛憂鬱。就是說，這憂鬱是他接近人民之後所獲得的實感，這憂鬱是人民生活的一個特徵在他心情上的反映和體現。這不是艾青的自我辯護，而是艾青的要求諒解的心，為一般躁急的批評者所當留意的。

4　引文出自艾青詩作〈我愛這土地〉，最初發表於 1938 年 12 月出版的《十月文萃》。

5　引文出自艾青詩作〈驢子〉，其中「啊」字誤植為「呵」，現據《艾青詩選》（北京：人民文學出版社，1979）校訂。

「人民恢復了他們的人格以後，就顯出了他們的生命的激動，以準備最英勇地犧牲自己。」反過來說，人民沒有解除了傳統的逼壓，也就沒有生命的激動和犧牲的英勇。那末艾青描寫「中國農村的亘古的陰鬱與農民的沒有終止的勞頓」，因而不自覺「深深地浸染了土地的憂鬱」，[6] 似乎是非常自然而無可非難的了。

然而人民的生活的艱困和不休的勞動，正是他們生命的激動的一個條件。從那裏，人民獲得了生之苦痛的最深的感覺，因而也潛藏着一種膠液般的反抗的心力。他們的生活是一種憂鬱的調子，而那些笨重的鍵，每一個都能夠發出最強音。沒有這最強音的潛在，也就沒有生命的激動的合奏。中國歷史上的連二接三的農民革命戰爭，難道還不夠證明我們的說法嗎？所以，我們還是有理由來這樣批評艾青，說他還祇用了純粹智識分子的心懷，用了單純的片面的感覺方法來接近人民的生活實踐。讀到〈他死在第二次〉，[7] 我們就更有理由來這樣說了。

〈他死在第二次〉，是艾青從抒情詩走向敘事詩的開始，從感覺雕鏤走向形象刻劃的開始。在這首長詩裏，艾青要鈎勒出在戰鬥中的人民的面影，這企圖是偉大的，卻可惜失敗了。他自己也說：「因為寫作的時間很久，時寫時輟，所以全詩不能統一，有幾段並且連格調都不一致，所以我自己並不歡喜。」然而他還祇從形式方面執行了自我批判，而沒有指出這首詩的主要缺點，是根源於詩人自身和人民之間的生命的距離而表現出來的人民形象的破碎與蒼白。所以，到今天為止，艾青還不是人民的歌手，他的詩篇還不是真正的人民之歌。

其次說到柯仲平。M. J. Benardete 論列西班牙人民的歌謠時說：[8]

6　本段所引的評論出自艾青《詩論》，1941 年由桂林三戶圖書社出版。

7　艾青詩作〈他死在第二次〉，收入 1939 年上海雜誌公司出版的同名詩集《他死在第二次》，為鄭伯奇主編《每月文庫》第一輯。

8　M. J. Benardete 從事西班牙及塞法迪猶太人研究（Sephardic Studies），引文出自他為 *…and Spain Sings: 50 Loyalist Ballads* 一書撰寫的〈前言〉。此文同由芳信翻譯，並收入該書的中譯本《…而西班牙歌唱了》。

「被人稱為軟弱無能的西班牙在她的無名的羣眾的行動裏面找到了支持的力量。為內戰所帶來的集體的情感，以及悲懷的局面激起了全國的詩人們把他們對於形式主義的美學拋棄了。」由於差不多同樣的情形，中國的詩人們澈底清算了象徵主義神秘主義的形式和手法，[9] 而相率走向大眾化的塗路。柯仲平便是以其創作實踐而作為英勇的領導者的一個。

柯仲平要在詩篇裏表現對於土地和人民的摯愛，這和艾青是相同的；然而他卻以長篇的敘述，粗大的線條，重拙的調子來和艾青的優美的抒情，着意的描繪，謹嚴的音律構成一個強烈的對比。這個對比的構成，根源於他們學養上的某些差異，同時根源於他們用了甚麼來接近人民的生活實踐。艾青是用純粹智識分子的心懷去接近，而柯仲平卻是 [用] 了自己的生活實踐去接近的。[10] 我們認為，這一點是理解這兩位詩人的作風的差異性，和理解這中國詩歌的兩端的發展前途的關鍵。

真正的人民之歌產生的時候，一定是詩人和人民在詩歌裏面表現為同一的時候，特別是詩人是人民的詩人，人民是詩人的人民的時候。我們要求着真正的人民之歌，也就最終地要求人民的詩人化，而首先自然是要求詩人的人民化。當詩人以自己的生活實踐去接近人民的生活實踐，這便是沒入人民中去，把詩人自身和人民之間的生命的距離儘量的減少，這時詩人表現對於土地和人民的摯愛，也就是表現人民對於土地和人民的摯愛。做到前者，是艾青的路，這裏有的是自賞的孤芳，人民情感的或多或少的改裝和歪曲；進一步做到後者，是柯仲平要走上的路，這裏有的是粗野和闊大，人民壯大的風貌的閃光。

9　「澈底」也作「徹底」，此處保留報刊原文用法。

10　原文遺漏「用」字，現據文意增補。

因而我們歸結到：柯仲平比之艾青，是具備了成為人民歌手的較充足的條件。不過，在柯仲平的兩個作業（〈邊區自衛軍〉和〈平漢路工人破壞大隊的〔產生〕〉）上，[11] 我們也看到他的粗略的地方。這主要還不在於敘事的過於繁冗和語言的缺乏洗鍊，而在於沒有一種淨化了而又高揚了的情感，和一個深刻的思想內容，把整個作品貫串得更緊密一點。所以雖說他透露了人民壯大的風貌的閃光，卻還沒有使人物形象巨大地突兀地樹立起來，而獲得一種迫人的力量。在民間歌謠裏面，我們接觸到人民情感的質樸和渾厚。這種質樸和渾厚的情感，好些時候是由一個優美的形式表現出來的；而這個優美的形式，卻不產自詩人的匠心，而還是人民的生活感覺和勞動狀態給帶來的。人民之歌斷不是粗鄙的東西，《而西班牙歌唱了》裏面的詩篇便可以作為例子了。

這本書包括西班牙內戰期間人民軍戰歌五十一首；但那不是歌謠的本來面目，是被改寫為英國詩的形式的。雖然如此，我們依然為一些歌唱人民情感的詩篇所感動着，依然接觸到人民之歌的可喜和可貴。

詩人──人民的詩人歌唱着人民對於戰鬥的嚮往：「掏出你的手帕，揮動它，它是紅的！／不要害怕，媽媽，他們決不會後退，／要是有一個法西斯，或者一個拿騎槍的教主，／一個叛賊，一個將軍在我們的土地上行走，／那就沒有一個人願意生還。／媽媽，你瞧，那些兵士正唱着國際歌。」[12]

11　「產生」，原文誤植為「成立」。柯仲平詩作〈邊區自衛軍〉，發表於 1938 年《解放》第 41 至 42 期。〈平漢路工人破壞大隊的產生〉，原文誤植為〈平漢路工人破壞大隊的成立〉，柯仲平詩作，發表於 1939 年《文藝戰線》第 1 卷第 1 至 2 期。

12　摘錄自詩作〈瞧，那些士兵！〉。對照芳信在《⋯而西班牙歌唱了》的翻譯，「或者一個拿騎槍的教主」一句「教主」譯作「主教」。

　　詩人用了激越的詩句來悲悼死去了的戰士：「面龐可愛的佛蘭西斯卡啊，／死神是你的愛人，這就是他的擁抱；／我們高聲地叫喊，我們渴望着要見到你；／你的笑聲不再在黑夜裏響徹。／……／這麼傲岸而高昂的佛蘭西斯卡啊！／風把你的死耗帶歸了故鄉；／你生存在我們的充滿着鬥志的心中；／在自由的山峯上你仍然是一顆星辰，／佛蘭西斯卡，從你的昏暈的眼睛裏，／一個新的更自由的西班牙在汲取生長的力量。」[13]

　　詩人把最高的崇敬，最切的懷念放在為正義而戰死的國際友人的身上：「全世界上的國家，／都聽到這個恐怖的消息，／從納魏爾白洛傳出，／從多山的地帶傳來，／從阿維拉的山谷傳去。／全世界上的國家都問，／『佛南杜‧蒂‧羅莎死了，／這句話是不是真的？」／……／佛南杜‧蒂‧羅莎，我的兄弟，／我的偉大而英勇的同志，／用不到一把鐵鍬或是一口棺材／把這個謊話和你一同埋葬！／謊話決不能夠和一個靈魂作伴，／而你的靈魂永久長存，／那麼決不要讓人家說／佛南杜‧蒂‧羅莎死了。」[14]

　　詩人安慰着死去了兒子的母親：「他們並沒有死！他們站在火藥當中／像燃燒着的火柴和白金絲！」[15] 詩人大聲地咒詛着出賣國家的「海盜」：「就是你逃到地球的極端 [，]／去找尋最後的和平或是寧靜，／一聲巨大的叫喚會使你的肝膽俱裂——／千萬個聲音合起來一

13　摘錄自詩作〈佛蘭西斯卡‧梭楞諾〉。對照芳信的翻譯，「這麼傲岸而高昂的佛蘭西斯卡啊！」一句，「傲岸」譯作「莊嚴」。

14　摘錄自詩作〈佛南杜‧蒂‧羅莎〉。佛南杜‧蒂‧羅莎（Fernando de Rosa, 1906-1936），意大利學生，曾因試圖暗殺意大利王儲翁貝托二世（Umberto II, 1904-1983）（後為意大利末代國王）被捕，1936 年死於西班牙內戰。對照芳信的翻譯，「恐怖的消息」譯作「惡耗」，「傳來」「傳去」等詞譯作「傳下來」、「傳上去」。「全世界上的國家」譯作「全世界的國家」，「用不到」則譯作「用不着」。「而你的靈魂永久長存」一句，芳信譯作「但你的靈魂卻保持原樣」；「決不要讓人家說」，則譯為「不要再說」。

15　摘錄自詩作〈給死了的人民軍的母親們的贊詞〉。

同叫喊。／……一隻強橫的西班牙的手掌／會把你這冷血動物的氣弄斷——／你這強盜，你就要這樣去見閻羅，／你的名字已記上了勾魂簿——／呸！……你這賣國的弗朗哥！」[16]

　　這裏我們都因篇幅關係，沒有能夠把全詩錄下，祇好讓讀者去翻閱。這本書給了我一個問題：詩人應該怎樣和人民擁抱？

選自《大公報・文藝》第 1127 期，1941 年 6 月 29 日

16　摘錄自詩作〈致海盜弗朗哥〉。弗朗哥（Francisco Franco, 1892-1975），今譯佛朗哥，1936 年西班牙內戰爆發後成為國民軍大元帥，1939 年獲內戰勝利統一全國，成立法西斯獨裁政權。引用詩句中「去找尋最後的和平或是寧靜」一句，芳信譯作「尋着了一些寧靜或平安」；「冷血動物」則譯作「涼血動物」。

淪陷後的法蘭西文學

西桑 譯

　　以下兩篇是哈瓦斯通信社（L'Agence Havas）今年三月與四月的報告，撮述法國淪陷區與自由區的出版狀況，茲特譯出，聊供關心法國現代文學的人們參考。

一、法蘭西文學生涯的甦生

　　戰爭，尤其是一九四零年六月的侵略，[1] 摧毀了的文學生涯如今一點一點活了過來。書局往日全集中在巴黎，就沒有時間把牠們的存貨運到外省。有些書局自以為十分謹慎，往羅窪河 Loire 以南撤退，[2] 就沒有十足撤退。作家分散了，有些人留在佔領區，有些人在自由區，不過大多數居住的情形不容他們「生產」，他們不是住在一所連傢俱出租的房子，就是住在旅館。

　　法蘭西分成兩個區域，外人佔領和戰敗的物質環境，全叫復興困難。

　　然而，一家又一家，書局如今回到巴黎。從九月以來，牠們就和佔領地的當局訂了一個協定。出版家不受任何預先的檢查。這已然是一個大進步。

　　又過了一些時，佔領區的作品得到允許通過自由區，同樣得到允許出口到此外說法蘭西語言的國度。

　　幾個星期以來，自由區的書店已經收到大量包紮的書籍。來的很

1　此處所指的是法國戰役（Baitaille de France）。二戰期間，德國入侵法國及鄰近國家。1940 年 5 月 10 日戰役爆發，德國迅速佔領法國、比利時、盧森堡和荷蘭。意大利亦於 1940 年 6 月 10 日加入戰役，越過阿爾卑斯山（Alps）入侵法國。

2　羅窪河（Loire），今譯盧瓦爾河，法國最長的河流，主要流經法國中、西部。

是時候，因為在六個或八個月以內，牠們的書架早已讓無事可為的難民買空了。

買主一排一排在書店擠得水洩不通，只得求他們改天光顧，好讓他們登記一下新來的書籍，加以分類。因為不管書店要不要甚麼書，就隨手打包寄來了。第一個焦急的問題是先把書弄到手。

事實上，出版家發了一筆大財！這是賣掉舊貨的無上的機會。大家急於得到精神上的糧食，甚麼也賣得掉！

主要的物質困難是印刷的油墨，鑄字的鉛和紙的缺乏。法蘭西從前就有六分之五的紙需要從外國輸入。所以如今必須限制出品。當局正在考慮對於每類物品加以比例分配，如小說，技術之作等等。每一出版家或將收到一部份的分配。這個計劃尚在研究之中。

實際，從一九四〇年秋季以來，已經有七十多部新作問世。在想像製作之中，只有兩部取材於戰爭：留在佔領區的邦雅曼 René Benjamin 的《悲哀的春天》*Printemps [tragique]* ，[3] 和白磁 [Maurice] Betz 的《一九四零年囚犯的對話》*Dialogues de[s] prisonniers 1940*。[4] 在最著名的小說家裏面，我們看到高萊特 Colette 發表《旅館的房間》*Chambre d'hôtel*，[5] 格芮 Julien Green 發表《法盧娜》*Varouna*，[6] 席穆龍

3　「Printemps tragique」，原文誤植為「Printemps Tragigue」。邦雅曼（René Benjamin, 1885-1948），今譯勒內‧班傑明，法國作家、記者，在納粹德國占領法國期間支持貝當元帥（Philippe Pétain, 1856-1951），並且積極參與維希政府（Régime de Vichy）的宣傳工作。

4　「Maurice」，原文誤植為「Manrice」。「Dialogues des Prisonniers 1940」，原文誤植為「Dialogues de Prisonniers 1940」。白磁（Maurice Betz, 1898-1946），今譯貝茲，法國作家、譯者。

5　高萊特（Sidonie-Gabrielle Colette, 1873-1954），今譯科萊特，法國小說家、演員、記者。《旅館的房間》（*Chambre d'hôtel*, 1940），科萊特所作短篇小說，1952 年由英國作家費莫爾（Patrick Leigh Fermor, 1915-2011）譯為英文，英譯名為 *Chance Acquaintances*。

6　格芮（Julien Green, 1900-1998），今譯朱利安‧格林，出生於法國的美國小說家，以法、英雙語寫作。《法盧娜》（*Varouna*, 1940），英譯本書名為 *Then Shall the Dust Return*，1941 年出版。

Georges Simenon 發表《不識者》*Les [Inconnus] [dans] la maison*，[7] 還有浦里尼耶 Charles Plisnier 的《暗殺》*Meurtres* 的第三部，新近以《馬婷》*Martine* 的題目問世。[8]

歷史著述有好代表，艾芮地耶 [Jean] Héritier 的《喀特林‧德‧麥笛其》*Catherine de Medici*，[9] 哈奴斗 Gabriel Hanotaux 的《埃及國》[*Histoire*] [*de*] *la nation Égyptienne* 的第七冊，[10] 徐阿賴 Georges [Suarez] 的《貝當元帥》*Le Maréchal Pétain*。[11]

在日記和回憶錄一欄，我們看到萊翁‧都德 Léon Daudet 的《先父活着的時候》[*Quand*] *vivait* [*mon*] *père*，[12] 拉茹當 Henri

---

7 「Simenon」，原文誤植為「Simenond」。「Les Inconnus dans la Maison」，原文誤植為「Les Incsonus de la Maison」。席穆龍（Georges Simenon, 1903-1989），今譯西默農，比利時法語作家，1922 至 1945 年定居法國。《不識者》（*Les Inconnus dans la Maison*, 1940），英譯本書名為 *The Strangers in the House*，1951 年出版。

8 浦里尼耶（Charles Plisnier, 1896-1952），今譯普利斯尼爾，比利時法語作家、馬克思主義者。《暗殺》（*Meurtres*, 1939-1941），普利斯尼爾創作的系列小說，共五部，*Martine* 為 1940 年出版的第三部。

9 「Jean Héritier」，原文誤植為「Tean Heritier」。艾芮地耶（Jean Héritier, 1892-1969），今譯埃里蒂埃，法國記者、作家、歷史學家。《喀特林‧德‧麥笛其》（*Catherine de Medici*, 1940），埃里蒂埃依據十六世紀法國王后喀特林‧德‧麥笛其（Catherine de Medici, 1519-1589）（今譯凱薩琳‧德‧麥地奇）生平寫成的傳記。

10 《埃及國》全名為 *Histoire de la nation Égyptienne*。哈奴斗（Gabriel Hanotaux, 1853-1944），今譯阿諾托，法國政治家、歷史學家。《埃及國》（*Histoire de la Nation Égyptienne*, 1931-1940），阿諾托的埃及史著作，共七冊。

11 「Suarez」，原文誤植為「Suares」。徐阿賴（Georges Suarez, 1890-1944），今譯蘇亞雷斯，法國作家、記者。《貝當元帥》（*Le Maréchal Pétain*, 1940），蘇亞雷斯依據維希法國（Régime de Vichy）元首貝當元帥（Philippe Pétain, 1856-1951）生平寫成的傳記。貝當曾為法國陸軍將領，二戰之初帶領法國軍隊向納粹德國投降，後建立被納粹德國控制的維希法國政府。

12 「Quand vivait mon père」，原文誤植為「Ruand vivait my Pere」。萊翁‧都德（Léon Daudet, 1867-1942），今譯利昂‧多代，法國作家、記者。《先父活着的時候》（*Quand vivait mon père*, 1940），乃多代依據父親——法國著名作家阿爾封斯‧都德（Alphonse Daudet, 1840-1897）生平寫成的傳記。

Lavedan 的《美好的黃昏》*Les [Beaux soirs]* 的第 [四] 冊，[13] 栩栩如生地勾畫出一九一四年以前的巴黎，特別是巴司德 Pasteur 的書翰 *Correspondance*。[14]

遊記很多。引人注意的有大偉・尼勒 Alexandra David-Néel 夫人的《暴風雨下》*Sous [des] nuées d'orage*，[15] 記述一九三九年中國的旅行。

最後，翻譯之中有開乃提 [Kenneth] 的《跋涉》*Le Grand Passage* 和赫胥黎 [Aldous Huxley] 的《青春》[*Jouvence*]。[16]

以上是說佔領區。自由區掙扎向前，卻也不假。最顯然的是里昂的拉當曬 Lardanchet 書店的版本。這家書店印行杜巴克 Fouques-Duparc 的《第三代芮實留》*Le Troisième Richelieu*，[17] 一八一五年以後國土的解放者，哄動一時。由於某些和法蘭西現今情形驚人的相似地

13　「Les Beaux soirs」，原文誤植為「Beau Soir」。拉茹當（Henri Lavedan, 1859-1940），今譯拉夫丹，法國記者、劇作家。《美好的黃昏》（*Les Beaux soirs*, 1938），為拉夫丹四卷本著作 *Avant l'oubli* 的第四冊，原文誤植為第六冊。

14　巴司德（Louis Pasteur, 1822-1895），今譯巴斯德，法國著名微生物學家、化學家。巴斯德四卷本書信集 *Correspondance de Pasteur, 1840-1895* 由他的孫兒巴司德・瓦萊里－拉多（Pasteur Vallery-Radot）編輯，首卷於 1940 年出版。

15　「Sous des nuées d'orage」，原文誤植為「sous les nuees dorage」。大偉・尼勒夫人（Alexandra David-Néel, 1868-1969），今譯亞歷山德拉・大衛－尼爾，法國記者、作家、藏學家、東方學家。1937 年，大衛－尼爾前往中國學習道家哲學，遇上抗日戰爭爆發，於是在中國各地流浪，並於 1938 年 6 月到西藏閉關，以期間經歷為題寫下《暴風雨下》（*Sous des nuées d'orage,* 1940），交由秘書回國出版。

16　「Kenneth」，原文誤植為「Kenett」。「Aldous Huxley」，原文誤植為「Aldons Hxley」。「Jouvence」，原文誤植為「Touvence」。開乃提（Kenneth Roberts, 1885-1957），今譯羅伯茲，美國記者、小說家。《跋涉》（*Le Grand Passage,* 1940）為羅伯茲所作小說 *Northwest Passage*（1937）的法譯本。赫胥黎（Aldous Huxley, 1894-1963），英國作家、哲學家，著有反烏托邦小說《美麗新世界》（*Brave New World,* 1932）。《青春》（*Jouvence,* 1941），為赫胥黎所作 *After Many a Summer*（1939）的法譯本。

17　杜巴克（Jacques Fouques-Duparc, 1897-1966），今譯福克－迪帕克，法國外交官、作家。《第三代芮實留》（*Le troisième Richelieu,* 1940），乃福克－迪帕克依據黎希留公爵、兩任法國總理亞曼・艾曼紐・迪普萊西（Armand Emmanuel du Plessis, duc de Richelieu, 1766-1822）生平寫成的傳記，1940 年由里昂 Librairie Lardanchet 出版。

方，這本書得到一種真正的時會的勝利，而作者的才分絕不因之有所減少。

　　亨利‧馬西 Henri Massis 也在里昂的拉當曬刊行《觀念在焉》*Les Idées restent*，[18] 形成這位青年哲學家對於國家復興的觀念的總和。拉當曬還印行《羅曼‧阿皮艾實》*Romain Alpuech*，一本辛辣的小說，敘寫魯艾格 Rouergue 的鄉民對於土地的熱戀。作者喀灑茹 [Jean Gazave]，[19]魯艾格的福朗實鎮 Villefranche 的律師，[20] 在他作品勝利的前幾天去世。

　　歐巴乃勒‧達維龍 [Aubanel] Avignon 書店同樣在外省文學事業上有所成就。[21] 牠印行國家學會（L'Académic Française）會員拜爾唐 Louis Bertrand 的《西班牙的花園》[Jardins] *d'Espagne*。[22]

　　值得提起的，還有克萊孟‧佛郎 Clermont-Ferrand 的塞喀納 Sequana 出版的許多應時的愛國小冊子，[23] 關於 [貝] 當元帥（Philippe

---

18　亨利‧馬西（Henri Massis, 1886-1970），今譯亨利‧麥西，法國作家、評論家、文學史家。《觀念在焉》（*Les Idées restent*, 1941）為其早期評論作品的綱要手冊，意在為沒有讀過其作品的讀者提供概述，1941 年由里昂 Librairie Lardanchet 出版。

19　「Jean Gazave」，原文誤植為「Tean Cazave」。喀灑茹（Jean Gazave, 生卒年不詳），又譯加扎夫，法國作家。《羅曼‧阿皮艾實》（*Romain Alpuech*, 1940），加扎夫所作小說，1940 年由里昂 Librairie Lardanchet 出版。

20　魯艾格（Rouergue），法國南部的前行省，大致對應今阿韋龍省（Aveyron）；加扎夫曾撰寫同名專書向旅行者介紹魯艾格，1938 年由 C. Salingrades 出版。福朗實鎮（Villefranche），今魯艾格自由城（Villefranche-de-Rouergue），阿韋龍省城市。

21　「Aubanel de Avignon」，原文作「AuBanel D. Avignon」。Aubanel（Editions Édouard-Aubanel）是位於法國東南部城市亞維農（Avignon）的家族出版社，歷史可追溯到 18 世紀，1926 年起由出版商 Édouard Théodore-Aubanel（1901-1970）經營。

22　「Jardins」，原文誤植為「Tardins」。拜爾唐（Louis Bertrand, 1866-1941），今譯伯特蘭，法國作家。《西班牙的花園》（*Jardins d' Espagne*, 1940），拜爾唐所著專書，寫於 1935 年，介紹西班牙內戰爆發前馬德里、托萊多等地的自然及歷史人文景觀，1940 年由出版社 Édouard-Aubanel 出版。

23　克萊孟‧佛郎（Clermont-Ferrand），今譯克萊蒙－費朗，法國中南部城市，位處奧弗涅－隆－阿爾卑斯大區。

Pétain）的事業的作品。[24] 這是巴黎的塞喀納，如今遷在歐外涅
Auvergne。[25] 這個集子由都茹南 [Jean Thouvenin] 編輯。[26] 這些小冊子
特許運入佔領區。

格樂奴布 Grenoble 的阿斗 [Arthaud] 書店，[27] [以] 往出了許多關
於有名藝術城市的美麗插圖的著述，[28] 現在印行德麥松 André Demaison
的《緯度》*Latitudes*。[29] 這是一本包含五個故事的集子，充滿了殖民地
和異域的情調，依然具有這位引人注目的作家的良好風格。

最後，有一本書就要在這等日子出版，作者是著名的飛行家羅席
Rossi，[30] 由克萊孟・緋郎的路易山 [Mont]-Louis 印刷所刊行，[31] 名字是
《法蘭西航空從業記》*Au Service de l'aviation française*。[32] 大部屬於他的
傳記。他解釋他如何遵從一個迫切的使命：「你將是飛行家！」羅席
和高斗 Codos，[33] 第一次實現紐約巴黎和巴黎紐約之間的不停留飛行。
由這一點看，加以他不斷的光榮記錄的收穫，這本書具有一種史詩的
噓息，可能引起青年的熱狂，嚮往於他們前輩的勳跡。

在今日屈辱的法蘭西，留下了許許多多人。所以，包爾斗 Henry

24　「貝當」，原文誤植為「具當」。

25　歐外涅（Auvergne），今譯奧弗涅，前法國中部大區，2016 年與相鄰的隆－阿
　　爾卑斯大區合併成為奧弗涅－隆－阿爾卑斯大區。

26　「Jean Thouvenin」，原文誤植為「Tean Thourenin」。都茹南（Jean Thouvenin, 生
　　卒年不詳），法國歷史學家，他收集官方材料並撰寫評論，編成小冊子如 *Les
　　premiers actes du Maréchal Pétain*（1940）。

27　「Arthaud」，原文誤植為「Artrand」。格樂奴布（Grenoble），今譯格勒諾布爾，
　　法國東南部城市，位處奧弗涅－隆－阿爾卑斯大區。

28　「以往」，原文誤植為「巳往」。

29　德麥松（André Demaison, 1883-1956），今譯德梅松，法國作家。《緯度》
　　（*Latitudes*, 1941），德梅松所作短篇小說集，五篇短篇小說以位於不同緯度的
　　城市為背景。

30　羅席（Maurice Rossi, 1901-1966），今譯羅西，法國飛行員。

31　「Mont-Louis」，原文誤植為「Mout-Louis」。

32　《法蘭西航空從業記》，法文完整書名為 *Au Service de l'aviation française, 1919-
　　1939*，1941 年由 Mont-Louis 出版。

33　高斗（Paul Codos, 1896-1960），今譯科多斯，法國飛行員。

[Bordeaux] 在里昂的拉當曬書店刊行《牆還好》*Les Murs sont bons*，[34] 題目很正確。這個題目他借自一位淪陷區的先生的談話，他在戰爭之後回到家鄉，看到的是他被轟炸和被焚燒的毀了的房子。這位堅忍的法蘭西人，愛他的土地，愛他的村子，僅僅說損傷並非不可挽救：「房子可以翻造，牆還好」。

二、今日的法蘭西詩歌

　　一位年輕作家回答一次文學調查，新近寫道，詩歌依然保持優越的地位。牠主有全部文學。牠是來源，也是成就。每一位作家是詩人，雖說他寫的是散文。天才之為人認識，詩歌與有功焉。

　　法蘭西詩歌如今是甚麼面貌？圍着那些出版的書籍，表現出牠種種的傾向？

　　二十年以來，詩歌在法蘭西煥然不可一世。這期間看到梵樂希 Valéry 和克樓代 Claudel 的光榮，[35] 毛辣 Maurras 的《內在音樂》*La Musique intérieure* 的發表，[36] 阿坡里乃耳 Apollinaire 的名聲。[37] 喀爾高 Carco 發表《浪子和我的心》*La Bohême et mon cœur*。[38] 而高克斗 Jean

---

34　「Bordeaux」，原文誤植為「Bordaux」。包爾斗（Henry Bordeaux, 1870-1963），今譯波爾多，法國作家、律師。《牆還好》，全名為 *Les Murs sont bons: Nos erreurs et nos espérances*，1940 年由 Librairie Arthème Fayard 出版，原文將出版機構誤植為拉當曬書店（Librairie Lardanchet）。

35　梵樂希（Paul Valéry, 1871-1945），或譯瓦勒里，法國象徵主義詩人、作家、哲學家。克樓代（Paul Claudel, 1868-1955），今譯克洛岱爾，法國詩人、劇作家、外交官。

36　毛辣（Charles Maurras, 1868-1952），今譯莫拉斯，法國詩人、評論家、政治家。《內在音樂》（*La Musique Intérieure*, 1925），莫拉斯所作詩集。

37　阿坡里乃耳（Guillaume Apollinaire, 1880-1918），今譯阿波利奈爾，法國詩人、劇作家、藝術評論家。

38　喀爾高（Francis Carco, 1886-1958），今譯卡爾科，原名 François Carcopino-Tusoli，法國詩人、記者、詞作家。《浪子和我的心》（*La Bohême et mon cœur*, 1912），卡爾科的首部詩集。

Cocteau 的作品，[39] 我們也不能隨便忽略。

在詩歌的再興之中，《新法蘭西雜誌》*La Nouvelle revue française* 曾經負有重要的任務。[40] 從馬拉麥 [Mallarmé] 的信徒阿里拜 François-Paul Alibert 的象徵詩，[41] 到艾呂阿 Éluard，[42] 阿辣貢 Aragon 和屋茹 Jouve 的現代作品，[43] 距離是長遠的。《新法蘭西雜誌》不以此而傾向超現實，歡迎一切有力的新傾向，支持一部詩作的內在的演進，不以有頭有尾為意，給出一串的印象，而意象繼續不斷，繁複猶如夢境所展示。

這一派最有才分的詩人或許是艾呂阿。在他旁邊，我們可以放上徐白爾維也勒 Supervielle，[44]《人世寓言》*La Fable du monde* 的作者，[45] 具有可愛的幻想的旅行者和詩人。至於梵樂希，他讓人想到他是一個具有表現天才的馬拉麥。

《新法蘭西雜誌》同樣發表克樓代的天主教的作品，讓他抵於勝利。沒有牠刊行的燦爛的版本，白居 Charles Péguy 也許要不大為人所

39　高克斗（Jean Cocteau, 1889-1963），今譯考克多，法國詩人、劇作家、電影導演，超現實主義和達達主義運動的代表人物之一。

40　《新法蘭西雜誌》（*La Nouvelle revue française*），1908 年創刊的法國文藝評論月刊，現以雙月刊形式出版。

41　「Mallarmé」，原文誤植為「Malarme」。馬拉麥（Stéphane Mallarmé, 1842-1898），今譯馬拉美，原名 Étienne Mallarmé，十九世紀法國象徵主義詩人、文學評論家。阿里拜（François-Paul Alibert, 1873-1953），今譯艾莉柏，法國詩人、記者。

42　艾呂阿（Paul Éluard, 1895-1952），今譯艾呂雅，原名 Eugène Grindel，法國詩人，超現實主義運動發起人之一。

43　阿辣貢（Louis Aragon, 1897-1982），今譯阿拉貢，法國詩人、小說家，曾於 1920 年代積極參與法國超現實主義運動，與茹夫同為法國抵抗運動（La Résistance）的主要詩人。屋茹（Pierre Jouve, 1887-1976），今譯茹夫，法國作家、詩人，其創作深受佛洛伊德（Sigmund Freud, 1856-1939）的精神分析學說（Psychoanalysis）影響。

44　徐白爾維也勒（Jules Supervielle, 1884-1960），今譯蘇佩維埃爾，法籍烏拉圭裔作家。

45　《人世寓言》（*La Fable du Monde*, 1938），蘇佩維埃爾的詩集。

知。[46] 牠為雅穆 Jammes 的光榮效了不少勞，[47] 也為佛爾郎達 Fernandat 的作品的傳播出了不少力。[48] 仗着牠鑑別的精神，這同一刊物能夠成為紀德 Gide，邦達 Benda 和最有天主教氣息的藝術家的刊物。[49]

　　戰前不久，牠把神秘的大詩人杜班 Patrice de La Tour du Pin 歡迎進來。[50] 他真正算得上同時代表古代法蘭西和最現代詩的精神。

　　同時，《法蘭西水星雜誌》Mercure de France 繼續牠在象徵時期開始的工作。[51] 牠歡迎各色的詩人。牠組成文學史唯一的倉庫。牠曾經支持好些詩歌的使命。

　　若干年以前，詩人史瓦布 Raymond Schwab 和拉屋 Guy Lavaud 出了一份新型雜誌，[52] 名字是《伊格達西》Yggdrasil。[53] 拒人於千里之外，然而大獲成功。這是一種月刊，法文的世界詩刊。牠曾經譯出發表種

46　白居（Charles Péguy, 1873-1914），今譯貝季，法國詩人、散文家、編輯，其作品在二戰期間的法國被廣泛引用。《新法蘭西雜誌》曾在 1916 至 1955 年間出版 20 卷的《貝璣全集》(Œuvres complètes de Charles Péguy (1873-1914))。

47　雅穆（Francis Jammes, 1868-1938），今譯耶麥，法國詩人。

48　佛爾郎達（René Fernandat, 1884-1959），原名 Louis Genet，法國詩人、文學評論家。

49　邦達（Julien Benda, 1867-1956），今譯班達，法國哲學家、散文家、評論家。

50　杜班（Patrice de La Tour du Pin, 1911-1975），法國詩人。

51　《法蘭西水星雜誌》(Mercure de France, 1890-1965)，今譯《法蘭西信使》。雜誌前身為《風雅信使》(Mercure galant)，創刊於 1672 年，於 1724 年改名為 Mercure de France，發行至 1825 年停刊。1835 至 1882 年間，Mercure de France 作為 Musée des familles（1833-1900）附刊發行，1890 年由法國出版商瓦爾雷特（Alfred Vallette, 1858-1935）夫婦正式復刊，是法國象徵主義文學運動的重要陣地。

52　史瓦布（Raymond Schwab, 1884-1956），今譯施瓦布，法國詩人、學者、翻譯家。拉屋（Guy Lavaud, 1883-1958），今譯拉沃德，法國象徵主義詩人。

53　《伊格達西》(Yggdrasil)，法國詩歌月刊，於 1936 至 1940 年間發行，以「詩歌通訊」(Bulletin de la poésie)為理念，刊登法文詩、外文詩翻譯及詩歌評論。兩位創始人 Raymond Schwab 和 Guy Lavaud 尤其關注世界詩歌，相信詩歌的本質能夠超越語言和翻譯存在。除了幾乎全部歐洲國家的詩歌，雜誌還曾譯介加拿大（愛斯基摩語）、巴西、剛果詩歌，印度教經典和伊朗古詩等等。參考 Guillaume Louet, "Yggdrasil «parti de la poésie» (1936-1940)," La Revue des revues 46 (Automne 2011), pp. 18-45.

種文字製作，供助法語讀者研讀。

　　戰爭以前，有兩份雜誌代表法國詩歌的古典傾向：《法蘭西的繆斯》*La Muse Française* 和《笛方》*Le Divan* 新近宣布繼續出版。[54]

　　《法蘭西的繆斯》由詩人出版家喀尼耶 Garnier 和文學史者阿萊穆 Maurice Allem 共同編輯。[55] 牠發表古典形式的各體詩章。這一點不妨害獨特的感覺圓滿表現出來，如奧爾穆窪 Ormoy，[56] 沙巴乃伊 Chabaneix，[57] 弗羅 Forot。[58] 同樣是比斯 Louis Pize 的嚴肅與宗教的情感，[59] 也圓滿表現出來。

　　《笛方》久已乎是幻想詩的刊物：牠讓人熟悉都萊 Toulet，[60] 大部份的喀爾高和德賴穆 Tristan Derème。[61]

　　在繼承杜・蒲萊席 Du Pless[y]s 和拉・達耶德 La Tailhède 的羅馬影響的雜誌裏面，[62] 必須提到巴斯喀 Pierre Pascal 編輯的《峨芮笛司》

54　《法蘭西的繆斯》(*La Muse Française,* 1922-1940)，法國詩歌雙月刊，主要刊登詩歌與詩歌運動的相關評論，由 Maurice Allem（1872-1959）、Auguste Pierre Garnier（1885-1966）等十數位作家、詩人共同創立。《笛方》(*Le Divan*)，1909 至 1958 年刊行的文藝雙月刊，由 Henri Martineau（1882-1958）主編。

55　喀尼耶（Auguste Pierre Garnier, 1885-1966），英吉利海峽（la Manche）詩人、出版商，*La Muse Française* 主編。阿萊穆（Maurice Allem, 1872-1959），原名 Marie Maurice Abel Léon Allemand，法國語言學家、小說家、文學史家。

56　奧爾穆窪（Marcel Ormoy, 1891-1934），筆名 Marcel Prouille，法國詩人、小說家。

57　沙巴乃伊（Philippe Chabaneix, 1898-1982），今譯夏巴尼，法國詩人、記者、文學評論家。

58　原文「Forot」後面誤植「是」字，已刪去。弗羅（Charles Forot, 1890-1973），今譯福羅，法國詩人、記者。

59　比斯（Louis Pize, 1892-1976），法國詩人。

60　都萊（Paul-Jean Toulet, 1867-1920），今譯圖雷，法國詩人、小說家、專欄作家。

61　德賴穆（Tristan Derème, 1889-1941），今譯德雷姆，原名 Philippe Huc，法國詩人。

62　「Plessys」，原文誤植為「Plessis」。杜・蒲萊席（Maurice Du Plessys, 1864-1924），法國詩人。拉・達耶德（Raymond de La Tailhède, 1867-1938），法國詩人。二人同為旅居法國的希臘詩人莫雷亞斯（Jean Moréas, 1856-1910）的學生，並參加了莫雷亞斯於 1891 年創立的法國文學團體羅馬派（école romane），以復興古典主義精神。

Eurydice。[63] 他有野心做巴黎的公民詩人。

賴奴 [Jacques] Reynaud 和弗羅 Charles [Forot] 的《詩》（Poésies）
雜誌，[64] 雖說是古典的，卻有幻想的成分。

在阿勒皆 Alger 出版的《風旦》Fontaine，[65] 以最現代自命。牠藝術
的方式企圖達到一種廣大的自由。

戰爭看見《戴盔的詩人》Poètes Casqués 出版。[66] 這是一種戰報，
企圖調和詩國最矛盾的傾向。自從詩人脫掉盔甲以後，這個戰報變成
《四零年詩》Poésie 40，然後隨新年變成《四一年詩》Poésie 41。簡略
和因年而異的題目似乎就缺乏時間的穩定性。《四一年詩》僅僅要求
詩人依照自己的意向表現，使用最宜於他們藝術的語言。這可能流於
危險的。這一點不是對於藝術的古典概念。節奏，半韻，全韻等等，
似乎握手言和了。這裏僅只是一種不言而喻的模糊的停戰協定。

我們必須不要忘記《米辣保橋》[Le] [Pont] Mirabeau 和《海瓶》La
Bouteille à la mer 兩種詩雜誌，[67] 還應該記住《高樂布》Corymbe，[68] 純粹

63　巴斯喀（Pierre Pascal, 1909-1990），今譯帕斯卡爾，法國詩人、散文家、譯者。
　　《峨芮笛司》（Eurydice, 1933-1939），帕斯卡爾創辦的評論刊物。

64　「Jacques」，原文誤植為「Tacques」。「Forot」，原文誤植為「Forota」。賴奴
　　（Jacques Reynaud, 1894-1965），今譯雷諾，法國詩人、劇作家、導演。括號內
　　（Poésies）為原文註。賴奴曾於 1941 出版《法國詩集》（Poésie Française），但
　　並非雜誌，推斷作者可能混淆了賴奴、弗羅二人曾共同參與編寫工作的文學
　　評論雜誌 Latinité (1929-1932)。

65　阿勒皆（Alger），今阿爾及爾（Algiers），1830-1962 年間法屬阿爾及利亞
　　（French Algeria）省份，現為阿爾及利亞首都。《風旦》（Fontaine, 1939-1947），
　　前身是 1938 年 11 月創刊的詩歌評論雜誌 Mithra，於 1939 年四、五月出版的
　　第三期起改名為 Fontaine。

66　《戴盔的詩人》（Poètes Casqués, 1939-1940），法國詩人塞格爾（Pierre Seghers,
　　1906-1987）於 1939 年創立的詩評刊物，主力評介當時面對納粹德國入侵而創
　　作的抗戰詩歌，自 1940 年起更名為 Poésie 40，直接以出版年份作為刊名。

67　「Pont」，原文誤植為「Pout」。《米辣保橋》（Le Pont Mirabeau），1938 至 1939
　　年刊行的詩評刊物。米辣保橋，今譯米拉波橋，位於法國巴黎塞納河上的一
　　座鐵拱橋，戴望舒曾譯作密拉波橋。《海瓶》（La Bouteille à la Mer），1929 至
　　1939 年刊行的文藝雜誌，其後因戰亂停刊，1945 年復刊。

68　《高樂布》（Corymbe），1931 至 1940 年刊行的文藝雜誌。

屬於外省的最好的詩刊物。

克樓代，阿坡里乃耳，[梵]樂[希]，雅穆，曾經以他們的才情表現近二十年介乎兩個戰爭的政治的鼎盛，然而新近各地崛起的傾向，似乎離開這些詩壇霸主，奔向另一[方向]了。[69]

歐笛孝 Gabriel Audisio，[70] 地中海的詩人作家，名字發出一種拉丁的諧和，擯斥許多現代詩人的逸隱主義和師法主義，他們相信這樣可以更為藝術的，實際是陷入迷途。新法蘭西需要一種以誠相見的詩歌，音節可能觸到小民的心：「孕育對，發音就清楚」。

選自《大公報‧文藝》第 1142-1143 期，1941 年 7 月 20-21 日

69　「方向」，原文誤植為「向方」。

70　歐笛孝（Gabriel Audisio, 1900-1978），今譯奧迪西奧，法國詩人。

倫敦——今日歐洲的文化中心

〔英〕Janet Leeper 著，夏雷 譯

　　戰爭對英倫的影響日漸深重，可是，人民的文化生活一樣地繼續着下去。

　　假如人們問：新的書是不是在寫作着批評着，畫是不是在畫着，辯論會是不是在開着，劇本是不是在上演着呢？答案祇有這末的一個：是的。理由是：在戰爭中，如果把每一個主張民主的人在爭取着的東西——精神、美感、創造的思想、自由的表現力——都忽視了，則縱然獲得了勝利，到底有甚麼用呢？

　　就是這樣地，在今年四月，在倫敦，一個年青的英國作曲家的新競奏樂首先演奏出來。巴哈（Johann Sebastian Bach）的情感音樂和偉大的古典的交響不時的在「皇后大堂」（Queen's Hall）充盈着。[1]

　　畫家們也在寫着畫，從今年五月照常舉行的皇家藝術專門學院（The Royal College of Art）展覽會、無數的個展和國家美術陳列所（The National Gallery）裏面的戰時繪畫便可以看得見。James [Jeans] 爵士在皇家學會（The Royal Society）裏演講，[2] 發表了關於行星的自然本質的新發現。各大學的刊物常常登載着研究性的文章；關於歷史、小說、藝術文學，和各種經過深刻的研究的著作擁滿了出版家們的桌子。書籍的出售也在增加着。

　　真的，倫敦已經變成了歐洲文化的中心了。歐洲心脈的跳動不在中央而在周圍。很久以前，在黑暗時代，這情形已經發生過。那時候，愛爾蘭的僧侶抱殘守缺地燃燒着星星的小火，牠，終於變成了照耀着

1　巴哈（Johann Sebastian Bach, 1685-1750），德國巴洛克時期作曲家、演奏家。皇后大堂，今譯女王音樂廳，1893 年於英國倫敦朗豪坊（Langham Place）開幕，1941 年在倫敦大轟炸（The London Blitz）中被德軍炸毀。

2　「Jeans」，原文誤植為「Jeaus」。James Jeans（1877-1946），英國物理學家、天文學家、數學家。

一個異端的大陸的炬焰。在第六第七世紀，祇有愛爾蘭的傳道者把基督教經異端的英倫而流入法蘭西、布干地（Burgundy）、萊茵河（The Rhine）流域、瑞士，以至於野蠻的巴威略（Bavaria）人。[3]

現在，英國正擎舉着同樣的文化的火炬。今日，歐洲大陸一再陷在異端的箝制之下，期望的眼睛轉瞧着一個生活着自由的，思想不受束縛的人民底國度。各國從壓迫底下逃亡到這裏來的避難者，從沒有現在這麼多。他們所自來的，不獨是從德國和奧國，而且是從波蘭、捷克、挪威、荷蘭、比利時和法蘭西。

來自歐陸的天才者豐富了英國的舞臺。室內樂不特每天都在國家藝術院，同時也在「波蘭煖爐」奏演。捷克三重奏隊告訴我們怎樣演奏「特復爾約克」（Dvorak）的作品；[4] 每一隊捷克的飛行員都有他們自己的小提琴家。

我們處處都可以見到，這些天才的異國人，跟我們一起作戰，混進我們的藝術家羣裏，參加了我們的文化生活。「穆拉爾」（Jacob S. Worm-Müller）是一位歷史學教授，[5] 也是諾貝爾學會的顧問，他離開了奧斯盧大學（University of Oslo），因為他不願教授那些經過改竄的祇會宣傳納粹侵略的歷史。「華爾克斯」是歐洲有名的研究東羅馬時代音樂的權威學者，他從維也納逃難到來，他替新版的巨著《格魯夫斯音樂大詞典》（*Grove's Dictionary of Music and Musicians*, 1940）寫了一篇關於這問題的很重要的文章。[6]

3　布干地，今譯布根地，法國中部大區。巴威略，今譯巴伐利亞，德國東南部的聯邦州。

4　特復爾約克（Antonín Dvořák, 1841-1904），今譯德弗札克，捷克民族樂派作曲家。

5　穆拉爾（Jacob S. Worm-Müller, 1884-1963），今譯沃姆－穆勒，挪威歷史學家、政治家、雜誌編輯。1940 年德國佔領挪威後，穆拉爾隨即加入倫敦的挪威流亡政府。

6　《格魯夫斯音樂大詞典》，今譯《格羅夫音樂和音樂家辭典》，一部由英國音樂史家喬治‧格羅夫（George Grove, 1820-1900）主編的音樂百科辭典，此處提及的是 1940 年由英國樂評家 H. C. Colles（1879-1943）所編的第四版。

　　維也納、布拉格、華沙：是黃金的名字，是失去了的光榮。從維也納，傳入了英國牠蜚聲已久的攝影和著名的藝術，牠，現在採取了英國風的題材。捷克著名的劇作家「蘭格爾」（František Langer）也[已]經到了這裏來。[7] 波蘭人的逃難者中間有着詩人，這些詩人現在學着英語。我們很愉快地記憶起了「康拉特」（Joseph Conrad 譯者按，是用英文寫作的波蘭小說家。[8]）是一位波蘭人，在英勇作戰過的波蘭人的隊伍裏面，會不會有着第二個康拉特呢？

　　波蘭畫家「杜布爾斯基」在把波蘭的功績用顏色紀錄下來，並以不敗的技巧和幽默追尋着戰時英國的莊嚴而美好的風景。一個英、法歌舞季節昭示着波蘭民族的歌舞並沒有死去：一個免費的荷蘭音樂會說明着荷蘭人不獨會說兩國的語言，而且還有着許多天才。

　　英倫，她自己的民族的天才，原來就是很豐富的，現在變成了整個歐洲大陸的文化倉庫，是許多在納粹壓抑之下的國家的民族精神底無拘無束的家庭。從英國最多變化的和最有氣魄的文學[，]反映着英國是在不斷地找求着新的表現的形式。

　　自由法國在倫敦自由的空氣裏尋到了精神的歸宿。「賴伯爾泰」（André Labarthe）主編着自由法國的《自由法國月刊》（La France libre）。[9] 牠一如我們的意想地維持着很高的文化水準，擔任撰述的作家們有 E. [Curie], D. Saurat 和 C. Huysmans。[10] 自由法國、捷克、波蘭、

7　蘭格爾（František Langer, 1888-1965），捷克猶太裔劇作家、散文家、文學評論家、公關、軍醫。「已經」，原文誤植為「可經」。

8　康拉特（Joseph Conrad, 1857-1924），今譯康拉德，波蘭裔英國小說家。

9　賴伯爾泰（André Labarthe, 1902-1967），法國記者。《自由法國月刊》（La France libre），賴伯爾泰主編的月刊，1940 至 1946 年在倫敦出版。

10　「E. Curie」，原文誤植為「E. Cure」。愛芙・居禮（Ève Curie, 1904-2007），法裔美國演員、記者、鋼琴家，物理學家、諾貝爾獎得主瑪麗・居禮與皮耶・居禮之女。1940 年 Ève Curie 流亡倫敦，加入戴高樂（Charles de Gaulle, 1890-1970）發起的自由法國運動（France libre），並曾作為戰爭通訊員到訪非洲、亞洲和蘇聯。D. Saurat（Denis Saurat, 1890-1958），法國作家、學者。C. Huysmans（Camille Huysmans, 1871-1968），比利時政治家、記者，第二次世界大戰期間流亡倫敦，曾任比利時倫敦流亡政府首腦；1946 至 1947 年任比利時首相。

德國、荷蘭這些國家的報紙，再不能在她們自己國家裏得到言論的自由了。

　　這主要的文化力量，這思想對物質的勝利，這精神的世界對坦克車機械化部隊的世界的勝利，寄託了未來的希望。時代雖然是艱苦的，但藝術之花在英倫燦爛地盛放着。當這些文化人重返歐陸的時候，那被壓迫的人們便已得到解放，第二個黑暗時代也已變成了不祥的回憶了。

選自《大公報‧文藝》第 1167 期，1941 年 8 月 24 日

希特勒手下的法國文化

〔法〕J. R. 布洛克 著，戈寶權 譯

　　布洛克（Jean-Richard Bloch）是法國現代一位著名的文學批評家，[1]
在德蘇戰爭爆發的前夜，從巴黎經過柏林流亡到莫斯科去，他所寫
的這篇文章，是關於在德國法西斯鐵蹄踩躪下的法國文化的最新的
報導。

——譯者

　　法國作家中的一羣，其中有不少著名的，是已經流亡到美國去
了。另一些作家移居到倫敦去。還有一些作家，則遭到維希政府
（Régime de Vichy）和巴黎當局的拒絕，無法領到一個出國的簽證；他
們目前正在秘密地從事寫作。但是當所有的出版物都遭到最嚴厲的檢
查，並且只允許出版那些歌頌法西斯佔領者和歌頌他們在法國的代理
人的「著作」的時候，他們又怎樣能出版他們的作品呢？

　　有一位全世界知名的作家，最近看見他的兩本新著在巴黎被禁
止了。「非亞利安人」（non-Aryan）已經失掉印行任何著作的權利。[2]
他們甚至也失掉了生活的權利。哲學家柏格森（Henri Bergson），[3] 一位
老年人，在今年正月裏被凍死了。巴黎國家圖書館（La Bibliotheque

1　布洛克（Jean-Richard Bloch, 1884-1947），今譯布洛赫，法國評論家、小説家、
　　劇作家。

2　亞利安人，又譯雅利安人，納粹德國在 1933 年將亞利安人定義為以德國血
　　統為主的北歐人種，1935 年的《紐倫堡法案》（*Nuremberg Laws*）更宣佈只有
　　德國人或有相關血統者才有資格成為德國公民，褫奪「非德國人」的德國公
　　民權。

3　柏格森（Henri Bergson, 1859-1941），法國猶太裔哲學家、作家，1941 年在
　　被佔領的巴黎因支氣管炎逝世。其著作《創造進化論》（*L'Évolution créatrice*,
　　1907）影響深遠，1927 年獲諾貝爾文學獎。

Nationale）的管理人朱里安・該隱（Julien Cain），[4] 自從二月之後就被關在巴黎的一個監獄裏面。

著名的朗節萬教授（Paul Langevin），[5] 曾得過諾貝爾物理學獎金，當在隆冬最嚴寒的時候，被關在一間沒有生火的地窖裏面共有四十二天之久，此後就被貶到被佔領區的一個小城市裏面去居住。大化學家約翰・拜蘭（Jean Perrin）、[6] 哲學史家都當和在法國其他的許多人，都被撤去教職。心理技術學者亨利・瓦隆（Henri Wallon），[7] 眼看見他的課程在法蘭西大學裏被法西斯所禁止了。巴黎人類學博物館的館長保羅・尼威特（Paul Rivet），[8] 為了避免被監禁，只好逃跑了，他流亡到哥倫比亞去。語言學者馬魯茹和歷史學者法地愛，都被德國人逮捕了。

單把這一類的事情列舉出來，就可以佔滿了報紙的很多篇幅。成千百的中學和小學的教師，都遭了法西斯的毒手所迫害。

那些不著名的無聊的小說家，高聲地表示出他們同意於「新秩序」，他們現在則在大聲急呼地擁護希特勒（Adolf Hitler）與墨索里尼（Benito Mussolini）進攻蘇聯的戰爭。[9] 這一羣胡亂塗鴉的作家以及一大堆無恥的叛徒作家，正是目前當局的心愛寶貝。

4　朱里安・該隱（Julien Cain, 1887-1974），法國被納粹德國佔領前國家圖書館的管理人。

5　朗節萬（Paul Langevin, 1872-1946），今譯朗之萬，法國物理學家。原文誤指朗節萬曾獲得諾貝爾物理學獎，得獎者實為其博士論文指導老師皮耶・居禮（Pierre Curie, 1859-1906）及其夫人瑪麗・居禮（Marie Curie, 1867-1934）。

6　約翰・拜蘭（Jean Perrin, 1870-1942），今譯尚・佩蘭，法國物理學家，獲得1926 年的諾貝爾物理學獎。

7　亨利・瓦隆（Henri Wallon, 1879-1962），法國哲學家、心理學家、神經精神病學家、政治家，專長為兒童發展 1937 至 1949 年任法蘭西公學院（Collège de France）教授。

8　巴黎人類學博物館（Musée de l'Homme），今譯人類博物館，1937 年由民族學家保羅・尼威特（Paul Rivet, 1876-1958）創立。

9　希特勒（Adolf Hitler, 1889-1945），德國政治人物，納粹黨領袖、納粹德國元首，發起第二次世界大戰並在歐洲實施納粹大屠殺。墨索里尼（Benito Mussolini, 1883-1945），意大利法西斯主義創始人，1925 至 1943 年間獨裁統治意大利。

法國在精神上和經濟上，已經分割成為兩部份了。土魯斯（Toulouse）現在和波爾多（Bordeaux）的距離，要比起和紐約的距離還要遠。巴黎不知道在里昂（Lyon）將要出版些甚麼東西，里昂對於巴黎的出版物則是毫無所聞。法國的文化是分裂開來，撕成粉碎，遭受到壓迫和屈辱。

我們不應該忘記，現在有兩百萬的法國人被監禁，十萬多人是政治犯。後一個數目是每天都在增加着。多少科學家、探險家、工程師和藝術家都是在這個數目之中！

法國兩個區域的交通，只有在某些特定的地點是被正式允許了的，但是德國的當局卻又很少承認這些地點是有效的。一個國家兩個部份之間的交通斷絕，對於整個國家的生活，特別是在精神方面，就正像一條水蛭在吸血一樣。它使得科學界的會議和大會無法舉行；它妨礙了科學團體的工作，和互相利用實驗室及大圖書館等。

現在，沒有一個劇團被允許旅行到非佔領區去，和再從非被佔領區回來。在巴黎和其他的城市裏面旅行，也變成一件困難的事情了，因為法西斯徵發了所有汽車和摩托用的汽油。畫家既找不到帆布，也找不到油彩，建築家想找磚頭、水泥和石灰石，結果只是一個空，火車的行駛是大大地減低了，因此鐵道就不能和燃料及食物的運輸相配合起來。他們既缺乏煤，也缺乏滑油。

在法西斯鐵蹄統治之下的其他國家裏面，你也可以碰到類似的情形：到處你都可以發現出同樣的精神上聾啞，智力勞力的麻痺，和文化泉源的枯竭。

龐大的法西斯的旗幟，在巴黎的公果爾德廣場（Place de la Concorde）上飄揚着；[10] 德國戲院在巴黎喜劇院（Comédie Française）上

10　公果爾德廣場，今譯協和廣場，位於法國巴黎市中心塞納河右岸。

演德國戲劇；[11] 當德國的一個劇團在上演希特勒心愛的歌劇時，一面畫着 [卐] 字的大布幕，[12] 把巴黎歌劇院建築物的前牆都蓋滿了。

畫着 [卐] 字的旗幟飄揚在巴黎之上。[13] 有着法西斯國徽的旗子飄揚在雅典的上空。誰還能找出更深刻的象徵，來表現出人類精神文化在武人的鐵蹄之下所遭受到的這樣蹂躪嗎？

當我抵達蘇聯的時候，我看見一個充滿了創造力的國度；在這個國度裏面，智力勞動是被尊敬的；在這裏，科學家有他們的試驗室，作家有他們的出版局，劇作家有他們的戲院，建築家有他們建築的地點。在這一個國家裏面，思想是用豐富的勞動表現出來；在這裏，所有的公民都信任政府。現在絕不是悲觀失望的，而將來也不是一個不能解決的謎。

現在有一件事是很顯明的，就是渴望毀滅和憎恨一切活生生的創造物的希特勒及其匪徒，是正在攻擊這個國家。

我們大家應該都充滿着無限的決心，來保衛蘇聯，一直到我們最後的一滴血為止。

蘇聯，蘇聯的紅軍，蘇聯的人民及其領袖萬歲！

選自《大公報‧文藝》第 1172 期，1941 年 8 月 31 日

11　「Comédie Française」，原文誤植為「Comdie Française」。巴黎喜劇院，今譯法蘭西喜劇院，其主要演出劇場位於巴黎皇家宮殿內的黎塞留大廳（Salle Richelieu）。

12　「卐」，原文誤植為「卍」。

13　同上註。

淪陷期法國文壇總清賬

江思

[在] 淪陷期中，[1] 法國文學產品可以分成三類。

第一類是那些同時是「抗戰」或「不合作」，但卻能「公開地」發表作品的作家們的作品。

第二類是協助德國的作家們的作品。

第三類是地下作家們的作品。

一、公開發表的作品

在淪陷期中，公開出版的文藝雜誌一共有十二種：

一，《交流》（*Confluences*）（里昂出版）。[二]，[2]《南方手冊》（*Les Cahiers du sud*）（馬賽出版）。三，《海草》（格勒諾勃 Grenoble 出版）。四，《文藝之書》（*Le Livre des lettres*）（在巴黎出版）。五，《法蘭西手冊》（*Les Cahiers français*）（巴黎出版）。六，《弩》（*L'Arbalète*）（在里昂出版）。七，《詩》（*Poésie*）（在里昂出版）。八，《大學生回聲》（*L'Écho des étudiants*）（在蒙柏列 Montpellier 出版）。九，《形和色》（在蒙柏列出版）。十，《比雷涅山》（*Pyrénées*）（在都魯斯 Toulouse 出版）。十一，《泉源》（*Fontaine*）（在阿日爾 Alger 出版）。十二，《阿格達爾》（在拉巴出版）。

公開出版了作品的作家是：

阿拉貢（Louis Aragon）（化名法朗刷・拉・高萊 François La Colère）出版了《傷心事》（*Le Crève-cœur*, 1941），《車頂旅客》（*Les Voyageurs*

1　原文難以辨識，現據文意推斷為「在」。

2　原文遺漏「二」字，現據文意增補。

de l'impériale, 1942）和《蠟像館》（*Le Musée Grévin,* 1943）。[3]

　　聖戴克茹貝里（Antoine de Saint-Exupéry）（空戰陣亡）出版了一部長篇小說《戰爭的駕駛員》（*Pilote de guerre,* 1942）。[4]

　　梵樂希（Paul Valéry）（最近逝世）出版了《雜文五集》（*Variétes V,* 1944）和《惡念》（*Mauvaises pensées et autres,* 1942）。[5]

　　紀德（André Gide）出版了《理想的會見記》（*Interviews imaginaires,* 1942）、《談昂利・米素》（*Découvrons Henri Michaux,* 1941）。[6]

　　波朗（Jean Paulhan）出版了《達爾勃之花》（*Les Fleurs de Tarbes,* 1936, 1941）。[7] [波] 朗在戰前是「法蘭西新評論社」（L'Association de *La Nouvelle Revue française*）的主持者之一，[8] 在淪陷期中，他是地下出版運動的一個主腦。

　　米素（Henri Michaux）出版了《迷宮》（*Labyrinthes,* 1944）和 [《] [驅] 魔》（*Épreuves, Exorcismes,* 1945）[。] [9]

　　愛侶亞（Paul Éluard）出版了《戰時情詩七章》（*Les Sept poèmes d'amour en guerre,* 1943），《詩和真理》（*Poésie et vérité,* 1942）。[10] 他還編

3　阿拉貢（Louis Aragon, 1897-1982），法國詩人、小説家，曾於 1920 年代積極參與法國超現實主義運動。

4　聖戴克茹貝里（Antoine de Saint-Exupéry, 1900-1944），今譯聖修伯里，法國作家、飛行員，《小王子》（*Le Petit Prince,* 1943）作者。《戰爭的駕駛員》（*Pilote de guerre,* 1942），今譯《戰爭飛行員》。

5　梵樂希（Paul Valéry, 1871-1945），或譯瓦勒里，法國象徵主義詩人、作家、哲學家。《雜文五集》（*Variétes V,* 1944），今譯《文藝雜談》。

6　紀德（André Gide, 1869-1951），法國作家，1947 年諾貝爾文學獎得主。

7　波朗（Jean Paulhan, 1884-1968），今譯包蘭，法國作家、文學評論家、出版商。

8　「波朗」，文中又譯「保朗」，現統一修訂。「法蘭西新評論社」（L'Association de *La Nouvelle Revue française*），由法國文藝雜誌《新法蘭西評論》（*La Nouvelle Revue française*）的編輯們組成的社團；包蘭曾長期主編該雜誌。

9　米素（Henri Michaux, 1899-1984），今譯米肖，法籍比利時詩人、畫家。原文難以辨識，現據書名推斷為「驅魔」。原文誤將《迷宮》和《驅魔》二書名稱合併。

10　愛侶亞（Paul Éluard, 1859-1952），今譯艾呂雅，法國詩人，超現實主義運動發起人之一。

了一部詩選，叫做《詩人榮譽》（*L'Honneur des poètes*, 1943），所選均為
不合作的詩人的作品。

　　沙特爾（Jean-Paul Sartre）出版了兩個劇本：《蒼蠅》（*Les Mouches*,
1943）和《閉門》（*Huis Clos*, 1944）。[11]

　　高萊特女士（Sidonie-Gabrielle Colette）出版了短篇集《軍帽》（*Le
Képi*, 1943）。[12]

　　特里奧萊女士（Elsa Triolet）（阿拉貢夫人）出版了《白馬》（*Le
Cheval blanc*, 1943），《萬分抱歉》（*Mille regrets*, 1942）。[13]

　　泊萊伏（Jean Prévost）出版了《斯當達爾的創造》（*La Création chez
Stendhal*, 1942）。[14]

　　翻譯作品也有出版，可是英美的文學作品，凡是在一八五〇年以
後出版的，都遭禁止翻譯出版。

二、協助德國的作家們

　　最近法國作家委員會開了一張名單，其中包涵作家九十五人，是
這委員會以後要拒絕合作的。可是這張名單，因為是根據不很可靠，
頗為一般作家所不同意。可以確切斷定附敵了的，計有：

　　蒙德朗（Henry de Montherlant），[15] 他出版了兩部劇本：《死了的王
后》（*La Heine morte*, 1942）和《無父之子》（*Fils de personne*, 1943），一
部長篇小說：《六月夏至》（*Le Solstice de Juin*, 1941）──這是法國淪陷
期中最親納粹的作品。

11　沙特爾（Jean-Paul Sartre, 1905-1980），今譯薩特或沙特，法國作家、哲學家。
　　《閉門》（*Huis Clos*, 1944），今譯《無路可出》。

12　高萊特女士（Sidonie-Gabrielle Colette, 1873-1954），今譯科萊特，法國小說家、
　　演員、記者。

13　特里奧萊女士（Elsa Triolet, 1896-1970），今譯特里萊，法籍俄裔作家。

14　泊萊伏（Jean Prévost, 1901-1944），今譯普列沃斯，法國作家、記者。

15　蒙德朗（Henry de Montherlant, 1895-1972），今譯蒙泰朗，法國作家。

賽陵（Louis-Ferdinand Céline），[16] 出版了一部長篇小說：《木頭人戲班》（*Guignol's Band*, 1944）和一部論文集 [：]《美麗的布》（*Les Beaux draps*, 1941）。

茹昂陀（Marcel Jouhandeau），[17] 出版了一部短篇集：《丈夫的新紀事》（*Chroniques maritales,* 1938）。

拉洛式爾（Pierre Drieu la Rochelle），[18] 出版了一部長篇：《騎馬的人》（*L'Homme à cheval,* 1943）和一部論文：《政治紀事》（*Chronique politique,* 1943）。

摩拉（Charles Maurras），出版了他二十年來的文學論文。[19]

季奧諾（Jean Giono），[20] 出版了一個劇本：《路的盡頭》（*Le Bout de la route,* 1943）[。]

穆朗（Paul Morand, 1888-1976），[21] 出版了一部：《莫泊桑的一生》（*Vie de Maupassant,* 1942）。

三、地下出版品

地下出版的繁榮證明了法國大部份作家之憎惡佔領，以及他們是準備犧牲生命去求法國的解放。這英勇的企圖是一 [支] 對抗附敵作者的大軍。[22]

在地下出版的文藝雜誌，《法蘭西文學》（*Les Lettres françaises*）是

16　賽陵（Louis-Ferdinand Céline, 1894-1961），今譯賽林，法國作家。

17　茹昂陀（Marcel Jouhandeau, 1888-1979），今譯茹安多，法國作家。

18　拉洛式爾（Pierre Drieu la Rochelle, 1893-1945），今譯拉·侯歇，法國作家。

19　摩拉（Charles Maurras），今譯莫拉斯，法國詩人、評論家、政治家。1944 年，莫拉斯出版文學評論集 *Poésie et vérité*。

20　季奧諾（Jean Giono, 1895-1970），法國作家。

21　穆朗（Paul Morand, 1888-1976），又譯穆杭，法國作家、外交官。

22　「一支」，原文誤植為「一枝」。

最重要的一種，[23] 到現在，牠已取戰前《法蘭西新評論》（*La Nouvelle Revue française*）的地位而代之了。牠的創辦人是約克·特古爾（Jacques Decour），[24] 是一位德文教師，在一九四二年給德國人槍決了。這個雜誌的主要作家，有莫爾根（Claude Morgan），波朗，泊萊伏，愛呂亞，阿拉貢，勃朗查（Jean-Richard Bloch），[25] 萊里思（Michel Leiris），[26] 多馬（Édith Thomas），[27] 沙特爾，葛諾（Raymond Queneau），[28] 加△思，蓋亨諾（Jean Guéhenno），[29] 杜哈美爾（Georges Duhamel）。[30] 這雜誌在巴黎被德國人發現並毀滅過三次，單是這一點，就可以看出牠的經營者的困難和勇氣了。

　　和《法蘭西文學》有着密切的關係的，是「子夜出版社」（Les Éditions de Minuit）。[31] 關於這出版社的創立和經過，說來話長，留在下次再談。這裏且將這個出版社所出版的重要著作記在下面：

　　范高（Vercors）：[32]《海之沉默》（*Le Silence de la mer*, 1942）。

　　范高：《向星行進》（*La Marche à l'étoile*, 1943）。

23　《法蘭西文學》，創刊於 1942 年的法國佔領時期地下文學期刊，由作家特古爾（Jacques Decour, 1910-1942）和包蘭（Jean Paulhan, 1884-1968）創立，1942 至 1953 年由莫爾根（Claude Morgan, 1898-1980）主編，1953 年後由阿拉貢主編。

24　約克·特古爾（Jacques Decour, 1910-1942），法國作家、譯者、德國學學者。

25　勃朗查（Jean-Richard Bloch, 1884-1947），今譯布洛赫，法國評論家、小說家、劇作家。

26　萊里思（Michel Leiris, 1901-1990），今譯勒西斯，法國超現實主義作家、民族誌學者。

27　多馬（Édith Thomas, 1909-1970），法國小說家、歷史學者、記者。

28　葛諾（Raymond Queneau, 1903-1976），今譯格諾，法國詩人、小說家。

29　蓋亨諾（Jean Guéhenno, 1890-1978），法國作家、文學評論家。

30　杜哈美爾（Georges Duhamel, 1884-1966），今譯杜哈曼，法國作家。

31　1941 年，作家兼畫家尚·布魯勒（Jean Bruller, 1902-1991）與雷斯徹爾（Pierre de Lescure, 1891-1963）在德國佔領下的巴黎創立子夜出版社，與納粹審查制度周旋，秘密出版了一系列抵抗運動（la Résistance）作家的作品。戰後子夜出版社的工作轉為公開，運營至今。

32　范高（Vercors），尚·布魯勒的筆名。

馬丹（Jacques Maritain）：[33]《穿過災難》（*A Travers le désastre*, 1941）。

本達（Julien Benda）：[34]《于利爾的報告》（*Le Rapport d'Uriel*, 1943）。

莫里亞克（François Mauriac）：《黑手冊》（*Le Cahier noir*, 1943）。[35]

諦麥萊（Thimerais）：《忍耐的思想》（*La Pensée patiente*, 1943）。[36]

阿拉貢：《巴黎蠟像館》（*Le Musée Grévin*, 1943）。[37]

[特]里奧萊：[38]《阿味農的情人》（*Les Amants d'Avignon*, 1943）。[39]

德布勃里代爾（Jacques Debû-Bridel）：《英吉利》（*Angleterre*, 1943）。[40]

多馬：《短篇集》（*Contes d'Auxois*, 1943）。[41]

加梭（Jean Cassou）：《十四行詩三十三首》（*33 Sonnets composés au secret*, 1944）（獄中作）。[42]

阿佛林（Claude Aveline）：《死去的時間》（*Le Temps mort*, 1944）。[43]

莫爾根：《人的標記》（*La Marque de l'homme*, 1944）。[44]

《放逐的人們》（*Les Bannis*, 1944）（德國禁止的詩人選集）。

33　馬丹（Jacques Maritain, 1882-1973），今譯馬里頓，法國哲學家。

34　本達（Julien Benda, 1867-1956），今譯班達，法國哲學家、散文家、評論家。

35　莫里亞克（François Mauriac, 1885-1970），法國小説家、劇作家、詩人，以筆名「Forez」出版《黑手冊》（*Le Cahier noir*, 1943）。

36　諦麥萊（Thimerais），法國數學家萊昂・莫查納（Léon Motchane, 1900-1990）的筆名。

37　《巴黎蠟像館》（*Le Musée Grévin*），今譯《巴黎格雷萬蠟像館》，1943 年 10 月阿拉貢以筆名 François La Colère 在子夜出版社出版。

38　「特里奧萊」，原文誤植為「拉里奧萊」。

39　《阿味農的情人》，特里奧萊以筆名「Laurent Daniel」發表的小説。

40　德布勃里代爾（Jacques Debû-Bridel, 1902-1993），法國政治家，以筆名 Argonne 發表《英吉利》（*Angleterre*, 1943）。

41　《短篇集》（*Contes d'Auxois*, 1943），多馬以筆名「Auxois」發表的作品。

42　加梭（Jean Cassou, 1897-1986），法國作家、藝術評論家、詩人，以筆名「Jean Noir」發表《十四行詩三十三首》（*33 Sonnets composés au secret*, 1944）。

43　阿佛林（Claude Aveline, 1901-1992），今譯阿維琳，法國作家、出版商、編輯，原名尤金・阿弗辛（Eugène Avtsine），以筆名 Minervois 發表的小説《死去的時間》（*Le Temps mort*, 1944）。

44　《人的標記》（*La Marque de l'homme*, 1944），莫爾根以筆名 Mortagne 發表的作品。

貝里（Gabriel Péri）：《查勒・倍季研究》。[45]

[伊佛・法爾日]（Yves Farge）：[46]《都隆》（*Toulon*, 1943）。

季龍（Roger Giron）：《休戰》（*L'armistice, 12-16 juin 1940*, 1944）。[47]

勃朗查：《蒙德朗研究》。

格羅代爾（Paul Claudel），[48] 茹佛（Pierre Jouve），[49] 許拜維愛爾（Jules Supervielle），[50] 仍是法國詩壇中受人敬仰的詩人。

象徵派詩人聖保爾魯（Saint-Pol-Roux）於一九四〇年為德人所殺。[51] 詩人馬克思・約可伯（Max Jacob）病歿於特朗西的集中營，[52] 因為他是猶太人。

四、演劇

德國人似乎對於演劇方面並沒有怎樣嚴厲處置，所以戲劇的活動是相當活躍的。格羅代爾的難演的劇本《緞鞋》（*Le Soulier de satin*,

---

45　貝里（Gabriel Péri, 1902-1941），法國共產黨中央委員會成員、記者。查勒・倍季（Charles Péguy, 1873-1914），法國詩人、散文家、編輯，其作品在二戰期間的法國被廣泛引用。「子夜出版社」於 1944 年出版 *Deux voix françaises Péguy-Péri* 一書，內容為倍里及貝季二人的文選，當中收有尚・布魯勒署名范高的序言及阿拉貢的介紹文章。

46　「伊佛・法爾日」，原文誤植為「阿拉貢」。伊佛・法爾日（Yves Farge, 1899-1953），今譯伊夫・法奇，法國記者、政治家。相關資料同見喬治・亞當著，文生譯：〈關於法國地下文藝活動和「子夜出版社」〉，《新生日報・文協》新四期（1946 年 1 月 7 日）。

47　季龍（Roger Giron, 1900-1990），法國記者、文學評論家、政治家，以筆名「Vexin」發表《休戰》（*L'armistice, 12-16 juin 1940*, 1944）。

48　格羅代爾（Paul Claudel, 1868-1955），今譯克洛岱爾，法國劇作家、詩人、外交官。

49　茹佛（Pierre Jouve, 1887-1976），今譯茹夫，法國作家、詩人，其創作深受佛洛伊德（Sigmund Freud, 1856-1939）的精神分析學說（Psychoanalysis）影響。

50　許拜維愛爾（Jules Supervielle, 1884-1960），今譯蘇佩維埃爾，法籍烏拉圭裔作家。

51　聖保爾魯（Saint-Pol-Roux, 1861-1940），原名 Paul-Pierre Roux，法國詩人。

52　馬克思・約可伯（Max Jacob, 1876-1944），今譯馬克斯・雅各布，法國詩人、畫家、評論家。

1929），由巴羅爾（Jean-Louis Barraul）改編在「法國劇場」（Comédie-Française）上演，[53] 得到極大的成功。他的《對於瑪麗亞的宣告》（*L'Annonce faite à Marie,* 1912）是在巴黎淪陷之初就上演了的。被德國人藥死的季羅圖（Jean Giraudoux）的劇本《素多姆和高莫爾》（*Sodome et Gomorrhe,* 1943），[54] 也上演過，他還寫了兩個電影腳本［。］

　　高克多（Jean Cocteau）寫了三個劇本：[55]《打字機》（*La Machine à écrire,* 1941）［，］《雷諾和阿米德》（*Renaud et Armide,* 1943），和《昂諦高納》（*Antigone,* 1943），均由霍奈葛（Arthur Honegger）作曲。[56]

　　莎士比亞（William Shakespeare）的劇本《哈姆雷特》（*Hamlet,* 1603），[57]《麥克卑斯》（*Macbeth,* 1623）和《理郤三世》（*Richard III,* 1597）也都上演過。[58]

選自《新生日報》1945 年 12 月 31 日
〈文協〉新三期，中華全國文藝協會香港會員通訊處

53　巴羅爾（Jean-Louis Barrault, 1910-1994），今譯巴侯勒，法國演員、導演。「法國劇場」（Comédie-Française），今譯法蘭西喜劇院，成立於 1680 年，其主要演出劇場位於巴黎皇家宮殿內的黎塞留大廳（Salle Richelieu）。

54　季羅圖（Jean Giraudoux, 1882-1944），今譯季洛杜，法國小說家、劇作家、外交官，1939 年 7 月至 1940 年 3 月出任法國信息部長。

55　高克多（Jean Cocteau, 1889-1963），法國詩人、劇作家、電影導演，超現實主義和達達主義運動的代表人物之一。文中所列劇本均為戰時音樂改編的作品。

56　霍奈葛（Arthur Honegger, 1892-1955），今譯奧乃格，出生於法國的瑞士作曲家。

57　莎士比亞（William Shakespeare, 1564-1616），英國劇作家、詩人。

58　《麥克卑斯》（*Macbeth*），今譯《馬克白》；《理郤三世》（*Richard III*），今譯《理察三世》。

關於法國地下文藝活動和「子夜出版社」

〔法〕喬治‧亞當 著，文生 譯

　　在上期〈文協〉中，我們曾刊載一篇〈淪陷期法國文壇總清賬〉，[1] 把淪陷的法國文學活動作了一個簡單的報告。這裏，我們再刊載法國地下文藝活動的重要腳色之一喬治‧亞當（George Adam）的這篇短文，[2] 使我們對於這段時期的法國文壇，特別是差不多已成為當代的古典作品的《海之沉默》（*Le Silence de la mer*, 1942）的作者，能得到一個更親切的認識。

　　那個時候，盧佛美術館（Musée du Louvre）已變成了一個有着長長的走廊的寂靜而奇異的大廈；[3] 我想像，那些在三年以來四壁空空的一帶塗金的大廳中徘徊着的守衛人，一定感到有時身邊擦過了已不復是「紅衣矮人」了 [的] 幽靈——[4] 傳說中，那「紅衣矮人」是這法蘭西故宮的唯一的鬼魂。怎樣能令人相信呢，那些從前往往從畫框的絳色或金色中擺脫出來，去伴送星期日下午的最後一個參觀者的，孟德涅（Andrea Mantegna），[5] 達文西（Leonardo da Vinci），[6] 朗勃蘭特（Rembrandt

---

1　參見江思：〈淪陷期法國文壇總清賬〉，《新生日報‧文協》新三期（1945 年 12 月 31 日）。

2　喬治‧亞當（George Adam, 1908-1963），法國作家、記者、翻譯家，以筆名「Hainaut」發表作品。

3　盧佛美術館（Musée du Louvre），今譯羅浮宮博物館，位於巴黎市中心的羅浮宮內，為全球歷史最悠久的文化與藝術博物館之一。

4　原文難以辨識，現據文意推斷為「的」。

5　孟德涅（Andrea Mantegna, 1431-1506），今譯曼特尼亞，意大利文藝復興時期畫家。

6　達文西（Leonardo da Vinci, 1452-1519），意大利文藝復興時期畫家，並在音樂、建築、數學、解剖學、天文學等多個領域有所建樹。

van Rijn），[7] 魯本斯（Peter Rubens）的光榮的影子，[8] 竟已追隨着那些塞滿了他們的傑作的木箱 [，] 一直到那些收容着他們的下省的地窖和頂樓去 [了] 呢？[9] 可是那個時候，德國人的軍靴踐踏着加羅賽爾廣場（Place du Carrousel）的平地，[10] 祇有幾個垂倒眼皮，眼睛因含着仇恨而顯着黑色的公務人員，穿過那有穿軍裝的德國人在那裏攝影的盧佛宮大道（Avenue du Louvre）。

嚴守的秘密

　　我差不多每天去看那裏的一個公務人員。他的小小的辦公室是臨着一片總之還是我們的受了污瀆的美麗的巴黎的最動人的風景：賽納河（La Seine）岸的風景。在幾個月之前，我們便是 [在] 格羅德・莫爾根（Claude Morgan）的這個辦公室裏，[11] 決定了把那油印的秘密小雜誌《法蘭西文學》（Les Lettres françaises）改變成一部實在的鉛印的雜誌的。[12] 而他的這個辦公室，他在服季拉路（Rue de Vaugirard）的寓所，和我自己的辦公室，便成為我們的編輯所，我們的發行所的一部份。

　　在美術館總辦事處深深的櫃子裏，靠了館中主腦部份幾個人的同謀，這個古怪的辦事處 [，] 格羅 [德]・莫爾根在他的「發送人」的

7　朗勃蘭特（Rembrandt van Rijn, 1606-1669），今譯林布蘭，荷蘭畫家，巴洛克繪畫（Baroque painting）代表人物。

8　魯本斯（Peter Rubens, 1577-1640），法蘭德斯畫家、藝術收藏家、外交官，巴洛克繪畫代表人物。

9　原文難以辨識，現據文意推斷為「了」。

10　加羅賽爾廣場，今譯卡魯塞爾廣場，位於盧浮宮南翼的室外廣場。

11　原文遺漏「在」字，現據文意增補。格羅德・莫爾根（Claude Morgan, 1898-1980），法國作家、記者、政治家。

12　《法蘭西文學》，創刊於 1942 年的法國佔領時期地下文學期刊，由作家特古爾（Jacques Decour, 1910-1942）和包蘭（Jean Paulhan, 1884-1968）創立，1942 至 1953 年由莫爾根主編，1953 年後由詩人、作家阿拉貢（Louis Aragon, 1897-1982）主編。

訪問之間，[13] 藏着一大批的秘密印刷品：傳單，報章雜誌，小冊子，甚至一些白封面，排印得很精緻的小書。那些小書是寫着「子夜出版社」（Les Éditions de minuit）這個已經聲名日盛的出版者的名稱，[14] 以及這可以算作在佔領者的胖胖的臉上真真打一個耳光的標語：「本書係由某某等愛國文人集資出版，在壓迫之下，於某年某月某日印成⋯⋯」。

　　那便是約克・馬里丹（Jacques Maritain）的《穿過災難》（*A Travers le désastre*, 1941）[15]（我們真不知道，這部 [書] 的原稿怎樣能夠來到那德國秘密警察和衝鋒隊的鐵網之中的巴黎的中心，[16] 達到 [牠] 的出版者的手中的。[17]）那便是福萊思（Forez）的炙熱，隱秘，寧定而有決心的信使《黑手冊》（*Le Cahier noir*, 1943）；[18] 那便是一部題為《不許發表的紀事》（*Chroniques interdites*）（其主要的一篇〈于力爾的傳語〉（"Le Rapport d'Uriel", 1943）奇特而有力地使人回想《貝爾弗高》（*Belphégor*, 1918）的作者茹連・本達（Julien Benda）的屈曲而有把握的章法）；[19] 那特別是一部因為不能獲得原書而被人用打字機傳抄着的書：范高（Vercors）的《海的沉默》。[20] 范高這個十分神秘的名字是熟識法國文

13　「格羅德」，原文誤植為「格羅格」。

14　原文難以辨識，現據文意推斷為「着」。作家、畫家尚・布魯勒（Jean Bruller, 1902-1991）與雷斯徹爾（Pierre de Lescure, 1891-1963）於 1941 年德國佔領下的巴黎創立子夜出版社，與納粹審查制度周旋，秘密出版了一系列抵抗運動（la Résistance）作家的作品。戰後子夜出版社的工作轉為公開，運營至今。

15　約克・馬里丹（Jacques Maritain, 1882-1973），今譯雅克・馬里頓，法國哲學家。

16　「這部書」，原文誤植為「這部本」。

17　原文難以辨識，現據文意推斷為「牠」。

18　莫里亞克（François Mauriac, 1885-1970），法國小說家、劇作家、詩人，以筆名 Forez 出版《黑手冊》。

19　茹連・本達（Julien Benda, 1867-1956），今譯朱利安・班達，法國哲學家、散文家、評論家。

20　范高（Vercors），尚・布魯勒在佔領時期發表作品時所用假名。《海的沉默》是子夜出版社成立後出版的第一本書，出版後旋即成為當時抵抗德國佔領的精神象徵。

學的人，也怎樣都 [猜] 不出是誰來。[21] 他們一個個地想到我們當代作家中的最偉大的幾位，然而那部書中某一些東西，一個句法或是一個形容詞，卻說明了這部書並不是他們所猜想的那位作家寫的。

范高嗎？我並沒有立刻認識。或是退一步說，在最初，當有一天我帶着一包新印好的《法蘭西文學》去給格羅德‧莫爾根的時候，我祇認識了名叫伊鳳‧代維涅（Yvonne Desvignes）的，[22] 和氣，謹慎而風度翩翩的年青婦女。後來，我又認識了那其實並不是她的丈夫的代維涅先生。僅僅是公共秘密工作的偶然，使他們選用了這個在十六區一條十分庸俗的路名，作為他們的姓氏。他們帶了《法蘭西文學》去，他們也把他們最新的出版物交託給我們去流通，那就是一部論真正智識自由的條件的小論文：諦麥萊（Thimerais）的《忍耐的思想》（*La Pensée patiente*, 1943），[23] 或是那署法朗刷‧拉‧高萊（François La Colère）這假名的，阿拉貢的小冊子和詩《蠟像館》（*Le Musée Grévin*, 1943）（可是我們立刻看透了這透明的假名。《美麗的市區》（*Les Beaux quartiers*, 1936）的作家的冷嘲熱諷的作風，是一看就看得出來的。）或是阿高納（Argonne）的《英吉利》（*Angleterre*, 1943）——在這部書中，[24] 阿高納像一個雖然在鐵鎖之中但心靈仍然自由的作者所應做地，[25] 向那我們每晚在寒冷潮濕的寓所從無線電聽到其聲音的盟邦，致着他的敬意；或是羅朗‧達尼愛爾（Laurent Daniel）的《阿味農的情人》（*Les Amants d'Avignon*, 1943）——在這部書的故事中，羅朗‧達尼愛爾（Laurent Daniel），特里奧萊女士（Elsa Triolet, 1896-1970）發表《阿味農的情人》時使用的筆名。作者告訴我們，在南方地帶，少女們

21　原文難以辨識，現據文意推斷為「猜」。

22　伊鳳‧代維涅（Yvonne Desvignes, 1902-1981），原名 Yvonne Paraf，法國作家。

23　諦麥萊（Thimerais），法國數學家萊昂‧莫查納（Léon Motchane, 1900-1990）的筆名。

24　阿高納（Argonne），德布勃里代爾（Jacques Debû-Bridel, 1902-1993）發表《英吉利》時使用的筆名。

25　原文「心靈」前誤植「着」字，已刪去。

[勇] 於奮鬥着，[26] 使她們的土地不失為羅兒（Noël）和貝特拉格可以自由戀愛的土地。

當然囉，我們很快就知道了，《黑手冊》的作者福萊思就是莫里亞克（François Mauriac）；《阿味農的情人》的作者是愛爾莎‧特里奧萊（Elsa Triolet），[27] 而《英吉利》的作者就是德布勃里代爾（Jacques Debû-Bridel）。[28] 但是范高呢？我們尊重她的不願說出真姓名的意志。再說，為謹慎起見，我們和這所謂代維涅夫婦也是 [有] 必要的時候纔會面一次的。[29] 當我們騎着一架老舊的腳踏車，車囊中裝滿了傳單和小冊子，整天在巴黎跑着的時候，最好還是少知道一點，只怕一落網就糟了。我們的被捕了然後送到德國去或槍斃了的同志們的記憶是在那裏，老是在我們眼前，使我們的決心格外堅強，但也警告我們要不斷地十分小心。

一家真正的出版社

真是一個奇蹟，這「代維涅夫婦」經營的「子夜出版社」在地下活動這種不可捉摸而古怪的生活之中，終於成為一個真正的出版社。新的文稿從繁複的驛站遞送到來，而一個波朗‧愛侶亞（Paul Éluard），[30] 賴士居（Pierre de Lescure），德布勃里代爾等人組成的真正的編輯委員會，便擔任着稿件的審定。這樣，那個叢書便漸漸地豐富起來了，然而，愛國的秘密團體卻總不斷地要求印多一點去傳播。在一九四三年，愛侶亞和賴 [士] 居蒐積了許多由我們所穿過的這個火

26　原文遺漏「勇」字，現據文意增補。

27　原文「阿味農的情人」後誤植「們」字，已刪去。愛爾莎‧特里奧萊（Elsa Triolet, 1896-1970），今譯愛爾莎‧特奧萊，法籍俄裔作家。

28　德布勃里代爾（Jacques Debû-Bridel, 1902-1993），法國政治家。

29　「有必要」，原文誤植為「也必要」。

30　波朗‧愛侶亞（Paul Éluard, 1859-1952），今譯保爾‧艾呂雅，法國詩人，超現實主義運動發起人之一。

和血的時代所興感起的詩歌，[31] 而就在這一年的七月十四日，那集合了抗戰的二十一個歌人的作品的《詩人的榮譽》（*L'Honneur des poètes*），便出版了。在這之間，一個灰色封面的新的叢刊，也出版了：《明證》（*Temoignages*）。在這協刊中，伊佛・法爾日（Yves Farge）發表了一個故事：[32]〈都隆〉（*Toulon, 1943*），而將這法國最大的軍港在海軍破壞之日的悲劇的真相，作了最初的真實的描寫。

　　我們不斷地感到有辦得更認真一點的願望。我們經常的代印人奧拉爾（Claude Oudeville）先生不能夠趕得上「子夜出版社」的主 [持] 人和他們的朋友們所要 [求] 的出版步 [伐]。[33] 於是我便設法拿到一家小印刷所出印，而 [在] 這小印刷所中，[34] 我每月親自排一期《法蘭西文學》出來 [。]

　　這樣，在一九四三年的冬季，以及一九四四年的春季，我居然設法趕出幾部新書：《 [對抗] 精神的犯罪》（*Le crime contre l'esprit, 1944*）（《明證》第二輯），[35] 在這本書中，阿拉貢詳列出那些為了那我們大家所擁 [護] 的目標而犧牲了的智識者們；[36]《休戰》（*L'armistice, 12-16 juin 1940, 1944*）（《明證》第三輯），是季龍（Roger Giron）記載一九四〇年六月的那些可恥的日子的歷史的可貴的新材料；[37]《奧克沙的短篇》（*Contes d'Auxois, 1943*），是女小說家也就是在《詩人的榮譽》中的

31　「賴士居」，文中又譯作「賴斯居」，現統一修訂。

32　伊佛・法爾日（Yves Farge, 1899-1953），今譯伊夫・法奇，法國記者、政治家。

33　原文難以辨識，現據文意推斷為「持」、「求」、「伐」等字。奧拉爾（Claude Oudeville, 1898-1953），法國抵抗運動活動家、印刷商，負責早期「子夜出版社」的印刷工作，後來另一位印刷商 Ernest Aulard（1883-1952）加入，共同負責印出版工作。

34　原文難以辨識，現據文意推斷為「在」。

35　原文難以辨識，現據法文原著書名推斷為「對抗」。

36　原文難以辨識，現據文意推斷為「護」。

37　季龍（Roger Giron, 1900-1990），法國記者、文學評論家、政治家，以筆名 Vexin 發表《休戰》。

化名為安娜的女詩人愛第特・多馬（Édith Thomas）的動人的小故事；[38]
倍里（Gabriel Péri）的《貝季》——作者是阿賽德伊（Argenteuil）的共
產黨議員，[39] 為德國人所鎗斃，這是他在獄中所作的自敘傳以及他所愛
好的法國詩人貝季（Charles Péguy）的文選；[40]《人的標記》（*La Marque
de l'homme*, 1944），其作者莫達涅（Mortagne）實在就是格羅德・莫爾
根，在這部書中，我們可以聽到那些戰俘的聲音……

一系列的成功作品

在那個時候，那所謂代維涅夫婦獨力擔當着最吃力的工作。如果
不是每兩個星期，那麼至少每一個月，就有一部墨瀋未乾的新書，在
我們 [驚愕] 的眼底產生出來，[41] 作為愛國者們的心 [靈] 安 [慰]。[42]
在一九四四年二月，是約克・[達] 古（Jacques Decour）[的]《文選》
（*Pages choisies de Jacques Decour*）。[43] 達古是《法蘭西文學》的創辦人，
兩年之前被德國人綁去做人質，而終於被殺死了。半 [個] 月之後，[44]
伊鳳・代維涅勝利地帶了那剛出版 [的]《黑色的夜》（*Nuits noires*,
1944）來。[45] 這是她所譯的美國作家斯丹勃克（John Steinbeck）[的] 小

38　愛第特・多馬（Édith Thomas, 1909-1970），法國小說家、歷史學者、記者。

39　倍里（Gabriel Péri, 1902-1941），法國共產黨中央委員會成員、記者。

40　貝季（Charles Péguy, 1873-1914），法國詩人、散文家、編輯，其作品在二戰期
　　間的法國被廣泛引用。子夜出版社 1944 年出版 *Deux voix françaises Péguy-Péri*
　　一書，為倍里及貝季的文選，當中收有尚・布魯勒署名范高的序言及阿拉貢
　　的介紹文章。

41　原文難以辨識，現據文意推斷為「驚愕」。

42　原文難以辨識，現據文意推斷為「靈」、「慰」。

43　約克・達古（Jacques Decour, 1910-1942），又譯約克・特古爾，法國作家、譯
　　者、德國學學者。

44　原文難以辨識，現據文意推斷為「個」。

45　原文難以辨識，現據文意推斷為「的」。

說，[46] 描寫佔領地區的雰圍氣是那樣地真切，把我們這些不願接受壓迫的人們的自己 [的] 悲劇，[47] 都活活地描劃了出來。還有《向星場的進軍》（*La Marche à l'étoile*, 1943），范高 [的] 第二部作品，[48] 和第一部一樣地濃密，可以說不用吶喊，沒有表面的熱情，而把德國最卑劣的污點：種族主義，加了烙印。還有《私作十四行詩章卅三章》（*33 Sonnets composés au secret*, 1944），是署名為若望‧諾阿（Jean Noir）的作者 [的] 詩集。[49] 而這位若望‧諾阿，就是我們親愛的若望‧加梭（Jean Cassou），[50] 在維希（Vichy）的牢獄中，「這 [個] 囚犯，[51] 他沒有甚麼東西可以拿來寫，祇有他的記憶和時間⋯⋯他祇有拿夜來當墨水，拿回憶來當紙。」還有《歐羅巴》（*Europe*, 1944），[52] 這就是《詩人的榮譽》的續集，在這部集子中，愛侶亞在這鐵 [錘] 和受難的歐洲的時候，[53] 再把那些詩人的作品蒐集起來，不但使我們聽到了法國詩人的聲音，而且還使我們聽到了希臘，南斯拉夫，波蘭，比利時等國的詩人 [的] 聲音。[54]

　　然而七月已經△△了，而那自從六月六日盟軍登陸起就起來的願望，又日益使我們 [的] 心膨脹着。[55] 我已把賽凡納（Cévennes）的《獄中》（*Dans la prison*, 1944）（蓋亨諾 Jean Guéhenno 的日記抄）的印就的

46　原文難以辨識，現據文意推斷為「的」。斯丹勃克（John Steinbeck, 1902-1968），今譯史坦貝克，美國作家、戰地記者。《黑色的夜》（*Nuits noires*, 1944）為史坦貝克所著 *The Moon Is Down*（1942）一書的法譯本。

47　原文難以辨識，現據文意推斷為「的」。

48　同上註。

49　同上註。

50　若望‧加梭（Jean Cassou, 1897-1986），法國作家、藝術評論家、詩人。

51　原文難以辨識，現據文意推斷為「個」。

52　書籍全名為 *L'honneur des poètes, v. 2: Europe*。

53　原文難以辨識，現據文意推斷為「錘」。

54　原文難以辨識，現據文意推斷為「的」。

55　同上註。

書頁送到出版社的裝訂所去，[56] 而我 [的] 印刷人也把《對於自由的呼召》（*À l'appel de la liberté, 1944*）印好了。[57] 這是我在一九四二年所寫的一部長篇小說《刺在腰中的劍》（*L'Épée dans les reins, 1944*）中的一個斷片，作為一個中篇小說出版的，而那全部的稿子，卻是在瑞士等待着更好的日子。可是德國秘密警察的調查和印刷所的被封使出版的工作中斷 [了]。[58] 幸而八月已經來到，而巴黎也被牠的勝利的盟 [軍] 所解放了出來，[59] 於是我的這本小書纔裝訂好 [了]，[60] 署了艾諾（Hainaut）這個筆名，和其他的兩部書同時，在自由的光天化日之下發行了。那兩本其他的書就是《放逐的人們》（*Les Bannis, 1944*）——被納粹所放逐的德國詩人們的詩選，以及《新記事》（*Nouvelles chroniques, 1945*）——一部論文選集。

　　勝利的巴黎拆除了 [牠] 的障礙物。[61] 在盧佛宮大道或加羅賽爾廣場上，我陪伴着我們的朋友們去，他們就是參加我們的解放的盟國士兵。而在拉丁區（Quartier latin）的一條小路中，在那已在光天化日之下設立起來的書店「子夜出版社」中，又找到了我們親愛的「代維涅夫婦」。

　　我老實對你說，對於代維涅的這個新筆名「范高」，我們必需 [過]一些時候纔會習慣呢。[62]

56　蓋亨諾（Jean Guéhenno, 1890-1978），法國作家、文學評論家。
57　原文難以辨識，現據文意推斷為「的」。
58　原文難以辨識，現據文意推斷為「了」。
59　原文難以辨識，現據文意推斷為「軍」。
60　原文難以辨識，現據文意推斷為「了」。
61　原文難以辨識，現據文意推斷為「牠」。
62　原文難以辨識，現據文意推斷為「過」。

戰後挪威文學

江湖

　　戰後挪威文學界出現了很多新作家。其中最能震動一時的人是在挪威解放後寫成頭一本小說《逃亡者》(*Englandsfarere*, 1945)的年青作家斯古爾特‧愛文斯謨(Sigurd Evensmo)。[1] 作者在這本自傳性的小說裏描寫出，那些平常的挪威人怎樣跟可恨的佔領者正面衝突以及民族驕傲感與人類價值感的日見增長，階級意識的日見醒覺，這樣使他們有力量去勇敢的捱受拷打而且高傲的引首就戮。

　　這種崇高感情的主題也深入年青詩人英格爾‧哈開魯甫(Inger Hagerup)的詩歌裏(如他的詩集《向前》*Videre*, 1945)以及約翰‧包爾庚(Johan Borgen)，[2] 阿爾堡‧尼特列奧斯(Torborg Nedreaas)等許多人的作品裏。[3] 戰後第一個時期，挪威進步文學的主題大抵全是關於解放鬥爭的。

　　不過挪威的一般情勢很快就有了猛烈變化，所以在文學作家的面前又發生了一個新的課題。原來那些叛徒和反動派又重新爬出政界和文壇的表面來，向人號召要組織新的反共反蘇十字軍。而那些親英美的份子又異口同聲說：「挪威跟西方文化及西方式的民主是有不能分開的關係。」他們的 [叫] 嚚事實上借來替馬歇爾計劃(Marshall Plan)

1　斯古爾特‧愛文斯謨（Sigurd Evensmo, 1912-1978），挪威作家、記者。

2　英格爾‧哈開魯甫（Inger Hagerup, 1905-1985），挪威詩人、劇作家。約翰‧包爾庚（Johan Borgen, 1902-1979），挪威作家、記者、批評家，納粹德國佔領期間曾發表反諷文章，也曾被關進集中營，後逃亡至瑞典，挪威解放後才回國。

3　阿爾堡‧尼特列奧斯（Torborg Nedreaas, 1906-1987），挪威作家。

宣傳和替美國在挪威打好政治經濟擴張的地盤而已。[4]

　　挪威前進作家為了爭取祖國自由當然不能不負起生死攸關的大任務。在那些積極描寫目前挪威生活的作品中有兩本是特別寫得鮮明和富有意義的，那就是約翰‧包爾庚的《愛情狹路》（*Kjærlighetsstien*, 1946）與愛文‧波爾斯達的《他發了戰爭財》。

　　《愛情狹路》的故事是發生在一個已恢復平時生活的小鎮裏。「市鎮之父」——即那些企業家和商人打算曉諭地方居民，說法西斯已被毀滅，所以此後再不用擔憂了。他們說：「我們活在一個民主自由的社會裏面。」同時他們卻又一面戴上和平而善良的假面具，一面頑強的向民主自由進攻，準備恢復一個政黨，「而這個政黨是還沒有忘懷他在佔領時代的威望，並且號召大家不要放棄期待新的元首出現的理想。」這個由鎮內「備受尊敬的」市民所恢復的叛徒政黨又獲得一切物質上的支持。包爾庚用痛罵與嘲笑暴露了這批右派社會主義者政客的賣身投靠的咀臉，指出大資本家收買他們是因為深信他們會替自己舐靴底的。

　　至於愛文‧波爾斯達的《他發了戰爭財》，就更加猛烈的 [抨] 擊反動問題，[5]作者在這本小說裏指出那些戰犯，內奸，怎樣跟德軍合作而發了過百萬大財產，可是結果沒有受到懲罰。許多奎士林（Vidkun Quisling）黨徒眼見德軍在史太林格勒（Stalingrad）大敗，[6]便深信法西斯是敗定了，於是馬上搖身一變，開始自稱為「打樂人」（這個名稱是

4　原文難以辨識，現據文意推斷為「叫囂」。馬歇爾計劃（Marshall Plan），官方名稱為歐洲復興計劃（European Recovery Program），是二戰後美國對西歐各國進行經濟援助、協助重建的計劃，對歐洲國家的發展和世界政治格局產生了深遠影響。該計劃由時任美國國務卿喬治‧馬歇爾（George Catlett Marshall, Jr., 1880-1959）提出，故而得名。

5　「抨擊」，原文誤植為「拚擊」。

6　奎士林（Vidkun Quisling, 1887-1945），今譯奎斯林，納粹德國佔領時期挪威總理。史太林格勒（Stalingrad），俄羅斯南部城市，1961 年起改名為伏爾加格勒（Volgograd）。1942 年 7 月至翌年 2 月，該地爆發斯大林格勒戰役（Schlacht von Stalingrad），此戰由蘇聯取得決定性勝利，令德國軍事力量受到巨大損失，被視為影響二戰發展的轉捩點。

挪威人用來稱呼那些覺得自己的主子將要滅亡，就趁勢「鼓槳駛往適當海岸去」的傢伙的）。這些奸猾的「打槳人」甚至狡獪地在胸前掛上有功國家的偽造勳章，又以「抗戰英雄」身份霸佔了挪威政治經濟各部門的要職。當然不是全部叛逆者也能夠及時「換了馬」，那麼這些落伍份子顯要受到作惡的果報了，其實又不然，他們也一樣可以找到脫身的去路。原來外國主子又想利用他們來替自己作犬馬的，他們由叛逆者搖身一變而成為「真正愛國份子」，為了「感恩圖報」就願替自己的恩公為牛為馬——在那裏大事宣傳想挑起新的戰爭火焰來。波爾斯達痛心的寫道：「被槍斃的人是不會開口了，受過虐待的人也沉默了。寡婦也懶得痛哭了。牆上掛着犧牲者的肖像，下面放着勳章。不過，那大概不久就要除下來放入抽屜裏去……平常日子又要來了。」

這本小說的主要故事是發生在一家大軍需工廠裏。工人宣佈罷工，要求開審工廠總理魯特威‧克林跟德國人合作的罪。克林和他的岳父霍甫曼這個廠主，曾拿水電鎖和兵房用的煖爐供給德國人而發了百萬大財，他們發動一個無孔不入的運動想挽回自己的名譽，收買，毀謗，甚至拷打罷工領袖，所有的手段也都用到了。

最後克林的合作者，那位外國間諜同時又兼任挪威政府要員的阿諾德‧賽姆又替他策劃辦法，他們兩個就做了一回諷刺的，坦白的對話。

「我們已踏入原子時代了，——賽姆說。——因此我們現在就大不相同啦。一切都改變了。連那愛國感情也一樣哩，克林先生。愛護祖國再不復是手執武器來保衛我們心愛的江山了。今天所謂愛國——就是保衛現存社會組織的意志對挪威人最重要的——這是顯而易見的，便是我們在歐洲地圖上的地位。

叛徒賽姆用偽善口吻指教內奸克林說：「愛國心是不會剝奪了做人的前途的」，而這個「彩虹般的前途」卻全靠及早保証挪威在未來大戰所處的地位而 [得] 到的。[7]「像西班牙和希臘一樣啦」，克林也下了

7　原文難以辨識，現據文意推斷為「得」。

一個定義說。

　　這兩本小說出版後曾引起廣大反響，因為他們所提出的問題含有重大的政治意義。我們知道挪威政府在去年七月初曾跟美國簽過雙邊協定，使挪威成為馬歇爾計劃國家中的一國，但所謂雙邊只是有名無實的，對一切問題只由美國單方面任意決定。美國不只決定援助的規模與性質，還要派出執行人來監視挪威的經濟，財政，對外貿易。這樣挪威局面就淪為從屬，依賴地位了。在這個時候包爾庚與波爾斯達的作品乘時出現，無異舉起代表光榮傳統的大旗向現實勇猛衝鋒陷陣了。因此他們正不失為挪威文壇上的兩顆光芒明星。

選自《華僑日報‧文藝》第 93 期，1949 年 2 月 6 日

西班牙的前進文學家

江湖

在佛朗哥（Francisco Franco）治下的「淡青帝國」內永遠是黑暗的漫漫長夜，[1] 流血與死亡的黑夜。但愛自由的西班牙人民卻是不能征服的。天才詩人安東尼奧．阿柏利西奧（Antonio Aparicio）一年前被智利暴君韋第拉（Gabriel Videla）關入獄中，[2] 不久以前才獲 [釋] 放恢復了自由，[3] 他最近寫了一首長詩〈西班牙不死〉，在 [開] 頭的幾節把西班牙的目前悲慘景狀描寫得淋漓盡致：[4]

> 黑夜依然籠罩着西班牙，
> 大地響着鏦錚的金屬聲，
> 有人在獄中被殺死，
> 呻吟聲傳到天上的星星。
>
> 劊子手安靜的熟睡，
> 周圍都是梟了首的人，
> 香氣繚繞，蠟燭光明，
> 殺人者睡得很安靜；
> 他深信自己是得救了。
> 教皇由羅馬來祝福他：

1　佛朗哥（Francisco Franco, 1892-1975），西班牙政治家、軍事家，1939 至 1975 年間西班牙獨裁政權元首。

2　安東尼奧．阿柏利西奧（Antonio Aparicio, 1916-2000），西班牙詩人、記者。韋第拉（Gabriel González Videla, 1898-1980），今譯維德拉，智利政治家、律師，於 1946 至 1952 年間出任智利總統。

3　原文難以辨識，現據文意推斷為「釋」。

4　「開頭」，原文誤植為「關頭」。

「殺啊，我忠實的孩子，殘忍的首領。」

從華盛頓來的人，

臉孔冰冷像一枝來福槍，

忘記眼前的罪行，還堅決說：

「殺啊，你是可以殺人的，

殘忍的首領。」

華盛頓獎賞你，教皇祝福你，

西班牙的高貴鮮血濕透了大地，

凝結成黑色的石塊。

歲歲年年，

你永遠不能洗掉，抹去，

這些可怕的犯罪痕跡。

　　詩人對西班牙人民的無[辜]犧牲者痛哭。[5] 他又記起他自己的父親，那個死在法蘭基黨徒的行刑房內的「老實而善良的人」，他又記起阿古斯丁‧蘇羅亞（Agustín Soler）及其他被佛朗哥劊子手殘殺的西班牙反抗英雄。[6] 但在阿柏利西奧的這首長詩裏卻完全沒有絕望的氣息。

　　阿柏利西奧這首長詩有一章是頌揚西班牙游擊隊的功績，他寫道：「我和你們心心相印，同在大山中小丘上，我感到暴風雨的來臨。暴風雨已經近在眼前。我看見你們的不屈不撓。紅旗高舉彷彿插入青天。」

　　用這種主題來寫作的不僅是阿柏利西奧的新長詩，而且是現在的全部西班牙前進作家。最好的証據是一九四七年在墨西哥逝世的偉大散文家曼努爾‧貝納維臺斯（Manuel Benavides）的一輯描寫一九三六

5　原文難以辨識，現據文意推斷為「辜」。

6　阿古斯丁‧蘇羅亞（Agustín Hurtado Soler, 1872-1936），別名 Domingo de Guzmán María de Alboraya，西班牙作曲家、作家、羅馬天主教牧師。

至一九三九年戰爭的報告文學，[7] 霍西·彼得（José Petere）的描寫游擊隊的中篇小說，[8] 賽沙 [·] 阿爾貢納達（César M. Arconada）的論文，戲劇，短篇小說與詩歌，[9] 墨克斯·歐巴（Max Aub）與霍西·白爾卡門（José Bergamín）的悲劇，[10] 馬利·李昂（María León）的長篇小說《逆風和潮漲》（*Contra viento y marea, 1941*），[11] 以及彼得洛·卡斐亞斯（Pedro Garfias），[12] 拉飛爾·阿爾伯蒂（Rafael Alberti），[13] 阿爾多洛·布拉希，洛倫素·華列拉（Lorenzo Varela）等人的長詩。[14] 決不妥協，要奮鬥至最後勝利！這便是所有作品的基本思想。

　　西班牙作家和英勇人民並肩作戰去反抗馬德里（Madrid）的暴君，這種行動當然要引起這位首領和他的外國主子的憤怒。因為他們企圖殺盡所有為西班牙共和國的信仰而鬥爭的人民與作家。那些賣身投靠的墮落文人遵着華爾街命令，來誣蔑西班牙解放戰爭，把他描寫成一種「混亂」[。] 他們特別側重在歪曲西班牙英雄的形象和革命功績的現實，在這些造謠專家中，就有倫敦電台的馬德里廣播，專做下流卑鄙的誣蔑工作。而諷刺老作家哈辛特·貝納文蒂（Jacinto Benavente）的近作喜劇《命中注定》（*Al servicio de su majestad imperial,*

7　曼努爾·貝納維臺斯（Manuel Domínguez Benavides, 1895-1947），今譯曼努埃爾·貝納維德斯，西班牙作家、記者。

8　霍西·彼得（José Herrera Petere, 1909-1977），今譯荷西·皮特雷，西班牙作家，曾參與西班牙內戰。

9　賽沙·阿爾貢納達（César Muñoz Arconada, 1898-1964），西班牙「27 一代」詩人、作家。

10　墨克斯·歐巴（Max Aub, 1903-1972），今譯馬克斯·奧夫，西班牙小說家、劇作家，在西班牙內戰結束後流亡墨西哥接近三十年。霍西·白爾卡門（José Bergamín, 1895-1983），今譯何塞·波爾加明，西班牙詩人、劇作家。

11　馬利·李昂（María Teresa León, 1903-1988），今譯瑪麗亞·利昂，西班牙作家。

12　彼得洛·卡斐亞斯（Pedro Garfias, 1901-1967），今譯佩德羅·加菲亞斯，西班牙詩人。

13　拉飛爾·阿爾伯蒂（Rafael Alberti, 1902-1999），今譯拉法埃爾·阿爾維蒂，西班牙詩人。

14　洛倫素·華列拉（Lorenzo Varela, 1916-1978），今譯洛倫佐·瓦雷拉，西班牙詩人。

1947）則又以無恥妥協主義的辯護人姿態出現，[15] 前進文學對這些偽善和無理，卻用如火如荼的號召反抗來答覆他們。前進文學裏面的主人公都是那些目前為西班牙人民自由與幸福而奮鬥的戰士，如克里斯丁諾・卡爾西雅，曼努爾・彭蒂，阿古斯丁・蘇羅亞等等。

西班牙文學上的積極新主人公是今日政治活動的產物，他們為了偉大理想而捨生就義，深信將來的勝利。主人公的死亡不會引起作家的無用眼淚，而是引起他的積極而現實的抗議。霍西・彼得的長詩〈阿古斯丁・蘇羅亞〉就是號召西班牙人民不要流淚和失望，卻要替這位西班牙優秀兒子的流血來報仇。

西班牙人民英雄明白他們並不是孤獨的，世界上幾百萬公正的人都用深厚同情的眼光對待他們，這使他們獲得了新的力量。他們記得斯大林（Joseph Stalin）說過的話：[16]「把西班牙由法西斯壓迫底下解放出來，這不祇是西班牙人的私事，而是所有前進和進步的人類的共同事業。」因此在西班牙文學上鮮明的反映出對蘇聯人的友誼，對全世界勞動者領袖的愛情的意識。西班牙最優秀的戰鬥詩人彼得洛・卡斐亞斯在他的長詩〈斯大林〉最後一節便有了如下的句子：「你對我們，便是人生不能沒有自由，沒有公正未來的一個好保証！」

智利的偉大詩人柏保洛・奈魯達（Pablo Neruda）也用西班牙語響應西班牙人卡斐亞斯的吶喊。[17] 他新寫的一篇長詩〈讓樵夫醒來吧〉（*Que despierte el leñador*, 1948）有一行附註說「一九四八年五月作於美國某地。」換言之，奈魯達是在躲避智利獨裁者韋第拉追捕的藏身地方寫成的。這首長詩是詩人的宣言，用偉大的文學技巧寫出，充滿對國民的熱情。奈魯達以「美國的兒子」資格號召美國人民（在他的長詩裏借用一名兵士來做象徵）不要沉迷在戰爭販子的挑撥裏 [，] 是

15　哈辛特・貝納文蒂（Jacinto Benavente, 1866-1954），今譯哈辛托・貝納文特，西班牙劇作家。

16　斯大林（Joseph Stalin, 1878-1953），今譯史太林，前蘇聯最高領導人。

17　奈魯達（Pablo Neruda, 1904-1973），今譯聶魯達，智利詩人、外交官。

他指出新的戰爭會替人類帶來無窮災禍，而祇會對帝國主義者有好處。奈魯達這首長詩的第三部又把筆鋒轉到烏拉爾（Urals）去，寫出蘇聯和平建設的一幅光明圖。他又看出斯大林城（Stalingrad）由廢墟中復興……。[18]

　　柏保洛・奈魯達這首長詩已成為西班牙反抗運動的「文學基金」[。] 這個事實証明西班牙的戰鬥文學已走入新的，重要的歷史階段了。這種反抗文學現在已不只是西班 [牙][人] 的，[19] 而且是一切跟法西斯反動派鬥爭的拉丁美洲人民所共有的武器了。

選自《華僑日報・文藝》第 101 期，1949 年 4 月 3 日

18　烏拉爾（Urals），位於今俄羅斯中西部烏拉爾山脈（The Ural Mountains）附近的地區。斯大林格勒（Stalingrad），1961 年起改名為伏爾加格勒（Volgograd），俄羅斯南部城市。1942 年 7 月至翌年 2 月，該地爆發斯大林格勒戰役（Schlacht von Stalingrad），此戰由蘇聯取得決定性勝利，令德國軍事力量受到巨大損失，被視為影響二戰發展的轉捩點。聶魯達詩中有以下幾句："Stalingrad, your steel voice emerges, / floor by floor hope is rebuilt/ like a collective house [⋯] Stalingrad emerges from blood/ like an orchestra of water, stone and iron." Pablo Neruda, *Let the Rail Splitter Awake and Other Poems*, trans. Jonathan Cohan (New York: Masses & Mainstream Inc., 1950), p. 28.

19　「西班牙人」，原文誤植為「西班人牙」。

世界語、抗日宣傳和中國文壇

世界語的文學

〔匈〕K. Barta 著，王禮 譯

談到世界語的文學，我們不得不回顧一下世界語最初被創造出來的時候。那時候，除了幾冊小詩集之外，實在無所謂小說。那時正是世界語文字本身打定基礎的時期。大家都致力於世界語字彙的豐富和文體的創造。

為了使世界語成為一種活的，能夠表現人類一切思想的文字，牠的創造者柴門霍甫（Ludoviko Zamenhof）博士以數十年的光陰，[1] 繙譯世界的文學遺產到世界語內來。[2] 他繙譯了《舊約》，莎士比亞（William Shakespeare, 1564-1616）的《漢姆列特》（*Hamlet*），席勒（Friedrich Schiller, 1759-1805）的《羣盜》（*Die Raeuber*, 1781），歌德（Johann Goethe, 1749-1832）的 *[Ifigenio] en Taurido*（*Iphigenia in Tauris*, 1779），[3] 安徒［生］

1　柴門霍甫（Ludoviko Zamenhof, 1859-1917），波蘭籍猶太人，世界語創始人。

2　「繙譯」也作「翻譯」，此處保留報刊原文用法。

3　《在陶里斯的伊菲革涅亞》（*Iphigenia in Tauris*, 1779），歌德改編的五幕悲劇，原作者為古希臘詩人歐里庇得斯（Euripides）。該書世界語譯本題為 *Ifigenio en Taurido*，原文誤植為 *Ifgenio en Taurido*。

（Hans Andersen）的童話，[4] 果戈里（Nikolai Gogol）的《巡按》（*The Government Inspector*, 1836）。[5]

這樣，柴門霍甫把世界語在散文，詩，和戲劇方面都加以應用了。從繙譯中，柴氏採取了國際性的字彙，並創造出一種國際性的世界語文體，使世界語成為一種新鮮，表現力強的文字。

柴氏同時的名世界語者如 Grabowski，de Wahl，Devjatnin，[Kofman]，L. E. Meir 等人亦皆從事於「豐富語言」的工作。[6] 莎士比亞的史劇，悲劇和喜劇；普希金（Alexander Pushkin, 1799-1837）的《吹雪》（*The Blizzard*, 1830），《波里士質多洛夫》（*Boris Godunov*, 1831）和其他的小說；萊芒托夫（Mikhail Lermontov, 1814-1841）的詩集；歌德的《浮士德》（*Faust*, 1808）；荷馬（Homer）的《意麗亞特》（*Iliad*）；荷蘭詩人康沁士（Hendrik Conscience, 1812-1883）的小說；[7] 莫里哀（Molière, 1622-1673）的大部份劇本；格林（Jacob Grimm, 1785-1863; Wilhelm Grimm, 1786-1859）的童話；[8] 巴爾扎克（Honoré de Balzac, 1799-1850）的長篇；莫泊桑（Guy de Maupassant, 1850-1893）的短篇小說；屠格涅甫（Ivan Turgenev, 1818-1883）的小說和散文詩；普魯士（Bolesław Prus, 1847-1912）的巨著《[法老]》（*Pharaoh*, 1895）等等，[9] 這

4　安徒生（Hans Andersen, 1805-1875），丹麥童話作家、詩人。原文遺漏「生」字，現據文意增補。

5　果戈理（Nikolai Gogol, 1809-1852），俄國現實主義小說家、劇作家，其劇作《巡按》又譯為《欽差大臣》，1836 年首次上演，後於 1924 年進行二次修訂。1921 年賀啟明將該書譯成中文，收入上海商務印書館出版的共學社叢書《俄國戲曲集》。

6　此處提及的人物包括波蘭世界語詩人格拉博夫斯基（Antoni Grabowski, 1857-1921）、西方國際語（Occidental）創造者德·瓦爾（Edgar de Wahl, 1867-1948）、俄國世界語詩人（Vasilij Devjatnin, 1862-1938）及考夫曼（Abram Kofman, 1865-1940）。「Kofman」，原文誤植為「Kof Mann」。

7　康沁士（Hendrik Conscience, 1812-1883），比利時詩人，主要以荷蘭語寫作。

8　指十九世紀德國作家「格林兄弟」（Brüder Grimm），二人共同蒐集及編寫《兒童與家庭童話集》（通稱《格林童話》）。

9　《法老》，文中又譯《法牢王》，現統一修訂。

時都有世界語的翻譯出來。

世界語的文字不但因此而豐富，就是世界語的文學傳統，也因此豐富起來。這對於後來的世界語原作小說家和詩人，實在是一種不可缺少的教養工具。

在歐洲大戰期間，世界語的文學活動幾乎是停止了。不過在一九一八以後，又漸漸地活躍起來。既有了前人遺下很豐富的遺產，後進者提起筆來，當然不是怎麼困難的一回事。散文家，詩人，繙譯家，小說家，都一個個地出來了，在愛沙尼亞有 Hilda Dresen（1896-1981）。她不僅繙譯了許多愛沙尼亞的作品成世界語，並且寫了好多的詩。在荷蘭出了一個 [Bulthuis]，[10] 他除了譯作了許 [多] 詩歌和小說以外，[11] 譯了康沁士的紀念碑作品〈荷蘭之獅〉（*The Lion of Flanders*, 1838）。在南斯拉夫有 [Morariu]，[12] 在匈牙利有 Bodo（Károly Bodó, 1903-1963）和 [Kaloscay]（Kálmán Kalocsay, 1891-1976）。[13] 就中以 Kaloscay 最堪注目。

Kaloscay 氏為匈牙 [利] 布達帕士（Budapest）「世界文學社」（Literaturo Mondo）的主編。[14] 該社除專出世界語書外，並由 Kaloscay 氏編大型文學雜誌 *Literatura Mondo* 一種，許多新的詩人和小說家都在該雜誌上出現。Kaloscay 自己為一詩人，詩集有《緊張的琴絃》（*Strecita Kordo; A Taut String*, 1931）和《世界與心》（*Mondo Kaj Koro; World and Heart*, 1921）兩冊。除此以外，他譯得有但丁（Dante Alighieri, 1265-1321）的《神曲》（*Divina Commedia*, 1472），歌德，

---

10 「Bulthuis」，原文誤植為「Bultheius」。布特休斯（Hendrik Bulthuis, 1865-1945），荷蘭作家、翻譯家。

11 「許多」，原文誤植為「許作」。

12 「Morariu」，原文誤植為「Morargiu」。Tiberiu Morariu（1901-1987）及 Eugenia Morariu（1903-1977）兩兄妹出生於奧匈帝國，皆是世界語推廣者，致力於羅馬尼亞文學的世界語翻譯。

13 「Kaloscay」，原文誤植為「Kaolocsay」。

14 原文遺漏「利」字，現據文意增補。

和世界各國詩選《永久的花束》（[*Eterna*] *Bukedo; Eternal Bouquet,* 1931）。[15] 他是一個新古典主義者。世界語經他運用之後，真可和任何民族語言比較了。

同樣使世界語文學豐富的，是各國的世界語學者有系統地把他們本國的文學譯成世界語。南北歐的幾個小國家差不多都有一個世界語的文學選集（Antologio）。已出的有波蘭，保加利亞，比利時，加泰隆那，愛沙尼亞，匈牙利，瑞典，捷克等國的選集。現在在印刷而尚未出的有《瑞士文選》。這些文選使世界語者，對世界的各個民族，尤其是那些小的國家，起一種新的認識和了解。這間接地建立了世界語文學的新傳統。

晚近十多年來，世界語的原作小說家和詩人，簡直是像三月的桃花一樣地多和興盛。每年總有好多本作品出現，而牠們跟任何民族文學比較，也是沒有愧色。這大概是世界語文字本身已到了成熟的境地，人們可以自由的運用，而世界語的文學傳統已達到足以產生偉大作品的地步底緣故。

在質和量方面都可算說名家的，恐怕要推尤利‧巴基（Julio [Baghy], 1891-1967）了。[16] 這是一個典型的世界語人道之主義者。他的第一部小說《犧牲者》（[*Viktimoj*]; *Victims*, 1925），[17] 寫那些西北利亞囚徒的故事，是世界語文學新寫實主義的一座紀念碑。繼這而出的是另一個長篇《萬歲！》（*Hura!*, 1930）。這是一部對現代社會的一個大的諷刺。前不久他又出了《犧牲者》的第二部《血地》（[*Sur*] *Sanga Tero; On Bloody Soil*, 1933）[，][18] 在這部書上作者已經揚棄了他初期的那種淺薄的人道主義，而走上健康寫實主義的道途。

此外，巴基還是一個大的詩人。他的《在生活邊緣上》（*Preter*

---

15 「*Eterna Bukedo*」，原文誤植為「*Eteruo Bukedo*」。

16 「Julio Baghy」，原文誤植為「Julio Raghy」。

17 「*Viktimoj*」，原文誤植為「*Viktimo*」。

18 「*Sur Sanga Tero*」，原文誤植為「*Sanga Tero*」。

la Vivo; Beyond Life, 1922）和《朝拜》（Pilgrimo; Pilgrim, 1926）以及前不久出的《流浪者之歌》（[Vagabondo] Kantas; The Vagabond Sings, 1933），[19] 在世界語的詩裏面，可以說是古典的作品。

在散文方面，獨具一種風格的是法國的斯華爾茨氏（[Raymone Schwartz], 1894-1973）。[20] 正如 G. K. Chesterton 說的一樣，[21] 在「生活中有些事件簡直重要得了不起，以至人們不能和牠嚴肅地發生連繫。」斯華爾茨氏就是取這麼一種態度，站在生活的外邊，輕鬆地，善意地笑一笑。他的《奇異的店》（La [Stranga] Butiko; The Strange Boutique, 1931）和《安妮與蒙特瑪泰》（[Anni kaj] Montmartre; Annie and Montmartre, 1930）是代表的作品。[22]

在北方的半島瑞典，一顆巨星在支持北國的世界語文學活動。那是 Stellan [Engholm]（1899-1960）[，][23] 他的長篇《農民》（[Homoj] sur la Tero; Humans on the Earth, 1932）深刻的描畫出瑞典的農民典型。[24] 他那簡約而有力的文體，的確給世界語作家一種新的方向。後出的《托倫托去的孩子》（[Infanoj] en Torento; Children in Torento, 1934）也是同樣很新鮮的作品。[25]

世界文學，經過了一次歐戰的洗禮，和歐戰過後人民所受的那些苦亂，已經由空想的人道主義走向寫實主義。上面所提的幾個作家，不過是這種傾向的代表。其他傾向的作家，實在是還多得很。

一九二九年美國華爾街鬧出經濟恐慌的事件後，世界的整個政治機構都起了變化。人類文化活動之一的世界語文壇，也當然是會被影

---

19 「Vagabondo Kantas」，原文誤植為「Vagabkomdo Kantas」。

20 「Raymond Schwartz」，原文誤植為「Raymone Swartz」。

21 卻斯特頓（G. K. Chesterton, 1874-1936），英國作家、哲學家、評論家。

22 「La Stranga Butiko」，原文誤植為「Strouga Butiko」。「Anni kaj Montmartre」，原文誤植為「Anuikeg Mout Martre」。

23 「Stellan Engholm」，原文誤植為「Sellan Engholmo」。

24 「Homoj sur la Tero」，原文誤植為「Homo Sur La Tero」。

25 「Infanoj en Torento」，原文誤植為「Infauo al Toreuto」。

響到的。的確，從那時起，世界語的有名作家，都掉轉了一個方向。

我現在只想提兩個作家，作為新傾向的代表。

蘇聯的作家 [Varankin]（Vladimir Varankin, 1902-1938）寫的長篇《地下道》（*Metropoliteno*, 1933）是一部關於工人生活的作品。[26] 在描寫的態度上，作者不僅是盡了一個寫實家的任務，同時還未忘記了他的時代。這個時代是需要鬥爭，需要建立起一種新的社會機構。作者在他的書裏面是充分地把這點說明了。

在奧國一個叫做 [Weinhengst]（Hans Weinhengst, 1904-1945）的年青作家寫了一本小說 [《塔街四號》]（[*Tur-Strato 4*]；*Tower Street 4*, 1934），[27] 頗引 [起] 了一般人的注意。[28] 這是描寫維也納一家工人的生活史。他們是如何地失業，如何地後來自殺，氣 [氛] 多少是悲楚的，然而並不消極。[29]

此外，我想提一提東方人在世界的世界語文壇上底貢獻。日本人在世界語的活動方面，比歐洲許多國家還好。然而在世界語文學方面，倒沒有看見甚麼好的作家出現。愛羅先珂（Vasili Eroshenko, 1890-1952）曾經在那兒寫過許多優美的童話，然而不知怎的，沒有給日本人甚麼創作方面的影響。

倒是在中國，一個年青人 Cicio Mar（葉君健，1914-1999）寫出一大部厚書《被遺忘了的人們》（[*Forgesitaj Homoj*], 1937）。[30] 這書是寫中國在帝國主義和封建勢力下喘息的藐小農民們，[31] 小販，小商人，手

26　「Varankin」，原文誤植為「Varenken」。

27　「Weinhengst」，原文誤植為「Weinghest」。「《塔街四號》（*Tur-Strato 4*）」，原文誤植為「《塔街十四號》（*Turstrato No. 14*）」。

28　原文難以辨識，現據文意推斷為「引起」。

29　「氣氛」，原文誤植為「氣分」。

30　「Forgesitaj Homoj」，原文誤植為「Forgesitoj Howoj」。葉君健，作家、翻譯家、兒童文學家，Cicio Mar 為其世界語筆名。《被遺忘了的人們》（*Forgesitaj Homoj*, 1937）是他用世界語撰寫的短篇小說合集。

31　「藐小」與「渺小」意義相近，此處保留報刊原文用法。

工職業者，他們的呼聲和願望。對於南北歐那些弱小民 [族]，[32] 牠不僅盡了溝通「互相了解」的任務，就在世界語的文學史上牠也是一部值得紀念的作品。

篇幅是太有限了，我想在此地為止。我們回頭望一望，世界語文學實在是一天一天地豐富了起來。現在世界是漸漸地縮小了。人類是趨向於 [經] 營一種共同的生活。[33] 世界語的存在，有牠客觀歷史的必然性。而作為將來人類共通文化活動的世界語文學，也有牠社會的根據。

選自《大公報 · 文藝》第 465-466 期，1938 年 12 月 10-11 日

32　「民族」，原文誤植為「民旅」。
33　原文遺漏「經」字，現據文意增補。

世界語與中國文壇

傅平

　　作為促進世界各民族互相理解的工具的世界語，其始導者柴門霍夫氏（Ludoviko Zamenhof）開始即致其大部份力量於翻譯各國文學作品，[1] 以鍛鍊其語言本身。同時自然也因為這是溝通各民族文化和情感的最有效的方法。所以向來因語言隔閡不大被人注意的弱小民族的作品，便有較多機會，被介紹到世界來。舉例出來，除各國大作家之外，我們現在就已有波蘭，比利時，愛沙 [尼亞]，[2] 保加利亞，瑞典，捷克，匈牙利各國的文選。

　　在創作方面也頗不乏人，其特出者像尤利・巴基（Julio Baghy）與琴・法格（Jan Fethke）已被介紹到國內來了。[3]

　　在這兩塊基石上面，世界語和中國文壇的發生關係，差不多和文學運動的產生是同時的。在《新青年》上面就是好幾篇論爭世界語的文章。新 [文學] 元動之一的周作人便是個世界語者。[4] 此外對文學有供獻的作家，而對世界語下過功夫的就寡聞所及，有巴金，魯彥，適夷，王任叔諸人。從世界語介紹國外作品到中國來的，其主要者在先有魯彥和鍾憲民。後來在《奔流》和《 [譯] 文》上努力的有孫用。[5] 此

1　柴門霍夫（Ludoviko Zamenhof, 1859-1917），波蘭籍猶太人，世界語創始人。

2　「愛沙尼亞」，原文誤植為「愛沙亞尼」。

3　尤利・巴基（Julio Baghy, 1891-1967），匈牙利作家、演員。1920 年代末開始，巴金與索非將巴基的世界語小說譯介入中國。巴金翻譯的《秋天裏的春天》（*Printempo en la Aŭtuno*, 1931）最初在《中學生》雜誌上連載，後於 1932 年由開明書局出版。琴・法格（Jan Fethke, 1903-1980），德國－波蘭導演、小說家，世界語倡導者。

4　「新文學」，原文誤植為「新學文」。

5　孫用，作家、翻譯家，曾在魯迅主編的《奔流》雜誌上發表俄國詩人萊蒙托夫（Mikhail Lermontov, 1814-1841）等人的詩歌翻譯，相關作品多由世界語譯本轉譯。《譯文》，由茅盾、魯迅發起，黃源主編的月刊，主要刊登世界各國翻譯作品，創刊於 1934 年，於 1937 年停刊。孫用亦多次在《譯文》上發表世界語轉譯的外國文學作品。原文將刊物名稱誤植為《說文》。

外像巴金，適夷，胡愈之，包之靜均各有供獻。

　　開細帳是不可能的。舉其大要，則在國際間有定評的作家，被介紹的有下面幾種讀本：波蘭奧載爾斯珂（Eliza Orzeszkowa）的《瑪爾泰》（*Marta*, 1872），[6]《顯克微支小說集》[，][7] 匈牙利彼多斐（Sándor Petőfi）的《勇敢的約翰》（*John the Valiant*, 1844）和散見於《猶太小說集》，[8]《星火》裏面的若干作家和作品等等。[9] 普魯斯（Bolesław Prus）的巨著《法老》（*Pharaoh*, 1895）譯出而惜未出版。[10]

　　從世界語原作 [譯] 出的 [11][，] 有巴基的《犧牲者》（*Viktimoj*, 1925），[法格] 的《深淵》（*Abismoj*, 1923）。[12] 而巴金於讀了巴基的《[秋] 天裏的 [春] 天》（*Printempo en la Aŭtuno*, 1931）之後還自己寫了一本《[春] 天裏的 [秋] 天》。[13]

　　而一度引起文壇注意的胡愈之的《莫斯科印象記》（1931），則完

6　奧載爾斯珂（Eliza Orzeszkowa, 1841-1910），今譯奧若什科娃，波蘭作家、記者。《瑪爾泰》（*Marta*, 1872），今譯《孤雁淚》，奧若什科娃所作長篇小說，描寫十九世紀波蘭女性的處境。1929 年，鍾憲民發表中譯本《馬爾達》，由上海北新書局出版。

7　顯克微支（Henryk Sienkiewicz, 1846-1916），波蘭作家，其代表作「衛國三部曲」（《火與劍》（*With Fire and Sword*）、《洪流》（*The Deluge*）及《星火燎原》（*Fire in the Steppe*）聚焦於近代波蘭反抗外敵侵略的歷史。《顯克微支小說集》，魯彥的譯作合集，1928 年由北京北新書局出版。

8　彼多斐（Sándor Petőfi, 1823-1849），今譯裴多菲，匈牙利愛國詩人、革命家。《勇敢的約翰》（*John the Valiant*, 1844）是他的史詩作品。《猶太小說集》，魯彥的譯作合集，1926 年上海開明書店出版，集合近現代猶太作家的短篇作品，皆根據柴門霍夫等人的世界語譯本轉譯而成。

9　《星火》，胡愈之的譯作合集，1928 年上海現代書局出版，收錄歐洲及近東各國十二種語言的短篇作品，大部份根據世界語譯本轉譯而成。

10　普魯斯（Bolesław Prus），波蘭作家 Aleksander Glowacki（1847-1912）的筆名。1863 年波蘭人民反抗俄國統治的一月起義失敗後，他與奧若什科娃（Eliza Orzeszkowa）一同在文化界推行實證主義（Positivism），提倡以全民教育為手段的漸進改革。

11　「譯出」，原文誤植為「讀出」。

12　「法格」，原文誤植為「被格」。

13　巴基原作名為《秋天裏的春天》，巴金作品名為《春天裏的秋天》（1932），文章誤將兩部書名調換，現據原書名修改。

全得力於世界語。是世界語才使不懂俄語的胡氏能在莫斯科毫無困難地停留了一星期，看了許多，聽了許多，回來寫出這本小書。

另外，在文壇上造成長期的熱烈論戰的拉丁化新文字問題，其第一篇公開介紹新文字的文章也是從世界語轉譯過來的，[14] 後來有許多關於拉丁化的材料，也大半借助於世界語來搜集的。使這兩個運動在初期裏，成為極密切的兄弟運動。

至於利用世界語把中國的作品介紹到世界上去，則有《阿 Q 正傳》和《王昭君》，此外零星的還有些，如最近在《遠東使者》（*Orienta Kuriero*）上的〈差半車麥稭〉及《東方呼聲》（*Voĉoj el Oriento*）上發表的《放下你的鞭子》[，][15] 但數量未免還太少了。這個是有待於國內同志的努力的。

選自《大公報 · 文藝》第 465 期，1938 年 12 月 10 日

14　這裏所指的文章為 1933 年蕭三在國際世界語刊物《新階段》（*La Nova Etapo*）上發表的〈中國語書法之拉丁化〉，後被世界語運動者焦風（方善境）翻譯為中文，把拉丁化新文字的構想傳入中國。

15　《放下你的鞭子》，原為田漢根據德國作家歌德（Johann Goethe, 1749-1832）的小説《威廉 · 邁斯特的學習時代》（*Wilhelm Meister's Apprenticeship, 1796*）中眉娘（又譯作「迷娘」）的故事改編而成的獨幕劇。1931 年，陳鯉庭進一步將其改編為抗戰街頭劇。

中國世界語者在抗戰中

焦風

抗戰開始之後，中國的世界語運動解除了幾年來所遭受的外來的壓力。一面也使用它先天不足，後天失調的微弱的力量，從國際宣傳方面參加這個全面的抗戰。

首先在上海是恢復了國際報導期刊《中國怒吼着》（Ĉinio Hurlas），用鉛印出版，十日一次。但是出了幾期，因上海撤守而停止。工作者便轉入內地，向政治部方面接洽。結果是出版了同名的油印通訊稿，用航空寄遞。此外也想恢復期刊，但尚無確息。

《中國怒吼着》停止之後，在華南方面先後出版的有《新階段》和《遠東使者》（Orienta Kuriero）[。] 前者因為得到反侵略分會廣州支會的支持，後來改名《正義》（Justeco）繼續出版。且也發航空通信稿《中國通訊》（Informilo el Ĉinio），出版小冊子《日本人說》一種。後者到現在為止已出版六期，三十二開四十八面，不但內容優美，外表亦很講究，是頂出色的一種作 [品]¹[，] 經費完全由出版者自籌。最近仍在出版，並期於《東方呼聲》（Voĉoj el Oriento）合作，出版《田中奏摺》的世界語記本。²

在廣州的同志並且又自費出版了兩本畫冊：《廣州在轟炸中》（Kantono sub Bombardo, 1938）和《中國在燃燒》（Ĉinio en Flamo, 1938）。³

1　「作品」，原文誤植為「作出」。

2　《田中奏摺》是一份 1929 年曝光的文件，台灣人蔡智堪聲稱其在日本皇宮工作時抄錄。該文件內容主要是日本內閣總理大臣田中義一向昭和天皇呈奏的對華侵略政策，現在多被視為偽書。其世界語譯本《田中奏章》（Tonaka Memorado）1938 年由香港遠東使者社出版。參考侯志平：《中國世運史鉤沉》（北京：首都師範大學出版社，2015 年）。

3　《廣州在轟炸中》（Kantono sub Bombardo, 1938），陳原譯，廣州國際協會出版，又譯《在轟炸下的廣州》。《中國在燃燒》（Ĉinio en Flamo, 1938），夏衍著，陳原譯，廣州國際協會出版，又譯《戰火中的中國》。參考侯志平：《中國世運史鉤沉》，頁 421。

　　漢口方面出版的有《東方呼聲》，八開八面。現在已到第九號。因為有相當的成績便得到國際宣傳處部份的支持。其印數從三千開始，增加到六千，是發行最廣的一種。漢口失守後，易地出版並未停止。如經費不成問題，是有很好的發展的基礎的。

　　在播音方面〔，〕過去在長沙和漢口，每週都有一次。現在如何不得而知。巴黎世界語者曾來函索取劇本，曾譯出《放下你的鞭子》寄去，[4] 備在法國國立電台播送。

　　但世界語者的工作並不祇限於消極的報導。同時也在積極和國外聯絡。所以各刊物都還有很廣大的通信關係。曾經轉了不少國外朋友和團體向林主席、蔣委員長、中國士兵致敬和慰問的信件與畫片。其中有幾封曾在漢口報上發表，並在三十萬封慰勞信運動時抄了不少到前線去。

　　因為世界語者一般是愛好和平的，而且因為世界語本身所具備的人類一家的精神。此種通過世界語的宣傳，不但較易普遍深入於各國民間，而且也較易發生宣傳的效果。《東方呼聲》發表過一篇出「中國世界語協會」署名的通函，曾經由國外六七家報紙譯出轉載的，更不勝統計。現在附一張照片在這。是《東方呼聲》所接國外來信一部。但是應該說明的，〔這裏不過〕《東方呼聲》一種刊物所收到的一部份而已。[5]

　　有一部份優秀的世界語者，或則參加到前線作戰，或者在火線下搜集宣傳的材料。抗戰給予中國的世界語運動一個新的生命。而這個微小的運動也在為偉大的抗戰提供出應有的力量了。

選自《大公報‧文藝》第 465 期，1938 年 12 月 10 日

4　《放下你的鞭子》，原為田漢根據德國作家歌德（Johann Goethe, 1749-1832）的小說《威廉‧邁斯特的學習時代》（*Wilhelm Meister's Apprenticeship,* 1796）中眉娘（又譯「迷娘」）的故事改編而成的獨幕劇。1931 年，陳鯉庭進一步將其改編為抗戰街頭劇。

5　原文「這裏不過」四字位置有誤，現據文意修訂。

世界語——文學的語言

敬業

世界語之適於作為文學的語言，第一在於它的柔軟性。這柔軟性產生於它的合理性。就是說它清除了各種自然語中所有的傳統的廢物，而趨於簡單合理，因此也就柔軟，把表現能力擴張了。往往有自然語所不能表現的，它可以表現出來。

世界語在公佈之前，先經過創始人長期而多方面的實驗。所以當它問世的時候，已經是一個有血有肉的語言，而並不是各種片段的意見的胡亂硬湊。

到了現在，它已有許多文字的譯作和創作，使它的質地日益優美精密。像《漢姆烈特》[Hamlet] 的世界語譯本曾被譽為各種譯本中最好的一本。[1] 但丁（Dante Alighieri）的 [Inferno]〈地獄〉（《神曲》（Divina Commedia, 1472）的一部份），[2] 也超越了許多各民族語的譯本。這一方面是譯者給世界語放下文學性的基石，但另一面正是說明世界語之富於文學性的優點。世界語之適宜於作一種文學的譯語，大致可以說已有堅實的理由了。這在溝通各民族文化，特別是文學上面，有着極重要的意義的。

從年齡來說，世界語簡直說不上有甚麼年齡。自發表起（一八八七）到現在不過過了五十年。比起幾千年幾百年的民族語來，祇能說還在搖籃時代。真是一種精滿力壯，生氣勃勃的語言呢。然而這並不妨害它接受各種幾千年幾百年的民族語的精華。

因為歷史甚短，世界語的原作文學當然還不能和各大民族語相

1　《漢姆烈特》（Hamlet, 1603），今譯《哈姆雷特》，又名《王子復仇記》，英國劇作家莎士比亞（William Shakespeare, 1564-1616）所作悲劇。「Hamlet」，原文誤植為「Hmleto」。

2　〈地獄〉為意大利文藝復興時期詩人但丁・阿利蓋利（Dante Alighieri, 1265-1321）創作的長詩《神曲》第一部。「Inferno」，原文誤植為「Infer」。

比！然而從語言的見地看起來，這一點並不妨害其不失為很出色的一種。翻譯上面說過了，在創作方面，無論應用於散文，韻文，演講都有可觀的成績。各作家各有其獨特的風格，而一般說來，依然有其一致的世界語特有的精神。所以說它是一種優異的文學的語言，並不是誇辭。成名的民族語的作家用世界語創作的人也有。路易‧稜（Ludwig Renn）便是一個。[3]

世界語富於母音，便於聽覺，所以口頭上的應用，像播音和演劇都有特殊的優點。而其在音樂上的合宜亦曾有德國的作曲家加以稱賞的。

時至今日不是來宣傳世界語的文學價值的時代，而是實際應用世界語於文學上面的時代了。中國文學的困難不但給人民大吃苦頭，因為和西方語文的差異太甚，使中國文學之走向世界，有加倍的困難。這一層希望會借助於為中國人所較易學習的世界語，給以解除。

是中國的文學家和世界語者應該努力的時候了。

選自《大公報‧文藝》第 470 期，1938 年 12 月 15 日

3　路易‧稜（Ludwig Renn, 1889-1979），德國作家、共產主義者，曾參與第一次世界大戰，1928 年發表根據軍中經歷寫成的成名作《戰爭》（*Krieg*）。二戰期間他流亡墨西哥，開始以世界語進行創作和翻譯。

文藝家的國際宣傳

林煥平

　　抗戰後，我國的國際宣傳工作，做得頗為不夠。應該多多地擔任這種工作的文藝界，雖然翻譯過若干作品傳播到國外去，送過若干美術品和照片到國外去展覽，但還很不夠。和同情我國抗戰的各國文藝界的聯絡，更為薄弱。我們已有一個全國文藝家抗 X 協會，[1] 希望它加強領導，開展工作。香港方面，文藝界同人也不少，只因地方情形特殊，到如今大家聯絡很少，這也是一樁遺憾的事。但是，香港和國外交通便利快捷，搜集資料容易，倒是做國際宣傳最適當的地方。這一點，倒希望文協總會和這裏的同人想個辦法。

　　此外，我想提出幾件當前須立刻做的國際宣傳工作，請大家留意一下：

　　第一，我們文藝家應該發一封快郵代電，向印度詩聖泰戈爾（Rabindranath Tagore）翁致敬，[2] 由「文協」出名，或全國文藝家聯名。因他屢次發表宣言，同情我們的抗戰；最近又覆過日本的無恥詩人野口米次郎氏（Noguchi Yonejirō）兩次的信（見去年十一月五日及今年一月十九日「星座」），[3] 痛斥野口氏日本侵華，乃建立東亞新秩序，建立亞洲人之亞洲的理論，為軍閥傳聲筒，為失了藝術良心的無恥夢囈。這兩個人的通訊，在印度和日本都引起很大的衝動。泰翁此舉，

1　指全國文藝家抗敵協會，原文為應對審查用「X」代替「敵」字。

2　泰戈爾（Rabindranath Tagore, 1861-1941），印度詩人、小說家、哲學家。

3　野口米次郎（Noguchi Yonejirō, 1875-1947），日本詩人、小說家、評論家，用日、英雙語寫作。1930 年代，原本左傾的野口米次郎迅速倒向右翼軍國主義立場，並在 1935 至 1936 年被派往印度交流，企圖在思想界宣傳日本在東亞的侵略計畫。葉靈鳳曾翻譯泰戈爾回覆野口米次郎的兩封信件，參考泰戈爾作、葉靈鳳譯：〈中國不會被征服的：覆野口米次郎書〉，《星島日報·星座》第 97 期，1938 年 11 月 5 日；泰戈爾作、葉靈鳳譯：〈再答野口米次郎書〉，《星島日報·星座》第 171 期，1939 年 1 月 19 日。

實在給我們的抗戰以很大的利益。我國文藝界應該向他有點致敬的表示。

第二，用「文協」名義，或文藝家聯名，發一航信，勸告紀德（André Gide）不要上日本軍閥的圈套。[4] 紀德，我們知道他是現代法國第一流的名作家。幾年前，他感於法西斯對付文化的威脅，曾宣言贊成共產主義，反對法西斯。兩年前，到蘇聯去一趟，回來寫了一本《從莫斯科歸來》（*Retour de L'U.R.S.S.*, 1936），[5] 頗有對蘇聯認識不清之處，為法西[斯]主義者所歡迎，[6] 他的聲望，因此受一大挫折。據最近日本方面之報導，駐巴黎日本使領，竭力拉攏他到日本一遊。無聊翻譯家小松清（Komatsu Kiyoshi），[7] 更做軍閥工具，終日追隨他，勸他東遊。紀德未確實表示前往。紀德的眼睛，也有很容易被日本軍閥蒙蔽的可能性。我們為提防他再寫出一本《從莫斯科歸來》第二來，似有給他勸告一聲的必要。

第三，發一篇告日本作家書，勸他們保持藝術的良心，不要再做軍閥的應聲蟲。中日戰爭發生後，平常親軍色彩濃厚的通俗作家們，固已大部為軍閥動員到我國戰場來視察，工作，寫戰爭文學。即如純藝術派及左翼作家，也有許多到戰場上來了。如立野信之（Tateno

---

4　紀德（André Gide, 1869-1951），法國作家。

5　《從莫斯科歸來》，又譯《從蘇聯歸來》，紀德在 1936 年受蘇聯當局邀請到訪蘇聯後所作，當中猛烈批評蘇聯當局，並宣稱對共產主義幻滅。1937 年 4 月，鄭超麟以筆名林伊文翻譯，上海亞東圖書館出版《從蘇聯歸來》的中譯本。同年 4 月至 7 月間，戴望舒亦在《宇宙風》上連載《從蘇聯歸來》的譯文。上海引玉書屋也在同年出版無譯者署名的《從蘇聯回來》。戴望舒的譯文參考《宇宙風》第 39 期（1937 年 4 月 16 日），頁 118-121；第 40 期（1937 年 5 月 1 日），頁 179-183；第 41 期（1937 年 5 月 16 日），頁 242-246；第 42 期（1937 年 6 月 1 日），頁 289-294；第 43 期（1937 年 6 月 16 日），頁 353-355；第 44 期（1937 年 7 月 1 日），頁 405-408。

6　原文遺漏「斯」字，現據文意增補。

7　小松清（Komatsu Kiyoshi, 1900-1962），日本評論家、翻譯家，1921 年赴法國留學，1931 年結識紀德，將其作品譯為日文。

Nobuyuki），[8] 是從前日本普羅作家同盟的最高幹部，現在到戰場上來了。看他所寫的〈漢口的時鐘〉和〈後方的土地〉，[9] 不但是替軍閥宣傳，對我國抗戰，也很有誣蔑之處。如寫過《未死的兵》（*Soldiers Alive*, 1938）的石川達三（Ishikawa Tatsuzō），[10] 到去年底寫《武漢作戰》（*Operation Wuhan*, 1939），[11] 已前後判若兩人了。島木健作（Shimaki Kensaku），[12] 和田傳（Wada Tsutō）等，[13] 在有馬賴寧（Arima Yoriyasu）[伯] 爵的庇蔭下，[14] 到東北去了。未來戰場的人，如德永直（Tokunaga Sunao），[15] 非但消極，有時甚至寫出一點「忠君愛國」的東西來了。

8　立野信之（Tateno Nobuyuki, 1903-1971），日本小説家。

9　1937 年，立野信之以《改造》雜誌特派員的身份前往武漢採訪，回國後在《改造》1938 年 12 月號上發表〈漢口的時鐘〉（漢口の大時鐘）。此文與〈後方的土地〉（後方の土）皆收錄於立野信之：《後方の土》（東京：改造社，1939 年）。

10　石川達三（Ishikawa Tatsuzō, 1905-1985），日本小説家、記者。1937 年 12 月，石川達三以《中央公論》特派記者的身份前往南京採訪，回國後在《中央公論》1938 年 3 月號上發表以南京大屠殺為題材的日本反戰小説《活着的士兵》（生きてゐる兵隊），即原文提到的《未死的兵》。1938 年夏衍與張十方的兩個中譯本分別由廣州南方出版社和上海文摘社出版。

11　《活着的士兵》發表後，《中央公論》被查禁，石川達三被以擾亂社會秩序罪公訴，判處監禁四個月、緩刑三年。此後石川達三再度以《中央公論》特派記者的身份前往武漢戰場，回國後在《中央公論》1939 年 1 月號上發表《武漢作戰》以期恢復名譽，翌年由中央公論社出版單行本。相關論述參考白石喜彥：《石川達三の戰爭小説》（東京：翰林書房，2003 年），頁 152-176。

12　島木健作（Shimaki Kensaku, 1903-1945），原名朝倉菊雄（Asakura Kikuo），日本作家，曾加入日本共產黨，後成為「轉向文學」代表人物。

13　和田傳（Wada Tsutō, 1900-1985），日本農民作家。

14　「伯爵」，原文誤植為「男爵」。有馬賴寧（Arima Yoriyasu, 1884-1957），日本貴族，久留米藩（今福岡縣久留米市）有馬家族（攝津有馬氏）第 15 代家主兼伯爵，內閣總理大臣近衛文麿（Konoe Fumimaro, 1891-1945）的私人政策研究團體「昭和研究會」發起人之一，1937 至 1939 年間任農林大臣。

15　德永直（Tokunaga Sunao, 1899-1958），日本左翼作家。1939 年改造社出版德永直所作小説《先遣隊》。

資產階級美學權威的三木清（Miki Kiyoshi），[16] 已走上尼采（Friedrich Nietzsche）與柏格森（Henri Bergson）結合的路上去了。[17] 諸如此類，不一而是。我們還不給他們一個誠懇的忠告嗎？雖然我們的忠告不一定會引起直接的效果，但其影響必相當大的。

第四，發信向西班牙作家及德國流亡作家致敬。巴薩隆納（Barcelona）已經陷落了。[18] 這是德意法西斯在西班牙的新勝利。然而，這並不是說，西戰就將結束。西班牙的人民，必將在共和政府領導下，繼續英勇的戰鬥下去，爭取勝利，爭取自由。西班牙所有的進步作家，也和我國的作家一樣，為民主與自由而戰鬥。德國的流亡作家，也在一切分野，做反法西斯的英勇工作。站在一條線上的我們，應該給他們以鼓勵，向他們表示敬意。

第五，向世界作家呼籲。我們的抗戰已走上第二階段。國際形勢是一天一天地對我們有利。但是，抵制日貨，還未能徹底的普遍起來；對日經濟制裁，還未切實的施行；各種軍火和原料，還源源不絕的運往日本；我們所要求於各友邦的精神上物質上的援助也仍很多。各友邦的文藝家，常是站在援華的第一線而奮鬥下來的。又如給我們做過很多宣傳工作的美國《新羣眾》（*New Masses*）雜誌，[19] 現在因經

16　三木清（Miki Kiyoshi, 1897-1945），日本哲學家，1922 至 1925 年間赴德國留學，師從德國哲學家海德格（Martin Heidegger, 1889-1976）。1930 年，三木清因資助日本共產黨活動而被捕入獄，放棄馬克思主義研究；1937 年 11 月，他在《中央公論》發表〈日本的現實〉（日本の現實）後，又在「昭和研究會」主辦的世界政策研究會上以〈支那事變的世界史意義〉（支那事変の世界史的意義）為題進行演講，指出 1937 年七七事變有「統一東亞」（東亜の統一）和「糾正資本主義」（資本主義の是正）的作用。參考酒井三郎：《昭和研究会——ある知識人集団の軌跡》（東京：中央公論社，1992 年），頁 159-162。

17　尼采（Friedrich Nietzsche, 1844-1900），德國哲學家。柏格森（Henri Bergson, 1859-1941），法國猶太裔哲學家、作家，其著作《創造進化論》（*L'Évolution créatrice*, 1907）影響深遠，1927 年獲諾貝爾文學獎。

18　1939 年 1 月 26 日，佛朗哥（Francisco Franco, 1892-1975）率領的國民軍佔領巴塞隆那。1939 年 4 月，西班牙內戰以共和軍失敗告終，佛朗哥獨裁統治開始。

19　《新羣眾》（*New Masses*），美國左翼雜誌，1926 年創刊，1948 年 1 月停刊，後與 *Mainstream* 雜誌合刊為 *Masses & Mainstream*。

濟困難陷於不能繼續出版的狀態。這一切，我們應該向他們道謝，慰問。向他們呼籲，號召民眾，督促政府，展開更廣泛的反法西斯鬥爭，以克服《慕尼黑協定》（Munich Agreement）以後的世界新危機。[20]

其他國際宣傳工作，還有許多值得做。但我今天是着重提出上述五點，故其他不多絮贅。

一月廿七日

選自《星島日報‧星座》第 184 期，1939 年 2 月 1 日

---

20 《慕尼黑協定》，1938 年由英國、法國、納粹德國及墨索里尼統治的意大利帝國所簽署的條約，割讓捷克斯洛伐克蘇台德地區（Sudetenland）予納粹德國，被視為避免戰爭爆發的綏靖政策。

文章的「出國」和「入境」

草明

　　抗戰已達廿一個月，文章的「出國」於最近才被人們所注意。這個問題的被提出雖然是略嫌遲緩，但這工作是有繼續性，和永久性的，現在既被提出，當然有牠的重要和迫切的意義。在這裏，文章的「出國」固然重要，就是文章的「入境」，我覺得也同樣的重要。

　　這裏所指的文章，是七七蘆溝橋事變以後，一切我們國內的創作和與中國抗戰有關的國外作品。

　　說起來也夠人痛心，我們中國在國際的地位上，從來處在一個被忽視的位置。外國人看了我們一部份國民還有着前清遺留下來的封建殘姿和買辦們的富有服從性的奴顏，就粗率而冒昧地給我們整個民族下了斷語，此後便再不願意去了解我們廣大民眾的生活，我們的精神，我們的文化和民族性了。

　　抗戰以來，軍隊和人民的英勇行為，政府與軍事當局的賢明的措施，才像巨雷似地給外邦人士以大大的吃驚，他們將信將疑地派大批記者與視察團到我們民族陣營中來視察；我們的抗戰消息才能正確地在他們的報紙上刊登出來。但是，通過了藝術的形式，而表現中國軍隊勇敢犧牲的精神，人民大眾堅決不屈的意志的作品，還沒有輸送到外國去。他們如果單憑報上的消息，和走馬看花似的視察來了解偉大時代裏的中國人民，是異常不夠的，這樣，就有賴於我們的抗戰作品了。經過了形象化，文藝化的士兵與人民大眾的悲壯熱烈的行為，可歌可泣的故事，才能使友邦人士感到 X 帝國主義者的殘暴與野蠻，中國民族的堅決戰鬥到底的精神，和我們最後勝利的把握。

　　——這繁重的工作，希望我們高明的翻譯家，切實地負起責任來，經過慎重的選擇，大量地把我們的抗戰作品翻譯到外國去。

　　我們的堅決抗戰，引起了世界的反侵略作家們，戰地視察的外籍記者，甚至 X 國內反戰的良心作家們的無限同情和注意。他們的暴

露 X 人底黑暗，歌頌我們的英勇與光明的前途的作品也屬不少。同樣的，這種作品也有牠們的很強的藝術效果，比各國外交家口中的「同情」「援助」來得切實多了。──翻譯家們也應同樣的把這些作品大量地翻譯過來，使牠們「入境」作為我們的一種有力的鼓勵和奮勉。

　　XX 軍閥發動了侵略戰之後，便用飛機和戰艦派送了大批御用的作家到戰地去考察，等他們回去大量的濫造侵略的宣傳品。[1]那種虛偽的，沒藝術價值的作品，雖然對我們抗戰沒有幫助，但我們一定要大大的注意侵略作品的產生。牠們大量的出現，我們應作為自己的一種警惕。──我們抗戰以後的作品產量，能超過牠們嗎？能消滅牠們嗎？至於侵略作品質的方面，我們的作家也應找出 X 人思想上謊謬點，然後給他們以致命的打擊和摧毀。

　　文章的「出國」和「入境」，固然倚賴翻譯家們銳利的選擇和勤謹地工作，然而翻譯中的一切物質上的困難，卻又希望我們的政府，給以多多的援助了。

四月十三日。

選自《星島日報‧星座》第 260 期，1939 年 4 月 25 日

1　這裏所指的是「筆部隊」，即中日戰爭期間為侵華戰事推波助瀾的日本作家群。

世界語與日本國際宣傳

吉士

　　因了數十年來大多數人的實際應用，世界語已經不是一種機械的人造語言。它已經是一種活的文字，許多有名的作家已經用世界語在創造文學作品，許多不同國籍的人用世界語做他們表達思想的共同工具。在歐洲有許多不同國籍的世界語者結婚，他們的小孩子只能講世界語，而不懂得其他的語言。

　　因為世界語被廣大地應用着，X人便利用世界語作為她帝國主義海外擴張工具之一，這是許多人沒有注意到的。模仿歐美先進資本主義國家傳教的那種方法，X人也創造了一個「大本教」（Oomoto），[1] 並且訓練許多的牧師到歐美去「傳教」。X人在語言方面是低能的，他們「傳教」用甚麼語言呢？他們採取了世界語。他們在政府津貼之下，先在巴黎建立起一個總部，出一種雜誌；後又在京都大興土木，建造了許多樓房，儼然是想造一個日本的麥迦（Mecca）；並且還請了一位匈牙利世界語學者，編輯一個「大本教」會報。這個教的成績，據說在南北歐各小國及南美洲各國弄到了信徒三百多萬人。「大本教」的教主王仁三郎（Deguchi Onisaburō）自稱為神子，[2] 能知人間吉凶，世界災亂，並且還是一個詩人。後來X國政府覺得「神子」兩字有點侮辱皇上，為了正視聽起見，又不得不把這位教主收在牢裏關一下子。這一來弄巧反拙，「大本教」的威信大失，歐美的信徒紛紛散了。這是兩年前的一齣喜劇。

1　大本教，日本宗教，1898 年由出口直（Deguchi Nao, 1837-1918）及出口王仁三郎（Deguchi Onisaburō, 1871-1948）創立。大本教奉行傳女不傳男的原則，最高領袖被稱為「教主」。

2　出口王仁三郎，原名上田喜三郎，入贅後改名並隨妻姓。王仁三郎原為大本教「聖師」，但因對整理及發展大本教教義有極大貢獻，故被視作大本教實質上的教主。

　　除了這種大規模的「雄圖」以外，X 人還有許多有組織的世界語宣傳機關，最著[名]的如南滿鐵道的世界語部，[3] 日本世界語學會，日本文化聯盟，日本指南社（Nippon Guide）等。牠們都規律地出版雜誌及小冊子，廉價地送到外國人手中去。

　　蘆溝橋事變後，X 人更大量地利用世界語，向英法文勢力所達不到的小國家，作為侵略戰爭而辯護的宣傳。前些時承歐美世界語者的好意，寄了大批 X 人在海外的世界語宣傳品來，相形之下，覺得中國的世界語宣傳的經濟基礎與工作表現還不夠。

　　這些宣傳品多數是小冊子，內容有 X 人外交官關於中日戰爭的講演辭，中日戰事畫冊，外國人對 X 國的映象，文學作品，歌曲等。這些東西，雖文字寫得幼稚，文法修辭錯誤百出，但紙張印刷精美絕倫，悅目可喜。

　　我想在下面寫出幾個小冊子的內容來，俾大家知道 X 人是做的一套甚麼國際宣傳。他們在英法文方面的宣傳，大概也出不了這套把戲。

　　《戰線後面》（*Malantau la Fronto*）：這是一本畫冊，印刷得非常漂亮。內面的圖畫不外是 X 兵把糖給中國小孩子吃，X 兵替中國老百姓種田（？）之類。有好幾張是關於南京的照片。其中有一張是 X 醫官救濟中國受了傷的難民，並由中國女看護在旁換藥。那難民光頭粗眉，聰明的讀者一看就曉得是一個 X 傷兵；而那中國女看護低頭愁眉不展，無疑是被 X 兵拉來「慰勞」的。X 人以為別國人的頭腦是像他們的那樣呆板，可以魚目混珠；事實上誰都看得出來，而宣傳的效果適得其反。

　　《東洋和平之道》（*Vojo al la Paco de l'Oriento*）：這是一部電影腳

3　南滿鐵道，指南滿洲鐵道株式會社，日本政府在滿洲設立的鐵路運輸企業。原文遺漏「名」字，現據文意增補。

本，由東和映畫公司攝成電影。[4] 故事是：難民趙福廷及其妻因華北打仗向大同逃難，去找親戚。路上遇到 X 兵。X 兵給驢子他們騎，並贈香烟給他們抽（這話鬼也不相信）。到大同時，那位親戚已經去北平當漢奸，建設「東亞新秩序」了。於是他們又因 X 兵的幫助，得輾轉抵北平。那位親戚曉他們以大義，說是現在應該馬上息戰，幫助 X 人建設新的東亞秩序。不久，華北的「新秩序」建立起來了（？），這位難民便回到故鄉，安居樂業。這本冊子照例地是印得很漂亮，裏面並插了許多古色古香的圖片。封面下面印了幾行斜體字：「希望讀者譯成本國文字，或改編小說。」X 人的確天真可愛，這種像講給三歲小孩子聽的神話似的東西，也以為別人會相信，會受感動，而譯成為本國文字，而改編成小說！

《日本戰時印象記》（*Impreso pri Japannjo sub la Konflikko*）：這據說是一位甚麼小說家 Cla[u]de Farr[è]re 氏為《朝日新聞》寫的一篇文章。[5] 這位先生不知是吃中了日本的「剝燒」（Sukiyaki），還是《朝日》修改了他的文章，竟發了狂，罵起他自己的白種人來，說是他們不懂得日本精神。同時在結論中，他表示謝意，說 X 人建設東亞秩序是為了全世界和平。對於這篇「空谷足音」似的文章，X 人如獲至寶。封面上很壯嚴地印着近衛文[麿]（Konoe Fumimaro）題字的日本「神宮」的畫，[6] 裏頁又是一幅「神宮」照像，第三幅還是一張「神宮」照片。這種如醉如狂的輕浮相，只有 X 人才做得出來。

X 人用世界語做的國際宣傳品還很多，但是內容卻千篇一律，不

4　《東洋和平之道》（1938），由鈴木重吉（Suzuki Shigeyoshi, 1900-1976）、張迷生編導，日本東和商事合資會社製作發行的劇情片，另譯《東亞和平之路》（見 1939 年 5 月 14 日〈抗戰中中國電影的兩面〉）。

5　「Claude Farrère」，原文誤植為「Clande Farrere」。克勞德・法雷爾（Claude Farrère, 1876-1957），原名 Frédéric-Charles Bargone，法國海軍軍官、作家。

6　「近衛文麿」，原文誤植為「近衛文磨」。近衛文麿（Konoe Fumimaro, 1891-1945）曾三次出任日本內閣總理大臣，於 1940 年 9 月 27 日代表日本簽署《三國同盟條約》，與納粹德國、意大利結成第二次世界大戰的軸心國。

值一顧。每種宣傳品都是印刷得精美。X 人企圖以外觀吸引讀者注意，由此可見。

　　中國是為正義而抗戰。世界各國的世界語者差不多全是同情中國的。中國世界語者出了兩種國際宣傳雜誌：《遠東使者》（*Orienta Kuriero*）和《東方呼聲》（*Voĉoj el Oriento*）。這兩種雜誌現在在全世界擁有廣大的讀者，為了擴大這種宣傳起見，牠們是值得國人大量地在經濟上支援的。

選自《大公報‧文藝》第 637 期，1939 年 6 月 10 日

「文章出國」與世界語

呂覺良

我國的抗戰，是站在維護世界和平與正義的前哨，我們要具體地，藝術地把封建武士道與法西斯混血的野蠻 X 人那種殘暴行為暴露給愛和平與正義的人類，同時把我們英勇的士兵發揮着人性中最高尚最美麗德性的抗戰的壯烈史詩，刻記下來。而肩起這任務的，在鬥爭的大紅爐中鍛鍊出來的文藝作品不但應該「下鄉」，「入伍」，實實在在地且還應該「出國」。

「文章出國」，應如何好好地利用着一種中立的，為和平而產生，為和平而服役的文字，去翻譯，使全世界的進步人士能夠了解，進而擁護我們的抗戰呢？這問題似乎不曾有過怎麼熱烈的討論，而世界語雜誌《遠東使者》（*Orienta Kuriero*）便沉着地肩上這任務了。

《遠東使者》是由一部份中國世界語者使用着他們高度的文字技術水準，從事於國際宣傳「文章出國」的工作，在極度困難的條件之下，跟它的姊妹刊《東方呼聲》（*Voĉoj el Oriento*）支持了一年多，而現在還繼續着在出版。

它具有着三十二開五十頁那麼大的篇幅，因此除了盡量地報導戰情，以及和各國的世界語者個人或團體取得密切的聯絡之外，還能夠着重中國學術的[介紹]，[1] 和抗戰文藝的翻譯，由於這方面努力的結果，不斷的收受到各國世界語者和團體寄予大大的讚許，和刊物上的推薦與鼓勵，還在各方面予國際人士關於我國抗戰以良好的印象。

現在把用世界語介紹出去的作品，大略地敘述一下：

過去的工作

單就過去十一期的《遠東使者》來說，它裏面所刊載的那些曾被

1　「介紹」，原文誤植為「紹介」。

介紹「出國」的譯成世界語的抗戰文藝，有詩歌，小說，劇本，報告等共約數十篇。

詩歌：1.〈滅亡〉（巴金）；2.〈元宵曲〉（柳倩）；3.〈北方〉（艾青）；4.〈聽歌者〉（力揚）；5.〈乞丐〉（艾青）；6.〈毀滅界外〉（清松）；7.〈給我一枝槍〉（季純）。以上各篇詩歌的翻譯者是王愛平。

小[說]：[2] 1.〈差半車麥秸〉（姚雪垠作，馬耳譯）；2.〈海水的厭惡〉（布德作，王愛平譯）；3.〈梁五的煩惱〉（草明作，王愛平譯）。

劇本：1.〈我們打衝鋒〉（尤競作，王愛平譯）；2.〈夜之歌〉（凌鶴作，王愛平譯）。此外載於《東方呼聲》裏面的還有〈放下你的鞭子〉和丁玲的〈孩子們〉。

報告：1.〈太行山進軍〉（碧野作，王愛平譯）；2.〈夜襲〉（碧野作，王愛平譯）。

像以上所舉的，那工作的份量還不能算多，要是能夠這樣繼續幹下去，將來的收穫必有可觀的。同時這個很有意義的工作，還有待於國內外的世界語者共同努力。

現今的貢獻

最近，馬耳先生用世界語從中文翻譯了一個中國抗戰小說集 *Nova Tasko*（新的課題）。[3] 牠的出版，「文協」方面亦給予很大的助力。它是具有三十二開大，一本相當厚的集子，裏面所收集的全是短篇小說；其中有許多篇是曾經由馬耳本人先譯成英文刊於《天下》、蘇聯《國際文學》，美國 *Story* 等文藝雜[誌]的。[4] 除〈差半車麥秸〉曾經在《遠東使者》發表之外，其餘的幾篇還沒有在任何一種世界語刊物發

---

2 「小說」，原文誤植為「小詩」。

3 *Nova Tasko*，今譯《新任務》，乃葉君健於 1939 年以世界語筆名馬耳（Cicio Mar）翻譯的中國抗戰短篇小說集，由香港遠東使者社出版。

4 此句原文遺漏「誌」字，現據文意增補。

表過。

　　這本集子所收的數量雖只是幾篇東西，然而它確實擁有很光榮，很有意義的價值了。因為它是被翻譯成世界語的中國小說的第一個集子。馬耳先生是一個從事於文藝方面之介紹的人，而且是很努力的青年作家，曾用世界語寫了很多的小說和散文。將來的貢獻，必會與年俱增，於此我們預祝他的努力與成功！

將來的計劃

　　中國的世界語學者，現在進行編譯着三部鉅著：

　　第一部是《魯迅小說選集》，它裏面所包括的有十一個短篇：1.〈藥〉；2.〈離婚〉；3.〈祝福〉（以上由蔡源負責翻譯。）4.〈起死〉；5.〈故鄉〉；6.〈白光〉（以上王愛平翻譯。）7.〈高老夫子〉；8.〈幸福的家庭〉；（以上馬耳譯。）9.〈肥皂〉；10.〈示眾〉；（以上鐵干譯。）11.〈狂人日記〉（馮文諾譯）。

　　第二部是「1916-26」十年間的中國新文藝代表作選集；第三部是「1927-38」的作品。它們將會於今年年底一同出書的，亦由《遠東使者》社出版。

　　「文章出國」，它將會得到怎麼樣的效果呢？無疑的它必將會引起全世界進步人類對我國抗戰的同情，而大大地增加國際的援助。我們要搬運大批的抗戰文學與藝術的作品到外國去，是需要全國的文學翻譯家共同來幹的！

　　我們今天文藝工作者要是對於抗戰企圖有所貢獻，就應該把「文章出國」也作為今後文藝活動最迫切的工作的一個。

選自《大公報‧文藝》第 637 期，1939 年 6 月 10 日

替戰爭搖旗吶喊的日本御用世界語

張風

　　日本御用世界語者之向主子們搖尾乞憐，瞟眼色，甘心去做走狗，強姦柴門霍甫（L. Zamenhof），[1] 世界語之父的「世界語主義」，歌頌而至幫助侵略戰爭，這種作風，由來已久，非自「七七」事變起。同時，這也不是日本世界語者中幾個「敗類」偶然所幹的壞事，而是屬於這一階級的全體世界語者必然有的醜行。

　　「九‧一八」爆發了不久，日本世界語者間兩個陣形分化對立得非常尖銳：前進的份子在高壓下，始終以戰鬥的形態用世界語向全世界人士報告，說日本侵略滿洲，是軍閥財閥違反日本人民利益的行為；但那羣受主子養育成長的世界語者，則無恥地簽名，發宣言，從世界語字典中檢出最漂亮的字眼來掩飾主子們最卑鄙齷齪，兇殺狠毒的侵略行為。其後這一羣卑鄙者還聯名請求他們的文部大臣，定世界語為「滿〔洲〕國」學校第二外國語；[2] 並且說「滿洲國」的「獨立」，是滿洲人的「民族自決」（！）與柴門霍甫的世界語主義相吻合！——這簡直是狂人的瘋話了！

　　此後數年間，日本世界語運動也就跟着整個日本社會思想日趨反動，同時，進步的世界語者之被逮捕，監禁，及一部份暫時放棄世界語作鬥爭工具而參加實際的行動，直接的致命的影響日本進步的世界語者陣容。但整個日本世界語運動決不能在軍閥，財閥的支援下發展下去的。事實上已告訴我們：作為日本世界語運動中心的合法團體——「日本世界語學會」（Japana Esperanto Instituto）已變成個無聊機關，會員人數一年一年的減少，機關雜誌《東方文化》（*La Revuo Orienta*）不但內容貧乏與反動化，而頁數也減薄，「七七」前曾有一度

1　柴門霍甫（Ludoviko Zamenhof, 1859-1917），波蘭籍猶太人，世界語創始人。

2　「滿洲」，原文誤植「滿州」，下文統一修訂。

因經費不足而幾乎停刊。

　　七七事件以來，日本世界語運動在「強調民族意識」的美名下（見三宅史平：〈世界語運動報告〉，*Le Serpent* 六月號），[3] 更形反動。他們的工作方式，一方面利用世界語作國際通信，但主力戰還是在出版。兩年來出版的除雜誌外，單是小冊子，已不下數十種，此外還有畫報，明信片，歌集。其中大部 [份][由] 世界語團體出版，[4] 但也有些是用個人名義的。團體則仍以前述「日本世界語學會」為骨幹，其外最活動的還有「世界語報國同盟」。

　　然而事實勝於雄辯，故任何巧妙的宣傳，仍不能永久的瞞騙讀者。「日本世界語學會」鑒於日本人寫作的世界語作品已不能取信於外國讀者，故近來轉用些無聊外國人的無聊譯作，以圖補救。已出版有迷采（I. Mezey, 布達佩斯「匈日協會」副會長）的〈支那事變所感〉及〈日本外相議會演講辭〉譯文，[5] 法來爾（C. Farrère, 袒日的法記者）的〈事變下日本印象記〉……等。[6]

　　除了刊行與此次戰爭有直接關係的文獻外，日本世界語者還拼命地用世界語來宣傳所謂日本文化，以旁敲側擊，藉收宣傳之效。去年出版的《日本建築小史》之分送外國世界語者，最近某女世界語者之在匈牙利發表《歌舞伎》（一種日本舊式戲劇）世界語譯文，及野原休一（Nohara Kyūichi）氏之世譯《日本書紀》，[7] 其用意也不外乎此。日本

3　括號內為作者自註。三宅史平（Miyake Shihei, 1901-1980），日本世界語運動推動者，1932 年起擔任日本世界語學會秘書長，曾負責設計影響廣泛的世界語課程，並於 1965 年編寫出版日語世界語詞典。

4　原文遺漏「份」、「由」二字，現據文意增補。

5　原文「迷采」後重複「的」字兩次，已刪去。迷采（István Mezey, 生卒年不詳），匈牙利作家，著有 *Az Igazi Japán*（*The Real Japan*）一書（又譯《友邦日本》），1939 年由「匈日協會」（Magyar-Nippon Társaság, Hungarian Japan Company）出版。

6　法來爾（Claude Farrère, 1876-1957），今譯克勞德・法雷爾，原名 Frédéric-Charles Bargone，法國海軍軍官、作家。

7　野原休一（Nohara Kyūichi, 1871-1948），日本世界語學者、翻譯家。1935 至 1939 年間，野原氏將日本正史《日本書紀》翻譯為五卷本世界語譯本，並憑此書獲 1939 年小坂賞（日本國內的世界語翻譯獎）。

世界語者從前之翻譯《大學》,《中庸》,《孝經》及最近翻譯佛經數種, 其動機也非出自宣揚東方文化, 最大的野心, 還是企圖自居「東方文化之盟主」的「寶座」, 和在東方固有文化的烟幕下, 潛行居心叵測的毒計。這和日人最近訓練及遣派御用佛教徒回教徒向我淪陷區及海外放謠惑眾, 其手段同出一轍。

　　從戰事發生後日本世界語者的種種行動中, 我們可看出這兩點事實：1. 世界語正如其他種民族語一樣, 它也是一種人與人的溝通工具。它在社會上的作用, 要看利用者本身的階級性；2. 世界語者並不全部都是和平愛好者, 也有帝國主義戰爭謳歌者與幫兇者, 世界語者不能超然地談「世界語主義」, 任何世界語者必為着他所屬的階級的利益而使用着世界語。

　　上述日本這一羣世界語者敗類, 無疑是寄生在日本帝國主義身上的。歷史既已判定了這種社會機構不能不沒落崩潰, 所以總有一天, 我們必看到「上頭的連根帶葉地傾覆下來, 而久壓在下頭的就翻身上去」。那時, 真正為着日本全民利益的日本世界語運動, 將在新的社會下開展。

選自《大公報‧文藝》第 637 期, 1939 年 6 月 10 日

走過一個憂鬱的國度

馬耳

南中國的天氣，在六月間，蒸熱得很。但中國海是平靜的。站在從天津開往海防的一艘小火輪的甲板上，遠望着那海天相接的一條藍蔚地平線，我覺得舒服了許多。三等艙內着實太悶了。在那遼遠的地平線上，隱隱地我看到一絲烟，漸漸地幾根烟突，最後我看到蓋着紅色的房子。我同房的一個胖商人——從天津來的——也走上了甲板。他拍着我的肩，得了救似地說：

「Haiphong tai-i-ta!」（海防到了！）

他說的是日本文。大概因為是在天津做生意的關係，日本文成了他生活的一部份，每天在房間裏老是念着這種異國語言，生怕忘記了所學得的每一個字。

我一聽到他的日本語，就 [皺] 起了眉頭。[1] 我着實聽厭的這種語言。我呼了一口長氣，盼望船立刻靠岸。我期待着，在這個異國的海市，能夠見到蘿絲天真的笑。

＊　＊　＊

上了岸。碼頭上排着幾行人力車和小車。除天氣較炎熱一點以外，海防竟和任何中國的都市一樣。牠一點兒異國味也沒有。但是，我的天，那些人力車夫，怎的比中國的苦力還不如？他們不但身材短小，連軀幹也瘦得不像人形。他們頭上頂着的幾根又臭又亂的頭髮，嘴裏被檳榔染黑了的兩排牙齒，恰襯托出他們是一羣幽靈。

他們的聲音也細小，細小得好像這個民族沒有聲音。

我要他們拉我到一間中國旅店去。他們便圍攏來，用那細小的聲

1　「皺」，原文作「緻」。

音咀咕了一陣，似乎是討價的樣子。聽不懂，我就把手一揮；出乎意料之外，他們卻像鬼子似地跑開了。這是甚麼道理呢？

　　我和我的同伴共同坐上一乘人力車——據說兩人同坐一車是這個殖民地內的規矩。到旅店去是將近一公里的路程。代價是越幣一毛。車夫躍着他那營養不足的瘦弱身軀，一步一步向前跳。他頭上那堆蓬鬆發臭的毛，也一上一下地跳着。這種生物，是「人」，抑是從另一個星球上捉過來的奴隸呢？我回答不出來。

　　然而街道上兩旁的風景是美麗的。那粉紅色的，垂着 [蒲簾] 的西式房屋，[2] 幽幽地隱在開着紅花的榆樹林內，把這城市襯托得像一個神話世界，那裏面住的是白色人。

　　「自從有了這些美麗的屋子後，安南人便慢慢地瘦下來了。」我的朋友說。「為了製造這些美麗的東西，安南人就是買一盒火柴，也要納一分錢的稅。」

　　下了車，我買了一盒火柴，果然上面貼着一分錢的印花。

＊ ＊ ＊

　　正如剛才說過了的，安南人說話的聲音細小，細小得像沒有聲音。讓我們說，安南人是沉默的吧。他們就是連笑也沒有。

　　是氣候太熱了呢，還是營養不良？怎麼這個民族連笑的興趣也沒有？

　　我住的那間旅店有一個安南茶役。像任何安南人一樣，他的面孔顯得十分和善，做事也極其勤快。他每月的工資，是越幣五元；他的飯食是由店內供給的。這樣的薪金，在安南據說是不算壞！然而這個人，像有甚麼喪事似地，從來不說一句話，也從來不發一絲笑。他沉默得簡直使人生氣。

2　原文難以辨識，現據文意推斷為「蒲簾」。

我房間外面牆上有一個大的鏡子，作為客人整齊衣履之用。一天早晨，我打開房門，第一眼就看到了這個安南茶役。他站在鏡子前，用一把梳子梳着他的頭髮。這是不平常的事：一個沉默的面帶憂鬱的安南人，居然有興趣來整理自己的裝束！

我站在他的側邊，靜靜地看着，不發一聲，怕打斷了他的興致。

他揪着嘴，面上沒有一點兒表情，老是梳着，梳着。他似乎是發起呆了。時間一分鐘一分鐘地過去，最後我看得不耐煩了。我發出聲音，帶着笑地問：

「喂，你在幹嗎的，老是梳着。」

他吃了驚，掉轉頭來，仍然是沒有笑。他說：

「我在想一件東西。」

「甚麼東西呢？」

「我想，為甚麼我要是一個人？」

於是他把梳子放進衣袋裏，很憂鬱的走了。他得開始這一天的例行工作——那種「命定」給安南人做的，無趣味而又卑微的工作。

＊　＊　＊

到這個國度的第四天，我是在河內。

像海防一樣，這也是一個美麗的城市。這兒也有開着紅花的榆錢樹，綠翠了的法國梧桐。雜在中間是一幢一幢的淡紅色尖頂房子。那時是有月亮的夜。屋影和樹影，稀疏地散臥地上，情景靜而迷人。

從樹影下低矮的酒吧間內，飄出一陣一陣的爵士樂聲。

「在苦艱的中國內是再不會有啤酒的，」我的同伴說，「讓我們進去飲一瓶吧。咱們以後的生活將也是苦難的。」

於是我們進去了。

酒吧間是淡綠色的，燈也是淡綠色的；連坐在燈下，「吧」旁的豪飲者也現得是淡綠色的了。他們之中沒有一個是安南人。他們是白色的統治者和豪貴的，別了鄉國的中國人。

　　不一會兒，那低垂着的翠綠門簾被掀開了。走進來了一個瘦削的，面帶倦容的安南人。他挨到我那位同伴的身邊。帶着討厭而可憐的，諂媚的笑，他說：

　　「要姑娘麼，先生？」

　　我的同伴沒有做聲。

　　這個生人又做出一道諂媚的笑，露出他那被檳榔染黑了的牙齒，說：「好的姑娘，年青的姑娘，能說廣東話的姑娘，先生。」

　　他的辭意太懇切了。我的同伴就好奇地問：

　　「多少錢一回？」

　　「五毛至兩元，再也沒有多的。」

　　「漂亮麼？」

　　「任憑你選。十四歲的，十六歲的，十七歲的。沒有一個是超過了二十，先生。」

　　我的朋友再也聽不下去了。他拉起我的手，我們一齊跳出了那個酒吧間。

　　「倒霉的，」我的同伴說。「碰到這麼一個傢伙。也許在那些漂亮生物中間，還有他自己的女兒呢。苦難的安南人的女兒，看到了一定會使咱們記起過去那個飢寒的中國。」

　　外面起了一陣風，在這美的都市裏吹起一種寂寞之感。

＊ ＊ ＊

　　仍是在河內的街上漫步，在月光的下面。

　　在一條林蔭路轉角的地方，我看到了一間小小的書店，玻璃窗內陳列得有左拉（Émile Zola）的書，[3] 佛樓拜（Gustave Flaubert）的書，[4] 莫

3　左拉（Émile Zola, 1840-1902），法國自然主義作家。

4　佛樓拜（Gustave Flaubert, 1821-1880），今譯福樓拜，法國現實主義作家。

泊桑（Guy de Maupassant）的書，[5] 也有安得列・馬勞（André Malraux）的書。[6] 還有當天的晚報。還有種種不同，從巴黎運來的畫片。

咱們走進去。第一眼我瞥到櫃台上豎着的一張人像。牠下面有一行字：Dro L. L. Zamenhof, Kreinto de Esperanto。呀，「柴門霍夫，世界語的創造者」。[7] 再下面更有一行字：Eldonita de Centra Librejo, Paris，這是巴黎的一間世界語書店，我曾經讀過牠出版的許多世界語的古典書籍。

看到我那麼關心地望着這張像，那個很有風采的年青店主人便走過來，問：

「Parlez-vous l'Esperanto?」

「Oui, un peu.」我說。

「Je suis l'esperantist.」[8]

於是我們便用世界語談話了。

「以前這兒還賣幾本世界語的書，」年青的店主人說，聲調內帶着安南人的那種憂鬱感。「但是現在整個世界都戰爭起來了，還談甚麼世界語？所以我就把那幾本書收藏了起來。一切都完了。」

他〔皺〕起眉頭，[9] 苦苦地沉思着，像一個極悲觀的老人。

沉默了一會兒，他才回過頭去，向着牆角邊，一個小沙發上面坐着看一本法文書的女子招招手，說：「來，我介紹給你一位從中國來的世界語學者。」於是他又把頭掉向我，說，「她是我的妹妹，也能說世界語的。這間書店就是我們兄妹兩人開的。」

5　莫泊桑（Guy de Maupassant, 1850-1893），法國現實主義作家。

6　馬勞（André Malraux, 1901-1976），今譯馬爾羅，法國左翼作家，西班牙內戰期間曾加入國際縱隊，協助共和軍對抗佛朗哥軍隊。

7　柴門霍夫（Ludoviko Zamenhof, 1859-1917），猶太裔波蘭人，世界語創始人。

8　書店店主用法語跟作者對話：「您會說世界語嗎？」／「會的，會說一點點。」我說。／「我是世界語者。」

9　「皺」，原文作「縐」。

年青的女孩子走了過來，帶着勉強的，人工的笑——然而這是在安南第一次所見到的笑，使人心中說不出地感到高興。從她的笑唇內，露出兩排亮晶晶的白色牙齒；映着她那對大而黑的眼睛，她顯得萬分的迷人。

我們從［Grabowski］的譯詩，[10] 談到 Kabe 的散文文體，[11] 一直談到近代的十九世紀末的人道主義者 Julio［Baghy］和形式主義者 K. Kaloscay。[12] 談得興味一致了，大家便忘了形。帶着笑，我放肆地問：

「你怎的不修飾一下？如果把你烏黑的頭髮，稍為擦一點油，不是更好看的麼？」

她的臉立刻沉下來了，顯出一種對於人生的厭倦。

「好看有甚麼意思？」她像一個五十歲的老人似地說，「人生不過是像早晨的露珠，一會兒就甚麼都完了。美也好，不美也好，有甚麼意義呢？」

她看起來還不過是二十歲左右的女孩子，然而已失去一種象徵年青人向上的那種愛美的心情。她的心境已經老了。未必安南人是一個未老先衰的民族麼？我說了「再會」以後，走出來心中像有一塊石頭。

＊＊＊

第五天的晚上，到了老街。

這一天疲倦得很。一驗過了護照，就再也支持不了，倒在床上儘

---

10 「Grabowski」，原文誤植為「Grabovoski」。格拉博夫斯基（Antoni Grabowski, 1857-1921），波蘭詩人，以世界語寫作和翻譯，曾長期擔任波蘭世界語協會主席，被稱為「世界語詩歌之父」。

11 卡貝（Kabe）是波蘭翻譯家、世界語運動提倡者 Kazimierz Bein（1872-1959）的筆名，他曾主持編寫《世界語詞典》。

12 「Baghy」，原文誤植為「Bagby」。巴基（Julio Baghy, 1891-1967），匈牙利世界語作家、演員。卡洛查（Kálmán Kalocsay, 1891-1976），匈牙利世界語詩人、翻譯家、編輯。

想睡。但無論如何睡不着，隔壁的鬧聲太大了。

好奇心使我披衣起來，到隔壁去看一個究竟。

我的天，這兒原來是一個賭窟。這是一間兩層樓的房子。樓上樓下都擠滿了人。樓下設着有三場賭。一場是牌九，一場是輪盤賭，第三場則花樣繁多，我喊不出名目。每一種賭可以從越幣一毛賭至數千元。像這樣大規模的營業，我只去年在滬西「歹土」內一間賭場中看過。[13]

每一個賭桌的週圍都集滿了人。這些賭客並不豪華。他們大多數是腳夫，小商人，小販，甚或還有從鄉下來的農民。我看到一個營養不良的勞動者，很難地從腰帶內掏出一個小布片捲來，他又很艱難地把這布片捲解開，取出兩毛錢來——這也許是他一整天所弄得的一點兒工資。很謹慎地他把這筆數目放在一個賭注上面。於是他盯着這筆款子，把眼睛睜得斗大，默不一語地像一個沉思的哲人。

賭場的四週排得有許多臥榻，上面都陳設着許多煙燈。許多勞動者躺在上面吃食鴉片，煙霧在空中飄蕩。他們那些貧血而又瘦削的面龐，在這密層層的烟霧中，顯得他們真像一堆活的幽靈。

於是我更上第二層樓。

一個穿着中國旗袍的女子在樓梯旁接待着我。她逕直把我領到一個小房裏去，裏面陳設着有比較精緻的烟具。臥榻也比較乾淨。

「謝謝你，我並不食烟的。」我說。

「那末，喝茶的吧？」

於是他把我領至一個沿着欄杆的茶桌旁坐下。欄杆圍成一個四方形，中間沒有樓板，從此可以看到樓下面的賭桌。憑着欄杆的四週，有半數以上的品茗客是穿着陸軍制服的白種年青人。

---

13 「歹土」，指滬西一帶歹徒出沒之地。上海孤島時期，這片地區各方勢力錯綜交雜，充斥着恐怖和犯罪活動。

圍着賭桌旁那些患貧血症的面孔，不知怎的，顯得格外使人害怕。我再也沒有心情，陪着我旁邊那些穿制服的白種人，以鑑賞的態度，來觀看這些生物。我站起身，立即就溜下了樓。

樓下的那些鴉片客已經是沉醉入睡了。他們橫陳在榻上面，枕着方塊的磚頭，深深地閉着那低陷在土色面孔裏的眼睛。不知道他們是在悲悼自己民族的命運，抑是在做荒唐的夢。

＊　＊　＊

第二天早晨起來，從老街順着一條橋向西邊去，深深地呼了一回氣。走過這條橋，我就到了我故國的國境。

剛走上這條橋時，一個穿着巡警制服的安南人就過來攔住我的去路。

「停下，要檢查！」

「在海防不是檢查過了的麼？還查甚麼東西？」

「要檢查就是了。」穿制服的安南人說，同時向後邊望了一下。

那邊坐着一個白種人。

送我的旅館茶役會了意。他低聲地說：「他們是要幾個買路錢的。沒有別的意思。」

我看看錶，已經是七點鐘了。再過三十分鐘，停在河口的火車就得開了。在河口，中國海關人員和檢查護照的人還得耽誤我幾分鐘。

時間是如此迫促。沒得辦法，我就向那個安南巡警問：「你要多少錢？」

他望了望我和同伴的行李，輕輕地說：「十二元」。

「太多了。讓你檢查行李吧。」我打算打開我的箱子。

穿制服的安南人沒有檢查。他走向那位坐着的白種人身邊，低聲地說了好一大堆的話。於是他又走了過來，說：

「你到底願意出多少？」

「唔，一塊錢。」我伸出一個指頭。

「那太少了。」安南巡警［撅］起嘴巴。[14]

討價還價，大約花費了五分鐘。結果我留下了五元的買路錢，過了橋。

＊＊＊

橋這邊就是我們的國家。在橋頭中國的「護照檢驗處」的屋頂上［飄］着作為我這民族的記號的國旗。[15] 有好幾個同車的工人，在安南受了委屈，現在看到這面旗，就歡呼地大笑起來。但我發不出笑，我的同伴也發不出笑。

我們同時感到一種憂鬱，同時感到作為人類一分子所應有的羞恥。

「我們現在是處在文明的二十世紀，」我的同伴說。「而且世界各強國現在正宣傳說是為了保衛這文明和正義和公理而戰爭，但為甚麼還有像安南人這麼大的一個民族過着無正義無公理，無文明的生活呢？」

「我不懂。」我說。

只有這時，我們才一同地苦笑了。

選自《大公報·文藝》第 932-933 期，1940 年 9 月 23-25 日

14　原文難以辨識，現據文意推斷為「撅」。

15　原文難以辨識，現據文意推斷為「飄」。

門外文談

端木蕻良

　　世界語是國際輔助語，由於它的組織的科學性，可以使人很快的學會它。據說托爾斯泰（Leo Tolstoy）在用兩小時的工夫學會了它。[1]

　　一般人以為它是人工語，所以說起來的時候，缺乏一種感情，我不知道這種感情是甚麼感情。我以為感情的第一義，就是傳達，感情沒有可能被傳達，感情就被消滅了。沒有狄福（Daniel Defoe）的創作，[2] 魯濱孫（Robinson Crusoe）的感情不會活在我們讀者的心中。假如兩個廣東人碰到一起的時候，同時兩個人都說梅縣的口音吧，自然是皆大歡喜。但是一個「外江佬」比如我吧，卻以一個廣東朋友能會說普通國語為可喜。他說這種話自然是巴巴結結，也不能成為北平話；也沒有廣東話那樣能傳達他自己的感情。但是我卻能在他的言語裏接受他的感情，而起一種意識的溝通，同時就這巴巴結結的北平話，也能使他的日常生活，風俗習慣，為我所了解。現在我們國家不是大大的在推行國語了嗎？我們每到別的人家去作客人不也都是說國語嗎？我們並沒有感到感情的被限制。

　　世界語作為國際輔助語是再適當也沒有的，他可以使個別國度的人們有一種共同的語言。他可以使個別國度的人們都因此而增加了一種新的權力。從這種共同遵守的符號裏他們可以很迅捷的翻譯彼此的意識和行動，而衝破了若干空間和時間的限制，在未來的世界裏，若干的國際間的標幟和符號，或是電傳的符號，必須要採用一種共同了解的語言，以便全世界人都方便去遵守，而省去許多麻煩和意外。

1　托爾斯泰（Leo Tolstoy, 1828-1910），俄國批判現實主義小說家、哲學家、政治思想家。

2　狄福（Daniel Defoe, 1660-1731），英國小說家、記者。魯濱孫（Robinson Crusoe）是其長篇冒險小說《魯賓孫漂流記》（*Robinson Crusoe*, 1719）中的主角。

　　世界語並不是排斥民族的語言，相反的它是來幫助了民族的語言和豐富了民族的語言。

　　我們不要因為它不能代表某一時間某一空間的特定的情感和思維而忽視它。大概一種語言不限制在某一空間某一時間來應用，便會引起那樣的結果。比如一個會說西班牙言語的人，在馬賽（Marseille）和一個西班牙人講了一句話，[3] 因為這語言的特殊，他也許終身不會忘記。但是一個會說很好的英語的人，在某種場合和一個會說英語的來講了很多話，他並不能單單為了這種語言而受到一種驚喜，狂熱，或者終身不忘的印象。因為在某一種意義上，英語成了第二世界語了的原故。

　　柴門霍夫（Ludoviko Zamenhof）的世界語，[4] 是一種簡單而科學的言語，柴門霍夫是一個很有感情的人，他並沒有忽視了人們的感情，所以他的聲音很美。

　　我對世界語是門外漢，根本不配來談，祇有試試來學習，而且恐怕連學也學不好的。

一九四〇，十二月十一日下午三時

選自《大公報・文藝》第 990 期，1940 年 12 月 15 日

3　馬賽（Marseille），法國南部的大城市，由於位近西班牙，不少當地人也會說西班牙語。

4　柴門霍夫（Ludoviko Zamenhof, 1859-1917），波蘭籍猶太人，世界語創始人。

世界語與抗戰宣傳

劉火子

　　中國的世界語者服務於抗戰，幾乎是以一種先驅者的姿態而出現的。首先，遠在七七以前，——不，遠在九一八事件發生之後，中國世界語者便唱出了一個作為今後工作 [目] 的的口號：[1]「為中國的自由平等而用世界語！」六七年來，中國世界語者就在這口號的號召之下，利用着這新興而合理的國際語言，從事於反侵略宣傳，鼓吹抗戰，爭取國際友人的同情，都曾有過相當的功勞。《中國怒吼了！》（Ĉinio Hurlas）就是當時一種在國際上享有廣大讀者愛戴的刊物。抗戰發生以後，中國世界語者的活躍，更不必說了。而在國際宣傳的效果來說，也並不見得比其他的文字來得失色。單說我們所製造的一種「中國人民之友」的徽章，甚至從老遠的北歐：例如立陶宛、丹麥……等國，花幾月郵遞的時間，也為的想買一個配帶在襟頭！世界語的本質，是一種溝通全人類的國際語言；我們利用國際語言去作國際宣傳，這是最合邏輯的事體，無論如何比利用一國的語言會收到更大的實際效果。其次，世界語的語「格」，是正義、和平與熱情，我們的抗戰恰好也具備了這三個條件，所以世界語對於我們抗戰的宣傳，也必然會爭取到全世界的世界語者站在我們這邊！

　　中國的世界語刊物，在抗戰發生以後，隨着幾個重要的據點而出版的很不少數！牠們主要的讀者對象都是國際友人。據我所知：在廣州，有《正義》（Justeco）、《新階段》（Al la Nova Etapo），在漢口有《中國怒吼了》，《東方呼聲》（Voĉoj el Oriento），在重慶有《中國報導》（Heroldo de Ĉinio），在香港有《遠東使者》（Orienta Kuriero）。現在繼續出的：有《東方呼聲》和《中國報導》。雖然在這個世界正展開着大戰的今日，郵寄如此的困難，但是這兩個刊物，每期的銷數仍然保持

1　原文難以辨識，現據文意推斷為「目」。

到二千份以上！

　　我們不要蔑視這「二千」兩個字！這兩個字是無可知的龐大數目的基礎。每一個世界語者都必然備有正義、和平、熱情的美德，對於我們這個也是為了正義和平而抗戰的熱情的民族，他們必然是我們的友人，我們的很好的義務宣傳員！

　　以下舉出一些事實來：（就近以《東方呼聲》作例子）

　　一、雜誌的發行網非常廣大，有三十二個國家的定戶；

　　二、從而，在這三十二個國家裏邊無數讀者裏邊，有五十四個自願投效作為雜誌的工作者。

　　三、出現在六個為中國而開的展覽會裏。特別成功的是在澳洲、荷蘭所舉行的。

　　四、有二十一種不同語言的報紙七十八種在利用我們雜誌的內容作文章的材料，或全般翻譯登載。

　　五、有九個無線電播音台利用我們的雜誌材料廣播。特別在澳洲的「3SA 電台」，對於我們的材料一點一滴也充分的利用。

　　六、曾經出版了《田中奏摺》，[2] 暴露了日人的侵華陰謀的傳統和基準，出版了《魯迅選集》，印行了「抗戰明信片」，製造了「中國人民之友」徽章。這些銷路都很好，反響很大！

　　七、向世界各國呼籲，發動組織「中國工業合作社」。現在「中澳工業合作社」的組織，就是澳洲世界語者看到了《東方呼聲》雜誌的文章而發起的。

　　這些祇是隨手舉出來的比較顯著的事實。這些事實幾乎是人們不敢相信的，假如這裏不列舉出來，也許人們永遠也不會想到牠竟也會發生這麼偉大的作用來。

2　《田中奏摺》是一份 1929 年曝光的文件，台灣人蔡智堪聲稱其在日本皇宮工作時抄錄。該文件內容主要是日本內閣總理大臣田中義一向昭和天皇呈奏的對華侵略政策，現在多被視為偽書。其世界語譯本《田中奏章》（*Tonaka Memorado*）1938 年由香港遠東使者社出版。參考侯志平：《中國世運史鉤沉》（北京：首都師範大學出版社，2015 年）。

　　我們的工作是不能一刻停頓的。不少不同國籍的世界語者來信問過：[3] 三民主義是怎樣的內容，也有不少人建議過我們編中國近代革命史，……很多很多！這些我們都打算歸在未來的工作項目以內。

　　總之，我們的工作目標，就是盡可能的把全世界的世界語者拉到我們這方面來，讓他們深刻地瞭解，我們的文化、文明，我們是怎樣的一個國家！

十二月十二日。

選自《大公報‧文藝》第 990 期，1940 年 12 月 15 日

3　此句原文誤植「裏」字於句首，已刪去。

世界語的文學譯本

關山

　　世界語自創造以來，因為牠本身的優越性：文法的簡單而合理，特別是音節的柔美，發展得非常迅速，被無數的語言學家讚許為「有靈魂的語言」。

　　因此，在文學上的應用和價值，是幾乎超過最初所預期的效果的。幾十年來，在世界語的文學領域上單以單行本的數量來說，連創作與翻譯合計，據一九三八年的統計共約三萬餘冊！其中除了一部份世界語原作成了世界名著而被迻譯成各種文字之外，大部份都是屬於世界名著的翻譯。在這裏僅就臨時所憶起的列出一部份來（屬於社會科學的，自然科學的，為數也很不少，例如《列寧全集》、《資本論》（*Das Kapital*, 1867）等，[1] 均已出版，這裏恕不臚列），但不分年代國別：

　　莎士比亞（William Shakespeare）：[2]《哈孟雷特》（*Hamlet*, 1603）、《皆大歡喜》（*As You Like It*, 1623）、《仲夏夜之夢》（*A Midsummer Night's Dream*, 1605）、《十二夜》（*Twelfth Night*, 1602）、[《馬克白》]（*Macbeth*, 1623）；[3]

　　哥德（Johann Goethe）：[4]《浮士德》（*Faust*, 1808）、《少年維特之煩惱》（*Die Leiden des jungen Werthers*, 1774）、Ifigenis en Taurido（*Iphigenie auf Tauris*, 1787）；[5]

　　屠格涅夫（Ivan Turgenev）：[6]《父與子》（*Fathers and Sons*, 1862）；

1　本文括號內列明的年份皆指原作初版年份，並非文章提及的世界語譯本。

2　莎士比亞（William Shakespeare, 1564-1616），英國劇作家、詩人。

3　原文未寫明中文譯名《馬克白》，現據譯名增補。

4　哥德（Johann Goethe, 1749-1832），德國詩人、小說家、劇作家。

5　即歌德重寫古希臘悲劇詩人尤里比底斯（Euripides, 480 BC-406 BC）的劇作《在陶里斯的伊菲革涅亞》。

6　屠格涅夫（Ivan Turgenev, 1818-1883），俄國現實主義作家。

海涅（Heinrich Heine）：[7]《巴赫勒的先生》（*Der Rabbi von Bacherach,* 1840）；

安德生（Hans Andersen）：[8]《童話集》（三冊）；

但丁（Dante Alighieri）：[9]《神曲》（*Divina Commedia,* 1472）；

安德列夫（Leonid Andreyev）：[10]《紅笑》（*The Red Laugh,* 1904）；

托爾斯泰（Leo Tolstoy）：[11]《復活》（*Resurrection,* 1899）、《戰爭與和平》（*War and Peace,* 1869）、［*Ĥodinka*］（*Khodynka,* 1898）；[12]

席勒（Friedrich Schiller）：[13]《威廉退爾》（*William Tell,* 1804）、《強盜》（*Die Räuber,* 1781）；

普式庚（Alexander Pushkin）：[14]《奧涅根》（*Eugene Onegin,* 1833）、《甲必丹之女》（*The Captain's Daughter,* 1836）；

高爾基（Maxim Gorky）：[15]《母親》（*Mother,* 1906）、《夜店》（*The Lower Depths,* 1902）；

王爾德（Oscar Wilde）：[16]《沙樂美》（*Salome,* 1891）；

---

7 海涅（Heinrich Heine, 1797-1856），德國浪漫主義詩人、記者、文學批評家。

8 安德生（Hans Andersen, 1805-1875），今譯安徒生，丹麥童話作家、詩人。

9 但丁（Dante Alighieri, 1265-1321），意大利文藝復興時期詩人。

10 安德列夫（Leonid Andreyev, 1871-1919），今譯安德列耶夫，俄國象徵主義、表現主義作家。

11 托爾斯泰（Leo Tolstoy, 1828-1910），俄國批判現實主義小説家、哲學家、政治思想家。

12 「Ĥodinka」，原文誤植為「Hondinka」。*Khodynka*（全名為 *Khodynka: An Incident of the Coronation of Nicholas II*）是托爾斯泰未完成的短篇小説，世界語譯本 *Ĥodinka* 於 1929 年出版。

13 席勒（Friedrich Schiller, 1759-1805），十八世紀神聖羅馬帝國詩人、哲學家、劇作家。

14 普式庚（Alexander Pushkin, 1799-1837），今譯普希金，俄國詩人、劇作家、小説家、文學批評家。其劇作《奧涅根》（*Eugene Onegin*）今譯《奧涅金》。

15 高爾基（Maxim Gorky, 1868-1936），俄國社會主義現實主義作家、政治活動家。

16 王爾德（Oscar Wilde, 1854-1900），愛爾蘭唯美主義詩人、劇作家。

郭果爾（Nikolai Gogol）：[17]《巡按》（*The Government Inspector*, 1836）；

莫利哀（Molière）：[18]《喬其但丁》（*George Dandin ou le Mari confondu*, 1668）；

巴比塞（Henri Barbusse）：[19]《深淵裏的光明》（*La Lueur dans l'abime*, 1919）；

伏爾泰（Voltaire）：[20] [《憨第德》]（[*Candide*], 1759）[21]；

易卜生（Henrik Ibsen）：[22]《娜拉》（*Et Dukkehjem*, 1879）；

西萬提斯（Miguel de Cervantes）：[23]《唐・吉珂德》（*Don Quixote*, 1605-1615）；

狄福（Daniel Defoe）：[24]《魯濱孫飄流記》（*Robinson Crusoe*, 1719）；

顯克微支（Henryk Sienkiewicz）：[25]《你往那裏去》（*Quo Vadis*, 1895-1896）；

杜思退益夫斯基（Fyodor Dostoevsky）：[26]《窮人》（*Poor Folk*, 1846）；

賈克倫敦（Jack London）：[27]《鐵踵》（*The Iron Heel*, 1907）、《野性的呼聲》（*The Call of the Wild*, 1903）；

17　郭果爾（Nikolai Gogol, 1809-1852），今譯果戈里，俄國現實主義小說家、劇作家。

18　莫利哀（Molière, 1622-1673），法國喜劇作家、演員。

19　巴比塞（Henri Barbusse, 1873-1935），法國左翼作家、革命思想家。

20　伏爾泰（Voltaire, 1694-1778），啟蒙運動時期法國思想家，被稱為「啟蒙運動之父」。

21　原文未寫明中文譯名《憨第德》，現據譯名增補。「Candide」，原文誤植為「Candlide」，作品全名為 *Candide, ou l'optimisme*。

22　易卜生（Henrik Ibsen, 1828-1906），挪威劇作家。

23　西萬提斯（Miguel de Cervantes, 1547-1616），今譯塞凡提斯，西班牙小說家、劇作家、詩人。

24　狄福（Daniel Defoe, 1660-1731），今譯笛福，英國小說家、記者。

25　顯克微支（Henryk Sienkiewicz, 1846-1916），波蘭作家。

26　杜思退益夫斯基（Fyodor Dostoevsky, 1821-1881），今譯杜斯妥也夫斯基，俄國作家。

27　賈克倫敦（Jack London, 1876-1916），今譯傑克・倫敦，美國現實主義作家。

房龍（Hendrik van Loon）：[28]《我們的地球》（*The Story of Mankind*, 1921）；

威爾斯（Herbert George Wells）：[29]《未來世界》（*The Time Machine*, 1895）；

瑪牙可夫斯基（Vladimir Mayakovsky）：[30]《吶喊》（*For the Voice*, 1923）；

諾威珂夫（Alexey Novikov-Priboy）：[31]《海底的勇士》（*Submariners*, 1923）；

米爾布（Octave Mirbeau）：[32]《他們是發瘋的》（*Ils étaient tous fous*, 1905）；

狄庚斯（Charles Dickens）：[33]《塊肉餘生》（*David Copperfield*, 1849）、 Bardell [Kontra] Pickwich（*The Pickwick Papers*, 1836）。[34]

在中國方面，世界語者一樣地努力把本國的作品，利用這唯一的國際語言工具介紹到國外去，抗戰以後，這工作特別做得起勁。現在同樣地就手頭所得的材料，把已發表在世界語雜誌：《遠東使者》（*Orienta Kuriero*），《東方呼聲》（*Voĉoj el Oriento*），和《中國 [報導]》

28　房龍（Hendrik van Loon, 1882-1944），荷蘭裔美國人，童話作家、歷史學家、記者。

29　威爾斯（Herbert George Wells, 1866-1946），英國科幻小說作家、社會及歷史學家。

30　瑪牙可夫斯基（Vladimir Mayakovsky, 1893-1930），今譯瑪雅可夫斯基，俄國未來主義詩人、劇作家。

31　諾威珂夫（Alexey Novikov-Priboy, 1877-1944），蘇聯作家 A. S. Novikov 的筆名。

32　米爾布（Octave Mirbeau, 1848-1917），今譯米爾博，法國印象派作家、記者、藝術評論家。

33　狄庚斯（Charles Dickens, 1812-1870），英國作家、評論家。

34　「Kontra」，原文誤植為「Kontrau」。

（*Heroldo de Ĉinio*）上面的作品分列如下。[35] 不過，因為手頭缺少了原作參考，作品的名字和作家的名字恐怕有若干的錯誤，這一點祇有請讀者和作者原諒和指正。

　　魯迅：《阿 Q 正傳》、〈狂人日記〉、〈風波〉、〈白光〉、〈頭髮的故事〉、〈離婚〉、〈藥〉。

　　許地山：《空山靈雨》；

　　姚雪垠：《差半車麥稭》；

　　巴人：《蒼鷹》；

　　田軍：〈大連丸上〉；[36]

　　謝冰瑩：《老婦》；

　　鄭伯奇：《街上的風波》；

　　布德：〈海水的厭惡〉；

　　青苗：《羊》；

　　碧野：《[滹沱河] 夜戰》、《太行山 [邊]》；[37]

　　舒羣：《海的彼岸》；

　　巴金：〈我們〉；[38]

　　沙汀：〈老鄉 [們]〉；[39]

　　司馬文森：《保證》；

　　艾青：〈北方〉、〈他起來了〉、〈乞丐〉；

　　劉火子：〈公路〉、〈不死的榮譽〉、〈海〉、〈紋身的牆〉；

　　臧克家：《老漁婦》；

　　力揚：〈聽歌 [，再給 M 君]〉；[40]

35　《中國報導》是世界語半月刊，原文誤植為另一英文期刊《中國導報》。

36　田軍為蕭軍的筆名。

37　1940 年碧野出版的詩集全名為《滹沱河夜戰》，又 1938 年出版的報告文學《太行山邊》，原文誤植為《太行山的進軍》。

38　巴金〈我們〉原刊《小說月報》1931 年第 11 期。

39　沙汀此詩全名為〈老鄉們〉，原刊《文學月報》1940 年第 4 期。

40　力揚此詩全名為〈聽歌，再給 M 君〉，收入 1939 年出版的詩集《枷鎖與自由》。

令孤令德：〈戰士的遺囑〉。[41]

一定還有很多很多遺漏了的，但因材料的缺乏這裏已沒有辦法補救了，祇有留待未來的日子裏再從新整理。一切錯漏的責任，都由筆者負之。

選自《大公報‧文藝》第 990 期，1940 年 12 月 15 日

---

41 〈戰士的遺囑〉原刊《文藝陣地》第 4 卷第 5 期（1940 年）。

第二部

互爲鏡像中
的戰爭

大東亞戰爭下日本的本土聲音

統制下的日本家族

〔日〕細越鮭介 著，純青 譯

這簡短而饒風趣的小品，寫盡長文巨作所不敢寫的當前日本社會的狼狽貧匱。這兒告訴我們：在統制下「帝國臣民」的生活，如何窮困，如何凋落，如何悲哀。間接即告訴我們：X 人國力何等窘拮，何等空虛，何等蕩罄。——譯者

老板

「唉，倒霉極了！在這年頭，滿以為做點鐵器，定是『堅固』的買賣；誰知鐵被限制，買不到先前所買的十分之一，簡直生意做不成了。」

「當真那麼少嗎？那可怎麼辦呢？」

「俺想改途，不過……」

「改途？嘿！這晨光，反正改途也一樣。」

「不！有不統制的買賣啦。磁器不是嗎？將來磁器要代替許多其他的東西，這買賣一定不錯。」

「磁器，你說磁器嗎？」

「是。長期戰下的超非常時，怎樣危險，磁器商也不成問題。」[1]

太太

「喂！喂！喂喂！！趕快裝束！今天全家要到百貨商店去。」

「真的？啊，開心咧。」

「我不想去可以嗎？禮拜天去伴人家買東西，難為情。」

「那裏話？你若不去，事情會壞的。因為購買棉織品，一人限一件，多一件也好。阿花：你也準備跟着一塊兒。祖父和祖母，也一塊兒要去的。」

「哦，這樣熱死人的天氣，連老人家也拖他們上街嗎？」

「對的，孩子。非常時期啦。老人家不應當安閑啦。」

寓公夫婦

「喂！你呆思着甚麼呢？」

「我，不知怎地，非常鬱悶。」

「悶甚麼事？」

「老實告訴你：我想燃料統制，火葬費定然高價，有點『死』不下去哩。」

「未必吧。據說火葬場，改用燒電氣，不會漲價吧。」

「原來如此？」

「電氣是國營的，政府的事業，也許不加收費的。」

「天曉得？郵票香烟不是國營？為甚漲了價？香烟還漲兩次哩[。]」

1 　日語「超非常時」乃指極端的非常時期。

「話雖這樣講，還是要安心地死下去的。」

「不過，電氣國營，連死也對政府不住了。」

「果然，有一點點。」

「然而，釋迦有言，『長生多恥』——」

「還有，死時着的大褂，沒有純 [棉] 的，[2] 交雜『人造棉』，你知道嗎？」

「那自然嘍。但不曉得穿着『人造 [棉]』大褂，[3] 可不可以渡過 [遺忘] 河呢？」[4]

兄妹

「今天我到銀座買西裝布去，甚麼都摻織着人造棉。怪極了！」

「你別說，沿襲國策之線啦。」

「是的。所有棉類都摻雜嗎？還是有的不摻雜？」

「棉類？」

「是。」

「有不摻雜的。只有二三種：『素麵』，『羅麵』，「某子麵」。」（棉與麵音讀同音——譯者）

「算了，別胡鬧。」

「不要生氣吧！服裝還可以忍耐，鞋才糟糕，買不起啦，跣足去公司，又不靈。」

「那裏？自己製造，不就得了嗎？哥哥的身邊，有材料呀。」

「甚麼材料？」

「哥哥的臉皮厚得可以，可以製造好好的皮鞋。」

2　原文誤植為「綿」，現據上下文統一為「棉」。

3　同上註。

4　原文難以辨識，現據文意推斷為「遺忘河」。

「你這個女孩子！」

兄弟

「噢，為甚麼近來很少到游泳池呢？停止練習嗎？你不是很認真地想奪取錦標？」

「奪獲錦標也沒有意思了。」

「為甚麼？」

「因為今年起，節約金屬，所有優獎『盃』，通是磁器的。磁器的『盃』子，有甚麼意思呢？並且我是參加一千五百米的，游完之後，四肢俱顫抖；一不小心，接到了手，便砰然一聲，掉落地下粉碎了，所以看破不練習。」

「有理，有理！」

（譯自本年八月號《中央公論》）

選自《大公報・文藝》第 341 期，1938 年 8 月 25 日

日兵的家難

純青 譯

一、不像的遺像

「憑空添上黑鬍子，未免叫我地下的兒子太可憐了！」「不！有了鬍子，怪勇壯。埋在戰塵裏，沒有鬍子也得長起鬍子來。只這鬍子，才是紀念『名譽戰死』頂刮刮的東西呀！」

「那麼，問問我的媳婦看。」老婆子去了眼鏡，注視媳婦的閨房，叫了幾聲。

「我，我怎麼都好……」好像夫君的音容，沒有肖像，也能活在她的胸膛裏不願意多說。老人家噙住熱淚，回過頭，「那麼問我的孫兒。」

一個傍午天，孫兒從街口穿過綠翠的田圃，背負書包，跟蹌回家。

「你喜歡有鬍子的軍人父親呢？還是生前那樣如實的父親？」

「我喜歡有鬍子的父親。」孫兒一面信口說出，一面向着屋後的雞塒那邊跑去。

——陣亡將士肖像畫協會的廣告，寫明他們的目的，在將陣亡勇士的真影，永久地傳子及孫——以作家神，以養「剛健」之風。

這是以產蟹著名的北陸一農家，砲兵中尉小山正夫的身後事。

第十天，一個四方形大塊，運到小山家裏來。老婆子和新寡婦，慌忙浴沐更衣，長跪於「疊」上——維恭維謹地將畫相露開，立起一瞧：鬍子也濃，軍帽也威風，但認不出小山中尉的口或眉目，是一幅不像的遺像。

「這不是父親喲！」孫兒首先嚷出來。

「連鏡框特價五十圓」——老婆接受這條子，有如啞子吃黃蓮。

（譯自八月十九日《東京讀賣》）

二、凱旋兵

七月既暮，一個鬱熱的清晨，在音羽路，叫賣「號外」的鈴的音波，盈盈於耳。

「太太，九江陷落了。」

富士子接過墨臭撲鼻的報紙，漲紅着眼，悄然默讀——想起血染了的日章旗，又想起不知死活的夫君。

二三日後，忽聞戶外男子的聲音：

「這兒是近藤上等兵的家裏嗎？」語甚清晰。

「近藤同我住一塊，但不曉得是不是⋯⋯」

「啊，給我跑斷了腿，找半天了。」有頃，[續]道：[1]「鄙人姓井上，和近藤君是同僚。」

「噢？是是是！那麼，請進來！進來喝杯茶。」

「還有緊要事，不能多耽擱。」

富士子欲問又止，坐立皆非地害[臊]。[2]

「嫂子，沒有別的事，鄙人今天特來通知你；近藤君已歸來了。」

「哦，歸來？是嗎？為了甚麼？」

「這是絕對秘密的呀——近藤君和我，護送傷兵到大阪的衛戍病院。我告假三天，回千葉的佐原去。近藤君暫不能回家，但請你安心！他很健壯的。」

「哦，大阪？是日本的那個大阪嗎？」

「太太⋯⋯中國沒有大阪喲。」

二人對視後一粲，又肅穆下來。

「近藤君太忙，信也來不及寫，只吩咐請你給寄點東西，或零用錢。」井上以極其純厚，老實，可靠的顏色向他表情。

「是的——不過怎幾時動身？」

「再過一小時。」

1　「續道」，原文誤植為「讀道」。
2　「害臊」，原文誤植為「害燥」。

「……」

「時間無多，就煩你一共寄我五十元，你道好不好？近藤君是很苦楚的。」

富士子遞上了錢，還送井上到門外——翻過身，彈去兩點浮在眼角的淚珠，又喜又疑。

時間一天天過去，夫君近藤的消息，始終像夢一般地杳然。

（譯自八月二十二日《東京讀賣》）

三、戰時保險

打開玻璃窗戶，探首凝眸陋巷的角落，電光黯淡，行人絕蹤。

「太太：保險會社喲。」突然在店口出現一位西裝的男子——

「我們的保險金不已繳納過了嗎？」

「是的！因為貴主人有兵役關係，敝社昨日開董事會時，決議凡普通保險，須再加繳一成戰時保險金，否則名譽戰死，不能照保險付錢。若追繳一成，可取契約上的一五〇％——契約一千的可拿一千五百，契約二千的可拿三千。」男子滔滔不住地一口氣講完。

「我不大清楚，應該……」

「因為貴主人有兵役關係，所以半期保險費四十八圓，應該再繳四圓又八角。」

「交給你？」

「不錯。但我半為解釋這新規則而來的。」

彷彿可聞外邊歡送「出征」的呼聲，君子把錢交了，對着一副裁縫機，但覺「唧唧復唧唧」。

到第二天才知道了這位男子是個有名的騙子。

（譯自八月二十三日《東京讀賣》）

四、色慾歧途

在三間小屋的右端，籬笆圍着的側庭，幾株向日葵，盛開黃色的

鮮花。

「不在家嗎？」是第二次岡田的口音。

「在家的。」節子原用墊子當枕頭，展伸兩腕，抱擁小孩——聽有聲音，趕緊引合衣裙，鎖住酥胸。「小孩剛睡，進來吧！」

「那是戰地來的佳音嗎？」

「是！許久不來了，這是昨天到的。」

信裏寫着：

「強烈到使你眼迷的光照，溽暑……這時候，要珍重呀！……有甚麼生意可做，該想點辦法。[」]

「節小姐，健三君不也關懷着嗎？驛前開店的事，難道還不下決心？」岡田偷偷瞟着節子的粉頸，再三嘆息。

「真的五十圓便行的嗎？」

「可不是？運動費算我的賬。」岡[田]自己並無固定的職守，[3] 但他哥哥是町會議員，[4] 交涉較易成。

「那麼，記恁鼎力，就做看看吧。」

岡田表露勝利的豪笑。掏出五圓的紙幣，盡沽酒肴，以宴節子。

「節小姐，孤宿獨眠，不感寂寞嗎？」岡田估量一下節子的身腰，目不轉瞬，雙耳血紅。

「時候不早了。」

「別焦急呀！」他伸直大腿，側身橫臥——乘勢便加右手到節子的腰帶，嘰哩嘰咕，有話說不清。

這是北關東驛頭某街的話柄。

（譯自八月二十四日《東京讀賣》）

選自《大公報·文藝》第 409-410 期，1938 年 9 月 13-15 日

3　「岡田」，原文誤植為「岡用」。

4　町會，日本地方居民自治的市鎮議會。

日本文壇的暗明面

林煥平

　　月前日本文壇鬧過一幕非常可笑的醜劇。這醜劇，到目前還被許多有藝術良心的作家們嚴正地批判着。這就是內閣情報部，陸海軍部，在國家總動員和精神動員的指導原則之下，發動作家齊赴漢口的攻略戰。[1] 原則決定之後，人選由菊池寬（Kikuchi Kan），[2] 佐藤春夫（Satō Haruo），[3] 久米正雄（Kume Masao）三人負責。[4] 人選結果，動員作家共二十二人，計通俗大眾作家（落後的封建的親軍的法西斯作家）共十人，為菊池寬，久米正雄，吉屋信子（Yoshiya Nobuko），[5] 小島

1　1938 年 8 月 23 日，時任日本文藝家協會會長的菊池寬邀請十二位作家到首相官邸與內閣情報部開會，眾人在會上議決派出二十名左右的作家前往中國前線。三日後，內閣情報部在首相官邸公布派遣的第二批從軍作家名單，日本新聞媒體稱這批作家為「筆部隊（ペン部隊）」。有關第二次「筆部隊」的組成經過及部份文學作品，參考黃俊英：《二次大戰的中外文化交流史》（重慶：重慶出版社，1991 年），頁 128-130；王向遠：《「筆部隊」和侵華戰爭 —— 對日本侵華文學的研究與批判》（北京：北京師範大學出版社，1999 年），頁 78-101；高崎隆治：〈ペン部隊に関する覚え書〉，《日本文學誌要》第 18 卷（1967 年 10 月），頁 17-24；五味渕典嗣：〈文学・メディア・思想戰：《從軍ペン部隊》の歷史的意義〉，《大妻国文》第 45 卷（2014 年 3 月），頁 93-116。

2　菊池寬（Kikuchi Kan, 1888-1948），日本小説家、劇作家、記者，《文藝春秋》的創刊者。1920 年在《大阪每日新聞》和《東京日日新聞》連載大眾文學經典小説《珍珠夫人》（Shinju Fujin），後來曾任日本文學報國會創立總會議長、大東亞文學者大會議長。

3　佐藤春夫（Satō Haruo, 1892-1964），日本小説家、詩人。

4　久米正雄（Kume Masao, 1891-1952），日本小説家、劇作家、俳人，曾於 1914 年與芥川龍之介（Akutagawa Ryūnosuke, 1892-1927）等人創辦第三次《新思潮》，翌年拜夏目漱石（Natsume Sōseki, 1867-1916）為師。戰時兼任日本文學報國會的常任理事及事務局長，是大東亞文學者大會的重要推手。根據時人回憶，「事業部本年度最大的企畫案即是 [第一屆] 大東亞文學者大會，這是久米 [正雄] 先生先前在腦海中所描繪出來的企畫案。」參見巖谷大四：《「非常時日本」文壇史》（東京：中央公論社，1958 年），頁 29-30。

5　吉屋信子（Yoshiya Nobuko, 1896-1973），日本小説家、同志文學先驅，以家庭小説、少女小説著名。1937 年 8 月至 9 月期間以「《主婦之友》皇軍慰問特派員」的身份前往天津、上海，回國後接連在 10 月號及 11 月號上發表〈戰禍的北支地現行〉（戰火の北支現地を行く）和〈戰火的上海決死行〉（戰火の上海決死行）兩篇文章。

政二 [郎]（Kojima Masajirō），[6] 濱本浩（Hamamoto Hiroshi），[7] 北村小松（Kitamura Komatsu），[8] 片岡鐵兵（Kataoka Teppei）（左翼轉向），[9] 川口松太郎（Kawaguchi Matsutarō），[10] 吉川英 [治]（Yoshikawa Eiji），[11] 白井喬二（Shirai Kyōji）。[12] 評論家二人，為杉山平助（Sugiyama Heisuke），[13] 淺野晃（Asano Akira）。[14] 詩人一名，為佐藤惣之助（Satō Sōnosuke）。[15] 純文學作家二名，為佐藤春夫，富澤有為男（Tomizawa Uio）。[16] 此外為

6　原文遺漏「郎」字，現據日文原名增補。小島政二郎（Kojima Masajirō, 1894-1994），日本小説家、散文家、俳人。

7　濱本浩（Hamamoto Hiroshi, 1891-1959），日本作家。

8　北村小松（Kitamura Komatsu, 1901-1964），日本劇作家、小説家、編劇。

9　片岡鐵兵（Kataoka Teppei, 1894-1944），日本作家。1924 年與橫光利一（Yokomitsu Riichi, 1898-1947）、川端康成（Kawabata Yasunari, 1899-1972）等人創辦新感覺派文學雜誌《文藝時代》，1928 年開始發表大量左翼文論，正式宣佈轉向無產階級文學寫作。

10　川口松太郎（Kawaguchi Matsutarō, 1899-1985），日本小説家、劇作家。

11　「吉川英治」，原文誤植為「吉川英法」。吉川英治（Yoshikawa Eiji, 1892-1962），原名吉川英次（Yoshikawa Hidetsugu），日本小説家。1937 年 8 月以「《東京日日新聞》特派員」身份前往天津，8 月 5 日發表文章〈在天津〉（天津にて）。

12　白井喬二（Shirai Kyōji, 1889-1980），原名井上義道（Inoue Yoshimichi），日本小説家。1938 年東京平凡社出版其以筆部隊為題材的《從軍作家致國民》（從軍作家より国民へ捧ぐ）。

13　杉山平助（Sugiyama Heisuke, 1895-1946），日本文藝評論家。

14　淺野晃（Asano Akira, 1901-1990），日本詩人、國文學者，1926 年加入日本共產黨，1928 年因為「三一五事件」被捕，1929 年思想上發生轉向，1930 年與實業家水野成夫（Mizuno Shigeo, 1899-1972）等人結成日本共產黨勞動者派（又稱「解黨派」），此後放棄馬克思主義，從國粹主義的立場發表詩歌和評論，主張確立「皇道文學」。

15　佐藤惣之助（Satō Sōnosuke, 1890-1942），日本詩人。

16　富澤有為男（Tomizawa Uio, 1902-1970），日本作家、畫家，曾獲 1937 年芥川賞，中日戰爭時配合日本國策，多寫戰記小説。1939 年にっぽん書房出版其以參加筆部隊的經驗為題材的小説《東洋》。

糊里糊塗的中谷孝雄（Nakatani Takao），[17] 瀧井孝作（Takii Kōsaku），[18] 丹羽文雄（Niwa Fumio）諸人。[19]

　　對於這一人選，日本文壇發出激烈的批判：

　　第一，他們認為通俗大眾作家是已失了文化意義的存在。他們所寫的東西，根本就沒有一顧之價值，派他們到戰場上去，能期待他們寫甚麼東西呢？即使寫吧，也必是為了低級趣味，而脫離現實，歪曲現實的。對於文學，對於文化，沒有絲毫的好處。然而，他們的比例數，卻在二十二中佔了十個人，是非常不公平的。

　　第二，純文學作家，應該是多選幾位的。如極受 [學生] 及知識的薪俸階級所歡迎的阿部知二（Abe Tomoji），[20] 受認真的學生和知識階級之壓倒的支持的島木健作（Shimaki Kensaku），[21] 甚至如芹澤光治良（Serizawa Kōjirō），[22] 武田麟太郎（Takeda Rintarō），[23] 高見順（Takami Jun），[24]

17　中谷孝雄（Nakatani Takao, 1901-1995），日本小説家。

18　瀧井孝作（Takii Kōsaku, 1894-1984），日本小説家、俳人、編輯。

19　丹羽文雄（Niwa Fumio, 1904-2005），日本小説家。梅娘曾在 1942 年 8 月 1 日至 9 月 7 日的《民眾報》翻譯丹羽文雄的中篇小説《母之青春》，參考張泉：《抗戰時期的華北文學》（貴陽：貴州教育出版社，2005 年），頁 311-312。上文未有列出的「筆部隊」成員包括岸田國士（Kishida Kunio, 1890-1952）、深田久彌（Fukada Kyūya, 1903-1971）、林芙美子（Hayashi Fumiko, 1903-1951）和尾崎士郎（Ozaki Shirō, 1898-1964）。

20　「學生」，原文誤植為「生學」。阿部知二（Abe Tomoji, 1903-1973），日本反戰小説家、評論家、翻譯家。

21　島木健作（Shimaki Kensaku, 1903-1945），原名朝倉菊雄（Asakura Kikuo），日本作家，曾加入日本共產黨，後成為「轉向文學」代表人物。

22　芹澤光治良（Serizawa Kōjirō, 1897-1993），日本小説家，1925 至 1929 年間赴法國巴黎大學（Université de Paris）修讀經濟學和社會學。

23　武田麟太郎（Takeda Rintarō, 1904-1946），日本作家。

24　高見順（Takami Jun, 1907-1965），本名高間芳雄（Takama Yoshio），日本小説家、詩人，代表作有《高見順日記》（曾以《敗戰日記》及《終戰日記》之名再版），被視為日本昭和時期的重要史料。

石川達三（Ishikawa Tatsuzō）等，[25] 值得入選的中堅作家，大有人在，為甚麼不選他們，偏於選富澤有為男那樣幼稚的作家呢？尤其是選像游離了現代的亡靈似的瀧井孝作呢？

　　第三，評論家固然要再加一兩位，詩人亦應加上北原白秋（Kitahara Hakushū），[26] [萩] 原朔太郎（Hagiwara Sakutarō）二氏。[27] 然而，負責人選的三氏，卻不這樣做。因之，引起北原白秋氏悲憤地大發牢騷曰：「詩歌是文學的精髓，詩人是新時代的先驅。特別是保有記紀萬葉以來的傳統精神的日本詩歌人，[28] 此次『壯舉』，只選一人，實在太過。」

　　這些批判，是非常公允的。然則，菊池，佐藤，久米三氏，為甚麼作這樣的人選呢？

　　第一，日本內閣情報部和陸海軍部所發動的作家從軍運動，當然須聽軍閥的指揮，表揚軍閥的意志和思想。為了這，他們必然是選親軍的法西斯作家；為了這，一切有藝術良心的自由主義作家，左翼作家，必然不會被選參加。自由主義的石川達三，到京滬戰線一走，寫了一部《沒有戰死的兵》（*Soldiers Alive*, 1938）（夏衍先生譯《未死

25　石川達三（Ishikawa Tatsuzō, 1905-1985），日本小説家、記者。1937 年 12 月，石川達三以「《中央公論》特派記者」的身份前往南京採訪，回國後在 1938 年 3 月號的《中央公論》上發表以南京大屠殺為題材的日本反戰小説《活着的士兵》。下文提到石川達三因此入獄，指日本內務部以「詆毀皇軍、擾亂時局」為由在發行當日查禁《中央公論》該期刊物，並且以涉嫌違犯新聞報刊法第 41 條（擾亂社會秩序）起訴作者、編輯和發行者，石川達三受到監禁 4 個月緩刑 3 年的有罪判決，而《活着的士兵》的完整版本在 1945 年 12 月由河出書房出版。此外，梅娘曾在《婦女雜誌》第 3 卷 11 期至第 4 卷 9 期（1942 年 11 月至 1943 年 9 月）翻譯石川達三的長篇小説《母系家族》，參考張泉：《抗戰時期的華北文學》，頁 311-312。

26　北原白秋（Kitahara Hakushū, 1885-1942），原名北原隆吉（Kitahara Ryūkichi），日本童謠作家、詩人、歌人。

27　「萩原朔太郎」，原文誤植為「荻原朔太郎」。萩原朔太郎（Hagiwara Sakutarō, 1886-1942），日本詩人。

28　「記紀」，日本最早的史書《古事記》和《日本書紀》的合稱。「萬葉」，指現存最早的日本詩歌總集《萬葉集》。三者皆成書於公元 7 至 8 世紀。

的兵》，張十方先生譯《活着的兵隊》），[29] 就關了作家下獄，編輯人受解職處分的大風潮，難[道]軍閥不以為「前車可鑒」嗎？[30] 所以，島崎藤村（Shimazaki Tōson），[31] 正宗白鳥（Masamune Hakuchō），[32] 德田秋聲（Tokuda Shūsei），[33] 谷崎潤一郎（Tanizaki Jun'ichirō），[34] 武者小路實篤（Mushanokōji Saneatsu），[35] 永井荷風（Nagai Kafū）等自然主義的遺老，[36] 阿部知二，芹澤光治良等自由主義作家，島木健作，武田麟太郎，高見順等左翼作家，不被邀參加，其理由是很明顯。日本文壇對於此事的嚴厲批判，無非是反法西斯文學，反軍閥，反戰的另一表現吧了。

　　第二，這次人選，東日（《東京日日新聞》），文春（文藝春秋社）色彩非常濃厚。這也不是偶然的。正和上述一點理由有密切的相關。菊池寬是文藝春秋社的社長，和大每（《大阪每日新聞》），東日又有密切的關係，久米正雄則是東日的學藝部長。東日是軍閥的喉舌，前年二・二六事變發生當時，叛徒搗毀朝日（東京《朝日新聞》），而東日則得叛徒之保護，這種記憶，不是還很新嗎？派遣作家從軍，當然是屬於他們這一個圈內的人了。也正是這個緣故，做《文藝春秋》的芥川賞的事務員的瀧井孝作，才被菊池氏提拔，榮幸獲選為派遣作家之

29　《沒有戰死的兵》，今譯《活着的士兵》，1938 年夏衍與張十方的兩個中譯本分別由廣州南方出版社和上海文摘社出版。

30　「難道」，原文誤植為「難通」。

31　島崎藤村（Shimazaki Tōson, 1872-1943），原名島崎春樹（Shimazaki Haruki），日本詩人、小説家，代表作《新生》被視為日本自然主義文學的巔峰之作。

32　正宗白鳥（Masamune Hakuchō, 1879-1962），原名正宗忠夫（Masamune Tadao），日本小説家、劇作家、文學評論家。

33　德田秋聲（Tokuda Shūsei, 1872-1943），原名德田末雄（Tokuda Sueo），日本小説家。

34　谷崎潤一郎（Tanizaki Jun'ichirō, 1886-1965），日本小説家。

35　武者小路實篤（Mushanokōji Saneatsu, 1885-1976），日本小説家、詩人、劇作家，白樺派代表作家之一，1942 年由東京河出書房出版《大東亞戰爭私觀》（大東亜戦争私観）。

36　永井荷風（Nagai Kafū, 1879-1959），原名永井壯吉（Nagai Sōkichi），日本小説家。

一。佐藤春夫則是愛錢愛名如命的投機家，在這種時候，他當然傾向軍閥，（真是枉死他翻譯過魯迅先生選集！[37]）他之得寵與軍閥，也是有理由的。富澤是他的弟子，平常是稱他做「師匠」的；中谷則是他乾兒子。他當然提攜他們了。

　　日本文壇在軍閥的暴壓之下，已經是萎靡不振了。但觀此次對從軍作家人選的激烈嚴厲批判，卻覺得它正義仍在，還有前途。

十月廿六日於病中

選自《星島日報‧星座》第 92 期，1938 年 10 月 31 日

37　1935 年，東京岩波書店出版由佐藤春夫與魯迅學生增田涉（Masuda Wataru, 1903-1977）共同編譯的日文版《魯迅選集》。

明治的作家從軍與昭和的作家從軍

林煥平

　　明治時代，日本的對外戰爭是日清戰爭和日俄戰爭。

　　參加日清戰爭的作家，計有國木田獨步（Kunikida Doppo），[1] 正岡子規（Masaoka Shiki）。[2]

　　國木田獨步是日本第一個從軍作家。他那時還沒有成名。他脫離九 [州] 佐伯的教師生活去東京，[3] 得德富蘇峯（Tokutomi Sohō）的幫忙，[4] 入《國民新聞》做記者，並勸他上前線。於是他乘了軍艦千 [代田] 出發了，[5] 經驗了黃海，威海衛攻擊戰。他用〈愛弟通訊〉的篇名寫了親切新鮮的報告，深得讀者好評，由是以成名。他的通訊還引起了一段有趣的戀愛故事：那是佐佐城家招待從軍記者，他也出席了，在席上，以〈愛弟通訊〉的作者而受特別待遇，以後，他和佐佐城家的信子小姐便戀愛起來了。

　　〈愛弟通訊〉不但是戰場報告，還交織着艦內生活，人性心理等描寫，才有那 [樣] 的吸引讀者的魔力。[6]

　　第二個是正岡子規。他這時已是在俳壇相當活躍的人。他於

1　國木田獨步（Kunikida Doppo, 1871-1908），原名國木田哲夫（Kunikida Tetsuo），日本浪漫主義、自然主義小說家、詩人、記者、編輯，《婦人畫報》的創刊者。

2　正岡子規（Masaoka Shiki, 1867-1902），原名正岡常規（Masaoka Tsunenori），日本俳人、歌人、國語學家。

3　「九州」，原文誤植為「九洲」。

4　德富蘇峯（Tokutomi Sohō, 1863-1957），日本記者、思想家、歷史學家、評論家，《國民新聞》的創刊者，後來出任大日本言論報國會會長、文學報國會會長、大日本國史會會長。二戰後被遠東國際軍事法庭認定為甲級戰犯嫌犯，最後獲得不起訴的處分。

5　「千代田」，原文誤植為「千田代」。

6　此句「樣」字原文難以辨識，現據林煥平《抗戰文藝評論集》（香港：民革出版社，1939 年）所錄〈明治的作家從軍與昭和的作家從軍〉一文加以校訂。

二十八年（明治）四月入大連灣，轉入金州城。一月後歸國，在船上吐了血。從軍的收穫是《陣中日記》（1895）。作為明治文壇的遺老，他現在還活着。但這次軍閥派遣作家從軍，卻派不到他了。

其次是日俄戰爭。參加的作家計有田山花袋（Tayama Katai），[7] 森[鷗]外（Mori Ogai），[8] 岡本綺堂（Okamoto Kidō），[9] 田岡嶺雲（Taoka Reiun），[10] 二葉亭四迷（Futabatei Shimei）等，[11] 島崎藤村（Shimazaki Tōson）則是欲走終未成行。[12]

日俄戰爭時，田山花袋已寫了許多短篇，又寫了自然主義傾向非常濃厚的《重右衛門的最後》（1902）等書了。他是以作家的身分，作為博文館（Hakubunkan）的雜誌記者去的。於明治三十七年五月赴滿洲，輾轉於金州，南山，體驗過遼陽戰，九月歸國，寫成《第二軍從征日記》（1905）。這次從軍，他碰到了當時有名的作家，第二軍的軍醫部長森[鷗]外，使他得了不少的益處。他除了《從軍記》外，到明治四十二年，還發表一短篇〈一兵卒〉（1908），是描寫遼陽戰落伍兵士病死的悲慘狀態，極得當時文壇推崇，但現在卻是被禁止發行的作品了。

森[鷗]外是作家兼醫生，作為第二軍兵站軍醫部長去出征的。寫《歌日記》（1907）一卷，內容都是由詩，短歌，俳句所成。[鷗]外

7　田山花袋（Tayama Katai, 1872-1930），原名田山錄彌（Tayama Rokuya），日本自然主義小説家。

8　「森鷗外」，原文多次誤植為「森歐外」，下文統一修訂。森鷗外（Mori Ogai, 1862-1922），原名森林太郎（Mori Rintarō），日本小説家、評論家、翻譯家、軍醫。

9　岡本綺堂（Okamoto Kidō, 1872-1939），原名岡本敬二（Okamoto Keiji），日本小説家、劇作家。

10　田岡嶺雲（Taoka Reiun, 1870-1912），原名田岡佐代治（Taoka Sayoji），日本文藝評論家、專研中、德哲學的思想家，《天鼓》、《東亞新報》及世界主義雜誌《黑白》的創刊者。

11　二葉亭四迷（Futabatei Shimei, 1864-1909），原名長谷川辰之助（Hasegawa Tatsunosuke），日本寫實主義小説家、俄語翻譯家。

12　島崎藤村（Shimazaki Tōson, 1872-1943），原文作「島崎籐村」，原名島崎春樹（Shimazaki Haruki），日本詩人、小説家，代表作《新生》被視為日本自然主義文學的巔峰之作。

有人讚美他是近代日本文學的開山龍。他對俄國文學，德國文學都很有研究［，］譯過許多東西。歌德（Johann Goethe）的《浮士德》（*Faust*, 1808）就是他譯的。[13]

　　至於二葉亭四迷諸人，卻沒有深入到戰鬥的槍林彈雨中。

　　在這裏我們須深切注意的是：

　　第一，他們都是個人自發的參加。

　　第二，他們都是明治文壇的自然主義文學的巨匠，在日本文學史上有不朽的地位。

　　第三，最重要的，是他們的作品，如田山的〈一兵卒〉，竟被現在的軍閥禁止了。

　　那麼，明治時代，自然主義的寫實作家，為甚麼自發的去從軍？他們的作品，為甚麼在當時大受社會歡迎，到今日卻反被禁止呢？

　　據我淺陋的觀察，只有是如下這一個解釋：

　　明治維新，是打倒封建，建立資產階級統治的革命。明治一代，正是比西歐落後了兩個世紀的日本資本主義迎頭趕上去的向上發展時期。從歷史的觀點觀察，它是有進步性的。明治時代的自然主義的寫實文學，正是這進步的現實的產物。即是說，當時的文學與客觀的現實是一致的，不是對立的。日清戰爭，日俄戰爭，雖然是日本資本主義發展到需要海外殖民地的階段所必然發生的事變，但一般地說來，它還沒有發展到帝國主義的成熟階段。從表面上說，那時的清朝，那時的帝俄，並不比日本弱。所以在日清，日俄的戰役中，寫實的作家從軍，相對地是去找尋現實的題材。

13　歌德（Johann Goethe, 1749-1832），德國詩人、小說家、劇作家。日本政府在明治四十三年（1910）的幸德事件後開始嚴格管制思想言論，明治四十四年（1911）設立文藝委員會，並且立例規定翻譯外國文學必須向教育大臣報告，同年七月文藝委員會以「全人類的瑰寶」（人類全体の宝）為理由，通過由森鷗外翻譯歌德《浮士德》，上、下兩卷分別於大正二年（1913）一月及三月由富山房出版。參考ゲーテ／森林太郎（鷗外）：《ファウスト 第 1 卷》（東京：富山房，1913 年）；佐藤美希：〈文芸委員会による翻訳作品の選択方針〉，《札幌大學總合研究》第 10 號（2018 年 3 月），頁 121。

　　昭和朝代的今日，則情勢完全相反。日本資本主義非但已發展到帝國主義期，而且這帝國主義已臨到崩潰的衰老期。為了挽救它的崩潰，才發展到對內則法西斯軍閥獨裁，對外則瘋狂侵略我國。現在日本的統治，是代表沒落的反動的勢力。現在日本的侵華戰爭，是完全失卻文化意義的反動的侵略暴舉。所以，現在日本作家，沒有站在文學的立場，自發的去從軍。因為如果從軍去，則所見到，所得到的，都是反乎他們的藝術良心和正義感的東西。如果掉棄了藝術良心去描寫，只有墮落為給罪惡做宣傳。如果本着藝術良心去描寫，則立即有頭顱落地的危險。所以他們寧願不去，寧願沉默。軍閥也不願意給他們去看自己所作的罪孽，散佈於世。只有下流的甘被軍閥利用的，早已失了藝術良心，失了文化意義的反動作家，才會興高采烈的被軍閥的指揮刀 [插] 着肛門去參加漢口的攻略戰。[14] 從這種意義看來，軍閥之禁止明治的從軍作家的作品，不是偶然的吧。

　　從這一種觀點，我們考察到明治時代的作家從軍和昭和時代的作家從軍，有本質上不同的意義。明治朝代的遺老作家正宗白鳥氏（Masamune Hakuchō）最近曾慨嘆過：[15]「現在不是產生像過去 [那] 種意義的文學的時世。[16] 這種趨勢，恐怕不只是現在，還要及於事變結束以後。日本文壇是愈益呈着凋落之象了──我這 [麼] 豫 [感] 着。」[17] 這是一語道破了目前的日本文壇了。

選自《星島日報 · 星座》第 100 期，1938 年 11 月 8 日

14　原文難以辨識，現據林煥平《抗戰文藝評論集》所錄文章校訂為「插」。

15　正宗白鳥（Masamune Hakuchō, 1879-1962），原名正宗忠夫（Masamune Tadao），日本小說家、劇作家、文學評論家。

16　原文難以辨識，現據林煥平《抗戰文藝評論集》所錄文章校訂為「那」。

17　原文難以辨識，現據林煥平《抗戰文藝評論集》所錄文章校訂為「麼」、「感」二字。

海水的厭惡
（假定這是一個日本士兵寫的故事）

布德

　　你歡喜看海上起伏的浪濤嗎？那是海的言語。永遠無盡止地一朵浪花蓋一朵浪花，海水鬱積的憤怒和歡喜的傾瀉誰知道呢？

　　有一天，追悼陣亡將士祭禮完畢的時候，月光正替蓋滿綠蔭的小徑繡好挺精緻的圖案，我們十五個人用沉重的步伐踱到黃昏寂寞的海邊。

　　海在輕輕翻着浪，海也在輕輕吐着親密的細語，看見過海上兇惡的風暴過的人會咒咀海像一個魯莽漢，但知道有沒有人在月夜看過靜靜的海呢？在月夜，靜靜的海猶如一個含羞的少女，她有着閃亮的牙齒。

　　我們太歡喜海了。在沙灘上我們徘徊又徘徊，月是那樣明，而夜又是那樣寂靜。想着昔日那些活躍的伙伴，如今死了，每人只截下一隻手指或者一塊頭骨燒作屍灰，想着無數的屍灰包，無數的屍灰的親屬，以及淒涼的祭禮……十五個人都沉默着，讓苦痛嚙着自己的心坎。我獨個兒俯身下來借星光撿着貝殼，（這一切太像故國熟悉的海岸）。嚙着眼淚度過了最艱難度過的時間。那時候我心裏鄙棄着生和一切，僅僅為了要捨棄恐怖的戰爭。

　　可是，慢慢的有一個聲音從海上騰起來了，我仔細的留心聽到好多次，聲音輕而飄逸，又彷彿含着沉重的幽怨；好容易我才知道說話的是海的靈魂。

　　「你也想來嗎？不幸的，我厭惡你。」話好像是對我說的，起初我怔了一下。可是，後來我變得歡喜了，我歡喜海水給我的新的名字。是的，我是不幸的，我丟掉了年輕的妻，初生的幼女和母親的衰老不顧，獨個兒遠征到異國來。而如今，長江兩岸的戰事正一天比一天緊張，運來的屍灰實在太多，砲火在等待我去毀滅。我厭惡戰爭，但我

卻被迫將死在戰爭裏，有甚麼話說呢？我究竟活着為甚麼來？對着那樣寂寞的黃昏的海，我真憶念那我熟悉的海岸，我的家，以及年輕的芳子。我將怎樣想下去呢？如果我有一天也化做屍灰，而芳子仍依舊每天在渴望我歸去⋯⋯

　　我開始想到死是遲早必然要來的，但現在我有從容考慮的自由，難道我不能選擇另一種死法？人到絕望的時候會想到宗教的，我記起了聖經上有一句話：「我便是門，凡從我進來的必然得救。」於是，我冒昧的回答了：

　　「為甚麼你要厭惡我呢？我是願在你懷中解脫不幸的人。」

　　「到我懷裏來你將使一切你親切的人感受不幸了，走開去吧，不要這樣年青便想着死。」

　　使一切我親切的人感受不幸，我又怔了一下。海水的話是對的，我想念芳子，知道我死後芳子將如何呢？還有母親衰老的日子⋯⋯

　　對的。走開去吧，十四個同伴正在一旁望着遠方故國熟悉的海岸；加入他們一夥兒談笑吧，我不想這樣年青便死，年青的生命是最華麗的生命。

　　有誰願意丟棄年青華麗的生命呢？我要活下去，活下去。只是，有些事情誰料得到，我想不到十四個伙伴在一旁興高彩烈的談笑，竟是關於死的嚴肅的爭論。

　　我雖然事先沒有參加這一個辯論，但我卻發現和我同樣的意見，正被有力的一方堅強支持着，有八個人不贊成死，八個人都和我一樣年青，都和我一樣顧慮着家小。

　　有誰願意拋下自己親愛的家小呢？

　　辯論的激烈真猶如一場戰爭，我們兩 [才] 都堅守着自己成見的堡壘，[1] 各自用比砲火還厲害的言語有力的攻擊對方。

1　此句「才」字原文難以辨識，現據《大公報・文藝》編輯部編《清算日本》（重慶：大公報館，1939 年）所錄〈海水的厭惡〉一文校訂。

　　一分鐘，兩分鐘，論爭均勢的過去了，十分鐘（一個好持久的時間）我們的陣地開始動搖了，川島一句話比砲火還要準確瞄準了我們心上的要害。

　　「誰沒有父母妻子呢？對於我們，死是必然要來的，如果我們一死能指示千萬個有父母妻子的人以一個真理，使他們不致賡續的鑄成不幸，那不是比死於戰爭更好？不要把生命看得比自由還重，有好些事情只有我們死了才可自由談論。」

　　一個偉大的任務：我們捨棄了自己的父母子女，可使千萬個人不致捨棄他們的父母子女。十五個人一起沉默了，來往我們心中的是崇高的熱情，我們想到聖者，苦難的十字架，和喜悅的和平。

　　為了拯救千萬個人，為了拯救千萬個人的家屬，我難道不能夠捨棄芳子的眷戀嗎？不，我能夠的。因為十四個人全能夠的，我從他們的目光中尋到了一致的答覆。

　　我看看海，海依然在輕輕翻着浪。他說厭惡我們，但一點厭惡的表情都沒有。

　　十五個人都在身邊謹慎的佩好了尸諫的紙條，我們在等最後的聳身一躍死！偉大的任務！

　　一個，兩個，跳下去了，海依然輕輕翻着浪，沒有一點厭惡的表情。

　　十三個人全下去了，剩下來只有川島和我。

　　輕輕的一個聲音又從海上浮起來了，說話的依然是海的靈魂。

　　「你們不要來吧，偉大的任務是多種的，去告訴和你一樣不幸的人們，叫他們怎樣用自己的力量來打倒給他們製造不幸的軍閥。」

　　我猶豫了。這些話說得那樣清楚，又那樣準確。我緊擔負更偉大的任務，我要活下去，活下去，而且，我還年青……

　　但是，一個影子在我面前一閃，是川島的聲音：「我不再等你了。」看到川島下水漾起的大泡沫又化做輕輕的浪，我又想起他有力的一句：

　　「不要把生命看得比自由還重，有好些事情只有我們死了才能自

由談論。」我看着「尸諫」的紙條，我想着那些閃亮的利器。我怎樣去履行比「尸諫」更偉大的任務呢？我要死了才能有說話的自由呵！

終於，我也跳下去了。海裏真是一個好地方，路是銀白的，魚常常打從我身邊滑過（我有好幾次真想騎上魚背）[，] 海水輕輕奏着迷人的音樂；我沉下去，沉下去，急切切的想找到十四個伙伴。

只是許多聲音起來了，我要感激曾經教我支那文的教師，使我能完全聽得懂下面的話。

第一羣聲音：

「我要浮上去。」

「怎麼我身上全是血？」

「你不知道我比你死得更慘？」

「我說最累贅的要算我們腳下那一塊大石。」

「可不是？替鬼子兵做工我早知道沒有好結果，要是當時聽我的話大家誓死不做飛機場，[2] 一起死在光華門不是更乾脆些。[3]」

「總怪我不是，我以為只要替他們忠心做工，他們總會保護我們生命，你看那個人打過他看家的狗？」

「可是如今──」

「誰料得到鬼子心會那樣狠，把我們毒害了又沉在海底，這一千人死得真苦……」

「就因為怕你多嘴，會洩漏他們的秘密 [。]」

「但我們現在還不是一樣可以告訴人，他們飛機場是建築在光華門地下。」

「但現在誰聽得到你的話？」

「不要嚕嗦，最要緊的是來敲斷那條連結我們身體和石子的鐵鍊。」

2　此處指南京大校場機場，位於光華門外七橋甕以南，1937 年被侵華日軍佔用。

3　1937 年 12 月日軍進攻南京，光華門是整場南京保衛戰期間戰鬥最激烈、日軍傷亡最多的地方。

「對的，我巴不得上去……」

我的十四個同伴在那裏呢？我卻不想再沉下去了，因為我聽得那一千個冤魂沉在海底，急切的想浮上來。

馬上另一羣聲音又飄過來了，聲音輕而微細，似乎來自遼遠的海岸。

少婦的聲音：「下次我再不去咖啡館了，下女的生活簡直不是人的生活。」

另一個：「不去？又怎麼辦？孩子要吃，田武又沒有信來。」

少婦：「你沒有看見過那些野獸們發紅的眼睛……」

另一個：「但是，難道你不明白，自從戰後，捐稅比野獸更兇？……」

兩個聲音到此一齊都沉默了，我心裏真有說不出難過，兩個聲音我都那樣熟悉，我至愛的母親和芳子的聲音！為甚麼芳子要去當下女呢？捐稅這樣兇嗎？戰爭！一切都為了戰爭，誰發動這戰爭呢？……聽她們親切的提到自己的名字，只感覺戰慄。

大聲的我喊着芳子的名字，我想安慰她們。可是她們沒有誰回答我。想到那一千個冤魂中一個的話：「現在誰聽得到你的話？」一種悲哀開始來襲擊我了。我為要有說話的自由我才死，但死了，有了說話的自由又沒有人能聽得到我的話。一種悲哀，一種失望，一種懊悔。

而海的靈魂又在輕輕責備我了：

「我說你原不該來的，你這懦弱的人，我厭惡你。」

我着實譴責自己：在生時我渴望着死，死了又渴望着生，何等不定的意志！但使我更為惶急的是，我發現那一千個冤魂已經浮近我的腳下。

是他們的聲音：「一個鬼子兵，打他，打他。」

已經被許多隻手擒住了，想不到我的命運真有那樣不幸。我是一個懦弱的人嗎？不，我知道世界上只有仇恨的報復是最可怕的事情，但我卻已經閉起了眼睛準備它來臨。我知道血的債是必須要償清的。

可是，如果有人以為我真被他們抓住而替我憂慮時，那是不必

的。我的耳邊又飄來了一個熟悉的聲音：

「醒醒吧，田武！」

我睜開眼睛來了，我看見自己睡在海灘上，我和其他兩個伙伴全被海軍陸戰隊的同伴搭救了起來。我並沒有死。

我再看看海，海正在怒吼着。是一千個冤魂在海中敲擊他們的鐵鍊嗎？還是海在替一千個冤魂訴說不幸？那一千個冤魂才真是不幸的，但為甚麼海卻寬大的收容了他們？

可是，後來我明白了，海所真真厭惡的還是懦弱的人。

我記起了海賦給我的任務：我要告訴和我一樣不幸的人怎樣用自己的力量來打倒給我們製造不幸的軍閥。於是，在聯隊長問到我為甚麼要尋消極的短見時，我的勇敢的供狀是：「強服兵役，不願戰死。」

後記：最近在同一張報紙的兩面，我發現了兩個悲慘的事實，一千個中國工人被日人毒害拋在江底，而另一面，十五個日本海軍陸戰士兵投江自殺。為甚麼非慘苦到這樣不可？誰製造這慘苦的根源？無數的田武呵，我希望我們對準軍閥一齊揮動拳頭。

選自《大公報·文藝》第 461-462 期，1938 年 12 月 6-7 日

「俳句」選譯

〔日〕白井四郎、片柳竹市、青木弘 著，譚英 譯

戰場　　白井四郎

（一）

墜下來的黑煙

秋空上

淡淡

（二）

入城

背上比鎗為輕的戰友

華北　　片柳竹市

（一）

熱風

誰知道明天的生命呢

（二）

添上屍臭的酷暑呀

出征一年　　青木弘

今朝秋天了

心的弓上

清晰的絃線

後記：「俳句」，為日本詩之一種格式。原文每首只一行，共十七音節。詩雖短，但詩情完整。因其表現手法甚為精簡，故非細細玩味，頗難領略。且一經翻譯，其原有之詩情與節奏，多已消失矣。

上面所選譯的五首，是從數十首中選出者。作者均為尚在戰場上之軍人。蓋非親歷其境，當不能寫出如是活生生之詩句也。字裏行間，具深切的厭戰氣息。

選自《大公報·文藝》第 490 期，1939 年 1 月 5 日

「短歌」選譯

〔日〕石毛源、藤原哲夫 著，張風 譯

「短歌」，與「俳句」均為日本詩歌格式之一。每首亦只有一行，但音節數較長於「俳句」。「俳句」之首節為十七，而「短歌」為三十一。「短歌」每句可分五段，其音節之分配為五，七，五，七，七。這裏所選譯出來的短歌，主題材均取自此次戰爭，且多為從戰地中所寫作者。因讀者可由此窺知「皇軍」之心境，爰選譯出如左。譯筆之拙劣，非所計也。

從下面這兩首短[歌]，[1]我們可知道日兵對「死」只是畏懼和感傷。

一

戰壕中

一邊拍殺着蚊兒

一邊寫着日記

為了不敢想

有沒有明天

　　　（石毛源作）

從蚊的死想到自己明天的死，從蚊的肚子噴射出來的血，看到了自己的血。蚊的劊子手是自[己]，[2]然而誰拿着槍押逼這畏死的人來參加這場侵略戰爭？

1　「短歌」，原文誤植為「短句」。

2　「自己」，原文誤植為「自已」。

二

可憐的可憐的

軍馬的屍骸呀

黑黑的

於波濤間

漂流去了

　　　（藤原哲夫作）

　　譯這首「短歌」時，我想起了吉田絃二郎（Yoshida Genjirō）之〈山
[村] 雜記〉一文所記述的在戰場上中槍倒地的一匹戰馬。[3]（譯文見
十一月廿八日本欄）馬既這樣，人呢？

　　戰爭的目的既不是為參戰的士兵本身利益與生存，故士兵們不特
沒有半點兒熱烈的戰鬥意志，而他們對戰爭只抱有一種寞然的空寂
之感。

選自《大公報・文藝》第 509 期，1939 年 1 月 24 日

3　吉田絃二郎（Yoshida Genjirō, 1886-1956），日本小説家、劇作家、隨筆家。〈山
　　村雜記〉，原文誤植為〈山中雜記〉，本文作者翻譯該文並發表在 1938 年 11
　　月 28 日（總第 453 期）的《大公報》上。

戰時日本的流行歌
——自謳歌戰爭至厭恨戰爭

陳亮

　　流行歌曲的流行，雖有賴於音樂的旋律，但歌詞的內容如何，卻佔着決定的因素。一曲的流行，必定是該曲的描寫或表現切合於某一時期某一環境的客觀事象。亦即是說，凡越能夠妥當地，合適地反映出當時社會意識的藝術，越受人所歡迎。流行歌曲具有一種現實生活的敏覺性，是不用說的。

　　日本的音樂文化還在輸入時期，除了三浦環（Miura Tamaki），[1] 藤原義江（Fujiwara Yoshie）搬進一些意大利的歌劇而外，[2] 實在看不到甚麼自創的東西。雖然如山田 [耕筰]（Yamada Kōsaku）作了不少歌曲，[3] 也是小氣得很。現在與其說其可以稱為「藝術的」音樂，不如看一看汎濫一時的流行歌曲界情形如何。

　　戰時下日本流行歌謠，有着顯然的變遷。這個變遷正說明着日本人民精神生活的動態。自從「七七」日閥發動侵略戰爭以至今日將近二年之間，在日本社會一般流行着的歌曲，我們可以簡單地把它分成二類。一是政府當局有意徵集的為謳歌侵略戰爭的歌曲，一是切合社會人民需求，即描寫人民現實生活與心理狀態的自由作曲家的創作。

　　前者謳歌侵略戰爭的歌曲，是被指定為軍營中，愛國團體，學校

1　三浦環（Miura Tamaki, 1884-1946），日本聲樂家、歌劇演員，曾長期在歐美演出，深受意大利作曲家普契尼（Giacomo Puccini, 1858-1924）賞識，代表作為意大利歌劇《蝴蝶夫人》（*Madama Butterfly*）。

2　藤原義江（Fujiwara Yoshie, 1898-1976），日本聲樂家、歌劇演員，曾於歐美留學、演出，1934 年創立藤原歌劇團，在日本公演西方經典劇目，代表作包括意大利歌劇《波希米亞人》（*La Bohème*）、《蝴蝶夫人》等。

3　原文難以辨識，現據文意推斷為「山田耕筰」。山田耕筰（Yamada Kōsaku, 1886-1965），日本最早的西洋古典音樂作曲家之一，致力於在日本普及西方音樂，曾創作日本第一首交響樂及建立日本第一支管弦樂隊。

以及社團必唱的；這種謠曲在「七七」戰事發生不久的時期內，可以說相當地流行於民間。川路柳虹（Kawaji Ryūkō）作的《奮起第一》，[4] 便是當時無人不曉的一種充滿了自驕自傲的狂態的流行歌。其詞大意如下：

> 奮起第一此其時，
> 覺悟犧牲從今起，
> 與世作對大日本，
> 俺亦願為國捐軀。
> 　　好呀好！
> 奮起第一此其時，
> 東亞盟主咱所期，
> 不求實現不能活，
> 俺亦負此大使命。
> 　　好呀好！

和這種同樣表現「亞細亞主義」的野心的，還有《大陸進行曲》，《愛國進行曲》，北原白秋（Kitahara Hakushū）的《大亞細亞聯盟歌》等。[5] 又有所謂《勇士之誓》一曲，則在宣揚其武士道的強盜精神。其詞大意云：

> 供獻給「御國」，
> 不負堂堂「五尺」；
> 先敲胸膛千下，
> 再喊「大和魂」「日本」！

4　川路柳虹（Kawaji Ryūkō, 1888-1959），原名川路誠（Kawaji Makoto），日本白話自由詩創始人、「主知主義」詩歌先鋒、畫家、美術評論家。

5　北原白秋（Kitahara Hakushū, 1885-1942），原名北原隆吉（Kitahara Ryūkichi），日本童謠作家、詩人、歌人。

　　自從 X 寇深入南京及廣州漢口以後，便有甚麼《上海來鴻》，《南京之訊》，《寄自漢口》等一類假造戰地士兵「發揚武功」以作欺騙後方人民的謠曲相繼產出。在《寄自北京》一歌中，有：「血染戰鬥帽，競渡大黃河」之句。

　　又在《軍國的兄弟》一歌內云：

阿兄送我來「遠征」，
要我立志「斬百人」。
而今跋涉三閱月，
殺人半百志半成。

　　「斬百人」是日閥侵入南京時所訂的殺人比賽標準。以一人殺害我同胞百人為光榮。

　　不過，上面所舉的例子，實際上並不是流行的，而僅僅是日本政府所指定的在某些團體或集會非唱不可的「時局歌曲」。日本音樂評論家西寒介說得好：「這些毫無藝術因素的『生硬的時局歌』，並不是順乎民情的產物，不過是穿上時代外套，強污民間意志的東西罷了。因此，它不能深刻地為人們所吸收與消化。」（見日文《音樂世界》十一卷第一期第七十六頁）。堀內敬三（Horiuchi Keizō）也說：「許多『國家的』歌謠，其所以不能普遍流行於民間，全在其內容意識離開現實生活與感情太遠的原故。」[6] 這種大膽的真心話，把日本帝國主義的宣傳對策揭破無遺了。

　　日本人並不盡是讚揚戰爭的，尤其在具有藝術[涵]養的音樂家作曲家們，[7] 更不願意為侵略者，日本統治者謳歌作詞。去年一月二十六日日本文化協會主辦的戰時歌曲選拔會上（見東京《朝日新

6　堀內敬三（Horiuchi Keizō, 1897-1983），日本作曲家、詞人、音樂評論家。
7　「涵養」，原文誤植為「含養」。

聞》），想挑選些較有價值的戰歌以便作宣傳之用，但在一千多曲之中，只得《露營歌》及《上海來鴻》二曲，較為差強人意，其貧乏可知。

　　值得我們注意的，還是那些確實普遍流行於民間的歌謠。因為只有真正能夠表達人民心緒的歌曲，它才能普遍地流行。

　　最近出版而銷路最廣的《流轉》一曲，詞之第一節，即表現渺茫，詞云：

> 浮罷，沉罷，讓它去！
> 流呀，落呀，讓它去！

　　在中國戰場上的日本士兵，也因久戰不歸充滿了思鄉念頭。在戰罷回營休息之時，不免於黃昏時候，苦雨之中，或淒涼的月夜，遙想起故國的一切。據《日本評論》五月份高須芳次郎（Takasu Yoshijirō）所作〈流行歌的時代色〉一文中說，[8] 在今日最流行於戰線日本士兵之間的歌曲，首推《月明之曠野》一曲。其歌詞大意如左：

> 層巒叠叠重重，
> 華北之雪兮已溶。
> 櫻花滿庭入夢，
> 何時一睹兮故鄉？

　　日本士兵因深入腹地，長途跋涉，又遭我游擊隊的腰擊，以致辛苦奔命，前程空虛，和看到戰場的淒涼氣象也不免流露出一點真情來。在《渡過冰河》，《麥與兵隊》，《衝出黃塵》及《土與兵隊》等，便是表現那茫茫渺渺，欲哭不得的可憐相。《衝出黃塵》歌詞的第一節云：

8　高須芳次郎（Takasu Yoshijirō, 1880-1948），筆名高須梅溪（Takasu Baikei），日本文學評論家。

何處是盡頭？
荒野之路。
呀！荒野之路，
黃塵似烟地飛揚。
我不為槍彈哭泣，
亦將為無涯的荒野涕零！

《麥與兵隊》的歌詞，更可以說是寫實主義的。其詞云：

前進呀前進，
麥尖推着麥尖；
麥的波濤深又深，
波心迴漩呀，
夜氣淒沉。

此外，表現日本士兵「出征」久久未歸，其家中妻女思念者，應推藤田真鄉氏所作《寄自後方》一曲，這首歌曲是在今日日本後方婦孺間最流行的，在東京一帶簡直是家曉戶喻。詞之前節云：

你所愛的「重瓣櫻」，
守住「後方」我們母子三人；
折此櫻花鮮艷一朵，
連心兒一同寄去。

我們從這數首日本流行歌詞內容的變遷上，已經可以顯然看出日本人民對於此次日閥侵略戰爭的態度。然而歌謠上這種頹唐消沉的情緒，將來必定隨着社會環境的轉變進而為憤恨的，反抗的，以至富於鼓動性的革命性的階段去無疑。

殘酷中的散步

孫鈿

一

　　我歡喜去理解殘酷，分析殘酷，因為這些沒落的階層，殘酷就是他們的花園。我們在這樣的時代中生活着，鬥爭着，沒落的階層所製造出來的殘酷，隨時會用不同的姿態，輕輕地走來囓去我們的心魂，或是猛然地把我們底生命鎖進了永恒的黑暗，隨着他們底沒落而同歸於盡。可見如果我們不消滅殘酷，它就要加害於我們，因此，我底殘酷中的散步，不是像那些變態心理者那樣單純地反背了手去興賞，也不是任意地循照着一般的通路散步開去，而是要帶了細網，帶了瓶子，準備着採取一點標本的。

　　一個炎熱的暑天底早晨，我們遭遇了戰鬥，正在敵軍且戰且退的時候，擊斃了幾個敵兵，其中有一個是伍長。我們從他身上搜出了一點作戰地圖，密令之類的文件，另外在他的日記冊裏夾着兩幀相片，一幀是他的新[潟]縣的故鄉風景，[1] 相片後面還題着：「故鄉啊，你叫我如何不想念？」這麼感傷的字句。另外一幀攝的是：一個中國兵士雙腿跪着，一個日本兵舉起了長刀正砍下去，腦袋砍了一半，倒下了，血在飛濺出來，而另一個日本兵，笑着，以刺刀挑起了他的正在倒下的胸膛。每當我見到這樣一幀相片，我祇感到莫大的侮辱！侮辱了人類，侮辱了人類的文化！實際上，像這樣的殺害算得甚麼呢？最近一世紀內，在舊社會的廢墟上，不計大規模的屠殺，單單是被活埋了的，被烤焦了的，被囚禁在黑獄中死亡了的，被槍決被砍殺了的，被暗中毒害了的革命志士，已經無數。人類底生命像一頁紙，可以搓皺，可以撕毀，踐踏，焚燒，以致於擱置在陰濕的地方，讓它發黃，

1　「新潟」，原文作「新瀉」。新潟縣位於日本本洲中部日本海沿岸的北陸地方。

發霉，或者被白蟻去嚙蝕。

　　而對於這樣的殘酷底人間，卻不是我所要去蹓躂的境地。近年來，我們不是聽得太熟，見得太多了麼？

二

　　寂靜的晚上，在燈下，翻開了《我愛之記》（わが愛の記，1940）讀着，[2] 直到天將白亮，我才把最後的一頁讀完。把那本書放手下來，悲痛便潛到我的心尖，我嘗受到了一種激奮的感懷，使我面對着極度的殘酷，不能再緘默了。

　　《我愛之記》是一個日本女看護山口 Sato（山口さとの，生卒年不詳）寫的日記，全書記載着她同一個從戰場歸來的失掉了下半身的兵士結婚後的生活。她提供了一部殘酷的人間實錄給我們去更深地認識軍閥社會底實質。

　　我們暫且在它底週圍，作一次散步而採取一些甚麼出來吧。

　　正在議婚的時候，山口 Sato 寫了一封信給那個殘廢者，表示結婚的決意，信中這麼懇摯地寫着：「……如果認為我許嫁給一個傷兵是由於一時的同情或感懷而動了心，或者把我看作輕浮的人，那是多麼不對！那樣的想法，我是要發怒的，而唯有那種隨便的解釋，才是侮辱了人類，非常的侮辱呀。沒有愛情，我怎麼會這樣隨便的結婚？……坦白地說，我對你有了尊重的感情，才會有結婚的心情的。……」

　　於是，他們結合了。那個女子看護着不能走動的丈夫，「從朝上起身到晚上睡覺，像抱三歲小孩子一樣的把他抱上抱下，一天之中至少有二十來次。開始這樣做的時候，腰及手腕的關節都酸痛了。」（註一）在洗一件衣服的時間內，丈夫竟叫喚了她七次，使她抹乾了七次手去幫他拏東西。丈夫病了，她就為他洗腸，注射，這樣地操勞着。

2　《我愛之記》（わが愛の記），1940 年 11 月由東京金星堂出版。

在生活中，她時常想到從前的生活以及她的母親同友人們，她自己承認她的感情是並不單純。

　　而那個殘廢的只剩有上半身的丈夫，在結婚的時候，已經囁嚅着：「多麼困苦啊。」時時在不知覺中，他的大小便弄髒了衣服或被窩。而且呆呆地坐着，只有一個希望——研究文學，成為一個文學作家。有一天，他鐵青了臉，發着從未有過的暴怒，對山口 Sato 喊道：

　　「叫了你好幾遍了，聽到麼？混蛋！你不看見我多麼苦痛麼？糊塗！」

　　過了一會，他哭了，並且對他的妻子咽泣着說：「我壞透了！我是混蛋！」山口聽到他的哭泣，他的自詈，也跟着一起湧出了熱淚。

　　被搏皺了的原稿紙散滿在地上，坦放在桌上的原稿紙面，起初二行寫着關於火線上的描寫，以後便是亂七八糟地塗劃着線條，以及一點意思也沒有的字句，她見到他的內心的這種不寧，便這樣地在日記上寫錄下來：「這樣苦痛着的丈夫，我究竟應該怎樣去安慰他呢？不知道怎樣才能減輕他的苦痛？等到身體好一點再寫東西才好，我很想這樣對他說，可是一看到丈夫底臉孔，便甚麼也說不出了。」同時，她還關心丈夫的營養，她吃的東西差不多都是他吃剩下來的。買米的錢沒有了，她就得去設法借錢，看到丈夫的身體，不禁感傷地寫着：「丈夫底身體說不定是不可能像普通人一樣的活下去，如果他死了，孩子也沒有，我必定是追隨他而去，現在這樣的世界中，我已經甚麼恐懼都沒有，甚麼苦痛都想不到了。」

　　這些悲慘的告白，悲慘的生活，是對於人類生命底殘酷；我們不妨這樣地發問：誰付予她這種[動機]的呢？[3]

　　《我愛之記》貫穿着的是特殊的殘酷底大暴露：要是因此而對於該書作者有甚麼非難，或者對於那個從戰場歸來的兵士有甚麼惡責，都是無謂的！然而，被軍閥社會所渲染了的他們底意識，無論怎樣，

3　「動機」，原文誤植為「機動」。

人底本性，人底正常的慾念，在某一種場合，多少是會被客觀實情所刺戟，以致於使他們感悟到這種軍閥社會的思想意識所發生的種種行動，都是非人底殘酷，都是違背了人類生活底原意的。主要的，他們也是被壓迫的一層。然而他們究竟能感悟到甚麼程度呢？生活加在他們底肉體上精神上的苛刑，看來有些是已經成為習常。但是，難道人類生就甘受肉體上 [精神] 上的種種苛刑的麼？[4] 難道人與人之間生就非互相以殘殺的手段相對不可的麼？難道我們所謳歌的美滿的幸福的時代不能用我們的熱血去爭取而僅僅是一個永久的幻想麼？

　　誰都會對於這串問題加以否定的吧。那麼提出更有效的答案，卻會發生各各不同的處置。因為有些人是被欺矇着，或者是在欺矇中欺矇着。即是山口與她的丈夫，已經在這種情形下，麻木於生活底悲劇，而把黑暗的悽慘的生活披上了一件愛情的外衣，來眩惑着殘留的人生。

　　如果要他們衝出這種生活的黑暗，而找到一條撲滅它的道路，至低限度，首先把他們所具有的狹窄的見地，應該拋棄了吧。這非特要感悟到軍閥社會不是真正屬於他們底，並且還要懂得人生底積極意義而起來消滅一切殘酷底淵藪！然而，真是殘酷極了，他們卻在眺望着死亡，懸念着那些殉身的結局。

三

　　終於，那個《我愛之記》的女作者，被日本社會人士褒譽為「軍閥的處女妻」了。

　　在該書的序文中，橫光利一（Yokomitsu Riichi）認為這是由於「處女底感傷」，[5] 由於「青春期的發作」而引起底「不可想像的美行」。「甚至以文學的見地來一讀這本日記，它的精神底健康是不用說，而它的

4　「精神」，原文誤植為「神精」。
5　橫光利一（Yokomitsu Riichi, 1898-1947），日本新感覺派作家。

文體底秀麗也是罕見的。」

　　川端康成（Kawabata Yasunari）寫了一篇文藝時評（註二），[6] 推薦《我愛之記》是一部「稀有的愛情聖典」。「已經實行了的美愛，不是可以消失的東西，早上能得到愛，即使在晚上死掉都好；譬如，將來婚姻破裂了，而傷兵的丈夫所惠受到的稀世的幸福與愛情，乃是神聖的事實。」「這一卷《我愛之記》是美滿生涯底確證，後世的人們對於這本書將流着淚而作為不朽的愛書而遺存着的吧。」

　　對於這樣的生活底謳歌，乃是殘酷心理底表現，橫光、川端在殘酷的生活中捧出殘酷來，企圖抹掉被壓迫人民底苦淚，而生硬地拿起一支筆來，在他們底苦愁的臉上描上幾條笑紋，這種苦心，這種殘酷，我們以及日本人民未嘗不會了解呢？

　　殘酷絕對不是人底本性。像托斯妥也夫斯基（Fyodor Dostoevsky）底《罪與罰》（*Crime and Punishment*, 1866）中，[7] 因為那個放印子錢的老婦人，[8] 殘酷地在吮吸着窮人們底血，而有個大學生拏起斧頭砍死了她，這樣的事，就是帝俄社會底特色。今天的社會主義社會，還會存在着那樣的老婦人那樣的大學生麼？然而，為殘酷而殘酷的跋涉在沒落的污泥中的橫光、川端，不能主導於日本社會的人民層對於侵略戰爭所引起的擾動底爆發，而僅僅在軍閥社會的圈圈中揚着鞭殘酷地去摧殘人民，或者流着淚去謳歌落日的悲運。我們卑視這些殘酷的奴才同卑視殘酷底製造者一樣。

　　在消滅殘酷底鬥爭中，我們底生活趨向，是朝着沒有殘酷沒有剝削的自由幸福的境域的。我們下層人民，在自己的國度裏，竟然也被少數的殘虐者殘酷地在嘴上加了封條，或者被囚禁於陰濕的防空洞中整天

6　川端康成（Kawabata Yasunari, 1899-1972），日本新感覺派作家、文學批評家。原文刊於《改造》第 23 卷第 5 號（1941 年 3 月），頁 310-322。

7　托斯妥也夫斯基（Fyodor Dostoevsky, 1821-1881），今譯杜斯妥也夫斯基，俄國作家。《罪與罰》為其所作長篇小說。

8　「印子錢」，清朝的高利貸形式。

望不見一絲陽光，甚至對於英勇地殲滅着殘酷底戰鬥者，加以殘酷的虐殺。而且，一班鼠眼珠的論客們，對於向這種殘虐者提出抗議的人民，嚷叫着叛亂。我們同樣是卑視這種殘酷底製造者與這些殘酷的奴才。

R. 羅蘭（Romain Rolland）說：[9]「怎樣的殘酷我都不允許，我對於所有的殘酷宣告死刑！而最惡的殘酷者乃是虐殺自由的人類。」（註三）

我們擁護並且堅決去執行這樣的主張。但是我們沒有理由說消滅殘酷的人類蠹賊底正義行動是殘酷；我們沒有理由說把機關槍瞄準了衝鋒過來的殘酷者密密地掃去是殘酷；我們沒有理由說為了整個人類的自由幸福而在個人範圍內作任何的犧牲是殘酷！我們正視人生，不怕殘酷，不怕殘酷者，我們反對見到殘酷而一切都妥協了底卑怯的傢伙！

我所提出的殘酷，是為人們所忘懷所無法直覺到的，我不能在殘酷中散步得太遠，如果這些就是我拙劣地採取到的標本之一，那麼，也可以看出沒落階層的花園，實在繁茂得太過可憐，他們不是誇耀着自己的花園中正在盛放着麗妍的花卉麼？可是在他們的眼瞳中，黑色的牡丹就是他們的鮮花，而枝頭的烏鴉就是他們的黃鶯。

註一：這裏寫的是結婚後的第二個月生活。

註二：見《改造》23 卷第 5 號。

註三：一九二六年，在法國，法西斯黨徒對共產黨員的虐殺，引起了達姆萊蒙事件，R. 羅蘭為了這事件曾致函 H · 特萊茲，該語引自該函。

選自《大公報 · 文藝》第 1130 期，1941 年 7 月 3 日

9　R. 羅蘭（Romain Rolland, 1866-1944），指羅曼 · 羅蘭，法國作家、思想家、音樂評論家、社會運動家。

四

多重觀照下的中國革命
與反日運動

《中國為她的生存而戰》[1]

陳季

「今日有兩個人掌管着政治上的權力，來統治比任何其他兩人所
統治着的更多的人口。那是約瑟・史太林（Joseph Stalin），[2] 蘇聯共產
黨的書記，和蔣介石將軍，中國軍事委員會的永遠主席。」

「這兩個人有顯著的相同點。兩位都是亞洲人。兩人都是領袖的
繼承者──史太林從列寧（Vladimir Lenin）手裏遺傳下來，[3] 蔣介石將
軍則是孫中山博士的忠實信徒。兩人也有同一的敵人──日本。」

這是埃金斯（H. R. Ekins），[4] 拉侯鐵（T. Wright）兩人合作的《中國
為她的生存而戰》（*China Fights For Her Life*, 1938）一書中的序言的第

1　報刊原文標題下註明英文原書標題、書籍出版資料及售價：「*China Fights For
　Her Life* 紐約 Wittley House 出版，定價美金二元七角半」。

2　約瑟・史太林（Joseph Stalin, 1878-1953），前蘇聯最高領導人。

3　列寧（Vladimir Lenin, 1870-1924），俄國共產主義革命家、政治家、政治哲學
　理論家。

4　埃金斯（Herbert Roslyn Ekins, 1901-1963），美國報紙編輯、出版商。

一段。[5]

　　埃金斯來華已七年，說華語頗流利；拉侯鐵在美國專事整理遠東方面的電訊——他們倆都是美聯社的職員。這次以一「中國通」的記者所耳聞目見的事跡 [，] 經過一「遠東專家」的編者的整理，用論文的體裁來對遠東現狀加以判斷，當然有相當合理的效果；雖然他們倆所肯定的「歷史觀察」未免有一己孤見的缺憾。

　　從民國革命起，到一九三八年三月二日蔣夫人辭航委會委長時止，所談到的時期固然是夠長，但是全書中所分配的篇幅卻也夠叫讀者看了興奮。

　　共二十 [四] 章，章名譯錄如下，內容可見一斑：[6]

　　（一）中國式的革命（Revolution, Chinese Style），（二）寧波拿破崙（Ningpo Napoleon），[7]（三）宋代（The Song Dynasty），（四）真正革命的前奏（Prelude to a revolution），（五）紅色的幻術（Red magic），（六）獨裁夫人（Madame Dictator (Mei-ling Soong)），（七）右派與左派的反叛（Rebellion, Right and Left），（八）滿洲的冒險（Manchurian Adventure），（九）轟雷降臨了上海（Thunder over Shanghai），（十）新生活運動（The New Life），（十一）萬里長征（The Long March），（十二）獵「赤」記（Red Hunt － or Red Herring?），（十三）西安事變（The Sian Coup），（十四）「一個婦人應該保護她的男子」（"A Woman Shall Protect a Man"），（十五），在西安的訓話（Sermons on Sian），（十六）

5　拉侯鐵（Theon Wright, 1904-1980），美國記者、作者、合眾國際社（United Press International）辦公室經理。

6　英文原書共二十四章，原文誤植為「二十六章」。未有翻譯的章節為原書第十九章「蘆溝橋事件」（The Lukouchiao Incident）。

7　美國記者、孫中山英文秘書索科爾斯基（George E. Sokolsky, 1893-1962）1927年7月撰文稱蔣介石為「寧波拿破崙」。索科爾斯基對蔣介石的批評可參考 George E. Sokolsky, *The Tinder Box of Asia* (Garden City, N.Y.: Doubleday, Doran & Company, Inc, 1932), p. 341; Warren I. Cohen, *The Chinese Connection: Roger S. Greene, Thomas W. Lamont, George E. Sokolsky and American-East Asian relations* (New York: Columbia University Press, 1978), pp. 138-141.

中國外交政策硬化了（China's Foreign Policy Hardens），（十七）日本與中國的磨擦（Japan vis à vis China），（十八）土肥原事件（The Doihara affair），[8]（十九）血的星期六（Bloody Saturday in Shanghai），（二十）道歉的行進（The Parade of Incidents），（二十一）大退卻（The Great Retreat），（二十二）焦土抗戰（The Scorched Earth），（二十三）赤，白，或灰色（Red, White or Blue）。

＊＊＊

「一個桶狀的，鷹眼的小紳士，那位特殊的軍士外交家」[，]他形容土肥原的狀態，他更明瞭土肥原的「任命」，簡單地說來：

在一九二五年，他親自把郭松齡的頭放在一塊白帆布上，送給張作霖而勸他，「以後不要進山海關」；[9]三年之後，皇姑屯的炸彈也是土肥原的徒黨所安排的，因為張作霖不曾服從他的「忠告」。一九三一年他又將同一樣的勸告給張學良，「青年的大將又不服從他的『忠告』，於是有『九一八』的事變」。

一九三五年的夏天，溥儀出關，也是他的功勞。而這個時候，便是蔣介石將軍對土肥原作戰的時期了，用銀幣來作黃河的賭注，結果蔣將軍放下更多的籌碼給華北的諸武人，東京的外務省，和日本駐南京的使節。土肥原早已擬定的「華北五省獨立政府」的開幕日期卻因蔣委員長與永野日海長的接談而無形取消了。[10]

然而這是：一、日本想用和平手段來侵略中國碰到了末路；而

8　土肥原賢二（Doihara Kenji, 1883-1948），日本陸軍將領，曾參與策劃「九一八」事變及扶持溥儀成立偽滿洲國。

9　1925 年 11 月 22 日，奉軍第三軍副軍長郭松齡叛奉自立，張作霖在日軍介入下率部反攻，12 月 24 日郭松齡兵敗巨流河（瀋陽西南），次日與夫人被擒伏誅。張學良口述，唐德剛撰寫：〈從北京政變到皇姑屯期間的奉張父子〉，《張學良口述歷史》（北京：中國檔案出版社，2007 年），頁 154-157。

10　永野修身（Nagano Osami, 1880-1947），日本帝國元帥、海軍軍令部部長。

二、這一次土肥原的失敗便促成「一九三七年日本軍隊咬緊牙齒跳入『懲膺』中國的戰事」；同時也三、顯出國民政府對日外交的轉變。

對於「八一三」的戰事，他們下了這樣一個奇特的見解：蔣委員長為設法把中日戰爭擴大為國際戰爭，乃移戰場到長江的三角地來；而日之所以戰（據他們看，日本此次作戰毫無準備，原想戰爭範圍僅限於華北而已；因華北方面已暗有佈置，可一鼓而下，與東三省淪陷一般）有三個理由：

「一是『熱血』的少壯派的極端主義者抱必毀南京之狂想。」

「二是日本軍事當局深信：如陷下南京，華北事件即可終了。」

「三是一個對英美勢力的下意識的威脅。」

所以，他們認為：日本根本沒有準備來作如是的大規模戰事，將來愈陷愈深，必趨崩潰，亦必墮入毛澤東（全書對毛氏推崇備至）焦土抗戰的深阱。

＊　＊　＊

「戰爭或許是——毫無疑義地是的——向來所講的戰事而已；但這也是現實的。任何國家決不因為辭句的衝突而作戰；也決不為了『硬語，軟話』而停止。」

所以，英美各國對於中日戰事應取的態度，他們看來，「對於戰爭，只有兩條路可走。一條是強力的制裁，一條是任其自然。」——可是上海的公共租界上（英美法的利益所在處）在開戰後三星期內已經有兩所大旅社，一所公共遊藝場，一家百貨商店受到了炸彈的威力，而美艦奧格斯泰號，許格遜，胡佛總統號，以及英艦青島號，美艦潘納號（Panay）……等事件層出不窮，[11] 況且中國的將來，究竟是

11　潘納號，今譯帕奈號。1937 年 12 月 12 日，日本軍隊在長江轟炸一艘美國海軍炮艦及三艘標準石油公司的油船，造成船隻沉沒，三人死亡及四十三人受傷。

「赤」？是「白」？還是「灰色」？

　　隔着重洋的「姍姆舅舅」（Uncle Sam）及遙領的「母牛約翰」（John Bull）應該有所動作 [才] 對呢！ [12]

　　──這彷彿是作者的尾語，也許便是他們的動機。

選自《星島日報・星座》第 45 期，1938 年 9 月 14 日

---

12 「才」，原文誤植為「再」。「姍姆舅舅」和「母牛約翰」分別是美國和英國的擬人化形象。

「中國不會被征服的」
——覆日本詩人野口米次郎書

〔印〕泰戈爾 著，靈鳳 譯

　　今年七月，日本當代著名詩人野口米次郎（Noguchi Yonejirō）曾寫了一封信給印度大詩人泰戈爾（Rabindranath Tagore），[1] 為日本軍閥作應聲蟲，說攻略中國乃是為中國民眾造福，乃是一個新的「亞洲人的亞洲」的開始，日本民眾如何為這「聖戰」節約忍受。野口與泰戈爾本甚友善，但收到了這封信，我們八十高齡的東方詩哲，遙睹流在這震旦古國平原上的無辜的血，覺得野口的信乃是詩人的羞恥，乃是對於人類文化的侮辱，便憤然覆了一封信。這下面便是這封信的譯文。至於野口的原信，實沒有一讀的價值，故從略。譯者誌。

親愛的野口君：

　　我十分詫異你所寫給我的這封信。無論牠的氣質或內容，都不與我從你的著作中所領略而欽佩，以及因我個人與你的往還中所愛好起來的日本精神相調和。想到集團軍國主義的狂熱有時也會使得有創造性的藝術家不自知的陷於昏瞶，真摯的智能也甘願將牠的尊嚴和真理獻給戰爭的魔神殿堂作犧牲，真是令人扼腕的事。

　　對於斥責法西斯蒂意大利所加諸阿比西尼亞的屠殺，[2] 你似乎和我

1　野口米次郎（Noguchi Yonejirō, 1875-1947），日本詩人、小説家、評論家。1930 年代，原本左傾的野口米次郎迅速倒向右翼軍國主義立場，並在 1935 至 1936 年被派往印度交流，企圖在思想界宣傳日本在東亞的侵略計畫。泰戈爾（Rabindranath Tagore, 1861-1941），印度詩人、小説家、哲學家。野口米次郎給泰戈爾的第一封信參考 Zeljko Cipris, "Seduced by Nationalism: Yone Noguchi's 'Terrible Mistake'. Debating the China-Japan War With Tagore," *The Asia-Pacific Journal: Japan Focus* 5.11 (Nov 3, 2007): 3-5.

2　阿比西尼亞帝國（Abyssinia, 1270-1974），今東非埃塞俄比亞共和國的前身。此處所指的是 1935 年 10 月至 1936 年 5 月的第二次意大利－埃塞俄比亞戰爭（Second Italo-Ethiopian War），法西斯意大利借故發動戰爭，拒絕埃塞俄比亞的所有和解請求，更違反《日內瓦議定書》和《日內瓦公約》使用芥子毒氣毒殺埃塞俄比亞軍民。

同意——但對於數百萬中國人民的殘殺的進攻，你卻將你的判斷諉諸另一典型。

不過，一切判斷都有其原則作根據的，因此任何特殊的申辯，決不能更改日本用着從西方所學習來的殺人方法，向中國人民所發動的這殘暴戰爭，乃是破壞了一切文化所根據的道德原則這事實。你說日本的情勢是特殊的，你忘記了一切軍事情勢總是特殊的，而狡獪的軍閥，深信自己的罪行總有其獨特的理由，對於大規模的屠殺，總能使其和甚麼神聖的任務聯結起來的。

人類，雖有許多失敗之處，但總還守着社會的一種基本道德機構。因此，當你說「這無可避免的遭遇，雖然可怕，卻要在亞洲大陸建立一個新的世界」——我猜想，你是說對於中國婦孺的轟炸，廟堂學校的褻瀆，乃是為亞洲拯救中國的方法——你這樣說，你真是將施諸獸類亦屬不必的生活方式加到了人類身上，這運用在東方尤其不應該，雖然東方有時也有其乖離之處。

你的想像中的亞細亞，是要從骷髏塔上才可以實現。誠如你所指出，我是相信亞細亞所負的使命的，但我從未料到，這使命竟和使帖木兒（Timur）心上洋洋得意的可怕的殺人手腕混為一談。[3]

當我在日本的演講中反對「西方化」時，我曾將歐洲某幾個「國家」所培植的貪婪的帝國主義，和釋迦基督所教訓的至善思想，以及建立亞細亞及其他文明的偉大文化遺產和睦鄰政策相比較。我覺得這正是我的責任，來警告這武士道的國土，這有偉大藝術品和高貴的英雄主義傳統的國土，對於那種犧牲了西方人類，使得那些無告的民眾流於一種道德上人肉嗜食的科學化的野蠻主義，你們這些已經踏上了光榮的復興之道，同時更有一個十分可靠的燦爛未來在前面的人們決不要去模仿他們。

3　帖木兒（Timur, 1336-1405），中亞帖木兒帝國（Timurid Empire, 1370-1507）的創始埃米爾，曾多次師法蒙古帝國的屠殺掠奪策略擴張版圖。

你在信內所闡述的「亞洲人之亞洲」的學說，作為一種政治攏絡的工具，正有着我所斥責的那少數歐洲的性格，同時卻全然缺乏那一種使我們能超越一切政治分野障礙的廣泛人性。

最近，讀了東京某政治家的聲明，說日本和德意的軍事協定，是為了一種「崇高的精神上和道德上的目的」，「背後並無物質上的考慮」，我覺得很有趣。誠然如此。不過不有趣的乃是，有些藝術家和思想家竟響應這可注意的感情，將武力的誇大變成了一種精神上的鼓勵。在西方，即使在可慮的戰爭狂的日子，也從不缺少偉大的精神，在戰爭的喧嘩中提高了聲音，用着人道的名義反抗他們的戰神。這些人曾經受難，但從未叛背過他們所代表着的民眾的良心。[4] 亞洲如能從這些人學習，她將決不會西方化；我相信日本仍有這樣的靈魂存在，雖然在那些被迫犧牲了自身以 [響應] 軍閥聲氣的報紙上不會聽到他們。[5]

「智識階級的叛逆」，歐戰後法國某大作家所說及的，[6] 正是我們這時代的一個危險的現象。你曾說到日本貧民的節約，他們的沉默犧牲和忍受，但這樣動人的犧牲卻被盜用去了毀擊侵犯鄰人的盧舍，將人類之偉大的財富用作非人道的目的，你對這樣的叛逆竟感到誇耀。我知道，宣傳已經成了一種藝術，因此一個非民主國的民眾要不時拒絕這些毒劑是不可能的，但我們想像，至少，那些有智識有幻想能力的人們也該自己保留着獨立判斷的才能。

顯然，事實並不這樣；在強辯的理由之下，似乎有一種歪曲的國家主義觀念存在，使得今日的「智識份子」呶呶於自己的「意識」，將他們的「羣眾」拖上了潰滅的途徑。

4　「背叛」也作「叛背」，此處保留報刊原文用法。

5　「響應」，原文誤植為「反應」。

6　「智識階級的叛逆」（The treason of the intellectuals），指法國作家朱利安・班達（Julien Benda, 1867-1956）在 1927 年出版的 *La Trahison des Clercs* 中提出的批評觀點。班達認為，一戰後的西方知識份子將自身剝離於傳統的學術使命與人文操守，轉而投向特殊主義與道德相對主義。

　　我曾經知道你們的民眾，因此我不忍相信他們會公然參加有組織的用鴉片海洛因毒化中國男女的政策，他們也許不知道；同時，在中國的日本文化代表，在一個被有組織的大規模人類醜行所攫住的羣眾之中，忙碌的實驗着他們的手段。這類在中國本部和偽滿強制毒化的證據，已經有絕對權威的證實。但是在日本從未有人對這抗議，她的詩人們也不開口。

　　根據你們智識階[級]的這樣一些意見，[7]對於你們政府「自由地」任隨你們說話，我已經毫不感到驚異。我願你們能享受你們的自由。從這樣的自由之下退回到「蝸居」，以便可以享受「有希望的未來生活」的冥想的幸福，我覺得已經是不必要的，雖然你還在勸你們的藝術家這樣去改變生活。我不承認能將藝術家的任務和他的良心作這樣的分離。和一個正在摧毀他的鄰人一切生活基石的政府一鼻孔出氣，享受着特殊的恩待，同時又在迴避，用一種逃避主義的哲學卸掉一切直接的責任，我覺得這正是現代智識階級背叛人道的另一個有力的證據。

　　不幸地，因了提防抵觸自己的未來，世界的另一些人對於表示任何正直的判斷幾乎是懦怯的，因此傾力作惡的人們遂被放在一邊，任他們撕毀了他們的歷史，永遠污損了他們的名譽。但這樣的倖免是埋伏着禍患的，正像未意識到無痛苦的疾病的蔓延一樣。

　　我深深地為你們的人民擔憂：你的信刺傷了我的心的深處。我知道早遲有一天，你們人民的幻滅會到了頂點，然後在艱苦的幾世紀中，他們將辛苦的清除着被他們瘋狂了的軍閥所摧毀的文化廢墟。他們將了然，在比較之下，日本內在的騎士精神的毀壞，和對中國的侵略戰爭比起來實在太不重要了。

　　中國不會被征服的，她的文化，在大無畏的蔣介石領導之下，表現了可驚異的資源：她的民眾的決絕的忠誠，空前的團結，已經給這

7　「級」，原文誤植為「段」。

國家創造了一個新的時代。突然隔在一具龐大的戰爭機械之中，中國正鎮靜的把握着她自己；暫時的失利決不會摧毀她已經振興起來的精神。

　　面對着日本全然假自西方科學的軍國主義，中國的立場顯示了一種先天的超越的道德優勢。今日，我更加理解日本大量的思想家岡倉向我所說「中國是偉大的」了。[8]

　　你並不瞭解你們正在以你們自己的代價去使中國光榮。但這些不過是另一方面的考慮；不過該愁的仍是日本，正如蔣介石夫人在《觀察報》（The Spectator）上所說，[9]你該已經讀過，日本竟造成了這樣多的鬼。中國無價的藝術品，不可補償的學術機關，廣大的愛好和平的村落，這一切被毒化磨折而毀滅了的鬼。「誰將祓除這些鬼呢？」她問道。讓我們希望，在不遠的將來，日本和中國的民眾，能攜手在一起，拭去這個慘痛的過去的回憶，真正的亞洲人大將新生起來。詩人將引吭高歌，毫不慚愧的重行宣示，對於人類命運的擁護，決不再容忍這種大規模的科學化的手足殘殺。

拉賓德拉奈斯・泰戈爾

一九三八年九月一日於彭加利（Bangladesh）

　　附筆：我發現你已經將你的信在報上公開，我相信你是想我同樣的也將這覆信發表。

選自《星島日報・星座》第 97 期，1938 年 11 月 5 日

8　岡倉天心（Okakura Tenshin, 1863-1913），原名岡倉覺三（Okakura Kakuzō），日本明治時期美術家、思想家。岡倉與泰戈爾是好友，曾多次造訪印度和中國。

9　此處所指的是宋美齡 1938 年在英文報紙《觀察報》以 "What War Is Teaching China" 為題發表的五篇文章，而泰戈爾引用的內容出自此系列文章的首篇。參考 Madame Chiang Kai-Shek, "What War Is Teaching China, I-V," The Spectator. 1, 8, 15, 22, 29 July 1938.

泰戈爾譴責日本

〔日〕野口米次郎 著，純青譯

譯者按：野口（Noguchi Yonejirō）以寫英文詩蜚譽歐美，[1] 為日本名詩人。今年八月在印度雜誌 *Modern Review* 上讀到署名泰戈爾（Rabindranath Tagore）的〈給日本及日本人〉一文，[2] 怪其「認識不足」，商得外務省第三課長事前的同意，即修書致泰戈爾。不料泰戈爾竟反唇相稽，自討沒趣。野口不明白被壓迫民族的同情是在中國這邊，這個笨貨，纔真真是「認識不足」——惜原文大部被剟削，不能全部給介紹出來 [。] 但寥寥數言，俱見泰戈爾翁的語重心長，不由吾人不五體投拜、感謝無涯。

余於四稔前十一月十日，在印度的加兒谷答（Kolkata）上陸，翌月十一日，行抵拉克諾（Lucknow），一途講演，備受讚賞與尊崇。同月廿八日，由孟買（Mumbai）徂那格勃爾（Nagpur），躬逢「印度國民議會五十週年紀念會」，熱心於政治的濟濟多士，令余肅然起敬焉。余作客於那格勃爾大學（Nagpur University）時，一有國聯關係的青年來訪，垂問關於政治的意見，余以所「信告」。[3] 語畢青年作別，臨別曰：「印度人必有一天不得不與日本人為敵。」余大愕，沉思既久，始悟印度人，不可全以「東洋人」待之。時方日本有事於華北，那格勃爾的報紙，撰文寄余，題為：「假若野口君，你是詩人而愛護真理，

1　野口米次郎（Noguchi Yonejirō, 1875-1947），日本詩人、小說家、評論家，曾留學美國，後居英國倫敦。1930 年代，原本左傾的野口米次郎迅速倒向右翼軍國主義立場，並在 1935 至 1936 年間被派往印度交流，企圖在思想界宣傳日本在東亞的侵略計畫。

2　泰戈爾（Rabindranath Tagore, 1861-1941），印度詩人、小說家，曾於 1924 年訪問中國。

3　此句「信」字原文難以辨識，現據《大公報・文藝》編輯部編《清算日本》（重慶：大公報館，1939 年）所錄〈泰戈爾譴責日本〉一文校訂。

何以不反對自己的政府，援助中國呢？」第二年正月，余之馬特拉斯
（Madras），華北問題，猶治絲而棼，愈不可解；當地輿論，批評余的
講演──「涵養世界心」──結語云：「印度羣眾所亟欲知的，實為日
本國內反對軍國主義運動的現狀……印度的思想家及學者，皆同情中
國，而不齒日本……」余認情勢不可為，辯亦無用，乃去印度。

　　此次中日大戰爭，印度當排日援華，余知之審。不惟對日貨「杯
葛」，且勸募義捐。報章之宣傳反日，不遺餘力──詩翁泰戈爾，尤
篤信中國，罵得日本體無完膚。余思印度將來在「國策」（日本的侵略
野心──譯者）上佔重要地位，須設法以和溫其感情，爰致書於甘地
（Mahatma Gandhi）及泰戈爾，[4] 託其向印度人民釋惑。二信俱蒙印度
十二家報紙，全文揭載。九月一日泰戈爾翁，寄余航空信一枚，使余
大失所望，信中約略陳：

　　「大翰的氣質內容，與余所誦君的詩章，及由個人接觸而敬式的
日本真精神，全不和諧。[5] 悲哉！君之情熱，君之品格及誠實，實已駕
於黑暗的鬼神，犧牲而了。君等之日本人的主義，果有顛撲不破的根
基乎？事實俱在，辯復何益──日本正以學自西洋的法寶，XX 中國
的人民……文明基石的倫理方則，撕毀淨盡。君謂：戰鬥行為，乃建
設新亞細亞不可或缺的手段，余信亞細亞使命，余在日本曾作攻詰西
洋國度，忘記佛陀基督遺教的演講；西洋國度，帝國主義已生成貪慾
無饜，無善良的鄰人愛。但余從未夢想，無視人道主義，硬把政治的
招牌，粘貼他國的領域，便是亞細亞使命。──余敢警告日本，余認

4　甘地（Mahatma Gandhi, 1869-1948），帶領印度獨立、脫離英國殖民管治的政
　　治領袖，被視為印度國父，以其非暴力哲學聞名。泰戈爾贈予甘地「聖雄」
　　（Mahatma）的稱謂，後來廣泛流傳。

5　「大翰的氣質內容……及由個人接觸而敬式的日本真精神」一句，原文為："I
　　am profoundly surprised by the letter that you have written to me: neither its temper
　　nor its contents harmonize with the spirit of Japan which I learnt to admire in your
　　writings and came to love through my personal contacts with you."

警告乃余的義務。……」「君何健忘？日本自詡『切腹為鄰人榮譽』，但現日本在中國，大量生產着陰鬼，日本破壞中國的文化，毀滅中國的藝術……」「中國在蔣介石將軍指揮若定下，已表現了萬人刮目相待的偉力。中國人以視死如歸的精神，創造新時代，一時敗北，不能挫磨其忠節行為；蓋本質上中國的倫理觀念，優於日本不知若干倍也！」

　　泰戈爾又謂，讀余手札，「受了遍體的鱗傷」[。]最後說：「君函已公開發表，余函亦公開發表，以示報答。……」

（節譯自《日本評論》十一月號）

選自《大公報‧文藝》第 436 期，1938 年 11 月 7 日

野口米次郎的悲哀

適夷

　　泰戈爾（Rabindranath Tagore）給日本詩人野口米次郎（Noguchi Yonejirō）的信，[1] 在國內已經有人介紹過了，最近在《文藝春秋》的十一月號上，又看見野口第三次給泰戈爾的信。[2] 本來像野口這樣的詩人，也不算甚麼了不起的傢伙。他不過能夠在東洋讀一些西洋野人頭，在西洋讀一些東洋野人頭，泰戈爾也只是受了欺騙，才那樣對他重視和期待。他不但經不得這重視和期待，在第三次給泰戈爾的信，就整個的顯出自己的狐狸尾巴。

　　他聲辯日本的侵略，只是為了中國的挑釁，而東亞的和平[，]只有等候中國的悔禍，完全是一套最可憐不過的日本軍事法西斯蒂的「理論」，原不值得提起，然而其中也並不是沒有真實的供狀，這是非常有趣味的事。他說：「你所說的法蘭西的文學者，大概是說羅曼・羅蘭（Romain Rolland），[3] 他雖然抱了『非愛國者』的態度，卻還是一個可以在日內瓦湖畔過着優游生活的幸運兒。現在我假使和羅蘭抱了同樣的態度，結果就必然遇到非逃出生身的祖國不可的厄運，你叫我逃到哪裏去呢？我沒有可去的日內瓦湖畔，我不能叫我無辜的妻兒餓死，這可不是你所擁護的人道的問題麼？」

1　泰戈爾（Rabindranath Tagore, 1861-1941），印度詩人、小説家。野口米次郎（Noguchi Yonejirō, 1875-1947），日本詩人、小説家、評論家，用日、英雙語寫作。1930 年代，原本左傾的野口米次郎迅速倒向右翼軍國主義立場，並在 1935 至 1936 年被派往印度交流，企圖在思想界宣傳日本在東亞的侵略計畫。泰戈爾給野口米次郎的第一封回信參考泰戈爾著，靈鳳譯：〈「中國不會被征服的」：覆日本詩人野口米次郎書〉，《星島日報・星座》第 97 期，1938 年 11 月 5 日。

2　野口米次郎給泰戈爾的第三封信參考 Zeljko Cipris, "Seduced by Nationalism: Yone Noguchi's 'Terrible Mistake'. Debating the China-Japan War With Tagore," *The Asia-Pacific Journal: Japan Focus* 5.11 (Nov 3, 2007): 8-11。

3　羅曼・羅蘭（Romain Rolland, 1866-1944），法國作家、思想家、音樂評論家、社會運動家。

　　為着沒有可去的日內瓦湖畔，為着擁護妻兒不致餓死的人道，他就只好硬着頭皮說：「我即使是文化人的叛徒」，但總不想做「日本國的叛徒」。害怕流亡和餓死，就只得背叛文化，背叛真理，這裏正吐露了詩人野口米次郎的真實悲哀，而這悲哀也正是大多數日本文化人的悲哀。在我所見到幾本日本雜誌上，我發見了很多熟悉的名字，都完全唱着和以前根本不同的論調，許多過去唱着很好聽的高調的文化人，現在都反過頭來罵着昨天的自己。想着一個文人的變節是這樣的廉價，愈使人感覺得這個時代的可怖。從今日的變節來回顧他們過去的高調，也愈使人感覺他們今日唱着的高調畢竟有多大的意義。法西斯的存在，僅僅為了這文化道德的可怖的墮落，也足令人值得獻其一身與之苦鬥了。這種苦鬥的人在日本也存在着的，他們現在正獻納着自己的寶貴的血，正囚居在陰暗的角落裏，這些血液中會長出花來的，這些陰暗的角落會透進光明，只有他們，是日本的真實的希望。而野口米次郎之流，只是暫時不必找尋日內瓦，暫時使妻兒不餓死而已。

選自《星島日報‧星座》第 126 期，1938 年 12 月 4 日

《中國大革命序曲》[1]

樓佐

　　譯者在後記中曾這樣地寫着:「我個人譯後的一點感想,覺得他不單是一位天才的藝術家,同時又是一個對革命有深刻認識的理論家。他的小說是以史實作根基的,請看,他把革命之內部與外部的勢力關係認識得多清楚!讀了這本小說,假使我們回顧一下中國十餘年來發展的經過,那不得不佩服這位年青的法國朋友是有先見之明的。」[2]而,馬爾洛(André Malraux)是無愧於這樣的稱譽的。[3]他已經成了藝術與革命的混合體。在短短的三十八年的生涯中,他參加了一九二五年到二七年的中國大革命,參加了法國的左翼活動,參加了西班牙戰爭,在西班牙政府軍的空軍做一個主要的因子,以他的不屈不撓的正義精神,和國際法西斯蒂在作着搏鬥。

　　而他的作品呢?他寫了一九二五年震動世界的中國工農在 XX 和廣州的大罷工,[4]這是生息於次殖民地的奴隸們的最大的醒覺,和最大的力量的表現;他寫了一九二七年中國的工農羣眾和軍閥鬥爭的故事(這本書名是《人的命運》,曾得龔果爾獎金)。[5]最近則又寫了本《希望》

1　報刊原文標題下註明中譯本原名及書籍出版資料:「(原名:《征服者》)A. 馬爾洛作　王凡西譯　金星書店出版」。

2　此書譯者王凡西(1907-2002)於 1925 年北京大學求學時期加入共產黨,1927年大革命失敗後被派遣往蘇聯留學,後成為中國托派領袖之一。

3　馬爾洛(André Malraux, 1901-1976),今譯馬爾羅,法國左翼作家,西班牙內戰期間曾加入國際縱隊,協助共和軍對抗佛朗哥軍隊。

4　在港英政府審查華文報刊的壓力下,文章此處以 XX 取代「香港」二字。

5　《人的命運》(La Condition humaine, 1933),馬爾羅的長篇小說。龔果爾文學獎(Prix Goncourt),今譯龔古爾文學獎,由小説家龔古爾(Edmond Huot de Goncourt, 1822-1896)於 1903 年創辦,為法國最重要的文學獎之一。

（*L'Espoir, 1937*），[6] 為西班牙民眾和國際法西斯蒂鬥爭的血淚史。

　　《征服者》（*Les Conquérants, 1928*）即《中國大革命序曲》[，] 便是寫一九二五年中國的革命勢力和帝國主義者的鬥爭的。馬爾洛在這本書裏不但申述了工農力量的偉大，同時更刻劃了老大帝國的束手無策，失敗主義者的出賣民族利益，和那些軍閥，買辦的無恥與怯懦。

　　書中的主角是在國民政府擔任宣傳部長的喀林（Garine），他曾經參加過俄國的革命，現在則到了東方來策動一個殖民地要求自主獨立的戰爭。然而他是一個職業的革命家。他充滿着叛逆的精神，他反抗一切，以達到一種靈的享樂，但又不能不接受生活。他有個信仰，不過這個信仰祇是一種手段，循着這個手段來獲得他的目的。

　　和喀林的西方式的革命精神作對比的還有那個代表中國的東方的反抗精神的陳達（Tcheng-Daï）。陳達曾犧牲了一切來從事於革命運動，但超乎民族的利益之上的，卻有他對帝國主義根本仇恨，因此，他不擇一切的手段來進行他的復仇行動。不過，他是中國人，受着一切可能的東方哲學思想的影響，他不能做得太過火。所以他明知一下可以打死他的敵人，卻因為和平與中庸之道而使他猶疑了。他不肯投降，但也不能給予敵人以致死的打擊。他自殺了，為了要犧牲於自己的意思，殉道於東方式的最高尚的行為——說「小我」也許比較像一點。

　　另一個為喀林與陳達作對比的，則是叫做洪（Hong）的那個恐怖主義者。馬爾洛在書裏隱隱地指示着一切的革命行動是基於人類廣博的愛的，憎恨是浮面的行動；而愛是一切的原動力，狂暴的憎恨並不是革命所希冀的。

6　《希望》，又譯作《人的希望》。小說主要描寫西班牙內戰初期人民反抗法西斯政權的情況。小說首先由戴望舒翻譯，1938 年 8 至 10 月期間在香港《星島日報》副刊〈星座〉發表了小說的選段翻譯，全文翻譯則由 1941 年 6 月 16 日開始連載，至同年 12 月太平洋戰爭爆發才被迫終止。譯文收入鄺可怡主編《戰火下的詩情——抗日戰爭時期戴望舒在港的文學翻譯》（香港：商務印書館，2014 年）。

關於馬爾洛寫作的藝術，可以引用《活的時代》（*Living Age*）上的一段話：

在馬爾洛的小說裏，我們可以見到許多變換極快的片段描寫，而他那狂暴的，赤裸裸的，可怕的故事，竟能以這樣緊湊的形式講述出來，剪裁得彷彿是天衣無縫的；同時也因為這個原因，他書中的人物能那樣地合乎人性，又那樣地特殊。[7]

這本極好的報告文學，譯筆亦極流利通暢，實有一讀的價值。

選自《星島日報‧星座》第 162 期，1939 年 1 月 10 日

7　《活的時代》（*Living Age*）為英語評論雜誌，此處引文轉錄自王凡西的〈《中國大革命序曲》後記〉。

再答野口米次郎書

〔印〕泰戈爾 著，葉靈鳳 譯

　　泰戈爾（Rabindranath Tagore）覆野口米次郎（Noguchi Yonejirō）的第一封信，[1] 已經由譯者譯出載去年十一月五日的《星座》。收到泰戈爾的覆信，被日本軍閥餵養得早已失去了性靈的這「日本的國際詩人」竟又靦顏地回了一封信。這封英文信除了寫了許多錯字以外，簡直是滿紙胡謅。他竟誣蔑泰戈爾人道主義立場的對於我們的同情竟是為蘇聯張目，替共產主義宣傳。從下面第二封覆信上所採取的諷嘲的語氣我們不難想像蘊藏在這八十高齡的古國詩人胸中的是怎樣的憤慨，同時從這裏面又透露了一個怎樣美麗高貴的靈魂。讓我們在這兒敬祝老詩人健康，中印兩大民族更親密握手。

親愛的野口君：

　　感謝你又勞神寫信給我。我又有味地讀過了已經發表在那個刊物上，你寫給牠的編者《阿姆利達‧巴札爾‧拍特利迦》（Amrita Bazar Patrika）的那封信（譯者按，係指泰戈爾等人在印度主持的季刊 The Visva Bharati Quarterly。野口米次郎致泰戈爾的第二封信，即托此刊物轉交者）。[2] 這使我對於你來信的意義更感到可貴。

1　泰戈爾（Rabindranath Tagore, 1861-1941），印度詩人、小説家、哲學家。野口米次郎（Noguchi Yonejirō, 1875-1947），日本詩人、小説家、評論家，用日、英雙語寫作。1930 年代，原本左傾的野口米次郎迅速倒向右翼軍國主義立場，並在 1935 至 1936 年被派往印度交流，企圖在思想界宣傳日本在東亞的侵略計劃。

2　Amrita Bazar Patrika 是印度歷史最久的英文日報之一，野口米次郎的信件原文及泰戈爾的回信都發表在這份報紙上。信件其後被多份報刊轉載，其中包括泰戈爾主編的季刊 The Visva Bharati Quarterly。野口米次郎給泰戈爾的第二封信參考 Zeljko Cipris, "Seduced by Nationalism: Yone Noguchi's 'Terrible Mistake'. Debating the China-Japan War With Tagore," The Asia-Pacific Journal: Japan Focus 5.11 (Nov 3, 2007): 8-11.

　　我深覺榮幸，你直到現在還以為值得不憚煩地來勸誘我皈依你的意見，我十分抱歉不能如你所希冀的這樣，因為我無法使自己覺悟。我以為在我們二人之間誰想［說］服誰，[3] 都是徒然的事，因為你的日本絕對有權壓迫其他亞細亞國家使其追隨你們政府的政策這信仰，絕不為我贊同，而我以為將旁的民族的權利和幸福的犧牲品獻給自己國家殿堂的這種愛國主義，祗是增加危機決不是加強任何偉大文化基石的這意見，又被你嘲笑為「一個精神上流浪漢的安息」。

　　如果你能使中國人相信，你們軍隊轟炸他們的城市，使得他們的婦孺成為無家可歸的乞丐——借用你自己的一句話，這些幸而不曾化為「殘廢的泥鰍」的人們——如果你能使這些犧牲者相信，這一切不過是結尾想「拯救」他們國家的仁惠的舉動，那麼，你大可不必再來勸告我們去相信你們國家的這種高尚的意向了。你對於這些「毒化了的民眾」［焚毀］自己的城市和寶藏（大約還轟炸他們自己的民眾）以誹謗你們軍隊所感到的義憤，[4] 使我想到拿破倫（Napoleon Bonaparte），[5] 當他進入荒涼的莫斯科城，望着那些火焰飛騰的宮殿所感到的高貴的憤怒。對於作為是一個詩人的你，我以為你至少總該有這一點想像力去感到，一個人到了甘願毀棄自己經年累月，不，簡直是幾世紀的親手辛苦經營，這些人是陷入了怎樣非人的絕望程度。就是作為一個純粹的國家主義者，難道你真的相信屍積如山以及在這兩國之間日復一日擴大起來的被轟炸焚毀的城市的廢墟，會使你們兩個民族更易於去作永久親密的握手嗎？

　　你訴說中國人因了「不老實」，在散佈他們的惡毒的宣傳，你們的民眾因了「老實」，所以不開口。我的朋友，你難道不知道良善高貴的行為乃是最好的宣傳，如果你們的行為是這樣，你何必擔心你們犧牲

3　原文難以辨識，據英文信件內容推斷為「说」。

4　原文難以辨識，現據原信件推斷為「焚毀」。

5　拿破倫（Napoléon Bonaparte, 1769-1821），今譯拿破崙，法國軍事家、政治家，法蘭西第一帝國（1804-1815）皇帝。

者的「狡獪」呢？祇要你們自己不榨壓你們的窮人，你們的工人覺得在受着正當的待遇，你又何必擔心共產主義那魔鬼〔？〕

我真該多謝你，你為我解釋了我們印度哲學的意義，指出關於 Kali 和 Shiva 的適當的詮釋乃是使我們不得不贊同日本在中國的「死的跳舞」（譯者按〔，〕Kali 和 Shiva 乃是印度梵天司理毀滅的神祇，像貌兇惡，我不知在中國的經典中譯成甚麼，野口米次郎在原信上說他從參拜這兩位神像所得的感悟，認為日本軍隊此次的行為具有「毀舊建新」的「神聖的使命」，泰戈爾故在此處諷刺他）。我希望你該從你更熟悉的一種宗教中汲取你的教訓，去向釋〔迦〕尋求你的解脫。[6] 可是我忘了你們的僧侶和藝術家們已經把握這點了，因為我在最近《大阪每日新聞》和《東京日日新聞》（九月十六）看見一張為祝福屠殺你們鄰人而建立的一尊新的龐大的釋〔迦〕佛像的圖片。[7]

請原諒我，如果我的話聽來有點刺耳。相信我，不是暴怒，而是憂傷和羞愧驅使我向你寫信。我不祇為了傳來的中國苦難的消息打着我的心使我難受，我更為了不再能無愧地舉出一個偉大的日本人的榜樣使我更難受。這當然是真的，旁的地方也沒有更滿意的現象存在，而所謂開化的西方民族也祇是同樣的野蠻，有時也許更「不可靠」。如果你向我提到他們，我無話可說。可是我所想做的乃是想向你提到他們。我不想說甚麼關於我們民族的話，因為一個人在不曾將他的主義支持到最後之前而誇口是徒然的。

我十分瞭解你所加給我的希望我去做一個和平使者的這榮譽。如果有任何途徑能使你們這兩民族站到一處，撇開忘命的爭鬥，而共同效忠於偉大的「亞細亞新世界重建的工作」，我將認為在這裏面犧牲我的生命正是一宗可驕傲的光榮。可是我除了道德上的勸說以外沒有旁的能力，而這又已經被你那樣雄辯的譏笑過了。你願我能不偏不

6　「釋迦」，原文作「釋伽」。

7　同上註。

敬，可是你叫我怎樣能籲請蔣介石停止他對於侵略者的抵抗，如果侵略者自己不先停止他的侵略？你可知道，在上星期，當我接到在日本的一位老朋友請我觀光你們國家的一封熱切的邀請信的時候，我真的思索了一刻，我這愚蠢的理想主義者，以為你們的民眾也許真的需要我為創傷的亞細亞心靈服務，去幫助從已經洞穿的身體上拔去那仇恨的槍彈？我給我的朋友寫信說：

「雖然我目前的健康狀態很不適宜於長途的國外旅途顛波，我仍將鄭重的考慮你的建議，如果有合宜的機會能使我去實現我的使命。去到那裏盡我的能力使這陷在互相毀滅中的亞洲兩大民族建立國際親善的正常關係。可是我在懷疑日本的軍事當局，他們似乎正在傾全力蹂躪中國以便取得他們的目的，是否能給予我依照我自己主張的自由，如果這不論由於任何原故的鼓勵使我在這不幸的時候對於日本友善的訪問而遭致了嚴重的誤會，我將無法寬恕我自己。你知道，我對於日本民眾有一種真誠的喜愛，如果見到他們成羣的被統治者裝到鄰國去，參與將在人類歷史上用他們的名字印下永遠的污玷的不人道的行為，未免太使我難受。」

這信發出之後，就接到廣州和漢口陷落的消息。[8] 殘弱者，被剝削了還擊的能力，也許會跌倒，不過要使他忘去殘害的慘痛如你所希望於我的這樣的簡易，我想這個人至少該是一位安琪兒。

謹祝我所喜愛的你們的人民，不是成功，而是悔悟。

拉賓德拉奈斯‧泰戈爾

一九三八年十月於彭加利（Bangladesh）

選自《星島日報‧星座》第 171 期，1939 年 1 月 19 日

8　1938 年 10 月 21 日，日軍攻陷廣州；10 月 25 日，武漢淪陷。由此推斷泰戈爾此信寫於 1938 年 10 月 21 日以前。

台灣青年反日運動史

華雲游

李友邦對上海戲劇青年說：

「你們是四十年前的我們。」[1]

偉大的台灣青年底鬥爭

　　一部台灣民族革命鬥爭史，是怎樣寫成的呢？不消說史的原料是台灣人民的血肉與頭顱，史的作者主腦是無數台灣青年的先烈者。

　　不願忍辱做馴伏羔羊的台灣青年，不論過去和現在都是站在反日鬥爭的最前線。同時日本帝國主義者對台灣青年們的 XX 也特別的殘酷。在日本強佔台灣的最初十年間，被 X 殺了五十萬以上的反抗者當中，佔頂多數的就是台灣青年。從 1907 年北埔事件起至 1915 年的西來庵武裝暴動為止，[2] 前後共起革命十次，每次參加的志士達數千乃至盈萬。悲壯犧牲從容就義的青年烈士，前後合計幾近十萬！自西來庵事件失敗後，台灣的反日運動為配合客觀情勢和現實的需要，不得不轉入政治的社會運動，變換鬥爭的手段，以期逐漸爭取真正的自治和生活的自由。從此，台灣青年首先參加了 1914 年 12 月 22 日成立、以紊亂安寧秩序，於翌年 4 月 26 日被解散的同化會，[3] 在同化會裏出現了台灣青年活動的新姿態。

1　李友邦（1906-1952），台灣政治家、革命家，台灣日治時期流亡中國內地，創立「台灣獨立革命黨」，以愛國抗日、實現三民主義為目標；1939 年組織抗日武裝力量「台灣義勇隊」。

2　二者皆為台灣民眾武裝抗日事件。

3　同化會，1914 年在台北成立的政治運動組織，發起人林獻堂（1881-1956）表面主張日支親善，以達「亞洲人團結對抗歐美的目標」，實則希望採取「間接牽制」的抵抗策略，減少日治政府對台灣人的差別待遇。根據〈同化會解散處分〉原始文件，同化會解散日期應為翌年（1915 年）2 月 26 日。

當 1918 年同化會中的妥協份子如土著官 [吏]，[4] 士紳，保甲役員，專賣事業者或 [掌] 有特殊利權的人們，[5] 一受到專制政治的彈壓，馬上消失他們的戰鬥力變成屈服主義者的時候，同化會中的進步青年毫不示弱的就在留學東京的青年支持下組織了「啟發會」，[6] 企圖要求撤廢 1895 年 3 月 30 日頒佈的法律第 63 條，取消差別政治。[7]

雖然這一組織僅有短短的壽命，到 1919 年就因種種關係自己無形解散了，但一到 1920 年 1 月 11 日就有配合世界革命浪潮的民族運動生力軍——「新民會」出現。[8] 同年 7 月 16 日《台灣青年》雜誌刊行，[9] 不用說，台灣青年們受到《台灣青年》的啟發，是更活潑生動起來了。

及「新民會」中無理想的現實主義者——為追求自身特殊利益的人們，甘與「大日本和平協會」相妥協，[10] 想用「民族自治」來替代「民族自決」進行台灣議會設置請願運動的時候，[11] 優秀的台灣青年的心靈裏，是怎樣想？銳利的他們底政治眼光，是怎樣看呢？

---

4 「官吏」，原文誤植為「官史」。

5 「掌」，原文誤植為「撐」。

6 啟發會，1918 年東京台灣留學生組建的政治團體，由林獻堂組織，以解放台灣、啟蒙留學生為目標。

7 台灣日治時期日本帝國國會第 63 條法律《台灣施行法令相關法律》（又稱「六三法」），實際於 1896 年 3 月 30 日頒布。該法賦予台灣總督立法權，確立了台灣總督集立法、司法、行政於一身的絕對權力。

8 新民會，1920 年東京台灣留學生組建的政治團體，上承「啟發會」。

9 《台灣青年》，新民會機關刊物，1920 年 7 月 16 日在東京創辦發行，於 1922 年 4 月 1 日改名為《台灣》。

10 大日本和平協會，由日本的自由主義者與國家主義者所組成，主張保持台灣與朝鮮殖民地地位。參考黃頌顯：《台灣文化協會的思想與運動（1921-1931）》（台北：海峽學術出版社，2008 年），頁 10。

11 1915 年西來庵事件之後，台灣的抗日運動逐漸由武裝鬥爭轉變成現代政治社會運動，「啟發會」改組為「新民會」，在抗議活動中擔任領導角色。新民會會長林獻堂組建「六三法撤廢期成同盟會」，起初的目標是促使日本政府廢除「六三法」，遭到政治活動家林呈祿（1886-1968）反對而中止。林呈祿認為，廢除「六三法」無異於承認台灣是日本本土的一部份，反而迎合了日本政府「內地延長主義」的殖民政策。其後，廢除六三法運動逐步轉變為台灣議會設置請願運動，亦由林獻堂領導，運動參與者要求針對台灣的特別立法及民選議會自治。

它們在《台灣青年》上短劍鋒詞的反對說：

「這程度的請願，是不可以解釋的！那是要求使台灣與內地疏隔之加拿大，澳洲式的自治！」雖然「新民會」中是有許多弱者，可是由於它的成立和《台灣青年》的出世，很快的促成「高砂青年會」變為「台灣青年會」，[12] 並且激發了東京及日本的內地的台灣青年學生思想的更前進和統一。

到了 1921 年 10 月，台灣啟蒙團體——「台灣文化協會」在久被窒息於 1915 年之暴壓的「同 [化] 會」的廢墟上萌芽出來，[13] 台灣青年不久就在反日本帝國主義的旗幟下，更強調地統一了。

在這個啟蒙團體的組成後一年（1922 年），日本內地的台灣留學生的政治運動也就轉移到台灣，顯明的反應是：對第四十五次議會所提出的台灣 [議會] 設置請願運動署名者增加到 520 名之多。[14] 這又顯示了台灣民族革命運動的主力，是台灣青年大眾。

不錯，台灣青年的政治運動，決不能滿足於「議會請願」，幻想「海底撈月」！可是他們也不忽視和忘記：「這種請願運動也不過是我們戰鬥的一種方法」。

透過《台灣青年》，被日本內地視為暴風雨似的社會主義新思潮，印進每個台灣急進青年的腦海裏。鼓華英的〈社會主義之概說〉（1921年 5 月刊《台灣青年》二卷四號），蔡復春的〈階級鬥爭之研究〉（1922年三卷四號），秀湖生的〈台灣議會與無產階級解放〉（1923 年 7 月《台灣》第四年第七號）很快就變成台灣青年界的流行讀物。從此，台灣青年界更其深刻了解爭取台灣獨立解放的正確政治路線應該是：「第一對內應謀全民族的極鞏固的團結，第二對外應和勞農俄國，日本的

12　高砂青年會，1915 年東京台灣留學生成立的學生團體，受到歐戰後殖民地民族自決及民族主義思潮影響，轉變為政治團體。該會於 1920 年更名為「東京台灣青年會」，以推進台灣民族自決為目標。

13　台灣文化協會，台北的文化啟蒙運動團體，上承同化會、新民會。原文遺漏「化」字，現據文意增補。

14　原文遺漏「議會」二字，現據文意增補。

被壓迫人民以及中國韓國等處的被掠奪民族取得密切的聯絡，形成反帝國主義的大同盟，做最革命的鬥爭。這樣我們才能爭取台灣民族的獨立解放，與自由！」──見 1924 年 [4] 月《平平》創刊號沫雲〈自台灣議會到革命運動〉一文。[15]

　　拿十五年前的估計，和 1938 年台灣獨立革命黨中央會議決定現階段的新戰略對比，簡直是同樣地正確，而沫雲君便是十五年前留華青年學生的一個，在中國抗戰已念二個月的今天看來，十五年前的台灣青年沫雲君是儘夠偉大了！

　　當台灣的民族運動越趨向到大眾化的時候，土著資產階層為經濟所彈壓，終於不戰就屈服，變成敗北主義者退卻了。可是退卻的只管退卻，台灣青年們還是不斷地前進。在文協中的進步青年的互相協力下，迄 1922 年 10 月 17 日就在台北創立了「新台灣聯盟」，[16] 揭開了台灣政治結社的第一幕，這序幕的再次展開，便是 1923 年 1 月 30 日結成的「台灣議會期成同盟會」。[17] 在這段期間，台灣青年對 XXXX 統治雖未曾短兵相接，但如 1922 年 4 月發生的「對師範學校之生徒拔劍事件」的反抗，[18] 以及彰化北白川宮紀念碑之王字脫落事件的發

15　《平平》創刊於 1924 年 4 月 1 日，原文誤記為 10 月。1923 年，在台灣左翼政治家許乃昌（1907-1975）組織下，台灣與朝鮮左翼青年在上海成立「平社」，並發行機關刊物《平平》，每月出版兩期。秀湖生、沫雲皆是許乃昌的筆名。

16　新台灣聯盟，由政治活動家蔣渭水（1888-1931）、蔡培火（1889-1983）籌組，是台灣最早的政治結社。

17　隨着台灣議會設置請願運動發展，蔣渭水、蔡培火等人於 1923 年 1 月組建「台灣議會期成同盟會」。該社活動於 2 月即遭台北警務部禁止，轉至東京進行。

18　即台北師範學校兩次騷亂事件。1922 年 4 月，台北師範學校學生因交通紀律問題與日警衝突，學生向警察投石，日警則向學生拔刀示威。其後警署到校鎮壓，逮捕四十五人。事件發生後，總督府強令各校學生退出台灣文化協會。1922 年 11 月事態升級，台灣學生與日本學生在校園中分派鬥毆，三十六名學生因此退學。

現，[19] 這又證明着台灣青年的反日鬥爭，依然游擊式的進行着。

　　無論日本帝國主義者如何用離間分化手段來打擊台灣革命力量，台灣青年決不因日本強 X 的高壓利誘而屈服。例如 1922 年 12 月 17 日由台中州知事常吉德壽所導演的「向陽會」，[20] 它能羈迷台灣議會設置請願運動的有力代表林獻堂等八名於鐵路旅館，[21] 使 [他] 們在某種條件底下對田總督誓約中止議會請願運動。台灣議會期成會雖不久便解散了，但熱血的台灣青年很快的把同一組織又重新在東京建立起來。跟着作為地下組織核心的「馬克斯研究會」，於 1923 年由潛伏而表面化，改為「社會問題研究 [會]」。[22] 這一動力普遍深入的透進青年學生層，在全島公學校的同窗會的活躍，使台灣青年運動跨前走上了一步。

　　當時台灣革命勢力和反革命勢力的暫時對立，除「新台灣聯盟」和「向陽會」對立以外，在東京有「台灣青年會」和「台灣會館」的對立。同時在台灣也有「學生文化演講團」和辜顯榮，林于謹的「時事批評講演會」的對立。而青年勞動者也就在這一年參加了台灣最初的勞動爭議，青年印刷工人也參加反對減低工資的經濟鬥爭。在中國的

19　甲午中日戰爭後，日本陸軍中將北白川宮能久親王（Prince Kitashirakawa Yoshihisa, 1847-1895）去世，被追贈陸軍大將並於台灣多地立碑。1922 年 8 月 4 日，彰化八卦山上「能久親王紀念碑」中央的「王」字被人挖去，殖民政府以「募兵準備從事台灣革命」為罪名逮捕二十三人，故事件又稱「彰化募兵事件」。

20　常吉德壽（Tsuneyoshi Tokuju, 1879-?），日本佐賀縣人，1921 年任日治政府新竹知事，1922 年調任台中州知事。

21　1922 年秋，常吉德壽組織聯誼機構「向陽會」，試圖拉攏議會設置請願運動領導人林獻堂。1923 年 9 月 29 日，在常吉德壽的安排下，林獻堂等八人前往總督府會見台灣總督田健治郎（Den Kenjirō, 1855-1930），田健治郎試圖說服八人停止請願運動。其後林獻堂因經濟問題等原因暫時退出運動，參與會面的八人被諷為遭日本政府收買的「八駿」。此處事件日期似與 1922 年 12 月「治警事件」混淆。1922 年 12 月 16 日，台灣總督府宣稱依據《治安警察法》逮捕「台灣議會期成同盟會」發起人及成員共 49 人，蔣渭水、蔡培火、林呈祿等人各被判處 4 至 6 個月監禁，史稱「治安警察違法檢舉事件」或「治警事件」。

22　社會問題研究會，1923 年 7 月由蔣渭水等人在台北成立的政治團體。「會」，原文誤植為「曾」。

青年學生，則在上海南方大學組成「上海台灣青年會」，在北平則有「黑色大同盟」，並刊行新《台灣》。

自 1923 年 10 月 18 日文協本部由台北轉移台中，巴兒狗蔡培火代替了青年共戴的蔣渭水氏為文協專務理事，不久再由台中而台南終結了文協原有的民主組織，由於妥協主義者的害怕鬥爭，由於現實主義者的不斷敗北；除變文協本部為有閒者的俱樂部而外，更招致了統治者的乘機進攻。如 1924 年 6 月 27 日反動的土著資產階層所召開的「反對台灣議會設置請願運動之全島有力者大會」，便是最顯著的一例。

那時在台北的文協活動姿態是怎樣呢？相反的，由於不斷的與青年大眾接觸，如定期講演會和讀書會的不斷活動，一方面固然顯示着文協自身之指導的破產；另一方面卻顯示自發的台灣青年大眾的民族鬥爭的火焰，仍繼續在燃燒。這些火焰 [瀰] 天漫野延燒到台北，[23] 彰化，台南，全島無力者大會也就在台灣青年大眾的支持下於同年七月三日在上列各地召開；並一致決議：「我們為着擁護我們的自由，必須撲滅偽造輿論蹂躪正義的自稱全島有力者的怪物」。

此後，「台北青年讀書會」就漸漸踏進社會運動的門，由理論進於實踐了。自然，一般的台灣青年界也同樣的長足進步着。活躍的青年運動就如此蓬勃展開了：

（一）1924 年 12 月「台北青年讀書會」積極應援了台北蔗農，開始組織蔗農組合。同時台中的智識青年舉辦了二林地方的農村講座，以期促醒中南部的蔗農起來作切膚切骨的經濟鬥爭。[24]

（二）到 1925 年頭台灣青年界更出現了思想的尖銳鬥爭，對行將崩潰的舊文化再加以嚴格的批判。在「自治研究會」裏急激地惹起了「非孝」和「自由戀愛論」的熱烈爭執。及 1926 年就擴大到「殖民地的

23　「瀰天漫野」，原文作「迷天漫野」。

24　1922 年起，隨着日本對台灣出口米的需求增加，台灣蔗農的生存空間遭到擠壓，日本政府更訂立嚴苛的收購制度以壓榨蔗農。1924 年起，台灣文化協會籌組「二林蔗農組合」，協助蔗農組織抗爭運動。

資本主義的發展問題」等等更深刻更尖銳化的政治理論鬥爭上面去了。

（三）在另一方面就同時掀開了反宗教和婦女運動的序幕，如「陋風打破講習會」的舉行；「諸羅婦女協進會」，「彰化婦女共勵會」的前後成立；南師和北師的退學者也先後在東京，台北成立了「南盟會」和「文運革新會」等組織；留華台灣青年學生林青芳等則在南京組織了「中台同志會」；翌年社員就陸續回到台灣，分別開始活動，並不斷遭受了犧牲。

（四）同年台灣無產青年舉行了比「文協」所主持的更大規模的「反對始政紀念日──六一七講演會」。[25]

（五）在海外，1926 年留華進步青年在李友邦先生領導下，成立了「台灣革命青年團」，刊行《台灣先鋒》，這是台灣獨立革命黨的青年團體。革命軍興師北伐的時候，無論在台在日與留華的青年學生，不僅熱烈地擁護，而且個個都興奮勇敢的要求參加，切迫期望完成國民革命。因此集中到廣州的台灣青年學生多至數百，有進黃埔軍校的，也有進中山大學的，他們的生命頭顱和鮮血曾和「祖國」弟兄們一塊，飛迸濺灑在東江，也曾共同衝鋒陷陣撕殺在北伐戰場中。至 1927 年台灣獨立革命黨決議命令青年同志潛回台灣工作，不幸洩漏事機，發生「八三」事件，回台百數十青年如數被捕，並株連在台同志數十人，結果被判數年或無期不等，即刑期短促數月者，也無一能夠幸免不慘死在「白開水」之下！台灣革命青年運動，經過這次打擊，當然會暫時受了極大的影響。但至 1929 年 5 月在上海的台灣青年學生，仍有數百人要求參加台灣獨立革命黨工作，於是台灣革命青年團，又再次出現於上海法界某教堂，決定繼續廣東之革命青年組織，於 6 月 17 日舉行了創立大會。他們為甚麼要在那天成立呢？這意義在日本統治者看來，這天是日本強盜開始統治台灣的第一天，所

25　日本當局將佔領台北後舉行「始政儀式」的日子（6 月 17 日）定為「始政紀念日」，並每年舉行慶祝儀式。1926 年 6 月 17 日，台灣抗日青年舉辦「反始政」抗議演講活動，多人被拘捕。

謂「始政紀念日」，也就是台灣亡國紀念日！在被壓迫的台人看來，即是身為奴隸的第一天！在開創立大會的那一晚上，有影界明星台灣青年鄭君導演林杞埔事件，[26] 而更值得回憶的，是在這次會上更改了台灣黃虎藍地的國旗為藍地紅星。在這一天會場上，有中國同志，有台灣朝鮮同志，也有 XXXX 各地的革命同志。滿會場水洩不通，呈現着 XX 被壓迫民族融密交流的空前盛況！及「九一八」事變發生，台灣獨立革命黨為適應情勢與需要，經中央決議：再派各地青年同志回台工作，由各地回台的有青年團團員，有台灣獨立革命黨黨員，但終於不幸再次被日本強盜發覺，五百餘名不顧生死的台灣革命者全數被捕了！日本強盜看不再有人回台了，某天就照例給這些青年學生們喝「白開水」，結果是一個個的嘔血犧牲了。

（六）在台灣，當文協分裂前之 1926 年，雖已有「印刷工組合」，「台北機械工會」，但依然是封建性的團體。再一年，由於文協之蓬勃的發展，智識青年和無產青年的大量參加，展開了台灣空前的大眾運動。到 1929 年在七十一種組織四十六種勞動組合中，青年是佔了戰鬥員的最多數。曾經震撼台灣天地的 1927 年台灣大罷工示威，台中的一中風潮，和台北師範學校的大罷課，恰好配合着「台灣鐵工所」、「台北印刷工組合」、「日華紡織會社」、「營林所」、「芭蕉生產者的反對運動」等工潮，織成台灣民族運動史跡的最珍貴的一頁。

（七）1927 年後，一方面由於台灣土著資產階層的步步退卻，由「台灣自治會」而「台政革新會」，而「台灣民黨」，更由「台灣民黨」而「台灣自治聯盟」；同時也由於中國政治形勢的演變，直接間接影響到台灣的革命。當時和「台灣工會」，「農民組合」，「讀書會」等進步青年組織相對立的，雖有「農民協會」，「工友會」，「勞動青年會」，可是御用性的工具終於無損前者的發展。所以他們為針對 [磺] 溪會主

26　林杞埔事件，又稱竹林事件，1912 年 3 月 23 日發生的台灣抗日事件。日本侵佔台灣後便把山林土地收歸官有，禁止台灣農民採伐竹木，以劉乾為首的台灣民眾群起反抗，最後以失敗告終。

而召集的「台灣社會改造問題大講演會」和為促進左右兩翼之共 [同]
戰線而召集的「台灣社會改造討論大會」，[27] 都順利地在 1927 年八九兩
月裏開成。在這後，便是台灣的進步「文協」和東京「勞動黨」聯合提
抗議書給日本總理大臣，反對「出兵山東」，台灣青年和日本青年親密
地握手了，為了反抗共同的 X 人。

　　（八）我們還看到：就是固化不進缺乏鬥爭性的台灣民眾黨，由
於台灣進步青年的激烈地鬥爭，和統治者的攻勢加緊，及民眾黨所屬
的「工友總聯盟」頻仍罷工，使「台灣民眾黨」不能不暫時跟隨着台灣
進步青年們的尾巴後跑，促成 1931 年 2 月 18 日台灣民眾黨第 45 次
全島黨員大會之綱領修正案的通過。[28] 就是不自主的暫時前進，最主
要的還是台灣勞動青年的「順水推舟」之力。

　　（九）廿世紀的三十年代，自「三·一五」、「四·一六」、「山本宣
治被刺」等事件以後，[29] 在鬥爭的陣容間，則有「農民組合之二·一二」
與「工友協助會之利用事件」，[30] 進步的文協主腦被除名，台北支部被
解散，台灣「文協」已不是大眾運動的中心了。接着就是「民眾黨」、
「台灣共產黨」、「反日本帝國主義同盟」、「赤色救濟會」的相繼被檢
舉，暴壓的風雨狂飆時代在台灣到來時，青年運動也和整個民族運動
同樣，在表面看似乎暫時退潮了。但實際上只是運動形式的變換。世

27　1927 年 8 月，彰化磺溪會邀請各黨派參加在彰化座（戰後的彰化戲院）舉行
　　的「台灣社會改造問題大講演會」，原文誤植為「鑛溪」。「共同」，原文誤植
　　為「共回」。

28　蔣渭水提出的綱領修正案包括：爭取勞動者、農民、無產市民及一切被壓迫
　　民眾的政治自由和日常利益，並爭取以上人群的組織擴大化。參考趙勳達：
　　〈蔣渭水的左傾之道（1930-1931）〉，載《台灣文學研究》第 4 期（2013 年
　　6 月）。

29　三一五事件，1928 年日本政府鎮壓共產黨的大型逮捕行動。日本當局在 4 月
　　16 日再次逮捕大批共產黨人，全年共逮捕超過四千人。山本宣治（Yamamoto
　　Senji, 1889-1929），日本學者、無產階級社會活動家，1929 年 3 月被右翼份子
　　暗殺。

30　1929 年 2 月 12 日，日治政府警察機構以違反出版法規為由，在全台各地農民
　　組合機構大肆搜捕，史稱「二·一二事件」。

界聞名的 1930 年和 1933 年的台灣霧社暴動，[31] 便是在青年領首花岡弟兄在埔里社運動會上掀開的。從此後，台灣青年中的前進者，就是每回政治武裝暴動的領導者。挖掘日本 XX 的墳墓的先鋒隊！

「七七」抗戰以後的台灣青年怎樣呢？

台灣內地的反戰運動，可暫且不說。在華南就有「台灣革命青年大同盟」和廈鼓「中華青年復土血魂團」的配合活動。同時有「抗日復土大同盟」、「台灣革命黨」[，] 尤其是「台灣獨立革命黨」領導之下的台灣青年，也都英勇地直接參加了「祖國的抗戰」。現在台灣義勇隊一批批的向東南半壁的政治中心地集中了；少年團的抗戰歌聲與吼聲：甚麼阿里郎收復台灣日本的弟兄嗬，震天動地的透進金華人士的耳膜了。現在日本士兵為厭戰而自殺；中國士兵憤勇直前，卻絲毫不怕被人槍 [殺]；[32] 台灣青年呢？這番則不少因要求參加義勇隊未能達到抗日素志，竟致暗地自殺（現留福建 [崇] 安年僅十七歲的台灣青年學生李世良君，[33] 便是其中的一個）！

我們從抗戰三部曲裏看到甚麼呢？

一句話：台灣青年們，不管在抗戰以前也好，抗戰以後也好，在海外也好，在台灣島內也好，他們沒有一刻停止過鬥爭，沒有一刻放鬆了反日反法西斯，為自身獨立解放同時也為 XX 弱小民族共謀解放而鬥爭。在每次鬥爭中，他們總是站在台灣民族革命運動的最前列。

選自《大公報‧文藝》第 630 期，1939 年 6 月 3 日

31　霧社事件，1930 年發生於台灣南投縣仁愛鄉霧社的賽德克原住民武裝反日事件。1930 年 10 月 27 日，在霧社公學校運動會上，賽德克人對參加運動會的日本人進行無差別砍殺。行動據傳由學校教師、賽德克族人花岡一郎（Dakis Nobing, 1908-1930）、花岡二郎（Dakis Nawi, ?-1930）組織，二人於事件翌日留下遺書自盡。

32　「槍殺」，原文誤植為「槍殿」。

33　「崇安」，原文誤植為「崇安」。

幾部關於中國的西書

凌仁

（一）Pearl S. Buck: *The Patriot* [1]

　　這是賽珍珠（Pearl S. Buck）女士最近創作的一部關於中日戰爭的小說，[2] 在全書未曾寫完前，就被美國讀書會推薦為本年三月間的一部最好作品。

　　全書描寫一個青年從投身於革命，中經清黨的變遷，流亡在外（日本），及至八一三神聖抗戰之火爆發，國共又復合作，從日本，別婦拋雛的返國參戰，在蔣委員長的領導之下，被派赴西北從事工作的整個歷程。

　　場面的展開，是在上海一個大資本家的家庭裏，更因環境的轉易，由上海而日本（長崎，橫濱），由日本而歸故國，而進入西北廣袤的平原。人物也不是農民，這裏有封建頑固的吳老太爺，目光遠大但又究屬上了年紀的吳老爺，第三代的革命人物（本書主角）吳以萬和少爺階級吳以可，侍婢的牡丹 Peony，島國實業家——吳老爺的知友——村木，[3] 賢妻良母型的女性，主角的妻子珠，以及我們的最高領袖蔣委員長等等。

　　由於上述的簡短的介紹，我們知道賽珍珠女士的這部以中國為題材的小說，跟她以前的作品如《大地》（*The Good Earth*, 1931），《兒子》

1　原文小標題下註明書籍出版資料及售價：「美金二元半　賽珍珠女士作《愛國者》John Day 公司出版」。《愛國者》（*Patriot*, 1939），賽珍珠所著長篇小說，描寫大革命爆發前（1926）至中日戰爭開始（1938）之間中國政治局勢和革命者思想的變化，1939 年由紐約 John Day 出版社出版，同年出版中譯本。

2　賽珍珠（Pearl S. Buck, 1892-1973），美國旅華作家，在中國成長，自幼學習中文。

3　此句原文「村木」前面誤植「的」字，已刪去。

（*Sons*, 1932）、《母親》（*The Mother*, 1934）等已有若干的不同；第一：
主角的階級，不再是她最熟悉的胼手胝足的農民，而是生活優裕的資
本家的兒子；第二：地域也開展了，自純樸的農村跳進都市，又轉入
「極端的平靜和秩序」的日本，結到大陸性濃厚的祖國的西北高原。
觀察相當深刻，解剖也還細緻。

　　本書主角 [以] 萬，[4] [和] 最重要的配角，影響前者的思想最大的
劉恩來，都是實有的人物。全書文字清麗簡潔。沒有多少生字，但文
法結構頗細密。讀之甘苦難分，既不忍釋手，又不能疏忽大意。全書
計三百七十二頁，分三部，總計在二十萬字左右，好好地想看一遍的
話，是不消一兩個月就能竣事的。

（二）James M. Bertram: *North-China Front* [5]

　　勃特蘭（James M. Bertram），[6] 文學修養極高的英國青年記者，在
一九三六年到北平後，在一所國立大學裏工作了好些時。由於和學生
接觸的頻繁，和目睹各大學的男女同學在刀鎗亂舞的環境下從事救亡
運動的勇敢，使一個異國青年的他深深受了感動；後來西安事變的
勃發就在他身入陝省游覽採訪的當兒，以對時局發展判斷的精細，
觀察事物目光的銳利，和史料採集的豐富和珍貴，在他生花妙筆的敘

4　原文遺漏主角姓名中的「以」字，現據文意修訂。

5　原文小標題下註明書籍出版資料及售價：「勃特蘭：《華北前線》　Macmillan 公
　　司出版　十五先令（中譯本：《[北線] 巡迴》，譯者方瓊鳳，生活書店出版）」。
　　《北線巡迴》，原文誤植為《西北巡迴》。*North-China Front* 中譯本《北線巡迴》
　　由方瓊鳳翻譯，1939 年生活書店出版。同年上海棠棣社出版伍叔民所譯中譯
　　本《華北前線》。

6　勃特蘭（James M. Bertram, 1910-1993），紐西蘭記者、作家。1936 年受聘於英
　　國多份刊物作自由撰稿員，前往北平採訪，並據此撰成《中國的新生》、《華
　　北前線》等紀實作品。

述下，一部以西安事變為中心的報告文學《中國的新生》"First Act In China"（1937）就傳誦一時了。[7]

繼西安事變而後，是國共的合作，不半年，神聖抗戰的火把就高舉而起。這時候，他正在日本旅行，看到被麻醉的『島國的人民』備戰的狂態，名之為『仲夏的瘋狂症』。蘆溝橋砲聲響後，他便遄返北平，目睹『北平之圍』，『通州的怒吼』和『古都的淪陷』。其後他『繞道山東』『重遊西京』，在赴延安的途中，『初遇紅軍』並且遙拜我漢族始祖葬身所在的『黃帝之陵』。在所謂「特區」逗留了些時，他便『越過陝北』，『跨渡黃河』，到山西去作『第八路軍』的訪問，為時六個月，目睹「這世界第一的流動部隊」組織民眾，利用地勢，以劣勢的武裝配備，殺 X 致果的盛況。後來他又深入『前線』和『游擊隊』，與軍政的負責當局相接觸，經歷到若干驚心動魄的事件，也被介紹了許多壯烈的戰鬥故事。

『第二年的春天』，我國第一期抗戰結束的當兒，他啟程回國。從『諧樂的漢口』出發，與『香港』，進入 X 人統制下的『陰影中的北平』；又到日本，他看見昔日表面上的「平靜」業已暴露無遺，『盲目的侵略者』的迷夢不久就要被我國打破，嘆口氣說：『旭日不昇』了。

全書的梗概大略如此，雙括號內所引的文句就是原書的章節的名稱。正文是十章，連序幕和尾聲共十二章，恰巧是六十節，每章各包五節，另有十幾 [幅] 插圖，[8] 以人物的攝影為多，總計約二十五萬字，是本年一月在倫敦出版的。

7　此書 1937 年初版名為 *Crisis in China*，翌年再版時書名改為 *First Act In China*，通行至今。

8　「幅」，原文誤植為「陪」。

（三）Nym Wales: (1) *Lives of* [*Revolution*] [9]
(2) *Inside Red China*
N. 韋爾斯：（一）《革命人物傳》（《西行訪問記》）[10]
（二）《續西行漫記》Macmillan 公司出版 [11]

　　作者 N. 韋爾斯（Nym Wales）女士是美國名記者斯諾氏（Edgar Snow）的夫人，[12] 她在我國抗戰發動的前夕五月間到延安去，「努力搜集關於中國共黨運動底歷史的與傳記的資料」，歷時四個月，經過了訪問，記錄，搜求和整理種種步驟，終於在一年後的去冬和今春，給了我們兩本關於西北「特區」的一般情狀的報告文學。

　　一本是《革命人物傳》，以第一人稱的敘述把前紅軍中的主要將領如朱德，賀龍，徐向前，蕭克，羅炳輝，蔡樹藩，和項英（斯諾著，附入本書）等人的生活親切地記述下來，事跡得之於本人的親口，文學出之於手腦俱捷的新聞記者，可稱是這些偉大的革命者最真實的傳記的。

　　作者於原稿草成即交華侃君翻譯，譯本問世反較原文版本為早，這也是中西出版界上的一件「美談」吧！

　　第二本是《續西行漫記》，內容包括有紅色領袖們所作的「中國革命的分析」；女戰士蔡暢，劉羣仙，康克清，丁玲們革命歷史的敘述；「流動劇團」，中國字拉丁化運動等文化上的變革；以至「第八路軍的行進」，參加「中日戰爭」的經過……關於這些，本書都有明決清晰的

9　「Lives of Revolution」，原文誤植為「Lives of Revolutionists」。

10　《西行訪問記》是 *Lives of Revolution* 中譯本，1939 年由華侃（汪倜然）翻譯，上海譯社出版。英文版直至 1952 年才在英國出版。

11　《續西行漫記》（*Inside Red China*）記錄 1937 年 5 至 9 月延安紅軍於第二次國共合作抗日前的情況，1939 年於紐約出版，同年出版中譯本。

12　海倫‧斯諾（Helen Snow, 1907-1997）是美國著名記者埃德加‧斯諾（Edgar Snow, 1905-1972）的第二任妻子，甯謨‧韋爾斯（Nym Wales）為其筆名。她於 1931 年由美赴中，1934 至 1937 年任上海《密勒氏評論報》（*China Weekly Review*）駐北京通訊員。海倫‧斯諾曾於 1937 年訪問延安，1939 年以筆名出版紀實作品《續西行漫記》（*Inside Red China*）。

敘述。在把前蘇區的種種內幕介紹給全世界廣大的急欲知悉的讀者羣的一點上，本書的出版是一件有價值的舉動。

在此，附帶說起 *Red Star Over China*（即《西行漫記》的增訂）。《西行漫記》，[13] 據說轟動過歐美的出版界和讀書界；在中國，自去春中文本發行到現在已出過四版，在戰後衰落的出版界中真是個奇跡。隨着時代的變遷，若干材料已不免陳舊和不符，而出版後至今一年的情勢頗關重要，原本最近的重版已有「旭日上的暗影」，三萬餘字一章的修訂，和幾處的修刪；譯本的五版也照樣改好了。

（四）E. A. Mowrer: *The Dragon Wakes* [14]
毛那：《中國龍的覺醒》

哈瓦斯社（Agence Havas）羅馬廿四日電　美國《芝加哥日報》訪員毛那（Edgar Mowrer），[15] 頃接獲意國當局通告，限於兩星期之內，離開該國，按毛那曾於去歲奉世界反侵略大會派遣，前往中國，旋於返歐洲之後，撰有《毛那在中國》（*Mowrer in China*, 1938）一書，對於中國抗戰，極表同情。……

電中所述的訪員就是本書著者。電中說他去年曾奉派來我國考察，略而不詳，為了認識這一位有深入遠見的新聞從業員起見，我們有追溯他過去的歷史的必要。

毛那是美國人，在密區根大學（University of Michigan）畢業後，就

---

13 《西行漫記》（*Red Star Over China*），原名《紅星照耀中國》，為美國記者埃德加・斯諾（Edgar Snow, 1905-1972）訪問中共革命根據地後所著長篇紀實作品。該書 1937 年於倫敦初版，中譯本由胡仲持等翻譯，1938 年由上海復社出版；為了便於在國統區和淪陷區發行，書名改為《西行漫記》，內容做了部份修改。

14 原書副標題為 "A Report from China"。

15 毛那（Edgar Mowrer, 1892-1977），今多譯埃德加・莫勒，美國記者、作家，1933 年獲普立茲獎（Pulitzer Prize）。

到巴黎。他跟《芝加哥日報》的淵源很深，大戰一起，就在法軍前線撰寫戰地通訊，後來赴意，被逐，到德國，居然度了近十年的著述生活。希特勒（Adolf Hitler）秉政後，[16]他眼看納粹驚人的陰謀，瘋狂和殘忍，大膽地寫了本《德意志把時錶向後開》（*Germany Puts the Clock Back*, 1933）加以揭露之後，就飄然離去了。

去年他來我國，以人類偉大的愛向我們上下各階層接觸。他馳騁在前線觀察士氣和戰術；也臨到後方體味我們的民氣和鬥志；他訪問：英明果敢的委座，「一門俊傑的宋氏」，自食其力的工農，衛國長城的戰士；……他踏遍：「血染的廣州」，「金湯的西南」，城市而貧窮的，曠野而富源的，中國的每個角落。回歐之後，這部以中國抗戰活生生的事跡為題材的作品，不旋踵就出版了。

作者把我國的怒吼喻為水母的翻動，既詼諧亦真切。末章〈靈魂的獨語〉的昭示，我們知道這博識年青的新聞記者還有深邃卓特的哲學思想呢。賽珍珠女士在《亞細亞》（*Asia*）雜誌書評欄介紹說：

「這是二十世紀四十年代報告文學的範本［。］」證以作者斷析的精確，態度的公正，目光的銳利，和行文的雋永有味，使我深信這推許決非是故意的。

（五）Auden and Isherwood: [*Journey to a War*] [17]
奧登、奚雪腕合著：《到戰爭去的行程》

有人擔着憂，抗戰已延續到兩年左右，怎麼我們還沒有偉大作品的產生，也有人在氣憤。這得分兩方面來記述：我們費着最大的力量

16　希特勒（Adolf Hitler, 1889-1945），納粹黨領袖、納粹德國元首，發起第二次世界大戰並在歐洲實施納粹大屠殺。

17　*Journey to a War*，原文誤植為 *The Way To War*。奧登（Wystan Hugh Auden, 1907-1973），美籍英國詩人；奚雪腕（Christopher Isherwood, 1904-1986），今譯伊舍伍，美籍英國小説家、劇作家。兩人於 1938 年訪問中國，合著 *Journey to a War*（1939）。

在為抗戰，卻被外國記者輕輕寫上了幾許新的觀感的長篇報告文學；這是一想。也有人在自怨自艾，真的外國人比我們強嗎？

其實，在明眼人看來，這是無須解釋的。對於我們這歷史悠久的古國，西方人大都有着不健全的觀念和印象，他們的成見以為中國是落伍的，野蠻的民族，一向就沿襲着蔑視和漠視的態度；現在我們持久的抗戰已使他們認為是一件出乎意料的事，而泱泱大國［國］民的風度和諸此的民族性的表現也使他們認為值得景仰和深入的研究及體味，[18] 因此，客觀記述這事實的變動和正確描寫旅行的觀感的冊子，就易轟動歐美的文壇了。例子，可舉《中國龍的覺醒》；後者，可以本書《到戰爭去的行程》為代表。

旅行者初到名勝之地，他覺得在在都值得欣賞，吟味和宣之於筆墨；但是，在本地人看來，卻是平淡不足奇，要記述甚麼真有「一無可記」或「不勝枚舉」之感。個人的偏見，認為外國鉅著之所以多，而國人自寫之所以一無者，或也為了上述的一個緣故。

奧登（Wystan Hugh Auden）和奚雪腕（Christopher Isherwood）是一對老搭擋，非但在寫作上是共同，形式上也形影不離的互相跟隨。當然，視察我們的戰場，訪問我們的後方，也出入相共了。去年夏天，由香港轉道漢口到平漢隴海各線視察，頗敬佩那些物質裝備欠缺而抗戰精神卻萬分濃厚因而殉國的中國兵士，他們即景寫了一首十四行詩：

> 遠離了文明的中心，他完成了使命：
> 他的長官和他的蚤蝨便將他放棄；
> 在棉被窩裏面，他合上了他的眼皮，
> 冥然而長逝。當這一次偉大的戰爭
> 將來編成書籍，他也不會被人提及；

18　原文遺漏「國」字，現據文意增補。

他的腦殼裏並沒有帶走甚麼資料；

他的笑話陳舊，做人像打仗般枯燥；

他的名字和他的容貌將永遠消失。

啊，歐羅巴的教授們，主婦們，平民們，

請向這一位青年致敬。你們的記者

並沒注意當他在中華變成了塵埃；

從此他的土地配你們的女兒鍾情；

從此他不再在狗跟前受侮辱；從此

有水有山有房屋的地方，也有了人。

（《自由譚》第四期　邵年譯）[19]

　　後來，他們回國了。不久之前，有這部歌唱我們抗戰的詩集的出版。全書分四部：一部長有幾百行的序詩，訴說着整個訪華行程的感想和對我們新的民族的同情與了解。一部日記，是見聞的日錄，是心情的洩瀉。一部照片，是我們抗戰建國的歷史的縮影。一部詩歌，包括着幾十首崇高的意象底，新穎的意境底，繪畫新中國的現狀底十四行詩篇。

　　這是最燦爛的花朵——在忠烈的鬥士的血的栽培下，而在外國發育成長的花朵中的最美麗的了。

選自《大公報 · 文藝》第 650 期，1939 年 6 月 24 日

19　《自由譚》，1938 至 1939 年上海出版之刊物，由項美麗（Emily Hahn, 1905-1997）和邵洵美編輯發行。

《續西行漫記》[1]

楊剛

一重霧幕，一片雲景遠懸在地的邊沿，大洋的西岸。那霧色濃濃的裏面飽藏着是些甚麼呢？甚麼使得霧那麼渾鬱，雲那麼變幻奇特？使無知與有知都溶在霧的滾滾無窮裏面，於生命之隱秘的角落裏，暗譜着創華的低絃？聽呢，聽不見；不聽呢，耳朵和心俱不能休息！

六百年前的馬可波羅（Marco Polo）該是這樣煩悶的吧。[2] 大山不能遮斷他的行徑，大漠不能吞淨他的腳步。疾風烈陽，暴雨飛沙，全變成了在霧幕前面迎場的奏演，只激起他向往的志願，於是有一天，他到了古都北平。

一個全然簇新的世界揭出來了之後，馬可波羅從那裏挑出了甚麼舉薦於全世界的人類呢？是不是他發現了一團智慧，一顆心？是否他見到一條就死不屈，在異族凌虐下暗算着翻本的意志？那羣以人的隱忍主宰現實而以神的意志於無所為而為之中創造未來的四百兆人民[，]能不能希望由馬可波羅向人間傳播他們的消息呢？

馬可波羅在歐洲開起了展覽會，旗子扯上了滿天空。這兒是東方來的，這裏是黃色的世界。這裏有大珍珠，亮寶石，紅的，綠的，雕的，鑲的刺繡繪畫，翠玉珊瑚。東方是一個寶石庫，珍珠樓，除了人之外，凡人所穿所戴，都足以令地球自己為之失色，只是除了人！馬可波羅為歐洲開闢了一個富源，由各方面講來都足以當得起的富源，只是恰恰這富源養不起人，十分缺乏着精神糧食的人。因此我們這黃色國土就恰恰到心到地盡了一世紀養強盜的責任，因此我們——也不知是我們上了馬可波羅的當，還是馬可波羅上了我們的當——也好似

1　報刊原文標題下註明書籍出版資料及售價：「韋爾斯著　胡仲持等譯　香港復社藏版　價一元八角」。

2　馬可波羅（Marco Polo, 1254-1324），中世紀威尼斯共和國探險家，據傳曾兩次造訪元帝國，到過元上都（開平）、大都（今北京）等地。

基督教眼睛裏女人的白胳臂一樣，很當謙虛的向仁義的強盜們道一句歉。

　　究竟，馬可波羅總算在東方揭起了一重簾子，而斯諾（Edgar Snow），[3] 六百年後的另一位好奇人，就揭起了第二重簾。這是又一重富源的開闢。也有光輝，不是礦物質小氣的 [熠] 灼，[4] 卻是滿野蹤躍的太陽星子，滿臉活蹦的紅色的笑；也有精巧，不是人工的刻鑿，苦血苦汗的漬染，卻是那玲瓏的自由之心，上窺繁星的微笑與春雨無聲的焦急，下看那穿着棉襖，光着屁股的肚皮，懂得牠幽沉的訴說，刺得下捨己為人的針鋒而繡出生命的瑰麗與宏偉。斯諾的《西行漫記》（*Red Star Over China*, 1937）始為人類發掘出來一片嶄新的根由。死者將倚牠而復活，未來將倚牠而入世。在那積古以來塵坑古洞的西北，為人類輝耀着一種新的可能。

　　韋爾斯（Nym Wales）的書是繼續她丈夫的探險之後，[5] 再出來的一份新報告。

　　這報告來得可真不容易。她不能由西安一條通路的就跑到延安。有專門和新聞記者為難的王隊長兩隻眼釘在她身上，有武裝衛隊陪着她吃飯，談話，走路，遊覽，——總而言之，寸步不離。有高大的旅館堡壘作她的監房。這是為了要封鎖一羣活得到家的新人類，切斷一種新的真實。照警察隊長的意思，人類如果要保存下，總宜去半死在既存的囚架下面，全活，活出一個真正的人，對於警長所愛護的人類社會反而成了多餘了。

　　可是這個不尊重警長的社會的女人偷跑了。她像偷兒，像偵探，像演員，她倚仗着中國警察的朦朧與外國人在中國所享的優厚無 [懼]

3　埃德格・斯諾（Edgar Snow, 1905-1972），美國記者、作家，造訪中國共產黨在陝北的革命根據地後出版紀實作品《西行漫記》（*Red Star Over China*, 1937）。

4　「熠」，原文誤植為「愝」。

5　甯謨・韋爾斯（Nym Wales），海倫・斯諾（Helen Snow, 1907-1997）的筆名，她是埃德加・斯諾的第二任妻子。海倫・斯諾於 1937 年訪問延安，1939 年以筆名出版紀實作品《續西行漫記》（*Inside Red China*）。

穿上男孩子的服裝，[6]「戴上了黑眼鏡」——不活像一個偵探嗎？——爬上窗子就跳了下去，在汽車裏等着天亮，以後「不顧一切的疾駛出城」。逃了，逃走了一隻傳播火種的火箭。

這本書共分五章，前三章裏面主要的記載是屬於生活，工作和人物。在那裏有「紅軍」的領袖——「忠誠篤實……純潔嚴正」的彭德懷，有「極端溫和……大小事都肯負責」的朱德，有「共產主義婦女的導師——蔡暢」，有「紅色女戰士」——康克清，有戰鬥的作家——丁玲，以及許多別的領袖。這裏也有工作，牠們包括青年的組織，「紅軍」的組織，流動戲團之普遍而興奮的宣傳作用，武裝藝術家在那邊的地位和作用。在這裏她報告了「蘇區」的教育——軍事方面 [，] 政治與黨務方面狀況，她介紹了創造社初期的革命作家，跟前共產黨黨校校長成仿吾。與她丈夫的著作不同而成為她這本書的特色的是她對於女革命家以及紅色婦女的注意，在她的筆下，中國婦女的一頁解放鬥爭史完全活現了。

第四章主要是關於中國蘇維埃政治鬥爭的過程。其中包括了有歷史，有數字，有年代也有蘇維埃運動中民主鬥爭的理論。對於托派的問題，她也為我們帶了托派問題專家吳亮平先生的見解：托派主張立即實行社會革命，結果將毀滅統一戰線，破壞抗戰。

接着第四章而來的那一章 [，] 是統一戰線完成的一個關鎖，民主選舉已經在「蘇區」首次完成了，隨着是蘆溝橋抗戰，紅軍向八路軍的改編，八路軍的行進。這中日問題的一章是一個震動世界的課題。牠殿在這本書的尾上，正如預告着一片偉大的將來。

這本書不同於一般的旅行報告。牠特殊的價值在於其理論的和史料的意義，這在作者似乎很着意去保存的。她用了幾 [近] 五分之一的篇幅詳記中國革命領袖關於革命的理論談話，[7]不怕投那些輕腸薄

6　原文難以辨識，現據文意推斷為「懼」。

7　「近」，原文誤植為「盡」。

肚，專圖趣味先生們之忌。她指出中國革命的民主性質，她以諸領袖的言語解釋了無產階級領導下資產階級民主革命的命題，這常常是許多用形式邏輯去思索的人們所不耐煩去了解的。她介紹了毛澤東革命變質——「民主革命將變為社會主義」的理論，毛先生主張：「通過民主共和國各必要階段以達到社會主義。」她簡單的追述了蘇維埃運動十年的經過——由一九二七八一暴動至一九三七七月十五，[8] 黨「自動取消中華蘇維埃共和國以開闢民族資產階級民主政治之路的日子」。她又介紹了八月二十九日延安參加的中國「空前的第一次民主選舉」，蘇維埃政制的結束。

在史料方面，雖然斯諾已經在他的書裏面給了我們許多的數字，他的夫人在這裏卻也絲毫不肯示弱。實在說，除了數字以外她關於革命男女領袖的忠實記錄，無一不是歷史的寶珍。紅軍的數目在其全盛時期「第一前線紅軍有十八萬，第二前線紅軍，（在湘鄂邊蘇維埃）賀龍蕭克部——評者，有三萬，第二十五軍（在鄂豫皖蘇維埃）有一萬，第四前線紅軍（在川陝邊蘇維埃）有八萬，第二十六第二十七軍，（劉子丹的陝北紅軍）有一萬，總計分散各處的紅軍共達三十一萬」[。]但「經過了長征的消耗之後，只有十萬……留存」，「在這樣大的打擊後，士氣仍能保存」。紅軍的基礎則以「貧農為主，一部份則是農村的和都市的無產階級」。在第一前線紅軍裏面，「從農民出身的佔百分之五十八，（其中）從農村無產階級出身的佔百分之三十八，……更有百分之三十八是從都市的工廠，礦山，窯器作廠等處來的實業工人，其餘的百分之四則是小資產階級。」紅軍的成立階段最初是國民黨的革命軍隊和受過黨的訓練的工人，第二段是農民突擊隊，到一九三〇至一九三四，紅軍高度專門化而與農民突擊隊分離，一九三四以後乃變為擔負抗日任務的紅軍乃至國民革命軍。

8　此處指發生在 1927 年 8 月 1 日的「南昌暴動」，又稱「南昌起義」；1937 年 7 月 7 日盧溝橋事件爆發，7 月 15 日中國共產黨中央委員會向中國國民黨遞交《中共中央為公布國共合作宣言》，即《共赴國難宣言》。

　　雖然「紅軍兵士的年齡平均是十九二十，軍官的年齡平均是二十四」，但他們的年青不但使他們對於奸淫問題守着「百分之百」的紀律，並且使他們「供給紅軍以戰鬥精神，……給行伍以高級的智慧」。他們使兒童得到解放，了解生活的意義，「從附屬於軍隊的小兒到在農民區的少年先鋒隊和兒童團，都被認為革命的一部份。……工作是憑自由意志而行動。」

　　紅色國家的婦女和兒童們一樣，是首先受到尊重和解放的對象。在全陝甘寧蘇區，有「七千」女共產黨員，在延安全區有「一千九百」婦女工作者，陝甘寧區有「十三萬女子參加蘇維埃女子運動」，全數女子共有「百分之十五參加蘇維埃工作」[，] 構成生產機關及蘇維埃政府「百分之三十的工作人員」。女子都分有土地，上「學習文字俱樂部」和馬克斯主義班，婚姻是完全自主，只消在當地政府局裏註冊以後，就不再有人來管她們了。她們的工資每月是「從十五元到三元」，工廠供給衣食，免費醫藥，她們也有着產前產後兩個月的休息和工資津貼。

　　在革命諸領袖的羣像中，作者寫出了一位貧苦婦女的前鋒。因為「命惡」被眾人所拒絕的無錫女工劉羣仙，「短小結實，兩手粗大」成了工人最前衛的鬥士。她經由工廠組織工作，婦女運動工作，領導罷工以及大屠殺時血的鬥爭等等而堅強起來。如一切的領袖們一樣，她在蘇聯得到了更深革命的訓練，回到江西的蘇區裏擔起了工人運動的任務。她經過了屠殺，經過了迫害，經過了長征和大草原。她出入於貧苦婦女中間，永為這一階級的組織者和守衛者。她是國有礦場工廠的指導員，婦女陣線的領袖。

　　生命的材料建築成了鎔金一樣的宮殿，這座宮殿有牠的大樑大柱，有牠的雲石和玉階，也有牠的門窗台閣，但所以令這宮殿光輝燦爛的，還用得着成行成陣的琉璃瓦，鑲嵌的金鑽珠翠，寶玉雕石，是這些閃灼的星輝才造成大建築大工程的瑰麗奪人。在這本書裏面，我們不僅能看到那些蘇維埃的巨人們赤手空拳純由人類精神的庫藏取得資材來建築他們的寶殿，並且生命的珠玉也如太陽的光星一樣掛滿了

這殿堂的每一角落，閃閃的像精靈的眼珠。這裏有一位白托士，二十歲的孩子已經成了個無愧於騎士資格的勇士。他在洪水橫流的時候，「不失去一分鐘時間，劈手由紅軍軍官那裏奪過馬來，動身渡河……一把將我攦在馬鞍上，……我在對岸登陸」，誰說這位勇士上不得丁尼孫（Alfred Tennyson）的詩歌呢？[9] 而他卻是一位紅軍的鬥士，他的俠勇乃是為了「竭力促進聯美對日陣線」[，] 這正是莊嚴與精麗的調和。

茶館學徒林茂源，他了解現代為甚麼只反對日本帝國主義不反對其餘國家，而來自河北的一名紅軍則不肯承認他以東北軍跑出來是逃跑，他說紅軍是最愛國的軍隊，所以他自己要轉換軍籍。一個「小鬼」落在國民黨軍隊手裏用他小小的心感化了一羣要槍斃他的兵士，因為他叫他們省一粒子彈去對付日本人，至於他，只消用刀砍死就行了。她看見他們愛槍械如同愛愛人一樣，他們抱着大砲，用自己的口沫和袖子去擦那砲上的污漬。這些大大小小的兵士，宣傳員，衛隊小鬼們全都精明剛健，十分懂得他們為甚麼而生，為甚麼而死。他們全都歡欣鼓舞，勇敢堅定的迎對每一個生和死的場合。在物質上完全空無的荒野中，他們認識了那個生生無窮的精神寶藏，以人的素材創造宏美與無窮。這該是人類一個重大富源的發現吧，這是韋爾斯的發現。

附錄的八十三人略歷也未嘗弱於本文，而作者滾滾不窮的思潮更增加了此書智慧的價值。總而言之，這本書足以卓立於一般的旅行記載中，有其本身的重量。

選自《大公報・文藝》第 651 期，1939 年 6 月 25 日

9　丁尼孫（Alfred Tennyson, 1809-1892），今多譯丁尼生，英國詩人。

烏特麗新著《中國在抗戰中》[1]

史博

　　以一個初履中國的外國人，僅只看過兩三個前線與城市，在短短數月之內，能夠觀察得如此精細與廣博，對中國作深刻的批評，弗萊達・烏特麗（Freda Utley）女士之所以成為一個今日馳名歐亞的新聞通訊記者與遠東問題權威作家，[2] 並不是偶然的。《中國在抗戰中》（*China at War*, 1938），[3] 烏特麗繼《日本的泥足》（*Japan's Feet of Clay*, 1937）之後的新名著，[4] 業已把中國抗戰一年多（到武漢陷失前）以來的中國政治軍事民眾運動各方面的現狀與其進步的可能性，落後的病態，與必須的改善，運用了她充滿熱情，洋溢着正義感的筆桿，潑剌地提示出來。她接觸了各方面，不同派別的政治家，相異的立場的評論家，各種階屬的民眾兵士。她的犀利的目光燭照了事物的表裏，而且大膽地，忠實地將抗戰中中國的弱點與短處無情地揭示給我們看。「忠言逆耳」，雖則必然為一部份人們所不願接受 [，] 可是這些錯誤，確屬事實；這些忠言，正是我們的良藥，我們感謝作者偉大的同情，嚴厲的批評。我們深信這一冊著作遠勝於一百部阿諛諂媚，貌為同情，冒充中國通實則惡意的曲解侮辱，僅想把中國的「神秘」「奇異」來 [賺]

1　報刊原文標題下註明書籍出版資料及售價：「倫敦 Faber and Faber 版　定價十二先令六便士　三零六頁」。

2　弗萊達・烏特麗（Freda Utley, 1898-1978），今譯弗雷特・厄特利，英國作家，曾為英國共產黨（Communist Party of Great Britain）黨員，1938 年其俄籍丈夫被處死，1939 年她與家人移居美國，並成為反共作家。

3　《中國在抗戰中》最初於 1938 年由美國紐約 John Day Company 出版，1939 年再由倫敦 Faber and Faber 出版。中譯本最早見 1940 年上海彗星書社出版、石梅林譯《揚子前線》；當代譯本則有 1987 年解放軍出版社出版、唐亮等譯《蒙難的中國：國民黨戰區紀行》。

4　*Japan's Feet of Clay* 中譯本最早見 1938 年上海生活書店出版、董之學譯《日本的透視》。

錢的所謂大小說家與詩人們的「名著」！⁵

　　作者說，「這是一件奇特的事實，中國的人民大眾是如此之英勇，如此之耐苦，不發怨言。而許多上層的和受教育的階級反而 [才] 是不爭氣。⁶」（第一七六頁）這個當然也並不是一概而論，或是抹殺了其他進步的份子。相反的，作者很熱烈地讚頌那些沉着應戰的司令官；那些忠勇的醫生拋棄了在大城市中撈錢享福的機會，到前線去救護傷兵；男女青年革除了小布爾喬亞的積習，做救亡工作。可是另一方面許多青年至今還祇是在後方空談救國，烏特麗說他們是 Vocal Patriot [，] 他們以為愛國主義是一樁英雄感的戲劇性的事業，他們以為用激昂的言辭喚醒民眾，或是英勇地戲劇性地犧牲，才是愛國。其他不出名，呆板，不被人注意，下等的擦地板，救護傷兵等工作，並不算得上愛國。固然，這流弊有關於過去錯誤的成見與傳統習慣，但大部份的責任還是當局的領導不夠。「很清楚的，這主要問題在於當局必須給與領導，給與機會，使受教育的青年去做比較空談或是寫些愛國文字更有價值的工作。那些反動的（中略）……是負有大部份的責任，把學生送入內地繼續求學，保全受教育者之安全。這政策當然有它的正確性，不過是有限的，譬如說有些智識份子應該為未來的建設工作而保留培養。然而在這種見解之下，變得一切白領口工人（文員）以及工程師和別的專門智識者，甚至於醫生和看護，都避免了各種戰時服役。」（第二六一頁）作者在武漢見到青年們的熱忱，勇敢，愛國，擔心他們說得多，做得少。「這不全是他們的過失，大部份過失是當局躊躇着不讓他們得到充分的自由，限制他們（中略）……擔心着左的影響……壓迫青年運動，組織……否則定可做些有效的抗日工作。」（第七十頁）

　　作者在序言中就聲明她要不客氣地批評中國。除上述一點外，中

5　原文難以辨識，現據文意推斷為「賺」。

6　原文難以辨識，現據文意推斷為「才」。

國忽略平民，忽略傷兵也是她所認為非常嚴重的錯誤。事實上，作者此書的特點即為喚起中國，以及世界人士切實注意傷兵救護工作。作者目睹許多悲劇很「平常地」在前方，在後方出現着。傷兵沒有醫藥，不算一回事，沒有救護，也不算一回事，他們簡直連一杯水也沒有人弄給他們喝。從火線上受傷下來，徒步數十哩，才找得到一個簡陋到沒有消毒劑的「醫院」。能夠徒步的不一定能夠支持走畢全程，倒在半路死了。作者最警惕的一句話，「……為二十世紀的武器所斬割，而你的救護工作，社會組織，還是大部份在中世紀的狀態中。」（第一一七頁）「醫藥與金雞納之忽視，[7] 士兵痛苦之忽視……對於中國作戰失敗的責任比較由於缺乏現代武器更大些，並且這些也不能推諉說是中國窮。我記得中國的高級官長告訴我，中國的人力眾多。當我看到前方的傷病，我衷心地希望中國的人口還是少些的好。如果中國的人口不這樣多，不這樣賤，政府也許會得當心拯救兵士的性命，不會以為新兵和老兵一樣好罷。」（第一七六頁）這是何等沉痛的話！

這裏缺少篇幅來引用作者許多悲痛的故事。……她說，「血浸透了泥土，漸漸的死亡。人民經過他身邊，毫不在意。……是否在東方，為生存而鬥爭太劇烈，甚至於認為對於非親非友者之同情心已經是一件奢華的事呢？」（第一一五頁）

當然，物質條件的困難是促使這些忽略的造成的。作者告訴我們許多沉默工作 [，] 出死入生的中西醫生的可敬。同時，也告訴我們某些組織，如國際紅十字會，為了保持中立的立場，在某種程度不能充分幫助中國。有時，屯積着藥品在倉庫裏，不肯撥交中國紅十字會。因為救活了中國傷兵，是違反「中立」的。有些外國捐款充作日軍佔領區中難民的救濟事業。人道固然人道，可是何補於中國抗戰？漢口的國際紅十字會決定將二萬鎊經費建立一個難民營，在甚麼時候呢？在日本將到達武漢，三鎮淪陷之際！（第一四三頁）烏特麗女士

7　金雞納（quinine），今譯奎寧，一種治療瘧疾的藥物。

在前線認識一位救護工作最為努力的立卻特・勃朗（Richard F. Brown）博士說，[8]「日本人在中國是武裝 XXX，誰說他是中立的，誰就不是基督教徒。」我們奇怪：那些異國的中立主義者，妥協家，孤立派們如果也能像我們的作者在中國看一看科學化數 [字] 化的轟炸，[9] 成千成萬的無辜倒在瓦礫裏……作何感想？我們奇怪：那些人物是否是這些 XX 的同黨？[烏特麗] 女士說，[10] 她和她同事們把轟炸報導拍電報給外國報紙，很少有刊載的。一位保守派的英國記者每回見到轟炸，在發電報之前，先要到家裏喝一些威士忌才能上電報局去。他每回要把消息寫得十分緩和，以避英美讀者驚嚇，並且也只有這樣，才能保牢這通訊記者的飯碗。否則，嗨，這是為中國人作「宣傳」，太「親華」了。所以作者說空襲轟炸在外國報上是見不到的。但，正義與真理豈是能夠檢查得掉的呢？

烏特麗女士希望有畫家能將轟炸的景象繪畫出來，給英美人民看。告訴他們日本人所用的軍火原料，飛機汽油是他們供給的！實在，作者此書已經足夠作為千萬幅圖畫，問題在看畫的人了。

末了，在〈中國能生存否？〉（*Can China Survive?*）的一章中，作者說，「中國雖則有一部份智識階級，財富的弱點，中國老百姓的堅強抵抗，中國士兵的英勇是中國必勝的一些因子。」她希望中國發展民眾運動，開發實業，改革社會，那末那些陳舊物殘留終於消滅，中國的勝利是具有必然性的，她希望英美切實援華，停售軍火與日本。不要相信「日本人在中國是要建設新秩序，使中國成為列強安全的投資地，或是相信她偽言要消滅中國之共產主義，日本所要達到的目的是建設東亞新混亂（a new disorder）[，] 企圖阻礙中國之工業化，現代化，破壞她的新建立的統一。……」（第二八一頁）「英美工商家，

8　立卻特・勃朗（Richard F. Brown, 1898-1963），加拿大傳教士、醫生。

9　原文難以辨識，現據文意推斷為「字」。

10　「烏特麗」，原文改用音譯「烏德麗」，現統一處理。

銀行家，切莫以為無論何國勝利，英美的貨品總是需要的。如果日本勝了，她馬上要把中國作為原料儲藏庫，作為軍火製造地，作為一個征服亞洲的基礎。」（第二八七頁）

我們感謝作者。我們希望世界人士正視現實。

最末，附加一句：本書書面裝 [幀] 所繪中國地圖，[11] 非但把東三省畫了別的彩色，而且我們的蒙古一帶也是畫作別色，承認它們已非我國國土嗎？這一點錯誤似乎必需糾正的。

選自《星島日報‧星座》第 374 期，1939 年 8 月 17 日

11　原文遺漏「幀」字，現據文意增補。

今天

許地山

　　陳眉公先生曾說過，「天地有一大帳簿：古史，舊帳簿也；今史，新帳簿也。」[1]他底歷史帳簿觀，我覺得很有見解。記帳底目的不但是為審察過去的盈虧來指示將來的行止，並且要清理未了底帳。在我們底「新帳簿」裏頭，被該底帳實在是太多了。血帳是頁頁都有，而最大的一筆是從三年前底七月七日起到現在被掠去底□□，□□，□□，□□□□。□□□□□□□□□□「□□□□」□□□，□□□□□□□□□，□□□□□□□□。[2]要達到這目的，不能不仗着我們底「經理」們與他手下底夥計底堅定意志，超越智慧，與我們股東底充足的知識，技術，和等等物質底供給。再進一步，當要把各部份底機構組織到更嚴密，更有高度的效率。

　　「文官不愛錢，武將不惜死」底名言是我們聽熟了底。自軍興以來，我們底武士已經表現他們不惜生命以衛國底大犧牲與大忠勇的精神，但我們底文官中間，尤其是掌理財政底一部份人，還不能全然走到「不愛錢」底階段，甚至有不愛國幣而愛美金的。這個，許多人以為是政治還不上軌道底現象，但我們仍要認清這是許多官人底道德敗壞，學問低劣，臨事苟辦，臨財苟取底結果。要擦掉這筆「七七」底血帳，非得把這樣的壞夥計先行革除不可。不但如此，在這抵抗侵略底聖戰期間，不愛錢，不惜死之上還要加上勤快和謹慎。我們不但不愛錢，並且要勤快辦事；不但不惜死，並且要謹慎作戰。那麼，日人底兇焰雖然高到萬丈，當會到了被撲滅底一天。

1　陳繼儒（1558-1639），號眉公，明代文學家、書畫家。引文見其著作《狂夫之言》，原文作「天地[間]有一大帳簿」。

2　經審查被刪去的部份原文為「……生命，財產，土地，難以計算。我們要擦掉這筆帳還得用血，用鐵，用堅定的意志來抗戰到底。」據許地山《雜感集》（上海：商務印書館，1946年）增補。

在知識與技術底供獻方面，幾年來不能說是沒有，尤其是在生產底技術方面，我們底科學家已經有了許多發明與發現（請參看卓芬先生底〈近年生產技術的改進〉。香港大公報二十九年七月五日特論）。我們希望當局供給他們些安定的實驗所和充足的資料，因為物力財力是國家底命脈所寄，沒有這些生命素，甚麼都談不到。意志力是寄託在理智力上頭底。這年頭還有許多意志力薄弱的叛徒與國賊民賊底原因，我想就是由於理智底低劣。理智低劣底人，沒有科學知識，沒有深邃見解，沒有清晰理想，所以會頹廢，會投機，會生起無須要的悲觀。這類底人對於任何事情都用賭博底態度來對付。遍國中都是這類賭博底人當不在少數。抗戰如果勝利，在他們看來，不過是運氣好，並非我們底能力爭取得來底。這樣，那裏成呢？所以我們要消滅這種對於神聖抗戰底賭博精神。知識與理想底栽培當然是我們動筆管底人們底本分。有科學知識當然不會迷信占卜扶乩，看相算命一類的事，賭博精神當然就會消滅了。迷信是削弱民族意志力底毒刃，我們從今日起，要立志掃除它。

物質的浪費是削弱民族威力底第二把惡斧。我們都知道我們是用外貨底國家，但我們都忽略了怎樣減少濫用與浪費底方法。國民底日用飲食，應該以「非不得已不用外物」為主旨。烟酒脂粉等等消耗，謀國者固然應該設法制止，而在國民個人也須減到最低限度。大家還要做成一種羣眾意見，使浪費者受着被人鄙棄底不安。這樣，我們每天便能在無形中節省了許多有用的物資，來做抗建底用處。

我們很滿意在這過去的三年間，我們底精神並沒曾被人擊毀，反而增加更堅定的信念，以為民治主義底衛護，是我們正在與世界底民主家共同肩負着底重任。我們底命運固然與歐美的民主國家有密切的聯繫，但我們底抗建還是我們自己的，稍存依賴底心，也許就會摔到萬丈底黑崖底下。破壞秩序者不配說建設新秩序。新秩序是能保衛原有的好秩序者底職責。站在盲的蠻力所建底盟壇上底自封自奉的盟主，除掉自己仆下來，盟壇被拆掉以外，沒有第二條路可走，因為那

盟壇是用不整齊，沒秩序和腐敗的磚土所砌成底。我們若要註銷這筆七七底血帳，須當聯合世界的民主工匠來毀滅這違理背義的盟壇，一方面還要加倍努力於發展能力底各部門，使自己能夠達到長期自給，威力纍增底地步。

　　祝自第四個七七以後的層疊勝利，□□□□□□□□□□□□□□□□□□□□□□□□□□□□。[3]

選自《大公報·文藝》第 876 期，1940 年 7 月 7 日

3　經審查被刪去的部份原文為：「希望這筆血帳不久會從我們底新帳簿擦除掉。」據《雜感集》增補。

論快樂

何其芳

一

「我們生活在延安的人是快樂的。」

當我這樣說時，一個同志提出了修正：「我們生活在延安的人應該是快樂的。」

我們是不是還有着不快樂的同志呢？還是有的。一個寫小說的同志，一個快到了中年的同志，有一天下午和我從抗大那個區域經過。看見許多人在活動着，像一羣金色的蜜蜂那樣生活得辛勤而且和諧，他歎息着對我說，「看見他們那樣快活我真難過。我想，為甚麼我不能像他們一樣快活呢？」

但這顯然就帶着延安的特點：他在為他的不快活而不快活。

他常常向我訴說過去的生活對於他的壓榨。當他訴說時，他彷彿在這樣逼問我：「你看見過那善良的，灰色的，瘦瘦的驢子嗎？你看見過那有時因為馱載得過重，走的道路過長而突然跪了下來的驢子嗎？」然而，也許由於我自己的船總是航行在平靜的河流裏面吧，我並不完全同情他。我在想，我們到底並不是驢子而是人。而且世界上有着因為生活的壓榨而變得脆弱，狹隘，絕望的人，也有着因之反而更強壯，更闊大，更勇敢的人。只是有一次，我卻完全為他所感動了，當他站在我的窰洞的門外，站在暮色裏，像一個舊俄羅斯的小說裏的人物那樣談說着他的家庭的零落，談說着他的抽鴉片的哥哥成天躺在牀上，他的姪兒們在完全沒有教育中長大了，快要被毀壞，他感到對他們有責任而又無力幫助。「我要想法把他們帶到這裏來，就是來當小鬼也好！」他的聲音並不高，但我聽着就像他在尖銳地叫喊一樣。

每一個人恐怕都有他個人的問題，個人的苦痛。從前在外面，當我和一個朋友談着這點見解，他用他家鄉的一句諺語來結束：「家家

有一本難唸的經。」在這裏，我有一次輕率地猜想一個很年青的同志大概是很快樂的，他寫信來辯白，說了一句很動人的話，就像是那些常常被人引用的有名的話，「人都有他的故事，而且多半是憂傷的。」

　　然而，我們生活在延安。我們的生活裏有了一個最重要的支柱。我們知道我們活着是為了甚麼。正因為我們認識了個人的幸福的位置，我們才更理解它的意義，也更容易獲得它。在明徹的理智之下，我們個人的問題和苦痛在開始消失，如同晨光中的露水，而過去的生活留給我們的陰影也在開始被忘記，如同昨夜的夢。

二

　　尼克拉梭夫（Nikolay Nekrasov）有一篇長詩叫〈在俄羅斯，誰是快樂的？〉（*Who Can Be Happy and Free in Russia? 1866-1877*）[。][1] 雖說我一直沒有讀到這篇詩，我曾經很喜歡這個題目，而且猜想它是一篇好詩。我猜想在一種充滿着哀愁的柔和的陰影裏面，有着各種不幸的可愛的人物從那詩裏走過，而且在暗暗地，一致地說着沙皇制度是最黑暗的。

　　舊俄羅斯的作者們總是很吸引我們。不管有的是鞭打，有的是控訴，有的是伸出撫愛的手，有的軟弱到帶着嘆息和眼淚，他們都是極其真實地寫出了當時的人，也就是極其真實地寫出了當時的社會。因為人總是一定的社會制度之下的人。詩人尼克拉梭夫還並不是那種有力的作者。最殘酷地寫出了當時的社會陰暗和當時的人的靈魂的陰暗的是杜斯退益夫斯基（Fyodor Dostoevsky）。[2] 我曾經很喜歡過他。那

1　尼克拉梭夫（Nikolay Nekrasov, 1821-1878），今譯涅克拉索夫，俄國作家、批評家、編輯。四部敘事長詩〈在俄羅斯，誰是快樂的？〉是其代表作，描寫農奴制改革後人民生活的境況。

2　杜斯退益夫斯基（Fyodor Dostoevsky, 1821-1881），今譯杜斯妥也夫斯基，俄國作家。

時我住在一個岩穴一樣的都市裏的小屋子裏，窗子掛着蘆葦簾子，不讓夏季的陽光進來。我的心裏也幾乎看不見一點光明。我在這樣一種雙重的陰影之下讀着他的作品。他能夠從他那種沉重的壓得人不能夠呼吸的不快樂中感到一種奇異的快樂，一種被虐待，或者虐待人的快樂，一種被虐待後又馬上得到熱烈的擁抱和愛撫或者虐待人後又馬上投到他腳邊去哭泣的快樂。然而那不過是一種強烈的酒所能給與的興奮。當我從書本裏回到現實的生活，我總是更加悒鬱，更加陰沉。

在這裏，有一個晚上我讀了他的《賭徒》（*Igrok*, 1866）。我發現我已經不喜歡他了。我異常明確地感到人間並不像他所寫的那樣可怕，而人的靈魂也並不那樣黑暗。由於讀了它，我更愛白天和陽光，更愛我所生活着的地方和我的工作。我更快活起來了。我再也不想去重讀他那些厚厚的小說。

《從蘇聯回來》（*Retour de l'U.R.S.S.*, 1936）的作者紀德（André Gide）卻就不理解這點道理。[3] 在他那本出名的壞書裏面，他很驚訝在今日的蘇聯，在他所旅行着的蘇聯，杜斯退益夫斯基已經沒有了多少讀者。他甚至於懷疑這並不是由於人民自己的選擇，而是政府在加以某種禁止和限制。他不知道在今日的中國，在還正經歷着分娩的痛苦的中國，杜斯退益夫斯基已經和我們隔得相當遼遠了。

三

在一次談「文藝工作者的人生觀，世界觀」的座談會上，當大家結論到人的問題就是社會的問題，一個平常喜歡思索的同志發言了。

「你們說的只是人的一方面，社會的人，還有人的另一方面，生物的人呢？」

3　紀德（André Gide, 1869-1951），法國作家。紀德於 1936 年訪問蘇聯，回到歐洲後同年出版《從蘇聯回來》，當中猛烈批評蘇聯當局，宣稱對共產主義幻滅。

大家都笑了。

我了解他的意思。他在想着人的問題和苦痛除了由於社會來的而外，還有由於人本身來的。

他不知道把人孤立起來看，離開了社會來看，所謂生物的人可以說並沒有甚麼可以非議的地方。飢餓，畏懼寒冷，自然的衰老和死亡，性的要求，生育，從科學的觀點說來，它們本身都是合理的。由於社會制度的不合理，它們才成為了問題。一個空想家可以去想像一種童話裏的人類，不吃東西，不睡覺，在空氣中飛行，或者像植物一樣傳延種族，然而我們不需要這種空想。我們還是就自然界和人類本身的最大的可能性來改造我們的世界，我們的生活和我們自己吧！

我並不想在這裏來談論空想。我只是要說明對於人的問題和苦痛的來源的認識是一個最基本的認識。真理是很簡單的。不過在沒有找到它以前，我們可能老在它的旁邊繞着圈子，像迷失在一個很複雜的迷津裏面。許多過去的作者都經歷了，看見了人間的不幸，而且寫了出來，然而他們沒有找到那來源和解決方法，沒有找到那把最後的鑰匙，因此多半停滯在一種悲觀的思想上。我們，感謝我們這時代吧，找尋我們的道路並不太困難。已經有着無數的人在為真理而燃燒着，使它的光輝升得很高，照得很遠。投身在它的光輝裏面，我們的心裏也就慢慢地充滿了光明。

四

為甚麼我要提出樂觀的重要呢？為甚麼我要做一個快樂的說教者呢？

如向別的人一樣，整個人類也負擔着「他」的過去的生活的重壓。那悲傷的，沉鬱的，絕望的舊世紀。那迷失中的叫喊和病痛中的呻吟。那黑夜。為着更勇敢地去迎接曙光，去開始新的一日的工作，我們所唱的歌應該是快活的，響亮的，陽光一樣明朗的調子。

這是很不同於無知的快樂和幼稚的歡欣的，這是由於充滿了信心

和希望，而且從殘酷，艱辛和黑暗當中清楚地看見了美好的未來。

　　高爾基（Maxim Gorky）說列寧（Vladimir Lenin）是那種明察的，[4] 有大智慧的，而且大智慧中有大悲苦的人。然而列寧有着那種由衷的笑，大聲的笑，單純的笑，健康的笑。一個沒有大的快樂的人是不會有那種大笑的。那種笑聲現在變成了一個巨大的國土裏面的人民們的歌聲，「我們沒有見過別的國家可以這樣自由呼吸」或者「我們生來要把童話變成現實」。

　　而我們，現在還需要艱苦地而又快活地工作。艱苦地，而又快活地，這兩者並不衝突。因為工作將帶給我們以美好的未來，而在工作着的現在，它本身也給與着快樂。有名的頹廢派波德萊爾（Charles Baudelaire），[5] 一邊抽着鴉片，說着模糊的象徵的語言。也一邊宣言唯有工作才能夠消除時間加於他的一種可怕的空洞之感的壓迫。契訶夫（Anton Chekhov）的戲劇裏的人物在自殺的槍聲未響以前，[6] 也常常無力地說着工作。然而那是無可奈何的，無目的的，孤獨的工作，因此也就是不快活的。我們的工作帶着積極的意義，知道為了甚麼，而且有着眾多的人參加着，那就完全是另外一種性質了。

選自《大公報‧文藝》第 952 期，1940 年 10 月 21 日

4　高爾基（Maxim Gorky, 1868-1936），俄國社會主義現實主義作家、政治活動家。列寧（Vladimir Lenin, 1870-1924），俄國共產主義革命家、政治家、政治哲學理論家。

5　波德萊爾（Charles Baudelaire, 1821-1867），法國現代主義詩人，象徵主義詩歌先驅。

6　契訶夫（Anton Chekhov, 1860-1904），俄國現實主義小說家、劇作家。

抗戰期中的「日後」文藝

沙汀

　　穿過日人重要封鎖線的同蒲路和平漢路，[1] 我在一九三八年的十二月底到過了河北省的中部。在一個農人家裏看見一幀灶神的畫像，紙章、描繪和印刷都比以往每年舊年年底流行的漂亮。但最主要的不同之點還在這裏：那些刻板的，向着神祇祈福的聯語，已經被建立東亞「新秩序」等鬼話所代替了。

　　同樣的東西在以後的行軍當中我還在別的村莊裏發見過。尤其是那些日人經常騷擾蹂躪的區域，或在離日人重要據點較近的區域，因為他們散發起來容易，可以不必過分擔心游擊隊的襲擊。不過到底日人的心力是浪費了的，因為就在那些非貼上日人發散的灶神不可的村莊，老鄉們也在上面多貼一張土製的神像；日人來到的時候，他們暫時取去牠，而當日人走了，他們再又重新貼上。

　　從上面的故事裏我們可以看出：日人的宣傳是狡猾的，無孔不入的；但同時也可以看出任何的誆騙絕不能使已經醒覺的民族的惱怒減低下去。相反的他們倒更加熱烈起來。這是我們抵抗日人任何無恥宣傳的一道天然的防線，牠使日人種種宣傳材料成為一種無意識的紙章和印刷的浪費，因為那些宣傳品的惟一命運是做引火的燃料。

　　然而為了抵抗日人的煽惑，為了進一步展開神聖民族戰爭的更為光輝的場面，單單依據一道由仇恨，和渴求自由的願望而結成的防線是不夠的，於是在華北，在大江南北的所有各個日後抗日根據地發動了廣大而深入的文藝活動。而且這些活動的作用，便是在文藝本身上也相當大的，我們不妨說牠是今後文藝發展的重要保障之一。

　　不用講，這是一宗極堅苦的工作。因為從北到南的所有游擊地區不僅和大後方隔絕，而且經常進行着日人的掃蕩和我們的反掃蕩，經

1　指同蒲鐵路（山西大同至陝西華陰）與平漢鐵路（北平〔今北京〕至湖北漢口）。

常感到物質條件的貧乏，經常文藝工作者不能不隨着部隊一道轉移和戰鬥，因此在寫作和出版上所需要的相當限度的安定，也就成為一種絕大的困難，沒有大後方容易了。

譬如，在冀中區，那裏是一望無際的平原，那裏是處在平漢路、北寧路和津浦路的包圍當中，[2] 那裏日人的大小據點是在二百處以上，工作上的困難也就更艱巨了。然而那裏的文藝活動卻仍然是繼續着和發展着，鉛印困難，我們可以用油印，而且作家自己便是印務人員，包辦了出版一篇作品所需要的全部工作。

由於環境的磨練，作家們的生活也大大改變了。從外表的服裝到日常生活的細節，他們已和一般士兵不相上下，任何急行軍他們不會掉隊。他們愉快地吃食着小米飯和窩窩頭。他們認為一套灰布軍服乃是一種稱身適意的時髦服裝。然而抗戰以前，中國絕大多數的作家的生活雖然遠較別的國家為苦，他們的物質享受卻並沒有粗糙到這地步的。

我記起了我所熟識的一位作家。他的詩作在藝術的成就上一向是有着極高的評價的。他在一處學校裏當教師，但在一九三八年，他投身到晉東南的游擊區域裏去了。他在戰鬥中工作着、寫作着，而當我們重新會見的時候，這個溫文爾雅，平常對於服用飲食頗為考究的詩人，已經變成一個合格的大兵了。同樣的例子我還可以舉出很多。然而，雖然因為在傳統的觀念上，以及實際的社會地位上，中國的文人被視為一種特殊的存在，他們的同 [現] 實生活脫節，[3] 他們的享受一點安靜舒適的生活，原是為一般人所公認的，因而他們目前的艱苦應該被當作一種重要的變動，但我現在卻願意把我的筆觸移到別方面去。

現在我要說的是日後文藝活動的概況，牠的發展的過程，目前的

2　指平漢鐵路、北寧鐵路（北平至遼寧瀋陽）與津浦鐵路（天津至南京浦口）。

3　原文遺漏「現」字，現據文意增補。

工作情形和牠未來的動向。牠的被人注意是在一九三七年。但那時期的卻只限於作家的個人活動，而給自己所規定的任務也僅僅在於把那些孤懸於日人後方的抗戰動態傳達給遠在後方的民眾，讓他們更能相信抗戰的最後勝利。

　　完成了這初期探險工作的作家是立波和舒羣。這兩個人都是一直從事於革命文學運動的，前者曾經介紹過蕭羅訶夫（Mikhail Sholokhov）的《被開墾了的處女地》（*Virgin Soil Upturned*, 1932）和 [基] 希（Egon Kisch）的《秘密的中國》（*China Geheim*, 1933）；[4] 後一個則是小說作家，而且因為是東北人，因為九一八後親身經歷了日人的虐殺，是以描寫亡國後的慘痛的遭際和反抗見稱的。他的作品有短篇小說集《沒有祖國的孩子》。

　　他們在西安碰見了史沫特萊（Agnes Smedley）。[5] 那位一直同情着中華民族的解放和命運的美國人正打算到前線去，正需要一個翻譯和一個漢文教師，於是他們便分擔了她所急待解決的任務，同她一道渡過黃河，經歷了晉東南，和第一次出現於日人後方的晉察冀抗日根據地區。他們留住的時間約有半年。

　　不管從那一方面說，從日後文藝工作的建立，或在一種創作上的必要準備，他們那種新聞記者式的瀏覽都是極不夠的。然而他們卻第一次的通過文藝形式介紹了日後作戰部隊的艱苦奮鬥，抗日根據地創造的經過，以及適合日後抗戰的新民主政權的建立，與乎廣大羣眾的新的姿態。

4　「基希」，原文誤植為「荃希」。蕭羅訶夫（Mikhail Sholokhov, 1905-1984），今譯蕭洛霍夫，蘇聯作家。《被開墾了的處女地》，蕭洛霍夫於 1932 年發表的長篇小說，以蘇聯農業集體化運動為背景。基希（Egon Kisch, 1885-1948），今譯基施，奧地利—捷克作家、記者。基施曾於 1932 年秘密訪問中國，寫成報告文學集《秘密的中國》（1933），中譯本 1938 年由立波翻譯、漢口天馬書店出版。

5　史沫特萊（Agnes Smedley, 1892-1950），美國左翼記者，1929 至 1940 年生活在中國，在抗戰中遊走於中國不同戰線採訪，並寫下多部關於中國抗戰的著作。

　　因此，在工作的經歷上和成就上雖然有着缺點，他們卻隨時地盡了他們的抗戰任務。而更主要的，是通過他們的作品，使一般遠在後方的文藝作者認識了日後的重要，認識了日後的游擊地區乃是一片未經開發，但卻寶藏豐富的肥沃的荒地。至少作家的到前線這該是原因之一。

　　他們成套的作品是立波的《晉察冀邊區印 [象] 記》和舒羣的《隨征散記》。《隨征散記》是以報導八路軍的日常生活和戰鬥，[6] 以及作者個人觀感為主的《晉察冀印 [象] 記》，當然並不怎樣深入，而且欠缺完整，然而作者卻用了他鋒利的筆觸向我們展示開一幅日後抗戰的生動的情景。而這一切又都是新鮮和輝煌的。

　　接着這種個人活動而來的是延安文協所主持的文藝工作團。這可以說是第一個有組織有計劃到日後去工作的作家團體。他們所經歷的地帶也極為廣闊，晉察冀、晉東南、冀中，以及在國民黨的耆宿，後來英勇殉國的范築先先生所領導的魯西北，都全印上了他們的腳跡；便在後來也是少有的。

　　這個團體的領隊人是劉白羽，一個抗戰前即以小說知名的新進作家。團員有金兆野、汪洋、歐陽山尊等人。金是北平的新聞記者，後來單獨地留在冀察晉邊區參加了部隊的文化宣傳工作。在其餘的人當中，以劉白羽的收穫為最大，寫了不少的報告日後的戰鬥和生活的散文。此外還寫了小說集《五台山下》。[7]

　　然而，雖然他們的經歷和成績都是極可觀的，而且曾經在所曾經過的地區的中心城鎮，熱鬧地發動過街頭新運動，成立了燎原文藝社，播散過文藝種籽。其在大體上，他們的活動卻仍然沒有怎樣越過作家上前線採擷題材這個較狹的範疇。另一方面，正因為他們涉獵的區域的廣闊，而在時間上又不過半年，因此從創作的準備上講，也是

6　《隨征散記》出版時實際名為《西線隨征記》（1938），由武漢上海圖書公司出版。

7　《五台山下》1939 年由生活書店出版。

不夠的。

　　此後幾批文藝工作團在日後的活動，除了縮小活動地區，延長活動時間，並加強了工作上的計劃性，這幾點進步而外，發動並組織當地文藝活動這一重要工作的忽視也逐漸被克服了。並且由於這種有組織的活動的繼續，作家到日後去這一運動卻一時成為作家間一種主要的傾向。

　　迄至現在為止，從這同一體系所曾組織了並正在日後工作着的工作團已經有九隊人。此中最為人熟知的作家有卞之琳、蕭參、吳伯蕭、雷加、野蕻、白曉光、劉祖春、嚴文井、周而復等二三十人。這些作家中間，一部份一直在延安工作，一部份是臨時從大後方跑來參加的；譬如卞之琳，這個新月派的最後支持者便是這樣。

　　牠的最近出發的一隊的領隊人是蕭參。他的詩作在中國雖然還很陌生，但在蘇聯朋友中卻是極知名的。他回國後曾經在魯迅藝術學院工作過一個時期，後來又參加着延安文協分會的工作。他預定把他所領導的團體固定地分佈在日後工作一年，[8] 然後回後方寫作。他的目的地是冀察晉邊區。

　　和文協主持的文藝工作團並立的還有魯藝文藝工作團，本來這個為紀念中國文化史上的巨人而建立的學校，便是以培植能夠直接服務抗戰的各項藝術人材為目的的，牠已有不少的人材分佈在日後的部隊中工作。但是獨立的組成一個工作團卻遲至一九三九年才有。他的領隊人是荒煤。

　　在荒煤一隊人出發前半年，和文協第二隊的卞之琳、吳伯蕭等同時出發的，魯藝已經有過兩組畢業同學被分派到日後去。目的地是晉東南、晉西北和冀中。他的成分不僅包含了文藝工作者，而且及於戲劇音樂和繪畫各部門的人材。人數一共有一百左右。但由於客觀的需要，文學系的主要工作是文化宣傳工作。

8　原文「固定」後誤植「的」字，已刪去。

　　從創作上和開展部隊裏的文藝工作講，他們所處的地位應該比文協的文藝工作團優越，因為他們更和部隊接近，他們活動的範圍也更固定，更狹小，但除了部隊裏的宣傳教育工作而外，他們的視野卻也僅僅於個人的創作準備。加之，雖然有着負責領隊的人，但在工作上的聯繫卻是極薄弱的。

　　此［外］，[9] 到晉西北和冀中去的兩組的領導人是何其芳，他的任務，在同部隊的負責者，共同按客觀的需要和人數的多寡，把所有的藝術學徒派定一種部隊上的固定工作，並分散開去以後便和他們再沒有帶有組織意味的聯絡了。他只能從旁給他們一些創作上的鼓勵和商討，並提醒着他們個人的中心使命。

　　但在到達冀中以後，他，以及同在師政治部工作的非垢、浪淘和魔潭，卻也曾致力過當地的文藝活動的。他們曾經同冀中文化界抗日協會內的文藝青年開過一次座談會，共同通過了一個工作大綱，和出版一種通俗文藝叢刊的決議。同時，並在師政治部的動員下擬訂了十冊專供戰士閱讀的大眾讀物。但直到我離開冀中為止，這個計劃還在準備當中。

　　日後部隊和羣眾的文藝活動的真正開始應該是一九三九年。這並不是說這以前日後在文藝工作上是一張白版，種種短期工作的個人和團體已經盡了他們最善的努力，在抗戰中起了巨大的作用，在創作上留下了若干優秀的作品。並且日後也絕非一片荒蕪，是一直便有着文藝的園地的。

　　說明這最後一個判斷的是普遍存在於各個部隊中的報章和雜誌的副刊。在堅持日後抗戰的軍隊中，至少，每一團部都有着一種以上的定期刊物，那怕是油印的也好，在宣傳和教育的意義上，他們總堅決保持着這精神糧食的生產的。而在時事評述政治論文之外，他們並不特別對文藝表示冷淡。

9　「此外」，原文誤植為「此如」。

　　拿新四軍來說，早在一九三八年，由政治部出版，在小說家兼雜文作家耳耶編輯下的月刊《抗日》，[10] 便對創作提供過相當數量的篇幅的。牠的經常的撰稿人有耳耶、征農、仲彭、柏山、涵之等人。以後更作為《抗日》的副刊單獨刊行。而最使我驚異的，是我偶爾在一張油印報紙的副刊上發見了一篇題名〈莫洛托夫的專論〉。[11] 這報紙是一支游擊隊出版的，叫《拂曉》。[12]

　　在華北，在八路軍當中，單是戰鬥和抗日這同一名稱的刊物或報紙就各在三種以上，而每一種也都有着詩歌和速寫的地盤。其實，若是當成一種生長的過程看，便是那些關於戰鬥、生活和學習的報告，牠們也是有權利被稱為文藝作品的。因為除卻形式的欠完整，文字的欠圓熟，牠們大都寫得具體生動，富有文藝的特點。

　　其所以如此的重要原因之一，我以為是在於那些部隊中一直存在着一種愛好文藝這種可貴的風尚。一個政治委員告訴我，他的閱讀法德耶夫（Alexander Fadeyev）的《毀滅》（*The Rout*, 1927）是朱德先生推薦的。[13] 新四軍政治部主任袁國平先生曾經在《抗日》上發表過一篇題名〈抗戰中的藝術觀〉的論文，列論着關於創作的種種問題。而蕭克將軍則早就計劃寫一部叫做《羅山軍的激流》的說部，並且曾在戎馬倥傯中，也已經寫下十萬字左右了。

　　除開部隊上的刊物報紙而外，在日後羣眾和政權機關所出版的印刷物上看重文藝的傾向也很顯著。《新華日報》的華北版不必說了，其他發行較廣的報紙，比如，在晉察冀邊區出版的《抗日報》，牠的文藝副刊，無論在編輯上和作品的品質上都是值得重視的，而且經常刊

10　耳耶，即作家聶紺弩（1903-1986）。

11　莫洛托夫（Vyacheslav Molotov, 1890-1986），蘇聯政治家，曾任蘇聯人民委員會主席、蘇聯外交部長。

12　《拂曉》，抗戰時期中共淮北區黨委的機關報，1938 年 9 月創刊。

13　法德耶夫（Alexander Fadeyev, 1901-1956），今譯法捷耶夫，蘇聯作家。《毀滅》，法捷耶夫的長篇小說代表作，以俄國內戰為題材。

載着以抗戰為主題的章回體裁的說部。

在一種平山縣政府出版的油印期刊上我曾經看見過若干清新樸質，充滿着戰鬥空氣和農村趣味的新詩，以及很多類於小故事的，關於生產突擊運動的特寫。這些小故事是在模範例子這樣的大標題下寫出的，因此所有的材料都很真實，實有其人，實有其事，而寫作的人又是參加實際工作的青年知識分子，那麼牠的能有文藝意味，也是當然的事了。

此外，在冀中，在這個平原游擊區還在牠初期建立起來的時候便有過純文藝的月刊的。名字叫《戰旗》，由冀中文化界抗戰建國協會編輯。可惜因為離開大眾太遠，仍然像在都市裏發行刊物那樣的來輯稿撰稿，以致銷路很狹，三期後便停刊了。但代牠而起的通俗化的各種油印刊物反而收到了較多的讀者。牠的作者以北平的文藝青年為主。

在敘述上面的一些事實的時候，我只企圖說明一點，在日人後方的廣大的抗日根據地區，是早已存在着文藝的活動的。牠底沒有成為一種廣泛深入的運動，那只因為許多能夠寫作，可以寫作的人，他們都沉沒於日常的政治工作和軍隊工作中間，分不出時間來，因而只能偶爾地在習慣和興趣之下寫作。

文藝工作在日後之成為一種羣眾運動的原因，除了上面所說的一般的先行條件而外，我以為有下列兩點：由於各個地區的已趨鞏固，牠們的領導者有更多餘裕來注意文藝了，這是其一；其次，由於不斷地自我批判，和工作檢討，魯藝的文藝工作者，文協的文藝工作團，以及丁玲所曾領導過的戰地服務團，都逐漸認識了日後工作的重要方向。

我以為在他們轉變了工作方向，拋棄了從前單純地擷採題材的方式，而進一步把自己變成一個日後文藝工作的組織者和領導者以後，他們的工作值得寄與重大的希望的是部隊中的羣眾文藝工作。因為比起一般的羣眾來，部隊的組織性較強而他們推行工作的部隊，又具備

着較高的文化水準，以及擁有廣大青年智識分子等等優越的條件。

加之，如我上面所說，這些部隊是一向具有着文藝的風尚的。而且不僅在高級幹部中如此，下級幹部乃至少數士兵也具有喜好文藝的傾向。在晉察冀邊區的時候，我親自看見一個戰鬥員立在牆腳抄寫一張壁報上的小詩。王震將軍，那個路工出身的民族戰士，曾經向我誇耀過他的幾個小鬼出身的幹部的日記，說他們關於戰鬥心理的表現是作家們想不到的。

便是從魯藝文藝工作團八個月來的成就，我們也可以看出這項工作的前途。這個團體包含着六個具有寫作才能的青年作家：梅行、黃鋼、楊明、葛陵等。他的領導人是荒煤，一個前進作家，戰前曾經以描寫長江中部的碼頭工人和水手生活博得一致的稱譽，他在魯藝擔任文學系的教授，當一九三九年第三屆畢業的時候，他帶了他的團體到晉東南去。

此外，由他和他的同伴帶去的，還有魯藝列屆同學，以及文協文藝工作團一年多來的工作經驗。所以在到達了目的地之後，他們便在十八集團軍政治部宣傳部的領導之下，進行此初步的組織工作。這種組織是以文藝習作委員會作中心的，直接附屬於旅政治宣傳科以上的各宣傳部門。團級則有習作小組，而每一連由教育幹事兼任文藝通信員。

以一個師為單位，他把他同伴分作三組開始向師以下各個單位活動起來。他們立刻對他們工作的方向有了更大的自信，因為在工作的進展中，他們發覺具有寫作能力的幹部的可驚的數量。比如，△團的習作小組成立不上十天，[14] 單是一個營的投稿者便在二三十人以上，以致感到稿件的擁擠。

這些稿子，差一點的改削後發還去，好的，就以各單位的機關作地盤發表出來。從純藝術的眼光來看，牠們也許並不怎樣好，但牠們

14　原文以△符號隱去團名。

卻都來自豐富的生活經驗和那種單純強烈的創作慾望，因此，在一種耐心的學習，耐心的指導下面，經過一個相當的時間，牠們的作者是會把自己的成品琢磨得更光亮一點的。至少，我們可以從中發現出少數真大眾作家。

根據了上面的理解和預期，因此在個別的改削作品，批評作品，並給以口頭的指示而外，工作團的同仁還在師政治部的幫助下發行了一種純文藝刊物《火花》，側重刊載下列一般的文章：學習組工作的指示，文藝修養，技術和初步理論之介紹與探討。並一面進行籌備一個小規模的流通圖書館，一面向大後方徵集文藝書報，充實部隊的精神糧食。

但對於文藝讀物的供應，他們也並不完全依賴大後方的。也不應該如此，這會使文藝同 [現] 實生活脫節。[15] 所以他們只在提高文藝水準的意義上仰仗後方的書報，實際，關於部隊文藝讀物的供給，仍是以就地生產為主的，即是，主要的，為了通過文藝形式，來加強士兵的戰鬥力量，他們還得自己創造作品。因為根據他們的經驗，只有內容和意識同戰士們的生活血肉有關的作品，才容易為他們所接受，愛好，理解，而發揮文藝的武器作用。

然而，這對於付以未來的文藝幹部的預期的文藝學習者，是容易辦的。對於文化水準較高的下級幹部和一部份戰鬥員，困難也比較容易克服。我們只要肯掃除玩弄文學的魔術的積習，在形式上力求其明快單純，問題就解決大半了。而在事實上，從他們陸續出版的小冊子《戰鬥的故事》、《鋼鐵的故事》和《半月間》的得着廣大的歡迎，也可以看出困難並不在這方面。

困難是在於：怎樣能夠使一般粗識文字的士兵同樣也有享受文藝的權利。

不錯，在日後的部隊中，因為保有着一種可貴的傳統和風習，他

15　原文遺漏「現」字，現據文意增補。

們對戰士的文化教育一向是支付過，現在也正在支付着重大的精力的，他們都一般的具備有文化政治知識，熱心地上着識字班的課程。然而中國的方塊字是太艱難了，拉丁化字運動雖然早已在部隊中推進，但還未 [達] 到普遍深入的程度，[16] 因此，困難的限度也就更加增大起來。

　　加之，部隊不斷地處在戰鬥當中，在客觀上學習不免多少受到了阻礙 [；] 另一方面，由於戰爭的殘酷與戰士們的英勇，老的陸續犧牲掉了，新的陸續補充進來：這樣，縱令部隊是一個學校吧，他們也很難在目前的條件下 [達] 到一種可以閱讀任何淺近的文藝作品的智識水準的。[17] 這，我想誰也難於否認。

　　這是一個困難問題，也是一個在中國這種特殊的歷史、社會和文化條件下產生了的問題。文藝工作團的同仁在最初解決這個問題的時候是碰過很多壁的，因為單靠民間形式的利用是不夠的，還得採取別的方式才能在文藝的直接作用之外，同時培養起來士兵羣眾對於文藝的新的理解和新的嗜好。目前固然重要，同時也該顧慮着將來的發展。

　　在經過若干摸索以後，他們決定把自己的工作和各旅的宣傳教育工作緊密地聯接起來。他們的認識是：抗戰文藝的目的，主要的還在提高大眾的文化水準，增強其戰鬥力，離開了教育意義文藝就失掉了作用；因而用文藝作手段來實踐部隊文化教育工作乃是一種當然的事，毫無疑義的。為了方便，他們還建議文藝工作者一律兼任軍職。

　　最初幫同他們推行他們的新計劃的是△旅的文化教育幹事。而在試驗的結果上證明了用文藝作品做教材，戰士們不但發生更高的興趣，而且能夠迅速地進步。他們現在正在繼續推行這種工作，並且大量出版更為合適的教本，把這一工作發展開去。此外，在組織方面他們還準備在每一連隊中增添三名至五名的朗讀員，由原有的各文化學

16　「達到」，原文誤植為「送到」。

17　同上註。

習小組的組長兼任，負責進行文藝作品的朗讀工作。

　　魯藝文藝工作團在其自身的成績上，這一次的收穫也是值得注意的。在八個月當中，他們已經寫了二十萬字以上的作品。這許多作品雖然未能整個反映出日後的生活和鬥爭，但在意義上說，至少可以使讀者了解部隊和人民是在怎樣鬥爭着的。雖然他們的主要成績是在開展了日後的部隊工作。

　　此外對日後的文藝活動發生了直接的推動作用的是西北戰地服務團。這個團體成立的較早，牠曾經隨同八路軍北上工作於山西前線，直到日人進入同蒲路南段為止。牠的領導人是丁玲和吳奚如。後者是一直以參加八路軍的軍事政治工作為主，一面以一個前進的小說家的身分置身於創作界的。

　　西北戰地服務團的參加日後工作是在一九三八年。牠的實際負責人是周惟實、田間、史輪、邵子南等。工作的地段是晉察冀邊區。但這個團體的主要幹部份子雖然是青年文藝作家，牠的工作範圍卻是很廣闊的，從新舊形式的戲劇到大鼓書和雜耍，都是他們用以動員民眾鼓舞戰士的武器。

　　並且，因為田間和史輪通是以詩歌知名的，尤其是田間，曾經寫過不少的詩，一面又同為街頭詩運動的積極支持者，而原是寫散文的邵子南，抗戰後也逐漸轉移其目標於新詩，所以在文藝部門中，服務團的活動方向也就自然而然側重於詩歌的領域。但我以〔為〕他們的特點是在這裏：[18] 從成立到現在，這個團體的工作對象，自始至終是以工農羣眾和士兵為對象的。

　　由他們所提倡或由他們所支持，並企圖在日後的文藝領域中造成一種運動的，是詩歌朗誦，街頭詩和傳單詩，其間以街頭詩運動的影響為最大。在晉察冀邊區，在大部份的中心地帶，在一切牆報壁報上，我們都可以發現這種詩歌的蹤跡。根據一位武裝同志的談話，在

18　原文遺漏「為」字，現據文意增補。

部隊中是也有着街頭詩的製作者的。

這種短小明快的詩歌，在詩藝術的價值上也許值得詩評家的審慎判斷，但毫無疑義，在其能迅速地反應每一個政治軍事的號召上，在其容易為羣眾所接受，因而使羣眾和文學藝術之間的距離大大地縮短了這一點上，街頭詩運動是具有大的意義的。他們出版的期刊有《文藝輕騎》等。傳單詩的提倡較遲，和詩一道，還附有簡樸明瞭的漫畫。

但在晉察冀邊區主要負責推動該區文藝活動的是晉察冀邊區文協。牠成立於一九三九年春天。當我從邊區中心縣城阜平的附近經過的時候，協會正結束了牠的第一次座談會。討論的題目是文藝創作問題。參加談話的還有軍區司令聶[榮]臻，[19] 我曾[在]《抗日報》上讀了他的精審正確的談話紀錄。[20] 協會的機關誌叫《文化月刊》，經常刊載着文藝理論的譯著。

在日後，全國文藝界抗日協會晉東南分會的成立，和晉南文藝總站的成立，對於日後文藝活動的開展也是極有關的。直接促成分會的成立的是全會的作家戰地訪問團。訪問團的作家有王禮錫、宋之的、楊騷、葛一明、羅烽、白朗等十三人。他的領導人是王禮錫，在到達了中條山之後積勞逝世。這是中國詩壇的一個大的損失，也是中國作家上前線第一個光榮的犧牲者。

其餘的人繼續工作於太行山南一帶地區。他們在山西第七區的平樂成立了文藝通信總站和幾個分站，使得晉南的文藝青年有了初步的組織，有了和全會的初步的聯絡，而奠定了一個戰地文藝工作的重要據點。隨後他們又把全隊人分為兩組，一組經由襄樊戰區回大後方，從事於材料的整理。他們現在正刊行着作家訪問團的叢書。

另一組則橫貫武長路，[21] 繼續深入日後，到了晉東南的中心地段。

19　「聶榮臻」，原文誤植為「聶奈臻」。
20　「在」，原文誤植為「把」。
21　指粵漢鐵路（廣州至武漢）長沙至武漢的路段。

牠一共有三個團員：以羣、楊朔和袁勃。後兩個目前尚留日後工作。
他們收集了豐富的創作材料，但最重要的，是他們完成了全會所付託
給他們的使命，會同一向留住晉東南的作家，建立了文協的分會和使
日後的文藝工作者進一步和總會取得了組織上的聯繫。

　　這件事的意義是重大的，因為華北文藝運動是全國文藝運動的一
支流，在使文藝推向新的道路，使文藝更深入的服務於神聖的抗戰，
以及從大眾中培養出新的作家和新的幹部，這幾方面，所有工作的推
進都是有賴於總會的幫助的。同時，牠更證明了：在堅持抗戰，堅固
團結的旗幟下，除開奸細，總會可以毫無遺漏納全國作家於牠的系統
之下。

　　再就分會本身說，意義也很大的。因為，戰時首都的重慶而外，
雖然華北日後的文藝作家遠較別的區域為多，工作的條件也相當優
越，在文藝大眾化運動的進展上更是比較的結實，深入，但是牠還缺
少一個統一的中心組織。現在，這一點缺陷，首先是在晉東南填補起
來了。分會包含着四十名上下的作家：李伯釗、荒煤、劉白羽、劉祖
春，以及舊狂飆社的沐鴻等。

　　因為晉東南的文藝運動已經打好了基礎，而其運動的方針又是和
總會一致的，加之，所有的作者又幾乎全部服務於羣眾團體和部隊當
中，所以分會成立不久，牠便很快建立了三個文藝工作的據點，一個
在遼縣，一個太南，一個武鄉。此外，為了加速初學寫作者的進步，
並決定出版文藝知識小叢書。而在一個月後，《高爾基對工人作家的
談話》便已開始發行。[22]

　　就我所知道的說，日後的文藝活動的大略情形已經盡於此了。這
無疑是有着很多的遺漏的。尤其是，因為材料欠缺，自己又未親臨其
境，對於大江南北的日後文藝活動，我講的太少。而現在能補充的，
也只有這點：除了《抗日》，以及隨着《抗日報》附送的《文藝》，還有

22　高爾基（Maxim Gorky, 1868-1936），俄國社會主義現實主義作家、政治活動家。

一種專刊詩歌的雜誌，叫做《青年突擊隊》。在作家方面，我還遺漏了東平、曹白和辛勞幾位。

　　在漢口失陷前，東平曾經發表過若干情思壯闊的報告和小說，但在參加了抗日活動以後，便很少有作品發表。他現在是新四軍的連指導員。曹白則一直發表着他的散文通信，給我們 [抒] 寫着日後戰鬥生活的一面。[23] 他也同樣是參加部隊工作的，他 [們] 的寫作，[24] 在我的推測，不過因為積習難抑，或者一種單純的材料和感情的紀錄。他們的成果同在將來。

　　和上面的兩位一樣，目前並不以自己的本業為滿，或者暫時放棄了牠，而沉沒於熾烈的戰爭當中，在日後，還有從事羣眾工作，等候工作的柳林和李欣。前者在雁北一帶，後者是晉西北。同李欣同時在文壇上露面並同以一個小說家的身分為人所知的屈曲夫，則一直以忻州為中心，打擊着同蒲路北段的日人。他是一個游擊隊的營指導員。

　　像上面舉出的幾位作家所走的道路，因為工作是多方面工作的，方法也是多方面的，我們不能夠，而且也不應該要求一切的作家都像他們那樣，但在創作的意義上，我個人卻要毫不遲疑的在他們身上多寄託以大的希望。憑着他們已有的才能，憑着他們對於戰爭的熱忱，我覺得我的希望是有理由的；牠將不是幻想而是未來的現實。

選自《大公報‧文藝》第 1001-1002、1004-1007 期，1941 年 1 月 1 日 -11 日

23　「抒寫」，原文作「舒寫」。

24　「他們」，原文誤植為「他日」。

中國婦女的命運

〔美〕Agnes Smedley[1]

中國婦女的問題，就某程度來說，與中國男子的問題相同，不過婦女所有的要更多些而已。中國不是孤立的，她所有的觀點與問題實在和世界各國的差不多，只有程度上的分別。

每個明白中國婦女命運的女子都知道她的第一任務和第一問題就在於求取中國的獨立。因為假使中國一被征服，則婦女的解放將倒退不止數十年，不過，那自然是不會有的。此外，一國的經濟生活是一種文明的礎石，所以全國人民經濟生活的改善，應該是每一個中國婦女所最關心的事。而經濟生活的改善又全視中國是否能夠持久抗戰，得到最後的勝利而定。國家與民族的文化原是建立在民族獨立與經濟改善這兩個基本原則上面的。文化是閑暇的邊界，人類研究牠並且發展牠。中國有些女人，香港也有許多女人能夠研究牠和發展牠，不過，這不過是某些個人和某一階層的事業，而不是全國普遍的。少數能夠享有這種權利的女人們應該明白她們之所以能夠鮮衣美食，享有教育，都是靠了一般婦女的血汗勞動纔能得到的。明白這點，她們就知道自己的責任該有如何的重大了。她們就該應用自己的知識和能力來為民族的解放和全民的福利而工作，以求償還對一般平民這種浩大的債務。

在戰爭過去的幾年中間，我走遍了中國的西北前線，長江下流以及華中華南前線，我總是和人民，和軍隊與游擊隊混在一起。我之所以提到這一點，是願意香港婦女們相信我的話，因為我有經驗，深知實情，我的話不是向壁虛構的。我以為，除了軍事鬥爭以外，中國目

1　史沫特萊（Agnes Smedley, 1892-1950），美國左翼記者，1929 至 1940 年生活在中國，在抗戰中遊走於中國不同戰線採訪，並寫下多部關於中國抗戰的著作。

前正面對着一個專制與民主勢力之間的鬥爭，一個倒退勢力和進步力量之間的爭衡。

凡知道德國與意大利婦女的遭際的人都明白法西斯對於女人絕無好處。當德國還是民主國家的時候，我在那裏住了幾年。希特勒（Adolf Hitler）上台之後第一年，[2] 我又去過了一些時 [日]。[3] 德國女人在全世界女人中間經常總是最落後的（把中國女人除外）。封建餘息纏住了她們的頭腦。幾十年間，常常只有少數的女人們在重重困難之下，謀求婦女們享受高等教育的權利。只在一九一八年德意志民主國建立了以後，德國的大學校才向女子們開門，女人纔能夠作教授和醫生。不過，就在當時還有些男性的醫學教授不要女生在他們的班上讀書呢。

在德意志共和國女子掙扎得非常艱苦，尤以家庭的婦女權利更少得可憐。丈夫，丈夫死去以後的兒子就是「Herr im [Haus]」一家之主。[4] 他是一切的主人。就是賠嫁來的傢具和衣服，都不能算是她的。有一次，我不得不去找巡警請他保護我的房東太太。這個女人自己賺錢養着丈夫和兩個孩子。她要求她的丈夫去找事作，他就拼命打她，把她快打死了。我求巡捕保護她，巡捕卻不答應，說他是她的丈夫；除非那丈夫把她打死了，巡捕纔能說話。他們可以當殺人罪來拘捕他的。

希特勒上台以後，婦女解放運動是完全被摧毀了。人們告訴女人說，她們的地位和工作只是 Kinder, Küche, Kirche 孩子，廚房，教堂。女子進大學和專門學校的，其人數只容許當男學生的百分之四。她並沒有全部的公民權利。不錯的，她們還是有選舉權。因為納粹覺得在現代世界上，他必須計算人頭來證明他們之掌握權力是人民的眾望所

2　希特勒（Adolf Hitler, 1889-1945），納粹德國元首，發起第二次世界大戰並在歐洲實施納粹大屠殺。

3　原文遺漏「日」字，現據文意增補。

4　「Haus」，原文誤植為「Hause」。

歸。德國女人差不多都是跟着丈夫投票的。工廠婦女和男工人們一樣比較的更能夠獨立一點。可是數票的人和宣布投票結果的人，還不都是納粹嗎？他們完全是按自己的意思來作的。誰要是投了納粹的反對票，恐怖就罩上了誰的頭顱。

納粹得勢之後，所有共和國時代的節育機關都被封閉了。這些機關曾替婦女和孩子們建立了許多衛生站以資技術上及指導上的幫助。牠們使婦女們的生育不致於超出她的健康和經濟情形所許可的範圍以外。但是，納粹卻要兵士來征服世界呢。於是女人就不得不變成生兒器了。

納粹德國對待女子的方法乃是法西斯輩對一切女性所持的觀念，這是一種類型。任何國家的法西斯輩，連我本國美國的在內，對於女人都有同樣的態度。這種觀念對於我們一點好處都沒有。只有奴役，只有獸類的生活。僅僅為了這一點，先不說無數的其他的原因，法西斯主義或極權的獨裁政治就是婦女發展的公敵。

在中國，漸有一種強大的力量，牠不僅反對社會上和政治上的民主主義，並且無往而不反對婦女的發展。在戰爭中間，我就親眼見到了這種趨勢，現在牠又加表面化了。在福建，已經頒布了取締婦女公務員的明令，湖南有些地方各機關禁收女職員。有些人正在主張女子應該回到家庭和廚房裏去。

有些地方，中國許多男子比其他國家的男人對女人所抱的偏見還要少些，不過這只是個別的現象。舊的家庭制度還是女子最大的鎖鏈，牠把女人都放在男人的統治之下。在廣東江西有些地方，女人代替男子負重勞役，男人卻坐在家裏抽煙或是坐在茶館裏面聊天，一不高興，回家還要打罵老婆。童養媳的制度還是流行，媳婦還是婆婆的使用人，老婆是丈夫家庭裏的財產，女人通常總是受罪的。婦女平民常常生一大堆孩子，其中大多數都是因貧因病而早死了，她們的病大都是母親的無知所造成的。平民婦女極少人認得字，關於她們自身以及孩子的衛生知識全無所知，很少受過任何訓練的人。我在長江一帶常常在婦女集會中演講；來聽講的女人們常常吊着一個孩子在奶頭

上，還有幾個跟在腳後跟上，扯在衣服上，個個都要哭的樣子。女人全不能集中心力來想一件事，因為她們從來就未曾受過這種訓練。如果家裏有錢，只有男孩子纔能夠去讀書，家裏人只把盼望放在男孩身上，女孩子既無人指望她，她也看不起自己。

在內地，我曾見到了許多中上家庭的婦女們受了很好的教育，許多太太們是受了很好教育的。鄰近淪陷區的地帶，生活原極其艱苦，有成千成萬的難民和孤兒，工作堆成了山，只等受了教育的女人們去做。可是，怎麼樣呢？受了教育的女子們一結了婚就甚麼都不幹了，一切公民的責任全被拋棄得乾乾淨淨。除了長江下游的一些游擊軍隊以外，大部份這種受了教育的女人都不肯伸出一隻手來幫助難民和孤兒，也不肯教育兵士讀書識字。她們把自己做成了裝飾品。有些女人告訴我，她們自己也不讀書，也不寫字，「因為我們已經結了婚了。」她們手下有的是聽差，勤務，她們成天的張家長李家短說廢話，赴茶會，打麻將，講究穿漂亮衣服。

倒是未結婚的女人通常很愛國，活動，總是努力工作，尋找工作。她們是在盡着歷史的任務，增加自己的知識和經驗以作新中國的領袖。其中有的認為結婚妨礙工作，便立願等到抗戰勝利以後再行結婚。

不過，我也遇見了一些受了近代訓練的女看護。她們要找人結婚，不幹工作。她們說：「我們也許會勝利的，但是我們自己的一輩子就毀了，沒有前途了。我們已經老大了。」

其實她們還不過二十來歲，已經就接受了那古老的封建觀念，認為二十五歲就是「老」了，假如那時還不結婚，她就「毀」了。她們簡直以為女人一結了婚就絕無繼續社會工作的可能。換句話說，她們接受了舊觀念，認為家庭，照管丈夫就是女人生存的唯一目標。她們並不感覺自己是公民，有着公民的權利和義務。她們不知道如果中國失敗了，男人女人都不會有好的前途。男女全得做奴隸。

香港受了教育的女性滿地都是，但是就我看來，卻很少能夠運用她們自己的教育。對於祖國，她們似乎還只有一種模糊淺薄的情感，

而對於人民的命運則關心的更不算多。除了一部份人之外，許多有錢，有首飾，有汽車的婦女們對於國事並不伸手，打一次麻將所輸的錢比捐給戰士的多了許多。她們似乎在等候着前方將士為國家送命，而她們永遠會這樣生活下去的。

戰爭的結束還沒到來。在牠結束以後，世界決不是我們今天這個樣子。大都市，偉大的文明和文化機關都已經被摧殘了。在戰爭結束之前，金錢和珠寶也許將要變成廢物。而價值永不磨滅的只有知識和經驗以及運用知識經驗的力量和眼光。逃避和乞憐都只有造成更大的羞辱。

歷史不顧人情，極其殘酷。如若我們不領導牠，征服牠，牠就要毀滅我們。若不爭取民主就要沉入奴羣，把人類變成下人類。中國有許多女人正在為了要做人類而努力，忍受苦難從事看護，醫生和教育者的工作，她們是地上的鹽，是新中國的建立者。

選自《大公報‧文藝》第 1046 期，1941 年 3 月 8 日

追念許地山先生

楊剛

先生！你去了，你永遠不再回來了。

先生！你去了。你去了以後，老年人失掉了快活的談話伴侶，中年人失掉了熱忱的，令人興奮的同工，少年人失掉了關心的，親熱的先生，孩子們呢，他們失掉了他們好頑的，淘氣的老伯伯了。先生！

誰能相信這件事呢？誰能相信像青年人一樣快活，一樣新鮮生動的許地山，現在已經被埋葬在泥土下面了呢？先生！

先生，無論我怎樣去想像，單看你本人，我總不能夠感覺到你是一位那樣精勤，那樣一絲不苟的學者，但是，當我看見你埋在書堆中間，埋在書目卡片和[札]記本中間，[1]當我看見你把自己鎖在書架中間低頭抄錄和寫作的時候，我就不能不承認你是一位真實的學者了。真的，不讀你的〈綴網勞蛛〉，[2]不會知道你是一位能文藝的作家；不讀你的〈危巢墜簡〉，[3]不會知道你是那樣憂深思遠，抑鬱憤恨的有心人；不合你在一起作事，不會知道你刻刻追求工作，刻刻不停的要做一個真正於人有益的實行者，不會知道你有那麼廣大的，不流於空泛的熱情。因為你是個平凡人。你的言語，態度，你的笑，你動手動腳的樣子，沒有一點表示你和平常人有甚麼不同的地方。然而你想想，你這個平常人，你死了，你帶去了多少人心上的光亮。

呵，一個真實的平常人也是不能夠生活下去的嗎？

先生，你給我第一次印象，是在燕京大學的時候。你在課堂裏講

1　「札記」，原文誤植為「扎記」。

2　《綴網勞蛛》，許地山所作第一部短篇小說集，1925 年由北京商務印書館出版。同名小說〈綴網勞蛛〉最初以「落花生」的筆名發表於 1922 年《小說月報》第 13 卷第 2 期。

3　《危巢墜簡》，許地山所作短篇小說集，書中收錄同名作品〈危巢墜簡〉。小說集初版名為《解放者》（北京：星雲堂書店，1933 年），1947 年上海商務印書館以《危巢墜簡》為題再版，新收入許地山部份遺作。

玻璃是會透風的，我不信。我和你辯駁，我申明我要把所有的窗戶縫隙都用厚紙封起來試一試。先生，你那時怎樣？你看了我一下，你說：「好哇，好哇。」你又溫和又自然的樣子使我不能不慚愧了。我知道我是怎樣一個小小的人。

　　到了香港以後，我和你接觸得更多了。無論甚麼時候，上午，下午，我走進你的書房裏去，總看見你專心地在工作。但是，無論你工作得怎樣專心，看見人來了，你總是很高興地放下你的事來和人談話。講你的所見所聞，講你讀的書，你研究中間的發現。你的談話多少總令人對事，對物，對人多得到一些東西，使人愉快而滿足。

　　先生，你知道嗎？你以平常人自處的平常作風確實叫我驚奇過的。以你的地位，最初我不太敢請你替《文藝》寫文章。[4] 在大學裏面主持學院的院長，成名作家，學者，怎樣能輕易給一個小小副刊寫一二千字的小文呢？可是你不同。每次求到你，你總是千肯萬肯，就是你推辭，我也知道你是故意，你要鬧點小頑笑。你之所以願意，第一因為你有許多話要說，你有一般貧士和苦難者的不平。第二，你不能拒絕人的任何請求，所以，你雖然在非常忙碌時，人家要甚麼，你還是給甚麼。

　　先生呵，你既然這樣的願意施予，為甚麼你要把你的生命切得這樣短呢？

　　你隨意答應寫文章，你卻不隨意對付你的文章。一千字的小文你也要寫了再改，改了再抄才寄出去，並且抄的時候，你要自己動手。你說抄的時候，你還可以再改一下。你對人是那樣的寬，對自己卻這樣的嚴。先生，我是在故意說你的好話嗎？為死者說上成山成海的好話究竟有甚麼用處呢？

　　抗戰為中國開闢了新的光明，同時也曝露了中國隱藏的弱點。你生活在弱點的中間，但是你的心卻無時不追求新鮮和光明。你在文字

4　指《大公報・文藝》副刊，楊剛 1939 年 9 月起接替蕭乾任主編。

上的主張受人歧視，你對於社會習慣的不耐煩受人歧視，你對於弱點
橫行的憤慨受人歧視，你要求改革的熱情和努力更加為人所不滿。
你遭受了誹謗，訕笑，污辱，在有些地方你甚至於被人當作了異物看
待。你是孤獨的。你只是一個有良心的平常的人，你不會掩飾你自
己，你更不會委屈你的良心以求容。

　　先生，我聽見過你一聲嘆息沒有呢？看見你流露過一絲苦悶沒有
呢？沒有的。但是，你是苦痛的呵。從你追求工作如醉如狂的狀態
中，誰能看不出你的苦痛？先生，你甚至於說過，你要去鄉下去辦農
村教育，真正啟導農民。你說，「事情真要從下層做起，要他們自己
起來。」先生，你的事情還只在開始，你就走了。你帶走的是苦痛還
是安慰？

　　人人都讚美你健康，誰知你身子裏暗藏着致命的宿疾——心臟
病？就是你自己，好像也忘記了你是有着這種危險症候的，你不要休
息，不要安靜，不要鬆懈。在屋子裏你就埋頭讀和寫，你的文章寫成
了，你又虛心和人討論其中的要點。遇了值得注意的意見，你不惜毀
去你的原文，重新組織。在外面你就接洽事務，見人，走地方，談話，
想主意。你從來不曾推辭過一件事，就是最微小的你也從不推辭。這
是我從香港文藝協會中你的表現上看出來的。[5] 你強烈的，大量的消
耗你自己。人人都讚美你健康，富於生命力。你呢，你自己究竟是怎
樣想的呢？你想，危疾已入膏肓，你要從死亡多搶救一點工作嗎？從
許夫人，馬先生和其他接近你的朋友們聽來，你真的是像搶火一樣的
捨死忘生在工作。擔任教育師資，你把在家出外、宴會工作的時間，
每一分鐘都貪心的抓住，使牠結出有益的果實。你上新界去獨居在
尼菴裏，是為了清靜，為了全力工作，你下山來是為了要計劃事業，
我還記得有一天，你滿面笑容的跑到我這裏來，和我談着你工作的計

5　1939 年 3 月 26 日中華全國文藝界抗敵協會香港分會（起初名為「留港會員通
　　訊處」）成立，許地山為初任理事之一。其後楊剛也曾擔任協會理事。

劃，你寫文章的計劃，我們都非常之高興。走出去的時候，下了樓梯，你又站着，調轉頭來看着我，說：「真的呀，現在非加緊幹不可，不然不得了哇。從前我還有些不放心，現在我不怕了。」

先生，你終於竭盡了你搶救的最大可能，就這樣的撒手了。你的生命還在中途，中國的抗戰還在中途，全世界反對強梁，反對侵略，爭取平常人的生活權利的戰爭還在中途。死亡的洪水正在氾濫着。回顧你搶救下的那一點點遺物，回想你焦頭爛額地搶救牠們的悲壯情況，先生，我能有甚麼話講呢？

> 先生呵，我不該為你傷悼，
> 因為你深知了死亡，死亡，
> 那是新生以前的洪流，
> 你忙着去搶救，搶救，
> 不顧是木板，布片和蓆篷，
> 把牠們纍積，纍積起來，
> 到死亡抵住了以後；
> 先生呵，你放心吧，
> 放心，去永恒的休息，
> 從死亡之卑怯的頭頂上
> 你看我們，我們在纍積你的搶救
> 建築一隻永恒的方舟。

> 先生，你究竟是死去了沒有呢？

選自《大公報・文藝》第 1154 期，1941 年 8 月 6 日

許地山先生日記
——他關心着日人的陰謀活動

今天是八一三抗戰四週年的紀念日子。當午夜的砲聲在這一天響起來的時候，我們就堅定的把握到了我們的命運。戰下去！戰下去一直到全民族的最後勝利，最後解放。

四年之中，雖然魔影幢幢，傷亡遍地，然而抗戰的血色旗幟，依然在青空中飛揚着，象徵明日的光輝。

我們在自慰之餘，檢點傷殘，估計敵情，覺得我們對於抗戰的關切和努力，仍然是不夠充分。在這個新的日子，應該有新的推進。許地山先生在抗戰中對於國內狀況與日人活動的關心和注意流露於他一天不漏的日記中間。在這裏，我們抽出幾段關於敵情的來發表，用誌先生，並資警惕。許夫人容許將先生的日記發表，不盡感謝。

——編者

一月七日　星期二

上午授課 [，] 下午檢閱《混元聖紀》。接金龍蓀自昆明來信。[1] 下午五時習日文，這幾天外間謠傳日本南進政策積極進行預備，據說大有一二月間佔據香港之勢。這要看南支派遣軍及台灣司令長官底態度怎樣，因為敵政府實在無力統制在外軍人底行動。現日領事館武官室已結束，鈴木（Suzuki Yoshiyuki）已去。[2] 據說是英政府所要求底。因為武官室實在是情報部，英人對此不能不注意底。現在還有一個為日本奔走底台灣新竹人□□□在港做點情報工作。□是客家，有日本姓

1　金龍蓀，即哲學家、邏輯學家金岳霖（1895-1984）。

2　鈴木美通（Suzuki Yoshiyuki, 1882-1956），日本陸軍中將，曾出任日本駐華使館附陸軍武官。

名。台灣漢人近來有所謂「台人皇化運動」，[3] 要求改用倭姓倭名，且以得倭姓名為榮，甚麼「田中」、「松本」等等，大有風行一時之勢。從前台灣漢人是不許用倭姓名底，現在這樣辦法，實是一種毒辣手段，可惜無知的台灣人不明白。

一月十五日　星期三

據最近兩天底消息，有個日軍部人員山縣初男（Yamagata Hatsuo）在澳門很活動，[4] 他穿了中國衣服，完全不與日人往來，因為避□□□人底耳目，整天住在中央酒店裏聽報告，有許多漢奸去與他接洽。

二月六日　星期四

今日報載惠州失守，又得消息說有個「楊將軍」很熟悉東江情形，願為□作嚮導，兼為之買辦鎢礦，由□所設之礦業公司收買，此楊將軍據說是陳炯明舊部，[5] 是真名與否，待查。又山崎這兩天在此地，有所活動。山崎係中山先生底朋友，設許多經濟研究所在中日都市裏，[6] 這裏底主任是森澤昌輝。鄂北越南戰況，日文報稱日本大捷，到底真情怎樣，不得而知。

3　皇民化運動，又稱日本化運動，是 1937 至 1945 年日治台灣期間日本政府推行的同化政策，促使殖民地民眾建立「日本人」的自我認同。

4　山縣初男（Yamagata Hatsuo, 1873-1971），日本陸軍軍官，1945 年以前長年在中國居住。

5　陳炯明（1878-1933），曾任中華民國廣東省省長、粵軍總司令。

6　山崎靖純（Yamazaki Seijun, 1894-1966），為發動中日戰爭的日本帝國總理大臣近衛文麿（Konoe Fumimaro, 1891-1945）私人智囊團「昭和研究會」委員，創辦「山崎經濟研究所」，1936 年起出版《日滿支評論》、《東亞經濟月報》等刊物，宣傳大東亞共榮主義。後文提及的森澤昌輝（生卒年不詳）曾於《東亞經濟月報》發表評論文章。

　　三月二十日　星期四

　　朋友說寶安日軍情形很詳細，最可記底是南頭日軍破民家神主來做木屐，不但是自穿，還拿來販賣。對於死傷兵士用火化，或是選一個大房子，把屍堆在裏頭，灌上火油一把燒，或是把屍用鐵線穿起，取人家底床板、窗戶等等，堆着燒。又說這次□□□□失守，是由游擊隊長□□□太忽略所致，□兵到時，他還在司令部裏打麻雀，以致□軍攻進，把人逮了許多。游擊隊與民眾毫無連絡，屢屢失敗。他又說當日陳烱明怎樣反叛中山先生，都是很可靠的史實。

選自《大公報‧文藝》第 1159 期，1941 年 8 月 13 日

論魯迅先生底國際主義

胡風

　　魯迅先生自己曾經說過，他並沒有甚麼要宣傳的偉大的思想，但信仰他的人們卻把這當做一句反話，而憎恨他的人們就把這當做嘲笑的口實。果然，當他死了以後，就有儼然的「理論家」站出來指手劃腳地說：呸，甚麼思想界底領導者呀，他創造出了一個完整的思想體系麼？

　　這是打中了要害的，他實在沒有創造出一個思想體系。

　　魯迅先生一生所走的思想路線，是由進化論發展到階級論。在早年，他相信社會一定會從黑暗進到光明，人類一定會打倒人壓迫人的制度而創造出一個光明的剛健的世界，在自然科學裏面找着了對一切黑暗勢力反抗的根據，但到了中年，他底思想裏的物質論的成分漸漸成長，明確，認定了甚麼人應該和黑暗一同死滅，甚麼人才能創製光明的將來。進化論也罷，階級論也罷，這都不是魯迅本人所創造的「思想體系」，但如果離開了數千年歷史所積蓄起來的人類智慧發展底最正確的路線，獨創地弄出一個甚麼「思想體系」，那即便不是康有為底《大同書》，至多也不過是泰戈爾（Rabindranath Tagore）底「森林哲學」，[1] 甘地（Mahatma Gandhi）底「不合作主義」，[2] 甚至還難免成為現在變成了日本法西斯軍人底走狗的武者小路實篤（Mushanokōji Saneatsu）

1　泰戈爾（Rabindranath Tagore, 1861-1941），印度詩人、小說家、哲學家。泰戈爾在 "Tapovan" 一文中指出，印度文明起源於森林而非城市中，而森林的特性（和平、開放、民主、多元共存），也標誌着印度文明的獨特性。在泰戈爾的哲學體系中，「森林」（forest）是知識、美和秩序的來源，是可供作為宗教崇仰的理想存在。

2　甘地（Mahatma Gandhi, 1869-1948），帶領印度獨立、脫離英國殖民管治的政治領袖，被視為印度國父，以其非暴力哲學聞名。1920 年 9 月 4 日，甘地發起不合作運動，呼籲印度人以和平方式向政府部門及公營機構抗議，採取罷工、抵制英貨、抗稅等非暴力手段進行鬥爭，反抗英國殖民統治。

底「新村運動」，[3] 以至現在正替日本「皇軍」烹炒着中國人民底血肉的江亢虎底「新社會主義」呢。[4]

　　魯迅先生生於半封建半殖民地的，東方文化一方面誘惑着懷念古代光榮的愛國志士，一方面阻礙着人民大眾底覺醒落後的中國社會，但卻抓住了由市[儈]社會底發生期到沒落期所達到的正確的思想結論，[5] 比甚麼人更早，也比甚麼人更堅決地用這進行使祖國解放，使祖國進步的思想鬥爭，用這使祖國底解放鬥爭和進步鬥爭和全人類底解放鬥爭在一個方向上匯合。這正是他底作為思想界底領導者底最偉大的地方。

　　試一翻他底遺著，在五・四前後曾經那麼熱鬧過一時的「新村運動」和「不合作主義」等，在這裏找不着一點痕跡，這是使今天的我們禁不住驚嘆的。他沒有想到過創造任何「思想體系」，更看不起任何東方式的「思想體系」。

　　當然，這只是他底作為思想家底一個要點，這裏面的活的過程和豐富的內容，只有在和作為戰士的他底道路以及作為詩人的他底道路底有機的聯繫裏面，才能構成這個「現代革命聖人」底俯視一代的巨像。

　　現在，論者不惜指出和民族主義同在的他底國際主義了，那根底

3　武者小路實篤（Mushanokōji Saneatsu, 1885-1976），日本小説家、詩人、劇作家、日本新村運動創始人、白樺派代表作家之一，曾著有《大東亞戰爭私觀》（大東亜戦争私観，1942）。1918 年，武者小路實篤在日本日向進行新村運動實驗，實行共同勞作、相互協作、平等分配的制度，稱之為「人的生活」。周作人在 1919 年 4 月的《新青年》6 卷 3 號上發表〈日本的新村〉一文，是中國關於日本新村的最初介紹：「新村運動，卻更進一步，主張泛勞動，提倡協力的共同生活，一方面盡了對於人類的義務，一方面也盡了個人對於個人自己的義務，讚美協力，又讚美個性，發展共同的精神，又發展自由的精神，實在是一種切實可行的理想，中正普通的人生的福音。」

4　江亢虎（1883-1954），中國早期社會主義學者，1939 年起擔任汪精衛政府委員，曾擔任考試院院長，主張建立「東亞新秩序」。1945 年江亢虎被蔣介石國民政府以漢奸罪起訴。

5　「市儈」，原文誤植為「市會」。「市儈主義」在 1930 年代末至 1940 年代報刊語境中已為常用詞彙。

當然是追溯到這個遠大的思想要點，把民族底將來和人類底將來聯在一起的，只有在人類底將來裏面才能有民族底將來的這個思想要點上面。問題不僅在國際主義，更在於怎樣的國際主義，怎樣達到的國際主義。

從這裏，我們才能夠深切地了解他初期在苦苦的曠野上開荒似地介紹被壓迫的弱小民族的作品，後期在政治的壓迫和經濟的困難下面竭力介紹蘇聯的作品。

從這裏，我們才能夠了解他底保衛蘇聯的真誠，和對於一切污蔑蘇聯者的憎恨。這裏響着的是他十年前（一九三二年）的聲音：

> ……我們反對進攻蘇聯。我們倒要打倒進攻蘇聯的惡鬼，無論牠說着怎樣甜膩的話頭，裝着怎樣公正的面孔。
>
> 這纔是我們自己的生路！
>
> ——〈我們不再受騙了〉[6]

今天，當希特勒（Adolf Hitler）匪徒正在傾全力向新人類底搖籃蘇聯進攻的時候，[7] 當盤踞抗戰陣線內的大奸細們和站在中華民族底敵人一邊的希特勒匪徒底使臣相約「在新疆再見」的時候，每一個「真正中國人」當會記起魯迅先生指示給我們的人類底生路和「我們自己的生路」。

選自《大公報 · 文藝》第 1207 期，1941 年 10 月 19 日

6　此詩發表於 1932 年 5 月《北斗》第 2 卷第 2 期。

7　希特勒（Adolf Hitler, 1889-1945），納粹德國領袖。

五

抗戰時期的「孤島」與香港

上海寫給香港──孤島通訊

楊剛

　　香港老哥：我們還未曾請教你過。我想你一定不會嫌我唐突吧。實在的，我們倆原有一點親。新近我家裏又有不少人走去打擾你，並承你大量寬洪的容納招待，不讓他們的手空也不令他們的筆閑着，這很合乎我的意思，他們都應該更忙一些，更令他們的腦裏沉重一些，我謝謝你。

　　我們還是有一點親，恐怕你還沒想到這一點，我卻老早知道了。我是半殖民地，你是殖民地，你在一個主人的腳下睡覺，我在幾個半主人的手下撑持。我苦得很，我也精神得利害。[1] 過去是不用說牠了。現在那個變成了明夥的日本半主人，整天夢想將我變成牠獨自一個的奴隸，我卻利用我的半殖民地地位和牠拼命鬥爭。

　　首先，你知道我比先 [前] 瘦削了許多了。[2] 東北角上我的界限

1　「利害」也作「厲害」，此處保留報刊原文用法。
2　原文遺漏「前」字，現據文意增補。

是外白渡橋，北面是蘇州河，東首是黃浦江，海格路（Avenue Haig）橫在我的西面，[3] 南邊是法租界的民國路。[4] 換句話說我只有了法租界和公共租界。各面的越界築路區都是日本流氓軍隊的大歡樂場，他們高興就驅進一輛軍用車把人架走，女的尤其吃香。西首憶定盤路（Edinburgh Road）一個著名女校被架走了兩個下學歸家的學生，[5] 各處我的邊界上都有他們的哨兵站崗，中國人天天在這些禽獸的手下腳下過來過去，不是吃耳光就是吃皮靴尖，總被做得半死。原故大都因為鞠躬時腰不夠彎，形式不夠日本式。至於人被光身子 [綑] 綁在電桿上，[6] 或是被一槍子，一刺刀了結的事，報紙上很少有一天空過。你不要為我氣，老哥，這於我好。

在我這小小地區裏現在還有三十個大學，二千多中學，小學無數，報紙十幾家，牠們都跟我一條心。特別是報紙雜誌的情形好。從前若是有些雞爭鵝鬥，從前若是有那批專門找自家人搗亂的角色們，現在好了。有些搗亂鬼索性變了漢奸，有些躲走了，有些變得好了起來。據說現在這邊切實作事，無論是文化界或別種工作上的人們並不多，寧可說很少，他們卻實在做了事，都忙得利害。[7] 寫文章分析局勢都很客觀切實，不誇大也不悲觀。幾家重要報紙如《大美晚報》、《譯報》、《導報》、《華美》等的論調都起着領導輿論的作用。《文匯報》也來很好，銷數到四萬多，算上海最大報之一。新起的報紙如《大英夜報》有文藝副刊「七月」說是王統照先生編，還有一些直接連載的

3　上海海格路，今華山路。
4　上海民國路，今人民路。
5　上海憶定盤路，今江蘇路。
6　原文難以辨識，現據文意推斷為「綑」。
7　「利害」也作「厲害」，此處保留報刊原文用法。

專文翻譯如斯諾夫人的〈西北女戰士素描〉，[8] 很有趣味。其次最近出的《循環報》[，] 其特點是有畫刊，說是趙家璧負責。這新起之秀據說很受某大報的壓迫，初出時連發行人都挨了打了。這一層我雖痛心，但並不礙於我的局面。大體上，謝謝在眼前橫刀豎目的 X 人，我們全家三四百萬人的眼光還只是實實的時時釘在前面，一絲一厘也未放鬆，自己人裏頭還是親熱的成份重些。

七月七號那天，上海人個個像過新年一樣，他們雖下了旗悼祝死者，可是精神上他們為了生者竟十分感到抗戰發揮的這一天是國家民族的最大喜慶。我看見那天小菜場上買素菜的人佔了十分之九九，魚肉攤簡直沒人去問。也沒有像以前有市政府的命令和警察的曉喻，人人把報紙當了指南針，報紙說吃素，大家就一個心眼的吃素，我倒真覺希罕。老兄，你那裏怎樣呢？那一天上海街上添了許多人似乎都穿得齊整出來慶壽的。有些孩子們由這條街跑過那條路專門看那又青又白又紅的旗子滿天飛。這種滲合了極深極重的悲哀的偉大快樂和喜慶使我掉了眼淚，我覺得我這上海的淚濃得像血，醇得又像酒，我為我自己也為中國的新生而流了！

七七是爆發了無數炸彈的，八一三我不想重抄故事，但是國旗卻格外的多。幾乎每家小店，每層房子的樓窗，每個人家，甚至弄堂裏頭都有鮮艷的旗子，像滿空炸灼的紅色太陽光一般輝耀。許多人在深夜裏還老遠的趕到法大馬路東端的國旗店裏去買旗，[9] 國旗店門前的街道擠得連交通都幾乎斷絕了。有些店鋪故意把旗子掛在電燈上，入夜

8　〈西北女戰士素描〉為美國記者埃德加・斯諾（Edgar Snow, 1905-1972）第二任妻子海倫・斯諾（Helen Snow, 1907-1997）訪華期間發表的文章。她自 1938 年 7 月 26 日起在上海《大英夜報・星火》連載《覺醒的巨人》，此文為其中一章。早在 1937 年，埃德加・斯諾已發表著名代表作《紅星照耀中國》（Red Star Over China，中譯本改名為《西行漫記》），向西方讀者介紹中國共產黨的發展。詳見中共上海市委黨史資料徵集委員會、中共上海市委黨史研究室、中共上海市委宣傳部黨史資料徵集委員會合編：《上海革命文化大事記 1937.7-1949.5》（上海：上海翻譯出版公司，1991 年），頁 58。

9　上海法大馬路，今金陵東路。

來，國旗被電光映出，格外的鮮亮華美。雖然孤軍升旗遭了壓迫，我的市民可壯越的給了個一致的答覆。

八一三那天，上海幾乎成了一個死城。軍事戒嚴把上海的輸血管硬化了。法租界和公共租界變成了兩個切斷了的區域。全個法租界只有三四條路往北通行，外灘，大世界，海格路，公共租界向南也只有外灘，江西路，靜安寺。各處經過來往的男女都被細細檢查，行人是等於斷了路，馬路上除了軍警蹀躞之外，就落下了空蕩蕩的長街和格外唏嗽得響的小樹，我和我一家三四百萬人沉默在悲憤的紀念中。

日本小丑卻乘此想活動一下子。工部局前幾天已經接到了報告，日本要派二百個漢奸攜帶炸彈手槍進租界來大施一番恐怖，首先進攻各報館。工部局也早已在兩天之前全部警探出動抓到了他們的線索，和起出了槍枝，弄得日本無計，便來撒無賴。八一三那天日本特務機關的汽車滿街跑[，]遇風散傳單，用中國人的口氣罵工部局是日本的同謀，企圖挑撥離間[，]一面飛機又散傳單咒罵抗日領袖等，蠱惑我和我一大家人。日本小丑最可笑的醜技要算自己竄進租界來撕旗了。他們遇見他們的好友意大利防軍時就很得意，幹得很痛快，可是遇到美國防軍時就冤得很。三個日本人帶了槍駕了[車]去勞勃生路（Robison Road）撕旗，[10] 恰撞着了美國防軍上前去阻止，日本人拔出了槍來對着美軍的咽喉，不料美軍不愛他的咽喉，卻也拔出槍來對着他們，逼着他們下車去。兩個人知點機，自己就下車去了，其餘一個如潑婦撒賴一樣，橫在車裏無論如何不下來。好極了，美軍很會優待他，兩個抬兩隻[胳]膊，[11] 一個拖了一條腿，就把他拋在地上，帶進美軍營裏去了。

日本報紙為了這件事傷心得很，至今還未咕嚕抱怨得夠呢。

好了，老哥，我也囉唆得有個分量了。你看怎麼樣？我是不敢睡

10　上海勞勃生路，今長壽路。「車」，原文誤植為「槍」。

11　「胳膊」，原文誤植為「膈膊」。

覺的，也沒有容我睡的環境。我和我母親中國是一個命運，不到解放就不會有安逸。刺激，勞苦，困乏，興奮，憤激天天換着花樣鞭策我，我看我似乎比你有福氣一點，對嗎？

　　不過，有了由我家裏去麻煩你的那些又忙又沉重的人和心，只怕你也要活得鮮明結壯一些了。我們究竟是親戚，你得多活起來幫我的忙⋯⋯

選自《大公報・文藝》第 407 期，1938 年 9 月 6 日

評《自由譚》[1]

　　上海的文化受了傷，人們卻帶傷上陣。報紙雜誌不但沒有露弱，反因大家消除了內爭，齊心努力顯出更整齊有力的傾向。尤其可感的是我們的努力已獲得了正直熱心的西洋朋友在行動上的幫助。《自由譚》（英文版名 *Candid Comment*）的出現是一鐵證。項女士（Emily Hahn）是著名的美國女作家，[2] 所寫長篇小說上十種，風行各國；格調明快，諷刺微妙活潑，成為她的特徵。這刊物由她主編，而由邵[洵]美先生擔任中文方面的編輯事務，[3] 因此牠的分量原有牠自己人作證，用不着多說了。

　　《自由譚》，據編者的表示是一本以前《申報‧自由談》的步調，要求自由。這自由據編者說是「人類的權利決不是罪惡的藉口」；同時在主要態度上，這刊物公開聲明牠是站在同情中國的方面，因此，牠的光明與公正，至少又已贏得了我們的景仰！

　　刊物的特徵是畫幅特多，幾佔了全刊的一半，中文版具有抗戰照片二十九幅，戰時木刻九幅，戰時漫畫八九幅，英文版中雖略有不同，亦大體不出於我們的抗戰範圍，各畫幅中頗有不少的佳作，如新波的木刻《收復失地》讓朝陽從山後直往着前進的軍隊，象徵着偉大的行軍，如梁永泰的《青年們，喚起羣眾來！》就給了民眾迫切的情緒以充足的表現。

1　報刊原文標題下註明刊物出版資料及售價：「創刊號　中英雙版　九月一日出版　中文本三角　英文本國幣一元　上海大美印刷社出版　項美麗主編」。

2　項美麗（Emily Hahn, 1905-1997），美國記者、《紐約客》（*The New Yorker*）專欄作家，1930 年代旅居上海，結交中國名人，包括宋氏三姊妹及中國詩人邵洵美。她於上海淪陷後移居香港，曾出版多部與中國相關的小說、傳記和回憶錄。

3　「邵洵美」，原文誤植為「邵絢美」。

　　文章方面，中文版邵 [洵] 美的〈安置戰時婦女和兒童〉，[4] 着眼在於要政府解放愛國志士們的家庭束縛，讓他們好安心上陣。〈為政府治下的江蘇省會〉詳盡而確實，宜把牠當作史料看待，雖嫌過於冗長枯索，但存了漢奸的真面目。

　　《遊擊歌》是一首出色的「民歌」。牠是新詩，可是那種運用民歌手法的嫻熟，不是許多學文字大眾化的人們所能及的。我希望有人能把牠譜出來，結果一定不會壞。

　　張若谷的〈一百年前的「七・七」事變〉，溯出了中國走進半殖民地地位的第一砲，那是一八三九年香港英國水兵打死林維喜事件。[5] 徐訏〈論種族上的優劣〉斷定這優劣「是社會的政治的經濟的，地位上的優劣」。他眼光的明鏡處在於指明了所謂種族優劣論是有意被應用來轉移本族內受劣遇者的眼光的工具。

　　兩篇譯文都說不上漂亮，是刊物減色的地方。並且出之於目前上海的《自由譚》，似乎還得稍稍減少一些濃重的書卷氣與歷史情調如〈 [一] 百年前的「七・七」事變〉[、]〈論種族上的優劣〉所代表的一種傾向。[6] 同時，以天主教一個受了神旨的村女為對象的〈二十世紀一個奇女的聖跡〉就某方面說自然有牠嚴重的意義，但就了刊物所處承上啟下，援拔青年的意思講去，牠似乎就可以從緩。與其讀這樣的聖跡，我們的讀者或者更願意知道許多前線後方可歌可泣的故事奇情。目前有件頗值得作的事，恐非如《自由譚》者還不容易進行。我們知道在戰時的英勇奇跡就常多，但多散之報紙角落，未加表彰渲染，這刊物似乎宜由這方面系統的開闢工作門路，使讀者不僅從牠得到智識，同時也見到生命的壯美，感得民族鮮熱的血流。自然，畫刊方面

4　同上註。

5　1839 年「虎門銷煙」後，英國商船水手在九龍尖沙咀村與村民林維喜發生衝突，林維喜重傷不治。中英雙方就林案產生司法矛盾，談判失敗後，第一次鴉片戰爭爆發。

6　原文遺漏「一」字，現據刊物資料增補。

對於這層已供給了不少，可是文字中同樣還需要更多的生命。

　　英文刊除大體與中文刊相類之外，還有斯諾夫人（Helen Snow）〈中國國防的工業合作社〉和拉德爾的〈西班牙的戰鳥〉。[7] 斯諾夫人素來盡力幫助中國，最近更致力於工業合作運動，以期建立中國的經濟國防 [。] 這篇文章的意義可想而知。拉德爾先生的文章則是飛機師參加了西班牙政府軍抵抗法西斯的實地經驗。項小姐的中國古代史，不同於一般西方人所寫的中國歷史，要使中國古史通俗化來為西方人一 [般] 人所了解，[8] 因為刊物的目的之一，也是「貫通」中美「兩方文化」。

　　總之，關於這刊物的一切，我們除了感謝之外，還寄與不加修飾的同情和迫切的希望。希望牠成長與發揚，成為兩大民族永恒友誼，透澈了解與互助的橋樑。[9] 我們希望牠兩腳站在眼前的土地上，兩眼望着紅日東升的前途。我們要牠貫透生命而走出來，帶給我們更生的信息。

選自《大公報・文藝》第 419 期，1938 年 10 月 3 日

7　斯諾夫人，指美國記者海倫・斯諾（Helen Snow, 1907-1997），埃德加・斯諾（Edgar Snow, 1905-1972）的第二任妻子。海倫・斯諾於 1931 年訪華，1934 年至 1937 年任上海《密勒氏評論報》（*China Weekly Review*）駐北京通訊員，集中採訪中日戰爭形勢。她於 1937 年訪問延安，1939 年以筆名尼姆・威爾斯（Nym Wales）出版紀實作品《紅色中國內幕》（*Inside Red China*, 又名《續西行漫記》）。

8　「一般」，原文誤植為「一班」。

9　「透澈」也作「透徹」，此處保留報刊原文用法。

無題

穆時英

一

今晚上，風吹得很緊，急雨飄打着我的窗玻璃。桌上的小燈照耀着親切而溫暖的光輝，夏日好像已經悄悄地去遠了。

明天，我將在一個恬淡的秋空下醒來吧。

在南方，季節和季節的中間，好像沒有怎樣顯明的界限。我幾乎完全沒有想到，七月已經渡入八月，而八月也已經融化到九月，如果不是連宵細雨，也許我會覺得現在依舊是暮夏。

近來，時常苦苦地憶念着上海。我們容易想起亡故了的人的好處，感懷上海恐怕也是因為和它隔別得太悠久而遙遠的緣故吧。在這裏，二十八個月的寂寞歲月已經從我身邊流過去了，而我是怎樣痛苦地，無可奈何地，忍受了這些好像是停止在那裏的，一長串可怕的日子。

幾時才能回到這誕生了我的都市裏去呢？如果我將老死在這裏，那我想，我的生命實在是一個悲劇。只要能再看見黃浦江的濁水，便會流下感激的淚來吧。

想起上海來時，不能不懷着感傷的心情。

在那裏，我生長起來；我知道甚麼地方有書店，甚麼地方有公共廁所，我知道甚麼地方有革命者，甚麼地方有劫匪。在那裏，我有過歡樂的日子，也有過患難的日子。每一條街，每一隻垃圾桶都是我二十多年來的忠實伴侶。我清楚地認識它，就像我清楚地認識我自己的靈魂一樣。

我珍愛着自己的記憶，所以就永遠珍愛着這埋藏着我的記憶的城市。

也許上海已經——不，它的確已經殘廢。我不敢想起它的斷了的

手，打壞了的腿，戳穿了的肚子……這慘狀將使我失眠。雖然是天天在咀咒着該死的 X 人，那個不要臉的混蛋，可是痛惜和悲悼的重負卻並不因此減輕。

在近郊的，朱紅漆的母校的建築物據說已經確實燒掉了，[1] 可是，同樣在近郊的，當年曾用年青的心臟，歌詠過並且熱誠地愛好過的那所西班牙式樣的居屋，那窄小的窗和狹長的百葉遮陽，那精緻而泛濫着陽光的露台，是否安然無恙？

我是怎樣渴望着能夠再騎着自由車在鋪滿了落葉的，寂寞的小徑上遊走，聽着布穀鳥的失時的歌聲，為那些在樹蔭下流着的小河，河旁靜謐的麥場，和懶惰的村屋朗誦一首像樣的 [詩] 那麼感興。[2] 我又是怎樣渴望着能夠再騎了馬，向着夕陽，在逐漸濃黑起來的樹影下，奔馳在收穫了的，廣闊的田野上，跳越着阡陌，跳越着溪溝。星期日的上午，躺在野墳上，呼吸着甘芳的空氣，望着遠方徐家匯天主堂的，直指崇高的藍空的十字架，從腳趾裏的濕氣想到田園詩人伍茨華斯（William Wordsworth），[3] 或者是沉沉地睡熟在那裏，直到下午才充滿着活躍的精力醒回來，為了將展開在眼前的，燦爛的都市的夜而微笑。真是幸福！

回去的日子還是渺茫得像明日的夢。至少總得在侵略者被擊碎了以後吧。抗戰也許會繼續到三年，五年，十年，甚至於五十年……如果不能參加鬥爭，我們至少得咬牙忍耐下去。

1　1937 年「八一三」事變爆發後，穆時英母校光華大學的校舍被日軍炸毀。

2　此句原文「一首不像樣的那麼感興」，現參考嚴家炎、李今主編《穆時英全集》第三卷（北京：北京十月文藝，2008 年）收錄此文時的修改（「一像樣的詩那麼感興」），加以校訂。

3　伍茨華斯（William Wordsworth, 1770-1850），今譯華茲華斯，英國浪漫主義詩人。其詩多為隱居英格蘭湖區時所作，為十九世紀英國浪漫主義運動「湖畔詩人」（Lake Poets）的代表。

二

從半山的家裏走下來，到街上時，蒼白的瓦斯燈已經亮了起來。海上織着藹藹暮色，底下的街市已經浸沉在黃昏裏了。

我回過頭來望山上的居屋，那些玻璃窗上依舊搖曳着並閃爍着金黃色的夕照。

於是又想起許曼（Robert Schumann）的 *Traumerei* 來。[4]

在車上，望着車窗外平靜的海和平靜的歸帆；走了沒有多少路，我突然找到了一件不見了很久的東西，靈魂的渾樸的和諧。終年困擾着我，蛀蝕着我的，在我身體裏邊的犬儒主義和共產主義，藍色狂想曲和國際歌，牢騷和憤慨，卑鄙的私慾，和崇高的濟世渡人的理想，色情和正義感，我的像火燒了的雜貨鋪似的思想和感情，正和這宇宙一樣複雜而變動不居的靈魂，一下子都溶入了一個渾樸，柔圓而和諧的旋律。

精神上的均衡，這幸福我已經失去了很久，很久了。沒有靈魂的和諧，便沒有能力享受歡樂和愉快，只令體驗痛苦和辛酸。不知道是從甚麼時候起的，這世界消褪了輕快而瀟灑的色澤，調子和線條，看出去只見灰色，黑色，豬肝色。好像是魔鬼喝醉了酒，用破瓦敗磚隨手堆起來的世界！有時候，一聲鳥叫，一顆星，一陣夜風，一朵嬰孩的微笑，也許會忽然引起我的觀照的心情，可是僅僅一剎那，這心情便突然消逝，而種種的煩慮又不肯休止地，啃嚙着，我的溫度疲倦了的心臟。

對於歡樂，我是異樣地遲鈍，甚至完全感受不到它的深度和廣度。對於痛苦，我卻驚人地敏感；往往路旁一張瘦削的，憔悴的臉會使我迅速地聯想到疾病，死亡，貧窮，剝削，卑微，渺小，社會制度，

4　羅伯特・許曼（Robert Schumann, 1810-1856），今譯舒曼，德國浪漫主義作曲家。《夢幻曲》（*Träumerei*）是舒曼所作組曲《童年即景》（*Kinderszenen*）中的第七首。

佛陀，以及人生的苦難。

　　有人會從不幸中看出光明，看出節拍，像托爾斯泰（Leo Tolstoy），[5] 像契訶夫（Anton Chekhov），[6] 這樣的人是有着圓滿的靈魂，穩定了的信念，和優美的文體的。我已經很久不寫小說了；如果我現在寫起來，我相信我將像陀士托益夫斯基（Fyodor Dostoevsky）一樣艱澀，[7] 瑣碎，延 [宕] 而費解，[8] 因為我正像他一樣是一個有着缺陷，崎嶇不平，和蕪雜的靈魂的人。至於光明和信念，實在是太朦朧太可貴，所以也是太不可信的事。

　　感謝我的祖國和時代，它們賜予我缺陷和痛苦；因為我是驕傲着我的缺陷和痛苦的，而這缺陷和痛苦也是幸福。感謝現在這暫時的靈魂的和諧，因為和諧也是幸福。

　　生命，僅僅生命，便是無上的幸福呵！

選自《大公報‧文藝》第 425 期，1938 年 10 月 16 日

5　托爾斯泰（Leo Tolstoy, 1828-1910），俄國批判現實主義小說家、哲學家、政治思想家。

6　契訶夫（Anton Chekhov, 1860-1904），俄國現實主義小說家、劇作家。

7　陀士托益夫斯基（Fyodor Dostoevsky, 1821-1881），今譯杜斯妥也夫斯基，俄國作家。

8　「宕」，原文誤植為「岩」。

香港

〔英〕奧頓、〔英〕伊修武 著，區炎秋 譯

　　在附圖的右角的奧頓 Wystan Hugh Auden 是英國最有名的新詩人。[1] 去年十月，他的詩獲得了皇室金章，[2] 這是英國所能給與它的青年詩人的最高榮譽。在附圖的左角的伊修武（Christopher Isherwood）是一個優秀的小說家。他們兩人曾經跟隨了我們的中央軍在各戰線上奔走，最近才回國。本文是他們來中國時，在船上所寫東行日記裏邊的一頁。

　　香港的港灣，在寒冷而迷濛的霧中。這裏好像是蘇格蘭，或者是挪威的海岸。船上貼着龍翼的中國帆船乘風駛過，古舊而頹敗，像從海底撈起來的沉船。被去秋破紀錄的颶風吹上岸來的一隻日本郵船，橫躺在一個多礁的小灣裏邊。那座島從霧裏矗立出來，香港在它腳下——巡洋鐵像守門犬似地躺在那裏，守望着那紀念碑樣的銀行，維多利亞女皇銅像目不轉瞬地凝望着中國，這裏，當然是全世界從古以來最 [醜惡] 的城市。[3]

　　碼頭上，兩個張皇失措的乞丐舉着一面橫旗：「歡迎考林斯足球隊。」香港足球隊隊員是等在那裏，迎接他們的對手。可是，他們將在那裏上岸呢？跳板起先是放在這裏，後來，又放在那邊，一 [會] 兒又放在一百碼外的那一邊；[4] 那面橫旗耐心地跟着跳板走，旗的中間

1　奧頓（W. H. Auden, 1907-1973），今譯奧登，美籍英國詩人。伊修武（Christopher Isherwood, 1904-1986），今譯伊舍伍，美籍英國小說家、劇作家。1938 年兩人訪問中國，途經香港，奧頓著有 *Hong Kong* 一詩，次年二人合著出版 *Journey to a War*。

2　1937 年，奧登獲頒女王詩歌勳章（Queen's Gold Medal for Poetry）。

3　原文難以辨識，現據文意推斷為「醜惡」。

4　「一會兒」，原文誤植為「一回兒」。

下垂着。足球隊隊長跑上來，喊着，叱罵着；這面旗是被拉挺了，剛趕上時候。那足球隊隊員盡職地歡呼起來。

在這島上是煮洗過的襪衫和銀行，歐洲陣亡將士紀念碑，飲冰室，美國電影和英國茶；在那面，在赭色的，高低起伏的羣峯的那一面，在某些地方，是戰爭。還沒有復元，甚至還沒有一些起色的我們是被從醫院裏，趕到這不舒服而熟悉的世間來了。終於，不可信地，我們已經到了。

選自《星島日報・星座》第 117 期，1938 年 11 月 25 日

「上海劇藝社」

樺西里

這半年來「孤島」的劇壇可以說是異常荒涼。我們看到好幾個劇團公演了一兩次以後便無[聲]地消失了。[1]這固然由於劇團本身組織的不健全；主要的，還是受惡劣的客觀環境所拘囿，隨時可以受到致命的摧殘。在目前，劇運沒有整個的計劃，想在「孤島」上順當地工作，是頗難收到效果的。

但在另一方面，非職業的小劇團在工作上有廣泛的展開也是不可抹煞的事實，如業餘劇團，學校劇團，工人劇團以及難童劇團等都接二連三地成立，而且始終是嚴謹地工作着，這些團體雖不能作公開的大規模的公演，但在奠定劇運的基礎上，卻無可諱言地是有重大的意義的。

「上海劇藝社」是組織相當健全的一個戲劇團體，也是「孤島」上唯一爭取公開演出的團體。最近兩次的演出不但打破了劇壇上寂寞的空氣，而且爭取了更廣大的觀眾。現在把兩次公演的情形介紹在下面。

《人之初》　顧仲彝改編　吳仞之導演

《人之初》是顧仲彝先生根據法國名著 *Topaze*（1928）改編的一個劇本。[2]這劇本在一九二八年十月九日晚上初次上演於巴黎集錦劇院（Théâtre des Variétés）。[3]此後在巴黎連續公演了二十八個月，沒有中斷過。牠雖然沒有直接提到任何被壓迫民族反侵略的事實，可是一針

1　原文難以辨識，現據文意推斷為「聲」。

2　《人之初》，又名《金銀世界》，顧仲彝根據法國作家馬瑟·巴紐（Marcel Pagnol）的諷刺喜劇《托帕茲》（*Topaze*, 1928）改編而成的四幕劇。

3　集錦劇院（Théâtre des Variétés），又譯綜藝劇院，位於巴黎第二區的劇院，於1807年開幕。

見血地戳穿了資本主義社會以金錢暴力為依歸的病症。現在拿來介紹
給「孤島」上的觀眾，也可以作借鏡之一助，想像中國抗戰勝利以後
所湧現的新社會該是怎樣的一幅面目。

　　作者巴若來（[Marcel] Pagnol）是一個無情的現實主義者。[4]《人
之初》是現實的反 [映]。[5] 作者指出一個純潔的青年在不合理的社會
中如何沒落的事實——他原先是一個忠實的小學教員，然而他到處碰
壁，被人 [奚] 落，愚弄。[6] 後來他變 [得] 聰明了，[7] 他學習了應世的技
能，得到了「名利」，「成功」，可是同時也喪失了他原有的良心。作
者生在錯綜複雜的資本主義社會裏，他目睹了這社會制度所產生的一
切罪惡，暴行和褻瀆。在《人之初》裏，他以喜劇的姿態冷靜地施以
解剖，使觀眾大笑之餘，感覺到不能一笑便罷。可是正因為牠是一個
社會諷刺劇，暴露了社會環境如何妨害正常人性的發展；所以在給人
們回味着現實的罪惡之外，有時不知不覺地對於脆弱的性格會作部份
的寬恕。然而，我認為，這種輕重的倒置發展到過度是會造成不正確
的理解的。聰明的觀眾應該知道，劇本的主旨在於指出社會環境是罪
惡之淵藪，並來要求我們對於脆弱的性格一掬同情之淚，乃至以張伯
南（小學教員）最後的轉為正面的說教。相反的，看了《人之初》之後，
該是更加堅強了人們向虛偽搏鬥的意志。然而，因之便要求每一個劇
本在暴露了黑暗之後，一律加上光明的指示，那也不啻是一個多餘而
笨拙的尾巴。

　　《人之初》，我始終認為是一齣美好的喜劇。你沒有聽到張伯南
說：「你看，這些鈔票，有了它，無論甚麼事都辦得到，它獻給我所喜

4　「Marcel」，原文誤植為「Mascel」。巴若來（Marcel Pagnol, 1895-1974），今譯
　　馬瑟・巴紐或馬塞爾・帕尼奧爾，法國劇作家、小說家、電影導演，1946 年
　　獲選為法蘭西學院院士。

5　「映」，原文誤植為「應」。

6　「奚」，原文誤植為「溪」。

7　原文難以辨識，現據文意推斷為「得」。

歡的一切，安逸，奢華，健康，愛情，榮譽，權威，都在我手裏，現在是金錢暴力所統治的世界，這種小小長方形的紙片，捻在手指上，咭咭喳喳地響，它就是近代暴力的形體」，「甚麼名譽，道德，都是聰明人借來欺騙別人，使別人上當，而他自己就好趁此分 [贓]……」[8] 現實主義作者不滿於現社會制度而發出辛辣的詛咒，是值得我們去深深地回味的。

《人之初》的演出能夠收到驚人的效果，一方面固然由於劇本選擇的恰當，另一方面，上海劇藝社同人對於工作的認真及深切的認識 [，] 也是一個不可抹煞的因素。

《愛與死的搏鬥》　羅曼羅蘭作　李健吾翻譯　許幸之導演

「上海劇藝社」繼《人之初》二度公演之後，把羅曼羅蘭（Romain Rolland）的《愛與死的搏鬥》（*Le Jeu de l'amour et de la mort*, 1928）搬上了舞台。[9] 同時還加演（美）奧尼爾（Eugene O'Neill）作的新型獨幕劇〈早點前〉（*Before Breakfast*, 1916）（范方譯，李健吾導演）[。] [10]

《愛與死的搏鬥》是以法國大革命為背景的一個劇本。[11] 故事的展開是在山嶽黨（La Montagne）把吉隆德派（La Gironde）趕出憲法會議

8　「分贓」，原文誤植為「分臟」。

9　羅曼・羅蘭（Romain Rolland, 1866-1944），法國作家、思想家、音樂評論家、社會運動家，其劇作《愛與死的搏鬥》又譯為《愛與死之角逐》，於 1924 年出版，1928 年在巴黎奧德翁劇院（Théâtre de l'Odéon）首演。

10　奧尼爾（Eugene O'Neill, 1888-1953），美國劇作家。

11　羅曼・羅蘭在 1898 至 1938 年間撰寫了一系列以大革命為中心的劇本，《愛與死的搏鬥》是其中之一，也是羅曼・羅蘭第一部被譯介到中國的劇本。參考馬曉冬：〈認同與距離 —— 大革命戲劇《愛與死的搏鬥》在中國〉，載《跨文化對話》第 38 輯（2018 年 5 月）。

而進行內訌的恐怖期。[12] 索菲，是一個熱情，聰慧而有品德的女性。她愛年青的法萊，一個羅布斯比耶（Maximilien de Robespierre）的政敵；[13] 但是當法萊向她吐露熱情的時節，由於她的教養，地位和對丈夫的義務的緣故，她終於沒有隨同法萊出走。[這] 時法萊得不到愛情的滿足，[14] 珍貴自己的生命，要繼續奮鬥。顧爾茹瓦希耶更能表顯崇高的人性。[15] 他說：「我情願為真理而死，只要我反抗這怯懦橫暴的時代，做一個自由靈魂的榜樣，我的生命可並沒有丟掉！」

　　詩一樣的獨白與濃厚的哲理氣味，不免成為這個劇本的「白璧之瑕」，也便是有的地方不免沉悶，不易被一般常人理解的原因。牠的趣味偏重於文學的欣賞。牠是一首歌頌人類精神的勝利的長詩，牠把觀眾帶到最高尚最純潔的領域裏；卻忽略了：我們希冀着幸福的新世界的來臨，但我們並不願意徒然犧牲掉幾個高超的人物而證別人來完成更重要的任務。因為我們知道爭取自由與幸福不是專靠少數幾個人的。相反的，我們須要他們自己積極的來參加這鬥爭。這也許是過份的要求。因為作者在那時候所能寫的，所要寫的也祇是那一點。主要的還是要表演出顧爾茹瓦希耶慷慨赴難，使他的高超的品格，像一把火炬，燃燒起人們的剛毅，寬宏與熱情。就從這一點來看，作者給予

12　山嶽黨（La Montagne）是法國大革命中相對激進的政治派別，1793 年，山嶽黨與其敵對派別吉隆德派（La Gironde）分裂國會；在 5 月 31 日至 6 月 2 日的暴動中，山嶽黨擊敗吉隆德派。1793 年 9 月，多名吉隆德派核心成員被處決，革命政府的恐怖統治開始。本劇背景即設定於革命政府恐怖統治時期。

13　羅布斯比耶（Maximilien Robespierre, 1758-1794），今譯羅伯斯庇爾，法國大革命時期政治家，發動 1793 年暴動並主持革命專政。

14　原文難以辨識，現據文意推斷為「這」。

15　顧爾茹瓦希耶是劇本中索菲的丈夫，是一名科學家和國會議員。他反對革命恐怖統治，希望保護吉隆德派的法萊，並成全他和索菲的愛情。他公開表明對革命恐怖統治的立場，最終因此被處死。作者羅曼・羅蘭表示書中的主要人物皆有原型，顧爾茹瓦希耶的原型是化學家拉茹瓦希耶（Antoine Lavoisier, 1743-1794）（今譯安東萬・拉瓦節），他於 1794 年被送上斷頭台。法萊的原型是政治家、羅伯斯庇爾的反對者庫弗里（Louvet de Couvray, 1760-1797），索菲的原型則是哲學家、沙龍主人孔多塞（Sophie de Condorcet, 1764-1822）。

人們的啟示與鼓勵已屬不少。尤其是目前正在抗戰着的中國。讓我們
知道需要祖國的自由與解放比個人的和平與幸福重要得多。個人的問
題只有在擺脫了整個奴隸命運之後才能得到解決。個人的一舉一動在
在都能影響民族的前途，因此，個人的犧牲，實在是件最痛快最悲壯
的事情。

最後，讓我們來介紹〈早點前〉。

〈早點前〉不但是獨幕劇，而且是獨腳戲。這可說是作者故意賣
弄關巧，也可說是作者承繼了希臘悲劇的傳統——旁白與獨白。作者
讓羅蘭夫人（張方 [飾] [16]）一個人在台上做戲，由她的動作語言介紹
出羅蘭先生的命運——窮困潦倒，婚姻不如意，乃至於走向毀滅的道
路。在這裏，發生了一個爭執 [與] 疑問：[17] 有人說，像〈早點前〉這
樣的戲，正是訓練一個演員的好戲 [，] 可以看出一個演員發揮其演
技到如何高超的程度。〈早點前〉的獨白最大的毛病，在其缺乏深緻
的內心的衝突。沒有外在的衝突，已經容易失敗，如今再缺乏內在的
衝突，而後台的效果又不容易傳進台下觀眾的耳朵，沉悶是相當可能
的。張方對於描劃羅蘭夫人複雜的性格和情緒的轉變，還欠百尺竿頭
更進一步。由於劇本的限制，演員在台上兜圈子，難免顯得有幾個地
[方] 重複與單調。[18] 而且道具簡陋，絲毫沒有美國的破落小家庭的風
味。無論如何，上演的嘗試精神，是深值得讚賞的。

選自《大公報・文藝》第 521 期，1939 年 2 月 5 日

---

16 「飾」，原文誤植為「餘」。

17 原文難以辨識，現據文意推斷為「與」。

18 「地方」，原文誤植為「地位」。

上海劇運的低潮——孤島劇壇總檢討 [1]

旅岡

　　二十年來適應着中國革命的總潮流，跟現代思想的新醒覺而興起的新文化運動一道成長起來底年青的中國話劇，是以上海為其中心的活動地帶，而創造了牠底新的戲劇傳統的。跟所有的經濟，文化諸部門的全般活動一樣，上海具備着許多特有的優越底客觀條件，決定了中國戲劇運動必然以上海為中心的幹線而往前發展。但是也同樣，反過來卻又說明了隨着抗戰底新環境的改變，而暫時失去牠在地域上底領導的主要作用。新的劇運的中心，與政治的，經濟的，文化的中心，在抗戰中底國家總後方建立了起來，而且，為了適應着新的政治情勢的需要，在國家總後方和游擊根據地還將有更多的劇運據點，跟文化的據點一同建立。

　　根據着這一闡明，我們對於淪陷後底上海劇運底活動，應該視之為游擊區諸據點的活動形態之一。可是在某種程度上，我們則又應該認清楚的，是目前的上海有着牠底特殊的環境和特殊的情勢，主要的，牠不是像國家的總後方或游擊根據地一樣是在我們的掌握之中，但是也不是在 X 人的掌握之中，牠是依存在第三者的關係上底特殊的存在，而在某種情形之下，牠又頗受着 X 人無理的干涉與牽制的。所以，在劇運的活動之情勢和鬥爭的策略上，我們無疑的可以想像到牠必然遭遇到更多和更大的困難，因之，也就必須適應着新的情勢來運用鬥爭的新策略，才能克服這些困難，而使上海劇運保持着它過去底光榮的傳統而向前發展。

1　本文原分四篇發表，連載於《大公報・文藝》第 537 至 540 期（1939 年 2 月
　　28 日至 3 月 3 日）。

淞滬抗戰前後的上海劇壇

抗戰以前，中國的劇運者就已經不斷為「團結抗戰」而呼號，所以蘆溝橋抗戰乃至淞滬全面抗戰的爆發，形成了全國統一禦侮的新局面，就促使他們更活躍地去迎接這個新時代的到來。《保衛蘆溝橋》（1937）一劇之迅速的小集體創作的形式來完成，並且大規模的聯合公演，[2] 就不啻是劇運者對於時局底一篇有力的宣言，以及他們從藝術行動到政治行動的反映。

戲劇者跟政 [治] 主潮之合流，[3] 在抗戰前後有着最鮮明的表現。他們一貫的在自己底領域──戲劇藝術的分野──作建立國防戲劇的統一戰線而鬥爭，這鬥爭，無疑的正是擴大的全民族統一戰線的縮影。

我認為這新的歷史時期的到來，劇運者的任務必須與政治的任務相一致，所以必須從話劇界的內部團結，擴大為整個戲劇界（包括歌劇與話劇）的統一戰線。但是，這統一戰線的擴大，必須不僅是形式的，尤其應該進一步是實質的，然後才能保証牠的繼續發展和強大。

全面抗戰展開後，上海劇運主要的弱點，就在於沒有完全實現了這一任務，因而由話劇界救亡協會擴大為戲劇界救亡協會之後，戲劇界統一戰線終於因荏弱而鬆懈下來，甚至上海淪陷後話劇界內部的統一戰線又發生了宗派的成見，因而不能有更大的成就。[這] 都是很好的說明。[4] 因之，今後上海劇運者的主要任務，依然是加強戲劇界的統一戰線，並使之向前發展。

2　《保衛蘆溝橋》是以 1937 年蘆溝橋事變為題材的三幕劇，包括「暴風雨的前夕」、「蘆溝橋是我們的墳墓」及「全民的抗戰」。劇本由中國劇作者協會集體創作而成，1937 年 8 月 7 日在上海南市蓬萊大戲院公演，直至八一三淞滬戰爭爆發，演出活動才被中斷。

3　原文遺漏「治」字，現據文意增補。

4　據文意增補「這」字。

　　自然，在淞滬抗戰的過程中，上海劇運者也決不是沒有他們底收穫的，像十多隊救亡演劇隊的派遣，無數次小公演以及慰勞難民，傷兵的公演，就是有力的明証，特別是救亡演劇隊的派遣，替中國劇運打開了新的戰野，使戲劇的種子，散播在許多落後的鄉落和城鎮中，生出新的嫩苗來；同時，流動的演劇生活又使劇運接受了新的營養，——讓羣眾和現實生活來教育自己。目前內地新劇運的中心堡壘的建立，不能不說是他們底豐饒的成就。而烽火所給予他們的教養，使他們不但成了藝術的戰士，而且，也成了慷慨殉國的英雄。以上海業餘劇人協會所屬的業餘實驗劇團改組成軍委會政治的抗 X 劇團，在徐州突圍的悲壯的遭遇，就是一個很現成的實例。可是這樣的派遣也不是沒有缺點的，像工作路線和程序沒有很 [周] 密的規定，[5] 以及隊員政治教育之不足，和組織之不嚴密等等。

　　在淞滬抗戰中，另一方面的收穫是劇本創作，——特別是獨幕劇之興盛，在出版業停頓的困難條件之下能夠有這現象，不能不說是可貴的成果；自然，這主要的還是由於抗戰所引起大量的演出和劇團活動的需要。

　　淞滬抗戰一面結束了舊的歷史階段，一面展開一個新的歷史時期，在政治上是如此，在劇運上也是如此。戰前正開始奠立的職業化話劇運動，X 人的炮火雖毀了牠在上海的地盤，但是抗戰的烽火卻又替牠展開了內地的大道，使職業化的戲劇運動和政治的主流更融合起來。並且，劫後灰餘的「孤島」，也憑着牠底特殊的環境與情勢，仍然沒有堵塞了這條已茁了芽的道路。這說明了中國戲劇運動的發展，在抗戰的新環境之下，雖然必遇到許多困難，但是它有了新的呼吸，新的營養，隨着整個祖國在烽火中更生，它底前途無疑地是光輝而燦爛的。

5　「周密」，原文誤植為「週密」。

我軍西撤後上海劇壇的沉寂

上海我軍的西撤，對於隨着抗戰而格外蓬勃起來的上海劇壇，不能不說是一個重大的打擊。戰前成為上海劇壇重要支柱的業餘劇人協會，及其領導下的業餘實驗劇團（前者是業餘的性質，後者是職業化的嘗試），既然以救亡演劇隊的姿態而出發到內地作流動的公演，四十年代劇社……等好些劇團也先後被派遣出發，因之，在戰時，上海所留下的劇人已經為數不多，而新的劇團的組織大抵又不很嚴密，所以對於新的劇運後備軍的培植，並沒有多大的成效；因而對於後來，我軍的西撤後之劇壇新進軍，受着很大的影響。同時，環境的變易和恐怖，恫嚇以及種種混亂的現象，也是造成了上海劇壇暫時沉寂的客觀根源之一。

淞滬抗戰後期，上海的電影院和戲院……等等的娛樂場所，已經漸漸恢復舊觀，歌劇界（舊戲）也漸漸恢復了舊日的活動，只有話劇界則仍然是活躍於前後方，在抗戰中發生着積極的煽動和宣傳的作用；然而這種積極的宣傳活動，自然也有着牠的缺點，首先，就是忽視了加強整個戲劇界的統一戰線，沒有使相互間的關係更加密切起來，因之，淞滬抗戰後期乃至我軍西撤後，大部份的歌劇界的演出活動，依然是保持着原來的狀態，沒有更進一步的作配合抗戰形勢之積極的反映，顯然就是為此。其次，話劇界的單獨在前後方的宣傳活動，沒有注意到上海原來堡壘的保持，因此，也就沒有深遠的注意到，萬一我軍撤退後應有的準備工作。這種主觀上的缺點，也是上海陷落後，不能很快的重新建立劇運堡壘的根源之一。

上海劇壇之暫時沉寂，不但是在「孤島」特殊情勢之下所產生的現象，也是當前中國劇運底不平衡的發展的現象形態之一。在這種新情勢下［，］這新鬥爭的環境，決定了上海的劇運的一般形勢，是暫時的低潮。

青鳥劇社的誕生和解體

一九三七年除夕，以上海劇人大聯合之姿態而出現的青鳥劇社，是打破了「孤島」劇壇之沉寂的先聲。青鳥的誕生，不用說使上海觀眾以及文化人都懷着很大的歡欣，並且，對於教育在新鬥爭環境中的上海市民，不是沒有作用的。

青鳥聯合了留在「孤島」上的劇人，另一方面，在重整「孤島」戲劇戰線的步驟上，首先形成了話劇界內部的團結，也是有着很進步的歷史意義的。在初期，從一九三八年元旦起，牠就不斷的在新光大戲院公演了一個多月，上演劇目有《日出》，《雷雨》，《大雷雨》（*The Thunderstorm*, 1859），《女子公寓》……等等，末期則又公演了《衣錦榮歸》和《不夜城》，[6]這種長期的公演，証明了「孤島」依然有繼續展開話劇職業化運動的可能；同時，在新的情勢之下，這種成就，無疑的也就開闢了新的工作環境的道路。

但是話劇界底宗派主義的傾向沒有克服，特別是存在於上層幹部份子之間，這卻又潛伏了後來青鳥解體的主要根源。這種宗派主義的傾向，是過去的上海劇壇所遺下底症弱面，主要的原因是在於劇運者的政治教養之貧乏，他們常常用解決人事糾紛的辦法來代替了誠懇的說服 [。] 個人主義和浪漫的風習，同時也是造成這種傾向 [的] 又一原因。[7]

青鳥既然是以上海劇人大聯合的姿態而出現，那麼，首先必須從政治上來教育這些聯合戰線中的成員才能夠使他們積極的擁護這統一戰線；同時，對於工作綱領和上演計劃的嚴密規定，並且忠實的執行，才能使劇團日益強大及向前發展；然而在當時底青鳥的主持者，

6　《日出》、《雷雨》，曹禺所作話劇。《女子公寓》，于伶所作話劇。《大雷雨》，俄國劇作家亞歷山大‧奧斯特洛夫斯基（Alexander Ostrovsky, 1823-1886）所作五幕劇。《衣錦榮歸》，田魯所作話劇。《不夜城》，阿英（錢德富）所作三幕劇。《女子公寓》、《衣錦榮歸》、《不夜城》均由青鳥劇社於 1938 年首演。

7　據文意增補「的」字。

卻並不曾注意到這一些，因之，宗派主義的傾向隨之而復活及擴大，就成為不可避免了。我們從他們底組織上以及上演目錄上，都可以很明白的看到了這一點。

當青鳥這一危機還沒有完全顯露的時候，我就在《大美晚報‧晨刊》上指出這一傾向（〈戲劇家之路〉）。我認為，只有提高劇人藝術和政治的修養，以及清洗了宗派主義的殘餘，才能避免內部的摩擦。我不同意於某一些人頑固的成見來確定某幾個人是純然為了生活及個人的利益。因為不從客觀的基 [礎] 出發，[8] 一切解決的方法必然失之公允，那麼，客觀的效果就是使小宗派或小集團很快的形成。

青鳥的解體，使我們得到一個沉痛的教訓，這就是不能使話劇界從內部的團結，擴大到整個戲劇界統一戰線的建立；並且，青鳥的解體，既然形成了戲劇戰線的裂痕，便使 X 人及其家犬有機可乘，假如說，後來曉風劇團——青鳥的兩大支流之一——的經濟來源不明，是有着 X 人的暗影，那末，客觀上至少是由於這次分裂所促成的，[9] 所以在劇運領導方式的錯誤，和政治教育之不足上，都不能說沒有責任。

上海藝術劇院之難產

青鳥劇社解散後，形成了兩個分立的話劇支流，這實在是個慘痛的現象，因為這無異於是話劇界統一戰線分裂的表徵；尤其是一些「孤島」劇運「指導者」竟特別強調着二者之一的上海藝術劇院是青鳥的「正統」，這種宗派主義的成見，對於重整話劇界統一戰線實是一個很大的障礙。

本來，我們應該格外注意的，是這種現象既形成之後，我們要怎樣運用新的領導方式，來使這兩個分立的支流依舊在統一戰線之下團

8　「基礎」，原文誤植為「基地」。

9　原文「促成」一詞後誤植「們」字，已刪去。

結起來，雖然在工作和組織上各自保持獨立，但是鬥爭的路線和目標卻是相同的。

青鳥解體後，「孤島」劇運者既然沒有注意到這一些，於是在客觀的效果上又潛伏下一種新的困難，這就是不能集中力量來和這惡劣的環境作鬥爭，同時宗派的成見又促使這兩個支流的成員間互相猜疑和嫉視；這種主觀上的缺憾，一方面是後來「曉風劇團事件」種成的遠因，另一方面，則是上海藝術劇院的難產。

這無疑的是令人深為惋惜的事。

對於上海藝術劇院的難產，自然不是像某些劇運「指導者」所說的那樣：是「遭受了外界的……中傷」，因為這不但無視了主觀上的弱點和錯誤，以及客觀環境上的種種困難，而且，還由於特別強調了宗派的成見而促使內部的分裂難於恢復；換言之，就是不從根本的，集中力量來克服客觀上的困難，而企圖用「外界……中傷」來卸責，這是個很大的錯誤。

上海藝術劇院的產生既然是在青鳥解體之後，而曉風劇團也幾乎同時成立，那麼，原來的人員已分散成兩個獨立的組織，在實力上，自不免顯得單薄了一些，這末一來，主觀的力量是否足以打破客觀的困難，就成為一個很大的疑問 [。] 這主要的是表現在這幾個前提上：第一，是經濟的 [籌] 措，[10] 第二，人員的力量，第三環境的壓迫，特別是院址和登記。

如上所述，因為上海藝術劇院的主持者沒有正確地估計主觀力量和客觀條件，所以雖然定下許多浩大的計劃，也終於成為不切實際的空談，因而慘然地失敗了。

自然，他們在艱苦中的支持與努力，最後總算在蘭心大戲院（Lyceum Theatre）參加賑濟難民遊藝會上作了兩次演出（《梅蘿香》

10　原文難以辨識，現據文意推斷為「籌」。

（*Just a Woman*, 1916）和《女子公寓》），[11] 然後才黯然夭折，畢竟還不是沒有收穫的。

「曉風事件」的風波

　　至於曉風劇團的演出活動呢？在經濟條件和人力上自然比上海藝術劇院優越得多。因此，牠們能很快的就完成了兩次公演，演出了《洪水》和《武則天》。[12]

　　曉風劇團的形成既然是由於青鳥劇社的分裂，那麼，「孤島」劇運者當這個新劇團形成的時候，老早就應該以友愛底誠摯的態度，來促醒曉風的成員注意其經濟來源，提高他們以及全滬劇人的政治警覺性，以提防 X 人的魔影來潛伏在「孤島」劇壇上作種種陰謀的活動。在當時，他們不特沒有注意及此，甚且有一位劇作者兼通俗文學理論家的劇運「指導者」，還不假思索的接受了這一經濟來源不明的劇團底編劇費，同時，又懷着極深的成見來自任上海藝術劇院的中堅。當「曉風事件」以極輕率的姿態來暴露出來以後，他雖然極力主張澈查，[13] 但是卻不曾用最公允而切實負責的態度，來把這「事件」作一個清算，而讓牠永遠成為上海劇運的污點及疑團。這就顯然的表現着這兒多少帶着一些意氣和成見；因為事情沒有明白的結果，很容 [易] 喪失一般讀者及觀眾對輿論的信心。[14]

　　我在上面已經指出另一劇團的人，不應該以幸災樂禍的態度來狂施攻擊，因為這末一來，不但曉風劇團的成員將受這一打擊而消沉，

11　《梅蘿香》，美國劇作家沃爾特（Eugene Walter, 1874-1941）所作四幕劇。中譯本由顧仲彝翻譯，1927 年開明書店出版。

12　《洪水》，田漢所作話劇；《武則天》，宋之的所作五幕史劇。1938 年曉風劇團成立後先後排演此二劇。

13　「澈查」也作「徹查」，此處保留報刊原文用法。

14　原文遺漏「易」字，現據文意增補。

結果也很容易把主要的前提扯遠開去；像起初有人在《大英夜報》把這「事件」揭發的時候，竟然一口咬定所有漢奸嫌疑的幾個曉風幹部人物，都是業餘劇人的會員，這是多麼鮮明的故意挑剔和誣衊！事實上曉風的幾個幹部人物，只有徐卜夫（在業餘的時候叫做徐縉纘）和畢志萍兩人是業餘的會員；並且，即使他們兩人是漢奸，也不應該故意把他們拉到業餘劇人協會上去，免使業餘劇人與其他劇人間再引起感情上的刺戟，因為這只是他們的個人行動，與業餘毫不相干。

「曉風事件」的形成，主要是由於曉風團員的政治教養之不足，沒有在開始的時候，就查明劇團本身的經濟來源；所以，我們決不能因此而貿然的攻擊他們是漢奸，以招引他們的反感；甚至於這幾個幹部人物以及投資人，我們到今日為止還無法確定他們是與 X 人有何關係。……當時全體曉風團員對這「事件」之坦白的聲明，並表示對擁護抗戰，擁護統一戰線的熱忱，就證明他們大部份的動機都是純潔的。

因之，這種盲目底躁暴的舉動，相反的，卻恰好為 X 人所喜，所乘，而在某種程度上盡了破壞統一戰線的客觀作用。——這是多麼慘痛的錯誤。

「改良文明戲」論爭與宗派主義的清算

「曉風事件」之無結果，對於上海的劇運者，應該是一個很痛切的教訓，因而今後對於領導的方式問題，政治和理論修養教育問題，以及統一戰線的鞏固與發展問題，……要如何縝密地加以批判和整理，以免重複這種錯誤，而展開「孤島」劇運底光輝的前途。

但是，「孤島」的劇運者，顯然沒有注意到應作這一清算的舉動。因之，在「曉風事件」之後不久，竟然就犯着一個更嚴重的錯誤；[用]左傾關門主義的誣衊來代替理論的鬥爭，用宿怨加上捕風捉影的奇異猜測來當作論據，於是在「改良文明戲」論爭中，又擴大了他們的錯誤，而使他們在觀眾及讀者之前，陷於理論的破產。

「改良文明戲」的論爭的終結，是這種宗派主義和左傾關門主義

受到了嚴厲的清算，正確的理論克服了叫囂和誣衊的構陷，使文明戲的改良運動底社會意義和藝術價值，進一步獲得確定的原則和實行的步驟。使讀者和觀眾擁護的，不是「文明戲改良運動」中某些個人的「為了生活」底模糊的見解，以及盲動的「先鋒」「英雄」，而是這一運動達到了戲劇大眾化和戲劇界統一戰線之擴大底遠大的歷史意義。

「改良文明戲」的論爭中所反映的，是某些戲劇電影「理論家」患了政治上的近視眼，他們居然把文明戲和話劇對立了起來，以至鬧了一個用文明戲代表游擊戰，話劇是陣地戰底常識上的笑話。誰都明白，話劇與文明戲的分別，主要的是各自有其獨特藝術形式，所以牠們兩者同時都可能採取陣地戰或游擊戰。這兒所謂陣地戰或游擊戰，自然是指演出的方法，換言之也就是戰術，它本身的藝術形式並不因之而改變的。但是某些人因為把軍事學上底名詞的濫用，因之，就把正確的理論顛倒了過來，因而犯了左傾幼稚病的錯誤，在某種程度又重複了破壞統一戰線的客觀作用。

「改良文明戲」論爭的展開，雖然大體上是克服了理論混亂的傾向，教育了政治認識落後的所謂「理論家」之輩。但是卻依然沒有清算了宗派主義的行幫傾向，特別是一開始就以誣衊底愚昧方式，來中傷同一戰野的戰友，出空虛而不負責的「特刊」來構陷他人。因為這種傾向不曾清除，因之，在「魯迅風」論爭展開之前，[15] 某一通俗文學家隨着又盡了同一的挑撥的客觀作用。……如果說，「改良文明戲」到底也有若干成就，那麼，這成就恐怕也僅是一部《不夜城》的劇本。（至於根據曹禺的《原野》所改編的《虎子復仇記》，[16] 不僅是失敗，而且也失去了本來的面目。）

「文明戲改良運動」顯然受着論爭的影響，才進一步地把正確的

15　1938 年，上海文壇一度展開「魯迅風」論爭，問題聚焦於孤島時期上海作家爭相模仿魯迅雜文的風氣。其後《魯迅風》雜誌於 1939 年創刊，成為孤島文壇新的雜文陣地。

16　《虎子復仇記》，顧夢鶴 1938 年所作話劇，根據曹禺的劇本《原野》改編。

路線建立了起來，而「改良文明戲」的論爭則以座談會的形式而結束；這結束，証明〈為了生活〉以及〈文明戲的改造〉（蕭旃）這幾篇含有建設性底鬥爭的理論之正確。

文明戲與舊戲改良的成就

我們清算了這些理論上和劇運指導上的錯誤，回轉來我們看去年上海劇壇底多方面的活動。我們在話劇方面已經檢討了「孤島」初期底主要活動的幾個戲劇團體；在後面，我們還得申論到各個新劇團的萌芽。而在這裏，特別要說的是舊戲的改良運動。這運動，比較文明戲的改良運動的成就偉大得多。文明戲的改良雖然在皇后劇院和綠寶劇場先後實踐，[17] 但是並沒有多大的收穫；這主要的原因是由於參加改良運動者，沒有中心的計劃，步驟和原則，他們底理論的混亂，——有的竟然把這運動看到為了要消滅文明戲與話劇的界限，（不論是提高文明戲水準或降低話劇的水準），而不明白這種改良，主要的是應該促使這種戲劇從業員底政治的醒覺，把這運動看做羣眾的運動，社會的運動，同時也是藝術的運動；換言之，就是使他們參加並且擴大了戲劇界的統一戰線，並且把戲劇大眾化這藝術上的任務和政治的任務相連結起來。

「文明戲改良運動」的失敗，是參加者沒有堅強的耐心，以及作過高的幻想，及過份誇張的宣傳。

舊戲的改良運動是沉默地在進行的，在這一方面的成功者，主要的是周信芳（麒麟童），歐陽予倩和朱石麟，以及金素琴，金素雯……等等。——不過，這裏所指的舊戲改良，大抵只是指平劇；年前洪深曾有改良蹦蹦戲的冀圖，但是卻不曾進一步的實踐。

17　皇后戲院創立於 1935 年，原為「新世界遊樂場」的一部份；綠寶劇場創立於 1938 年。這兩個劇場皆是上海孤島時期文明戲、話劇改編及演出實踐的重鎮。

舊戲的改良運動在幾年前就已經開始，上海戲劇聯誼社曾一度舉行過座談會，到會者有歐陽予倩，周信芳，趙景深……等。而周信芳對於這改良運動，也老早就在進行中。全面抗戰展開後，戲劇界救亡協會成立，田漢，陽翰笙……等也曾有改編舊戲劇本之議，並且在歌劇部中成立了編劇委員會，這事後來因我軍西撤就擱置了。只有歐陽予倩仍然不斷的在努力進行，結果編成了《漁夫恨》（1937），《梁紅玉》（1937）和《桃花扇》（1937）幾個深有國防意義的話劇，由金素琴……等在「孤島」上先後上演。

周信芳和歐陽予倩不僅是舊劇改良運動的倡導者，並且還是個有力的實踐者。上海淪陷後他們更積極的在這一方面努力。編劇方面，除了歐陽予倩以外，朱石麟也曾編過一幕《徽欽二帝》（1937），也是深有國防意義的歷史劇，這劇後來曾經周信芳，高百歲……等在卡爾登大戲院演出。[18]

舊戲改良運動雖然獲得相當成就，但是遺憾的是：並不隨着這改良運動的進展，——特別是強調了適應於抗戰的新內容，而使舊劇界內部的統一戰線，建立了起來，以及跟話劇界取得密切的聯結，來擴大戲劇界的統一戰線。而且，尤其遺憾的是，除了平劇以外，別的歌劇部門的改良運動，也沒有普遍地展開。

小劇場運動之復活

這一年間上海劇壇較高的成就，雖然是平劇的改良；但是話劇方面底小劇場運動之復活，也很值得我們的注視。

可以說，星期小劇場的出現，是話劇界統一戰線之又一形式；如果正如我們前面所指出，青鳥劇社是「孤島」劇人之大聯合，那麼，星期小劇場則是「孤島」小劇團在工作上的統一；他的組成單位，不

18　卡爾登大戲院，創立於 1923 年，孤島時期上海抗日話劇的根據地。

是個人而是獨立的小劇團。

　　不論在組織上或工作方針上，這星期小劇場，與戰前（一九三六年）的實驗小劇場（原名「星期實驗小劇場」）全然無關。但是他們仍然是企圖復興這一運動，都是極其顯然的事。

　　星期小劇場是隨着青鳥劇社之誕生而產出的。在第一第二兩期公演中，先後演出了〈黎明〉，[19]〈棄兒〉，[20]〈嬰兒殺戮〉（*Eiji Goroshi,* 1920），[21]〈鎖着的箱子〉（*The Locked Chest,* 1901），[22]〈小丈夫〉，[23]〈結婚〉（*The Wedding*），[24]〈母親〉，[25]〈母親的夢〉，[26]〈白茶〉，[27]〈忍受〉，[28]〈晚會〉，[29]〈月亮上昇〉（*The Rising of the Moon,* 1907）……等獨幕劇。[30]以數量上說，

19　〈黎明〉，荒煤（陳光美）1936 年所作獨幕劇本。

20　〈棄兒〉，章泯所作劇本，收入 1937 年上海新演劇社出版的《棄兒》。

21　〈嬰兒殺戮〉，日本劇作家山本有三（Yamamoto Yūzō, 1887-1974）於 1920 年創作的劇本，1924 年由日本改造社出版。中譯本由田漢於 1928 年翻譯，收入同年上海東南書店出版的《日本現代劇三種》。

22　〈鎖着的箱子〉，英國作家約翰・麥斯菲爾（John Masefield, 1878-1967）於 1901 年出版的獨幕劇本，中譯本由焦菊隱翻譯，收入 1929 年上海商務印書館出版的《現代短劇譯叢》。

23　〈小丈夫〉，章泯所作劇本，收入 1937 年上海新演劇社出版的《棄兒》。

24　〈結婚〉，蘇聯劇作家左琴科（Mikhail Zoshchenko, 1895-1958）所作喜劇，1937 年由姜春芳翻譯，發表於《光明》第 3 卷第 2 期。

25　〈母親〉，田漢於 1932 年根據高爾基（Maxim Gorky, 1868-1936）的長篇小說《母親》（*Mother,* 1906）改編的獨幕劇，後收入 1941 年上海三通書店出版的《田漢代表作》。

26　〈母親的夢〉，李健吾於 1927 年所作劇本，後收入 1936 年上海文化生活出版社出版的同名劇本集。

27　〈白茶〉，蘇聯劇作家班珂（Banko）所作劇本，由曹靖華翻譯，收入 1927 年北京未名社出版的《白茶：蘇俄獨幕劇集》。

28　〈忍受〉，尤競於 1935 年所作獨幕劇，收入 1937 年上海生活書店出版的《漢奸的子孫》。

29　〈晚會〉，田漢於 1936 年所作獨幕劇，收入 1937 年上海北新書局出版的《黎明之前》。

30　《月亮上昇》，愛爾蘭劇作家格雷戈里夫人（Lady Gregory, 1852-1932）於 1907 年創作的的劇本。這一劇本有多個中譯本，其中以舒強、何茵等人以《三江好》為名的改編本最為通行，1938 年由武昌戰爭叢刊社出版。

在這種困難的環境之下有這許多獨幕劇的演出，不能說不是相當豐滿的收穫；尤其是在這些演出中的工作者，大抵多是劇壇上的「新人」。

自從一九三六年夏實驗小劇場在惡劣的環境中夭折之後，小劇場運動已經沉寂了整整的兩年，因此，即使他們——星期小劇場——的成就尚不如我們之所期，但是他們的努力卻是值得我們重視的。為了推動小劇場運動在新的鬥爭環境之下奠立牢固的根基，在這裏，我們似乎有稍為指出他們底弱點的必要。

首先沒有周密的上演目錄和工作計劃，是他們重複了青鳥同樣的錯誤之一。為了滿足上演的需要，大量的劇作的產生，是非常重要的。因此，注意劇作人才的培植，或者組織編劇者協會（譯者也可以包括在內），來經常討論供應劇本的問題，是解決這困難的重要方法和必要的步驟。

關於上演目錄和劇本荒的問題，擴大起來說，甚至於也是上海以及內地的劇團所急須解決的問題；但是比較上說，星期小劇場假如要作經常的公演，以及喚起廣大的小市民（觀眾）的注意，那麼，牠的重要性也遠在其它劇團之上。同時，劇作的大量生產，也無形中解決了其它劇團的困難。關於這一點，年前實驗小劇場與劇作者協會合作的經驗，是可以作為很好的參証的。

其次，星期小劇場的組織方式，以各劇團來做單位，固然很好，但是必須注意到工作步調之一致，以及聯合的緊密，否則就容易引起內部的磨擦；而且，假如以變形的聯合演出的話，也必須採用工作競賽的方式，才能克服某一劇團的怠工或敷延。[31]

再次，沒有從理論與實踐的統一，來把小劇場運動的理論基礎奠立起來，因之，就不免使這一年來底小劇場的活動，客觀上形成了自生自滅的活動，而不是有目的意識的運動。

31　「敷延」為日文詞彙，即漢語中「敷衍」之意，使用情況同見於魯迅《二心集》
　　〈序言〉。

　　根據着這幾點，我們就可以明白，為甚麼這一年來「孤島」的小劇場活動，沒有從許多小劇團中發掘出更多的「新人」來，因而對於年前實驗小劇場底有計劃的活動方式及其經驗，就越發值得我們珍視了。

深入各社會層的小劇團活動

　　跟小劇場之復活同樣引起人們注視的，是這一年來「孤島」小劇團底發展之蓬勃；尤其是，這些新起的小劇團，大抵多是在各社會層中建立起來的。以前上海的小劇團活動，僅圍繞在知識份子（學校或文化人）或工人之間；這一年來，則廣大的展開了小市民層的戲劇運動。自然，如果更正確地從歷史的根源上來說，則小市民層的劇運的興起，是遠在數年之前的，牠隨着文化各部門，——特別是社會科學之通俗化運動，而開始在小市民層中種下了根苗，但是蓬勃地發展起來，卻是抗戰後和我軍西撤後所看到的現象。

　　這種現象，自然也有它底客觀的社會的根源。一方面，是表現着抗戰軍興後上海小市民層之廣遍的醒覺；這醒覺，也與這一年來上海社會科學者深入各社會層的教育活動，有密切的關聯，或者甚至於可以說，是他們底成果之一。另一方面，則是這一年來底環境底變易，使他們不得不從社會科學的探討以外，來尋求藝術上的調劑，來改變他們底枯燥的社會生活。所以，一般地說，他們的活動大抵多是自發的。

　　這一年來底小劇團的活動，最蓬勃是後半期，特別是一九三八年底與三九年初。像聖誕節前後培成女中和許多學校的公演，以及新年後職業婦女俱樂部之公演多幕劇《女子公寓》等等。

　　這以前，上海基督教學校的學生團體，又曾經在法工部局大禮堂作一度聯合公演，演出了《慾魔》；[32] 滬江劇團也差不多在相近的時

32　《慾魔》，歐陽予倩 1936 年所作劇本，改編自托爾斯泰（Leo Tolstoy, 1828-1910）所作五幕劇《黑暗的勢力》（*The Power of Darkness*, 1886），1939 年由上海現代戲劇出版社出版。

日間，演出了獨幕劇〈放棄〉，[33]〈求婚〉（*A Marriage Proposal, 1889*）和〈忍受〉；[34] 而銀錢劇團（銀錢業業餘聯誼會主辦）則先此一月之前，上演了《日出》。並且在聖誕節前後這幾日間，工部局華員俱樂部還主持過一次較大規模的公演，參加者有工華 [，] 職婦，益友，洪荒等四個劇團，上演劇目有〈放棄〉，〈街頭人〉（*The Man On The Kerb, 1908*），[35]〈三小姐的職業〉，[36]〈十點鐘〉（*The Clock Strikes Ten*），[37]〈蠢貨〉（*The Bear, 1888*），[38]〈一杯牛奶〉和〈啞妻〉（*La Comédie de celui qui épousa une femme muette, 1908*）等。[39]

除了小市民層和學生的戲劇活動外，工人的劇運在這一年間也相當活動，特別是由工人學校所發動的小演出。

這種深入各社會層的戲劇活動，是今後「孤島」劇運之展開，以及藝術或文化的統一戰線之在各階層的深入和擴大底一個好現象。然而，必須引導這種 [自] 發的發展，[40] 轉變到有計劃的，與整個劇運底步驟相配合和一致，才有高度的收穫的可能。

---

33 〈放棄〉，英國劇作家約翰遜（Philip Johnson, 1900-1984）所作劇本，由藍洋、許子合譯，收入 1939 年上海劇場藝術出版社出版同名作品集。

34 〈求婚〉，俄國劇作家契訶夫（Anton Chekhov, 1860-1904）所作獨幕劇，由曹靖華翻譯，收入 1939 年上海光明書局出版、舒湮編《世界名劇精選》第一集。

35 〈街頭人〉，英國作家蘇特羅（Alfred Sutro, 1863-1933）所作獨幕劇本，由趙惜遲翻譯，收入 1924 年上海商務印書館出版《現代獨幕劇》第一冊。

36 〈三小姐的職業〉，尤競 1935 年所作獨幕劇，收入 1937 年上海生活書店出版、胡蘭畦編《漢奸的子孫》。

37 〈十點鐘〉，D. E. Hickey、A. G. Prys-Jones 合著劇本，由沙蘇翻譯，收入 1939 年上海劇場藝術出版社出版劇本集《放棄》。

38 〈蠢貨〉，契訶夫於 1888 年發表的獨幕劇。由曹靖華翻譯，收入 1940 年上海開明書店出版同名獨幕劇集。

39 〈一杯牛奶〉，石靈 1935 年所作獨幕劇。〈啞妻〉，法國作家法朗士（Anatole France, 1844-1924）所作劇本，最初由沈性仁翻譯，載於《新潮雜誌》第 2 卷第 2 期（1919 年 12 月）。

40 「自」，原文誤植為「且」。

上海劇藝社與紅星劇場

　　最後，我們應再論到兩個繼青鳥劇社，[41]上海藝術劇院以及曉風劇團的終結而產生的較大的劇團，其一，是由上海中法聯誼會話劇組所主辦的上海劇藝社；其一則是以純職業劇團的姿態而出現的紅星劇場。前者，是李健吾等所主持的業餘戲劇團體，而演員則大部份是上海藝術劇院的成員，在上演目錄的規劃和組織上是比較進步了一些，所以在排演上沒有再重複青鳥劇社時期那種馬虎的現象。後者是繼承着文明戲皇后劇院的舊作風而創辦的劇團［，］主持者及演員雖大體上是「新人」及明星訓練所的學生，但是實際上都仍然是由前上海藝術劇院的成員來設計。

　　上海劇藝社到現在為止，先後作了兩次公演，第一次演出了根據法國巴若萊（Marcel Pagnol）的劇本改作的《人之初》(*Topaze*, 1926）；[42]第二次演出了羅曼羅蘭（Romain Rolland）的《愛與死之角逐》(*Le Jeu de l'amour et de la mort*, 1924），[43]和美國奧尼爾（Eugene O'Neill）的獨幕劇〈早點前〉(*Before Breakfast*, 1916）。[44]在演出的成果上，這幾幕劇都有着很好的收穫，一般地說，藝術水準的高度，是在這一年來底「孤島」劇壇上是應獲得較好的評價的。

　　除了上海劇藝社的演出，中法聯誼會還創立了一所中法劇藝學校，由褚民誼任董事長，馮執中任校長；它們的目的似乎是訓練戲劇

41　此句原文「劇社」前面誤植「一」字，已刪去。

42　《人之初》，又名《金銀世界》，顧仲彝根據法國作家馬瑟・巴紐（Marcel Pagnol）的諷刺喜劇《托帕茲》(*Topaze*, 1928）改編而成的四幕劇。

43　羅曼・羅蘭（Romain Rolland, 1866-1944），法國作家、思想家、音樂評論家、社會運動家。他在 1898 至 1938 年間撰寫了一系列以法國大革命為中心的劇本，《愛與死之角逐》是其中之一，也是羅曼・羅蘭第一部被譯介到中國的劇本。參考馬曉冬：〈認同與距離——大革命戲劇《愛與死的搏鬥》在中國〉，載《跨文化對話》第 38 輯（2018 年 5 月）。該劇中譯本最初由徐培仁、夏萊蒂翻譯，1928 年由上海創造社出版。李健吾譯本《愛與死的搏鬥》1939 年由上海文化生活出版社出版，收入「文化生活叢刊」。

44　奧尼爾（Eugene O'Neill, 1888-1953），美國劇作家。

的新人才，所以包含了話劇與崑劇兩個部份。

　　不用說，訓練新的戲劇人才在目前是非常需要的，然而，學校式的訓練，必須和實踐相連，才能使從學校到社會的人才能夠適應於實際；換言之，就是不是單獨地作學院式的研究，而要和實踐的活動相一致和聯接起來。

　　紅星劇場的出現是在皇后劇院「改良文明戲」失敗以後，也就是一九三八年的末期。先後演出的《狂歡之夜》（根據果戈理（Nikolai Gogol）的《巡按》（*The Government Inspector, 1836*）改編），[45]《女子公寓》，《雷雨》……等等。因為過份從商業化上決定其經營的方針，所以所謂職業化的實行，並不像年前業餘實驗劇團那樣獲得藝術上底高度的成就，同時，在營業上因之也並沒有很大的把握。這裏，很明顯的表現出它是重複了青鳥劇社時期的錯誤，不從工作態度之認真上去打開新的活動地盤。幾乎所有的戲都是在倉卒中排演以及上演的。這就形成了相近於文明戲的傾向。

　　自然，這種現象的形成，也有着它底困難的因素存在，特別是主辦人（投資者）對藝術和文化的不理解，以及和工作者之間不能密切的合作。

　　從青鳥劇社到紅星劇場，以時間來說，恰好是表現着這一年底上海劇運的發展與演變。而在這一年中，特別繁複地顯示着這是上海劇壇底最紛亂的一年，一方面可能發展的大道卻沒有被正確地引導向前發展；另一方面，消耗在人事的爭持及宗派成見的糾纏上，又相對地阻遏了這發展的速度。……但是痛切地說，則這個發展與演變的過程，實在是由於劇運者底認識的落後，因而沒有正確地運用新的戰術與戰略，集中「孤島」劇運的力量，來強固和發展戲劇界的統一戰線的原故。

45　果戈理（Nikolai Gogol, 1809-1852），俄國現實主義小說家、劇作家。《巡按》為其創作的五幕喜劇，又譯作《欽差大臣》，於 1836 年首演，同年劇作發表。1938 年史東山據此改編為《狂歡之夜》。

　　在整個抗戰的行程中，這一年的「孤島」劇運，不過是艱辛的長夜中底一個時期，——也就是在客觀上決定它是低潮的時期，今後，隨着抗戰新時期的發展，上海劇運者必然會根據着這些經驗，清算和改正了舊有的錯誤，而使上海的劇運更光輝地樹起新的根基來的。——我們在期待。

（一月十八至二十三日，一九三九。）

選自《大公報‧文藝》第 537-540 期，1939 年 2 月 28 日-3 月 3 日

關於〈上海劇運的低潮〉——致編者

李健吾

最近在貴刊讀到旅崗先生一篇孤島劇運總結算的文章，其中有些敘述和事實不符，雖說僅僅看到兩天，沒有拜讀全豹，已經覺得有立即更正一下的必要。

第一，上海藝術劇院我曾經參加組織，裏面有歐陽予倩先生（不久去了兩廣），許幸之先生，顧仲彝先生，岳煐先生（新近去世）。我們都和青鳥劇社沒有甚麼關係，尤其是顧〔、〕岳和我。在籌備期間，我們根本沒有聽說曉風劇團。其後知道了，但是一個是業餘愛美組織，一個是職業老闆制度，我們絲毫沒有感到違迕。上海藝術劇院中間有一部份人曾經是青鳥的社員，然而說不到它的一枝，更遑論乎正統。

第二，所謂某通俗文學家想係指阿英先生。阿英先生是上海藝術劇院的一個發起人，忙於私人工作，很少抽出時間聚會，我沒有發見他有任何把持的事實。他和曉風劇團的關係，就我所知，也和旅崗先生所說不同。關於這一層，如果旅崗先生舉不出真憑實據，便近乎捕風捉影。

第三，上海藝術劇院自來沒有過問「曉風事件」。既沒有存心事先破壞，更沒有落井下石，事後攻訐。它的始末只有《大英夜報》清楚。後來《大英夜報》道歉了結。

第四，上海藝術劇院從來沒有由「曉風事件」聯想到業餘實驗劇團。曉風劇團有業餘的團員，上海藝術劇院何嘗沒有，劇務方面的徐渠先生便是。所以，假如不是旅崗先生有意挑撥三方，特別是在內地從事艱辛工作的業餘同人孤島劇人的情感，便是他個人的幻想。

第五，上海藝術劇院進行登記，沒有得到法租界當局允許，並非例外，用不着妄加揣測。劇院本身缺乏合法的存在，演出計劃何從實

施？即就劇本而論，我改譯《撒謊世家》，[1] 排了一月有餘；岳煐先生改譯《交際花》（*La Parisienne*, 1885），[2] 排過三次；顧仲彝先生譯成《開天闢地》，[3] 而于伶先生的《花濺淚》已然寫出一幕。所以，登記未得允許，是一個致命傷，而旅崗先生卻那般輕描淡寫。接到領事通知，我去謁見政治部當局，才知道便於應付環境起見，法租界定下一個原則：不許話劇團體在法租界設立社址。曉風劇團未曾進行登記，即如在卡爾登（Carlton Theatre）舉行公演的藝林劇社，新近也被強制遷移。

第六，旅崗先生對於孤島劇人的政治道德深有所憾，據說還有文章發表。可惜我沒有過目，也沒有聽人提起。不過，就我所知，還沒有發見甚麼嚴重的可憾。「曉風事件」是一個謎，因為財東始終不肯正面解釋。但是，《大英夜報》道歉，也是事實。為甚麼揭發了又道歉？假如是上海藝術劇院方面陷害，《大英夜報》何必代人受過？所以，旅崗先生遽爾予以肯定，從而指斥曉風劇團的團員，[不]免過於天真。[4]

因為篇幅限制，不能詳細說明，但是，有幾句話，我想還是說出來好。旅崗先生既談孤島戲劇，一定常在圈子左右徘徊。可是，經我詢問結果，沒有一位能夠說出他在圈子裏面。有人說，他是反對文明戲改良的蕭旐先生。也許不是。有一件事是真的：就是他沒有和孤島從事劇運的有過較深的來往。假如是一位逢戲必看的觀眾，他可以多寫劇評，做為旁山一助。然而，如果要談甚麼內部組織問題，僅僅道聽塗說，便做為事實報告出去，我覺得是一種危險。也許旅崗先生要說，他們有「宗派主義」在，我插不進去。因為自己沒有身列其中，

1　《撒謊世家》，李健吾 1939 年發表的劇本，改編自美國劇作家克萊德·費奇（Clyde Fitch, 1865-1909）的四幕劇本《真話》（*The Truth*, 1907）。

2　《交際花》，法國劇作家柏克（Henry Becque, 1837-1899）於 1885 年發表的三幕喜劇。岳煐譯本於 1938 年由上海戲劇出版社出版。

3　未見顧仲彝關於《開天闢地》的出版記錄。

4　原文遺漏「不」字，現據文意增補。

便可以誣衊誹謗，不顧影響利害，勿怪我往往聽見戲劇同志說到封鎖新聞。正確的報導尚且誤事，何況一半耳聞，一半虛造？孤島劇運的大門四開，站在一條線的，人人進來，只有旅崗先生看見「宗派主義」。就我而言，向例人人頭痛我的所謂藝術立場，然而，大家賜以接納，沒有一腳踢我出去。天無絕人之路。天也隨人所好。誠意和工作是相互諒解的無二法門。經驗以外的閑話要少說，糟踏光陰沒有甚麼，可怕的是害了無辜的一羣。孤島上還有比從事劇運的一批青年可敬而又可悲嗎？他們的沈毅怕是旅崗先生所意想不到的。然而臨了得到些甚麼？一頓「政治」呀，「道德」呀的空口教訓。還有更無情的，更高步闊視的？

編者先生，我同任誰沒有仇恨，但是，我為那羣可敬而又可悲的青年難受，不，簡直忿怒。我和他們廝混了一年，這一年糾正了我的褊狹，開展了我的視野，加深了我的同情。也許有人以為我在徇私，因為我如今顯然和他們打成一片。我有一句話回答：我的志願不全在戲劇，隨時準備退出。希望我的「宗派主義」沒有妨害任誰出入。原諒我情感用事。

今天讀到上海文化界各團體的一個告同人書，其中第五項是關於孤島話劇的，引在這裏做一結束：

「話劇界在此次抗戰期中，是很有工作表現的一個部門，自國軍西移後，話劇界始終在繼續工作之中，我們希望今後除努力於公演外，對於新劇本的製作，更應加以努力。其他若干平劇遊藝各界的改良運動，也是迫不容緩的事。」

三月於上海

選自《大公報·文藝》第 579 期，1939 年 4 月 12 日

孤島文壇

子壽

　　新近，有幾個文化人聯合了美國朋友創辦個圖書公司，定名好華圖書公司 [Howard] Book Co. [1] 設辦事處在福州路八十九號大樓，預備專門發行文藝性的著譯。不日即可出版的，有二個譯本：那是史特 [朗]（Anna Louise Strong）著的《為自由而 [戰] 的中國》（*One-fifth of Mankind*, 1938）[2] 和勃特蘭（James Bertram）近著《華北前線》（*North China Front*, 1939），[3] 都是報告文學。前者原本刊有宋美齡夫人的序言，譯者為 [伍] 友文，[4] 全書計十三萬言左右；後者篇幅較多一倍，約於下月初旬發行。

　　說起勃特蘭 [J. Bertram]，[5] 還可以介紹他的前一著作《中國的新生》（*Crisis in China*, 1937），[6] 那是一部以西安事變的爆發，發展和結束做主體，而指出新舊中國正在激烈地成長和沒落的經過的報告文學。作者是西安事變的目睹者，而且，在那時的情況下，外國記者常容易

1　發行商全名為「美商好華圖書公司」（J. H. Howard），原文誤植為「Hawand」。

2　史特朗（Anna Louise Strong, 1885-1970），美國記者、作家，曾六次造訪中國，以其對蘇聯和中國共產主義運動的報導為人熟知。其書 *One-fifth of Mankind* 中譯本《為自由而戰的中國》於翌年出版（伍友文譯，上海棠棣社出版，美商好華圖書公司發行），現據原出版信息修訂書名。

3　勃特蘭（James M. Bertram, 1910-1993），紐西蘭記者、作家，1936 年受聘於英國多份刊物作自由撰稿員，前往北平採訪，1939 年發表 *North China Front*。中譯本《華北前線》同年由伍叔民翻譯、上海棠棣社出版、美商好華圖書公司發行。

4　「伍友文」，原文誤植為「任友文」。

5　「J. Bertram」，原文誤植為「J. Bentram」。

6　此書原著於 1938 年再版，書名改為 *First Act in China: The Story of the Sian Mutiny*。中譯本《中國的新生：西安事變的真實記錄》由林淡秋翻譯，1939 年由《每日譯報》圖書部出版。

得到若干比較珍貴的材料，所以本書內容頗豐富；但作者的觀察，則未見如何的深入精到。寫作的態度尚稱公正，十分褊袒之處還沒有。譯者是林淡秋，譯文的大半曾發表於《華美周刊》，現在結集出版，是由《每日譯報》圖書部辦理，定價六角五分。

舒湮最近到上海，為《文匯報》的副刊「世紀風」寫點回憶的文字。他發表在《抗戰》三日刊上的〈邊區實錄〉，很有刊行單行本的分量，因此，他便將幾篇性質相同的餘稿附入，以《戰鬥中的陝北》為總名而付刊，最近將由《譯報》發行。[7] 其為《文匯夕刊·燈塔》寫的〈延安行〉，長篇連載，迄今已是第十二節，敘述和毛澤東主席會談的經過，將來大概也將單行的。

拜侖（George Byron）出亡後在瑞士烏契 [O]uchy 所作的敘事詩 *The Prisoner of Chillon*（1816），[8] 係描寫瑞士愛國志士蓬涅華德（François Bonivard, 1493-1570）等人艱苦奮鬥從事革命的經過的史詩，現由張葉舟譯出，即將刊行，定名為《希陽的囚徒》。

黃源現在皖南新四軍中服務，最近黃氏有信給留滬的兒子伊凡，拿照料自己的小勤務兵（只十五歲）的豐富的生活經歷和遠大的志向告訴他，並且叫他要好好念書，多多學習。

《大美晚報》（*Shanghai Evening Post and Mercury*）的副刊，[9] 除朱惺公編輯的「夜光」外，現有七個週刊；名目是「出版界」、「記者」、「婦女生活」、「文藝生活」、「週末」等。「週末」於星期六發刊，登些影

7　《戰鬥中的陝北：邊區實錄》，1939 年由《每日譯報》圖書部出版。

8　拜侖（George Byron, 1788-1824），今譯拜倫，英國詩人。烏契（Ouchy），原文誤植為「Guchy」，瑞士洛桑南部港口。

9　《大美晚報》於 1929 年在上海創刊，前身為《大晚報》（*Evening News*），1930 年與英文報紙《文匯報》（*Shanghai Mercury*）合併，改名為 *Shanghai Evening Post and Mercury*。1933 年起《大美晚報》出版中文版。1937 年又增刊《大美晚報晨刊》，宣傳抗日。

評劇評之類的娛樂指導文章；「出版界」和《譯報》最近附刊的「上海讀物」上，發表着新書新刊的述評，和對上海貧乏的出版界所希望的和感想的小論文，內容都不差；「記者」和《譯報》附刊的「新聞學」最近都熱烈的討論怎樣建立和發展游擊區的地方報紙；頗有收穫之「婦女生活」在婦女節日創刊，女作家 [姜] 三石主編，[10] 內容頗精采，包括婦女問題的多方面；「文藝生活」也是新發行，平平而已。

被譽為孤島文藝的輕騎的雜文，較著 [名] 的作家是文載道，[11] 王任叔，風子，柯靈，孔另境，周木齋，周黎庵，屈軼等人，其作品散見各報章副刊，常加花邊以資識別。前此，文匯報館嘗集六人的雜文（王任叔，孔另境未與其事），刊印《邊鼓集》行世；[12] 近，前列七子又將雜感合刊，名《橫眉集》以誌其義憤填膺，[13] 始以筆墨宣洩之心情。已付印，尚未出版。

錫金來上海，有一時期的勾留。[14] 在《世紀風》週歲特刊上，發表過〈抗戰詩歌一年間〉的回憶；他也寫雜感，如《魯迅風》週刊第四期上的〈教士的工作〉；[15] 詩篇也間有發表，新作如〈夜泊吳淞口外〉，舊作如珠江口的〈海珠橋〉（見《文藝新潮》三月號）等，頗給上海讀者一種新的口味。他忘不了廣州，擬開始寫〈長堤〉，〈最後的火炬〉等，來結束他和廣州的「詩緣」。

衛聚賢在上海辦一個專攻文字語言歷史考古的學術性的刊物——《說文月報》，已出兩期；另外他在編纂一部根據字義而分類的辭典，

10　「姜三石」，原文誤植為「未三石」。

11　原文遺漏「名」字，現據文意增補。

12　《邊鼓集》1938 年由文匯報有限公司出版，收入「文匯報文藝叢刊」。

13　《橫眉集》1939 年由世界書局出版，收入「大時代文藝叢書」。

14　蔣錫金（1915-2003），詩人、學者、魯迅研究專家、兒童文學研究者，抗戰爆發後投身抗戰文藝運動。

15　原文「教士的工作」後誤植「是」字，已刪去。

名為《字源》；預備分〈字音〉〈字形〉〈字義〉三篇，目的是「整理」國
故，「給新興的改良中國文字的人們一點智識」。這是一椿偉大的工
作，歷時一年，「所耗不資」，而所收穫的，僅是在《說文月報》上所
發表的〈字音〉〈字義〉〈字形〉三篇舉例上的材料；現在初步已告段
落，將主張及計劃宣佈，待大家討論及提供意見。並聞他將底稿一
份，寄瑞典漢學家高本漢（Bernhard Karlgren, 1889-1978）請教，以收
集思廣益之效。

選自《大公報‧文藝》第 581 期，1939 年 4 月 14 日

香港的詩運

袁水拍

　　如果一提及廣州未失守前，省城裏以及別的縣份的那種蓬勃的詩歌運動，或則更把遠些的重慶，昆明和西北來看，那麼香港的詩運可說是非常岑寂的。過去僅有「藝協」的少數次朗誦會，座談會。[1] 所表現在各日報副刊上的創作詩，多數是膽小地，局促地位置着一個不受人注意的篇幅。直到不久以前，新詩社有了《十日新詩》之刊出，詩月刊《頂點》之即將出版，以及最近《中國詩壇》出版了復刊號，一個中斷的詩歌運動彷彿又開始了它的甦蘇，而且正在向着廣大的路途跑。[2]

　　詩歌工作者目前所急於要努力的便是這個運動的推進，更深度地，並且要加闊它的發展。譬如普遍地接觸到羣眾，質的提高，通俗化歌曲的大量製作，舊形式的運用（特別是粵語的曲調），朗誦的實踐等。

　　「口號標語式」的詩歌所以為論家詬病，原因並不在詩歌本身的意向的不夠積極，或題材的不正確，而是詩作者技巧上沒達到成熟的地步。他們的創作態度和題材的選擇倒多數是很可取的。評論家一方面要指示他們脫離幼稚的創作積習，一方面應該更積極地鼓勵他們修養磨鍊那枝歌唱的筆桿。如果過份地苛責詩作者，要求捨棄口號標語，也許會發生我們所更不願意見到的現象，就是無關抗戰的作品，或則「並不十分違背抗戰」的作品。即使沒有這樣不幸，那末發現太

1　「藝協」，指 1937 年 5 月創辦的香港中華藝術協進會。

2　《十日新詩》，見於戴望舒主編《星島日報・星座》的新詩欄目；《頂點》，由戴望舒、艾青合編，主要刊登內地詩人的詩作；《中國詩壇》，在廣州出版，1939 年由黃寧嬰、陳殘雲等在港復辦。參考陳智德：〈起源及其變體：香港作家、香港文學與香港新詩〉，《現代中文文學學報》第 8 卷 2 期及 9 卷 1 期合刊（2008 年 1 月），頁 167-168。

多量的凄婉的短調（雖則我們也需要這個）[，]缺少了雄壯的戰歌，熱烈鮮明的口號式的作品，也並不很好的罷？如果我們覺得在一首詩歌中間需要明白強壯的口號，我們還是要毫不顧忌地插入。這個，雖則在某一特定處所，譬如城市裏，很遠的後方，很輕鬆的環境裏，我們假定它不會感到有吶喊式詩歌的需要，也許在別的環境，別的羣眾間，這些詩會發生極大的力量。我們不必偏廢各種歌唱的形式，我們要多樣地製作，作各種的試驗，各依着適宜的路途發展，只要是服役於抗戰，明快的，或隱藏的，長調，或短調，朗誦的，或低吟的，一切戰鬥性的詩歌都好。達到最高度藝術水準的詩我們需要，沒有達到的也需要。需要再多些的鼓勵，決不是要求詩作者歇手，或則使他們減少創作的勇敢。

此外，朗誦的實踐也是詩運中不可忽視的要點。用朗誦的方式來接觸羣眾是到達宣傳的效果的必要手段[，]並且詩作者也藉此可以教育自己。最準確的評論固然從評論家的書案上我們可以得到[，]但同時也有別的最好的批評，存在於傾聽你朗誦的羣眾的口中。[Herbert] Read 曾說過，[3] 英國詩歌的出路在播音上。詩讀者的逐日降低數目，是緣由於詩與羣眾間的隔離，日益深廣。有生命的文藝是大眾的文藝，詩也是如此。如果詩的意義祇限於供給少數人低吟上，恐怕這樣的詩會得逐漸走近牠的窄狹的路的吧？朗誦的執行，可以消弭這危機。「歌以永言」這句話最足以說明詩歌的地位與性質。不能歌的歌，非但不能「永言」，自身也有臨到最悲哀的境界的可能。過去的中國新詩很有取消歌唱的傾向。劉西渭在《咀華集》中云：「……來日如何演進，不可預測；離開大眾漸遠，或許是一個不可避免的趨止。一個最大的原因，怕是詩的不能歌唱。然而取消歌唱正是他們一個共同的努力。因為他們尋找的是純詩，歌唱的是靈魂，不是人口……」

3　「Herbert」，原文誤植為「Huber」。赫伯特·里德（Herbert Read, 1893-1968），英國詩人、藝術評論家。

　　過世不久的愛爾蘭詩人時常說，[4]「一首詩一定要朗誦起來可以聽得明白，並且要具有一種力量來引動人，有聲音的美麗的迷人的力量。」

　　至於題材方面，我認為沒有機會上前線的詩作者，在沒有砲火的環境裏，不一定便沒有權利寫前方，寫砲火。現實主義不會被曲解做「現於作者周圍的實事之描寫」。現實主義也有理想和想像的權利。「現實不僅包含事件，也包含着觀念，思想，關於未來的空想，計劃等。」沒有到過巴黎的人可以寫《雙城記》（*A Tale of Two Cities*, 1859）。沒有參加「鐵流」的人，可以寫《鐵流》（*The Iron Flood*, 1924）。[5] 沒有做過漢奸的人，可以寫漢奸的心理。虛無的，不根據事實，調查或報告的材料的架空的妄想，才是要不得的。反之，則作者還是可以充份地運用他的想像力，雖則我並不否認這是比較艱難的工作。如果我們願意放棄這類題材，讓直接參戰者去做得更好些，那麼在沒有烽火的後方的詩作者還是有着很多樣的題材可以寫作，描寫後方，打擊汪派漢奸有賴於諷刺詩的作者，國際政治社會現象勸募公債，獻金，獻力等都是題材。在香港，粵語通俗歌詞的生產也是刻不容緩亟待詩作者勞力的。

　　當歐美的經院的文藝批評家指斥窩脫‧惠特曼（Walt Whitman）的詩「不是詩」的時候，[6] 他們決不料這位叛逆的詩人成為後世革命的自由詩之始創鼻祖。他們認為惠特曼「提了一桶子污水到客廳裏面」，有些辱污了詩的尊嚴。今天我們都知道「這桶子污水」非但不「污」，非但是「詩」，而且是最好的詩之一。我們今天非但要提這桶水進到客廳裏，並且要把客廳的四壁打翻，請外面的人羣一塊兒來欣賞它。

4　指愛爾蘭詩人、劇作家葉慈（William Yeats, 1865-1939）。

5　《雙城記》，英國作家查爾斯‧狄更斯（Charles Dickens, 1812-1870）以法國大革命為背景的長篇小說。《鐵流》，蘇聯作家綏拉菲莫維奇（Alexander Serafimovich, 1863-1949）以俄國革命為背景的長篇小説。

6　窩脫‧惠特曼（Walt Whitman, 1819-1892），美國詩人、散文家，被稱為「自由詩之父」。

在十月革命期間，蘇聯的詩歌 [已] 經達到一個無可比擬的狂熱的時代。[7]《蘇聯詩壇逸話》中有這樣的記載：[8]「革命給了詩歌一個極大的突進。……在餓饉中的一個對於韻律的沉醉！那些有詩人們唸他們作品的地方，是立刻被一大羣很複雜的羣眾所佔據了，他們到那些地方去的唯一的目的是聽唸詩。政治家，藝術家，往時的妓女，中學女學生，大學生，從一個遼遠的村莊上來的目不識丁的農民，勞動者，戰鬥員們和傷兵，都擠到那些廳裏去。……俄羅斯的一切地方，一切階級的羣眾是被那言語底崩雪，字眼底音樂，形式底炙熱的酒精所魅惑着……在一切環境，一切地方，用一切語言來吟誦……在咖啡店裏，在私人住所中，在工人俱樂部，在演講會中，在露天廣場上，在會議的開幕時候，人們都唸着詩。……」

　　多麼熱烈的盛況啊！在抗戰的革命的時代裏，我們也需要，萬分需要着，詩歌的宣傳，詩歌的狂熱。一切詩歌工作者聯合起來罷！歌唱我們的偉大的時代！貢獻我們的最大的力量！

選自《星島日報‧星座》第 302 期，1939 年 6 月 6 日

7　「已經」，原文誤植為「雖經」。

8　移居法國的俄國猶太裔文學翻譯兼評論者本約明‧高力里（Benjamin Goriély, 1898-1986）於 1934 年出版《俄羅斯革命中的詩人們》（*Les Poètes dans la révolution russe*）；1936 年戴望舒翻譯此帕的部份篇章，合併編成《蘇聯詩壇逸話》，由上海雜誌公司出版。

門前雪總得掃掃——給旅港的文藝朋友們

蕭乾

　　究竟香港文化界和內地的在氣質上，態度上有甚麼不同呢？每一次我由內地回到香港，我這樣盤問自己。也許這分歧是命定的，因為內地和香港的生活根本是兩種味道。去年我由一個山城來到這個洋地方，第三天便被邀參加一個文化「座談會」。我這個鄉巴佬沒能終會便逃了出來。那天的「遊戲」節目是用「某某人」「在某地」「做某事」為中心，一位朋友被配成「在廁所裏，紀念九一八」。那正是距九一八沒多久以前。那遊戲的好處是使我回憶到幼稚園的時代，年輕不少；壞處是使我不忍再聽下去。

　　這次我由滇緬旅行回來，剛放下鋪蓋沒多久，又逢到一個文化界的集會。這回遊戲似乎是沒有了，換上的是明星的歌唱，這個琴那個琴和許多我這鄉巴佬根本不懂的。我因為那時腦子裏塞滿了一些別的（而且其中有些是流血的故事）[，] 我沒敢去。

　　內地的作家們今日在怎樣地過活，識人不多，路走的尤少，筆者在此不便作概括的陳述。但戰爭顯然已把最闊氣的都打窮了，把最愛舒服的打得能受苦了，把最文弱的可也打得硬繃繃的了。文章好壞是另一問題，至少所有作家都想寫，而且空戰也罷，俘虜也罷，都想寫點實地的東西。因而，一個很普遍的想頭，大家都巴望往前線走走。因為這樣轉一趟，不但回來可以寫點真實東西，不必在大城中吹着電扇製造硝烟，同時，也可以給前方作戰的弟兄們一點鼓舞，使他們在精神上與後方的同胞們保持相當連繫。

　　在王禮錫領導之下，新近由重慶出發的「作家前線訪問團」這時大約已踏入山西境內了。前接該團十五個團員之一的楊朔來信說：「明天（六月十五）我們便出發了。此行路線是重慶，成都，西安，延安，綏遠，山西，河北，河南，湖北，四川。大半須過半年以後方能回來。我參加這個團體了，此外還有楊騷，李輝英，羅烽，以羣，白朗等。這是中國文藝界的創舉。如果第一批工作做得好，也許會派遣第二批。此次要在各地跑來跑去——X前方也會到的。既然這個組

織是筆部隊，所以我將盡力多寫。在路上，我只能用報告的形式寫東西，因無時間。以後回來時，我希望能寫個長篇。再見了，乾兄：我是北方的孩子，又要回到北方去，今晚我太興奮了。」

　　另外，據嚴文井前天由延安來信說：「荒煤，白羽先後到山西去了，大概要寫點東西，他們計劃中有朱德的傳要寫，振亞在文化協會，之琳，伯簫已回延安，伯簫住文協，之琳則被拉到魯藝來擔任幾點鐘課，有個住在蘇聯幹翻譯工作的詩人，蕭參你知道吧，最近到了延安，也在魯藝文學院代課，祖春到河北跑一趟，最近回山西新華日報館，李雷最近大概跟李公樸到第二戰區去工作，他寫了一部三千行的長詩叫〈荒涼的土地〉還不壞，聽說還有兩部，湊成一個三部曲，內容是關於東北抗戰情形的。」

　　是的，這些朋友們英勇的行蹤的確都使我們聽了奮亢，羨慕，禁不住嘆息說：「他們是活着哪！」或者頓足抱怨香港離晉冀太遠。然而那就可以交卸我們的責任，掩飾我們的懶惰嗎？我們有優裕的物質條件，我們有便暢的交通，而且我們是住在一個國際的「接觸點」上，難道我們不能在那些愉快的節目外，再來點別的嗎？

　　目前，北江戰事方酣，X人又在潮汕登陸了。昨天我送一個潮籍朋友上船，他決計繞惠陽去參加家鄉的遊擊戰，因為每當他在香港呡着涼爽的「可口可樂」時，他總發呆，喉間像為甚麼所硬塞着。

　　並不是說大家全應去參加遊擊戰。「投筆從戎」那豪語是滬戰初發時文化人的一陣「戰時幼稚病」。筆者也是患者之一。不，立在每個人的崗位上，可做的事都太多了。我們曾否盡全力裁制猖獗在我們身邊的漢奸的言論？我們曾否用筆幫國家爭取點國際的了解？我們除了應時點景外，不能看看就近還有些甚麼可做的嗎？

　　山西的瓦上霜是太遠了，我們門前的「雪」卻不能不掃掃呵！

七月二[日]¹

選自《大公報・文藝》第 658 期，1939 年 7 月 3 日

1　「七月二日」，原文誤植為「七月二月」。

一個副刊編者的自白
——謹向本刊作者讀者辭行 [1]

蕭乾

即使僅僅是個奶媽，在辭工的時候，一股依戀的情緒不也是不免的麼？是一個性子最急躁的小夥子，然而四年來，我如一個老管家那麼照護這刊物。每期一五一十地拼配字數，摳着行校對，到月頭又五毛一塊地計算稿費。有時工作同興趣把我由編輯室裏扯出來，扯得很遠。但黃河沿岸也罷，西南邊陲也罷，我永遠還是把它夾在腋下；可以疏忽，然而從未遺棄。這一次，我走得是太遠了。平常對它，我很容易說出「厭倦」的話。臨到這訣別的時際，我才發覺離開它原不是件容易的事。一種近於血統的關係已經存在着了——然而我又帶不得它走。

當您翻着這份報紙時，我便已登了一隻大船。這將是一個充滿興奮的旅行，船正是向着人類另一座更大的火山航進。我希望看看更大規模的屠殺，那將幫忙我了解許多。自然，一個新聞記者不能忘掉他「報導」的職責。意外，對他是求之不得的。這刊物從即日起便由《文藝》另一科班——楊剛先生接手主編了。

一、四年間

是四年前的今日，第一期的《文藝》在天津《大公報》上與讀者見面的。回憶起來，宛如很長的時間了。這中間：個人，國家，全世界

1　原文時有缺字，遂以《蕭乾選集》第三卷（成都：四川人民出版社，1984 年）所收錄版本校訂。由於《選集》收錄版本後經作者修訂，與《大公報》1939 年發表版本有所出入，是以本文注釋重點在於指出修訂版所刪去的內容，字詞上的修訂不再特別說明。下文將以「原文」及「選集」區分兩個版本。

都有過驚心動魄的突變。沒辦法，歷史正是個無慈的把戲！[2]

　　做了四年《文藝》作者或讀者的您，或許想知道些我同這刊物究竟有怎樣的因緣吧？首先我得供認，我是它幾十幾百個科班之一，它培養起來的一個不長進的孩子。遠在一九三三，當楊振聲沈從文二先生辭了大學教授到北平教小學，並主持本報《文藝副刊》時，我投過一篇叫做〈蠶〉的稿子，那是除了校刊外，我一生第一次變成鉛字的小說。隨後〈小蔣〉，隨後〈郵票〉。直至我第六篇小說止，我始終沒在另外刊物寫過甚麼。那時我在北平西郊一個洋學堂上學。沈先生送出門來還半嘲弄地囑咐我說：每月寫不出甚麼可不許騎車進城呵！於是，每個禮拜天，我便把自己幽禁在睿湖的石船上，[3] 望着湖上的水塔及花神廟的倒影發獃。直到我心上感到一陣溫暖的熾燒時，才趁熱跑回宿舍，放下藍布窗簾，像扶乩般把那股熱氣謄寫在稿紙上。如果讀完自己也覺可喜，即使天已擦黑，也必跨上那輛破車，沿着海甸多荒塚的小道，趕到達子營的沈家。

　　那時的《文藝副刊》雖是整版，但太長的文章對報紙究屬不宜。編者抱怨我字數多，我一味嫌篇幅少，連愛倫‧坡（Edgar Allan Poe）那樣「標準短篇」也登不完。[4] 沈先生正色說：

　　「為甚麼不能！那是懶人說的話！」像這樣充滿了友愛的責備的信，幾年來我有了不止一箱。

　　第一次收到稿費時，數目對我太大了，我把它退了回來。我問編者是不是為鼓勵一個新人，在掏腰包貼補呢？編者告我說，他給的不多也不少，祇是和別的人一樣。

　　於是，靠這筆不多不少的數目，我完成了最後二年的教育。藉此我並且抓住了一點自信心，那才是生命裏最寶貴的動力。

2　此句在《選集》中被刪去。

3　睿湖，即如今北京大學的未名湖。

4　愛倫‧坡（Edgar Allan Poe, 1809-1849），美國作家、詩人、文學評論家，以懸疑及驚悚小說見稱。

　　戴上方帽子的十五天後，我便夾了一份小行李，上了平津快車，走進了這個報館。那是一九三五年六月三十號的事。

　　像我在一本小書的〈題記〉裏所寫，[5] 那年夏天，北方是打破紀錄地酷熱。大編輯室的窗戶朝西，而且是對了法國電燈房的烟囱。太陽烤着，煤烟燻着。由於 [自己] 的教養趣味不同，對經手刊物（《小公園》）的傳統及來稿感到不舒服。終於，在社長的同情寬恕下，我闢了條舒服點的路。不幸，這條路沒多久便和《文藝副刊》重複了。剛好那時楊沈二先生因另外工作太忙，對刊物屢想脫手，便向報館建議，將刊物改名《文藝》，交我負責。那以後，每次遇到難題，還不斷地麻煩楊沈二先生，而他們也永遠很快樂而謙遜地接受這麻煩。

　　「你要我們做甚麼，儘管說。當你因有我們而感到困難時，拋掉我們。不可做隱士。要下海，然而要浮在海上，莫沉底。凡是好的，正常的，要挺身去做。一切為報館，為文化着想，那才像個做事情的人。」這是我隨報館去滬前，他們鄭重叮嚀我的話。

　　這話我記了四年，此刻也還揣在身邊。

　　這四年來，我目睹並親歷了大時代中一個報紙的掙扎。當日在華北當局委屈求全的局勢下，一個必須張嘴說話，而且說「人話」[，]「正派話」的報紙，處境的困難是不下於目前上海同業的。一個炸彈放在門口了，四個炸彈裝在蒲包裏，直送到編輯室裏來了。我看見社長和同事臉上的苦笑，炸彈從沒使這個報紙變色。《文藝》雖是一個無人注意的角落，但也不能不分一點厄運。在天津法租界編副刊，除了明文規定的「赤化」[，]「反日滿」的禁款外，提不得法蘭西，提不得安南，提不得任何掛三色旗的地方。在上海，那環境更要複雜。除了應付那時文壇的四陣八營，種種人事微妙關係外，還要揣度檢查所的眼色。那時新聞送檢，副刊免檢。這省了事，可也加重了編者事後

5　此處所指的「小書」為沈從文、蕭乾二人合著之書信體文論集《廢郵存底》（上海：文化生活出版社，1937 年）。文中所言〈題記〉，應為《廢郵存底》乙輯的〈後記〉。

的責任。當一位故都的作家責《文藝》下了海時，上海一些朋友卻正指我們作「謫京派」；當左翼批評我們太保守太銷沉時，中央黨部的警告書也寄到了。為了登載陳白塵先生的〈演不出的戲〉，報館被日本人在工部局控告了。（那時編者正逍遙在南海一座荒島上。[6]）這官司糾纏了許多時日，終於在本報主筆張季鸞先生的「中國甚麼時候承認了滿洲國呢？」的嚴詞質問下，倖獲無罪。[7]

二、苦命的副刊

有時在內地，我遇到編副刊的同行。談到對他那版的意見時，我永遠祇能說「好」。這不是虛偽，我深切地知道它的限度與困難。譬如昆南《雲南日報》的《南風》，每期僅有三欄地位，沒有比篇幅對副刊發展再嚴格，再致命的限制了。三欄不夠登一篇小說的 [楔] 子，[8]為報紙設想，每期題目又要多，且不宜常登續稿，才能熱鬧。這是說，副刊祇能向報屁股的方向發展：登雜文，挑筆仗，至多是小品隨筆。一個編者如還愛好作品，不甘向這方面發展，就祇有陷在永恆的矛盾痛苦中了。

在這方面，一個「雜誌」編者的處境是有利多了。技術上，他不必如副刊那樣苦心地編配。一期副刊多了一百字便將擠成蟻羣，少了一百字又即刻清冷貧乏。（一個整版的副刊就比半版省事多多，且易出色。）然而很少人注意到一本雜誌，這期是多了一萬還是少了五千，何況必要時封皮上還可以加上「特大號」呢！

內容方面，副刊的命運是：拉不到好稿子——而且，即使拉到，

6　此句在《選集》中被刪去。

7　1936 年 8 月 16 日，《大公報》登載陳白塵所作劇本〈演不出的戲〉，內文數度提及「滿洲國」。公共租界巡捕房據此控告大公報總編輯張季鸞，罪名為「妨害秩序」、「煽惑他人對東三省之情緒」，與國民政府「禁止排日、排外」的《敦睦邦交令》（1935）相忤逆。張季鸞親自出庭辯論後，最終被判無罪。

8　原文作「帽子」，現據《選集》修訂為「楔子」。

也不顯眼，也不出色。一個雜誌編者是在蓋樓房，磚瓦砌好，即刻便
成為一座煌巍大廈。那成績本身便是一份愉快的報償，且可兌現成勇
氣。但一個副刊編者修的卻是馬路。直像生來是條平凡的苦命，[9] 一年
到頭沒法停歇，永遠可也看不到一點成績。這原因，主要是文章無法
集中，因而也無法顯出系統。如同《文藝》每年年初的清算文章，今年
二月間的戰地後方文章，前年的書評討論，如果放在一道，也足可給
讀者一個印象了。但散登起來，祇有令人不耐煩。這短處是宿命的。
在中國報紙不能發展到像《紐約時報》（The New York Times）那樣另出
「文藝附冊」之前，[10] 副刊一日附在報紙上，一日它得接受這份命運。

　　副刊拉不到好文章是極明顯的，這原因正是拉到手也容納不了。
《雷雨》發表在《文學季刊》，[11] 立刻轟動全國；但如拿到副刊上，每天
登個一千八百，所有它的劇力必為空間時間的隔離拆光。在這懸殊的
情形下，一個副刊編者拉稿時，已懷着一份先天的自卑感，直像每篇
好文章到手全將成為殉友的犧牲品。[12] 為了整個文壇，為了作品本身，
他的野心也不宜過大。[13] 許多次，我還把到手的好文章轉送給編雜誌
的朋友。

　　本刊這些年便在這種平凡中存在下來。我們沒有別的可誇耀的，
祇是安於自己的平凡，安於自己的寂寞，從不在名稿或時髦文章上與
人競爭。我們了然副刊佔不上文壇的上席，但也從未藐視其應有之職
責與價值。它是一道橋，它應該拱了腰身，讓未長成的或還未把握住
自信力的作家渡過來。今後，這個刊物大約也不會有甚麼雄圖，它要
繼續馱載作品，寂寞地，忍勞忍怨地。

9　此句在《選集》中被刪去。
10　《紐約時報》副刊《紐約時報書評》（The New York Times Book Review）自 1896
　　年起每週單獨發行，主要刊登文學評論。
11　《雷雨》，曹禺創作的首部話劇，發表於 1934 年 7 月的《文學季刊》。
12　此句在《選集》中被刪去。
13　此句在《選集》中改成「也不宜只顧為自己的刊物增加光采」。

三、《文藝》傳統

　　在移交的前夕，我曾嚴肅地詰問自己：我可曾利用這片聖潔篇幅中傷過誰沒有？那是我最想避免的。為了這個，本刊傳統之一是盡量不登雜文。我們的書評政策一向是「分析的」[，]「理智的」。不捧誰，也不罵。而且，所有評沈先生或我自己的書的，都一概不登。刊物承各方厚愛，稿件是始終擁擠 [的]。（不然我也永沒有旅行的 [機] 會！）如同最近我去緬甸前，竟從容地發了廿萬字，而存稿 [還] 未發光。在這情形下，編者對自己有一諾誠，即永不用自己的東西佔刊物地位。四年來，祇要不發生「文責」干係，我盡量用編者的名字填空白，且從不曾領過一文稿費。一切全往「非個人」Impersonal 方向做。除應得的薪金外，不利用職業便利竊取名利。也就是這點操守，使許多文章被積壓下來的朋友們始終容忍體諒。

　　由報紙營業說，不登雜文，注意作品本身並不是容易的事。所幸《文藝》創刊以來，本報社長胡政之先生幾次囑咐我說：我們並不靠這副刊賣報，你也不必學許多勢力編輯，專在名流上着眼，你多留意新的沒人理睬的。只要從長遠上，我們能對中國文化有一點點推進力，那 [就] 夠了。於是，幾年來在胡先生的寬容支援下，這刊物很安分拱成一座作品的橋樑。時常遇到時髦東西它反躲閃開。它不勢力，然而也從不存提拔人的感覺。它盡力與作者讀者間保持密切聯絡，但教訓式的啟蒙的文章卻不大登。打仗以來，當日被視為「小京派」的本刊作者很快地跑到陝北，[14] 跑到前線去了，他們將成為中國文壇今日最英勇的，明日最有成就的作家。我們絕無意自 [詡] 他們是本刊的。[15] 不，他們是全中國文壇的；不過有一段時間，他們曾走在這座橋上罷了。[16]

14　此句在《選集》中改成「許多當日一向為本刊寫稿的作者們很快地跑到陝北」。

15　「自詡」，原文誤植為「自栩」。

16　「我們絕無意……這座橋上罷了。」此兩句在《選集》中被刪去。

　　正如我們對作品不存歧視，本刊稿費容許因預算或匯水關係不同，偶有 [出] 入，但有一個 [傳] 統的原則，它必須「一律」。讀過那本文人書信集的朋友們當明白十年前文壇的「稿費黑幕」怎樣齷齪，進而也明白近年來上海出版界「稿費劃一，按頁計算」這一技術的改良對文壇有着怎樣的貢獻。第一，勢力的編者再不能藉着剝削新人來侍奉文壇元老了。第二，文章至少像一般勞力一樣，可以光榮而公允得 [到] [它] 低少的報償。[17] 第三，更重要的，精神上，這改良給開始寫作的人自信力不少。一個較小的數目後面隱着的是一隻白眼，一種不應存的低視。

　　（抗戰以後，有的編者又恢復這荒謬的歧視了。很快他便會發見這不是個妥當的拉稿法門。因為如果一個「老」作家變了教授，或精神專注在另外工作上時，一個較大的數目也無補於事。反之，年青熱情的作家也永不會因一個低微的數目而挫折！）[18]

　　一個必須聲明的，是本報副刊編者，向不經手稿費。我的責任是每月底將所登各文，按字結算，逐條開單，由會計科匯付。且因時常出門，從不代領，代轉，或代購書物。自七七事變以還，本報積存未付的稿費數目確已不少。然而原因都不出地址不明（如渝市大轟炸後）或匯兌不通（如戰地）。所有這些稿費，全暫存本館會計科，作者可以隨時聲明補領。

四、書評怎樣失敗的

　　自從我發見副刊在創作上不能與雜誌競爭，而雜文的路又不甘走時，我就決定《文藝》[必] 須奔向一個對讀書界可能有重大貢獻的書評——一種比廣告客觀公允，比作品論淺顯實用的文字。由於「日刊」

17　「得到它」，原文誤植為「得它到」。
18　此段文字在《選集》中被刪去。

出版的迅速，在時間性上一個雜誌是競爭不過報紙的。戰前，為建立一個書評網，我費了不少力氣。讀者或還記得劉西渭，常風，楊剛，宗珏，李影心，陳藍諸先生的名字罷！我們曾盡力不放掉一本 [好] 書，也盡力不由出版家接 [受] 一本贈書。每隔二三天，我必往四馬路巡禮一番，並把檢購抱回的，一一分寄給評者。

這方面我承認我並未成功。第一，戰事：交通線 [的] 阻斷，出版物的稀少，書評家的流散，拆毀了這個脆弱的網。同時，書評在重人情的中國並不是一件容易推行的工作。這簡直是整個民族性的問題。率直，反省，[認] 錯，在我們血液裏是缺少的。[19] 書評的最大障礙是人事關係。一個同時想兼有創作與批評的刊物無異是 [作] 繭自縛，批評了一位脾氣壞的作家，在稿源即增了一重封鎖。

這困難一如本報前舉辦之「文藝獎金」。也正如那個，是不能因噎廢食的。這隻文化的篩子必須繼續與創作並存，文壇才有進步。本刊在這方面雖未成功，卻也不預備知難而退。

五、綜合版

我時常懷疑，在文藝期刊多於任何時期的中國，究竟報紙的副刊還應偏向着文藝發展嗎？一個專門的雜誌自有其選擇的讀者。如果文藝也可算得專門的話，也自有其選擇的讀者。但一個報紙的讀者卻沒那樣單純。他們需要智識甚於表現，智識而且須是多方面的，但使用的可得是比新聞輕鬆些的文筆。黃色新聞如果作造謠解，我們不要它。但只要內容健康，Sensational 的路我們並不怕走，因為那分別只在於處理方法的不同。一篇應被或希望被每個人讀的文章，它本身必須先披上「可讀」的外衣——那是說，第一眼它不害人頭痛，讀下去也不至於打哈欠。異於「概論」[，]「原理」之類，它本身必須充滿了

19　「這簡直是……是缺少的。」此兩句在《選集》中被刪去。

活生的屬於人的興趣。[20] 如果報紙也是社會教育之一，難道它不能另走一個方式嗎？

「綜合版」便是在這懷疑下，動手嘗試的。我想做到的是《紐約時報》的 [M]agazine 或當年 Literary Digest 那樣龐雜，[21] 合時，而富教育價值的讀物。如果做得好，那是說，如果我們的專家肯動手寫點大眾化的東西，它的前途必是無限量。然而截止現在，「綜合版」距這理想尚遠得望不到影子。這原因，一方面是編者無能，同時，也許我們的學者祇肯寫「學報論文」，而筆下輕鬆的作者，在學識上怕也一樣輕鬆。這是一個悲劇。但我們不信 [那] 是命定的。願它在楊剛先生的看護下，茁壯起來。

敬愛的朋友們，謝謝您過去所給我的支援與指導。相信您必繼續幫忙這個小刊物，視如己出地愛護它。我感激地握您的手。

如果有信給我個人，請賜寄：

Hsiao Ch'ien

School of Oriental Studies

University of London

Vandon House, Vandon Street

London S. W. I. [22]

選自《大公報‧文藝》第 693 期，1939 年 9 月 1 日

---

20 「黃色新聞……屬於人的興趣。」此段文字在《選集》中被刪去。

21 Magazine，指 1896 年創刊的《紐約時報雜誌》（The New York Times Magazine），原為星期日《紐約時報》的補充刊物，專門登載長篇文章。Literary Digest，全名為 The Literary Digest，1890 年創刊的美國大眾週刊。

22 「如果……London S. W. I.」此段文字在《選集》中被刪去。

重申《文藝》意旨

楊剛

　　這生手編者一走進她的新工作室，在許多要她注意的事情中，發現了一堆信件。雖然是一個小刊物的人事變動，算不了甚麼，而作者和讀者們卻在關心隨在人事後面的改作。他們問到刊物今後的主張，態度和手法，他們在過去幾年裏認熟了一個台面，閉上眼都摸得出牠的東南西北，椅子方，櫈子圓，幾乎可以說他們在這裏曾經有一個家，無論甚麼時候，無論他們向那一個犄角去了，這份家還是替他留在這裏，幾時他打打望遠鏡，作個夢，就有這熱熱鬧鬧的家擺在他身邊。而現在那看家的老僕要走了，家怎麼了呢？他們這樣的寫來了那一堆信。

　　編者謹在這兒重申這刊物的意旨。

　　照例，人的變動造成事的移易，這一層原不是中國所獨有的，無非以人事關係為社會紐帶的封建國家更明白也更能夠把這一點作到家，人存政舉，人亡政息，從古以來就惹人關切。好在中國現在是面臨着一個大時代。這個涵蓋了現在與未來，社會和文化，物質與精神，東方同西方乃至色人與無色人的廣厚名辭無條件的要求中國各方面行為大統一，文化既不是例外，小小《文藝》更無所謂改作。

　　抗戰是中國全面生活的骨幹，牠是一切社會活動的鹽，牠支柱了中國各方面的行為，同樣也支柱了中國全部文藝界。自這次軍興以來，文藝界總算沒有丟臉，豈但沒丟臉，並實在可以自己驕傲。除了一二個不尊重自己的人以他們軟弱的行為得罪了抗戰這神聖工作因之也侮辱了文藝之外，執筆用心的人們，平日雖然為了肩不能挑，手不能提挨過了許多罵，彷彿他們在一個正在發酵成長的國家，就沒有多大存在的理由，彷彿他們只是浮在水面上的萍藻，酵麵的白霉。可是抗戰的大纛一旦舉起，他們全不約而同的趨步立在旗下，全懂得那兒是他們的崗位。他們以其敏感的直覺，比別人分外明白統一戰線的意

味。無論在前線，在後方，在自由國裏或是在淪陷區，執筆人拿着槍（任何形式的槍），臂挽着臂，一排列向前瞄準。昨日他們詛咒，他們憤恨，今日他們射擊，他們衝鋒。他們互相責難，互相叫罵爭打過，如今他們到處碰見朋友，到處手抓在一起。從前他們三個一堆，五個一派，各守各的角落，把門長戶短的小布頭豎起來作軍旗，現在海的京的，張的李的，全匯成一列雄豪的大隊。所有的執筆者們不曾有抗戰最可怕的毒蝎——磨擦，也不要有。

就是在這一隻大纛的旗幅下，《文藝》站住了牠兩年多以來的崗位。從七七事變那一天起，牠就披上了戰袍，環上了甲冑。這中間，迫於時勢，牠曾經消停了一些時，但不久又勇武的立在軍前。所以，問《文藝》，牠還是《文藝》，無非牠更加變成了民族行為裏一個明顯的關節。牠有許多舊朋友，又得了好多新朋友，牠使自己成為一個集合站，又使牠作成一條官道，一道渡口。無論在人事上在文章上都是這樣 [，] 多少顆壯烈的心經過牠搏打了戰地的風砂；多少變紫變碧的血漿在牠的篇幅裏凝成晶珠，鑲在後方人痛楚的睫毛上；數不清的感情的波浪，通過牠匯進民族熱的巨槽。牠無愧於抗戰中感情的組織與動員工作，把統一戰線推前了一步。

今後世勢的鉅變將給與抗戰更大的影響。民族要求將迫使人人更堅定，更勇敢的在前線和後方推進戰鬥和建國的任務。這裏需要一切方面更多的坦白，精誠，抉除磨擦。統一的合作會成為貫徹民族任務最有決定性的條件。《文藝》對這風雷豹變的局勢所造成的國家需要只有絜着穩步子去替牠尋求滿足。牠永不會忘記牠是民族生活的一個關節，帥字旗下的一名小兵（可不是熱血最少的），牠有了許多弟兄們，牠張開坦白的手心還要抓緊更多弟兄的熱手。

人要問：那麼《文藝》就要把自己變成一個吹鼓手了吧，牠就要塗紅抹黑，肩着猴兒旗到那鬧市上去敲鑼打鼓了吧，那樣，不是把文藝的招牌卸下來還要老實公正？我的答覆是：好的，作一名吹鼓手，可是一位懂得紅白喜事，有着真實的樂與悲的吹鼓能手。《文藝》本

是鬧市上的東西，牠耍的可不是猴兒戲。牠不拒絕任何人走進這個市場，只要那人用他的心養成了本事，再來叫喚。徹骨講，精緻的宣傳莫過於文藝。別人只喊得住買主的耳朵和眼睛，文人卻應該能穿進人的心還叫人不知自己的身子已經教人打了洞；別人放死打賴，又罵又哭也惡不了他的仇人，文人卻要綿綿的薰起一大堆憤恨向 X 人趕。說細點，凡是動筆出來的東西，沒有無意和有意的分別，起心讓自己成為某種思想和觀念的貯藏所，要收集某種感情使牠儲到滿溢外流的地步，不是無意可能作到的。等到把這些意思情感放在紙上，獻上市場，宣傳更 [振振] 有辭了。[1] 有了語言的人已經失去了生命自在的天真，及至他獲取了文字，就不必重提山林。稽中散發若是只要絕交，何必寫絕交書？隱逸還要寫篇隱逸賦，這樣有意的發紓不是自己刺自己的短處？

　　然而我在這裏重申一句：一切有心滾進這個大時代的人，他既肯把耳鼓貼在地層上聽了戰馬的蹄 [聲]，[2] 又聽見了大地的暗語，就讓他把這些語言有心的寫出來。這是一樣的：古人能讀無字天書的只有一二半神人，我們能讀自然之啟示的已是肉體之身，並且不在少數。天書有何不可傳？只是要傳得像一篇文章：有文字的節操，有感情的凝鍊，有生的氣息。總之，凡可以稱為文章的東西，在文藝的哨位上應該是一位擊不倒的勇士。他可以明攻，暗襲，奇劫，各中要害。《文藝》一向在抗戰上沒有躲 [避] 宣傳，[3] 今天也無所謂標榜。

　　或者大家以為這刊物把眼看着前方，不顧家了，這正是《文藝》要說幾句話的地方。過去文藝生活差不多都集中在北平和上海兩處地方，人們抱怨作家只在亭子間和圖書館裏過日子。抗戰以後，作家們一反前例爭先恐後的上了前方，爬了高山，經了激流和大野原，嘗過

1　「振振有辭」，原文誤植為「震震有辭」。

2　原文難以辨識，現據文意推斷為「聲」。

3　「躲避」，原文誤植為「躲閉」。

了戰鬥的大動作，生活材料向遼遠的邊際展開了，人心向了高揚和壯烈，這是應有的現象。只是在後方，在避難所和淪陷區，卻另有一片世界。單是香港，那些叉在幾條順海大道中的橫街曲巷就是一大片處女地。人們不知道在各種小門小戶裏有些甚麼蛛網掛在那裏，那滿臉坑陷的面孔經歷的是些甚麼山高水低。壯烈的背後永遠會包藏更［撲］鼻的苦難黑暗，[4] 閉着眼邁開大步子踢過一堆堆苦難向前走的人是有的，以心以情為人類打算的作家們卻不應該那樣作。多少少男少女散到了鄉村市鎮，多少作家編進了後方或避難所工作層，那裏都不是亭子間或圖書館，然而也正是稅取心力的地方，牠們不是地下煤層一樣的生活材料之庫麼？

《文藝》在過去就不曾冷落了這黑暗的一面。我們這國家從那一方面說都還不敢談及「理想」兩個字。破洞裂罅，潰爛的坑窪，所在有的是，而且不一定是健康向陽。今後暴露的工夫似乎還得加緊。作家們能夠去前方尋找壯烈和光明，歌唱崇高與偉大原是極好極好的，但有那不能去的，則有煤富的財產等着他們，身後左右都是材料。《文藝》篇幅小，野心卻有一個，牠要放映這民族囹圄的一整個，從內心腠理到表皮。

《文藝》是純文藝的刊物，但是也曾在批評理論上下過工夫。抗戰過來，雖評論方面少了些，卻也有過有價值的東西。眼前原不是靜心抽繹分析的時代，因此批評方面的出版物就說不上，因此《文藝》在這裏也不該不下些工夫。執筆人雖已大部份去了前方，交通，物價，個人與團體的經濟地位也使參考的方便大大減少，但是比較上的安定和便利許多人還是有的，這主要屬於沒去前方的作者們，而且，他們又是比較習於靜思的一羣。眼前他們為了或種原因也許無意於創作，假如不作大計劃的設想，對於批評倒正是個機會。兩年以來，國內雖是在叫喊的時代裏，寫作界出來的東西卻越來越多，許多作家經

4　原文作「抹鼻」，現據文意推斷為「撲鼻」。

由這時代更充分的表露了他們，自己發揮了自己，供給評者更多思想和說話的素材。思想了就說，說就寫。對於作者是鼓勵與自我批評，對於讀者是推荐和鑒別。[5] 我們不知道由於缺少批評使多少作者灰心喪志，冷落淡漠為我們這化石了的社會作特徵，在對待作家上如若不是更壞，也只有糟糕。一隻螞蟻駝着糧食爬，還有一大羣蟻在旁圍隨鼓動，而我們的作家們多半得自己肩着石頭上山，駝上去了也常常只吸得一口自己的冷氣。我們知道不少拿筆人有批評的才能，請在這裏創造一個世界。

和批評有關聯的是書評，牠們相輔相成，正該連在一起。《文藝》過去作了一些書評的草創事業，目前的出版界和讀書界似乎已經使這項事功又成了必要。這是一箭三鵰的工作：牠可以刺激出版界，令牠出產得更豐富，牠又提醒了作者，幫助了讀者。不為《文藝》自己的利益作想，寫的人也有理由多讀書，多介紹。

為了出版界的廣泛，書評的絕對缺乏，刊物願意在綜合版裏多送書評一些地位。書評的對象本色一點，本是以文藝作品為主要。但既已知道出版界的廣泛，則請執筆者選書時也多放一點眼光。刊物希望能夠將近兩年來出版的大書經過評者的筆介紹給讀者們。這工作並不孤獨，不久的週報復刊以後，讀者作者間將更多了一道 [橋] 樑。[6]

編者謹以虔意請求朋友，作家，讀者們的好心。

選自《大公報・文藝》第 695 期，1939 年 9 月 4 日

5　「荐」同「薦」，此處保留報刊原文用法。

6　原文難以辨識，現據文意推斷為「橋」。

上海作家與上海出版業

爾宜

　　上海的作家目前是生活在日偽、物價等交相煎迫的狹縫中。自國軍西撤後，煎迫的勢力逐漸增大，逼得作家們難以立足 [，] 只好離開上海。但因為上海雖成為孤島，仍有着四百萬以上的同胞，他們需要精神食糧，熱望知道祖國的消息，同時也需要一盞明燈指導他們的路向，並告訴他們走那方面去為祖國努力。這使命落在了作家們的身上，所以環境雖這樣困難，可能留下來的作家仍舊留下來。回溯過去三年的歷史，已做出了很多輝煌的成績；但最近壓迫的勢力越來越緊，雖然作家們永不會屈服，但困苦是較前更增大了。

　　隨着歐戰的發展，法國屈服了，英國無力兼顧之今日，日贗乘機向租界進攻，前因租界的特殊關係，上海得保持孤島狀態。但自從六月二十日起，法軍從徐家匯撤退，由日軍進佔，並於二十七日又與日方簽訂了所謂「警察協定」，自此日警憲可隨時入法租界搜索及逮捕所指的抗日分子以後，上海租界之特殊性，幾已消失殆盡了。

　　六月二十八日，贗國民新聞社社長兼贗中央宣傳部特派員穆時英在公共租界遭人擊斃後，日贗囂然萬分，汪精衛竟下所謂通緝令，「通緝」上海租界內的抗日分子數十人，其中多數是文化人作家。近日日憲兵和法巡捕在法租界內四出搜索，被捕有數人，公共租界也早有同樣的「警察協定」。虞洽卿路也有人被認為抗日分子被日憲兵所捕。[1] 在此種情形下，上海作家的生命，已完全失去保障了。

　　物價上升，生活費的高漲，對作家也是一大威脅。國軍自上海撤退時，米價每石僅十二元，但三年來天天上漲，從十二元而十五元，二十元，三十元，最近漲到了每石七十六元，即比本來增高了六倍以上。房租情形，普通亭子間一間，在戰前是六元到八元就夠了，現在

1　今上海西藏中路。

則非二十元或三十元不可，在靜安寺路一帶竟有漲到七八十元的，簡直嚇人。再說吃飯一菜一湯，戰前不過二角，但現在漲到了六七角，而白飯限制只有兩碗。平均起來，現在上海的生活程度比「八一三」事變前約高達百分之四百。

生活費用高漲了，但稿費的情形怎樣呢？稿費的情形仍和戰前一樣沒有變動，如某著名大報副刊，它的稿費是每千字五角或一元！有人這樣計算過寫一篇千字的稿子，須支出稿紙筆墨等消費約五分，送到報館來回的電車費是一角二分，稿子用了取稿費時又花費車錢一角二分，則一千字稿子的支出是二角九分，若稿費五角，則實收入僅二角一分，這二角一分錢有何用處？粥八分一碗，喝三碗粥還少三分！

即使是名作家的作品，如另一大報的「社論」每篇也只有五元，且有幾個人能夠寫「社論」？一個月又能寫幾篇？

試問在這種環境下，作家將如何生活？

上海的書店，現在還收稿的可以說是絕無僅有，最大的商務印書館，早停收稿，聽說稿已堆得滿滿的都是些古代史、經學、倫理之類，這些書卻是抽版稅的，但在這非常的時代有幾個人研究經史，有幾個人能買這類書，於是這些書出版後，幾個月賣去三五本，版稅是幾角，要靠這種版稅來吃飯，那比某大報的五角一千字還要不如。至於中華的情形，連經史之類都不大出版了。「開明」等書店，收稿事也無所聞，此外如「生活」，這是過去上海出版時代性書籍最旺的一家，但重心已在抗戰後內移，目前在上海也偶然收稿，但數量是極少了。新開的書店如株林等，以資本太小，每月僅出一二本，所以上海的書店出版狀態，已陷於停滯中，書店和作家的關係因之「不絕如縷」了。

目前的幾家報紙，稿費雖少到極頂可憐，但收外稿者仍很少，所刊載的通訊等文章，大多是從香港或內地報紙剪來的。香港或內地報紙在上海是看不到的，轉載稿費一文都不必化費。

雜誌方面，能用外稿而且有提拔後進作家之意的《上海週報》，稿費每千字二元，現在也被宣告「再見」了。

書店、報紙、雜誌的情形檢閱一遍就必然的得到這樣結論：上海

文壇荒蕪了！作家生活的源泉也乾涸了。

但是目前上海仍存在着相當數量成熟的文化人、作家，他們不離開上海，不放棄在抗戰中對上海的任務；然而，他們怎樣生活呢？

汪派乘着上海文化人困難的狀態，大施威脅利誘手段，中學畢業生到南京可以做贗省市政府的科長，月薪數百元，但這種引誘力雖然相當大，而汪派得到的只是失望，沒有一個有地位的作家被誘投到南京去。

大多數作家他們都找一個職業，如商行、保險公司等等，下辦公室以後就把全部的力量用在文化上。在法國沒有打敗仗以前，他們儘可能的創辦刊物，義務寫稿，現在出版的情形停滯了，但他們仍在用着種種的機會和方法爭取出版和教育後進者。

沒有兼職業的人，多半是生活暫時無問題的。他們埋首於長篇中篇的著作和翻譯，把很多當前切要的問題剖析成三四萬字的小冊子，每冊售價數角。在讀者購買力低降的目前，小冊子的銷路比較大，所以小冊子的出版是很適合於當前的需要。寫作的時間也不太長，出版快，可以使生活費有持續的收入。

另外還有一條路可以有些收入，那就是替港桂寫稿，如某新聞社，就特約着上海的稿件每千字普通稿費六元，算是目前高的稿費了。

游擊式的出版或翻譯，是上海普遍的現象，如不幾天以前出版的漢德森（Nevile Henderson）著的《使德辱命記》（*Failure of a Mission: Berlin 1937-1939*, 1940），[2] 是英國的白皮書性質，但因為時新，所以很快的分工翻譯，很快的就出版了。

不過，以上所說的這些生活方法，在夾縫中仍不斷努力於上海文化的方法，只是少數有地位作家的一部份纔能這樣辦得到，至於一般中級的作家，是無這種可能的。

2　漢德森（Nevile Henderson, 1882-1942），英國外交官，1937 至 1939 年間任英國駐納粹德國大使。《使德辱命記》為其所著回憶錄，中文版由倪文宙、胡仲持等人合譯，1940 年由上海國華編譯社出版。

　　我曾把上海文化界目前的這種情形問於某有地位的作家。我說：
「像這樣的情形，作家們簡直難以立足和生活，後進作家更難培養。
但不能令上海四百萬的同胞沒有精神食糧，後進的作家也不能不成
長，這怎樣辦？」那作家說：「當然，目前上海的文壇是荒蕪了，作家
的生活與環境是異常艱苦，但在艱苦之中，仍將奮鬥不息，回憶自國
軍西移後的上海文壇情形，受摧殘已不一次，但仍能多次興起，出版
多種有價值的和正確的書報。目前這一逆浪比較過去，雖屬最大，但
在艱苦中只要內部堅持團結和進步，在這夾縫裏將見鮮花開出來。」
這答案代表着上海艱苦鬥爭中文化人的心理。

選自《大公報‧文藝》第 898 期，1940 年 8 月 7 日

「八一三」的話

于伶

「八一三」四週年了，[1] 我還是第一次寫點短文來紀念它！這話說出來我想是無須乎臉紅的。

四年來，我一直生活在成為「孤島」的上海，「夜的上海」。

在「孤島的上海」，[2] 一個文字工作者並沒有公開為文紀念「八一三」，或者任何抗戰紀念日的權利。雖然這日子是中國抗戰史上的特別光榮，也是中華民族解放史上的特別輝煌。因為是它才真正揭開了中國全面抗戰壯烈的第一幕。如果沒有「八一三」，「七七」的爆發是否能延長為四年的戰爭恐怕還有疑問。

到了這個日子，在「夜的上海」，極大多數的人們用文字語言以外的方式來紀念它。那是沉默，肯定，確信，堅持團結一致，抗戰務必到底的信心。那是站定崗位，埋頭苦幹；保蓄力量，穩扎穩打；反對奸偽，反對摩擦，募款茹素，等待與配合將來的總反攻的工作。

在那樣晝伏夜出的情形之下，我在上海度過了三個「八一三」，和上海人在一起紀念着這個上海的也是全國的偉大節日。

但是，現在臨到這第五個「八一三」來臨的今天，上海卻不能容我立足了，我必需在香港。現在，旅舍獨坐，筆管在握，想到國際風雲在劇烈變化，想到抗戰建國的困苦艱難，想到留在上海的朋友們，在重重陰雲的壓迫之下過着晝伏夜出的生活，做着錘石頭搬磚塊的工作，情緒的激動，志願的飛越是不能想像的。

---

1   八一三事變，指 1937 年 8 月 13 日日本陸海軍在上海發起進攻的軍事事件，為中日戰爭淞滬會戰爆發的開端。

2   1937 年 11 月 12 日上海淪陷後，日軍未能即時佔領公共租界蘇州河以南地區及法租界，該區域被淪陷區包圍，形成「孤島」，相比內陸有較大的經濟和文化活動空間。1941 年 12 月 7 日，日軍偷襲珍珠港，太平洋戰爭爆發。日軍進駐公共租界蘇州河以南地區，上海孤島時期隨之結束。

感想一多，反而不知把言語從何說起。這情形當不是我一個人的吧。

一九三七八月十三那一天，上海鼎沸了。炎熱的馬路與里弄中間，喧囂的車站與碼頭上面，搬家與逃難的人們像熱鍋上的蟻羣那麼急，像碎了窩的蜂羣那麼擠。可是，同時，無論在焦急的，還是在擁擠的羣眾臉上，都顯出了真正的興奮和希望。八月九日虹橋飛機場的槍擊事件，把上海市民震激到了沸騰的頂點。「按外交方式解決」的企圖，反撥了市民的敏感與疑慮，搬家進租界與送家往鄉下的人們雖然增多，但是那與其說是倉惶走避還不如視為「忍受到底的決心」，市民一致要求一戰，以作澈底的解決。[3]

是八月十三日的中午，過位在滬西南角的紅十字會醫院前，看見開到了一卡車傷兵。在感 [憤] 震驚不可描寫的情緒之下，[4] 跑進友人家裏，無線電裏播送出：「上午九點五十分的時候，日本陸戰隊七八十人，從北四川路日本小學裏衝出來，經過虬江路口的橫濱橋，用輕機關槍向我駐軍掃射，想要越淞滬鐵路，衝往寶山路去。我駐軍和保安隊立即還槍阻止，雙方射擊十幾分鐘，對方不支而退……現在雙方各守原防，已恢復平靜狀態……。」

平靜狀態是否恢復了呢？沒有。上午不曾聽見機關槍步槍聲音的人們，下午很快地聽到了大砲的吼聲。號外報 [上][印] 有：[5]「下午四時，日軍一大隊，進犯我八字橋和江灣陣地，用鋼砲向我轟擊，我方駐軍立即抵抗，同時寶興路，天通庵路等處，亦發生接觸，戰線甚長，雙方各用大砲轟擊，聲震全上海」。

好，一個久經踐踏的民族站起來了。

任何一個戰爭多有它那近乎神秘的霎那的爆發點的。紀念

3　「澈底」又作「徹底」，此處保留報刊原文的用法。

4　「感憤」，原文誤植為「感奮」。

5　「報上印有」，原文誤植為「報印上有」。

「八一三」，紀念中華民族解放史上特別光榮的這個戰爭，不在於牠那爆發的霎那間的種切，而在於「八一三」這場戰爭爆發前後的民族沛然之氣，全民奮起新生的力量，和自那以後，民眾動員，團結一致的展開。我們生活不是為了剎那，而是為了那英雄的剎那所開展的永恒。

現在，這有永恒意義的戰爭正在進行着。國際間爭民主爭自由爭取人類解放的烽火正燃遍了海洋和大陸，我們的戰爭已經不再孤立，已經與牠們合流了。在這裏我們應該安慰，也應該憂懼，安慰着我們有了全世界正義的友人，憂懼着我們自身的缺點。如果我們不把自身的缺點改正過來，則全世界人類解放的那一天，也許就是我們更深的奴隸命運的開始。讓我們以安慰的心情穩定自身，讓我們以憂懼的謹慎改革自身。

選自《大公報 · 文藝》第 1159 期，1941 年 8 月 13 日

九一八致弟弟書

蕭紅

可弟：小戰士，你也做了戰士了，這是我想不到的。

世事恍恍忽忽地就過了；記得這十年中只有那麼一個短促的時間是與你相處的，那時間短到如何程度，現在想起就像連你的面孔還沒有來得及記住，而你就去了。

記得當我們都是小孩子的時候，當我離開家的時候，那一天的早晨你還在大門外和一羣孩子們玩着，那時你才是十三四歲的孩子，你甚麼也不懂，你看着我離開家向南大道上奔去，向着那白銀似的滿鋪着雪的無邊的大地奔去。你連招呼都不招呼，你戀着玩，對於我的出走，你連看我也不看。

而事隔六七年，你也就長大了，有時寫信給我，因為我的漂流不定，信有時收到，有時收不到。但在收到的信中我讀了之後，竟看不見你，不是因為那信不是你寫的，而是在那信裏邊你所說的話，都不像是你說的。這個不怪你，都只怪我的記憶力頑強，我就總記着，那頑皮的孩子是你，會寫了這樣的信的，會說了這樣的話的，那能夠是你。比方說，——生活在這邊，前途是沒有希望，等等……

這是甚麼人給我的信，我看了非常的生疏，又非常的新鮮，但心裏邊都不表示甚麼同情，因為我總有一個印象，你曉得甚麼，你小孩子，所以我回你的信的時候，總是願意說一些空話，問一問家裏的櫻桃樹這幾年結櫻桃多少？紅玫瑰依舊開花否？或者是看門的大白狗怎樣了？關於你的回信，說祖父的墳頭上長了一棵小樹。在這樣的話裏，我才體味到這信是弟弟寫給我的。

但是沒有讀過你幾封這樣的信，我又走了。越走越離得你遠了，從前是離着你千百里遠，那以後就是幾千里了。

而後你追到我最先住的那地方，去找我，看門的人說，我已不在了。

　　而後婉轉的你又來了信，說為着我在那地方，才轉學也到那地方來唸書。可是你 [撲] 空了。[1] 我已經從海上走了。

　　可弟，我們都是自幼沒有見過海的孩子，可是要沿着海往南下去了，海是生疏的，我們怕，但是也就上了海船，飄飄蕩蕩的，前邊沒有甚麼一定的目的，也就往前走了。

　　那時到海上來的，還沒有你們，而我是最初的。我想起來一個笑話，我們小的時候，祖父常講給我們聽，我們本是山東人，我們的曾祖，擔着擔子逃荒到關東的。而我又將是那個未來的曾祖了，我們的後代也許會在那裏說着，從前他們也有一個曾祖，坐着漁船，逃荒到南方的。

　　我來到南方，你就不再有信來。一年多我又不知道你那方面的情形了。

　　不知多久，忽然又有信來，是來自東京的，說你是在那邊唸書了。[恰] 巧那年我也要到東京去看看。[2] 立刻我寫了一封信給你，你說暑假要回家的，我寫信問你，是不是想看看我，我大概七月下旬可到。

　　我想這一次可以看到你了。這是多麼出奇的一個奇遇。因為想也想不到，會在這樣一個地方相遇的。

　　我一到東京就寫信給你，你住的是神田町，多少多少番。本來你那地方是很近的，我可以請朋友帶了我去找你。但是因為我們已經不是一個國度的人了，姐姐是另一國的人，弟弟又是另一國的人。直接的找你，怕與你有甚麼不便。信寫去了，約的是第三天的下午六點在某某飯館等我。

　　那天，我特別穿了一件紅衣裳，使你很容易的可以看見我。我五點鐘就等在那裏，因為在我猜想，你如果來，你一定要早來的。我想你看到了我，你多麼歡喜。而我卻也想到了，假如到了六點鐘不來，

1　「撲空」，原文誤植為「捕空」，現據《蕭紅全集》下冊（哈爾濱：哈爾濱出版社，1991 年）所收錄文章校訂。

2　「恰巧」，原文誤植為「哈巧」，現據《蕭紅全集》校訂。

那大概就是已經不在了。

　　一直到了六點鐘，沒有人來，我又多等了一刻鐘，我又多等了半點鐘，我想或者你有事情會來晚了的。到最後的幾分鐘，竟想到，大概你來過了，或者已經不認識我了，因為始終看不見你，第二天，我想還是到你住的地方看一趟，你那小房是很小的。有一個老婆婆，穿着灰色大袖子衣裳，她說你已經在月初走了，離開了東京了。但你那房子還下着竹簾子呢。簾子裏頭靜悄悄的，好像你在裏邊睡午覺的。

　　半年之後，我還沒有回上海，不知怎麼的，你又來了信，這信是來自上海的，說你已經到了上海了，是到上海找我的。

　　我想這可糟了，又來了一個小吉卜西（gypsy）。

　　這流浪的生活，怕你過不慣，也怕你受不住。

　　但你說：「你可以過得慣，為甚麼我過不慣。」

　　於是你就在上海住下了。

　　等我一回到上海，你每天到我的住處來，有時我不在家，你就在樓廊等着，你就睡在樓廊的椅子上，我看見了你的黑黑的人影，我的心裏充滿了荒亂，我想這些流浪的年青人，都將流浪到那裏去，常常在街上碰到你們的一夥，你們都是年青的，都是北方的粗直的青年。內心充滿了力量，你們是被逼着來到這人地生疏的地方，你們都懷着萬分的勇敢，只有向前，沒有回頭。但是你們都充滿了飢餓，所以每天到處找工作。你們是可怕的一羣，在街上落葉似的被秋風捲着，寒冷來的時候，只有彎着腰，抱着膀，打着寒顫。肚裏餓的時候，我猜得到，你們彼此的亂跑，到處看看，誰有可吃的東西。

　　在這種情形之下，從家跑來的人，還是一天一天的增加，後來聽說有不少已經入了監獄，聽說這幫不遠千里而投向祖國來的青年，一到了祖國，不知怎樣，就犯了愛國罪了。[3]

　　這自然都說的是已往，而並非是現在。現在我們已經抗戰四年

3　從「後來聽說」至「犯了愛國罪了」一句，文章收入《蕭紅全集》時被刪除。

了。在世界上還有誰不知我們中國的英勇，自然而今你們都是戰士了。

不過在那時候，因此我就有許多不安。我想將來你到甚麼地方去，並且做甚麼？

那時你不知我心裏的憂鬱，你總是早上來笑着，晚上來笑着。似乎不知道為甚麼你已經得到了無限的安慰了。似乎是你所存在的地方，已經絕對的安然了，進到我屋子來，看到可吃的就吃，看到書就翻，累了，躺在床上就休息。

你那種傻裏傻氣的樣子，我看了，有的時候，覺得討厭，有的時候也覺得喜歡，雖是歡喜了，但還是心口不一的說：「快起來吧，看這麼懶。」

不多時就七七事變，很快你就決定了，到西北去，做抗日軍去。

你走的那天晚上，滿天都是星，就像幼年我們在黃瓜架下捉着蟲子的那樣的夜，那樣墨黑的夜，那樣飛着螢蟲的夜。

你走了，你的眼睛不大看我，我也沒有同你講甚麼話。我送你到了台階上，到了院裏，你就走了。那時我心裏不知道想甚麼，不知道願意讓你走，還是不願意。只覺得恍恍忽忽的，把過去的許多年的生活都翻了一個新，事事都顯得特別真切，又都顯得特別的模糊，真所謂有如夢寐了。

可弟，你從小就蒼白，不健康，而今雖然長得很高了，仍舊是蒼白不健康，看你的讀書，行路，一切都是勉強支持。精神是好的，體力是壞的，我很怕你走到別的地方去，支持不住，可是我又不能勸你回家，因為你的心裏充滿了誘惑，你的眼裏充滿了禁果。

恰巧在抗戰不久，我也到山西去，有人告訴我你在洪洞的前線，離着我很近，我轉給你一封信，我想沒有兩天就看到你了。那時我心裏可開心極了，因為我看到不少和你那樣年青的孩子們，他們快樂而活潑，他們跑着跑着，當工作的時候還嘴裏唱着歌。這一羣快樂的小戰士，勝利一定屬於你們的，你們也拿槍，你們也擔水，中國有你們，中國是不會亡的。因此我的心裏充滿了微笑。雖然我給你的信，你沒有收到，我也沒能看見你，但我不知為甚麼竟很放心，就像見到了你

的一樣。因為你也必是他們之中的一個，於是我就把你忘了。

　　但是從那以後，你的音信一點也沒有的。而至今已經四年了，你也到底沒有信來。

　　又偏偏在這時候，我們的國家不幸設了不少的網羅，就像在林裏捕捉那會唱歌的夜鶯那樣的捕捉你們。把你們捕捉在洞裏，把你們捕捉在營裏。（不知道是防空洞，還是甚麼洞。至於營，聽說是訓練營[。]）[4]

　　我本不常想你，不過現在想起你來了，你為甚麼不來信，或者入了洞，入了營嗎？[5]

　　於是我想，這都是我的不好，我在前邊引誘了你。

　　今天又快到九一八了，寫了以上這些，以遣胸中的憂悶。

　　願你在遠方快樂和健康。

選自《大公報‧文藝》第 1186 期，1941 年 9 月 20 日

4　「又偏偏在這時候」至「聽說是訓練營」整個段落，文章收入《蕭紅全集》時被刪除。

5　「或者入了洞，入了營嗎？」一句，文章收入《蕭紅全集》時被刪除。

第 三 部

戰 火 與 詩 情

詩歌、文藝和政治

論詩之應用

梁宗岱

　　抗戰未發動前，我們底詩壇曾經有過一次劇烈的論戰：所謂「純詩」與「國防詩歌」。[1]但不久蘆溝橋底炮聲起了，在這血肉橫飛的事實面前，大家底注意力都不謀而合集中在那更迫切的民族和自身底生死關頭上。純詩底努力者自然也被迫而沉默他們底歌聲；國防詩歌派，反之，卻正是時代底驕子，便乘勢把前一派幾個代表作家狗血淋頭地痛罵一頓。

1　1935 年，左翼作家聯盟因應政治鬥爭的形勢鼓吹「國防文學」，「國防詩歌」的口號隨之而生。1937 年 4 月，戴望舒在《新中華》雜誌發表〈談國防詩歌〉，左聯成員迅速群起攻訐。雖然梁宗岱和戴望舒對「國防詩歌」的批評不盡相同，但二人同樣根據法國詩人梵樂希（Paul Valéry, 1871-1945）有關「純詩」的觀點立論。戴望舒與梁宗岱對「國防詩歌」的批評參考戴望舒：〈談國防詩歌〉，《新中華》第 5 卷第 7 期（1937 年 4 月 10 日），頁 84-86；梁宗岱：〈談抗戰詩歌〉，《星島日報・星座》第 52 期（1938 年 9 月 21 日）。相關論述可參考許霆：〈梁宗岱：純詩理論的探求者〉，《詩網絡》第 11 期（2003 年 10 月 31 日），頁 26-39；陳智德：〈純詩的探求 —— 論四十年代的戴望舒與柳木下〉，《文學研究》2006 年第 3 期，頁 62-77；鄺可怡：〈導言：戴望舒香港時期的文學翻譯（1938-1949）〉，《戰火下的詩情 —— 抗日戰爭時期戴望舒在港的文學翻譯》（香港：商務印書館，2014 年），頁 11-12。

　　這論戰，更無論痛罵，其實是多餘的。

　　這兩派所用的術語，他們辯論底中心，雖然似乎是一個：詩或詩歌；他們實際卻操着兩種不同的話。

　　一個把詩看作目標，一個只看作手段；一個尊她為女神，一個卻覺得她只配作使婢。對於一個，詩是他底努力的源泉和歸宿；對另一個，她卻只是引渡他到某一點的過程。兩者底態度和立場既風馬牛不相及，就使你辯論到天亮也是枉然的。

　　所以我們不妨承認兩方面都對。因為在精神底國都裏，沒有專制魔王能逼對方換地位，或阻止別人自由發展自己。也因為詩，像一切心靈底產物，是極端自由，極端超脫的；是，如果讀者不以為迂腐的話，胸無塵滓的。你尊崇她她固歡喜，你役使她她也不見得以為忤；即使你否認她底存在她也無法或不屑分辯。我們差不多可以移哥德（Johann Goethe）這幾句歌頌大自然的話來歌頌她：「她任每個兒童把她打扮，每個瘋子把她批判，萬千個漠不關心的人一無所見地把她[踐]踏……」[2] 可是她有一個不可侵犯的條件：你得好好地做。

　　所謂「好好地做」可以分作兩層或兩個階段：第一，我們得先在自己裏面真誠地親切地感到她底存在，她底需要，甚或她底誘惑和催迫。換句話說，我們得要首先感到一種不可抑制的衝動，無論是來自外界底壓迫或激發，或內心生活底成熟與充溢。其次，我們還要有極大的冷靜去體察，極大的虛心去接受她底姿態，震動，和陰影，然後運用我們在心內和身外所能驅使的技巧和工具去給她一個忠實的描繪。換句話說，我們還得給她一個與內涵融洽無間的形式。

　　這兩個階段，在最高度的創造火裏，在精力灌滿的當兒，不用說是打成一片的。二者缺一都只能產生惡詩劣詩——不，比惡詩劣詩還要壞的假詩偽詩。這就是為甚麼我們抗戰後多數口號式的應時詩歌所

2　「踐」，原文誤植為「殘」。哥德（Johann Goethe, 1749-1832），今譯歌德，德國詩人、小說家、劇作家。

以那麼淺薄，那麼無生氣，那麼使人讀後漠然了。

有甚麼希奇呢？[3] 要充分履行這兩個條件實在隱含着作者平日深厚的修養與豐富的經驗，以及執筆時長久的忍耐與強烈的集中。而回顧我們詩壇所榜列的名字，那些稍能在讀者心裏留下些微印象的，在這短短二十年中，簡直像朝花夕秀之代謝，如其不是曇花之一現。能夠始終不懈的有幾人？在這少數不懈的作者中，能夠不避拙，不取巧，不斤斤於一時易得之名，而埋頭作沉潛的修養，探索正確的路徑的又有幾人？「急時抱佛腳」，又何怪乎我們底詩人，儘管身受着一個這麼偉大時代底激盪，儘管義憤填膺，滿腔熱血，儘管振臂張拳，拉破了嗓子，也只能發出一些無力的嘶聲——甚或屈服於那單調的大鼓，和典型的亡國音的小調呢？

這並非說在這全民族浴血奮鬥之秋，我們不應該盡量貢獻我們每個人所僅有的力量。「人窮則呼天」：正如給惡疾所侵的軀體每個細胞，每絲神經，每個血球都起抵抗作用一樣，只要可以激起戰士一分勇氣，增加民眾一絲信心，或者[紓]解災黎一點困苦，[4] 甚麼法寶我們不應該求救？甚麼神明我們不應該乞靈？就是道士畫符，和尚誦經，基督徒祈禱，我們也不能輕視，也應該致敬的。既然詩人手頭所僅有的是詩（特別是當國家還未需要全民族武裝起來的時候），當作女神我們求她下凡搭救，當作使婢我們遣她為我們服役正是當然的事。

不過講到應用，就不能忽視效率：希望我們底努力獲得最高最大的功用。為了這，我們就不獨要積極地產生一些能夠激勵軍心，鼓勵士氣的好詩真詩，還要消極地減少那些浪費讀者或者歌者底光陰，甚或萎靡羣眾抗戰精神的劣詩偽詩（我不相信那些口號式的分行排列的散文能夠在讀眾裏面引起甚麼印象，或《毛毛雨》式的格調能夠產生

3　「希奇」也作「稀奇」，此處保留報刊原文用法。
4　「紓解」，原文誤植為「蘇解」。

別的作用 [，]⁵ 如其不是 [消] 沉讀者或歌者底意志）。⁶ 因為無論甚麼力量，如果不能為我們助，便要妨礙我們。

但是沒有適當的形式怎能充分表現我們戰鬥的靈感呢？沒有純熟的技術又怎能自如地運用適當的形式呢？從這點看來，即使將詩當作工具，想「功不唐捐」，那平日全心全德獻身於詩，刻刻在培植他底詩思，磨鍊他底技術的人可能性總比較大得多了。

當然，努力於純詩的人不一定就能夠產生好的抗戰詩歌──有時簡直可以說不見得就寫得出抗戰詩歌。

原來詩裏社會的（或大眾的）和個人的這兩種傾向是幾乎與詩俱生的。它們實在是植根於人性底深處，適應人類生活兩種不同的需要的。《詩經》，後來的杜甫和白居易，德國底席烈（Friedrich Schiller），⁷ 英國底雪萊（Percy Shelley），⁸ 尤其是法國底囂俄（Victor Hugo）底作品，⁹ 都洩露這兩種傾向：一部份吟詠個人底悲歡哀樂；另一部份卻宣洩羣眾底痛苦，哀號，狂熱和願望，也就是由羣眾，為羣眾，要求集體底反響的──雖然這反響不一定是反抗的思想或革命底行動。那偉大的幾乎全能的哥德，反之，卻終身沒寫過一首愛國或為民眾呼籲的詩，雖然那時代的德國正和我國現在差不多。

事實是，這兩種傾向性質既不同，對象和理想也各異。一個以羣眾為對象，自然要力求淺顯，以遷就一般人的理解力，他底最高造詣是「老嫗都解」；一個只努力去表現自己，把自己繁複的經驗，深刻的思想，敏銳的感覺，用最完美的藝術融成一片掃數移到紙上，他所嚮往的是「精深」，是「純粹」，而天知道「精深」和「純粹」是兩個怎

5　《毛毛雨》，黎錦暉 1927 年所作流行歌曲。

6　「消沉」，原文誤植為「銷沉」。

7　席烈（Friedrich Schiller, 1759-1805），今譯席勒，十八世紀神聖羅馬帝國詩人、哲學家、劇作家。

8　雪萊（Percy Shelley, 1792-1822），英國浪漫主義詩人。

9　囂俄（Victor Hugo, 1802-1885），今譯雨果，法國浪漫主義作家，1848 年法國二月革命爆發後，轉向共和主義和自由思想。

樣無底的洞！一度走入了這魔道，一度給這不可解的狂渴占據之後，他將不能自已地往更精深更純粹的方向前進——即使他自己的能力做不到，他對於藝術的要求也要有增無已。結果是一切由羣眾，為羣眾的作品他都要覺得淺薄，平凡，與庸俗，正如對方的作家要罵他為乖僻，為孤獨，為晦澀一樣。因此，要他動筆寫應時的通俗作品很少不自覺汗顏的。所以，除了上面提到的幾位詩人外，很少能兼有二者的；而即在他們當中，除了杜甫和囂俄，他們兩種詩底造詣，不常常相差甚遠麼？

愛克曼（Johann Eckermann）對哥德提及許多人責備他不寫戰歌，[10] 他答道：「我們不能人人都用同樣的方法來服務國家；每個人只能盡量貢獻上帝所賦與他的長處。我已經力作了半世紀了。我可以說，對於那些大自然指定為我底日常工作的事物，我從沒有允許自己絲毫的鬆懈或休歇，而無時無刻不在奮鬥，在探討，並且盡量照我所能的做到是處。如果每個人關於自己都能這樣說法，那就大家都可以無間言了。寫軍歌，並且坐在屋子裏！這真是我底職務！在站崗的時候，聽着守夜的戰馬嘶鳴寫下來是相當適宜的；這並非我底生活方法，也不是我底事，而是權納（Theodore Körner）底。[11] 他底戰歌完全適合他。但對於我，生性既不好鬥，又沒有戰鬥底意識，戰歌就會是一個和我底面孔極不相配的假面具。我從沒有在我詩裏假裝過甚麼東西。我只在戀愛的時候寫戀歌；我既沒有憎恨，怎能寫恨歌呢？」

這段中肯的話同時可以洞照我們這問題底兩面：第一，一個真誠的詩人不能違背他底良心，違背他的生活經驗寫作；第二，服務國家

10　愛克曼（Johann Eckermann, 1792-1854），德國詩人，自 1823 年起擔任歌德的秘書，先後出版三卷《歌德談話錄》（*Gespräche mit Goethe*, 1836-1848）。引文出自 Johann Eckermann, trans. John Oxenford, "(Sup.) Monday, March 15, 1830," *Conversation of Goethe* (New York: Cambridge University Press, 2011[1850]), pp. 257-259.

11　權納（Theodor Körner, 1791-1813），德國詩人、士兵，公元前七世紀左右以戰歌激勵族人的希臘挽歌體詩人。

並不限於一途，應用到本問題上，就是，詩人不一定要在抗戰的時候作戰歌才可告無愧於國家。哥德在德法戰爭之役沒有寫戰歌，他底詩到現在卻為萬國所宗仰，德國也引以為最大的光榮，最大的驕傲。寫戰歌的權納呢，除了在哥德這段談話外，我們就很少，即使在德國，聽到他底名字了。單是以詩服務國家而論，誰底收穫大呢？而在現代，當歐戰方酣的時候，梵樂希（Paul Valéry）一方面在前線的機關服務，[12] 一方面孜孜不倦地經營他那精深瑰麗的《年輕的命運女神》（*La Jeune parque,* 1917），因此賜給法國詩史一首空前絕後的傑作。法蘭西不獨引以為法國文學之榮，並且以為邦國之光。

不過，要是我們今天能夠產生一支和法國底《馬賽曲》（*La Marseillaise,* 1792）——那一切軍歌中的奇蹟——一樣雄壯，一樣激昂，一樣充滿了浩然之氣，使病夫起，懦夫立的戰歌，那不獨是我們引領以待，並且要馨香以祝的！

民國廿七年九月二日

選自《星島日報‧星座》第 45 期，1938 年 9 月 14 日

12　梵樂希（Paul Valéry, 1871-1945），或譯瓦勒里，法國象徵主義詩人、作家、哲學家。

談抗戰詩歌

梁宗岱

　　盧溝橋底砲聲彷彿一陣春雨，把我們底詩壇，一 [棵] 似乎日就枯槁的樹，[1] 霎時灌溉出無數的嫩葉：抗戰詩歌。但是，正如積雨後新茁的嫩葉多數缺乏綠葉素，我們底抗戰詩歌——我們得要有勇氣承認——也多數犯貧血症。

　　於是有人便發出這樣的疑問：我們今天究竟能否產生第二首《馬賽曲》(*La Marseillaise*, 1792)？如其不能，為甚麼？難道意義這麼重大，民族生命力表現得這麼瀰滿的神聖時代竟找不着它適當的歌聲嗎？

　　這問題實在不容易答覆。因為《馬賽曲》，我曾經說過，實在是一切軍歌中的奇跡。它不獨在當日是奇跡，就是到了今日還是奇跡。（試問在現有的國歌軍歌中，那一首能夠和它媲美？）因為是奇跡，所以它當日彷彿飛將軍從天下降，當大家都沒有盼望它來甚或沒有夢想到它的時候。因為是奇跡，所以在甚麼時代，甚麼國度都可以突如其來的。

　　我們用不着作這樣的奢望，因為奇跡究竟是可遇而不可求，可一而不可再的。我們姑且就我們所認識的客觀條件——民眾作品與作者——試去解釋為甚麼在抗戰情緒這麼高漲的時代，好的抗戰詩歌竟這麼難產。

　　當西安事變平安度過那一夕，舉國底殷憂，焦慮，和疑懼都霎時全化作一陣空前的狂歡。一方面受了這洪濤底激盪，一方面應學生底請求，我試作了一首《戰歌》（據我所知，當時已經發表的，只有《大

1　「一棵」，原文誤植為「一顆」。

公報》底《百靈廟戰歌》）在南開大學底慶祝會上朗誦。[2] 當時的興奮，以及朗誦時聽眾熱烈的歡迎（他們曾接連要求我重讀了兩遍），都使我幻想那是一首成功的戰歌。於是便把剩下的油印稿分寄給各方面的朋友，並且請馬思聰君為它作曲。[3] 但是除了作曲家外，各朋友底反響差不多都是冷淡的，如其不是友誼的嘲笑：他們顯然是用純詩底眼光來判斷的。我在回答一位摯友責難的信裏曾經說過下面幾句話：

你底話都很對。不過這並非詩而是歌，就是說，要配上音樂給大眾唱的。它底目的是激勵士氣。所以它底涵義不獨要「老嫗都解」，並且是無論誰，在同樣的景況下，都會油然發生的。

這自然是一個很誇大的辯解，因為那首拙作距離這理想其實很遠。但是拿來作一切成功的戰歌應具的一半條件卻似乎還 [恰] 當。[4] 因為一首戰歌還有甚麼別的作用呢，如其不是賦形給民眾底未成形的願望：賜給民眾底模糊的，但是浩大的呻吟，怒號，激昂，和熱忱以清晰宏亮的聲音？

說到「清晰宏亮的聲音」，我們自然轉到一首成功的戰歌底另一半條件，就是，它須具有真詩底表現，以求達到真詩底品質。

靈感本身，（就一首已成的詩而言）本無所謂真假，而看你能否給它一個適當的深刻的表現。我相信許多令人讀了起反感的《妹妹我愛你》式的戀歌底年青作者都是十二分誠懇，十二分真摯的。同樣，羣眾底靈感，抗戰底情緒，如果缺乏適當的形式——一種清晰宏亮的

2　梁宗岱在 1936-1937 年間任教於南開大學英文系，期間創作的《戰歌》刊登在 1938 年 7 月《戰時藝術》第 2 卷第 4 期，頁 7-9。《百靈廟戰歌》為王西徵所作歌曲，曾刊於 1939 年《戰歌（紹興）》第 1 期，頁 89-91。

3　馬思聰（1912-1987），作曲家、小提琴演奏家。

4　「恰」，原文誤植為「洽」。

聲音——亦將顯得假的，造作的，因而失掉動人的力量，即所謂真詩底品質。

自然，它並不需要那最上乘的純詩底「精深」與「純粹」，「空靈」與「絕對」。但它必須具有它特殊的尊嚴：嚴肅，雍穆，雄壯，使它離開音樂也不失為一首好詩——使羣眾聽了固不由自主地興起，即最深刻的批評家也失掉他底冷靜。「雅俗同感」，這是一首成功的戰歌底最大試金石。那浩然之氣似的《馬賽曲》所以為一切國歌和軍歌中「天之驕子」，便是因為它把這條件實現到最高度。

但也未必盡然。假使——我們不妨這樣幻想——《馬賽曲》，帶着它所有的長處，忽然在今日的中國出現，它能在我們底羣眾裏面喚起同樣偉大的回響麼？如果不能，「雅俗同感」不也有個限制麼？

我在上文曾提出「老嫗都解」為一首成功的戰歌底上半條件，我現在得亟亟加以修改。「老嫗」在白居易眼內是文盲底典型。雖然是文盲，人生底悲歡離合，民間底災難疾苦，這些白居易詩底基調，卻都是她所熟悉所常體驗的。她能夠了解它們正是意中事。但是戰歌，它底目的是灌注國家或民族意識，喚起集團的抗戰情緒（這都是比較後天也就是比較人為的，所以有生命的愛國詩歌是這麼鳳毛麟角！），想要立刻為羣眾所接受，就非有相當的準備，非羣眾有相當的文化水準不可。

我們羣眾底文化水準如何呢？

從欣賞或理解詩歌着想，我們只要考察這兩點：他們底智識程度，和他們底音樂意識。

首先，我們得要承認，我們羣眾底智識程度並不很高。我知道有些地方的居民，你能夠使他們認識我們領袖的名字已經是無上的欣慰。用不着 [說] 這麼極端，[5] 我們底大部份同胞，因為缺乏教育的緣

5　原文難以辨識，現據文意推斷為「説」。

故，缺乏一般文明國家底公民所共有應有的一般智識 [，] 實在是不可掩飾的事實。在這種場合下，一首詩，如其不是吟詠悲歡離合一類原始的情感，想獲得他們底共鳴同時又不失掉最低限度的詩底品格，或者具有濃厚的詩質而不嫌陳義過高，實在是超乎人力以上的事。

　　至於音樂意識呢？這是一個頗複雜的問題。有人以為中國人是富於音樂性的民族，因為在晚間行黑路的時候總自動地哼出幾句戲文：「一馬離了西涼界……」。[6] 也許罷。但觀察告訴我們，在歐洲，無論是十個八個修路的工人，或一千幾百個農夫農婦，在工作底餘暇，或在收割完後流出的快樂的歌聲，都是和諧，中節，令人悠然神往的。我們呢，十人以上的合奏，無論是學生或軍人（二者以外是連合奏的機會也沒有夢想到的），就很難不「嘔啞嘲哳難為聽」了。難道我們底音樂性只適於個別的發展嗎？——戰歌底力量卻是靠合奏才能充分表出的！

　　但這還不是問題中最嚴重的部份。施以適當的謹嚴的訓練，合奏底技術自然會改進。最嚴重的還是我們底音樂底特殊性質，或者，較準確點，我們對於某種特殊音樂的偏好。

　　試在幾隊學生和幾羣工人（讓我們只選擇我們底羣眾底兩極端）面前打開話匣，奏各種性質不同的片子：一支悲多汶（Ludwig van Beethoven）底交響樂，[7] 一支蕭邦（Frédéric Chopin）底鋼琴獨奏，[8] 一支狄里果（Riccardo Drigo）《夜曲》（*Serenade*）底小提琴獨奏，[9] 一支崑曲，

6　戲文引自京劇《武家坡》薛平貴的一段唱白，講述薛平貴征討西涼，與妻子王寶釧分別十八年後重逢的故事。

7　悲多汶（Ludwig van Beethoven, 1770-1827），今譯貝多芬，德國浪漫主義作曲家。

8　蕭邦（Frédéric Chopin, 1810-1849），波蘭作曲家、鋼琴家。

9　狄里果（Riccardo Drigo, 1846-1930），今譯德里戈，意大利芭蕾舞劇及歌劇作曲家、劇場指揮家、鋼琴家。

一支梆子，一支任何的爵士音樂，一支中國的小調⋯⋯那反響是差不多可以機械地複演的。奏交響樂時一百學生中也許有一二個傾聽到尾的；到了鋼琴獨奏時學生隊中醒來或注意的人（因為剛才的交響[樂]使他們都沉睡或顧而之他了）比較多了；[10] 到了小提琴更多了；到了「崑曲」和「梆子」工人羣中大概也有少數張開眼了；到了「爵士」則學生們都開始用腳尖打節拍，工人們也似乎更興奮了；到了小調則二者都相顧微笑並且不期然一齊跟着哼起來了。

這幅粗陋的速寫——因為我不敢說和現實完全沒有出入——給我們一個怎樣的啟迪呢？它明白地告訴我們：無論是後天底修養，或先天底遺傳，我們大部份羣眾底音樂意識或感覺都只限於那些簡單，輕浮，猥瑣，富於肉感，單獨訴諸個人的靡靡之音。這和軍歌底真正德性適成一個對照。可是我們目前歌壇正在怒茁的抗戰歌曲，有幾首能夠逃脫小調底窩窠？有幾首不學步——唉！我還想說趕得上——「爵士音樂」底最普通作品的？

我也知道那些有意模仿小調的作曲家底苦心：利用現成的格調去使民眾更容易接受他們底內容。這原極可欽佩。但是當作音樂家他們卻似乎忘記了他們本行底特質。他們忘記了一首歌底曲調往往深於詞句。[11] 我們兒時愛唱的許多小歌，現在詞句全忘記了，或模糊了，調子卻還清清楚楚地留在心裏。希望這種萎靡的音調激勵士氣，豈不等於用大鼓來把小孩催眠麼？

這樣看來，想在今天創造一首成功的戰歌，如其不是不可能，最少也不是草率容易的事了。

唯其如此，我們更應該加倍努力。所謂「加倍努力」，並非鼓勵我們多作，而要我們謹慎虛心去認識我們工作底重大，我們使命底莊

10　原文遺漏「樂」字，現據文意增補。

11　此句原文「曲調」後面誤植「入人」二字，已刪去。

嚴，然後用我們全靈魂去從事。單是義憤填胸還不夠。單是滿腔熱血還不夠。「你得受你底題材那麼深徹地滲透，那麼完全地佔有，以致忘記了一切：忘記了讀者，忘記了你自己，尤其是你底虛榮心，你底聰明，而只一心一德去聽從題材底指引和支配。然後你底聲音才變成一股精誠，一團溫熱，一片純輝。」[12] 那時候，你底歌聲也許與天地浩氣合體了！

民國二七年九月四日

選自《星島日報・星座》第 52 期，1938 年 9 月 21 日

12　引自梁宗岱〈詩・詩人・批評家〉，《大公報・文藝・詩特刊》，1936 年 5 月 15 日。

抒情的放逐

徐遲

　　關於近代詩的特徵的說明 [，] C. 台劉易士（Cecil Day-Lewis）在他的《詩的希望》（*A Hope for Poetry*, 1934）裏所說艾略脫（T. S. Eliot）開始放逐了抒情，我覺得這是最中肯的一句話。[1] 因為抒情的放逐是近代詩在苦悶了若干時期以後，始能從表現方法裏找到的一條出路。

　　有詩以來，詩與抒情幾乎是分不開的，但在時代變遷之中，人類生活已開始放逐了抒情，這個放逐而且並不見得困難，（關於這一點，我不知道是否還需要說明。但是，自人類不在大自然界求生活而戀愛也是在舞榭酒肆唱戀愛的 Overture 以來，抒情確已漸漸的見棄於人類。久居都會的人，當然更能感到抒情心靈與境界的缺乏而難堪苦悶。[2] 你會說，無疑科學是這一切的最初的原因。）於是詩跟着走，這自然也是沒有甚麼稀奇的事了。

　　艾略脫詩的放逐抒情，最初大概並不是意識的。夏芝（William Yeats）說他所以能「對他這個時代創造出這種詩的效果來，是因為他描寫了一種以睡眠或覺醒視作僅係習慣的男人和女人。」[3] 這個時代裏，生命僅是習慣，開始沒有意義了。而這便是艾略脫的詩裏面，抒情潛意識地被放逐的，悲劇的開始。但他雖已點破了這個時代的詩的

1　C. 台劉易士（Cecil Day-Lewis, 1904-1972），今譯塞西爾‧戴－劉易斯，愛爾蘭裔英國詩人。艾略脫（T. S. Eliot, 1888-1965），今譯艾略特，英籍美國詩人、評論家、劇作家。《詩的希望》原著參考 Cecil Day-Lewis, *A Hope for Poetry*, Oxford: Basil Blackwell, 1934。又〈抒情的放逐〉一文於 1939 年 7 月重刊在戴望舒、艾青共同主編的《頂點》創刊號。

2　此句「堪」字原文難以辨識，現據《頂點》創刊號所載〈抒情的放逐〉一文校訂。

3　夏芝（William Yeats, 1865-1939），今譯葉慈，愛爾蘭詩人、劇作家。此處所引夏芝的評論出自 1936 年主編 *Oxford Book of Modern Verse 1892-1935* 的導論，原句為 "Eliot has produced his great effect upon his generation because he has described men and women that get out of bed or into it from mere habit, ..."

新方向，似乎夏芝等等還沒有意識到。然而一般年輕的詩人如 C. 台劉易士他們卻立刻意識到了。於是他們的一羣都寫了已放逐了抒情的詩。

　　然而人類雖然會習慣沒有抒情的生活，卻也許沒有習慣沒有抒情的詩。我覺得這一點，在現在這個戰爭中說明牠，是抓到了一個非常好的機會。因為千百年來，我們從未缺乏過風雅和抒情，從未有人敢詆辱風雅，敢對抒情主義有所不敬。可是在這戰時，你也反對感傷的生命了。即使亡命天涯，親人罹難，家產悉數毀於砲火了，人們的反應也是忿恨或其他的感情，而決不是感傷，因為若然你是感傷，便尚存的一口氣也快要沒有了。也許在流亡道上，前所未見的山水風景使你叫絕，可是這次戰爭的範圍與程度之廣大而猛烈，再三再四地逼死了我們的抒情的興致。你總覺得山水雖如此富於抒情意味，然而這一切是毫沒有道理的。所以轟炸已炸死了許多人，又炸死了抒情，而炸不死的詩，她負的責任是要描寫我們的炸不死的精神的，你想想這詩該是怎樣的詩呢。

　　西洋的近代詩的放逐抒情並不像我們的，直接因戰爭而起，不過將間接因戰爭——尤其因「納粹」的恐嚇政策——而使這個放逐成為堅硬的事實。[4] 除了英國三鼎足的奧頓（Wystan Hugh Auden），斯班特（Stephen Spender），和 C. 台劉易士之外，[5] 許多新詩人所寫的詩都是冷酷地放逐了抒情的，他們也不覺得這是不得已而然的事情，因為他們生下來已在一個不安的社會裏了。

　　我們自然依舊肯相信，抒情是很美好的，但是在我們召回這放逐在外的公爵之前，這世界這時代還必需有一個改造。而放逐這個公

4　此句「嚇」字原文難以辨識，現據《頂點》創刊號所載〈抒情的放逐〉一文校訂。

5　奧頓（Wystan Hugh Auden, 1907-1973），今譯奧登，美籍英國詩人。斯班特（Stephen Spender, 1909-1995），今譯斯潘德，英國詩人、小說家、散文家。他們與戴－劉易斯及其他詩人並稱為「奧登派」（Auden Group）。

爵，更是改造這世界這時代所必需的條件。我也知道，這世界這時代
這中日戰爭中我們還有許多人是仍然在享賞並賣弄抒情主義，那末我
們說，這些人是我們這國家所不需要的。至於對於這時代應有最敏
銳的感應的詩人，如果現在還抱住了抒情小唱而不肯放手，這個詩人
又是近代詩的罪人。在最近所讀到的抗戰詩歌中，也發見不少是抒
情的，或感傷的，使我們很懷疑他們的價值。然而這並不是我所要說
的，我扯遠了。我寫這篇文章的意思不過說明抒情的放逐，在中國，
正在開始的，是建設的。而抒情反是破壞的。

選自《星島日報・星座》第 278 期，1939 年 5 月 13 日

抗戰中中國電影的兩面

宗珏

> 一面是莊嚴的工作，
> 一面是荒淫與無恥。
> ——愛倫堡

　　魯迅先生所引用愛倫堡（Ilya Ehrenburg）的話，[1] 也適用於我們這裏所指出底抗戰中的中國電影的兩面。

　　中國電影的主流，在抗戰的過程中，不用說是傾向於進步的一面，而與整個抗戰中的政治路向的進展底拍節相符合的。然而抗戰是個大熔爐，在這熔爐中不能說沒有腐化的部份；在整個抗戰的行進的大潮流中，也不能說沒有逆流存在；所以我們對於這一部份中國電影在抗戰中所表現的陰暗面，固然無限痛心，可是卻絲毫不引為詫異。我們知道，這個大熔爐和大潮流的偉力，必然會毀滅和淘汰這些腐化的部份，沖洗了阻礙着中國電影往前發展，進步底大時代的逆流的。—— 那管他們用「化裝」，或種種面目而出現。

　　中國的電影在進步的行程上本來就是最後的一環，牠的出現是伴隨着封建神怪的影子而與廣大的小市民相見的。初期中國電影的製片者之大量出產「武俠片子」（像《乾隆遊江南》（1929-1931），[2]《火燒紅蓮

1　愛倫堡（Ilya Ehrenburg, 1891-1967），猶太裔俄國作家、記者。魯迅所引愛倫堡的話出自他 1935 年為蕭軍《八月的鄉村》所作的序言。

2　《乾隆遊江南》，邵醉翁導演的系列神怪武俠片，由上海天一影片公司於 1929 至 1931 年間製作發行。原文作《乾隆皇遊江南》，已修訂。參考李培德〈論 1920 至 1930 年代上海電影行業的競爭：以民新和天一兩家電影公司為個案〉及香港電影導演會編《香港電影導演大全 1914-1978》，http://www.hkfilmdirectors.com/1914-1978/director.php?n= 邵醉翁（瀏覽日期：2024 年 1 月 10 日）。

寺》（1928）……等），[3] 就是這種反動作用的表現。可是進步的中國歷史，特別是推動中國歷史的發展底革命的動力，終於堵塞了初期中國電影底荒誕的歧路，而把它拯救了起來。

九・一八以後，不但中國電影作者的視野有了很大的轉變，就是製作的技術也大大的改善和增進了。中國的電影於是才在世界的範圍內漸漸為人注目起來，而牠的本身也因為灌注了新的血液而漸漸發育和長大。《漁光曲》（1934），[4]《桃李劫》（1934）和《三個摩登女性》（1932）……等，[5] 一直到現在還是我們值得珍視的劃時代的作品。

可是中國的電影碰到了一個阻礙着牠往前發展的大 X，它不是別人，正是企圖分裂中國和滅亡中國的日本 X 國主義者。九・一八事變的結果，雖說刺激了中國電影的從業者來轉變了他們的視野，但是同時也因東北的失陷而喪失了一個廣大的市場。並且，由於歷年日本 X 國主義底壓迫和挑撥離間，以及由於頻年內亂和封建勢力的阻撓，而形成底不統一的局面，也是中國電影向前發展底障礙力之一。

中國的電影在九・一八之後雖說已經走上了一條新生的道路，但是卻並不曾獲得充分的發展，七・七蘆溝橋事變後中國電影又繼着失去了華北底廣大的市場，八・一三淞滬戰事的爆發就幾乎把「中國好萊塢」（上海）的根基也摧殘了。然而，事實上日本 X 國主義的砲火卻並不能完全毀滅了中國電影的根苗，牠放棄了上海，會在內地重新建立起新的「好萊塢」來。同時，上海以及香港也還可以依據着它底特殊的情勢而盡着相當的任務。

3　《火燒紅蓮寺》，鄭正秋編劇、張石川導演的武俠片，由上海明星電影公司製作發行，內容取材自「鴛鴦蝴蝶派」作家平江不肖生的長篇小説《江湖奇俠傳》。

4　《漁光曲》，蔡楚生編導，上海聯華影業公司製作發行的有聲劇情片，為中國早期左翼電影代表作之一。

5　《桃李劫》，應雲衛、袁牧之編劇，應雲衛導演的有聲劇情片，由上海電通影片公司製作發行。《三個摩登女性》，田漢編劇、卜萬蒼導演的無聲抗日劇情片，由上海聯華影業公司製作發行。

　　這就是說，八·一三的烽火固然是給予中國的電影發展以嚴重的打擊，可是另一方面，牠卻又由於全國統一局面的完成和全民抗戰的興起，而 [擺] 脫了過去底一切的纏絆，[6] 在發展上獲得更大的自由與便利；它雖然喪失了沿海的一些電影市場，但是戰爭的擴大卻又使它開拓了許多落後的地域，特別是向來被交通阻塞的西北與西南，——我國抗戰時期底國家總後方。並且，電影藝術所應盡底戰鬥的任務也增大了。

　　是的，這是莊嚴而光輝的一面。

　　我們不但在世界的範圍內看到了通過中央攝影場而供給底抗戰的新聞片，我們更且看到了那些以這次神聖的壯烈的抗戰為題材的藝術作品，像《熱血忠魂》（黎莉莉，陳依萍，高占非主演）（1938）、[7]《八百壯士》（應雲衛導演，袁牧之，陳波兒主演）（1938）……等等，[8] 這些都是在內地，——新中國的「好萊塢」所獲得的成果。在香港，我們還將看到沈西苓導演底《動盪中的上海》，司徒慧敏導演底《血濺寶山城》（1938），[9] 蔡楚生導演底《南海風雲》，[10] 譚友六導演底《昇平世界》，以及蘇怡導演底粵語片《最後一滴血》……等，這些以抗戰底悲壯的故事或諷喻為主題的影片。

　　在量上說，抗戰這一年半來的電影生產是大大地低落了，然而在質上它卻有着高度的成就。主要的，是演員，導演及所有的電影藝術

6　原文難以辨識，現據文意推斷為「擺脫」。

7　《熱血忠魂》，袁叢美編導的抗戰劇情片，由中國電影製片廠製作發行。

8　《八百壯士》，陽翰笙編劇、應雲衛導演的無聲抗戰劇情片，由中國電影製片廠攝製，國民政府軍事委員會政治部監製，銀光公司發行。參考香港電影資料館：https://www.filmarchive.gov.hk/tc/web/hkfa/pe-event-2016-7-1-1.html（瀏覽日期：2024 年 1 月 10 日）。

9　《血濺寶山城》，蔡楚生、司徒慧敏編劇，司徒慧敏執導的抗戰劇情片，由上海新時代影片公司製作發行，1938 年 4 月 2 日於香港公映。

10　《南海風雲》，蔡楚生構思的以南海漁民生活為主題的劇本。1937 年底，蔡楚生到達香港，嘗試訪問當地漁民並籌組拍攝隊伍，惟最後因戰亂而未能成事。直至 1963 年，由蔡楚生與王為一聯合執導的電影《南海潮》才在廣州上映。

者，都為了戰爭所激盪而學習得更多，把自己的生活和整個現實的生活密切地聯結起來，並且融化在一起。因此，他們的表現就更其真實，而達到其藝術的修養之純化。

橫在全中國人民前面，橫在世界酷愛和平人士的前面，這是個空前偉大的時代；橫在藝術家，電影從業者的前面，也是一個空前偉大的時代；他們不但身經這個時代，並且，還要反映這時代，讓千千萬萬的觀眾去作同樣的呼吸；在歷史上是留下個光榮的烙印。……所以這一年來活躍在前線或後方的電影鬥士是值得驕傲的，他們是重新奠下中國電影的根基的勇士，——是劃時代的英雄。

但是除了這進步和光輝的一面以外，我們卻不能不看到那腐化的一面，我們更其不能不看到 X 人的魔手，正企圖藉着他底經濟力，武力，來向這一面——中國電影底荏弱面進攻；我們更其要明白，在 X 人滅亡中國的總企圖下，他是決不會忽視了電影藝術這戰鬥的武器的。

事實會證明 X 人的企圖必能給中國人民的力量，和大部份電影從業者底愛國的覺醒及熱誠所粉碎！

然而，X 人的進攻，是有着明暗面的：一方面，在華北，上海以及日本，他收買了一部份漢奸敗類來從事攝製反動的影片，來組織所謂「電影公司」等漢奸的電影機構。這是他底明目張膽的陰謀面。在這方面的出品有所謂《新地》（*The New Earth*, 1937），[11]《光明自東來》，以及《東亞和平之路》（1938）……等等。[12] 另一方面，他則從側面來

11　《新地》，日語片名《新樂土》（新しき土），德語片名《武土的女兒》（*Die Tochter des Samurai*），是二戰時期阿諾德・芬克（Arnold Fanck, 1889-1974）、伊丹萬作（Itami Mansaku, 1900-1946）編導的德日合作電影，由 JO Studios、日活株式會社等共同製作。日語版及德語版的電影分別於 1937 年 2 月 4 日及 1937 年 3 月 23 日上映。

12　《東亞和平之路》，日語片名《東洋平和の道》，鈴木重吉（Suzuki Shigeyoshi, 1900-1976）、張迷生編導的宣傳電影，由日本東和商事合資會社製作發行。電影講述一對中國夫婦為逃避戰亂而出走，在途中遇到友善的日軍，當他們遭到中國軍隊敗兵搶劫時，更幸得日本巡邏隊相助，令他們以為中日間已經達成友好合作。

擴展他的陰謀，像在上海所發現底「光明公司」的《茶花女》（1938）一案，[13] 就是一個明顯的例；雖然到目前為止，我們還不能切實證明「光明」是個漢奸的電影公司，但是 X 人既然在東京拿來「文化提攜」等宣傳，卻不能不使我們警覺到他在這一方面的意圖和作用。不用說，他在這暗的陰謀面所用的手段是更其毒辣的。比如鼓勵一些製片者多從事於攝製一些封建神怪以及麻醉的影片等等，只要他們在客觀上盡了漢奸的作用就夠了。

　　自然，我們決不能——也不願說，這些攝製者真的就接受了 X 人的津貼而做了漢奸，我們也非常明白：有的也許是為了環境所限制以及營業上的意圖，有意無意地中了 X 人的詭計而犯了這個嚴重的錯誤，所以我們很誠懇的期望着他們能夠迅速的糾正了過來。

　　X 人的這種陰謀，只能施之於與國家總後方相距太遠的淪陷地區，或者易受 X 人威脅底孤懸的特殊地域，像上海或香港等等。

　　我們要回答 X 人底這種陰謀之進行，第一，必須加強每個電影從業者之警覺性，和愛國的熱誠，以及對抗戰勝利之堅韌的忍耐和信心。第二，澄清易為環境所麻醉底電影從業者生活之腐化。第三，在強化電影從業者之政治教育與藝術教育，跟觀眾相聯結地，把互相間的政治水準，藝術水準及認識力提高起來。

　　所以，我們一方面雖然看到抗戰中的中國電影有着陰暗的一面，但是這一面，我們是可能把牠改變過來，或者沖洗去的。主要的，是我們怎樣使整個電影界的動向，更其適應着各地的特殊情勢，而又在總的主流的推動之下，發展起來？……

選自《大公報・文藝》第 610 期，1939 年 5 月 14 日

13　《茶花女》，日語片名《椿姬》，李萍倩編導的劇情片，由上海光明影業公司製作、東寶映畫發行。

詩的道德

徐遲

　　歐洲已經經歷過了一九三八年的十月，而這一時的日子也還是很不好過的。亞洲的日子天天都是血跡，明年的日曆，我提議，每一頁都可以用紅顏色來印刷，因為亞洲的戰爭是要長期打下去的，而歐洲也離血的日子不遠了。

　　C. 台劉易士（Cecil Day-Lewis）說過一句俏皮話：[1] 批評家的任務是抓起一個詩人來，像抓起一根棍子的，來揍打另一些詩人。他說的是麥克尼司（Louis [MacNeice]），[2] 這位詩人有一首詩叫做〈這個個人主義者說〉（"The Individualist Speaks"），新有一個集子叫《大地壓迫着》（*The Earth Compels*, 1938），全部是歌唱寂寞的，從 [：]

> 撥她的號碼
> 　沒有人來聽；
> 在這凋萎的世界裏
> 　只有我一個人。
>
> (Dial her number.
> 　None will reply;
> In the shrivelled world
> 　There is only I;)

　　這種戀詩的寂寞直到在社會國家裏的寂寞。他是一個富於詩才

1　C. 台劉易士（Cecil Day-Lewis, 1904-1972），今譯塞西爾·戴－劉易斯，愛爾蘭裔英國詩人。

2　「MacNeice」，原文誤植為「Mac Neice」。麥克尼司（Louis MacNeice, 1907-1963），愛爾蘭詩人、劇作家。

的人，曾和奧頓（W. H. Auden）合寫一本《冰島牧歌》（*Letters from Iceland*, 1937），[3] 說 [：]

> 我來自一個島，愛爾蘭，
> 一個建立於暴力和不愉快的械鬥的國家，
> 我的不怕死的同鄉像貨車的馬，
> 拖着他們的毀滅在後面……
> ……從這一切裏我是被放逐出來了。

> （I come from an island, Ireland, a nation
> Built upon violence and morose vendettas.
> My diehard countrymen like drayhorses.
> Drag their ruin behind them.
> ……From all which I am an exile.）

　　在近代詩人中，能像麥克尼司的燦爛地處理他的個人主義者的題材的詩人是很少的，他使 C. 台劉易士說：甚麼時候，世界的勞動者能產生一個詩人，處理勞動者的題材如麥克尼司處理他的定命論的個人主義的題材地燦爛？批評家正在抓起麥克尼司來，把他當鞭子，揍打 C. 台劉易士，斯班特（Stephen Spender）和奧頓等。[4] 可是麥克尼司的詩雖是如此可愛的，即使是他的諷刺這個時代中的戰士的詩也非常富於幽默，詩情和美麗的。然而這個時代正在抓起鞭子揍打他，「大地壓迫着」呢，而他自己似乎是還沒有覺得。

3　奧頓（Wystan Hugh Auden, 1907-1973），今譯奧登，美籍英國詩人。1936 年，奧登與麥克尼司赴冰島旅行，翌年共同出版旅行合集 *Letters from Iceland*。引文出自麥克尼司的 "Eclogue from Iceland"。

4　斯班特（Stephen Spender, 1909-1995），今譯斯潘德，英國詩人、小説家、散文家。

　　在這個時代，我們又該提起詩的道德的問題來了。小說的道德與美術作品的道德上的評價，似乎是容易決定的，尤其是電影的道德的評價，可是詩的評價就不容易，而據說音樂的道德的評價尤難，因此有的人說詩與音樂根本是超乎這些評價的 [。]

　　在這時代之前，我們正在一個給「個人」以自由的時代，在歐洲是如此，在中國也是如此。然而這二三十年的進展比歷史中任何時代的演變與進展尤快，給個人以自由的爭鬥中，先前被認為不道德的，剛爭得了牠們的道德上的價值，立刻這價值又在時代裏被否定了。我可以舉例 D. H. 勞倫斯（D. H. Lawrence），[5] 他像先知一樣的傳佈他的美的福音，他的詩，小說和民主主義的論文，和心理分析學的論文，從大荒中呼喊出來。到他 [鞠] 躬盡瘁而死，[6] 他的美學才獲得了世人的承認。結果他的努力都是白費，時代一個迅疾的變動，他的作品在這個時代裏全沒有一些道德上的價值了。

　　說得再明白一些，自五四以來，我們的文學都是背着這次的戰爭走的，到這個戰爭到來，就發現我們自己所走的路，走得這樣遠。當初走這個遠路的時候，一路也受了不少指摘，漸漸我們已得到了信仰，我們的文學開放了各式各樣的花朵，我們的詩從郭沫若，到徐志摩，到戴望舒，到新的詩人，可是戰爭一起來，他們差不多啞喑了。到他們再要歌唱時，他們必需要有另一個喉嚨，另一個樂器，另一個技巧，因為詩的道德上的價值，已經改變過了。

　　往往在戰爭裏，最是道德風雨飄搖的時候，卻也是真與偽 [，] 善與惡，美與醜的顯明地區別了的時候，道德站立得最穩健堅固的時候。我可以隨意挑出兩首詩來放在一起比較一下，挑選一首：

　　　　我倘能自在地行走於

5　D. H. 勞倫斯（David Herbert Lawrence, 1885-1930），英國作家、詩人。

6　「鞠躬盡瘁」，原文誤植為「掬躬盡瘁」。

　　一片青色的沙漠上，

　　則我將低低地唱一隻歌

　　那不是你們愛聽的，

　　而我的歌是唱給

　　一片青色的沙漠聽的［。］

　　這首詩是一本今年四月出版的詩集（路易士：《愛雲的奇人》）中選出來的，[7] 我不必說這詩不好，他用了一些美麗的字眼，可是我不得不說他沒有道德上的價值。而如袁水拍的〈不能歸他們！〉［：］

　　默默把氣絕的孩子

　　放在冰涼的母親懷裏，

　　把血漬的棉被，

　　裹了她們，

　　埋在田裏。

　　把一個詛咒

　　埋在田裏，

　　把想不通的腦袋

　　埋在粗大的手掌裏。

　　我不必說這首詩好，我說他具有了一首詩應有的道德上的價值。兩首詩，同樣是歌唱一種悲哀一種寂寞的，可是效果上已這樣的不同了。

選自《星島日報・星座》第 296 期，1939 年 6 月 1 日

7　這裏指的是台灣現代詩人紀弦（1913-2013）遷台以前，以筆名路易士出版的早期詩集，1939 年於上海由詩人社出版。文中所引詩句，出自與詩集同名的詩作〈愛雲的奇人〉。

中國木刻在抗戰中的地位

羅清楨

　　木刻是大眾需要的藝術，它是負有教育大眾的使命的。它能夠反映大眾的生活，啟示於大眾以光明，在一塊小小的木頭上刻劃出黑白線條的間比，表現出無窮的活力。

　　木刻本來是中國固有的藝術，由於西洋科學的製版術的代替，暫時被人們所遺忘了！現在中國木刻的復興，不過是十年間的事，初由進步的魯迅先生竭力提倡和鼓吹，闡明木刻藝術的特點與力量，[1] 再由歐美木刻作品輸入中國，影響所及，萌芽煥發，不久而木刻的枝葉就蓬勃的復活起來了。少數從事木刻的青年作者，得到了新的啟示，木刻的前途，遂暫見曙光了。當時木刻作品，技術上雖尚幼稚，而作風全是進步的，都能暴露舊社會層的惡劣形態，啟示人生的光明，得到了反響，得到大眾的歡迎與擁護。

　　可是數年來另方面偏有人把它看作洪水猛獸，像是他們的眼中釘一樣，百般非難，好像木刻就會敲破天下人的飯碗似的。許多木刻的愛好者，因此不得不冒着生命的危險，而變為殉道者了。不知中國許多寶貴的生命，國家底精華，為此浪費了多少。

　　但終歸事實上由於木刻作家們不斷的堅決努力，及客觀環境的要求，漸次為人們所同情。在第一次集中全國木刻作品展覽於北平的時候，遂引起大眾熱烈的歡迎和愛好。繼之展出天津，濟南，南京，上海，太原等處，同樣的得到偉大的熱烈的同情。是的！作者深深的相信，木刻作品的展出，能夠給被壓迫者飢餓者精神上受到新的啟示的藝術，無形中會生出有力的運動的，這燎原之火焰，決不是法西斯及其走狗們的誹謗迫害所可能毀滅的。

1　魯迅於 1929 年開始編印出版版畫畫冊，並於 1931 年 8 月在上海舉辦首個研習現代木刻技法的「木刻講習會」，被視為中國新興版畫運動之開端。

　　自中日戰爭開始後，日本法西斯的侵略，促成了我國統一戰線的擴大與鞏固，全國民眾未有之團結已給 X 人嚴重的打擊，而一切文化界都盡量發揮力量為民族解放而鬥爭，一切藝術作品都伸展到廣大的民眾面前，木刻決不會例外，創造材料，來一個大的轉變。盡量暴露 X 人的殘酷，激起抗戰的大浪，負起「為抗戰的宣傳利器」的使命。所可惜的，是抗戰後所產生的作品，好的並不多，這大概因為木刻作者參加實際的戰爭，或因所處的環境艱苦和變遷得太快，不能好好的工作所致。抗戰後的木刻，雖然都能採取抗戰的主題，但另方面，技術多粗製濫造的居多，木刻作者的技術修養的確不夠，這是木刻作者應該注意想辦法克服的。

　　在這抗戰中，木刻作者為着需要在同一目標下組織了一個有力的團體——全國抗 X 木刻協會——一百多個會員都散在各省各地工作。自武漢失陷後，總會已移往重慶。陝北的魯迅藝術學院是在抗戰不久，由毛澤東先生等為紀念魯迅而設的，其中有許多木刻作家如沃渣，鐵耕，溫濤，馬達，力羣諸先生在創造未有的戰士。在廣西的木刻組織，有李樺，張在民，李漫濤等諸先生在竭力廣播，在廣東的大埔方面，近年來有許多木刻的工作者潛伏在農村間努力的創造。如張慧，楊隆生，楊崇德諸人都是此間努力木刻運動的。領導人選，中國的木刻運動有了廣大的團體組織，無疑的木刻藝術於中國抗戰中的作用是無可否認的了。

　　更，木刻在抗戰中已得到了有自由發展的機會，大家都諒解中國人並未因此弄得大家吃「黑麵包」，另方面由於大眾的愛好已盛行起來了。今後中國木刻的光輝，將在抗戰的征途中為中華民族的解放，更擴大更有力的發展起來了！

選自《星島日報‧星座》第 300 期，1939 年 6 月 4 日

閒適的放逐

文俞

　　日前徐遲先生說過要把「抒情」從新詩「放逐」，[1] 我以為在文壇中更應該把閒適放逐。

　　閒適的文章，是麻醉劑和散氣藥。不管一般製造閒適文章的文士意識得到與否，這種壞的作用客觀上是存在着的。

　　腥濃的一大灘血，把它化作淡淡的血痕，終於連痕跡也消失，這於流血者是悲痛的，而製造流血者卻依然。當腥濃的血這景象烙印在人們的腦筋時，人們會因而憤怒而戰鬥，取償同等的血。然而也會被沖淡而化作淡淡的血痕甚至消失，是用得着閒適的文章去發揮這功能！

　　當人們在睡夢中，他覺知不到真正的生和死，而像置身於兩者之外。然而他被搖撼而醒來時，他固然會對夢境回味而再入夢境，但許多觸目驚心的圖片，令人提肝吊膽的畫面，能夠使他陌然感到那真正的生和死的機微，會因而慄然而奮然而戰鬥。閒適的文章卻如一片烟幕，迷糊了隔斷了那些觸目驚心的圖片，令人提肝吊膽的畫面，使他再入夢境安然睡去，甚且幻成更眩惑的夢境，使他有更濃的好睡！於是他就如置身於真正的生和死之外；然而事實卻不容許，不進求生隊，便望死裏沉，沒有例外的。而閒適的文章下了麻醉藥安眠劑，也就討得想我們永睡安眠，來吮吸血髓者的歡喜！

　　這樣說來，實在並非聳聽，也不是過慮。在戰鬥的時代，每一個人迫着要抉擇生和死的途路；在燎原的火中，奴隸的鎖鍊要有自己的奮力和堅持才能掙脫！這已是由自己去決定祖國的命運，更決定一己的命運的時候，需要精神總動員，需要文化大協力，文字化為繪繪火和血的場景的工具，成為批判，打擊，針刺的匕首和利刃，然而這熱

1　指徐遲〈抒情的放逐〉一文，見《星島日報・星座》，1939 年 5 月 13 日。

辣辣的風暴也撼動不得和閒適擁抱的人，已說明他們的沒落！但他們還要輸送點西洋小趣味，發點人生的空虛的夢話，教人如何拖女人下車，介紹點舞場的小規矩，又談談莎梨‧譚寶（Shirley Temple）怎麼樣，[2] 泰倫‧鮑華（Tyrone Power）又怎麼樣，[3]「醫人是把人看作一隻錶，看護是把人看作一隻鳥，所以我不愛醫生而愛看護。」──這就成為最不「八股」的文章。這還不是沖洗血的印痕的散氣藥，導引人向死亡的夢境沉陷的麻醉安眠劑嗎？

狼般的 X 人佔了城市，便要大開烟賭，帶來他們的「國粹」藝妓，這就叫人朦朧了仇恨的眼睛，毀滅了民族的靈性，好使容易制馭，便於奴役，這是一條毒計。

漢奸們奉行主子的命令，大製精神的淫藥，目的是麻痹你的頭腦，使你不回過頭來看現實，又正好注灌投降的毒液。有一分活動的機會，便做一分騙人靈魂，使人墮落，使人中毒，使人滅亡的勾當！這是漢奸們的幫兇手段，已在盡量利用了。

那麼，我們還不把文章作為防疫清毒劑嗎？還不把文章更高度發揚它的力量向日 X 漢奸射擊嗎？在戰鬥的時代，在等待着每個人去勞作的時代，教人消閒，教人如何向現實逃避的文章，是有意的幫閒，是無意的幫兇！而且它還是向純潔的青年人進襲，去縛纏他們的躍動的心，使他們失去了到新生的途路，使他們緊跟着這些閒適的能手重陷入沒落的覆轍！

其實沒落者的掙扎，雖有可能翻身站起，然而多些還是要趨向幫兇的一羣。這已有了事實的明證，再雄辯沒有的了！

把閒適放逐，首先從無意之間踏了進去的人自己來實現。許多發

2　莎梨‧譚寶（Shirley Temple, 1928-2014），1930 年代美國著名童星，1934 年奧斯卡青少年獎得主，被美國總統羅斯福（Franklin D. Roosevelt, 1882-1945）稱作經濟大蕭條的「奇蹟小姐」（Little Miss Miracle）。

3　泰倫‧鮑華（Tyrone Power, 1914-1958），美國演員，二十世紀三四十年代的「日戲偶像」（matinée idol）。

抒個人情感，描寫個人氛圍之作，總陷「閒適」這腐臭的文學味的泥沼，是該清除的了，就說個人總有感懷，也該想及個人是集團中的成員，而自己又該想及自己是戰鬥集團中的一個，而不是反動沒落羣中的蟲豸，則其所感懷也該濃溢着對 X 人的憎恨，並衡量一下它是否能夠激發別人的同樣的憎恨。

我們要把閒適放逐！

固然，我們還要爭取閒適製造者過來，共同作戰；但作戰便要實行閒適的放逐。

選自《星島日報・星座》第 304 期，1939 年 6 月 8 日

詩與宣傳

艾青

　　文學是人類精神活動方向之一：人類藉它「反映」，「批判」，「創造」自己的生活。它永遠不可能逃遁它對生活所發生的作用。它應該把自己的根鬚放植在生活裏──生活是一切藝術的最肥沃的土壤。

　　詩，如一般所說，是文學的峯頂，是文學的最高樣式。它能比其它的文學樣式更高地，更深地，也或者更寬闊地表現了人類的全數生活和存在於生活裏的全數的意欲。它對人類生活可能發生的作用也更強烈──甚至難於違抗。某些特出的詩作裏所傳出的深沉的聲音，縈繞在我們的記憶裏多麼久遠啊……那些聲音，常常在我們困苦時給我們以人世的溫暖，孤寂時給我們以友情的親切──我們生活得不卑污，不下流，我們始終挺立在世界上，也常常由於那些聲音在我們危厄時能喚醒我們的靈魂啊。

　　對於詩的評價，不應該偏重在：它怎樣排列整齊，怎樣文字充滿雕琢與鋪飾，怎樣聲音丁東如雨天的簷溜，等等；卻應該偏重在：它怎樣以真摯的語言與新鮮的形象表達了人的願望，生的悲與喜，由暗淡的命運發出的希望的光輝，和崇高的意志……等等。

　　詩，不是詩人對於世界的盲目的無力的觀望，也不是詩人對於一切時代所遺留的形式之卑賤的屈膝；不是術士的咒語與賣藝者的喝叫，也不是桃符與焚化給死者的紙錢。詩，必須是詩人和詩人所代表的人羣之對於世界的感情與思想的具體的傳達，和為了 [契] 合這傳達的新的形式之不斷的創造。[1] 詩，應該盡最大限度的可能去汲取生活的源泉。

1　原文難以辨識，現據文意推斷為「契」。

　　人類生活是豐富的，繁雜的。詩人生活在人類社會裏面，呼吸在人羣的歡喜與悲哀裏面，他必須通過他的心，以明澈的觀照去劃分這豐富與繁雜的生活成為兩面：美與醜，德性與惡行；他會給一面以愛情，給另一面以憎恨。不管詩人如何看世界，如何解釋世界，不管詩人採用怎樣的言語，隱蔽的也好，顯露的也好，他的作品，被追究到盡頭，總是表白了他自己和他所代表的人羣的意見的。

　　因此，任何藝術，從它最根本的意義說，都是宣傳；也只有不叛離「宣傳」，藝術才得到了它的社會價值。

　　創作的目的，是作者把自己的情感，意欲，思想，凝固成了形象，通過「發表」這手段而傳達給讀者與觀眾，使讀者與觀眾被作者的情感，意欲，思想所感染，所影響，所支配。這種由感染，影響，而到達到支配的那隱在作品裏的力量，就是宣傳的力量。

　　發表是詩人與讀者之間的橋樑，這橋樑使由藝術的此岸達到政治的彼岸。詩人通過發表才能組織自己的讀者，像那些英雄之組織自己的擁護者一樣。發表是詩人用以獲取宣傳的效果的一種手段。

　　當詩人把他的作品提供給讀者，即是詩人把他的對於他所寫的事物的意見提供給讀者，他的目的也即是希望讀者對於他所提出的意見能引起共鳴。沒有一個詩人是單純為發表作品而寫詩的，但他卻不能否認他是為了發表意見而寫詩。

　　因此，一個詩人，無論他裝得怎樣貞操，或者竭力說他的那種創作精神如何純潔，當他把他的作品發表了，我們卻永遠只能從那作品所帶給人類社會的影響（也包括那作品之對於全部藝術的影響）去下評判，就像我們看任何一個已出嫁了的女人之不再是處女一樣：任何作品都不能而且也不應該推辭自己之對於社會的影響，就像任何女人都不能而且也不應該推辭那神聖的繁殖之生育的義務一樣。

　　不要把宣傳單純理解做那些情感之浮泛的刺激，或是政治概念之普遍的灌輸；藝術所能盡的宣傳作用比這些更深刻，更自然，更永久而又難以消泯。如果說一種哲學精神的刺激能從理智去變更人們的世界觀，則藝術卻能更具體地改變人們對於他們所生活，所呼吸的世界

的一切事物之憎與愛的感情。讀者對於自己所信任的詩人的給予他們的影響，常常是如此地張臂歡迎。我們在自己生活周圍，對於某些典型引起尊敬，對於某些行為引起愛慕；而對於另外的一些典型引起嫌惡，另外的一些行為引起卑視，豈不就是由於藝術家們給我們的披示而更加顯得明確麼？

宣傳不只是政治目的的直接的反映，不只是粗率的感情之一致的攏絡，也不只是戲劇性的效果之急亟的獲取；一件高貴的藝術品，一篇完美的小說，一首誠摯的詩，如果能使人們對於舊的事物引起懷疑，對於新的事物引起喜愛，對於不合理的現狀引起不安，對於未來引起嚮往；因而使人們有了分化，有了變動，有了重新組織的要求，有了抗爭的熱望，這一切，豈不就是最明顯的宣傳力量嗎？

中國抗戰是今天世界的最大事件，這一事件的發展與結果，是與地球上的四萬萬五千萬人的命運相關的，不，是與全人類的命運相關的。而中國人之能享受人所應有的權利或是永遠被人奴役與宰割，將完全被決定在這次「抗戰」的勝敗上。詩人，永遠是正義與人性的維護者，他生活在今日的世界上，應該採取一種明確的態度：即他會對於一個掙扎在苦難中的民族寄以崇高的同情吧？繆斯如帶給他以啟示，他將也會以撫慰創痛的心情，為這民族的英勇鬥爭發出讚頌，為這民族的光榮前途發出至誠的 [祝] 禧吧？[2]

我們，是悲苦的種族之最悲苦的一代，多少年月積壓下來的恥辱與憤恨，將都在我們這一代來清算。我們是擔戴了歷史的多重的使命的。不錯，我們寫詩；但是，我們首先卻更應該知道自己是「中國人」。我們寫詩，是作為一個悲苦的種族爭取解放，排脫枷鎖的歌手而寫詩。詩與自由，是我們生命的兩種最可貴的東西，只有今日的中國詩人最能了解它們的價值。

2　原文難以辨識，現據文意推斷為「祝」。

詩，由於時代所課給它的任務，它的主題是改變了：一切個人的哀嘆，與自得的小歡喜，已是多餘的了；詩人不再沉湎於空虛的遐想裏了；對於花，月，女人等等的讚美，詩人已感到羞愧了；個人主義的英雄也失去尊敬了。

新的現實所產生的一切新的事物，帶來了新的歌唱。作為中國新詩的新的主題的應該是：這無比英勇的反侵略的戰爭，和與這戰爭相關聯的一切思想與行動；侵略者的殘暴與反抗者的勇猛；產生於這偉大時代的英雄的人物；民主的世界之保衛人類向明日的世界所伸引的 [希]望；[3] 等等。

人類世界將會有一日到達了新的理想：那種橫亙於幾千年歷史裏的原始性的屠殺，國家與國家之間的戰爭，是會消滅的；全人類的智力與體力都在對於自然之更廣大的利用與克服上顯出力量來；而且，人類將會更無限止地發揮自己藝術的創造力，而所有的努力也將會專心在如何以增加萬人的愉悅；這樣的聲音，已經召喚在我們這時代的最忠實的詩人的願望中了。

但是，現在卻是陰慘而又悽苦的一些歲月向我們流來。我們每天所過的生活都像是被壓倒在一個難於掙脫的夢魘裏，我們連呼吸都感到困難……。中國實在太艱苦了，他正和四面八方所加給他的危害相搏鬥，貪婪的舊世界想把他犧牲給法西斯的強盜們──以四萬萬五千萬的生命去餵養那些胸口長毛卻又穿着燕尾服的軍火商和軍閥啊！以幾千年來都是屬於我們自己祖先的這國土，給那些手裏握着血刀的殘暴者去踐踏，並且將由他們來奴隸我們和我們的無數的未來者啊！

詩人們，起來！不要逃避這歷史的重責！以我們的生命作為擔保，英勇地和醜惡與黑暗，無恥與暴虐，瘋狂與獸性作鬥爭！

在今天，無論詩人是怎樣企圖把自己擱在這一切相對立的關係之外，他的作品都起着或正或反的作用。誰淡漠了這震撼全世界的正義

3　原文難以辨識，現據文意推斷為「希」。

的戰爭，誰就承認了，幫助了侵略者的暴行。

　　有良心的不應該緘默。用我們詩篇裏那種依附於真理的力量，去摧毀那些陳腐的世界的渣滓！而我們的作品的健康，與太陽一樣的爽朗的精神，和那些靡弱的，萎頹的，癱軟的聲音相對立的時候，也是必然會取得美學上的勝利的。

一九三九年八月九日。

選自《星島日報‧星座》第 378 號，1939 年 8 月 22 日

文藝者的政治性

徐遲

　　《作家決定陣線》一本書，包含幾十個歐美名作家對於民主陣線與法西斯陣線之取捨的答案的，結果全體一致決定他們是在民主陣營之內的戰士。作家們，無論是藝術至上者，無論是本來即富有政治意識的，現在都到了一個答覆政治的問題，決定政治的態度的時候。

　　因此，以心理學小說著稱的浮琴尼亞・華爾孚（Virginia Woolf）女史，[1] 最近也寫了一本《三個金幾尼》（*Three Guineas*, 1938），[2] 而以新感覺小說著稱的阿爾道斯・赫胥利（Aldous Huxley），[3] 最近也出版了他的《目的與方法》（[*Ends*] *and Means*, 1937）。[4]

　　在一九三七年，喬治・杜哈美爾（George Duhamel）還這樣寫：[5]

　　在我們這近代的，高度地專門化的社會裏，政治該留給職業的政治家……一個必須把它最好的時間，它最好的精力付托給政治事件的國家，不管牠是被強迫這樣做的，或出於自願這樣做的，在我看來乃是一個正在墮落的國家。（〈衛護文學篇〉（*Défense des lettres*, 1937））

　　彷彿對於這種態度抗辯的，是一九三八年春，湯麥司・曼（Thomas Mann）在美國演說的《民主之不日的勝利》（*The Coming*

1　華爾孚（Virginia Woolf, 1882-1941），今譯伍爾芙，英國作家。

2　《三個金幾尼》（*Three Guineas*, 1938），今譯《三枚金幣》，伍爾芙的長篇書信體散文，內容具鮮明的反戰立場，談及作者對阻止戰爭爆發的具體方法的意見和反思。

3　阿爾道斯・赫胥利（Aldous Huxley, 1894-1963），今譯赫胥黎，英國作家、哲學家，著有反烏托邦小說《美麗新世界》（*Brave New World*, 1932）。

4　「Ends and Means」，原文誤植為「he End and Means」。

5　喬治・杜哈美爾（George Duhamel, 1884-1966），今譯杜哈曼，法國作家。

Victory of Democracy, 1938）中所說的：[6]

　　我必須抱恨地承認，在我的少年時代，我同情德國人的危險的思想習慣，認為生命與智力，藝術與政治是全然對立的字眼。在這些日子裏，我們都有一個傾向，視政治與社會事件如無關重輕的，而應該付托給政治家的。我們真是蠢愚透頂了，相信這些專家們的能力足夠保護我們的最高的利益。

　　可是在杜哈美爾寫他的〈衛護文學篇〉之後一年，因捷克問題而引起的一九三八年歐洲九月危機，[7]使他明白每一個人應為文化而呼喊並行動的時機到來了，每一個人，不止是政治專家。他寫了許多論文，後來出了一本集子，叫《一九三八的白色戰爭》（*Mémorial de la guerre blanche 1938,* 1939）。這裏面每一篇文章都是熱情的呼喚，籲請民主主義者抵抗法西蒂的侵略。

　　自然他主要所在還是法國。「法國必須聯合，這個聯合叫甚麼名字是不重要的，這不是一個黨的名字，也不含一般的政治作用。」接下來他就提出了基要的六點行動方針：國防，經濟與幣制的鞏固；社會訓練；服務人員的責任心及競爭性；絕對的主權，與及精神的復興。

　　文藝作者的政治論文，最近還有意大利流亡作家殷雅齊・薛隆內（Ignazio Silone）的《獨裁學府》（*School for Dictators,* 1938），[8]一部像《王

6　湯麥司・曼（Thomas Mann, 1875-1955），今譯湯瑪斯・曼，德國作家，1929年獲諾貝爾文學獎，後流亡美國。《民主之不日的勝利》為湯瑪斯・曼1938年2月至5月間在美國東西海岸旅行演講的講稿，由美國記者、湯瑪斯・曼好友 Agnes E. Meyer（1887-1970）譯為英文，1938年9月由倫敦 Secker & Warburg 出版社出版單行本。

7　1938年9月30日，英國、法國、納粹德國及墨索里尼統治下的意大利帝國簽署《慕尼黑協定》（Munich Agreement），割讓捷克斯洛伐克蘇台德地區（Sudetenland）予納粹德國，被視為避免戰爭爆發的綏靖政策。

8　殷雅齊・薛隆內（Ignazio Silone, 1900-1978），今譯伊尼亞齊奧・西洛內，意大利政治家、小說家。

者》（*The Prince,* 1532）的獨裁制度的批判作品。[9] 文學者這種傾向，實是反映時代，最不足為怪的。

在德軍侵波的今日，我們再讀湯麥司‧曼的：

正義，自由和真理——神聖的三位一體。何者先居，何者最重要，這是不可能的。因為這三者，各自表現的是一個整體，各自相等。如果我們說真理，這就是說正義和自由；如果我們說正義和自由，我們等於說真理。這是不可分割的東西的內在複雜，屬於精神的，屬於永遠的力的。我們稱他一種絕對。[10]

現在正是我們效命這種「絕對」的時候了。

選自《星島日報‧星座》第 396 期，1939 年 9 月 8 日

9　《王者》（*The Prince,* 1532），今譯《君王論》，文藝復興時期意大利政治哲學家馬基維利（Niccolò Machiavelli, 1469-1527）所作政治論文。

10　同出自上文所引演講《民主之不日的勝利》（*The Coming Victory of Democracy,* 1938）。

戰時中國文藝

蕭乾 講，君幹 譯

這是蕭乾先生在國際筆會倫敦聚餐會上的演講辭；譯者據英文原稿譯出。譯文如有文字上的錯誤，自然是由譯者負責。

談到我們的戰時文藝，假定諸位對當代中國文藝已有充分認識，那在我是不公平的。這與其說是因為中國距英國極遠，因為中文與英文極不同，不如說是因為今日的中國文藝仍然太幼稚，太不成熟，不配得到世界範圍的注意。

我們雖然無聞於世，卻也曾以熱情和讚美偷偷享受了英國文學的傑作。托馬斯·哈代（Thomas Hardy）的小說使許多人悲傷，[1] 而俄馬·開雅姆（Omar Khayyam）的英譯本，[2] 則為年輕人的春情之源。我們喜歡蕭伯納（George Bernard Shaw）先生的戲劇，[3] 愉快和不愉快的都喜歡，但我們讀哲姆斯·喬伊斯（James Joyce）先生的《攸利西斯》（*Ulysses*, 1920）的困難，[4] 則非語言所能形容。如果我們沒有極密切地注意您們最近的出版物，那大概是因為金鎊漲了，自中日戰爭開始以

---

1 托馬斯·哈代（Thomas Hardy, 1840-1928），英國小說家、詩人，代表作有《德伯家的苔絲》（*Tess of the d'Urbervilles*, 1891）、《無名的裘德》（*Jude the Obscure*, 1895）。

2 俄馬·開雅姆（Omar Khayyam, 1048-1131），又譯奧瑪·開儼，波斯詩人、天文學家、數學家。愛德華·菲茨傑拉德（Edward FitzGerald, 1809-1883）在1859 年曾以英文翻譯俄馬·開雅姆的四行詩集《魯拜集》（*Rubaiyat of Omar Khayyam*）；1924 年上海泰東圖書局出版中英對照版《魯拜集》，由郭沫若根據菲茨傑拉德的英譯本轉譯。

3 蕭伯納（George Bernard Shaw, 1856-1950），愛爾蘭劇作家。

4 《攸利西斯》，今譯《尤利西斯》，愛爾蘭現代主義作家喬伊斯（James Joyce, 1882-1941）所著意識流小說的代表作。1990 年，蕭乾與夫人文潔若合譯《尤利西斯》，譯本第一卷於 1994 年出版。

來，由一鎊換十六元漲到一鎊可換我們的寒傖銀元七十元之譜。

從我的一位榮為筆會會員的老同胞，現任中國駐美大使的胡適博士談起，最便當了。

因為在一九一一年民國成立後的四年開始發動「文學革命」的便是他和他的少數友人。當代中國文藝的頭十年，主要地是一種語言解放，目的在利用白話的體裁使文藝更加民主。動機本是教育的，而非藝術的。

幾年之間，這一運動獲得了完全的勝利。最基本的成功是所有的教科書都採用了白話，牠的永續便這樣地被保證了。

其次的十年是隨着一個革命文學運動，本質上是一個意識正確的論爭。提出了許多問題，但似乎並不比那古老的內容與形式的問題更切實，無論文藝是否應為內在的價值而存在，抑或用之為完成別的東西——政治的或社會的手段。普羅列塔利亞（proletariat）的作家們要求那更脆弱的靈魂們離開象牙塔，到十字街頭一較短長。

現代中國文學最特別的一點是牠與一般社會運動的不可分的關係。逃避主義的文學從未被寬容。如我剛纔所說，牠作為一種教育改革開始，其實可說是政治運動的一個副產品，一個意外的孩子。在這一新文學的全部簡短的歷史中，差不多每個自覺的作家都有所防禦或攻擊。我們攻擊鄉紳的重利盤剝，也攻擊現代干涉藝術家的愚行。最重要的則是我們攻擊我們的心性，滿不在乎的性情，聊以自解的心理，以及劣等感的誤解等。故魯迅的著名的〈阿 Q 正傳〉（1922），乃是我們中華民族的自我諷刺，大有鏡子的作用。我們每個人都不斷搜查我們的靈魂到底分擔了那不朽的人物多少血液，同時你在中國常可聽見某人罵某人是「阿 Q」。

雖然文學這樣地獲得了實際的影響，可是在其他方面卻有損失。許多偉大不朽的小說似乎都是紀錄的而非建築的。對於任何一個與二十世紀中國的生死鬥爭有密切關係的人，每一頁都可說是迷人的，報導的。牠的缺點，我們天天都意識到，在於缺少深度，缺少文學的見識。在心理的想像上，我們似乎距克拉利薩・哈爾羅（Clarissa

[Harlowe]）的時代不遠，[5] 可是在主題，甚至在語法上，我們又幾乎與最新的蘇俄作品並進。

　　在這十年的開始，我們有了右翼和左翼的不可避免的分裂。左翼作家聯盟組織於一九三〇年。永遠作為國民生活的一個真實的反映，其時正當中國兩政黨鬧意見之時。

　　但一九三一年日本侵略滿洲卻起了一個真正的變化。今日我們中國人的信念是每逢一個強壯的人願意戰爭，那戰爭便成為不可避免的了。作為一家報紙的文藝編輯，曾於戰爭爆發前在天津一年，上海兩年，我能證實當時中國政府的確是任憑獸性的侵略，不顧人民的盛怒，嚴厲禁止新聞和文藝上的任何反日情緒，無望地希望避免任何不能避免的衝突。我得承認當時我們政府的忍耐和謹慎已不是任何高尚尊嚴的公民所能容忍的了。《新生》半月刊的編者杜重遠先生被囚十[四] 個月，[6] 因為他提到日本的天皇是一個卓越的植物學家，而日本政府對此強硬抗議，甚至以武力威脅，理由是植物學家只是一個凡人，而天皇則是超自然的。

　　在戰事爆發不久之前，中國文學進入了另一個階段。嘗過風格和意識論戰的滋味，我們開始接近西方和我們自己的文學遺產。直到此時，外國文學的繙譯大抵是任意為之，[7] 既無甚辨別力，莎士比亞

5　「Clarissa Harlowe」，原文誤植為「Clarrisa Harlow」。克拉利薩・哈爾羅（Clarissa Harlowe），是英國作家塞繆爾・理查森（Samuel Richardson, 1689-1761）書信體小說《克拉利薩》（全名為 *Clarissa; or, the History of a Young Lady: Comprehending the Most Important Concerns of Private Life. And Particularly Shewing, the Distresses that May Attend the Misconduct Both of Parents and Children, In Relation to Marriage*, 1747）的主人公。

6　「十四個月」，原文誤植為「十八個月」。杜重遠（1895-1943），中國企業家、政治家。杜重遠曾是《生活》週刊的主要撰稿人，1933 年《生活》週刊被國民黨當局封禁，主編鄒韜奮流亡海外，1934 年，杜重遠創辦《新生》，並聘任《生活》週刊的原班編輯。1935 年，《新生》雜誌上刊登〈閒話皇帝〉一文，文章諷刺日本的天皇制度，遭到日本方面抗議。主編杜重遠最終以「侮辱友邦元首」的罪名入獄，《新生》也被勒令停刊。

7　「繙譯」也作「翻譯」，現保留報刊原文的用法。

（William Shakespeare）之類的艱深的作品又往往避而不譯。[8] 一九三五年，即戰前二年——我指那東方的戰爭——在鄭振鐸先生和胡適博士的領導之下，世界名著的系統繙譯開始出現了。英國文學的許多重要作品由更吃苦更有學養的人再度繙譯了，如托馬斯・哈代，約瑟・康拉德（Joseph Conrad），[9] 布隆泰姊妹（Brontë sisters）的作品，[10] 以及莎士比亞全集等。令人驚奇的事實是繙譯作品的銷路有時竟超過創作作品，因為讀書界也亟於尋求較高的水準了。

像中國所有其他建設一樣，這一努力是太突然地被日本的更大的大砲，更快的飛機和難忍的貪慾所停止，所粉碎了。

今日，雖在嚴重的試驗下，自由中國的生活各方面仍有改進，同時當代中國文藝也能與一般的堅定的進步並進。再沒有甚麼左右翼了，只有一個全國文藝協會，組織於一九三八年八月，總會現在設於戰時首都，各大城市都有牠的分會。過去作家們往往被指為幫閒或隱士，今日，許多作家為了服務國家，也為了在這東方的偉大的史詩獲得親切的經驗，實際與軍隊和游擊 [隊] 共同作戰。[11] 作家團體在日軍後方旅行二千餘哩。故王禮錫先生，他去年此時和援華運動總會（China Campaign Committee）在倫敦，[12] 曾率領這樣的一個先鋒隊到前方去。他患心臟病死於洛陽。

有趣的是這些文學遠征隊的第一個卻是中國的著名女作家丁玲女士發動領導的，她在戰爭開始之初，便和少數女孩子組織了。她們一

8　莎士比亞（William Shakespeare, 1564-1616），英國劇作家、詩人。

9　約瑟・康拉德（Joseph Conrad, 1857-1924），波蘭裔英國小說家。

10　布隆泰姊妹，今譯為勃朗特姊妹，包括夏綠蒂・勃朗特（Charlotte Brontë, 1816-1855）、艾蜜莉・勃朗特（Emily Brontë, 1818-1848）和安妮・勃朗特（Anne Brontë, 1820-1849）三位英國作家。

11　原文難以辨識，現據文意推斷為「隊」。

12　「援華運動總會」（China Campaign Committee）是中日戰爭初期在英國建立、支持中國人民抗日鬥爭的左翼組織，由英國工黨政治家亞瑟・克萊格（Arthur Clegg, 1914-1994）組織。王禮錫和蕭乾旅英期間都與克萊格交往，參與援華運動總會的活動。

再和平地侵入日軍佔領區。她們的武器是戲劇表演和詩歌朗誦，當是在露天舉行。

今日的怪現象，而且是一個極自然的怪現象，乃是有戰爭的血淋淋的材料的作家太被他們眼前的活動佔據了，而幸而有充分時間聽其使用的作家又往往沒有同樣深邃的智識。他們只能寫寫小品，坐下來寫一部嚴肅的小說，在那些英勇的作家是不可能的。何況空襲又不允許他們。

從文學的純生產力來說，目前的情形是很難滿意的。但我們十分確信我們一旦被允許享受我們的和平，這些勇敢的作家將用他們的筆寫出東西來。

時間不允許我詳談任何個別的作家或作品。批評本不是我的分內事，我且很簡短地略談幾件中國戰時文藝的令人興奮的事情：

一、任何心理學家如果發現我們已停止辯論內容與形式的問題一定會畫一條向上的曲線的，恰如我在十四歲時即不復關心雞先出來還是蛋先出來。今日，即使是我們的最熱心的宣傳家也承認要人信服一個論點，要人記得一幅圖畫，必須給自己的作品一個生動的生命，而且生命無想像決不能生動。最近訪問前方歸來的作家有好幾位先前都曾被指為象牙塔中最負惡名的住戶。

二、還在十年前，我們的一位老作家在他的一篇文章中說新文學的主[顧]百分之九十是中學生，[13] 因為農人看不懂，大學生會讀外國書，不在乎懂不懂。戰爭將我們的文學恰恰傳到內地，兵士、農人、和一般人士都成了我們的讀者。倘無戰爭，這大概又要費一百年功夫。

三、和許多人的預料相反，在外國的侵略下中國作家不是變得更加排外，而是變得更加大同。我們以哲學的反語注視千千萬萬的生命毀於一個十分鐘的空襲。

---

13 「主顧」，原文誤植為「主僱」。

甲、我們開始對現代科學有了新的估價。日本對現代科學無疑已成十足的大師了。

乙、在戰爭之初，悲慘的故事總是來自被炸的家庭。但還有甚麼比空襲殺人的描寫更加是千篇一律的悲劇呢？沒有甚麼掙扎，所以其中也不會有甚麼戲劇。一隊飛機聚在頭上，一個逃脫了，一個擊中了，炸成粉碎。命長的在途中拾起了一個不知名的友人的斷手。過去一定有許多人被殺過，但決不會這末整批地，竟使任何悲劇作家默默無言。西方發明了飛機和炸彈。我想空襲悲劇的名著也得由西方作家寫成。

丁、當張伯倫（Neville Chamberlain）先生去年十一月講到英國對日態度時，[14] 他曾可欽佩地說英國人不是懷恨記仇的人。如果一個中國人發表同一聲明，我恐怕聽來未必會像那位仁慈寬大的首相的話那末真誠吧。我承認有許多人的確懷恨在心，特別是那些直接受戰爭之害的人。但我們中國人對日本人的感情反映在文學上的，則是憐憫而非憎恨。許多關於日本俘虜的小說寫作了，而且，如果我可以附帶說一句，他們多半是自由的俘虜。一篇又一篇的小說描寫一個日兵和一隊日軍在一起時他怎樣要「雞子和姑娘」，但當他獨自一人時，或者如一篇小說所寫，在著名的西湖岸上追趕一個無助的姑娘時；他便唉聲嘆氣，唏噓嗚咽，厭惡他自己的污穢的手了。因為在大阪或橫濱他也許有一個面貌相似的妹妹。我們對付我們的哈叭勳爵（Lord Haw Haw，即在柏林英語廣播之英人，借喻漢奸）大抵是歸罪於己，[15] 因為我們不曾好好教育他們，或者簡直沒教育過。人性的這樣的客觀研究完全是空前的。

14　張伯倫（Neville Chamberlain, 1869-1940），1937 年 5 月至 1940 年 5 月任英國首相。

15　括號內為原註。「Lord Haw-Haw」，原文誤植為「Lord Haw Haws」。哈叭勳爵，即美國廣播員威廉‧喬伊斯（Williams Joyce, 1906-1946）的諢名，他於 1940 年獲得德國國籍，在第二次世界大戰期間向英國聽眾廣播納粹的政治宣傳。這個名字後來也用以指代二戰期間其他向聽眾播送納粹宣傳的英語廣播員。

　　四、最後一談我們的諷刺文學，像英國人一樣，我們歡喜由衷的笑。但過去十年殘酷的事實使我們這個笑的民族完全高不起興來。甚至以前的幽默與吸煙運動的倡導者也只能苦笑一下了。戰爭使諷刺文學更不流行。因為我們的作家覺得在這種時候既不應該公開攻擊，也不該滿心擁護。邪惡的犬儒主義並不可取，而那些在寫諷刺文的人難免不與所笑的實體同為一物。

　　當一個人學會了嘲弄自己的時候，那必定是一個大進步。不幸希特勒（Adolf Hitler）辦不到，[16] 我們的芳鄰也不成。[17]

選自《大公報‧文藝》第 846 期，1940 年 5 月 26 日

16　希特勒（Adolf Hitler, 1889-1945），納粹黨領袖，1934 年至 1945 年任德國元首。

17　「我們的芳鄰」乃指日本，二戰中與德國結盟。

桅頂冒出了地平線
——一九四零年的文學理論

周木齋

　　時代已經走進了一九四一年。回顧一下一九四零年的文學理論，實在可以引起很大的鼓舞。因為一九四零年的文學理論，超過了新文學運動以來的文學理論的水準，並且構成了今後推進文學理論的發展的契機。

　　這不是誇大的說法，而是顛撲不破的，毫無疑義的事實。

　　是甚麼呢？是新民主主義文學的理論。[1]

　　為甚麼呢？為了新民主主義文學是新文學運動以來的最大的發現，也是最正確的創見，正如發現中國革命的性質是新民主主義革命，中國革命的目標是新民主主義社會，中國要建立的政治，經濟，文化是新民主主義的政治，經濟，文化一樣，而也正是包括在新民主主義文化的裏面，成為了一部份。有這新民主主義文學的發現，可以確定歷史的認識，歸納新文學運動以來的歷程，可以確定現實的方向，指示今後新文學運動發展的路線，所以新民主主義文學的發現是繼往開來的樞紐。

　　發現並非出於偶然，新民主主義文學是在新民主主義革命的政治形勢下的產物，是進向新民主主義社會的一個工具，認識是物質運動的反映。

　　發現並非出於偶然，一九三九年的文學理論的中心是「中國作風

1　1940 年 1 月 9 日，毛澤東（1893-1976）在陝甘寧邊區文化協會第一次代表大會上發表題為〈新民主主義的政治與新民主主義的文化〉的講演（後載於 1940 年 2 月 15 日出版的《中國文化》創刊號，該文同年 2 月 20 日發表於《解放》時題目改為〈新民主主義論〉），提出有關無產階級領導的人民大眾反帝反封建的思想理論，是毛澤東思想的核心內容。毛澤東在演講中指出，在實行共產主義之前，必須先經過新民主主義這一過渡性階段，而文化也應順應新民主主義政治、經濟改革加以革新。

與中國氣派」，民族文學或者文學的民族形式的建立，這是從〈論新階段〉說的「洋八股必須廢止，空洞抽象的調頭必須少唱，教條主義必須休息，而代替之以新鮮活潑的，為中國老百姓所喜聞樂見的中國作風與中國氣派」，[2] 把國際主義的內容和民族形式緊密地結合起來這個總的理論引申到文學上來的，因為在總的理論指導下的文學理論也不能單獨例外，並且更屬必要。而作為一九四零年的文學理論的中心的新民主主義文學，則是在文學上的「中國作風與中國氣派」的概括。這是從〈新民主主義的政治與新民主主義的文化〉的理論引申到文學上 [來] 的，[3] 因為文學是文化的一部份，同樣的屬於必要。

在〈新民主主義的政治與新民主主義的文化〉裏，指出新民主主義文化的特點是民族的，科學的，大眾的，這也成為了新民主主義文學的特點。然而這裏的特點之一的民族的，較之一九三九年提出的民族形式，還要概括，指出是反對帝國主義壓迫的，帶有民族的特性的，同一切別的民族的最新民主主義文化和新民主主義文化相聯合的，顯明 [而] 具體地兼指了內容和形式。[4]

在〈新民主主義的政治與新民主主義的文化〉裏，最後呼出：「新中國航船的桅頂已經冒出地平線了，我們應該迎接它」。這是指新民主主義文 [化] 的。[5] 從這引申起來，也可以說，中國新文學運動之航船的桅頂，也已經冒出地平線了，這就是新民主主義文學的發現；也 [已] 經被迎接了，[6] 這就是展開廣大的討論和研究，進行新民主主義文

2　1938 年 9 月年 29 日至 11 月 6 日，中國共產黨在延安召開擴大的六屆六中全會，期間毛澤東代表政治局發表題為〈抗日民族戰爭與抗日民族統一戰線發展的新階段 —— 一九三八年十月十二日至十四日在中共擴大的六中全會的報告〉，簡稱〈論新階段〉。參考中央檔案局編：《中共中央文件選集》第 11 冊（河北：中共中央黨校出版社，1991 年），頁 557-662。

3　原文難以辨識，現據文意推斷為「來」。

4　原文難以辨識，現據文意推斷為「而」。

5　原文遺漏「化」字，現據文意增補。

6　原文難以辨識，現據文意推斷為「已」。

學的建立。

　　類似航 [船] 的桅頂不是要到冒出了地平線才在駛行，[7] 新民主主義文學也不是要到正式被發現了才算存在，而是相應於五四以來的新民主主義革命，就在潛行着的。這裏的不同，只是在沒有發現以前，是有自發性的，在發現以後，是正式自覺的。因為是正式自覺的，便可以意識地推進；[8] 因為是自發性的，便不能 [切] 斷新文學運動的歷史，[9] 而新文學運動以來提出的，懸而未決的問題，如舊形式的利用，文學大眾化以至大眾文學，最新民主主義的現實主義，還需要而且正已經在給予着新穎的，廣闊的，深入的考察。舊形式的利用，文學大眾化的問題，已經作為了建立民族形式的問題而加以處理。大眾文學一方面是民族形式的問題，同時一方面是新民主主義的內容的問題，文學為了大眾，大眾也是新民主主義的核心，這 [要] 從文學和政治的失調和配合中，[10] 從提高大眾而同時也提高文學中，從文學發揮政治的機能而同時也完成本身的過程中，來加以處理。最新民主主義的現實三民主義則被提煉為新民主主義的現實主義，這正是帶有民族的特性的，但並非割裂，新民主主義文學包括了抗戰的現實主義和革命的浪漫主義的兩翼，革命的浪漫主義就是具有最新民主主義的遠景，新民主主義的現實主義還是須有辯證法唯物論的世界觀。

　　討論主要集中在民族形式的問題上，因為民族形式構成了新民主主義文學的重要的一部份。這是一九三九年民族形式問題的發展，也是一九四〇年新民主主義文學問題的主潮。如重慶的《文學月報》第一卷第五期，[11] 有「文藝的民族形式問題特輯」，載有〈民族形式問題座

7　原文遺漏「船」字，現據文意增補。

8　原文「意識」後誤植「的」字，已刪去。

9　原文難以辨識，現據文意推斷為「切」。

10　原文難以辨識，現據文意推斷為「要」。

11　《文學月報》，抗戰文學月刊，1940 年 1 月創刊於重慶，至 1941 年 12 月停刊為止共出版 15 期，主要編輯及撰稿人有羅蓀（1912-1996）、戈寶權（1913-2000）等。

談〉，作一般的討論。又如延安的《文藝戰線》第一卷第五號，[12] 也有作為民族形式問題特輯的「藝術創作者論民族形式」，集 [合] 冼星海的〈論中國音樂的民族形式〉，[13] 羅思的〈論美術上的民族形式與抗戰內容〉，蕭三的〈論詩歌的民族形式〉，柯仲平的〈論文藝上的中國民族形式〉，何其芳的〈論文學上的民族形式〉，沙汀的〈民族形式問題〉，作分別的和一般的討論。此外，在許多地方的報紙和雜誌上，也時常有討論民族形式問題的特輯和單篇的，概論的和專論的文章，匯成民族形式問題在文學理論上的巨潮。[14]

　　討論還是在發展着，一時是不會得到結論的。不過雖然沒有整 [體] 的結論，[15] 卻有幾個共同的意見、部份的結論，而可以歸納出來。第一，大家認為有建立民族形式的必要，沒有反對或懷疑的表示。第二，建立民族形式，不是因襲舊形式，而是創造新形式，新形式又須以舊形式為來源之一。第三，創造新形式和利用舊形式的關係，是要改造新文學運動以來所已有的 [新] 形式，[16] 利用舊形式，使已有的新形式大眾化，同時又改造舊形式，從矛盾的統一中創造新形式。第四，需要利用的舊形式，是舊文學中的優秀的活的形式，具有地方色彩和智慧語言的民間的口頭文學的形式，形象性的方言的語言形式。第五，建立民族形式的成分，是新文學運動以來的優秀的傳統的形式，西洋文學的優秀的形式，舊文學中的優秀的活的形式，民間口頭文學的形式，方言的語言形式。這裏，所謂西洋文學的優秀的形式，

12　《文藝戰線》，抗戰文學月刊，1939 年 2 月創刊於延安，編委會成員有周揚（1907-1989）、丁玲（1904-1986）、成仿吾（1897-1984）等。

13　原文難以辨識，現據文意推斷為「合」。

14　《星島日報‧星座》也於 1941 年 1 月 6 日刊載陳伯達〈關於文藝民族形式的論爭〉一文，展開有關文藝民族形式的討論。同年 3 月 5 日至 20 日，〈星座〉更連載由胡風所作、共十三篇題為〈論民族形式問題底實踐意義〉的系列文章。

15　原文難以辨識，現據文意推斷為「體」。

16　原文難以辨識，現據文意推斷為「新」。

自然是泛指的，但因中國的新民主主義文學既然同一切別的民族的最新民主主義文學和新民主主義文學相聯合，成為最新民主主義文學的一部份，需要建立互相吸收和互相發展的關係，互相作為世界新文學的一部份。所以吸收國外文學的優秀的形式的成分，應該尤其着重[這]一點。[17] 這是事實，而為民族形式問題的討論中所忽略的。第六，建立民族形式的途徑，要通過文學發展史的認識和批判，創作的實踐，生活的體驗，大眾的文化生活和藝術生活的組織，大眾的文化和藝術的水準的提高這些過程。

　　然而相應於桅頂的方始冒出了地平線，迎接的呼聲雖然已經很是熱烈了，但究竟還只是開始，沒有形成完整的系統的新民主主義文學的理論體系，也沒有建立新民主主義文學。從發端說，是可以鼓舞的，從推行說，是需要勉勵的，今後自然還是而且必須繼續一九四〇年的歡呼，迎接新航船的到來，廣大地，深入地，建設新民主主義文學的理論體系，促進新民主主義文學的建立。

　　一九四一年正是銜接負起這個任務的一年。

選自《星島日報·星座》第 832 期，1941 年 1 月 22 日

17　原文難以辨識，現據文意推斷為「這」。

詩歌，我們的武器

方敬

一

詩歌應該與生活密切的結合着。這已是一個很熟悉的論題了。是的，我們只有從這個基本而正確的觀點，才能理解和把握詩歌——這最嚴格的藝術——的本質和作用。它隨着社會的發展，每個時代都有其獨特的內容與形式，同時不僅再現當時的生活，更進而說明當時的社會現象，給與一個「判決的意義」[。] 因此，詩人不能不是自己國家和人羣的感官，耳目與心臟，自己時代的喉舌。

現在，我們大家都這樣說 [：]「詩歌是我們戰鬥的武器。」在現世界的罪惡與黑暗之夜，且讓我們都拔出這閃鑠的正義之劍來吧。以一個戰士的姿態挺身而出，詩人應該揮動他犀利的武器，詩歌，去對準醜惡的現實襲擊，為羣眾的利益而高呼，鼓動和激勵他們面向着鬥爭，面向着遠大的未來，堅決而果敢的在荊棘裏開闢一條新路，通到幸福，自由和理想的境域。他要像普洛米修斯（Prometheus）一樣給人類以火，[1] 以光，橫溢的反抗精神感召千萬人心。這使我們不禁想起了幾個先驅者偉大的名字，普式庚（Alexander Pushkin），[2] 拜倫（George Byron），[3] 海涅（Heinrich Heine）。[4]

他們的名字已成了詩歌的別號。他們的光輝照射着我們的行程。

1　普洛米修斯（Prometheus），今譯普羅米修斯，希臘神話人物，因幫助人類盜火而受到宙斯的懲罰。

2　普式庚（Alexander Pushkin, 1799-1837），今譯普希金，俄國詩人、劇作家、小說家、文學批評家。

3　拜倫（George Gordon Byron, 1788-1824），英國詩人。

4　海涅（Heinrich Heine, 1797-1856），德國浪漫主義詩人、記者、文學批評家。

二

　　在我們這偉大民族革命解放鬥爭裏，個人哀樂的謳歌與乎身邊瑣事的抒寫，顯然早已被否定，一切不良的傾向與感傷成分已為無情的暴風雨沖洗開去。多數的詩人，由於正義的熱忱所鼓舞，武裝了自己的思想與情感，投身到活生生的現實生活裏。他們配備着新的世界觀與抗戰理論，高舉着自由的旗幟，吹起民族解放的號角，向勝利的征途邁進。

　　新時代賦與詩人們詩的刺激，新的憤怒，新的歡樂，他們熱烈把新的主題引進作品裏，他們的理想是為了勝利而服務的。他們企圖反映中國人的思想和感覺，通過藝術形象，讓人們認識真理，理解現實，為變革舊世界創造新世界而奮鬥。於是我們便有一些比較優秀的抒情詩作，它們是客觀現實的具體反映，而又與主觀的精神活動協調，我們也有了多數的富於現實性的較大的詩篇。詩人們的團結與乎詩的朗誦給詩歌一新的力量，[5] 新的方向，和新的發展。

　　「詩人不能不呼應一切的音響，呼應一切的生活呼聲。把對於生活的興味擴大起來好了。」高爾基（Maxim Gorky）對青年詩人這樣懇切的說，[6] 自然，對我們這時代的詩人，首先應該提出來的，無疑的也是生活這一重要的課題。觸着而且透入生活的裏層，把自己的根鬚深埋在大眾當中，去同他們一同呼吸，一同感覺，一同希望一同行動……充實自己的情感經驗和現實的教養，隨時隨地站在嵩高的理論的頂端上，睜開無所不見的心靈的眼睛，能「從一顆沙粒裏看出天

5　抗戰期間，《星島日報·星座》亦曾刊載一系列有關詩朗誦的文章，參考柯可：〈論朗誦詩〉，《星島日報·星座》第 10 期（1938 年 8 月 10 日）；沈從文：〈談「朗誦詩」〉，《星島日報·星座》第 62-66 期（1938 年 10 月 1-5 日）；梁宗岱：〈我也談談朗誦詩〉，《星島日報·星座》第 72 期（1938 年 10 月 11 日）；徐遲：〈從緘默到詩朗誦〉，《星島日報·星座》第 336-337 期（1939 年 7 月 10-11 日）；袁水拍：〈詩朗誦 —— 記徐遲〈最 [高] 音〉的朗誦〉，《星島日報·星座》第 537 期（1940 年 3 月 22 日）。

6　高爾基（Maxim Gorky, 1868-1936），俄國社會主義現實主義作家、政治活動家。

地。一秒鐘裏看出永恆。」[7] 因此，我們不得不向詩人們要求嚴格的藝
術修養。詩的境界產生於不斷的精心而深刻學習與追尋中。詩人於此
務必肩起他的重大的任務——獲得真理與現實的知識。我們知道，誠
如高爾基所說，從古以來，「攝人心靈」的網，是到處都張着的，而且現
在還張着的。自然，詩人們須得從「生活和書籍中接受印象」[。]

　　那嗎，詩人們，請愛偉大的文學遺產吧，更重要的：我們不應該
只是作個旁觀者，而要積極的參加工作。前線的，後方的，抗戰的，
救亡的，建設的，各種各樣的工作。接受現實的哺養，在鬥爭的洪爐
裏鍛鍊，成長，詩人們靈活的運用認識（思維）與想像（藝術的思維）
這兩種人類所特有的堅強的創造力。應該這樣，也只有這樣，詩人們
才能獲得材料的無比豐富的永不竭盡的源泉，才能成為抗戰現實的
歌手。

三

　　詩歌是從內容所發，而內容是起決定作用的。當其內心有種強
烈的衝動，一片火，一片光，它是大眾脈搏的起伏，它已成為詩人生
命和靈魂的一部份，立即緊握這種燃燒的熱情，讓它醞釀，成熟，再
現，讓它一再使自己感動，然後才表現出來。也就是列寧（Vladimir
Lenin）所說過的要寫非常 [熟] 悉的，[8] 經歷過的，思 [考] 過的，[9] 再三
感覺到的主題。抗戰以來的詩歌，無論質或量上都有明顯的進步，但
是有的詩人，由於熱情的高漲，迫不及待，一任其放縱，好些詩篇都
缺少應有的真實與動人的成分，彷彿是信手拈來的「現成」的「習慣」

7　此處詩句出自英國詩人布萊克（William Blake, 1757-1827）1803 年所作詩
　　作 "Auguries of Innocence"，原句為 "To see a World in a Grain of Sand / … /
　　And Eternity in an hour"。

8　列寧（Vladimir Lenin, 1870-1924），俄國共產主義革命家、政治家和政治哲學
　　理論家。「熟悉」，原文誤植為「 】悉」。

9　原文遺漏「考」字，現據文意增補。

的東西，不是重複，而且表現得「間接」，抽象，不然，就是一些輕淡的片斷的印象，沒有深化，具體化，沒有抵着明確而動人的藝術形象，沒有活生生的詩的血和肉。

因為他們尚未躍進成千成萬羣眾的痛苦，災難，悲憤，英勇，繁複的生活的心底去，沒有握着它們，也不善攝取它們，而且他們的熱情不貫[徹]，[10]技術武裝的薄弱，努力的不足。這種現象，隨着「肅清公式主義與形式主義」的口號合理的提出與執行，兼之時代的邁進，這種抗戰現實詩發展必然的缺陷已漸漸被克服。因此，我們更有理由要求詩人進一步的生活，辯證的理解現實，以推動擴大想像，熱烈的歌頌光明，無情的揭發黑暗，站在民族的福利的立場上，激發民眾抗戰的情緒，加深民眾抗戰的意識，忠實反映他們的心情。作品的社會意味愈濃，愈有價值，則客觀的普遍性也愈強，當然還得與藝術性統一起來，如像瑪耶可夫斯基（Vladimir Mayakovsky）曾經那樣巧的做過似的。[11]詩人們已擴大對於生活注意的範圍，從錯綜複雜千變萬化的現實裏，選出自己最熟悉，最特徵，最新穎的東西來描寫，來製成剛強健壯粗豪有力的武器，在鬥爭生活裏去運用，因為我們正在變革我們國家的容貌，引導她到新的前途。而且，創作過程的本質，是作家與現實的鬥爭，就是想要駕馭和重新創造那種現實的強烈要求。基於這種強烈的要求，顯有着感受的個性，角度的不同，深[感]詩人應「唱自己的歌」[。][12]

「一切詩應該是生活的表現，生活這兩個字是在廣義上說的，包括物體與精神的全宇宙……但是，為使生活的表現詩首先應該是

10　原文難以辨識，現據文意推斷為「徹」。

11　瑪耶可夫斯基（Vladimir Mayakovsky, 1893-1930），今譯馬雅可夫斯基，俄國未來主義詩人、劇作家。

12　原文遺漏「感」字，現據文意增補。

詩。」倍林斯基（Vissarion Belinsky）說得如何精闢啊！[13] 這應該是每個詩人的座右銘。那嗎，詩人們，請嚴肅的生活吧，請熱愛詩吧。

四

　　詩人們生活着，同時應該用心的學習語言，語言是文學的第一要素，只有藉這根本的工具或手段才能達到把思想和情感形象化的目的，作為文學的材料，語言是一切事實，思想和情感的外衣。每個詩人必須純熟的駕馭技術，運用與藝術作品之深遠的內容相適應的浮彫似的明確的形式，語言形式粗劣的篇章，自然會減弱它的藝術效能，不為大眾所接受，所歡迎，不能使他們欣賞，感動，了解，這當然不是說，掩飾自己思想空虛和貧乏，華美的軀殼，「沒有靈魂的語言」，這是說形式對於內容所起的不容忽視的反作用，也就是形式與內容有機的統一的本質問題，也就是提高詩歌品質的要務。

　　我們這時代的作品，就內容說，大半都有新的轉變和躍進，至於文字有的似乎還沒有擺脫舊的桎梏，這裏便發生了形式與內容的不和諧，有的簡直寫得輕飄飄的，幾行破碎的鉛字，彷彿站也站不住似的，僅具有一個怪熱的調子或迴旋。這也正說明我們的詩人沒有耐心的熱忱的忠實去注意語言和表現的方法。[14]

　　「世界上的痛苦，沒有比語言的痛苦更大的了 [。] 」高爾基說他的失敗常常使 [他] 想起歌龍 [弗] 里特（A. G. Gornfeld）悲哀的話。[15] 他又說像納特遜（Semyon Nadson）所說的「貧弱的我們的言語是冷冷

13　倍林斯基（Vissarion Belinsky, 1811-1848），今譯別林斯基，俄國思想家、文學評論家。

14　原文「的」字誤植於「去」字之後，現據文意調整。

15　原文「他」字後誤植「們」字，已刪去。「歌龍弗里特」，原文誤植為「歌龍林里特」。歌龍弗里特（A. G. Gornfeld, 1867-1941），今譯戈爾費爾德，俄國猶太裔散文家、文學評論家、譯者。此處高爾基所引語句出自戈爾費爾德 1906年所作文章 "The Torments of the Word"。

冰地可憐的」[，][16] 不訴 [述] 言語之貧弱的詩人，是很少的。[17] 這是指一般人類的言語之「貧弱」。因為有一種思想感覺不能用言語把捉，不能用言語感覺，所以要訴這個苦 [。] 而我們中國的言語，因為方塊限制，語法比較破碎，簡單，顯得更貧弱。這個缺陷的克 [服] 必有賴於詩人們的勤勞。[18] 顯然的我們的言語已隨着豐富的新的鬥爭生活而進步而發達而充實起來了。把自己置身於人民大眾當中，學着使用他們生動的語言，從活的語言的寶藏中，去尋找感覺，採取，創造那些最明確，最響亮，最有生命力的去描寫大眾的情感，思想和意志，而且只有用這種語言所寫來的東西才能為大眾所明白所愛護。「瑪耶可夫斯基的字典，就是街頭民眾的字典。」這句話是很有意味的，這自然是一個辛苦工作，但這會使語言充實起來，健全起來，普式庚之榮耀的被稱為俄國的文學之火，就是因為他第一個奠定了俄羅斯民眾語言的基礎。他懂得語言是民眾的創造物，並且告訴我們他們的口語怎樣利用，怎樣加工，這是一個發人深省的示範，[19] 灰鐵曼（Walt Whitman）在英語 [裏] 替詩開闢的寬闊的新世界也是值得我們注意的。[20]

五

　　為了抒寫我們現代人繁複的生活，情感，不得不打破不合適的格律的束縛，「自由詩」遂被公認為表現的最高形式。「每首詩有每首詩

16　納特遜（Semyon Nadson, 1862-1887），俄國猶太裔詩人、散文家。

17　原文遺漏「述」字，現據樓適夷譯文增補。本文所引高爾基之文學論見，大多出自樓適夷以筆名逸夫翻譯高爾基所著〈我的文學修養〉（"How I Learnt to Write"）一文。此文後收入同名譯文集。參考高爾基著、逸夫譯述：《我的文學修養》（上海：天馬書店，1937 年），頁 5-69。

18　「克服」，原文誤植為「克復」。

19　原文「發」字後誤植「生」字，已刪去。

20　灰鐵曼（Walt Whitman, 1819-1892），今譯惠特曼，美國詩人、散文家，被稱為「自由詩之父」。原文難以辨識，現據文意推斷為「裏」。

的形式」[，] 這是很有意義的說法。這兒但讓我們溫習一下瑪耶可夫斯基的警句吧。「藝術上的形式和內容，是制服和將軍那樣的東西，怎樣配合都行，藝術家的作品既有沒有將軍的制服的將軍。」在我們這時代裏，正需要穿着制服的將軍，我們要用燃燒的字眼來表現，描寫，我們要用靈動，[熟] 練而高妙的技巧，[21] 真摯而樸實的譜出鬥爭生活的節奏和聲響。我們要爭取詩的技術的武裝，由武裝鍛鍊出鋼鐵般的詩。於是我們便有了為新生活鬥爭的強有力的武器。

選自《星島日報‧星座》第 851 期，1941 年 2 月 16 日

---

21 「熟練」，原文誤植為「熱練」。

讀詩與寫詩

卞之琳

　　一般人常有這樣可笑的觀念：以為詩人如不是怪物，便是尤物；不是傻子，瘋子，便是才子。雖然怪物和尤物未嘗不能寫詩，而且有些大詩人也確乎是怪物或尤物，但寫詩的不必都如此。寫詩的也不必都很善於講話，雖然他應該明白言語的德性。寫詩的不必都是夜鶯，又是八哥。詩是人寫的，寫詩應該根據最普遍的人性，生活尤不該不近人情，相反，他得和大家一樣生活，一樣認識生活，感覺生活，雖然他會比普通人看得格外清楚，感覺得特別深刻。詩人雖不應受鄙視，也不應受甚麼嬌養，優容。詩人沒有權利要求過甚麼「詩的生活」，另一方面也不該抱了寫詩目的而過某種生活。譬在你若以詩人身分或抱了寫詩目的而參加抗戰，則你不會像戰士一樣真摯的體會到抗戰經驗，因此你的詩也不會寫好。又如遊名勝，如果你為了寫詩去，因為動機不純，結果只是兩失。詩多少還有點應該無所為而為。固然，你若先有了寫詩的素養，則你過隨便那一種生活，就寫詩而論，都有方便處。既然詩是人寫的，詩人也是人，在原則上，誰都可以讀詩與寫詩，事實上也是誰都讀過詩，誰都，至少在某一時期，寫過詩。

　　一般讀者，大致都是抱了想得到一點安慰，想得到一點刺激而讀詩的，對於詩究竟期待些甚麼呢？而詩對於讀者又要求些甚麼，就是說要求讀者先認識些甚麼？

　　這可以分成形式與內容兩方面來講。

　　詩的形式簡直可以說就是音樂性上的講究。照理論上說來，詩不是看的，而是讀的和聽的。詩行的排列並不是為了好看，為了視覺上的美感，而基本上是為了聽覺上，內在的音樂性上的需要。有人把一個字側寫，倒寫，擺成許多花樣，實在是越出了詩的範圍，而侵入了圖畫的領域。本來，音樂是最能感動人的藝術。中國的《詩經》，

古詩，樂府，詞曲等，原都是可以唱的；西洋詩也未嘗不如此，就是十四行體（Sonnet），[1] 最初也是寫來唱的，到了後來才成為最不能入樂的一種詩體。法國詩人魏爾倫（Verlaine）在他的〈詩藝〉一詩中說過「音樂先於一切。」[2]（"De la musi[q]ue avant toute chose"）[3] 可是詩不就是音樂。就是魏爾倫的詩也還是詩，雖然有些被德浦西（Debussy）譜成了音樂，[4] 不過那是歌了。最近有人以目前流行的歌詞差不多都是新詩這一點事實來證明新詩的成功，其實要講成功的話，這完全是音樂的成功。中國讀者因為受了傳統讀詩方法的影響，拿起一篇新詩就想「吟」（或說粗一點，「哼」）一下，因為「吟」不下去，於是就鄙棄了新詩。於是新詩要對讀者講話了：「你要唱歌，就不必來讀詩，不然，等音樂家叫我披了五線譜以後再來吧。」另一方面，目前許多寫詩的祇知道詩應當分行寫，完全不顧甚麼節奏，這是要不得的另一端。不過，事實上要求「吟」或「哼」的中國讀者，也不會滿足於英國詩裏所謂的「歌唱的節奏」（Singing rhythm），更談不上「說話的節奏」（Spoken rhythm）了。而中國的新詩所根據的，偏就是這種「說話的節奏」。孫毓棠先生在《今日評論》上談中國詩的節奏問題時，也談到了這一點，我在此再稍為補充講一點許多人在韻律方面的努力，主張及他們所引起的問題。

關於詩行內的規律問題，最初在胡適之先生提倡寫新詩以後，大家就注意到「逗」或「頓」，其後聞一多先生更在寫詩中嘗試使每「頓」

1　十四行體（Sonnet），又譯商籟體，起源於意大利的格律詩體，分段及韻腳皆有定式。

2　魏爾倫（Paul Verlaine, 1844-1896），法國詩人。《詩藝》（*Art poétique*, 1874）1882 年發表於文藝評論雜誌 *Paris Moderne*；「音樂先於一切」（De la musique avant toute chose）為全詩第一行。

3　「musique」，原文誤植為「musigue」。

4　德浦西（Achille-Claude Debussy, 1862-1918），今譯德布西，法國作曲家。德布西曾將多首魏爾倫的詩作譜寫成歌，1869 年魏爾倫出版詩集 *Fêtes galantes* 後，德布西在其中選取詩作譜曲，作品包括 "En sourdine"、"Clair de Lune" 等。樂譜於 1903 年結集出版，於 1904 年首演。

包括一個重音，這更接近英國詩用音步（Foot）的辦法。[5]朱湘先生的努力是追求每行字數的相同（雖然有時也無意中合了頓數相同的規則），大致像法國詩的辦法，一個漢字抵一個綴音（Sylla[ble]）。[6]孫大雨先生在用「頓」寫詩中完全不注意每「頓」的字數是否一樣，而梁宗岱先生則不但講究每行「頓」數一樣，而且還要字數一樣。最後林庚先生在寫作上，周煦良先生在理論上，卻主張每頓兩個字和每頓三個字的恰當配合。經過他們的努力，現在雖還沒有一個一致公認的規矩，新詩的規律多少已有了一點基礎，新詩也有權利要求讀者先在這一點上有所認識了。

詩節的「格式」就是「Pattern」，規律詩的嘗試者曾經用過許多種，實在也並非如一般人所譏笑的「方塊」而已。讀者應知道，如果於內容相稱，寫詩者沿用西洋的詩體，也有何不可，而且未嘗不可以用得很自然，要不然寫詩者自己隨意依據內容創造格式，那自然有更大的自由。至於腳韻的安排（Rhyme Scheme），如能沿用比較複雜的西洋詩的辦法，而用得很自然，那有甚麼不好？看不慣嗎？對了，那就祇是習慣問題罷了。

讀者應該知道，真正寫得好的自由詩，也不是亂寫一起的（自由詩實在不容易寫得好，現在即在英法，自由詩風行的時代似也已過去了）；而規律詩也有頗大的自由，如寫詩者能操縱自如。善讀詩者（不管讀新詩舊詩）在音調上當不會祇要求「鏗鏘」，須知音調也應由內容決定，故應有種種變化。

聲音以外，讀者對於詩當然還要求一些顏色。於是乎有了辭藻問題。一個形式上的問題，也可以說是內容上的問題。有修養的讀者該不喜歡辭藻的堆砌，一大堆眩目的字眼。譬如愛倫坡（Allan Poe）是

5　音步（Foot）又稱韻腳，是歐洲詩歌的基本韻律單位，由兩個或多個音節組成，一般包含重音及非重音。

6　「Syllable」，原文誤植為「Syllabe」。

被法國人推崇備至的，[7] 英國人對他的看法就不大一樣，阿爾道士・赫胥黎（Aldou[s] Huxley）曾經說過他的詩好像一個人在十個指頭上戴了十隻鑽石戒指。[8] 陳腐的辭藻當然更要不得，但如恰當的用到新的地方，就是經過新的安排，也會產生新的意義。單是字句或篇章的組織上，也自會有其美，這似乎更非時下一般中國讀者所注意及了。

　　論理，讀者在內容上該要求獨創性（Originality），因為獨創性簡直就是一首詩，一件藝術品的存在的意義（Raison d'être）。人云亦云，實在多此一舉，當然說不上創造的（Creative）工作。事實上也許由於惰性吧，一般讀者總喜歡現成的東西，並且準備隨時被感動於所謂 Sentimentality（即極淺薄的感情），而不易認識深沉而不招搖的感情。他們對於詩中材料也有限制，非花月即血淚，對於這些材料的安排，也預期一種固定的公式。難怪中國讀者，尤其是中學生於舊詩詞最易接受的是蘇曼殊和納蘭性德，西洋詩影響中國新詩最大的，就是英國十九世紀的浪漫派，和法國後期的象徵派。英國青年詩人中應居第一位的奧登（W. H. Auden）前年在漢口一個文藝界歡迎會上，[9] 即席讀了一首才寫了不久的十四行詩，被某一位先生譯成中文，後來他自己發現詩中第二行

Abandoned by his general and his lice
（被他的將軍和他的蝨子拋棄了。）[10]

被譯成了「窮人與富人聯合起來抗戰」。不錯，在這位譯者看來，

7　愛倫・坡（Edgar Allan Poe, 1809-1849），美國浪漫主義詩人、小說家、文學評論家。
8　「Aldous」，原文誤植為「Aldoux」。赫胥黎（Aldous Huxley, 1894-1963），英國作家、哲學家，著有反烏托邦小說《美麗新世界》（Brave New World, 1932）。
9　奧登（Wystan Hugh Auden, 1901-1973），美籍英國詩人。
10　此句出自 1938 年奧登在中國採訪時所寫的 "Chinese Soldier" 一詩。

中國將軍會拋棄他的戰士嗎？蝨子可以入詩嗎？其實這首詩意境崇高，字裏行間，已洋溢着很不冷靜的感情。無奈一般讀者，非作者自己在詩行裏說明「傷心」或「憤慨」，不足以感覺傷心或憤慨，更談不上所謂建設性的讀（to read constructively）了。

順便談談譯詩，或不是沒有意義的事情，因為譯詩實在是寫詩的很好的練習。朱湘先生的譯詩非常認真，格式都求與原詩一致，成功的也不少，徐志摩先生譯哈代幾首詩，[11] 於形式上的忠實以外，且極能傳神，郭沫若先生譯的《魯拜集》和《雪萊詩選》也頗多可讚美處。[12] 戴望舒先生譯的法國詩內容上都很可靠，於中國有一派寫詩的影響亦大，可惜都以自由體譯出而不曾說明原詩中一部份規律詩的格式，體裁。傅東華先生譯的荷馬，[13] 很使我們失望，因為小調實在裝不下雄偉的史詩。至於在中國新詩界相當知名的 D 和 L 兩位先生譯的《惡之華》和 L 先生譯的魏爾倫一首詩令人讀起來十分費解，[14] 以為大概不失象徵派本色，而和原詩對照過後，不能不驚訝，覺得他們不如索性寫詩好了。事實上他們在寫詩上也確乎有過成績，也寫過些片斷的好詩（現在似乎都不寫了）。不過如其思想混沌，感覺朦朧，即自己寫詩也還是不行，倒難怪讀者要莫明其妙了。

講完了讀詩，我對於寫詩的意見差不多也就完了。現在我只想

11　哈代（Thomas Hardy, 1840-1928），英國小說家、詩人。徐志摩最早翻譯了哈代的詩作〈她的名字〉（*Her Initials*）、〈窺鏡〉（*I Look into My Glass*），刊於《小說月報》14 卷第 11 號（1923 年 11 月）。

12　《魯拜集》（*Rubaiyat of Omar Khayyam*, 1859），波斯詩人莪默·伽亞謨（Omar Khayyam, 1048-1131）的詩集。1859 年由英國詩人愛德華·菲茨傑拉德（Edward FitzGerald, 1809-1883）譯成英文，郭沫若再由英譯本轉譯為中文，1924 年由上海泰東圖書局出版中英對照版本。莪默·伽亞謨，今譯奧瑪·開儼。雪萊（Percy Shelley, 1792-1822），英國浪漫主義詩人、劇作家、小說家。《雪萊詩選》1926 年由郭沫若譯編，上海泰東圖書局出版。

13　荷馬（Homer），古希臘詩人。荷馬於公元前八世紀撰成史詩《奧德賽》（*Odyssey*），傅東華於 1929 年譯成中文，由上海商務印書館出版。

14　《惡之華》（*Les Fleurs du mal*, 1857），法國現代主義詩人波德萊爾（Charles Baudelaire, 1821-1867）的詩集。

再補充一點。寫詩，和寫文學中其他部門一樣，應該由小處着手，由確切具體處着手，不該不着邊際的隨便湊一些抽象，空虛的辭藻，如「黃河」「泰山」之類，叫喊一陣。這實在根本談不上文學價值（至於用處如何，那是另一問題），更不用說甚麼浪漫主義，何況即以功利觀念出發，我們目前需要這種浪漫主義，還不如寫實主義。要知道我們的抗戰建國，並不是一件單純的事情，需要興奮遠不如堅毅，需要大家單祝禱「前面的光明」是不夠的，還要不懼怕「周圍的黑暗」。一般抗戰詩大多是作者眼睛望着天上寫的。如果天空是一面鏡子，倒還不錯啊，如果你想寫晚霞，明月也當然可以，此外恐只能寫空戰。此外，單是詩情詩意，還不是詩，因為即使是自由詩也還不同於分行寫的散文，而單是具備了詩的形體的也不就是詩。至於要寫來給人家不照音樂家的指示而自由哼哼的還是去學寫舊詩，或則模仿歌謠。似乎詩與歌謠的分家是分定了，將來也許會有新歌謠，但同時並行的也會有新的詩。可是歌謠不是有意寫出來的，而是人民大眾中自然產生出來的，不能強求。也許人民大眾的教育程度高了，修養深了，則他們自發的心聲也會變了質吧？還有，中國所有的歌謠，差不多很少不是短小的，輕鬆的，柔情的，用細嗓子唱的，將來會不會有壯大雄偉的產生出來呢？我不知道。但我相信詩是會繼續寫下去，而且還會有許多傳下去。自然，寫詩或者將變為更寂寞的事情也說不定。

在西南聯大冬青文藝社講
杜運燮記

選自《大公報‧文藝》第 1035 期，1941 年 2 月 20 日

夜歌（第五）

何其芳

不知是由於冬天的晚上太長
還是我的被窩太薄，
我又在半夜裏醒來，再也不能睡去。

但今晚上我很快活，
我要唱和從前很不相同的夜歌，
因為我沒有想過去，
也沒有想我自己，
而是在想着很多很多的同志。

首先我想起了你，
我們的十七歲的馬耶闊夫斯基。[1]
在你最近的一篇詩裏，
你說在那個落雪的晚上
你凍醒了，再也不能睡去，
而且你也並沒有難過，
你在想着十月革命和列甯，[2]
你在想未來的中國的夜晚的暖和。

第二天我見着你，
我並沒有怎樣談論你的詩，

1　馬耶闊夫斯基（Vladimir Mayakovsky, 1893-1930），今譯馬雅可夫斯基，俄國未來主義詩人、劇作家。何其芳詩中所說的「十七歲的馬耶闊夫斯基」乃當時就讀於魯迅藝術學院的學生賀敬之。

2　列甯（Vladimir Lenin, 1870-1924），今譯列寧，俄國共產主義革命家、政治家、政治哲學理論家。

卻把那當作一個實際問題：
我說，就是現在那還是要想法解決，
我說，我要你的小組長發動有大衣的同志
加一件大衣在你的被窩上。
但很快地你們就上山燒炭去了。

昨天你們從山上回來，
你們都說這幾天你們工作得很好，
也生活得很好，
我也就忘記了問你這幾天是不是睡得很暖和。

其次我想起了你，
我們的另一個很年青的寫詩的同志。
我要對你說
我已經讀了你昨晚上交給我的詩。
我很喜歡你歌唱着你在半夜裏醒來，
聽着和你擁擠地睡在一起的同志們的呼吸，
你感到像從前睡在祖母旁邊一樣舒適。
我很喜歡你歌唱着一位母親用溫暖的水
洗着孩子的小小的身體。

我們也就像那樣小的孩子，
延安的生活和馬列主義
也在洗着我們，
使我們清潔，不害疾病。

我又要和你談着詩歌上的現實主義，
我們一定要能夠從日常生活
感到動人的東西。

其次我想起了你，蕭涵同志。
昨天我收到你們從綏德寄來的信 [3]
但是這幾天我很忙，
要等一等才能夠寫回信。

你走的時候臉色是多麼蒼白！
但因為你是一個女同志，
我那時感到不能像對男同志一樣
談說我對於你的私人問題的意見，
而且我想當一個人最苦痛，
最好暫時不要去觸動。
現在，你說，一切都過去了，
你在鄉下工作得很好，
你離開鄉下的時候
婦女主任拉着你的手流眼淚。

你說你的生活證明了我的話：
「只要我們不斷地進步，不斷地提高自己，
我們就能夠努力工作而且得到快樂。」
我這半年真喜歡談論快樂！
我認為只要我們能夠把個人問題
放到一個適當的位置，而且解決得合理，
我們就不會有甚麼悲劇。

我真在奇怪，
自從有了人類就有了男女，

3　今中國陝西省榆林市綏德縣。

為甚麼對這個古老的問題
我們有時候還不會好好地處理？
我真想說，「人呵，你還是多麼愚昧！」

你說你回到了綏德城裏，
在休息，讀書，準備寫東西，而且捉虱子。
如同要完全殺死那些討厭的小蟲子，
我們要徹底消滅我們身上的個人主義！

其次我想起了你，我們的鄉長同志。
在文學系你會寫好文章，
到鄉下去你又是一個好鄉長。
我很喜歡你那種農民的樸實。
我想哪天再到你們那小村子裏去玩一次。
那次你引我去拜訪了那些農民的家庭，
而且遊覽了你們發現的風景區。
當我和另外的同志正躺在草地上
談說着地上的事情，
你卻望着天上問，「為甚麼鷹飛得那樣高？」
我替你們感到了鄉村生活的寂寞。

其次我想起了你，天清同志。
我想你大概也是一個十幾歲的孩子。
你說你希望我把你當作一個弟弟。
我已經給你看了多少文章，寫了多少信，
對我的親弟弟我也不過如此。
因為對一個同志是要說老實話的，
我才說你還寫得幼稚。
你說你決不灰心，要一直寫到呼吸停止時為止，

因為有好多東西刺激着你。
這很好！有許多好作品都是這樣寫出來的。

你看我真是粗心，
我只是談論你的寫作，
只知道你的通信處是

「定邊警備一團三營」，[4]
很少問你在那邊的生活情形，
甚至於還不知道你做的是甚麼工作。

我真是想起了太多太多的同志，
在延安的或者在別處的，
認識的或者只是通過信的，
像果戈理臨死的時候[5]
好多好多的人物，他自己的小說裏的人物，
一齊來到了他的腦子裏。

但我這個比喻不大合式。
我想起了你們
像看見一大片正在生長的植物
那樣綠，那樣新鮮，
而我自己也就快活地消失在那裏面。

我很喜歡看見你們的年青的笑，
當在街上或者在學校，

4　今陝西省榆林市定邊縣。
5　果戈理（Nikolai Gogol, 1809-1852），俄國現實主義小說家、劇作家。

我們碰見了，我們笑着打招呼，
彷彿說，「同志，你好！我也好！」
而且陝北的天氣也好，
使人想引用普式庚的詩句，[6]
「這裏天是青的，人是自由的⋯⋯」
而且我們不是他歌頌的那種波希米人，
我們是我們自己的土地的主人！

我真是想起了太多太多的同志，
太多太多的同志來到了我的腦子裏！
你們都一齊來到了我的腦子裏，
來到了我的眼前，來到了我的窰洞裏。
我拖出了我所有的櫈子還不夠坐，
我要請幾個坐在我的土炕上，
而且怕你們坐着太涼，我要墊上我的老羊皮大氅，
而且我要燒起我火盆裏的炭火。

我要說，
好，你們都工作得很好！
我也做了很多事情，
並沒有一天只是吃飯，睡覺！

我要告訴你們，
雖說這幾天很冷，
我今晚上還是第一次燒起炭火，
為着你們這些客人，

6　普式庚（Alexander Pushkin, 1799-1837），今譯普希金，俄國詩人、劇作家、小
　　説家、文學批評家。

因為今年的炭是我們自己上山去燒的，
我要用得很節省。

但是，坐在我對面的我們的生產大隊長，
這你早已知道。
你現在很有精神，很熱心，
再也沒有了你幾個月前
和我從黃昏一直談到相當夜深的，
那種煩躁，那種苦惱。
你現在學習得很好，也工作得很好！

我們要談很多很多的事情。
我們要談到天明。
最後，我要引用我們的十七歲的詩人的詩句，
如同我引用普式庚或者拜倫，[7]
因為我並不輕視今人，把古人抬得太高。

「好，我們生活得很好！」

十一月二十六日，一九四〇[8]

選自《大公報・文藝》第 1041 期，1941 年 3 月 1 日

7　拜倫（George Byron, 1788-1824），英國詩人。

8　現時所見何其芳曾以《夜歌》為題創作了八首詩歌，第一至三首於 1940 年 7 月 13 日的《大公報・文藝》初次發表，至 1941 年 3 月 1 日《大公報・文藝》再發表《夜歌（五）》。1944 年 4 月至 1945 年 1 月，何其芳被派往重慶工作，他把 1938 至 1942 年間的詩作編輯整理成詩集《夜歌》，於 1945 年首次出版，被視為詩人在政治和精神轉向中的關鍵作品。然而，《夜歌（五）》一詩不曾收入《夜歌》詩集的初版（1945 年詩文學社）及其後兩個修訂版本（1950 年上海文化生活出版社、1952 年人民文學出版社），2000 年出版《何其芳全集》第一卷收錄的詩集《夜歌》同樣不見此篇。參考王彪、金宏宇：〈新發現何其芳佚詩《夜歌（第五）》〉，《新文學史料》2021 年第 2 期，頁 125-131。

形象與詩歌

黃藥眠

　　現在不是許多人都在嚷着說，文藝應該形象化麼？詩自然是更應該形象化了，那麼怎樣才算是形象化呢？我覺得現在正有許多人為形象所困惑。

　　文藝上的形象顯然是有別於其他藝術的形象，比方繪畫罷，牠的構圖上的線條，色彩，和光，都直接刺激到我們的視覺，使得我們感到愉快的感覺。至於文藝，誰都知道，牠的媒質是語言，至於語言本身，牠並沒有具備着令人喜悅的色彩、線條，也沒有具備着令人喜悅的特殊的音響。語言的美並不是從語言本身去找尋得到的，語言的美是在於牠能夠表現一特定的社會裏面的人類的複雜的思想和情感。也就是說，語言的美是要從牠的社會意義中去找尋的。因此以語言為媒質的文藝，它所能給予讀者的形象並不是某種實際物體的形象而是通過了語言傳達出來的形象。所以如果圖畫、彫刻、建築能夠直接給予觀眾以形象的話，那麼文藝，就只能間接地給予讀者的形象。文藝的形象是間接的，因而也就更富於彈性。

　　語言本身是最富於社會意義的，只有人和人之間發生交涉才會誕生語言，孤立的個人是不會有語言的，所以以語言為媒質的文藝也是更富於社會的意義。

　　有些人只注意到「語言的美」，其實語言只是空的架子，如果他的後面不能夠代表具體的形象，那麼這只是文字的遊戲，古人所謂「言之無物」。也有些人迷惑於形象，追求着形象，可能形象不過是靜的東西，如果不能夠把捉到這形象後面藏着的人和人之間的社會內容，那也只是形象的陳列。

　　當然詩人可以追求音樂的節奏，可是這也有一定的限度，如果超過了這個限度，那麼它就會變成未來派的那種「嘟嘟——呼呼……」的聲音也算是詩了，因為他想把文藝還原到直接訴諸於感覺。當然寫

詩人也可以追求繪畫的色彩，可是如果他只是一心一意的去模繪色彩和光，那麼用這些形象至多也不過是死的語言。詩和畫和歌，雖然是可以互相接近，但各受着他們的媒質本身的限制。

如何去攝取形象呢？自然這是靠敏感。

有人看見了一枝柳，一勾新月，於是不覺咏歎一下說，「這真美呀！」馬上打開了日記簿子，寫下他的日記。有人看見了海上的白鷗飛在浪花的尖頂，於是又不覺咏歎起來說，這真美呀，馬上打開了簿子把這種風景描寫進去，同時還加上了一種想像。這種對於形象的敏感雖然是要得，可是這種只從外表去探求形象那一定是要失敗的。

巧妙的木匠可以把幾塊木頭湊成一張桌子，可是並不能給予這張桌子以生命。

所以我們在這裏必須從形象後面去探求作者對於形象底敏感的生活和思想的根源。

一個肚子餓的人，在馬路上走的時候，所最注意的不會是裝飾店裏的襟飾，而是飯館裏的香腸。一個人的生活，就決定了一個人對於某種事物形象之敏感。一個從鄉下初到香港的人，看見了這麼多的高大的房子，這麼多紅綠的燈光，怎麼多的街車、行人，那麼一定會說「你看！香港多繁華啊！」一個從歐洲產業都市跑過的人，走到香港，他一定會感覺得，這裏很少工廠，很少起重機和烟窗，那麼一定會說，「香港，一個殖民地的都市啊！」[1] 對於同一個城市，卻不會有同一的形象。一個工人對於纖細而羸弱的婦人不會發生興趣，他所要找尋的愛的對象是要體力康健而能夠和他一道勞作的人。所以對於形象的敏感是根據於各人的生活經歷而不同的，即或具同一的敏感，然而他所發生的情感也還是不同的，所以一個作家，由於其出身的不同，

1　本文作者黃藥眠（1903-1987）為中國詩人、文藝理論家、新聞工作者、政治活動家，1929 年被派往蘇聯青年共產國際東方部。1933 年回到上海，曾負責抗戰文藝的理論導向工作，亦發表大量關於詩歌批評的論文。1941 年皖南事變後逃亡香港，從事國際宣傳。〈形象與詩歌〉於香港撰寫，此處以香港為例說明各種事物形象與作者不同生活和思想背景的關係。

自然而然的，具有着對於某種形象的一種偏好。

再還有，由於思想所賦予的敏感，一個有社會主義思想的作家，他會特別注意到工人的生活，一個有民族意識的作家，[2] 他會特別敏銳地感到極微小的民族間不平等的待遇。

以生活和思想為背景所獲得來的形象，才是深刻的形象，因為這裏面包含着有人間的愛和憎。

只有當詩人把自己的命運和大眾的命運聯結在一起，把自己的事業放在大眾的福利上面，因而和外面的世界發生了許多磨擦和衝突，內心也起着許多磨擦和衝突，從這些磨擦和衝突中發生出憎和愛，悲哀和愉快的情感，然後再從這種情感伸出他的感覺的觸手，只有從這種敏銳的感覺的觸手，我們才能夠獲得最深刻的形象，最富於血肉的形象，最為人民所了解愛好的形象，而且由於這一種意志的力才能最藝術的地淘汰、選擇和組織這些形象，驅使這種形象。

然而這不過是攝取形象的第一步。如果從文藝家的創作過程來研究一下，那麼我們可以知道詩歌創作者的形象的來源大概有如下的幾種：

第一、由於熟習於某種事物而發生的形象。我們第一次同一種人或物接觸的時候，雖然是有一種最初印象在腦海裏面，但是還是很表面，我們必須同這一種人經常的接觸，多方面去了解，慢慢地知道這個人說話的時候，耳朵會動，那個人說話的時候喜歡霎眼睛，一個青年人睡覺的時候是怎樣，吃飯的時候怎樣，游戲的時候是怎樣，戀愛的時候又是怎樣，由於這樣經常的接觸，慢慢地滲透到他的精神裏面去，那麼我們才能夠真正的得到具體的有血肉的形象。所以要寫民眾，就必須和民眾一道去生活。

第二、由於對外在世界發生緊張的精神關係，而發生的形象。為

2　此段原文兩處誤植「作家們」，刪「們」字。又黃藥眠〈形象與詩歌〉一文後載於《西南文藝》第 1 卷第 3 期（1941 年 5 月 20 日），有關版本基本與《大公報・文藝》初發版本相同。

了憎恨一個人，可以使到一個感情強烈的人徹夜都不能睡，想出一切最毒的語言來咒罵，把最壞的東西來和他作比。屈原的《楚辭》裏面曾花了不少的篇幅，來描寫他如何搜集了許多的名花香草來裝飾堂屋、衣襟、帷幄以歡迎「美人」，它之所以不會令人覺得堆砌，那是因為這些形象都是從屈原的內心的高度的熱情所創發出來的花朵。在〈天問〉裏面，是沒有用這一些名花香草的辭藻！而是，用比較有哲學意味的疑問去表現出他內心的懷疑，然而同樣的是形象，因為他正從許多的疑問裏表現出他內心的具體經驗。

　　第三、由於主觀的強烈的要求而發生的形象，比方一個人，如果他一心一意要到一個甚麼地方 [，] 那麼他對於這個地方一定發生出許多的憧憬。同樣的，詩人，由於強烈的忠實於自己的理想，並從現實世界推想到將來的可能的遠景，而把牠形象化起來，這是十分可能，而且是必要的。蘇聯的科學家到北極探險的科學上的成就，正給予了詩人們以偉大的人類征服自然的遠景。也正由於這一個對於未來的所望之熱誠，因而使詩人的形象帶有着預言的性質。

　　第四、由於意識的地或是職業的地去搜集得來的形象，如具備着一個日記簿，遇到有甚麼可注意的，或可作為材料的隨時記錄下來，或是為了找尋或體味某一種情感，而特意去製造出一種氛圍。如在半夜裏去聽一種傷感的音樂，牠就常常可以觸出自己傷感的情緒，而構成一種傷感的形象。[3] 不過最後這一點，還是比較偏於技術部份。

　　形象搜集好來，現在應該是談形象的選擇和組織罷。本來形象的攝取選擇和組織是一連貫的有着內在關聯的創作過程；不過形象攝取了以後並不一定就開始創作，有時候，還須經過了相當長久的時期，慢慢的由許多的形象鑄造成一種典型，至於所攝取來的形象，愈多愈複雜，那麼他所可能鑄造的典型也就愈深刻。

　　談過了一般的詩歌形象的問題，現在我們不妨來檢視一下目前中

3　此句原文「而構成功一種傷感的形象」之中「功」為贅字，已刪除。

國的詩歌理論。

關於形象的問題，我覺得正有許多人抱着不正確的了解。有人認為「這首詩不好，因為牠沒有具體的形象」，而牠所指的形象往往是指那些外在的一些影像而言，我想這是形式主義的開步走，文學上的形象並不僅是指那些桌子椅子或是花開的時候是怎麼樣子而言，而且也是指那些內心的感覺和經過了許多生活所證明的思想而言！普式庚（Alexander Pushkin）、尼格拉索夫（Nikolay Nekrasov）的詩是質樸的，[4]中國的陶淵明、杜甫的詩也是質樸的，在這些人的詩篇裏顯喻和隱喻都是很少的。如果照形式主義的形象論者的見解 [，] 那豈不是李商隱、溫庭筠的詩超過了陶淵明和杜甫麼？郭沫若的《女神》，[5] 大家都知道是非常之粗，然而不可否認的，這裏藏着有濃郁的詩情，如果照形式主義的形象論之見解，那麼這種詩真的是要被排斥到詩的花園以外去了。當然我的意思並不是說不要顯喻和隱喻，我的意思是說，我們不能過分的強調這些「具體的形象」的外形。比喻不必求其多，而要求其在這個比喻後面，含蓄着有更多的內容。不然珠翠滿頭只有會使人感到不快。

不幸的是這個形式主義的詩歌理論甚至在影響到詩歌的創作上面。有些人正在努力去追求外在的形象，因而不厭其詳的把許多耳聞目見的事情一筆一筆的寫進去，結果成為了帳目單，或是一幅毫無生氣的工筆畫！你說牠不具體罷，[牠] 全部具體，[6] 你說牠不形象化罷，牠全部「形象化」，然而牠不能夠成為詩。因為在這些所謂形象後面並沒有含蓄着詩的生命。

另有一種人，他同樣的是在追求着外在的形象，所謂追求華彩，

4　普式庚（Alexander Pushkin, 1799-1837），今譯普希金，俄國詩人、劇作家、小說家、文學批評家。尼格拉索夫（Nikolay Nekrasov, 1821-1878），今譯涅克拉索夫，俄國作家、批評家、編輯。

5　《女神》，郭沫若所作詩集，1921 年由上海泰東書局出版。

6　據上下文，「牠」誤植為「他」。

他們用極端敏感的神經想從事物外面透進裏層去把捉牠的意義，或者是從一個微小的事物來聯想到廣闊的世界。因此結果做得不好的，簡直就使讀者看不懂。因為一般的讀者們並沒有像詩人般那麼敏銳的感覺，因此他們不能夠從那些小的事物上去捉捕到那麼奇異的意義；或者是他們並不能夠作感覺的「跳躍」，從一個很小的事物身上聯想到很遠的地方。至於有些詩雖然是寫得美麗，然而他不從正面去把握世界，而偏愛從側面去描畫，或者是通過小的東西去象徵，因而本是很大的場面，本來是應該寫出很雄渾的詩篇，但因為受了這種思想的限制，藝術偏好的限制，結果創作出來的東西反而異常的纖弱。

當然，這一類的詩的作風是有着牠的社會的根據，而且和詩人自己個人的思想和經歷有着很大的關係的，然而形式主義的詩歌理論也是要負着很大的責任的。

因此，清除這一種形式主義的詩歌理論，從戰鬥的立場去正面的把握着事物的內在的意義，應該是十分重要。

曾經有一位詩人說，詩歌的目的是在思想和感情的形象化，可是我說，詩歌的目的是在於通過形象來傳達思想和感情。

選自《大公報‧文藝》第 1069 期，1941 年 4 月 9 日

春夜不眠鈔

孫陵

一

　　魯迅曾有詩曰：「慣於長夜過春時，挈婦 [將] 雛鬢有絲……」[1] 郭沫若很喜歡這首舊詩，在他從日本潛回祖國參加抗戰的船上，便用這詩的原韻寫了一首「又當投筆請纓時，別婦拋雛斷 [藕] 絲」的詩，[2] 發表在《光明》半月刊上。

　　「別婦拋雛」，說來容易，實行起來，卻實在是一大難事。若非熱愛祖國的情，百倍於愛他自己的家庭，若非為民族求生存，為國家爭自由的烈火，燒了兒女情腸的 [藕] 絲，[3] 一個將近五十歲的人，是不會 [有] 這大的決心的吧。[4]

　　然而自從他當了宣傳廳長以來，似乎外人對他的議論就又不同了。同情他的多說他不應做官，或不適於做官，而不了解的人便說他根本就官迷，才下氣，吃酒吟詩，無所事事。其實這都是冤枉，他並不像別人想的那般愜意，他是為了更能直接供獻出個人的才力，來參加這抗戰建國的大業，才當宣傳廳長的。就我參加三廳工作的半年之中，見到他真正高興的時候，也不過三四次，其餘多半每時都在煩愁苦悶之中，並不像別人想的那般「得意忘形」。其實得意忘形的人物

1　魯迅於 1931 年所寫的七言律詩《無題・慣於長夜過春時》，原詩句中為「將雛」，文章引用誤作「攜雛」。魯迅也曾在〈為了忘卻的紀念〉一文中引用此詩，文章發表於《現代》雜誌第 2 卷第 6 期（1933 年 4 月）。

2　「藕絲」，原文誤植為「耦絲」。郭沫若〈歸國雜吟〉組詩作於 1937 年蘆溝橋事變爆發後，收入 1938 年廣州戰時出版社出版的郭沫若詩集《戰聲》。原文所引為組詩其二。

3　同上註。

4　原文遺漏「有」字，現據文意增補。

是有的，但那是別人，似乎不應由他來負責。

　　為了使外人容易了解他，我曾將他一封寫着「三年來確使腦際的田園荒蕪了，此後想安心讀些書」的信發表在雜誌上，結果我得來的是「明星主義」的批評。

　　就我想來，要批評一個人，最需要的還是要先了解那個人，要不然，拿着一點，當做全般，並且還這個主義那個主義地妄下斷語，這是不能令人心服的。

二

　　以郭沫若先生作為一面鏡子，死守北平的周作人，是無論如何也不應得到別人的諒解和寬恕的，在這面鏡子面前，不管他有怎樣遮羞的花言巧語，都將失去牠的根據（如家室之累行動不便等等），而露出給日人幫忙的本來面目。要不然，他但凡有一點讀書人骨氣，也應該學學被人目為軍閥的吳佩孚的榜樣，拒絕參加任何日人主持下的這個會或那個會，而為自己保留下一個清白的身體方是。

　　沈從文在《國文月刊》上拋開了政治影響，而僅從藝術價值上把周作人和魯迅相提併論 [叫] 學生們來學習（並且發表在刊物上，客觀上也就發生了叫讀者來學習的作用），[5] 這是不應該的。

　　道理很明顯，現在是在抗戰，而在抗戰期間的讀書人中起着壞的影響和作用的，周作人可算是一個代表人物（至於汪精衛一流，只能算做政客，讀書人還不足以概括。）就像鄭孝胥的字，寫得不能說不好，然而現在可不能來懸掛他寫的條 [幅] 和匾額，[6] 他們的藝術成就和價值，只好留給後代的人們去欣賞，就像今天我們也可以拿骨董價值和藝術價值來欣賞秦檜一流人物的文章筆跡是一個道理。

5　「叫」，原文誤植為「聽」，現據後文修訂。
6　「條幅」，原文誤植為「條副」。

　　在今天，民族求生的意識超過了寫作學習的方法，而周作人所起的破壞求生的壞影響，遠過了藝術上的好價值，因此我們是絕對不同意在這抗戰期內要學生們或讀者來向他學習甚麼的。

　　但是我們卻也決不同意那些高明的批評家們的高論，因此便認為沈從文是「準漢奸」[，] 在一般人大談民主的現在，還要舉滿清帝王的故技，隨便給人家按上一個「革命黨」的大頭銜就格殺勿論，我們是不敢贊美的。

三

　　同樣「格殺」的方法，我們又見到再一次應用於「研究巴金」。

　　巴金是從不發表甚麼議論的，而且他的工作成績，也是許多人都已看見了的，因此「準漢奸」的大頭銜是無法按到他的頭上的，然而要被「格殺」的罪名，還是有的，這便是「安那其」（Anarchism）。[7]

　　他不擁護抗戰麼？他曾在這偉大的戰爭裏迴避過他應盡的責任嗎？沒有，都沒有的，豈但沒有而已，他更未因為時局的緊張而跑過香港，抗戰四年以來，他不是在上海，便是在內地，而且不 [管] 在那裏，[8] 他都是一樣努力於做為一個作家對抗戰應盡的責任。上海雖是日人統制下的孤島，卻也並不曾中斷他的工作過。工作成績都擺在那裏，這是不容「格殺」的。

　　然而人家卻為何不肯放鬆他呢？我就接到過許多封不相識者的來信，說出了他們對於這個「研究」的憤怒和抗議。莫非別人不需要像他這樣服務抗戰和服務文化的一個人，還是別人根本不要抗戰和文化的發展呢？他們這樣追問我。

　　後來我見到《救亡日報》上一位劉先生也在「研究巴金」，這才找

7　安那其主義（anarchism），即無政府主義。
8　「不管」，原文誤植為「不愛」。

到一個具體的解釋，原來那位劉先生根據着艾青詩人對於巴金的批評，說巴金的作品是有許多小姐太太買着看的，所以要不得。

至於要得的作品，如剛剛在「研究巴金」提出之前，在桂林報紙上天天好評滿紙的《心防》不知是否也有小姐太太在買着看，[9] 而艾青詩人的讀者，想必盡是工人農民和兵士也必毫無問題了。

不過我[倒]想起另外一回事，[10] 即是在去年秋天，張煌曾告訴我有一位劉先生來向他拉稿，說有一個〇〇雜誌要出版，稿費又高，而〇〇先生又是如何愛護青年，後來那雜誌果然出版了，同時也有那位劉先生的大作在上發表，如果不是重名之誤，這兩位劉先生應該是一個人的。這樣的研究者，不就等於給這研究下了一個注腳嗎？

其實在這種環境來談這種問題，實在毫無意義，並且可能引出別人的誤會，所以還是不必多談。不過有一點值得我們注意的，有多少不義的事情，都打着漂亮的大旗進行的，日本人說是為了提攜親善，才向我們進攻的，墨索里尼（Benito Mussolini）為了「宣揚文化」才併吞了阿比西尼亞（Abyssinia），[11] 希特勒（Adolf Hitler）為了建立歐洲新秩序征服了曾經是象徵自由的法蘭西，[12] 張伯倫（Neville Chamberlain）為了「和平」促成《慕尼黑協定》（Munich Agreement），[13] 後來又說是為

9　《心防》，夏衍所作話劇，1940 年由歐陽予倩導演、廣西藝術館話劇實驗團首演，1940 年桂林新知書店出版單行本。

10　「倒」，原文作「到」。

11　墨索里尼（Benito Mussolini, 1883-1945），意大利法西斯主義創始人，1925 至 1943 年間獨裁意大利。1935 年，墨索里尼領導意大利軍隊入侵阿比西尼亞（今埃塞俄比亞）。

12　希特勒（Adolf Hitler, 1889-1945），納粹黨領袖、納粹德國元首，發起第二次世界大戰並在歐洲實施納粹大屠殺。

13　張伯倫（Neville Chamberlain, 1869-1940），1937 年 5 月至 1940 年 5 月任英國首相。《慕尼黑協定》，1938 年由英國、法國、納粹德國及墨索里尼統治的意大利帝國所簽署的條約，割讓捷克斯洛伐克蘇台德地區（Sudetenland）給納粹德國，被視為避免戰爭爆發的綏靖政策。

了「消滅納粹」而掀起戰爭。哈姆雷特王子（Prince Hamlet）的叔父，[14] 不也是為了叫他姪子「療養精神」才送去英格蘭的麼？一切打着漂亮大旗而進行不義行為的人們啊，你們是何居心呢？孔老夫子的話雖然陳腐，有的卻仍然有他的道理，那便是「聽其言而觀其行」。

沈從文批評周作人說，「可見年齡對於一個人是何等可怕！」這句話還不夠澈底，年齡是記錄時間的符號，巴金說過一句話，「時間是一面鏡子，久了可以照出許多人的原形來！」這確實是一句真話。有多少人，今天抗戰明天「過橋」，更有多少人，一邊罵人「要不得」，一邊又寫信給「要不得」的作者說：「這是一部好書呀，無論如何要送得一部！」

夜已深，窗外陰雨，看不到一點星光，但雞鳴不已，這雞聲和東北是一樣的，我們雖然被日人從東北趕到西南，勝利的曙光卻已在望，真正自由的中國，是要靠一切人共同努力才能實現的。這是一個需要「工作發言」的時候，空調有甚麼用處呢。

選自《大公報・文藝》第 1083 期，1941 年 4 月 28 日

14　哈姆雷特，英國劇作家莎士比亞（William Shakespeare, 1564-1616）所作悲劇《哈姆雷特》（*Hamlet*, 1603）主人公。

七

中國抗戰文藝及論爭

（一）民族文學

新文學與舊形式

施蟄存

　　自從抗戰以後，許多新文學作者都感覺到他們的文章不夠下鄉，不夠入伍，於是乎「此路不通」，便紛紛「碰鼻頭轉彎」。這個彎兒，一轉便轉到一條老路上去，叫做：「利用舊形式」。

　　所謂舊形式者，是些甚麼東西呢？這裏邊包含着三字經，千字文，平戲腳本，彈詞開篇，章回體小說，大鼓書詞，五更詞，四季相思之類的俗文學。當然，對於一般民眾和士兵，一齣套襲〈失街亭〉的《鎗斃李服膺》平劇比一個獨幕新話劇更易於接受，[1] 一篇抗戰大鼓

1　〈失街亭〉，平劇劇目，出自《三國演義》第九十五回「馬謖拒諫失街亭，武侯彈琴退仲達」，主要敘述蜀國參軍馬謖在街亭之戰中輕敵大意，拒諫不納，最終造成街亭失守，蜀軍大敗的歷史事件。《鎗斃李服膺》，民國時裝川劇，改編自中國國民革命軍將領李服膺在天鎮戰役戰敗而被槍斃的歷史。參考周文：〈談四川戲〉，《文藝陣地》第 1 卷第 4 期（1938 年 6 月 1 日）；成章口述：《鎗斃李服膺（新排川劇）》（四川：中國文化建設協會四川分會編輯部，1939 年）。

或彈詞比一篇抗戰新詩更易於接受，一篇精忠說岳全傳式的小說比一篇〈柏林之圍〉（*Le Siège de Berlin,* 1891），〈［賣］國童子〉（*L'Enfant espion,* 1847）之類的都德（Alphonse Daudet）式的小說更易於接受。[2] 所有的新文學家，在平時，祇會得寫作他們的小說，詩歌，戲劇，雜文，這些東西，出於意外地，一到了抗戰時期，全失去了作用。文學家之愛國抗敵，不敢後人，然而他們所有者祇是一枝筆，他們所能者祇是以寫文章盡其宣傳之責。然而寫出來的文章竟盡不了宣傳之責，這當然是一個大悲哀。於是抗戰後的新文學家分走了三條路；一，擱筆不做文章，從別的方面去作抗戰工作。二，改行做戰地通信，完全變了一個新聞記者。三，即於放棄新文學之路而遷就俗文學，寫那些彈詞，大鼓，五更詞之類的能夠被民眾和士兵所接受的東西。

走這第三條路的文學同志們底勇氣也許是可以佩服的，他們所寫的這些充滿了新內容的舊式俗文學底宣傳效力也許是相當大的，但在這裏，我想提出的一個警告，乃是：「不要把這現象認為是新文學大眾化的一條康莊大道！」

文學到底應該不應該大眾化，能不能大眾化，這些問題讓我們暫時保留起來，因為「大眾」這一個名詞似乎還沒有明確的限界。但若果真要做文學大眾化的運動，我以為祇有兩種辦法：（一）是提高「大眾」的文學趣味，（二）是從新文學本身中去尋求可能接近「［大］眾」的方法。[3] 這兩種辦法，都是要「大眾」拋棄了舊文學而接受新文學。或者說得更明確一點，是要「大眾」拋棄了舊形式的俗文學而接受一種新形式的俗文學。新酒雖然可以裝在舊瓶子裏，但若是酒好，則定做一種新瓶子來裝似乎更妥當些。

2　都德（Alphonse Daudet, 1840-1897），十九世紀法國小說家。「賣國童子」，原文誤植為「愛國童子」。1940 年 6 月，戴望舒以陳藝圃的筆名在《星島日報·星座》選譯都德的抗戰小說，〈柏林之圍〉和〈賣國童子〉也在其中。參考鄺可怡：《黑暗中的明燈 —— 中國現代派與歐洲左翼文藝》（香港：商務印書館，2017 年），頁 191-194。

3　「大眾」，原文誤植為「太眾」。

　　我們談了近二十年的新文學，隨時有人喊出大眾化的口號，但始終沒有找到一條正確的途徑。以至於在這戎馬倥傯的抗戰時期，不得不對舊式的俗文學表示了投降。這實在是新文學的沒落，而不是牠的進步。我希望目下在從事寫作這些抗戰大鼓，抗戰小調的新文學同志各人都能意識到他是在為抗戰而犧牲，並不是在為文學而奮鬥。

八月二日

選自《星島日報‧星座》第 9 期，1938 年 8 月 9 日

再談新文學與舊形式

施蟄存

　　因為本刊編者索文甚急，所以一到香港就寫了一點關於最近文學界利用舊形式作抗戰宣傳意見。昨天承茅盾先生送了兩本最近的《文藝陣地》，又借給了一份全國文協會的《抗戰文藝》，此外又看到了幾種別的文藝刊物 [，] 才知道對於這個問題目前正有着各方面的論辯，而我的那一點意見，卻已有鹿地亘君（Kaji Wataru）痛快地先表示過了。[1] 我與鹿地亘君素昧平生，他以前曾用中文發表過怎樣的文藝理論或見解，也不很留心，但是，在他這回的〈關於「藝術和宣傳」的問題〉的那封給適夷君的信中，[2] 他對於目下中國許多對於文藝熱心過度而事實上甚欠瞭解的批評家，創作家，乃至政治家所發的慨嘆，我以為全是一針見血的 [，] 完全可以同意的。他那篇文章中所牽涉到關於文藝的課題甚多，我覺得都有特別提出來討論一下的必要，但我在今天所想談的，還是關於舊形式的問題。

　　「在這生氣蓬勃的大時代的中國，又對於這舊形式來重複盛大的討論，我是做夢也想不到的。」鹿地亘君這樣感喟地說。不錯，我也做夢都想不到在這生氣蓬勃的大時代，我們的作家們還得乞靈於平劇，鼓詞，小調，三字經來做抗戰的利器。原來二十年的新文學運動，連「一個」足以收大眾化效果的「形式」也沒有創造出來。現在倉卒之間，要文章下鄉，要文章入伍，不得不亂拉一些舊文學中的破爛衣裳往身上一披。作家們和批評家們還沒有一個人肯承認是「政治的應

1　鹿地亘（Kaji Wataru, 1903-1982），日本反戰作家，本名瀨口貢（Seguchi Mitsugi），1936 至 1946 年流亡中國。1936 年，鹿地亘在上海結識魯迅，並開展抗日反戰宣傳工作。1937 年 11 月上海淪陷後避難香港，期間認識郭沫若、夏衍等人，1938 年 3 月與郭沫若離港前往武漢，二人分別擔任國民政府軍事委員會政治部第三廳廳長及對敵宣傳處顧問。

2　鹿地亘：〈關於「藝術和宣傳」的問題〉，《抗戰文藝》第 1 卷第 6 期（1938 年 5 月），頁 50。

急手段」，卻偏要以為是替文學的宣傳手段和藝術性打定「永久的基礎」，這真是應該被鹿地亘君所齒冷的。

我們若把這種錯誤的現象與二十年來新文學與舊文學搏鬥的經過情形互相參證一下，就不難發見，一種潛意識的矛盾。原來新文學家一方面儘管在斥責舊文學是死文學，而另一方面卻也私心地感到新文學是更死的文學。一方面儘管說舊文學是貴族的少數人的文學，而另一方面卻也不免懷疑新文學是更貴族的，更少數人的。一方面儘管說舊文學的形式不 [足] 以表現新時代人的思想與情緒，[3] 而另一方面也不免常常為舊文學的形式所誘惑。在平時，新文學的創作家和批評家，[4] 都還能勉強把持住他們的堅定的意識，把新文學抬到九天之上，把舊文學打到九地之下。儘管是抹煞不掉「讀《紅樓夢》的比讀現代小說的人多」這事實，但可以說那種小說是「低級趣味」，是「鴛鴦蝴蝶派」。儘管忘懷不掉舊詩歌的音律節奏，但不要緊，我們的詩也可以「朗誦」。當時的壁壘，至少在表面上看起來，是何等地森嚴！但現在呢，隄防完全潰決，狐狸尾巴整個地顯出來了。郭沫若先生回國以後，寫了一些舊詩，就有幾位新文學作家寫信去要求他不要再做舊詩了，其理由有二：（一）舊詩是迷戀不得的骸骨，（二）倘若做了舊詩，他們就不便刊登在新文學的刊物上了。這恐怕是他們為新文學的最後奮鬥了吧！

擁護新文學而不能完全信任牠的效能，排斥舊文學而無法漠視牠的存在，我們文學界之所以會發生這種矛盾現狀者，追本求源，大概還是由於多數的作家及批評家對新文學要求得太多，並且同時還把文學的大眾化誤解了。

新文學終於只是文學，雖然能幫一點教育的忙，但牠代替不了教

3　「足以」，原文誤植為「是以」，現據陳子善、徐如麒編選《施蟄存七十年文選》（上海：上海文藝出版社，1996 年）所錄〈再談新文學與舊形式〉一文校訂。

4　此句原文句末誤植「的」字，已刪去。

科書；雖然能幫一點政治的忙，但牠 [亦] 當不來政治的信條，[5] 向新文學去要求牠可能以外的效能，當牠證明了牠的無力的時候，擁護者當然感到了失望。文學應該大眾化，但這也是有條件的。一方面是要能夠為大眾接受的文學，但同時，另一方面亦得是能夠接受文學的大眾。

新文學運動的第一個手段是解放舊文學的形式。何以要解放舊形式？因為要表現新思想。但是在解放了舊形式以後，應該是建設一個新的形式，可惜在大眾文學這方面，卻是一向沒有完成這建設工作。所以一旦要使新文學在大眾面前發生影響的時候，就感覺到牠不如舊文學的形式了。這實在並不是舊形式本身有獲得大眾的魅力，而是由於新文學者沒有給大眾一個更好的形式。然而我們的那些前進的作家們及批評家們卻早已在厭惡我們的同胞大眾了。為甚麼你們不願意一讀我們的大眾文學呢？我們有賽拉斐莫維支（Alexander Serafimovich）的《鐵流》（*The Iron Flood*, 1924），[6] 我們有富瑪諾夫（Dmitry Furmanov）的《夏伯陽》（*Chapayev*, 1923），[7] 那是早已在蘇聯成為行銷數十萬本的大眾讀物了，而何以你們這些沒出息的同胞大眾還是耽着讀《紅樓夢》和《三國志》呢？於是來一個文學的啟蒙運動，要「克服」他們的「落後」。

「蒙」沒有「啟」好，八一三的炮聲響了。愛國的作家們要為國家做一點有效的工作，而他所有的僅是一枝筆，他所能的祇是寫一篇文章。於是他們「用文學的形式來抗戰」了。然而在積極的方面，一篇文章到底退不了日本的飛機大炮，於是祇好走消極的路：宣傳。但是

5　「亦」，原文誤植為「為」，現據《施蟄存七十年文選》所錄文章校訂。

6　賽拉斐莫維支（Alexander Serafimovich, 1863-1949），今譯綏拉菲莫維奇，蘇聯作家。《鐵流》，綏拉菲莫維奇的長篇小說，中譯本於 1931 年由曹靖華翻譯全文，瞿秋白代譯序言，魯迅據日譯本編校，上海三閑書屋出版。

7　富瑪諾夫（Dmitry Furmanov, 1891-1926），今譯富爾馬諾夫或富爾曼諾夫，蘇聯作家、軍人。《夏伯陽》，富爾馬諾夫的長篇小說，中譯本於 1936 年由郭定一（傅東華）翻譯，各大書店出版。

宣傳也不容易，所有的一九三七年式最新進口貨文藝武器，例如集體
創作，牆頭小說，報告文學，還有嶄新的朗誦詩之類，全體都施用了
出來，可是還沒有一個真正大眾夠得上資格來「接受」。只才感到真
沒有辦法了，到底是舊形式偉大，牠是有「歷史的價值」的，蓬子先
生於是果決地宣言着：「只有通過舊的形式才能使民眾接觸文學。」

　　如果作家們及批評家們堅執不肯承認這是鹿地亘君所謂「政治的
[應] 急手段」[，][8] 則這種傾向，將來一定會把二十年來的 [新文學]
所建設好的一點點弱小的基礎都摧毀掉的。[9] 至於當前，我以為新文
學的作家們還是應該各人走各人的路。一部份的作家們可以用他的特
長去記錄及表現我們這大時代的民族精神，不必一定要故意地求大眾
化，雖然他底作品未嘗不能儘量地供一般人閱讀。技巧稚淺一點的作
家們，現在不妨為抗戰而犧牲，編一點利用舊形式的通俗文藝讀物以
為抗戰宣傳服務。但在抗戰終於獲得了最 [後] 勝利以後，[10] 這些作家
們最大的任務還是在趕緊建設一種新文學的通俗文學，以代替那些封
建文學的渣滓。

（八月五 [日]）[11]

選自《星島日報·星座》第 12 期，1938 年 8 月 12 日

8　此句原文遺漏「應」字，現據《施蟄存七十年文選》所錄文章增補。
9　「新文學」，原文誤植為「文新學」。
10　「最後」，原文誤植為「最從」，現據《施蟄存七十年文選》所錄文章校訂。
11　「八月五日」，原文誤植為「八月五月」。

宣傳文學與舊形式

林率

　　這個題目似乎就不大妥當，因為文學若是表現的，根本含有宣傳意味。一首詩，一篇小說，不論怎樣客觀，免不了揭示作者的性情，經歷。同時寫的時候，預期讀者的反應，常會影響到行文的姿態。這些都足以說明作者的用意，不是「藏之名山」，而是要別人知道他的感覺，思想或行為。所以文學根本沒有宣傳文學與非宣傳文學之分，雖然宣傳的成分有多有少。

　　我用這名稱，完全為方便起見。在目前文壇中，一方面喊着國防文學，大眾文學，民族文學等口號；另一方面爭論着是否該起用舊形式的問題。其實他們的目的都是一樣的：從事文學的人，在國家遭難的時候，想用他們所有的力量，去喚醒民眾，堅強一般人的意志。換句話說，大家的目的是宣傳。所以不妨統叫做宣傳文學。

　　這名稱或者還有一個用處。牠顯明地標示了作者的立場。宣傳文學的立場是宣傳，若離開了這立場去評判，很容易發生不良的印象。譬如從香港傳出來的「抗戰八股」，又譬如施蟄存先生在〈新文學與舊形式〉一文內嘆息着新文學「對舊式的俗文學表示了投降。這實在是新文學的沒落。」我想這都是因為從另一立場去觀宣傳文學的緣故。

　　舉個例罷，各處救亡劇團的劇本戲沒有見過（或根本沒劇本）[，]不過從報紙上的通信內，可以看出他們怎樣限於物質的情形，苦心地演出，怎樣臨時編排劇本。我們若從整套的戲劇理論的立場，去評判這些劇本，一部份，或甚至於大部份，自然會顯得簡陋，然而牠們發生了牠們宣傳的力量。

　　宣傳文學有牠自己的評價，牠的評價是宣傳的力量。但要達到這個目的也不是容易的事。據田漢先生說：「就宣傳標語以及圖書壁報等，我們做的都不能為大眾所接受。」這是甚麼緣故？

　　宣傳文學的目的，既然是宣傳，第一須力求普遍。照託爾斯泰

（Leo Tolstoy）的意思，[1] 作品的侵襲性（Infectiousness）愈廣，其價值也愈大。這個說法是否能用到一切作品，或該如何解釋，暫且不提。不過他所舉的三個條件，倒值得引用。他說，藝術的侵襲範圍，依照（一）所表現的感覺的特殊程度，（二）這感覺是否明白地傳達出來，（三）作者自己對這感覺的深淺。第一第二兩項約略等於我們普通所說的內容與形式。

普遍的宣傳，決不能單靠形式。即使文學淺易，條例分明，如果所表現是特殊感覺，仍不能為一般人所接受。最要緊的還是普遍的感覺。田漢先生說：「作家們太尊重自己的興趣與理解」，很能搔着癢處。近來一般人起用俗文學形式的原因，據我想不單在求形式的普遍，主要的還在利用這形式來壓束個人的特殊感覺。凡是俗文學，某種形式常內含某種成型感覺。作者所能表示是這感覺，聽者讀者所希望的也是這感覺。所以形式一定感覺也定了。特殊的感覺，自然沒法放進去。

託氏的第三條件——作者自己感覺愈深，打動人愈多——似乎與上面所說相衝突。其實特殊感覺是種類的不同，譬如「嗜癖」；而感覺的深淺，只是對某種感覺程度的差異，譬如同是痛苦，而各人深淺不同，從前沈從文先生提出「差不多」同近來的「抗戰八股」，恐怕都是對程度的不滿。

深的感覺，不獨侵襲範圍廣，而且宣傳的效力，較為永久。這使我對宣傳文學除普遍外還有第二個要求：那是牠的感動性。

宣傳的目的是在使他人與你取同一態度，是否能達到這目的，自然在你感動的力量。不過得說明的是態度二字。態度可以說是心理行範，或預備行為。平常在實際生活中，手指遇着火，即刻縮回；眼睛碰到塵泥，即刻閉緊。縮回閉緊，都是受了某種刺激而起的明顯

1　託爾斯泰（Leo Tolstoy, 1828-1910），今譯托爾斯泰，俄國批判現實主義小說家、哲學家、政治思想家。

行為。但文學只是實際生活的影子，所能引起的，只是心理上一種準備，遇到實際情形就發為行為。這心理準備就是態度。態度並不見得比行為薄弱。行為或是一時為着個人的生存的反應，而態度是凝固的，永久的，可以說是一切行為的準則。我們目前所需要的，也就是這個固定的態度。

要喚起全國人都守住一個確定的態度，從事宣傳的人得先審察自己的感覺是否真切，是否深固。普通一般人以為宣傳就是宣傳，用不着真切的感覺作基礎，那只是欺騙。那有欺騙得到永久的力量的？至少我相信，最好的宣傳文學，與最好的演員一般，必先體會自己對某種事物或人物的真實的感覺。

如果這二個原則能夠成立，那末俗文學的形式是否應採用的問題，可以不必討論。據我個人意見，在宣傳抗戰原則下，是不妨採用的，新文學決不致沒落，也不是投降，只是遷就目前情形吧了。（施先生的第一種辦法，提高大眾的文學趣味，恐怕等不及吧。）對藝術始終保持純正的態度，固然可寶貴，但自己的國家應該更可寶貴。

有一天宣傳不需要時，這些舊形式，自然會慢慢消滅的。現在我們無庸過慮。提倡了廿年的新文學並未停止發展，相反地卻正〔在〕伸張中。[2]

選自《星島日報·星座》第 54 期，1938 年 9 月 23 日

2　「正在」，原文作「正中」。

論戰爭文學
——侵略出自畜性，文字需要良心

樓棲

　　每一次歷史的動亂，總不免要或濃或淡地塗染着文學，而戰爭，又是動亂中的最動亂的符號。因而，戰爭文學在文學史上就層出不窮。

　　然而，戰爭有侵略的與反侵略的劃分，有因分割殖民地而引起的衝突，有因分[臟]不勻而引起的火拼，[1] 也有毫無意義的自相屠殺。正義和真理，在戰爭的過程中，就是誰是功首罪魁的最好的裁判者；雖然最後勝利，未必一定會給真理正義孵化出來。

　　戰爭文學的本身，必然反映着戰爭的本質，所以也有維護真理正義與違反真理正義的間隔。能夠在文學史上站得住腳的，分明是站在真理正義旗幟下的文學。

　　太陳舊的例子我們不必舉了，近一點的來說，世界大戰曾產生過雷馬克（Erich Maria Remarque）與巴比塞（Henri Barbusse）的非戰文學；[2] 雖然兩者的立腳點並不相同，但在非戰的精神上，兩者卻是相通的。

　　前幾年，墨索里尼（Benito Mussolini）向阿比西尼亞（Abyssinia）「宣揚歐洲文明」時，[3] 御座下躍出了鄧南遮（Gabriele D'Annunzio）；[4] 現

1　「分臟」，原文誤植為「分臟」。

2　雷馬克（Erich Maria Remarque, 1898-1970），德國作家，其代表作為自傳體反戰小說《西線無戰事》（*Im Westen nichts Neues*, 1929）。巴比塞（Henri Barbusse, 1873-1935），法國左翼作家、革命思想家，其長篇小說《火線》（*Le feu*, 1916）以自身參軍經歷寫成，獲得 1916 年的龔固爾文學獎（Prix Goncourt）。

3　墨索里尼（Benito Mussolini, 1883-1945），意大利國家法西斯黨創立者，1925至 1943 年間獨裁意大利。1935 年，墨索里尼領導意大利軍隊入侵阿比西尼亞（今埃塞俄比亞）。

4　鄧南遮（Gabriele D'Annunzio, 1863-1938），意大利作家、記者、政治家，曾作為戰鬥機飛行員參加一戰，他參與撰寫的《卡納羅憲章》（*Carta del Carnaro*, 1920）對後來形成的意大利法西斯體系產生深刻影響。鄧南遮支持墨索里尼發動對阿比西尼亞的戰爭，在 1935 至 1936 年間發表了一系列書信體文章讚頌意大利軍國主義，這些文章結集為 *Teneo Te Africa*（1936）。

在，東方的侵略者把血腥的手伸向我們的身上，也出現了所謂文壇部隊的陸軍班海軍班。至於西班牙的反侵略戰爭，幾乎每個國家（侵略者和幫兇是例外）都有關於它的報告文學的翻譯了。

過去的戰爭文學，除了少數的例外，都是作家憑着自己的良心和經歷，把現實中的戰爭移植到文學中來的；而現在，戰爭文學的製作，卻也變了戰爭的一翼，所有的侵略者都把文學當作加強戰爭的工具，驅使作家作參戰的魔犬。這是侵略者的進步了的証明，但也是侵略者的圖窮匕見。

然而，出乎侵略者的意料之外的，竟有不由任何人的主使，而只憑着自己的良心，千千萬萬的作家，在反侵略的正義旗幟下，埋頭於寫作血塗的文學，血塗的事實。

然而，更出乎侵略者底意料之外的，是：連御用的文壇部隊的「戰爭文學」，也在暴露着自己的醜態，代「敵人」的「韌性」作宣傳。

要說明這個原因是毫不費力的：侵略者所使用的是獸性，而文學者所使用的是人性，是良心。自然，也有再不願意使用良心了的文學家；然而，一離開良心，文學家就立即變成鷹犬——到底給自己解除了武裝。

侵略的對象是人類的生命，所以他們的武器是大砲飛機；文學的對象卻是現實和歷史，因而他們的武器只能是筆。倘硬要用槍來代替筆，則塗下來的仍是血的畫圖。

歷史和真理給我們的抗戰寫下了勝利的預言，從事文學的人要如何珍惜這可貴的禮物！

不過，僅僅憑着良心，還是寫不出戰爭文學來的，要說明這個理由也可毫不費力，就是：戰爭是血塗的現實，良心只是窺透現實的望遠鏡，而生活才是捉摸現實的鐵掌。

製作戰爭文學之前，作家先要獻身到戰爭的狂流中去。戰爭的現實單憑望遠鏡是望不分明的。生活在戰爭中，跳躍在戰爭中，向戰爭學習，向戰爭發掘，這是製作戰爭文學的作家底前提條件。

這就說明了何以在戰爭的期間，偉大的戰爭文學並不能出現的理由；從而也就說明了何以千千萬萬的作家，要不怕死亡，親冒矢石，獻身給戰爭的緣故。

生活是第一要義，創作才是第二要義，現實主義的創作方法已為我們寫下的無數的真實的答案了。

選自《大公報‧文藝》第 541 期，1939 年 3 月 4 日

論抗戰藝術的三等分！

張沅吉

　　一件含有充分價值的藝術品，按理，不應當有階級的存在，而硬劃分為各階級性的藝術 [。] 何況，在同一階級內也常含有不可臆測的矛盾存在，譬如：音樂史上誰還能加以細微的疵議，對於樂聖貝多芬（Ludwig van Beethoven）的偉構，[1] 可是俄哲托爾斯泰（Leo Tolstoy）便大膽的指其非，[2] 將貝多芬的交響曲列入於囈人的囈語之羣——出自托爾斯泰的《藝術論》（*What is Art?* 1898）。[3] 此外，德哲尼采（Friedrich Nietzsche）亦曾猛烈抨擊過華格納（Richard Wagner）的樂劇 [。] [4] 總之，藝術品客觀的階級之存在，決非理論問題，我們惑於這內在的矛盾而再來檢討現階段的抗戰藝術之階級性 [。] 那末，我們先來將這三等分的標題的來歷加以說明 [。] 政治部第三廳的文藝宣傳科科長，戲劇家洪深在最近招待渝市文藝家茶會席上，他指明此後一切文藝宣傳將因客觀條件不得不把對象劃分為上中下三等分，而努力產生適應這三等級的作品。以此囑咐期望被招待在座的戲劇家，音樂家和畫家羣。這招待茶會的原意是政治部將於最短的期間內出版抗戰劇本，抗

1　貝多芬（Ludwig van Beethoven, 1770-1827），德國浪漫主義作曲家。

2　托爾斯泰（Leo Tolstoy, 1828-1910），俄國批判現實主義小說家、哲學家、政治思想家。

3　《藝術論》（*What is Art?*, 1897），托爾斯泰作於 1897 年的文藝理論著作，因俄國政府審查之故最初以英文出版。托爾斯泰在書中審視藝術的本質，強調藝術的道德關聯性而非美學意義，認為藝術的價值在於其普遍感染力團結人類，激發人們心中的愛與善。因此，他舉出以貝多芬為代表的音樂廳及歌劇音樂的例子，認為它們缺乏道德力量，「是壞的藝術（bad art），只為小部份人工培養出病態神經反射的聽眾而作」。原文參考 Leo Tolstoy, *What is Art?* Chapter XVI (London: Penguin Books, 1995)。

4　尼采（Friedrich Nietzsche, 1844-1900），德國哲學家。華格納（Richard Wagner, 1813-1883），德國作曲家、劇作家。1888 年，尼采出版《華格納事件》（*Der Fall Wagner*）一書，批評華格納及其代表的德國浪漫主義音樂是頹廢和虛無主義的產物。

戰歌曲和抗戰連環畫等各一百種，而希望各作家的協助的。洪深氏指明凡一切高級技術的劇本，合唱曲，油畫等，仍屬需要，為的是在一般文化水準較高的都市和高等教育機關內，淺薄的技巧會將歪曲原意地失其效果，所以這一類是上等抗戰藝術作品。其次，一些普通幹部軍官，一般市民和中產階層和學生等，必需稍微減低標準以適應那些前列的觀眾，這是中等抗戰藝術作品。此外，廣大的農人羣，工人羣和下級士兵等，為要適應這更廣大的需要，務需儘量減低水準，使普遍化地深入 [。] 因此，一切既有的舊藝術形式必需盡量利用，這是所謂下等藝術作品。並且再鄭重地加強了語氣，說明第三種的作品是目前最需要，請在座的藝人們協助幫忙的和大量創作的一種。

　　這種分類的方法之理論上的缺憾，凡是稍微喜歡執筆作文藝批評的文化人無不可立即長篇大論的來指斥其非，但是，究其事實上，黃自先生的遺作四部大合唱《旗正飄飄》(1933)，[5] 決不能使勞 [動] 大眾得絲毫了解的，[6] 這是事實 [。] 如果我們故意避去事實，那末，只是一些筆墨官司而已。這種明顯的藝術作品的階級性還是屹然的存在。

　　不過，筆者想把這個問題申引和深入這問題的另一面去，便是如何使一切藝術品的媒介和傳播有更大更徹底的效果的積極發揮。譬如說目前一致公認《義勇軍進行曲》是最普遍於全國的一首抗戰歌曲，在作曲的本身上說來，他有好多缺憾 [，] 似乎不應如此普遍和被認為 [是] 抗戰歌曲中最優秀的曲子的——詳細理由記得劉雪厂氏有一篇討論該曲的文章刊《戰歌》上。[7] 在音樂藝術的本身立場上來觀察，全國目前最普遍而可以在任何一個角落裏聽得到的莫如《黨歌》和《義

5　黃自（ 1904-1938 ），中國作曲家、音樂教育家，畢業於美國耶魯大學音樂學院。《旗正飄飄》由黃自作曲、韋瀚章作詞，1933 年發表。

6　「勞動」，原文誤植為「勞働」。

7　劉雪厂，即作曲家劉雪庵（ 1905-1985 ）。《戰歌》，原名《戰歌周刊》，1937年 10 月於上海創刊，主要刊登抗戰救亡歌曲及宣傳文章。及後因上海淪陷而輾轉遷至漢口、重慶，並改名《戰歌》出版，至 1940 年 4 月停刊，共出版十八期。原文遺漏「是」字，現據文意增補。

勇軍進行曲》。我們認為這普遍的理由是政治上的理由而不是藝術本身上的理由 [。]《黨歌》目前是國歌，全中國民眾有歌唱的必然義務，而《義勇軍進行曲》之如此廣泛，是那時候某一部份文化團體的有計劃的推動，因此才如此的普遍 [。] 所以，我們感到目前的抗戰藝術品，怎樣使優秀的劇本 [，] 歌曲和繪畫有正確的介紹，廣泛的應用，幾乎是比大量無計劃的隨便創作來得更重要。

繪畫是比較不需要媒介，美術家或許可以直接將心靈發揮於畫面上 [，] 使觀眾直感的獲得，然而一首歌曲，作曲家在紙上的音符決不能使聽眾獲得，同樣，一個劇本也決不是文字上可以單獨意會的，因此，良好的劇本和優秀的歌曲的生命常常操之於媒介者的手，而有時常得到不公平的結果。

我說明這層淺顯的意義是，目前固然有印行抗戰劇本，歌曲和連環畫各一百種的必要，可是單有劇本，單有歌曲，而隨便讓一切幼稚的技巧去歪曲地傳播於大眾，那這簡直不敢想像。實在的，這歌曲的傳播似乎比劇本的排演更生問題，也就是說更需要技巧，極傷感的憂鬱的流亡曲，某一些小學教員教小孩子唱得像蓮花落的小調一般，而好幾個抗戰劇本，舞台上的機關槍陣地和短兵相接的場面總是些卓別靈（Charlie Chaplin）型的 [，] [8] 必然使觀眾驚張失色，不，乃是哄堂大笑呢！

這樣，我們回頭來研討這抗戰藝術品的三等分的問題，近代法國史學家弗理埃台勒 E. Friedell 在他的《現代文化史》（*A Cultural History of the Modern Age*, 1927-1931）裏說：[9]「任何一件藝術品，如果不以內容為中心問題而以形式為依歸，不以主題為中心問題而以方法為重，結果是顯示衰退的必然現象。」目前的抗戰藝術品充滿了形式主義或

8　卓別靈（Charlie Chaplin, 1889-1977），英國喜劇演員。

9　弗理埃台勒（Egon Friedell, 1878-1938），今譯埃貢・弗里德爾，奧地利演員、劇作家、文化史學家，原文誤其國籍為法國。弗里德爾所著《現代文化史》的中譯本由王孝魚翻譯，1936 年由上海商務印書館出版。

是公式化，所以我們不將這形式主義的桎梏打破，總是前途荊棘的。
筆者認為這是抗戰藝術品的質的問題，也就是內容的問題，只有深淺
的兩種，意思是說藝術品的立意一種是有深奧的含蓄，而一種只是非
常具體和直敍的而已 [。] 但是，傳播這兩種深淺的內容的藝術品之
需要極度的忠實的技巧，乃是更重要於前者 [。] 因此，我們必需大
聲疾呼地向現階段的一切擔負抗戰藝術宣傳工作的鬥士們，要充實你
們的修養，最忠實，最負責的將那些藝術品以傳達大眾，這樣，才使
你和原作者共同完成了這偉大和神聖的天職。在此我們只要舉一個
最顯著的例 [子] 證明這立論：[10] 一幅偉大的戰爭油畫固然是描寫和反
映了這時代，然而連環畫《王老五殺 X 記》之類的 [，] 在前線將士們
曾好幾次打電報向政治部索閱，要求大批的來分發，這是說明連環畫
的淺顯的題材，如果一樣有完整的技巧，仍舊獲得極大量的觀眾的，
倒只有一批抄襲新派畫的漫畫，如果沒有文字，才會使你百思不得其
解呢！

　　編者按：沅吉先生甫由桂抵渝，即由航空寄下這篇文章。他這裏
提供了一個頗嚴重的問題，那即是抗戰藝術的內容：通俗與藝術宿命
的分野。這雖是一個古老問題，但都是當前的「國防文學」亟宜解決
的一個問題。究竟能不能又通俗又深刻呢？盼望各方師友來討論。

選自《大公報・文藝》第 555 期，1939 年 3 月 18 日

10　「例子」，原文誤植為「例如」。

歐化與中國化

穆木天

　　我們的文藝工作者，為了在這個抗戰建國期間，完成我們的文藝領域的民族革命，必須向着我們的同一的目的，從多方面去進行我們的文藝的建設工作。我們所要求的就是：異途同歸地，去達到我們的文藝上的民族革命的完成；在那一種路線上，我們應適當地把一切的有效的方式配合起來。

　　為了文藝領域中的民族革命的完成，我們要從多方面去進行我們的革命文藝的建設工作。對於那一種建設工作，我們要從各方作上一番周密的考慮。因為我們對於任何的文藝建設的問題，都不能作片面的了解，都不能公式主義地去了解。

　　直到現在，我們的文藝工作者，在革命文藝建設工作上，時時地，還是犯到矯枉過正的毛病的。那一種缺陷的發生，就是主要地對於一個問題的片面的了解，或公式主義的了解。那是發生於誤解，而且，要產生新的誤解的。

　　「歐化」與「中國化」的爭論（事實上，還不算是爭論，而只是意見不大一致），就是由於一種片面的理解，一種公式主義的理解產生的。如果稍稍地加以周密的考慮的話，我們就可以了解到，「中國化」和「歐化」，在中國的民族革命的文藝建設上，是成為了同樣地必要的東西，而且是互相輔助的東西。事實上，必須兩者能互相輔助起來，才能完成起我們的文藝上的民族革命。

　　「中國化」是必要的。一個偉大的革命的民族文藝的作品，必須在它的裏邊表露出來革命的民族的特質，革命文藝大眾化的工作，才能達到圓滿的實現。移植性質的文藝，永遠不能夠深入和普及到大眾中間；那大部份地是公式主義的，而不能完成文藝的表現現實和推動現實的任務。

　　但是，中國，不客氣地說，究竟是一個文化落後的國家。它必須接受文化先進國的文藝的提攜，必須接受世界各國進步的文藝遺產，

我們的革命文藝，才能有豐富的營養，才能蓬勃地發展起來。如果哪一個主張「中國化」的人，反對「歐化」的話，就是等於一個遊學過歐美的人，回到國內來，還主張纏足，甚至生吃活人肉。「歐化」並不會亡國，而正以建國的。文藝復興以來的西歐各國的文學史上，已經有過很多的實例了。從巴爾札克（Honoré de Balzac），[1] 高爾基（Maxim Gorky）等等的創作生活上，[2] 我們可以得到一些很切實的教訓的。

「中國化」和「歐化」，在我們的文藝建設上，是同樣地必要的。但是，基本的問題，是怎樣去「中國化」和怎樣去「歐化」的問題。在這一點上，我們應避免和克服一切的公式主義的傾向。我們不能夠把「中國化」或「歐化」中的某一種形式主義的偏向就認為是「中國化」或「歐化」的特徵，由之，去攻擊「中國化」或「歐化」。我們要研究我們在大眾中培植起來的民間文學，我們要研究民間的生活，民間的語言，在我們的文藝作品中，深刻地發揮出來民族的特質，而在另一面，我們要以現實主義的態度，研究世界中各國的各時代的進步的文藝（主要地，十九世紀以來的），以獲得正確的創作態度，和精良的表現技術。在這一種工作中，我們的革命的文藝工作者，同時，是要對準着一切的形式主義的偏傾作無情的鬥爭。

「中國化」和「歐化」的問題，是怎樣地去建立革命的民族文藝，和怎樣地去接受過去的革命的文藝遺產的問題，我們要從正確的周密的認識和實踐上，去處理這一個問題。但是，我們的文藝工作者，必須為民族革命一天一天地更積極地戰鬥起來，才能對於這一個問題，完成起來他的有力的實踐的。

四月二十日

選自《大公報‧文藝》第 629 期，1939 年 6 月 2 日

1　巴爾札克（Honoré de Balzac, 1799-1850），法國現實主義作家。

2　高爾基（Maxim Gorky, 1868-1936），俄國社會主義現實主義作家、政治活動家。

抗戰文藝的題材

穆木天

　　抗戰文藝的作品，不管是詩歌，戲曲，小說，取材應當是多方面的。在我們的文藝作品中，我們要描寫前方，同時，也要描寫後方。抗戰文藝的題材的多樣性，是我們所要特別地強調的。

　　直到現在，還會有一些文藝工作者，抱着這樣的一種成見：不到前方，沒有東西寫。不錯地，在前方，在鬥爭銳利的戰場中，是有着極豐富的轟轟烈烈的偉大的史跡，從那裏，我們可以吸取到比後方更要多的寫作的題材。但是，在抗戰建國的中間，就是在遙遠的後方，我們也是可以隨時隨地的捉得到我們的創作的題材的。並不是前方在抗戰，而後方並不在抗戰，抗戰是全面的，X 國主義的侵略，是一切的窮鄉僻壤中的中國人民，都會直接或間接地感受到的 [，] 雖然有些人身受到痛苦，自己還感覺不到，還不知其所以然。

　　抗戰文藝，是要把握住中國的一切角落中的問題，藉着正確的形相，表現出來。牠不但要表現光明的場面，同時，牠也要表現陰暗的場面；牠不但要描寫英勇的戰士，同時，牠也要描寫懦怯的敗北主義者，以至漢奸，走狗。我們要描寫多方面的人物性格，我們要描寫多方面的生活樣相。我們要多樣地把握住抗戰建國中的問題，那樣，我們才能充分地發揮出來文藝的表現社會，批判社會，推動社會的任務，以加強我們的抗戰的力量。

　　現在，我們的抗戰文藝，在題材主 [題]，[1] 以至表現形式上，都是未免有些單純化（單調化）。作家要求興奮，要求激刺，沒有去切切實實地研究，認識各各角落中的現實，就是一個根本的原因。就是，作家脫離羣眾，沒有能夠同民族生活有機地打在一起。長期的抗戰建國中，僅僅地寫上幾個興奮的場面，是不夠的；作家，必須真正地拿

1　「主題」，原文誤植為「主體」。

出來他的現實主義的精神，從廣大的民族生活中，前方和後方的民族生活中，去尋取他的題材，建立正確的主題，充分地發揮出表現社會推動社會的抗戰文藝的機能才行。民族生活的現實主義的表現，是一切的抗戰文藝作品的基本的原則。如果作家不能深入現實，不能充分地發揮他的現實主義的精神，而，只表面地強調着一種革命的浪漫主義的話，那裏是存在着一種致命的危險性的。因為，革命的浪漫主義，是現實主義的一面，必須在作家的現實主義的精神的充分的發揮上，革命的浪漫主義才能走上正確的路線。

　　抗戰文藝工作者，不能只是單純地從事着對於戰爭的浪漫主義的謳歌，而是要表現，批判，推動在各各角落中的民族生活的現實。我們的作家，是要作全國的民眾的心靈的工程師，他是要引領着全國的民眾走上抗戰建國的鬥爭的大路上去。

四月廿一日・昆明

選自《大公報・文藝》第 676 期，1939 年 8 月 4 日

中國化和大眾化

黃藥眠

　　在十月二十八號那天，桂林文協分會曾召集了一個座談會，討論「文藝上的中國化和大眾化的問題」。當天到會的有桂林文藝作家及愛好文藝的青年五十餘人，於下午三時半即開始討論，計先後發言的有莫寶堅，艾蕪，蘆 [荻]，孟超，馮培蘭，韓北屏，李文釗，魯彥，林林，林山諸先生，情況至為熱烈，我這篇文章就是根據我那天所做的報告和結論來寫的。[1]

　　「中國文藝上的大眾化與中國化」這個題目本來是一個舊題目，但是為得要把這個題目更深刻的去了解，把牠了解為新民族形式之創造的兩個原素，牠仍然需要我們來一個討論 [。] 首先我們在抗戰中需要千百萬的人民參加抗戰，而文藝亦正是動員人民的一種利器。為得使這個利器能充分發揮其作用，因此我們不能滿足過去那種歐化的，只為一般智識份子所能欣賞的文藝。我們需要為人民所能了解的文藝，這是社會的原因。但是光是指出這個原因還是不夠的。因為如果只看到這個原因，那我們就會把這個大眾化和中國化及其聯繫於民族形式的問題，只看成為簡單的社會問題，政治問題，而沒有把牠看成為文藝本身的問題，所以在這裏我們必須指出這個問題乃是我們中國新文藝運動發展到新的階段時所提出的問題。我們必須解決了這個問題，中國文藝才有更高的發展。假如我們檢查一下，自從五四運動以來，我們文藝作品的內容，那麼我們就不能不承認牠們所受的外來文藝的影響，遠超過於中國文藝上傳統的影響。他們醉心於西歐的技

1　繼廣州、武漢淪陷以後，1939 年 10 月 2 日中華全國文藝界抗敵協會桂林分會成立，同月即舉辦座談會。文中記出席者之一蘆荻，名字誤植為「蘆狄」，現加以修訂。

藝，摹仿着歐美作家的手法，可是他們過分忽視了文學這個東西是植根於人民的生活裏面的，而文學的媒質是植根於民族的語氣。所以我們如果不能深入到中國人民的生活中，不能純熟的運用土生的中國語氣，那末我們就難產生出甚麼偉大的作品。我們都知道英國戰勝西班牙以後，產生了一個莎士比亞（William Shakespeare），[2] 德國的暴風雨時代產生了哥德（Johann Goethe），[3] 俄國民族覺醒的時候產生了普式庚（Alexander Pushkin），[4] 而中國現也正是民族意識昂揚的時候。因此我們無論在文藝的內容上，在文藝的形式上，都有提供出過去文藝的優點，來加以淘煉的必要。庶使我們的文藝，無論在內容上在形式上都更加豐富起來，而成為嶄新的，足以值得誇耀於世界的中國文學，所以在創立新民族形式中，中國化與大眾化的問題，不應[該]只認為舊樣翻新，[5] 只認為是一種利用，只認為是一種過渡的形式，而應該看成為新中國文藝的生長向更高的階段的發展！這是第一點。

第二點，有些先生認為中國化的問題不過是技術問題，形式問題，但也有些先生認為這是形式問題，也是內容問題。同時這兩個問題，實際上不過是一個問題，我覺得我是贊成後一種意見。真的，如果從本質上說起來，中國化的問題也就是大眾化的問題。假如一個作家，他能夠隨時留心到最大多數的中國人的生活，把他們的生活態度，習慣，姿勢和語言，加以選擇和淘煉，如實地寫了出來，那麼他這個作品一定是中國化的，同時也是大眾化。我想大家都知道從前托爾斯泰（Leo Tolstoy）創作的方法，[6] 即他常常把自己的作品念給農民

2　莎士比亞（William Shakespeare, 1564-1616），英國劇作家、詩人。

3　哥德（Johann Goethe, 1749-1832），德國詩人、小說家、劇作家。

4　普式庚（Alexander Pushkin, 1799-1837），今譯普希金，俄國詩人、劇作家、小說家、文學批評家。

5　「應該」，原文誤植為「應認」。

6　托爾斯泰（Leo Tolstoy, 1828-1910），俄國批判現實主義小說家、哲學家、政治思想家。

聽，他不僅要使那些農民聽得懂，覺得那裏面的人物所講的話都是他們的話，而且還要聽農民們對於他自己的作品的意見。所以從人民生活做出發點來估計一個藝術作品，形式和內容是統一的。

當然，我們並不否認大眾化和中國化所包含的形式上的問題，但是我們必須要根據上述的立場，才能解決形式上的問題。無論任何藝術的形式，都決定於牠的內容，而藝術內容又是決定於人民的生活，當人民的生活已經改變，藝術的內容也應該改變的時候，過去的形式遂成為新的內容的桎梏，所以我們如果要建立新的民族文藝形式，必須要打破舊形式的桎梏。這是真理，可是我們也必須要了解另外的一方面，藝術之所以能成為藝術，他不僅需要一定的內容，而且也需要一定的藝術形式。因此形式也是構成藝術的一個部份，當我們說打破舊形式的時候，並不是說所有的舊形式一概不要（如未來主義者般完全不承認文藝上歷史的傳統）。其實所謂打破舊形式，是和利用舊形式並不衝突的，因為我們要表現我們新的文藝內容。我們打破舊的形式，但舊形式當中正有不少足以表現新的內容的成份，可以作為構成新形式的資財。所以問題乃在於去其舊的，存其新的，棄其糟粕，取其精華，重新配備，重新排列，再參加一些新的東西，最後使到他能夠成為完全新的藝術，完全使舊形式變質。

但是我們要問甚麼是舊的遺產中的糟粕，甚麼是舊的遺產中的精華呢？換一句話說，我們是站在甚麼一個立場來判斷那些是我們要摒棄，那些是我們要攝取呢？我想在這裏，我完全同意當時孟超先生所提出的意見。即我們的文藝除了「中國化大眾化」的口號以外，還要加上一個「抗戰化與現代化」的口號。一種藝術形式之能夠在歷史上被遺傳下來，必然是牠這種形式能夠適合於當時某種生活內容的表現，可是在今天生活的內容已經變了，所以我們今天也就祇能夠攝取那些適合於表現我們現代生活的藝術形式。我根本反對那些形式主義者的意見，把舊形式當做成為「美的整體」來崇拜，把舊形式當成秘寶來接受。我根本反對那種直到今天，當大眾的文藝已開始了新的創

造的時候，還死板板地執着狹義的利用舊形式 [的] 辦法，[7] 把現代中國人生活中已經死去了的 [台步]，[8] 死去了的語言，當成為不可改的法則來利用。因為這些死去了的形式，祇有會窒息了我們以中國的現代生活為內容的作品，祇有 [會] 模糊了我們中國人的現代精神。[9]

至於關於中國文藝必須抗戰化的問題，我想這是大家都很容易了解的，因為如果一篇作品縱使是大眾化了，中國化了，現代化了，可是他如果違反了我們中國民族主義的精神，那末無疑的這種文學絕不能算是「中國的文學」，而祇是漢奸的文學。所以在這裏我想我們有特別強調提出的必要：即我們的新文學運動必須要以民族精神淘煉我們中國舊有的文學的傳統，特別是那些民間文學的傳統。

第三點，我在這裏要說的就是有些先生表示懷疑到文藝中國化的問題，他認為文藝是世界的，無論俄國作品也好，法國作品也好，祇要他是真正的文藝，那麼無論是中國人，印度人同樣可以受到很大的感動，因為世界上人類的感情都是同一的。我覺得這個意見是不能接受的，當然，如果把人類的感情抽象來看，那末我們可以說全人類的情感都是相同，因為無論你是那一國人，那一個階級都有着喜怒哀樂這一類的情感 [，] 所謂人性（Humanity）。可是事實上並不這麼單純，每一種民族，有 [它] 這一個民族具體表現它的思想和情感的形式和內容，比方說中國人的倫理生活，中國人的孝順父母，這在西洋人在表面上去看比較很難了解的。然而文學這個東西正是要用具體的事實，行動，姿態和語言來感動人，因此文學不能不有民族的形式，民族的內容，同時這種文學的民族形式和內容，並不和文學的世界性衝突，只有我們愈加深去了解民族的生活，我們才能夠發現出在這生

7　此句「的」字原文難以辨識，現據徐迺翔編《文學的「民族形式」討論資料》（北京：知識產權出版社，2010 年）所錄文章校訂。

8　「台步」一詞排版位置有誤，現據《文學的「民族形式」討論資料》所錄文章校訂。

9　「會」，原文誤植為「為」，現據《文學的「民族形式」討論資料》所錄文章校訂。

活的底蘊中所包含的人類共有的天性，只有我們越詳細的把中國人的「神秘」生活之具體的心理過程精細地刻劃出來，我們才能夠使到別的民族更容易去了解我們的生活的底蘊。亦只有當我們創作了真正的民族文藝形式，我們才能夠在世界文學史上站住我們的地位。在這裏我不能不順便指出，自從五四運動以來，在我們中國的文藝作品上所反映出來的真正中國人實在太少，因為他們所以反映出來的，已並不是中國土生的農民，而是在都市裏面沾染了一些洋貨的知識份子了。我想我們的文藝家以後應該更多側重於真正的中國人物的描寫。

　　第四點，我們所要說的，是文藝的中國化，必須使我們的文藝，要能夠操縱自己的語言 [。] 從目前的情形說來，我們所拿來用到文藝上的字彙是太貧乏了。比方我自己來說，雖然我離家已經十年，但有許多東西我仍不能用普通話來表達，這正表示出我們的字彙的不夠，必須從方言土語中去吸取新的字彙。從前英國在莎士比亞以前，各地還是用各地的方言寫文章，一直到莎士比亞才鑄成了英國的國語。同樣的，我們中國現在亦需要能真正寫出工人和農民說的話，可是目前簡陋的普通話，就沒有辦法來十足表現中國人的生活。所以更加豐富我們的 [語] 言，[10] 更技巧的去運用我們的語言，這是十分必要的。

　　第五點，我覺得中國化和大眾化，並不僅是空泛的理論的問題，其實很早就有人提出來過，所以今天我們提出創造民族形式問題來在這裏討論，其核心只在於把中國化大眾化完全實現。這裏除了一般的理論的闡發以外，我們必須更進一步的來執行以下的兩個任務：第一，我們必須進一步去研究中國文學和西洋文學有甚麼特點，牠 [的] 作品手法有甚麼不同，[11] 中國文學有甚麼長處，有甚麼缺點，那些部門應該表揚給我們學習？第二，我同意當時會中蘆 [荻] 先生的

---

10 「語言」，原文誤植為「話言」。

11 「牠的」，原文誤植為「牠有」。

意見，[12] 即創造文學民族形式上的中國化大眾化的問題不應該只當成問題來討論，而應該把他看作為一種運動，作為創作的實踐。我們要從事於創作，只有創作出真正的大眾化中國化的作品，很好的作品[，]才能夠使我們的文藝真具着民族的樣式特點。

　　此外，對於大家一般所爭論的幾個問題，我想亦不妨在這裏提一提：

　　第一個問題是普通話和方言之間矛盾的問題。李文釗先生曾經提到，我們如果要真正做到大眾化和中國化，我們必須更多的應用地方土語，這是完全對的。可是在這裏有人說，如果作家們都用他們家鄉的土語，那末結果他們的作品祇有他們的同鄉能懂得完全，而別的地方的人就很難懂，這樣一來，豈不是反而不大眾化嗎？我想在這裏的確存在有一個矛盾，而這個矛盾的解決的辦法，就是以目前所流行的普通話為骨幹，而不斷的補充以各地的方言，使到他一天天的豐富起來。雖然在最初的時候，看起來未免有點生硬，或甚至還要加以注釋，但習慣用久了，牠也就自然的構成為語言的構成部份。[13] 此外我們也不妨以純粹的土語來寫成文學，專供本地的人閱讀，這些本地文學的提倡，一定可以發現許多土生的天才。這些作品，我想在將來的文藝運動上，是必然的要起決定的作用的。

　　第二個問題是藝術性與普遍性之間的矛盾的問題。有人說在文化水準這樣低的中國，一個作品的藝術越高，那麼牠所能給羣眾瞭解的程度也就愈少，不過我覺得藝術性和大眾化之間，雖然存在着有一個矛盾，可是這個矛盾不過是相對的而不是絕對的。有許多文學作品藝術性很高，而同時又為大眾所歡迎的 [，] 比方中國的白居易 [，] 柳永都是一個例子，所以我們今天絕對不能夠以藝術性和大眾化中間的矛盾來作為反對大眾化的意見。在這裏也曾經有人提出過這樣的問

12　「蘆荻」，原文誤植為「蘆狄」。

13　此句「成」字原文難以辨識，現據《文學的「民族形式」討論資料》所錄文章校訂。

題，即我們儘量的把我們的作品做到大眾化了，可是人民還是不懂，怎麼辦呢？我想，我們今天所提的大眾化，不過是文藝運動的一種方向，我們並沒有意思說，我們今天立即要每位作家都能擔保每一篇作品都能夠使所有的讀者能懂，因為這並不是一朝一夕所能辦到的。這裏須要包括着長期的奮鬥，同時這個問題也並不是文藝家們所能單獨解決的，牠需要社會教育家們的強力掃除文盲工作，努力的提高文化水準，當然社會教育的工作，我們文藝作家也是需要參加的。

　　第三個問題是利用舊形式的問題。關於這個問題，我在上面已經一般地論述過了，不過在這裏我想特別提到的是：韓北屏先生曾提出了利用舊形式是不是大眾化的唯一的辦法的問題。韓先生說：《大刀進行曲》並沒有利用舊形式，但他還是大眾化的，《隊長騎馬去了》並沒有利用舊形式，但是大家都懂。這證明了大眾化並不一定要利用舊形式或通過舊形式，也即是說創立民族形式，可以把舊形式拋開。我想在這裏韓先生所指的利用舊形式是指狹義的利用舊形式，或是指那些專門填五更調[，]填西皮倒板這一類的藝術界的好漢而言的。[14]不過關於這一個問題，我已經談到一點：即廣義的利用舊形式，和打破舊形式並沒有甚麼衝突。如果一個天才藝術家，他能獨創一種形式為大眾所接受，那已經是一個很大的成功，我們實在沒有必要把他再提回五更調的籠子裏去。不過這裏我得提出一點，即我同意於韓先生所說的，把舊形式整個的搬過來利用的辦法，實際上並不是創作，而是變相的填詞，是一種可恥的懶惰。另一方面，當時王魯彥先生又說了一點，他以為這種利用舊形式，在某一個階段上亦未可厚非，即在過去一些時間，當大眾化的問題最初提起時，他未嘗不起了一些歷史的進步作用，因為牠促使我們更仔細去研究民間文學，因為牠使到我們回頭去注意中國藝術的遺產，因為牠使到我們更熟習舊形式，運用

14　五更調，中國民間小調；西皮、倒板，戲曲的腔調和板式。文中「五更調」泛指舊藝術形式。

舊形式。而最後則使到我們洞解牠們的長處和缺點，使我們能推陳出新，採擷其精華。

　　不過這辦法只限於新文藝運動最先開始後的一個極 [短] 的時間有其意義，[15] 可是現在這個時期已經過去了，我們反對把我們的運動只限於西皮二黃，大鼓書，五更調，七言絕這一類形式的反覆上。[16] 我們更反對，藉利用舊形式為名，而實行復古之實。

　　最後一個問題，就是如何使中國文字的改造便於發展的問題。張煌先生以為，為得使大眾更容易了解文藝，他主張提倡朗讀運動，即把小說詩歌讀給大家聽，他們不了解的地方我們可以解釋給他們聽，我想這固然是一種辦法，但是最好的辦法還是要使中國文字有根本的改造，因為我們中國的文字，在牠的結構上說來，實在是距離人民大眾太遠了，而且牠又牽連到中國文 [字] 的拉丁化問題，這已經不在我討論的範圍之內，因此我的意見就此為止。

選自《大公報‧文藝》第 749 期，1939 年 12 月 10 日

15　「極短」，原文誤植為「極端」。

16　二黃，戲曲腔調，常與西皮腔調併用；大鼓書，傳統説唱藝術；七言絕，中國傳統詩歌體裁。此處提及不同的傳統藝術形式，在文中均泛指舊藝術形式。

民族形式創造諸問題 [1]

杜埃

一、中國文學的發展路向

當作建設事業來看的抗戰文藝運動，它的本身便歷史地具有了這樣的任務：[2] 一方面是啟發廣大的羣眾，感召他們到目前全民族的鬥爭中來，共同負起反侵略反黑暗的歷史工作；在另一方面，卻為着締造永久幸福的真正民主生活，必須在目前這長期鬥爭中加以奠定基礎，並在這基礎之上加工建造。這就意味着我們的文學，不但負有推展抗戰的任務，同時還須促進抗戰勝利之後，民族萬年幸福生活的建設。

基於這一見地，首先，我們應該把當前的抗戰文藝，當作是未來文化的藝術的生活之緊接的發展過程。任何把抗戰文藝與將來的歷史生活分離，而僅看牠是「戰爭時期」不得已的東西，都是罪惡的不正當的見解。出現在上海的一些所謂「純文藝派」，他們認為「戰爭終須過去，藝術將仍然存在」的謊言大為日人和漢奸的讚賞，就說明了這一點。因此，在自己戰線裏，一部份人把利用舊形式，僅僅看作是「戰時的應急手段」，而不把它當作創造大眾文藝的歷史底必然工作，也是不對的。

中國新文學運動在短短二十餘年歷史中，雖建有了它自己的基礎[，] 但由於我國社會經濟的畸形發展，在十分落後的國民生活中，文化水準大有參差 [。] 在這情況下，作為推進政治運動一手段的文化活動工作，免不了首須靠覺醒了的知識份子來擔負。真正的大眾作

1　本文為「創造文藝民族形式的討論」專號的系列文章之一。

2　「歷史地」，原文誤植為「歷史的地」，現據徐迺翔編《文學的「民族形式」討論資料》（北京：知識產權出版社，2010 年）所錄〈民族形式創造諸問題〉一文校訂。

家的出現，尚須待相當時日。然而，因為知識份子本身生活的狹隘，簡單，就使中國新文學一方面雖有了它自己範圍的基礎，但另一方面牠卻與廣大羣眾絕了緣。廣大羣眾仍然不能接受此種式樣的新文學教養，四萬五千萬人民思想、哀樂、愛憎、生活式樣，除了極少的例子以外，對於中國文學，成了外人。

因此，現階段的文藝運動，要以利用舊形式，推行大眾化，從而創造新民族形式為主要課題。這不是文藝家標新立異，不是文藝家本身思維上的新產物，而是客觀存在着的事實。它並不是要拋棄新文學的一切成果。相反的，牠是過去二十餘年來新文學運動的繼續發展，是建立中國文藝學的百年大計的事業底更具體、正確、深入的實踐。

二、民族生活的傳統

文藝的民族形式問題，在實踐上雖緊聯着利用舊形式的問題，但它並不完全等於利用舊形式。它的含義廣泛而複雜，除了形式以外，必然地關聯到民族的生活內容，民族的諸特性等等。

利用舊形式，是為了更正確的面對我們國家的社會實況而產生出來的一種工作方針。它一方面是根據着廣大階層的文化的，經濟的，思想的，生活習慣的等水準，去進行適當的有效的啟發工作。把文學變為易於接近他們，影響他們，乃至變為他們所喜愛的東西；另一方面，在利用舊形式中，作家將必然更能實際的走入深廣的人民生活。作家們必需下鄉，與人民接近，化入他們羣裏，去學習審察他們的生活，思想，慾求，感情，習慣，個性。他們要吸取舊形式中較能表現上述諸點的形式，加以 [蛻變] 和改正，[3] 使新形式在舊的基礎上，舊的精華裏創造起來。所以，利用舊形式，是一個初步，為了建立一個完整，健全，有着共通性，適合於表現全人民生活姿態的形式。這形

3　「蛻變」，原文誤植為「脫變」。

式移不到英國，也移不到蘇聯，牠恰恰是中華民族的。

　　民族的形式，按照着各自民族特殊的性質而被規定。由於各個民族本身的歷史傳統關係，經生產力的差異，地理環境，風俗文化，語言性格的不同，各各構成了自己的特性，有這一特性就有牠特殊的形式。某一足以表現該民族感情的藝術形式，同時拿來用到另一民族，未必是適合的。譬如：非洲的某些民族在出發狩獵前的舞蹈（這舞蹈是表現獵者對其本身工作所生的感情與熱望，並使之激發高漲，帶有鼓舞和預祝成功的意義），拿來表現我們國家的獵者們出發前的感情，就不適用。更不用說拿牠去表現帝俄時那封建地主的游獵了。又如在戈果里（Nikolai Gogol）的小說〈托拉斯・布利巴里〉（*Taras Bulba*, 1835）所告訴我們的：[4] 哥薩克人（Cossack）當他的兒子從長期的軍役中回家來 [的] [時] 候，[5] 做父親的把兒子打了一頓，或者彼此之間比武一番 [，] 表現他們久別重逢時的親愛感情。又如：蕭洛霍夫（Mikhail Sholokhov）的《靜靜的頓河》（*And Quiet Flows the Don*, 1925-1940）裏所描寫的關於哥薩克農村的婚宴，[6] 當賓客叫着「苦呀！苦呀！」的聲音時 [，] 新婚夫婦便要接起吻來，表示甜蜜。像這些感情的表現形式，我們中國是沒有的。

　　就文學的表現法來看，各個民族也有着差異。譬如在先進資本主義國家，文化生活有了較高的發展，他們在心理描寫上，常常十分精細深刻。這種表現法拿到落後的國家裏，讀者要看不懂。中國的舊文學，在心理描寫方面，大半是粗略的，簡單的，直線的。在舊小說裏，

4　戈果里（Nikolai Gogol, 1809-1852），今譯果戈理，俄國現實主義小説家、劇作家。〈托拉斯・布利巴里〉，果戈里所作中篇小説。

5　「的時候」，原文誤植為「時的候」。哥薩克（Cossack），東歐游牧民族。〈托拉斯・布利巴里〉以活動於現烏克蘭中東部的札波羅結哥薩克（Zaporozhian Cossacks）族群為主角。

6　蕭洛霍夫（Mikhail Sholokhov, 1905-1984），蘇聯作家。《靜靜的頓河》，蕭洛霍夫創作的四卷本長篇小説，描寫 20 世紀俄國革命與戰爭中頓河附近哥薩克民族的生活變遷。他憑此作獲得 1965 年諾貝爾文學獎。

特別是武俠小說裏，如某甲被某乙一罵之下，便馬上怒氣沖天。至於某甲被某乙一罵之後，某甲的心理反應過程，卻很少描寫。這自然是由於各個民族的文化程度的差別，因而表現上也就有了差別。像這種的單純的直覺表現法，在有着高度文化水準的民族看來，也許會覺得粗淺不夠。但它用到中國的落後大眾裏來，卻又常常適合。

這樣看來，由於民族生活不同，民族的表現形式，也就有其各自特殊之點。我們的新文學作品，大半是受了外來作品的影響，無論是語法、語彙、結構乃至於描寫都與我們的生活習慣及文學遺產，相差太遠。結果自然是朝着一個偏向發展，而不為中國氣派的老百姓所接受。誠然的，外來的東西，我們必須學習。但學習了卻一定要在自己民族的具體環境下融化，靈活的運用起來，才能有助於建設我們這年幼的新文學。

三、國際主義和民族主義

服務全人民解放事業的文學，應該具有自己民族的形式，不祇因為這樣，才能更適切地表現今天的解放鬥爭；同時也為了更進一步的鞏固和發展這個鬥爭。二十世紀四十年代的今天，人類的解放真理，湧現於全世界各民族革命鬥爭的生活內容中，使這個全人類性的真理，變成為自己民族的真理。要把這個革命的現實主義的內容，變成為自己民族所容易認識的東西，則它必須要通過各種藝術的民族形式才能達到一般人民心坎上。

我們今天的現實生活內容，是反侵略反歷史黑暗的民族革命內容，它不限於一個民族，它是代表一切被壓迫的民族。因此它是國際主義的內容，而它的表現形式卻是民族的。我們要創造這樣一個民族形式，首先不能不與資本主義藝術家們用這民族形式來宣揚其帝國主義的狹義民族主義區別出來，不能不與某些人們企圖利用牠來抹煞真正民族立場，真正民族利益的見解，清清楚楚區分出來。如果歐美資本主義國家來提出民族問題，牠們的聲音只能是空洞虛偽的，實際

上，□□□□□□□□□□□□□□。因為歐美資本主義本身經濟
生產力的發展，已使自己民族的澎漲踏上了□□□□□□□□□□
□。而我們卻是處身於世界殖民地殘酷的被分割中，我們為了爭民族
的生存起來□□□□□□□□。[7]這樣，我們民族主義的國際意義不
是很顯然的嗎？它與國際主義，不是完全一致的嗎？我們的民族主義
任務，不祇要求民族從帝國主義的壓迫下解放出來，使之成為真正獨
立自由的民族；同時它也將使民族從封建的及一切不合理的剝削社會
裏掙出，完成其經濟生活的徹底解放。簡言之，它同時帶有民族解放
與社會解放兩重任務。所以我們的民族主義發展到完全地步時，必然
要包括全國全體人民的利益。在這裏，真正民族利益與階級利益是一
致的。真正了解民族主義的內涵，懂得牠的任務的人，必不能假借牠
作為統治手段來抹煞國內其他社會階層（特別是下層人民）的利益。

四、文藝民族形式的「創造」

　　這問題實在太大了，企圖要算是冒險的。要把它作廣泛深刻的論
究，和具體的下結論，尚非時候，須待全體親愛的文藝工作同志的更
大努力的發掘。這裏僅就一般的問題，提出一些意見。

　　所謂民族形式的創造，它意［味］着不是滿足於固有的傳統形
式，[8]反之，它要在自己民族所固有的「本土的」形式之基位上，配合
時代的中心內容，現實生活的本質發展而使之豐富健全，使之非特能
更進一步的顯現全民族的生活，思想，鬥爭，典型，格調等特性，還
須使之能對偉大時代的民族生活內容起積極的反作用。在這裏，內容
與形式的理解，也是很重要的。內容優勢的規定着形式，但形式卻非
絕對受動的東西，它還能對內容起積極的刺激的轉化的作用。

7　原文為應對審查，以□隱去句子。

8　「意味」，原文誤植為「意昧」。

　　只有站在「發展」的見地上，外來的影響才能有實際[的]積極的幫助。[9]我們在這一見地上，把外來的影響融化為適合於自己民族的東西，變成為自己民族的東西，則這種東西必然比原有的東西更好。

　　必須了解，文藝的民族形式創造，不是僅僅復歸民族的固有形式。固然的，它須保持並發揚本民族的諸特性，但它也須以現實主義的見地去批判，[蛻變]和更進一步的去提煉嶄新的形式。[10]這所謂嶄新的健全的形式，是依據原有的基礎和特點配合時代的內容更高發展了的東西。這裏我們須要了解兩點：即它告訴我們一方面必須有自己民族的特色，有自己民族的歷史傳統，但另一方面卻又告訴我們不要以滿足固有的特點和傳統為能事。我們只有科學的去把握，處理，創造的工作，才有其前途。

　　第二，創造文藝的民族形式問題，我們不能單單從形式去思考。必須把它聯繫到民族生[活]的內容來處理。[11]哲學告訴我們：「絕對沒有內容的形式，是不存在的。」我們今天的現實生活內容，汪洋磅礴，有前方，有後方，有戰鬥，有苦難，有憤恨，有喜欣，有領袖，有大眾。牠構成了新的民族形式的主導力量。執筆之羣已經捲[進]了廣厚熱烈的民族生活中，[12]與原野人民親近了。這提供了我[們]天大的機會，[13]天大的可能去反映千百萬人羣創造新歷史的真實姿態；在集團的生活中，去觀察和體會民族的一切特性，大眾日常生活的格調，態度，感情，個性等，把作家的生活領域擴展，深入於人間的海。我們不只要接近大眾，簡直就得滾進人民羣，把自己變成一個老百

9　「積極的幫助」，原文誤植為「實際容幫助」，現據徐迺翔編《文學的「民族形式」討論資料》所錄文章校訂。

10　「蛻變」，原文誤植為「脱變」。

11　「生活」，原文誤植為「生話」。

12　原文遺漏「進」字，現據徐迺翔編《文學的「民族形式」討論資料》所錄文章增補。

13　原文遺漏「們」字，現據徐迺翔編《文學的「民族形式」討論資料》所錄文章增補。

姓，用知識份子敏感的心去捫觸人民的災苦歡樂，把牠們說出來。這樣，在學習大眾與教育大眾兩種工作的聯繫統一中，去從事創造。

第三，民族的地方，風土的描寫，在民族形式的創造上，是很重要的條件。世界著名的文學作品，它能夠表現得真實，使人讀起來好像身臨其境，感到非常親切有味，在於它能具體的用現實主義方法反映當時當地的真實，而這些真實又常常用其民族的習慣等特點表現出來。像蘇聯名作家蕭洛霍夫的《靜靜的頓河》，描寫了許多關於頓河流域當地風土事物，哥薩克農民的風俗習慣，使人們讀起來，不但感覺親切，仔細，生動 [，] 而且也使讀者在這些地方明瞭像阿珂新亞（Aksinia）那樣婦女是在甚麼環境中產生出來。[14] 我們的文學，不妨多多反映一些地方性的東西，把各地方的風俗習慣及民間的藝術形式運用到作品裏來，這對於民族形式有很大的幫助。在描寫這些時，我們的觀察不是停滯的，我們的表現不是呆板的。作家自然要反映這些即時即地的民族風物鄉土，但求因究果，明白一事一變的發展過程，揭明牠社會根據的來龍去跡，卻不得不以一種現實主義的觀點為中柱，使既有的地方，社會環繞牠而集中。要不然，便成了散漫的攝影片，其最高的形式不過是法國自然主義而已。

第四，地方性的形式是必須注意的問題，但我們要在這些各各不同的地方形式中，找出它們之間的共通性，全國性，這才是一個完整的民族形式。譬如婚禮的形式，雖然各處地方有不同之點，但這些形式的共通性，卻又是明顯的。農村的秧歌，在全國有其共通性，儘管它的格調，用字方面，因各地的情形不同而有差異。但秧歌這一形式卻是全國農民（在南方特別是婦女）喜歡用來作為表現農民自己對勞作生活的感情，期望等等的形式。又如中國船夫所唱的歌，農村裏的情歌、歌謠、諺語，及各種游藝，都有着共通的性質。

---

14 阿珂新亞（Aksinia），《靜靜的頓河》中的女性人物之一。

　　民族形式的創造，是找尋各地方特色的東西，在這些各個特色之間抽出其最足以代表的特徵，有着全民族共通性的東西，加以藝術的概括和綜合，提煉和淨化。

　　第五，生活習慣，性格，舉動，態度，各民族是不同的。假如法蘭西民族的性格是浪漫的，熱情的［，］則英帝國的民族性格卻是嚴謹的，紳士式的了。美國人的性格又與上述兩國有不同的地方，美國的都市生活者的性格，作風，也許可以喻為流線型的吧！這些不同的性格，是由於各個民族的歷史傳統［，］經濟生活以及地理環境規定的。這裏，我們也可以找出一些根源。法國民族的性格，是受了歷史上資產階級的民權自由思想的影響，而英帝國的紳士性格，由於她是最老最大的世界殖民地帝國的緣故。而美國則是靠金融資本的輸出，資本主義有了高度發展，這影響了他們的日常生活，他們的生活格調緊湊，而又是流線式極活動化之致，有些輕狂的特質。從電影上看來，上述三國有資調不同之處，就很顯著。我們中國民族的性格，卻又是一種，數千年來封建禮教的約束，人們大半變得刻板，苟且，單純，遲鈍。

　　在同一個民族之內，因為階級生活的不同，生活習慣與人物性格也就不同。資產者，工人，農民，小市民，知識份子之間就有大差異。新文學多年來都是搬弄外來的語法，語彙，格調等，這些東西不僅對於小市民工人農民的生活習慣心性完全不相干，就是中國智識份子的生活，也不見得用得着這一套。每一種生活習慣與性格都有牠那獨有一種樣式。我們現在不能深究這些個別的問題，所要的就是作品能於傳達個性中表現出中華民族的總性。

　　毛澤東先生在〈論新階段〉一書裏對於利用舊形式的問題，認為就是要「新鮮活潑，為中國老百姓所喜見樂聞的中國作風與中國氣派」。這民族總性應該就能用「中國氣派與中國作風」兩個名辭去說明。文藝家當下筆時，應該多注意自己所寫的東西，是不是為人民百姓所熟悉的中國派頭。

　　第六，關於民族的語言，也是文藝的民族形式創造的一個很主要

的條件。我們必須從人民大眾生活中，去吸取大量的能適合表現生活內容的方言，口語。應該集合和創造豐富的語彙。俄國文學的特點，就在於它有豐富的活的美的語彙。高爾基（Maxim Gorky）常常為俄語的豐富而感到寫作的興奮。[15] 方言問題，在表現民族生活上具有重大作用。蘇聯的綏拉菲謨維支（Alexander Serafimovich）曾在動筆寫作《鐵流》（*The Iron Flood*, 1924）之前，[16] 搜集了許多關於古班（Kuban）一帶的方言語彙。[17] 同樣的 [，]《靜靜的頓河》也有這些特點。這是十分值得我們注意的，活的大眾口語，各地方言的運用，是創造文藝的民族形式不可忽略的條件。

　　第七，應該注意到民族新性格的描寫。如蘇聯文學中《鐵流》的郭如鶴（Kojukh），《毀滅》（*The Rout*, 1926）的萊奮生（Levinson），[18] 在我國文學中如《八月的鄉村》的鐵鷹隊長，〈差半車麥稭〉的新農民性格等等，說明了在戰鬥生活裏，新的性格會跟着新的現實內容產生出來。

　　但是，對於舊性格的描寫，也是必須的。因為一方面形象的表現舊性格對於舊社會的黑暗常能作一種側面的暴露。這暴露的附帶作用往往能刺激新性格 [的] 創造。[19] 而且新性格也是從舊性格產生發展出來的東西。如沒有魯迅表現的阿 Q 這個封建農民的性格的對照，刺激，則新的農民性格如姚雪垠的〈差半車麥稭〉，怕是很難產生的吧。

15　高爾基（Maxim Gorky, 1868-1936），俄國社會主義現實主義作家、政治活動家。

16　綏拉菲謨維支（Alexander Serafimovich, 1863-1949），今譯綏拉菲莫維奇，蘇聯作家。《鐵流》（*The Iron Flood*, 1924），綏拉菲莫維奇所著描寫俄國內戰的長篇小說。《鐵流》最初傳入中國時有兩個中譯本：1930 年版由楊騷翻譯，上海南強書局出版；1931 年版由曹靖華翻譯、魯迅編校，瞿秋白翻譯序言，上海三閒書屋出版。

17　古班（Kuban），今譯庫班，俄國南部地區，有庫班河（Kuban River）流經，為哥薩克人聚居之地。

18　《毀滅》（*The Rout*, 1926），蘇聯作家法捷耶夫（Alexander Fadeyev, 1901-1956）所著長篇小說，描寫俄國內戰。

19　「的」字原文難以辨識，現據徐迺翔編《文學的「民族形式」討論資料》所錄文章校訂。

　　綜合的說來，文藝的民族形式創造問題，包括了中國民族諸特性的了解，推揚，批評，洗鍊，促進等等意義在裏面。作家在現實主義的創作實踐上，能夠充分的作到這幾層，則中國文藝打着中國旗幟在國際文藝穩穩站定的時機也就到了。我們不能否認到現在為止，我們的文學和藝術除了在小說方面有了些成就，還拿得出一點真正中國人的東西以外，其他方面，在選詞，用意，設色，取材上綜合起來還指得出以中國性為特徵的成就，雖不能逕說沒有，卻也是很少很少的。趁着這抗戰期間，民族感高度發揚，執筆者羣趕下鄉的時候，我們有理由希望中華文藝從此奠下牠真正民族的基礎。

選自《大公報・文藝》第 750-751 期，1939 年 12 月 11-12 日

文藝之民族形式問題的展開

宗珏

一

　　由於戰時交通和各自的特殊環境之阻困，沿海的兩大文化重心——上海和香港，對於抗戰的文藝運動，似乎不免稍嫌落後；我們今日才展開討論的「文藝之民族形式」問題，其實在內地老早已成為文藝運動的主流。在「十‧十九」魯迅先生紀念座談會之前，[1] 我也祇風聞到對於這一問題之探討，正在內地進行，但未獲得這些討論的資料。因之，在座談會上發表的意見，都是不曾將內地諸同文的意見來加以參證的。可是這一個不唯是理論，而且是正在實踐中的新課題，它底本身既是有着全國性和時代底特殊意義，所以，我認為必須在全國的範圍上去展開廣泛而深入的討論，才能夠獲得一個正確的結論和輝煌的成果。因此，內地的文藝活動，必須和沿海、邊疆、前線和日人的後方緊密地聯繫起來。

二

　　現在，讓我先檢討已經正面地提出的一些意見。

　　首先，這問題一般地說，大抵是由於動員民眾接近老百姓的實際課題引起來的。其後，毛澤東先生在〈論新階段〉中，有關於「中國化」的啟示。這提示，正好和抗戰文藝運動的實踐上利用舊形式的問題相適應，因此，問題便確定形成。陳伯達先生在〈關於文藝的民族形式

1　1939 年 10 月 19 日，香港《大公報》副刊《文藝》為紀念魯迅逝世三週年舉
　　行座談會，發起了民族文藝的內容與形式問題的討論。

問題雜記〉中就曾經這麼地說：「近來文藝上的所謂『舊形式』問題，實質上，確切地說來，是民族形式問題，也就是『新鮮活潑的，為中國老百姓所喜見樂聞的中國作風與氣派』的問題。」艾思奇先生則「把它歸結為中國民族的文藝傳統的繼承和發揚的問題」（《文藝戰線》第三期：〈舊形式運用的基本原則〉）。

這問題的提出，不但與抗戰中的文藝運動相適應，而且，也是廣泛的文化運動之中心要點。學術上的「中國化」運動，正是和文藝上，以及藝術上的「民族形式」之創造的運動，互相呼應；更廣泛地說，也就是研究在整個革命的行程中，如何適應各個民族、國家的具體環境，而把國際主義的內容和民族文化的表現形式如何結合。換言之，一切學問，一切藝術，到了中國，產於中國，都得變成是中國的東西，一面是國際文化的一成份，一面卻是中國自己特有的財富，帶有中華民族的特徵。

三

對於文藝之民族形式問題，大部份的意見是集中於利用或運用舊形式。在這些意見之中，最值得重視的是陳伯達先生的〈雜記〉。他認為「民族形式，實質上不祇是簡單的形式問題，而且也是內容的問題。」所以，舊形式是應該「服從於新內容」的，並且「從舊形式的活用中，創造出新形式」來。他從哲學家的立場指出一切新形式是「從舊形式的揚棄中產生出來」，這觀點不用說是正確的。

是的，對於「文藝之民族形式」的看法，我們是應該把它看做形式和內容之統一的整體，就是有民族的內容的東西。在座談會上，當我們還沒有確定「文藝之民族形式」這個名詞的時候，對於我們所討論同一的問題，我就曾經這樣解釋過：「民族文藝（那時暫定的名目），既不是民族主義文藝，那麼，它應該是指一種有着民族特質的文藝，也就是說，能夠代表一個民族的習性的，有着顯著的民族作風。」就時代的意義來說，我強調了這一點，就是：「抗戰的內容，民

族的形式。」這些意見，不期正與陳先生的看法相吻合。祇是有一點，就是在我們的座談之中，大抵是針對着「五四」以來所受到西洋文學的影響而言，也即是從毛澤東先生之「洋八股必須廢止」這一提示出發的。因之，與內地之從舊形式的運用來展開討論，稍有不同。換言之，我們是從要建立有獨特的民族性的文藝而推論到利用民族的舊文藝形式，以及創造新的民族文藝形式。

所以，我以為在這兒，見解上就頗有一些兒出入，因為我們既不是純然從舊形式的利用出發，那麼，民族的文藝形式，就不完全是等於利用舊形式的問題，也不僅是「民族舊文藝傳統的繼承和發揚的問題」，實際上它同時也是「五四」以來底新文藝傳統之繼承與發揚的問題；從這一點上，就產生了運用舊形式和創造新形式底必然的結論。

這裏說明了一個問題的底面：舊文學的傳統發展到新文學，而又更高度的發展到抗戰的民族文藝階段。

誰都知道，當前中國抗戰文藝運動是繼承「五四」文藝運動的血脈而來，但它同時又否定了「五四」的傳統，而「五四」文藝運動則是繼承和否定了舊文學的傳統而來的。——這就是中國新文學之辯證法的發展底幾個重要階段。

四

一般地說，「五四」運動底光輝的成果，是打破了舊文學形式的束縛，而接受了外來的西洋文學的影響。可是也由於這個原故，使二十來年的新文學創作，比較上多趨於「歐化」；所謂「洋八股」，正是沒有消化了西洋文學創作方法上的優點而產生的一種傾向。一些作家往往忽略了吸收舊文學的傳統中底優秀的描寫方法這些問題，因而有時候在他們所刻劃的人物底思想故事中，大抵缺乏一種深厚的中國人所特有的氣息，和活生生的現實。我們很容易從好些小說、劇本或詩歌裏面，看到有些即使描寫得很好的典型人物，但是他們缺乏了一樣東西，就是顯著的中國民族的氣質，他們所表現的思想、生活，

好像是有着個外國的「靈魂」似的。這顯然的說明了這是受到外國文學以及思想上的影響，而不自覺地表現出來的原故。我們祇要更細緻的加以研究，常常可以從現代中國作家所創作的小說和劇本中，發現到他們所受到蘇聯、北歐和英法乃至於日本的表現方法之影響深度。因之，在作品的風格，和人物的特徵以及所描寫的具體情景上，就不能把中國民族生活的習性，感觸，思想，心理，情緒，環境等等，明確地顯出它底獨特點來。比如一部份以東北游擊戰為題材的小說，就大抵多受到蘇聯文學的影響；而有些劇本，則又是受易卜生（Henrik Ibsen）等與法國作品之藝術思想薰陶的。……[2]

但這也不是說過去的新文學創作，完全沒有走「中國的」文學之路，而是說他們還不夠把「中國的」民族作風鮮明地突出來。剛擺脫了舊文學的約束，和受了相當長久的西洋文學哺養而成長以來的中國新文藝，自然不是一下子就能在新的基地上創造出新的民族形式來的，然而，沒有自己底民族特性的東西，決不能為民眾所接受。而且，一個民族的文學之壯大，也必然是從他本身之特點上發展起來的。

利用舊形式的問題之成為新文藝發展到大眾化的階段，正是由於舊形式中底某些優秀的傳統，是能夠代表中國文學之民族的特性的原故。在這一點上，我同意柯仲平先生的說法：「利用舊形式，即是創造新的民族形式的最初的一個過程。」（《文藝突擊》第二期）這無疑的是一個正確的意見。[3] 因為舊形式的利用，必然被連結於「創造新形式」這個終極的目的。所以在這之間不可忽視的，就是新文藝舊形式，新內容與舊形式之結合成一體的實踐問題。也可以說，是技術的問題，或是創作方法的問題。

2　易卜生（Henrik Ibsen, 1828-1906），挪威劇作家，其作品於二十世紀初期被大量譯介至中國。

3　原文題為〈介紹《查路條》並論創造新的民族歌劇〉，發表於《文藝突擊》第 1 卷第 2 期（1939 年 6 月）。

五

　　在舊文學及新文藝的作品中，能呈現着中國民族的特性的，在座談會上我曾經指出過〈阿 Q 正傳〉和《水滸傳》，同時，《紅樓夢》不用說也是中國舊形式的民族文藝之典型的代表。它們的特點我以為主要的就是表現在我們前面所說過的：人物、背景、生活、思想等等的特殊徵象之上。我們祇要提起「阿 Q」，大家就必然會馬上聯想起一個民族病態的農民的典型；一提起《水滸》，就必然會聯想起梁山泊的一百零八位特出的好漢。在近代中國的民間生活（尤其是山林的綠林生活）中，我們還可能找得出這一類帶着封建性的行俠之典型，像太平天國時代的人物石達開……等，[4] 也可以作為農村社會中這一型的人物；至於《紅樓夢》呢？在封建社會中的中國男女關係、道德、戀愛觀……等等，是表現得最明 [晰] 不過的，[5] 林黛玉型的女性，在前一個時代裏，──甚至於近代還有這一類的渣滓，──的確是最有中國民族風韻的女性之典型，尤其是濃厚地帶着江南文物和環境的影響的「書香家」──大家庭的氣質。時代的演變，對於民族風習、特性之本質的東西仍然存在，在民歌中、詩詞中，乃至於道德文章中，江南和燕趙以及湖廣、川桂，……都各自有着不同的風韻。在民族之地方性的特質上，顯而易見不唯是人的體格和習性，尤其是各別的性情：江南人的文質彬彬，魯男子的粗憨，燕趙之慷慨悲歌，蒙古人之游牧驃悍，閩粵人之重洋遠涉，川桂 [滇] 黔諸省人們之刻苦的在山地馳驅……。[6] 從舉止上往往就流露出他們各自的氣質來。

4　石達開（1831-1863），中國近代軍事家，太平天國運動主要將領之一。

5　「明晰」，原文誤植為「明析」。

6　據徐迺翔編《文學的「民族形式」討論資料》所錄〈文藝之民族形式問題的展開〉一文增補「滇」字。「川桂滇黔」，即四川、廣西、雲南、貴州四省。

比如廣西的歌壇（山歌的集會），就是從他們的社會生活環境底客觀條件所產生出來的；而粵劇與平劇之主要的特點，成為舊戲中的兩大分野（自然，還有其他的民間戲劇），也是由於各自所長成的環境所決定。而最有地方性的東西，在民族生活的深廣的意義上說，也就最有民族性。因為一個大民族的形成，大抵是從許多地方性的特點上融合溝通起來的。〈阿 Q 正傳〉並不因為牠以江南農村為背景（特別是紹興，但是也有一部份是滲進了北平的風土人情的），而失了他代表中國民族病態的典型，他仍然表現着「民族人」的一型，即使換上了長衫或西裝，「阿 Q」仍然是「阿 Q」；為的是「阿 Q」這種典型的性格，中國人都或多或少的佔有了一部份。所以江南的「阿 Q」是如此，江北的「阿 Q」又何嘗不是如此？

在這裏給我們昭示出一個真理：「有地方性就有世界性」，也就是有民族性。羅思先生的話是不錯的：「民族形式是發揮國際主義的正確方法。」（〈論美術上的民族形式與抗日內容〉──《文藝突擊》第二期）[7] 這也就是按照着各個具體的環境之特點去應用，符[合]了國際主義底鬥爭的基本原則和方法多樣性。[8]

這裏不能忘記，第一，是時代的環境，今日的小說家要是再把現代中國的青年男女寫成賈寶玉、林黛玉式的人物，那就顯然是個絕大的錯誤。第二，是民族的社會生活、地理環境、政治制度等等，其所對於民族形式的文藝發生的作用。因之，在半殖民地半封建的中國，必然產生以反帝反封建為中心的民族文學。而在抗戰的階段上，以抗日為內容的民族形式，也必然成為這一文學運動的主流的。

7　原文「第二期」後誤植「一」字，已刪去。
8　「符合」，原文誤植為「符含」。

六

至於文藝之民族形式的創造底技術問題，我想，必然得從大眾的生活中去探討，以及從實[際]生活中去學習，[9]才能獲得切實的解決。不了解羣眾的實[際]生活、思想、情緒，[10]不了解他們所愛好和熟習的藝術及其形式，就不能解決民族之文藝形式的創造這問題。

首先，在運用或利用舊形式的時候，我們必須深刻的了解它底表現方法之規律性，以及它的本質。明白它甚麼地方好，甚麼地方壞。這樣才能不受舊形式的束縛，而進一步的自由創造嶄新的形式。從這一點上，我們要特別注意舊文學傳統中之古文學（歷代之「正統」的文藝作品）和民間文學之二大分野；大抵前者的表現比較滯板，而後者較為自由活潑。所以，民歌、說書、大鼓詞、連環圖畫，以及地方性的戲劇……等等，都是比較應該特別注意的。

第二，在運用地方性的藝術形式的時候，必須注意到全國共通性的發揮。尤其應該注意這一點，就是所謂地方性的特點之表現，並不是形式上或公式上的，必須是本質上的。比如寫一個典型的香港人或香港生活，決不是以「丟那媽」來代替了「他媽的」就了事，必須得寫出他底特徵。如果能夠把他底具體的形象、典型刻劃出來，不論用那一種語言、文字去寫，都仍然是一個典型的地方性的生活和人物。同時，許多地方性的形式的融通及運用，[11]是把它轉為全國性的新藝術形式底一個具體的方法。所以，在戰時出發到前後方去的文藝工作者，從局部的（某一地方）到全面的，從廣大的到深入的，去從事民間藝術形式之搜集的活動，和在民眾中去體驗、學習……等的工作，都是非常重要。在這裏，習慣、思想、風尚、動作之觀察，語彙之搜集，

9　原文遺漏「際」字，現據徐迺翔編《文學的「民族形式」討論資料》所錄文章增補。

10　同上註。

11　此句原文「形式的」後面誤植「之」字，已刪去。

就必然地被連結在一塊的。

第三，揚棄新文藝的傳統，以及如何在運用舊形式中去接受外國文藝底創作方法及其影響，也是一個重要的問題。比如寫戰時的游擊生活，《卻巴耶夫》（*Chapayev, 1923*）（即《夏伯陽》）、《羅賓漢》（*Bows Against the Barons, 1934*）等等的表現方法固然值得我們學習，[12] [就] 是《水滸傳》中對於每個人物底特出的寫作方法，[13] 也是我們應該效法的。

第四，是怎樣適應於表現的形式的問題，我以為劉思慕和林蒲先生的意見是值得重視的。林蒲先生認為：「用於小說戲劇上應該是最適合於表現羣的力量、羣的生活的形式。就詩歌來說，是採用敘事式的。……」劉思慕先生則特別 [強] 調批判的、暴露的方式，[14] 尤其是諷刺的文學，他舉出了魯迅先生的雜文。我以為這種雜文正是近代中國文學中，最有民族特性的文藝形式。因為他底表現方法是從中國底特殊的政治和社會環境中產生出來的。但是，我以為在散文方面，像美國高爾特（Michael Gold）底《一萬二千萬》（*120 Million, 1929*）之類底表現羣體的方法，[15] 以及在歌曲上外國的「合唱」，廣西的「歌壇」……，都值得學習和採用。

12　《卻巴耶夫》（*Chapayev, 1923*），今譯《恰巴耶夫》或《夏伯陽》，俄國作家富爾馬諾夫（Dmitry Furmanov, 1891-1926）以俄國內戰中的紅軍英雄卻巴耶夫（Vasily Chapayev, 1887-1919）為藍本創作的小說。《羅賓漢》（*Bows Against the Barons, 1934*），英國作家特里斯（Geoffrey Trease, 1909-1998）以英國民間傳說中的英雄羅賓漢（Robin Hood）為藍本創作的兒童文學作品。

13　「就」字原文難以辨識，現據徐迺翔編《文學的「民族形式」討論資料》所錄文章校訂。

14　原文遺漏「強」字，現據徐迺翔編《文學的「民族形式」討論資料》所錄文章增補。

15　高爾特（Michael Gold, 1894-1967），猶太裔美國作家，共產主義者，受俄國著名詩人馬雅可夫斯基的長詩《一億五千萬》（*1,500,000,000, 1921*）所啟發而撰寫 *120 Million*，現譯為《一億二千萬》。

七

最後，我還想提到一個不很為人注意的問題，就是發展國內一部份落後的少數民族底文學的問題。這問題，在統一抗戰中的今日，並且還有着特殊深刻的政治意義。

中國西南及西北部的少數民族，我們不容否認，在語言、文字及生活習慣上，是和中原的漢族，東北的滿族，是有着很大的差異的[。][16] 因之，他們也有着自己底獨特的民族文藝形式，故此我們必須要在一大前提下，[17] 把他們的民族形式發展起來，使之成為抗戰文學中底一支有力的民族部隊。

國內少數民族文學的發展可以促進整個中國新文學往前進步，正如地方性文藝形式之發展為全國共通性的文藝形式一樣，在全民族文學中他有着特殊的意義。同樣地，不論是全國性的民族文藝形式，或是地方性的，少數民族的文學，它都必然是以抗戰為內容的。這和政治上的民族統一戰線的要求，無疑的正相一致。

選自《大公報 · 文藝》第 751-752 期，1939 年 12 月 12-13 日

16　此句原文「差異」後重複「的」字兩次，已刪去。
17　此句原文「前提」前重複「大」字兩次，已刪去。

一個名詞

袁水拍

　　一個名詞的長處是在於牠的能夠稱職地顯示一個特定的概念；同時，它的短處也在於這個不幸的限制性。因為牠的含義的有限，窄狹，它不能讓我們永遠走着的人類隨意縮伸揉拉，來適應我們的需求，雖然這大概是踰份的。

　　可是，「名」與「道」還是有「常」的。真理是相對而又絕對。單就文藝講，因為它是時代的產物，時代的號角，雖則它不絕地變換着面貌，如果它是正確的，牠是追求着人類的至善的話，那末不管它產生於那一段時代，那一塊泥土，它始終只代表着一個意義。何況值得稱為「文藝」的文藝，其本質就必然具備着戰鬥性。反之，則時間會否定它。而戰鬥的文藝呢，牠的光芒從古老的歲月，直到現在，直到將來，非但不變換或減弱稍許，而且更輝煌，是永遠的溫暖。

　　中國的新文學運動在二十幾年中，代表着進步的文學的名詞，曾經易換了好幾個：文學革命口號之後的革命文學，反帝反封建的文學，普羅文學，一直到目前的抗戰文學。這些稱號彷彿是相異的，可是略有頭腦的人就知道牠們在本質上是極少差別的，它們是承繼性的。當然，我們不否認，每一個名詞確切地顯示了某一時代某一階段的現實的逼切的核心，與它的可敬佩的特定任務。用個譬喻說，在我們民族革命解放運動的路程中，把文學作成的計程石上，鐫着每一塊不同的文字：「十里」，「二十里」，「五十里」，「一百里」，「一千里」，它們的「不同」，正好表示着我們所跑的始終是這條同一的路！

　　當此刻民族文藝的口號被這裏的文藝工作者提出之後，筆者即感覺得它並不是和「抗戰文藝」對立的一個名詞，而是包容在它裏面的。當我們的全民族進行着反法西斯戰爭的時候，我們試審視一下當前現實的逼切的核心罷，它不是抗戰，是甚麼？當前的文學除了抗戰文學

這個名詞，這個標幟之外，還有甚麼更「稱職」的別個呢？[1]

我們的抗戰是民族解放的革命戰爭，我們的抗戰文藝必然是為民族解放而戮力的，換言之，我們的抗戰文學必然是民族的文藝。

不過提出這民族文學的口號並不是無意義的，當中國的學術界提倡着「學術中國化」的時候，提倡着中國風的時候，文學自然也不會給攔在外面。新文學的過份的歐化，也許會使我們付出了一筆並不比「五四」時代打倒文言為小的力量。那些把中國勞苦人民，下層階級，以及苗猺民族的語言，在小說中誇張得跟歐美紳士階級的談吐相同的作家們，是應該負這個責任的罷。關於這一點，文學家此後應該接近中國大眾（當然更恰當的說，他本身即是大眾中的一員），比接近西洋的文學名著更多些。但是，一方面我們還是不得不承認中國文 [、] 中國語法的不完全性，句法構造沒有西方語言的嚴密。「純粹的」中國化我不知道應該怎樣定立準則。我以為不過份，不「歐化狂」地部份採用歐化的語法，為了改善中國的語文，無論在文學上，科學上，其他學術上，還是可以容許的，或者還是一個必需。

這在抗戰文藝的大眾化運動的理論中，已經得到解釋了，大眾化的抗戰文學必然是民族文藝，發揚着民族精神，以民族的文學形象來表示。而且，大眾化運動並不是一味保存國粹，「新形式」的建立還是被要求，急切地要求着的。

其他，關於民族文藝所要說的話，便是，我們的民族文藝決不是別的法西斯國家以標榜的侵略的民族文藝。民族文藝的「民族」兩個字並不是作狹義的「民族主義」解的。

選自《大公報・文藝》第 753 期，1939 年 12 月 15 日

1　原文「稱職」後重複「的」字兩次，已刪去。

民族形式和語言問題

黃繩

一

「文藝的第一個要素是語言。」

文藝的改革運動，必伴隨着語言的改革。外國如此，我們中國也如此。十八世紀至十九世紀間，法國在文藝上興起了浪漫主義的革命，在語言上也非常深切地下了改革的工夫，推翻了古典主義時代的語言的定式。珍貴民眾的語言的要素，使法國文藝變得豐饒。所以雨果（Victor Hugo）說：[1]「束縛民眾的言辭的枷鎖，我打破了。從地獄中救出了一切獄底的古語和死的羣眾。」語言的解放，完成了浪漫主義的革命。

五四新文藝運動，反對封建文藝，提倡平民文藝。在語言上，便是反對文言，提倡白話。所以有「國語的文學，文學的國語」的提法。

民族形式創造，標記着文藝發展的一個新的階段，意味着文藝上的一個改革運動。這階段的開始，這改革的實踐，我們便要遇到語言這個難關。民族形式的運動，必伴隨着文藝語言的改革運動。

二

五四文藝，在語言上是以白話代替文言，以活的語言代替死的語言。然而由於五四文藝運動的本質的局限性，妨礙了語言改革的徹底和普遍。胡適先生，在〈建設的文言革命論〉中，主張「儘量採用《水

---

1 雨果（Victor Hugo, 1802-1885），法國浪漫主義作家，1848 年法國二月革命爆發後，轉向共和主義和自由思想。

滸傳》，《西遊記》，《儒林外史》，《紅樓夢》的白話；有不合今日的用的，便不用他；有不夠用的，便用今日的白話來補助；有不得不用文言的，便用文言來補助。」這裏便可以充分看出當時語言改革的局限和中庸性。真正活的口語，和文言一樣居於輔助的地位。

雖然由於文言餘孽的未被肅清，有人乘機主張過復興文言，也有好些作品以堆砌辭藻為工；但這祇是局部的流離的倒退現象，五四以來文藝語言還是發展着。由於大眾性內容的伸展，新的語言被加入，口頭語也佔了一些位置。另一方面，外來語言的採用，歐洲文法日本文法的隨意納入，卻又使文藝的語言脫離大眾。

七年前瞿秋白先生就指摘了當時的「一種風氣」：「完全不顧口頭上的中國言語的習慣，而採用許多古文文法，歐洲的文法，日本的文法，常常亂七八糟的夾雜着許多文言的字眼和句子，寫成一種讀不出來的所謂白話；即使讀得出來也是聽不懂的所謂白話。」五年前文化界展開了大眾語問題論戰，也有人嚴厲地抨擊白話文，認為那是「上層的資產階級與一般智識份子的所有物，而且牠那麼一下子就停下來，甚至早早回向妥協與投降的路上，而造成了一種全不能為大眾所能懂的，充滿了歐化氣與八股氣的買辦文字。」[2]

抗戰期中，文藝要真實地成為宣傳民眾教育民眾的武器。於是大家主張排除大眾不懂的歐化語言。主張利用舊形式的論者，有些就單純地以五四以來歐化文藝不適合大眾為出發點。要排斥五四文體，在撰作通俗作品的時候，他們處處要從對於舊形式作品的記憶中，尋找可以替代的語彙和語式。

在民族形式創造的要求下，怎樣處置五四以來的文藝語言呢？

民族形式是五四以來文藝形式的否定，在文藝語言上也不能不是

2　此段的引文均出自瞿秋白〈大眾文藝的問題〉，原載《文學月報》創刊號（1932年 6 月），後收入《瞿秋白文集》第三卷（北京：人民文學出版社，1998 年）。

五四以來文藝語言的揚棄。要注意的是所謂揚棄，不是完全的荒置，而是一面廢棄，一面保存和發展。對於五四以來文藝語言，我們不能不保存和發展牠的積極的進步的部份，十分害怕「大眾不懂」，而要完全迴避新文藝中的語彙和語式，是愚笨的。

第一，把歐化的白話，看作資產階級和智識份子的專有物，和大眾沒有一點關係，這就不大恰當。不少作家就用着那樣的白話，在某種程度上表現了大眾的生活，容載了進步的意識。語言隨社會意識的變化而變化。封建時代的語言，代表着封建意識；民主革命時代的語言，代表着民主革命意識。所以五四以來文藝語言，無疑比以前進步。在民族形式中，必要承受其中的一部份。悉意迴避牠，不特貶損了語言藝術，而且必定妨礙着前進內容的表達。

第二，語言的貧乏和組織不緊密，是我們民族的先天缺憾，向外汲取語言是一個彌補的辦法。外來的語彙和語式，確曾把我們的文藝語言豐富起來，有其積極的進步的意義。所以在民族形式中，對於歐洲的日本的語彙和語式，還是要加以有機的溶化。事實上思想的複雜性，無論如何需要語言的豐富，多彩，和結構之緊密。作品的形式要接近大眾，而思想的深入和繁駁，對於大眾也不可少。文化工作者一面要接近大眾，另一面也要汲取先進國家複雜的語言構造來教育大眾。

三

現在，在民族形式創造的要求下，怎樣處理舊形式——民間文藝的語言呢？

語言是變動的發展的，社會意識變革之後，好些語言被廢棄，好些被改造，被生發起來。所以，在大眾中間流佈着的作品，牠使用的語言，大部份在當時是活着的；但是到了現在，距離作品創造的時間也許已很久遠，那些語言就必定有一部份是死去了的。所以，若果把那些作品作為「模範」，作為樣本，照樣仿製，未免太危險。七年前瞿

秋白先生提倡「新的文字革命」，就大聲疾呼反對「舊小說的死白話」
了。難道到今日我們卻來開倒車嗎？

　　其次，舊形式作品，部份是當時的「文人」也者寫給羣眾看的。
他們一肚子四書五經，所以在作品裏就雜着許多文言成分。對於這些
死的語言，我們要嚴密拒用的。向林冰先生在〈舊形式的新評價〉一
文中，說舊形式中的「身高丈二，腰大十圍」、「萬夫不當之勇」、「閉
月羞花之貌」等，都可以用。這我們不能同意。這些都是舊文人的濫
筆，既不能教育大眾，也說不上表達民族。

　　民間文藝的語言有許多是簡單的，「現成的」，「反創造性的」，
因襲的。比如描寫人的臉相，就老是「面如冠玉」，「唇若塗脂」，「杏
眼娥眉」，「盈盈秋水」，「豹頭環眼」，「燕頷虎鬚」，「櫻桃小口」這一
套，很少變化。正因為很少變化，大家都這樣襲用着，以致完全失去
了形象化的意義。拿牠們去形容城隍廟裏的牛頭馬面四大金剛和觀
音堂的送子娘娘倒不壞。無論是教育性和文藝性的作品，對這一類必
須摒斥。

　　又次，上面說過，舊形式作品，部份是當時的「文人」也者寫給
羣眾看的。那些「文人」當中一定有是御用的，他們在作品裏着意的
傳播定命論，和封建的反動意識，連大眾作品中也不可避免。那末，
與這樣的意識相依存的語言，便是有毒的語言。這種有毒的語言，我
們是驅逐之唯恐不速，唯恐不淨的。歷史上社會變革的時候，便伴隨
着語言的改革，原來為的就是破壞陳舊的語言所與寄託的落後的反動
的社會意識，和利用新的語言來傳播進步的意識於大眾中間。

　　總之，民族形式要保有中國作風和中國氣派，所以對「舊形式」
加以批判的接受，承繼和發展。

　　比如民間歌謠小調雖是舊形式，牠卻是口語的，活潑的 [。] 歌
謠變動較大 [，] 隨時間和民間思想的演變，都反映在牠裏面。所以
能表達生活也說得到語言藝術，現在還可用。比如在抗戰期間，冀南
民歌中便有如下的作品：「紡花車，嗤啷啷，東洋來了日本兵，燒房
屋，殺百姓，火光血色一片紅。」就是應用舊調作出來的例子。

四

　　最重要的問題，還在採用大眾的語言。這自然不就是文藝的語言。文藝的語言，「是從勞苦大眾的口語裏面汲取來的，但和牠最初的來源，已經換了面目，因為在描[寫]的意義上寫出的時候，[3]已從口語的自然性裏面，捨棄了一切偶然的，不確實的，在發音學上歪曲了的，和民族語的構造不一致的東西。」文藝作家要從大眾日常言談的自然狀態中，注意語言的精華。人民的哀愁憤怒，堅苦困難只有他們的日常語言才能表現。他們有判斷，有欣賞，卻是除了語言以外少有別的儲藏所。發掘語言[，]等於發掘了一個被掩埋封鎖了的民族心。作品上宜以人民語言作基本材料再加藝工。光用粗惡話[語]來點綴只有破壞作品真實性。[4]在大眾語言中，有狀物寫景的美好形容；在成語俗諺中，有天才的比喻象徵。我們要在那些優秀的部份中汲取和改造，才能獲得真正的文藝語言。

　　民族的俗諺俚語[，]「對於初學的作者，知道這些材料是非常有益的。」俗諺俚語中，一方面固然含有不合理的教訓意味；但在另一方面，卻又包孕着非常高貴的意義。「大概，俗諺俚語，是典型地具體化了勞動民眾的一切生活上的社會歷史的經驗。所以作家必須完全知道這些材料，牠教我們像手指握成拳頭一般的壓縮語言，把他人所壓縮的語言鬆解開來，為了曝露躲藏在那些語言中的，和時代任務相敵對的沒有生命的東西，而展開那些語言。」（高爾基）[5]

　　所以，對於大眾的語言，我們祇看到牠的鄙俗的一面，那是太狹隘的，真正的接近大眾，便知道大眾語言的豐富和藝術性。

3　原文難以辨識，現據徐道翔編《文學的「民族形式」討論資料》（北京：知識產權出版社，2010 年）所錄〈民族形式和語言問題〉一文校訂為「寫」。

4　原文難以辨識，現據徐道翔編《文學的「民族形式」討論資料》所錄文章校訂為「語」。

5　高爾基（Maxim Gorky, 1868-1936），俄國社會主義現實主義作家、政治活動家。

托爾斯泰（Leo Tolstoy），[6] 誰都承認他是一個藝術家，他的藝術的技巧，達 [到] [無] 比的複雜，[7] 美麗，和圓熟 [。] 但他到了晚年，卻注意起民間語言的美質來 [，] 竭力從農民的談話中去領略藝術的東西，他認為「語言的天才，存在於這類人的身上」。

中國作家，由於生活的脫離大眾，不接近語言的豐富源泉，作品裏面的語言，往往存在多少毛病，得不到「最簡單，最通俗，最易了解，同時又雅緻的表現形式」。其中的對話尤易陷入書本氣的泥沼。[舉] 例來說，[8] 一位作家寫一個鄉下婦人替丈夫對人呼籲道：[9]「至少你們應該去保證他，除開打兒子，他應該是這村中最良善的人！還有老林青，他是春天似的在我們村中生活着。」這那是鄉下婦人說的話？這是文藝作家的整飾的文章。

所以我們主張向大眾學習語言，主張批判地運用方言土話 [，] 使作品獲得一種地方色彩，使民族特色從地方色彩裏表現出來。自然，我們不主張濫用方言土話，不承認會有所謂「土話文藝」。土話大部份是落後的，蕪雜的，不講求語法的。經過選擇，洗鍊，重新創造，牠在文藝上才有意義。

總之，這是一個原則：民族形式中的語言，要是文藝語言，而不是未加工的大眾語言。而取來「加工」的材料，卻不妨駁雜繁多。

選自《大公報·文藝》第 753 期，1939 年 12 月 15 日

6　托爾斯泰（Leo Tolstoy, 1828-1910），俄國批判現實主義小說家、哲學家、政治思想家。

7　「達到無比」，原文誤植為「達無到比」。

8　原文遺漏「舉」字，現據徐遒翔編《文學的「民族形式」討論資料》所錄文章增補。

9　原文「婦人」前誤植「舉」字，已刪去。

抗戰文藝・大眾文藝・民族文藝

周木齋

　　抗戰以來，在文藝上，有抗戰文藝；抗戰以前的文藝口號大眾文藝，還被沿用和討論實踐着；最近，又有民族文藝的提出。

　　文藝配合抗戰，自然產生了抗戰文藝的口號，顧名思義，循名責實，這一口號也最明顯具體。然而既已有了這一口號，為甚麼還要沿用過去的口號大眾文藝呢？又為甚麼更要提出新的口號民族文藝呢？雖然這兩個口號一望而知是和抗戰文藝不牴觸的，而且也都是有關抗戰的，但沿用和另提，是否是標新立異，多此兩舉，牀上疊牀，屋下架屋呢？否則究竟那一個口號是總口號，那兩個口號是支口號呢？這三個口號的關係又是怎樣呢？這些，都是可能發生的問題，值得加以研究，討論和辨明的。

　　抗戰文藝產生以後，沿用大眾文藝，提出民族文藝，還都是需要的。在這三個口號的中間，是不能抽象地規定總口號和支口號的。後一個問題決定前一個問題，而這又被決定於三個口號的關係。

　　首先應指出的，是這三個口號都服務於抗戰，所以都是現實的口號。現實的焦點是抗戰，抗戰的支柱是大眾和民族。反映在文藝上，抗戰文藝 [是為] 表現抗戰，[1] 加強抗戰，完成抗戰；大眾文藝是為動員大眾，提高大眾；民族文藝是為利用民族的內容和形式，從熟悉愛好到容易接受。那麼，民族文藝正是動員和提高大眾的途徑，是大眾文藝的核心；大眾文藝又正是表現，加強和完成抗戰的途徑，是抗戰文藝的核心。從這點說，抗戰文藝是目的 [，] 總口號，大眾文藝和民族文藝是方法，支口號。而其間的關係是抗戰文藝——大眾文藝——民族文藝。

　　然而現在抗戰文藝已經是確立着而且發展着的實際，大眾文藝和

1　原文難以辨識，現據文意推斷為「是為」。

民族文藝卻還是進行着去建立的實踐。換句話說，抗戰文藝就是抗戰文藝，大眾文藝卻還在文藝大眾化的階段，民族文藝也還在文藝中國化的階段。大眾文藝是過去就有的理想，抗戰以來所以沿用之故，也因要從抗戰文藝使加速度地實現起來；新提出的民族文藝，和過去的「民族主義文藝」有本質的不同，因為現在是革命的民族主義，是在抗戰的現實基礎之上產生的，而且吸收國際文藝的精粹，建立置於國際文藝並存的地位，也是一個理想，要從抗戰文藝開始着手，使之實現起來的。對於大眾和民族，抗戰都是促進的動力。相應於抗戰的同時也是建國的過程，所以抗戰文藝的同時也是民族文藝的過程；相應於抗戰建國的同時也是民主的過程，所以抗戰文藝和民族文藝的同時也是大眾文藝的過程。從這點說，大眾文藝和民族文藝又是目的，總口號，抗戰文藝又是方法，支口號，而其間的關係又是大眾文藝──民族文藝──抗戰文藝了。

建立民族文藝，大眾是民族中最廣大眾多的成員，當然要從大眾文藝入手。大眾文藝的發展的結果，也就是民族文藝的形成。建立大眾文藝，民族的特點是切近大眾的，大眾所有的，當然也要從民族文藝入手。民族文藝的形成，大眾文藝當然也包含在內。從前者說，民族文藝是目的，總口號，大眾文藝是方法，支口號；從後者說，便是相反。

存在決定意識，三個口號都是現實的反映，從一元的現實上各有其特質，一致而百慮，同歸而殊途，決非巧立名目，搬弄名辭；各有的特質又是有機地密切地聯繫着，相輔而行，決不對立，分離。

選自《星島日報・星座》第 464 期，1940 年 1 月 1 日

藝術家是從戰鬥中生長起來的
——作為勉勵同伴們的禮物

陳烟橋

一

　　人們常常這樣說起：在中國要造成一個藝術家，確實不容易，而藝術家中的畫家更其難以造就了，這是因為在中國很難找到繪畫家發展的機會。講到發展，似乎更是問題了，事實上，在中國畫家的產生也被限制着，這一點，祇要看青年畫徒的生活缺乏保障，就可知道了。

　　這種論調，當然有牠的理由存在，但若盡將在中國造成畫家之難的責任推到上列者的身上去，那是不對的。在中國造成畫家之難的主要原因，我以為還有一個，那就是大多數青年畫徒忽略了他們所應具的上進原動力——戰鬥所致。唯其如此，所以大家都平凡得很，並未有顯出特殊的地方。

　　為甚麼在中國的畫徒對於戰鬥會來得這樣薄弱的呢？這，我想是有牠的遠夙的原由的，那就是受了古來士大夫對於藝術的壞風氣的影響所致 [。] 士大夫之流，第一，當繪畫是幫閒、消遣的東西。他們之所以接近繪畫的理由是認為風雅、清高的玩意。第二，把繪畫的創作過程看得太容易了，至少看得太單純了，兩點是眼，不知是長是圓，一畫是鳥，不知是鷹是燕。實際上講，中國的繪畫是並未完成牠本身的藝術任務的，大多數的作品都是素描；素描在西歐是並不被作為繪畫的全體和目的的，牠僅是達到完成藝術作品的一個過程或階段罷了。第三，不把繪畫作為反映生活——有之，也是不夠的——東西，因為「藝術不僅是再現生活，並說明生活，那作品是常常有着關於生活現象的判決意義的。」——普列漢諾夫（Georgi Plekhanov）引

車勒芮綏夫司基（Nikolay Chernyshevsky）的話。[1] 可是中國的士大夫繪畫，都是脫離生活的和處於生活的渾沌之外的。「世間有便宜的樂天主義者，他竭力從苦痛經驗遁走，住在夢一般淡淡的空想的世界裏。世間又有怠惰的厭世主義者，他就是無端地否定人生，迴避人生，想免去那苦痛，這都是[懾]於生活的恐怖，[2] 不敢從正面和人生相對的乏人，小結構的個人主義者。」──〈羅曼羅蘭的真勇主義〉，中澤臨川（Nakazawa Rinsen），[3] 生田長江（Ikuta Chōko）合作，[4] 魯迅譯。[5] 這種話十分切當地拿來形容一般中國士大夫畫家的人生觀。唯其如此，所以他們所表現出來的觀念形態都是不莊嚴的，消極的，散漫的，而同時也可以說是虛偽的，失去了「真」的東西罷了。「向眾人吹進真生活的意義的人，也必須是絕對真實的人。他們必須是無論在怎樣的情況，用怎樣的犧牲，總是尋真實說真實的人。」──〈羅曼羅蘭的真勇主義〉，中澤臨川，生田長江合作，魯迅譯。然而中國一般士大夫畫家呢？他們除了躲在深山裏獨自吟詠外，是甚麼事不管的；既然甚麼事都不管，自然想說真話，也無從說起了。

　　這些遺傳的缺陷，是要從艱苦搏鬥的過程中才能完全克服過來的。可是我們的青年畫徒卻有不少忽略了這一籌，他們或明知地或蒙昧地放棄了時代和人生所給與他們的任務──戰鬥，而努力於短小的，臨時的名利的收穫，是很值得痛惜的！

1　普列漢諾夫（Georgi Plekhanov, 1856-1918），俄國馬克思主義理論家、革命家，《共產黨宣言》俄文譯者，被稱為「俄國馬克思主義之父」。車勒芮綏夫斯基（Nikolay Chernyshevsky, 1828-1889），今譯車爾尼雪夫司基，俄國作家、文學評論家、民主革命家、唯物主義哲學家。

2　「懾」，原文誤植為「攝」。

3　中澤臨川（Nakazawa Rinsen, 1878-1920），日本文藝評論家。

4　生田長江（Ikuta Chōkō, 1882-1936），原名生田弘治（Ikuta Kōji），日本作家、翻譯家、評論家。

5　〈羅曼羅蘭的真勇主義〉的日文原文載中澤臨川、生田長江合著的文藝評論集《近代思想十六講》（東京：新潮社，1915 年）。1926 年魯迅將此文譯成中文，發表於《莽原》半月刊第七、八期合刊「羅曼羅蘭專號」。文章附〈譯者附記〉，說明「真勇主義」又譯「英雄主義」。

二

　　在西歐，自古來凡是藝術，都被作為堅苦的，非要付出戰鬥是不能解決與克服的工作，如俄國的一位藝術家所說：「藝術創作是苦重的，黑暗的，緊張而頑強的不斷的勞動」一般。這之外，正因為藝術造就之不容易，所以藝術家都非常謹慎地巧妙地運用藝術以為爭取理想的武器，如彌蓋朗琪羅（Michelangelo Buonarroti Simoni），[6] 如巴爾扎克（Honoré de Balzac）……。[7] 彌蓋朗琪羅這樣寫道：「我為了工作而筋疲力盡，從沒有一個人像我這樣地工作過，我除了夜以繼日的工作之外，甚麼都不想。」又：「我幾乎沒有用餐的時間……我沒有時間吃東西……十二年以來，我的肉體被疲倦所毀壞了，我缺乏一切必需品……我在悲慘與苦痛中討生活……我和患難爭鬥……。」這樣悲苦的工作到底為的是甚麼？許多人都知道彌蓋朗琪羅是宗教的皈依者，他為着信仰，付出全身的力量。彌蓋朗琪羅的思想與工作代表了文藝復興的精神是輝煌的。巴爾扎克也這樣寫道：「不息的勞作之為藝術的法則，正如它之為生存的法則一樣，……所以偉大的戲劇家，真正的詩人，都不期待訂購，也不期待收集商：他們今日在工作，明日在工作，永久的在工作，從此便養成一種勞動習慣，亦即不斷的與困難奮鬥。」這樣又為的是甚麼？我們知道巴爾扎克是個保皇黨，他的理想也跟同時代的貴族們一樣，於一八一五年恢復貴族的社會之後，盡量想復活革命前（一七八九年）的一切政策，然而他的同情者——被命定地要歸於消滅的階級——卻一天一天腐化和墮落了，他不斷為牠唱着愁歎的哀歌。——恩格斯（Friedrich Engels）語意。[8] 巴爾扎克所

6　彌蓋朗琪羅（Michelangelo Buonarroti Simoni, 1475-1564），今譯米高安哲羅，意大利文藝復興時期藝術家。

7　巴爾扎克（Honoré de Balzac, 1799-1850），法國現實主義作家。

8　恩格斯（Friedrich Engels, 1820-1895），德國哲學家，馬克思（Karl Marx, 1818-1883）的摯友和合作者。馬克思去世後，恩格斯為他整理《資本論》剩下的手稿。

發揚的寫實主義，在十九世紀的法蘭西也是輝煌的。

　　中國的青年畫徒們，「站起來，而且以斷然的決心去戰鬥！不管是苦是樂是損是益⋯⋯但以你的全力去戰鬥！⋯⋯」印度古詩，那遙遠的目標──成就，非要如此是不能達到的。

　　「在戰鬥中，我們不止一個。」──羅曼羅蘭的話──沉沉的黑夜中，已開始映出光輝的兆徵來了，雖然那光輝是屬於明日的。

一九三九・十二於四川北碚

選自《大公報・文藝》第 758 期，1939 年 12 月 24 日

「通過民族形式以欣賞音樂內容」

唐瑯

　　這次節目的編定，是一個嘗試。音樂的欣賞，普通我們從音樂家的故事，或傳記，樂曲的形式，和樂曲的故事，或標題，或表情入手。最可怕的一種音樂的說明，在西洋都市的音樂會內尤為普遍的，樂閥派頭的「……起於 D 音，在經過一段木管樂器的飛翔之後，小提琴導入 E 的不協和的……等。」目前比較還可以滿意的一種，是列舉一些樂曲的主題，這確可以使聽眾有所指歸。

　　這次一個「通俗音樂會」的節目：

一、舊俄

　　柴閣夫斯基（Pyotr Tchaikovsky）[：]《D [大調] 小提琴協奏曲》（*Violin Concerto in D major, Op.35, 1878*）[1]

二、西班牙

　　蒙那斯台露：《櫻色山脈》（《昂達露西亞小夜曲》）

　　克萊斯勒（Fritz Kreisler）編 [，] 德・發拉（Manuel de Falla）曲：《西班牙舞曲》（*Danse Espagnole, 1926*）[2]

　　愛爾孟（Mischa Elman）編 [，] 阿爾本尼茲（Isaac Albéniz）曲：《探戈舞》（*Tango, 1917*）[3]

1　柴閣夫斯基（Pyotr Tchaikovsky, 1840-1893），今譯柴可夫斯基，俄國作曲家。「大調」，原文誤植為「長調」。

2　克萊斯勒（Fritz Kreisler, 1875-1962），美籍奧地利小提琴家。德・發拉（Manuel de Falla, 1876-1946），今譯德・法雅，西班牙作曲家、鋼琴家。《西班牙舞曲》原為德・法雅在 1905 年為其歌劇 *La vida breve* 所作音樂片段，歌劇於 1913 年首演。克萊斯勒於 1926 年將該片段改編為小提琴及鋼琴樂譜，題為《西班牙舞曲》（*Danse Espagnole*）。

3　愛爾孟（Mischa Elman, 1891-1967），俄裔美國小提琴家。阿爾本尼茲（Isaac Albéniz, 1860-1909），今譯阿爾班尼士，西班牙作曲家、鋼琴家。《探戈》（*Tango in D*）原為阿爾班尼士所作鋼琴曲，為組曲 *España, Op. 165* 的一部份。愛爾孟於 1917 年將其改編為小提琴及鋼琴樂譜。

薩拉塞脫（Pablo de Sarasate）：《屐舞曲》[4]

三、中國民族音樂

馬思聰：《綏遠 [組曲] 》（作品第九 [:]《狂想曲》‧《思鄉曲》‧
《塞外舞曲》）[5]

馬思聰：[《搖籃曲》]（作品第五）[6]

馬思聰：《劍舞》（作品第十六 [:]《西藏音詩》之三）[7]

牠的原則，是「通過民族形式以欣賞音樂內容」。

國民藝術之產生，托爾斯泰（Leo Tolstoy）的《藝術論》（*What Is Art?*, 1898）裏面已有最好的解釋了。[8] 為了決定這個節目，而在國民音樂學派中選擇時，首先自然捏住了鼻祖柴闊夫斯基（Tchaikovsky）。在好些作品中，都說起俄國音樂中濃厚地溢出着俄國人民的生活。郭兀（Geoffrey Gorer）在他的《[非] 洲舞蹈》（*Africa Dances*, 1935）一書還寫道 [:] [9]「早經有人指出，俄國的音樂，特別是十九世紀上半葉的，比爵士音樂還更得尼格羅人（Negro）的嗜愛……在俄國的和尼格羅的農人之間有若干相同之點；他們生活在相似的山川，他們同樣的在生活中的掙扎，他們的世界觀，亦復近似；……他們有同樣的忍耐力和被動性……，」（三〇六頁）從這一點上看來，若沒有俄國的生活——切身的體驗，或 [至] 少，[10] 那種生活的理解——我們頗難於欣賞俄國

4　薩拉塞脫（Pablo de Sarasate, 1844-1908），今譯薩拉沙泰，西班牙作曲家、小提琴家。

5　「組曲」，原文誤植為「小曲」。《綏遠組曲》，又名《內蒙組曲》，為音樂家馬思聰（1912-1987）於 1937 年所作組曲。

6　「搖籃曲」，原文誤植為「搖籃詩」。《搖籃曲》，馬思聰 1935 年所作小提琴獨奏曲。

7　《西藏音詩》為馬思聰 1941 年所作組曲，融合了西藏民間音樂素材。

8　托爾斯泰（Leo Tolstoy, 1828-1910），俄國批判現實主義小說家、哲學家、政治思想家。《藝術論》（*What Is Art?*, 1897），托爾斯泰作於 1897 年的文藝理論著作，因俄國政府審查之故最初以英文出版。

9　「非洲」，原文誤植為「菲洲」。郭兀（Geoffrey Gorer, 1905-1985），今譯戈爾，英國人類學家、作家。《非洲舞蹈》，戈爾在 1933 年前往非洲學習當地民族舞蹈後出版的著作。

10　「至少」，原文誤植為「祇少」。

的音樂。現在我們聽柴闊夫斯基的《D [大調] 小提琴協奏曲》，[11] 如對於作曲家一無所知，對於樂曲的表情與形式全部茫然，然而假定一位聽眾於舊俄的生活有一知半解，——這位聽眾將能感受這個音樂了吧。

　　其他的國民音樂樂派之中，捷克的德伏札克（Antonín Dvořák）不如芬蘭的薛倍留斯（Jean Sibelius），[12] 而這個北歐作曲家又不如南歐依白利半島（Iberian Peninsula）上的西班牙作曲家的樂曲，[13] 來得更鮮明，來得更活躍。這原因是西班牙的人民生活較之捷克，芬蘭，在我們中國人的感覺中，尤其鮮明，活躍。我們隨便舉西班牙詩人 F. G. 洛爾加（García Lorca）一首〈無題〉（Arbolé, Arbolé）為例：[14]

> 在昂達魯西亞的小馬上，
> 四位騎士跨着征鞍，
> 披着黑色的長大氅
> 穿着青綠的衣衫：
> 「到高爾道巴來，小姑娘，」
> 小姑娘不聽也不看。
> 走過了三個年輕的鬥牛士，
> 生着細腰支彎彎，
> 穿着橙色的衣服，
> 古銀的佩劍在腰畔：

11　「大調」，原文誤植為「長調」。

12　德伏札克（Antonín Dvořák, 1841-1904），捷克民族樂派作曲家。薛倍留斯（Jean Sibelius, 1865-1957），今譯西貝流士，芬蘭作曲家。

13　依白利半島，今譯伊比利亞半島，位於歐洲西南角。

14　F. G. 洛爾加（García Lorca, 1898-1936），今譯洛爾迦或羅卡，西班牙詩人、劇作家，以其融合西班牙民謠風格的詩作聞名，在西班牙內戰中被國民軍槍殺。〈無題〉（Arbolé, Arbolé），洛爾迦詩作，收錄於他於 1927 年出版詩歌集 Canciones (1921-1924)。

「到塞維拉來，小姑娘」，

小姑娘不聽也不看。

當黃昏變成了紫色，

餘暉已朦朧暗淡，

走過了一個少年人，

帶着月亮的桃金孃和薔薇燦爛。

「到格拉拿達來，小姑娘，」

小姑娘不聽也不看。

美麗臉兒的小姑娘，

仍在那裏採橄欖，

風的灰色的手臂，

在她的腰上緊纏。

西班牙有西班牙自己的，特殊的香味，色彩，形狀。這特殊性表現在她的謠歌中，表現在她的音樂中。聽西班牙音樂必須先知道西班牙為何？甚至於音樂為何乃可以不問。但「聞」而已。

然而俄國音樂，西班牙音樂究竟不是我們中國人的血液裏所有的音樂，我們的血液裏滋養着我們自己的音樂。我們的血液，聽着柴闊夫斯基，蒙那斯台露，德·發拉，阿爾本尼茲，薩拉塞脫，總是隔膜的。而我們相信，我們的血液是懂中國音樂的。馬思聰的作品是否是中國的音樂，我們人民的血液——四年來曾流在戰場上的血液——自會回答。也惟有此才是中國新音樂的繩準了。不久以前，一切藝術，都是在使自己神秘起來。如今，一切藝術，都在使自己回復到人性去。國民學派的音樂之燦爛的原因即發源於是基於是。

話說回來，這次的節目的編定，衹是一個嘗試，在「通俗音樂會」上也許能窺見其行得通行不通了。

選自《大公報·文藝》第 1237 期，1941 年 11 月 30 日

（二）新式風花雪月文學

反新式風花雪月
——對香港文藝青年的一個挑戰 [1]

楊剛

　　近來托了一個青年副刊的福，常常讀到許多青年們的文章。對自己說，這正是一場幸運的認識。沒有到過香港的人，或到了香港不久的，大都容易對這地方的後生們抱一點懷疑心理。覺得香港地位特殊，人也不免特殊；老的固有些潮氣氤氳的籬下人味道，少的也正是圓頭圓腦，一副天真未鑿的公子態，可憐可掬。其到過香港稍有時日的人們，若沒有多少機會，也找不出門路對於香港老少發生新觀感。當然，這裏所說的外來觀察者指的是智識份子，只有他們才會像敏感的狐，到一處嗅一處的氣味，在幾丈開外用第六或第七感去探出他的同類。別的外來人雖在其他方面靈敏甚至於超過了靈魂，而對於這一層大都是無動於中的。

　　讀了這些青年文章以後，就曉得用公子態或殖民地人物這些看法來概括香港的青年是有問題的。即使不能說香港大部份年青人都已超過了上面那兩個範疇，一小羣所思所講的少年正在蠕動着，抬頭着，而且有人在呼喊，在叫。

　　這種現象不足奇異，也不足為文化界特殊的驕傲。任何都市有牠的等層生活，也就養出等層的青年。社會繁榮趨於一邊，社會苦難與

1　楊剛於「文協」香港分會屬下「文藝通訊部」的機關刊物《文藝青年》第二期（1940 年 10 月）發表〈反新式風花雪月 —— 對香港文藝青年的一個挑戰〉一文，引發香港文壇有關「新式風花雪月」的大型論爭。本書甲編第三部「七、中國抗戰文藝及論爭」特意收入此文，以便參閱。

抗議趨於另一邊。有些人擁在繁榮腳下，把自己做成繁榮花燈上走馬串戲的西洋景，也必有有些人在另外一邊用破蓆頭把自己蓋在牆腳下，用剛才剜了自己的膿瘡的污膿手抓起臭鹹菜來往嘴裏送。你以為他縮在牆根下面，[舔] 自己的膿血是甘心的嗎？[2] 你以為他想着「哦，我是該死的！」嗎？不！他的疑問累積起來了。他的憎恨爬上去了。他對自己的肯定雖然一天天被失望咬得七零八碎，但也是一天天被憎恨錘鍊着。繁榮散放了公子的花朵，苦難卻熬出了不平的心，追求的心。香港自己在替自己培養兒女，我在一羣青年的文章裏，似覺看到了這類兒女的胎芽。

　　人是條永不知足的鱷魚。看見了胎芽還嫌胎芽不夠壯，也是情理中的事。從每天收到的幾十封信裏，我常常讀到與民族煎熬，社會苦難，不大相稱的文章。這不是說文章的技術不好，感情不夠。誰也不會一開始就寫好文章，誰也不能夠只管埋頭躲着寫，寫，一直等到寫成了，技術上沒有了問題才拿出去問世，就這樣等他拿出世時，他的文章也許還是會有問題的呢。而我所要談到的這些文章，卻都屬於有了相當運用文字的力量的人們。他們的筆顯出他們是真其喜歡文藝，下過一些工夫，至少讀過不少中國新文藝書籍。你可以說，假如有如此如彼的條件存在，假如寫這些文章的人們能夠如此如彼的話，他們能夠做出反映中國社會的事，至少反映這個畸形的小角落，牠是中華民族吊在海外的一塊病。

　　可是事實上讀了這些文章卻不能不有些失望。我所讀到的大都是抒情的散文。寫文章的人情緒，大都在一個「我」字的統率之下，發出種種的音調。多半的人是中了懷鄉病的，想着故鄉。跟着一個故鄉的題目，或是含了懷鄉意味的題目，很自然很流暢的就來了嘆息，思慕和悲哀。在這裏，故鄉的柳絲，故鄉的蟬兒，或者，故鄉落日的

餘暉和微風全應景而至。這時，文章裏的人物常常有了爸爸，媽媽，還有的就是愛人和姐姐。文章通常有眼淚，通常有向故鄉的凝望，有流亡的心。還有，就是幾聲天真的對鬼子的怨恨和咒罵。最後的結束似乎是一致的，那是回家的願望。懷鄉病如果不寫到人筆下時，那麼他很容易地就會找到自己的憂鬱。他會閉起眼把手背上來，他像個寬袍大袖的秀才似的，感嘆起來，他會坐進他自己悲哀的囚牢裏，想着月亮，想着流水，想着風，他覺得月亮，水和風全不管他，全把他拋棄了。他好像他自己已經活了有六十年，好像他至少已挨了六百頓皮鞭子，而後就落在那無情的風與月眼下了一樣。他只有恨，只有孤獨和悲哀。從自己的憂鬱，有時來了游絲，來了飛絮，斷片簡語，三行兩句。他模仿一個老於世故的中年，撈着他們厭倦地吐出來的煙圈子，把自己稚嫩的感情片片插進去，使人苦悶地看到一種仿造的少年老成，心裏發急。我說這少年老成是仿造的，因為我有一個信念：我不相信世上有少年老成這樣物事。凡有如此都是仿造，有的雖已仿造成了習慣，但到了文字底下時，少年思想與感情無論如何是老不起來的，結果白糟踏了自己追求的心，反而鑽到死路裏去了。這一類抒情文字中最好的一種是對於祖國的渴望和呼喚。文章在這種情緒之下，常常高昂急迫，文字中不少的血與火、紅色、喊叫、暴怒 [，] 十足的說明了寫者是性急不耐煩的少年人。他時時把感情繃張得像一片撑緊了的雞皮，任一條絲線碰上去，也能發出聲響。他呼風喚雨，十分不耐地用一支細筆寫着小小的字，依他，最好是掀起墨瓶一潑就成文章。

　　以上那幾種文，我不想簡單的用抒情兩字來概括。自然牠們都是發抒感情的文字，本人的感觸就是文章的泉源。在打着一場生死戰的中國，英雄主義的歌唱是事實的自然也是客觀的需要，這是上述最後一種文的價值。所以抒情文眼前原是需要的。但是感情這種東西不能憑空產生，牠由工作裏發芽，由讀書與思索裏培養，更由生活經歷中鍛鍊，牠才能夠濃凝強力得和我們的國產桐油一樣，不但自身不會流散，且能凝固其他的東西。上面幾種文章雖是抒情的性質，很顯然，

寫者在動筆挖掘感情以外，似乎沒作其他的事。他只是在那裏挖他自己，拉緊他自己的神經線老是去敲那在單調工作裏的線條要牠發響。其中除了對祖國的呼喚在某方面能夠引起相當的共鳴而比較有意義以外，別的都可以風花雪月式的自我娛樂概盡。風花雪月，憐我憐卿正是這類文章的酒底。不過改了個新的樣子，故統名之 [曰] 新式風花雪月。[3]

　　香港文藝青年之表現出新式風花雪月風氣，自然不是這裏青年人不長進，突如其來的。香港的文化生活還是一隻幼芽。北平有了二十年的新文化運動，上海有了十數年的社會科學和新興文藝運動，香港的文化生活開始了才不過僅二三年而已！有了目前這樣的成績已經可以自慰但卻不值得滿足。

　　困於個人情緒和感覺中，是五四時代的流風。這種流風如何養成，我想和香港教育的畸形不能不有關係。一般香港中學多以四書五經，詩詞歌賦教學，其有些有新文藝書籍的，大都只有些五四時代前後的作品作少年人的精神飯食，無形中少年們便走上了那一條路。這話說來長，且在題外，只好暫時不提。但少年們已經走了這條路，或者順了一時感情的起伏，有傾向走這條路，就應該想想自己所在的此時此地，想想此時此地對我將有何需要，而把自己從那條陳舊的長滿了荊棘的小路上拉出來。抗戰是富有魔力的兩個字，同時也是賦有神力的創造的能手。人處在牠的時代裏，僅僅心裏眼裏手上全和牠靠得緊緊的，就可以發現許多生命的奇蹟。這奇蹟不一定全可歌，卻往往真可泣。我們拿今日的香港和三年前的香港比來，就知道這小島已經有了極大的改變。倘若我們再耐心煩一些，對於一人一物一事常常精細的去注意，也可者發現抗戰所造的奇蹟。三年以前，一個中國女

3　「曰」，原文誤植為「日」。

人見了外國人，不敢提起中國，聽見外國人提起中國，她會恥得半個月不敢出門。但是三年以後，她不但高高興興的對甚麼人都講着她的祖國，並且她還在中外人的會場裏對外國人為她的祖國辯護，香港何處不是生活？何處不是材料？好的正可供感情的激勵，壞的也恰恰需要暴露。表現香港的視野非常廣闊，我們亦何苦專[剜空]自己的心腸！[4]

我的手套已經拋出去了，敢請香港文藝青年接受一場挑戰。

選自《文藝青年》第 2 期，1940 年 10 月 1 日

4　「剜空」，原文誤植為「空刂」。

論「新式風花雪月」

黃繩

一

　　我正感到這裏文壇有點沉寂，關於「新式風花雪月」的問題，卻就在這時撩起了一灣漣漪，這對於我是高興不過的。

　　青年[朋]友擬好了討論大綱，[1]打算來一個廣泛的和深入的研究，並且希望從這出發，把文藝青年的活動和傾向作一個全面的檢討和着實的討論，拿出力量來解決自己的切身問題。沒有比這態度來得更嚴正更確當的了，誠如一位作者所說，香港文藝青年中積極而進步的分子很多，他們的積極和進步，就在對於這問題的看法上表現出來了。

　　是的，從「新式風花雪月」問題的討論，在青年朋友中間，該引起一個嚴格的自我批判。這個自我批判，當不僅對於寫作，更重要的是對於自己一夥兒的學習和修養，行動和欲求；一句話是對於生活的全體。唯有這樣，這一問題的討論才有積極的意義，而不流於枝節和無聊。

　　楊剛先生的「戰書」，[2]偏於消極的批判；然而青年朋友想來不會誤會她含有惡意。青年朋友從那裏獲得一個動機，清算以至克服自己的缺點和弱點，好在人生道上，做一個更堅實的戰士，這倒是一件非常可喜的事。至於「香港不香港」，「風月不風月」，一些名詞用語的問題，似乎不值得我們花甚麼工夫。離開問題中心而作枝節的論辯是無聊的吧。

1　「朋友」，原文誤植為「明友」。

2　「戰書」指楊剛於 1940 年 10 月《文藝青年》發表〈反新式風花雪月 —— 對香港文藝青年的一個挑戰〉一文。同收入本書。

　　所以，我覺得，這個論爭一開始便該到了收梢的時候，以後的討論，該從多些方面着眼。——趁還未完場的機會，讓我來說一些平白的話吧。

<h1 style="text-align:center">二</h1>

　　抒情，我們不反對；懷念祖國，懷念故鄉，我不反對。離開了情感，也就無所謂文學，文學用具體形象來反映現實生活；要注意的是這還要通過作者的主觀作用，而情感正是主觀的一個部份。作者情感的強弱，往往要使作品分出優劣來；文學作品不同於新聞紀事，也從這上面找到了說明。誰否定了情感，誰就否定了文學。所以，抒情，我不反對，反對「新式風花雪月」，也不是反對抒情。抒情無罪，抒情的本身是純潔無疵的。

　　這地方是中華民族吊在海外的一塊肉，人們離開了煎熬着砲火的祖國，離開了抵受着苦難的故鄉，由於生理的正常，由於意念的純貞，由於現實的觸動，人們心中長養着懷戀和憶念，這是自然不過的。連祖國也不懷念了，連故鄉也不懷念了，安然託庇外人，樂不思蜀，甚而……，這才要不得，這才是可詛咒的東西，所以，懷念祖國，懷念故鄉，我不反對。反對「新式風花雪月」的人，我想也全沒有意思瞎判懷念的死刑。懷念無罪！

　　風花雪月，憐我憐卿，以至所謂身世之感，同類之悲，大多數是舊時文士的無病呻吟。反對「新式風花雪月」，不是反對抒情，不是反對懷念，首先是反對無病呻吟。我們要求真情實感，唯有真情實感，才能動人；抒寫真情實感，才是文學。我們首先要求情感的真切，進一步要求情感的健康。

　　抒情放逐的說法，已經受到了批評。胡風先生也曾為抒情的作品辯護，叫我們不要把「個人主義的」和對待現實生活的詩人個人的精神動態——個人的傾向混為一談；把「感傷主義」和現實生活反映在詩人的主觀的苦惱，仇恨，興奮，感激……等等的搏戰精神混為一

談，是的，我們不應抹殺，反之是應該強調作者的主觀與現實生活的聯結作用。我們要求在作品裏面看到這樣的一個聯結。可惜的是我們在一部份青年朋友的作品裏面卻就不容易看到這個；換言之，我們不容易從那裏沾染到青年朋友的「青春的」情感，因此我們有理由說他們陷進了「新式風花雪月」的泥潭。

　　一些青年朋友的抒情散文，雖然是「在一個我字的統率之下，發出種種的音調」；但那個「我」究竟還有點傀儡性，算不上真正的完全的代表着作者的生命。在作品裏面，我們感不到作者有甚麼真實的苦惱和仇恨，悲哀和憤慨，繫戀和愛慕。抒情訴於經驗，一些血呀淚呀的字眼作不了數！我們以為，若果作者有一種深厚的懷念之情，他所表現的將不會是微微的感喟和歎息，而是一種有力的控訴（我們也未嘗不看到這樣的作品）。這裏我願意向那些愛寫懷鄉文字的青年朋友問一問，你們在紙上寫下的字句，和你們心中的意念，究竟拍合到甚麼程度？

三

　　抒情無罪，祇要是真實的抒情。寫作不是生活的點綴，更不應視為沽名釣譽的工具，或者所謂「登龍」的 [階] 梯。[3] 寫作是生活當中的一個項目，是為了生活的需要。有那樣的見解才有那樣的文章；有這樣的感情才有這樣的作品。我們不憑空虛構，我們犯不着搜索枯腸。

　　這裏觸到寫作態度的問題。誰都理解寫作該有嚴謹的態度；而態度的嚴謹與不嚴謹，首先要看寫作者是不是「有為而發」，寫下來的是不是「由衷之言」。為了對仗的工整，或者所謂「語不驚人死不休」，寫下了甚麼「舍弟江南歿，家兄塞北亡」；為了打發日子過，排遣一些閒工夫，來一篇「太陽曬屁股賦」之類，縱算你如何勤苦，「戶牖牆壁，

3　「階梯」，原文誤植為「楷梯」。

皆置刀筆」，我們也祇能把牠看作一種文字遊戲。文字遊戲，不用說，是遠離於文學的創作的。

自然，青年朋友不至於來一篇「太陽曬屁股賦」，青年朋友難道沒有一點點真實的情感？懷鄉念舊原是人情之常，不過值得追問的是，青年朋友寫作那些抒情散文的時候，有沒有找到最適當的語言，恰如其分，不多不少地來表達自己的情意；是不是在一些自己讀熟了和未讀熟的詩詞文篇裏，找到一些「不愉快的修辭」來填充自己的篇章，來渲染和誇大自己的一點點的情感。我們很擔心青年朋友沒有能力駕馭自己筆下的文句，反過來給那一串串的「美麗」詞藻牽着鼻子走。這裏我要求青年朋友反省一下。

楊剛先生指出青年朋友，「跟着一個故鄉的題目，或是含了懷鄉意味的題目，很自然很流暢的就來了歎息、思慕和悲哀，在這裏，故鄉的柳絲，故鄉的蟬兒，或者故鄉落日的餘暉和微風全應景而至」。不是說柳絲和蟬兒不應提，餘暉和微風也要不得；要不得的是「應景而至」，把記得起來的「珠璣」「錦繡」都拉扯過來，在音調和詞句排列上面做死功夫，不是抒情，而是「製造感情」；不是寫作，而是文字遊戲。青年朋友在這裏應有所警惕！

愛好文藝的青年朋友中間，自然有些受過深刻的生活的鍛鍊，有着相當豐富的經驗和種種真實的感印，他們有可能寫出比較結實的文章，不祇是幾句懷鄉念土的空話，幾個力竭聲嘶的呼喊；然而我們卻不容易看到那樣的作品。我們懷疑，就是這些青年也愛寫那一類的單薄的懷念之作，患了一種寫作上的「時髦病」。

若果這樣，請容許我來一個猜度，青年朋友在寫作上有一種避重就輕的毛病，高興走一條「抵抗線最小」的路，沒有耐心去對付硬邦邦的現實題材，而且恐妨自己弄不像樣，白費心思，還是套取一些現成詞句，畫一兩個圖景來得寫意，寫來不很費力，倒有點散文調子，音節夠鏗鏘，自己讀來彷彿已經滿意，假如找到了發表的機會，當然更為高興，下一回也就依樣葫蘆的寫着寫着，不自覺的把文學的創作當作一宗便宜的買賣，這個傾向是應該糾正和防範的。

四

進一步說，愛好文藝的青年朋友，為甚麼不高興對付硬邦邦的現實題材，高興寫一些輕飄飄的懷念的作品，甚至不惜在文字上「製造」一些憂鬱和悲哀的感情，這單就創作活動的本身來解說，是不夠的；我們還要從青年朋友的生活習尚和個人氣質來探究根源。

青年朋友來自落後的農村，來自半封建性的城鎮，他們受過傳統文化的舊氣息的薰蒸，無可諱言的他們或多或少的保有落後的氣質。

然而青年朋友碰到的是一大時代，現實不容許他們自我關閉，關閉在一個落後的園子裏。青年朋友受着現實的強烈的刺激，開始接受新文化的陶冶，新哲學新社會科學的洗禮，這對於他的落後氣質是一個有力的反抗。

不過，青年朋友的自覺，究竟還有程度的差異。這個大都市充滿着資本主義末期的頹廢的色彩，這裏是享樂者的天堂，到處是荒淫與無恥。一種物質的引誘，一種聲色的企慕，的確容易傷害青年朋友的生命的新芽。在這裏，青年朋友彷彿投進了一個清濁流的漩渦，受新的舊的清的濁的好的壞的各種各樣的力量牽扯着。青年朋友如何掙扎，如何把持着自己向上的力量，便在他們的自覺程度上分出高下來。

我們看到一些朋友，在學習和工作的途上，認真地鍛鍊着自己，鍛鍊着自己的頭腦和身手。他們清算着落後的質素，要在生命創造的路上做一個能手。他們保有進步的意識和健康的情感，對於文學，他們自然容易理解文學的現實性和戰鬥性，而在創作的時候，想來也不容易掉進那「新式風花雪月」的泥潭。

然而我們也看到一些朋友，到現在還或輕或重給落後的氣質戕賊着。顯而易見，好些青年學生高興國文教師講授唐詩宋詞，把甚麼〈琵琶行〉，或者楊柳岸曉風殘月之類來「美讀」一下，同時又高興閱讀一些專門講述歐西風俗「飲食男女」的書誌，沉迷於那花花綠綠的電影畫刊。這些朋友，心胸生得狹隘，容不了大問題，發不出大悲喜；他們的眼光自然也短小，看不到廣大的人羣，看不透廣大的社會。他

們尋求一些享樂，飲食談笑，談笑是自然而然的以情愛為中心，以異性為中心，胡扯一頓，彷彿不如此不足以快意；然而他們心中未嘗沒有苦惱，甚麼戀愛、婚姻⋯⋯都容易招致苦悶和憂鬱。一句話，他們保有一種個人主義的質性，生活是「在一個我字統率之下」。

這種個人主義的氣質和作風，決定了他們的文學的趣味和文學的創作。他們高興起來，要寫點文章的時候，下筆就祇有是「新式風花雪月」，自悲自歎，渲染和誇大自己的一點點苦悶和憂鬱，從那裏取得一點「自我娛樂」，此外是沒有別一條路可走的。

所以，反對「新式風花雪月」，不單反對那樣寫作傾向，更重要的是反對一部份青年的個人主義的生活傾向，從積極方面說，便是要求愛好文藝的青年朋友加緊自己的學習和修養，加強自己的實踐和認識。把個人的悲喜愛憎加進大眾的悲喜愛憎裏面去，踏上堅實的文學創作之路。一些作者不明白這個意思，拼命為「懷鄉病」作辯護，甚至連「軟弱者的呼聲」也覺得可貴，這才是無話可說。

選自《大公報‧文藝》第 967 期，1940 年 11 月 13 日

論「反新式風花雪月」

許地山

　　「新式風花雪月」是我最近聽見底新名詞。依楊剛先生底見解是說：在「我」字統率下所寫底抒情散文，充滿了懷鄉病底嘆息和悲哀，文章底內容不外是故鄉底種種，與爸爸，媽媽，愛人，姐姐等。[1]最後是把情緒寄在行雲流水和清風明月上頭。楊先生要反對這類新型的作品，以為這些都是太空洞，太不着邊際，充其量只是風花雪月式的自我娛樂，所以統名之為「新式風花雪月」。這名辭如何講法可由楊先生自己去說，此地不妨拿文藝裏底懷鄉，個人抒情，堆砌詞藻，無病呻吟等，來討論一下。

　　我先要承認我不是文學家，也不是批評家，只把自己率直的見解來說幾句外行話，說得不對，還求大家指教。

　　我以為文藝是講情感而不是講辦法底。講辦法底是科學，是技術。所以整疋文藝底錦只是從一絲一絲底嘆息，懷念，吶喊，憤恨，譏諷等等組織出來。經驗不豐的作者要告訴人他自己的感情與見解，當然要從自己講起，從故鄉出發。故鄉也不是一個人底故鄉，假如作者真正愛它，他必會不由自主地把它描寫出來。作者如能激動讀者，使他們想方法怎樣去保存那對於故鄉底愛，那就算盡了他底任務。楊先生怕底是作者害了鄉思病，這固然是應有底遠意。但我要請她放心，因為鄉思病也和相思病一樣地不容易發作。一說起愛情就害起相思病底男女，那一定是瘋人院裏底住客。同樣地，一說起故鄉，甚麼都是好的，甚麼都是可戀可愛的，恐怕世間也少有這樣的人。他也會不喜歡那隻扒滿蠅蚋底癩狗，或是隔鄰二嬸子愛說人閒話底那張嘴，或是住在別處底地主派來收利息底管家罷。在故鄉裏，他所喜歡底人

1　此處引用了楊剛〈反新式風花雪月 —— 對香港文藝青年的一個挑戰〉一文的句子。

物有時也會述說盡底。到了說淨盡底時候，如果他還要從事於文藝底時候，就不能不去找新的描寫對象，他也許會永遠不再提起「故鄉」，不再提起媽媽姊姊了。不會作文章和沒有人生經驗底人，他們底世界自然只是自己家裏底一廳一室那麼狹窄，能夠描寫故鄉底柳絲蟬兒和飛災橫禍底，他們底眼光已是看見了一個稍微大一點的世界了。看來，問題還是在怎樣了解故鄉底柳絲，蟬兒等等，不一定是值得費工夫去描寫，爸爸，媽媽，愛人，姊姊底遭遇也不一定是比別人底遭遇更可嘆息，更可悲傷。無病的呻吟固然不對，有病的呻吟也是一樣地不應當。永不呻吟底才是最有勇氣底。但這不是指着那些麻木沒有痛苦感覺底喘氣傀儡，因為在他們底頭腦裏找不出一顆活動的細胞，他們也不會咬着牙齦為彌補境遇上的缺陷而戮力地向前工作。永不呻吟底當是極能忍耐最擅於視察事態底人。他們底筆尖所吐底絕不會和嚼飯來哺人一樣惡心，乃如春蠶所吐底錦繡底原料。若是如此，那做成這種原料底柳絲，蟬兒，爸爸，媽媽等，就應當讓作者消化在他們底筆尖上頭。

其次，關於感情底真偽問題。我以為一個人對於某事有真經驗，他對於那事當然會有真感情。未經過戰場生活底人，你如要他寫砲火是怎樣厲害，死傷是何等痛苦，他憑着想像來寫，雖然不能寫得過真，也許會寫得畢肖。這樣描寫雖沒有真經驗，卻不能說完全沒有真感情。所謂文藝本是用描寫底手段來引人去理解他們所未經歷過底事物，只要讀者對作品起了共鳴作用，作者底感情底真偽是不必深究底。實在地說，在文藝上只能論感情底濃淡，不能論感情底真偽，因為偽感情根本就夠不上寫文藝。感情發表得不得當也可以說虛偽，所以不必是對於風花雪月，就是對於聲、光、鐵、血，也可以變做虛偽的吶喊。人對於人事底感情每不如對於自然底感情濃厚，因為後者是比較固定比較恆久的。當他說愛某人某事時，他未必是真愛，他未必敢用發誓來保證他能愛到底。可是他一說愛月亮，因為這愛是片面的，永遠是片面的，對方永不會與他有何等空間上，時間上人事上的衝突，因而他底感情也不容易變化或消失。無情的月對着有情的人，

月也會變做有情的了。所忌底是他並不愛月亮，偏要說月亮是多麼可愛，而沒能把月亮底所以可愛底理由說出來，使讀者可以在最低限度上佩服他。撒底謊不圓，就會令人起不快的感想，隨着也覺得作者底感情是虛偽的。讀書，工作，體驗，思索，只可以培養作者的感情；卻不一定使他寫成充滿真情底文章，這裏頭還有人格修養底條件。從前的文人每多「無行」，所以寫出來底縱然是真，也不能動人。至於敘述某生和狐狸精底這樣那樣，善讀文藝底人讀過之後，忘卻底雲自然會把它遮蓋了底。

其三，關於作風問題。作風是作者在文心上所走底路和他底表現方法。文藝底進行順序是從神壇走到人間底飯桌上底。最原始的文藝是祭司巫祝們寫給神看或唸給神聽；後來是君王所豢養底文士寫來給英雄，統治者，或閒人欣賞；最後才是人寫給人看。作風每跟着理想中各等級底讀者轉變方向。青年作家底作品所以會落在「風花雪月」底型範裏底原故，我想是由於他們所用底表現工具——文字與章法——還是給有閒階級所用底那一套，無怪他們要堆砌詞藻，鋪排些在常人飯碗裏和飯桌上用不着底材料。他們所寫底只希望給生活和經驗與他們相同底人們看，而那些人所認識底也只是些中看不中用的詞藻。「到民間去」，「上前線去」，只要帶一張嘴，一雙手，就夠了，現在還談不到帶文房四寶。所以要改變作風，須先把話說明白了，把話底內容與涵義使人了解才能夠達到目的。會說明白話底人自然擅於認識現實，而具有開條新路讓人走底可能力量。話說得不明白纔會用到堆砌詞藻底方法，使人在五里霧中看神仙，越模糊越神秘。這還是士夫意識底遺留，是應當摒除底。

寫出來底文章當然不是給不認識字底人看底。作者雖然希望他們底作品能夠家喻戶曉，而事實上卻跳不出自思自嘆，自斟自賞底五指山。要面向現實只有一方面改變工具，一方面拿着鼓板到十字街頭去。文藝家底本分本應如此，可惜真能做到底實在不多。在相反的方面，中國一般青年作家在修養上，在認識現實上，還沒得到深造，除掉還用殘缺的工具來創作以外沒有別的方法。他們還是在「型式文章」

裏頭求生活，所以帶着很重很重的八股氣味。所謂「新式風花雪月」就是這曾為讀書人進身之階底八股底毒菌底再度繁殖現象。五四時代底白話文藝運動家，今日十個有六七個都寫起古文吟起古詩來了！要靠「先進作家」來指導，不如鼓動「後進作家」去自闢途徑。他們不能傳遞真文藝底大明燈，反而把自己手裏底小蠟燭吹滅了。我們若能隄防到我們所說底不是心裏所想底，所寫底不是嘴裏所說底底時候，健全的文藝作品就會產生出來了。

最後一句，所以會有風花雪月底氣味，也許是作者太過注重文章底嚴肅性所致。因為覺得文章是「神聖事業」，而脫離了人間需要，去談風談月。假如認定文章自古無定價底話，作品如為時代所需，它當會被憶起，不然，就由它被忘卻也不算甚麼。名利底心不存在，自然就不會在「我」字底統率底下發出種種音調了。

選自《大公報》第 968 期，1940 年 11 月 14 日

作為一般傾向的新式風花雪月

林煥平

當為一般傾向去看的新式風花雪月，我以為和下面的幾個問題是有密切的關聯性的。

第一、是悲觀主義，失敗主義。不祇是香港的青年朋友，有許多流浪四方的青年和老年。還是一樣地多多少少有這種傾向，這是無可否認的事實。他們那種小資產階級根性或者知識分子根性，使他們對於抗戰的觀察得不到最正確，堅決與徹底的結論；使他們只看到目前而摸不清未來。可不是嗎？他們眼光光看着仗已打了三年多，自己已受盡了流離遷徙的痛苦，而故鄉還是掩映在太陽旗下。甚麼時候才可以回到故鄉，會到離散的父母兄弟姊妹甚至愛人呢？從這裏，就種下了頹廢，幻滅的根苗。這種情緒的初步表現是灰心，感傷和徬徨，進一步表現是悲觀，最後便完成了三段跳的失敗主義。我們目前從香港青年的作品中所看到的，主要地還只是這種情緒的初步表現。所以我們應該乘此感染未深之時，克服這種傾向。

第二、是生活問題。抗戰是全民族的，但有許多人，特別是居留在海外的，沒有參加到抗戰的實際鬥爭裏去，是超脫了現實，或者即使參加，也是很浮面的，這也是不可否認的事實。自己既沒有參加實際鬥爭，當然缺乏抗戰生活的實際經驗，當然不能對抗戰的現實理解得深刻，文藝是現實的反映，他既沒有廣而且深的生活經驗去描寫，便逼迫着他不能不從個人的生活圈子內去找題材。這樣，他的作品就必然地容易流於個人虛情的描寫，流於新式風花雪月——公式主義的另一姿態。

第三、是作者的認識方法和創作方法的問題。在這裏，我特別着重指出這樣的一點，就是：有許多青年朋友，甚至既成作家，他們不能正確地把握着一種科學的活的方法去分析和研究那現實的深處的本質；他們不理解到個人和社會（大眾）的統一；不理解到自己被包含

在這大眾之中，大眾的現實裏面有自己的因素存在。因此，他們把個人和大眾對立或隔絕起來了。這麼一來，就踏進剛才所說的第二種陷阱裏去——專寫自身感情，零碎感想了。本來在抗戰過程中，那種動搖幻滅的人物性格的確頗為普遍存在，假如我們的確能夠勾出他們的醜臉譜來，那也是最好不過的。問題就是在於這種把個人和社會隔離的創作傾向，正是和文學上典型創造的基本方法南轅北轍呀。

　　還有些朋友們有一種不很鮮明的錯誤傾向，那就是認為浪漫的情素，抒情的情素，是文學不可或缺的。因為文學本身是富於情感的東西。這是不錯的。只可惜的是：這些朋友們忘記了浪漫的情素是有性質全不相同的二種——積極的與健康的 [，] 消極的與頹廢的。我們所贊成的，是前一種，因為它是進步的，革命的，如抗戰的或革命的英雄鬥爭的歌頌；我們反對的是後一種，因為它是退步的，反動的，挫折人們的意志，萎靡人們的精神，使人害怕鬥爭，逃避現實。而新式風花雪月這種傾向的發展，很容易陷於這樣的泥沼，是不可不戒。

　　從以上所說的看來，已可了然於新式風花雪月的社會造因，而克服的途徑方法，也可不言自明了。

選自《大公報‧文藝》第 969 期，1940 年 11 月 16 日

文風與生活

燦

　　一個多月以前在《文藝青年》裏讀到〈反新式風花雪月〉的文章，[1]覺得正講中了香港一般文藝青年的毛病，沒想到真的引起了波瀾，今天翻開〈文藝〉這一版時，感到了無限的興奮，這倒不是因為從此有熱鬧看，更不是因為想學一點新的寫作方法，因為自己並不是文藝青年，卻並無文壇野心，祇不過愛讀讀文藝作品而已。其所以會自己感到興奮的是因為這裏面不僅包含了一個怎樣寫文章的問題，而且牽涉到了生活態度和生活方式的問題。

　　的確在香港一般的副刊裏常常看到一些渺茫得像游絲一樣的散文和詩，讀起來美麗的一大串，卻不能凝結，好像着手就給融化似的，這些東西源源不絕的出來，似乎喜歡牠的人並不算少。這不僅表示出香港文藝青年至少有一部份喜愛抓住這些題材[，]喜歡用這類詞藻來表現。同時也證明愛讀這些玩意兒的大有人在。自然，愛讀的人中間，就有許多是愛寫的。讀同寫本有密切的關聯，尤其是在初學的人。讀的祇是些月呀淚呀的飛絮游絲，寫出來的，自然也難免是受其影響。即使有過很深的生活鍛鍊的人，如果愛讀這類作品，也難免寫不出緊湊堅實的東西，何況青年人呢？所以這倒不一定純粹是避重就輕的原故。

　　追根索源，為甚麼我們這班青年愛讀愛寫這一套？沒有其他可讀的作品嗎？決不是，僅僅是「為賦新詩強說愁」嗎？這也不能算徹底把握了問題的中心。究竟是怎麼一回事呢？我想說到底，黃繩先生所指出，香港青年生活在紙醉金迷的資本主義的都市裏難免受了惡勢力的牽扯，生活不能切實緊張，情緒不能凝定豐厚，因而不免有些無

1　楊剛：〈反新式風花雪月 —— 對香港文藝青年的一個挑戰〉，《文藝青年》第二期（1940 年 10 月），頁 3-5。

病呻吟的現象，這也是現實的一端，無足怪異。智識階層的少年人，本來就有很大的個人主義的傾向，總覺得自己是很不錯的，再加以中國一貫的詩詞歌賦，其中所表現的弔古傷今，莫不以懷才不遇自傷自嘆為目的。香港青年不免多少受其感染，也養成了一些對月長吁臨風短嘆的病態情感。於是家鄉淪陷，戀愛失意，甚至工作碰了釘子，在在都足以勾引起無限的感傷，不但自己不能鼓動自己，因此更加面對現實，更勇敢的去作爭鬥，反而把自己內心關閉起來，過着自憐自嘆的生活，心上盤據的這些個人的情感，意識，流到筆尖上，由筆尖上流到大氣裏，它根本不能與目前嚴重的現實相調和，結果自然凝結不起來，有一些比較前進的青年很知道這種意識要不得，能夠處身在現實裏努力工作，努力生活，他們的情感自自然然會健康起來，眼光自然會擴大，對民族對社會的愛自然會更加強烈，而代替了對自己的愛好。但有些不能毅然決然一下割斷這種自我繫念的青年們，不能在實際生活上來充實自己，多作事，多讀書，多與社會人羣接觸，只憑一時的熱情來一番振作，一番努力，但因生活空虛，個人能力單薄，不久又不免溜到個人主義的花園裏那麼去鬆散一下，柳絲夕陽，憐我憐卿的作品又代替了嚴肅的文學創作。結果弄得這些新式的風花雪月反倒變成新青年們的需要了。所以產生這些新式風花雪月的因素與其說僅僅是由於愛好牠，還不如說由於自身青年們生活不夠充實的原故。

我們生長在這個矛盾最尖銳的時代，這些矛盾都反映到個人生活中，也引起許多個人的感觸。問題不在於我們每人是否能循着一條直線往前走，而是要把握到自己毛病之所由來，想法剷除它，所以希望這個波瀾不但能激動我們使我們能將自己的筆尖磨得更鋒銳，夠力量去和惡勢力戰鬥，並且要覺悟到自己的生活需要更堅實，更廣大，把理智與感情一齊運用到 [現] 實生活的創造與困難的征服中去，[2] 努力

2　原文遺漏「現」字，現據文意增補。

在抗戰大業的發展中鍛鍊自己，和自己不健康的軟弱情感，作無情的戰鬥，由這個文學問題自動的展開到嚴格的自我批判，徹底改變了生活，然後才能產生結實的作品。

選自《大公報·文藝》第 969 期，1940 年 11 月 16 日

談談幾個問題

陳畸

問題之一

我想：最先我們得提出的，是「新式風花雪月」，是不是存在於香港文藝青年朋友們的作品裏面？

這個問題的提出人，[1]是這樣寫着的：

「我所讀到的大都是抒情的散文。寫文章的人情緒，大都在一個『我』字的統率之下，發出種種的音調。」有故鄉的嘆息，思慕和悲哀，有自己的憂鬱，感嘆，孤獨。

我們是不是也曾經看過這樣的文章呢？我想是有的，這裏我不妨略略徵引兩段看看。

一、「我漫步在庭園，像一個感傷者，在他的悲哀的圈圈中；向大自然尋求——思索，他幻想中灰色的一切事物。晚蟬孤寂的鳴聲；知了——知了。」

二、「然而故鄉在那兒呢？只在夢中——有時做夢也做不到的故鄉——倚着門兒北望，只有灑淚，含着無限滋味兒的淚……。」

無疑的，一個青年寫作者能夠寫下上面那樣的片斷來，我們不能說他們寫得不好。但是，我們讀完了那種文章時，再又回頭去看楊剛先生所寫下的那些話，會不會否認我們的文藝青年朋友們，正在走或

1　這裏所指的是楊剛，接續的引文出自其文章〈反新式風花雪月——對香港文藝青年的一個挑戰〉，載《文藝青年》第二期（1940 年 10 月），頁 3-5。下文引文出處相同。

者傾向着「新式風花雪月」呢？這恐怕除非我們根本否認了楊剛先生給「新式風花雪月」所下的界說。

問題之二

上面幾種文章雖是抒情的性質，很顯然，寫作者在動筆挖掘感情以外，似乎沒做其他的事。他只是在那裏挖他自己，拉緊他自己的神經線，老是去敲那單調工作的線條，要牠發響。其中除了對祖國的呼喚在某方面能夠引起相當共鳴，而比較有意義以外，別的都可以風花雪月式的自我娛樂概盡。風花雪月，憐我憐卿正是這類文章的酒底。不過改了個新的樣子，故統名之曰新式風花雪月。

我同意楊剛先生對於「新式風花雪月」的「定義」。但我以為，我們現在必須考察，為甚麼「新式風花雪月」會存在於我們文藝青年朋友的作品裏面呢？這種現象是香港所特有的嗎？別的地方有沒有發見？

我們可以說熱情的積極的懷鄉作品在若干東北作家手下就常常看見。對於他們的淪亡的故鄉，我們的廣大而豐饒的滿洲，他們寫下許多懷念的作品[。]甚至極流行的「救亡歌曲」裏面，有些關於東北的製作，也具有濃厚的鄉戀，固然感傷性也很濃重，然而態度上牠卻與目下所謂的新式風花雪月是大有分別的。這並非說新式風花雪月是香港青年所獨有，也許全國各處青年也有抱這種態度來寫作的人。這原來是有牠的產生背景的。

這由於甚麼緣故呢？

第一，由於日本帝國主義者的野蠻的軍事侵略，使我們的若干領土被踐踏在鐵蹄之下，多數青年都成為無家可歸的流亡者。

第二，由於相當長期的「離鄉別井」的生活，本來就會引起「遊子思家」。現在是故鄉淪亡，父母兄弟姊妹都離散了，自然更加容易發動一個無家可歸的自憐自嘆的感覺。

第三，由於與實際的戰鬥生活的隔絕，並且這又是相當長期的；那些渴望着回故鄉的人，會因為「歸不得」不知道甚麼時候才可以歸去，因而就對於前途發生一種渺茫或失望。

第四，由於寫作的技術的限制。我們文藝青年朋友們對於寫作態度和所用方法的不正確。

因為這些緣故，因為生活和意志的影響，一到了立心執筆來表示和訴說自己的情感的時候，寫下來的作品，就很容易變成了思念父母兄弟姊妹，懷望故鄉，充滿着憂鬱和悲哀，甚至於是絕望的東西。

問題之三

現在的問題是：作品裏面充滿着或者存在着懷鄉病，憂鬱，悲哀，甚至於絕望，這對於寫作者和讀者，究竟是有益抑或有害！還是「並無關係」呢？

我的回答是肯定的。這對於寫作者和讀者都無好處，而僅僅有壞處！

有些人以為，文章特別是抒情的作品，如像詩和散文，採用了柳絲蟬兒，爸爸媽媽，朋友愛人，故鄉風月等等材料，這是並無傷害於作品的本身的，魯迅也用過這些材料。說到憂鬱、悲哀、絕望，只要是能夠感動讀者，使讀者起共鳴，這表現於作品的，有時還可以使作品成功為最好的作品，李後主的詩就充滿着懷鄉病。這自然是事實，我們不能否認。然而這見解卻只有一部份，一點點的理由。因為那不過是一種特殊的現象，或者說特殊的存在。是偶然的，而不是必然的。

問題的更主要的骨幹，是現在我們所生活的時代，已不是新文化運動的當時或者以前的，那些還是容許士大夫們歌咏着個人生活，寄懷於風花雪月的時代。我們現在所處的，是一個空前偉大的生死戰鬥的時代。這裏雖然也偶或有個人的僥倖，但真正的命運卻寄託在一個大集團裏面！我們絕對不能使自己和戰鬥隔離開來，絕對不能對國家和民族的前途表示失望或者絕望。反對「新式風花雪月」的寫作傾向，

最主要的原因無寧說是：在於反對我們文藝青年朋友和國家民族的生死戰鬥隔離，表示着對於戰鬥徬徨，失望和絕望[，]而懷念着過去，追尋着過去；過去的家庭，故鄉，過去的一切事物，甚至一草一木；那些都是好的，都足以引起懷戀而寫下來。因而對於當前的無可逃避的戰鬥，當前的現實，反而不知不覺的溜走了。對於將要到來的勝利，對於創造一個更好的新的家庭，建立一個更好的新的故鄉的追求和爭取，反而不知不覺的遺忘了！

這樣的發展下去，作品自然會流於孤獨的個人主義的，感傷的浪漫主義的，絕望的失敗主義的。這樣的作品，就不說會殘害讀者，對於寫作者也還有甚麼前途呢？

問題之四

我不以為「新式風花雪月」一類的作品，或者這種傾向，是香港所獨有的。不過這是更濃厚更深重的籠罩在香港的一般青年寫作者的筆下和心境之間。我這麼說了，自然不是存心替香港替我們文藝青年朋友們辯護。我的意思是在重複的指出，這是一種「時代的」加上「地方的」錯誤所形成的現象或者說病象。

克服已被發現的病象，這是任何一個人，重視自己的健康，重視自己的前途，所必不可缺少的要求和志願。因為必須掃除了存在於自己身體裏面的病象，才能夠有健康的體魄，可以去擔負起走向前面去的沉重擔子。

我相信這一偉大時代的青年朋友們，特別是喜歡文藝的青年朋友們，憑藉着自己的熱情和堅決的意志，對於「新式風花雪月」的傾向，要克服過來並不是困難的。反之，由於「五四」以後的中國文藝的革命的傳說，保證了這種病象的存在，僅是暫時的。

選自《大公報・文藝》第 971 期，1940 年 11 月 18 日

推廣題材範圍

羅慕華

　　香港青年在文藝的表現上所以帶有「新式風花雪月」的風氣，一大部份是有歷史的，社會的，教育的背景的。「北平有了二十年的新文化運動，上海有了十數年的社會科學和新興文藝運動，香港的文化生活開始了才不過二三年而已！」[1]這是相當正確的論斷。文化生活的時期這樣短，在這歷史中演着作用的青年，總不免被舊的狹小的，閉塞的風氣所限制，對於接受新的思想，發展新的意識，表現新的技巧，自然要客觀地有了限度。香港的社會又從來就是停留在某一個階段的形態，遲遲不進，這不是它自己的停滯，而是政治的障礙，使它麻痺。大戲裏邊文縐縐而不通的劇詞，電影裏才子佳人的落後甚或荒唐的故事，報紙上又滿篇的描寫性慾的小說，比較正經一點的也不過是一部份類似掌故的文字，在這種環境裏的青年，縱使不為它所影響，習染，但是視野與情緒，無形中不免狹隘，枯窘，至於教育，更和這種現象有關。教材的腐舊，姑且不論，僅是寫作的一項，就沒有方法使青年學生得到切實有用的訓練。教師們是作詩鐘，否則應徵一下隨園出食品的徵聯。文字不通的學生，出來以後，再作同等程度的教師，不夠用，可以在上課前去那一家二樓的漢文館補習——現發現賣；文字通順的，也可以上行下效地作幾首好似飽經世事，看破繁華的口吻而不合身分的舊詩。無庸諱言地，許多青年都直接間接受過這種教育的影響，縱使他能夠在新的空氣下自由發展，終也不免帶有舊教材，舊形式，舊寫作技巧的感傷的，堆砌的色彩。

　　另外一[部]分青年，[2]是從北方和廣東各淪陷區域逃來的，這一般人，雖然沒有受到香港環境深固的影響，但因生活失所憑依而懷

1　此處引用了楊剛〈反新式風花雪月——對香港文藝青年的一個挑戰〉的句子。

2　「部份」，原文誤植為「都分」。

舊，感傷的情緒，自然容易發生〔。〕寫出了懷鄉，發抒個人情感的文字，又因為表現的技巧不充分，再流而為誇張，堆砌，又失掉了情感之真，使人認為無病呻吟，有似於「吟風月，弄花草」，就成了現在報紙上所常看到的，學校課室作文所常見的一類文章了。其實這一般的青年，是沒法完全對他本身苛責，整個的環境都是如此。抗戰三年多，血淋淋的事實擺在前面，可是我們所看到的文章，所聽到談話，大部份還在那裏擺着空腔，不切於實際，沒有切實中肯的指陳，使青年感覺到空虛，沒有切實的把握，而思想和感情也無法堅定，個人情感的作用大過於民族的情感，容易寫出感傷情調的作品來。

這些話，可以作「新式風花雪月」來歷的部份的說明，不過並不能藉着這個原因而容許這種風氣向下發展。這一問題的提出，毫無疑義是值得重視的。

我們原知文藝青年的多感性，比較成年人也更利害。眼前所見到的是荒淫無恥，從憎惡中更懷戀到本鄉故土。這是古今人的常情，不容制止，也沒有人要制止，不過問題是在是否只有這樣的題材就夠了？或者永遠只會以這種題材來寫作？

寫作的題材，一向是成為問題的。大部份的人都是因為人生的經驗不夠，生活的範圍淺狹，於是常常描寫一些身邊瑣事。記得前些年有人寫文章，把這種情形比方作章魚吃大腿——章魚在尋不到食物的時候，就以牠自己的鬚來果腹，而牠的鬚卻有腿的作用。文人在沒有題材寫文章的時候，便以自己的身邊瑣事作稿賣錢，這便等於文人吃自己的大腿。這種情形，不特以前是如此，就是現在也未嘗不是一樣。所以現在的青年，縱使未嘗以身邊瑣事作題材，但是題材貧困，多寫感傷氣分的懷舊的作品，不論從客觀的立場，從主觀的立場看，都是應該糾正的，改進的。個人情感的狹隘，造成個人生活的逼窄，幽囚，寫來固然鼓勵自己逃避，讀了更令別人受影響。

在這時，我們就不能不提醒他們，用心觀察並選擇一些距離他們生活較遠的題材來寫。雖然有的現實不是他們本身所經驗過的，但是以一部份真實的背景作骨幹，再以一部份文學的想像和普遍的情感將

這故事組織起來，也不會比千篇一律的抒寫個人情感的文章更難看。並且在創作方面說，也祇有這樣才是創作。自然要比風花雪月費些力氣，不過前進的作者是不惜費這一點力氣的。如果祇有為着新式風花雪月省力才來寫作，若是存着這種心理，這一問題就可以根本不談了。也許有人說：「這種作法，費力或者還不討好。」是的，費力不討好，但在兩種不討好中，寧可採取這一種不討好的方式。

我們可以再退一步地說，懷鄉的，抒寫個人情感的作品，沒有人能說在抗戰中絕不當有一篇出現，這種偶然的流露，事實上自不能免，對於多數修養還沒有充分把握的人，沒法責以要有鋼鐵的心腸，絕對以大眾的情感來寫作。問題不是在這裏，現在所指陳的是因為這一類的作品隱然在一大部份青年中成為一種「風氣」。在一種風氣初成的時候，可以作一個提醒，使大家互相勉勵，作公正的檢討，使這種不良的風氣用大家自己的手轉移過來。

說到歸終，新式風花雪月的問題就是題材的問題。現在正努力於寫作的青年（其實也不僅青年，不過青年所表現的獨多而已！）不論這個問題提出的方式如何，藉着這一次的論爭來擴充寫作的題材，謹慎寫作的技巧——不使空虛、誇大、堆砌，這一種的努力諒來不會有人以為是浪費的吧？

抗戰以來的文藝，比較戰爭以前的確開展得多，活潑得多，許多作品的主題都很健全，正確。香港青年只須能從個人情感放展開去，從切近於個人生活的範圍跳到遠一點的地方，使題材不易重複；使表現不落窠臼，這樣，根本就無所謂「新式風花雪月」的問題了。所以這並不完全是環境的局限所致，一半還是在青年自己的努力和選擇是否足夠。如果你要從電影裏去觀察人生，恰恰《亂世佳人》（*Gone with the Wind*, 1939）和《白雲故鄉》同時開演，[3] 你偏選擇了《亂世佳人》，

3　《亂世佳人》，美國電影，由作家瑪格麗特‧米切爾（Margaret Mitchell, 1900-1949）的同名小說《飄》（*Gone with the Wind*, 1936）改編，講述美國南北戰爭時期的愛情故事。電影 1939 年於美國上映，翌年於香港上映。《白雲故鄉》，香港電影，司徒慧敏執導、夏衍編劇，講述廣州遭日軍轟炸後主角逃往香港避難的經歷，1940 年上映。

當然你所獲得的觀感和《白雲故鄉》不同了。依這樣的例子推論出去，努力與選擇的重要可以思過半矣。

　　現在提出減少個人情感的成分，擴大取材的範圍，使作品切於抗戰的現實，很容易被人疑慮到或者要成為「抗戰八股」，其實不一定會有這樣結果的，只要努力於表現的手法便可。這種嘗試，應該是青年人所樂為的。

選自《大公報 · 文藝》第 971 期，1940 年 11 月 18 日

題材・方法・傾向・態度
——關於新式風花雪月的論爭

喬木

願搖起而橫奔兮

覽民尤以自鎮

——《抽思》[1]

編者按：喬木先生這篇文章的幅度包括了這問題自有討論以來所觸及到的每個要點。由於篇幅的限制，文章只能採取提綱的形式來發表。望師友讀者們加以注意。

一

寫自己所最熟悉的題材，就是說身邊的題材，這是我們早就提出來的一個論點，現在這一個口號已經發生了毛病。不是嗎？我們的文藝青年說，故鄉是我們最熟悉的題材，我們寫它，不是很正確嗎？現在，看哪，我們寫出來的就是這些！這只是問題的一個角度。

二

問題更有嚴重的地方在：中國有四萬萬的人口，能寫者不及百分之一，每一個能寫的人都寫他所熟悉的身邊的題材，充其量，其所能顧及的範圍亦不能超過我們人口的十分之一，這樣我們有十分之九的民眾是沒有被顧到的。這裏是魯迅先生的「無聲的中國」。

1　引文出自屈原《九章・抽思》。

三

　　搜集題材呀，推廣題材的範圍呀，明天我就到內地去，準備六個月的時間，六十萬言的巨著！在報紙上常常看到這樣名為消息，其實是廣告的東西。自然，一個良心的作者必須多多的旅行，這是沒有疑問的；但是不要忘記，從鎮江到楊州的小火輪上有一種江湖賣技的傢伙，這些人的肚裏有說不盡的題材，然而直至今日他們還是在那裏拉着那世界上最單調的二胡，沒有拉出過一隻比較動人的故事。

四

　　於是問題的決定點不在題材，乃在於方法。

　　現實主義，新現實主義，這是我們早就提出來的方法論；懂得這個，甚麼問題都解決了。從此可見，新式風花雪月不是一個傾向問題，而是一個方法問題，提出這個問題，將它看做一種傾向的是錯誤，有人說。

五

　　是的，文藝上的方法論是非常重要的，但是不要忘記文藝和其他的理論領域的基本不同之點就是在於，在這裏你不能憑着概念發議論，正如同但丁（Dante Alighieri）在他的地獄裏不准你懷疑的一樣。[2]

六

　　老托爾斯泰（Leo Tolstoy）每每喜歡在他的作品裏［面］［發］議

2　但丁（Dante Alighieri, 1265-1321），意大利文藝復興時期詩人，其著名史詩《神曲》（*La Divina Commedia*）分為三部，首部即為《地獄篇》（*Inferno*）。

論，[3] 但是議論從沒有在他的藝術作品中起過決定的作用。

七

巴爾扎克（Honoré de Balzac）寫過一部比關於他同時代的任何一部社會史內容更豐富的《人間喜劇》（*La Comédie humaine*, 1829-1848），[4] 但是任何一部社會史也不能代替《人間喜劇》，因為那不但是記錄，而且是對於過往的一個階級的輓歌，那裏面有他的眼淚。

八

因此有人說，文藝是講感情底，不是講方法底，「凡物不得其平則鳴」，[5] 這是我們的韓文公早就倡導過的文藝理論，那麼我們的文藝青年寫他們的不平有甚麼罪過呢？

九

誰曾反對過懷念呢，我們古代第一個偉大的詩人屈原就是一個抒情的，懷念的詩人。楚國的國都破了，他懷念，他引吭高歌道：「曾不知 [夏] 之為邱兮，孰兩東門之可蕪？」[6] 如之何大廈可以變成廢邱？楚國的兩個東門那一個可以荒蕪？他簡直要抱住楚國的泥土狂吻，雖然楚國的泥土並不是他的財產。這一種懷念又豈能和二千年後的今天我們文藝青年們的懷念同日而語？

3　托爾斯泰（Leo Tolstoy, 1828-1910），俄國批判現實主義小說家、哲學家、政治思想家。「裏面發議論」，原文誤植為「裏發面議論」。

4　巴爾扎克（Honoré de Balzac, 1799-1850），法國現實主義作家。

5　引文出自韓愈〈送孟東野序〉。

6　「夏」，原文誤植為「廈」。引文出自屈原《九章·哀郢》。

十

　　於是有人說，屈原能如此，我們不能如此，感情只有濃淡之分，而無真偽之別。我們所濾的是我們最濃厚的感情——我們對於故鄉的懷念，那麼，我們有甚麼罪過呢？

十一

　　是的，在感情的領域裏，我們既不能勉強，也不能欺騙，在這一點上，我們的文藝青年們的忠實是比之於有一些概念主義者們的虛偽是高貴得多了；忠實於自己所實實在在體驗到的感情，是文藝上的第一個信條。

十二

　　但是，就是我們的韓文公也看到了兩種在基本上不同的「不平」——感情，一種是鳴人民的不幸的，一種是鳴自己的不幸的。「楚大國也，其亡也以屈原鳴」，[7] 是一個典型的例子。

十三

　　自然，任何一種感情必須「通過」「我」，但不必為所「統率」；在一切的詩人之中恐怕沒有誰的詩篇比雪萊（Percy Shelley）的詩更富於「我」的親切了吧，[8] 然而雪萊的「我」是他的時代的一部。

7　引文出自韓愈〈送孟東野序〉。
8　雪萊（Percy Shelley, 1792-1822），英國浪漫主義詩人、劇作家。

十四

我們有甚麼理由否定「我」呢，沒有「我」就沒有我們，這不是很顯然的嗎？從而問題不在感情之「通過」我，而在其是否為「我」（實在應作封建的或資本主義的「自私」）所「統率」。是這個「我」統率了這一種創作傾向，由這種傾向得了今日文藝青年的創作現象。

十五

歸根結底，問題還是創作傾向，而創作傾向由於我們對於生活的態度。真實的生活（就是在故鄉的生活也好）從來就是社會的，假如你只看到你自己和你的家庭，那是你的生活的態度所使然。你的生活態度不改變，就是明天你走進工廠，一時也是徒然。

十六

自然，生活態度在終極上是為實際生活條件所規定；但是假如這些生活條件已經有了近千年以上不變的歷史傳統，那麼，那壓力是可怕的啊！這裏，在每一個中國知識份子的靈魂裏躑躅着那在過往曾經支配過幾個（十幾個？）世紀的幽靈，或多或少；那就是那「不遇之感，流浪之悲」，白居易不早就說過，「同是天涯淪落人，相逢何〔必〕曾相識？」[9]

十七

這一個歷史的幽靈不粉碎，我們是不能前進一步的！試一回想，

9　「必」，原文誤植為「處」。引文出自白居易〈琵琶行〉。

今天在我們文藝青年心中所激盪着那些懷鄉之感和南宋偏安的文人的呻吟有甚麼本質上的差別？

十八

如何粉碎這歷史的幽靈？首先是，關心旁人的命運！我們太主觀，太自私了，我們眼看自己所屬於的一個社會層在山崩水潰，但是我們中國的小資產者，沒有為這個階層寫過一首動人的輓歌，我們的生活態度不但阻礙着我們不能看見其他階層的人們的命運；就是對於我們自己這一個「階層」全體，它也阻礙着我們不能看見。可能是，一個社會階層淪亡了，沒有一道墓碑。

十九

在文藝的領域裏，對於一個時代的把握，決定的不是一個概念上的態度，而是一個正確的感情（生活）上的態度，而這一個正確態度的建立，應該從關心旁人的命運開始。

二十

不要以為個人生活，個人感覺是不關重要的；在文藝的領域裏，幾乎是決定的。那麼，一切就應該從清算自己的個人生活，個人感情開始。

二十一

嚴格的說來，現實主義，與其說它是一個創作方法，毋寧說它是一個實際生活的指針。生活和對於生活的態度（在當前重要的尤其後者）不正確，是絕不能把握現實主義的。轉眼就是托爾斯泰的逝世

三十週年了，托爾斯泰一生的悔恨就是他自己的私生活的虛偽。

二十二

「願搖起而橫奔兮，覽民尤以自鎮」，[10] 這是我們偉大的詩人屈原用以自勉的兩句話，那就是說：讓我從這纏結不清的個人的煩冤當中抖擻起來，我要跑出去，跑出去看那些比我更苦痛的人民的生活！——只有這樣我才能征服我自己。

十一月十七日

選自《大公報‧文藝》第 972 期，1940 年 11 月 20 日

10　引文出自屈原《九章‧抽思》。

乙編

香港淪陷時期
《香港日報》日文版
選篇翻譯

1942
—
1945

第四部

香港與大東亞

淪陷時期日人的
文藝政策

我電影陣營初次外景　電影·香港攻略戰
終於從今日起拍攝

　　出演電影《香港攻略戰》的日本演員，[1] 除正在香港的黑田記代小姐外，[2] 一行人終於將從今日十四號開始，以香港、九龍各戰跡為背景，進行二十八日的拍攝，如天氣等一切順利，預期將於七月中旬完成。本電影是以香港攻略戰為題材編寫的故事，戰爭場景將使用當時戰爭時所拍攝的實戰新聞影片，其餘故事場景預計由日華明星共同演出，[3]

1　《香港攻略戰》，日本佔領香港期間唯一拍攝完成、由田中重雄（Tanaka Shigeo, 1907-1992）導演的香港電影，當中介紹了 1941 年香港保衛戰中日軍進攻香港的情況。電影在 1942 年 11 月開始作為「大東亞戰爭一週年紀念」宣傳片上映，當時對該電影的宣傳語包括「英國侵略東亞百年基地崩潰之紀實、東亞黎明到臨皇軍英勇全貌之認識」等。

2　黑田記代（Kuroda Kiyo, 1916-2004?），日本女演員。

3　此處提及日華明星共同演出，指中國女演員紫羅蓮（1924-2015）曾出演《香港攻略戰》配角。紫羅蓮，粵劇、電影演員，二戰期間除出演《香港攻略戰》外，更曾到日本觀摩學習並宣稱即將主演兩部宣傳大東亞共榮圈的電影，惟回港後潛逃至中國，並由律師代為聲明被迫接拍相關電影，因而得以避過「漢奸」罪名。參考余慕雲：《香港電影史話（卷三）——四十年代》（香港：次文化有限公司，1998 年），頁 63。

由此完成電影。另外今日十四號將從上午十時開始於深圳拍攝以下四幕：

　　一、北澤小隊訓練後回營的場景

　　二、北澤 [少] 尉與藤本相遇的場景 [4]

　　三、士兵洗衣的場景

　　四、北澤小隊衝向國境線的場景

　　這是我電影陣營第一次在香港拍攝外景，各方面皆滿懷興致地迎接是次拍攝。

選譯自《香港日報》第 9801 號，1942 年 6 月 14 日

4　「少尉」，原文誤植為「小尉」。

壓制外國電影　邦語萬國共通
奮起吧日本電影

　　現在是在質和量上，都極度需要國民的精神和肉體力量的時候，但與此同時，人類本身最渴求的是娛樂和休息。渴求娛樂和休息，這是為了要從今天的疲勞中恢復，好為明天的活動準備。

　　可以說正因為是非常時候，娛樂和休息才得以發揮最大的效果。

　　因此，對於在這非常時期不應娛樂的偉論，正因是非常時期才更有娛樂之必要的駁論，是大大成立的。

＊　＊　＊

　　現在在娛樂當中，電影實在擔當了重大的角色。

　　其因價廉而最能輕鬆享受的特質是原因之一自不待說。日本電影界雖藉新發行制度的樹立〔實現〕統一發行，[1] 製作也由三間公司統合，[2] 但內地電影不足和外國電影的輸入限制，常設電影院陷於經營困

1　此處提及的新發行制度，指日本政府將各電影公司的發行部門統整合併成「社團法人映畫配給社」，並自 1942 年 4 月起將全國電影院分為紅、白兩個系統，各自每隔兩週上映一部新片，藉此全面管制日本國內的電影發行情況。參考佐藤春男著，應雄主譯：《日本電影史（1941-1959）》（上海：復旦大學出版社，2016 年），中冊，頁 53。

2　此處提及由三間公司統合電影製作，指松竹、東寶及大映三所日本電影公司。松竹（Shōchiku），全名「松竹株式會社」，因創辦人白井松次郎（Shirai Matsujirō, 1877-1951）及大谷竹次郎（Ōtani Takejirō, 1877-1969）而得名，創辦於 1895 年，初期主要經營傳統劇場，後來擴展業務至電影產業，是日本五大電影公司之一。東寶（Tōhō），1932 年創立時名為「株式會社東京寶塚劇場」，後於 1943 年改名為「東寶株式會社」，是日本規模最大、擁有最多的電影院和票房收入的電影公司。大映（Dai Nippon Film），全名「大日本映畫製作株式會社」，1942 年 1 月由新興電影公司、日活（Nikkatsu）電影製作部及大都電影合併而成的電影公司。參考佐藤春男著，應雄主譯：《日本電影史（1941-1959）》，頁 52。

難，因轉換期而受難、苦惱着。

此外，作為大東亞共榮圈宣傳安撫工作的有力推進分子，電影界被期望能克服物資困難積極製作電影，今後也愈發多災多難。

＊　＊　＊

我想大家也知道，新聞、電影、文化電影等，於傳遞作為大東亞盟主的日本的真正樣貌、真正價值上，有非比尋常的效果。

因此，長篇戲劇電影如子彈、炸彈般向大東亞共榮圈發射、散播的話，既然短篇電影也有那樣的成效，相信長篇電影的效果會更為巨大。

然而，悲哉，達此目的之優秀日本長篇戲劇電影甚少，不，甚至可謂是幾近於無。

＊　＊　＊

早前我也受某協會所求以明信片回覆「推舉有資格輸出至東亞共榮圈的戲劇電影五齣」，亦是兀然不知如何作答是好。

某程度上，優秀的日本電影不少，但那些都是只有我們日本人才能理解其優秀之處的電影。

能為語言、風俗、習慣等都有別於我們的他們所能理解的，能作為萬國語通用的且優秀的戲劇電影，無論我怎麼想也想不出來，別說是五齣，就連一齣我也說不出來。

雖然因我個人的原則，為不失禮而希望能盡快以明信片作回覆，但這有意義的提問對我而言頗感困難，故到頭來沒能回答。

＊　＊　＊

英語無論是在地球的哪裏也大抵能通用，因此既然日本語現在正

以破竹之勢進行普及，不多時日本電影將取代外國電影，日本語將作為優秀的萬國語通用，我想也非言之過早。

當下日本電影的水準，只能說是以給日本人觀看為目的來製作的，這樣下去無論過了多久也只能為日本人所理解。

極端而言，連我們也無法理解的日本電影也不在少數。

＊＊＊

製作者目及大局大處，今後多多製作能通用於大東亞共榮圈，甚至是世界的日本戲劇電影，是我所望，但這樣說並非是要他們無謂地耍嘴皮子，而是希望他們能為了日本、為了大東亞共榮圈，〔製作〕話術簡單明快、直截了當而又巧妙細緻的日本電影。

選譯自《香港日報》第〔9806〕號，[3] 1942 年 6 月 19 日

3　「9806」，原文誤植為「9506」，此處據該日報章前後版修訂。

實現大東亞精神　活於信念

卯月庵香峰

　　即使是意氣風發地進行皇土建設的香港，秋日的深夜裏也是一片蟲鳴的寂靜。尤其是從大正通一路往西經過的住宅街附近，[1] 在十時的尾班巴士經過後連狗崽也沒有一隻，只有秋空的星和港口的燈閃爍不定。

　　巴丙頓道雖還未有日本名，[2] 但這裏有着一所名為「太和」（タイウオー）的醫院——不久後將被改名為「大和醫院」吧。[3] 九月二十八日的半夜，一群憂國志士在這裏的特別室，一邊享受着從現已改名為「香之峰」（香が峰）的「域多利山」（ビルトリアビーク）吹下的涼風，[4] 一邊表露着對我香港皇土建設的全然滿足和安心，並在近親的守護下，痛感終有一天要以香港為中心驅逐東亞的英國勢力，策劃經由廣東或是聯絡澳門的路線。他們有時談論菲律賓獨立，有時又夢想印度獨立。

1　大正通，意為「大正道」，其中「大正」是 1912 至 1926 年日本大正天皇在位時使用的年號。香港淪陷時期，日人為鞏固對香港的統治，進行一連串的日化政策，除改用「昭和」作為年號，也將不少香港的主要街道、地區、公園等改用日式名稱。此處「大正通」，即現時香港島般咸道（Bonham Road）、堅道（Caine Road）、上亞厘畢道（Upper Albert Road）及堅尼地道（Kennedy Road）的合稱，四條街道當時分別稱作「西大正通」（般咸道）、「中大正通」（堅道及上亞厘畢道）及「東大正通」（堅尼地道）。

2　巴丙頓道（Babington Path），位於香港島西半山。

3　「太和」（タイウオー），括號中「太和」二字粵語讀音的片假名為原文所附。太和醫院（Tai Wo Hospital），華僑藥商韋少伯（1894-1944）創立的私立醫院，當時即位於巴丙頓道 1 號。

4　「香之峰」，原文作「香が峰」，亦作「香ヶ峯」，是日本統治者為太平山所改的日文名稱。「域多利山」，或譯「域多厘山」，是英國統治者根據維多利亞女皇（Queen Victoria, 1819-1901）之名為太平山所改的英文名稱，原文作「ビルトリアビーク」（Victoria Peak），現在日文假名一般寫作「ヴィクトリア・ピーク」。

　　其中有一名為高田棲岸的西本願寺的怪僧。[5] 他看起來未到五十歲，但他痘痕臉的額上，因長年在北支滿蒙雲遊的辛勞而生的皺紋，[6] 讓他看起來稍顯老態。然而他那滿身的氣慨、那健實巨大的身軀裏總有種應敬畏的力量。他的理想與其他的志士有點不同，是希望藉由大東亞的佛教大團結驅逐歐美勢力。

＊＊＊

　　那時的香港人口有三十餘萬，大部份是因天災和戰亂而從支那內地逃竄過來的人。香港作為英國殖民地經營了半世紀，其現代化設施仍只剛剛起步，是一個沒有市內電車行駛的樸素都市。

　　尤其是花園道以東至灣仔一帶，在榕樹茂盛的山丘和沙濱海岸之間的狹小地帶中，商戶稀疏而立，到了由等待船員上岸的姑娘掌握着街道死活的程度。在這期間日本勇敢的娘子軍遷居至此，[7] 除了將他們包圍的移民之外，有四、五家商館、銀行，總共五六百人左右的同胞。

5　高田棲岸（Takata Seigan，生卒年不詳），日本明治時期僧人，先後在朝鮮及中國華南地區傳教。早於 1900 年，高田曾單獨來香港傳教，並會見日本國權派大亞細亞主義運動家內田良平（Uchida Ryōhei, 1874-1937），其後更協助內田支援孫中山（1866-1925）的中國革命運動。明治維新時期，因日本僧侶在中國傳教而有兩脈日本佛教流派得以傳入香港；此處「西本願寺」為兩流派其中之一的「西本願寺派」（Nishihonganji-ha）。隸屬於此派的高田棲岸，曾於 1924 年在香港灣仔道（Wan Chai Road）117 號建立「淨土真宗西本願寺」（Jōdoshinshū Nishihonganji, JSNH）。參考 Bill M. Mak, "The Career of Utsuki Nishū 宇津木二秀 in Hong Kong During the Japanese Occupation Period (1941-1945)," *Journal of the Royal Asiatic Society Hong Kong Branch* Vol. 55 (2015): 58.

6　北支，亦作「北支那」，指中國華北地區。

7　「遷居」，日文原文作「點居」，應為「転居（てんきょ）」之誤植，譯文據文意修訂。

　　棲岸在灣仔洋船街上方的山臺一號經營着寺院小居一樣的私塾，[8] 為給予無知的娘子們精神安慰，替她們代筆寄回鄉里的書信，偶爾當同胞遭遇不幸，便敲着洋食用的黃銅製洗手砵誦經等等，[9] 是一個不拘一格的地方。他不時身穿滲透了汗的白色僧服、腳穿支那鞋履地出現在街上，稱他為「乞丐和尚」更能描繪出他的樣子。然而他那滿腔憂國的熱情和氣骨，能從他緊閉成直線的雙唇上窺見一二，當中有着某種不可侵犯的東西。活於信念者不仰賴他人。一貧如洗對他而言是鞭策之友。若說他連把鹽灑在冷飯上也尚嫌浪費，弄一杯鹽水把筷子浸在裏面舔食的話，應該就能了解他的日常吧。

　　然而，這並非棲岸生活的全部。他的憂國與護法之念是通過佛教實現日支的大同團結，藉此驅逐英美勢力。為此棲岸連親近的同胞也瞞着，暗暗打入支那民眾當中，致力於日本佛教的傳道工作。大清國粵東中華本願寺，是棲岸在心中暗建的大伽藍。[10] 有時他甚至半年以上沒有在香港的街上露面。──東至福州，西至廣西，還有雷州半島、海南島等等，他的足跡遍及南支一帶，[11] 於各地教化支那民眾。

　　可惜的是，棲岸的功績在多大程度上獲得廣泛而深入的成功，如今已無從得知，但藉由 [何瑞婷] 之死得以窺豹一斑。[12]

8　　洋船街，「船街」（Ship Street）的俗稱，今位於香港島灣仔。

9　　原文作「真鑄製指洗椀」，應為「真鍮製湯煎機器」（しんちゅうせいゆせんき）之誤，據此中譯作「洗手砵」。

10　大伽藍，佛教用語，意為大寺院。「伽藍」是梵文「僧伽藍摩」（saṃghārāma）之略，意為眾僧居住的園庭，泛指寺院。

11　南支，亦作「南支那」，指中國華南地區。

12　「何瑞婷」，名字在原文中全誤植為「奇瑞停」或「何瑞停」，以下譯文統一改用「何瑞婷」或「瑞婷」。

＊＊＊

何瑞婷為香港名門望族何東之七妹。[13] 她以芳齡十八嫁給實業家黃金福是明治二十五年（1892）的事情。[14] 無視日清戰爭，香港的市況日益隆盛，至明治三十七、八年（1904-1905）的日露戰爭前後已積有巨萬之富。[15] 何瑞婷育有三男一女，經營着無所不有的幸福生活。

她屬於所謂的賢妻良母型，着意子弟教育，不介懷支那家庭常有的複雜狀況，對庶子亦一視同仁，很好地履行了正妻的義務。她密切關注孩子的教養方法，寬嚴有度，時而使無情的阿媽們也驚嘆，[16] 又曾使她們泣下沾襟。

然而，這裏唯獨有一件事使瑞婷夫人未能稱心。英國色彩日濃的香港漸漸失去支那固有的色調，雖不知何故何來，但一種侵襲而來的壓迫感卻與日俱增。新置辦的歐風家 [具] 雖也不錯，[17] 但總有種格格不入的感覺。孩子們也在成人後接受基督教教育並最終受洗……支那式的趣味漸漸從瑞婷的身邊消失而去。

深思熟慮的瑞婷並非把這寂寞和不滿輕易地表露於色的膚淺婦人。她只是順應着周圍的事況，忠盡一己的本分。雖說如此，她無法不去尋求讓那怒氣消解的方法——那便是棲岸的教化。

某天，瑞婷到灣仔的茅屋拜訪棲岸。如「乞丐和尚」般的棲岸雖

13　何瑞婷（1868-1942），生平介紹詳見正文。何東爵士（Sir Robert Ho Tung, 1862-1956），第一代香港歐亞混血兒（Hong Kong Eurasians），著名商人、企業家和慈善家。有關第一代香港歐亞混血兒的說法，參考 Tony Sweeting, edited by Peter Cunich, "Hong Kong Eurasians," *Journal of the Royal Asiatic Society Hong Kong Branch* Vol. 55 (2015): 85-90.

14　黃金福（Wong Kam Fuk, 1870-1931），香港歐亞混血兒，著名富商，曾任東華三院主席。

15　日露戰爭，通稱「日俄戰爭」（Russo-Japanese War）。日清戰爭，通稱「甲午戰爭」或「第一次中日戰爭」（First Sino-Japanese War）。

16　原文作「阿媽たち」，指保姆、養母或乳母，這些女傭又稱為「媽姐」。

17　「家具」，原文誤植為「家貝」。

沒有任何魅力，但對心中鬱積着對英國勢力的反抗和不滿的弱質女流而言，棲岸大東亞的大志和強烈信念深深吸引她，瑞婷完全掌握日本大乘佛教的精神，成為了信念堅定的人，那是明治三十八年（1905）八月六日。

星移斗轉三十餘年，在那期間對日本佛教心懷堅定信念的瑞婷夫人的日常生活中雖留下不少逸聞，在此暫且割[愛]不述。[18] 在家庭遇到大小波瀾和變化當中，瑞婷在心中埋藏堅定的信念，活於圓滿的主婦生活中。在十餘年前丈夫金福逝世後，她在薄扶林道的府邸裏將身心託於念佛一途，以度餘生。

去年十二月八日凌晨，聲如霹靂的爆炸聲在香港的空中響起。多年積鬱的對英國的反感在夫人的腦裏是怎樣活動的呢？「真正能倚賴的是日本」，她一邊祈求皇軍的勝利，一邊棲身於安全的姻親家中等待戰塵落定。

十二月廿五日英軍降伏，瑞婷心中雀躍。街上的治安仍未回復的年末的一天，不顧近親制止，瑞婷讓一個阿媽護送她回到薄扶林道的自家府邸。出乎意料！日本兵因戰略之便佔據了府邸。日本兵不僅不許她們進入，由於語言不通更反被視為賊匪，被手槍和利劍瞄準了。

那時她一邊以完全不像老婦人的勇敢態度莊重地行了個禮，一邊從手袋裏取出赤錦襴的袋子，打開紙張展示給士兵們看。那是瑞婷在明治三十八年（1905）入教時由棲岸所授，其後片刻不離身，沒有給任何人看過的信徒執照（證明書）。長四十三釐米、寬三十三釐米的紙張，中央上處有壓紋，橫寫大大的「執照」二字，上書：

駐大清國粵東中華本願寺主任開教使高為

給發執照事照得本佛教以勸人行善為本以慈悲仁愛為心凡有官商軍民[或]僧俗人等皆得奉佛教按照條約應請 政府援照現在各國行政

一體妥為保護茲據何瑞婷係廣東省廣州府香山縣參拾五歲情願入教發
大願力遵依教規誓不違△為此合行給發執照須至執照者

右給何瑞婷

光緒三十一年七月初六日

明治三十八年八月初六日 [19]

牧執

心字第貳百四十五號 [20]

並蓋有「中華本願寺教堂之印」。

守衛兵熟讀後抬起頭，此前的嚴肅態度瞬間和緩下來，說道：「你是本願寺的信徒啊，是日本這一邊的呢，好，可以進來。」他馬上消解了疑念，並親切地招待起這老婦人來。

＊＊＊

這張 [執] 照和附隨的足有直徑十三釐米的大塊白銀色信徒牌對瑞婷而言，[21] 是比寶石和黃金還要殊勝的蘊含靈魂的至寶。雖過去三十八年間從不離身地珍而重之，但卻一次也沒有給家族成員或近親看過。由此可知瑞婷的信仰態度，既是獨自暗懷堅定信念，不作他言，自行自樂的念佛行者，活於信念的瑞婷擁有不懼一切的力量。

雖然瑞婷在過去的九月二十八日半夜，悄然吐出了最後一口念佛的氣，但在那數日前兄長何東氏的尊夫人到枕邊探望時，瑞婷向她說：

19　光緒三十一年、明治三十八年，同為公曆 1905 年。光緒三十一年「七月初六日」為陰曆日期，明治三十八年「八月初六日」則為公曆 8 月 6 日。

20　編者案：原文附有執照原圖，茲據圖片校改。因圖片模糊，部份文字無法核對，其中「違△」字無法辨識。

21　「執照」，原文誤植為「熱照」。

「我要死去了，沒有任何要留下的話」，她好不容易用能聽到的聲音說完後，把聲音又再提高地清楚說：

「老身死後，請馬上報給西本願寺，老身是西本願寺的信徒，佛教徒一般照理傚效釋迦如來火葬，所以拜託務必將我火葬，手袋裏裝着信徒的執照」，她從阿媽的手裏接過手袋，將錦襴的袋子交給了大嫂。

剛好在場的近親也是第一次看見古舊的執照紙張和信徒牌。他們這才掌握到瑞婷多年來淡泊物質且深懷慈愛，又總有一種嚴肅的宗教性態度的由來和關鍵，到如今才表現出對她的敬意。

瑞婷的遺骸遵其遺言付於荼毘。[22]

選譯自《香港日報》第 9917-9919 號，1942 年 10 月 9-11 日

---

22 「荼毘」，佛教用語，源自巴利文「jhāpeta」，意為火葬。

對前人的感謝──於一萬號發行之時

衛藤俊彥[1]

　　回顧過去，我得感謝前人的努力和苦心。我負責經營〔《香港日報》〕已有五年之多，期間雖遇過不少事情，但日本各方面由始至終都毫無保留地支持我社，因此我們能無後顧之憂，只需勇往向前邁進，每遇難關，都能以百倍的勇氣突破困局。關於這點，我在此不得不向當時日本的各機關，以及各位在港日僑致以衷心的感謝。而希望這過去如是，將來也如是。

　　雖說是五年，但在這國際關係激變的時代，卻彷彿經歷了普通時代下五十年，不，應說是百年的變化。在對這樣的國際關係變化的敏感中，五年的歲月就如此過去了。期間，大東亞戰爭爆發及至最後階段，對日本來說甚麼好材料都沒有，盡是壞材料，因此，無論是從事甚麼職業的人，都一直與此等壞材料對抗苦鬥而來。其中，昭和十六年（1941）七月的「資金凍結令」對日僑來說，[2] 是尤其致命的打擊。對我社來說，凍結令實施以來的半年多，在經營上也下了非一般的苦心。

　　之後因對英國政府、重慶關係等而產生的，是昭和十三年（1938）十月十日（雙十節當日）發行的偽香港日報事件，[3] 那推測是重慶派或共產黨所為。為此，當時已撤回東京的井手前社長遭受無妄之災，[4] 他

1　衛藤俊彥（Etō Toshihiko，生卒年不詳），原為《臺灣日日新報》記者，自1938 年 11 月 1 日起出任《香港日報》社長。

2　此處所謂「資金凍結令」，指 1941 年 7 月美國宣佈凍結日本在美國的資金。參考國立公文書館アジア歴史資料センター：〈米国対日資金凍結令に関する件〉，https://www.jacar.archives.go.jp/das/meta/C04014833300（2023 年 5 月 30日最後瀏覽）。

3　偽香港日報事件，指當時有反戰團體模仿《香港日報》出刊，刊登反戰的內容。參考劉書峰、李奕言：〈策略、行動與宣傳：中日戰爭與《香港日報》〉，《新聞春秋》2017 年第 3 期，頁 17-18。

4　井手前社長，指於 1935 年至 1938 年擔任《香港日報》社長的井手元一。1938 年 11 月 1 日，井手元一因年事已高辭去社長職務，由衛藤俊彥繼任為社長。參見周佳榮：《瀛洲華聲：日本中文報刊一百五十年史》（香港：三聯書店，2020 年），頁 9。

在當地與總領事館洽談後，決定由我社以妨礙營業的立場，由我作為代表往英國政廳進行交涉。在長達數△與日本人所熟悉的警務處處長經（キング）氏的多次會面，[5] 警察當局也立即對偽香港日報的出處進行調查，但真相最終仍是不明。

及後長沙敗退之際，因批評蔣介石以焦土〔政策〕抗戰和汪兆銘逃離重慶的相關文章，我社印刷部被控違反出版法，那時由我出庭並收到罰款二百弗的判決。[6] 一般違反出版法的罰款為二十五弗左右，我們向裁判官提出罰二百弗是否太多，裁判官指由於文書的內容重大，因此重判。此後讓人傷感的是，我社公司大樓被收購，英文報紙大肆報導，一如當時各位居港日僑所知。其後在重慶派的策動下，煽動以在香港的和平派報紙為首，以及同為抗日報章的他派報社職工發起罷工，此時林柏生經營的《南華日報》也受牽連，[7] 我社也曾幫忙。我社的職工在如此的策動下，面對眾多誘惑和脅迫，仍毅然堅守社業，是三十五年的歷史使然。我社的工場有三十年以上工作經驗的員工多名，他們對我社抱持絕對的信賴，是艱苦與共的成果。

在此能想到的是對前人的感激，無論有多少資金，要是沒有前人為我們留下的人材和信用，我們是不可能繼續這份事業的。我們繼承這些值得尊敬的前人的心血結晶，再負起向新時代使命邁進的責任，在發行第一萬號的今天，我對此更是深有感觸。

選譯自《香港日報》第 10000 號，1943 年 1 月 7 日

5　原文為「キング警視總監に數△に亘つて面會した」，其中一字難以辨識。此處「警務處處長經氏」，原文作「キング警務總監」，其中「キング」（King）為當時警務處處長經亨利（Thomas Henry King, 1883-1963）的姓氏，又譯「京」氏。

6　「弗」是美元符號「$」的形象，意指「dollar」。

7　林柏生（1903-1946），汪精衛政權中的重要人物，長期擔任汪偽政權宣傳部部長，1929 年赴港創辦南華通訊社，並於 1930 年 2 月創刊《南華日報》。

論香港的文化面向

紺野泉

　　在考慮文化政策之前，先從解決何謂文化的命題入手，似乎最為妥當。下文將嘗試從某書中摘錄相對易懂的要點。

　　所謂文化，即人類生命的本源。換句話來說，也可以說是一切的創造力。安樂椅、汽車、建築物、繪畫等雖是文化無誤，但並不是其本質，而只是人類創造力的顯現。雖然人們把這些作為現象的文化材料當作文化本身，但那是錯誤的。在作為文化產物映入眼簾之前的本質性的東西，舉例而言，哪怕是嘗試思考為了更好地生活而進行各種活動的基本態度，將其置於個人層面還是置於環環相扣的倫理層面來思考是非常重要的，這與討論文化的高低等問題是兩回事。

　　接着，人類為了更好地生活，單憑一己之力生活終究是不可能的，因此將自己連結上比自己大的某種事物，藉此自我的擴展是理所當然的，這也是自古以來全人類一路走來的道路，那成為了宗教、成為了學問，被統稱為文化。在思考這種自我的擴展時，人類能掌握的對象，一是人類，二是自然，三是神明，這不論東洋西洋都是一樣的。但讓這三要素走上分離之路的被稱為西洋文化，思考將其合而為一的被稱作東洋文化。我們雖然常常說東洋精神，談建設新東亞文化，卻不能忘記要深思如何回答出「那〔東洋精神、新東亞文化〕是甚麼」這樣的反問。雖一言蔽之謂東洋文化，但若要說東洋所有地方皆然，遺憾的是事實並非如此。區區形式化的儒教文化和佛教文化幾乎無法發現這種事物，倒是能從被稱作原始的文化的東西裏看到。墮落成形式的文化的東西裏，雖然也被認為存在於原始的文化的東西，但隨着年月〔推移〕，他們不過是在心底裏保持着些許作為其殘留的性格的影子。而將那種事物保持在其精神的現實中，並且一路將之充實、擴充而來的，在日本而言可以說是沒有的，這是在論及日本文化、東洋文化時不得不特別重視的東西。

在思考香港文化時，從根本上要注意的還有兩三點。雖然過去談東亞協同體的愚蠢的論者，從所謂辯證法的角度提出，藉由兩個以上的文化交流和相互作用，將產生更好的新文化，但那從根本上便是錯誤的。此外，同文同種的觀念也有招致誤解之虞，如前所述，我們彼此的文化絕不相同，倒不如說相異的部份更多。若比較日本的國體觀念與三民主義，[1] 我想〔相異之處〕顯而易見。然而，若考慮文化的出發點，〔我們彼此的文化〕在本質上是有一脈相通的部份。亦如前所述，我們不得不認為，在途中轉往岔路的是它，一路直行而來的也是它。而所謂親日家者多有注意之必要，熾烈的反日分子中，也可能有真切共通的事物，我認為有必要把這真理一併納入考慮。正如於日本而言與過去的東北人和薩摩人之間異中有相通之處，共產主義者與國粹主義者之間的異中之同，不也是應平等視之嗎？

從上述思考中，我們在談新的東洋文化時，不能忘記其真正目的地在於日本，只有藉由其所包含之事物，才能真正帶來新生命，得以實現八紘一宇。[2] 若我們欠缺信念，沒有這樣對主體性的堅持，又如何能期待得到光輝的成果？雖然《文藝春秋》二月號具體地談論民族貞操這一意味深長之詞，[3] 但我認為這正是我們應該再三反思的部份。

接着，若把文化與文化之間的戰爭稱為文化戰，很大程度上，回看歷史，我認為有思考其策略的必要。佛教、儒教渡來時，西洋文化流入時，我想若加以思考，當中有許多受教之處。他們沒有為了與日

---

1   三民主義，即民族主義、民權主義和民生主義，由中華民國「國父」孫中山（1866-1925）提出，為中國國民黨的基本黨綱，納入《中華民國憲法》第一條內容：「中華民國基於三民主義，為民有民治民享之民主共和國。」

2   八紘一宇，大日本帝國由中日戰爭到二戰期間的國家格言，更在昭和 15 年（1940）被寫入基本國策綱要，成為侵略戰爭的精神指導根本方針。

3   《文藝春秋》，日本小說家、劇作家菊池寬（Kikuchi Kan, 1888-1948）在 1923 年創辦的雜誌。在日本戰敗投降後、同盟國軍事佔領日本期間（1945-1952），由於菊池寬負有戰爭責任，《文藝春秋》一度面臨停刊危機，後來經當時的主編與社長等人另行成立「文藝春秋新社」並接管《文藝春秋》的編輯與發行工作，得以發行至今，現多被視為日本的「國民雜誌」。

本更容易溝通，而〔遷就〕我們改變文字。沒有因為「禪讓放伐」不適合日本而不告訴我們。[4] 沒有說因為 is 和 yes 的 i 容易弄錯而統一為 i 這樣的傻話。[5] 沒有為我們翻譯莎士比亞（シェークスピア）。[6] 更不用說把皇帝的詔書和口諭譯出來以示之外國，那是絕對不會做的事。此外，若認為能夠翻譯《萬葉》，[7] 更甚者，若不少日本臣子認為能將天皇御言翻譯成外文，[8] 我認為那真的是嚴重的問題。關於這樣短視的實利主義，最近即使在國內，也被視為問題而備受關注。即使在最近的雜誌論文裏，以淺野晃為始，[9] 眾多先覺者正為此憂慮。本質上的文化戰會超越外在形式的難易而得以完成，是古今歷史所證明的事實，也是我等不能不充分考慮的事情。

　　其次，談文化的浸潤，並非簡單只從文化方面解決，[10] 而是能綜合國威的〔海外〕發展。武力也好，經濟也好，若所有方面不能同時發揮作用，那麼終究思之而不及。我們這些身處外地的日本人，全部都應成為文化戰的戰士，如我們不挺身而出，〔文化戰〕的成果終究無望。每一個人的一言一行，都是文化的戰爭，站於指導立場的我們，

4　「禪讓放伐」，原文作「禪讓放伐」，是日語中的四字熟語（相當於中文的成語），指的是中國王朝更替的形式：將權力讓渡給受之天命的有德之君為「禪讓」；以武力討伐並放逐暴君為「放伐」。

5　原文為英文單詞「is」和「yes」，這兩個詞在日語中以片假名分別寫作「イズ」（isu）與「イエス」（iesu），其中均有「イ」（i）的發音，因此作者此處稱「is 和 yes 的 i 容易弄錯」。

6　原文假名「シェークスピア」對應英文「Shakespeare」，即威廉・莎士比亞（William Shakespeare, 1564-1616），英國劇作家、詩人。

7　《萬葉》，即《萬葉集》，日本現存最早的和歌集，公元 8 世紀後期編纂完成，共二十卷。

8　天皇御言，原文作「大御言」，特指天皇的說話。

9　淺野晃（Asano Akira, 1901-1990），日本詩人、國文學者，1926 年加入日本共產黨，1928 年因「三一五事件」被捕，1929 年思想上發生轉向，1930 年與實業家水野成夫（Mizuno Shigeo, 1899-1972）等人結成日本共產黨勞動者派（又稱「解黨派」），此後放棄馬克思主義，從國粹主義的立場發表詩歌和評論，主張確立「皇道文學」。

10　「簡單」，原文誤植為「噛單」，此處譯文據文意修訂。

胸懷毅然的信念和驕傲關注大局，以無愧於日本人身分的行動示人比甚麼也重要，而樹立香港新文化，可以說首先讓日本人被信任才是第一義。[11]

再者，具體而言，關於被稱為所謂**文化面向**的方面，[12] 我嘗試略略說一下自己感受到的點。首先，最具影響力的東西雖然是電影、戲劇，讓我驚訝的是，從東京來的時候，當地仍上映着敵性電影。[13] 雖然現在好像已經沒有了，但在內地，敵性電影根本不能放映，就連能被稱為中性的東西，並非燃眉之急的東西也確實處於被排除的狀態，「不破敵人終不止」，[14] 我們正打着高於生死的大戰爭。我們認真嚴肅地膜拜同一血統的皇室，我等的日本之國，我等的日本民族，若把這些讓我們之所以為日本人的部份置於心的故鄉加以回顧，應有不少人能馬上明白現時的形勢下應如何〔自處〕。正如不論是何等惡人都有心繫母親之心，在我們之中，沒有一個不心繫現在的國家。為了勝利，為了先於戰爭中取得勝利，集一切之力吧——每當看見這樣美麗的情

11　第一義，佛教用語，指最上至深的妙理，泛指最重要的道理。

12　「文化面向」，原文作「文化面」，三字以稍大字體印刷以作強調。

13　敵性電影，原文作「敵性映画」，主要指英美等二戰期間日本敵對國的電影。1941 年 12 月，日軍佔領香港後，並未立刻禁止英美電影上映，相關禁令直至1943 年 10 月才實行。詳見松岡昌和：〈日本占領下の香港とシンガポールにおける戰爭とメディア —— 映画上映からみた比較研究〉，《文明 21》第 40號（2018 年 3 月），頁 1-22。此外，二戰期間，日本還使用了如「敵性音樂」（指如爵士樂等的英美音樂）、「敵性語」（指如英語等敵對國使用的語言）等說法，並採取了一系列隔絕措施，如禁止爵士樂的演奏，將日語中大量外來詞語改為本土語言等。

14　「不破敵人終不止」，原文作「擊ちてし止まむ」，出自《古事記》的〈久米歌〉，是一首祈願戰爭勝利的歌，意為「不擊殺不肯罷休」。參考〔日〕安萬侶著，周作人譯：《古事記》（北京：中國對外翻譯出版公司，2000 年），頁63。1943 年 3 月 3 日，情報局（當時日本內閣直屬的情報機關）發行的《週報》雜誌 333 號中，以一頁的篇幅解說了「擊ちてし止まむ」的含義，認為該口號可以表達一億人打贏大東亞戰爭的決心，該口號此後遂出現在各種戰爭宣傳之中。此處考慮到該口號的出處（古日語）及文中的引用背景，借用王昌齡《從軍行・其四》中的「不破樓蘭終不還」，將該口號翻譯為「不破敵人終不止」。

景，便不禁感而落淚，並湧出巨大的勇氣。對着無處不高舉戰爭第一義的日本，我們也不能不加以思考。

　　日本電影也逐漸上了這條軌道來。我認為要想個辦法，讓當地的一般大眾也看日本電影。電影所擁有的宣傳力量讓人深切感受到，那是更加更加巨大的東西。

　　至於戲劇，雖然仍未有太多討論材料，但我認為是時候該有用中文演出日本劇本的劇團。雖然聽說有多次舉行攝影展，但卻沒聽過有籌辦畫展。基於應該也有相當人數的畫家，讓他們舉行座談會、研究會甚麼的，不也很好嗎？

　　若說到文學，雖然會稍稍變得麻煩，但若有文化上的意圖，一般認為便應發行刊有大量日本文學的雜誌，並積極宣傳。

　　最遺憾的是音樂和舞蹈。雖然可能是因為沒有優秀的指導者，但如果音樂、舞蹈才是應該最先讓他們耳濡目染的事物，那麼不是應該更加更加重視嗎？在咖啡館裏演奏着惡俗的日本流行歌，又或是到了現在還滿不在乎地奏着英國的歌謠、洋基式（ヤンキー）的爵士樂（ジャズ），[15] 這讓知曉最近的日本〔情況〕的我不得不稍感奇怪。

　　而且從普及日語的角度來說，我們必須努力使純正的歌謠更加更加普及。

　　而舞蹈方面，雖然不知道當地學校以前的課程詳情如何，但我想在教育面向上，採用日本女子學校程度的教育，再逐漸考慮一般形式

15　「ヤンキー」（yankee），音譯為「洋基」，「洋基人」是對美國人的俗稱，這裏泛指美式的。「ジャズ」（jazz），即爵士樂，是一種音樂流派。爵士樂於 19 世紀末至 20 世紀初起源於美國的非裔社區。1920 至 1930 年代，爵士樂與舞蹈變得流行，那一時期被稱為「爵士時代」（Jazz Age）。結合上下文，此處「最近的日本〔情況〕」特指這篇文章發表前不久，在日本本土已經發出針對英美音樂的禁令。1943 年（昭和十八年）1 月，英美音樂（如爵士樂、夏威夷音樂等）被定性為「敵性音樂」，日本內務省和情報局發出通知，禁止 1,126 張唱片的發行和演奏。日本當局給出的理由是英美音樂「卑俗低調」，不利於國民士氣，阻礙了娛樂的健全發展。參考國立昭和紀念館網頁公開資料：〈第 69 回「禁じられた音樂－自由に楽しむことができなかった時代－」〉，https://www.showakan.go.jp/floor/1f/shiryo/69th.html（2023 年 8 月 9 日最後瀏覽）。

的舞蹈。

　　接着是體育方面，這無論如何都須有統一管理的組織，雖然聽說不久後也有那樣的計畫，但即使是從廣播體操的普及狀態和各校的體操教導等來看，也應盡快考慮成立統一管理的組織。看來中國青年頗為關注體育。

　　接下來，我想就最為重要的日語的問題略述己見。為了讓他們希望早日學會日語而努力誠然是好的，現在日語講習所等等陸續開辦也是好事。然而，我們不能忘記的，是要授予他們真正的日語。所謂便利主義式的「只要儘快使言語相通便好」的想法，我們不能只考慮目前的狀況。若我們想傳達自己的意志，那麼即使只是隻言片語，我們也應學習廣東話。授予他們的日語，至少也應是我們繼承自祖先的作為「言靈」的美好之物，[16] 應給予他們我們收藏於心的精髓。我們不能不確信：只要是美好之物，便能從心靈傳遞到心靈。把我們不以為美的東西授予他們，又怎樣能指望傳達日語和日本文化〔的美好〕呢？若要教授日語，滿足眼前的需要甚麼的只是次要目的，如前所述，若不試着掘出一條貫通的大道，將無可挽回。若變得像我們中學所學的英語那樣，那麼是想說有甚麼意義？日語速成書等等也不得不再三思量，不然恐有遺恨百世之慮。此外，對在學校擔任所謂日語教師者的實質改善、指導，有必要將其視為重中之重，不斷進行。雖說如此，但也不是說不需要速成的東西，而是我想有必要在現有的基礎上加入一根粗壯的骨幹。

　　像督學官這樣的人無論如何也是需要的，[17] 特別是針對思想問題的各種工作，今後應該會變得愈益重要。

16　言靈，原文為「言靈」，指相信語言本身具有生命和靈性，相關概念最早出自《古事記》。在古代日本，人們認為言語帶有靈性和咒性，可以起到求吉避凶和主宰命運的作用。詳參葉渭渠：《日本文學思潮史》（台北：五南圖書出版股份有限公司，2003 年），頁 56-60。

17　督學官，負責檢查和監督學校事務的日本官職，舊稱「視學官」，1913 年改稱「督學官」，1942 年又改稱「教學官」。

　　雖然期待隨着建設方面的進步，青少年團運動、健民運動、[18] 運動會、辯論會、廣播大會、音樂會等活動的計畫和實施愈見活力，但那些歸根究柢也有「不破敵人終不止」的精神貫穿其中，我們日本人還是不能不各自率先身體力行其精神，以東條首相在陣前指揮的氣魄堅持到底。[19] 比起與華人過一樣的生活，他們更想吃着美食、穿着美衣地裝出一副指導者的樣子。這誠然不能不說是可悲的事。當我想到現今日本國內的情況，便不禁認為稱那些人為國賊也無不可。而於華人方面而言，既然現在南京政府也準備參戰，那麼便更不應容許現在只着眼於一部份的狀態。即使是從這樣的事來看，也讓人深思思想工作的重要性。「想想大後方」，曾有人對我這樣說，讓我回顧自身而誠感羞愧，而每當我偶爾看見讓人悲哀的事件和造成那些事件的人，我的心裏便不禁沉下去，被這句話反覆刺痛。

選譯自《香港日報》第 10055、10057-10059 號，1943 年 3 月 3、5-7 日

18　健民運動，日本戰時在本島及殖民地展開的全民鍛煉運動，目的是強健國民體魄，作為戰爭動員人力的基本需求，具體表現有推廣全民廣播體操等。

19　東條首相，即東條英機（Tōjō Hideki, 1884-1948），在 1941 至 1944 年間擔任日本內閣總理大臣兼陸軍大臣兼軍需大臣兼總參謀長，並擔任執政黨大政翼贊會第 2 任總裁，實質上掌握了日本的軍政大權。二戰結束後，日本投降，東條英機作為甲級戰犯因為戰爭罪行被譴責並處以絞刑。

致紺野泉氏

凡阿彌

　　在海外日文報紙《香港日報》上，讀罷紺野泉氏的〈論香港的文化面向〉一文，[1] 作為從事同一方面工作的人，為了對紺野氏的熱忱表達發自內心的敬意，我擬了這篇文章。

　　這樣說的意思，並非因為紺野氏的策論對被置於香港文化指導性立場的日本人指示了應有的心態和前進方向，而是看在他好歹也希望喚起關心香港文化建設的日本人注意上而為此表示敬意。

　　紺野氏對香港的文化建設，至少抱有如此的關心，這雖讓我們備受鼓舞，但是，紺野氏的態度，實在過於不謹慎，過於粗疏，過於膽大包天了。

　　雖然我既沒有興趣就其對文化基礎概念的混淆、用語謬誤一一指正，也不堪其擾，故不贅述，但就紺野氏對香港文化面向的具體批評以及獻策，我作為擔任該領域部份工作的人，希望姑且加以說明。

　　紺野氏對於電影的考慮我也認為無可厚非，但是，今年以來已經一齣敵性電影也沒有上映，[2] 今後也絕對不會上映，然而我也對之前一直上映着敵性電影而感到十分遺憾，但我認為這也是無可奈何的事。

　　對於紺野氏所說的是時候該有以中文演出日本劇本的劇團的想法，雖然我們也大致認同，但我們那樣重要的劇團在現階段是無法像紺野氏隨口說說般輕易〔建立〕的。

1　〈論香港的文化面向〉一文，原分為四篇於《香港日報》日文版第 10055、10057 至 10059 號（1943 年 3 月 3、5 至 7 日）連載。

2　敵性電影，原文作「敵性映画」，主要指英美等二戰時期日本敵對國的電影。1941 年 12 月，日軍佔領香港後並未立刻禁止英美電影上映，相關禁令直至 1943 年 10 月才實行。參考松岡昌和：〈日本占領下の香港とシンガポールにおける戰爭とメディア ── 映画上映からみた比較研究〉，《文明 21》第 40 號（2018 年 3 月），頁 1-22。此外，二戰期間日本還使用了如「敵性音樂」（指如爵士樂等的英美音樂）、「敵性語」（指如英語等敵對國使用的語言）等說法，並採取了一系列隔絕措施，如禁止爵士樂的演奏，將日語中大量外來詞語改為本土語言等。

　　紺野氏說他雖然聽說有多次舉行攝影展，但卻沒聽過有籌辦畫展，但究竟紺野氏是怎樣看迄今為止開辦的攝影展的呢？若他認為繪畫展覽會也是那類意義的展覽會的話，那麼籌辦畫展是毫無意義的。

　　〔紺野氏認為文化工作者〕只要有文化意圖，便覺得應發行刊有大量〔日本文學〕的雜誌並積極宣傳的做法根本是荒謬絕倫，但紺野氏有哪怕一次拿起大同圖書印務局至今以來發行的《新東亞》和《大同畫報》這兩本雜誌來看過嗎？[3] 如果看過的話，絕對不可能說出這樣的話，實際上《新東亞》和《大同畫報》現已獲得廣泛讀者，從這點來看，因無視香港的文化水準灌入過多的文化意圖，結果使這在一月落得廢刊的下場的一事實，紺野氏又是否知道呢？

　　至於音樂、舞蹈、體育，說來話長，故暫擱而不論。

　　接着下來想就最為重要的日語問題略抒己見，這樣說着，紺野氏雖說着不能教授臨時抱佛腳（一夜漬け）的日語，[4] 卻說若〔日語教育〕變得像我們中學所學的英語那樣就沒意義。但這完全是自相矛盾的，我們中學學的英語不是速成英語，而是基礎英語，這才讓它未能適用於實際使用。

　　以上極為簡單地回應了紺野氏，但這並非紺野氏一人之罪責，採用稿件的編輯也應負一半責任。

　　　　　　　　　　　　　選譯自《香港日報》第 10072 號，1943 年 3 月 20 日

3　大同圖書印務局，在日方壓力下由華僑商人胡文虎（Aw Boon Haw, 1882-1954）和何東爵士（Sir Robert Ho Tung, 1862-1956）出資港幣五十萬元，於 1942 年 7 月成立的出版機構，並由胡文虎之子胡好（Aw Hoe, 1919-1951）出任負責人，受聘於日本總督部的葉靈鳳（1905-1975）則出任編輯。《新東亞》及《大同畫報》兩份月刊，便是由大同圖書印務局負責印行，並由葉靈鳳出任主編。參考趙稀方：《報刊香港：歷史語境與文學場域》（香港：三聯書店，2019 年），頁 177。《新東亞》，自 1942 年 8 月出版至翌年 1 月，共發行六期，內容主要與大東亞文學和文藝藝的傳播相關，着意建構「新東亞」論述。《大同畫報》，同樣於 1942 年 8 月創刊，出版數期後於同年 12 月停辦。

4　「一夜漬け」，日文俗語，字面意思是「只用一個晚上來醃漬的鹹菜」，指做事臨時抱佛腳。

再論香港的文化面向

紺野泉

讀了凡阿彌氏給我的反駁文後失望了。[1] 倒不如說哀傷了起來。

對於學識淺薄而徒有熱忱的拙文，那樣冷嘲熱諷地藉詞卸責的文章，為甚麼會想把它發表在報紙上，雖然同情但實在無法理解。

不提我想說的重要論點，故作友善而又裝腔作勢的文章欠清晰、也不夠明確，也不是甚麼具有建設性的言論，話裏帶刺般輕蔑鄙視，讓人不快。

說他人笨拙粗劣是容易的，沒想到來到這裏還看見過去那種文人相輕的態度。把那樣的做法愚蠢地稱為辯證法上的進步向上的人，在日本應該是已經沒有的了。

以背後說人壞話為快，因為與己無關，雞毛蒜皮的事也馬上罵道「不像話」、「狂妄自大」、「不教訓一頓不行」。重面子的看來不只是中國人。

「同是日本人，要互相體諒」，我也聽過這樣的說法。「容人短處，看人長處。接受好的見解、美好的一面，為此而努力吧。」

所謂文化的問題歸根結底也是在於人。若日本人個個優秀，自然無事可論。建設新香港需要的正是這個。

關於日語的問題之前說得不夠〔清楚〕，為免誤解，現在打算一併申述一下。雖對雜誌、繪畫展、戲劇電影等等都有更多想說的，但我不會再說了。因〔早前的事〕讓我反省應多少心存謙虛。

我希望〔大家多一份〕願意協助的態度。我想保持互補不足、心向建設的心態。我不會自視甚高地採取「滾一邊去」、「閉嘴」的態度。

1　此處反駁文，即凡阿彌著〈致紺野泉氏〉一文，原刊於《香港日報》日文版第 10072 號（1943 年 3 月 20 日）。

　　寫到這裏我也不禁苦笑起來。我反躬自問這究竟會有多大的裨益。

　　關於文化方面雖然還有應寫的想法，但我卻厭倦了。只是，如果早前發表的文章多少能給人帶來些刺激的話，我便感到高興。即使又會被嗤笑是驕傲自大也好。

　　希望在決戰中軍官民協力，做好心理準備（緊褲一番）向實踐之路迎難邁進。[2]〔謹此〕披瀝丹愚，以答凡阿彌氏。

選譯自《香港日報》第 10077 號，1943 年 3 月 26 日

2　「緊褲一番」，日文熟語，意指鼓足勁頭、發奮努力。

再致紺野氏

凡阿彌

我並非不承認紺野氏的熱忱。[1] 只是想說如果單憑隨意空想妄下論述，會讓我們感到困擾。舉個最好的例子，雖偏離話題，紺野氏曾在《香港日報》上發表過〈最後的教室〉。在繁忙軍務的餘暇中擠出時間，一直為警備地區的中國人講授日本語，對玉井軍曹所盡的日華親善之責這一隱藏了的功績，[2] 雖然紺野氏想來是為了把這感激分享給一般民眾而執筆寫下了那篇文章，但視乎讀者的理解，也可能結果反過來損害了玉井軍曹的名譽。

那是玉井軍曹在臨別之際，送給作為他學生的某個女孩子的「臨別贈言」末尾的署名：

火野葦平之弟、[3] 將成為甚麼〔書〕的著者玉井軍曹。

然而玉井軍曹並不是以那樣的意思留下這樣的署名，這當然不用說，但這在那時候被寫在報紙上，無論如何聽起來都像沽名釣譽，或者至少，有讓人這樣臆測的擔憂。

〔軍曹〕可能〔因此〕被曲解，這樣難得紺野氏一番熱忱，卻反而傷害了玉井軍曹不是嗎？

---

1 紺野氏，即紺野泉。作者所謂紺野氏的熱忱，指紺野泉用以反駁自己指控而發表的〈再論香港的文化面向〉一文，刊於《香港日報》日文版第 10077 號（1943 年 3 月 26 日）。

2 玉井軍曹，即軍階為軍曹的玉井氏人，其人不可考。

3 火野葦平（Hino Ashihei, 1907-1960），日本小說家，1936 年出征中國，1937 年以《糞尿譚》獲第六回「芥川賞」，1941 年以「兵隊三部曲」《麥與兵隊》、《土與兵隊》、《花與兵隊》獲「朝日新聞文化賞」和「福岡日日新聞文化賞」。後續創作多部戰爭小說，日本戰敗後被視作「戰犯作家」而一度受到監視。由於火野葦平本名玉井勝則，與玉井軍曹同姓，故玉井軍曹此處「臨別贈言」以「火野葦平之弟」自居。

　　再度聲明，我無條件地大大認同紺野氏的熱忱，但如果單憑隨意聯想，任意表述，會讓人感到困擾。

　　致敷島道人氏：

　　在互相尊重對方個人意志的情況下，絕對不會像凡阿彌氏般口出惡言。

誠如所斥，實在惶恐。謹此致歉。但是，道人氏所說之事，我實在一頭霧水不知所謂何事，故無法答覆。

選譯自《香港日報》第 10091 號，1943 年 4 月 10 日

香港文化及其特殊性

横田畫伯

　　文化的本質本身是不可能孤立存在的，儘管如此，它卻一直被視為是與政治、經濟毫無關聯的字句。

　　以分科教育承擔該任的小學制度改革成了綜合教育。文也好，武也好，政治也好，經濟也好，各自孤立是無法真正理解〔箇中知識〕的，只有把這各個學科的要素融會貫通，才能保證國運的進展。如今我們終於提高了對此問題的意識。

　　立足於這樣極為常識性的客觀位置上，在考察能被稱為香港文化的事物時，印象中能稱之為「文化」的實在太過稀薄寂然。

　　這是被賦予躍進的命運的我們，不能安於現狀，在建設的路途上之故，現在我們被賦予的最為重大的使命，應是在「建設」實現後一心一意希求永久延續，因此把香港文化視為圓滿無缺的形體是不可能的，也是愚蠢的。不僅如此，在觀察「建設」的領域時，回歸應如何成事的技術，亦即政治，我們有多少的良心便會遇上多少的矛盾和疑問。

　　高度的指導力必須包含豐富的藝術性，我們不能不了解，我們所如此引以為生存價值的事物，除我們藏於靈魂的藝術性外，別無他者。

　　為享樂而享樂，為娛樂而娛樂，沒有比這對人生更沒意義、對國家更有害的東西。我們或許還未把這樣爵士樂（ジャズ）式的傾向從我們的靈魂裏清算乾淨？[1]

1　爵士樂在日本二戰期間被視為「敵性音樂」而被排斥。1943 年（昭和十八年）1 月，英美音樂（如爵士樂、夏威夷音樂等）被定性為「敵性音樂」，日本內務省和情報局發出通知，禁止 1126 張唱片的發行和演奏。日本當局給出的理由是英美音樂「卑俗低調」，不利於國民士氣，阻礙了娛樂的健全發展。參考國立昭和紀念館網頁公開資料：〈第 69 回「禁じられた音樂－自由に樂しむことができなかった時代－」〉，https://www.showakan.go.jp/floor/1f/shiryo/69th.html（2023 年 8 月 9 日最後瀏覽）。

　　總而言之，正浮現於香港的文化面向批評，其程度將成為我們教養的水準。要以怎樣的水準作此尺度，想來將成為問題。

　　就香港文化這一極其困難的問題，為與諸君共商而提筆的我，終究不在其位，在自白此事的同時，也認為無論是為政者還是居民，都應更進一步地為作為皇土一部份的香港文化的完善發展盡心。

選譯自《香港日報》第 10168 號，1943 年 6 月 29 日

香港和新文化

伊原宇三郎

　　我在十數年前，曾兩度於往返歐洲時途經香港，當時我對香港和新加坡的印象是非常好的地方。但此後我到歐洲各國，特別是這幾年，每年到支那大陸等南方各地走了一遍，看過相當多的都市後，去年，我到昔日的新加坡，即今日的昭南去，[1] 撇除軍事不談，以畫家看過的都會而言，那裏與十數年前的美好印象相反，到處都沒有藝術的親切感，甚至變成沉悶的地方，讓我感到幻滅。

　　今次到香港，我實在也擔心有同樣的失落，內心有點不安，但來到看，香港依然是美麗而氣派的地方，讓我感到安心和非常高興。

　　長居香港的人，也許甚麼都看慣了，可能甚麼都感覺不到了，但實際上香港不論從風景看，還是從風俗特色看，在東洋都是首屈一指的好地方。首先風景有海，有山，也有島嶼，地勢具變化，遠眺更是千變萬化，仰望俯瞰俱宜。所有的色彩都是明快的，氣象和光線每時每刻變化，美得我們美術家在同一個地方看多久也看不厭。而且海上有大小各種船隻，特別是支那的戎克船（ジャンク），[2] 與至今常被繪畫的〔情景〕一樣，實在有着美術性的形態，讓人畫興大發。至於市街風景，則在陌生的英國風格的建築之中，因適當地添上誇張的支那風格色彩而更為優美。

　　我希望盡可能多地把這些美介紹到日本去，所以每天到各處寫生，而即使香港很熱，但由於這裏不是熱帶區域，較去年我在爪哇

1　昭南（Syonan），即昭南島。新加坡被日軍佔領後改名為「昭南島」，新加坡日據時期（1942-1945）也被稱為「昭南時期」。

2　ジャンク（junk），亦作「艍船」。

（ジヤワ）、馬來（マライ）和緬甸（ビルマ）所經歷的炎熱比起來，[3] 是相當容易忍受的。雖然物價忽然高漲讓人稍覺可惜，但這裏的物資豐富得讓人驚訝，治安也理想，而且沒有去年南方各處讓我苦痛的蚊，這實在教人感激。到哪裏都清潔，來往行人有着中國其他城市不同的美態和開朗，這種感受對一旅行者而言，單是映在眼簾的風物，香港也已經是了不起的地方了。然而若深入觀察，英國將之作為東洋侵略的據點、不容外來者染指的這個香港，如今已快速變成大東亞共榮圈的重要中心地、中樞地，肩負重要的使命和堂堂威嚴，無疑是強大又可靠的。

我如此羅列出來，或被誤以為是門面話，香港各方面都優秀，是如斯〔理想〕的地方，不過，我這樣一個從事藝術的人來看，只有一個可惜而遺憾之處，是香港沒有香港自身的文化，作為東洋的一大都市的同時，卻沒有值得驕傲的歷史和傳統的部份。

香港的歷史從英國殖民地開始，爾來百年間，英國人只為自己的利益和幸福，又為了誇示本國的勢力，建設各種設施，利用中國人建造今天的大香港，但沒有為創造香港文化而作任何努力。

他們沒有埋下藝術文化的種子，以作為給予在香港居住的大多數中國人的精神食糧。我在此只就自己所專的美術而談，但其他藝術種類想來也是同樣狀況。

素來英美的美術相較日、德、意、法，只屬世界二三流，我們學生時代已取笑英美美術，甚至認為它不值一顧，所以根本沒有期待他們的殖民地政策，有如法屬印度支那的法國做法一樣。[4] 然而這

3　「ジヤワ」（Jawa），現在日文假名一般寫作「ジャワ」。「マライ」（Malay），指包含馬來半島以及新加坡島等島嶼的東南亞地區，有別於馬來半島或現在的馬來西亞。「ビルマ」（Burma），緬甸舊稱，現在日文假名一般寫作「ミャンマー」（Myanmar）。

4　法屬印度支那（Indochine），原文為「佛印」，亦作「仏印」，指法蘭西殖民帝國在東南亞的領土，大致等於現時緬甸、泰國、越南、老撾、柬埔寨、馬來半島等地。

裏值得關注的，是他們為了裝飾本國，以香港為根據地，收集了相當大量的優秀的中國美術品，並帶回本國各處的美術館洋洋得意地陳列展示。

　　恐怕全世界過半數的支那美術品傑作都到英國去了，而其數量之多，於在中國看不到的各位是無法想像的龐大。單是我所知，就有日本擁有支那美術品的數千倍，不，是數萬倍。相反，他們何嘗帶來一件美術品，又或為香港任何藝術文化的誕生而努力？可惜答案是否定的。

　　香港在各方面都是出色的，但只有一樣，就是精神極度匱乏，真是不能不說畫龍只欠點睛。這樣的大都市裏，像我這樣的旅行美術家來到，卻沒有任何我想參觀的藝術設施，姑不論能稱得上純美術的部份，甚至香港獨有的生活文化，只屬這土地的手工藝品也無法一見。這讓人感到寂寥的同時，能想像英國人在這裏把本國的生活態度拋棄，完全只為功利，我對此不得不深感氣憤。

　　然而，今日香港是東洋的香港，取回本來的樣子，以此為新的出發點，必須創造屬於香港自己的藝術文化。

　　當然，現在處於戰爭當中，不能只專注於文化發展，但想及洋洋香港的將來，我相信在可能的範圍內應該慢慢起步。

　　為此，首先要把那功利而屈辱的英美色彩從香港掃除。這樣，中國人才能把支那古代文化以來的光輝傳統重新喚醒。我認為我等日本人應把日本固有的藝術和現在我們擁有的文化能力移到這裏，並以我等東洋文化人之手，一同創造新的香港文化。

　　這宏願我絕非只口頭說說，我們日本的藝術家，確實對其實現抱持遠大的抱負，同時也深感這是責任和義務，現在在此為各位揭示事實的一小部份。

　　日本雖在戰爭中，但為了不讓文化〔發展〕停步，甚至比戰前着意讓藝術各方面更活躍，我們美術家也沒有一天擱下畫筆。

　　即使是在大東亞戰爭開始後，由政府主辦或與陸海軍相關的大展覽會開始，無數民間展覽會，單在東京每月也有二、三十個開辦，單

是傳於後世的戰爭紀錄大作亦已完成數百幅。

　　事實上，今年陸海軍為創作五十幅紀錄畫新作，以香港、馬尼拉為首，至緬甸、索羅門（ソロモン）〔群島〕一帶，[5] 派遣了數十名畫家。他們因抱持着上述的信念和抱負，故為難得的紀錄畫只在日本國內展示而感到十分可惜，便展開大計，無論如何都希望〔將畫作〕帶到各個南方大都會。軍部方面也非常贊成，在眾多作品中選出近百幅富代表性的大作，於不久將來帶到南方一帶巡迴展示。

　　如上所述，香港於不久將來也將迎來自日本而來的大型展覽會，希望屆時訪客如雲，而要是這能刺激新香港的藝術文化創造或帶來甚麼，對我們日本美術家而言，沒有甚麼比這更讓我們滿足。

（筆者為陸軍省派遣畫家）[6]

選譯自《香港日報》第 10203、10205-10206 號，1943 年 8 月 4、6-7 日

5　索羅門群島，又譯所羅門群島，原文為「ソロモン」（Solomon），現在日文假名一般寫作「ソロモン諸島」。

6　二戰期間，日本派遣隨軍畫家作戰爭紀錄畫。隨軍畫家分為「海軍囑託畫家」和「陸軍囑託畫家」。本文作者伊原宇三郎（Ihara Usaburō, 1894-1976）作為「陸軍囑託畫家」，在戰時曾到台灣、香港、緬甸等地作畫。

禁播美英電影後的　香港電影界回顧

叡賀考

　　戰前是享樂本位的美國電影的全盛時期。大東亞戰爭後，特別是
去年一月禁播美英電影後，[1] 香港電影界有怎樣的反響，在此基於上年
度電影統計數字來作檢討觀察。上年度電影公映數目和種類為：

　　長篇日本電影五十齣、北京話電影五十八齣、廣東話電影九齣、
歐洲電影五齣、其他六齣，合計一百二十八齣。除此之外，如加上
短篇、文化電影、漫畫三十部、日本新聞五十六則、世界電影新聞
二十二則和大東亞電影新聞三十五則，實際多達二百七十一之數。

　　現就其中長篇電影的公映成績，動員最多觀眾的前十名作品名稱
依次如下：

日本電影

第一名　　東寶 [2] 　《支那之夜》[3] 　　　　　　十二日間　　18, 952 名

1　編者案：二戰期間，日本政府將英美等敵對國電影定性為「敵性電影」而禁
　　止上映。此處所謂「去年 [1943] 一月禁播美英電影」，指日軍在 1941 年 12 月
　　佔領香港後未有立刻禁止英美電影上映，相關禁令直至 1943 年 1 月才生效。
　　參考松岡昌和：〈日本占領下の香港とシンガポールにおける戰爭とメディ
　　ア ── 映画上映からみた比較研究〉，《文明 21》第 40 號（2018 年 3 月），
　　頁 7。

2　東寶（Tōhō），1932 年創立時名為「株式會社東京寶塚劇場」，後於 1943 年
　　改名為「東寶株式會社」，日本規模最大、擁有最多的電影院和票房收入的電
　　影公司。

3　《支那之夜》（支那の夜），1940 年由東寶出資拍攝、中華電影公司協助拍攝
　　的日本電影，曾在日本、滿洲國、香港、上海等地上映。電影由日本導演伏
　　水修（Fushimizu Osamu, 1910-1942）執導，以上海和江南為故事背景，講述中
　　國抗日戰爭期間日本人與華人女性的愛情關係，因而在當時的戰爭語境被認
　　為有辱中國形象。此片於香港上映時改名為《瓊宵綺夢》。編者案：本文註釋
　　提及有關日本電影在港上映時所用片名，參考「故事集：香港外語電影資料網」
　　所載 1943-1944 年電影廣告剪報材料，https://playitagain.info/site/movies/1943/
　　（2023 年 8 月 29 日最後瀏覽）。

二	同[4]	《阿片戰爭》[5]	十日間	12, 309 名
三	同	《夏威夷・馬來亞海戰》[6]	七日間	11, 389 名
四	日映[7]	《陸軍航空戰記》[8]	六日間	7, 802 名
	藝映[9]	《桃太郎的海鷲》[10]		
五	東寶	《姿三四郎》[11]	六日間	7, 579 名
六	大映[12]	《新加坡總攻擊》[13]	六日間	7, 175 名

4　即同為東寶株式會社的電影出品。

5　「阿片」，即「鴉片」之別稱，此處據原文保留。《阿片戰爭》，1943 年由東寶製作、牧野雅弘（Makino Masahiro, 1908-1993）導演的日本電影。此片於香港上映時改名為《鴉片戰爭》。

6　《夏威夷・馬來亞海戰》，報章原文作「ハワイ [・] マライ沖海戰」，為「ハワイ・マレー沖海戰」之誤植，今譯《夏威夷大海戰》。電影由山本嘉次郎（Yamamoto Kajirō, 1902-1974）導演，是日本海軍省為紀念珍珠港突擊和馬來亞海戰的勝利而下令拍攝的國策電影，1942 年 12 月 3 日正式上映，被視為日本第一部特攝電影。

7　日映，全名「日本映畫社」，日本昭和時代早期的電影製作公司，1941 年改稱「社團法人日本映畫社」，二戰期間受大日本帝國政府意向所影響，負責製作國策宣傳電影。

8　《陸軍航空戰記》，由日本映畫社製作的記錄片電影，1943 年 12 月於香港公映。參考松岡昌和：〈日本占領下の香港とシンガポールにおける戰爭とメディア──映画上映からみた比較研究〉，頁 13。

9　藝映，全名「藝術映畫社」（Geijutsu Eigasha, GES），1935 年創立的日本電影公司，1943 年推出動畫電影《桃太郎之海鷲》後曾一度解散，後與另外七間電影製作公司合併成「朝日映畫製作株式會社」。

10　《桃太郎之海鷲》（桃太郎の海鷲），二戰期間日本海軍省以「國策動畫電影」的名義委託藝術映畫社在 1942 年製作的黑白動畫電影，並於 1943 年 3 月 25 日公映。電影全長 37 分鐘，被稱為日本第一部動畫電影。

11　《姿三四郎》，1943 年 3 月 25 日公映的日本電影，是著名日本導演黑澤明（Kurosawa Akira, 1910-1998）執導的處女作，改編自日本小說家富田常雄（Tomita Tsuneo, 1904-1967）1942 年出版的同名小說。此片於香港上映時改名為《鐵臂柔腸》。

12　大映（Dai Nippon Film），全名「大日本映畫製作株式會社」，1942 年 1 月由新興電影公司、日活（Nikkatsu）電影製作部及大都電影合併而成的電影公司。參考佐藤春男著，應雄主譯：《日本電影史（1941-1959）》（上海：復旦大學出版社，2016 年），中冊，頁 52。

13　《新加坡總攻擊》（シンガポール總攻擊），由島耕二（Shima Kōji, 1901-1986）導演、1943 年公映的日本電影。

七	新興 [14]	《馴獸師姊妹》[15]	六日間	7, 093 名
八	松竹 [16]	《戰爭之城》[17]	六日間	7, 005 名
九	東寶	《榎健的炸彈小子》[18]	六日間	6, 737 名
十	東寶	《孫悟空》[19]	六日間	6, 644 名

中國電影

第一名	《博愛》[20]	十日間	16, 976 名
二	《良宵花弄月》[21]	六日間	13, 550 名
三	《桃李爭春》[22]	六日間	9, 895 名

14　新興，全名「新興キネマ株式會社」（Shinkō Kinema），1931 年成立的日本電影公司，1942 年 1 月與日活電影製作部及大都電影合併成「大日本映畫製作株式會社」，即上文提及的「大映」。

15　《馴獸師姊妹》（猛獸使ひの姊妹），由深田修造（Fukada Shūzō，生卒年不詳）導演、1941 年 3 月公映的日本電影。此片於香港上映時改名為《馬戲姊妹花》。

16　松竹（Shōchiku），全名「松竹株式會社」，因創辦人白井松次郎（Shirai Matsujirō, 1877-1951）及大谷竹次郎（Ōtani Takejirō, 1877-1969）而得名，創辦於 1895 年，初期主要經營傳統劇場，後來擴展業務至電影產業，是日本五大電影公司之一。

17　《戰爭之城》（戰ひの街），由原研吉（Hara Kenkichi, 1907-1962）導演，1943 年 2 月公映的日本電影。此片於香港上映時改名為《戰地之花》。

18　《榎健的炸彈小子》（エノケンの爆彈兒），日語片名中的「エノケン」（Enoken）為主演此片的演員榎本健一（Enomoto Ken'ichi, 1904-1970）的藝名，取其姓名中「榎」、「健」二字的片假名拼音，此處據此譯作「榎健」。電影由岡田敬（Okada Kei，生卒年不詳）導演、榎本健一出演，並於 1941 年 9 月公映。此片於香港上映時改名為《荒唐小子》。

19　《孫悟空》，日語片名別稱《エノケンの孫悟空》，與上文提及《榎健的炸彈小子》同為榎本健一出演的「榎健」系列電影之一。電影由山本嘉次郎導演，並於 1940 年 11 月公映。

20　《博愛》，中華聯合製片有限公司（簡稱「中聯」）出品電影，由卜萬蒼（1903-1974）、楊小仲（1899-1969）、張善琨（1907-1957）等共十一位導演聯合執導，1942 年 10 月 10 日首映。編者案：本文此處有關中國電影的註解，主要參考林暢編著：《湮沒的悲歡 ——「中聯」、「華影」電影初探》（香港：中華書局，2014 年），頁 221-225。以下徵引出處皆同，故不另列。

21　《良宵花弄月》，又名《鴛鴦弄情意》，1943 年「中聯」出品電影，朱石麟（1899-1967）導演，陳雲裳（1919-2016）、劉瓊（1912-2002）出演。

22　《桃李爭春》，「中聯」出品電影，李萍倩（1902-1984）導演，白光（1921-1999）、陳雲裳、徐立（生卒年不詳）主演，1943 年 2 月 5 日首映。

四	《蕩婦》[23]	七日間	8,856 名
五	《寒山夜雨》[24]	七日間	7,963 名
六	《芳華虛度》[25]	七日間	7,931 名
七	《凌波仙子》[26]	七日間	7,824 名
八	《白衣天使》[27]	五日間	7,621 名
九	《水性楊花》[28]	六日間	7,482 名
十	《白雲塔》[29]	七日間	7,095 名

如上，日本電影以東寶作品壓倒性的六齣為多，其他各社各以一齣居下。

　　但單憑觀眾動員數和大眾的喜好，是無法判斷電影的文化藝術價值的。上映了包括《父親在世時》（父ありき）、[30]《母子草》等十三齣傑出作品的松竹，[31] 其作品中被選入十名內的只有第八名的《戰爭之城》一齣，這是因為松竹作品多為描繪日本家庭生活的倫理類，想必是和以宏大規模和興趣本位為中心的東寶作品一樣，不合一般香港人的口

23　《蕩婦》，1941 年出品電影，李英（1913-1968）導演，顧蘭君（1917-1989）、范雪朋（1908-1974）、黃河（1919-2000）主演。

24　《寒山夜雨》，1942 年「中聯」出品電影，馬徐維邦（1901-1961）導演，李麗華（1924-2017）、黃河（1919-2000）、殷秀岑（1911-1979）主演。

25　《芳華虛度》，1942 年「中聯」出品電影，岳楓（1909-1999）導演，陳燕燕（1916-1999）、高占非（1904-1969）、鄭重（?-1954）主演。

26　《凌波仙子》，1943 年「中聯」出品的歌舞電影，方沛霖（1908-1948）導演，李麗華、嚴俊（1917-1980）、顧也魯（1916-2009）主演。

27　《白衣天使》，「中聯」出品電影，張石川（1890?-1953?）導演，周曼華（1922-2013）、舒適（1916-2015）主演，1942 年 8 月 7 日首映。

28　《水性楊花》，1943 年「中聯」出品電影，王引（1911-1988）導演，袁美雲（1917-1999）、劉瓊主演。

29　《白雲塔》，「中聯」出品電影，黃漢（1915-2004）導演，周曼華、徐風（1918-2013）、歐陽莎菲（1923-2010）主演，1942 年 10 月 10 日首映。

30　《父親在世時》（父ありき），由日本著名導演小津安二郎（Ozu Yasujirō, 1903-1963）執導、1942 年 4 月公映的日本電影。此片於香港上映時改名為《骨肉情深》。

31　《母子草》，由田坂具隆（Tasaka Tomotaka, 1902-1974）導演、1942 年 6 月公映的日本電影。

味。與內地同樣，卓於文化藝術價值的優秀作品不叫座，愚不可及的拙劣之作大賣的事例舉目皆是。

《支那之夜》高佔首位，《馴獸師姊妹》、《炸彈小子》擠進前十的原因，無疑是《支那之夜》膾炙人口的主題歌在南方各地也頗受好評，[32] 並且想必也因其故事與《阿片戰爭》一樣是以中國為主題的吧。在這當中，描繪了我海鷲緒戰的巨大戰果的《夏威夷・馬來亞海戰》、[33] 直播緬甸陸鷲活動的《陸軍航空戰記》、[34] 日本首部長篇漫畫改編的《桃太郎的海鷲》、描繪日本柔道史的佳作《姿三四郎》，還有在內地不叫座的描繪馬來半島大勝之大作《新加坡總攻擊》等的作品，各自充分發揮其價值，堂堂正正獲得高的名次，是在文化宣傳上值得高興的事。可惜的是〔不少電影未能入選〕，希望《父親在世時》、《母子草》、《愛的一家》等描繪了日本美好的家族制度的作品也能擠進第六、七名左右。[35]

中國電影同樣由《蕩婦》、《寒山夜雨》等受批評家、知識分子嚴厲批評的作品高據上位，取材自巴金名作的文藝片《秋》、《春》一系列作品惜遭忘卻。[36] 但是，不管怎樣，香港人愛好電影的背後，仍殘留着享樂性質的物質文化的影響。無論是普羅大眾還是批評家都對《博愛》讚不絕口，第一名實至名歸。

32　歌曲《支那之夜》（Shina no yoru）先於電影發表，由竹岡信幸（Takeoka Nobuyuki, 1907-1985）作曲、西條八十（Saijō Yaso, 1892-1970）作詞、李香蘭（1920-2014）主唱。

33　海鷲，即日本海軍航空部隊。

34　陸鷲，即日本陸軍航空部隊。

35　《愛的一家》（愛の一家），由春原政久（Sunohara Masahisa, 1906-1997）執導、「日活」電影公司製作，1941 年 6 月首映的日本無聲電影。

36　編者案：此處《秋》、《春》之次序據原文保留，不作改動。《秋》，「中聯」出品電影，楊小仲執導，李麗華、嚴化（?-1951）、徐立、王丹鳳（1924-2018）主演，1942 年 9 月 24 日首映。《春》，「中聯」出品電影，楊小仲執導，周曼華、王丹鳳、嚴俊、徐立主演，1942 年 9 月 3 日首映。

　　順帶一提，根據在今年一月電影發行開辦的「影展」向中國人募集的反響調查數據。

　　最受歡迎日本電影：

　　1《支那之夜》；2《阿片戰爭》；3《孫悟空》；4《姿三四郎》；5《新加坡總攻擊》

　　最喜愛日本女演員：

　　1 高峰秀子；[37] 2 原節子；[38] 3 李香蘭；[39] 4 轟夕起子；[40] 5 田中絹代 [41]

　　[最喜愛日本] 男演員：[42]

37　高峰秀子（Takamine Hideko, 1924-2010），日本著名演員，五歲時即以童星身份出道，是日本電影黃金時期的代表人物之一，曾出演本文提及的《孫悟空》，後有代表作《二十四隻眼睛》（二十四の瞳，1954）。

38　原節子（Hara Setsuko, 1920-2015），原名會田昌江（Aida Masae），日本著名演員，經常出演黑澤明、小津安二郎兩位日本著名導演的作品，曾出演本文提及的《夏威夷‧馬來亞海戰》及《阿片戰爭》，後有代表作《晚春》（1949）、《東京物語》（1953）。

39　李香蘭，原名山口淑子（Yamaguchi Yoshiko），祖籍日本、生於中國，是於中日兩國皆極為知名的歌手及電影演員，曾出演本文提及的《支那之夜》、《戰爭之城》及《孫悟空》。二戰結束後，李香蘭曾被國民政府逮捕並控以漢奸罪名，後被判無罪；1950 年代末息影；1970 年代轉投政界，曾任日本參議院參議員。

40　轟夕起子（Todoroki Yukiko, 1917-1967），日本演員，1932 年加入寶塚歌劇團（The Takarazuka Revue），後於 1937 年投身電影行業，成為從歌舞劇演員轉型為電影演員的先例，曾出演本文提及的《姿三四郎》。

41　田中絹代（Tanaka Kinuyo, 1909-1977），日本重要演員，常與小津安二郎、溝口健二（Mizoguchi Kenji, 1898-1956）、木下惠介（Kinoshita Keisuke, 1912-1998）等重要日本導演合作，後於 1950 年代初開始執導電影，被視為日本女性導演的代表人物。

42　原文僅作「男優では」，現據上文文意增補為「最喜愛日本男演員」。

　　1 長谷川一夫；[43] 2 上原謙；[44] 3 榎本健一；[45] 4 藤田進；[46] 5 杉狂兒[47]

　　公映成績與反響調查結果一致的是《支那之夜》和《阿片戰爭》，想必是因題材為中國而為中國人所接受；而《夏威夷‧馬來亞海戰》之所以沒有在反響調查結果中出現，是因為這齣電影與過往的戲劇電影不同，是在夏威夷‧馬來亞爆擊舉行的宏大構想下，將重點置於整體的演技而非演員各自的演技，加上其對珍珠港攻擊的壯麗極度逼真的特殊攝影取得劃時代的成功，想是對觀者而言沒有給他們戲劇電影般的空間，就連沒怎麼看電影的日本人，也誤以為這是夏威夷‧馬來海戰的戰況紀錄片。此外，在「現代片」、「時代片」、「戰爭片」中，他們的喜好是，顯示了「戰爭片」五三、「現代片」五〇、「時代片」二二這樣的數據。[48]

　　日本電影中戰爭片之所以最為人所好，是源於想親眼看看從報紙、收音機所讀所聽的我無敵皇軍之巨大戰果的意欲，和滿足了香港人渴求強烈刺激的嗜好。見去年公映的戰爭電影高達十一齣，其中五

43　長谷川一夫（Hasegawa Kazuo, 1908-1984），又有林長丸（Hayashi Chōmaru）、林長二郎（Hayashi Chōjirō）等藝名，日本演員，早期主力於歌舞伎演出，1937 年起轉型成為電影演員，先後隸屬於「松竹」、「東寶」兩所電影公司，曾出演本文提及的《支那之夜》。

44　上原謙（Uehara Ken, 1909-1991），日本演員、指揮家，被視為戰前後日本代表的美男子（二枚目），曾出演本文提及的《戰爭之城》。

45　榎本健一（Enomoto Ken'ichi, 1904-1970），二戰時期日本著名喜劇演員，被譽為「日本喜劇之王」，曾出現本文提及的《榎健的炸彈小子》及《孫悟空》。

46　藤田進（Fujita Susumu, 1912-1990），日本演員，因常在戰爭特攝電影中飾演軍官而被稱為「軍人演員」，曾出演本文提及的《姿三四郎》、《夏威夷‧馬來亞海戰》、《加藤隼戰鬥隊》及《攻擊那旗》。

47　杉狂兒（Sugi Kyōji, 1903-1975），原名杉禎輔（Sugi Teisuke），活躍於二戰時期的日本喜劇演員，曾出演本文提及的《無法松的一生》。

48　報章原文將「顯示了」一句另開新段，並以「1.」列點式標示，疑為誤植，現據文意修改。

齣名列公映成績前十，其他如《馬來戰記》、[49]《英國崩亡之日》、[50]《海軍戰記》、[51]《空之神兵》等也相當受歡迎，[52] 也屬順理成章了。

在此應該藉香港電影院高達每日 13,703 人、每年 5,652,989 人的客流量，進一步提供更多更好的日本電影，以務日本文化宣揚。最近於內地受到好評的《海軍》、[53]《加藤隼戰鬥隊》、[54]《攻擊那旗》、[55]《無法松的一生》等，[56] 有待早日公映，並期待它們獲得樂在其中的反響。

選譯自《香港日報》第 10466-10467 號，1944 年 5 月 16-17 日

49　《馬來戰記》（マレー戰記，全名《マレー戰記　進擊の記錄》），1942 年首映的日本戰爭紀錄電影，主要紀錄了 1941 年 12 月日軍登陸馬來半島，繼而佔領新加坡的經過。

50　《英國崩亡之日》（英国崩るるの日），為電影《香港攻略戰》的片名副題。《香港攻略戰》，日本佔領香港期間唯一拍攝完成、田中重雄（Tanaka Shigeo, 1907-1992）導演的香港電影，當中介紹了 1941 年香港保衛戰中日軍進攻香港的情況。電影在 1942 年 11 月開始作為「大東亞戰爭一週年紀念」宣傳片上映，當時對該電影的宣傳語包括「英國侵略東亞百年基地崩潰之紀實、東亞黎明到臨皇軍英勇全貌之認識」等。

51　《海軍戰記》，由日本海軍省製作、1943 年首映的日本戰爭紀錄電影，內容主要是日本海軍的片段，其中包括 1942 年初「所羅門群島戰役」（Solomon Islands campaign）的紀錄。

52　《空之神兵》（空の神兵，全名《空の神兵　陸軍落下傘部隊訓練の記錄》），由「日映」製作、渡邊義美（生卒年不詳）導演、日本陸軍航空本部監製的戰爭紀錄電影，內容為日本陸軍傘兵的訓練過程，1942 年 9 月首映。

53　《海軍》，由「松竹」製作、田坂具隆導演，1943 年 12 月首映的日本電影。

54　《加藤隼戰鬥隊》，由「東寶」製作、山本嘉次郎導演，1944 年 3 月首映的日本戰爭電影，內容改編自由日本陸軍飛行戰隊陸軍中佐加藤建夫（Katō Tateo, 1903-1942）率領的飛行戰隊的參戰事跡。此片於香港上映時改名為《神鷹》。

55　《攻擊那旗》（あの旗を擊て，全名《あの旗を擊て　コレヒドールの最後》），由「東寶」製作、阿部豐（Abe Yutaka, 1895-1977）導演，1944 年 2 月首映的日本戰爭電影，內容以 1942 年日本攻打菲律賓群島的「科雷吉多島戰役」（Battle of Corregidor）為基礎。

56　《無法松的一生》（無法松の一生），由「大映」製作、稻垣浩（Inagaki Hiroshi, 1905-1980）導演，改編自日本小說家岩下俊作（Iwashita Shunsaku, 1906-1980）《富島松五郎傳》（1938）的日本電影，1943 年 10 月首映。此片於香港上映時改名為《風塵莽漢》。

英國殖民地文化政策

神田喜一郎[1]

　　在香港被英國統治的百年間，當地的物質和精神兩方面都被英國殖民地化，這是人人有目共睹的。英國人的做法，是以大廈高樓巍然聳立的歐洲風格建築和網狀的伸延至山頂的平坦道路，來如實展示他們所為之自豪的物質文明，由是使華人膽慄目眩的模樣，今日依然歷歷在目。然後他們就在這樣的基礎上，從政治、經濟方面建起了侵略中國的根據地。

　　然而，他們的文化政策是要化當地華人為英國殖民地人，為此先讓其操英語，並注入英式思想。雖然英語的普及狀態△△△△△△△△，[2]但所謂英式思想，主要是功利實用的人生觀，可以說是為了培養卑俗意義上的實業家。這方針從當地的文化最高機關，舊香港大學的內容看便一目了然。

　　在舊香港大學裏，主要△以醫學、工學為主的英式實用性技術。[3]即使是看法學和文學系統，雖有所謂「英文學科」，但那也完全是以英語運用為主，以說寫等不足為奇的技術為中心。由此對可稱為英國文化的本質的精神文化的解剖、對其文藝作品的審美批判等高等接觸幾近於無。更何況所謂英國文學是一種若從文化中切割開來，只作為獨立的文學作品來看便難以理解的東西，正因它是從廣闊地與希臘、拉丁、法國、意大利諸國進行文學與文化交流發展而來的，若舊香港大學真為文化方面的最高機關，本應也將這關聯充分考慮進辦學當中，但今日探之而幾乎不見相關考量的痕跡。由此一事雖也可窺見舊香港

1　神田喜一郎（Kanda Kiichirō, 1897-1984），日本學者、藏書家，曾任台北帝國大學文政學部文學科東洋學講座教授、京都國立博物館館長等。

2　原文為「英語の普及狀態に△△△△△△△△ないが」，其中數字無法辨識。

3　原文為「舊香港大學で△醫學工學を主にした英國風な實用な技術を主に△てゐた」，其中兩字無法辨識。

大學的全貌，但對於可視為東洋文化精髓的中國精神文化，其也幾乎沒有任何重視的模樣。

　　這雖從舊香港大學圖書館本館的藏書也能看出來，但若想到中國文化、中國文學的相關講座，便更是深有其感。中國的文獻主要收在「舊馮平山圖書館」，[4] 但那也是由廣東富豪馮平山所捐贈而成的，而且仔細看文獻內容，也頗為一般，未收有作為圖書必為一流的藏品。

　　至今雖是這副樣子，但考慮今後香港作為大東亞的一〔大〕中心，將成為軍事、經濟及其他方面的一大基地，文化方面也須有新文化的誕生，而須產出、培養新文化亦是自明之理。此時，作為大東亞的一分子，我們能馬上想到的想必是東方文化的發揚和體現。比方說，希望務必能在此地進行對以儒教思想為主的東洋倫理及高雅幽情的中國文學的研究和發揚。如是者，純真切實的皇國精神文化與之協作握手，〔由此〕誕生真正雄大健全的東洋精神文化，我等為能早日目睹那一刻而盼望不已。

（筆者為台北帝大教授，[5] 香港圖書館長）

選譯自《香港日報》第 10631 號，1944 年 11 月 8 日

4　「舊馮平山圖書館」，即現時香港大學馮平山圖書館，由香港著名華商、慈善家馮平山（1860-1931）於 1929 年捐款十萬港元興建而得名。圖書館於 1932 年 12 月 14 日揭幕，1941 年 12 月 28 日香港淪陷後由「大日本軍民政部」接手管理。1944 年 2 月 16 日，香港總督部文教課長木村氏引介神田喜一郎，聯同 1943 年來港的台北帝國大學教授島田謹二（Shimada Kinji, 1901-1993）整理香港大學附屬圖書館和馮平山圖書館的中、日、西文圖書。同年 9 月 25 日，香港日佔時期總督磯谷廉介（Isogai Rensuke, 1886-1967）頒佈公示，馮平山圖書館成為「香港佔領地總督部立圖書館」（簡稱「香港圖書館」），由神田喜一郎出任館長，即文末提及「香港圖書館長」。詳參馮錦榮：〈日本人在香港的活動與「和書」的流播（1868-1945）〉，載李培德編著：《日本文化在香港》（香港：香港大學出版社，2006 年），頁 65-91。

5　台北帝大，全名「台北帝國大學」，設立於 1928 年，是日治台灣時期日本在台北所設的國立綜合大學，即今國立台灣大學。自 1934 年起，神田喜一郎開始於台北帝國大學任教，直至 1945 年 12 月免教授職。

香港攻略戰的回憶

吉村一真

香港攻略戰裏，至今仍在我腦裏揮之不去的，是在敵陣前登陸的那個夜晚。

昭和十六年（1941）十二月十八日的下午，第二批乘着軍使的船以抵達九龍岸壁為訊號，巨砲轟然吐火咆哮，與之呼應的我陸鷲大編隊亂舞，[1] 香港全△為撼動地軸的砲彈炸裂得彷要崩潰，[2] 敵軍的砲火不時在漆黑的黑暗裏散發可怖的閃光，在全黑的空間裏留下無可言喻的砲聲飛馳而去。

八時五十分剛過不久，繼在敵陣前登陸的勇士，我也成為了舟艇上的人。

終於，名留青史的敵前登陸開始了。

滿載擊敵鬥魂的舟艇群趁着夜闌人靜靜悄悄地開始行動。

在艇上的異樣的沉默中仍燃燒着鬥志的勇士的眼睛，在黑暗中仍清晰可見。

打破令人毛骨悚然的靜寂的，只有船底破散的潮花。承載着窒息般的情緒的船群，只是默默地前進、前進。五分——十分——十五分——時鐘的秒針無情地滴滴答答着刻印時間，眼前的黑暗中隱約能看見疑似黑山模樣的東西了。

1　陸鷲，日本陸軍飛行戰隊。

2　原文為「地軸を搖るがす砲爆彈の炸烈に香港全△は潰れんばかり」，其中一字無法辨識。

〔距離〕海岸只剩兩三百米了，看得見了，看得見了，眼前大張巨口的敵軍碉堡的槍眼一點又一點。

在那裏，敵人的碉堡不遠了——快到了！緊盯〔敵軍碉堡〕的軍官與士兵臉上可見必死的決心。

不遠了、快到了——突然，從黑暗的彼岸處帶狀般的光波朝我們襲來。

與此同時剎那前的寧靜被打破，如同百雷齊降般的巨大轟鳴——我們的船群沐浴在敵軍如雨般綿密的大小砲火之中，被敵人炸裂的砲彈翻湧而上的如瀑布般的水柱彷彿快將傾覆船體一般，將兵一手持手槍、機關槍，另一手握劍立於船上的身影，讓人深感神兵在此之姿，讓人不禁熱淚盈眶。排除着敵軍急電般的大小火砲彈幕，一船又一船，踏過、跨過戰場的屍體，一兵又一兵重重突破被鐵網重重封鎖的要塞，不顧一切地突擊，[3] 以皇軍所擅長的肉搏戰，一個又一個地，鎮壓敵軍碉堡在黑暗中發射可怖閃光的槍眼。時而山上要塞射出的大小炮彈的炸裂雖震撼着地軸，但皇軍精銳已完全鎮壓敵陣，滿載舟艇的將兵也陸續增加。

一群接着一群，可怖的劍尖在夜空裏閃爍，迎着敵軍槍砲火的捨命突擊。面對皇軍極度大膽、莽勇的必殺襲擊，敵軍束手無策、目瞪口呆。訓練有素，武器精良，看起來強大的敵兵，竟此起彼落地拋下武器舉起雙手，早早出現了投降者。

如此晚上九時剛過不久，在壯烈無比的死鬥後，名留世紀的敵前登陸在此獲得全面成功，這是我們藉由擊滅敵人的鬥魂和血肉所贏得

3　不顧一切，原文為四字熟語「遮二無二」，即不考慮前後、執着地只做一件事，直譯為「不管三七二十一」。

的。那夜的登陸地點，至今仍向綠海裏傾倒着醜陋的殘骸，正好是能看見敵軍萎靡不振的碉堡的香港印刷局和製糖公司之間的那附近。攻略至今已有三年，那裏不復往時激烈的戰爭，一片祥和，但每當知道當時的事的我，間中路過附近，仍會回憶起無法忘記的那個夜晚，同時對如今在靖國神社靜靜鎮神的眾多英靈，[4] 致以衷心的敬意和憑弔之情。

選譯自《香港日報》第 10677 號，1944 年 12 月 24 日

---

4   靖國神社，前身為「東京招魂社」，最初是為了紀念在明治維新時期的日本內戰中為恢復明治天皇權力而犧牲的 3500 多名反幕武士，1879 年被改名為「靖國神社」。明治維新後，靖國神社開始供奉在甲午戰爭、日俄戰爭等戰爭中為日本戰死的軍人及軍屬。「英靈」，是對死者、尤其是戰死者的尊稱。第二次中日戰爭期間，日本政府把戰死者稱為英靈，宣揚他們是為國而死。此處提及的英靈，即為作者對日本戰死士兵的肯定之詞。

把粵劇培育起來　摘自《我的演劇手帖》

飯田潔

　　劇場藝術無論在哪個國家都一直存在，其本質雖共通，但戲劇的形式決不相同。其必然為民族的特性、思潮等所左右。但這並不意味着人們應始終執着於民族性，進而困圍於那個民族性的範疇裏。由民族文化生活而生的劇場藝術，一方面順應民族的生活樣式〔存在〕，另一方面也履行着其本來的任務。在這情況下，劇場藝術不能是單純的娛樂和淺薄的教化。將建基於國家或國家群意志的強而有力的指導性〔思想〕、該時代所認為的公正思想，訴諸於民眾的智性，為此必須逼真得能讓民眾順順當當地接受。若這樣想，現在於南支最為大放華彩的粵劇，[1] 與真正的劇場藝術之間實在存在相當遠的距離。

　　不止是劇本，哪怕是就演技和舞台裝置而言，〔粵劇〕作為劇場藝術未免太過令人掃興。

　　雖說如此，我並非是想否定粵劇的劇場性。只是作為劇場藝術，粵劇過於扁平，未免過於缺乏寫實性（リアリズム）。[2] 粵劇有着高度的藝術性，內含巧妙的戲劇表現和美麗律動的劇場藝術要素。由此它有着悠久的傳統，至今仍為民眾所持續愛好。若對粵劇加以公正的批判和指導，它將來必能成為真正的劇場藝術散發光彩。一味冷眼旁觀其低劣之故而不作對策，非賢明指導者所為。

　　在此我想起檢閱的問題。[3] 為了確保治安和風紀，進行檢閱是理所當然的。但若停留於此未免過於無能。好好檢討、過濾作品的思想和構成，並給予正確的方向和指導，才是檢閱部門的任務。若視劇場

1　南支，又稱「南支那」，指中國華南地區。

2　原文假名「リアリズム」對應英文「realism」，此處據文意譯作「寫實性」。

3　檢閱，日語漢字詞，此處據原文保留，意指公權力對新聞、書刊、電影等媒體內容的審查。

藝術為既是國民生活的表現，也是基於國民欲求的藝術，那麼它必不能有違國家或國家群的意志。偏離至錯誤方向者，則必須向其指示正確的方向。為此若所檢閱者為粵劇，〔負責檢閱的人則須站於〕粵劇當中充分把握粵劇的形式和思想，並須具備能置身局外以下明斷的見識和才能。觀眾的素養藉由觀看而得到提高，其思想藉由觀看後思考而得到鍛鍊。故此，向民眾提供正確的劇場藝術，是對民眾指導工作的一大貢獻。

　　故此，我認為妄稱香港沒有文化、沒有劇場藝術實在是不負責任之極。若有如此斷言的自信，倒想反問為何不致力於使其有之。那話決不是光彩之言。香港是皇土。作為其住民，絕不能放任他們沉溺於低劣的安慰。讓其精神文化開花結果，才是對發誓與我們同生共死的中國民眾更好的禮物。

選譯自《香港日報》第 10748 號，1945 年 3 月 12 日

日華親善劇導演　從巡迴放映到粵劇指導[1]

　　在從法屬印度支那經海南島到香港的旅行中，[2] 兒井先生成了映畫配給社香港分社的社長。[3] 久未會面的兒井先生的鼻下蓄起了漂亮的鬍子。我打趣說：「成為分社社長便需要鬍子對吧？」他說：「不是為這而留的鬍子喲。」

　　正確來說映畫配給社香港分社社長兒井英夫（三十九歲）是激動地否定了記者的玩笑。這就是自昭和十七年（1942）七月映畫配給社進入香港以來，便一直在港生活的兒井先生。

　　「因家母是女官，我本來是要入宮內省的。」[4]

　　兒井一臉懷念地回想着當初成為電影人的〔經歷〕。他從早稻田大學畢業後，到了京都衣笠貞之助麾下任助理導演，[5] 月薪二十五圓。僅僅三年後便〔成功〕獨立，在東寶作為導演和監製（プロデューサー）度過了九年光陰……[6]

1　此文屬報刊專欄「我的工作」的文章，原文題目前標有「我的工作（三）」。

2　法屬印度支那（Indochine），原文為「佛印」，亦作「仏印」，指法蘭西殖民帝國在東南亞的領土，大致指涉現時緬甸、泰國、越南、老撾、柬埔寨、馬來半島等地。

3　映畫配給社，全稱「日本映畫配給社」，簡稱「映配」。1943 年 1 月，日本映畫配給社在香港設立分社，總督府亦將電影發行業務劃歸日本映畫配給社香港分社，電影發行業務此後完全交由日方辦理。參考韓燕麗：〈三、四十年代日人在港的觀影攝影活動〉，收入郭靜寧、吳君玉編：《探索 1930 至 1940 年代香港電影　上篇：時代與影史》（香港：香港電影資料館，2022 年），頁 170。

4　女官，在宮廷工作的有官職的女性。宮內省，古代及近代日本設置的政府部會，處理皇室相關的事務，1947 年改為宮內府，1949 年改為宮內廳。

5　衣笠貞之助（Kinugasa Teinosuke, 1896-1982），日本導演、演員、編劇，曾於 1929 年遊歷歐洲和蘇聯，學習西方電影技術，代表作有改編自日本小說家菊池寬（Kikuchi Kan, 1888-1948）同名作的《地獄門》（1953）等。

6　監製，原文作「製作者（プロデューサー）」，假名「プロデューサー」對應英文「producer」。下文皆同。

「導演時代的作品都是劍戟片（チャンバラ），[7] 沒有甚麼值得報導的。」

雖然兒井先生很謙遜，但作為監製的兒井先生產出了高峰秀子主演的《愛的世界》、[8] 黑澤明監督、藤田進主演的《姿三四郎》等大作。[9] 東寶為了國家把這秘密武器轉出到映配去，為此兒井先生長途跋涉來到唯一的佔領地香港，務求通過電影進行軍政協作。

「最有意義的工作是電影巡迴放映吧，每月一至兩次，甚至會遠赴深圳、寶安做部隊慰問，也會為宣傳宣撫深入腹地。因人手不足，我打算下次也一同去。」從兒井先生的話中能略窺他以電影報國的熱誠。

「電影發行的工作與『中華電影』保持密切關係。[10] 映配社從『中華電影』處到廣東取中國電影來，又把來到香港的日本電影送到廣東去，這流程非常順暢。即使時至菲林難求的今時今日，這關係也從未改變。」

7　劍戟片（チャンバラ），日文又稱「劍劇」，指以斬殺亂鬥（日文稱「殺陣」）為看點的古裝片（日文稱「時代劇」）。

8　高峰秀子（Takamine Hideko, 1924-2010），日本著名女演員，五歲時即以童星身份出道，是日本電影黃金時期的代表人物之一，代表作有《二十四隻眼睛》（二十四の瞳，1954）等。《愛的世界》（愛の世界），全稱《愛の世界 山猫とみの話》，1943 年由日本東寶（Tōhō）電影公司製作、青柳信雄（Aoyagi Nobuo, 1903-1976）執導的日本電影。

9　黑澤明（Kurosawa Akira, 1910-1998），日本著名電影導演。藤田進（Fujita Susumu, 1912-1990），日本演員，因常在戰爭電影和特攝電影中飾演軍官，而有「軍人演員」的別稱。《姿三四郎》，1943 年 3 月 25 日上映的日本電影，是黑澤明執導的處女作，改編自日本小說家富田常雄（Tomita Tsuneo, 1904-1967）1942 年出版的同名小說。

10　中華電影，指中華電影聯合股份有限公司（簡稱「華影」），成立於 1943 年 5 月 12 日。該機構合併了此前已壟斷發行的「中華電影公司」（簡稱「中影」）、主管製作的「中華聯合製片股份有限公司」（簡稱「中聯」），以及放映機關上海影院公司，是集電影製片、發行、放映三位一體的機構。參考邱淑婷：《港日電影關係 —— 尋找亞洲電影網絡之源》（香港：天地圖書有限公司，2006 年），頁 38-42。

　　電影院、劇場的導演也為報道部提供協助，映配如是努力着。最近據說團結香港劇團的粵劇八和會的監製和指導，[11] 也將交到映配手上。這是讓人對粵劇這廣東人唯一的文化抱有巨大期待的新聞。正所謂「藝術無國界」，映配的工作可謂正是「通過藝術的日華親善」，而兒井先生則為在香港這個背景下製作日華親善劇的導演和監製。

選譯自《香港日報》第 10807 號，1945 年 5 月 12 日

11　八和會，即廣東八和會館，由粵劇伶人鄺新華（1850-1932）和勾鼻章（原名何章，1846-?）於 1889 年所創立的粵劇行會；八和會館香港分會則成立於 1953 年。參考麥嘯霞原著，陳守仁編注：《早期粵劇史〈廣東戲劇史畧〉校注》（香港：中華書局，2021 年），頁 77-79。

細說香港粵劇

巡演爲最大的修行　十年前從男旦轉成女旦

　　英治百年，香港一直被認為是有文明而無文化，爵士樂、舞蹈、美國電影流行而不見香港自身固有的文化。然而，我們在絢爛的歐美物質文明下，可發現源遠流長的中國文化之一脈，那就是現在香港市民帶着血脈相連般的愛、日夜享受的粵劇的存在。當然，英治時期的粵劇被電影、歌舞劇（レビユー），[1] 又或跳舞、賽馬所壓倒，沒有甚麼存在感。然而粵劇在滔滔百年的歐美文明史中儼然流傳不絕，始終靜待英國崩壞之日。由是在香港回歸東亞之日，香港的粵劇史開展了新一頁，那是具備經百年苦鬥而積壓下來的強韌發展性的起步。其後，受戰局及其他影響，香港粵劇界也有不少變遷，今邀於香港孤軍奮戰的粵劇界傑出演員舉行座談會，訪問〔他們〕通過粵劇所見的香港文化之貌及今後的展望。出席者除新聲劇團屬下的羅品超、[2] 秦小梨外，[3]

1　原文假名「レビユー」對應英文「revue」，此處據文意譯作「歌舞劇」。

2　新聲劇團，1943 年由澳門名紳何賢（1908-1983）出資，粵劇名伶任劍輝（1913-1989）、陳艷儂（1919-2002）、歐陽儉（1914-1961）在澳門組建的粵劇團。抗日戰爭期間，因澳門未被日軍佔領，新聲劇團一直以澳門為基地堅持演出。羅品超（1911-2010），粵劇名伶，工文武生，曾加入「覺先聲劇團」，在廣州、香港、澳門以及南洋各地有較大影響力，更於 2004 年以 93 歲高齡再演首本戲《荊軻》，成功申報健力士世界紀錄（Guinness World Records），成為「世界戲劇舞臺上年齡最大，舞臺演出時間最長的藝術家」的紀錄保持者。

3　秦小梨（1925-2005），粵劇名伶、電影演員。

還有顧天吾、[4] 李海泉、[5] 林甦，[6] 以及來自八和會的曹學愚諸君，[7] 場地為香港西端附近某茶寮的二樓。孕育溫潤雨氣的風，讓人想起颱風來，在黃昏的海上掀起波瀾。

記者：「香港粵劇界的中流砥柱羅品超先生、顧天吾先生等將要前往巡迴演出，這於我們而言自是非常寂寞，未知大概預計巡迴多久？」

羅品超：「預計是兩個月，將會〔循〕廣東、市橋、大崗、澳門〔的路線〕一路巡迴。」

記者：「顧天吾先生會到澳門嗎？」

顧天吾：「第一次到澳門演出，對我們藝人來說，巡迴演出是一種修行。在香港因為只有我和羅品超君，所以姑且受人吹捧，但到了外面去就會知道自己本來的實力。」

記者：「能請各位說說自己在粵劇界的經歷嗎？」

羅：「我今年三十二歲，登台十二年。師傅是〔演〕北劇的歐陽予倩，[8] 最初廣東戲劇研究所在廣東成立，[9] 我是第一期的學生，後來研究

4　顧天吾（生卒年不詳），粵劇名伶、電影演員。

5　李海泉（1901-1965），粵劇名伶，被譽為「粵劇四大名丑」之一，著名武術家、功夫電影演員李小龍（1940-1973）之父。

6　林甦（1906-1989），粵劇名伶、電影演員，亦曾擔任劇務、製片等電影幕後工作。

7　八和會，即廣東八和會館，由粵劇伶人鄺新華（1850-1932）和勾鼻章（原名何章，1846-?）於 1889 年所創立的粵劇行會；八和會館香港分會則成立於1953 年。參考麥嘯霞原著，陳守仁編注《早期粵劇史〈廣東戲劇史畧〉校注》（香港：中華書局，2021 年），頁 77-79。

8　歐陽予倩（1889-1962），中國劇作家、戲劇教育家、導演、京劇名伶，曾與梅蘭芳齊名，有「北梅南歐」之美譽。

9　廣東戲劇研究所，中國現代戲劇研究及教育機構，成立於 1929 年 2 月，由歐陽予倩任所長；研究所附設戲劇學校，其中戲劇家洪深（1894-1955）為校長、田漢（1898-1968）為名譽校長，歐陽予倩亦曾任代理校長。《粵劇大詞典》編纂委員會編：《粵劇大詞典》（廣州：廣州出版社，2008 年），「廣東戲劇所」詞條。

所改名為廣東八和戲劇養成所，[10] 我之後到了新加坡，後來在香港作戰發動的三月前來到香港。」

　　顧：「我今年三十七歲，有二十幾年的舞台經驗。我在上海專習北劇，[11] 專攻北派，即武劇。」

　　李海泉：「我是在完完全全的師徒制下，由十六歲至現在四十歲一路過來的，在各位之中我年資最老。十三年前曾在上海拜入梅蘭芳座下修行。[12]」

　　秦小梨：「我十歲開始學師到現在二十歲，生活都只有粵劇。」

　　記者：「即使是在南支生活了很久的日本人，[13] 他們對粵劇的認識也極為淺薄，可否請最資深的李海泉先生為我們簡單說明一番何為粵劇？」

　　李：「關於粵劇的起源，我現在也記不清，但因其自清朝起因政治問題而被禁止，[14] 推算大概有百年歷史。以武劇為主的北劇不同，粵劇是所謂世間故事較多，同為漢民族所演的劇，大家都有多少相似之處，但我不認為粵劇是由北劇演變出來的。」

　　記者：「北劇有梅蘭芳等有名的男旦，粵劇從最初就沒有用男旦嗎？」

　　李：「以前有用，約十年前才改用女旦。」

　　記者：「英治時期香港的粵劇界是怎樣的？」

10　編者案：此處改名一說有誤，根據《羅品超奇傳》，羅品超係因廣東戲劇研究所經費不足停辦而退出，後才轉入八和戲劇養成所，專心鑽研粵劇，可見兩所機構並無任何承續關係，互不從屬。參考劉伶玉：《羅品超奇傳》（香港：香港周刊出版社有限公司，1990 年），頁 22-23。

11　北劇，中國北方戲曲的泛稱，此處專指京劇。

12　梅蘭芳（1894-1961），京劇名伶，工旦行，被譽為京劇「四大名旦」之首。

13　南支，又稱「南支那」，指中國華南地區。

14　此處提及粵劇被禁一事，指因粵劇伶人李文茂（?-1858）曾參與太平天國起義，動亂平息後清廷採取報復，下詔解散所有粵劇戲班、禁演粵劇及焚毀粵劇行會「瓊花會館」。參考麥嘯霞原著，陳守仁編注：《早期粵劇史〈廣東戲劇史畧〉校注》，頁 72-75。

李：「就是被電影壓制，不太受重視，但馬師曾、[15] 薛覺先等人兼演電影，[16] 獲得了廣泛的支持。」[17]

尋求佳作　劇作家的貧困爲發展之癌

記者：「可否說說粵劇界的特徵？」

顧天吾：「我想是演員的培訓方式有點獨特，首先，想創一番事業的資本家會招募小孩，讓他們拜大佬倌爲師，從中選拔優秀者精心栽培，這期間一般是六年。在這六年間，無論技藝多麼爐火純青，也不能退出該資本家的劇團，直至六年期滿方可獨立並自作主張。」

記者：「那麼若是以個人名義拜入像羅品超先生這樣的名伶又當如何？」

羅品超：「也是一樣，六年內須跟着師傅工作。」

記者：「關於舞台上的伴奏和台詞⋯⋯」

林甦：「伴奏主要有二胡、小提琴和色士風，其他也有銅鑼、班祖琴、[18] 大鼓、小鼓、結他等樂器，才能奏出餘音裊裊的粵曲。樂師之歸屬一些劇團或有不同情況，但大多附屬劇場之下。」

15　馬師曾（1900-1964），粵劇名伶、電影演員。在粵劇藝術方面，馬師曾青年時期曾在南洋學藝及演出，自 1923 年起在港發展，1931 年曾應聘赴美演出，1933 年回港後成立第一個男女合班的粵劇團「太平歌劇社」（後改名「太平劇團」），與薛覺先的「覺先聲劇團」分庭抗禮。除此之外，馬師曾在 1930 至 1960 年代亦出演大量電影作品。

16　薛覺先（1904-1956），粵劇名伶、電影演員，1929 年自組「覺先聲劇團」，一生致力於粵劇藝術的改革，另外亦出演大量電影作品。薛覺先與馬師曾二人爲當時最具代表性的粵劇伶人，有「薛馬爭雄」的美譽，二人的競爭亦於促進粵劇改革貢獻尤深。參考陳非儂口述，沈吉誠、余慕雲原作編輯，伍榮仲、陳澤蕾重編：《粵劇六十年》（香港：香港中文大學音樂系粵劇研究計劃，2007 年），頁 176。

17　原文此處有照片備註作「照片右起爲秦小梨、羅品超、李海泉、顧天吾」。

18　班祖琴，原文作「バンジョー」（banjo），又稱五絃琴，以非洲樂器爲基礎發展而成的撥弦樂器，上部形似結他，下部形似鈴鼓，多用作演奏鄉村音樂。

　　羅：「粵曲——在街上聽姑娘或孩童唱的廣東歌——皆出於粵劇。日本的舞台上，歌舞伎總是區分唱詞者和唸白的演員，但粵劇裏演員即歌手，換言之，粵劇即歌劇，因此演員非常節制，我們從不吸煙，在調理咽喉上所有人都花盡心力。」

　　顧：「除了唱，也有乘着鼓的拍子唸的台詞，那叫數白欖，擊鼓的叫掌板……」

　　記者：「那些台詞若讓口齒不伶俐的人來唸肯定會舌頭打結（笑聲）……對了，在日本，有所謂『顏見世』的演出，[19] 是集歌舞伎演員於一堂的盛會，未知粵劇方面如何？」

　　李海泉：「以前也有，叫作大集會，由各劇團洽談合體，一般會看準在客流稀少的夏季和正 [月] 辦集團演出招客。[20]」

　　記者：「晝夜兩場，而且劇目每場不同，寫劇本的人想必也很辛苦吧。」

　　羅：「我們現在幾乎都在重複舊作，很希望見到優秀的新作面世，這是現時粵劇人的心聲。例如最近我在中央劇院演的《劉鬍公》等劇目，是我和余麗珍君的丈夫共同創作的，[21] 但也只是從小小靈感中寫出來的濫竽充數之作，真是十分汗顏。」

　　顧：「劇作家的貧困是粵劇發展之癌，我們雖時常想，今後要演更具有愛國乃至愛東亞傾向的作品，但……」

　　李：「但新作也不能失掉作為粵劇本質的古典味，因此應會採以將新思想滲入舊式台詞和動作的做法。」

　　記者：「秦 [小] 梨先生，[22] 那演纏足的步姿是否修練而來的？」

19　顏見世，日本歌舞伎劇場的常規演出之一，指劇場在與歌舞伎演員簽訂合約後所辦的匯演，屆時所有演員均會出演，意在向觀眾介紹來年登台的演員。

20　原文遺漏「月」字，現據文意增補。

21　余麗珍君的丈夫，指李少芸（1916-2002），原名李秉達，香港著名粵劇、電影編劇。余麗珍（1923-2004），香港 1950 年代粵劇名伶、電影演員，工刀馬旦，被譽為「藝術旦后」。

22　「秦小梨」，原文兩處均誤植為「秦少梨」，統一修訂。

秦 [小] 梨：「那是在普通的鞋底加上小小的台，再將全身的重量放在上面走路，但也相當困難。」

記者：「當下，若要舉出廣東、澳門、香港等地的著名演員會是誰？」

李：「廣東是新馬師曾、[23] 王中王、[24] 少新權、[25] 白駒榮、[26] 張活游等，[27] 女演員則有衛少芳、[28] 譚玉 [真]、[29] 譚秀珍等；[30] 澳門有廖俠懷、[31] 白玉 [堂]、[32] 曾三多、[33] 半日安，[34] 女演員有上海妹；[35] 廣洲灣有譚蘭卿、[36] 馮俠魂等；[37] 香港羅、顧兩位去往巡迴後，馮少俠將會回來，預計會將現

23　新馬師曾（1916-1997），原名鄧永祥，學藝時因擅於模仿馬師曾而改藝名「新馬師曾」，粵劇名伶、喜劇演員。

24　王中王（1901-1975），原名王華生，粵劇名伶，工丑生。

25　少新權（1904-1966），原名陳利權，粵劇名伶、電影演員，一生出演約二百齣電影。

26　白駒榮（1892-1974），原名陳榮，粵劇名伶，被譽為「小生王」，著名粵劇花旦白雪仙之父，另與薛覺失、馬師曾、桂名揚（1909-1958）三人合稱「粵劇四大天王」，被視為二十世紀上半葉最著名、評價最高的粵劇演員。

27　張活游（1910-1985），原名張幹裕，香港粵語電影著名演員，香港著名導演、演員楚原（原名張寶堅，1934-2022）之父。

28　衛少芳（1908-1983），粵劇名伶，曾加入馬師曾創辦「太平劇團」，被譽為1930年代粵劇「四大名旦」之一。

29　「譚玉真」，原文誤植為「譚玉珍」。譚玉真（1919-1969），粵劇名伶，曾到香港、澳門、越南、菲律賓等地演出。

30　譚秀珍（1914-?），粵劇名伶、電影演員。

31　廖俠懷（1903-1952），香港粵劇名伶、電影演員，被譽為「粵劇四大名丑」之一。

32　「白玉堂」，原文誤植為「白玉棠」。白玉堂（1901-1995），原名畢琨生，粵劇名伶。

33　曾三多（1899-1964），原名李壽生，粵劇名伶、編劇。

34　半日安（1902-1964），原名李鴻安，粵劇名伶，師從馬師曾，被譽為「粵劇四大名丑」之一。

35　上海妹（1909-1954），原名顏思莊，粵劇名伶、電影演員，曾加入馬師曾創辦「太平劇團」，1930年代粵劇「四大名旦」之一。

36　譚蘭卿（1908-1981），原名譚瑞芬，粵劇名伶、電影演員，初工花旦，後轉工女丑生，曾加入馬師曾創辦「太平劇團」，1930年代粵劇「四大名旦」之一。

37　馮俠魂（生卒年不詳），粵劇名伶、電影演員，工文武生，成名於1930年代。

時休假的余麗珍、鄭孟霞等女士和劇團組織起來，[38] 因此香港粵劇界還是安泰的。」

　　記者：「聽說粵劇很多取自《三國志》？」

　　羅：「不，倒不如說很少。倒是唐、漢兩朝，以及宋代的史蹟由來的故事佔了大多數，若要順道提及有名的劇目二三，有文天祥《正氣歌》、《班超》、《曉風殘月》、《孔雀東南飛》等。《孔雀東南飛》雖有胡蝶主演的同名電影，[39] 但內容完全不同。」

　　曹：「我認為所謂文化是那個國家固有的事物，戲劇在文化當中佔了主要地位，而我們的粵劇也在文化上擔綱連繫中日兩國的角色。得知粵劇與日本的歌舞伎有相通之處，這讓我的信念愈發堅定。今後將想方設法改革劇本，作為啟蒙的民眾娛樂再度出發，為此再接再厲。」

　　記者：「多謝各位！」[40]

選譯自《香港日報》第 10864-10865 號，1945 年 7 月 10-11 日

38　鄭孟霞（1912-2000），上海京劇名伶，香港粵劇作家唐滌生（1917-1959）的妻子，其京劇及舞蹈的知識修養被認為對唐滌生的編劇工作有深遠影響。

39　《孔雀東南飛》，香港國語電影，王次龍（1907-1941）導演，胡蝶（1908-1989）、王元龍（1903-1969）等主演，1941 年 5 月上映。胡蝶，原名胡瑞華，中國女演員，自 1925 年起於上海發展，後於 1937 年盧溝橋事變後前往香港。

40　原文此處有照片備註作「照片為粵劇舞台」。

大東亞文學：
南方與香港

大東亞文學者會議　香港亦派出代表
報道部現正權衡華人文學者

　　以大東亞文藝復興為目標，以盟邦滿洲國起，中國、泰國、法屬印度支那及共榮圈其他地區的文學者受邀至東京，[1] 與我國三千文學者聚首一堂。除了就大東亞文藝復興進行了真摯的討論外，還參拜了伊勢神宮，[2] 到京都、奈良等近畿各地視察旅行，[3] 去博物館、大學和新聞社等文化機關參觀學習，於東京、大阪兩市舉行文藝演講會等，實在

1　法屬印度支那（Indochine），原文為「佛印」，亦作「仏印」，指法蘭西殖民帝國在東南亞的領土，大致指現時緬甸、泰國、越南、老撾、柬埔寨、馬來半島等地。

2　伊勢神宮，正式名稱為「神宮」，位於日本三重縣伊勢市，被定為神社本廳之本宗，即神社本廳所屬所有神社的中心；在與其餘神宮區別時，冠上地名稱「伊勢神宮」。

3　近畿，日語漢字詞「近畿地方」的略稱，又作「關西地方」，指日本本州中西部的地理區域。

多姿多彩。從十一月三日起，亦即菊香瀰漫的明治節這一佳期開始，[4] 舉辦為期一週的「第一屆大東亞文學者會議」。是次活動由日本文學報國會主辦，[5] 情報局、[6] 陸軍報道部協辦，本地也會有兩名代表有幸參與其中，當下正以報道部為中心進行篩選，兩名代表中，其中一名幾乎已確定為發表了《忘憂草》等數十名作的知名作家葉靈鳳氏（三十八歲），[7] 剩下一名也將在近日於眾多候補中慎重權衡後決定。其中因法國文學而享負盛名且為詩人的戴望舒氏（三十八歲）被視為最有可能的人選。[8]

選譯自《香港日報》第 9891 號，1942 年 9 月 12 日

---

4   明治節，用作紀念明治天皇誕辰日（11 月 3 日）的全國性節日，其前身為「天長節」，在昭和天皇即位後更名為「明治節」。及至昭和 23 年（1948），日本戰敗後以「愛好自由與和平，推進文化發展」為宗旨，將「明治節」改稱為「文化之日」（文化の日）。

5   日本文學報國會，1942 年 5 月在日本成立的全國性文學組織，以宣揚國策、協力戰爭為目的，實質是情報局的外圍組織，亦是二戰期間大東亞文學者大會的主辦機關。

6   情報局，二戰期間直接隸屬於日本內閣的情報機關，成立於 1940 年，目的是統一內閣情報部、陸軍省情報部、海軍省軍事普及部、內務省警保局檢閱科及遞信省電務局電務科的情報事務，加強輿論宣傳和思想控制。

7   葉靈鳳（1905-1975），中國現當代著名報人、作家、編輯。1930 年代曾加入中國左翼作家聯盟，活躍於上海文壇。抗戰爆發後，葉靈鳳加入《救亡日報》工作，並於 1938 年廣州淪陷之後前往香港，在此度過餘生。

8   戴望舒（1905-1950），中國現代派詩人、翻譯家，曾於 1932 年 11 月初赴法國留學，1935 年回國。中日戰爭爆發，上海淪陷，1938 年 8 月偕同妻女來港，出任《星島日報》副刊「星座」主編直至該報因香港淪陷而停刊。1942 年 3 月，日本佔領香港期間曾被捕入獄七星期。

大東亞文學者大會　於十一月三日開幕

　　【同盟通信社十月十八日發自東京】[1]以大東亞文藝復興為目標，日本文學報國會主辦的「大東亞文學者大會」正與以情報局為首的各方面進行事前商討及準備工作，並將以十一月三日的明治佳節為期，於大東亞會館舉行。為期一週的會議，將以筆連結挺身協力完成大東亞戰爭的日、滿、華三國之間的紐帶，與此同時將能弘揚皇國文化的真貌。是次大會起初擬邀請現居於法屬印度支那、泰國、緬甸、爪哇等南方諸地的文學者，惟因種種緣故而變更。儘管現在邀請的代表止於滿洲、中華兩國，但日本這邊將舉整個文壇參加是次盛典。正式邀請函已致滿、華代表，名單如下：

　　滿洲國九名：

　　拜闊夫、[2]爵青、[3]古丁、[4]山田清三郎、[5]

1　同盟通信社，原文略稱為「同盟」，1936 年成立、1945 年解散，其發起人田中都吉（Tanaka Tokichi, 1877-1961）曾在致詞時將機構定位為「全國各加盟報社的自治性共同機構」，並以「軍國日本的宣傳機關」為目標；於運作期間具有日本國家通訊社的地位。

2　拜闊夫（Nikolay Baykov, 1872-1958），又譯巴依科夫、拜克夫，筆名鼻眼鏡，外阿穆爾人，小說家、畫家、自然科學家－狩獵者，曾參與俄國內戰，後於1922 年逃亡至滿洲，代表作有俄文小說《大王》（1936）、《牝虎》（1940）等。詳參蔡佩均：〈「發現滿洲」──拜闊夫小說中的密林與虎王意象〉，載柳書琴主編：《東亞文學場：台灣、朝鮮、滿洲的殖民主義與文化交涉》（新北：聯經出版事業股份有限公司，2018 年），頁 298-301。

3　爵青（1917-1962），中國現代小說家，活躍於偽滿洲國時期東北文壇，1941年出任滿洲文藝家協會委員，長篇小說《歐陽家的人們》獲 1942 年「《盛京時報》文學獎」（《盛京時報》是日本政府在中國東北設置的一個輿論喉舌）、《黃金的窄門》獲第一次「大東亞文學獎」；曾因為日本關東軍當翻譯而被視為漢奸文人。

4　古丁（1914-1964），中國現代小說家、翻譯家，活躍於偽滿洲國時期東北文壇。

5　山田清三郎（Yamada Seizaburō, 1896-1987），日本小說家、評論家，1939 年出任滿洲文藝家協會會長。

吳瑛、[6] 小松、[7] 吉野治夫、[8] 北村謙次郎 [9]

中華民國北支六名：[10]
周作人、[11] 錢稻孫、[12] [沈啟无]、[13] 尤炳 [圻]、[14]
徐祖正、[15] 俞 [平伯] [16]

---

6   吳瑛（1915-1961），中國現代作家、編輯，活躍於偽滿洲國時期東北文壇。

7   小松（1912-?），中國現代小説家，活躍於偽滿洲國時期東北文壇。

8   吉野治夫（Yoshino Haruo，生卒年不詳），曾參與滿洲筆會，出任滿洲文話會
     事務局局長，亦在《滿洲浪漫》雜誌投稿。

9   北村謙次郎（Kitamura Kenjirō, 1904-1982），日本作家、評論家，1937 年前往
     滿洲並發起《滿洲浪漫》雜誌，1942 年發表以滿洲為背景的小説《春聯》。

10   北支，又稱「北支那」，指中國華北地區。

11   周作人（1885-1967），散文家、評論家、翻譯家，魯迅（1881-1936）之弟，
     「文學研究會」發起人之一。後因中日戰爭期間與日人協作，1945 年在北平以
     漢奸罪被逮捕，而後入獄。

12   錢稻孫（1887-1966），翻譯家、作家，大量翻譯日本文學作品，代表作有《萬
     葉集選》、《源氏物語》。

13   「沈啟无」，原文誤植為「佗啓无」。沈啟无（1902-1969），詩人、學者，師
     承周作人並過從甚密，後來卻被逐出師門。在北平淪陷後，沈氏曾出任偽北
     京女子師範學院中文系教授和偽北京大學中文系主任，又任職於偽華北作家
     協會等機構，是北平淪陷區文壇的活躍分子。

14   「尤炳圻」，原文誤植為「尤炳打」。尤炳圻（1912-1984），日本文學研究者、
     翻譯家，曾師承周作人，留學日本東京帝國大學。曾翻譯旅居上海的日本商
     人內山完造（Uchiyama Kanzō, 1885-1959）所著《一個日本人的中國觀》（1936）。

15   徐祖正（1895-1978），作家、翻譯家，留學日本期間與郁達夫、郭沫若共同
     組織創造社，又是周氏兄弟的莫逆之交，曾受周作人邀請任教於北京大學東
     方文學系。

16   「俞平伯」，原文誤植為「俞伯平」。俞平伯（1900-1990），詩人、學者，曾
     師承周作人。

中支七名：[17]

周化人、[18] 許錫慶、[19] 丁雨林、[潘序祖]、[20] 柳雨生、[21] 關露[22]

此外，國府宣傳部將由草野心平氏代表參加。[23]

選譯自《香港日報》第 9927 號，1942 年 10 月 20 日

17　中支，「中部支那」的簡稱，指中國華中地區。

18　周化人（1903-1976），中華民國政治人物、汪精衛政權重要人物之一，曾出任汪偽政府鐵道部常務次長、廣東省政府委員兼廣州特別市市長及全國經濟委員會委員等職。

19　許錫慶（1906-?），中華民國政治人物，曾出任汪偽政府宣傳部參事、中央電訊社副社長等職，編著有《中國革命之理論與史實》（1941）。

20　「潘序祖」，原文誤植為「蕃序租」。潘序祖（1902-1990），筆名潘予且，二十世紀三四十年代上海孤島和淪陷時期重要的通俗文學作家。

21　柳雨生（1917-2009），本名柳存仁，1942 年加入汪偽政府擔任宣傳部編審及新國民運動促進委員會秘書。有關柳雨生在抗戰時期的事跡，參考杉野元子著，林愷胤譯：〈柳雨生與日本 —— 太平洋戰爭時期上海「親日」派文人的足跡〉，《中國文哲研究通訊》第 21 卷第 3 期（2011 年 9 月），頁 17-33。

22　關露（1907-1982），作家、中國共產黨地下組織間諜，抗戰期間奉命留在上海，在日本大使館與海軍報道部合辦的《女聲》雜誌擔任編輯。

23　草野心平（Kusano Shinpei, 1903-1988），日本詩人，曾就讀於中國嶺南大學藝術系、創辦詩刊《歷程》，1941 年受到在汪偽政府任宣傳部長的同學林柏生（1902-1946）邀請，到南京擔任宣傳部顧問。

謀求新東亞的文藝復興
大東亞文學者大會
於帝國劇場華麗開幕

　　【同盟通信社十一月三日發自東京】[1] 結集大東亞共榮圈的文化，在我「八紘為宇」的偉大精神下，[2] 謀求新東亞文藝復興的「大東亞文學者大會」集日、滿、華、蒙的文學者於一堂，在三日上午十時半，於帝國劇場舉行了華麗的開幕禮。[3] 在此之前，滿、華、蒙合共二十一名代表前往在佳節中愈見熱鬧的明治神宮參拜，[4] 在神前互相立下了文化協力的堅定誓言，祈願大東亞建設必成。會場內日、滿、華、蒙的國旗飄揚，早於正式開始時間之前，我國約八百名文壇人士及約一百五十名其他相關人士經已入席。台上紅白菊花芬芳馥郁，到了開始時間，在司儀土屋文明氏主持了國民儀禮後，[5] 大會正式開始。代替

1　同盟通信社，原文略稱為「同盟」，1936 年成立、1945 年解散，其發起人田中都吉（Tanaka Tokichi, 1877-1961）曾在致詞時將機構定位為「全國各加盟報社的自治性共同機構」，並以「軍國日本的宣傳機關」為目標；於運作期間具有日本國家通訊社的地位。

2　「八紘為宇」，出自《日本書紀》第三卷：「然後兼六合以開都，掩八紘而為宇，不亦可乎！」此熟語更廣為人知的說法為「八紘一宇」，是大日本帝國由中日戰爭到二戰期間的國家格言，更在昭和 15 年（1940）被寫入基本國策綱要，成為侵略戰爭的精神指導根本方針。

3　帝國劇場，明治 44 年（1911）正式開幕、位於日本東京都千代田區的舞台劇劇場，日本第一座西式劇場。

4　明治神宮，大正 9 年（1920）啟用、位於日本東京都澀谷區的神社，供奉明治天皇和昭憲皇太后的靈位。

5　土屋文明（Tsuchiya Bunmei, 1890-1990），日本歌人、以研究《萬葉集》而知名的國文學者，曾任日本文學報國會短歌部會幹事長。國民儀禮，1941 年由日本基督教團所定的禮儀樣式，流程大致為「遙拜宮城、齊唱〈君之代〉、參拜神社」。

日本文學報國會會長德富蘇峰氏，[6] 事務局長久米正雄氏致開幕辭。[7] 全會一致推舉下村海南氏為大會主席，[8] 下為下村主席的致辭：

　　集合大東亞各地代表，肩負擔當為完成征戰的總體戰戰線之一的榮譽，我等眾人將互相親近、互相理解，立志挺身創建新文化圈。

　　在這強而有力的致辭後，進入祝辭的環節。如奧村情報局次長另函所述，[9] 就亞洲文藝復興的各種方法策略坦然陳述意見。接下來是谷萩陸軍報道部長：[10]

　　大東亞共榮圈建設基礎之成立，在於大東亞十億民族的心之結合為一，是故如何使民心一致，才是思想上、文化上的當務之急。在此，文學者有其使命，在於在思想戰中充當作為核心的文化兵團尖兵，盼望各位能為共榮圈道義上的結合盡己之力。

6　德富蘇峰（Tokutomi Sohō, 1863-1957），日本政治家、報人、歷史學家，曾於1890年創辦《國民新聞》，後來出任大日本言論報國會會長、文學報國會會長、大日本國史會會長。二戰後被遠東國際軍事法庭認定為甲級戰犯嫌犯，最後獲得不起訴的處分。

7　久米正雄（Kume Masao, 1891-1952），日本小說家、劇作家、俳人，曾於1914年與芥川龍之介（Akutagawa Ryūnosuke, 1892-1927）等人創辦第三次《新思潮》，翌年拜夏目漱石（Natsume Sōseki, 1867-1916）為師。戰時兼任日本文學報國會的常任理事及事務局長，是大東亞文學者大會的重要推手。根據時人回憶，「事業部本年度最大的企畫案即是 [第一屆] 大東亞文學者大會，這是久米 [正雄] 先生先前在腦海中所描繪出來的企畫案。」參見巖谷大四：《「非常時日本」文壇史》（東京：中央公論社，1958年），頁29-30。

8　下村海南（Shimomura Kainan, 1875-1957），原名下村宏（Shimomura Hiroshi），曾任臺灣總督府民政局民政長官、臺灣總督府總務長官、國務大臣兼情報局總裁。終戰後被認定為戰犯，曾被短時間拘留，後即被公職追放。除政治職務外，下村宏亦以下村海南的筆名著有《終戰秘史》（1950）等作品。

9　奧村情報局次長，指奧村喜和男（Okumura Kiwao, 1900-1969），1941年起擔任內閣情報局次長，努力在戰時體制下確立言論統制和經濟統制。

10　谷萩陸軍報道部長，指谷萩那華雄（Yahagi Nakao, 1895-1949），日本陸軍軍人，最終軍銜是陸軍少將。

平出海軍報道部課長：[11]

　　目睹使思想之一翼為之堅固的一大光輝集會，我感到喜悅非常。戰場上，我們的伙伴此時此刻也在浴血奮戰。武力戰由第一線的兵將所承擔，而思想戰的戰場，務請諸君接下這重任，確立必勝的文學，與第一線兵將一同戰鬥。

　　獲贈種種激勵之詞後，滿堂文學者心懷感激。接下來大政翼贊會後藤事務總長代讀青木大東亞大臣的祝辭。[12] 懷着喜悅朗讀完佐佐木信綱博士、[13] 高濱虛子、[14] 川路柳虹三人的短歌、俳句、詩後，[15] 進入文學者代表致辭環節。蒙疆的恭佈札布氏說道：

　　日本文化之流，即使是在蒙疆的最盡頭也已萌芽，居於斯基泰（スキタイ）文化發祥地的蒙疆文人望能培育這日本文化之芽，[16] 協助

11　平出海軍報道部課長，指平出英夫（Hiraide Hideo, 1896-1948），日本海軍軍人，最終軍銜是海軍少將。

12　大政翼贊會，二戰期間日本的極右翼政治團體，1940 至 1945 年運作期間以推動政治權力集中的「新體制運動」為主要目標，主張將既有政黨解散成一個全國性政治組織，以「一黨專政」模式統治日本。後藤事務總長，指後藤文夫（Gotō Fumio, 1884-1980），日本政治家，歷任農林大臣、內務大臣、國務大臣等職。青木大東亞大臣，指青木一男（Aoki Kazuo, 1889-1982），日本政治家，歷任大藏大臣、大東亞大臣等職，曾於 1942 年擔任汪偽政權的經濟顧問。

13　佐佐木信綱（Sasaki Nobutsuna, 1872-1963），日本詩人、國文學家，以研究《萬葉集》著稱，曾獲朝日獎、日本學士院獎、文化勳章等。

14　高濱虛子（Takahama Kyoshi, 1874-1959），原名高濱清（Takahama Kiyoshi），日本俳句作者、小説家，俳句雜誌《杜鵑雜誌》的創辦人之一，以刊物所主張「客觀寫生」與「花鳥諷詠」的理念而著名。

15　川路柳虹（Kawaji Ryūkō, 1888-1959），原名川路誠（Kawaji Makoto），日本白話自由詩創始人、「主知主義」詩歌先鋒、畫家、美術評論家。

16　斯基泰，原文作「スキタイ」（Scythian），古代在東歐大草原至中亞一帶居住與活動、操東伊朗語支的游牧民族或半游牧民族，他們的領土被稱為斯基提亞（Scythia），被視為世界上最早的騎馬遊牧民族。

復興大東亞精神文化。

在他強而有力的陳述後，中華代表周化人、錢稻孫兩氏也披露了〔倡使〕日華兩國交流的心聲：[17]

集結中國文人追隨作為東亞文學者先驅之日本文學者，〔在〕新文化建設〔的路上〕邁進。

其後，滿洲古丁氏也表示：[18]

為親邦日本肩負鎮護北邊之任的滿洲國，[19] 期待道義世界之實現，循肇國精神，[20] 為親邦致力。

日本代表菊〔池〕寬氏藉古語陳述今日之喜：[21]

有朋自遠方來，不亦樂乎？

17　周化人（1903-1976），中華民國政治人物、汪精衛政權重要人物之一，曾出任汪偽政府鐵道部常務次長、廣東省政府委員兼廣州特別市市長及全國經濟委員會委員等職。錢稻孫（1887-1966），翻譯家、作家，大量翻譯日本文學作品，代表作有《萬葉集選》、《源氏物語》。

18　古丁（1914-1964），中國現代小説家、翻譯家，活躍於偽滿洲國時期東北文壇。

19　親邦，指滿洲國當時將日本視為父親。建國之初，滿洲國稱日本為「友邦」，後改稱「盟邦」，及至 1942 年 3 月 1 日，滿洲國皇帝溥儀頒佈〈建國十週年詔書〉中有「獻身大東亞聖戰，奉翼親邦之天業」之語，再改稱日本為「親邦」。

20　肇國精神，即建國精神，日本戰時常用的宣傳語之一。

21　「菊池」，原文誤植為「菊地」。菊池寬（Kikuchi Kan, 1888-1948），日本小説家、劇作家、記者，《文藝春秋》創辦者，曾任日本文學報國會創立總會議長、大東亞文學者大會議長。「古語」指菊池寬所引用的「有朋自遠方來」一句出自《論語·學而》。

此後，大會朗讀了泰國、法屬印度支那、[22] 菲律賓、[23] 爪哇（ジヤワ）、[24] 緬甸（ビルマ）、[25] 印度等是次未能出席的共榮圈各地寄來的祝辭，最後齋藤瀏氏一邊因感激而顫抖起來，一邊朗讀了以下宣誓誓言：[26]

正值戰火熾烈之時，東亞全體民族的文學者在此聚首一堂、團結一致，向長年以來侵略我東洋的一切思想宣戰，帶來新世界的黎明。

在文壇泰斗島崎藤村氏的帶領下，[27] 與會者齊聲奉唱「聖壽萬歲」。下午十二時十五分前後，典禮結束，眾人前往東亞會館參加大東亞文學報國會舉辦的午餐會。下午一時，眾人興致勃勃地觀看了帝國劇場的歡迎公演，並在晚上六時出席了情報局為招待眾人所舉辦的晚餐會。

選譯自《香港日報》第 9943 號，1942 年 11 月 5 日

22　法屬印度支那（Indochine），原文為「佛印」，亦作「仏印」，指法蘭西殖民帝國在東南亞的領土，大致等於現時緬甸、泰國、越南、老撾、柬埔寨、馬來半島等地。

23　此處菲律賓，原文作「比島」，為日語詞「フィリピン諸島」（菲律賓群島）的別稱。

24　「ジヤワ」（Jawa），現在日文假名一般寫作「ジャワ」。

25　「ビルマ」（Burma），緬甸舊稱，現在日文假名一般寫作「ミャンマー」（Myanmar）。

26　齋藤瀏（Saitō Ryū, 1879-1953），日本陸軍軍人、和歌作者，最終軍銜是陸軍少將。

27　島崎藤村（Shimazaki Tōson, 1872-1943），原名島崎春樹（Shimazaki Haruki），日本詩人、小說家，代表作《新生》被視為日本自然主義文學的巔峰之作。

大東亞文學者大會專題報導三篇 [1]

菊池寬氏作為議長　第一日正式會議

【同盟通信社十一月四日發自東京】[2] 大東亞文學者大會第一天會議，於四號早上十時四十五分假大東亞會所四樓大會議室開始，共有議員七十七名、參與者三百六十名出席，此外亦有眾多來賓、旁聽者列席，十分盛大。是次會議會場正面中央以大日章旗為中心，左右設有滿洲、中華國旗，顯示三國密不可分的關係。兩側則有南天、竹、楓，擺有丈餘的花卉，黃白相映，草花馥郁。會議準時開始，全員起立，先行國民儀禮。其後大會委員長久米正雄氏就大會構成、[3] 運作方法進行說明，全場一致選出菊池寬氏作為議長、[4] 河上徹太郎氏作為副議長後，[5] 終於進入第一日的議題「大東亞精神的樹立」。菊 [池] 議長

1　此題為編者自擬，個別篇題於內文以粗體標示。

2　同盟通信社，原文略稱為「同盟」，1936 年成立、1945 年解散，其發起人田中都吉（Tanaka Tokichi, 1877-1961）曾在致詞時將機構定位為「全國各加盟報社的自治性共同機構」，並以「軍國日本的宣傳機關」為目標；於運作期間具有日本國家通訊社的地位。

3　久米正雄（Kume Masao, 1891-1952），日本小說家、劇作家、俳人，曾於 1914 年與芥川龍之介（Akutagawa Ryūnosuke, 1892-1927）等人創辦第三次《新思潮》，翌年拜夏目漱石（Natsume Sōseki, 1867-1916）為師。戰時兼任日本文學報國會的常任理事及事務局長，是大東亞文學者大會的重要推手。根據時人回憶，「事業部本年度最大的企畫案即是 [第一屆] 大東亞文學者大會，這是久米 [正雄] 先生先前在腦海中所描繪出來的企畫案。」參見巖谷大四：《「非常時日本」文壇史》（東京：中央公論社，1958 年），頁 29-30。

4　菊池寬（Kikuchi Kan, 1888-1948），日本小說家、劇作家、記者，《文藝春秋》創辦者，曾任日本文學報國會創立總會議長、大東亞文學者大會議長。

5　河上徹太郎（Kawakami Tetsutarō, 1902-1980），日本文藝評論家、樂評家，主力譯介法國象徵主義文學。

限定議員的發言時間為十分鐘以內後，[6] 武者小路實篤氏率先發言：[7]

為使大東亞共榮圈的文人攜手並肩，望能採取方法積極確立共榮圈文化。

然後，柳雨生氏（中華）展示了他寄託在筆硯上的熊熊鬥志：[8]

就大東亞精神的樹立方法而言，不能不謀求各地域民族國家的結合，為此應通過文學向各民族做工作。

經過河上徹太郎氏的代讀，這發言得到了滿堂喝采。接着古丁（滿洲）、[9] 錢稻孫（中華）、[10] 齋藤瀏、[11] 富澤有為男、[12] 拜闊夫（滿洲）、[13] 香

6 　原文遺漏「池」字，現據文意增補。

7 　武者小路實篤（Mushanokōji Saneatsu, 1885-1976），日本小說家、詩人、劇作家，白樺派代表作家之一，曾著有《大東亞戰爭私觀》（大東亜戦争私観，1942）。

8 　柳雨生（1917-2009），本名柳存仁，1942 年加入汪偽政府擔任宣傳部編審及新國民運動促進委員會秘書。有關柳雨生在抗戰時期的事跡，參考杉野元子著，林愷胤譯：〈柳雨生與日本 —— 太平洋戰爭時期上海「親日」派文人的足跡〉，《中國文哲研究通訊》第 21 卷第 3 期（2011 年 9 月），頁 17-33。

9 　古丁（1914-1964），中國現代小說家、翻譯家，活躍於偽滿洲國時期東北文壇。

10 　錢稻孫（1887-1966），翻譯家、作家，大量翻譯日本文學作品，代表作有《萬葉集選》、《源氏物語》。

11 　齋藤瀏（Saitō Ryū, 1879-1953），日本陸軍軍人、和歌作者，最終軍銜是陸軍少將。

12 　富澤有為男（Tomizawa Uio, 1902-1970），日本作家、畫家，曾獲 1937 年芥川賞，中日戰爭時配合日本國策，多寫戰記小說。

13 　拜闊夫（Nikolay Baykov, 1872-1958），又譯巴依科夫、拜克夫，筆名鼻眼鏡，外阿穆爾人，小說家、畫家、自然科學家－狩獵者，曾參與俄國內戰，後於1922 年逃亡至滿洲，代表作有俄文小說《大王》（1936）、《牝虎》（1940）等。詳參蔡佩均：〈「發現滿洲」——拜闊夫小說中的密林與虎王意象〉，載柳書琴主編：《東亞文學場：台灣、朝鮮、滿洲的殖民主義與文化交涉》（新北：聯出版事業股份有限公司，2018 年），頁 298-301。

山光郎（朝鮮）、[14] 龍 [瑛] 宗（台灣）等人進行了一番熾熱的辯論後，[15]
早上的會議在下午十二時四十分暫告一段落。眾人在隔壁房間的大食
堂裏和氣融融地共進午餐後，下午一時半開始進入「關於大東亞精神
的普及和教化」的具體策略議論。

出現動人的感動場面

　　【同盟通信社十一月四日發自東京】大東亞文學者大會正式會議
的第一天下午在一時半開始，日、滿、華、蒙代表友好相對入席，展
開了認真的議論。菊池寬氏的議長工作也上了手，一路處理着熱心議
員的發言。在長與善郎氏、[16] 臺灣青年作家龍瑛宗氏、滿洲爵青氏之後
發言的中支周化人氏力陳意見，[17] 指出「為確立大東亞精神，全亞細亞
民族堅定不移的團結是必不可少的」。此外，浦和高校教授藤田德太
郎氏呼籲回歸古典：[18]

14　香山光郎，即李光洙（Yi Gwangsu, 1892-1950），韓國近代小説家、詩人，其
　　小説《無情》（1917）被視為韓國第一部近代長篇小説。李光洙為響應日本皇
　　民化政策，在朝鮮半島日佔時期「創氏改名」法令推行後，改名為「香山光郎」
　　（Kayama Mitsurō）。

15　「龍瑛宗」，原文誤植為「龍英宗」。龍瑛宗（1911-1999），客家裔台灣小説家、
　　詩人，台灣新文學重要人物之一，初以日文寫作，1980 年代起兼用中文。

16　長與善郎（Nagayo Yoshirō, 1888-1961），日本小説家、劇作家，白樺派作家，
　　戰時任日本文學報國會理事，1944 年以日本團團長的身份參加第三次大東亞
　　文學者大會。

17　爵青（1917-1962），中國現代小説家，活躍於偽滿洲國時期東北文壇，1941
　　年出任滿洲文藝家協會委員，長篇小説《歐陽家的人們》獲 1942 年「《盛京
　　時報》文學獎」（《盛京時報》是日本政府在中國東北設置的一個興論喉舌）、
　　《黃金的窄門》獲第一次「大東亞文學獎」；曾因為日本關東軍當翻譯而被視
　　為漢奸文人。中支，「中部支那」的簡稱，指中國華中地區。周化人（1903-
　　1976），中華民國政治人物、汪精衛政權重要人物之一，曾出任汪偽政府鐵道
　　部常務次長、廣東省政府委員兼廣州特別市市長及全國經濟委員會委員等職。

18　藤田德太郎（Fujita Tokutarō, 1901-1945），日本文學研究者，師從佐佐木信綱
　　（Sasaki Nobutsuna, 1972-1963），戰時參與編選《愛國百人一首》（表現愛國精
　　神的著名和歌一百首）。

　　為了生出大東亞的新文學，必須重新檢討我們冠絕世界的古典文學。新文學只有在咀嚼吸收舊文學中流傳的珍貴之物後，方能完成。

　　這時議長菊池寬氏環顧廣闊的議場，看見自早上開始列席旁聽的△·N·庫格（△·N·クーグ）等四名印度志士的身影，進行了緊急發言：

　　今日的會議獲印度志士熱心參與旁聽，我們何不為他們，以及為在遙遠的祖國努力要從英國的桎梏中解放出來的印度人，贈以發自內心的掌聲呢？

　　話聲剛落，並排而坐的共榮圈文學者齊聲向旁聽席拍手喝采。回過神來，四名志士不禁被大會意料之外的聲援感動不已。好一動人場面。

　　接着，蒙疆的 [恭佈札布] 氏表示「為了開展共榮圈文學，希望務必設立共榮圈文學者共同的發表機關」。[19] 對此，議長也回應道「希望務必能在明年大會前實現」。然後，滿洲女性作家吳瑛女士和日本吉屋信子女史以溫柔的語調，[20] 交互立下誓言，「讓我們立志努力建立跨越民族與國家藩籬的新文學吧」。最後，全場一致通過為二月逝世的帝國藝術院會員北原白秋氏致弔辭，[21] 會議在下午二時半散會。於五號開展的第二日會議將討論以下兩大議題：

19　「恭佈札布」，原文誤植為「佈札希」。

20　吳瑛（1915-1961），中國現代作家、編輯，活躍於偽滿洲國時期東北文壇。吉屋信子（Yoshiya Nobuko, 1896-1973），日本小說家、同志文學先驅，以家庭小說、少女小說著名。1937 年 8 月至 9 月期間，她以「《主婦之友》皇軍慰問特派員」的身份前往天津、上海，回國後接連在 10 月號及 11 月號上發表〈戰禍的北支地現行〉（戰火の北支現地を行く）和〈戰火的上海決死行〉（戰火の上海決死行）兩篇文章。

21　北原白秋（Kitahara Hakushū, 1885-1942），原名北原隆吉（Kitahara Ryūkichi），日本童謠作家、詩人、歌人。

一、藉由文學的思想方面的融合方法

二、關於完成大東亞戰的方策

討論完結後，預定由橫光利一氏朗讀〈決議文〉後，[22] 舉行閉會典禮。

從古丁、橫光利一兩氏
與吳瑛、圓地文子兩女史一同　聆聽大會的感動

【同盟通信社十一月四日發自東京】凝集大東亞共榮圈的文化全力，在征戰中意義愈顯深遠的「大東亞文學者大會」開始，正式會議於四號橫跨早午舉行，日、滿、華、蒙各地文人交互展露了對樹立和普及強化大東亞精神的熾熱決心。大會議員古丁氏（滿洲國）、吳瑛女史（滿洲國）、橫光利一氏以及作為大會參與旁聽的圓地文子女士就當日的感動，[23] 分別這樣說道：

古丁氏

大會一開始，像武者小路實篤先生這樣的長者率先發言，讓相較而言較為年輕的我等滿洲文人深受感動。大東亞老少文人由始至終和氣融融，在樹立大東亞精神上，展示了堅定的決心，全場一致認同其確立。我確信這大精神將在不久的將來，刻印在大東亞文學者當中、糅合顯現在文學作品當中。這份決心也將給予敵國文學沉重的打擊。我在席上大表滿洲國以友邦日本的「惟神之道」為本的民族共和精神，[24] 向各地文學者代表作出呼籲，獲得眾多好意，我對此深感欣快。

22　橫光利一（Yokomitsu Riichi, 1898-1947），日本小説家、俳人、評論家，與川端康成（Kawabata Yasunari, 1899-1972）齊名的新感覺派作家。

23　圓地文子（Enchi Fumiko, 1905-1986），原名圓地富美（Enchi Fumi），日本小説家、劇作家，曾獲谷崎潤一郎賞、日本文學大賞等文學獎，並被授予文化勳章，晚年以翻譯《源氏物語》聞名。

24　惟神之道，即由神傳來，不加人工，奉行神的真心之道，亦謂神道。

吳瑛女史

我曾作為東亞操觚者大會的一名記者訪日，[25] 重遊回憶中的舊地實在令人感慨萬分。在大東亞戰爭下抵達戰時的東京，不禁先為城中的繁榮驚訝，為市民的平靜打動，為物品的豐富心生感慨，國民安定的生活與三年前的東京絲毫無異，實在令人深深感動。今日我在席上講述了東洋婦人滿有貞節和孝行的卓絕婦德，而戰勝之因全賴這冠絕世界的婦德，因此希望婦人也能共謀大東亞精神的徹底普及。這時吉屋信子女史也表示贊同，讓我深受鼓舞。

橫光利一氏

我完全為作為外地代表的文學者諸君的認真和熱心所打動。共榮圈文學者經已有必須攜手並肩的自覺和熱情。實在令人不勝喜悅。目睹集合在東洋下之同志奮起之日不遠了。[26]

圓地文子氏

十分感動獲得與滿洲國、中國、蒙疆的文學者見面、直言相對的機會。人與人的接觸也能大大促使文學上的接觸，而在這樣的時代能和生活在共榮圈得文學者聚首一堂、互相親近，我想光是這樣便已是莫大的收穫了。

選譯自《香港日報》第 9944 號，1942 年 11 月 6 日

25　東亞操觚者大會，指 1940 年舉辦的第一次會議，當年適逢日本「紀元 2600 年建國紀念」，大會定於「紀元節」進行，出席人員多為記者、編輯。

26　原文為「東洋の△り」，其中一字難以辨識。

大東亞文學者大會　南方各地代表亦參加
今年同在東京開辦

　　【同盟通信社四月一日發自東京】[1] 鑑於大日本文學報國會於去年秋天假東京舉辦的第一屆大東亞文學者大會獲得了共榮圈文化史上巨大的成果，[2] 今年亦擬於秋季十月三日至八日期間，同去年假東京舉行第二屆大會。今年除了去年〔出席〕的滿洲、支那、法屬印度支那、[3] 泰國的代表外，也正邀請菲律賓、馬來（マライ）、緬甸（ビルマ）、爪哇（ジヤワ）等南方各地代表參加，[4] 由此能讓大東亞所有文化代表無一遺漏地聚首一堂，其成果可期。

選譯自《香港日報》第 10085 號，1943 年 4 月 3 日

1　同盟通信社，原文略稱為「同盟」，1936 年成立、1945 年解散，其發起人田中都吉（Tanaka Tokichi, 1877-1961）曾在致詞時將機構定位為「全國各加盟報社的自治性共同機構」，並以「軍國日本的宣傳機關」為目標；於運作期間具有日本國家通訊社的地位。

2　日本文學報國會，1942 年 5 月在日本成立的全國性文學組織，以宣揚國策、協力戰爭為目的，實質是情報局的外圍組織，亦是二戰期間大東亞文學者大會的主辦機關。

3　法屬印度支那（Indochine），原文為「佛印」，亦作「仏印」，指法蘭西殖民帝國在東南亞的領土，大致等於現時緬甸、泰國、越南、老撾、柬埔寨、馬來半島等地。

4　此處菲律賓，原文作「比島」，為日語詞「フィリピン諸島」（菲律賓群島）的別稱。「ジヤワ」（Jawa），現在日文假名一般寫作「ジャワ」。「マライ」（Malay），指包含馬來半島以及新加坡島等島嶼的東南亞地區，有別於馬來半島或現在的馬來西亞。「ビルマ」（Burma），緬甸舊稱，現在日文假名一般寫作「ミャンマー」（Myanmar）。

昔年毒筆銷聲匿跡
對抗戰的將來懷疑深切
苦於生計的重慶作家

　　【同盟通信社發自廣東】[1]淪為美英奴隸聚集在重慶一隅，揮舞欺瞞民眾的毒筆的抗日作家，他們最近也開始對抗戰的前途懷有疑問了。舉例而言，現在身處重慶的著名作家有以《家》《春》《秋》三部曲博得喝采的巴金、著有《從軍日記》的謝冰瑩、[2]作為浪漫派劇作家為人所知的田漢、抗日論壇的巨頭鄒韜奮、[3]此外還有茅盾、老舍等人。他們在事變以來結成了所謂文化戰線的東西，舞弄抗日的毒筆，煽動內地青年加入抗日戰線，又或是鼓吹抗日文學，一直以來欺瞞着民眾。然而，因大東亞戰爭爆發而激變的情勢給他們的思想、感情都帶了巨大的衝擊，加上生活的窮困在精神和肉體上，都給了這班人難以承受的痛苦。他們現在在重慶主宰着以《抗戰文藝》、《文藝創作》又或是《滿地紅》為題的月刊雜誌，[4]僅僅維繫着那短暫的餘命，但那內容極其貧弱，以致如往年般的激烈論調也銷聲匿跡，僅僅不足百頁的

1　同盟通信社，原文略稱為「同盟」，1936 年成立、1945 年解散，其發起人田
　　中都吉（Tanaka Tokichi, 1877-1961）曾在致詞時將機構定位為「全國各加盟報
　　社的自治性共同機構」，並以「軍國日本的宣傳機關」為目標；於運作期間具
　　有日本國家通訊社的地位。
2　謝冰瑩（1906-2000），曾從軍參與北伐、作家，著有《從軍日記》、《女兵自
　　傳》等。
3　鄒韜奮（1895-1944），新聞記者、出版家，三聯書店前身之一的生活書店的
　　創辦人。
4　《抗戰文藝》於 1938 年 5 月 4 日創辦於漢口，是中華全國文藝界抗敵協會的
　　會刊，由「抗戰文藝編輯委員會」編輯，上文提及的巴金、田漢、茅盾、老
　　舍均是中華全國文藝界抗敵協會代表性的建立者，而田漢、茅盾、老舍亦是
　　「抗戰文藝編輯委員會」編輯，1938 年 10 月《抗戰文藝》遷往重慶繼續出版。
　　《文藝創作》、《滿地紅》亦是重慶出版的抗戰文學雜誌。

小雜誌上刊載着無名作家的短篇小說，全然失去文化雜誌的精彩，彷彿從紙上溢然而出的，是對生活的痛苦和戰爭的悲慘的控訴，僅此而已，這如實地訴說了重慶在文化方面的貧困。最近在當地入手的這類雜誌，無一例外地反映了作家的生活問題。

　　重慶的文化運動現已幾近停止，同情同情迷失街頭的作家的悲境吧。

　　這樣沉痛地抨擊當局無謀，如巴金寄予《宇宙風》一文率直地嘆息：[5]

　　我們比起物質當然更重視精神，反這樣說也〔不代表〕我們能無視生計揮筆。作家們現在正為不知拿這苦痛如何是好而煩悶。

文學者大會　華北代表已定

　　【同盟社於北京發出】第二屆大東亞文學者大會華北代表，經華北政務委員會教育總署權衡過後，[6] 於十日決定為以下五位：

　　沈啟无（〔藝文〕社同人、北京大學教授）[7]

5　《宇宙風》，1935 年於上海創辦、由林語堂主編的文藝期刊，中日戰爭期間曾在廣州、重慶等地出版。

6　華北政務委員會，1940 年 3 月 30 日成立，1945 年 8 月 16 日解散，前身是中華民國臨時政府（又稱華北臨時政府），臨時政府參加汪精衛政權後，改組為華北政務委員會。教育總署為華北政務委員會直屬機關之一。

7　沈啟无（1902-1969），詩人、學者，在北平淪陷後曾出任偽北京女子師範學院中文系教授和偽北京大學中文系主任，又任職於偽華北作家協會等機構，是北平淪陷區文壇的活躍分子。藝文社，1943 年 6 月成立的團體，周作人（1885-1967）任社長，錢稻孫（1887-1966）、瞿兑之（1894-1973）、安藤更生（Andō Kōsei, 1900-1970）為顧問，曾出版《藝文雜誌》。又原文多處將「藝文社」誤植為「文藝社」，此處統一修改。

張[我]軍（[藝文]社同人、北京大學教授）[8]

陳綿（[藝文]社同人）[9]

柳龍光（華北作家協會幹事長）[10]

徐白[林]（教育總署）[11]

選譯自《香港日報》第 10212 號，1943 年 8 月 13 日

8　「張我軍」，原文誤植為「張吾軍」。張我軍（1902-1955），台灣日治時期作家，1924 年曾引發台灣日治時期新舊文學論戰，1927 年與宋斐如（1903-1947）在北京創立《少年台灣》。

9　陳綿（1901-1966），現代劇作家、導演，1921 年留學法國攻讀戲劇學博士，回國後任教於中法大學，致力於外國名劇的翻譯和改編工作。1942 年 9 月華北作家協會成立時曾任評議會評議員。參考張泉：《抗戰時期的華北文學》（貴陽：貴州教育出版社，2005 年），頁 247-251。

10　柳龍光（約 1911-1949），女作家梅娘（1920-2013）之夫，曾任《盛京時報》、《大同報》、《華文大阪每日》及《武德報》編輯。

11　「徐白林」，原文誤植為「徐白森」。徐白林（生卒年不詳），時任華北作家協會幹事。徐白林與柳龍光曾被視為該時華北文壇的「滿洲系」人物，張深切《北京日記》曾有以下記述：「聞林房雄對炎秋謂：『現在華北文壇悉被滿洲系與台灣系占領實在可惡。』炎秋問『滿洲系係誰？』彼謂：『《武德報》柳龍光等、翻譯審會徐白林等是也。』炎秋又問：『台灣系是誰耶？』彼曰：『張深切、張我軍是也。』炎秋問曰『二人能成一派乎？』彼曰：『此二人為中心，故可謂派也。』」參考張深切：《北京日記》，載陳芳明等編：《張深切全集》（台北：文經出版社，1998 年），卷 11，頁 343。

興亞之大筆
第一屆文學獎於會議結束後發表

第［二］回大東亞文學者會議[1]

【同盟通信社發自東京】[2]日、滿、華文學者聚首一堂共議全新戰爭文化創造的大東亞決戰文學者大會，於二十六日上午九時二十分，假大東亞會館四樓大會議室展開了第一日的熾熱討論。聚集的滿、華二十六名、日本九十九名代表在開始時間前陸續進入會場。與逼近的八月猛暑搏鬥，會議今年也繼續舉辦。今屆以議長為首的各代表發言時皆穿插傳譯，〔哪怕是〕一言半語也要銘刻於互相的心上，〔從中可見是〕費了很大的努力。在事務局長久米正雄氏的報告中：[3]

第一屆大東亞文學獎擬於本會議結束的同時頒授，希望今後也會在大會席上進行頒獎，而即使是直至會議進行的現在，權衡委員也在不眠不休地進行光榮的作品甄選工作。

演說後，代表席一同拍手，這承諾了閃耀的榮冠將會被戴在出席代表中的某人頭上。進入議事環節前，代表久保田萬太郎氏提出緊急

1　編者案：大東亞文學者大會是由日本文學報國會主辦的文學者會議，共舉行三次。第一回大會於 1942 年 11 月 3 日至 10 日在東京召開；第二回大會稱為「大東亞文學者決戰會議」，1943 年 8 月 25 日至 27 日在東京召開；第三回大會則於 1944 年 11 月在南京召開。故此處應為「第二回大東亞文學者會議」，原文誤植為「第一回」。

2　同盟通信社，原文略稱為「同盟」，1936 年成立、1945 年解散，其發起人田中都吉（Tanaka Tokichi, 1877-1961）曾在致詞時將機構定位為「全國各加盟報社的自治性共同機構」，並以「軍國日本的宣傳機關」為目標；於運作期間具有日本國家通訊社的地位。

3　久米正雄（Kume Masao, 1891-1952），日本小說家、劇作家、俳人，戰時兼任日本文學報國會的常任理事及事務局長。久米正雄是大東亞文學大會的重要推手，根據時人回憶，「事業部本年度最大的企畫案即是［第一屆］大東亞文學者大會，這是久米［正雄］先生先前在腦海中所描繪出來的企畫案。」參見巖谷大四：《「非常時日本」文壇史》（東京：中央公論社，1958 年），頁 29-30。

動議，[4] 望以大會之名向逝去的島崎藤村致以弔唁決議，[5] 這動議在滿堂掌聲中通過，議長隨即着手寫下弔唁決議。上午的一般性問題以武者小路實篤氏的〈必勝的信念〉作為第一辯的發言：[6]

我們堅定不移的信念，必將獲勝的信念，讓我們把這信念活用於筆上鼓舞後方士氣，由此在這場大東亞戰爭中獲得最終勝利吧！

[陳]寥士（中支）：[7]

為了大東亞戰爭的勝利，重要的是好好認識時代，在這基礎上互相協力。作為大東亞盟主的日本與參戰新中國的我們，須相互發揮東洋固有的思想和強韌優秀的精神，在各自的職域上英勇奮鬥。

山田清三郎氏（滿洲）：[8]

企圖能對大東亞戰爭有所貢獻，這是文學者滿懷雄心的慾望。我們為全守備北邊之重任，協助十一年前建國的滿洲國強力發展，望能創造有力量的文學。

4　久保田萬太郎（Kubota Mantarō, 1889-1963），日本小説家、劇作家、俳人，1942 年成為日本文學報國會劇文學部幹事長。

5　島崎藤村（Shimazaki Tōson, 1872-1943），原名島崎春樹（Shimazaki Haruki），日本詩人、小説家，代表作《新生》被視為日本自然主義文學的巔峰之作。

6　武者小路實篤（Mushanokōji Saneatsu, 1885-1976），日本小説家、詩人、劇作家，白樺派代表作家之一，曾著有《大東亞戰爭私觀》（大東亜戦争私観，1942）。

7　陳寥士，原文誤植為「院寥士」。中支，「中部支那」的簡稱，指中國華中地區。陳寥士（1898-1970），學者、舊體詩人，曾任汪精衛政府行政院秘書處主任。1940 年，陳寥士曾在南京發起「中國文藝協會」，以推動宣傳中日親善的「和平文藝」，並擔任編輯委員長，主編機關誌《國藝》。

8　山田清三郎（Yamada Seizaburō, 1896-1987），日本小説家、評論家，於 1939年出任滿洲文藝家協會會長。

　　這之後中支、蒙疆、朝鮮、台灣各代表也都在發言中表示了希望能貢獻決戰的熱忱，然後上午的會議便結束了。下午的會議於一時三十五分開始，繼上午的一般性問題，以就實踐問題的熱烈討論拉開序幕。正當老詩人野口米次郎氏以火一般熱切的語調談及印度獨立問題並對其遙送聲援，[9] 在來賓席上的印度獨立聯盟橫濱支部長 D.I.梅坦尼（D.I.メタニー）氏因過於感動，[10] 臨時以日語進行了演說：

　　雖然我在去年的大會上只是旁聽，今年有幸獲得了發言〔的機會〕。藉着大東亞文學者眾人的活動，印度增強了多少力量。印度至今為止出現了以文豪梅迪亞斯（メデアス）為首的眾多文學者，於科學、哲學、書法等領域的光輝成就至今仍以梵語保留，佛教自不用說是從母親般的印度大地誕生的。然而這絢爛的印度文化也因英國的侵略而沒能留住它的舊貌，藉着作為我們長年希望的錢德拉・鮑斯（チャンドラ・ボース）氏的出現，[11] 翹首以盼的獨立之日近了！正如野口氏所說，作為亞細亞之母的印度，如今藉着印度國民軍的鮮血在獨立的大道上邁進，榮光的獨立之日近了，我衷心希望明年大會上能有出色的印度文學者參加。

　　他以不太流暢的日語道出了對獨立的熱切盼望。當他說完，如雷般的掌聲沸騰而起。接着提出菲律賓（比島）獨立問題的木村毅氏說道：[12]

9　野口米次郎（Noguchi Yonejirō, 1875-1947），日本詩人、小說家、評論家。1930 年代，原本左傾的野口米次郎迅速倒向右翼軍國主義立場，並在 1935 至 1936 年被派往印度交流，企圖在思想界宣傳日本在東亞的侵略計畫。

10　印度獨立聯盟（Indian Independence League, IIL），第二次世界大戰晚期活躍於東亞和東南亞各地的印度政治組織，主要目標是使印度擺脫英國殖民統治。

11　錢德拉・鮑斯，全名蘇巴斯・錢德拉・鮑斯（Subhash Chandra Bose, 1897-1945），印度律師、政治人物，積極參與印度獨立運動，曾為自由印度臨時政府（Azad Hind）領導人、印度國民軍最高指揮官。

12　本文所譯「菲律賓」，原文皆作「比島」，為日語詞「フィリピン諸島」（菲律賓群島）的別稱。木村毅（Kimura Ki, 1894-1979），日本文學評論家、小說家、明治文化史學者。

　　關於菲律賓獨立，五十年前在阿奎納多將軍（アギナルド）崛起時，[13] 與少壯軍人們一起，我們的前輩文學者們盡了全力支援，如今正是我們也繼承光輝的傳統精神，舉一切力量為即將誕生的弟邦效勞的時候。

　　此外，高見順氏亦提議向獨立國緬甸高呼聲援，[14] 以激勵戰鬥中的緬甸文學者。這些對印度、菲律賓、緬甸的聲援都在大會期間各自得到緊急處理，如文字所述，大東亞決戰文學者大會點綴了與之相應的情景。在這之後，各代表就圍繞大東亞共榮圈的各種問題進行了認真的論辯，最後女流作家登場，在吉屋信子女史就〈東洋古典的復興〉、[15] 窪川稻子女史和中支關露女史就〈女流文化的交流〉交互起立講述後，[16] 下午逾四時半，第一日的論爭結束了。

選譯自《香港日報》10226 號，1943 年 8 月 28 日

13　阿奎納多將軍，即埃米利奧・阿奎納多（Emilio Aguinaldo, 1869-1964），菲律賓軍事家、政治家、獨立運動領導人，曾是菲律賓反西班牙秘密革命社團「卡蒂普南」（Katipunan）成員、菲律賓第一共和國總統，後於二戰時期向日本投降，並與日軍合作。

14　高見順（Takami Jun, 1907-1965），本名高間芳雄（Takama Yoshio），日本小說家、詩人，代表作有《高見順日記》（曾以《敗戰日記》及《終戰日記》之名再版），被視為日本昭和時期的重要史料。

15　吉屋信子（Yoshiya Nobuko, 1896-1973），日本小說家，以創作家庭小說、少女小說著名，亦是日本同志文學先驅。1937 年 8 月至 9 月期間，她以「《主婦之友》皇軍慰問特派員」的身份前往天津、上海，回國後接連在 10 月號及 11 月號上發表〈戰禍的北支地現行〉（戰火の北支現地を行く）和〈戰火的上海決死行〉（戰火の上海決死行）兩篇文章。

16　窪川稻子（Kubokawa Ineko, 1904-1998），即佐川稻子（Sata Ineko），日本小說家。關露（1907-1982），中國作家、間諜，曾在日本大使館與海軍報道部合作的《女聲》擔任編輯。

大東亞會議各代表聲明 [1]

汪中華民國代表聲明

【同盟通信社十一日發自東京】[2] 大東亞會議閉幕之際，中華民國代表汪行政院院長在七日發表聲明如下：

回顧百年以來，美英兩國放縱其侵略榨取的政策和蠶食全世界的貪婪野心，英國勢力以南洋為始，接着在中國發動鴉片戰爭，另一方面美國亦從太平洋侵入東亞，與英國形成挾擊之態勢，當時東亞民族正值千鈞一髮之境，惟幸因日本奮起而得漸阻美英勢力之野心。然美英兩國其後專在東亞民族間挑撥離間，由此各民族開始彼此相戰、再無寧日，直至開始大東亞戰爭，美英兩國在東亞的勢力由此初告崩壞，侵略榨取之所得以及企圖被日本完全覆滅，由此可見日本保衛東亞之功績，對此凡大東亞諸民族無不感佩，而日本不滿足於此，以美英損害東亞蓋在其侵略榨取之政策，為擊破美英勢力而主動謀求從根本覆滅其傳統政策，即換單方面戰力為共存，轉單方面榨取為共榮。東亞各民族各自獨立自主，並相互尊重其獨立自主，於文化上發揚其創造力和協調力，於經濟上實行互惠、取長補短、互通有無。這種基本方針正正與美英的傳統政策相反，此即東洋道義精神與西洋的功利

1　大東亞會議，1943 年 11 月 5 日至 6 日在日本東京召開的一次國際會議，會議由時任日本首相東條英機（Tōjō Hideki, 1884-1948）主導，各地區會議代表包括：偽中華民國行政院院長汪精衛（1883-1944）、泰國親王兼代總理旺・威泰耶康（Wan Waithayakon, 1891-1976）、偽滿洲國國務總理張景惠（1871-1959）、菲律賓第二共和國總統何塞・勞雷爾（José Laurel, 1891-1959）、緬甸國總理巴莫（Ba Maw, 1893-1977）及「自由印度臨時政府」（Azad Hind）首領蘇巴斯・鮑斯（Subhas Bose, 1897-1945）等。

2　同盟通信社，原文略稱為「同盟」，1936 年成立、1945 年解散，其發起人田中都吉（Tanaka Tokichi, 1877-1961）曾在致詞時將機構定位為「全國各加盟報社的自治性共同機構」，並以「軍國日本的宣傳機關」為目標；於運作期間具有日本國家通訊社的地位。

見解所迥異之處。今屆大東亞會議由日本發起，意在聯合東亞各國，以團結的力量實踐道義精神，如斯偉大的貢獻不止會成為大東亞各國永久友好的基礎，也是全世界永久和平的基礎。中華民國國父孫文先生曾說日本維新是亞細亞的轉機，[3] 這番話今天已被證實，與不平等條約的廢棄等逐一作為事實具現化。我在數日前與日本駐華大使締結了《日華同盟條約》，[4] 今天我在此代表中華民國參加大東亞會議並在《共同宣言》上得以署名，[5] 我感到莫大的光榮和感激。我深信凡參加的各國代表都懷着同樣的熱忱和信念，亦由此確信大東亞戰爭的目的必將完成，大東亞共榮圈的建設也必將完成。大東亞光輝燦爛的事業有大東亞各國民主各自努力和協作努力方會得到具現，美英以前所用的侵略榨取的政策已被摧毀，挑撥離間的政策也已化為泡影。今後無論他們使用怎樣的政策、以怎樣的甜言蜜語相誘、開出怎樣的空頭支票，又或是散佈種種流言，亦絲毫不能動搖我們的信念。我們不會再受其壓迫，也不會再信其欺瞞，我們確信我大東亞各國各自努力的結果，必將會好好解放大東亞，必將好好以大東亞的燦爛光輝照亮世界。

張滿洲國代表聲明

【同盟通信社七日發自東京】蓋世界之秩序，惟有在萬邦各得其所、相倚相扶，共舉共榮之實，由此方能確立。數百年來東亞的歷史實為美英侵略的歷史，他們虎視眈眈，以各種狡猾的手段方法，為了

3　孫文，即孫中山（1866-1925），二十世紀初期中國重要政治人物，中國國民黨、中華民國創辦人。

4　《日華同盟條約》，即《日本國與中華民國同盟條約》，1943 年 10 月 30 日由汪精衛與日本駐中華民國特命全權大使谷正之（Tani Masayuki, 1889-1962）於南京簽訂的條約。條約全文參見張蓬舟主編：《近五十年中國與日本（1932-1982）》（成都：四川人民出版社，1988 年），第四卷，頁 520-521。

5　《共同宣言》，即《大東亞共同宣言》，大東亞會議期間所擬定作為建設大東亞的五項基礎綱領，並於會議後通過並宣讀的原則性宣言。宣言全文參見張蓬舟主編：《近五十年中國與日本（1932-1982）》，第四卷，頁 522。

自己的繁榮逐漸蠶食東亞，貪得無厭地持續榨取和迫害大東亞，最終想一逞把大東亞從根本上變成自己隸屬的非分之想。日本在如斯情勢下決然而起，揮舞破邪顯正的正義利劍，將美英勢力從東亞的天地完全驅逐出去，東亞得以斬斷數百年來無法掙脫的美英枷鎖，一新東亞本來的面目。加上日本即使在嚴苛激烈的決戰途中，仍大膽率直地致力實踐東亞建設理念：對中華民國更撤廢治外法權，實施租界的還附和返還地產，最近還實行了《日華基本條約》的修訂；[6] 對泰國則承認馬來四州的編入；對緬甸和菲律賓則實現其獨立的宿願；此外最近印度臨時政府一成立便率先加以承認。結果東亞沐浴在輝煌的復興之旭光中，各國各自在新的構想和精神下渾然成一體，成建設大東亞之雄渾態勢，在如斯之秋，東亞各國代表會首一堂，將其所信化作《大東亞宣言》向中外莊嚴有力地闡明，各自舉共存共榮、獨立親和、文化交流及經濟提攜之實，挺過所有障礙，不留遺憾地共期大東亞戰爭之完成，對新的結盟誠銘感五內，藉由今次大東亞會議，東亞各國在青史上增添了光輝的一頁。私以為此全賴天皇陛下之天威下忠烈勇戰的日本陸海將兵，和日本所謂殺身成仁的崇高精神及其強大的實踐力，由此不禁衷心感謝。我滿洲國十餘年前打破作為美英走狗的軍閥政權，標榜建設道義國家，實踐民族協和，宣言為還東亞原有之貌而建國，自那以來，有賴日本的友情援助，得以克服種種障礙而見今日之隆盛。皇帝陛下有諭，循日滿協同防衛、日滿一德一心之大義，我等應協助日本完成戰爭〔並〕率先垂範，由是四千萬國民亦不分官民，率先挺身增產建設。如今世界不分洋之東西，皆處於激烈嚴峻的決戰場中，然地大物博的東亞諸國如今正應名副其實地和睦一心，成渾然一體，不生任何可乘之隙，使必勝不敗之信念愈發昂揚，得成威風凜

6　《日華基本條約》，又稱《中日基本條約》，全稱《關於中華民國日本國間基本關係條約》，1940 年 11 月 30 日由汪精衛與日本駐中華民國特命全權大使阿部信行（Abe Nobuyuki, 1875-1953）於南京簽訂的條約。條約全文參見張蓬舟主編：《近五十年中國與日本（1932-1982）》，第四卷，頁 432-434。

凜之總進軍，勝利的榮譽今已在我等頭上，我對此深信不疑。

旺・威泰耶康（ワンワイ）泰 [國] 代表聲明 [7]

【同盟通信社七日發自東京】泰國代表旺・威泰耶康殿下在七日發表聲明如下：

約三年前，本王在日本的調停下，為解決交涉泰國和法屬印度的國境問題而訪問日本，這國境問題在日本公正的仲裁下得到正當的解決。這是大東亞共榮圈建設的進步之一，其理由在於日本對大東亞地域的和平安定抱有關心，表明其在大東亞追求正義的意願和意圖。大東亞戰爭爆發後，泰國馬上與日本成為同盟關係，泰國軍隊自那以來懷着巨大的勇氣和忍耐力，與日本軍並肩作戰。日泰兩國關係親密，以親密無間、完全協作的諒解為特徵，日本軍又承認泰國為英國所奪得北部馬來四州、撣二州的重新編入，[8] 對日本寬大公正的措施，泰國政府、泰國民眾皆深表謝意。日本對大東亞諸國如對泰國般親密友好，今屆大東亞會議乃其所結之實，同時也是大東亞建設躍進的證據。而藉由這會議所採擇的《大東亞共同宣言》，正正劃下了世界史上的一大轉機。無論如何，基於正義的原則而成的經濟原則、弘揚文化的原則，才是世界恆久和平的根本。我們與日本變成更加親密的友人回到祖國，歸國時必將向國民轉達日本國民將在這場戰爭中戰到勝利為止的堅定戰鬥決心，同時我們對日本國民致以最高的敬意，並發誓將全力協助日本。

7　原文遺漏「國」字，現據文意增補。

8　1941 年 12 月，泰國正式加入軸心國，年初即向英美宣戰。日本佔領馬來亞後，為回報泰國加入軸心國對日本的支援，同意根據《1909 年英國－暹羅條約》（*Anglo-Siamese Treaty of 1909*）泰國割讓英國的馬來四州交回泰國。又緬甸戰役（Burma Campaign）中，英軍被日泰聯軍重創，在日本同意下割英屬緬甸聯邦之一的撣邦（Shan State）予泰國。

勞雷爾（ラウレル）菲律賓（比島）代表聲明[9]

【同盟通信社七日發自東京】菲律賓（フィリピン）總統勞雷爾在七日發表了以下聲明：

大東亞諸國及諸國國民為自衛以及世界和平進展，如今已成為了牢固一體的組織。諸國約定將前所未有地承認〔對方〕的主權獨立，以及尊重互相的文化和傳統，立足共存共榮和協力的基礎，一改以往國際金融的利己要求，圖謀經濟發展。而大東亞諸國不受人種偏見和差別待遇的毒害，欲與世界其他國家增進友好關係，更立意反抗回歸貧困不義的戰前狀態，為減輕人類苦惱，將利用全世界的資源，以期帶來科學和文化上的進步。上述目的已定且沒有懷疑的餘地，亞細亞諸國為達成上述目的，現已締結嚴肅的自衛協定。我等大東亞各國無論面對怎樣的國家也不會挾帶敵意，只懷着堅持確保國家遺產的堅定決心，即不為外來干涉所擾，經營我們本來的生活，並確保我們和我們子孫能擁有我們應有的地位，除此之外別無其他。如今我們的命運掌握在我們手上，我們的前途由我們所創。這份自覺愈發強烈，我們期望從今日起用自己的手開拓自己的救濟之路，哪怕是今天被宣傳為西洋文明的先進國家的諸國，在他們的祖先仍在歐洲的荒野放浪之時，這東洋文明便已成熟。我們燃起熾烈的信念和敢為的精神，產出了眾多文明，讓我們想起我們的祖先，再度究其隱藏的力量之源，汲取其睿智和經驗的無限積累，改造我們的生活，在我們的範疇內形成種族性、文化性、經濟性的「圈」，謀求發揮東洋的創造精神。我在此斷言，菲律賓國民將最大程度地為大東亞的安全和生存作出貢獻，為此不惜其勞，自覺確保自國獨立和保存的職責，同時以共存共榮以及協力的原則，菲律賓國民今後有準備和意志，忍耐更艱苦的狀況，冒着犧牲成就日本的神聖使命。

9　此處「菲律賓」，原文作「比島」，為日語詞「フィリピン諸島」（菲律賓群島）的別稱。

鮑斯（ボース）印度臨時政府元首聲明

【同盟通信社七日發自東京】列席大東亞會議的印度臨時政府首領鮑斯氏就會議的成果如此聲明：

大東亞會議由被解放的大東亞諸國以道義相結而開辦，與自日內瓦的國際聯盟開始的過往的國際會議有着本質上的不同。這等國際會議雖在形式上假裝承認各國的平等，而實際上卻是英國和其他大國為維持利己性秩序，藉國際會議之名犧牲小國。與之相較，大東亞會議在相互信賴和建設新秩序的新生祈求下，完全成為一體，像真實的家庭會議般，各國代表暗吐〔心聲〕。在這會議誕生的《大東亞共同宣言》是「自由的憲章」。建設新世界秩序的過程先由東亞共榮圈地域性地完成，將這形體向全世界滲透開去的即為這《大東亞共同宣言》。在這意義上，大東亞共榮圈是基礎，《大東亞共同宣言》的意義也不唯獨〔限於〕大東亞諸國，而是對全世界全人類都有着作為大憲章的意義。共存共榮也好，獨立親和也好，文化交流也好，經濟繁榮也好，這些都是世界正義的根本原則，以此為基礎的新大東亞共榮圈的實況，將成為世界新秩序的典型，《大東亞宣言》所示之方向才是世界應前進的唯一道路。在這意義上，不能不說《大東亞宣言》正正劃下了世界新秩序的一大轉機，緬甸、菲律賓的獨立、《日華同盟條約》締結、印尼的政治參與、承認印度臨時政府等的一連串措施，向全世界展示了日本對道義和公約有言必行的誠意。而日本與強大的美英戰鬥的同時，穩步完成建設的事實，與英國以戰爭為由否認印度的自由的做法形成對照，日本的力量實在值得驚嘆。我認為日本的存在誠為東亞諸民族之幸也。大東亞諸民族唯一的報答方法，只有立於十億大東亞諸民族共同的戰場上，互相流血以降伏美英，除此之外別無他法。

選譯自《香港日報》第 10295 號，1943 年 11 月 9 日

短語的標語化　別被抽空靈魂

乾口信一郎

　　有一些指導者懷着真正的熱情和力量呼喊的話，例如「必勝的信念」、「熱鐵般的決心」、「一億總進軍」等口號，[1] 全部在最初被喊出時，其語言和內容是合而為一而直抵人心的。然而，隨着那短語在口口相傳中作為一個標語被普及開來，語言和內容之間也隨之漸漸分離，開始有了化為空洞空談的傾向。在此，有着短語標語化的危險。

　　對有着重大意義的短語，那些應慎而重之，連在日常中隨意出口也應避免的話，當它化為一個標語時，那短語便會死去，它所帶有的重大意義也會消散，人們只如對空念佛般誦讀着，[2] 以為從中勉強獲得了某種安心。不得不說，語言〔有着令人〕恐懼的魔力，人們輕言「必勝的信念」，口談「職域奉公」，[3] 一有甚麼事，在演講和致詞等場合，就連彷彿只是羅列標語便完結的情況，我們也有所耳聞。如是那語言所帶有的真正意義益發為人忘卻。然後沒有經過深思便發表新造的標語，那標語遲早也經歷一樣的過程，淪為被抽空了靈魂的語言，如是往來無盡，這樣真的好嗎？我們自己把自己優秀的語言，接二連三地讓它對空念佛化地死滅而去，這樣做真的好嗎？這是不言而喻的。

　　我們必須慎而重之，不應輕率地頻繁使用對國家而言有着重大意義的短語。在人們的耳中接二連三地響起新的標語化短語時，我們為守護淪為陳腔濫調的短語背後的真正意義，應慎重其事，避免輕率的使用。

選譯自《香港日報》第 10302 號，1943 年 11 月 17 日

1　此處三句均為日本二戰期間的戰爭口號。

2　原文使用了日文俗語「空念仏」，指只在口頭唸經，心不在焉。

3　「職域奉公」，出自日本旅華記者橘樸（Tachibana Shiraki, 1881-1945）的《職域奉公論》（1942），指在戰時體制下所有職業的人都需要合作服務於國家戰爭。

大東亞宣言令思想也翻新
敵人的南方侵略史

　　歐美人最初乘船進入南方地域的是十六世紀以後的事，受《馬可‧波羅遊記》（マルコボーロの旅行記）刺激的歐美勢力的到訪東亞潮流，[1] 即哥倫布（コロンブス）發現美洲大陸、[2] 瓦斯科‧達‧伽馬（ヴアコス‧ダ‧ガマ）繞過喜望峰、[3] 及後一五〇九年，葡萄牙人雅布基（アブルケルケ）作為第一個歐洲人標記了馬六甲（馬來半島）。[4] 以此

1　馬可‧波羅（Marco Polo, 1254-1324），威尼斯商人和探險家，十二世紀曾到訪亞洲並為蒙古統治者忽必烈（Kublai Kahn, 1215-1294）服務。1298 年，他被關在熱那亞（Genoa）的監獄期間，用威尼斯方言向比薩的魯斯蒂謙（Rustichello da Pisa，生卒年不詳）講述了他的旅程經歷，後者則用法語和意大利語將其記載下來，成為著作《寰宇記》（*Devisement du monde*）——又名《奇聞錄》（*Livre des merveilles*），即此處提及的《馬可‧波羅遊記》。書中描述的是一條穿越蒙古四大汗國——波斯的韃靼、中間地帶、契丹即中國北方以及印度的路線。《寰宇記》流傳甚廣且有多種不同的版本，以無畏的讓公爵（duc Jean sans Peur, 1371-1419）於 1413 年送贈他伯父讓‧德‧貝里公爵（duc Jean de Berry, 1340-1416）的《馬可‧波羅游記》（*Livre des Merveilles de Marco Polo*）為最有名的手寫本。參考法國國家圖書館中世紀手稿收藏部主任瑪麗－海倫‧特尼爾（Marie-Hélène Tesnière）的文章 "Premiers voyageurs: Marco Polo et le Livre des merveilles." URL: https://heritage.bnf.fr/france-chine/fr/marco-polo-article（2023 年 8 月 6 日最後瀏覽）。

2　哥倫布（Christopher Columbus, 1451-1506），中世紀至近代歐洲著名航海家、探險家、殖民者，曾於 1492 至 1502 年間四度橫渡大西洋，並成功到達美洲大陸。

3　瓦斯科‧達‧伽馬（Vasco da Gama, 1469-1524），今譯作「瓦斯科‧達伽馬」，葡萄牙著名航海探險家，人類史上第一位從歐洲遠航到印度之人，其遠征大力促成葡萄牙對外的殖民擴張，曾任葡屬印度總督。喜望峰，即現今位於南非西南端的好望角（Cape of Good Hope）。此處謂達伽馬繞過喜望峰，指其 1497 年 7 月啟程的第一次航行，達伽馬於該次航行中即成功率領艦隊經好望角駛入印度洋，是歐洲艦隊遠征印度洋的一大突破。

4　雅布基（Afonso de Albuquerque, 1453-1515），全名亞豐素雅布基，葡萄牙貴族、海軍將領，曾任葡屬印度總督，其軍事政治活動建立了葡萄牙在印度洋區域的殖民帝國。此處謂 1509 年雅布基標記馬六甲一說有誤，實際上雅布基於 1511 年 4 月自印度果阿邦（Goa）啟航至馬六甲（Malacca），並於同年 8 月征服馬六甲，而非原文所謂 1509 年。參考 M. C. Ricklefs, *A History of Modern Indonesia since c.1300*, 2nd ed. (London: The Macmillan Press, 1993), p. 23.

為契機，葡萄牙、西班牙兩勢力雖逐漸築起地盤，但兩國皆因本國在歐洲的情勢而無法長久延續其地位，新勢力荷蘭、英國的抬頭使南方圈的地圖被急遽改寫。

＊　＊　＊

　　荷蘭對東亞的侵略始於一五九五年豪特曼（ホウトマン）率船隊進入爪哇萬丹的港口。[5] 從西班牙的支配中獨立的荷蘭開始將其新興之火，集中於驅逐西班牙、葡萄牙在東亞的勢力。在豪特曼之後出現了雅各布・馬弗（ヤコブ・マフ）的船隊，但他們是受荷蘭政府之命將侵略的魔手伸向東亞，自是不言自喻。一六〇二年東印度商會的設立明確說明了這一企圖，[6] 這商會由荷蘭政府特許享有東洋貿易的獨佔權、與土著民族的條約締結權，以及宣戰的權利，全然是有國家背景的公司，因此這商會的所屬船隻是商船，同時也是艦隊。伴隨東印度商會的設立，荷蘭的勢力急速上升，先是在翌年一六〇三年以有力的艦隊威嚇安汶土王屈服，[7] 其後相繼侵略德那第、[8] 爪哇，一六〇九年終

5　豪特曼（Cornelis de Houtman, 1565-1599），荷蘭商船海員，負責指揮第一次荷蘭遠征東印度群島。爪哇，原文作「ジャワ」（Jawa），現在日文假名一般寫作「ジャワ」。萬丹，原文作「バンタム」（Bantam），現在日文假名一般寫作「バンテン」（Banten）。爪哇萬丹，即現今印尼爪哇島萬丹省，位於爪哇島最西部。

6　東印度商會，即荷蘭東印度公司（The Dutch East India Company, VOC），正名為聯合東印度公司（United East India Company），1602 年由荷蘭成立的特許貿易公司，世界第一家跨國股份有限公司，由 14 家荷蘭專營東印度貿易事業的公司合併而成，並獲荷蘭議會賦予在東印度區域的貿易壟斷權。

7　安汶，原文作「アンボイナ」（Amboyna），又作「アンボン」（Ambon）。安汶，位於印尼安汶島的海港城市，現為印尼東部摩鹿加省（Moluccas Province）首府。安汶自 1526 年起為葡萄牙殖民地，後荷蘭於 1605 年將葡萄牙殖民者驅逐並接管該地；1610 至 1619 年，安汶成為荷蘭東印度公司的首都，成為公司在東印度群島的重要據點。

8　德那第（Ternate），又譯「特爾納特」，現為印尼北摩鹿加省（North Maluku）的最大城市。1607 年，荷蘭人於德那第聯同當地勢力建造堡壘，並與當地的西班牙勢力抗衡，該地直至十八世紀完全成為荷蘭殖民地。

於把爪哇收於掌中，彼得・博特（ピエーテル・ボス）作為初代總督
入主萬丹。[9] 稱霸豐饒的爪哇一帶猶不滿足，貪得無厭的荷蘭的侵略
矛頭指向了支那澳門，但以失敗告終。[10] 沒有汲取教訓的荷蘭復再大
舉艦隊企圖佔領台灣，但被日本人和支那人擊退。那是一六二四年
的事情，但荷蘭的野心沒有盡頭，一六三八年降伏馬打蘭蘇丹國，[11]
一六六七年將摩鹿加群島完全掌握手中，[12] 從此荷蘭在離本國一萬
四千公里的南方圈，掌握了實為本國六十倍的殖民地。與荷蘭一同取
代西班牙、葡萄牙的舊勢力，出現在侵略東亞的舞台上，最為有力的
勢力是英國。這就是以那位有名的法蘭西斯・戴基（フランシス・ド
レイク）為前輩的海賊勢力，[13] 在戴基之後帶着英國政府的密令，謀求
新領土開拓的就是詹姆斯・庫克（クック）。[14] 即使面對這些英國的海
賊勢力，荷蘭於當時的南方圈特別是摩鹿加、萬丹，傲然不肯折腰，
即使是英國勢力也無法與之對抗。由此英國將侵略目標集中在印度，
英國自十六世紀末開始進入印度洋，一六〇〇年已見英國印度商會的

9　彼得・博特（Pieter Both, 1568-1615），1609 年獲荷蘭東印度公司十七人董事
　　會任命為首位東印度總督，翌年抵達萬丹就職，1614 年卸任。

10　編者案：1622 年，荷蘭提督雷爾生（Cornelis Reyersen, ?-1625）曾率領海軍入
　　侵當時為葡萄牙殖民地的澳門，荷軍最終戰敗，是為「葡荷澳門戰役」（Battle
　　of Macau）。

11　馬打蘭蘇丹國（Mataram Sultanate），原文作「マタマム王國」，應為「マタ
　　ラム王國」之誤植。馬打蘭蘇丹國，十六至十八世紀位於印尼爪哇島的一個
　　伊斯蘭教王國，成立於 1586 年，直至 1749 年被荷蘭東印度公司接管，成為
　　荷蘭殖民地。

12　摩鹿加群島，又譯「馬魯古群島」，亦被稱為「東印度群島」，為印尼境內眾
　　多群島之一，當時又被歐洲和中國稱為「香料群島」（Spice Islands），現為印
　　尼轄下的獨立省份。

13　法蘭西斯・戴基（Sir Francis Drake, 1540-1596），英國航海探險家，於 1577 年
　　開展生平第三次探險航行，使之成為繼葡萄牙航海探險家麥哲倫（Ferdinand
　　Magellan, 1480-1521）以後，第二位完成環球航海的探險家。

14　詹姆斯・庫克（Captain James Cook, 1728-1779），英國皇家海軍軍官、航海探
　　險家、製圖師，曾三度出海前往太平洋，是首批登陸澳洲東岸和夏威夷群島
　　的歐洲人，亦創下首次歐洲船隻環繞紐西蘭航行的紀錄。

設立，[15] 一六三九年將馬德拉斯、[16] 一六六八年將孟買、[17] 一六九〇年將加爾各答——強奪。[18]

＊＊＊

另一方面，於一六八三年，英國的侵略延至蘇門答臘並掌握了明古連，[19] 以此為根據逐漸開始吞食馬來亞以及緬甸，[20] 檳城是英國在馬來半島上從吉打土王手上奪得的第一片土地。[21] 一八〇〇年將對岸的威省收歸英國領土，[22] 一八一九年藉由萊佛士（ラッフルスル）英國掌

15　英國印度商會，即英國東印度公司（British East India Company, EIC），英國專營東印度貿易的特許公司，曾壟斷東印度貿易長達兩世紀。

16　馬德拉斯（Madras），現稱作「清奈」（Chennai），印度東南部城市，17 世紀由英國建立並發展為該區域的主要中心城市及海軍基地。

17　孟買，原文作「ボンベイ」（Bombay），現在日文假名一般寫作「ムンバイ」（Mumbai），印度西部沿海城市。英國自 1661 年起擁有孟買群島的所有權，後於 1668 年租予英國東印度公司，並於 1687 年成為公司總部。

18　加爾各答，原文作「カルカツタ」（Calcutta），現在日文假名一般寫作「コルカタ」（Kolkata），印度東部城市，自 1772 年起成為英屬印度首都。

19　蘇門答臘（Sumatra），位於印尼西面的大島。明古連，原文作「ベンクレーン」（Bencoolen），為當時英國殖民地的稱呼，今譯作明古魯（Bengkulu），日文假名一般寫作「ブンクル」，為蘇門答臘島上其中一個省份。1685 年，英國東印度公司於明古魯設立胡椒貿易中心及軍事要塞，1785 年成為英國殖民地，1824 年簽訂《英荷條約》（Anglo-Dutch Treaty）後變成荷蘭殖民地。

20　馬來亞，原文作「マライ」（Malay），又作「マラヤ」（Malaya）。緬甸，原文作「ビルマ」（Burma），現在日文假名一般寫作「ミャンマー」（Myanmar）。

21　檳城（Penang），位於馬來半島西北側，原為吉打蘇丹國（Kedah Sultanate）的一部份，現為馬來西亞聯邦州份之一。吉打（Kedah），原文作「ケダー」，現在日文假名一般寫作「ケダ」，位於馬來半島西北部，原為吉打蘇丹國的一部份，現為馬來西亞的聯邦州份之一。1786 年 3 月，英國殖民地官員法蘭西斯・萊特（Francis Light, 1740-1794）以英國東印度公司的軍事援助為條件，成功使吉打蘇丹（即吉打蘇打國的最高領導人）同意租借檳城（當時稱作檳榔嶼）予英國東印度公司，從此英國東印度公司以檳城為英國海軍基地，萊特則成為當地第一任總督，檳城因而成為英國最早在遠東殖民的貿易自由港。

22　威省（Province Wellesley），全名威斯利省，原為吉打蘇丹國的一部份，現屬馬來西亞檳城州。1800 年，吉打蘇丹進一步將威省租予英國東印度公司，成為英屬馬來亞的一部份。

握了新加坡，[23] 由此英國勢力縱斷馬來半島，霹靂州、雪蘭莪州、森美蘭州、彭亨州相繼陷入英國支配。[24] 泰國勢力下的吉打州、吉蘭丹州、登嘉樓諸州亦為英國所支配。另一方面，英國對緬甸的入侵始於一八二四年英緬戰爭，[25] 經兩年對緬甸民族的殺戮後，英國奪去阿拉干、丹那沙林兩地，[26] 後於一八五二年第二次英緬戰 [爭] 強奪庇固，[27] 及至一八八四年第三次英緬戰爭，結果是緬甸王國完全滅亡。[28]

最後作為侵略東亞的一大勢力出現的是太平洋一萬公里彼岸的美國。合併加州直接鄰接太平洋後，美國的野心逐漸燃燒起來。即將到來的時代也就是太平洋時代，以及通過這一時代實現稱霸世界的美國的野心，是以其國民思想為基底上升，以至對太平洋顯露露骨的侵略

23　萊佛士（Sir Thomas Stamford Bingley Raffles, 1781-1826），英國殖民時期重要政治家、新加坡海港城市的創建者。1819 年 1 月，為了保障英國貿易在東南亞的勢力，代表英國東印度公司的萊佛士將馬來半島南端一個小島發展成為一個自由貿易港，該港口城市即為現今之新加坡；後於 1824 年簽訂的《英荷條約》則進一步釐清了英荷兩國於東南亞的勢力範圍，確立了英國在新加坡的地位。

24　森美蘭州（Negeri Sembilan），原文作「ネグリスンビラン州」，現在日文假名一般寫作「ヌグリ・スンビラン州」。彭亨州（Pahang），日文作「パハン州」，原文誤植為「ハパン州」。

25　一八二四年英緬戰爭，即第一次英緬戰爭（First Anglo-Burmese War），是 1824 至 1826 年間英國與緬甸貢榜王朝（Konbaung dynasty）之間的戰爭，此戰以爭奪印度東北部的控制權開始，由緬甸主動開戰，最後由英國取得決定性勝利。

26　阿拉干，原文作「アラカン」（Arakan），指現時緬甸西南部的若開邦（Rakhine State）。丹那沙林，原文作「テナセリム」（Tenasserim），今譯作「德林達依」，日文假名一般寫作「タニンダーリ」（Tanintharyi），現為緬甸南部一個省份。1826 年緬甸於第一次英緬戰爭戰敗後，將阿拉干及丹那沙林兩地割讓予英國，成為英屬緬甸殖民地。

27　原文遺漏「爭」字，現據文意增補。庇固，原文作「ペグー」（Pegu），今譯作「勃固」，日文假名一般寫作「バゴー」（Bago）。第二次英緬戰爭（Second Anglo-Burmese War），1852 年 4 月英國與緬甸貢榜王朝爆發的第二場戰爭，期間英國曾一度佔領仰光（Yangon）、勃固、卑謬（Pyay）等地，最後戰事於同年 12 月結束，兩國未有簽訂任何條約，勃固則淪為英國屬地。

28　此處一八八四年第三次英緬戰爭一説有誤，實際上第三次英緬戰爭（Third Anglo-Burmese War）於 1885 年 11 月爆發，戰爭持續了數星期後由英國取得勝利，緬甸貢榜王朝滅亡；1886 年 1 月，緬甸被宣佈為英國殖民地，以獨立省之名併入英屬印度，後於 1937 年成為獨立殖民地。

企圖。一八九九年，菲律賓為美國的魔爪所掠取，美國侵略東亞的第一階段在此顯現，因此如名字所展示「永享太平」的太平洋，無法不醞釀起令人悚然的風暴。

　　而且開口便是人道、正義的美國的真面目究竟是怎樣的，在其掠取菲律賓便暴露出來了。以菲律賓爆發革命為機遇，美國艦隊以援助革命運動為藉口登陸菲律賓。這從要以菲律賓為侵略東亞據點的美國的企圖而言，是理所當然的；但美軍不僅在西班牙軍隊敗退後仍堅決不撤退，還撕下假面將與革命軍的契約棄如敝履，在仙範湖畔攻擊革命軍。[29] 阿奎納多將軍（アギナルド）麾下的革命軍雖勇敢奮戰，[30] 菲律賓還是為美國所掠取，滿足了其野心的第一步。[31]

＊　＊　＊

　　如是者南方圈因美、英、荷的侵略，在長達數世紀飽受壓制和榨取的命運中痛苦呻吟，其侵略的手段同出一轍。

　　或是以佔優勢的武器殺戮原住民族，或是以艦船武器威嚇土王，又多造藉口掠奪眾多土地島嶼。美、英、荷對原住民族的殺戮是何等慘無人道，在南方圈各地如爪哇、緬甸、摩鹿加、安汶、菲律賓，由

29　仙範，原文作「サン・フアン・モンテ」（San Juan del Monte），現在日文假名一般寫作「サンフアン」（San Juan）。仙範，以基督教重要人物施洗約翰（John the Baptist）之名而命名，現為菲律賓首都圈城市之一。

30　阿奎納多將軍，即埃米利奧・阿奎納多（Emilio Aguinaldo, 1869-1964），菲律賓軍事家、政治家、獨立運動領導人，曾是菲律賓反西班牙秘密革命社團「卡蒂普南」（Katipunan）成員、菲律賓第一共和國總統，後於二戰時期向日本投降，並與日軍合作。

31　編者案：此段指涉 1899 年至 1902 年爆發的菲律賓獨立戰爭（又稱美菲戰爭，Philippine-American War）。1899 年初，因應西班牙在美西戰爭（Spanish-American War）戰敗後與美國簽訂《巴黎條約》（Treaty of Paris），西班牙總督將馬尼拉的控制權轉移予美國，美軍遂入駐馬尼拉，阻撓菲律賓共和軍收復馬尼拉。同年 2 月 4 日，美軍向菲軍進攻，翌日菲律賓第一共和國向美國宣戰，美菲戰爭爆發。1901 年 3 月 21 日，菲律賓全境落入美軍手中，阿奎納多被俘投降。

至今仍留下的無數哀話曝露在白日之下，這些天地不容的殘虐行為，正是他們的人道、正義的真面目。以這樣的暴力和欺瞞強行征服，引致南方民族無間斷的叛亂是極為自然的事情。菲律賓在過去三百年裏實際上重複出現了高達七十次以上的叛亂；爪哇在一八二五年蒂博尼哥羅（デイパ・ネガラ）率領全島原住民的叛亂中，[32] 荷蘭犧牲了一萬五千人，這場叛亂的影響到了十九世紀末，以眾多的反抗運動的形式出現。

此外緬甸歷經三次對英戰爭，因敗戰帶來的屈辱而生出屢次反抗，年年愈加激烈，如文獻所示，以鮮血為代價的反英暴動在最近數年也多次爆發。

對此，美、英、荷侵略勢力採取策略是徹底鎮壓，[33] 是以所謂分割統治達成的欺瞞，更是精神去勢。即要麼奪去被征服者的自由使其徹底服侍征服者，要麼將對征服者的反抗轉嫁至原住民族之間，又或以宗教毒害精神使其一蹶不振，這一連串的方法使南方圈民族備受束縛，其背後不用說就是為一己之利獨佔南方圈豐富資源的野心。

無論翻開上述美、英、荷多年侵略東亞歷史的哪一頁，所見的盡是他們連續的暴力和欺瞞。美英勢力的侵入破壞和扭曲了作為大東一環的南方圈，可謂因異質勢力而使南方圈四分五裂的慘痛經歷。從血緣和地緣來看都毫無關係的他們，作為不速之客來到，由此可說開展了東亞的苦惱和悲哀。由鹿特丹到雅加達約一萬四千公里，由倫敦到舊新加坡約一萬三千公里，由三藩市到馬尼拉約一萬五千五百公

---

32 蒂博尼哥羅，原文作「デイパ・ネガラ」，現在日文一般寫作「ディポヌゴロ」或「ディポネゴロ」。蒂博尼哥羅（Pangeran Diponegoro, 1785-1855），荷蘭殖民時期的爪哇王子，曾於爪哇戰爭（Java War）中擔任領導人物，後因此而被流放。爪哇戰爭，又名蒂博尼哥羅起義（Diponegoro War），1825 至 1830 年間爪哇族與荷蘭帝國之間的武力衝突，事緣荷蘭人因修建公路而破壞蒂博尼哥羅領地，促成蒂博尼哥羅及其族人的抗議，並打算武力驅逐荷蘭人；戰爭最後以荷蘭人獲勝而告終，蒂博尼哥羅獲邀出席和議，卻被逮捕並流放至望加錫（Makassar）。

33 日文原文作「斷壓」，為「弾圧」之誤。

里，沒有比這龐大的距離更能道出真相的了。正是因為這樣，大東亞戰爭剛爆發，英國以舊新加坡、桑港、[34] 達爾文為點所連成的所謂戰略三角形，[35] 以及夏威夷、中途島、[36] 關島、馬尼拉所組成的對日進攻路線，不出數旬便遭粉碎、割斷。

＊ ＊ ＊

　　將美、英、荷勢力從南方圈一掃而出，緬甸、菲律賓獨立，[37] 印尼解放，[38] 美、英、荷的侵略和長達數世紀的壓制、榨取的桎梏對大東亞十億民族而言，化為不會再臨的惡夢而去，東亞民族間在不滅中培養出共同宿命的感情，現在以大東亞宣言的方式，向全世界主張這些理念的存在。以其血和地盤所凝結的全新大東亞的出現，才是對美英侵略東亞累積有年的罪惡的最正確回答。

選譯自《香港日報》第 10315、10317 號，1943 年 12 月 1、3 日

34　桑港（Sōkō），日語漢字詞，為「サンフランシスコ」（San Francisco）的漢字表記，指美國三藩市。

35　達爾文（Darwin），澳洲西北海岸主要城市，二戰期間曾遭受日軍多次轟炸。

36　中途島，原文作「ミツドウエーク」，應為「ミッドウエー」（Midway）之誤植，現在日文假名一般寫作「ミッドウェー」。中途島，位於太平洋中部的群島，屬美國領地。二戰期間，日本海軍航空隊曾於 1942 年 6 月 4 日向中途島發動攻擊，美日雙方海軍於是在該島附近海域爆發大規模海戰，是為中途島海戰（Battle of Midway）。中途島海戰由美國取得勝利，日本在該戰中損失四艘航空母艦，被視為二戰太平洋戰區戰情的轉振點。

37　1942 年 1 月及 5 月，日本在二戰期間分別先後佔領菲律賓及緬甸國，並於當地扶植傀儡政權。此處謂獨立，即指分別於 1943 年 6 月及 10 月成立的緬甸國（State of Burma）及菲律賓第二共和國（Second Philippine Republic）。

38　1942 年 1 月，日軍向荷屬東印度群島發動進攻，荷蘭東印度群島戰役（Netherlands East Indies Campaign）爆發，惟荷蘭本國正受納粹德軍侵襲，無暇應對日本進攻，因此日軍在同年 3 月即佔領荷屬東印度群島。此處謂解放，即指 1942 年 3 月 9 日荷蘭將東印度殖民地控制權轉移給日軍，而自該時起，印尼進入日本軍事佔領時期，又稱「荷屬東印度日佔時期」。

第三屆文學者大會
明年四月將於南京舉辦

　　【同盟通信社發自福岡】[1] 文學報國會事務局長久米正雄氏，[2] 早前為與中國文學界指導者懇談訪支，於二十一日午後經空路從上海回國，他表示：

　　因應中國的期望，為謀求中國文學者的團結大同，擬設置指導機關。經歷長達一個月與中國各地文學者的懇談，中國文學界的指導者也放棄了過去的成見，為文學者的團結大同積極地挺身而出，實在讓人喜悅。此外，內部已決定明年四月將於南京舉辦第三屆大東亞文學者大會，指導機關也望藉此機會而得以設置。

　　　　　　　　　　　選譯自《香港日報》第 10336 號，1943 年 12 月 24 日

1　同盟通信社，原文略稱為「同盟」，1936 年成立、1945 年解散，其發起人田中都吉（Tanaka Tokichi, 1877-1961）曾在致詞時將機構定位為「全國各加盟報社的自治性共同機構」，並以「軍國日本的宣傳機關」為目標；於運作期間具有日本國家通訊社的地位。

2　文學報國會，全名「日本文學報國會」，1942 年 5 月在日本成立的文學組織，以宣揚國策、協力戰爭為目的，實質是情報局的外圍組織，亦是二戰期間大東亞文學者大會的主辦機關。久米正雄（Kume Masao, 1891-1952），日本小説家、劇作家、俳人，曾於 1914 年與芥川龍之介（Akutagawa Ryūnosuke, 1892-1927）等人創辦第三次《新思潮》，翌年拜夏目漱石（Natsume Sōseki, 1867-1916）為師。戰時兼任日本文學報國會的常任理事及事務局長，是大東亞文學者大會的重要推手。根據時人回憶，「事業部本年度最大的企畫案即是［第一屆］大東亞文學者大會，這是久米［正雄］先生先前在腦海中所描繪出來的企畫案。」參見巖谷大四：《「非常時日本」文壇史》（東京：中央公論社，1958年），頁 29-30。

思於危急之秋　吉田松陰之言[1]

昭和十二年（1937）夏天，在支那事變最初爆發時，[2] 我便有了這個想法。

在那場事變爆發的時候，[3] 無論是政府還是當地軍隊，都採取了盡可能「事件不擴大主義、現地解決」的方針，不幸的是，儘管他們作出了這樣的努力，事件本身還是無限地擴大了。不僅如此，當時便已心裏有數的人都應已充分認識了這事件無限的發展性，並對此有所預期了。

歸根究柢，若說日本國內的長期新體制如何，無論怎樣偏袒，想必也絲毫說不出是完善的。這是為何，也誠如吉田松陰先生所言，國家之大患在其不知其大患也。[4]

問題是，國民的自覺不夠徹底。作為國民，只要對國家正面臨真正的大患有所認識，那麼想必一定會跟上來。[5]

我知道在那著名競馬場的牧場裏撫摸馬脖的騎手，也會在最後幾秒間以折鞭之勢抽打馬匹。

1　吉田松陰（Yoshida Shōin, 1830-1859），江戶時代後期長州藩士、思想家、教育家，被視為明治維新的精神領袖之一。

2　支那事變，又作「日支事變」，當時日本對「第二次中日戰爭」（Second Sino-Japanese War）的命名。

3　此處提及的「那場事變」，指「七七事變」，又稱「盧溝橋事件」。七七事變爆發後，日本內閣會議就應對事變策略立刻提出「不擴大、現地解決」（「不拡大、現地解決」）方針，即作者下文提及的「事件不擴大主義、現地解決」方針。

4　原文作「國家の大患はその大患たるを知らざるに在り」，化用吉田松陰所作〈狂夫の言〉中「天下の大患は、其の大患たる所以を知らざるに在り」一語，意為「天下之大患在其不知其大患也」。參考《吉田松陰全集》（東京：岩波書店，1939年），卷5。

5　譯文「想必一定會跟上來」，對應原文為「きっとつてくる」，根據上下文推斷為「きっとついてくる」之誤。

　　現在正是國家危急之秋，若真正憂國的有能者挺身而出，不要有任何顧慮地狠狠抽打國民，那麼國民比起去聽那些無聊的議論，倒不如說更應〔順應而為〕，甚至思考如何能滿足那位〔志士〕。

選譯自《香港日報》第 10348 號，1944 年 1 月 8 日

憂生憫亂，走向建設
——大東亞戰爭與中國文學

周作人

最近日中的利害關係已確立了政治和經濟的鞏固基礎，文化往來愈加緊密。因此我們對中國文學家抱有很大的期望，中國文學界的泰斗周作人氏[1]寄來以下一篇文章，回顧事變以來的中國文學動向，[2]兼論大東亞戰爭下的中國文學家的理想和使命，並表明其進路。[3]

一

大東亞戰爭爆發以來，很快就過了兩年。當時我為教育總署督辦，[4]現在仍記得聽到這個消息時受了很大的衝擊。我原來跟政治和軍事都離得很遠，中日間發生不幸的衝突以來，我只僅僅為破局擴大而痛心，像蝸牛躲在殼裏繼續閉門讀書的生活。因各方的勸告，我背負了不合本性的文教大任，卻沒有做出甚麼大事，無法把文學工作放在心上，不得不與文學疏遠。實際上事變後的中國文學界所謂「不絕如縷」的狀態，事變前活動的文人四散，又不見得新晉文人萌芽，僅留下我們少數的老人，無論如何都想再次重建文學界，卻苦於無從入手。

1　周作人（1885-1967），散文家、評論家、翻譯家，魯迅（1881-1936）之弟，「文學研究會」發起人之一。後因中日戰爭期間與日人協作，1945 年在北平以漢奸罪被逮捕，然後入獄。

2　事變，指「日支事變」，又稱「支那事變」，是當時日本對「第二次中日戰爭」（Second Sino-Japanese War）的命名。

3　此文未曾收入周作人的任何文集，包括近年陳子善、趙國忠編選出版的《周作人集外文：一九〇四——一九四五》（上海：上海人民出版社，2020 年），亦未收入此文。

4　教育總署，華北政務委員會直屬機關之一，下設督辦、署長各一名，參事若干名。周作人在 1940 年 12 月至 1943 年 2 月期間出任教育總署督辦。

　　我因大東亞戰爭開戰的消息而感受到的衝動，是中日間不幸的衝突終於到了最後的階段，同時有預感現在沉進底端的中國文學界，正好因為這衝擊而開始再次起動。

　　幸運地，我的預感雖然緩慢，確正步向現實。昨年比前年好，今年比昨年呈現活力，這是不爭的事實。昨年十一月於東京召開的大東亞文學者大會等，也因此成為好的刺激，年輕人之間漸見新建設的勢頭，奄奄一息的中國文學似乎帶着回歸傳統的氣息。昨年八月召開第二次文學者大會，全是年輕的中堅分子出席，也不用像上次般再叨擾錢稻孫先生這樣的老前輩，[5] 這正是其中一個跡象。然而像我這樣上了年紀的人仍無法免卻公職，今年春天也被年輕人抬舉，與藝文社連上關係。[6]

　　縱然我想說「區區不才無法擔綱重任」，為了重燃即將消失的中國文學之火，在年輕的青年、有着大把光陰的年青人出現並使炬火的火勢增強之前，我暫且擔當守護火種的人，首先我就是這樣做的。現在從事文學運動的人當中，作為真正的文學家從事作家活動，並能夠在小說這一文學大道之上發揮本領的人甚少，這是非常奇怪的現象。我一直等候着能在文學大道上昂然闊步的年輕文學家陸續出現，並能夠安心交棒的日子來臨。

5　錢稻孫（1887-1966），翻譯家、作家，大量翻譯日本文學作品，代表作有《萬葉集選》、《源氏物語》。錢氏所譯兩者雖非全譯本，卻均為從原文漢譯的首個譯本。

6　藝文社，1943 年 6 月成立的團體，周作人（1885-1967）任社長，錢稻孫（1887-1966）、瞿兌之（1894-1973）、安藤更生（Andō Kōsei, 1900-1970）為顧問，曾出版《藝文雜誌》。

二

中日兩國之間不幸破局已達六年多，中國四億民眾期待全面和平的到來，連「旱天望雲霓」的諺語都不足以形容其迫切。[7] 中國和日本同為友邦數千年，無論從歷史還是文化來看，都沒有不得不戰的理由。

兩國之間無法達致和平，並非因為在道理上非戰不可，而是因為情感上出現分歧所致。而且這種分歧是近十數年的事，要是雙方能冷靜下來，修正分歧，這絕非無法解決的問題。要醞釀這種謙虛的感覺，與其說是政治的問題，還不如說是我們文學家的任務不是嗎？

本來，中國文學的傳統核心保持「為人民為天下」的思想，例如說《詩經》的話，葛蘭言氏的《古代中國的節慶與歌謠》等雖然視為年輕男女的情歌，[8] 但卻流傳後世造成巨大的影響的詩如〈黍離〉、〈兔爰〉、〈山有樞〉、〈中谷有蓷〉、〈谷風〉等憂生憫亂的慟哭之詩；又如陶淵明大部份的詩、[阮] 嗣宗的《詠懷五十首》均為憂患時勢，[9] 擔憂魏 [晉] 末人民的命運的詩；[10] 唐詩的話，縱然除了杜甫沒有可以談論的，但杜甫詩最能打動人心的如〈兵車行〉、〈前後出塞〉、〈新安吏〉、〈石濠吏〉、〈登岳陽樓〉，都是因憂生憫亂之情而發的詩歌。

也能談談民國以來的新文學，逃避現實的夢幻的浪漫主義或以追

7　原文為「旱天に雲霓を待つ」，即中文諺語「旱天望雲霓」，日文熟語中亦有類似説法，即「旱天慈雨」。

8　葛蘭言，法國漢學家馬塞爾・格拉內（Marcel Granet, 1884-1940）的漢名，1921 年創立中國研究學院（L'Institut des hautes études chinoises, IHEC）。其著《古代中國的節慶與歌謠》（Fêtes et chansons anciennes de la Chine）1919 年於巴黎出版，由於中譯本直至 1980 年代末才面世，周作人此處參考的應是由日本中國思想史學者內田智雄（Uchida Tomō, 1905-1989）翻譯、東京弘文堂書房出版的日譯本《支那古代の祭礼と歌謡》（1938）。

9　「阮嗣宗」，原文誤植為「院嗣宗」。阮嗣宗（210-263），中國魏晉時期詩人阮籍，「竹林七賢」之一。

10　「魏晉」，原文誤植為「魏首」。

求末梢心理為主題的戀愛小說，[11] 我並不否定這些作品的存在，但它們不應成為中國文學的主流。

雖說近來中國文學界漸漸開始活動，但若從其朝向的理想、被賦予的使命來看，說是天壤之別亦不為過，與友邦日本的文運隆昌比起來，我們不能不努力的部份甚多。大東亞戰爭以來被提起的中國復興、亞洲解放的理想實在出色，誰都沒有加以異議之餘地，因此我們只要向此進發就是了。

（周作人於日本立教大學畢業，與已故兄長魯迅同樣有很高的文名，為介紹日本文學的權威。）

選譯自《香港日報》第 10360 號，1944 年 1 月 21 日

11　末梢心理，指詹姆斯－蘭格理論（James-Lange theory），因美國心理學家威廉‧詹姆斯（William James, 1842-1910）及丹麥心理學家卡爾‧蘭格（Carl Lange, 1834-1900）分別於 1884 年及 1885 年先後提出相近的心理學理論而得名。此理論主張人類情緒由外部刺激而引起。這裏指為外部刺激而激發讀者情緒的戀愛小說。

寄託《大東亞共同宣言》
精神和世界史意義

鹿子木員信 [1]

一

　　昭和十八年（1943）十一月五日、六日兩天於東京舉辦的大東亞會議上，自由印度臨時政府元首為列席者，在日本、滿洲、支那、泰國、菲律賓以及緬甸的大東亞各國代表坦承而沒有隔閡的協議下，獲全場一致採納的《大東亞共同宣言》。闡明在戰爭爆發之初已自稱大東亞的日本，對美、英戰爭的本質和目的之《大東亞共同宣言》，可說為大東亞戰爭畫龍點睛。

　　《大東亞共同宣言》，本就是立誓大東亞各國相互提攜，為解放大東亞而完成對美、英的戰爭，完成大東亞的自存自衛，進而自發地約定大東亞建設的綱領和為世界進步貢獻的法則。這些言辭是各國共通的，因此這個概念乍看雖流於抽象，本來就不得不說出來。其實這是因為日本、滿洲、支那、泰國、菲律賓、緬甸都是等同的緣故。

二

　　而且，由於《大東亞共同宣言》抽象而普遍的外表，決不能遺忘它所根據的森嚴的現實基礎和現實而具體的內 [在]。[2]

　　撇開《大東亞共同宣言》是什麼，它在日本對抗美、英的雄渾激烈的戰爭中方才得以誕生。這其實不止是在伴隨皇軍善戰奮鬥而綻放送香的花朵。《大東亞共同宣言》實現與否，全繫於日本在戰爭的

1　鹿子木員信（Kanokogi Kazunobu, 1884-1949），日本哲學家，1942 年任大日本言論報國會專務理事兼事務局長，戰後遭公職追放處分。

2　原文難以辨識，現據文意推斷為「部」而譯作「內在」。

勝敗，這驗諸剛過去的正月四日廣播演說，自由印度臨時政府元首蘇巴斯．錢德拉．鮑斯（スバス・チャンドラ・ボース）氏所說的「印度的解放，與日本及其同盟國的勝利有着密不可分的關係」便十分清楚。[3] 在皇軍善戰力鬥之上綻放送香的花朵，它的果實必然伴隨日本聖戰完成而生長。《大東亞宣言》抽象而普遍的言辭，其實是從大東亞戰爭的具體而特殊的現實當中扎根而生。因此深奧而真確的奧義，我們不得不從大東亞戰爭的現實中吸收。

三

在解釋《大東亞共同宣言》之際，基於我們應當注意的上述要緊事情，進而檢討其邏輯結構，我們認為其結構其實由三部份組成。

第一部份即是「抑世界各國，各得其所，相倚相扶，偕萬邦共榮之業者，確立世界平和之根本要義也」。這是提示確立世界和平的根本要義的第一項。這裏所說言辭率直，讀來抽象而一般，不覺得有什麼奇異之處。而且為「承詔必［謹］」而生的我等日本臣民，[4] 以敏銳的自覺讀它時，懷着敬畏之情，我們仰見屬於建國精神的，皇祖皇宗遺訓的光輝。大概是因為我們在關於《日德意三國條約》締結的詔書，劈頭便宣詔「宣揚大義於八紘，令坤輿為一宇，實皇祖皇宗之大訓，朕夙夜所拳拳不措」，[5] 那大訓之具體內容其實在於「萬邦各得其所，兆民悉令安堵」，令人敬畏。更者《宣戰大詔》中敕令「抑確保東亞之安

3　蘇巴斯．錢德拉．鮑斯，印度律師、政治人物，積極參與印度獨立運動，曾為自由印度臨時政府領導人、印度國民軍最高指揮官。

4　「承詔必謹」，原文誤植為「承詔必護」。承詔必謹，語出自相傳由日本飛鳥時代聖德太子（Prince Shōtoku, 574-622）於推古天皇十二年（604）制定的《十七條憲法》，意為必定謹遵天皇命令。

5　《日德意三國條約》（Dreimächtepakt），原文作「日獨伊三國條約」，現通稱《德意日三國同盟條約》或《三國公約》，指由德國、意大利、日本三國於 1940年 9 月 27 日在德國柏林簽署、確立三國軸心國（Die Achsenmächte）同盟關係的政治條約。

定，寄與世界之平和者，朕丕顯皇祖考、丕承皇考作迷遠猷，朕所拳拳不措。而篤列國之交誼，偕享萬邦共榮之樂者，亦帝國所常為國交之要義也。」[6]《大東亞共同宣言》說「確立世界平和之根本要義」，是因為窺知天津日嗣的天皇始終拳拳不忘皇祖皇宗的大訓。[7]

四

《共同宣言》的第二部份曝露了作為破壞世界和平者、傾覆大東亞安定的責任者的美、英兩國的精神，斷言其「為自國之繁榮，壓抑他國、他民族，特對大東亞無厭，行侵略榨取，逞大東亞隸屬化之野望，遂欲自根底覆大東亞之安定」。以確立世界和平為根本要義的我國的建國精神，與美、英破壞世界和平的原理兩相對峙，唯有宣言大東亞戰爭終究不可避免。

五

而《大東亞共同宣言》的第三部份，一方面是大東亞各國，對以上述原因必然發生的大東亞解放戰爭，立誓表示共同決心，完成共同自衛；另一方面也是對大東亞建設和貢獻世界進步綱領的規約。我們在這第三部份的前半，重新確認滿州中國、泰國、菲律賓、緬甸與共同的敵人相戰，是我們的戰友，同時知道大東亞為了自存自衛，戰力已遠超所謂軍事同盟，應是以我皇軍為核心的統一性共同防衛組織。大東亞自存自衛的保障，盡在天皇之聖威。

在第三部份後半，是大東亞建設的四大綱領和貢獻世 [界] 進步

6　《宣戰大詔》，指日本偷襲美國珍珠港事件發生的同日，即日本時間 1941 年 12 月 8 日發表、日本對美英兩國宣戰的《詔書》。

7　天津日嗣，指天皇繼承皇位。

的原理之規約。[8] 打個比方，這其實是以確立世界和平的根本要義為本的我國建國精神所生發的萬朵櫻花。例如與美、英自由獨善、弱肉強食的自由秩序相對，我國有協同安定、共存共榮的道義秩序；又或與其主權至上的原理相對，我國有互助敦睦、渾然一體、不可或分的獨立自主的政治親和原則；又與其革命性的破壞傳統的思想相對，我國有基於尊重傳統而創造伸揚的、文化弘揚的原則，或排除美、英利己獨善的互惠提攜、增進發展的經濟繁榮原則；乃至與美英侵略他國、蔑視異族、獨佔資源、文化偏倚、壓抑世界的精神相對，我國有交誼萬邦、人種平等、文化交流、開放資源、貢獻世界進步的原則，無一不是出自我國建國之精神。

　　思及此處之時，我們終於知道《大東亞共同宣言》所立下之誓，完成大東亞戰爭和達成大東亞建設，與基於生為皇國御民的自覺的努力，[9] 終究息息相關。這實在是《日德意三國條約》之詔的結語宣告「益明徵國體之觀念，深 [謀] 遠慮，[10] 爾臣民協心戮力，克服非常之時局，以扶翼天壤無窮之皇運」的緣故。與其說是證明國民觀念的結語，倒不如說是成就建設新世界秩序的鐵則的原因，其根本之所在。

選譯自《香港日報》第 10361 號，1944 年 1 月 22 日

8　原文遺漏「界」字，現據文意增補。
9　御民，天皇的子民。
10　「深謀遠慮」，原文誤植為「深護遠慮」。

以期實現一般民眾的徹底普及
刊行大東亞宣言

總督部・以華文〔印〕壹萬部

　　去年於東京開辦的大東亞會議向全世界堂堂皇皇地發表了《大東亞宣言》，[1] 如今已在香港華人指導者階層中被廣泛傳誦。

　　總督府正把這約五〇頁的「大東亞宣言」華文小冊子分為一、二卷，〔各印〕一萬部加以刊行。為貫徹其真正意義，以管轄區內華人代表、學校、工場等地的指導者階層為主，針對憲查和區內指導層進行分配，[2] 後續也計畫向一般民眾普及〔宣言內容〕。

選譯自《香港日報》第 10397 號，1944 年 3 月 1 日

1　大東亞會議，1943 年 11 月 5 日至 6 日在日本東京召開的一次國際會議，會議由時任日本首相東條英機（Tōjō Hideki, 1884-1948）主導，各地區會議代表包括：偽中華民國行政院院長汪精衛（1883-1944）、泰國代總理旺・威泰耶康（Wan Waithayakon, 1891-1976）、偽滿洲國國務總理張景惠（1871-1959）、菲律賓第二共和國總統何塞・勞雷爾（José Laurel, 1891-1959）、緬甸國總理巴莫（Ba Maw, 1893-1977）及自由印度臨時政府首領蘇巴斯・鮑斯（Subhas Bose, 1897-1945）等。《大東亞宣言》，全稱《大東亞共同宣言》，大東亞會議最後通過及發表的宣言，內容以鼓吹建立「大東亞共榮圈」為核心。

2　「憲查」，香港淪陷後日軍所成立的香港憲兵隊轄下的地方安全部隊，後改稱「警察隊」。

大東亞宣言作品化

江間道助 [1]

生活的公共展開

《大東亞宣言》，[2] 是為將大東亞從外部勢力的桎梏中永遠解放，誓言成為我日本全面協力者的諸國眾人，只有當他們真正能夠堅持我日本人程度的必勝信念，其意義才初次得以完成。我等之戰乃正義之戰，我們必將在這大東亞戰爭獲勝，此事若不成，便是這星辰的運行本身有誤，屆時我們一億日本人，唯有與這地球同歸於盡。因着這一覺悟，我們必勝的意志和信念是堅定不移的，無論是怎樣的炸藥也無法將其粉碎。我們在這意志和信念之下，不只是立刻直接在戰場，而是將在廣大為戰爭的各種各樣的崗位上竭盡全力，並在此之上期望繼續竭盡全力而修養自身。

誠然，我們不光要在戰場上打勝敵人，也要在國內各種各樣的生活方面打勝敵人。況且如今的戰爭不僅單單是國與國之間的戰爭，而是以整個世界為舞台的正義與不正義之間的戰爭。舉世而言，只分是敵是友，不然則分是愚者抑或無力者，在這實況中，正是「勝於敵則勝於同伴也」。[3] 因此，我們於日常種種生活方式上，不僅要打勝所有敵人，也要勝過所有同伴。

在此之際，勝過同伴，是因為若作為大東亞十億民眾的指導者，

1　江間道助（Ema Michisuke, 1894-1951），日本人正、昭和時期的學者、德國文學專家、評論家，1940 年起任早稻田大學教授。

2　《大東亞宣言》，全稱《大東亞共同宣言》，日本於 1943 年 11 月 5-6 日在東京舉辦「大東亞會議」後發表有關建設大東亞的綱領。

3　原文「敵に勝つは、味方に勝つことなり」，化用自《葉隱》「勝つというは、味方に勝つ事なり。味方に勝つというは、我に勝つ事なり」（所謂勝，即勝過同伴；勝過同伴，即勝過自己）一句。《葉隱》，亦作《葉隱聞書》，1716年成書的日本武士道經典著作。

日本不勝，則大東亞之解放自存無望。⁴〔我們應使大東亞各國民眾〕
打從心底裏自覺此事，在他們的身心中培育不想永久失落的自我解放
和自存〔希望〕的強烈意欲，由此使其對作為達成此意欲的絕對條件
的日本勝利，自發產生不可動搖的信仰。若我們只想把他們單純視為
我們的隸屬者，那麼我們只要在他們眼前戰勝敵人便足夠了。但是為
了讓他們貫徹作為被解放的大東亞一分子的自覺，讓他們成為我們真
正的協力者，我們不能不勝過他們，不能不把日本人的認真，在生活
各方面上都在他們面前加以發揚。

　　本來，在當地與他們接觸的人誠心誠意的率先△行，⁵當然應有頗
大的影響力，但為了能互相完全理解和信賴對方，例如那指導的日本
人在各種休息時間沉默的時候，心裏所想何事，須要把這神秘逐漸向
他們揭明的氣氛，而能製造和氣的氣氛的，只有文學藝術之類。我們
的生活，是應國家所要求，在各自的職務上竭盡全力的公共生活，以
及吃、睡和愉快地利用餘暇，於個人層面上接收或自我修養的生活，
由這兩者相合而成的。而文學藝術正正是能將接受或自我修養的生
活，以公共規模展開的東西。在這意義上，這結合了生活的兩方面，
才能接近完整的人。

　　大東亞諸國家的共存共榮、獨立親和，是在作為指導國的我日本
勝利後，才能在永遠的基礎上得以實現。現實而言，對此的認知真正
化為諸國家民族的骨肉，是成為那〔共榮〕基礎的第一步。我們必勝
的信念本就是堅定不拔的，大東亞十億民眾也應仿效我們的信念，這
信念愈強，大東亞的解放便愈見進展。在此意義而言，以大東亞諸國

4　大東亞之解放自存，指「大東亞解放」及「自存自衛」等日本在二戰期間的
　　宣傳用語，後者指國家必須通過自身力量來維持存立及自我防衛。1941 年，
　　日本以「自存自衛」作為太平洋戰爭的目標，同時提出「建設大東亞新秩序
　　（大東亞共榮圈）」。
5　原文為「現地において彼等に接する人々の誠心誠意なる率先△行の持つ影
　　響力の頗る大なるべきは當然である」，其中一處無法辨識。

家民族的互相理解、尊重的文化弘揚為原則，在現在的形勢下的首要實行目標，是將那些我們新的協力者對我們的理解，以各種方法拓闊加深。雖然協力者之間的互相理解也不能敷衍了事，但要讓他們互相結合，只有在他們心中培育作為大東亞人的自覺和自豪、對指導國日本的力量的信賴、對勝利的信仰〔才能實現〕。這樣想的話，他們對我們的理解，才是對我們而言，為讓他們理解我們而竭盡一切手段的行為，明顯才是那五原則發現的首要工作。[6]

　　極端而言，我們這邊對他們各個國家進行研究、嘗試理解，除了要在相關各國都有在當地的人以外，最低限度還要有練達老成的專門人士若干。反觀當他們那邊的指導層先導人等悉數立志理解我們時，才真正能得到作為大東亞人的資格。當然，我們將自己置於十億新協力者只要有能力便能獲得的地位，因此為了勝過同伴，我們須要益發勝過自己，即在我們大東亞十億民眾之前，自我表現，包括文學藝術的自我表現在內，不光不能是程度低的東西、稚嫩的東西，還要比所謂孤立時期的自我表現還要嚴厲看待。

　　在我大東亞十億人前的文學、藝術的自我表現，不能不像我們在軍事、政治、經濟上宏大的自我表現般宏大。對此我們不得不比過去嚴格十倍，我們的愛和關懷體貼不得不比過去增大十倍。若考慮這一點，那些認為我們面向大東亞諸民族的文學性表現，若要以真正的日本語來做實在過於困難，因此倒不如用一種面向當地淺顯易懂的表現法的意見，那是何等短視自是不言而喻。如果詩歌是與他們相通的最近的道路，那詩歌在這意義上也不能不是最為純粹的。

6　五原則，指《大東亞共同宣言》中提及建設大東亞的五大共同目標原則：一、大東亞各國互相協同，確保大東亞安定，本着道義，建設共存共榮之秩序；二、大東亞各國互相尊重彼此之自主獨立，呈現睦鄰之成果，確立大東亞之和睦；三、大東亞各國互相尊重各自之傳統，伸揚各民族之創造性，發揚大東亞文化；四、大東亞各國在互惠之下緊密提攜，促進經濟發展，增進大東亞繁榮；五、大東亞各國和世界萬邦誠意往來，撤廢人種差別，普及文化交流，開放資源，以期對世界進步有貢獻。

　　即使是因得到了眾多的年輕讀者，忘了自慎其身者不過是通俗文學，那不是我日本文學真正的傳統。若沒有埋頭日本文學傳統，便不能勝過自己。十億人在前，愈發感受到須有戰勝自己的表現的重大職責，這才是對我們這邊而言，發揮大東亞精神的文學。

（筆者為早大教授、評論家）

選譯自《香港日報》第 10399-10340 號，1944 年 3 月 3-4 日

文學者大會代表已定

　　【同盟通信社十月十九日發自東京】[1] 第三屆大東亞文學者大會將於十一月中旬於南京開辦，日本派遣參加是次大會的代表定為左記（譯者案：即如下八氏），[2] 此外亦擬於旅支作家中選出數名參加是次大會：[3]

高田真治氏、[4] 土屋久泰氏、[5] 豐島與志雄氏、[6] 戶川貞雄氏、[7] 火野葦

1　同盟通信社，原文略稱為「同盟」，1936 年成立、1945 年解散，其發起人田中都吉（Tanaka Tokichi, 1877-1961）曾在致詞時將機構定位為「全國各加盟報社的自治性共同機構」，並以「軍國日本的宣傳機關」為目標；於運作期間具有日本國家通訊社的地位。

2　原文作「左記」，皆因報刊排版將八位作家名單左列於正文，此處按文意修訂為「如下」。

3　旅支作家，即旅中作家，指暫居中國的日本作家。

4　高田真治（Takata Shinji, 1893-1975），日本漢學家，專研中國古代哲學，曾留學德國、美國及中國，著有《儒教的精神》（儒教の精神，1937）、《中國哲學概說》（支那哲学概説，1938）等。

5　土屋久泰（Tsuchiya Hisayasu, 1887-1958），日本漢詩詩人，曾主編中日漢詩雜誌《東華》。

6　豐島與志雄（Toyoshima Yoshio, 1890-1955），日本小説家、兒童文學作家、翻譯家，曾與日本劇作家久米正雄（Kume Masao, 1891-1952）、小説家芥川龍之介（Akutagawa Ryūnosuke, 1892-1927）等共同創辦第三次《新思潮》雜誌。

7　戶川貞雄，生卒年不詳，曾任日本文學報國會事務部長。

平氏、[8]武者小路實篤氏、[9]北條秀司氏、[10]芳賀[檀]氏。[11]

選譯自《香港日報》第 10613 號，1944 年 10 月 21 日

8　火野葦平（Hino Ashihei, 1907-1960），日本小説家，1936 年出征中國，1937 年以《糞尿譚》獲第六回「芥川賞」，1941 年以「兵隊三部曲」《麥與兵隊》、《土與兵隊》、《花與兵隊》獲「朝日新聞文化賞」和「福岡日日新聞文化賞」，後續創作多部戰爭小説，日本戰敗後被視作「戰犯作家」而一度受到監視。

9　武者小路實篤（Mushanokōji Saneatsu, 1885-1976），日本小説家、詩人、劇作家，白樺派代表作家之一，曾著有《大東亞戰爭私觀》（大東亜戦争私観，1942）。

10　北條秀司（Hōjō Hideji, 1902-1996），日本小説家、劇作家。

11　「芳賀檀」，原文誤植為「芳賀椿」。芳賀檀（Haga Mayumi, 1903-1991），日本評論家、德國文學學者，日本文學學者芳賀矢一（Haga Yaichi, 1867-1927）之子。

第五部

他者視野中的香港

日人的居港生活和城市印象

荔枝 [1]

天野後雄

在荔枝林中
日章旗映入眼中
便抵達車站 [2]

被吃荔枝的
孩子們前來向我
討要了香煙

為了要治癒
對荔枝的渴望而

1　此文屬報刊專欄「戰線俳句」的文章。
2　日章旗，日本國旗的正式名稱。

前往討匪行 [3]

荔枝果實結
豐收之時早沒有
賊匪的蹤影

市集日前往
右邊左邊全都是
荔枝的店家

在轟炸遺址
只有唯一的一棵
荔枝的果樹

接到了音書
友人將遠道而至
且摘荔枝來

選譯自《香港日報》第 9825 號，1942 年 7 月 8 日

3　〈討匪行〉是關東軍參謀部為討伐滿州國中的反日游擊隊，於 1932 年委託八木沼丈夫（Yaginuma Takeo, 1895-1944）作詞、藤原義江（Fujiwara Yoshie, 1898-1976）作曲的軍歌。此處借用其名。

香港的夜景 [1]

廣東　岡本磯太郎 [2]

　　昭和十七年（1942）六月十五日的黃昏，我們皇軍慰問團搭乘的
順風官船○○丸正在驟雨之中進入香港的港口。

　　真的是久違的香港了，無法遺忘昭和十二年（1937）八月十六日
的午後六時，由於日支事變的擴大，[3] 當時居於中國的二百餘名同胞放
棄了經過多年刻苦經營的商權和財產，將它們留諸身後，含淚搭上了
撤離船「唐山丸」，經歷了不安的一夜於珠江下流的某地暫泊，翌日
十七日午後二時左右，迎來了居港同胞溫暖的同情。這是自那撤退以
來闊別五年的香港。

　　現在想起當時的狀況仍是悲痛萬分，我一副頭裹繃帶、穿着被汗
水浸濕的上衣和皺巴巴的短褲的可憐樣子，隱忍着三十九度的高燒在
商船碼頭上岸時，實際上羞愧得連眼淚也流不出來了。

　　當時受香港日本人會的人們親切的照顧，我們暫且各自於旅館落
腳，等待搭乘順路的船撤回內地，然而我現在腦海中（あたまに）仍
清晰地浮現出那時的光景。[4] 在我手提行李前往旅館的途中，一臉稀
奇地停下腳步、佇立不前地回首張望的那些支那人的眼神，哪一個都
彷彿含着侮蔑和冷笑。然而在那之後我雖無法憎恨支那人，但當我看
見一身瀟灑白衣地挽着穿着薄衣的女人，風姿颯爽地闊步的英美人，

1　原文題目前標有「隨筆」二字。

2　岡本磯太郎（生卒年不詳），於中國廣東營商的日本商人，曾任軍御用達協
　　同組合長、日本居留民會長。參考岡本磯太郎：〈大盛觀の新興廣東〉，《臺
　　灣實業界》第 12 年第 3 號（1940 年 3 月 1 日），頁 12-13，取用自國立臺灣
　　大學圖書館數位典藏館「特藏臺灣期刊文獻」，https://dl.lib.ntu.edu.tw/s/tj/
　　item/743956#?c=&m=&s=&cv=（2023 年 7 月 13 日最後瀏覽）。

3　日支事變，又稱「支那事變」，是當時日本對「第二次中日戰爭」（Second
　　Sino-Japanese War）的命名。

4　「腦海中」（あたまに），原文假名誤植為「あなたまに」，現據文意修改。

看見一臉這是吹甚麼風的風涼樣子闊步的英美人時，我感到身體裏的怒火油然湧上心頭，那突然發熱的感覺我至今還記得，「等着瞧！」，我的心裏滿是對英美人的憎恨。

我長年居留廣東，即使是在我們所能知道的小範圍內，他們的手段也是應被唾棄的。雖然我稱他們為「碧眼的魔法師」，一直以來每當有機會我就憎恨着那邪惡的東洋政策，但那時我的心裏對他們的憎惡和憤怒卻從未曾如此高漲。

我們如今如此狼狽都是拜他們這些魔法師所賜，而且我們如今的這副姿態同時也是我日本的姿態。儘管「美英不足為懼」是全帝國國民的信念，在所有方面上對他們有所顧慮、客氣、讓步決不是因為畏懼他們，這只是因為帝國愛好和平而等着他們自己反省。

「等着瞧！」對他們的痛哭白眼相看，再度回到我們的第二故鄉南支的日子終會來臨，[5] 這既是我們的信念，同時也必須是我大日本帝國的信念，我在那個黎明仰臥在東京酒店的床上，一邊額上敷着冷毛巾，一邊不斷這樣想着。現在想起來真不可思議，當時不知為何淚流不止。

不知不覺間雨停了，船在九龍碼頭停泊了下來。因總督部的厚意，我們一行人乘巴士入住了九龍的橫山酒店。

與管理部的 T 氏就明日以降的慰問日程仔細商議後，我在獲安排的四樓近海岸的房間裏安頓下來時，已差不多十一時。

雨過天晴，天空中星光閃爍。享譽世界的「香港的夜景」難道不是一如往昔那般展露於我的眼前嗎？「香港的夜景」的華麗重現眼前，讓人不禁懷疑這真的是激戰半載後的香港嗎。

我一邊眺望香港的燈火，一邊想着這現在成為了我〔日本〕皇土時，在為五年前描繪的夢想這樣迅速地實現而感到無盡的感恩的同時，無法不在意那恍如夢境的感覺。

5　南支，又稱「南支那」，指中國華南地區。

　　啊，香港的燈火，直至去年十二月二十五日以前，曾是侵略、壓榨、欺瞞、謀略、淫樂和罪惡的業火的香港燈火，如今成了和平、友好、恩惠、解放、共榮和道義的理據，熠熠生輝。

　　過去百餘年作為英國壓榨支那的「吸盤」的香港，如今成為了皇國育成新中國的「乳房」。

　　平靜的香港的港灣，要充分利用這天然良港和人工設備，使其成為把我「八紘為宇」的皇道精神注入中國民眾，[6]特別是早已受歐化和美國壓迫所迷惑的受苦的西南支那民眾，於經濟、文化、思想層面，使它作為西南支那的門戶愈發繁榮興盛，便是我等國民、特別是當地皇民的職責所在。我把這深深銘記於心，也永遠、永遠凝視着美麗的「香港之夜的夜景」。

（昭和十七年七月七日日支事變五週年紀念日於廣東）

筆者為廣東協同總社長

選譯自《香港日報》第 9833 號，1942 年 7 月 16 日

6　「八紘為宇」，出自《日本書紀》第三卷：「然後兼六合以開都，掩八紘而為宇，不亦可乎！」此熟語更廣為人知的說法為「八紘一宇」，是大日本帝國由中日戰爭到二戰期間的國家格言，更在昭和 15 年（1940）被寫入基本國策綱要，成為侵略戰爭的精神指導根本方針。

過於開朗的中支女俘虜

真杉靜枝 [1]

　　日前，我到中支戰線訪問時，[2] 見到了被收容的支那軍俘虜。

　　雖說是俘虜，但他們被命名為「保安預備隊」接受訓練，最終在和平地區被起用為保安隊。其中，有一名年輕的女性俘虜。

　　我們目睹那一個大隊、三個中隊、九個小隊，共六百二十名的俘虜在方方面面都過於明快開朗地生活着，讓人險些失去對俘虜的概念。

　　這次中支戰線訪問中，在各處目睹了友軍力克種種苦難、挺身〔為國〕的姿態，以及勇士們各自在不同意義上，於各條戰線背負國家的雄姿，那滲着血汗的樣子仍歷歷在目。

　　我國現今被認為最接近重慶的戰線，是在宜昌河對岸的饅頭山。在我們探訪岩窟內的塹壕時，在敵軍的槍林彈雨中和將兵們徹夜相談。在這裏，就連打一滴水，也不得不在敵彈之中下到二百米的崖下。那是困難、危險，且極為簡樸的生活。那之後無論甚麼時候回想起來，都讓人熱淚盈眶。

　　當我被展示俘虜們清潔的工衣、含肉類和湯類的食物，以及感覺健康良好的室內時，我們忽地想起我們在那岩窟生活的勇士們。

　　要說的話，兩者完全是相反的生活，這讓我心感各樣都不容易的戰爭之中是有其意義的。

　　好了，那婦女俘虜廿四歲，叫趙菊英，卒業於蘇州縣立女子中學，有趣的是，她在這裏的綽號是「酒精中尉」，因為她被俘時，是敵軍的軍醫中尉。

1　真杉靜枝（Masugi Shizue, 1901-1955），日本女作家、女性權益運動者。她出生於日本，成長於台灣，其筆下作品多為以台灣和日本為背景寫作的私小說，曾於 1941 年前往廣東慰問日本軍隊。

2　中支，「中部支那」的簡稱，指中國華中地區。

　　因為是軍醫，應急時也請她處理俘虜同志的注射。聽聞她只一味用酒精擦拭針筒，連怎麼拿針筒也不知道。

　　然而，見面之前，作為女性的感情讓我們對她抱有相當感同身受的同情，並想像她的表情該是何等不幸和深受打擊。

　　她在我軍第一次長沙作戰之時，[3] 從敵軍大隊受派往臨時總帶所，再至前線。其實，她是在四處找愛人迷路時，被我軍五名偵察兵所捉的。

　　她的愛人是第九戰區的主計少佐，[4] 被俘時她懷孕七個月。

　　聽說她在敵軍戰線時能不時會情人，上戰場已有十個月以上，懷胎七月受俘。因此在盤問時我們特意多加關注，要是其他俘虜，是不會如此快速被帶到這樣安樂的收容所的，但身懷六甲的她卻被立刻帶到這裏，隨後在此分娩。

　　嬰兒是男嬰，但母親不但沒能分泌母乳，其母性本能也是未被喚起，日夜把孩子置之不理，在能與其他男性俘虜搭話的地方晃來晃去。因此，負責監視的我軍各人卻反被嬰孩的哭聲喚起慈愛之心，盡心盡力地餵他牛奶，但不久，嬰兒還是不幸死了。

　　母親不可思議地一副若無其事的樣子。

　　我們說起這事，還是想不出解釋，但當我們穿過收容所的門和她見面後便明白了——那是一名滿面笑容，讓人也忍俊不禁的無知天真的年輕女性，完全沒有日本常識中戰線中人的風貌，心中更不帶絲毫受俘的痛苦，不管怎麼看都是一副開心悠然的樣子。即便如此，她仍把醫學的書放在桌上，似乎是為了讓大家收回「酒精中尉」的綽號而

3　第一次長沙作戰，又稱「第一次長沙會戰」、「湘北會戰」，指 1939 年 9 月至10 月抗日戰爭期間，中國第九戰區部隊在以湖南、湖北、江西三省接壤地區對日本軍隊進行的防禦戰役。此戰被視為二戰時間日軍在中國戰場的第一次大規模正面攻勢。

4　第九戰區，中國抗日戰爭期間由國民政府成立的對日作戰戰區之一，1938 年6 月成立，作戰區域包括湖北南部、湖南全省及江西等。

在學習的樣子。她被分配了一身乾淨整潔的工衣，住在有床有桌的房間裏。尉官級的榮耀在這裏仍沒被剝奪，身邊隨侍着同為俘虜的兵卒一名，感覺她要是身穿紅色腰帶，帶着女傭人也很適合。

　　但我們對她說：「不如我們帶妳去東京吧。」

　　「謝，謝」，她說，並回頭面向翻譯加了一句說請務必讓她去。

　　至於她的愛人，在她成為俘虜後不久，便傳來了他戰死的情報。

選譯自《香港日報》第 9855 號，1942 年 8 月 7 日

舒適的總社郊遊　暢遊不為人知的香港

一俳人

兼作總部社員家庭慰勞的健民郊遊，二十三日（星期天）的早上不太曬也不陰，是絕佳的遠足天氣。我被告知當天早上九時集合，逾時不候，因此由早上開始坐立不安，趕到銅鑼灣終點站的集合地時距早上九時還有二十分鐘。公司的汽車只有一輛在等，但誰也沒到。等了不久，工場的同事和攝影組的同事陸續抵達。《香港日報》的田中先生剛到，[1] 總編輯便帶着太太和孩子來了。重要的佐藤先生、巍先生等還未露面。九時二十分鐘，乘着公司大型汽車的兩家人的大部隊終於慢條斯理地來了。

婦人和小孩坐上汽車，健步部隊則乘電車到筲箕灣出發。途中在香港造船廠、西灣河市場附近看見香港戰爭的殘骸，想起當年皇軍於敵前登陸的苦難。

夏之雲浮
御軍遠去 [2]

好像要去豐國游泳池的姑娘們的談笑聲漸遠，[3] 完全沒有其他乘

1　報章原文作「香港ニユース」，其中「ニユース」（現在假名一般寫作「ニュース」）對應英文「News」，即《香港日報》（*The Hongkong News*）。

2　編者案：由於俳句水平參差，內容較貧乏，難以譯為 5-7-5 句式，此篇僅用兩行意譯。

3　豐國游泳池，原文作「豐國水泳場」，即「麗池」（RITZ），1940 年 8 月 18 日開業的綜合娛樂場所，當時由麗池餐舞廳及游泳池組成。香港淪陷期間，麗池被日軍改稱為「豐國海水浴場」，解放後被英軍徵用作「北角空軍俱樂部」，直至 1947 年獲政府發還經營權，現址為鰂魚涌英皇道（King's Road）麗池花園大廈。參考〈日夜笙歌娛樂場 經歷抗日籌款港姐選舉——「麗池」見證北角變遷〉，《大公報》（2022 年 8 月 28 日），https://dw-media.tkww.hk/epaper/tkp/20220828/A5_Screen.pdf（2023 年 6 月 15 日最後瀏覽）。

客，電車變成登山組包車。當值時在電車裏吃飯的車長也是在內地完全無法看到的。終於從筲箕灣總站進入登山路線，大家都穿短袖襯衫、短褲，婦女也各身穿輕裝，男女老少一行十八人，步伐輕快地瀟灑踏出第一步。將細砂如混凝土一般鋪出的平坦街道上，不即不離，彷彿依偎在旁地流動着的灰泥。小溪△△發出涼爽的聲音，使△△的水奔流，小徑也緩緩上斜。擔着樹下雜草和柴的黑衣支那賤民一個接一個，大家都用新奇的眼光目送一行人。擔着的雜草中，可愛的畫顏紫色已褪，[4] 已經枯萎，其狀悲哀。

　　擔來的薪柴中
　　畫顏色褪

　　從平緩的山頂看到一條水柱倒轉懸掛。下面是小型的石屎儲水池聳然並立，淺黃色的水溢滿，上面浮現出一片夏雲。上面寫着柴灣淨水池。
　　另一面的防空壕、防空家屋二三在畫顏、野芝麻、虎尾等中頹然佇立。窺看中只見一片微暗，一陣濕氣向鼻子湧來。踏進雜草之中，△△△△△△△△△散落着，小腿和鞋濕透了有種清涼的快感。

　　踏足進去
　　白露濕腳

　　山水潺湲流動萩花之徑

　　防空壕疲敝
　　白露閃爍

4　畫顏，旋花的別名，跟牽牛花（朝顏）同屬旋花科，皆有畫開夜合的特性。

夏雲一朵
安靜的淨水地

　　經過筲箕灣憲兵派遣所、柴灣出張所和一間小屋，[5] 再走一段，公司的兩輛汽車正在等候接回第一次掉隊的人。一行人喝梳打享受清涼味道。到這裏已沒有人掉隊，汽車只能徒然朝着下一個關口疾走而去。
　　來到這裏，用來抵禦皇軍的鐵絲網縱橫張開，虛無地生銹變紅。

白露和鐵銹
廢棄的鐵絲網

　　柴灣的紺青水色一點點在平緩的山脈探頭，合歡叢林的葉片合上，強韌的齒葉埋着山谷，花和葉大△△△△△△特有的山△爬在山徑上，黯然內斂的花朵散落舖在地上，跟石楠花相似的褪紅色花朵，一一含着虻搖擺不定。當中也有挺起屁股忙着吸花蜜的小東西。

來看
柴灣蔚藍的夏雲

炎天啊柴灣
開闊而平坦

放出虻之王
石楠花搖曳交錯

5　憲兵派遣所，香港淪陷後日軍所成立「香港憲兵隊」的辦公場所。出張所，
　　日語漢字詞，意為「設在外地的辦事處」，此處可理解為「憲兵派遣所」的辦
　　公分部。

　　愈走愈看到崖面有點點清冽的水滴，流過齒葉，滴滴打在芒穗上，誘發涼氣。疑似白樺的樹在陽光下露出純白的閃亮木身，讓人以為是落葉松的水松叢生，深有內地的上高地的感覺。

　　一條又一條的小瀑布來迎送我們。看來快到山頂了。

　　　打在合歡之葉上
　　　在葉間互相滴下

　　　清涼地在掌間滴下

　　　強盛的萩花於山嶺之顛綻放

　　　過了瀑布，又迎瀑布
　　　夏日的山路

　　從這裏開始，婦女們都成為車上的乘客了。

　　過了憲兵隊的屯所，山徑為平穩的下坡，淺谷熊竹叢生，芒草輕擺，青山佇立，還有那山谷的形態都和家鄉的景色相近，使人感到淡淡的鄉愁。仍在鐵絲網上戰鬥的穗芒在訴說大英帝國的末路。

　　　徑間爬行的夏萩
　　　早已過盛

　　愈走進山坡之中，看到藍綠的赤柱灣，目的地漸漸迫近了。

　　　夏萩和石柱灣
　　　在指呼之間

　　　來看石柱

小竹之徑從此起

夏雲之下
赤柱散見

說說以往的街道的話題、老虎的話題，終於走到夏水滿滿洋溢的大水池畔。走得較慢的隊伍也在這邊趕上，大家聚在一起走下去。

落後的友人
剛看見夏之山路

蒼天籠蓋
古池之夏

「恰好像是走在箱根的蘆之湖畔一樣。」我讚之不絕，不知道誰說道：「在這邊營造俳諧一庵，以風月為友也很好，如果提出申請買下土地五六坪的話……」大概是口不擇言的編輯長，大家互相揶揄，好不熱鬧。

不久到了貯水池。支持香港百萬市民的生命的水溢滿，涼快非常。

這是最後的關口，弱者們都乘上汽車，強者以一把糖果補充元氣，踴躍出發。

又再看到海濱
徑路清涼，松蟬啊

自看見成為赤柱半島 [裾] 濃的石柱在腳下時，[6] 聽到我們一行的

6　「裾濃」，原文誤植為「裙濃」。裾濃（すそご），指上淡下濃的一種染色法。

長老，同時在香港戰爭中成為赤柱「囚犯」的田中先生被囚的情況，讓我感慨萬分。偶然看見「弔英魂……沼第九二六部隊渡邊隊」的一基白木的墓碑被葛所纏繞，更顯孤寂。

雖然已事過境遷，但大家深感皇軍的人情廣大無邊，愛敵之心和武士道的可貴，一同虔敬地默禱。

小徑清涼
英雄永眠，葛之墓碑

在這邊，佐藤先生不幸踔倒小腿受傷，休息一會後，回復精神再出發，一行之中漸漸出現疲憊而走不下去的人，最後決定以佐藤先生的傷為借口請汽車來接我們，我和巍先生、愈見精神的田中先生三人便擔任聯絡人兼尖兵先行進發。

三十分鐘後，終於抵達△東亞，安靜下來享受冰凍啤酒，讓人安心過來。其後還去了作為當日最終目的的海灘，但身體已倦得像棉花一樣，筆尖也見疲累，故只記下快樂暢泳一事，就此擱筆。

選譯自《香港日報》第 9880 號，1942 年 9 月 1 日

香港的燈

南部信次郎

　　去年十二月二十六日，正當我從赤柱（スタンレイ）出來——拜
會軍方各方時，[1]軍經理部長派了使者說想見我。我馬上出門接事了
「金融班特聘人員」一職。拜受會議和調查事項等工作後，我在黃昏
時回到臨時宿舍六國飯店。[2]當時即使是本國人，除了軍人以外，沒
有通行證也過不了關門。更何況日落後是絕對禁止通行的。

　　日暮時分從「六國」的窗遠眺對岸九龍，在現在的東亞酒店（東
亞ホテル）附近只看到零星二三燈火，[3]餘下幾乎是漆黑一片，在那黑
暗中，大角咀重油堆放處的油缸冒起火光，像巨大的火炬般熊熊燃燒
着。那是了不得的光景。香港島那邊也沒有電燈，在漆黑的房間內△
蠟燭和油燈的微弱光線的同時，[4]也不得不為辛苦得來那點點亮光也讚
好。能稱作商店的商店在白天也都關着，萬事都符合昨天交戰後的場
所的相應狀態。那如今如何呢，巴士、電車、連接港九的小輪，以至
戰後不久運行的山頂纜車也在六月開通了。而且，早在那之前香港島
和九龍兩邊的不夜城如斯於舊，幾萬至數之不盡的電燈熠熠亮起，動
也不動為人們帶來安泰之感。

1　「スタンレイ」（Stanley），現在日文假名一般寫作「スタンレー」。
2　六國飯店，今稱六國酒店，1933 年於灣仔開業。六國飯店與當時的半島酒店
　　（The Peninsula Hong Kong）同樣樓高七層，是全港第二高及香港島最高的建築
　　物，後於香港淪陷期間被日軍佔用並改名為「東京酒店」，重光後曾被駐港英
　　國海軍徵用，直至 1946 年恢復為酒店。參考周家建、張順光：《坐困愁城：
　　日佔香港的大眾生活》（香港：三聯書店（香港）有限公司，2015 年），頁
　　50。
3　東亞酒店（東亞ホテル），即現時的香港半島酒店。香港淪陷期間，日本統治
　　者將不少香港的街道、公園、地區等重新命名，其中半島酒店即被改稱為東
　　亞酒店。
4　原文為「香港側も電燈一つ無い眞の暗闇で屋內は蠟燭と燈心油で△△んや
　　り乍ら」，中間二字無法辨識。

　　我從麥當奴路的員工宿舍二樓，[5]眺望夜晚如斯美麗的光景，感受到建設的強韌的同時，在軍政廳、總督部接續而來的囑咐命令下，由熟悉道路的治安開始，對各方面的苦心和努力有了充分的認知，因而感激之情更為深厚了。而且，想及皇國的綽綽有餘的顯現，那是如何向華人等三國人自然地發予無聲而偉大的指示，實是不得不感到快慰。同時，不論香港是陸地上還是海洋上，我希望香港增加更多的明燈。因為那無疑意味着香港的繁榮。

　　香港對南支大陸而言，[6]無疑如同固定扇骨的軸，身負都市外港之責，而面海則東為日本本土、西為印度、南及澳洲，於大扇滿開之形而言，香港是為海陸要衝。[7]港內水深港闊，是天然的良港，而且岸壁、棧橋、上屋、倉庫等現代設備完善。棧橋上有二三萬屯的巨船同時停泊着。如此優秀的港口附近哪裏有呢？作為物資的轉口港和集散地，必須大為活用。

　　工業設備的話，現在的船渠是大小各處一樣，日夜極為繁忙。除此以外活動着的和打算活動起來的人也有許多。那些當然都是為了完成聖戰所必要的，也是推動香港繁榮的原動力。[8]

　　工場一旦運作起來則當然必須輸入原料，也必須輸出製品，出入船隻變多的同時，海上的燈也隨之而增。海港香港尤其必須讓海上點滿燈火。從員工宿二樓一邊遠眺夜的海面，一邊想着若港九之間的海

5　麥當奴路，今稱麥當勞道（MacDonnell Road），據第六任港府總督麥當奴（Sir Richard Graves MacDonnell, 1814-1811）命名，位於香港島中半山。

6　南支，又稱「南支那」，指中國華南地區。

7　原文使用了日文俗語「扇の要」，指至關重要的部份。「扇の要」即固定扇骨的軸，又稱「扇釘」，扇子的開合靠扇釘將扇骨聚攏或打開。作者以扇釘比喻香港對於南中國的重要地位。

8　聖戰，此處指為神聖目的進行的戰爭，與伊斯蘭教術語「聖戰」（jihad）無關。日本在第二次中日戰爭期間為了動員國民參與戰爭而使用的標語中，就包括「遂げよ聖戰、興せよ東亜」（完成聖戰，振興東亞）等。

因船舶的燈火而變得分不清是海是陸的時候能早日來到，不知多麼愉快。為了給香港帶來繁榮並充份發揮其機能，也是我們一般市民所要肩負的職務。我們民間人士也要在各自的崗位上盡誠奉公，每當想起在香港攻略戰時犧牲而變成靖國之神的英靈時，[9] 我就如斯想。

選譯自《香港日報》第 9912 號，1942 年 10 月 4 日

9　「靖國」，原意為「使國家安定」，此處可代指「靖國神社」。靖國神社的前身是「東京招魂社」，最初是為了紀念在明治維新時期的日本內戰中為恢復明治天皇權力而犧牲的 3500 多名反幕武士，明治 12 年（1879）被改名為「靖國神社」。明治維新後，靖國神社開始供奉在甲午戰爭、日俄戰爭等戰爭中為日本戰死的軍人及軍屬。「英靈」，是對死者、尤其是戰死者的尊稱。第二次中日戰爭期間，日本政府把戰死者稱為英靈，宣揚他們是為國捐軀。此處「靖國之神的英靈」，即為作者對在日本侵華時戰死的日本士兵的肯定之詞。

從軍手記：九龍的喫茶店

日野一郎

那是相當寒冷的一天。

二人從半島酒店（ペインシユラーホテル）往左拐，[1] 愉快地走在完全不像香港的寧靜街道上。

田島一如既往地讓那兵隊鞋唧唧作響，手上拿着素描本。兩旁幾乎都是喫茶店，[2] 正以為終於有別的店鋪，怎料走過鞋店和洋服店後，又全是喫茶店。在混凝土的路上，不同髮色的小孩快樂地玩着滾軸溜冰。靜靜凝視兩人的眼睛也是溫和澄澈的顏色。

不知哪裏傳來〈銀座之柳〉的旋律，[3] 大概是悠然舒緩的節奏──咦，這裏究竟是哪裏，不禁讓人有如此錯覺。戰火平息至今未過一月，環境竟有如此變化。一個時代之前的流行曲接二連三地邀請硝煙未散的行人的耳朵。推開門，裏面甚麼裝飾都沒有。這裏與東京偏遠地區的喫茶店相比唯一讓我感到不同的，是這裏有取代廉價唱片的「現場音樂」。不論多窄小的店都總有樂手在角落候着，進行鋼琴、小提琴和薩斯風的合奏。

二人走累後坐下〔暫歇〕的藍色霓虹燈的店裏，也有這些菲律賓樂手們奏着〈匈牙利狂想曲〉（ハンガリアンラプソデイ）。[4]

明明戰爭前，他們該是在華麗的劇場或舞廳裏，身着美國式的時

---

1 半島酒店（The Peninsula Hong Kong），原文假名「ペインシユラーホテル」對應英文「Peninsula Hotel」，開業於 1928 年，位於九龍尖沙咀區，香港淪陷期間曾被更名為「東亞酒店」。

2 喫茶店（きっさてん），指提供各種飲品和輕食的店鋪，意思更接近於「咖啡館」。

3 〈銀座之柳〉（原文為「銀座の柳」），日本歌手四家文子（Yotsuya Fumiko, 1906-1981）於 1932 年發行的歌曲。

4 匈牙利狂想曲（Hungarian Rhapsodies），一組基於匈牙利民謠題材創作的 19 首鋼琴曲，由匈牙利作曲家李斯特（Franz Liszt, 1811-1886）分別於 1846 至 1853、1882、1885 年創作。

髻服飾，隨指揮棒演奏交響樂的吧⋯⋯正當我忽然如是想着時，他們向我們投以笑容，並開始奏起日本的歌以及日本人應該會喜歡的歌，看到他們這種姿態，不禁泛起哀調。

我點了啤酒。這一帶的經營者全都是印度人。出來招呼我們的少女也應該是印度人，她有着印支混血的艷麗肉感，黑黝黝的皮膚充滿異國魅力。

接連不斷的流行曲告一段落，演奏薩克斯風的樂手走到我們身旁，給了我們一本小冊子。翻開來看是內地製的《流行歌謠集》，想是從士兵手上得來的吧。裏面羅列着懷舊歌曲。當我把幾首歌劃上了剔號，他邊說「very nice（ヴエリイナイス）」，邊回到鋼琴旁邊。

田島讓來服侍我們的少女坐下，並畫起她的素描。沒有其他客人。看着滿有特徵的外國人的表情，我忽然充滿食慾並找起餐牌來。不知何時放下鉛筆的田島也說要吃點甚麼的。環顧周圍的牆上，發現了有支那語寫就的字跡拙劣的餐牌。仔細看，支那語下有奇怪且錯誤連篇的日文註釋。不管我們有多醉，那餐牌看起來還是讓人怪不舒服。即使是在作為日本領土的香港，日文還是有如僕人一樣的待遇，實在不像話。

放下杯，田島突然站起來往吧檯去了，似乎是在比手畫腳地爭論着些甚麼。「哦，幹得好！」正當我這樣想着看時，他拿着硯、筆和紙回來了，然後環顧四週隨手畫起甚麼來。咖啡的畫、啤酒杯的畫，還有水果的畫，一一從他的大膽的筆觸下畫成了。在那些畫的邊上還用日文寫上了日本流的定價。[5]

店裏的人不知何時在我們身邊聚集起來，愉快地看着田島下筆。包括菲律賓的樂手、印度的女士。一口氣畫了四、五幅畫的田島一邊看着我微笑，一邊拿起杯，正當此時，他的眼前出現了一張大大的白紙。

5　日本流，即日本式的（想法和做法），此處指日本風格。

　　看起來是這店的主人反覆低頭說着甚麼。是請田島〔幫忙把店裏的日文餐牌〕全部重寫一遍。

　　「嗚呀！」

　　雖然這樣說着，但即使如此田島還是一副看起來很高興的樣子，一邊撥起散下的亂髮，一邊復又提起筆來。

選譯自《香港日報》第 9931 號，1942 年 10 月 24 日

主婦的鬱悶

淺野輝子

　　日前經介紹認識的中國太太邀請我下週二在香港散步，我非常高興也想應約，但平日有很多事務難以出行，唯有回答說「待外子出差時再帶我去吧。」然而，她竟來同情我為何不請個阿媽，[1] 清潔、打掃、做飯實在太忙了，看啊您手也變粗糙了。從廣東來的時候，前輩的太太們異口同聲明明羨慕地說：「真好啊，你又年輕，香港有山又有海。在一流的大都會，想要甚麼都能便宜買到。」即便如此，人的想法並不相通。街上的櫥窗裏漂亮的布料即便閃閃發光，美麗優雅的女性即便漫步霓虹燈光之中，在時髦的店裏即便可以品嚐甜美冰涼的飲品，不知道年輕未婚時我會怎麼想，但今日身為人婦的我一點都不為這些所吸引。雖然阿媽的薪金很便宜，但整天一個人在家中走來走去，黃昏時為丈夫的晚餐費煞心思，閒時總要整理布料和舊衣，忙這忙那，也是一份樂事。不論這裏是香港還是廣東，大概女性就是如此。

　　話雖如此，重讀日記時，我果然還是在意世間事，寫了各種各樣的事。

　　「約翰牛」喜愛的厚重而堅實的高樓大廈街。[2] 莫名誘人的霓虹燈光的波浪，雙層電車行駛着。巴士行駛。富格調的爵士樂流動。滿溢般的彩色櫥窗，還有揮灑各種特色的美，走在街頭的女性的身影。浪

1　阿媽，指居住在東亞的外國人所聘請的當地女傭。

2　約翰牛，原文為「ジョンブル」（John Bull），是英國人的擬人化形象，最早出現在蘇格蘭作家阿布斯諾特（又譯亞畢諾，John Arbuthnot, 1667-1735）1712年發表的小冊子《法律是個無底洞》（*Law is a Bottomless Pit*）中。阿布斯諾特同年出版政治諷刺小說《約翰牛的生平》（*The History of John Bull*），主人公約翰牛是一個着高帽、蹬長靴、手持雨傘的矮胖紳士，為人愚笨且粗暴冷酷。

漫的輪船往返，明明是青山碧海的香港，卻令我無法親近。總覺得背後薄情暗湧，讓我感到無可忍受的寂寞。在街上不期然遇到日本人而感到放鬆快樂。即使那是讓人不禁蹙眉的某種女性也是如此。[3] 但長久以來國際 [都] 市特有的這種冷漠，[4] 想必最終會被日本人可愛而平直的感性所溫暖吧⋯⋯

　　⋯⋯我討厭香港的中國人。在廣東生活的時候寫過這些：「白天的廣東有民族的苦惱，晚上的廣東可聽到民族的啜泣。」讓人感到廣東人就是如此單純的中國人。有時可以感覺到他們對日本人有着激烈的反抗情緒。可是，香港則是女的漂亮，男的醒目聰明，感覺不像是中國人。雖然他們穿着文化服飾，但底蘊其實混沌不定，我倒在土氣的廣東街頭感到人情的溫暖⋯⋯

　　⋯⋯正當我專心地熨着恤衫，鄰居的葡萄牙小孩蜂擁而來要玩耍。我給他們喝家裏的牛奶，最年長的男生一臉認真地說：「你的丈夫是軍人？」「為什麼這麼問？不是喔。」「即使不是，現在牛奶非常昂貴，因此普通的商人很難買得到。」我△△這裝成熟的孩子。[5] 整齊的頭，漂亮的鬢髮，長長的眼睫毛，但沒有任何孩子氣和天真的表情。「我呢，現在十二歲，爸爸在香港 ISOGAYA（イソガヤ）做生意。」[6]「ISOGAYA？」那時我終於了解總督部。「我爸爸戰前在英國人商會工作，薪水高，房子非常大，也有很多好吃的」，他得意地說道。[7]

3　原文為「眉を顰めたくなる△な姿の」，△疑為「樣」字。

4　「都市」，原文誤植為「教市」。

5　原文為「私は此のこましやくれた子を△△した」，中間二字無法辨識。

6　ISOGAYA（イソガヤ），與當時香港日佔時期總督磯谷廉介（Isogai Rensuke, 1886-1967）的姓氏（Isogai）發音相近。此處男孩所説，或指後文所提及的「總督部」。

7　此處原文為「小鼻を膨らます」（不滿地），應為另一慣用語「鼻を膨らませる」（得意洋洋地）之誤，譯文據文意修訂。

「我媽媽在日本神戶出生。媽媽的姊妹也在日本。」他談到與日本的關係時充滿驕傲。「你知道你的國家嗎？葡萄牙是很好的吧？」「知道，不過首都並不美麗，而且葡萄牙是很小的國家，不行。」他平靜地說，並端起裝着牛奶的杯子。我掩飾不了傷感的眼神。終於我們都談夠了，開始弄收音機，他高興地說：「佐野太太，可以聽到葡萄牙來的節目呢。」看到那明朗的笑容讓我有種類近安穩的感覺，他也喜歡自己的國家！我不明白他母親為何不教他葡萄牙的光輝歷史，然後對日本小孩出色的氣慨和純真感到可靠而有希望，而且感受到身為日本母親的意義。

　　某夜，交好的鄰居年輕白俄（白系ロシア）女性來我家作客。[8] 她不但廚藝很好，製作蛋糕更是專業，聽說她最近跟日資零食製作公司簽訂了合約。聽着黑膠唱片，我忽地想起香港將舉辦演唱會，便嘗試邀請她。然而，她雖感謝我的邀請，但表示自己每天早上九時至十一時，都會在附近的小型電影院與志同道合者聚首一堂聽音樂，聚集的全是白俄人，大家一同安靜地享受快樂時光。她說不如邀請我去一次。我不禁想像起這群失去了國家的人的安靜集會，並因而眼泛淚光。然後，我回想起曾聽過的，那跟她們有着相同命運的「Don Cossack 合唱團」（ドン・コサック合唱團）的哀傷歌聲。[9] 我轉了話題，對她說久聞世界最盛產美人的地方是高加索（コーカサス）。[10]「喔，是啊。（オ、イエス）但美的大抵都是俄羅斯猶太人（ロシアン・ジ

8　「白系ロシア」（white Russian émigré），指在 1920 年代經歷俄國十月革命和內戰後，因反對蘇維埃政權而選擇遷居國外的俄羅斯人。

9　「ドン・コサック合唱團」（Don Cossack Choir），由流亡海外的俄羅斯人於1921 年組辦的合唱團，曾於 1938 年 9 月展開世界巡迴表演時途經香港，並於皇后戲院連演五場。詳見周光蓁編著：《香港音樂的前世今生 —— 香港早期音樂發展歷程（1930s-1950s）》（香港：三聯書店（香港）有限公司，2017 年），頁 380-381。

10　「コーカサス」（Caucasus），即高加索地區，日文假名又寫作「カフカース」、「カフカス」。

ュウ）。」[11] 我不禁看着她的臉。因為她談起「俄羅斯猶太人！」這詞時的聲音實在極端冰冷，帶着憎惡和輕蔑。我在此也感受到了民族間的複雜糾葛。

　　丈夫給我介紹的那位中國女性非常漂亮。堂堂的體格配合不拘於物的性格，有種悠然的美態。某前輩對她的評價是：「讓人想起楊貴妃。」然而，若比起楊貴妃，她還是太俗氣。但無論如何，她是美人。因為她的丈夫跟英國人做生意，所以生活完全是歐式的，聽說曾經頗為豪奢。她是直話直說的人，我非常喜歡她。她說自己戰前曾有十一位阿媽，她只負責生，孩子全由阿媽來照顧。她奇怪地炫耀着家中的阿媽很會帶孩子，又說然而現在米太貴，只能雇三位阿媽。她說：「我呢只讀過小學，丈夫能說英文，我只會用英文說多謝和再見。」她也說，因為她丈夫在澳門，她本來想工作，到了某日本人開的店，但因經理是個很令人討厭的人，而且會說奇怪的話，所以做了一天就辭職了。她每天都打扮得漂漂亮亮，用她的話說，來來去去地外出散步。週日早上，看見她或讓五個年幼的孩子自己走路，或讓阿媽抱着他們，她自己一邊悠然搖着漂亮的大扇子，一邊堂然接待訪客時，我對她那從容自若的感覺和實在過於悠然的態度產生了某種讓人不禁微笑的好感。她常借口頭禪「沒法子」（仕方がない），一句話就處理所有無法改變的現實。我從她身上沒感到一處像日本有閑階級的婦人，因為她實在豁達開朗。這陣子她完全不露面，我丈夫笑着說：「好像有這些事發生了。」原來她的一位日本人朋友似乎誤會了甚麼，就她跟我們的交往，喋喋不休地加以攻擊，最後動手打了她。之後，聽聞她被迫答應以後不跟我們來往。事由是愚蠢的多慮，我嘗試跟丈夫笑着說，她大概在用口頭禪「沒法子」來放棄爭論吧。然而，我感到有些

---

11 「オ、イエス」，即英語「Oh! Yes」的片假名，此處譯作「喔，是啊」。「ロシアン・ジュウ」（Russian Jews），即俄羅斯猶太人，其中「俄羅斯」（ロシアン）現在日文假名一般寫作「ロシア」。在日文原句兩詞均以片假名標識，或表示這位白俄女性這兩處以英文或其他外文說話。

笑不出的部份。因我發現她即使是在悠然中、在一句「沒法子」中，
也有着支那人頑強、厚臉皮的力量。而打她的日本人之中，令人意識
到有着把事情想得過於簡單的日本人。

　　在光線猛烈的南方天空下，對比鮮明的色彩也美麗地調和在一
起。香港的街道洋溢着豐富的色彩。支那服飾的亮麗色彩，明快花俏
的洋服。朋友來信寫道：「我覺得東京的街道這陣子也變得過分色彩
濃艷，戰爭和流行色彩的關係讓人感到很有趣。」溶化的淡色，艷麗
的濃色，我覺得兩樣都美麗。然而最近漸漸懷念平凡的紬的質感，以
及絣和瀧縞的素樸。[12] 厚重的大廈，光鮮文明的洋風住宅，平整修築
的道路也是整然優美的。然而，時常讓我眷戀的是吸了水氣的黑色地
面的窄巷，磨洗過的格子紙窗。

　　黃昏時，我一邊走在安靜的林蔭大道，一邊無意中憶起東京山手
的屋敷町，耳邊傳來和着走調的小原節打拍子的聲音、[13] 拙劣的三味
線，嘈雜的太鼓加入調子的聲音。從遠處聽，這聲音剛好讓人聯想到
南洋土人的斬首祭典中的鼓聲亂舞，讓人莫名嘆息。而後同時也讓
我深思，比起用強烈的刺激忘卻鄉愁，細味美麗的感傷不是更具人性
嗎？音樂和繪畫是無分國界，唯一能被完整理解的東西，因此必須藉
此 [充] 分表現日本特色的優點。[14] 就像那首〈軍艦進行曲〉（軍艦マ
ーチ），[15] 今天也在世界各國的港口堂堂奏起一樣。

12　「紬」，即絹織物，是用捻線絲（日文作「紬糸」，指從蠶繭上剝離後纖維後
　　經過紡線過程后的線）織成的織物，主要成分是絹，有時也會有棉、麻成分。
　　「絣」，即碎白道花紋布，是日本傳統的花紋織布，多數是白色紋樣的深藍色
　　布料，花紋簡單純樸。「瀧縞」，日文作「滝縞」，指粗細條紋相間的布面花
　　紋。「瀧」意為瀑布，「縞」為間條。「瀧縞」為粗細不同的直間並立，織成瀑
　　布一樣的紋理。

13　小原節，日本民謠。

14　「充分」，原文誤植為「先分」。

15　〈軍艦行進曲〉，日本俗稱作「軍艦マーチ」，1893 年先由博物學者鳥山啓
　　（Toriyama Hiraku, 1837-1914）作詞，後於 1897 年由日本海軍軍樂師瀨戶口藤
　　吉（Setoguchi Tōkichi, 1868-1941）譜曲，並自 1900 年起採用的日本軍歌，是
　　日本舊帝國海軍及現時海上自衛隊的官方進行曲。

　　我聽過這樣的傳聞，在香港建立起來的花柳界是從東京一流地方帶來的藝伎，[16] 真是好得很。然而，比起這些，我更希望先帶來洋溢着現代美態的可靠職業婦女，也希望這能促成普通家庭的夫人們進攻海外。日本人對此一定皺眉，當中固然有女人的某種無知蒙昧，而對那些女性極盡輕蔑和厭惡的男人，卻歡迎比他們高一等的藝者眾，真是奇怪。當然，藝者眾是傳統，也無疑是日本代表性的存在，但儘管如此，我也認為現在已不是那樣的年代。首先，當她們備受擁護，站在同為女性的立場，我甚至感到某種對女性們的義憤。她們誰是因喜歡而過着那樣的生活呢。話雖如此，但以家庭主婦為職業的我說太多，不免招來各種奇怪的解讀，所以我只是嘗試在心中悄悄說一下。

　　丈夫難得夜歸，我隨意扭開收音機，清朗的鼓聲隨之流出。那是沁人心脾、清亮而典雅的音色。我坐在陽台的椅子，一邊眺望美麗的星空，一邊感受着那彷彿讓人繃緊的莊嚴樂聲。莊重而有深趣的△△的聲音，[17] 那些鼓聲明快滲透全身，眼淚不禁無來由地沾濕我的兩頰。學生時代朋友的父親，經常硬拉我和朋友二人到水道橋的寶生舞台去，[18] 那時即使感到檜木舞台的純淨、嚴肅的美，以及清亮的鼓聲，我和朋友二人還是雙腳發麻，並努力忍着小小的呵欠。但離開國家後，此時此地，我被能樂那極具日本特色的藝術的尊嚴打動了。[19] 此後，我聽到來自美國那些擾亂心神的倫巴（ルムば），[20] 那夜我就覺得那種音樂非常淺薄而無聊。

16　藝伎，又作藝妓，原文作「藝者」。藝伎是日本特有的女性表演藝術工作者，主要在宴席上為客人服侍餐飲，並以舞蹈、演唱、演奏等方式助興。

17　原文為「莊重な澁みのある△ひの聲と」，一字無法辨識。

18　寶生舞台，即東京寶生能樂堂，專門演出日本能樂的場所。初建於 1913 年，後於 1923 年東京大地震燒毀，1928 年重建；後於 1945 年空襲炸毀，至 1950年第二度重建。現存寶生能樂堂於 1978 年建造完成。

19　能樂，又稱「能」、「能劇」，日本獨有的一種舞台藝術，為佩戴面具演出的一種古典歌舞劇。

20　「ルムば」（rumba），起源於古巴的拉丁舞，其音樂以富浪漫熱情著稱，又被稱為愛情之舞。

　　由這說到那，我在陽台的椅子上寫着，不覺看到照向夜空的探射燈的藍光，漂亮地動起來。突然我想到此時仍在作戰的士兵，便羞愧於自己的傻話。現在開始轉涼了，我便開始寫下：「我執筆寫信給往北方遠征的義弟，[21] 因為有北方的守護，南方才能得到勝利。」

選譯自《香港日報》第 9934-9936 號，1942 年 10 月 27-29 日

21　義弟，一指妹夫，一指無血緣關係而結為兄弟的弟弟。

香港綠化的考察[1]

青木繁[2]

一

我不時會飛過支那的天空，因為我往返海南島和台灣都乘飛機，[3] 至於踏足的土地，至今只有機場，今次是我第一次踏足香港。我也到了赤柱方面，乘纜車登山後踏在山頂的土地上，遊九龍半島時也登過大埔的山，粉嶺的哥爾夫球場也走過，確實地走過這支那的一角。幸好趁天氣晴朗時看過了各種各樣的香港，而我所看見的香港一如想像，因此我沒有新的感想。但對香港那與支那共通的不幸，我心中希望能想方設法予以救濟的想法沒有改變。

二

支那不用說自神農、伏羲以來以農立國，甚或被認為治黃河者即為治支那者，而且從飛機俯瞰所見，無不是一片赭色的山泥傾瀉殘痕，讓人深感禿山、草山、地獄之鄉也正如此。除若干例外以外，沒

---

1 編者案：此系列文章原分四篇於《香港日報》連載，其中首篇篇名為〈香港にて（一）〉（〈在香港（一）〉），後三篇篇名均為〈香港綠化の考察〉（〈香港綠化的考察〉），此處統一篇題為〈香港綠化的考察〉。另報章原文分為七節，最後一節錯誤標示為第八節。

2 青木繁（Aoki Shigeru, 1893-1985），日本林業學者、散文作家，1916 年赴台並於當地長居，曾任職於台灣總督府下的專賣部及中央研究所林業部，1932 年至 1936 年間任台北帝國大學附屬農林專門部教授，在台期間曾著有大量以台灣山林或原住民為主題的自然書寫之隨筆作品。參考趙偵宇：《觀念、分類與文類源流 —— 日治時期的臺灣現代散文》（台北：秀威資訊科技有限公司，2016 年），頁 127-128。

3 1941 年，青木繁曾前往海南島（抗戰期間為日軍佔領）並任職於海南警備府，從事林業觀察與研究，後於 1943 年返台。參考趙偵宇：《觀念、分類與文類源流 —— 日治時期的臺灣現代散文》，頁 127-128。

有樹林的村落和都市散見，而且看不到台灣新竹地區所見的貯水池，這也是原始農業時代的明確證據。理應以農立國的支那，迎來了無法以農立國的命運。在地力衰微的深淵，農業生產自是無望，但即使將之歸咎於為逃過長年官匪掠奪而不得不如此防衛，荒山荒地還是太多。那是支那農民每天生活所面對的命運。

因為山上沒有樹，百姓只能燒乾草、枯枝和甘蔗的枯葉來做飯，由此缺少能用於堆肥的材料，本應返還於土地的東西也少了，故生產是對土地一味單方面的索取，而沒有給予。山上沒有樹木的支那土地，無論過多久，地力都無法恢復，只能任由水流去，無法儲存，必要的時候無法灌溉。無須贅言，沒有水利的農業生產自是無法成立的。

三

作為英美支配東亞的據點的香港島，從山上俯瞰，我發現了兩個事實。一是他們只有在其自身居住的必要地帶種植樹木，大致經營綠化；一是與其生活無關的地方仍未普遍植樹。現在香港的薪炭問題，似乎跟白米同等重要，想必資本主義以為能像整頓自己般支配物質，因此膽敢胡鬧地認為可以植林作燃料的自給自足。我認為從這座禿山可看出英美的搾取主義。即使到海南島上去看，也是遍地荒山荒地，除了華僑植下的膠、咖啡、海棠花等，以及人足難涉的地形的山林外，海南島始終是沒有樹的。

四

比較被稱為支那雙目的海南島和台灣，二者同為要港，而且較之海南島平地遼闊，台灣為山岳地，在日本領有之前，跟現在的海南島、九龍與此外所有支那領土一樣，平地附近都是禿山草山的風光。經日本統治五十年後，台灣現在已漸漸變為青翠欲滴的森林之地：海岸有木麻黃的海岸林，農田有防風林，近山處有相思樹的造林。看

完支那光禿禿的土地再看台灣的，那是完全的綠土。米的產量是海南島本地米的三、四倍，甘蔗也是同樣，蜜瓜及其他農作物也悉數是三、四倍，品質不在話下。作為支那雙眼之一的台灣，就這樣因日本的知識和技術開了眼，如今已作為東亞建設的各種據點，日漸充分發揮其使命。海南島現在也在可給島民帶來幸福的農業改良和農業文化建設，逐漸受日本的溫情灌注，某些地方的白米、甘蔗等也都跟台灣的增收和改良相等，我由此樂以期望海南島民已一日一日逐漸接近幸福。

五

海南島自古以來，作為支那要員的貶謫之地而為人所知。其中以蘇東坡為王安石所逐，於六十二歲高齡與愛妾王朝雲死別，與三子蘇過一同被流放到儋州，[4] 直至六十五歲都於蕃煙之地，與黎人的同伴們生活，由此可想海南島是怎樣的化外之地，同時也訴說了早自八百年、一千年以前，海南島被支那人榨取地力的歷史便已開始。海南島如今地力之消耗，即使以花崗岩為基底的不良條件是一大要因，然而更大的理由，無須說明，還是掠奪地力的傳統料種法導致災禍。想到為台灣帶來如今的農業生產的總督府的統治力、知識和技術等，也逐漸惠及海南島的現實，使人深感東亞十億人民逐一在其地得享幸福的日子正逐漸來臨。

六

從地球表面奪去其衣裳即樹木、森林的人，不用說是喪失對自然的敬畏之心的人。支配東亞的野心在山上進行非分的自然破壞，但那

4　儋州，海南島的舊稱，轄境相當於現時海南島儋州、昌江、東方等市縣地。

不是可以永續的東西。為那被破壞的裸露山體披上綠衣的，是溫情脈脈的日本人的習癖，這習癖雖想是終將為香港、為九龍以至支那大陸逐一帶來綠化，作為路過的旅行者，雖知僭越，仍望能就綠化方法略述一二。

　　因為農林主任的森元藏氏的好意，在他的帶領下，我跟他到九龍半島巡了一圈。看沿道的林徑的楠、[5] 鳳凰木、尤加利樹、白樹、樟、榕、馬尾松（台灣赤松）等樹的生長程度，或是看大埔山的造林成績，或是看香港島的纜車沿線的林徑、看往赤柱途中的馬尾松，在此也可隨舉地力消耗根本微不足道的例證。這既是氣溫和降雨量的恩惠，同時不得不視為土地改良者一移植成活，樹木群生為森林集團的功德。森林樹蔭下，在禿地無法看見的陰生植物群與年俱增，土地開始能保存濕氣，在此之上樹木急速地增加生長。看着香港島纜車沿線的樹木，甚至令人懷疑那是往日荒廢的土地嗎？這力證了僅有二十年、三十年的樹木生命，為消耗殆盡的支那土地的一角，給予作為新生產力的生命。大埔造林的成功，也令人懷疑那真是以前 [薄扶林] 山頂上的土地嗎？[6] 馬尾松、樟、白樹、尤加利、木麻黃，不論哪種都長得很好，我斷定這跟台灣任何地方的生長比起來都不分高下。

　　可惜的是相思樹沒有被大量種植，這是沒有策定木材自給的證據。無論哪座山，禿山也好，草山也好，這山那山，都應首先種植相思樹。在這點上，在思考九龍、香港島的同時，不能不感謝我們在台灣的前輩的卓見以及其技術能力之正確。五十年前，台灣與這等地方，以及其他支那土地一樣為地力衰耗之地，前輩們由此判斷並以計劃優先為土地恢復地力，才是台灣未來的幸福。相思樹為荳科植物，根瘤菌吸收空氣中的氮，因此可恢復地力，着眼於此的相思樹大造林的深遠計劃就此展開。終於，在經過五年、十年後，地力衰退至極的

5　日文原文為「クライノキ」，當為「楠」（クスノキ）之誤。

6　「薄扶林」，原文誤植為「扶薄林」。

台灣土地漸漸得以改良，取而代之是開墾的甘藷、[7]鳳梨、甘蔗、陸稻等山地農業潤然展開，台灣成為不論是平地還是山地都擁有嶄新生產力的農業國家，現今發揮燦然的光芒，卓見遠慮常如燈塔遠照。台灣的相思樹正是台灣農業的恩人，而木麻黃的海岸林、耕地的防風林為農業生產力減去一、兩成的收穫，這是懂得台灣農業的人都知道，而尤加利的生長力旺盛，更是台灣旅客的見聞之一。

看到英美剝削留下的痕跡，日本人如今在所到之地擴充農業生產力，為圖自足，不能不互通有無，共同合作。我認為要是十年前，九龍和香港島實施相思樹綠化計劃，那些樹就不會變成燃料，取而代之是能恢復地力的甘藷、陸稻等食糧生產便可於今日實行。而且慮及今日木材缺乏之苦，不知英美是否刻意不教支那種植相思樹，不，果然那不是知識的問題，應當理解為他們一點也沒有拯救支那的念頭。不單止是相思樹，地球的表面上盡其可取的自然征服者，本來就不是能顧及植林的民族。

德國的森林學學者 Ebuna（エブナー）氏如今在日本，他說伐一木，種一樹，還之自然的民族，在世上只有日本。實際上也是如此。

〔七〕

支那的古語有云：

一日樹穀，十年樹木，百年樹人。[8]

然而如今支那沒穀沒樹也沒人，可見要樹穀樹木樹人，在支那是何等難中之難，自不待論，而指導此事、將支那引導向幸福的，除日

7　甘藷，即番薯。

8　此句本自《管子‧權修》，原作「一年之計，莫如樹穀；十年之計，莫如樹人；終身之計，莫如樹人」。

本人外別無他人。英美對支那的支配是剝削支那的歷史，決非為他們帶來幸福的歷史。辨明此點的日本，現在為將東亞諸民族引導向幸福，正逐漸實行大東亞戰爭。走在香港、九龍，那禿山草山令我認為能真正拯救支那的只有日本人。

把以農立國的支那導向善的，不論從哪方面都應該以指導他們改良農業、推動農業文化為生命。

要是提議改良土地整理、水利耕地、導入優良種苗、改良品種、提高耕地技術、以堆肥施肥、養豬、養雞、繁殖牛馬、為禿山草山植樹造林等平凡的命題，將歸於農林教育的社會化，水產、工藝等不用說也是重要的。而且為大東亞戰爭的勝利，無論如何都須急速擴充糧食及其他必需物資的生產，應急和正規兩方面並行，在支那則應全力以改良農業，推動農業文化為目標，制訂指引。作為總督部，以農林水產的自給為目標的生產計劃，特別是禿山植林的十年計劃方案已經確立，這作為國土計劃的基本，不禁令人想像十年後的幸福，由此感到愉快和一股力量。

（筆者是台北帝大講師、於海南島任某職）

選譯自《香港日報》第 10072-10075 號，1943 年 3 月 20-21、23-24 日

觀物之眼 [1]

劍魚

辛苦命的 Y 生，雖乍看之下是個平凡的市井小民，但其實，世間像 Y 生般活得超然的人似乎不多。

Y 生年近五十，仍然精神矍鑠，性格也跟其他人大不相同。

「你那副是老花眼鏡嗎？」我問，Y 生即搖頭。我再問：「這是近視的嗎？」他說「不」。那麼「是散光的嗎？」再追問，過了一會兒，他的視線離開報紙，敷衍說：「細字識別困難症」。

△△△△△△△△我對瀟灑地出現的 Y 生打招呼道：「現在開始馬的練習嗎？」「是，現在開始訓練馬隻。」他非常認真說。[2]

「這嫩葉真美。」但我這麼說時，Y 生道：「不，嫩葉不美，你的眼才美。你的心澄明。心境混濁的人們，是看不見嫩葉的。」

選譯自《香港日報》第 10397 號，1944 年 3 月 1 日

1　此文屬報刊專欄「晨早默想」的文章。
2　原文為「△△△△△ふから乘馬△△△△△△て」，當中兩處無法辨識。

香港的姑娘 [1]

劍魚

正當我在香港酒店門前的精緻喫茶店二樓喝着咖啡時，[2] 在一名老翁身後一寸處，三個年輕貌美的姑娘拖着華麗誇張的衣裾，熱鬧地從樓梯走了上來。

然後其中一位姑娘，忽然扭動身體，走到我接鄰的包廂問：「一個人嗎？」「是，你在跟男朋友在一起嗎？」後面低厚的聲線說。然後那美麗的姑娘嫵媚一笑，並說：「我也想是這樣，可惜你看到，跟我一起來的都是活潑的她們。」

輕快而出色的應酬。當然這對話是經由坐我對面的△君翻譯〔才得以完成的〕。要是有人為這番對話吃驚，想必是因為那人還不了解香港的姑娘。請小心。

選譯自《香港日報》第 10399 號，1944 年 3 月 3 日

1　此文屬報刊專欄「晨早默想」的文章。

2　喫茶店（きっさてん），指提供各種飲品和輕食的店鋪，意思更接近於「咖啡館」。

戰爭的模樣 [1]

劍魚

這邊說敵軍的飛機襲擊馬里亞納（マリアナ）群島，[2] 那邊道目測那裏跟東京之間的距離，想敵軍的潛水艦在支那海上擊落多少船隻，眼中帶着對香港的不安，面面相覷。

然而，這是以英美為敵的戰爭，這樣的事事到如今應已不值一提。即使如此，我們仍常感到焦躁，坐立不安。

比起現在曝露於更大的危險，處境更困難的日露戰爭時的「日本」，[3] 也許已被我們遺忘了。

我們在不知不覺間陷入錯覺。就如只能想起前妻的優點一樣，我們產生了日露戰爭是一場一路凱歌的戰爭的錯覺。

選譯自《香港日報》第 10413 號，1944 年 3 月 18 日

1　此文屬報刊專欄「晨早默想」的文章。

2　馬里亞納群島（Mariana Islands），二十世紀以前被稱作萊德隆群島（Ladrone），指北太平洋上南北縱列的 15 座火山島和一些珊瑚島，主要島嶼有關島（Guam）、塞班島（Saipan）等。

3　日露戰爭，即「日俄戰爭」（Russo-Japanese War），大日本帝國和俄羅斯帝國於 1904 年爆發的一場戰爭，意在爭奪在大韓帝國和中國滿洲地區的勢力範圍。

喫茶店「富士」[1]

劍魚

　　已是過了一段時間的事，在松坂屋地庫的富士喫茶店，[2] 偶然遇見的中國朋友張先生一邊啜飲着咖啡，一邊跟我說了這樣的事。

　　「我曾看見一位高級軍人帶着同伴和司機一起，到這裏開枱請他們喝茶，席間談笑風生，很是和樂，那情景讓我很感動。在這種地方跟家裏的傭人一起喝茶，在中國絕不會有這種情景。」

　　我在張先生這話裏絲毫沒有感受到背後他對作為日本人的我的逢迎意味。日本也似乎沒有這樣的習慣。但在偶然間，連話題中的主角也不知曉的情況下，像這樣打動了一名屬於知識階級的中國人，[3] 我感到這向住在香港的我們訴說着甚麼。

選譯自《香港日報》第 10438 號，1944 年 4 月 15 日

1　此文屬報刊專欄「晨早默想」的文章。

2　喫茶店（きっさてん），指提供各種飲品和輕食的店鋪，意思更接近於「咖啡館」。

3　「知識階級」，原文為「知識層」（intelligentsia），指有知識、教養、學問之人。

友情 [1]

劍魚

在聚集了日華兩國熟人的某宴會席上，桌上漸見狼藉時，大家圍繞「醉鬼」這一話題聊了起來。

當然在這情況下，一向被認為不檢點的日本人的「醉鬼」問題自是激不起多大好奇。話題自然跑到中國人去。明明中國人也出入一定數目的酒席，為何不見任何醉鬼？這對我們日本人來說是一大謎團。

然而「葉」先生很快就為我們解謎。[2]「當然也跟個人修養有關，但那只是極少數人，除此之外的大部份人都是因為害怕。要是醉倒了，不止錢包，就連裹身之物也會被拿走。」

我大力點頭。不光是因為感到原來如此。身為中國重要指導階層的「葉」先生為解「醉鬼」之謎，在我們日本人前故意若無其事地道出中國人的弱點，我為這份友情大力點頭。

選譯自《香港日報》第 10439 號，1944 年 4 月 16 日

1　此文屬報刊專欄「晨早默想」的文章。
2　原文兩處「『葉』先生」均以引號標示，譯文沿用。

陡坡有罪 [1]

劍魚

這是發生於在鄉軍人第二次對忠靈塔建設工程的勤勞奉仕當天的事。[2]

為了到崗位上去，正當我們在花園臺下小休時，看見高層板着臉從坡下走上來。

「不過這種程度的斜坡，才到這裏便已出現掉隊者，還一副理所當然、大模斯樣的樣子慢吞吞地走着。紊亂軍紀，大逆不道。」

氣氛忽然一陣緊張。然而一旦聽當事人報告說是因為患有嚴重的腳氣病，便說：「這樣的人甚麼都做不了。提出申請休息去吧。」語氣雖然依然粗暴，但卻多了些隱而不宣的關切。

被斥責的人也率直地接受這番話，雖然錯不在己，但仍為自己的過失道歉，並提出請假理由後下坡去了。忍受腳氣病痛仍堅持參加仕奉的這人，和不顧之前放下的話、語氣粗暴仍不掩溫情和慰問地着部下「提出申請休息去吧」的高層，乍看平平無奇，但實在難能可貴。

選譯自《香港日報》第 10450 號，1944 年 4 月 28 日

1　此文屬報刊專欄「晨早默想」的文章。

2　忠靈塔，日本在二戰期間為紀念陣亡將士而建築的合祭場所。香港淪陷後，日軍即計劃在港建立忠靈塔，最後選址在金馬倫山山頂馬己仙峽道盡頭，預期建成後是一座高 80 米、重 900 噸的高塔，並於 1942 年 2 月 9 日舉辦奠基儀式。儘管香港市民被要求「捐獻」及「義務勞動」（即文中提及的「勤勞奉仕」）協助建設，忠靈塔建設進度依然緩慢，該塔直到香港重光才建成一半，戰後於 1947 年 2 月 26 日被殖民政府爆破拆卸。參考秦似：〈頌歌拆除「忠靈塔」〉，《野草》復刊號（1946 年 11 月），頁 11；和仁廉夫著，張宏艷譯：《歲月無聲 —— 一個日本人追尋香港日佔史迹》（香港：花千樹出版有限公司，2013 年），頁 116-119。

一天到晚收取無線電訊息
極不完整的羅馬字電報[1]

「……那時鄰居是同盟嘛，[2] 從早到晚家裏都聽到收音機傳來『通次通次』（トンツー）的雜音，[3] 那真是讓人很苦惱。」

這是廣東某料亭的女侍應談起舊事時提及的。對了，在地的同盟的工作說到底就是這「通次通次」的聲音。為無意間看到「○○日發同盟」的標題的讀者，在此請同盟香港分局長小椋廣勝（四十四歲）出來為大家說明。[4]

「在地的同盟最重要的工作是新聞發行，因此時有發生這種被人以為在聽聽收音機，把那無線電的聲音聽成雜音的喜劇。」

小椋邊抓起半白的鬢髮邊說。

「無線電接訊幾乎是二十四小時都在進行的，先從東京接訊並加以適當編輯的報導，會再以日文、英文、華文寄來香港。其中日文花的時間最少，由早上八時半至晚上九時半，每隔一小時從東京寄來，那大體是羅馬字電報，此外還有假名電報。」[5]

如此煩雜的新聞由僅僅兩名日本職員以謄寫筆和蠟紙製作出謄寫

---

1   此文屬報刊專欄「我的工作」的文章，原文題目前標有「我的工作（七）」。

2   同盟，即「同盟通信社」的略稱。同盟通信社於 1936 年成立、1945 年解散，其發起人田中都吉（Tanaka Tokichi, 1877-1961）曾在致詞時將機構定位為「全國各加盟報社的自治性共同機構」，並以「軍國日本的宣傳機關」為目標，於運作期間具有日本國家通訊社的地位。

3   通次通次，原文作「トンツー」，即「摩斯電碼」（Morse Code），日文將摩斯電碼的點（·）稱為「トン」，劃（—）稱為「ツー」。

4   小椋廣勝（Ogura Hirokatsu, 1902-1968），日本經濟學者，1937 年進入同盟通信社並曾於香港支局工作，其著作《香港》為戰前香港史研究的重要文獻。參考小椋廣勝著、林超純譯：《日據時期的香港簡史》（香港：商務印書館，2020 年）。

5   羅馬字，此處指用拉丁字母來拼寫日語的日語文字系統。假名，日本人創造的表音文字，在現代日語中主要指「平假名」和「片假名」。

鋼版來。

「冬天的時候墨水結冰，蠟紙也劣化，經常被投訴印刷模糊，這陣子蠟紙另計，墨水已沒有問題，但到夏天時，空中電子的阻礙使無法完整接收訊息的日子增加。真想讓各位也看看這些不完整的羅馬字電報，要把它們整合成報導實在需要相當的苦心。」

同盟和其他報社一樣也會去採訪，發出電報後，會收到經編輯後發回的電報。當地的特派新聞記者看到電報回覆，也能知道自己寫的報導有沒有在東京本報刊載。這種取材的記者也有兩名，但這兩名現在為謄寫鋼版奪去了工作時間的大半。「快而精確」正是新聞的精髓所在。在難以得知內地新聞的今日，我們不得不高度評價同盟的價值。其實小椋先生今次將調職往上海，現在正等待航班。雖然小椋先生沒有提及在香港七年的生活，但香港人都很清楚，小椋先生熟知英政廳時代至日本佔領地期間的香港歷史。或許，小椋先生被煩雜的工作追趕同時，也沉浸在「告別香港」的感傷之中。

選譯自《香港日報》第 10811 號，1945 年 5 月 16 日

文字 [1]

廣東　M 生

　　有說中國是文字大國，但到底有多少個文字呢？據某君的調查，秦代有二千三百字，漢代有九千五百字，魏的後期有一萬八千字，梁代二萬三千字，隋代或是經過整理，減少至一萬二千字，但到了宋代又有二萬六千字，明代有三萬二千字，而清代《康熙字典》則實收載了四萬二千一百七十四字。[2] 時至民國，雖無準確記錄的辭條數目，但推想達五、六萬字。這與我們從小學生時代便已熟悉，至今仍愛不釋手的服部宇之吉先生著的《詳解漢和大字典》所載的四千字相比，[3] 竟有十數倍之多。

　　那為何會有那麼多文字呢？也不可能是歷代政府〔把文字〕逐一造出吧。我們可以把這看作中國高度發達的社會制度所帶來的結果。中國住有無數的人，在這芸芸人海中，雖有相當數量的學者，也有許多偉人，但也非所有人都能成為大學者，或是出人頭地成為大政治家，結果便只能居於陋室以文字為樂。想是這些人因其所要，造字遣閑，日積月累下便成了今日眾多的文字。在中國，會將造字的人加以記錄，造字者也彷彿得獲高位，仿似成了文字博士般春風得意，世間也對此加以認可，這就是中國的優點。

1　此文屬報刊專欄「小休止」的文章。「小休止」，意為「片刻休息」。

2　編者案：據學者統計，《康熙字典》實收 47,043 字。參考李淑萍：《〈康熙字典〉研究論叢》（台北：文津出版社，2006 年），頁 26，註 13。

3　服部宇之吉（Hattori Unokichi, 1867-1939），日本中國學者、近代中國哲學研究的開拓者之一，歷任東京帝國大學教授、哈佛大學教授、東方文化學院院長等。《詳解漢和大字典》，由服部宇之吉與中國文學研究者小柳司氣太（Oyanagi Shigeta, 1870-1940）合著，1916 年首次出版。

　　因中國文字之多，甚麼文字都有，有寫作「家」但讀作「孤」而讓人欽佩心嘆原來如此的，[4] 也有像「有冇」（有無）一樣玩味的文字。[5] 當中亦有較之文字更屬符號的，例如在計算金錢時所用的「川」、「亠」般，[6] 像朝鮮文字般能相互組合的，[7] 簡單易明，像那樣的日本學學也不壞。

選譯自《香港日報》第 10834 號，1945 年 6 月 9 日

4　「家」，《集韻》作古胡切，與「孤」同作姑音。

5　「有冇」，即「有無」的書面粵語表述，括號為原文作者的標註。

6　「川」、「亠」，分別是蘇州碼子中的「三」和「六」。蘇州碼子，又稱花碼、碼子，為民間流行的中國傳統數字。

7　此處「朝鮮文字」，應指「朝鮮字母」，即由朝鮮世宗（1397-1450；1418-1450 在位）於 1443 年創製的「諺文」（Eonmun），南北韓今分別稱作「韓字」（Hangul）或「朝鮮字」（Chosŏn'gŭl）。

飲茶 [1]

廣東　M生

　　廣東人的飲茶是最受日本人喜愛的事物之一，聞說這也有規矩。以下的雖是流行的規矩，但我不時應用，故謹作介紹。

　　飲茶本來便不像日本人只為飽腹的狼吞虎嚥，而是邊飲茶、邊聊天，期間吃一口料理，有時談笑間不理侍應，為朋友添茶。日本人的話在這時候多會邊吃邊道謝，或搖頭，或急着放下筷子等做些不自然的動作。這種時候，廣東人只會用手指在桌上噹噹地叩兩、三次，要是手指折曲，則表達更深的謝意，對方也會接受，世上沒有第二個如此簡單的道謝方法。

　　在飲茶以外的場合，例如在支那菜館，日本人客看到美女侍應總會爭先恐後地搭訕，若是醉了酒，甚至會一時之間大鬧起來。但據某個中國人說，中國人不會做這種事，即使看到貌若西施、一見鍾情的美女，要是有一個人跟她搭話，其他人便會默默裝作視而不見，然後待那人跟她聊完了，另一個人才會開始搭話。許是因為中國藝妓的資質不像日本藝妓的一樣，[2] 擁有同一時間〔應對〕數人的技能，但這也是因為她們的客人也不像日本人般性急，中國人那悠然不緊張的一面在此也有所表現。

　　中國人的冷靜即使死到臨頭也絲毫不變，有人曾告訴我這事：

　　在某處，曾發生中國人和其他國家的人被活埋的事。花了相當的時間，把他們挖出來後，發現中國人仍苟延殘喘着，其他國家的人卻

1　本文屬報刊專欄「小休止」的文章。「小休止」，意為「片刻休息」。

2　藝妓，又作藝伎，日本特有的女性表演藝術工作者，主要在宴席上為客人服侍餐飲，以及用舞蹈、演唱、演奏等方式助興。作者此處將中國的女侍應等從事服務行業的女性也稱為「藝妓」。

已手腳撐着地死了。這據說是因為其他國家的人為了爬出去而拼命挖土，最終耗盡精力而死，而中國人則因保持着原樣一動不動，〔最後〕才勉強得救。

　　即使這只是譬喻，〔當中〕也有讓人受教的地方。

選譯自《香港日報》第 10835 號，1945 年 6 月 10 日

車資 [1]

廣東　Ｍ生

　　最近在廣東已很少見車夫和日本乘客因車資爭論的情景。一方面是僑民習慣了這土地的風習，另一方面，也是急劇上漲的車資讓人不得不在乘搭前便定好價錢。數年前，從惠愛中路到長堤，[2] 花三十錢的軍票就能前往，[3] 現在卻一般要花三百元儲備券，[4] 一些車種甚至要五百元。要是不小心隨口答應了五百元，其後生氣也無補於事。

　　即使像我近來自詡大概變得相當擅於乘車交涉，但有些很少去的街的名字，不管怎樣都無法用廣東話說出來，這時當我說「從某處到某處應該大概很遠」，有車夫會說「不算遠」。我想：「既然客人說了很遠，明明這傢伙可以順着話帶我繞路。」雖然知道有捷徑，但卻意外老實。想是車夫也有車夫的氣質，這種時候，即使只是坐着車也實在感到舒心。

　　我切身感受到認識習慣，習慣風土人情，能讓生活變得非常輕鬆。中國有中國的習慣，要是不能好好理解那些習慣，在習慣中居住，不論時間過多久，中國人和日本人之間也無法建立親切感。

　　我經常在大街看到日本老婦交涉車資的姿態，老婦用蹩腳的廣東話詢問到哪裏要多少錢，車夫也用蹩腳的日本語回應價錢，最初他們像吵架一樣，但交涉沒有決裂，而是以雙方都滿意的形式定下，在這

1　本文屬報刊專欄「小休止」的文章。「小休止」，意為「片刻休息」。

2　惠愛中路，廣州中山五路的舊名，1940 年代末為紀念國父孫中山（1866-1925）而改名中山路。

3　軍票，「日本軍用手票」的簡稱，日本發行並於二戰期間流通的一種貨幣。

4　儲備券，全稱「中央聯備儲備銀行券」，抗日戰爭期間汪偽政府轄下「中國聯合儲備銀行」發行的一種貨幣。類近的貨幣還有北平「中國聯合準備銀行」發行的「聯銀券」及上海「中央儲備銀行」發行的「中儲券」等。參考和仁廉夫著，張宏艷譯：《歲月無聲——一個日本人追尋香港日佔史迹》（香港：花千樹出版有限公司，2013 年），頁 29。

裏成就了一次小外交，跑着的車夫很快樂，乘搭的婆婆看起來也很適然，我在這時一直看車走遠，直至看不見為止。

　　這現象決不是現在才開始，但最近特別引人注目卻也是事實。

選譯自《香港日報》第 10836 號，1945 年 6 月 11 日

人名對譯表

一、《人名對譯表》分為「外國人名對譯表」及「日本人名對譯表」兩部份。

二、外國人名以先姓後名的形式顯示（例如：Barbusse, Henri），按姓氏字母排序，再以括號方式補充筆名、藝名、別號等資料。

三、日本人名同樣以先姓後名的形式顯示，並按姓氏首字筆劃數目排序。若本書收錄文章所見日人名字不是本名，則以括號方式補充。

四、本表格僅列出本書收錄文章及註釋中出現的外國人名及其中譯名，俾便查閱。由於上世紀三四十年代不少外國人名的中文音譯並不統一，故根據收錄文章所見情況列出多種中文譯名，又或部份外國人名只存姓氏的中譯。

五、本書收錄文章中無法核實身份者或虛構人物名稱，均不予收錄。

外國人名對譯表

A	
Adam, George (Hainaut)	喬治・亞當（艾諾）
Adams, James Donald	J・D・亞丹姆斯
Aeschylus	埃斯庫羅斯
Aguinaldo, Emilio	埃米利奧・阿奎納多
Albéniz, Isaac	阿爾班尼士 阿爾本尼茲
Alberti, Rafael	拉法埃爾・阿爾維蒂 拉飛爾・阿爾伯蒂
Albuquerque, Afonso de	亞豐素雅布基
Aldington, Richard	奧爾丁頓 阿爾丁頓 里察・柯爾第東
Alexander I	亞歷山大一世
Alexander II of Russia	亞歷山大二世
Alexander the Great	亞力山大大帝
Alibert, François-Paul	艾莉柏 阿里拜
Alighieri, Dante	但丁・阿利蓋利
Allemand, Marie (Maurice Allem)	馬里・阿勒芒（阿萊穆）
Andersen, Hans	安徒生 安德生
Andreyev, Leonid	安德列耶夫 安德列夫
Apollinaire, Guillaume	阿波利奈爾 阿坡里乃耳

Aragon, Louis (François La Colère)	路易・阿拉貢 阿辣貢（法朗刷・拉高萊）
Arconada, César Muñoz	賽沙・阿爾貢納達
Aristotle	亞里士多德 亞里斯多德
Arnold, Matthew	阿諾德 安諾德
Aub, Max	馬克斯・奧夫 墨克斯・歐巴
Auden, Wystan Hugh	W. H. 奧登 奧頓
Audisio, Gabriel	奧迪西奧 歐笛孝
Auric, Georges	喬治・奧里克
Averbakh, Leopold	阿衛巴哈
Avtsine, Eugène (Claude Aveline) (Minervois)	尤金・阿弗辛（阿維琳）（阿佛林）（米內瓦）

B	
Ba Maw	巴莫
Bach, Johann Sebastian	巴哈
Baghy, Julio	尤利・巴基
Balzac, Honoré de	巴爾札克 巴爾扎克
Barbusse, Henri	巴比塞

Bargone, Frédéric-Charles	弗雷德里克－查爾斯・巴貢	Betz, Maurice	莫里斯・貝茲 白磁
(Claude Farrère)	（克勞德・法雷爾） （法來爾）	Beyle, Marie-Henri	馬利－亨利・貝爾
Barraul, Jean-Louis	巴侯勒 巴羅爾	(Stendhal)	（司湯達） （斯旦達爾） （史丹泰爾）
Baudelaire, Charles	波德萊爾	Blake, William	布萊克 勃萊克
Baykov, Nikolay	巴依闊夫 巴依科夫 拜闊夫	Bloch, Jean-Richard	布洛赫 布洛克 勃朗查
Becher, Johannes R.	約翰內斯・貝歇爾 約罕納斯・貝希爾	Blunden, Edmund	布倫登 愛德曼・佛蘭亭
Bécourt-Foch, Jean	貝古福煦	Bodó, Károly	卡羅伊・博多
Becque, Henry	柏克	Boekhoff, Hermann	海爾曼・麥柯夫
Beethoven, Ludwig van	貝多芬 悲多汶	Bogdanov, Alexander	波格達諾夫
Bein, Kazimierz (Kabe)	卡齊米日・貝因 （卡貝）	Bonaparte, Joseph-Napoléon	約瑟一世
Belinsky, Vissarion	別林斯基 倍林斯基	Bonaparte, Louis	路易・波拿巴
Benardete, M. J.	M. J. 伯納德特	Bonaparte, Napoléon	拿破崙一世 拿破崙 拿破倫
Benavente, Jacinto	哈辛托・貝納文特 哈辛特・貝納文蒂	Bonaparte, Napoléon II	拿破崙二世
Benavides, Manuel Domínguez	曼努埃爾・貝納維德斯 曼努爾・貝納維臺斯	Bonivard, François	蓬涅華德
		Bordeaux, Henry	波爾多 包爾斗
Benda, Julien	朱利安・班達 茹連・本達 邦達	Borgen, Johan	約翰・包爾庚
		Börne, Ludwig	伯恩 波爾耐
Benjamin, René	勒內・班傑明 邦雅曼	Borodin, Michael	鮑羅庭
Bergamín, José	何塞・波爾加明 霍西・白爾卡門	Bose, Subhas Chandra	蘇巴斯・錢德拉・鮑斯
Bergson, Henri	柏格森	Both, Pieter	彼得・博特
Berndt, Alfred-Ingemar	裴恩特	Boyle, Kay	凱・伯友 凱・鮑依爾
Berry, Jean de	讓・德・貝里	Bradley, Francis Herbert	布拉德利 F. H. 勃來德雷
Bertram, James M.	勃特蘭	Braque, Georges	喬治・布拉克 喬治・勃拉克
Bertrand, Louis	伯特蘭 拜爾唐	Brecht, Bertolt	布萊希特 勃萊希德
Bessie, Alvah	阿爾瓦・貝西	Brehm, Bruno	勃呂諾・勃萊姆
Besteiro, Julián	貝斯特羅 巴斯弟羅	Breton, André	布勒東 安得烈・柏勒頓
		Bridgman, George	伯里曼 喬治・布利治曼

Conrad, Joseph	約瑟・康拉德 康拉特	Demaison, André	德梅松 德麥松
Conscience, Hendrik	康沁士	Denikin, Anton	鄧尼金 丹尼金
Constantine the Great	君士坦丁大帝	Derain, André	安德烈・德蘭 昂德雷・德蘭
Cook, James	詹姆斯・庫克		
Copeau, Jacques	科波	Desvignes, Yvonne	伊鳳・代維涅
Copernicus, Nicolaus	哥白尼	Díaz de Vivar, Rodrigo	羅德里戈・迪亞
Corday, Charlotte	夏綠蒂・科黛		茲・德・維瓦爾
Couvray, Louvet de	庫弗里	(El Cid)	（熙德） （希德）
Cromwell, Oliver	克倫威爾	Dickens, Charles	查爾斯・狄更斯 狄庚斯 迭更斯
Curie, Ève	愛芙・居禮		
Curie, Marie	瑪麗・居禮		
Curie, Pierre	皮耶・居禮	Dickinson, Emily	埃米莉・狄更生 愛米麗・狄根生

D			
D'Annunzio, Gabriele	鄧南遮	Diponegoro, Pangeran	蒂博尼哥羅
Daladier, Édouard	達拉第	Döblin, Alfred	德布林 阿爾弗萊特・多 勃林
Dalí, Salvador	達利		
Danton, Georges	丹東		
Daudet, Alphonse	阿爾封斯・都德 亞爾豐斯・多德	Donne, John	約翰・多恩 約翰・敦 敦那
Daudet, Léon	利昂・多代 萊翁・都德		
David, Jacques-Louis	雅克－路易・大 衛	Dos Passos, John	多斯・帕索斯 多士・帕索斯
David-Néel, Alexandra	亞歷山德拉・大 衛－尼爾 （大偉・尼勒夫 人）	Dostoevsky, Fyodor	杜斯妥也夫斯基 杜斯退益夫斯基 杜斯脱益夫斯基 杜思退益夫斯基 陀士托益夫斯基 托司妥也夫斯基 托斯妥也夫斯基
Day-Lewis, Cecil	塞西爾・戴－劉 易斯 西台劉易士 C. 台劉易士		
		Drake, Francis	法蘭西斯・戴基
		Dresen, Hilda	希爾達・德萊森
Debû-Bridel, Jacques （Argonne）	德布勃里代爾 （阿貢）	Drieu la Rochelle, Pierre	拉・侯歇 拉洛式爾
Debussy, Achille-Claude	德布西 德浦西	Drigo, Riccardo	德里戈 狄里果
Decour, Jacques	約克・達古 約克・特古爾	Ducasse, Isidore Lucien	伊齊多爾・呂西 安・迪卡斯
Defoe, Daniel	笛福 狄福 台福	（Comte de Lautréamont）	（洛特雷阿蒙） （樓退阿孟）
Dehmel, Richard	德默爾 李卻・岱梅爾	Duchamp, Marcel	馬塞爾・杜象 馬賽爾・杜相
		Duhamel, George	杜哈曼 喬治・杜哈美爾
Dehnert, Max	迪納特 岱赫耐	Durey, Louis	路易・迪雷

Dvořák, Antonín	德弗札克 德伏札克 特復爾約克	Feuchtwanger, Lion	利翁・福伊希特 萬格 費訖華格

Gazave, Jean	加扎夫 喀灑茹	Gregor, Joseph	格禮哥
Ge, Nikolai	吉葉	Gregory, Isabella Augusta （Lady Gregory）	伊莎貝拉·奧古 斯塔·格雷戈里 （格雷戈里夫人）
Genet, Louis （René Fernandat）	路易·熱內 （佛爾郎達）	Greuze, Jean-Baptiste	格勒茲 格魯茲
George V	喬治五世	Griese, Friedrich	弗萊特列·格利 思
Gide, André	安得烈·紀德		
Giono, Jean	季奧諾	Grindel, Eugène （Paul Éluard）	歐仁·格林德爾 （保爾·艾呂雅） （波朗·愛侶亞） （艾呂阿） （愛侶亞爾）
Giraudoux, Jean	讓·季洛杜 若望·季洛都 約翰·奚洛陀 季羅圖		
Giron, Roger （Vexin）	季龍 （韋克辛）	Groddeck, Georg	果代克 哥若德克
Głowacki, Aleksander （Bolesław Prus）	亞歷山大·格沃 瓦茨基 （普魯斯） （普魯士）	Gromaire, Marcel	格羅梅爾 格洛美爾
		Grove, George	喬治·格羅夫
Goebbels, Joseph	戈培爾 郭培爾	Grünewald, Matthias	格呂內瓦爾德 格呂納華爾德
Goethe, Johann	歌德 哥德	Guéhenno, Jean	蓋亨諾

H

Gogh, Vincent van	梵谷 梵高 房谷訶	Haegert, Wilhelm	海洛特 海蓋特
Gogol, Nikolai	果戈里 果戈理 戈果里 郭果爾	Hagerup, Inger	英格爾·哈開魯 甫
		Hahn, Emily	項美麗
		Händel, Georg	韓德爾 罕特爾
Gold, Michael	高爾特	Hanotaux, Gabriel	阿諾托 哈奴斗
Goncourt, Edmond de	龔古爾		
Gorer, Geoffrey	戈爾 郭兀	Hardy, Thomas	托馬斯·哈代 海第
Goriély, Benjamin	本約明·高力里	Hašek, Jaroslav	約瑟夫·哈式格
Gornfeld, A. G.	戈爾費爾德 歌龍弗里特	Hasenclever, Walter	沃爾特·哈森克 萊弗
Goya, Francisco	哥雅 哥耶	Hauptmann, Gerhart	霍普特曼 霍甫脫曼
Grabowski, Antoni	格拉博夫斯基	Hegel, Georg	黑格爾 黑格兒
Granet, Marcel	馬塞爾·格拉內 （葛蘭言）		
Graves, Robert	格雷夫斯 格瑞夫斯 羅伯達·顧里威 斯	Heidegger, Martin	海德格
		Heine, Heinrich	海涅
Green, Julien	儒利安·格林 茹連·格林 格芮		

Kesten, Hermann	赫爾曼・凱斯騰	Langevin, Paul	朗之萬 朗節萬
Khayyam, Omar	奧瑪・開儼 俄馬・開雅姆 莪默・伽亞謨	Larminat, Edgard de	拉米拿
		Laurel, José	何塞・勞雷爾
Khlebnikov, Velimir	赫列勃尼科夫 喜萊拔尼可夫 夫萊蒲尼可夫	Lavaud, Guy	拉沃德 拉屋
King, Thomas Henry	經亨利	Lavedan, Henri	拉夫丹 拉茹當
Kipling, Rudyard	吉卜林 吉伯齡	Lavoisier, Antoine	安東萬・拉瓦節 拉茹瓦希耶
Kirov, Sergei	基洛夫	Lavrenyov, Boris	拉甫列涅夫
Kisch, Egon	基施 基希	Lawrence, David Herbert	D. H. 勞倫斯
Kofman, Abram	考夫曼	Lawrence, Thomas Edward 　(Colonel Lawrence) 　(Lawrence of Arabia)	湯瑪斯・愛德 華・勞倫斯 （勞倫斯大佐） （阿拉伯的勞倫斯）
Kolchak, Alexander	高爾察克 科爾恰克		
Kollwitz, Kaethe	凱綏・珂勒惠支		
Körner, Theodore	權納	Le Petit, Alfred	阿爾弗雷德・勒珀蒂
Kostanecki, Kazimierz	科斯坦涅斯基 柯斯坦尼基	Leeper, Janet	珍妮特・萊柏
Kreisler, Fritz	克萊斯勒	Lehr-Spławiński, Tadeusz	勒爾史巴文斯基
Krupskaya, Nadezhda	克魯普斯卡婭 （列寧夫人）	Leiris, Michel	勒西斯 萊里思
Kublai Kahn	忽必烈	Lenin, Vladimir	列寧 列甯
Kutrzeba, Stanisław	庫特齊巴	León, María Teresa	瑪麗亞・利昂 馬利・李昂
Kyd, Thomas	基德	Lepeletier, Louis-Michel	勒布雷迪爾
L		Lermontov, Mikhail	萊蒙托夫 萊芒托夫 烈芒托夫
La Fayette, Marie-Madeleine de 　(Madame de La Fayette)	瑪麗－馬德萊娜・拉斐特 （拉斐特夫人） （拉夫葉特夫人）		
		Lescure, Pierre de	賴士居
La Rochefoucauld, François de	拉羅什富科 赫胥弗克德	Ley, Robert	萊伊
		Liepmann, Heinz	利普曼 列普曼
La Tailhède, Raymond de	拉・達耶德	Light, Francis	法蘭西斯・萊特
La Tour Du Pin, Patrice de	杜班	Linke, Johannes	約翰・林克
Labarthe, André	賴伯爾泰	Liszt, Franz	李斯特
Laclos, Pierre Choderlos de	拉戈士	Lloyd, A. L.	A. L. 勞埃德
Laforgue, Jules	拉福格 拉浮格	Loeb, Pierre	皮埃爾・勒布
		London, Jack	傑克・倫敦 賈克倫敦
Laloy, Louis	拉盧瓦	Loon, Hendrik van	房龍
Lane, Homer	霍默・蓮恩 荷馬・蘭		
Lange, Carl	卡爾・蘭格		
Langer, František	蘭格爾		

Michaux, Henri	米肖 米素	Muselier, Émile	莫時力
Michelet, Jules	米什萊	Mussolini, Benito	墨索里尼
Milhaud, Darius	達律斯・米約	**N**	
Millet, Jean-François	米勒 密勒	Nadson, Semyon	納特遜
Milton, John	米爾頓 密爾頓	Nash, Paul	納什 納許
Mirbeau, Octave	米爾博 米爾布	Naso, Publius Ovidius (Ovid)	普布利烏斯・奧 維修斯・納索 （奧維德） （歐維德）
Miró, Joan	胡安・米羅 若望・米羅	Nedreaas, Torborg	阿爾堡・尼特列 奧斯
Mitchell, Margaret	瑪格麗特・米切 爾	Negrín, Juan	胡安・內格林
Molotov, Vyacheslav	莫洛托夫	Nekrasov, Nikolay	涅克拉索夫 尼格拉索夫 尼克拉梭夫
Montague, Charles Edward	蒙達久	Nelken, Margarita	瑪格尼達・尼爾 鏗
Montaigne, Michel de	蒙田	Neruda, Pablo	聶魯達 柏保洛・奈魯達
Montherlant, Henry de	蒙泰朗 蒙德朗	Neumann, Alfred	諾伊曼 阿爾弗萊德・修 曼
Moore, George	摩爾 慕爾	Nicholas II of Russia	尼古拉二世
Morand, Paul	穆杭 穆朗	Nichols, Robert	尼可斯 羅伯達・尼古爾 士
Morariu, Eugenia	歐亨尼婭・莫拉 里烏	Niel, Herms	尼爾 尼哀爾
Morariu, Tiberiu	提比留・莫拉里 烏	Nietzsche, Friedrich	尼采
Moréas, Jean	莫雷亞斯	Novikov, A. S. (Alexey Novikov-Priboy)	諾威珂夫 （阿列克謝・諾 維科夫－普里博 伊）
Morgan, Claude (Mortagne)	格羅德・莫爾根 （莫達涅）	**O**	
Mörike, Eduard	莫里克 牟列克	O'Neill, Eugene	奧尼爾
Motchane, Léon (Thimerais)	萊昂・莫查納 （諦麥萊）	Olesha, Yury	尤里・阿廖莎 尤列・亞沙
Mottram, Ralph Hale	莫特拉姆 莫托藍 摩特藍	Ormoy, Marcel (Marcel Prouille)	奧爾穆窪 （馬歇・普魯耶）
Moussinac, Léon	摩西納克 莫錫拉克	Ortega y Gasset, José	何塞・奧特加・ 加賽特 奧爾德加・伊・ 加賽特
Mowrer, Edgar	埃德加・莫勒 毛那		
Muhammad	穆罕默德 默哈默德	Orzeszkowa, Eliza	奧若什科娃 奧載爾斯珂
Müller, Bruno	穆勒 邁雅		
Murat, Joachim	繆拉		

Ostrovsky, Alexander	亞歷山大・奧斯特洛夫斯基	Plekhanov, Georgi	普列漢諾夫 普列哈諾夫
Ostrovsky, Nikolai	奧斯特洛夫斯基	Plessis, Armand-Emmanuel du 　(duc de Richelieu)	亞曼-艾曼紐・迪普萊西 （黎希留公爵）
Otten, Karl	卡爾・奧騰		
Oudeville, Claude	奧拉爾	Plessys, Maurice du	杜・蒲萊席
Owen, Wilfred	威爾弗雷德・歐文 威弗列特・歐文	Plisnier, Charles	普利斯尼爾 浦里尼耶
		Poe, Edgar Allan	愛倫・坡

P

Pagnol, Marcel	馬瑟・巴紐 馬塞爾・帕尼奧爾 巴若來 巴若萊	Pohl, Gerhart	葛哈特・鮑爾
		Polenz, Wilhelm von	威廉・馮・波倫茨
		Polo, Marco	馬可波羅
Pascal, Pierre	帕斯卡爾 巴斯喀	Polzer, Annie	安尼・波來爾
		Ponten, Josef	約瑟夫・彭當
Pasternak, Leonid	帕斯捷爾納克 拍斯特涅克	Poore, Charles	普里
Paulhan, Jean	包蘭 波朗	Poquelin, Jean-Baptiste 　(Molière)	讓-巴蒂斯特・波克蘭 （莫里哀） （莫利哀）
Péguy, Charles	貝季 查勒・倍季 白居		
		Poulenc, Francis	弗朗西斯・普朗克
Péret, Benjamin	貝萊 佩雷	Pound, Ezra	愛茲拉・龐德 愛斯拉・滂德
Péri, Gabriel	倍里 貝里	Power, Tyrone	泰倫・鮑華
		Prévost, Abbé	普列沃斯 布里維奧
Perrin, Jean Baptiste	尚・佩蘭 約翰・拜蘭	Prévost, Jean	普列沃斯 泊萊伏
Peshkov, Alexei Maximovich 　(Maxim Gorky)	阿列克謝・馬克西莫維奇・彼什科夫 （高爾基）	Pridvorov, Yefim 　(Demyan Bedny)	葉菲姆・普里德沃洛夫 （傑米揚・別德內）
Pétain, Philippe	貝當		
Petere, José Herrera	荷西・皮特雷 霍西・彼得	Prys-Jones, A. G.	A. G. 普里斯-琼斯
Petőfi, Sándor	裴多菲 彼多斐	Ptolemy, Claudius	托勒密 陶來梅
Philopator, Cleopatra VII	克利奧帕特拉 克利歐培特拉	Puccini, Giacomo	普契尼
		Pushkin, Alexander	普希金 普式庚
Picasso, Pablo	畢卡索 畢迦索		

Q

Pisa, Rustichello da	魯斯蒂謙	Queen Victoria	維多利亞女皇
Pisarev, Dmitry	皮薩列夫	Queneau, Raymond	格諾 葛諾
Pize, Louis	比斯		
Platen, August	普拉登 柏拉丁	Quisling, Vidkun	奎斯林 奎士林

R	
Racine, Jean	拉辛
Raffles, Stamford	萊佛士
Read, Herbert	赫伯特・里德 赫倍・里德 哈拔特・李德
Regler, Gustav	雷格勒 古斯達夫・雷格萊
Reisman, Philip	菲力普・瑞斯曼 非力普・賴斯曼
Remarque, Erich Maria	雷馬克
Renan, Ernest	勒南 勒囊
Renaudot, Théophraste	泰奧夫拉斯特・勒諾多
Renn, Ludwig	路易・穉
Repin, Ilya	列賓 雷平
Reyersen, Cornelis	雷爾生
Reynaud, Jacques	雷諾 賴奴
Richardson, Samuel	塞繆爾・理查森
Riding, Laura	勞拉・賴丁 勞拉・來丁
Rijn, Rembrandt van	林布蘭 倫勃朗 朗勃蘭特
Rilke, René	里爾克 瑞魯克
Rimbaud, Arthur	蘭波 漢伯
Rivet, Paul	保羅・尼威特
Roberts, Kenneth	羅伯茲 開乃提
Robespierre, Maximilien	羅伯斯庇爾 勞伯斯比爾 羅布斯比耶
Rolland, Romain	羅曼・羅蘭
Romains, Jules	朱爾・羅曼 茹萊・羅曼
Roosevelt, Franklin D.	羅斯福
Rosa, Fernando de	佛南杜・蒂・羅莎
Rossi, Maurice	羅西 羅席
Rothenstein, William	勞純斯坦

Rouault, Georges	喬治・魯奧 喬治・路奧
Rousseau, Jean-Jacques	盧梭
Roux, Paul-Pierre 　（Saint-Pol-Roux)	保羅－皮埃爾・魯 （聖保爾魯）
Rubens, Peter	魯本斯

S	
Saint-Exupéry, Antoine de	安托萬・德・聖修伯里 聖戴克茹貝里
Saltykov-Shchedrin, Mikhail 　（Nikolai Shchedrin)	薩爾蒂科夫－謝德林 （尼古拉・謝德林）
Saragossa-Domènech, Agustina 　（Agustina de Aragón)	沙拉哥沙 （亞拉岡的阿古斯蒂娜）
Sarasate, Pablo de	薩拉沙泰 薩拉塞脫
Sartre, Jean-Paul	沙特 沙特爾 薩特
Sassoon, Siegfried	辛格弗列・沙遜 契克夫里特・沙契遜 沙宣
Satie, Erik	薩蒂
Saurat, Denis	丹尼・索拉特
Schaffner, Jakob	約柯伯・夏弗納
Schickele, Rene	勒內・希克勒
Schiller, Friedrich	席勒 席烈
Schirach, Baldur von	席拉赫 薛拉虛
Schumann, Robert	舒曼 許曼
Schurz, Carl	舒爾茨 雪爾茲
Schwab, Raymond	施瓦布 史瓦布
Schwartz, Raymond	斯華爾茨
Seghers, Anna	安娜・西格斯
Seghers, Pierre	塞格爾
Selver, Paul	保羅・塞爾弗

Sender, Ramón José	拉蒙・聖德 雷門・聖德 瑞蒙・斯本特 山岱爾	Spencer, Theodore	賽渥道・斯賓塞
		Spender, Stephen	斯潘德 斯本德 斯本特 斯班德 斯班特 斯契文・斯賓達
Serafimovich, Alexander	綏拉菲莫維奇 綏拉菲謨維支 舍拉菲冒維奇 賽拉斐莫維支		
		Spinoza, Baruch	史賓諾沙 斯賓諾沙
Servetus, Michael	米格爾・塞爾韋特 密訖・塞爾費	St. Sebastian	聖・西伯斯提安 聖塞巴斯蒂安
Shakespeare, William	威廉・莎士比亞 沙士比亞	Stalin, Joseph	約瑟・史太林 史大林 斯大林 斯太林
Shaw, George Bernard	蕭伯納 蕭伯訥 伯納・蕭		
		Stein, Charlotte von	斯坦因夫人 史坦恩夫人
Shelley, Percy	雪萊	Stein, Gertrude	葛楚・史坦 （斯坦恩夫人）
Sherriff, Robert Cedric	謝里夫 R. C. 舍里夫		
Sholokhov, Mikhail	蕭洛霍夫 蕭羅訶夫	Steinbeck, John	史坦貝克 斯丹勃克
Sibelius, Jean	西貝流士 薛倍留斯	Strauss, Richard	史特勞斯 希得洛斯
Siedlecki, Michał	謝德萊茨基 錫德列基	Strong, Anna Louise	史特朗
		Suarez, Georges	蘇亞雷斯 徐阿賴
Sienkiewicz, Henryk	亨利・顯克維支 顯克微支	Sukhotina-Tolstaya, Tatiana	泰狄耶娜・盧伏娜
Sigismund III Vasa	齊格蒙特三世	Supervielle, Jules	蘇佩維埃爾 許拜維愛爾 徐白爾維也勒
Silone, Ignazio	伊尼亞齊奧・西洛內 殷雅齊・薛隆內 西龍		
		Sutro, Alfred	蘇特羅
Simenon, Georges	西默農 席穆龍	Swift, Jonathan	史威夫特 斯惠犬脫
Simon, Ernst	愛恩斯德・西蒙		**T**
Sinclair, Upton	厄普頓・辛克萊 U・辛克萊	Tabouis, Geneviève	塔布衣夫人
		Tacitus, Publius Cornelius	塔西頭
Slater, Montagu	蒙塔古・斯萊特	Tagore, Rabindranath	拉賓德拉奈斯・泰戈爾
Smedley, Agnes	史沫特萊		
Smoleński, Jerzy	斯莫倫斯基 史穆倫斯基	Tailleferre, Germaine	熱爾梅娜・塔耶費爾
Snow, Edgar	埃德加・斯諾	Tchaikovsky, Pyotr	柴可夫斯基 柴闊夫斯基
Snow, Helen （Nym Wales）	海倫・斯諾 （N. 韋爾斯） （尼姆・威爾斯）	Temple, Shirley	莎梨・譚寶
		Tennyson, Alfred	丁尼生 丁尼孫
Sokolsky, George E.	索科爾斯基		
Soler, Agustín Hurtado	阿古斯丁・蘇羅亞	Téry, Simone	西蒙・特利

Thackeray, William	薩克萊 薩加里	Varela, Lorenzo	洛倫佐·瓦雷拉 洛倫素·華列拉
Thibault, François-Anatole 　(Anatole France)	法蘭索瓦－安那托爾·蒂博 （法朗士）	Verhaeren, Émile	凡爾哈侖
		Verlaine, Paul	魏爾倫 魏爾侖
Thomas, Dylan	狄蘭·湯瑪斯 代蘭·托馬斯 第蘭·托馬斯	Vesper, Will	維斯珀 比爾·貝斯培
Thomas, Édith 　(Auxois)	愛第特·多馬 （奧蘇瓦）	Videla, Gabriel González	維德拉 韋第拉
Thouvenin, Jean	都茹南	Vien, Joseph-Marie	維恩 維昂
Timur	帖木兒	Vignaud, Jean	吉恩·維尼奧德 約翰·末箸
Toller, Ernst	恩斯脫屠勒		
Tolstaya, Sophia	L·托爾斯泰夫人	Vildrac, Charles	必爾德拉克
		Vinci, Leonardo da	達文西
Tolstoy, Leo	L·托爾斯泰 託爾斯泰	Voltaire	伏爾泰 維奧爾脫爾
Toulet, Paul-Jean	圖雷 都萊	**W**		
Trease, Geoffrey	特里斯	Wagner, Richard	華格納
Triolet, Elsa	愛爾莎·特奧萊 愛爾莎·特里奧萊	Wahl, Edgar de	德·瓦爾
		Wallon, Henri	亨利·瓦隆
(Laurent Daniel)	（羅朗·達尼愛爾）	Walpole, Hugh	沃波爾 希猶·維奧波爾
Turgenev, Ivan	屠格涅夫 屠格涅甫	Walter, Eugene	沃爾特
		Wan Waithayakon	旺·威泰耶康
U		Weinhengst, Hans	漢斯·魏因亨斯特
Umberto II	翁貝托二世		
Undset, Sigrid	西格麗德·溫塞特 （恩特賽夫人）	Weiskopf, F. C.	魏斯柯普夫 惠思柯夫
		Wells, Herbert George	威爾斯 威爾士
Unik, Pierre	于涅		
Uspensky, Gleb	烏斯賓斯基	Werfel, Franz	法蘭茲·魏弗爾
Utley, Freda	弗雷特·厄特利 弗萊達·烏特麗	Weston, Jessie	韋斯頓 韋斯吞
V		Whitman, Walt	華特·惠特曼 窩脫·惠特曼 懷德曼 灰鐵曼
Vaillant-Couturier, Paul	瓦揚－古久列		
Valéry, Paul	保羅·瓦勒里 保爾·哇奈荔 梵樂希	Wickey, Harry	哈利·威基
		Wilde, Oscar	王爾德
Vallery-Radot, Louis Pasteur	巴斯德 巴司德	Wolf, Friedrich	弗里德里希·沃爾夫 弗萊特里克·吳爾夫
Vallette, Alfred	瓦爾雷特		
Varankin, Vladimir	弗拉基米爾·瓦嵐金		

Woolf, Virginia	伍爾芙 浮琴尼亞・華爾孚
Wordsworth, William	華茲華斯 伍茨華斯
Worm-Müller, Jacob S.	沃姆－穆勒 穆拉爾
Wrangel, Pyotr	弗蘭格爾 烏蘭格爾
Wright, Theon	拉侯鐵
X	
Xerxes	薛西斯
Y	
Yeats, William	葉慈 夏芝
Yesenin, Sergei	葉賽寧

Yudenich, Nikolai	尤登尼奇 尤金里奇
Z	
Zamenhof, Ludoviko	柴門霍夫 柴門霍甫
Zerkaulen, Heinrich	謝柯侖
Zola, Émile	左拉
Zoshchenko, Mikhail	左琴科
Zweig, Arnold	阿諾爾德・茨維格 阿諾爾德・支魏格 阿諾德・支魏格
Zweig, Stefan	褚威格 斯代芬・茲魏格 史提芬・滋瓦格

日本人名對譯表

二劃

二葉亭 四迷 （長谷川 辰之助）	Futabatei, Shimei (Hasegawa, Tatsunosuke)
八木沼 丈夫	Yaginuma, Takeo

三劃

三木 清	Miki, Kiyoshi
三宅 史平	Miyake, Shihei
三浦 環	Miura, Tamaki
上原 謙	Uehara, Ken
下村 海南 （下村 宏）	Shimomura, Kainan (Shimomura, Hiroshi)
久米 正雄	Kume, Masao
久保田 萬太郎	Kubota, Mantarō
土肥原 賢二	Doihara, Kenji
土屋 久泰	Tsuchiya, Hisayasu
土屋 文明	Tsuchiya, Bunmei
大谷 竹次郎	Ōtani, Takejirō
小松 清	Komatsu, Kiyoshi
小柳 司氣太	Oyanagi, Shigeta
小津 安二郎	Ozu, Yasujirō
小島 政二郎	Kojima, Masajirō
小椋 廣勝	Ogura, Hirokatsu
山本 有三 （山本 勇造）	Yamamoto, Yūzō
山本 宣治	Yamamoto, Senji
山本 嘉次郎	Yamamoto, Kajirō
山本 實彥	Yamamoto, Sanehiko
山田 耕筰	Yamada, Kōsaku
山田 清三郎	Yamada, Seizaburō
山崎 靖純	Yamazaki, Seijun
山縣 初男	Yamagata, Hatsuo
川口 松太郎	Kawaguchi, Matsutarō

川路 柳虹 （川路 誠）	Kawaji, Ryūkō (Kawaji, Makoto)
川端 康成	Kawabata, Yasunari

四劃

中谷 孝雄	Nakatani, Takao
中澤 臨川	Nakazawa, Rinsen
丹羽 文雄	Niwa, Fumio
內田 良平	Uchida, Ryōhei
內田 智雄	Uchida, Tomō
木下 惠介	Kinoshita, Keisuke
木村 毅	Kimura, Ki
火野 葦平	Hino, Ashihei
片岡 鐵兵	Kataoka, Teppei

五劃

出口 王仁三郎	Deguchi, Onisaburō
出口 直	Deguchi, Nao
加藤 建夫	Katō, Tateo
北白川宮能久親王	Prince Kitashirakawa Yoshihisa
北村 小松	Kitamura, Komatsu
北村 謙次郎	Kitamura, Kenjirō
北原 白秋 （北原 隆吉）	Kitahara, Hakushū (Kitahara, Ryūkichi)
北條 秀司	Hōjō, Hideji
四家 文子	Yotsuya, Fumiko
平出 英夫	Hiraide, Hideo
正宗 白鳥 （正宗 忠夫）	Masamune, Hakuchō (Masamune, Tadao)
正岡 子規 （正岡 常規）	Masaoka, Shiki (Masaoka, Tsunenori)
永井 荷風 （永井 壯吉）	Nagai, Kafū (Nagai, Sōkichi)
永野 修身	Nagano, Osami
生田 長江 （生田 弘治）	Ikuta, Chōkō (Ikuta, Kōji)
田 健治郎	Den, Kenjirō

田山 花袋 （田山 錄彌）	Tayama, Katai (Tayama, Rokuya)
田中 重雄	Tanaka, Shigeo
田中 都吉	Tanaka, Tokichi
田中 絹代	Tanaka, Kinuyo
田坂 具隆	Tasaka, Tomotaka
田岡 嶺雲 （田岡 佐代治）	Taoka, Reiun (Taoka, Sayoji)
白井 松次郎	Shirai, Matsujirō
白井 喬二 （井上 義道）	Shirai, Kyōji (Inoue, Yoshimichi)
石川 達三	Ishikawa, Tatsuzō
立野 信之	Tateno, Nobuyuki

六劃

伊丹 萬作 （池內 義豐）	Itami, Mansaku (Ikeuchi, Yoshitoyo)
伊原 宇三郎	Ihara, Usaburō
伏水 修	Fushimizu, Osamu
吉川 英治 （吉川 英次）	Yoshikawa, Eiji (Yoshikawa, Hidetsugu)
吉田 松陰	Yoshida, Shōin
吉田 絃二郎	Yoshida, Genjirō
吉屋 信子	Yoshiya, Nobuko
吉野 治夫	Yoshino, Haruo
安藤 更生	Andō, Kōsei
有馬 賴寧	Arima, Yoriyasu
江間 道助	Ema, Michisuke
竹岡 信幸	Takeoka, Nobuyuki
衣笠 貞之助	Kinugasa, Teinosuke
西條 八十	Saijō, Yaso

七劃

佐佐木 信綱	Sasaki, Nobutsuna
佐藤 春夫	Satō, Haruo
佐籐 惣之助	Satō, Sōnosuke
尾崎 士郎	Ozaki, Shirō
杉 狂兒 （杉 禎輔）	Sugi, Kyōji (Sugi, Teisuke)

杉山 平助	Sugiyama, Heisuke
李 香蘭 （山口 淑子）	Li, Hsiang-lan (Yamaguchi, Yoshiko)
谷 正之	Tani, Masayuki
谷崎 潤一郎	Tanizaki, Jun'ichirō
谷萩 那華雄	Yahagi, Nakao

八劃

和田 傳	Wada, Tsutō
岡本 綺堂 （岡本 敬二）	Okamoto, Kidō (Okamoto, Keiji)
岡田 敬	Okada, Kei
岡倉 天心 （岡倉 覺三）	Okakura, Tenshin (Okakura, Kakuzō)
岩下 俊作	Iwashita, Shunsaku
岸田 國士	Kishida, Kunio
服部 宇之吉	Hattori, Unokichi
東條 英機	Tōjō, Hideki
林 芙美子	Hayashi, Fumiko
武田 麟太郎	Takeda, Rintarō
武者小路 實篤	Mushanokōji, Saneatsu
河上 徹太郎	Kawakami, Tetsutarō
牧野 雅弘	Makino, Masahiro
芥川 龍之介	Akutagawa, Ryūnosuke
芳賀 矢一	Haga, Yaichi
芳賀 檀	Haga, Mayumi
芹澤 光治良	Serizawa, Kōjirō
近衛 文麿	Konoe, Fumimaro
長谷川一夫 　林 長丸 　林 長二郎	Hasegawa, Kazuo Hayashi, Chōmaru Hayashi, Chōjirō
長與 善郎	Nagayo, Yoshirō
阿部 知二	Abe, Tomoji
阿部 信行	Abe, Nobuyuki
阿部 豐	Abe, Yutaka
青木 一男	Aoki, Kazuo
青木 繁	Aoki, Shigeru

青柳 信雄	Aoyagi, Nobuo

九劃

後藤 文夫	Gotō, Fumio
春原 政久	Sunohara, Masahisa

十劃

原 研吉	Hara, Kenkichi
原 節子 （會田 昌江）	Hara, Setsuko (Aida, Masae)
夏目 漱石 （夏目 金之助）	Natsume, Sōseki (Natsume, Kin'nosuke)
島 耕二	Shima, Kōji
島木 健作 （朝倉 菊雄）	Shimaki, Kensaku (Asakura, Kikuo)
島田 謹二	Shimada, Kinji
島崎 藤村 （島崎 春樹）	Shimazaki, Tōson (Shimazaki, Haruki)
真杉 靜枝	Masugi, Shizue
神田 喜一郎	Kanda, Kiichirō
草野 心平	Kusano, Shinpei
荒木 貞夫	Araki, Sadao
高田 真治	Takata, Shinji
高田 棲岸	Takata, Seigan
高見 順 （高間 芳雄）	Takami, Jun (Takama, Yoshio)
高峰 秀子	Takamine, Hideko
高須 梅溪 （高須 芳次郎）	Takasu, Baikei (Takasu, Yoshijirō)
高濱 虛子 （高濱 清）	Takahama, Kyoshi (Takahama, Kiyoshi)

十一劃

國木田 獨步 （國木田 哲夫）	Kunikida, Doppo (Kunikida, Tetsuo)
堀內 敬三	Horiuchi, Keizo
常吉 德壽	Tsuneyoshi, Tokuju
深田 久彌	Fukada, Kyūya
深田 修造	Fukada, Shūzō
淺野 晃	Asano, Akira
野口 米次郎	Noguchi, Yonejirō

野原 休一	Nohara, Kyūichi
鳥山 啓	Toriyama, Hiraku
鹿子木 員信	Kanokogi, Kazunobu
鹿地 亘 （瀨口 貢）	Kaji, Wataru (Seguchi, Mitsugi)

十二劃

富田 常雄	Tomita, Tsuneo
富澤 有為男	Tomizawa, Uio
森 鷗外 （森 林太郎）	Mori, Ōgai (Mori, Rintarō)
菊池 寬	Kikuchi, Kan
黑田 記代	Kuroda, Kiyo
黑澤 明	Kurosawa, Akira

十三劃

奧村 喜和男	Okumura, Kiwao
圓地 文子 （圓地 富美）	Enchi, Fumiko (Enchi, Fumi)
溝口 健二	Mizoguchi, Kenji
聖德太子	Prince Shōtoku
萩原 朔太郎	Hagiwara, Sakutarō
鈴木 美通	Suzuki, Yoshiyuki
鈴木 重吉	Suzuki, Shigeyoshi

十四劃

榎本 健一 榎健	Enomoto, Ken'ichi Enoken
窪川 稻子 （佐多 稻子）	Kubokawa, Ineko (Sata, Ineko)

十五劃

增田 涉	Masuda, Wataru
德永 直	Tokunaga, Sunao
德田 秋聲 （德田 末雄）	Tokuda, Shūsei (Tokuda, Sueo)
德富 蘇峰	Tokutomi, Sohō
稻垣 浩	Inagaki, Hiroshi
衛藤 俊彥	Etō, Toshihiko

十六劃

橘 樸	Tachibana, Shiraki
橫光 利一	Yokomitsu, Riichi

十七劃

濱本 浩	Hamamoto, Hiroshi
磯谷 廉介	Isogai, Rensuke
齋藤 瀏	Saitō, Ryū

十八劃

| 豐島 與志雄 | Toyoshima, Yoshio |

十九劃

| 瀧井 孝作 | Takii, Kōsaku |
| 瀨戶口 藤吉 | Setoguchi, Tōkichi |

藤田 進	Fujita, Susumu
藤田 德太郎	Fujita, Tokutarō
藤原 義江	Fujiwara, Yoshie

二十一劃

| 轟 夕起子 | Todoroki, Yukiko |

跨越 歐亞

香港報刊抗戰文藝資料
翻譯與選輯

1937——1945

鄺可怡 編著

責任編輯　白靜薇
裝幀設計　簡雋盈
排　　版　楊舜君
印　　務　劉漢舉

出版
中華書局（香港）有限公司
香港北角英皇道 499 號北角工業大廈 1 樓 B
電話：（852）2137 2338
傳真：（852）2713 8202
電子郵件：info@chunghwabook.com.hk
網址：http://www.chunghwabook.com.hk

發行
香港聯合書刊物流有限公司
香港新界荃灣德士古道 200 - 248 號
荃灣工業中心 16 樓
電話：（852）2150 2100
傳真：（852）2407 3062
電子郵件：info@suplogistics.com.hk

印刷
深圳市雅德印刷有限公司
深圳市龍崗區平湖街道輔城坳工業大道 83 號 A14 棟

版次
2024 年 5 月初版
©2024 中華書局（香港）有限公司

規格
16 開（238mm x 165mm）

ISBN
978-988-8861-16-3